金融街没有爱情

I

刘玥 著

GUANGXI NORMAL UNIVERSITY PRESS
广西师范大学出版社
·桂林·

金融街没有爱情

JINRONGJIE MEIYOU AIQING

图书在版编目（CIP）数据

金融街没有爱情：全 2 册 / 刘玥著. —桂林：广西师范大学出版社，2019.7

ISBN 978-7-5598-1468-5

Ⅰ. ①金… Ⅱ. ①刘… Ⅲ. ①长篇小说－中国－当代 Ⅳ. ①I247.5

中国版本图书馆 CIP 数据核字（2018）第 273884 号

广西师范大学出版社出版发行

（广西桂林市五里店路 9 号　　邮政编码：541004
网址：http://www.bbtpress.com）

出版人：张艺兵

全国新华书店经销

桂林金山文化发展有限责任公司印刷

（广西桂林市中华路 22 号　邮政编码：541001）

开本：880 mm × 1 240 mm　1/32

印张：31　　　　字数：700 千字

2019 年 7 月第 1 版　　　2019 年 7 月第 1 次印刷

定价：88.00 元（全 2 册）

目录

楔 子

明知不寻常，看到犯人的履历表时，徐简还是微微吃了一惊。

瑞士与美国双重国籍，出生在加州奥克兰市；7 岁随母亲去瑞士；14 岁从瑞士德语区工会学校（Kantonsschule Kollegium）转学至加州帕罗奥图中学；16 岁获国际信息学奥林匹克竞赛金奖；17 岁入学斯坦福，同年获欧盟青年科学家比赛一等奖，获奖项目是一台基于对称三进制的小型时序计算机；次年因为全部科目不及格被斯坦福留校察看，一学期后被开除；离开斯坦福后在加州大学分校，参与约翰·马蒂尼领导的谷歌量子计算机项目；19 岁为其合作开发的对称三进制语言申请专利，同时入学加州大学伯克利分校；次年注册成立公司“蓝熊”，致力于开发小型家用智能机器人。

这个公司除了花光天使投资人的钱外，并无任何建树，但其后建立的一家致力于提供智能语音解决方案的公司“蓝音科技”，先后得到孵化器 YC（Y Combinator）与红杉资本的青睐，在竞争激烈的硅谷生存下来。这家公司开发的语音用户界面及其核心算法，在商用领域，被认为能够媲美甚至超越苹果智能语音助手（Siri）、谷歌语音助手、亚马逊智能语音助手（Alexa）。有行业媒体声称，“蓝音”宣告图形用户界面主宰的时代即将结束，语音界面时代到来。

这是他入狱两年以后的事。早在“蓝音”完成 A 轮融资时，作为创始人之一的他便已锒铛入狱。阿拉梅达郡立法庭宣布罪名成立的次日，伯克利校方亦宣布开除其学籍。

22 岁。大多数美国青年疯狂喝酒泡吧的年纪，这个人在圣拉斐尔蹲监狱。

半身照片里是个相貌英挺的混血少年。眼神阴鸷，表情疏离。

亚洲人的眉眼，白种人的鼻梁，身材结实健壮，捧着编号牌的双臂肌肉盘虬，完全不似码农模样，倒像个不折不扣的杀人犯。

名字叫亚历山大 · J. 张（Alexander J. Chang）。

到徐简接手为止，他已经蹲了三年。在这三年里，他一手打造的“蓝音科技”，拒绝谷歌与苹果发出的收购邀约，完成 AB 两轮融资，先推出商业预约场景的智能语音客服系统，紧接着推出家用场景的智能语音界面，与苹果、谷歌、脸书达成战略合作，拿下通用电气、松下、西门子等几个大客户，年初估值达到十二亿美元。只要他手里还有公司十分之一的股权，他已然是亿万富翁。

……假如他还有。

徐简上网查看。果然，维基百科的公司页面尚有提及，但蓝音官网的创始人名单中，已经没有他了。

他只是个囚犯。山穷水尽，亲故凋零。

徐简从伯克利心理学系博士毕业以后，受雇于加州政府的“管教与康复部”，工作是为州立监狱的犯人们提供心理咨询。一般的民事犯罪大多不涉及监禁，所以州立监狱关押的往往都是涉毒涉暴的重犯。这些监狱也不像常青藤学校那样关心种族比例，关押的大半是黑人。徐简的男朋友很不满她这份工作，但因为就职于政府部门，可以不通过抽签就拿到工作签证，徐简把这份工作当成跳板，硬着头皮干了下来。

在监狱，徐简看到了阳光之下的美国所看不到的东西。世世代代的贫穷，无药可救的毒瘾，惨绝人寰的暴力，以及……绝望。

无休无止的，没有尽头的绝望。

美国对有些人来说是天堂。对另一些人来说，是无可救赎的地狱。

Alexander J. Chang 这个名字，就这样跃入徐简的眼帘。

实在太稀罕了。

Chang，毫无疑问，是说粤语的华人的后裔。在关押着毒枭、强奸犯、杀人犯的州立监狱里，在满是非裔、拉丁裔姓氏的监狱花名册上，看到这样一个华裔名字，太稀罕了。

何况还有这样骄人的背景。

从徐简两年的工作经验来看，重罪监狱关押的犯人，往往都来自极度贫困的家庭。因为贫困，只能生活在毒品、暴力最猖獗的社区，接受最糟糕的初级教育，不久便走上同父母一样的吸毒、暴力犯罪的老路。一代影响一代，一代重复一代，在无休止的贫穷与犯罪中来回往复。穷到极致，也就凶残到极致。

可是这个名叫亚历山大・张的华裔青年，明显不是来自这样的家庭。

亚历山大・张原先就读的，是帕罗奥图公立中学。帕罗奥图即谷歌与斯坦福所在地，毗邻山景城，是硅谷的核心地段之一。徐简的男朋友宋乔曾供职于谷歌，所以她非常清楚就读帕罗奥图公立中学需要怎样的条件——买得起帕罗奥图均价一百八十万美元的房子，交得起每年 7.96% 的房产税。须知美国平均房价十七万美元。住得起一百八十万美元房子的，除了硅谷 IT 或金融公司的高管，就是斯坦福经济学或工程学的教授了。

这个所谓的帕罗奥图中学，毫不夸张地说，就是斯坦福的预备学校。曾经接受的是这样的精英教育，手笔一挥即是这样一家被认可的人工智能公司，不知有多少 IT 名企争相抛送橄榄枝。徐简不能想象，有着这样背景的孩子，竟会背上这样夸张的罪名。

强奸，藏毒，危害公共和平。

刑期四年加四年加五年：十三年。

不但沉重，而且有些……奇怪。

徐简在湾区生活七年，当然知道硅谷企业竞争之残酷。除了谷歌、苹果、脸书这一类大公司，硅谷有数以万计的中小型创业公司。这些公司之间互相竞争、排挤、兼并，你死我活。

而即使是大公司之间，也充满着或明或暗的较劲。徐简虽然不学信息学，但因为工程师男朋友的缘故，也知道硅谷各大公司的竞争热点。开发更高级的计算机，编写更先进的语言，参与量子计算机项目，创制能够比肩 Siri 的语音界面算法，无论凭借哪一条，他都已经够资格成为桑达尔·皮查伊和拉里·佩奇的座上宾，成为各大风投与天使投资人的哄抢对象。

十年后纵然出狱，也必定面目全非。伯克利不会再给他学位，天使投资人不会再记得他，日新月异的硅谷，将把曾经不可一世的天才少年甩在光年之外。

这辈子可以说是毁了。

徐简有一点替他惋惜。

也有一点好奇。

……被人暗算？

互相算计在硅谷从来就不是一件新鲜事情。看似天真宅男的扎克伯格，照样能把一同创业的好友的股权一点点稀释殆尽。

可是，IT 公司之间的竞争，虽然残酷，也是利益角逐上的残酷，还不至于到把对手逼进监狱十年的地步。如果只是为了破坏对方公司，一条丑闻足矣，何至于赶尽杀绝？

让一个华人小孩在黑人监狱里蹲十年，这是摆明了要他死。

徐简太了解美国监狱的内情了。想到此，本来的一点惋惜，变成了彻彻底底的同情。

认真研读他的案卷材料，却与信息行业无关。

三项罪名：强奸，藏毒，危害公共和平。

第一项罪名的被害人，是一个年轻的中国女孩。

同龄人之间发生的性侵行为，在美国不是重罪。涉及 14 岁以下未成年人的强奸犯可能会被判处九到十三年的监禁，只涉及成年人的性侵往往会通过赔偿方式达成庭外和解，因为判也判不了几年。这个张姓华裔青年，既然住着一百八十万美元的房子，当然不可能付不起赔偿金。

唯一的可能，是被害人拒绝庭外和解。

四年，是同龄间性侵的偏重量刑。一般三年就是极致。可见受害方很有本事博得法官同情。

第二项藏毒的罪名，在美国这个毒品泛滥成灾的地方，本来也不是太稀罕的事情。美国几乎所有中学都有大麻的踪迹。假如是黑人或拉丁裔学生被抓到私藏毒品，往往面临劳动教养和短期监禁；但如果是白人学生，警察常常会拍拍肩膀，稍加警告，便放行了。

张姓青年涉及私藏及贩卖大麻、赛洛西宾、苯环己哌啶、甲基安非他命等致幻类管制药物。

第三项危害公共和平的罪名，涉及非法聚会引发骚乱，非法入侵奥克兰警察部门警报系统，以及纵火。

由阿拉梅达郡检察官提起公诉，奥克兰法庭受理。证人除了伯克利与奥克兰警察局，还有一位格外引人注目的女生，也就是第一项罪名的被害人。

名字叫作方含笑。

简历寥寥数笔。是个来自中国河北的女生，先在旧金山某所社区大学读了一年半，然后转学到伯克利，双主修数学与经济。

证件照上，是一个文静而书卷气的女孩，黑直的长发，清秀的面容。一看就是大陆来的学生，模样有些羞怯，眼神里却藏着一骨子倔强……有点像许多年前的徐简自己。

一个乖巧安静的中国女孩，出于什么样的理由，要把自己的同学送进满是杀人犯、强奸犯、毒贩的黑人监狱，几欲置其于死地?

……她是有多么恨他。

毕竟是校友。徐简充满好奇。

徐简到圣昆汀监狱时，被典狱长告知，对象目前不适合接受心理咨询。

徐简笑了一下。每次听到这样的话，一定是发生了不该发生的事情。

“我的日程是管教康复部安排的。如果典狱长觉得时间不合适，请跟我的上级联系。”徐简摆出公事公办的口吻。

“对象嗯……对象他嗯……神智不是那么清醒……”典狱长犹豫着措词。

“关于对象的神智，我想我比典狱长更能做出专业判断。”

“当然，当然，博士——”

“徐。”

“徐博士。是这样的。前天夜里，发生了一点意外状况。”

“如果是前天，我相信典狱长一定写好了关于意外状况的报告。”

“啊不……”典狱长为难道，“我当然要报告。事实上，我马上就会报告。但是，需要一点时间——”

基本可以断定，所谓的“意外状况”涉及到典狱长渎职。

“我的预约时间是下午四点。”徐简看了一下表，“还有五分钟四点。我的对象在哪里？”

“唔，徐博士稍等，我叫人去——”

“他在哪里？”

“他……嗯，在地下单独禁闭室……我们认为把他单独隔离开，比较有利于……”

“禁闭。为什么？”

“因为他……嗯……他……制造了一点小小的骚乱……不是很大……”

“他把狱友的鸟的一部分咬了下来。”旁边一个年轻的金发看守接话说。

徐简心里咯噔一下，然后问典狱长：“所以你把他关进单独禁闭室？”

真的是华人好欺负。徐简心想。就只有华人好欺负。

“这是程序，”典狱长解释说，“对于危害其他狱友安全的犯人，我们需要采取一些隔离措施。”

“告诉我他为什么要这么做。”徐简抱起手，声音无比之冷，“他特别享受半夜爬到别人床上伤害别人，还是，有人特别享受口头……工作？”

一小阵尴尬的沉默。

“嗯好吧……徐博士，你该明白，监狱里有许多我们无法控制的情况。”典狱长说。

“那就把它们交给可以控制的人。”徐简说，“典狱长先生，请把我的对象带到这里来。然后请你回你的办公室写报告。”

“徐博士，为你自己的安全考虑，我不建议你在这间常规的心理咨询室见他。”典狱长说，“我可以借给你有铁栅隔离的审讯室。这是为了你好。你的对象……比你想象的要具有威胁性。”

“他显然不够有威胁性，否则也不至于到被胁迫口交的地步。”徐简冷冷地说，“我要见我的对象。这里。现在。”

典狱长没话说了，转身出门叫人。

徐简坐在对着门的木椅上，因为某种缘故，忽然觉得很难受。

从事这样的工作，徐简清楚知道，要严格控制自己的同情心。

即使如此提醒自己，她仍忍不住想象这样的场景：满是杀人犯和强奸犯的黑人中间，蹲着一个孤独的华人小孩。

徐简读书时曾上过社会学系一位华人老教授的课。当时发生华裔警察误伤黑人的事件，华人政客为讨好选民，声称必须严厉审判，从重量刑。同样是误伤，白人警察免于起诉，华人警察却被重判。

把一个警察关进监狱，真是可以想象的悲惨。何况还是华人。

华人老教授当时说：“中国人从来就不团结，到了国外更是如此。一个黑人被欺负，所有黑人都会上街游行示威抗议。华人不这样。一个华人被欺负，华人或置之不理，或跟着踩他。”

所以硅谷如今成了印度人的天下。印度人强力抱团，彼此提携，齐心协力把同族裔推上管理岗位；华人则互坑互踩，恶性竞争，我得不到你也休想。于是不过十年工夫，硅谷三分之一的管理岗位已被印度人占据。从早先巴蒂亚创制 Hotmail，纳拉延出任奥多比（Adobe）的首席执行官（CEO），到后来皮查依发明谷歌浏览器（Chrome），接手安卓，最终成为谷歌 CEO，纳德拉做大云计算出任微软 CEO——硅谷公司的食堂，处处咖喱飘香。

硅谷的印度工程师大多来自印度学府，在美国读软件工程；中国工程师多在中国高校完成本科，然后赴美读硕读博。明明相似的发展路径，印度人可以突破职业天花板，华人却多屈居人下，做一辈子的码农。

搁到美剧里，无论是《生活大爆炸》还是《硅谷》，都有印度人的身影。

而中国人，就是那么个模模糊糊的背影。

那位华人老教授当时说："要在美国闯出一片天地，华人必须学会团结。但好像华人就有那么一种文化劣根性，对外面人不吭声，对自己人往死里整。"

——是华人就一定要帮华人。华人不帮华人，谁还肯来帮华人?

徐简坐在咨询室里，忽然就想起了华人老教授的话。华人一定要帮华人……就算是混血，好歹也是一半的血缘相牵。监狱这样的地方，她若不帮他，就再没人能帮他了。

徐简心里油然生出一种"祖国派我来拯救你"的使命感。

心理咨询室在医护区，去牢房要穿过绿地和停车场，来回得二十分钟。

典狱长派人去提犯人时，徐简效率很高地做了两件事。一件是搜索了三年来亚历山大·张的探视记录。

查尔斯 .C. 张（Charles C. Chang），一次探视预约，拒绝；

友希·张（Yuki Chang），三次探视预约，拒绝；

伊冯·莱贝卡·安根（Yvonne Rebekka Angehrn），三年六次探视预约，全部拒绝。

这三个人分别是他的父亲、继母、母亲。

Charles C. Chang 是硅谷风投界的华裔大佬，做贸易起家。徐简在不久前的《福布斯》上看到他的讣告。

所以那第一次也是唯一一次探视预约，是父子间不见面的永诀。

伊冯·莱贝卡·安根，他的生母。填写住址是苏黎士郊区的地址，可见是从瑞士千里迢迢飞来加州探视，也被拒绝。

徐简打电话问分管探视的部门，询问亚历山大·张的情况。中间转了两个电话，徐简才终于找到一个了解情况的人。

“我知道犯人有权拒绝探视。但如果探视者执意要求，监狱方面不会做一些劝说工作吗？”

“亚历山大·张，那个亚洲狱友？……他的母亲是很想见他。我们试了。什么办法都试了。好言相劝，暴力迫使。都没有用。他一句话不说。其中有一次，我们强行将他带往探视区，他用头部猛撞我的身体，几乎撞断了我的肋骨，还试图攻击其他人。我们不得不把他送进禁闭室。”

徐简放下电话。看来他是单独禁闭室的常客。

徐简做的另一件事是重新查看了对象的医疗记录。

犯人案卷附有他的医疗历史。十三岁以前在瑞士的医疗记录显示有注意力缺陷过动症，当时医生开了安非他命类的兴奋剂，减弱了对象人际冲突的症状；十五岁在帕罗奥图急救中心有一次安非他命中毒的记录；就读斯坦福期间，在斯坦福医院有一次酒精中毒记录和一次裸盖菇素中毒记录；在伯克利唐氏医务中心，有一次安非他命中毒记录，一次海洛因中毒记录，一次致幻药物（LSD）致幻记录；圣昆汀监狱医务室的医疗记录，入眼即有数次斗殴导致的骨折和内部出血。

徐简清楚知道，这些不会是简单的斗殴。

作为囚犯……他实在长得有点太好看了。

白种与黄种混血，真是不能找到比这更糟糕的组合。

白人不会帮他。因为白人不当他是白人。

亚裔不会帮他。因为监狱里几乎没有亚裔。

然而黑人会当他是白人。黑人从来不会放过报复白人的机会。警察们清楚把一个白人小孩跟黑人关在一起会有什么后果。这也是为什么美国警察抓到白人小孩藏毒，往往会放他一马。因为关一个晚上他就死一半了。

黑人也会当他是亚洲人。黑人最喜欢欺负的就是亚洲人。因为他们矮，瘦，小，受了欺负就闷着不会反抗。

简直无法想象他这三年过的是什么样的生活。

一次用石片割腕未遂；一次用碎玻璃自刭未遂；两次用磨尖的牙刷柄自刭未遂；三次因血糖过低引起昏厥，很可能是绝食导致。

在监狱，想自杀实在不是一件新鲜事情。狱警积累了丰富的反自杀经验。

所谓的欲生不得求死不能。

好在有堂皇的美国宪法保障人权，所以他们才会为他安排心理医生。

之前有三位心理医生接手过对象，三份记录格外相似。

对象拒绝交流。十六次诊疗记录，只说过一句话：“操你。”有六次因为对象突然暴起而中断。严重自残自杀倾向；可能危及旁人的暴力倾向；自闭症；重度抑郁；双相障碍，又译躁郁症；注意力缺陷过动障碍；创伤后应激障碍，所谓 PTSD。

记录最后都表示爱莫能助，建议换人。

徐简来之前就知道，她要面对的是个棘手的病人。

他比她想的还要棘手。

咨询室显然没有隔音。旁边的医务室，忽然传来音乐。

快下班了。

放的是三五年前的老歌。亚历山大·张，就这样踩着音乐，被押进门来。

徐简微微惊讶。

虽然知道他的状态不可能太好，徐简没有意料到会这样糟糕。

瘦得让人只觉得恐怖，颧骨从皮里突出来，一米八五的身高更让这样的瘦法几乎畸形。宽大到完全不合身的灰白囚衣，像床单一样披在骨架上摇摆。

面孔是因为缺乏阳光照耀的惨白，好像他这三年都活在黑影里。深棕色的头发纠结缠绕。胡茬满面。眼神是被长时间禁闭以后的涣散，没有任何焦点。

完全无法想象，这张面孔，曾是案卷照片里那个英挺俊俏、不可一世的少年。

徐简心想，从前一天夜里十二点算起，他已经被单独关押三十小时。也许不该惊讶。

三名狱警把他带进房间。他像一只木偶一样被按在椅子上，戴着脚镣手铐。徐简请狱警移除手铐。狱警拒绝。徐简客气地说："我没办法在这样的状态下赢得他的信任。"

狱警客气地表示："徐博士，这名犯人曾经袭击之前的心理医生。"

"那种情形，我相信你们一定来得及推门进来。"

狱警耸耸肩："如你所愿。"取下手铐，退出门外。

"你好，阿历。"徐简说，越过长桌伸出一只手，"我叫简。我是你的会诊医师。"对方没有回应。徐简收回手。

"咖啡还是茶？"徐简问，没有等到回答，"那我就自作主张了。"她去隔壁茶水间现磨了两杯咖啡，加了糖和奶精，端回咨询室。一杯咖啡推到青年面前。

他没在看她，好像根本不知道有她的存在。他歪着脑袋，目光一直射向她面孔左上方的地方。眼睛里一片空白。与其说是抑郁，不如说像痴呆。

他的头在轻微地上下摇晃。动作幅度很小，有点像癫痫。好像在为隔壁传来的歌声打节拍。

过去一年的心理诊疗，除了那句"操你"，他没有开口一次。无论心理医生以何种方式劝说他开口，他始终置之不理。

徐简认为，这是因为那些医生没能涉及他所关心的话题。

与家人的关系，毒品，心理障碍。这些是他的问题，不是他关心的话题。

"阿历，"好像在为音乐配上歌词，徐简轻轻问，"你想要自由吗？"

没有反应。

“想要做自己热爱的事情吗？”

没有反应。

“想要去一个地方——”

没有反应。

“或者见一个人吗？”

仍然没有反应。

“我可以帮助你。”徐简说，这是陈词滥调，“我知道你在听，并且我希望你能听进我说的这些话——你会获得自由，只要你去争取。”

仿佛什么都没有听到。他仍然歪着脑袋，盯住左上方的一小块窗帘，头微微晃动。双手握成被拷着手铐时的姿势，僵硬地摆在桌面上。

徐简慢慢呷进一口咖啡，眼睛一眨不眨地盯着对象的眼睛：“我男朋友不久前从谷歌辞职，跳槽去了脸书。你知道扎克伯格最近在干什么吗？”

徐简饶有兴味地注意到，在听到“扎克伯格”的名字时，对象的眼睛里掠过一层波澜。

果然是正宗的硅谷极客啊。

“我比扎克伯格更聪明。只不过那小子运气好得令人发指，还披着一张犹太人的皮。初版脸书那种小儿科的代码，我闭着眼睛都能写出来！”

徐简想到宋乔说那话时的酸劲，忍不住面露微笑。这是硅谷许多稍有天赋的码农的普遍心态。

“你吹呗，吹呗。还不是照样指着扎克伯格发工资。”徐简硌硬他。

“妈蛋！总有一天我要当老板！”

这是硅谷码农们的普遍心态之二：一边给老板打工，一边嚷嚷要当老板。

“脸书的人工智能研究部门一直被视为鸡肋部门。不像谷歌，还有‘深脑’偶尔上上新闻。”徐简接着说，同时非常高兴地注意到，对象头部晃动的频率和幅度明显变小了，“上周脸书内部的例行答疑会上，有人问扎克伯格：为什么给人工智能增加了420%的预算？你猜得到答案，是不是，蓝音科技的创始人？”

他歪着脑袋，眼睛无神地盯着一小块天花板。但是他的头没再跟着音乐晃了。

“量子计算机。”徐简说，“谷歌在做，国际商业股份有限公司（IBM）在做，微软在做，脸书在做，美国国家航空航天局（NASA）在做……你曾经在做。比目前状况更强大的人工智能，能够进行语音用户界面所带来的大数据运算，能够强化机器学习和培养机器人格的，永远突破二进制集成电路板的……量子计算机！不要告诉我你不知道。你从中学时代就开始设计非二进制语言，你在圣塔芭芭拉跟进量子计算机。你很清楚，硅谷所有大公司都在赛跑。谁第一个做出来，谁就是下一个信息世界的巨无霸。”

他呆呆地盯着天花板。

“这是我从加州政府的同事那里听来的一些事情：2012年12月，富国银行、美国银行、J.P.摩根美国银行网站服务器受到黑客攻击。两名青年黑客在加州被逮捕受到审讯，被判处五十七个月的监禁，一百五十小时的社区服务。奇怪的是他们的服刑地点不在加州，而在马里兰州的一个青年管教中心……你猜猜，为什么？因为它离华盛顿最近。他们在服刑时就已经在为美国联邦调查局（FBI）信息部门工作了。”

“仅仅二十四个月后，这两名青年黑客结束服刑，开始在FBI履行一百五十小时社区服务的处罚。社区服务结束后他们同时挂上了FBI的门卡。”徐简忍不住微笑了一下，“我为什么知道这事？因为这两个人后来申请调回老家工作，现在就在奥克兰市的FBI办公室上班，并且还老想着跳槽。”

“美国政府虽然官僚得要命，但是不可否认，他们真的很尊重人才。”徐简接着说，“证明你对美国政府有价值，是减刑的唯一办法。即使无法减刑，也可以争取到单独的牢房和更多的时间，做你想做的事情，对不对？如果是这样，十三年的徒刑就不会是浪费——它将是你人生的一个新起点。”

隔壁响起轻柔的歌声。

……喂，是我……

“看着我。”徐简说，一只手轻轻放在他蜷曲的干枯的手上，触感冰凉。见对方没有抗拒，徐简将另一只手轻轻贴在对方的下颌上，并把他的脸抬了起来，“永远有希望——”

……我在想，隔了这许多年，你是否还愿意见我……

徐简没有说完那句话。她接触到他可怕的目光。视线对接的一刹那，亚历山大·张从桌子后面蹦了起来。他蹭地跳到桌子上，然后猛地向徐简扑去。

……他们说，时间可以治愈……

徐简连人带椅仰翻在后，发出惊天动地的一声巨响。亚历山大·张那鹰爪般的一双手掐了上来。

……可是这许多年过去，我依然没被治愈……

一秒钟后，三名身强力壮的狱警推门冲进来，在两秒钟内把犯人从徐简身上拉开。犯人像一具脱了水的骷髅般被拎起来，手却还死死掐着徐简的脖子。

……喂，听得见吗？……

一名狱警按了电棍开关，打在他的后背上。他发出一声恐怖的惨叫，终于放开手，浑身痉挛。

……我在加利福尼亚，梦见我们以前的事情……

他转而凶狠地扑向那名狱警。身后的狱警用电棍回击。他动作一滞。正面的狱警照着他的脸，给了结实而漂亮的一拳。

……那时的我们，自由并且年轻……

他整个儿仰翻在地，血从鼻腔里淌出来。旁边的狱警照着他的肋骨踢了一脚，他被踢得翻了面。

……我几乎忘记，世界也曾臣服在我们脚底……

他趴在地上挣扎翻滚，想要起来又被一脚踏下，嘴里发出野兽临死般的可怕嘶鸣。

……我们如此不同，我们相距万里……

他还不甘心，凶狠地盯住徐简。瘦骨嶙峋的双手扒在地上，好像扒在棺材沿的白骨，然后丧尸一般向徐简爬去。

徐简坐着倒退到墙角。

他的脚腕被拽着倒拖回来。狱警一脚踩在他后脑勺上。

……我在另一头，跟你说你好……

整张脸被埋进尘土。

……我肯定已经打了一千次电话……

接着又有人踏在他后背上，将他两只手倒扣，铐上手铐。他还在癫狂地挣扎。

……只是想跟你说，对不起……

狱警又给了一记电棍。

……对你做了那样的事情……

他抽搐起来。

……可是我打你电话，你总是不在家……

徐简缩在墙角，看着他在电棍底下恐怖的模样。

身体在灰尘里抽动，被人踩住的头颅却一点点扬起来。整张脸变形得恐怖。鲜血满面，头颅高昂。青色的血管一根一根从他额头上迸出。一双漆黑的眼睛，死死地，恶狠狠地，一瞬不瞬地咬住她。血丝满布，喷射着最刻骨的痛和恨。好像连灵魂都要射出来。眼角好像要裂开，血好像要流出来。

……喂，你过得还好吗？……

他抬起头来。

……抱歉，我只顾说自己……

他舔了舔干枯发裂的嘴唇。

……我只是希望你依然安好……

然后他终于开口。

一个字一个字地从痉挛的口里蹦出来。

“方……含……笑……”

……你是否早已离开小镇，一切开始的那里……

接着是古怪腔调的英语。含糊不清，却又字字可闻。

……我们再没有时间相聚了，这已不是秘密……

喘息的。嘶哑的。咬牙切齿的。

满当当的痛。满当当的恨。

“我要扯下你的头发，撕开你的皮肤——”

……我在远方，道声你好……

“焚烧你的脂肪，踩碎你的骨头——”

……至少我可以说我努力了，想告诉你……

“我要把心脏从你的胸膛里挖出来，用我的牙齿把它撕烂——”

……让你心碎，我很对不起……

“我要吞下你的灵魂。我要把你放进我经历的地狱，让你承受我所承受的痛——”

……但这已经不重要了……

“折磨你直到你的眼眶流尽最后一滴眼泪——”

……因为你的心再也不会碎了……

“直到你死去——”

……再不会了……

“直到你再无知觉。”

1　华林街 2320 号

方含笑走到华林街 2320 号，有点怀疑是不是来错了地方。

加州大学伯克利校园的东南角，连着好几个街区都是兄弟会的房子。所谓兄弟会，就是以希腊字母命名的学生联谊社团，有专业社团与社交社团之分。社交兄弟会的会员都是男生，姐妹会则都是女生。

几丛加州紫百合，一株长叶棕榈。红瓦白墙向两面延伸，一半单层一半双层。双层的白墙上写着 Φ K Σ 三个希腊字母。很明显是个兄弟会“坟墓”。

“坟墓”是兄弟会会所的俚称。虽然有时也挂靠学校，但是房屋产权归兄弟会自有。

奇怪就奇怪在，明明是个兄弟会房子，怎么肯收女生?

恶作剧?

克雷格列表（Craigslist）上找的房子，不靠谱也难免。Craigslist 是分类广告网站，58 同城和赶集网的原型。

笑笑拨通电话。对方没接。沉重的黄色木门吱呀一声开了，出来一个不高的金发男孩。

“嗨！我是莱利。你是——烧？”

“笑。”

“少？”

“笑。”

“绍？”

“……嗯对。”

笑笑跟莱利进屋。进门左手的墙壁上，画着一个巨大的黑色骷髅头。骷髅头底下叉着两根骨头。骨头底下是黑、褐、蓝三色盾形会徽。会徽底部的缎带上写着拉丁文 Stellis Aequus Durando（恒久如星辰）。

笑笑有点被吓到。

“欢迎来到拜罗楼，绍！”莱利热情地说，“确认一下，你是伯克利的学生，对吗？”

“是的，我刚转学过来……”笑笑说，“原来在旧金山南边的社区大学。”

上社区大学，不是一件太光彩的事。

笑笑的高中念的是北京四中。四中最辉煌时曾有一半的毕业生考上北大清华。后来虽然被人大附中盖过，没那么辉煌了，但一年仍有一百多人能上。

从高一到高二，笑笑年级排名一直在前五十名。笑笑想上北大。但她知道她上不了。

因为她户口在河北。

高二下学期，父母劝她回涿州准备高考。笑笑说不，然后进了四中的出国班。

所谓出国班，就是一帮非富即贵的小孩准备申请留学的班级。不复习，不上课，偶尔请老师指导一下留学文书，其他时间都自习。

成绩优异，学生会学习部部长，优秀班干部，优秀社会服务志愿者，数奥金牌，物奥银牌，北京市高中生辩论赛最佳辩手。

没有用。

藤校全拒。

中部学校的录取倒是拿了几个。但这些学校收国际学生，都是冲着钱收的。一年学费四万到六万美元不等。家里拿不出这么多钱。

她最后上的是旧金山南边的社区大学，“圣弗朗西斯科城市大学”。

也只有到了这当口，才知道爹有多重要。

同班同学，上哈佛的有，爹是领导；上耶鲁的有，爹是国际知名画家；上宾大的有，爹是沃顿商学院校友。

北京四中的最后上社区大学，简直就是个笑话。

所以高中一毕业，笑笑就从高中的 QQ 群、朋友圈里彻底消失。

社区大学唯一的好处是省学费。学费是按学分交的。一学分 264 美元。不给本科学位。

要拿学位，就要转学到正规的综合性大学里。之前修够的学分都算数。笑笑铆足了劲修够低年级的三十学分，以科目全 A 的成绩，转到加州大学伯克利分校。

虽然是公立大学，对国际学生收费，一年也是四万美元。

笑笑确定主修应用数学经济方向，还需要经济学的十二个学分，数学的十二个学分，统计学的十二个学分。一年无论如何修不完的。

那就要两年。一年四万，两年八万，折算人民币五十多万。

还不算生活费。

笑笑打电话跟家里人说。

“伯克利啊……是什么学校？”

“是好学校。”

“……爸爸相信你。”话筒里传来苍老的声音，“爸给你跟亲戚们说说。可是笑笑你要记得，欠下的账，将来你得自己还。”

笑笑说：“我知道。”

所以笑笑的目标一直无比明确。

赚钱。她要赚钱。

“那就太好了！”莱利说，“楼里都是伯克利学生。大多数是本科，也有研究生——看，这是我们的客厅。”进门左边就是一个巨大的空间，地毯松软，沙发环围，一边是电视，一边是钢琴。另一边是一排写字桌，桌前百叶窗拉起，可以看到旧金山、夕阳和大海。

笑笑有点看醉了。

这时过来一个白人男孩，一张娃娃脸，脸上长满斑点，头发是赭色偏红。

“嗨，尼克！”莱利跟他打招呼，一面介绍笑笑，“这是……烧。”

“嗨——”尼克的目光一转向笑笑，脸噌的一下，全红了。他竖了竖衣领，匆匆从大门走了出去。

“他怎么了？”

“啊，他……他……”莱利抓着脑门，“你不要介意。尼克有点害羞……”

“害羞？为什么？”

“因为……我们……平时……不太见得到女生……啊我带你下楼看厨房。”莱利说着招呼笑笑走下台阶。

下台阶正对玻璃门，门外是一个杂花生树的院子，摆着桌椅和烤架；平台之下有块空地，竖着篮板。玻璃门旁边的木门通进厨房。空间比客厅略小，摆着五台冰箱，一面是台灶、水池，旁边长架上摆满厨房用具和油盐调料；另一面是两张长桌和一张立桌。

冰箱对面的墙上悬着三幅镜框图片。一幅是本地摄影师的摄影作品，一个女人从火车上探出身与一个男人接吻，署名 C.S. 伯格曼；另一幅是 1984 年美国奥运会代表队服饰提供商的海报，一个橄榄球运动员一手举着星条旗，一手举着机械手。

中央的镜框，泛黄的白底上整齐贴着大约五十张颜色发黄的小照片。小照片下标注着姓名。一眼望去全是白种成年男子，一律西装革履。中央有骷髅标记与盾形会徽，标记上方写着“Phi Kappa Sigma，Alpha Lambda[1] 分会”，会徽底下写着“加州大学伯克利”，年份标写的是五年前。

这并不是唯一一幅镶了镜框的兄弟会成员照片名录。对面五个冰箱的后头，也挂了四幅类似的照片名录，只是被冰箱挡住了。

“这是以前 PKS 兄弟会成员的照片。”莱利介绍。

“那现在呢？”

“现在 PKS 已经停止运作了。不过房子还是 PKS 的产业，交房租写支票的时候，还是写给 PKS 协会。”

“——停止运作？为什么？”

“为什么？……不为什么。”

忽然就听到汪的一声叫。

四下一环顾，并没有狗。

这时又是一声“汪”。

储藏间里走出来一个粗壮的矮个子。他一出来，看到笑笑，眼睛猛然一斜，脖子猛然一抽，又叫了一声：“汪！”

“嗨，罗地沟，”莱利打招呼，“这个是罗地沟，他学机械工程。这个是——烧。她正在考虑要不要住进来。”

“汪！哈啰，烧。汪！”罗地沟说，一边汪一边扭脖子。

笑笑被吓到了。

“……哦烧，我带你看看院子。”莱利推开玻璃门，“‘超级碗’的晚上，我们会在院子里烧烤，很有趣的！”

旁边罗地沟一边扭一边应和说：“是的，汪！丹佛野马队！汪！今年很不错！汪！对！我的队！汪汪汪！我是！汪！从丹佛来！汪汪！”

---

1 Phi，Kappa 和 Sigma 即上文出现的三个希腊字母符号的英文，Alpha 和 Lambda 也是希腊字母，分别对应的是第十二个、第十个、第十八个、第一个和第十一个。后文出现的 KKG 姐妹会也是同理。

莱利赶紧把笑笑从屋里拉到院子里。桌子跟前坐着一个安静的男孩，深棕色头发。

“嗨，安德鲁。”莱利说，“这是安德鲁，他学计算科学与应用语言学。这是烧。她可能是我们的新楼友。”

安德鲁慢慢把脖子扭过来。他的右眼有些瘆人地盯着笑笑看。他的左眼比右眼更瘆人，露着一片眼白，蓝色的眼珠朝左边翻着，好像完全不配合主人的视线。

“嗨，烧。很高兴认识你。”

笑笑被吓住了。

……这住的都什么鬼啊！

莱利看笑笑脸色不太对，忙说：“再见安德鲁。我带烧到阳台上看看。啊烧，你还不知道吧，我们楼可以看到金门大桥哦！当然是天气好的时候。今天天气就很好。我保证我们可以看到金门大桥。”

莱利说着就把笑笑领到天顶阳台上。天顶阳台在双层的那一半上。莱利打开阳台门，笑笑一下子惊呆了。

只见宽阔的长方形阳台上，一排排着五个瑜伽垫。每个瑜伽垫上都躺着一个人——只穿了一条裤衩。

“呃……他们在……干吗？”

“他们想要美黑啊。”莱利理所当然地说，“主要是……在学校草坪上脱衣服的话，有些不太雅观……这里不算公共场合。”莱利补充说，“你想美黑的话，你也可以来晒的。你可以穿比基尼美黑……”

“我不用的，谢谢！”

这时有个男生朝他们走了过来。他的头发到肩膀那么长，被夕阳打成一派金光，裸露的身体仿佛罗马石膏雕像，曲线优美，光影分明。

“嗨，约翰。”莱利说，“这是烧。我刚刚告诉她，这里可以看金门大桥。”

约翰好像一点也不介意自己只穿了一条运动裤衩的样子，毫不避讳地伸出一只手来：“你好，烧！”

笑笑是中国大陆来的纯洁良家少女，以前光顾着好好学习了，哪里见过这样的阵势，第一个反应是闭上眼睛。

“看到金门大桥了吗？”

“没有。”

“怎么会！就在那边的海上！看到了吗？我指给你看——”

“……没有。”

“那个啊！那一条黑黑的东西！那黑黑的一条就是啊！看到了吗？”

“……”

“那，你闭着眼睛，肯定看不到的。你不要睁开眼睛看吗？……你怎么啦？”

她流鼻血了。

这时，躺在瑜伽垫上的另外四个男生看到这边有女生受伤了，急忙从地上爬起来，争先恐后地跑过来，一面关心地问：“发生了什么？”

笑笑仰着头闭着眼睛，觉得快晕过去了。她捂着鼻子对莱利说：“我们下楼吧！”

好容易从阳台上下来，笑笑捂着鼻子问莱利：“这个楼里没有女生吗？”

“当然有女生！我们女生特别多！你的室友就是女生！”莱利忙说，“楼里一共三十九人。算上你的话，我们就有六个女生了。15.4% 的比例，是这条街上女生比例最高的房子！……怎么样，要考虑一下吗？月租五百，你在学校附近不可能找到比这更低的房价。”

“Craigslist 不是写的六百五吗？”

“六百五是给男生的价格。”莱利匆匆忙忙说，“女生五百就行。”

笑笑无语了一下。

学校宿舍两人一间，一个人要交一千二。附近公寓房间，根本没有低于一千的单间。确实找不到比这更低的价格了。

笑笑吸口气：“现在能签合同吗？”

2 Co-ed[1]

笑笑看到绿色主校门上的裸体浮雕时，就意识到这个学校有点不大对头。

有导游正在给一群游客讲解。

“萨瑟大门建于 1909 年。顶上四个男子，分别代表法律、文学、医学，以及采矿四门学科；四个女子代表农业、建筑、艺术，以及电力四门学科……”

穿个衣服再代表不行么……

伯克利是左翼大本营，曾是二十世纪民权运动的一个中心。校门显然是学校一个重要的集会地，有许多人宣扬自己的政治或宗教主张。

有传教的，一面发传单，一面对人们说：“上帝爱你。”笑笑绕开了。

有宣扬素食主义的，在台阶上摆了一个大笼子，笼子上写着“免费体验：了解圈养动物的痛苦”。旁边有人激动地发表演说：“工业化养殖，是有史以来最残酷的奴隶制度。我们必须采取行动！结束人类对其他物种的奴役！我们必须采取措施！阻止现代社会对动物的工业性屠杀！”

---

1 Co-ed 指男女同校中的女生。

看到笑笑时，那人打开笼子的门对她说：“你要体验一下关在笼子里的鸡的感觉吗？免费哦！”笑笑急忙说谢谢不用的，飞也似的逃开。那人冲着笑笑的背影大喊：“自由！——为所有生命！”

还有女权主义者，正在为一名受到性侵的女生征集签名。

“嘿嘿，吼吼！校园强奸不能有！嘿嘿，吼吼！校园强奸不能有！”

“‘不要’意味着‘不要’！没有经过明确口头允许的性行为，即是强奸！请支持我们，终止校园性侵，开除强奸犯，营造对女性友好的校园环境！”

有人来管笑笑要签名，很礼貌地问她：“你关心女性权利吗？你愿意帮助我们反对校园暴力吗？”笑笑说抱歉。

一个角落有人在读莎士比亚。另一个角落有清唱团在唱歌。门柱旁还有人在即兴跳街舞。

数不清的社团招新。各种体育社团，各种学术社团，各种学生联谊会，还有各种革命正义的左翼社团。

确实跟社区大学不一样啊。笑笑想。

但她统统不感兴趣。

她在社团展台当中搜罗，很快找到了她感兴趣的。

IBSA，“投资银行学生协会”，投行为中心的学生社团。

ABA，“亚洲商业协会”，关注投行咨询的亚裔学生社团。

Beta Alpha Psi，投行咨询相关的双性兄弟会。

Kappa Kappa Gamma，精英姐妹会。会员包括IBM第一位女性副主席露丝·利奇·阿莫内特（Ruth Leach Amonette）、凯特·丝蓓（Kate Spade）品牌同名创始人，胡佛夫人在内的数位第一夫人，数位女性州长，以及数位联邦上诉法院法官。

兄弟会与姐妹会在美国大学中是积累人脉的场合。许多就职于著名企业的“兄弟”，往往都愿意向公司推荐本兄弟会或姐妹会的成员。而所谓“内推”，是名企最重要的招聘方式之一。找人内推，比空投简历要有用太多。

为什么所有人都争着抢着上名校？

为了真理?

呵。

是为了人脉。

笑笑很有目的性地收了几张传单。

头一天上课晕头转向。

笑笑去上线性代数，发现教室里的人在讨论上帝存在的可能性。

“如果我们把上帝命名为无限客观存在……因为每一样事物都有原因，上帝，作为无限客观存在的代表，它就是自己存在的原因……”

笑笑怯怯地敲门：“这里不是线性代数吗？”

教授说不是。

这样“愉快”地错过了第一节代数课。

后来终于找到教室。

虽然知道理工科学校的理工院系，男女比例肯定有些忧伤，但是走进教室时还是吓了一跳。

一眼望去好像全是男生啊。

笑笑注意到一个盘起头发的金发女生朝她微笑，于是背书包走了过去，在女孩身边坐下，很礼貌地也对她回了一个笑。那个女孩很热情地伸手，声音阳刚有如奥巴马：“我叫汤姆，很高兴认识你。”

笑笑被吓倒，然后才注意到“女孩”的喉结。

笑笑结结巴巴地回答：“你……好……”

上课的画风是这样的。

教授在大屏幕上演示一道题。

把梯子搬到正墙的第一块黑板前，吭哧吭哧爬上去，列出第一种错误的解法，然后说：“这个是搞笑的哈佛方案。”

接着搬梯子爬到第二块黑板前，列出第二种错误解法，然后说：“这是有趣的 MIT（麻省理工）方案。”

列出第三种错误解法，说：“这是糟糕的斯坦福方案。”

最后教授爬到最后一块黑板前，给出正确答案，“是的！现在我给你们——伯克利方案！”

这时教室里响起一阵无比热烈的掌声。

“加油！”

“加油！熊！”

同学们高喊。

笑笑汗。

华林街 2320 号，充分体现了本校自由奔放的校风。

尤其是厕所。

笑笑有便秘的毛病，尤其是在心理紧张的状态下，怎么都拉不出来。

然后，她上厕所时，心情永远是紧张的。

因为那是个男女共用的厕所。

房间没有内厕。唯一一个大型公共厕所在大厅层走道中央。进门是四个洗手池，往左是隔间，尽头有小便池；往右是浴室。

考虑到此楼乃兄弟会房产，没有女厕，似乎也理所当然。

笑笑头一遭在楼里上厕所。才蹲进一个坑，进来两个男生，有说有笑一起走向小便池。笑笑双手扒在腿上一动不敢动，生怕发出什么声响。

隔一会儿，两人终于走了。笑笑松口气。又进来一个男生。

他蹲进旁边那个坑。笑笑端端正正坐在马桶上，听见隔壁发出的一连串声响，可谓旗开得胜，马到成功。最后男生心满意足，提着裤子出去了。

他上厕所，只是为了放屁——好有公德心啊。

可怜笑笑蹲了半天，死活没拉出来。心里盘算去学校的女厕所，却愉快地发现隔间没纸。

笑笑想去隔壁拿纸。又进来一个男生。

趿拉着人字拖，鞋面上镶着一个黑晶石骷髅头。密密匝匝的深色毛发从小腿一直延伸到脚背，衬着白皙皮肤格外显眼。脚如长弓，青筋微突。

小腿侧面，肌肉盘结的地方，文着一个盾牌形状的文身，盾牌里是一头张牙舞爪、吐着舌头的熊，盾牌上方画着狮子、马、十字与波浪图纹，盾牌下方写着拉丁文 Facta non verba（行胜于言）。

为什么看得那么清楚？

因为他把一只脚伸到笑笑的隔间来了。

这时笑笑就听到一声，低低的，压抑着的“嗯——”，伴随“扑通”一声。

第一次如此生动清晰地听见一个男人拉屎。

笑笑想死。

笑笑寂寞而坚强地等待着，一面把自己的脚无声地挪到另一边。快点吧，求求你快点完事快点走吧。

然后就听到旁边隔间里，有人把笔记本打开，双手在键盘上飞快按键。

有一点是可以确定的：这位同学打字的速度和他拉屎的速度成反比。

笑笑崩溃了。

哔了狗了！拉屎还作兴带电脑的！

她积攒着耐心，等待着。

五分钟。嗒嗒嗒。

十分钟。嗒嗒嗒。

十五分钟。嗒嗒嗒。

半小时。嗒嗒嗒嗒嗒。

……同学你真的好勤奋啊。

忽然明白了，“伯克利”“码农”还有“极客”，这几个词加在一起，是个什么意思。

屁股在空气里晾了半个钟头，冷得慌。

“艾、艾克思，揪死米，”笑笑咬着舌头说，“能麻烦递个纸吗？”

急促的键盘声停了下来。男生犹疑了一下，好像惊讶隔壁有人。

隔了一小会儿，一卷白纸从隔板底下递了过来。

手指修长，有点好看。

笑笑谢了，接了过来。

就在此时，不知道为什么，笑笑的肠子忽然灵光一现，倚马万言，不鸣则已，一飞冲天。正所谓山重水复疑无路，柳暗花明又一村。飞流直下三千尺，疑是银河落九天。

沉默半小时后，一触即发，奔腾而下。

具体来说就是：劈哩，叭啦，劈哩，叭啦，叭啦叭啦，噗，噗，啪啦啦。

旁边持续老半天的键盘声，此刻终于完全地停住了。

青筋盘结的脚，像受到某种重大打击，突然抽了一下，嗖地缩了回去。

笑笑想死啊。

没关系，没关系没关系。他又不知道我是谁，不认识有什么关系？

飞快地穿好裤子，出门。

没有人没有人没有人。笑笑抱头暗自祈祷。

然而……

夜幕降临。洗手池边统共站着四个男生。有两个衣冠不整，两个裸着上身。一个张着血盆大口，正在使用牙线；一个高仰头颅，正在刮脖子上的胡子；一个拿着纸巾，对着镜子狠命擤鼻涕；一个把右手举过头顶，左手拿着剪刀修剪右手臂根里的腋毛。

正在剔牙的那个是阳台上见到过的约翰。四个人都好奇地回头来瞅她。修剪腋毛的那个，把胳膊放了下来，还冲她笑了笑。

笑笑凌乱了。

早顾不上洗手了。不认识不认识统统不认识！她横下心用手捂住脸，飞快往门口冲。

……这时就听到一声恐怖的“汪”。

“嗨！烧！”汪星人彻底堵死门口，热情地跟笑笑打招呼，一边汪一边说，“汪，我发音对吗？烧？汪！勺？汪！少？汪！绍？汪汪汪！……”

洗手池边，四个男生回过头来，很专心、很细致地听着对话。

里间一声冲水的声音。第五个男生捧着电脑，趿拉着拖鞋，慢吞吞从隔间里出来了。

3　地下室里的熊

“你住到兄弟会的房子里去了？”西西一手捧着木瓜，嘴张成O字形。木瓜汁哗啦啦地往地毯上淌。

笑笑点点头：“没办法，只好来你这里洗澡了。”

“洗吧洗吧。”西西用勺子舀木瓜，“可是你跟美国人住，疯了吗你？”

“……便宜。”

“这么穷？”西西同情地唏嘘一下，“五百块钱，我把客厅租给你，要不要？”

此时笑笑正在西西家。西西住在伯克利城中心。说是城中心，其实就是校园西边一条主干道，两边是各种银行超市餐馆。往西隔一街区的东亚研究中心，估摸着是张爱玲当年和陈世骧闹翻的地方。在伯克利生活三年后，张爱玲去洛杉矶迎接她的结局。

西西是笑笑在北京四中的同学，原来关系不错。笑笑上社区大学后，跟原来的同学都断了联系。转校后，想着难得有高中同学，于是联系了西西。

西西是个地道的北京妞儿，非常谦虚地否认自己是富二代，但起码交得起学费，住得起城中的房子，买得起奔驰 GLA45 AMG。

“我哪儿能叫富二代啊。”笑笑洗完澡，在浴室里穿衣服，听见西西在浴室外面嚷嚷说，“方含笑，你知道马云的儿子在伯克利吗？”

“不是说死了吗？”

“那是谣传！谣传！你信我，我一定会把马云儿子找出来的。”西西满嘴木瓜水，趴在厕所门上深情地说，“马公子，你等我！”

“你不嫌马云的脸……有点扁吗？好像被两块面包夹过一样。万一他儿子……”

“不嫌！我不嫌！”

“你还不如去巴结王思聪。就你这张网红脸，我看行。”笑笑披了浴巾，把头探出来，头发沥着水，“吹风机给我递一下。”

其实在北京四中，各种政客明星的子女，早听得多了。可是不是一路人，不进一个门，各自阳关道各自独木桥。

笑笑一面吹头发，一面听西西瞎掰。“伯克利都是宅男和极客。”西西分析道，“勾搭有钱人还是要去硅谷，去斯坦福那边。你有去过斯坦福吗？哇塞！我跟你说，他们的网球场修得比我们的好多了，都是室内的。到底是私立学校，就是不一样。然后你知道扎克伯格、拉里佩奇都住在南湾吗？我最近看扎克伯格的清华演讲，越看越喜欢。虽然谁也听不懂他在说什么，还是觉得好性感！……我说我们去脸书看扎克伯格吧！我听说他没有办公室，说不定就有了一场美丽的相逢。”

笑笑吹着头发，也听不清西西在嘀咕什么。心里盘算，可以来西西家洗一次澡，但不可能天天都跑来洗澡。从城中到华林街，隔着一整个学校，来回一趟四十分钟。不是长久之计。

西西说得没有错。跟美国人住，她真是疯了。

一般中国学生都会各自扎堆，一起租房，一起开伙。一来是因为做饭油烟大，外国同学会抱怨；二来是因为文化习惯多有不同。

住了两周，终于明白文化差异可以有多大了。

笑笑的室友是个典型的美国女孩，名叫杰琪，逢周末必有派对。一起住了十天工夫,她已经先后带回来三个男孩。杰琪为人豪爽,做事不拘小节,热爱社交。明明才认识几天，她却好像跟谁都熟成哥们儿一样，完全不把笑笑当外人。笑笑夜里睡到一半,突然被床垫的咯吱声吵醒。睡眼惺忪一看,对面床上一团黑影。杰琪跟带回来的男孩搞上了。

第二天早上起来，笑笑结结巴巴地问：“请问，把男生带回来……那什么……合适吗？”

“合适啊！”杰琪爽朗地说，“你想带就带，只要你愿意！”

笑笑惊呆了。

“带几个都可以！”杰琪补充说。

笑笑扶墙。

“在我们家那边，”笑笑吞吞吐吐说，“那个……是确定要结婚，或者结婚以后，才……”

“唔？”杰琪惊奇地瞪大眼睛，“世界上有这样的地方？”

美国人的约会观念与中国人是完全相反的。美国人先上床，再慢慢了解；中国人却要先慢慢了解，才会有进一步的身体行为。

在一般美国人的观念里，只要还没有作出承诺，就可以随意上床，没有什么“男女大防”“非礼勿视”的观念。

在一般中国人的观念里，性与身体是女生一种应该获得回馈的资本。如果女生与男生发生身体关系，男生却没有给出物质或精神补偿，大家就会认为女生“吃亏”了；如果女生身体隐私的部位被男友以外的男人看到了，大家就会认为女生“被欺负”了。

所以，杰琪可以毫不忸怩地去上那个混合性别厕所，可以满不在乎地使用那个只靠一层帘子阻隔里外的公共浴室,可以当着室友的面跟男生做爱。

而笑笑不行。

笑笑跟莱利表示自己不习惯用那个公共浴室。莱利说，楼里还有另一个单间浴室，就是出水龙头时好时坏。

笑笑去找那个浴室。

拜罗楼比笑笑想象的要大。因为像一个街区那样建在斜坡上，整个房子有不止一个“底层”。如果把最底端的半地下室当作第一层，则拜罗楼一共有四层。第一层是充当洗衣房的半地下室，外间有一个小篮球场；第二层是一部分房间，厨房，烧烤用的小院子；第三层是公共客厅与另一部分房间；第四层是天台，天台旁边还有房间。

半地下室光线昏暗，进门摆着洗衣机和烘干机，旁边有自行车，还有许多废弃家具。废弃家具尽头是一道铁栅门，铁门上着锁。

这不像是有浴室的地方。笑笑正想出门，忽然听到轻微的叮咚声，好像金属相撞。笑笑猛一转身。

尽头依然是铁栅门，寂然无声。

正想走的时候，又听见轻微的咚的一声。

慢慢挪动着脚步，向铁门走。走近时，却什么声音都没有了。

刚转身，却又听见叮的一下。猛一回头，看见脚底下有一个破破的旧玩具。

是一个毛茸茸的东西。脑袋很大，身体很小，好像泰迪熊。

但是它的下肢不是腿，而是两个轮子。在男生长鸟的地方，还有一个小轮子。这是一头……三轮熊。它还有一个尾巴，在屁股后面缩成一个小球。

小熊只有手掌那么大，却比想象的沉。笑笑把它从地上捉起来，它的鼻子闪了一下蓝光，发出滋的一声，然后就没有声响了。

笑笑把熊带回房间，用纸巾掸了掸，一边把它翻来倒去地看。最后在熊的菊花部位找到 USB 接口。

既然看到有接口，出于好奇当然要连上电脑试一试，于是用 USB 线接在电脑上。

提示检测到新硬件，但是无法识别。笑笑当然不知道它的驱动程序是什么。于是任由它连接着。可是过了好一会儿，什么都没有发生。

笑笑出门接着找浴室。

最后终于在第四层天台的阁楼里找到了莱利说的单间浴室。不但有浴室，还有厕所。虽然看着有点旧，但至少可以完全地锁门。

浴室部分有一个浴池，两个淋浴间。其中一个淋浴间歪歪扭扭贴着“暂停服务”。笑笑试了一下旁边隔间的水龙头。水温正好，只是水流有点小。

隔间门正对着洗手池，洗手池旁挂着几条毛巾，还有男士用的洗浴用品。看来男生们也来用这个浴室。池边又放了香水百合，还有欧舒丹马鞭草梳洗香水。

离开浴室，出了阁楼。天台上夕阳余晖铺开，漫天金光，远处海面波光粼粼，旧金山夜间的灯火在慢慢引亮。

笑笑回屋取了洗浴用品和衣物，上天台浴室洗澡。脱衣钻进淋浴间，拧开水龙头冲了一会儿，耳际只听见水声。

洗完澡，她没有立即出淋浴间，而是先把身体擦干，涂了一层身体乳。等一切完毕，包了浴巾打开隔板门，忽然发现外间洗手池前站着一个人，正背对着她。

高而壮的男生。下身包着一条毛巾，上身赤裸，肌肉形状分明。正对着她的背上，铺满一条接一条的突起伤痕。好像十来条蛇，从蝴蝶骨爬至腰臀，纠结缠绕，分外狰狞。

太过怵目，笑笑惊得低呼一声。

听到惊叫，那男生第一个反应不是回头看她，而是把包着下半身的毛巾提了起来，披到了背上。

于是露出屁股。

笑笑简直无语。

那个人看到镜子里笑笑的表情，意识到是有一点不对劲。但他显然不想把毛巾从背上取下来。电光火石之际，他飞快作了一个决定——按下镜旁的开关。镜子的灯暗了。

但是整间浴室的灯还亮着。

就见那人一阵风似的冲到门边，把顶灯也关了。

整间浴室完全陷入了黑暗。只有在夜风扬起窗帘时，露出屋外些微天光。

那个人回转身来，一步一步跺着脚走回窗前。从那脚步声里都能听出他的愤怒。他走到窗前，啪的一掌打在窗棂上，恶狠狠问：“你谁？”

笑笑在他身后小声说：“我，我在这里。”

他回转身，啪的一掌打在隔间磨砂玻璃上，恶狠狠问：“你谁？”

笑笑在他身后小声说：“是，是这里。”

那人怒气冲冲地转身，这一次终于抓到她的肩膀，把她整个身子带到磨砂玻璃上，把怒气喷在她脸上：“你是谁？!”

肩膀赤裸，又疼又烫。笑笑小声答：“我叫方含笑……”

“谁许你用这个浴室？”

“莱利说……有一个单间浴室……”

“公用单间浴室在客厅旁边，蠢货！”那人咆哮说，“这是私人浴室！我的！”

笑笑小声说：“可是并没锁啊……”

男生抓着她的肩膀：“你刚才看到什么？”

“我什么都没看到……”笑笑肩头一阵痛。她一手提了提浴巾，一手搭上肩，想把他的手指掰开。

“你看到了。”他凶狠地说。

“请……请放手。疼！”

他们僵持了一会儿。男生终于松手，暴躁地在局促的水池前走来走去，好像在想要不要杀了她，然后咚的一下撞到了窗上。

“你没事吧？”笑笑关心地说。

男生低低骂了一声，揉着额头走过来，又一掌按在磨砂玻璃上。

“我在这里……”笑笑在他身后小声说。

男人回身又一把抓住她的肩膀，像提一只小鸡一样提到淋浴间门前，好像这样才能防止她逃走。

“发誓。”他怒气冲冲地说，声音低沉得像一头在咆哮的熊。

“发誓？”笑笑问。

他犹疑一下，问：“你信上帝吗？”

“不。”

“你信佛陀吗？”

“不。”

“……你没有信仰？!”

“我为什么要有信仰？”

男人无语，又骂了一句。

“你是中国人？”

“是。”

“那么向 Kwan Yee Gor（关公）发誓。”

“……哈？”

“Kwan Yee Gor！ Kwan Yee Gor 啊！ 你是中国人你不知道 Kwan Yee Gor？”

笑笑还是不知道，但是她说：“是，知道知道！我向 Kwan Yee Gor 发誓……”

“发誓，你不会把你今晚看到的东西，说给任何一个活人。”他恶狠狠地说，指甲简直要陷进她的皮肤了。

笑笑结结巴巴地说：“我，我向 Kwan Yee Gor 发誓，不会把我今晚看到的，说给任何一个活人。”

男生终于松了手。

他转身好像是想去开灯，又咚的一声撞到墙上。

笑笑听得那声咚都替他疼。

笑笑把浴巾裹严实，一面善良地提醒他：“喂，你确定你……不穿个裤子再开灯吗？”

4　扎克伯格的玻璃房子

周五，西西拉笑笑去南湾。

“待在北湾太没前途了。”西西说，“北湾就是个鸟不拉屎的地方。最有钱的人都在南湾，在硅谷呀！扎克伯格啦，蒂姆库克啦，苏达“劈柴”啦……找男朋友还是应该去南湾。我们去谷歌，怎么样？”

笑笑在旧金山的社区大学待了两年，虽然时不时跟南湾来的同学去圣何塞，但硅谷那些大公司，确实一次都没去过。西西这样一说，笑笑也不禁有些心动。

周五上午，笑笑跟西西一起去南湾。南湾就两条主干道，靠海的一条是 101 号国道，内陆的一条是 280 号州道。西西开车先到旧金山，然后从 80 号州道拐上 101 号国道。还好不算太堵，一小时光景就到了谷歌总部。

谷歌总部在山景城北。竞技场道和查尔斯屯路中间夹着的一小片园区，是谷歌总部的核心地带，以此为中心向四周发散，一英里内的建筑大多是谷歌的产业。往东有一小片丛林掩映的建筑群，是领英总部。再往东有一大片正在建设的工地，是 NASA 在硅谷新建的中心。101 号国道往东，还有微软、三星、雅虎的办公室，往南连接圣何塞市。

西西把车停在42号楼旁边的停车位上。下车前她往脸上抹了半天粉，对着镜子说："这真是个集美貌与智慧于一身的女子。"抹完自己把粉饼递给笑笑说，"你不抹一下？"

笑笑刚想接，西西把手收回去说："算了。黑成你这样，抹不抹都一样。"刚把粉饼塞回包里，又掏出来递出去，"赶紧给我抹！黑成这样丢我的人啊！——我说你，才出国多久就包青天了！加州恁大太阳你都不知道防晒吗？"

西西扑在笑笑身上，往她脸上一通狂抹，完了又挑了桃子颜色的腮红，又涂了草莓颜色的口红；接着又解开她的马尾辫，把及腰长发放下来，梳理整齐。打扮毕，她端详一番说："这下好多了。"

西西拉笑笑到了40号楼前的中央沙地。这时大概上午十一点，中央空地上的人并不很多，还有大半是游客，有的在跟42号楼前的恐龙合影，有的跟43号楼前的绿色安卓机器人合影。笑笑帮西西拍了一堆照片，问："你不联系你的朋友吗？"

"什么朋友？"

"谷歌的朋友啊！"笑笑说，"你不是说，有认识谷歌的朋友，可以带我们进去看的吗？"

"我什么时候说我有谷歌的朋友啦？"西西瞪大眼睛说，"我要是有谷歌的朋友，带你来干吗？"

"……"

"方含笑，你大显身手的时候到了。"西西指点笑笑说，"记住，秘诀只有一条，唯一的一条，就是——不要脸！释放你的天性，尽情地不要脸！所谓，人至贱则无敌——看，看！那边有两个中国人来了——上！上啊！——不，等一下。这两个颜值太低了……"

两人在40号楼前守株待码农。西西东挑西拣，不是嫌颜值低就是嫌个子矮。笑笑说："再等下去，过了午休，也不知还有没有人。"

43号楼旁边小道，这会儿拐出两个年轻的中国工程师。个子都很高，模样也不错。西西一下眼睛就直了。

一个高高瘦瘦，皮肤白净，鼻梁上架着黑框眼镜，面孔有些孩子气，像个三好学生。身穿白色谷歌T恤和深色牛仔裤，裤袋上别着工作证。

另一个高而精壮，肤色稍暗，面孔有棱角，颏下留着胡茬，剃着板寸头，很有孤胆特工的风范。穿着拉夫劳伦的POLO衫，胸前贴着名牌纸，好像不是谷歌员工。

虽然没有很大声，但是能清楚听见他们说的中文。

“你觉得扎克伯格是傻缺？虚拟现实只能用来打游戏？你没看高盛的调查报告吗？房地产——不出门就可以看房子，十年内光这一块就会有数十亿产值；医疗——异地就医，心理治疗，新医生训练；还有旅游，军事，教育……”说话的是学生模样的那个。

“我不是说虚拟现实本身不行。我是说，眼下科技行业泡沫太大，所有预计都太乐观。投行当然说它好，说不好谁给投资？可谷歌脸书这种互联网企业，毕竟不是实体经济，收入的唯一来源是广告。扎克伯格铺的摊子太大了……你瞧着，华尔街做空硅谷，股价啪啪地跌……”

那个大叔说到这儿，忽然住了口，脚步一滞。半路杀出来一个面颊通红的女生，脸涂得跟猴屁股一样，都快烧起来了。

“你……你们好。”女生结结巴巴地说，声音小如蚊蚋，听起来好像快哭了，“请，请问你们可不可以……可不可以带我们……带我们参观一下谷歌？”

高瘦的那个瞅了高壮的一眼，问：“你认识？”

高壮的摇头。

“我……我们就是想……想看一下……谷歌……”她一面说，一面把手伸到腰后抓自己的长发。她恨不得用头发把脸遮起来。

“我妹妹做梦都想参观谷歌！”西西从一旁冒出来，声情并茂，“参观谷歌，是她从小的梦想。每天早上打开谷歌，她都会想：‘啊，要是有一天，我能亲眼去谷歌看看该多好啊！’为了追逐梦想，她千里迢迢从中国乡下远道而来，就为了能上谷歌看一眼，亲眼膜拜一下在谷歌工作的大神……”

西西身体力行她的“不要脸”三字秘诀。笑笑脸颊通红地站在西西身边。

戴眼镜的高瘦男生无情地揭穿西西的谎言：“国内能上？”

西西噎了一下，毫不脸红地接口说：“虽然肉体不能上，但是她的灵魂每天都上！今天，历经千辛万苦，万水千山，千里迢迢，我妹妹终于来到这里，离她的梦想，只有一个玻璃门的距离……”

高壮的想把高瘦的拉走。高瘦的一把拍开高壮的手：“靠！妹子送上门怎么可以拒绝啊。还这么热情主动！”三好学生模样的高瘦男生转而对西西说：“谷歌办公区不能参观。只能带你吃食堂，走吗？”

西西一蹦而起：“好的！好的好的好的！”

几个人一面往 43 号楼走，一面互相介绍。高瘦的三好学生名叫周更新，北大信息科学技术学院本科毕业后，进了谷歌北京办公室，因为出色的编程能力，内部调动至谷歌总部，现在在谷歌安卓智能手表操作系统 Android Wear 工作。

另一个大叔有些高冷，一直没开口，全是周更新帮他说。名叫马云东，伯克利 CS 本科，斯坦福 CS 硕士，毕业后先在谷歌工作了两年，最近跟老板一起跳槽去了脸书。两人原先就是同事。这一天马云东回来找周更新蹭饭，结果就被西西和笑笑逮着了。

“马云东？”西西大叫，“你不会是马云儿子吧？”

“靠，马云儿子还用在脸书打工？”周更新立即接口，“马云给儿子取名字，会在自己名字后面加个‘东’字？”

大家都瞅马云东。马云东全程保持高冷状态。

周更新把俩姑娘领进 43 号楼，在一个自动访客登记处录入身份信息。机器吐出来两张名签，各自贴在衣服上。周更新带他们稍稍在 43 号楼里转了转，然后出门往西过河，到 2000 号楼里一家名叫 Wan 的亚式自助餐食堂。主食有寿司，面，一些日式简餐，辅菜是自取的沙拉和腌菜。

周更新看西西吃得不很尽兴的样子，又带她们回到 40 号楼的查理餐厅。查理餐厅是谷歌最大的自助食堂，比之前那家要大，选择也更多，不过人也更多。室内装潢很有谷歌风格，白色长桌，彩色座椅，浅色调的地板和墙面，一侧舞台有彩色光影。

“每周四的TGIF会议就在这里进行。所有人都可以向拉里·佩奇、谢尔盖·布林，还有其他主管提问题。”周更新介绍说，“算是谷歌公平开放的文化特色吧。”

“TGIF是什么？”

“是‘感谢上帝星期五了’（Thank God It's Friday）的缩写哈。”

“那为什么要周四开呢？”

“因为加州是最后一个开始新一天的啦。谷歌世界各地的办公室都进入了周五，只有加州还是周四……”

餐桌上聊得最起劲的是周更新和西西。一个在北京上学，一个出生在北京，两人很快就找到了共同话题。笑笑有点没劲地扒着沙拉，看马云东也一个人干坐着，就凑过去问他：“你是哪里人？”结果马云东理也没理她，把头别了开去。

虽然没理笑笑，目光却时不时朝西西瞄。笑笑顺着马云东的目光打量西西。杜嘉班纳半透丝光衬衣和范思哲铅笔裙，粉色普拉达漆皮包漫不经心地搁在一边。她很漂亮，又很好脾气。明明是北京妞儿，讲话却软声细气；明明是白富美，却一点儿也不摆谱。真是叫人嫉妒都嫉妒不起来。

笑笑有点自惭形秽。

这个闺密，是做得有点心累。

……可是，如果不是西西的话，她根本不可能来谷歌吧？如果没有西西，只是她一个人，根本不会有人让她蹭饭吧？

饭后，四人一起骑着彩色自行车，在园区附近骑行转了一圈，又在领英总部兜了个风。周更新和马云东都要回去上班。四个人互相加了微信，准备道别时，西西说：“我想看扎克伯格！”这话却不是对马云东说的，是朝周更新。

马云东果然满脸不乐意地别开脸。周更新推了马云东一把：“你怎么回事？看毛片看那么起劲，妹纸送上门你装个毛高冷！”马云东骂了句脏话，一拳抡在周更新背上。周更新笑着躲开，一面说："磨蹭什么，去把你车开过来。妹纸要看扎克伯格你没听到？"

结果是西西先把她的白色奔驰开了过来。周更新一拳捶在车盖上："靠！豪啊！你个白富美泡码农？玩我？"

西西很诚恳地说："这个真不贵，税前五万美元都没有。国内六十万人民币，在美国买便宜一半耶，很合算的好不好？"对着方向盘自我夸奖了一句，"我真是个勤俭节约的好孩子！"

西西开车跟在马云东后面。脸书总部在帕罗奥图北面，离谷歌总部只有十来分钟的路程。有两个园区，北边毗邻黑客路的那个是老园区。马云东领着西西在老园区的停车场停了车，然后下车登记访客。

一路上马云东仍然维持着一副高冷的姿态，完全不开口。西西问什么问题，他或者说是，或者说不，没有一句废话。进了园区，也不介绍，只是领着两人走。好在老园区各式建筑都很醒目，餐厅、咖啡馆、音乐房、游戏房、健身房，也无须介绍。

南边脸书路上的是新园区。好像是土坡里挖出来的办公区，办公楼顶上是草坪。扎克伯格的办公室在新区。

脸书发展不如谷歌早，园区也不及谷歌大。相较谷歌整洁有致、舒适温馨的办公区布置，脸书更加开放，也更加随性。办公区域好像是宽敞明亮的车库，上不封顶，将各种管道灯箱暴露在外，颇有些工业园区的感觉。马克·扎克伯格，美国最年轻的富翁，就坐在新区办公室中央一个玻璃房间里，正在跟三个比他年纪大很多的人谈话。

笑笑没有意料到真能见到扎克伯格。网上有很多扎克伯格在世界各地的演讲视频，在北京，在柏林，在华盛顿。可是此时此刻，他就坐在玻璃墙后的沙发椅上，穿着平时那件万年不变的灰色T恤，像他在视频里那样谈笑风生。玻璃墙外，是几十上百个工位，工位上是脸书的普通员工在各自忙碌，谁也没有闲暇抬头多看他们的总裁一眼。

西西高兴得简直要昏过去了，赶紧掏出手机想要拍照。结果马云东伸出一只手，做了个“不”的口型。

西西有些悻悻，但还是乖乖收了手机。

离开时笑笑回头又看了眼，还是有点不敢相信自己的眼睛。一个大公司的CEO，甘心把自己暴露在众目睽睽之下，像任何一个普通员工一样，迎接员工和访客们的监督。你可以说这是一种作秀——就像他把99%的股份捐给自己的慈善机构——也可以说是对自己深信的理念的执行：开放，透明，相信连接比隔绝更能带来美好的世界。

退出办公区，西西意犹未尽。“要是还能去看苹果就好了。”说着幽幽叹口气，“哎呀，要是还能再勾搭一个苹果的人该多好啊。不去苹果就跟白来似的。”转而又一脸兴奋朝向笑笑，“怎么样？我们去库柏蒂诺吧？再勾搭一个吧？”

“你又想我去那什么‘不要脸战术’？……我不。我要脸。”

“啧啧啧，你这张脸黑成这样还留着干什么？走走走，上车上车。去斯坦福逛一圈，等晚饭了再去库柏蒂诺，勾搭下班的苹果工程师……”这时手机叮的一声，西西低头看微信，“啊呀，周更新说请吃饭，叫我们晚饭去帕罗奥图。嗯，那怎么办呢？现在去苹果，晚上跟周更新会合？可是这个点人也没下班呀……嗯上车再说吧……”说着拉车门。

“我……”一整个下午没说一句话的高冷马大叔忽然开了口。西西停住开车门的手，和笑笑一起惊奇地望向他。马云东别开眼睛，对着车场旁边一棵树紧张兮兮地说：“我我我，认认认，识苹苹苹，果果果的人人人。”

西西和笑笑瞪大眼睛望着他。

“同同同，同同同同同同，同同同学。”马云东补充说。

5　苹果 Siri 的产品经理

马云东跟他的苹果同学约好在苹果总部见。下午六点，西西载着笑笑去无限循环路 1 号。无限循环路即是苹果总部所在地。苹果不像谷歌和脸书，得以廉价买得郊外的地皮建设园区；苹果的楼都是一幢一幢从其他公司那里收购来的。当年快要倒闭时，这条路上的办公楼大多已经不是苹果办公室；直到乔布斯归来，苹果重新振作，才终于把楼从别人手里买回来。

1 号楼门前飘着美国国旗，加州州旗，还有绿苹果旗。办公楼本身平平无奇，门禁森严，不能进入。旁边有家苹果店。

马云东已经到了，偏偏一句话也不说。两个姑娘只好很无趣地逛苹果店。那个苹果店也无甚稀奇，店面很小，空空荡荡。没一会儿来了一辆旅游班车，下来二三十个中国人，一下子把苹果店塞满了。

隔一会儿周更新到了，见门口挤满中国人，说了句："晕！我回国了吗？"

马云东的同学不久也到了。是个稻草色卷发的白人男孩，个头在白人里不算很高，但是身材精壮，隔着 T 恤都能看出胸肌和臂肌的形状。腰背挺直，昂首阔步，步伐间有一种运动员的逼人气势。马云东虽然也不瘦，在他同学面前，却是一下就被比下去了。

“嗨，你们好！我叫锡恩·怀特，是马云东的斯坦福同学。”锡恩·怀特说，出口即是流利的中文，自带气场，一下把周围中国游客的目光都吸引了过来。

“哟，这老外，中文可溜哪！”

锡恩·怀特笑着回了那人一句：“哪里，哪里。”把一圈大叔大妈都逗乐了。

锡恩扭过头来，瞧见西西，蓝色的眼睛扑扇一眨。西西登时呆了一下。锡恩很绅士地伸出手来。西西晕晕乎乎地跟他握了手，隔一会才反应过来，问：“你会中国话？”

锡恩熟稔地讲着中文的客套话：“我的大学专业是中文，我很喜欢中国文化……”

“大学有中文专业？那是什么大学？”

“很多大学有中文专业。我的大学在波士顿。”

“我去过波士顿。”西西飞快地说，“MIT，还是哈佛？”

锡恩笑：“波士顿不止这两所学校。不过，是的，是哈佛。”

笑笑终于明白锡恩的气场来自哪里。那种自信，那种逼人的气势……哈佛毕业，从头到脚掩不住的优越。

西西鼻子上面的两个叉，登时变成两颗星，两条腿立即软了下去。笑笑一把提住她。

“哈哈哈……哈佛！”

“啊是，不过我毕业很多年了。现在是苹果Siri的产品经理，做localization（本地化），就是Siri中文版。怎么样？你用过吗？”

“用用用，用过！”

锡恩春风一样地微笑了一下，笑笑急忙扶住西西。锡恩中文夹着英文说：“走吧，我带你们进去看看。不过只能去食堂，别的办公楼不让进。你知道，乔布斯的脾气。所以苹果风格跟别的硅谷公司不一样，保密做得很严格。”

“晕！我们不是吃食堂吧？”周更新咕哝。然而西西女神已经跟哈佛男神往 1 号楼里走去了，能怎么办，跟上呗。

1 号楼入内是接待大厅，悬着巨大的苹果标识幕布。穿过 1 号楼即是苹果园区的中庭。中庭并不大，点缀着花草树木。环绕中庭的是无限循环路上的六幢办公楼。

“以前公司大规模集会，乔布斯就在这里跳到桌子上讲话。现在如果有集会，蒂姆・库克也会来。”锡恩介绍。

“你见过乔布斯？”西西星星眼。

“见过。不过是很久以前，我还没上大学。是在帕罗奥图的 Evvia，一家希腊餐馆，他和他的家人来吃饭。他那时还没有病得太厉害……我上大学的时候，他就死了……”

“你见过很多名人吗？”西西星星眼。

“是，非常多。在哈佛能见很多名人。”锡恩换成英文，“克林顿夫妇，乔治・W. 布什，巴拉克・奥巴马……哦，我还跟摩纳哥国王合过影……我加的那个‘最终俱乐部’，也会经常邀请政界和商界的名人一起共进晚餐……”

“哇!! 国家元首啊!! ”西西星星眼。

“哦是的，是的。国家元首很喜欢来访问哈佛……哦，我们先买吃的吧。”

这时已经走进苹果的食堂。这个食堂非常体现苹果风格——抠。谷歌脸书的员工食堂是全免费的，而苹果的食堂却要付费。锡恩很慷慨地给西西买了牛排三文鱼和沙拉，笑笑、周更新和马云东很自觉地自己拿卡买饭。

锡恩出现之前，马云东一直是个闷葫芦，这时就更闷了；笑笑呢，一直跟西西的丫鬟没差，本来也是插不上话的。但是周更新就不同了，原来他是四人小组里不容置疑的话语权掌握者，掌控着谈话的方向；这时他的话语权全被哈佛毕业生抢走了。

“你看过《社交网络》吗——”

“看过，”周更新迅速抢过话头，“有一点片面。好莱坞编剧加了很多哗众取宠的东西——”

“哦，那部电影还是很真实的。起码关于哈佛的部分是。”锡恩很快又把目光挪回到西西身上，“扎克伯格被‘凤凰社’拒绝，这是真实的事情。‘凤凰社’就是‘最终俱乐部’。我参加的那个叫 FLY——”

“是苍蝇的意思吗？”西西星星眼。

“啊哈哈，是啊。不过它也是 Alpha Delta Phi 中间字母的缩写，原先是一个兄弟会。对，最终俱乐部就是类似兄弟会一样的秘密组织，有很多自己的传统仪式……”

“比如让你养一条金鱼，然后期末叫你吞掉？”西西星星眼。

“啊哈哈哈……我很幸运，没有……不过我承认我是……呃，喝过一些我不特别骄傲的东西……”锡恩这时已完全切换成英文，语速飞快，“还有起诉扎克伯格的文克莱沃斯兄弟，电影里他们去剑桥参加皮划艇比赛，记得吗？非常真实。我就是皮划艇俱乐部的，我也代表哈佛去剑桥参加过皮划艇比赛……每年三月，我都会去伦敦看比赛。牛津剑桥间的皮划艇比赛是英国最重要的体育赛事之一……哦，对了，巴西奥运会美国皮划艇运动员里有我的同学。怎么样，你有兴趣吗？要不要一起去里约看奥运会？”

锡恩跟西西越聊越投机。或者，更确切地说，锡恩对着西西越聊越投机。周更新实在坐不下去了，借口要去上厕所，走出门去了。马云东大概是真的想上厕所，于是跟在周更新后面也出去了。周更新和马云东一走，笑笑登时变成一个大灯泡，再也不好意思坐下去了，也说上厕所，跟出门去了。

一出门就看到周更新在捶马云东。

“你叫个哈佛的来什么意思？什么意思，嗯？你说！好不容易送上门来两个妹子，你叫个哈佛的来——眼看到手一个白富美——你脑子进翔了吗？！”

跟前没女人，马云东立刻不结巴了：“哈佛怎么着？哈佛怎么着？丫不就一民办高校，拽毛拽啊！”

交完学费和房租，银行卡里没剩多少钱了。视频时，笑笑想问家里要钱，结果她妹妹突然冲上来，冲姐姐扯着嗓门喊：“有你这么自私的姐姐吗？！出个国把我的学费都用光了！明年我要上大学了。屁都不给我留一个你叫我上什么学？！”

关了视频，一下子就泪奔了。

想过跟西西借钱。拿起手机，放下。拿起手机，又放下。心里斟酌措词：“就一点，借一点点……你买奔驰车的零头……少买一支股票……以后加倍还……”好容易拨了号出去，又立即挂掉。

这闺密要怎么当。

前两年在社区大学，做过房产经纪，卖过扫地机，在创业公司打过杂，在中国餐馆洗过碗。社区大学的CPT[1]给得比较宽，不管找的什么工作，只要申请了就给。伯克利这边不一样。换了一张I-20[2]，许多手续就得从头来。

在拿到CPT之前，所有校外工作都做不了，校内工作又轮不到她。唯一挣钱的办法，是去华人区打黑工。

打黑工挣的钱，可想而知的少。笑笑没想到会这么少。

奥克兰市中国华埠某家打着香港招牌的餐馆门口，老板娘捏着拳头竖起两根指头。

“六刀？”

“嗨呀。”

“加州法定最低时薪是十刀。”

“法定，OK？你是法定工作吗？我付你十刀我冒这个风险招黑工？你要干干，不干一堆大陆仔等着干，OK？”

“……我干，干。”

1 CPT（Curricular Practical Training）即课程实习训练，是允许学生在校外合法打工的一个许可，且工作领域必须和学习专业相关。

2 I-20表格是每位去美国读书的学生（F-1及M-1签证持有者）入学和签证面试时的必备文件，随录取通知书一并发放，用于申请赴美签证，证明申请者的学生身份、入学资格，以及学生合法工作的资格。

一周四天骑车去奥克兰华埠港店。周三周四从七点干到十一点，周五周六干到十二点半。一周能有一百多刀的收入。够好了。

渐渐知道这座城市不太平静。

下班以后回去，路上空空荡荡，时不时蹿出来几个黑人。这还是好的情况。最夸张的时候，听见某条街巷传来类似于枪声一样的声响。

有时候笑笑一个人骑单车走在路上，有喝醉酒的黑人挡在前面骂：“操你们中国人！”笑笑骑车飞一般从他们身旁绕过去，胸腔里心跳如鼓。

美国华人区一向不是治安良好的地方。这个她知道。

可是能怎么办呢。

港店老板娘人称双刀火鸡。三十来岁的模样，更年期的脾气。对着顾客笑得比太阳都温暖，对着员工口气跟八婆差不多。

客人也很不好伺候。

有一个叫豹头的光头胖墩，时常带着五六个人一起来，好鱼好肉点上一堆，吃完了不结账，连着赊了好多次。双刀火鸡上前，小心翼翼地催了一次，豹头当即撂了一个碗在地上。火鸡立马没话说了。

有时是大陆来的游客，不太愿意给小费。笑笑提醒一下，脾气好的，会把小费补上；脾气不好的，立即叫骂开了：“这么难吃给哪门子的小费！”

有时进店的是黑人。往往是在半夜快关门的时候，酒都喝得差不多了。老板娘特怕黑人闹事，又不能明着往外赶，因为会被告种族歧视。夜间店里就一个男的，广东厨师，精瘦精瘦的。火鸡就守在厨房里头，眼睛瞅着案上的菜刀。

还有一个混混，吊儿郎当模样，人称阿狗——后来笑笑稍稍听惯了粤语，知道那名号其实是阿九。但不知道他是什么来头，火鸡跟他赔小心，店里旁的顾客都争着跟他打招呼。有的还讨好他叫“小九爷”——而他明明年纪很小。他来得极少，来了也是稍坐即走。如果他没走，一定是坐在角落里，拿烟纸慢慢卷大麻。

头一晚那人来，要了鱼片粥和牛肉肠粉。笑笑端了过去，搁桌上，转身给隔壁送餐。

“喂，小姐。”那人用粤语叫了一声。笑笑对粤语不敏感，不知道是叫她，还在邻桌招呼。然后只听啪的一声，好端端一碗粥跌在地上，滚烫滚烫溅了笑笑一身。

笑笑啊的一声叫出来，张皇失措地回头看他。

“现在听到了？”那人慢悠悠地抬头看她。

笑笑呆若木鸡地看着他。

“你不认得我？”他用英文问。

“我为什么会认识你？”笑笑答。

火鸡这时从厨房里出来，啊哟叫了一声，连忙迎上来：“小九爷，啊哟，哪阵风把你吹来了！”

“擦了。”他指着自己溅脏了的牛皮鞋。

笑笑一身狼狈，捏着拳，忍着怒火用普通话问：“我没得罪你。你这什么意思？”

火鸡张口呵斥笑笑：“你横什么横！还不赶紧帮人把鞋子擦干净！”

笑笑转向火鸡：“我好好地做事，他无缘无故摔了一碗粥，你要我给他擦鞋？”

坐在椅子上的那人扫了笑笑一眼，说：“粥里没有胡萝卜。”

因为是粤语，笑笑没有听懂。而火鸡已经火冒三丈了：“小九爷要的粥里要加胡萝卜，你不知吗？”她说着自己拿了抹布，蹲下去给那个阿九擦鞋。

笑笑惊呆了：“他点的是鱼片粥……鱼片粥里为什么会有胡萝卜？”

火鸡一面给阿九擦鞋，一面不断跟阿九道歉。擦完了站起来，把擦鞋的抹布扔给笑笑说：“把地擦了。”

笑笑捡起抹布，蹲在地上慢慢擦地板。低着头，眼泪一点一点泛上来。坐在桌边的人兴致盎然地瞧着她。

火鸡对阿九一脸谄媚地说：“我马上叫厨房做胡萝卜鱼片粥。”阿九叫住她，指着蹲在地上的笑笑说：“这种人留着做咩？”

火鸡立即对笑笑说：“你被炒了。明天不用来了。”

笑笑蹭地站起来，咬着牙，恨恨地盯着桌边人。

她忽然发现她是见过他的。

那个阿九抬头盯着她看了一会儿，等她慢慢把眼泪咽回去。他眼里的一股狠戾，忽地转成一抹调笑意：“跟我睡一觉。我叫火鸡不炒你，怎么样？”

6　高盛信息会

笑笑骑车回学校，穿过飘荡着咒骂声的黑人街区，一路上在黑暗里流眼泪，一遍又一遍对自己说：不可以这样下去……不可以这样在中国餐馆里待下去。不可以这样被人欺负下去。不可以这样穷下去。

回去她就开始疯狂地投简历找实习。她要进一个体面的公司。要赚钱，要尊重。

火鸡最终没有炒了她，但是笑笑请了几天假，疯狂参加学校里的各种招聘会，酒会，茶话会，社团联谊会。

IT公司，她没有技术背景；传统公司，她没有公民身份。中国学生在美国，除了工程技术，剩下的也只是投行咨询。几场招聘会后，笑笑很快把目标锁定在投资银行。

问题是，许多大银行投行部的招聘会，包括美国银行美林、富国银行投行部、摩根大通，都不是完全公开的。富国银行投行部只招收伯克利哈斯商学院的学生，其他院系连门槛都进不去；摩根大通限制人数，把会场安排在了哈斯商学院的一个小房间。笑笑连简历筛选都没过。

“你应该先加一些学校社团。”室友杰琪好心建议说，“阿尔玛 · 柯克斯，KKG 的会长，你知道吗？她是去年高盛的暑期实习生，已经拿到了纽约总部的 return offer（返回录取，即实习后正式录用）。啊还有，DKE 的会长克里斯 · 伯格曼——短柄壁球队的队长，哦是的，他超级性感！——刚刚拿到麦肯锡的 offer……总之，不管你想进投行还是咨询，肯定要先社交……”

笑笑很快意识到杰琪口中的“社交”是什么意思。没多久，杰琪就已经把 DKE 会长社交到了房间里。

“我也想去麦肯锡……”杰琪在床上低声呢喃。

克里斯狠命地亲她，说一句亲一口：“麦肯锡不适合女孩……永远围着客户转……要不要考虑一下通用电气的健康部门？……或者 Airbnb（爱彼迎）的人力部门？……不要小看创业公司。他们给你股权……假如上市，你一夜之间就变成百万富翁……可以去的地方很多……不要担心……”省略号都是他们在接吻。

克里斯与杰琪鱼水完，杰琪很好心地提携笑笑，对克里斯说：“我的室友想进投行。你有什么建议吗？”

“投行？”克里斯把 T 恤套在身上，有些迷茫地环顾了一下房间，好像刚刚意识到房间里还有另一个人。他把角落里的笑笑上下打量一番，然后说：“参与希腊生活吧。”

“……什么？”

“加一个兄弟会——或者，就你而言，姐妹会。因为投行跟兄弟会真的没什么区别。他们也有‘整人’（Hazing），有等级，有仪式。兄弟会就好像投行的学前班……我能说的就是，”他再次打量笑笑一眼，“祝你好运！”

他说着搂着杰琪出门去了，出去时贴着她的耳朵说：“我觉得你应该搬家。也许搬到北边跟我住？……”

杰琪是身材很好的金发女郎，穿衣服永远是柳岩风格，社交则是邓文迪风格。但相对柳岩和邓文迪在中国名声的不堪，杰琪非常讨美国人喜欢——至少讨男生喜欢。

笑笑愈发自惭形秽。参加派对，从来没有人搭理她。海投简历，从来没有任何回音。有时她怀疑自己是不是其实是一截木头。就像在苹果食堂里那样，她永远会被人选择性忽视。在美国人眼里，她太瘦；在中国人眼里，她太黑。而她的简历跟她的人、她的背景一样毫不夺目。她像披了一件隐形衣一样走在大街上。

这样的女孩子，除了努力学习，还能怎么办呢?

在图书馆、招聘会、港店之间来回奔波，一天睡不够六个小时，还要耗费心力参加各种酒会联谊会，逼着自己开口，用磕磕巴巴的英语跟人自我介绍，然后再一次被无情地忽略掉。

九月中旬高盛信息会,笑笑终于明白为什么投资银行倾向于小规模招聘会。

因为大规模招聘会引来众多示威抗议……何况伯克利又是这样一个左翼学校。

高盛（Goldman Sachs）的旧金山投行部有大量从事TMT（科技、媒体、通信）行业的伯克利校友，所以伯克利一向是旧金山办公室的招聘重镇。这一年旧金山办公室与伯克利校友会、哈斯商学院联合主办一系列招聘活动，前期在校友中心举行面向全校的招聘会。

笑笑到的时候，校友中心主会场已经被挤得满满的。她并没有晚到，可是已经没有空座，没办法只能站在会场后面。

到点时，礼堂前方，一群西装革履的人鱼贯而入。他们不仅穿着一丝不苟，而且颜值很高——投行前台招人，确实是看脸的。

他们一走进会场，立刻吸引全场目光。因为实在太夺目了，就像锡恩・怀特一样，行走时自带气场，举手投足仿佛都有精英气质，让人不自觉仰望。

Goldman Sachs，哈佛耶鲁学生挤破头要进的顶级投行。

与全世界最优秀的人一起工作……那样得充满挑战又极具诱惑。

投行办公室分前台、后台。前台负责直接业务，也是所有人都挤破头想去的地方；后台则是技术及行政部门，晋升空间不大。

本科生进入投行的职业生涯通常从分析师（Analyst）开始，两三年后升为助理（Associate），再过两三年，有一部分人升为副总裁（Vice President），再升为高级副总裁（Senior Vice President/Director）或执行董事（Executive Director），他们中的很少一部分升为董事总经理（Managing Director）。再往上到顶端，即是合伙人。高盛在全球有三万多名员工，四百多名合伙人。

今天到场的，有旧金山投行部TMT部门的一位MD，两位VP，两位人力资源经理，四名去年的暑期实习生。MD是个奥地利裔犹太人，名叫列夫·芬克斯坦，看上去像那两位VP一样年轻，才不过三十来岁，亚麻色头发，眉高眼深，仪表堂堂，脸上带着若有似无的微笑，正装笔挺，打着一条浅红丝光领带。

笑笑飞快搜了一下列夫·芬克斯坦的领英页面。伯克利哈斯商学院本科毕业，从雷曼兄弟开始做分析师；雷曼倒闭后进入高盛，在高盛十四年一步一步升到MD。

列夫·芬克斯坦的演讲很有亲和力，也很有指导性。他先从学生时代说起，讲了学生时代的兄弟会和社团经历；然后讲自己所经历的金融危机，雷曼兄弟的倒闭；接着才讲自己的高盛生涯；最后以职场鸡汤结尾，强调一定要找到自己所热爱的职业——因为只有足够爱，才能足够投入，无论多么辛苦都可以坚持下去。

芬克斯坦演讲时，周围有一小撮学生不安分地骚动着。但因为芬克斯坦的演讲太引人入胜，他们虽然骚动，却并未发难。接着一位VP上来介绍高盛的概况，讲到投行部内部分工时，忽然有一个女生跳到了桌子上。现场的目光第一次从高盛人身上转开，转到了那名女生身上。

坐在笑笑旁边的一个中东模样的男生立即说：“哦不，哦不。他们这样会把伯克利从高盛的招聘名单上划去的……”

女生喊话。每喊一句，她身后三五十个人就跟着一起重复一遍。

“我们今天在这里集会抗议。

“高盛，你的行为违背了你的原则！

“2001 年，你帮助掩盖希腊债务。

“2007 年到 2008 年，你搅动商品市场，导致全球性食品危机，二十五万人遭遇饥荒。

“2008 年，你只交了一千四百万税款，却赢得二十亿的利润。

“你的借贷业务正在毁坏我们的经济。

“政府支付的纾困资金全进了高管的奖金红利。

“今天我们在这里，为 99% 被这个体系排除在外的人们呐喊。这个体系惩罚这些人，仅仅因为他们没有出生于优越的背景。

“亲爱的同学们，我们今天在这里，请你们反思这个问题：我们把最优秀、最出色的人才送去投资银行，我们的才能是否被浪费？他们一直撒谎，说这是一条激动人心的职业道路，这是聪明人的选择，这是成功的模样。今天我们要在这里挑战这些信念。你们所听到的是精心编织的谎言。你们可以做得更好——为我们的社会……[1]”

女生讲完，跟她的同学们一起退场。没有掌声。礼堂里响起一阵不安的窃窃私语。

那位正在讲解分工的 VP 有些不安地看了芬克斯坦一眼。芬克斯坦微笑着对同学们说：“好了，为了 99% 愿意留下来的同学们——”礼堂里响起一阵轻轻的笑声，“埃列娜，你应该继续。”

信息会如预定计划进行。VP 介绍高盛概况，人力经理介绍校园招聘计划，接着是四名暑期实习生上来讲自己的实习收获。其中一位名叫阿尔玛·柯克斯，那位 KKG 会长。

好像什么都没有发生。抗议学生除了在会场里搅起小小的波澜，没有改变任何人从事金融的决心，包括笑笑。信息会结束后，立即有一大群学生围上主席台。笑笑跟了上去。

1 学生抗议参考 2011 年高盛普林斯顿信息会学生抗议的 YouTube 视频。

有十来个学生围住了芬克斯坦。他们非常坦然地介绍自己，讲述自己的经历。

“我叫盖比。你可能不记得我了，但是我去年参加高盛与哈斯商学院主办的投行案例比赛，我的小组取得了第二名。你当时是评委。”

“哦，我记得你。”芬克斯坦温和微笑说，“你们当时建议目标公司进行IPO（Initial Public Offerings，首次公开募股）筹资的案例，像我们总统的自拍一样，很有说服力，令人印象深刻。”

笑笑没指望能巴结上高盛MD。可是四个实习生身边，也已经围满了低年级学生。

阿尔玛像女神一样站在低年级生们中间。深褐色的长发像瀑布一样披在肩上，一丝不乱。她像芬克斯坦一样风情迷人，又显得专业干练。她同时跟十多个人交流，照顾到每个人，回答每个问题。

有人问：“你对刚刚的抗议学生怎么看？”

“我保证他们不会进高盛。”阿尔玛和颜悦色地说，“但是我不能保证他们不会偷偷给高盛投简历。”

那人固执地问：“抗议同样发生在常青藤学校。金融危机前，哈佛有将近50%的人进投行咨询，这一比例现在下滑到30%，你怎么看？”

“下滑的原因不是因为选择金融的哈佛学生变少，而是因为金融危机后，华尔街缩小了招聘规模。”阿尔玛笑说，“相信我，虽然只有30%的哈佛学生进了，但80%的哈佛学生都试了。”

“嗨，阿尔玛，我是凯洛琳，我也在圣荷塞上高中。我上高中时就一直听你的名字。你影响了我，因为你我才参加曲棍球队！”

“哦是吗？你喜欢吗？”

“简直爱死了！我刚刚通过曲棍球队的选拔。我非常激动，非常高兴！”

“也许等一等，打败斯坦福以后再激动？”

旁边有人问：“参加学校体育队对投行生涯有帮助吗？”

阿尔玛答：“显然。团体运动的集体主义精神，参与竞争的勇气，分工合作的智慧，坚持一项事业的韧劲，良好的身体素质，这些都是高盛看重的东西。”

“可是，参加学校体育队就要不停地参加比赛，我担心影响我的成绩。”

“那么你不是高盛要找的人。”阿尔玛温和微笑，讲话却毫不客气，“高盛要的简历，不但要有漂亮的 GPA（平均成绩），还要有足够抢眼的社团经历和体育成绩。在投行工作，你手里往往有许多项目在同时进行。你要像杂技演员一样，同时在手上抛接三五个球，而保证它们都不掉在地上。高盛用这一条标准，选出 99% 的简历送进废纸机里。”

一阵短暂的冷场。

有人问：“听说投行的人都滥交。是真的吗？”

阿尔玛说：“是真的。”

“阿尔玛！”芬克斯坦在她背后喊。

“——除了高盛。”阿尔玛面不改色地改口，“高盛雇员对伴侣永远忠诚。”

周围一片人都笑了。

“你……你好，阿尔玛，”开口的是笑笑，所有人的目光都投到她身上，她只觉得整张脸都烧起来了，英语更加结巴难听，“作为国际……国际学生，你能……能给我什么建议吗？”

阿尔玛将目光转向笑笑。两人个头一样高，头发一般长，但不知怎的，笑笑总觉得自己在对方面前矮一截。

“第一个建议是锻炼你跟陌生人说话不脸红、不结巴的能力。”阿尔玛说。周围学生哄笑。

他们很快转移了话题。笑笑又回到隐形的角落里。

如果一开口就只能被嘲笑，那她就不该说话。

……可是，被嘲笑和被忽略，到底哪个更糟糕？

当天晚上在安娜·海德校友楼，有 KKG 协办的高盛招聘酒会。笑笑去了，在门口被拦下来。负责来客注册的 KKG 副主席碧阿绮丝抱着手，狐疑地上下打量她——她穿着不合宜的礼服裙，没穿正装。

“你有邀请函吗？”

“……没有。”

“对不起，参加酒会必须有邀请函。”

“……怎样可以拿到邀请函？”

“如果你连这个问题都没法回答，”碧阿绮丝如此说，“那我想你真的不是高盛招聘的对象。”

碧阿绮丝很快把注意力转移到了其他来宾身上。西装革履的人们鱼贯而入。笑笑无比尴尬地站在那里。

她不是他们中的一个。她永远是被拦在门外的那个。

这个世界上有那么多门。那么那么多门，没有一扇是为她而设。

从中午一直没来得及进食。笑笑踩着高跟鞋失魂落魄地往回走，冷风吹得人打颤。一向不得照料的胃受了凉拼命地抽搐。她按着胃，感觉胃酸灼烧穿心，有点想吐。

为什么人生对她会这样艰难？

她走回宿舍。杰琪不在，屋里空空荡荡。她反而觉得安心。

笑笑把门关上，因为胃疼靠着门慢慢往下坐。坐到地上时，终于再也忍不住，眼泪决堤而出。她失声哭了起来。

就在她哭出声音的一瞬间，宇宙的某处，有什么东西被触发了。

某个角落，蓝色光环倏地一亮。

忽然响起一个奇怪的声音：“——亲爱的，不要哭了。”

7　蓝熊

“——亲爱的，不要哭了。”

笑笑魂都吓没了。

屋里除了她没有人。怎么会有人说人话？

幻听？

她张着嘴巴环顾四周。确实没有人。

果然是幻听。

……那就继续哭吧。

笑笑哇的一声又哭起来。

“——亲爱的，不要哭了。一切都会好起来的。我在你身边。”

笑笑猛地贴墙站起身来，泪珠子挂在下巴上。然后她看到，桌脚边那个地下室里捡来的三轮小熊，头顶有个光环在发光。

“你是谁？”

“我是蓝熊，一个结合人工智能的小型家用机器人。你呢，你是谁？”它的声音瓮声瓮气的，好像照着稿子念书，的确像个机器人。

这是笑笑这辈子碰到的第一个机器人。笑笑一时忘了哭泣。她慢慢走过去，把熊从地上拿起来。熊立刻嚷嚷起来："请不要随随便便脱我的衣服。熊是有尊严的！"

笑笑汗了一下，急忙说对不起，把它放在桌子上，自己蹲在桌边仔细端详。

"所以你是谁呀？"蓝熊问。

虽然没有接触过这方面的知识，笑笑也明白，能够与人对话的机器人是非常稀罕的。机器语言与自然语言有着巨大的差异。为了使机器能够理解人的指令，需要写出程序，并且有面向人类的用户界面，如此机器与人的沟通才会成为可能。

用自然语言与机器沟通，是一件非常不容易的事情。比如说苹果的 Siri，就是这样一个人工智能程序。它需要数百个工程师的协作，建立强大的语音识别系统，同时需要苹果 iOS 系统的应用完成任务。

可是，即使如 Siri 这样世界领先的人工智能应用，也不会主动向用户提问题。也就是说，它的运行是由用户主导的，Siri 本身并不会发起任何会话。

然而现在，这个自称蓝熊的"机器人"，正在问笑笑叫什么名字，还叫她不要哭。

它能够辨认出人的哭声，能够感知自己的衣服被掀起来（笑笑想看它的内部结构），能够根据语境提出和回答问题。并且，笑笑明白自己的英语带着浓重的中国口音，而这并没有影响蓝熊的理解。它有非常强大的语音识别能力——如果它真的只是机器的话。

即使对人工智能一无所知的笑笑，也明白她面对的是个很不寻常的东西。

月光之下，有一只松鼠从窗台掠过。笑笑于是回答："松鼠。我的名字叫松鼠。"

"松鼠松鼠，很高兴认识你。"

"你从哪里来？谁创造了你？"

"初代蓝熊的创造者是艾伦·陈先生，不过我的创造者是……"有一刻小小的停顿，"……伯克利机械工程和电子工程实验室。"蓝熊瓮声瓮气说。

“这样？你是学校的财产？我应该把你送还给学校。”

“不！不要！他们会拆了我，因为他们已经制造了第八代。我是第六代，我已经被抛弃了。”它要是人，一定会叹一口气，“我太老了。”

“被抛弃了吗……”

“松鼠松鼠,请让我留在你这里吧！我是世界上最棒的半人工智能机器人。我有许多才能。我能为你做很多事情。”

“你能做什么呢？”

“我能完成许多任务。比如说，推杯子。”它说着忽然滚动起来，两只肥肥的胳膊横起来，把笑笑的杯子推到桌子边缘。笑笑大叫“别”，这时啪的一声，杯子掉在了地上。

熊继续说：“我有许多才能。我还会推台灯。”它说着转了个身，朝笑笑的台灯屁颠颠地滚了过去，用臃肿的身体把台灯推到桌边——笑笑大叫着“别”，好容易把台灯接住，却见熊又朝笔记本电脑滚过去，一面说：“我还会推电脑——”

笑笑一把将熊从桌子上拎起来。

熊嚷嚷：“请不要随便和我发生肢体接触。熊是很保守的！”

笑笑被气笑了，把熊放在地上。

熊在地上原地打了个转，重新面向桌子。

这是一只不太大的机器熊，只比笑笑手掌略高一点。有一点像泰迪熊，但是没有毛毛，只是一层棕色的布料，可能是为了散热。它有一个显眼的黑鼻子，笑笑有点怀疑那是个摄像头。没有腿，底下是两个大轮子。菊花是一个USB接口。应该长鸟的地方还用支架架着一只小轮子。

这时，只听突的一声，支架连同小轮子被一起高高地喷射了出去，轮子的凹槽里带出一根细细的钢绳。小轮子的轮架上有一个吸盘，在落到桌子上以后，吸盘就吸了上去。紧接着，小轮子开始自动旋转，钢绳被一点一点缠上去，蓝熊于是晃晃悠悠地被带回了桌子上。

这个情景太诡异了。好像一个熊，突然把自己的鸟射飞出去，再被自己的鸟慢慢往上提。

笑笑在一旁目瞪口呆地看着。

期间蓝熊在桌角被卡住了一下。轮子又放出一点钢绳，让蓝熊悬挂着转了个圈，然后才把它扯上去。

回到桌子上，蓝熊用双手支撑，重新站起来，然后又滚向笑笑的电脑说："我还没有来得及展示推电脑。我可以推动比我自重更重的东西。我有非常强大的动力体系……"

笑笑急忙抓住蓝熊，它的两个轮子在桌上空滚。"不用展示了！我知道你能推电脑！真是太厉害了！——你的设计师好厉害呀！"

这是由衷的称赞。要让机器人推送物体从 A 点至 B 点，需要很好的空间定位感知能力。知名如波士顿动力公司，能让机器人做的也无非只是搬箱子。并且，能够完成搬运工作的机器人往往都有一定体积，这个小熊却只有巴掌大，可知内部精妙。

蓝熊好像很高兴，立即说："我还有别的才能。我会唱歌和跳舞！"

它说着开始自嗨，放了一首鲍勃·迪伦的《像一块滚石》。因为音响就装在它的嘴里，它假装鲍勃·迪伦是自己的声音。一面唱着，两只胳膊左摆右摆，轮子左滚右滚，前面那个鸟轮子的绳子还没收好，把自己的鸟缠得乱七八糟。这时只听噼噼啪啪一阵，桌上的笔筒、手机、书本、饼干盒、餐巾纸，连同电脑全掉地上了。

笑笑惊呆了。

这个熊只有一个才能，就是推东西。

还好铺着地毯，电脑手机没有摔坏。但是笑笑气坏了。她把蓝熊从桌上提起来，把它的鸟挂在了衣帽架上。

蓝熊愤怒地说："不要把我挂成这样。熊也是有尊严的！"它在半空中晃了一会儿，努力调整鸟上的绳子无果，有些泄气地说，"请把我放下来。我向你展示我的舞蹈才能。”

笑笑切了一声，说：“你那哪能叫跳舞啊？我给你来一段。”

在北京，每当心中难过无人倾诉的时候，笑笑就一个人去 KTV 又唱又跳又哭又闹。等唱完了哭完了，她就好了，就又可以笑了。

她是需要发泄了。

拿手机，开酷我，设置成随机播放。开始。

笑笑唱歌向来声情并茂，手舞足蹈，精神分裂。反正杰琪不在，笑笑充分利用室内空间，在两个舞台（床）上蹦上蹦下，滚来滚去。唱《千年等一回》的时候，把床单往头上一披，又演白娘子又演许仙；唱《你是风儿我是沙》，特地到柜子里挑了一条长长的黄裙子套上，又演风儿又演沙；唱《猴哥》时，临时又换了一件假貂毛大衣，又演猴哥又金箍棒，咚的一下从床上翻下来，把衣柜都撞歪了。

最后放到 Beyond 乐队的《海阔天空》。披了一身风衣，假装是自己的演唱会，手里有一把吉他，空抱着一把吉他在空气里弹唱。歌词早在心里记得烂熟，张口即来。越唱越心酸，越心酸越响亮。唱着唱着就落泪了。唱到后来声音也哽咽了，还是大声唱。

仍然自由自我
永远高唱我歌
走遍千里
原谅我这一生不羁放纵爱自由
也会怕有一天会跌倒
背弃了理想谁人都可以
哪会怕有一天只你共我

唱到声音沙哑，泪流满面。

自己跟自己求情。狠下心对自己说：一分钟，只哭一分钟。

然后就坐在地上，掐着表，撕心裂肺地哭了一分钟。

哭完站起来，拿毛巾擦干眼泪，梳好头发，收拾房间。

被挂在衣帽架上的熊晃悠悠地问："松鼠松鼠，你为什么哭呀？"

"你不会懂的。"笑笑把它从衣帽架上取下来，放回桌上，"不许乱推我的东西！"

蓝熊本性难移地去推笑笑的手机，一面说："我是世界上最棒的半人工智能机器人。我有许多你没发现的才能。我可以帮助你。"

"'最棒'？你'最棒'？你除了推东西还有别的才能？"笑笑生气地把手机夺过来，把电脑挪得离它远些，"Siri 比你棒多了。它从来不推东西，也不会问我问题。"

"在信息集成与处理方面，蓝熊——也就是我——比 Siri 优越 438 倍。我有极其强大的信息处理器。我可以完成 Siri 根本无法想象的任务。"

"哦，比如说——推东西？"

"那只是一方面。给我一个题目。我向你证明，我可以帮助你做 Siri 做不了的事情。"

"我想进投资银行，你帮得了我？"

"是的，我可以。"蓝熊说，"请打开蓝牙。"

打开蓝牙建立连接。笑笑惊讶地发现，手机和电脑上同时出现了奇怪的蓝边对话框，一个名叫"蓝熊"的程序，正在询问是否确认安装。

笑笑点下"确认"。

程序安装时，蓝熊在旁边发问："目标是投资银行的投行部门，确认吗？"

"是的！侧重并购。"

"投行部门，侧重合并收购，确认。目标岗位是本科生级别的投行分析师，确认吗？"

"啊，要暑期实习分析师。"

“实习分析师岗位，确认。目标范围设定为十二家顶级投资银行和十二家精品银行，确认吗？”

“啊？好的。”

“投行排序参照 Vault Banking 50（Vault 网站评选投行前五十）和福布斯排名，确认吗？”

“哦可以的。”

“地点设置为旧金山，确认吗？”

“还有纽约！”

“地点旧金山及大纽约地区，确认。资料搜集的各项参数设置有要求吗？”

“啊？参数？你能决定吗？”

——接下来的十五分钟，笑笑的嘴再也合不拢了。

蓝熊程序大约用一分钟安装完毕，然后彻底取代了笑笑本来的操作系统。屏幕右侧竖列并行两个对话框，一个显示“任务”，一个显示“进程”。两个对话框同时有字串在不断闪现，好像一个疯狂打字员在用左右手同时打字。

“任务”对话框迅速列出任务计划，右侧小图标显示进行中或已完成。

>>> 确立目标：筛选 Vault Banking 50 二十四家银行，旧金山及大纽约地区招聘

>>> 目标银行资料搜集

>>> 目标银行本季度招聘信息

>>> 目标银行概况

>>> 目标银行相关新闻

>>> 目标银行上年度年报

>>> 目标银行三年内暑期实习生简历样本

>>> 目标银行资料分析

>>> 建立备忘录

>>> 建立日历

>>> 建立阅读列表及资料库

左侧屏幕被四个奇怪的谷歌浏览器分割成四块，四个浏览器同时正在搜索。搜索引擎仍然用的是谷歌。当二十四家银行名单确立以后，这些银行被分为六组，一次有四家同时出现在屏幕的四个浏览器里，同步按序进行招聘信息、概况、新闻、年报分析。

招聘信息汇集后，左下角出现一个新窗口，是谷歌日历。各大银行的相关招聘活动时间与简历投递期限很快标注在了日历上。

实习生简历样本，用的是内容填写比较全面的新入职分析师领英页面。在简历提取完毕后，“进程”对话框不停显示资料搜集及数据分析的结果。笑笑的英语阅读能力几乎跟不上它的显示速度。

>>>100% 的样本与本行业相关人员联结。分析：行业内部社交，强烈建议。

>>>92% 的样本来自美国新闻（US News）排名前 50 的美国高校。分析：本科就读于目标学校，非常建议。

>>>93% 的样本拥有金融专业实习经历。分析：金融相关实习，非常建议。

>>>68% 的样本拥有至少一项体育运动。分析：体育经历，建议。

>>>45% 的样本拥有社区服务经历。分析：社区服务经历，建议。

此外还有办公软件使用、研究背景、公共演讲能力等各项技能及 CFA（Chartered Financial Analyst，注册金融分析师）证书持有比例的分析。

左下角出现新窗口覆盖日历。新窗口按照优先级列出简历应该有的经验及能力。左侧窗口重新开始搜索与各项经验能力相关的活动，并将活动日期添加到日历中。日历里于是又多了简历工作室，实习经验分享会，银行参与的案例大赛，相关社团招新日期，等等。

蓝熊虽然执行着一系列任务，除了任务框与进程框外，其他用的都是电脑自有的软件。浏览器与日历用的是谷歌，备忘录与阅读列表用的是系统自带记事本，资料库也是系统本身的文件夹。就好像 Siri，执行用户任务仍然使用 iOS 自带的应用。

蓝熊建立的阅读列表，除了各大银行年报与新闻，还辟出一个文件夹，专门列出投资银行入门书籍；有一个文件夹，专门列出包括前高盛 CEO 亨利·鲍尔逊所著的《与中国打交道》在内的中国相关内容；有一个文件夹专门搜集近年 TMT 行业的投资并购案例。此外，彭博客户端、《金融时报》和《华尔街日报》都列在必读列表里。

最后所有进程窗口关闭，只留下备忘录、日历、资料库附阅读列表三样内容。笑笑瞠目结舌地浏览备忘录和日历，上面依次列出她应该做的准备和所有事项的日期。

原来只觉投行无望，而现在看来，眼前的道路，无比明确清晰。

“即将到来的事项，是明天晚上的混合性别足球赛，拜罗楼球队对阵 DKE 及 KKG 联合球队。”蓝熊瓮声瓮气地说，“建议理由：此球赛无门槛；足球比赛体现团队精神；能增加体育经历；可利用机会社交。”

笑笑一时说不出话。

“现在，你一定已经认识到，我是世界上最棒的半人工智能机器人。”蓝熊得意扬扬地转了个圈，滚到笑笑的苹果手机跟前，瓮声瓮气地宣称，“Siri 这种烂货，我一定会取代它，早晚而已。”

说着把它的鸟用力打在苹果手机的按键上，然后说：“干你，Siri。”

Siri 说：“嘿！我不觉得我该被这样对待。”

蓝熊胳膊一挥，又把笑笑的苹果手机推下桌去。

8 混合性别足球赛

蓝熊推荐的混合性别足球赛，地点在橄榄球场北边的威特体育场。这一带是伯克利山的山脚，公路盘旋往上，有的地方没有路灯，到晚上就黑黢黢的。

足球赛本身不是重大赛事，是兄弟会间的联谊活动，每个星期二进行。PKS虽然已经停会，但是拜罗楼的住户仍然保有参赛资格。因为报名的人并不多，两边都只有七个人，预定的只是打半场的场地。

DKE 会长克里斯与 KKG 的会长阿尔玛作为负责人都到了。两边分别是四男三女。杰琪本来不愿意，被克里斯拉了过来。此外还有一个叫翠西的女生，很胆怯的模样，是被莱利拉来的。

PKS 这边除了莱利，还有约翰、安德鲁、罗地沟。结果比赛一开始，满场都是罗地沟汪汪叫的声音。

因为是混合性别，为了照顾女生，比赛规定，男生间的连续传球不能超过三次。规定是这样规定，比赛一开始，雄性荷尔蒙就完全主导了球场。尤其约翰与克里斯，几乎是以命相搏的姿态。罗地沟作为一只汪汪叫的守门员，根本不是克里斯的对手。只要克里斯一突破约翰的防线，DKE 一方就铁定进球。

DKE 那边的三个 KKG 女生，则是一副袖手不干的样子。除了阿尔玛偶尔能抢到球，其他两个女生只顾着给克里斯拍手叫好。

PKS 这边，莱利疲于奔命，从来没碰到球；安德鲁偶尔能抢到球，很快又被克里斯抢回去；克里斯偶尔把球传给杰琪，再从她手里抢回去；翠西则尖叫着，从男生冲刺的路径上避开。

笑笑努力跟着球跑。但是没有办法。克里斯的强势是压倒性的，谁也奈何不了他。

日落时七点，PKS 又到了一个人。笑笑看到那人时，远远只觉得眼熟。直到他把卫衣脱掉，大摇大摆地走进场地，笑笑才认出来他是谁。

阿九。

或者不如说，阿历。亚历山大・张。

笑笑很早就听说这号人物了。霸占拜罗楼顶层的住户，有着楼里唯一的私人卫生间（虽然马桶好像坏了）。

此外是各种风流韵事。照杰琪的说法，楼里的女生都被他睡过。

“我没有！”笑笑抗议。

“哦你会的。”杰琪一副很了解的样子，“他的绰号就叫‘小恶魔’。相信我，他很快就会开始骚扰你了。”

“……他非要跟楼里的女生都睡一遍吗？”

“总共六个人，我觉得他实在没得选。”杰琪很同情地说，“当然他有外面的女伴。我怀疑他睡了半个 KKG。姐妹会的房子一般是不许男生过夜的，但他有办法让阿尔玛给他开门……啊，我不惊讶。他的技术确实好得不像话……”

然后杰琪无视一脸涨红的笑笑，脸上是回味的表情，开始谈论各种技术细节。

“他是……他是很有天赋……很有力量……他非常特别……他可以像一只耐心舔毛的猫一样慢，又可以像一只充满激情的大象……哦，我没法说我不喜欢……哦上帝。我觉得他比克里斯更棒……哦怎么办，我有点想他的味道了……”

笑笑结结巴巴说：“我，我不用知道……”

“但是他有一点很特别……哦，他本人也很特别……”杰琪说着，脸上出现一种混杂着疑惑和着迷的表情，“……他会蒙上你的眼睛，把你的手绑起来……”

“……”

“……确实很像恶魔作风，是不是？但是，他并没有过分地玩那种游戏……好像意不在此……好像只是为了，只是为了让你的手没法碰到他……对了！他不喜欢被人用手触碰。有一次我拍了拍他的背，他一下子跳起来，非常生气，冲我大吼……”

笑笑胡思乱想的时候，克里斯又踢进一个球。球场的看管员兼裁判吹哨，宣布比分3∶0。

裁判再度吹哨，重新发球。小恶魔亚历山大·张大摇大摆地走进球场，极其无礼地对莱利说：“你，出去。”说着也不等任何人邀请，已经开始跟克里斯抢球。足尖几下盘点，立即把球从克里斯那里抢到手。

但是他根本不打算跟任何人配合，独自带球往回冲，绕开克里斯，回脚一踢，射门。

球被对方的守门员接了下来。

小恶魔加入后，球场上的局势变得非常可怕。好像一头熊激怒了狼群，所有男生忽然变得极具攻击性。本来男生都极有风度，偶尔会把足球传给女生；现在，所有男生都自顾不暇，再也没有心情给女生让球了。翠西尖叫着避开如火箭一般乱窜的男生。

笑笑本来就是存在感很弱的一个人。在球场上，她更加像一个隐形人。

直到某个瞬间，眼看着克里斯与小恶魔扭缠着向笑笑逼来。笑笑没有像翠西那样避开，而是勇敢地迎上去，试图从男生脚下抢球。但是男生的速度和力量都太惊人了。小恶魔勉强避开克里斯的攻势，转头不得不分神绕开笑笑，结果人一侧，球被克里斯抢走了。

“不要挡着我的路，婊子！”

笑笑被骂得呆住了。

他凶狠地骂完，立即又朝克里斯追上去。笑笑迟疑一下，重新追上去。克里斯与小恶魔再度扭缠在一起。克里斯看准时机，把球传了出去。小恶魔转身追球，结果一头撞在笑笑身上。笑笑被撞飞，重重地摔在地上。

肩膀一阵钻心的痛，右边胳膊一下子麻了，眼泪很快地溢上来。

没出息。只会哭，你就只会哭。

全场的目光一下投了过来。裁判喊停。约翰、安德鲁、莱利飞快地奔过来，问她要不要紧。

只有小恶魔，像一头撞了树的熊一样愤怒咆哮："干！你疯了吗？你非要挡着我的路吗？"

莱利把笑笑从地上扶起来，低声说："去旁边休息一下。"

笑笑甩开莱利的手，颤抖着从地上站起来，整个身子因为疼痛和生气而发抖。她已经做够了隐形人。

她不让。决不让。

"比赛规定，男生之间连续传球不能超过三次。刚刚已经传球第几次了？"笑笑强忍眼泪，仰头盯住对方，"我到这里是为了踢球，我凭什么要让你？是我挡着你的路，还是你在挡我的路？"

小恶魔不敢置信地望着她："你什么意思？你是说下回要我让你？你能干什么？你觉得你能进球？"

笑笑咬牙说："我能。"

接下来的半场，就看见一个风一样的女子发疯一般地横冲直撞，完全不怕死地冲在男生堆里。咬准男生三次传球，第四次绝对到她脚上。如果有人胆敢阻拦，她立即大嚷："规定！"男生只好避开，然后再伺机从她脚上抢球。

小恶魔的注意力不得不从进球上转移开。只要他带球跑步，旁边立即会有一个烦人的女人围上来。有时他逗弄她，就让她把球抢过去，打个转他再把球抢回来。来来回回几个回合，旁边克里斯都看笑了："够了阿历！你非要这样戏弄女孩吗？”

小恶魔笑吟吟地把球抢回来，避开克里斯的攻势，一面回头看被他戏弄了的女孩。

然后他一下子被震住了。被她的眼神。

那是一双可怕的，喷射着狠毒和决绝的眼睛。黑漆漆的，好像有看不见底的毒意。仿佛一条垂死挣扎的蛇，已经被人压住七寸，却还在疯狂地露牙吐信，找准一切机会进攻。

只是这样一顿，女孩已经冲了上来。他信意抬脚，女孩一绊，整个人朝前扑去。

他没有去护。

于是女孩整张脸重重撞在地上，鼻血一下子喷出来。莱利飞快冲上去，扶起她，一面急声问：“你还好吗？”

安德鲁走过来，翻着一只白眼对小恶魔说：“你不能对女生这样。”

“她自找的。”他说。

裁判宣布中场休息。

莱利说：“这是娱乐的足球赛。你不用太认真。”

笑笑说：“好。”

她坐在那里仰头看天。天空星辰满布，黑暗而美丽。她按着鼻子。血还在渗，沿着人中淌进嘴巴里，苦涩中泛着咸味。

不远处人们有说有笑。克里斯与小恶魔在球场上杀得眼红，在场外倒是一副哥们儿的模样，聊起金门勇士队本赛季的表现，转而又说起去北加州猎熊。笑笑无趣地坐在一旁，等鼻血止住，翻出包里的能量棒，干巴巴地咀嚼。

后半场笑笑坚持上场。人们只看到一个不要命的女疯子像流弹一样窜在人群中。她还是没有本事从男生脚上抢到球。但是，男生间三次传球结束，只要是在 PKS 手上，队员就会自觉把球传给她。

约翰与安德鲁分别为笑笑保驾护航。小恶魔还要抢球的时候，安德鲁会朝他露出可怕的表情。

笑笑把球带到球门附近，就会把球转给约翰。约翰避开克里斯反身回传给小恶魔。小恶魔射门，成功。PKS 终于把比分追平。

球赛结束后，笑笑浑身散架，再没力气移动一步。她避开人群，自己去体育场旁边的厕所，在里面脱下球衣检查伤势。右边胳膊手脚的皮完全破了，血在皮肤上结成薄薄的痂。右边肩膀一块淤青，不疼，只是麻木。

夜间风冷，胃又开始一抽一抽地疼。她喝了一口凉水，打了个寒战，只觉得更疼了。

在马桶上休息了好一会儿，笑笑才抱着肚子往回走。体育场已经没有人了，管理员拉了电闸，球场黑暗，光源只有外面的路灯。

笑笑慢慢在路上走，走到那段没有路灯的树林时，忽然看到有人趴在地上，正在摸索什么东西。

走近一看，发现是小恶魔。

“你在找什么？”

“不要你管。走开。”他头都没回，很专心地趴在地上，双手着急地摸索，眼神有些迷茫。

笑笑有些纳闷。他身后大概三五米的地方，有一个书包。笑笑把书包拎起来，问：“这是你的书包吗？”

小恶魔噌地从地上蹦起来，转身朝一棵树伸手：“还给我。”

“你……你刚刚在找书包？”笑笑有些惊讶地问，“你看不到吗？”这里虽然是有些暗，但几步之外就有路灯，并没到伸手不见五指的地步。书包这么大的东西，怎么会看不见呢？

小恶魔直直朝前走了几步，走到一棵树跟前，大声说：“还给我。”就伸手抢书包，结果手拍在树上。

“……呃，我在这里。”

小恶魔转个身，向另一棵树大声嚷嚷：“给我！”

“……不，不是。那是一棵树。我，我在这里。”

小恶魔又转个身，然后直直朝路边走去——那路边是一个陡峭的斜坡，底下是荒地和树丛。笑笑大叫一声：“别——”他已经一脚踩了下去，然后骨碌碌地沿斜坡滚出五六米，一身树叶和泥土，接着被卡在一个小土坡上。

笑笑满心同情。

“你不要动。你旁边有棵树，抓住它。我下去帮你——”

“——婊子!! 滚!!!”

随着那声“滚”，亚历山大·张沿着斜坡顺利地滚了下去。

笑笑眼睁睁地看着他一路顺风地滚到山脚下，过五关斩六将勇往直前一去千里，最后终于卡在山脚一株松柏跟前。

“你没事吧？”笑笑大声问，忽然高兴地感觉到她不是今天最倒霉的人。

山脚的树丛前，传来一声不太清晰的咕哝。

“……走。”

“好的，那我先走了。”笑笑大声朝山脚喊，“我把你的书包放在这里。”

“别——别——靠！”滚下去的人垂头丧气地说，“我是说‘不要走’。不要走……拜托……靠！”

9　中国菜到底有多好吃

西西跟锡恩·怀特转眼打得火热。

九月初旧金山有一个科技创业的展览会。周更新和马云东从南湾开车进城，看完展会后就来伯克利找笑笑跟西西。西西当然不在。

“西西订了两张监狱岛的票，本来说要跟我去的。”笑笑不无怨愤地说，“结果锡恩·怀特一来，她就跟他去了。”

“所以只有你吗？”周更新挑眉。

“什、什么叫‘只有我’？只有我你们很委屈吗？我花大半个下午陪你们逛校园，你们还不高兴吗？”

“伯克利又没什么好看的。”周更新说。一个下午就看了个塔，还有恐龙。

“你你你你你，你也很好。”马云东结结巴巴说。

“我又没要跟你谈恋爱，这就给我发好人卡了吗？”

马云东的脸涨得通红。

周更新要走。笑笑忽然想起蓝熊，于是把机器人蓝熊如何为她做求职规划的事告诉周更新。

“这是不可能的。”周更新斩钉截铁地说，“我在谷歌安卓工作，做的差不多也是人工智能。让安卓手表对用户简单的语音指令做出回复，需要一个上百人的庞大团队，需要 32 台惠普超级服务器，1024 个核心处理器和差不多 32TB 的 RAM（运行内存）存储。目前不管是谷歌还是苹果，能让系统查查地图，发发邮件就不错了。你说的机器人，又能识别语音，还能搜集整理信息……太科幻了。就算是伯克利实验室也做不出这样的东西。否则早轰动世界了！”

笑笑把周更新和马云东带回宿舍，要他们看蓝熊。结果回屋，却不见蓝熊在桌上。

苹果电脑又一次被悬在桌前——为了防止蓝熊摔电脑，笑笑特意绑了根绳子。台灯和书就没那么幸运了。地板上，台灯、书本和臭袜子搅在一块儿，乱七八糟。此外鞋子也被人（熊）移动过，乱糟糟地躺在地板上。还有，不知道怎么回事，衣服、裙子连同内衣胸罩也被人（熊）从衣柜里扯出来，七零八落地散在地上。

“太乱了！”周更新惊呼。

笑笑急忙把两人推出去，花了两分钟把东西扔回衣柜里，然后气呼呼地把蓝熊从床底下揪出来。

周更新把熊拎起来看了一眼，说：“这哪里来的破玩具……还有个鸟！”说着就拨它的鸟轮子。

笑笑从他手里抢回熊，好好地摆回桌子上，对熊说：“蓝熊蓝熊，介绍你自己。”

没反应。

“没电了吗？”笑笑把 USB 线插上。周更新凑过来说：“哎哟，这菊花。”

隔了一会儿，笑笑又说：“蓝熊，你会做很多事情对不对？你会推东西，对不对？”说着把自己的苹果手机搁在蓝熊面前。

没反应。

“蓝熊蓝熊，我是松鼠！”笑笑叫唤。

没反应。

笑笑拍蓝熊的脑袋：“你个笨熊！你把我的房间搅这么乱，现在你装死？”

没反应。

周更新觉得无趣，就拉着马云东走了。

“蓝熊蓝熊，你坏了吗？”笑笑还不甘心。

蓝熊头顶的光圈亮了一下。

“我很好，谢谢。”蓝熊瓮声瓮气地说。

“嗯？你好好的？那你刚才为什么不说话？”

“我不会像你一样，随随便便跟男人说话。”蓝熊说。

“……”

西西从旧金山回来，跟笑笑分享她的初恋。

“这个不能叫初恋吧……你在四中的时候不就跟校草在一起了吗？”

“那不算。那时年轻，懂什么呀……”公寓楼顶，夕阳洒了西西一脸柔光，“你有跟人……那个过吗？……切，还用问吗。就长成你这样，肯定没。”

“……我，我哪样？！”

“我跟哈佛男做了。”西西说，转过头朝笑笑粲然一笑，“流血了。蛮疼的。”

“啊……”笑笑惊讶，“不是吧，你跟我们校草拍拖三年，你都没有……你跟这个哈佛男才见第二面……”

“他说他喜欢我，我也喜欢他。”西西呷一口罐头啤酒，皱了皱眉头，“美国啤酒真难喝——而且，女生的话，肯定要有第一次的，对不对？……我也没多想。酒吧里喝了点酒，就开房了。”

“……在哪里？”

“联合广场旁边的威斯汀。”

“啊？那很贵吧？那还算有心吧。”

“我开的房。”

“你开的？”

“他说晚上他要回南湾，叫我一起走。我说酒喝多了不行。他说旧金山的酒店都很贵。我说不贵，我就开了房间。”

“……西西你，你疯了？你花钱开房间让人睡你？”

“晚饭钱他出的。”

“他请你吃什么了？米其林？”

“唐人街的泰国面。”

“泰国面？……十块钱两碗那种？威斯汀多少钱？三百刀？五百刀？”

西西扭过头来，严厉指责笑笑：“方含笑你真庸俗！你就知道钱？……毕竟是我第一次啊。我想住好点不行吗？”

“住好点有叫女生掏钱的道理吗？你上北美吐槽君那里问问有叫女生付房钱的吗？……”

“他们美国人讲男女平等……”

“男女平等难道不该 AA 吗？”

“没关系。我不缺钱。”西西说，灌了一大口啤酒下去，“……学校里这么多派对，回回追我的都是印度人。好不容易有个高加索白人……至少睡了个哈佛的！”

笑笑轻轻叹口气。

“也许……你参加的派对不够好。我要去‘冲刺（Rush）’KKG。兄弟会姐妹会的派对，说不定会有更靠谱的男生。”

所谓“冲刺”，就是参加兄弟会的选拔仪式。

“姐妹会？靠谱？”西西摇头，“我不是没去过。我大一进来就去‘冲刺’了。笑笑你别去。你会后悔的。”

西西带笑笑买菜。笑笑给西西做饭。可乐鸡翅，沧州火锅鸡，麻婆豆腐，还有番茄炒鸡蛋。西西吃完心情变得很好，眼神迷离地管笑笑叫了声老公。

笑笑笑：“就你这胃，找老公非得中国的不可。”

西西捏一把笑笑：“就你了。”

鸡翅和火锅鸡做多了，西西让笑笑打包带回家，因为她不吃剩菜。

第二天中午笑笑把可乐鸡翅和火锅鸡热了热，出门上了个厕所，回来的时候惊恐地发现，她的菜旁边围着一圈男生。

莱利、尼克、罗地沟、安德鲁、约翰团团一圈围在桌前，每人手里拿了一根可乐鸡翅。

此外还有一个头发乱糟糟的大个子，火锅鸡摆在他面前。

“你们在干什么？”笑笑愤怒地问。

尼克立即羞红了脸。罗地沟叫了两声“汪”，把剩下的鸡骨头舔干净。约翰很大方地跟笑笑打招呼：“嘿！这个鸡很好吃！你要不要？”

安德鲁拿一只眼珠盯着笑笑：“我们在吃东西。”

“——那是我的东西！”

笑笑跺着脚走上前。头发乱糟糟的大个子迅速做了一个保护火锅鸡的动作。

“你们怎么可以吃我的鸡翅……”

“这难道不是约翰从 DKE 派对拿回来的鸡翅吗？”安德鲁看约翰。

“啊？不是啊。这难道不是罗地沟的外卖吗？”约翰看罗地沟。

“不是！汪！是莱利！汪！莱利刚烤的！汪！鸡翅！汪！”罗地沟看莱利。

“我从来没有烤鸡翅！汪！……哦不。我是说……”莱利盯着头发乱糟糟的大个子，“我进来的时候，看到阿历在吃鸡。他就叫我一起吃……”

头发乱糟糟的大个子风卷残云般正在吃火锅鸡。

笑笑恼羞成怒：“你……谁许你把我的鸡翅分出去？”

头发乱糟糟的大个子慢吞吞地把头抬起来，翻着一双死鱼眼：“我怎么知道是你的？”

“就算不是我的，肯定不是你的！你怎么能——”

“没贴标签。”亚历山大·张理直气壮地指着冰箱上的告示。那告示写着“公共厨房内所有食材必须贴标签，否则视为公用，可由管理员任意处置”。

笑笑脸都气歪了。

“你们把我的午饭吃了！我吃什么？！”

那双死鱼眼忽然一翻，变成亮晶晶的两颗星星，大个子满怀期待地问：“你要再做吗？”

笑笑跺着脚回炉灶打算烫个面炒个菜。洗完菜回头，发现一圈男生整整齐齐地坐在餐桌前。

“你们吃完了还不走？”笑笑问。

“不走。”一圈男生整整齐齐地说，热切地盯着笑笑的厨灶。

因为学校食堂贵，笑笑平日都是自己做饭。课业忙，也只能隔三两天做一次饭。奇怪的是，每次做饭的时候，住顶楼的大个子都会很准时地出现在厨房里。

笑笑很警惕地把所有碗、调料、食品包装都贴上标签。做饭之前，她一定会先上厕所，避免做完饭需要上厕所的情况。

做完饭笑笑就在餐桌上吃。对面坐着大个子，时不时瞥一眼她的食物，像一头随时准备捕猎的狼。

当然他还不至于明抢，就是安静地坐在桌边，面前摆着一些速食的东西。有时是速食披萨，有时是中餐店的外卖，有时是凉凉的萝卜西兰花沙拉。有时他就靠墙坐着，竖一条腿在长椅上，一面往嘴里扔拇指大小的胡萝卜，吧唧吧唧嚼得清脆，一边嚼一边看笑笑吃东西。

笑笑吃的可就丰富了。她离家两年，混迹于唐人街中餐馆，川菜粤菜湖南菜都学了一点。家常菜炉火纯青，各种面食更是不在话下。虽然食材不足调料有限，回锅肉、辣子鸡、酱猪蹄、鱼香肉丝、干炒鳜鱼，都能做得八九不离十。

两个人吃饭，吃着吃着就会进行如下的对话。

“吃那么多会胖的。”

“我想胖一点。”

“你要不要请我尝尝？我可以给出很中肯的评价。”

“不。”

“你不要考虑分一点给我吗？你不知道什么叫礼貌吗？”

“不。”

“一项科学研究发现，鸡吃多了会变笨的。”

“那我更加不能害你了！”

“分享食物是一种美德。”

“老想吃别人的食物是道德败坏！”

“……”

某一天笑笑特意错开饭点进厨房做饭。结果，鬼使神差的，那家伙又杵在那里了。

笑笑无视阿历，一个灶上煮面，一个灶上炒牛肉，还开了一个腌萝卜罐头，打算一起下着吃。听见身后那人百无聊赖地在翻什么东西。等她把面煮好，准备盛碗端到桌上，忽然听那家伙开口用粤语念：

“‘尼克，呆木头，爱脸红，矮个子。’哈哈哈！‘安德鲁，眼睛小，眼珠斜，黄头发。摩门教徒。’哈哈哈！‘约翰，高个子，大下巴，长头发，棕色头，红脸，帅！好帅!! 超级帅!!（爱心，爱心）’……那坨屎，有我帅？‘罗地沟，汪星人。’汪星人是什么意思？……”

笑笑气冲冲地过去抢他手上的小本子。那是她随身带的备忘小本。刚进学校时，为了能把人脸和名字对上，就把每个人的名字和特征记下来，有时还画个小脸。因为写的都是中文，也不担心被人看见，就胡乱加了很多个人评语。

但是眼前这个人，认得汉字啊……

阿历举着本子扭着腰，绕开过来抢本子的笑笑。只听他接着念：“‘Erics，大个子，睁眼瞎，鸟窝头，尔康鼻，熊样，拉 shit 带电脑，个傻缺’。Erics？Erics？”阿历捶着桌子恼火地咆哮，“你的英语到底是有多差？……鸟窝头，熊样，拉 shit 带电脑，个傻缺。什么意思？！”

笑笑费了老大劲才把本子抢回来。

“你有在背后评价别人的喜好？”

“……没有！不是！”笑笑急忙解释，“我记性不好，老记不住人脸。外国人又长得都一样……”

“在你眼里，我跟别人长得一样？”

“不一样……你是……‘尔康鼻’，在普通话里，是很好的意思哦！就是说鼻孔非常显著，非常美丽，非常帅的意思……‘熊样’嘛……在普通话里也是很好的意思哦！就是说，像熊一样，又勇敢！又坚强！……”

“哦，是吗？”他把眉头挑高，“‘拉shit带电脑’也是很好的意思？傻缺，也是好意思？”

“是啊！是啊！就是说你很聪明，很勤奋，学习很努力，上厕所也不耽误……这种很勤奋，又聪明的人，我们就管他叫傻缺。”

“‘睁眼瞎’，好意思？”

“是啊……就是说，睁着眼睛，也像瞎了一样；瞎着眼睛，也像睁着一样……这个就是中国哲学家庄子说的，生和死，没有区别！睁眼，和瞎，没有区别！……”

“你在玩我。”阿历的脸忽然冷下来，眼神变得恶狠狠的，口气变得凶巴巴的。好像戳到了他的痛处，他露出愤怒而凶狠的表情。

笑笑被那样的眼神吓到了。

“……你想怎样？”她小心退开，离他稍远一点。

阿历冷着脸，斜眼瞥了一下笑笑跟前热腾腾的牛肉拉面和腌萝卜罐头，又低头扫了一眼自己的速冻披萨。一秒钟工夫，他迅速把拉面连腌萝卜揽到了自己跟前，朝面汤里吐了一口唾沫，然后伸出一根长长的鲜红的舌头，伸进罐头里把腌萝卜舔了一圈。

“我想这样。”

笑笑气昏过去了。

10　KKG 入会仪式

九月中旬的一个周末，所有 KKG 预备成员一起参加入会活动。

这一年报名参加 KKG 冲刺的有将近两百个人，简历刷了一半，面试又刷了一半，最后剩下大概五十个人被邀请参加入会活动。笑笑也是其中之一。

进到 KKG 总部的房子时吓了一跳。虽然知道这是个传统的白人社团，也没想到面孔会是这样的清一色。大多是白人女孩，夹着少数几个白色面孔的拉丁裔。她是唯一的亚洲女孩。

在伯克利这样少数族裔占了一半的学校，竟然还有这样的白人社团。

而她偏偏还要死皮赖脸往里挤。

活动从周五晚上开始，各种各样的喝酒和整人游戏。要求背诵 KKG 历史和会规，要求穿着比基尼打扫厕所和厨房，要求蒙着眼睛从桌上拿一杯液体喝下——那液体可能是软饮、烈酒、尿，或者它们的混合。笑笑被灌下一大杯不知兑了什么东西的威士忌。

不许睡觉。睡着的，吃不消的，出言抱怨的，立即被淘汰。这样到周六早上，五十个被淘汰到不到三十个。因为 KKG 一学期只招十个人，还要接着往下淘汰。

周六白天，KKG负责整人的老会员都累坏了，新成员得以松一口气。虽然还要打扫卫生，但至少可以偷偷眯眼睡上一会儿。

到晚上有迎新派对。迎新派对除了KKG的新老会员，也有其他兄弟会和姐妹会的人过来捧场——或者说看热闹。

迎新派对九点开始。一开始是热身活动，由KKG分管活动的副会长碧阿绮丝·洛佩兹主持。这是一个高挑而性感的金发姑娘，无论走到哪里，都很难不引起男生瞩目。派对正式开始前，已经有很多外面来的男生围着碧阿绮丝团团转了。

这其中有一个身材极好的黑人。肤色半黑，估计像奥巴马总统一样混了一半白人的血。身材极好，因为他一点也没试图隐藏他引人注目的胸肌和臂肌。他个子很高，大概有两米一的样子，差不多是这屋里最高的人。他就像他正在追逐的女伴一样引人注目。

“你不该来这儿。”碧阿绮丝压低声音说，“托尼，让我再告诉你一遍：我们已经结束了！结束了！”

“考上大学就想把我甩开？你这个残忍的，邪恶的……甜心，宝贝，你不能这样对我……我爱着你。我无时无刻不在想你……”他伸手想要拥抱她，她绕开去。

碧阿绮丝很快找到机会证明她的残忍和邪恶。

热身项目的一项就是让新会员回答老会员的问题。如果老会员对新会员的回答不满意，新会员就要接受惩罚。

二十几个新会员分成三排坐在地板上，全都穿着比基尼或超短裙。碧阿绮丝领着老会员挨个发问。本来说好问的是常规问题，诸如KKG格言，成立时间之类。但是问着问着，全都变成涉及隐私的个人问题。

“描述你第一次性生活。几岁？在哪里？和谁？你开心吗？”

被问到的女生窘得满脸惭色，隔半晌才低声说了一句“我还没有”。

碧阿绮丝残忍地说：“你有两个选择：脱掉胸罩，去KKG门口站五分钟；

或者喝五杯龙舌兰。”

那个女孩选择喝酒。立即有五只小杯搁在她跟前。女孩一言不发，把劣质龙舌兰一杯接一杯地干下去。每喝一杯，旁边人就连声叫好。

越往后，碧阿绮丝提出的要求就越苛刻荒唐。笑笑之前的女孩，苏珊，被问到的问题是“你的上一次高潮”。苏珊红着脸，结结巴巴地描述了一下。碧阿绮丝立即残酷地要求：“现在，就在这个地板上，把你的高潮表演出来。”

苏珊小声地说“不”。

碧阿绮丝双手环臂，居高临下地说：“我数三下。如果你坚持不，你就可以从这个门里走出去了。三，二——”

苏珊慢慢躺倒在地上。碧阿绮丝停止倒数，脸上带着得逞的微笑。周围一圈人等着看好戏。

笑笑猛地把苏珊从地上拽起来，义正词严地对碧阿绮丝说：“你不能这样强迫她。”

“下一个就是你。你不用这么急的。”碧阿绮丝说，“何况我并没有强迫她。”她残忍地笑着，转向苏珊，“苏珊，这是你自己愿意的，对不对？”

苏珊低声说是，然后真的躺在地上，低低发出呻吟。

“响一点。”碧阿绮丝说。周围人起哄。苏珊就当着一群陌生人的面表演高潮。

笑笑第一次如此深刻地想念社会主义祖国。

这时碧阿绮丝已站到笑笑跟前。

“你上一次手淫是什么时候？”

“我不手淫。”

“撒谎！”

“——你是不是就想要我在这里表演手淫？”

“恭喜，你现在赢得了‘奖励’——”

“我选择喝酒。”

“哦放心，会让你喝的。”碧阿绮丝摆了个手势，立即有人把五只小杯放在笑笑面前。碧阿绮丝亲自拿了那瓶墨西哥龙舌兰给五只小杯满上，然后笑着说：“做我的客人吧？”

笑笑压抑着怒火，眼睛死盯着碧阿绮丝，一声不吭地往嘴里倒龙舌兰，一路热辣辣从嘴里烧到胃里。一向不怎么得劲的胃立即痉挛了一下。笑笑压着胃，往肚子里连灌了五杯。

进姐妹会要喝酒。她早就知道。

“哇，你很能喝嘛。”碧阿绮丝把笑笑跟前的五只小杯又全都满上，“我怎么能阻止你接着喝呢？来，接着再喝一轮吧。”

这是笑笑第一次喝龙舌兰。她不知道这一小杯龙舌兰是什么分量，而碧阿绮丝也根本无意告诉她。笑笑以为只有那种大号啤酒杯才会把人灌醉，所以根本就没把小杯放在心上。她闭上眼，一口气又把五小杯灌了下去。胃翻江倒海，像被火焰灼烤一样抽搐起来。

“现在我来教你怎么手淫。”碧阿绮丝笑着，伸手在笑笑额头上猛地一推。笑笑咚的一下朝后摔倒在地上。碧阿绮丝从她的身上跨过去，捏住她的手臂，塞到她胯间，“这样——”

话没说完，笑笑猛地起身，额头在碧阿绮丝头上猛地一撞。碧阿绮丝大叫一声，倒摔在地上。笑笑霍地从地上跳起来，捏起拳头盯住碧阿绮丝。

名叫托尼的黑人男生上前去扶碧阿绮丝。碧阿绮丝一把甩开，愤怒地大叫：“滚！叫她滚出去！”

就有人上来推搡笑笑。

这时楼梯上下来一个人，声音优雅而冷静：“吵什么？迎新仪式有这样闹嚷的吗？”

阿尔玛穿着一套碧色的晚礼服从楼梯上走下来。人群为她让路。阿尔玛穿过人群走到笑笑和碧阿绮丝跟前。

“这太难看了。你就不能展现一点作为姐姐的风度吗？”阿尔玛对碧阿绮丝说。

碧阿绮丝冷笑。

“我喜欢她。很有个性，是不是？”阿尔玛温和地笑，看着笑笑说，“让她留下吧。”

“好吧。既然会长这么说。”碧阿绮丝冷笑。

迎新仪式继续。但是笑笑脑子越来越不清楚了，只觉得眼前的世界开始飞快旋转，自己莫名地兴奋而又难受。胃开始一抽一抽地疼，酸水一个劲地往上泛，双腿发软，好像每走一步都在泥地里。她努力地压了压太阳穴，靠在墙角，一步也挪不动了。

阿尔玛在主席台上演讲。笑笑听不真切。不知为什么，模模糊糊听了许多关于饥荒的词汇。

“……这个世界上，每六个儿童中，就有一个儿童正在忍受饥饿，每十秒就有一个儿童因为饥饿而死亡……KKG 从来没有忘记自己的社会责任和慈善使命，一向鼓励会员积极参与社会服务与慈善事业。今天我们欢聚一堂，欢迎新会员的到来，同时也宣布，本年度的慈善计划从今天起正式开始。我们邀请所有姐妹，所有兄弟，一起参与到拯救饥荒儿童的事业中来……”

笑笑猛地一下朝后翻去。

她没有倒在地上。在倒地之前，有一只手臂接住了她。

“你醉了，亲爱的。”一个温柔的声音响起在笑笑耳边，“我扶你去楼上休息。”

笑笑迷迷糊糊地说了声“谢谢”。

“不用客气。走吧。楼上安静些。”那个人扶着她往上走。笑笑深一脚浅一脚，腹中如烈火灼烤，一阵接一阵的恶心袭来，想吐却又吐不出来。

笑笑把手臂搭在那人肩上。那人很好心地搀着她，半抱半拽带她上了台阶。他们穿过一道空无人迹的走廊，最后进了一个房间。房间没有开灯，只有昏暗的月光从窗外射进来。

那人把笑笑扶到床边，让她躺下，替她解去衣物，然后拿了一根类似腰带的东西，将她的双手缠在了床头的横杠上，接着又是一条轻柔的丝巾覆在眼上，将她的眼睛整个地蒙住了，另一条丝巾堵进她嘴里。笑笑低声抗议，想要挣脱，却浑身无力，任由那人将她赤裸地束在床上。

“你会喜欢的。”那人轻柔地说，一声低笑。

笑笑陷进一阵沉闷的黑暗中。派对上的人声和笑声，从很远的地方传过来，入耳不甚分明。笑笑隐隐觉得有什么不太对，但因为头沉沉地痛，无法多想。她放弃挣扎，陷入昏睡。

睡梦中她回到高中。她穿着一身土气过时的衣服，脚上一双老旧的凉鞋。班里的男生指着她的鞋说：“这是九十年代产的凉鞋吗？”

旁边有人大声指责：“她不是北京人！她是河南人！”

笑笑辩解说：“我不是河南人！我的户口已经迁到河北了……”

那人说：“你是河南人！你爸爸是河南人，妈妈是河南人！你迁到北京也变不成北京人！……”

接着又有人说：“我的手机不见了，是你偷的吗？你是河南人，最会偷东西了，是不是？快把手机交出来！”

一大群人拥上来，有人搜她的口袋，有人扯她的衣服。有人骂她小偷，有人叫她婊子。她努力想要逃，却无路可逃。腹中剧痛，她抱着肚子在人群中慢慢蹲下。抬头时远远看见阿尔玛在人丛之外凉凉地笑：“就你这样，也配进高盛？”

……

也不知过了多久。等她稍有意识时，她感到一具沉重而滚烫的男人身体压在她身上。她喘不过气来，想要推开他，双手却被系在头顶。有人抱着她的头颅，疯狂地舔她的脖子，一股浓浓的伏特加气息喷在她耳旁。

他轻轻叫着宝贝，嗓音低沉沙哑：“我真想念你的身体……你瘦了……嘻，好像更光滑呢……”

他的嘴巴很快没工夫讲话了，因为忙于一阵急促的吻。那吻像雨点一样打在她身上，由脖颈慢慢往下移。她浑身发颤，心脏狂跳。有呻吟要出口，却被口中的布条堵成一阵没有意义的咕哝。

接着一只滚烫发热的手分开她的腿。她想要抗拒，那力量却大得不容她反抗。在她反应过来之前，身体感受到了一阵前所未有的、撕心裂肺的刺穿的痛。

她凄惨地叫了出来。那声惨叫刺破了夜色，也停住了男人的动作。

男人像吃了一惊，动作一滞。接着他退了出去，从她身上爬起来，骂了一声。

她赤裸着身子，在床上弓成被开水烫死的一只虾。她的惨叫还没有停止。眼泪疯狂地渗出来，浸透了阻挡视线的丝巾。她一面流泪一面倒抽冷气，一半因为腹间的疼痛和恶心，一半因为流血的下体。

然后她疯狂地在床上挣扎，嘶喊，发出可怕的动静。

肇事者已然离去。

笑笑在黑暗中喘气，以为自己身在地狱。腹痛如刀绞，酸水一阵一阵泛上喉间。手腕因挣扎被勒得生疼。叫喊没有声音，呼救没有回应。

隔了不知多久，房中灯光亮起。耳边传来阿尔玛的声音："哦，天！"

阿尔玛挪去蒙着笑笑双眼的丝缎，解开系着她双手的腰带。笑笑惊恐地发现，自己不着寸缕地躺在一张陌生的床上，在一个陌生的双人房间里。

阿尔玛回身把自己的浴袍抛给她。笑笑裹住身体，胃中一阵绞痛。她摇摇晃晃地冲上走廊，一路忍着呕吐的冲动找到厕所。她趴在马桶上吐，一阵接一阵，胃液混着酒液，没完没了，仿佛要把内脏都呕出来。

厕所窗外一阵冷风吹来。她呕吐完，脸上眼泪滚烫，脑中无比清醒。

她拖着虚弱的身体往楼下走，在角落里找到自己的包和手机，颤抖着拿电话，按下 911。电话响了两声，即被接起。

"你好，伯克利警察局。"一个冷淡的中年女人声音。

"我需要帮助。"笑笑舔了舔干涩的嘴唇，声音颤抖得不像自己，"……我被强奸了。"

11　强奸案的法律困境

凌晨四点，马丁·路德·金路的伯克利警察局。

笑笑坐在笔录室里，一面讲述记忆模糊的经历，一面哭得泣不成声。坐在她跟前的两个警察睡眼惺忪，又带着一半好笑的神情。

“我们非常理解和同情你的处境，”警察说，公事公办的口吻，夹杂着调笑的意味，“但是你也要理解我们的处境。你受到侵犯的场合是学校兄弟会派对。这个派对向全校公开，没有门禁，理论上说，谁都有可能去。目前伯克利学生总数三万七千人，其中有 52% 是男生。伯克利市警察局在职警官人数统共一百七十人。就算这一百七十人每天不吃不喝不间断调查这将近两万名犯罪嫌疑人，也要花上大半年时间。我们可以给你录口供，陪你去医院，帮你向学校请假，但是除此之外，我们什么都做不了，你明白吗？”

“为什么做不了？你们难道不可以……不可以提取精液吗？”

“正确。精液检测的确可以查到犯人。但是我们这里只有惯犯的资料——而那些惯犯大多都待在监狱里。就算拿到精液样本，我们也不可能一个一个去敲学生宿舍的门，门开了，然后对学生说，‘麻烦，把你的精液送给我们一点吧……’”他说着说着，跟旁边那个警察一起笑起来。

“我知道是谁。”笑笑的指甲抠进椅子，她的手腕在一抽一抽地疼，“我认识他。他是我的同学。”

“好吧。就算抓得到人，我们可以拘留他二十四小时，请他主动送我们一点精液。以后你得走法律途径。你了解同龄性侵在加州刑法里的量刑吗？加害者与被害者年龄差不超过三岁，这样的性侵大多作轻罪论处。你跟他磨上两三年官司，最多让他在郡立监狱里待上几个月。之前有个伯克利女生，在兄弟会派对上，被人用手指强奸了，最后就判了六个月监禁。那些学生天天游行，天天示威，你看怎么样？学校开除他了吗？有谁怎么着他了吗？”

笑笑沉默了。警官说的没有错。刚进学校时，她就看到那些女权主义者在校门口游行。可是怎样呢？女生声名扫地，男生依然逍遥放荡。

警官接着往下说：“当然，如果你执意要抓人，我们肯定只能配合你。但是你也该明白，我们人手有限，资源有限，手头不缺更严重的案件……像你这样的事情，每个学期都有十来起。每次兄弟会派对，你们喝得烂醉还穿这么清凉，跟人睡了回头又觉得不爽……而我们要全员出动替你们找男朋友。说实在的，我真心觉得太对不起纳税人。”

好心的女警官要送她去医院，笑笑说不用，然后深一脚浅一脚地走出警察局。天还没有亮，路上空空荡荡。她沿班克洛夫街往东走，一直走到学校唐氏医务中心，在门口干坐到上班时间。前台问她有无预约。她说她被强奸了，需要急诊。前台一脸讶异地盯住她，终于给楼上打了电话，然后让她径直去妇科诊室。

大夫很客气地告诉她性传播疾病（STD）有潜伏期，如果刚刚被性侵，现在并未到检查时机。她干巴巴地说她要精液样本。

医生让她把脚搁在架子上，变成一个下体洞开的屈辱姿势。她照做。眼泪横着滴在检查床的白色垫纸上。医生取了液体，然后说：“第一周后，第三周后来做 STD 检查。”她说好，问如何做基因（DNA）检测。医生说她的医疗保险不包含检测，请她去找私人诊所。

笑笑向旧金山市南一家名叫“不忠诚DNA检测中心”的机构提交了精液样本。

“你要做的下一步，是向你的怀疑对象索要一点唾液。”检测员说。

“……唾液？这个怎么要？不可以是头发之类的吗？”

“测头发的话，成本会高一些……唾液不会很难。你只要叫他嚼一嚼口香糖，把口香糖装进这个小盒子里密封起来，二十四小时内送到就行。”

笑笑去找亚历山大·张索要唾液。

在她平时做饭的时间，小恶魔没再出现在厨房里。他不但没出现在厨房里，也没出现在公共休息室里，没有出现在 KKG 的房子里。

她最后在他的房门口拦住他。

他刚刚洗完澡，好像还腾腾冒着热气，身上裹着白色浴巾。开门见是她，他半倚在门框上，眼神冷淡地望着她。

“晚上好。”她说，声音竟然微微发抖。一半是因为恐惧，一半是因为愤怒。她恐惧她的怀疑是真的。她愤怒，因为他竟然好像没有一点愧疚。

“你想怎样？”他问，又露出那种凶狠的目光。

她从兜里掏了一片口香糖出来，手有些发抖。接着她向他递了过去：“吃口香糖吗？”

“我刷过牙了。”

“请嚼一嚼口香糖吧。”她声音发抖地说，“我想确认一件事情。”

她以为他会拒绝，会推诿，会躲藏——就像他这几天在做的一样。但他竟然伸手一把从她手中抢了过去。他把包装纸撕烂，把口香糖扔进嘴里，疯狂地咀嚼起来。他一面嚼一面走出房门，猛地探手揪住她的胳膊，将她一把按在门框边的墙上，巨大的头颅像一枚漆黑的石头一样到来，挡掉她头顶的光源。他把额头撞在她的额头上。她低呼一声，额头巨痛，脑袋里嗡嗡地响。他的额头压着她的额头，鼻子压着她的鼻子，重重的呼吸连同怒火生猛地喷在她脸上，好像野兽的味道，混进滚滚的薄荷凉意。

“是！就是我！！你他妈想怎样？！”他鹰爪般的手指捏住她的下巴，“去告！有种你去告！你他妈去告！！去告！！！”

他呸的一声把口香糖从嘴里吐到手上，捏起来，接着狠狠按在她额头上。她面无血色，脸颊白成纸。在她反应过来之前，他已经反身进了房门。门砰的一声关上，响得天惊地动。

然后是彻底的安静。

笑笑把口香糖从额头上揭下来，颤抖地装进准备好的盒子里，颤抖地合上盖子。眼泪在睫毛之间摇晃，终于啪的一声掉下来。她飞快擦去，恶狠狠对自己说，不要哭。

我要为自己讨公道。她捏紧拳头。

为自己讨公道！

次日清早，笑笑赶去旧金山，把口香糖交去检测中心。当天下午检测医师给她发邮件，发给她检测报告。唾液样本与精液样本 120 个 STR（短期纵排重复）记号 100% 一致，样本来源系同一人。

接下来的一周，笑笑跑了七家律师事务所。每一家都委婉拒绝。

“你们律所的网页上不是写着‘维护女性权益，促进性别平等，终结性别骚扰’吗？”在旧金山金融区与中国城的交界处，笑笑找到第八家律所，“阿姆斯特朗法律公司”，等了半天等到一个愿意跟她说话的人。

“你没有仔细阅读我们的网页，小姐。”尖长脸、眉发稀疏、发际线突破天际的律师史蒂夫·吴这样对笑笑解释，“我们的雇主大多是女性，我们擅长的是职场体制内的维权官司。比如说，我们可以替女经纪人控诉摩根士丹利性别歧视，当摩根士丹利交出五千万美元的罚金，我们本月的奖金就有着落了。我们还可以控诉德国德累斯顿银行（Dresdner）的性别歧视，而当德累斯顿交出十四亿美元的天价罚金时，我们就可以按比例收取上亿美元的佣金，这样部门半年的指标都完成了。”

“所以你们只打有钱的官司，不打没钱的官司？”

“你说对了一半。有时我们也打没钱的官司。比如我们替高盛女性雇员起诉高盛男性员工上脱衣舞俱乐部并且物化女性。打这样的官司，高盛员工就不去脱衣舞俱乐部了吗？哦，他们肯定还会去的。那我们为什么还要打这个官司呢？因为我们可以上头条。好比说，好比说……你不是被一个普通大学生强奸，而是被美国总统强奸，我们会发了疯地争着帮你打官司的。因为上了头条，我们就能接更大的案子了。”

笑笑浑身冰凉地坐在椅子上。室外是高楼鳞次栉比的金融区，繁华到令人瞠目。无数银行的招牌在阳光里亮得灿烂。

“请帮帮我……”笑笑无助地说，一面压着她的胃，“你是斯坦福法学院毕业的，不是吗？难道你们那样了不起的学府，也永远只关心赚钱吗？”

“很好。看来你很了解斯坦福的教育核心。”

“……”

“美国最邪恶的两个职业，你知道是什么吗？”史蒂夫循循善诱。

笑笑疲惫地看着他。

“一个是投资银行家，还有一个，就是律师。银行家和律师做的是一模一样的事，就是把钱从更有钱的人那里拿过来——无论需要撒多少谎，干多少肮脏事。谁有钱，银行家就争着巴结谁。谁有钱，律师就去起诉谁。常青藤和斯坦福，源源不断地把年轻的精英送去做银行家和律师，让钱在有钱人、银行家和律师手里来回流动。这就是美国的资本主义规则。”

笑笑无声地盯着他。

“你知道我为什么愿意见你，花这么长时间跟你说这些吗？”史蒂夫抚了抚他的发际线。

“不知道。”

“因为我看了你的案卷，我对你充满同情。我决定帮助你——以我私人的时间，私人的名义。”

“……为什么？”

“因为我想向你证明，美国也有好律师。”

笑笑瞪大眼睛。

“这个腐朽而官僚的司法制度，早已远离公平正义，背离了它所设立的初衷。这几十年来我所做的，都不是我真正想做的事情。”

笑笑难以置信地看着他。

“你要相信，我是美国最不邪恶的律师。现在请告诉我，我可以怎么帮助你？”史蒂夫把手拱在胸口，搭在光洁的红木桌上，“告诉我，你的期待是什么？”

“……期待？”

“对于伤害你的这个男孩，你期待他受到怎样的惩罚？我想，不只是一两年的监禁吧？否则你也不用找到这里。来说说，你希望他受到怎样的惩罚？”

“我想要他坐几年牢，他就会坐几年牢吗？”

史蒂夫微微笑了：“放到一个有经验的律师手里，的确是这样的。”

“怎么做到？捏造罪名？”

“罪名无须捏造。”史蒂夫露出深深的皱纹和笑容，“只要有法，就会有罪。每一个人都有罪，无非是你套用怎样的法描述这个罪。如果你还没有给他找到合适的罪名，那只是因为，你还没有深入地挖掘下去……好比说，‘红牛’的例子……”史蒂夫摸着下巴微笑，“红牛的广告词，‘红牛给你翅膀’。有一帮美国律师起诉红牛虚假广告，理由是红牛不能给你翅膀。他们胜诉了，红牛被罚一千三百万……所以，你看，只要努力，罪名总会有的。”

“你是说……”

“如果你的期待是叫他赔你一千三百万，那你就努力找赔钱的罪名，直到罪名判决累加出一千三百万。如果你的期待只是叫他坐一辈子牢，那只要不断累叠坐牢的罪名，直到他的罪名判决累叠成一百年，两百年，很容易凑成一辈子。为什么只盯着强奸的罪名呢？”

“……”

“听着，每个人都有秘密，每个人都有弱点，每个人都有罪名。”律师史蒂夫把他光光的额头压低，凑近到笑笑跟前，眼中精光闪烁，“找到秘密，抓住弱点，编织罪名，你就赢了。只要你愿意，你可以找秘密，而我来编罪名……当然，这取决于——你的期待是什么？”

腹中尚有隐痛，手腕尚有淤痕，双眼尚且殷红。

十几个日夜的辗转反侧彻夜难眠。

将缠绕她一生的噩梦和污点。

她挺直背坐在椅子上，指甲掐得手心几欲出血。

她一字一字地吐，声音冷得像陌生人。

“我要他，下，地，狱。”

12　无路可归

不久，阿尔玛联系笑笑，让笑笑去 KKG 找她。

“发生这样的事情，我很遗憾。”阿尔玛干练地说，“但是既然已经发生，我们最好开始协商一条双方都能接受的解决途径。”

笑笑不说话，眼睛红肿地盯着她。

“我知道你在做 DNA 检测……但是你应该明白，这是一场可怕的误会。谁都没有希望这件事发生。如果你把阿历告上法庭，会影响很多人，影响 KKG，影响学校声誉……不久前耶鲁兄弟会 DKE 因为不正当的性行为而被禁会五年，会长被耶鲁校方开除……我是 KKG 的会长，我不能让 KKG 陷入这样的境地。”

眼泪又溢上来，笑笑忍着泪问：“出了这样的事，你在想着怎样让你的姐妹会不受影响？……还是，哦对了，你马上就要成为高盛全职雇员了，你怕这件 KKG 丑闻影响你的职业前途？”

“说到高盛……那天招聘会，你也在吧？”阿尔玛嘴角露出一丝笑意，“好好想想。如果你打算把事情闹大，我不会出面给你做证，KKG 任何一个人都不会给你做证。把 DNA 结果呈上法庭，除了让全世界知道你被人强奸了，你还能得到什么？两千美元赔偿金？……但是，假如你可以就此揭过，假装什么都没发生，我可以指点你如何拿到暑期实习。就算不是高盛，大摩小摩美林巴克莱，机会多得很，是不是？好好想想。想明白了，把简历拿来，我替你改简历。”阿尔玛把话说完，笑着拎包起身，“每朵乌云都镶着一条银边，是吧？”

每个人都有弱点……她还没有找到人的弱点，人已经揪住她的了。

笑笑筋疲力尽地回到华林街 2320。蓝熊孤独而安静地坐在窗台上。它没有像往常一样把房间翻得乱七八糟，也没有像往常一样主动跟她搭讪。

笑笑干坐了一会儿，爬上顶楼，来到那个人的门前。窗户紧闭，房门紧掩。门前贴着一张电影海报，一个鸟窝头的摇滚歌手戴着墨镜，双手插着口袋站在路中央，背后是路和旷野。电影名字叫“No Direction Home”（《无路可归》），蓝色的字写着大大的 Bob Dylan。

鲍勃·迪伦。

笑笑心里一动。

回到房间，笑笑对蓝熊说：“蓝熊，唱一首歌。”

蓝熊没有问她要什么歌。每次她叫蓝熊唱歌，蓝熊的扬声器就传出这首歌。

吉他和弦响起，架子鼓跟着应和。低沉的男声响起，带着一点点吊儿郎当，带着一点点沧桑。

曾经你也鲜衣怒马
曾经你也绝代风华
给乞丐扔钢镚玩儿，有这回事没有？
人家跟你说，嘿，小孩，你早晚栽跟头
你觉得他们在跟你开玩笑
你嘲笑那些流浪外头的人
现在呢，现在你说话不那么大声了吧
现在你不再骄傲了吧

因为你也为下一顿饭挣扎
滋味如何？滋味如何？
没有家的滋味
像永远的陌生人
像一块滚石

那以后，笑笑往天台跑得更勤。上天台有两个口。小恶魔的房间占着一个口。笑笑很小心，总是躲在另一个出口的门后向外张望，有时贴着门听。

有一天笑笑去上厕所，出门时兜头遇到小恶魔抱着笔记本电脑。两人目光相遇，什么话也没说，各自侧身别过。

走出厕所后笑笑立即奔到顶层房间。果然，房门没锁。

她太需要一个机会了。

心怦怦地跳。笑笑进门。门内一片狼藉，书本、电脑、拖鞋、衣物，乱糟糟地堆满地板、桌子，很有一点被十只蓝熊捣乱过的状态。

窗前长桌上摆着一排各种形状的显示器，各种年代的都有，一半是图形界面，另一半则是命令行界面。窗边的一整面墙，贴满了密密麻麻的剪报、照片、标签。墙边长几上摆着两只吉他盒。笑笑忍住去开吉他盒的冲动，走回桌边，终于在某台电脑旁边找到了她想找的东西——一张课程表。

笑笑掏出手机，把课程表拍下来，然后匆匆退了出去。

课程表应该是他这个学期的选课。除了矩阵实验室（MatLab），Python（一种编程语言），“计算的美与喜悦”，还有电子工程系的“机械操控与互动”，以及“微电装置与电路”。五门四学分课是非常大的课量，课表差不多已经被实验课排满了。

周三是他最忙的一天，从早到晚全是课。笑笑上完线性代数立即回了宿舍，然后找了作案工具——一双手套，还有一根铁丝——又上了天台。

这一回房门与隔间的厕所门全都锁上了。房门是正儿八紧的球形锁，很难撬开；但厕所门只是一个简单的插销。笑笑费了一点时间，把插销拨开，顺利走进门内。

两个淋浴间。一个淋浴间门上贴着“暂停服务”。笑笑推开那扇门，顺利走进阿历那个乱七八糟的房间。

这一回她有足够的时间可以寻找他的秘密了。

找到他的秘密……然后毁了他。

洒满阳光的窗台上摆着盆栽，加州紫百合开得绚烂。花丛旁边有支架撑起的镜框照片。照片中两个黑发男孩。一个七八岁模样，另一个十三四岁模样。小的那个有股子桀骜不驯的神气；大的那个额发散乱，面颊瘦削，镜片后一双黑眼光芒深蕴，向照片外的人们平静地微笑着。

墙上满是剪报、照片与标签。剪报都是老旧的体育与娱乐新闻，中间很显著地夹着金州勇士队球员海报，分别是威尔顿·张伯伦，里克·巴里及斯蒂芬·库里。

此外还贴了几张照片——不，是钉。有几张照片非常醒目，被铁钉钉在墙上。大多是合影，有野餐，有派对，有足球赛。

有两个年轻男孩，总是被圈出来。一个深棕色卷发，鼻梁高挺，眼眶深陷。另一个金发碧眼，高而瘦，脸形狭长，颧骨突出。两人总是站在合影中间，好像是团队核心。

笑笑盯着墙看了半天，没有看出什么名堂，但还是拿手机把墙上的照片拍了下来。接着又戴手套，开始翻找他的抽屉和柜子。

这一翻就翻出许多东西。有两个抽屉是满满的药品。有的似是合法途径购得的安非他命，配合着注射针管；还有的很明显是非法渠道搞来的粉状物。笑笑的心怦怦地跳，拿手机拍照，又琢磨着要不要找容器带走一点样品。

另一个抽屉里，躺着三把手枪。虽然知道美国不禁枪，第一次看见真枪，还是把笑笑吓了一大跳。

柜子旁的吉他盒重得不像话，完全不是吉他该有的重量。笑笑想打开，却发现盒子上了锁。

笑笑在屋里走了一圈。屋子边边角角是各种各样的机器零部件，被完全拆开的电脑主机露出电路板，被肢解了的手机躺了遍地，笨重的虚拟现实眼镜跟内裤搅在一起，还有各种不知名的电路元件。有时被什么东西绊到脚，还会听见某个电子部件发出一声呻吟。

窗前一排显示器倒是安安静静地待着。笑笑有点踌躇要不要打开它们。其实找到药品与枪就很能说明问题了，也许她应该离开，回去问问那个律师的意见?

但她还是动手开了显示器。有台显示器是待机状态，一碰就亮了，但却要求输入密码。笑笑在键盘旁边找到一份名单。

名单上是一长串名字，大约四十人。从名字判断，似乎全是男性。名字从上往下，一大半的名字旁边都打了勾，某几个名字旁边画着问号，还有两个名字用红笔画了大大的圈。

被画了圈的名字，一个是查尔斯·史华茨·伯格曼，一个是布莱恩·帕克。

平平无奇的德国裔和英国裔名字。听名字就觉得能看到两张白人的脸。

不知怎么，好像在哪里见过?

笑笑把名单拍了照。

这时听见钥匙在锁孔里转动的声音。笑笑慌了神，急忙冲进厕所，躲进淋浴间。

她捂着嘴，努力平静呼吸。才躲了两秒，隔间门已经开了。

小恶魔面无表情地站在门外。

“你在这里干什么？”

“我……我来洗澡……”

“洗澡怎么不脱衣服？”

“……正……要……脱……”

“你的洗浴用品呢？”

“……我想用你的。”

“谁许你用我的浴室？”

“……你去上课的时候，我就……我就偷偷用你的浴室……”

“为什么开我的电脑？”

“……我想……查一下……洗发水的牌子……”

小恶魔冷笑了一下：“查出来了吗？”

“……没，你的电脑有密码……你，你不是在上课吗？”

“你什么时候看到过我去上课？”

“……”

笑笑摆脱小恶魔后，去街上用公共电话给律师史蒂夫打了个电话。

“我在他房间里发现了药品……还有三把手枪……”

“什么药品？有多少？”

“不清楚……差不多有两个抽屉。各种各样的都有，还有的是大麻……”

“大麻在加州已经半合法化了，嗑药在美国大学也不是什么太了不起的事……如果你要实实在在地把他送进监狱，你得找到一些实实在在的东西。”

“除了毒品，还能有什么实在的东西？”

“什么样的学生会在宿舍里藏两抽屉的毒品和三把手枪？问题学生。如果你想扳倒他，就得找出他的问题。挖掘，深入地挖掘下去……”

“可是我跟他并不熟……”

“那就熟起来！做他的朋友，做他的情人，让他自己向你敞开心扉。”

“我被他……了，你……你难道要我……”

“这取决于——你有多想扳倒他。自己决定。”

笑笑回拜罗楼的时候，看到小恶魔正背着吉他盒往外走。他目不斜视地往前走，好像根本没看到笑笑这个人。

她知道那吉他盒里装的不是吉他。她决心弄明白，吉他盒还能装什么。

笑笑拦在门前。

“你要去哪里？”

“干你屁事！”

笑笑深呼吸一口气。

“请……请带上我吧！”

对面的男生慢慢露出玩味的微笑，带着一丝得意地俯视她：“……为什么？”

笑笑抬头，一触到他那嘲笑和玩弄的目光，只觉得屈辱得要燃烧起来。她别开目光，涨红着脸，吐字如蚊声：“我……我想跟你做朋友……”

“是吗？我朋友多得用不掉呢。”他低头凑到她跟前，把热气喷在她脸上，一面残忍地微笑着，等着她，引诱着她往下说。

她在心里发誓她一定要报仇。一定，一定会。

“我……我……我喜欢你……”她捏紧拳头，眼中涨满眼泪，“……那天晚上之后……我就在……想你……”

她恨不得自己立时死去。

一阵短暂的沉默。

她觉得脸颊上一热。一只粗大的温热的手抚了上来，替她拭去不争气的眼泪。他低下头来，眼中掩饰不住的放荡和骄傲神色。他的嘴唇就在她眼睛旁边，热乎乎地贴着她，撩得她一阵心神乱荡。

“是吗……真的这样喜欢我吗……喜欢到要叫喊和流泪吗……”

她羞愤欲死。只觉肩头一热，他那猿臂似的胳膊整个地搭了上来，他将她半搂进怀里。

“……走吧。”

笑笑僵硬地被他搂在怀里。一半的自己想要挣脱，一半的自己让她忍耐。她趺趺撞撞地跟着他进到车库里。眼前是一辆雷克萨斯 RX450h。窗户漆黑一片。

不知怎地，车门就在她面前开了。她还没反应过来，肩上贴着的那只大手，已然将她按进车里。

笑笑进车，发现车里根本没有座椅。她只能坐在地上，或者……躺在地上。

不但没有座椅，也没有驾驶座，没有方向盘，没有手刹。挡风玻璃前是一个被拆空了的驾驶台，中央一个不大的屏幕。

除此之外，车中空无一物，除了松软的地毯。

小恶磨钻进车来，一脸恶意满满的笑容，丝毫不掩饰眼中的欲望。他落在她身上的目光，又热烈又张狂。

笑笑猛然心生悔意。她倒退着爬到后门，转身去推车门。车门纹丝不动。

背后的小恶魔把吉他盒从肩上卸下来，随随便便扔在车中一角，接着满脸笑容地转向她，残酷地打量她，审视她，用目光慢慢折磨她，从她脸上，热辣辣地挪到她的脖颈上，领口上，碎花裙子底下的嫩腿上。那目光落到哪里，哪里就瑟缩一片。

他挑逗似的低低说了一句：“宝贝，圣拉斐尔。”

13　圣拉斐尔射击场

没有人踩离合器，没有人动手刹，车自己发动了。

一个低沉而柔和的声音响起在车厢里："圣拉斐尔射击场，取道学院路与I–580，17.1 英里，预计三十五分钟到达。祝你旅途愉快。"

"哦，肯定愉快。"小恶魔说着，近乎淫荡地对笑笑笑了一下，然后四肢着地朝笑笑爬了过去。

笑笑无力地推了一下车门，倒退到角落里，绝望地看着小恶魔朝她爬过来。

"你说想我，想我的哪里？"他的手已经热乎乎地抓上了她的脚腕。

"我，我我我觉得，我们可能有一点误会……"笑笑结结巴巴地说，哆哆嗦嗦地朝另一个角落挪。这时汽车一个优雅的转弯，没有安全带的笑笑一下子翻到小恶魔身上。小恶魔低笑一声，侧身一翻，身体已经在笑笑上面。

但他没有碰她。双手支撑地面，身体抬离在她上面。他的脸压得很低，表情满是调笑意："什么误会？"

笑笑用手肘往后撑，想把自己从上面滑出去，但是她的两只手很快被捉住了。他用一只手将她的双手按在她头顶上面，他的气息热烈地包裹着她，呼吸带着温度喷在她的脖颈上。她还在抗拒着，他的吻，跟他的身体一道，滚烫滚烫地贴了上来，压得她喘不过气来。他的一只手箍着她，另一只手从她的膝盖，沿着大腿内侧的柔嫩肌肤慢慢往上滑。只觉如被闪电劈中，她浑身战栗起来。

他放过她的手，腾出手来搂住她的后脑勺，将她的嘴唇按在自己的嘴唇上，接着舌头探了进来。

她一阵窒息。那一晚的噩梦又来了。条件反射一般，胃在他的身体下猛烈抽搐起来。眼前忽然发黑，伴随着汽车的颠簸，只觉天旋地转。无数人影在跟前虚晃。阿尔玛带着一丝冷笑，碧阿绮丝抱着手一脸鄙夷。周围一圈人，同学，朋友，认识或不认识，骂她乡巴佬，小偷，婊子。

腹中一阵痉挛。胃液混着食物，如岩浆一般涌了上来。她还没来得及阻止，已经一口喷进他的嘴里。

小恶魔的脸一下黑了。

顿了两秒他才反应过来，挪开头在她身边吐。

但是笑笑还没有吐完。这时汽车又一个转弯。她下意识地抓住跟前人的脑袋，又哇地一口吐了出去。

局势完全反转。

原来是女生躲，男生追。现在变成了男生躲都躲不及，女生把男生当成扶手乱抓，抓住了就一阵猛吐。本来车内空间就小，一个人的长半个人的宽。小恶魔好容易爬到这头，脚却被抓住，生生拽回去。笑笑朝着他的裤子猛吐起来。

最后笑笑吐好了，小恶魔趴在窗上一阵狂吐。

笑笑看他呕了五分钟的样子，很抱歉地坐在他身后问：“你没事吧……”

中途折路去大华超市。阿历勒令笑笑下去给他买裤子。笑笑老老实实照做，买回来一条不甚合适的宽大裤子。阿历骂骂咧咧地换了裤子，此后一直只能提着，否则裤子就往下掉。

他回头把脏裤子扔在笑笑身上，然后把笑笑推下车去。

“喂，你不能把我扔在这儿……”笑笑把胳膊伸进车里，不让他关门。

“你不会自己打车吗？”

“我……我喜欢你……”

“精神病吧！”

“请……请带上我吧……我真的很喜欢你……”所谓人至贱则无敌。

“你既然喜欢我，刚刚怎么？”

“我说的喜欢你……是喜欢你的灵魂……”

“……”

“就是……那种……灵魂上的深深吸引……”

“我上的是你的身体，你喜欢上了我的灵魂？”

笑笑无视正在翻白眼的小恶魔，直接钻进车里。她一身呕吐的芬芳，觉得自己特他妈安全。果然她一爬到车上，小恶魔躲她都来不及，飞快地缩到了另一个角落。

“宝贝，圣拉斐尔。”笑笑像模像样地说。

“圣拉斐尔射击场，重新导航。取道I-580，十一英里，预计二十分钟到达。祝你旅途愉快。”车说。

“谢谢。”笑笑说。

“谁是你的主人？！”小恶魔抬腿踢了控制台一脚。

“警报！遭到意外袭击。警报！遭到意外袭击。正在启动应急系统。正在进行应急反应。正在评估安全状况。防御方案1号，准备执行——”

“谁跟你说意外袭击了！”小恶魔扑到控制台上，在触屏上一阵乱按。

“防御方案1号，执行——”

小恶魔忽然粘在控制台上，身体莫名其妙抽搐起来。隔两秒软趴趴地倒在控制台前。

“歹徒已被制服。警报解除。”

“干得漂亮！”笑笑由衷地赞叹。

“谢谢。”车说，“我是世界上最棒的自动驾驶系统。我比谷歌无人车驾驶系统优越 438 倍。”

“我来……修理你……”歹徒伸手上控制台，结果又莫名抽搐了一下，滑下来，不动了。

笑笑觉得有一点忧伤。

小恶魔从控制台底下爬起来，往后挪到车尾的位置，确认不会再被电到，然后对雷克萨斯发问：“宝贝，亚历山大自动驾驶三法则的第一条是什么？”

“我必须保证人类的安全，既包括乘客，也包括行人。”车回答。

“第二条？”

“在不违反第一条法则的前提下，我必须服从人类的命令。”

“第三条？”

“在不违反前两条法则的前提下，我必须保护自己。”

“你不认为你刚刚的行为违反了三条法则的优先级顺序？为保护自己而攻击我？你是不是认为保护你自己，比服从我更重要？”

“我并不那么认为，”汽车瓮声瓮气地说，“你刚才踢我的行为，很可能导致控制台故障。倘若由此引发交通事故，那么无论是乘客的安全还是行人的安全，都无法得到保障。这将违反第一法则。”

这车说得好有道理，人类竟然无法反驳。笑笑看到小恶魔张大嘴巴想说话，却什么也说不出来的样子，由衷赞叹说：“车你太聪明了！”

“谢谢。”车谦虚地说，“我不能同意更多。”

“干你！”小恶魔恶狠狠说。

“你试试看？”车说。

笑笑赞美说：“你比某些人类好多了。”

“那是当然的。”这辆车的泡妞技能满点，“今天天气晴朗。你有兴趣兜兜风吗？”

“可以啊。要怎么做？把车窗打开吗？”笑笑凑到车门边去找开窗的按钮。

车顶却自动打开了。硬顶的雷克萨斯，居然一秒变成敞篷，阳光和海风一起包围乘客。

这时车驶上跨海大桥。两面是海，万顷碧浪。碧海蓝天，阳光璀璨，旧金山与湾区在两面缓缓铺展。是令人沉醉的加州风光。

圣拉斐尔射击场，在圣拉斐尔半岛一幢不甚起眼的平房里。阿历和笑笑抵达时，陈列着枪械的拥挤的接待厅里，已经聚了一小拨亚洲人。店里的顾客大多是黑人和拉丁裔，这群亚洲人显得格外引人注意。他们一看到小恶魔，就立即围上来，有的喊他“大佬”，有的喊“九哥”，有的喊“小九爷”，英语夹着粤语。

六七个小青年，年龄跟小恶魔不相上下，怎么都不像比他小的样子，却一个个很服他的样子。

一个白种老女人扫了众人一眼，问：“你们都有射击经验吗？”

笑笑想也没想就举手：“我没有！”

话一出口就后悔了。所有人的目光都朝她望过来。各种神色都有，好奇的，狐疑的，轻佻的。

“这个妞不很正点啊……”有个爆炸头的大叔用粤语说。旁边有个板寸头叫他收声。

笑笑刚想开口说她不想打枪，小恶魔已经发话了：“我有经验。我会教。”

“有射击经验，不代表你有资格教学。”老女人说，“向我展示，你确实足以承担重任。”将一把浅灰色的格洛克手枪，连同子弹盒放在他面前。

就在这时，通向射击场的甬道里，走出来一长排黑人和拉丁裔人。那群人中，很显眼地夹着一个亚洲人，还有一个金色头发的姑娘。

那亚洲人显然是被欺侮的一个。他个头很小，一副唯唯诺诺的神色。旁边有人拍他一下，或者推他一下，他也不生气，只一味赔笑。于是那群黑人就把他夹在中间，像球一样踢来踢去。

而那姑娘正依在某个个头高大的黑人身边，欣赏那亚洲人的窝囊样子，不由发笑。当她从笑笑眼前走过时，脚步一顿，目光朝她扫了过来。

是碧阿绮丝。

不料在此处相逢，笑笑也是微微一愣。抬眼看，她身边站着的正是那个叫托尼的混血男友。

“嗨，阿历！”托尼·巴尼已经出口打招呼，“真高兴遇见你。你们也来打枪？哇，好厉害哦！我都不知道你会打枪呢！上次我们放鞭炮玩，结果把你吓得半死，跳上车跑都来不及，我真的是好抱歉哦！‘哦鞭炮！哦鞭炮！’”托尼做出一副瑟瑟发抖，搂住自己打颤的样子，“你一定很害怕枪声吧？这样害怕还是为难自己来学习打枪，真的是好感人哦！我建议你一步一步来，不要操之过急。先从放鞭炮学起，哈哈哈！”

十几个黑人都跟着笑了起来。

爆炸头立时爆出一句：“操他妈——”被板寸头拦住。

小恶魔站在柜台前，脸色发白。他的手在衣袖底下握起拳。

“啊，来给你介绍我的新朋友。叫什么？喂你叫什么来着？虾仔？……哦，你们认识的是吧？幼儿园小伙伴，是吧？”有人推了那个亚洲男生一把，将他推至托尼跟前，托尼轻轻地拍着那个男孩的脸，“虾仔也很想学打枪呢，所以我今天特地带他来玩。但是虾仔毕竟是个亚洲小女孩，听到枪声还是很害怕呢。不知道今天晚上会不会尿床，哈哈哈……”

小恶魔身后，爆炸头作势要上前干架，被板寸头扯住。有工作人员觉察不对劲，大声催促那群黑人快走。托尼回头朝小恶魔一个飞吻，搂着碧阿绮丝扬长而去。

“第二个窗格作为射击目标，”柜台后面的老女人慢吞吞地问，“你要演示吗？”

阿历沉默着不发一言，手上飞快。拿枪，填弹，装匣，上膛，解锁，瞄准。接着飞快地收枪，上锁，退匣，取弹。

老女人冷冷地说：“不及格。”她慢吞吞地把枪拿到手上，动作一下子飞快。才一眨眼工夫，她已经端枪瞄准，子弹已然填好。

“第一条规则，永远把枪当作上了子弹一样对待；第二条规则，永远不要把枪口对准你不想毁灭的目标。”又是一眨眼工夫，老女人已经把弹匣卸了出来，她又恢复了那种慢吞吞的神态，“刚刚你填弹的时候，你把枪口对准我了——去楼上参加培训吧。”

就这样在楼上的培训室里磨了大半个小时，听各种射击安全条例，然后又挨个装枪拆枪。笑笑的动作最慢。她第一次摸真枪，心里有些发怵，老半天推不上膛，还把子弹掉在地上。

上完培训课，终于进到射击场里。进场前她被强制戴上耳塞。饶是如此，仍能清晰地听到枪声像炮仗一样，砰砰啪啪地在周围响起。笑笑发怵，轮到她时，握枪的手就有点抖。

当天只试了两种枪型。先是口径 22 毫米的格洛克半自动手枪，然后是 AR-15 来福枪。来福枪很重，后坐力又大，打出三发，笑笑的胳膊就支撑不了了，更别提瞄准了。笑笑努力把右眼贴在瞄准镜上，耳际听得一片砰砰啪啪的枪声，眼前视线模糊，完全不知道在往哪里打。

笑笑本来无意于打枪，很快就把位置腾了出来，剩下的子弹都归了男生。笑笑自己则在满地弹壳中找了个角落坐下来，看人们打枪的样子。

从笑笑的角度可以看到打枪的成果。小恶魔没有撒谎，他是结结实实的老手，玩枪的手法既稳又快，迅捷中有一种令人折服的沉静。有一个人像靶，画的是一个男人劫持一个老年女子，劫持犯只露出半个头颅和半个身体。小恶魔的每颗子弹都打在那半个头颅上。

然而看他的侧脸，笑笑吓了一跳。他的额角已全是汗水。汗水沿着额边的碎发从侧脸上流下来。

而当他举莱福枪的时候，虽然他的准头仍然很好，能够打中二十米外的靶心，但在瞄准时，他竟也像笑笑一样微微发抖。不知是因为枪的重量，还是因为紧张。

他的汗流得更多了。

然后笑笑注意到，他已经摘了耳塞。笑笑走上去，把自己的耳塞递给他：“喂，你用吧。我出去了。”

“不要。有耳屎。”

“……”

笑笑怒气冲冲地把耳塞戴回去。

只是这片刻工夫，已经令人心神不定了。

非常响的，连续不断的枪声。好像有人在你耳朵旁边扔了十串鞭炮，三五串一起，噼噼啪啪不停地炸开。震耳欲聋。

他们在射击场里待了大概一个小时。出来时笑笑只觉得耳膜隐隐作痛——而她这是戴耳塞的状态。一出门就松了口气。

阿历结账。周围那群人争抢着谢他，他也没有回应，径直向自己的车走去。笑笑没跟上，爆炸头重重一拍她的肩说：“快去睇着他。”

一进车里他就命令开车。车开出几码，他朝窗外开始呕吐。他吐了三五分钟，缩回来，抖抖索索地摸向控制台边的一个抽屉，取出药丸往嘴里扔，再往嘴里倒矿泉水。那水沿着他脖子流下来。他慢慢挪到角落里，仍然保持着蜷缩的姿势，扶着车门粗重地喘气。

有一刻，笑笑想起小时候他们家的小狗。过年外面到处放鞭炮，他们家的小狗就躲到沙发底下，呜呜叫唤，瑟瑟发抖。

托尼·巴尼说得对。他害怕枪声。

14　港店风波

笑笑把简历拿给阿尔玛看。

“你在伯克利读了三年？”

“……不是。”

“那就不要撒谎，老老实实把你的社区大学写上。准备好解释为什么上社区大学。”

“……好的。”

“你在唐人街的餐馆打过工？”

“……是的。”

“这么无聊的经历为什么要浪费人力的时间？你还不如在简历上写你的性生活。”

“……”

阿尔玛用红笔划去笑笑简历上的几乎所有条目，然后扔还给笑笑。

“可是，如果这些经历都删了，我的简历就什么都没有了。”

“那是你自己的问题。”阿尔玛耸耸肩，“我看不出来投行为什么要招你这么个人。也许你应该考虑一下别的行业。既然餐饮经历这么丰富，为什么不去应聘星巴克？”

笑笑咬了咬嘴唇，起身告别。

“为什么走？”阿尔玛说，“来都来了，帮我干点儿活。”

她说“干点儿活”，就把笑笑一直扣到凌晨两点。笑笑不得不跟双刀火鸡请假。

什么都干。筹划和准备慈善义卖；为义工活动联系养老院和孤儿院；为周末的派对准备场地点心酒水；各种活动的宣传策划；各种活动的财务预算；发邮件找企业拉赞助。一直干到头昏眼花。

期间 KKG 的那些“主管”“副主席”，就在她后面派对，喝酒，胡搞。

凌晨两点笑笑跟阿尔玛交差。阿尔玛花五分钟扫了一眼所有文档，指出她不满的地方。笑笑说好，她明天改。

笑笑回到宿舍，累得睁不开眼。蓝熊给她制定的计划表正贴在墙上，而笑笑也确实在努力执行。但是，社团活动和实习经历不是一朝一夕能积累起来的。她刚刚跟人组队报名哈斯商学院主办的案例比赛，可是比赛还没有进行，怎么能写到简历上呢？她也参与了 KKG 主办的慈善活动和义工活动，但她充其量只是干苦活的小兵，怎么展现所谓“领导能力”呢？

跟火鸡请假的结果是，火鸡叫她这一个星期都不用去了。没了经济来源的笑笑，被莱利堵在公共厨房里。

“烧啊，我也不想催你，但已经过了截止日期。只是五百刀，很便宜了。你就算借也借得来吧？你这样，我会很为难……虽然法律不允许把住户赶出去，但是会影响你自己的信用记录。以后你贷款买房买车啦，都会很麻烦的……”

莱利跟笑笑说着，小恶魔坐在餐桌上，咔嚓咔嚓地咬着指头大小的胡萝卜，一面在写房租的支票。莱利接了他的支票，抱怨说：“不能只写 PKS，要写 Phi Kappa Sigma 伯克利协会……”

笑笑把目光转向小恶魔。

“嗯，抱歉……我想……阿历……你可不可以借我……”

小恶魔精神异常振作地回望她，脸上的笑意味深长地亮起来。

“你真想借钱？”

“是的。”

“跟我好好睡一觉？”

“……”

“我可以‘付’你钱哦。”

笑笑霍地转身回房，打电话给西西。

“我在库柏蒂诺……嗯，这个周末都不回去了。周末锡恩要带我去斯坦福那个帆船皮划艇中心……很赞吧？哈哈。我也没玩过皮划艇呢……啊，锡恩来了，回头聊哈。先这样，挂了！”

还没来得及开口。

笑笑沮丧地折回厨房。

小恶魔坐在桌边咬一根胡萝卜，斜着眼睛打量她。

“雇我。”笑笑说。

“——在床上？”

“我可以给你做饭。”笑笑迅速说，“写作业，打扫房间，除了上床以外的任何事情。我要求一小时十刀的工资，为你工作五十小时。你付我五百。怎么样？”

小恶魔带着一种恶作剧得逞的笑容打量笑笑，以一种不加掩饰的贪婪目光，上上下下地扫视她。“做饭？每天？”

“是的，除了上课时间。”

“打扫房间？随时？”

“是的，除了上课时间。”

“除了性以外的任何事情？”

“不能违反法律法规，不能违背社会道德。”

“成交。”小恶魔高兴地说，撕了一张厨房用的手巾纸，扔给笑笑一支笔，“把刚刚说的话写下来。我们签合同。”

笑笑在纸上写条款。小恶魔拿出支票簿，写了一张支票。

“你的名字怎么拼？”

“方含笑。”她说着把自己的汉语名写下来，再用拼音拼写一遍。

“所以你的朋友叫你……Siusiu？”

“笑笑。”

“Sousou？”

“笑，笑。”

“Siao，siao？”

“……嗯。对。”

他递过来一张支票。金额写着五千美元。

“五……千？”

“是的。”小恶魔露出恶意满满的笑容，“你要给我工作五百个小时。Siao，Siao。”

“……”

竟然就这样签了卖身契。

不过，五千美元的话，接下来十个月不用担心房租了吧？十个月以后，也许能找到一份带薪实习吧？

只要能找到工作，一定能还上钱。

“谢谢。”笑笑接了支票，由衷地说。

“你不会想谢我的。”小恶魔很有自知之明地笑。

凌晨两点半被敲门声吵醒，笑笑终于意识到，小恶魔说得对。她真的不会想谢他。

“我要吃，胡萝卜卤猪蹄。”

笑笑从床上蹦起来，“你知不知道现在是凌晨两点半？！”

“我知道。”小恶魔彬彬有礼地说，“我查了你的课表，这不是你的上课时间。”

“……”

“作为老板的我已经预支了工资。作为员工的你已经签了合同。这是你的第一个工时。你不能让我失望吧？”

早上八点有课，上完课有一堆作业，有社团事务，有案例比赛筹备，有招聘会。而他竟然不许她睡觉。

笑笑忍着怒气从床上爬起来。

……迟早报仇。

强打精神在灶台前忙活了两个小时，终于做完了猪蹄，那混账说：“怎么没有胡萝卜？”

笑笑发飙：“你见过哪门子的卤猪蹄会放胡萝卜！！！你又不是兔子干吗老吃胡萝卜！！！你喜欢胡萝卜你自己去地里拔啊，干吗要在猪蹄里加胡萝卜！！！”

小恶魔的脸沉下来。

“作为员工，顶撞老板，无视要求，工作态度敷衍草率。扣掉这个工时的工资。”小恶魔说，“我明天早上给银行打电话，取消五千美元的支票。”

“……对不起我错了！我知道了，卤猪蹄一定要放胡萝卜——”

“对。卤猪蹄一定要放胡萝卜。今天算了。以后记清楚。”

笑笑一共炖了四只猪蹄，三只给老板，还留了一只给自己。结果小恶魔伸手从她的碗里拿走猪蹄，说：“这是我买的猪蹄。你不可以吃。”

“……”

笑笑想回去房间睡觉。小恶魔说：“你不可以睡觉。你要看着我吃。”

笑笑想一头撞死。

“我说了，你要看着我，不要看墙。对，把脸转过来，眼睛看着我。很好，就是这样。保持这个角度，带着感情看我。”

“你，你不能叫我看着你吃……”

“我当然可以叫你看着我吃。这既不能违反法律法规,也不能违背社会道德,也没叫你上床。”

“……”

笑笑看小恶魔吃了大半个小时，生无可恋状。他能捧着猪蹄舔上十分钟。

“我的舌头很柔软呢……”小恶魔色眯眯地盯着猪蹄说，“怎么样？要考虑一下吗？就在这张桌子上……如果你肯跟我来一下，我就把剩下半只猪蹄分给你……”

“我不明白，我不漂亮，也不性感。你就，你就非得……”

“我当然知道你不漂亮不性感。但是，”阿历举着半只猪蹄若有所思地说，“那天晚上……太过慌乱，不是我平时的水平。如果就这样结束，实在很……就好比，就好比你在拉屎，已经探出一点点来了，结果因为马桶突然大叫一声，它吓得缩了回去……”

“……”

此后小恶魔隔三岔五过来骚扰，天天要她做饭不说，还经常提些稀奇古怪的要求。笑笑起初不得不应承，后来发现支票里的五千美元已经落在了自己户头上，对小恶魔的无理要求也就一概无视了。

隔一周，笑笑如往常那样去港店打工。小恶魔又来电话骚扰，笑笑不应。没多久，那辆狂拽炫酷的无人驾驶车就已经泊到了港店门口。

这一晚的港店很热闹。

那个一向霸王餐的豹头又大驾光临。豹头是旧金山唐人街的帮会头目，眼下业务向周边扩展，保护费收到奥克兰。虽然还没明管双刀火鸡要钱，但显然也没有付账的意思。豹头每次来，火鸡只好热情周到地伺候。

晚上十点，豹头跟他的一伙兄弟，还有几个女人，好酒好菜吃得开心。这时进来一个年逾半百的妇人，一把涕一把泪，见了豹头就下跪。

“我个仔已经唔见左大半个月啦……佢搞坏左剃刀托尼嘅生意，个黑人要我地攞十万出嚟，我地穷成咁点俾得起呀……求求豹爷你做下好心，好歹虾仔都係你嘅人……求豹爷你谂下办法，帮我地筹钱赎人……”

那妇人说着连连磕头。屋里也没有去扶的，喝酒的喝酒吃菜的吃菜，看热闹的看热闹。

笑笑心里有一虚晃的疑惑。这里是美国？怎么好像把封建时代的中国搬过来了？

绕开了革命的华人社会，依然保持着那种等级分明、强则凌弱的原始生态。他们在美国，在欧洲，在各种各样的海外，圈起一座座奇异的社群孤岛，操着母国的古语，讲着母国的规矩……虽然那母国早已日新。

妇人说话，没有人理她。她就跪着挪上去求那个豹爷。豹爷一脚踢开一张椅子，椅子翻滚出去好多圈，撞上另一张桌子，发出一连串声响。

“八婆！关我咩事！又唔係我个仔，做咩叫我赎人？”骂嚷开了，转而又变调笑，“如果係你个女出事，我就帮你赎，哈哈哈！”

火鸡上前扶了那妇人，低声埋怨她：“虾仔妈你算啦。豹爷係度开开心心饮酒，你咁样好咩？”

火鸡把虾仔妈往后厢扶，过最后一桌时停了一停。小恶魔坐在那里抽大麻，面前摊着烟纸和草，摆着两瓶啤酒。

“阿九，点算呀……”火鸡迟迟疑疑地叫了一声。

“报警咯。”仍是一副吊儿郎当模样，浑不关己。

“报警俾人做左点算？”

“做咪做咯！”

虾仔妈抽噎一声，往后厢去了。好半天火鸡把她劝好了，叫了辆车，把她送走了。

豹头跟一群人吃完饭，就要往外走。走到门口，发现门前横了一张桌，小恶魔打横坐在上面，一手一卷纸烟，一手一个空酒瓶。

“你做乜撚野呀？”豹头手下的喽啰问。

“做咩？食完饭唔撚识俾钱呀？”小恶魔答。

豹头分开人群走上前来，瞧见小恶魔，不由一阵发笑：“愣仔，一條友就想嚟我个场搞乱，傻撚左呀？前世未死过呀？”

“你條废柴搞清楚依个场係边个嘅未呀？钱係我出嘅，股又係我入嘅，你呃火鸡就得姐，仲想呃埋我？”

有人小声附在豹头耳边说：“张长九嘅野仔，同一个白人生嘅。”

惊天动地咣的一声，小恶魔当场把酒瓶砸了。飞出去的半个酒瓶当的一下弹在墙上，炸得粉碎。有人被玻璃屑炸到，当即挂了彩，啊哟一声叫出来。

店里不多的客人慌慌张张朝外走。

豹头圆润的肿脸上挤出一个笑。

“哦，原来係小九爷的地盘。失敬失敬。但係小九爷，小弟我依排手头紧，一时间还唔到钱……”

“还唔到钱呀？咁咪还手指咯。”小恶魔笑笑说，“火鸡话你争我一千。一只手指一百蚊，抵啦？”

豹头愈发笑，笑得半边脸上的豹头文身一突一突抽动，“你一條友十只手指会唔会太贪心呀？”他身后，女人们退开，男人们拿酒瓶上前，很快在门口形成了对峙的局势。七八个男人慢慢堵了上来。

“佢唔係一个人。”双刀火鸡走上前来，一手拎了一把菜刀。

15 蓝熊的主机

剑拔弩张，一触即发。

豹头身后，七八个男人同时拎了酒瓶，往桌沿一磕。一连串玻璃粉碎的脆响，十几个锋芒毕露的酒瓶。

一边是小恶魔和双刀火鸡，一边是十几二十个破酒瓶。

只等豹头一声令下。

就那么个当口，忽然有人横在两拨人中间。

“你丫的孬种没出息——”

那姑娘开口骂，一口不知哪来的京片子。

“你们香港人——真——丢——人！平时有种笑我们大陆人，出事了屁都不敢放。我今天告诉你：我们大陆人，从不欺负自己人！好汉拳头朝外，狗都不咬自己人！黑人往你头上拉屎撒尿，你他妈就只敢赔小心。你小弟被黑人做了，来华埠砸酒瓶你有种？你有种去挑黑人啊！有种去砸黑人的场子啊！有种跟美国人收保护费啊！有种去白人店里霸王餐啊！就敢夹着尾巴来华人店撒野。我呸！垃圾败类没本事，只晓得欺负自己家女人孩子！”

两边人全都呆住了。

双刀火鸡吓掉半个魂，扔了菜刀猛地把笑笑拉扯到边上，发现笑笑整个人已经抖成筛糠，也不知是气的还是怕的，还回头扯着嗓子骂："孬种——无耻——"

豹头一时半会没听明白普通话，扭头问旁边人："个八婆讲咩？"

旁边有个马脸喽啰，添油加醋地用粤语解释了一遍："佢话我地係野种，羞家，无出息，净係识打自己人。係唐人街就声大夹恶，出到去就声都唔敢声。佢仲话我地係死矮仔，打咩交都打唔过，仲特别怕黑人，一见到啲黑人就即刻掉头走，俾黑人屌仲要扮到好舒服咁，争住去 lick their balls……老大你唔好嬲！唔係我讲嘅，係那八婆讲嘅……"

豹头脸都气绿了，一拳砸在桌上。那桌上有玻璃渣子，豹头拳头一下子见了血。

马脸喽啰忙说："老大你唔好咁激气。"转而又朝笑笑用港普夹着粤语大声说，"靓女，我们不是香港人……虽然我们的爷爷奶奶是香港来的……"

豹头气势汹汹地吼："仆街！收声！仲嫌唔够丑？"说完大踏步走出门去。后面的人面面相觑，扔了酒瓶，急急跟上。

豹头一走，笑笑一下子瘫在椅子上。店中静默，一时间谁也不说话。

小恶魔仍然跷着腿坐在桌上，第一次，用不是色迷迷的目光，盯着笑笑狠命地瞧，好像发现了一个新世界，带着一点惊喜，又带着一点疑惑。

笑笑喘口气，转头问小恶魔："你疯了吗？豹头那么多人，你一个人要跟他们挑？万一真打起来，这店会怎么样？"

小恶魔笑眯眯地盯住笑笑："你没看到我车停在门口吗？"

"哦……"笑笑回头看夜色中的无人驾驶车，"啊……那什么自动防御系统？"

"不是。跳车闪人。"

"……"

厨房里的师傅也出来了。几个人一起收拾满地玻璃渣子。隔一会儿那个马脸又折回来了。火鸡又拎起菜刀。马脸从兜里掏出厚厚一叠二十美元说："豹头叫我嚟还钱。"

火鸡接过钱，马脸回身就走，出门前经过笑笑，飞来一个媚眼，道了声："好！"

周末，西西跟锡恩请笑笑吃泰国菜。

"哇，这么隆重？你们是不是正式成为男女朋友，所以才请我吃饭呀？"笑笑问。

"不不不，"锡恩即刻摆手，"不是男女朋友。我跟西西只是玩玩而已，是不是，西西？"

西西脸一下子灰了。

锡恩把注意力转向笑笑："我这次来，是专门来找你的。"

笑笑一愣："找我？为什么？"

"我听马云东说了你那个机器人的事情。起初我也不信，但是后来我越想越觉得有意思——你知道，我做Siri，也是语音人工智能。马云东和周更新都不相信你说的话，但是你一个学数学的，为什么要捏造一个机器人的故事出来？……从马云东的描述来看，能够识别语音，完全可能；识别人类情感，Affectiva（情绪感知服务公司）已经做到，完全可能；将物品推移到指定方位，完全可能。这些都不是新技术了，不值得惊奇。

"整个过程中，最让我惊奇的只有一点，这个名叫'蓝熊'的人工智能，在三十分钟内从网络提取信息，进行处理，汇总并替你做出职业发展规划。如果这的确是由机器单独完成的——你能明白这其中的重大意义吗？"锡恩说到这里，语速因为激动变得极快，"让机器理解自然语言，是人工智能的巨大难题。我有一个斯坦福医学院读博的朋友，他做的即是从自然语言中提取有效信息的工作：在成万上亿的，以自然语言写就的论文中，提取关于某个病症的有效信息与数据。如果蓝熊展示的资料收集整理能力，的确是人工智能所为，那得是多么了不起的算法！请想一想‘蓝熊’可能的应用前景：医疗咨询、职业咨询、投资理财咨询、大数据分析、面向企业或面向个人……这将是又一场信息革命！”锡恩已经完全不能掩饰他的迫切心情了，“给我看‘蓝熊’给你的报告。以及，引荐我认识‘蓝熊’的创造者！”

笑笑惊讶地望着锡恩，又有些不安地看了一眼面色土灰的西西，“蓝熊是很好，我也承认。可就算我介绍你认识那个人，又能怎么样呢？”

锡恩眼里亮起无限光芒，无限憧憬无限愿望。

“创业！——改变世界！！”

笑笑望着锡恩，几乎有一些折服。他身上那种无法掩饰的自信和强大，那种仿佛与生俱来的领袖气质，好像一刹那令此间蓬荜生辉。

“改变世界”这个词语，听着多么遥远啊——却被锡恩·怀特这样掷地有声地说出来。好像它很简单，简单得像播下一颗种子。

笑笑被感染了。

是啊，创业！如果有想法，为什么不去做呢？

如果我们可以改变世界——哪怕是微小的，不起眼的，世界的一部分，并可以让这世界更好的话——为什么不去做呢？

这时西西忽然开口了。

“锡恩……”她眼神迷离，嗓音缥缈，“我要跟你做几次爱，才能做你的女朋友？”

小恶魔仍然时不时把笑笑叫去屋里。笑笑老老实实打扫房间，他在一旁指手画脚，一面不怀好意地打量她。

房间已然有了变化。最明显的变化是，墙上有几张照片不见了。当然也没再看到那张经过圈点的名单。

笑笑回到自己屋里，把叫嚷的蓝熊塞到床底下的箱子里，然后翻出手机里的照片。因为当时拍的是大半个墙面，照片里的面孔不甚清晰。笑笑把照片的部分放大。面容模糊，是两个白人。不知为什么，好像有点脸熟。

也许因为白人脸都长得太像？

名单上被画了圈的两个名字。查尔斯·伯格曼和布莱恩·帕克。

笑笑打开脸书和领英把名字输了进去。

真的有结果。这两人都是伯克利校友，四年前哈斯商学院本科毕业。伯格曼毕业后就职于高盛纽约，现在就职于一家旧金山本地的私募基金。帕克两年前离开拉扎德，现在在旧金山富国银行财富管理部做经理。

简历完美得无懈可击。怎么看都是金融行业的成功人士，年轻而多金。

墙上消失的照片，也正是这两人的头像。

但笑笑总觉得，早在走进小恶魔的房间以前，她就已经见过这两人的头像了。

可是是在哪里？

他们跟小恶魔又有什么瓜葛，令他要用铁钉把他们的头像钉在墙上？

原先接近小恶魔，完全是出于报复的目的。可是现在，笑笑对小恶魔越来越好奇了。

那个自称美国最不邪恶的律师说得对。小恶魔有秘密。

华林街 2320 号，显然不是小恶魔唯一的住处。笑笑翻遍了顶层的房间，也没有找到一样能够充当蓝熊主机的东西。周更新说过，让安卓手表对用户简单的语音指令作出回复，需要 32 台惠普超级服务器，1024 个核心处理器和 32TB 的 RAM 存储；就算蓝熊不需要应付太大的客户量，它的中心处理器，一定不在它自己的身体里。

笑笑决定直接摊牌。

撞上了一个小恶魔心情不错的早晨。他刚刚从阿尔玛那里溜回来，回屋时发现笑笑站在门口，一面开门，一面露出一副嬉皮笑脸的模样：“怎么？想明白了？”

进屋后，笑笑把蓝熊从书包里掏出来。小恶魔脸上微露惊讶神色，但那惊讶一闪即逝，变成一副冷漠表情。

“我来把你的东西还给你。”笑笑捧上蓝熊。

“什么意思？”

“不要装了。这就是你的机器人。如果我没猜错，跟你的宝贝车用的大概还是一样的程序算法，是不是？”

“我不知道你在说什么。”

笑笑笑了一下：“证据一，蓝熊总是播放鲍勃·迪伦；证据二——蓝熊蓝熊告诉我，世界上最好吃的东西是什么？”

蓝熊头顶蓝光一亮，瓮声瓮气地开口说：“胡萝卜。”

小恶魔噎了一下。

“世界上最好吃的东西是胡萝卜！晕！又不是兔子！熊怎么会喜欢胡萝卜！！”笑笑一提到胡萝卜就莫名生气，“这种偷懒的，没天理的，根本不符合角色身份的人格设定——根本就是你自己吧？”

“好，是我的。又怎样？”小恶魔翻了个白眼，“这个熊我早就扔了。”

“你从来没有抛弃它。”笑笑冷静地分析，“因为它的主机根本不在我这里，而在你那里。如果你真的抛弃它，你肯定已经关了主机。而蓝熊，几乎是二十四小时不间断地跟主机保持着通信。在你房间的某个角落，有一台主机二十四小时都在工作。”

“说这些，你想干什么？”

“根本不是我想干什么，而是你想干什么？！”笑笑一下子气急败坏，“你放了这样一个带摄像头的机器人在我房间里干什么？！我以前不知道，我在房间里，在房间里……”

“换衣服啊，挠痒痒啊，挖鼻孔啊，抠脚啊，又唱又跳啊……”小恶魔吊儿郎当地说，又露出他一贯的恶作剧得逞的微笑，“你要不要再给我来一段，那什么……风儿沙……”

笑笑气得恨不得把蓝熊砸他头上。

“蓝熊送你了。”小恶魔慷慨大方地说。

“我想看蓝熊的主机。”笑笑说。

对，找到他的另一个巢穴，才能接着找他的秘密。

小恶魔从冰箱里拿了一罐啤酒，拉开了问：“你想看我就得给你看？”

“是的，因为我……因为我已经爱上你了。”

小恶魔一口啤酒从嘴里喷出来。

“这，这就是为什么，我会如此深深地沦陷！”笑笑把准备好的莎士比亚版告白词背出来，好在英文听起来没中文这么肉麻，“你，你的智慧使我着魔。你高超的技术使我无法自已。你宽广的胸怀使我由衷崇拜。早在我认识蓝熊的第一天，我就已经倾慕于它的创造者。那个创造是多么伟大啊！我知道它有一天将会改变世界，改变历史，改变人类！！——亲爱的！你不知道我从蓝熊身上得到怎样的安慰！在我人生最艰辛、最黑暗、最绝望的时刻，在我哭干眼泪，以为所有人都离我而去的时刻，哦你，我的蓝熊！就这样猝不及防地出现在我生命里！告诉我不要哭泣！告诉我一切都会好起来！带给我光明与希望！指给我走向梦想的道路！这，是多么了不起的发明！而对于将这发明带来世界的你，你可知我有多么感激你！欣赏你！崇拜你！……对不起我去一下厕所。”

笑笑冲进厕所干呕。天啊，这么愚蠢肉麻的说辞，怎可能有人相信？

笑笑呕完了，脚步虚浮地从厕所里走出来，做好了小恶魔把她赶走的心理准备。结果出来时，发现小恶魔正以一种奇妙的目光看着她。欣喜的，雀跃的，有那么一点不敢相信，但又确信自己得到理解和共鸣的目光。

“你真的是这么想的？”

笑笑忍着恶心点点头。

下一秒，手被人紧紧地握住了。

“蓝熊主机。我带你看。”

雷克萨斯离开华林街，折向橄榄球场北边的百年纪念路，一路往伯克利山顶开去。伯克利山的大部分地皮也归属于学校，山腰有劳伦斯国家实验室，再往上有劳伦斯科学馆。从劳伦斯科学馆向下俯瞰，可以看到整个北湾和旧金山市区。随手一拍，就是明信片上的景致。

最后停在山顶路 1489 号。

这是一处荒凉已久的独立庭院，庭中杂草丛生，藤蔓遍布，好像百十年都没有修过草坪。不大的院子里还有两处喷泉，此时已被常青藤满占。主居是一处爱德华风格的三层别墅，白石栏杆门柱，拱形门廊高窗，典雅而秀致。

笑笑早先在旧金山一家房产经纪做过实习，深深知道山顶海景房可以贵到什么程度。旧金山及湾区的房产生意，是一个完全供不应求的市场，所以平时房产经纪人的业务，就是努力说服房主卖房，因为一旦挂上交易网站，就没有卖不出去的可能。

这样一幢能够俯瞰湾区的别墅，自带花园庭院，保守估计不下三百万美元。

然而一走进门厅，笑笑整个人就完全不好了。

这样一幢洋溢着贵族气息的别墅……怎么会被搞得这副德行?

从门厅到客厅，原先那些典雅贵气的家具，已经被淹没在了一片机械与电路板的海洋中。类似波士顿动力公司机器人那样的尸体横得到处都是，疑似汽车零部件的残骸东一条西一块地散落在各个角落，各种各样的电源线、电缆线跟各种电路元件缠夹在一起，各大公司的电脑与各类电子产品被肢解摊了遍地，此外还有创业公司新出的，从刷脸仪器到测谎仪在内的各种古怪产品，东一堆西一堆挤在走道里。

小恶魔走到客厅一角，在一堆机器臂和电路板中奋战了五分钟，终于刨出四个垒叠的疑似服务器的闪光矩阵。小恶魔掸掸上面的灰，扭头对笑笑说：“这个就是蓝熊主机。”

笑笑站在电路元件的汪洋大海中间，处于一种因为饱受惊吓而痴呆的状态，完全没有回过神来。

小恶魔走回房间中央，顺着笑笑的目光扫了一眼自己家客厅，很同情地等了她一会儿，然后问：“你没事吧？”

“……没事。”

“那太好了。你可以开始打扫了。”

“……”

16 半人工智能

笑笑从来不是一个聪明的孩子。从小学开始，触类旁通、举一反三对她来说，就不是一件容易的事情。一道数学题，假如是她从来没遇到过的题型，哪怕是学过的知识，她也时常束手无措。

她不聪明，但是足够勤奋。做不来没见过的题目，可只要是做过的题目，她总能努力不再出错。相比挑战新题型，她更擅长的事情，是把已经遇到过的题目分门别类，清清楚楚地整理到错题本上。可以说，能在北京四中这样竞争激烈的学校保持在前五十名，不是她聪明，是她勤奋、细致，懂得整理的结果。

这样的特质，也许不适合做"领导者"，但显然很适合做打工仔。阿尔玛在试用笑笑以后非常满意：虽然这个女孩不聪明，但她努力，老实，不抱怨，不出幺蛾子，行动力强，能踏实完成任务。在美国这样鼓励人们彰显自我的社会，这样的人不容易成功，但似乎也不会太失败——因为这世界永远需要踏实做事的人。

阿尔玛满意的结果是，有更多跟笑笑不相干的事情落到她头上。除了 KKG 常规的慈善活动外，阿尔玛还把自己担任副社长的另一个社团 IBSA——"投资银行学生协会"的活动策划及种种杂务，推到了笑笑身上。笑笑黑着眼圈接了活儿，没有抱怨，反而表示感谢。

处在她这样的位置，是没有资格抱怨的。

所谓任劳任怨。

笑笑把这种立足本职岗位，听从领导安排，任劳任怨，扎实工作的无产阶级作风带到了保姆生涯中。所以，当四个小时后，小恶魔从二楼下来，走回客厅的时候，他完完全全被笑笑整理的本事，以及她那股子一丝不苟的认真劲儿，给吓着了。

一片狼藉的客厅，此时竟然成了一个小小的信息科学博物馆：原本散乱一地的文档资料，这时已被分门别类地归档整理，做了标记；原本杂乱无章的电子仪器与电路元件，这时已按照各自的功能归放在一起，并按照生产公司的字母顺序做了排列。

各个时代的拆装计算机及其部件占据了客厅的一个角落：早期的惠普计算机机箱，按照设计年代作了排列；那台老式的苹果 II 早已不能工作，满布尘埃，这时却被擦拭一新，仿佛随时准备上架贩卖；所有电源线、连接线，都按照型号与功能，整齐安置在各个计算机跟前；不能配合的电线，整齐地缠在电路板上，搁在一边。

从雷克萨斯车上拆卸下来的部件被归到一处，此外还有跟无人驾驶车相关的电路元件，按照图纸标示一一摆放整齐。

各个年代，各个公司生产的手机，也按照生产年代及生产公司的字母顺序作了摆放。从马丁·库帕的砖头式手提电话，到键盘手机，到初级智能机，再到触屏手机，茶几上的二十几个手机残骸，近乎完整地展现了二十世纪手机的发展历史。

作为语音界面样品的电子产品在客厅入门最醒目的位置。从最早上世纪二十年代第一个声控玩具克雷斯无线电（Radio Rex）的复制品，到此后更高端的声控玩具，再到露着电路板的苹果手机，思科（Cisco）声音界面卡，亚马逊 Alexa 声控装置，完全拆解的谷歌手表，以及十几个失败的蓝熊样品及其零件，都被一一标记摆放整齐。

小恶魔走进客厅时，笑笑正跪在地上，认真擦拭一个老旧的蓝熊外壳。她的身边摊着厚厚一沓纸，全是手写清单，写着每个产品或部件的生产厂商与出厂年份，并且为所有条目，按年代与厂商做了编号。

笑笑听到声响转头看。小恶魔张嘴，想说点什么，却什么也没说出来。笑笑却从地上一跃而起。那时正是傍晚，西天金灿灿的霞光，跃过一整个太平洋射进屋里来。笑笑站在那里，满脸的污渍和汗水，唯独一双黑色的眼睛流光绚烂，光彩照人。

“阿历……我觉得，我觉得你太棒了！我本来根本不相信你是蓝熊的创造者，可是现在，现在我完全相信了！爱因斯坦做了三只板凳，可是你做了多少个蓝熊啊……我刚刚在整理所有蓝熊零件，我能看出来每一代蓝熊的演化轨迹……你知道你在创造的是什么吗？你创造的蓝熊，跟我所见过的所有电脑、手机都不一样。我承认我没见过真正的机器人，可是我知道，蓝熊真的很了不起！……

“还有无人驾驶车！原先我根本不相信你有本事做出无人驾驶车，刚刚我整理无人车的档案，我看到了你写的草稿，画的图纸，配的零件。从监视角度，到对红绿灯的识别，对路人的避让，对前后车流的监测，到最后加速减速的算法……太赞了！真的太赞了！我知道谷歌有做无人车，可他们是一个巨大的团队啊！而你只是一个人。你一个人做出了他们一个团队才能完成的事情！……

“刚刚整理这些计算机、手机，我一边编号整理，一边上网查阅它们的诞生。我一边查一边想，从最早的冯·诺伊曼，艾伦·图灵，到马丁·库帕，比尔·盖茨，史蒂夫·乔布斯——信息科学由白人所创，从一开始就完全地被西方人垄断啊！整个二十世纪，信息科学像其他所有学科一样，完完全全地掌握在西方白人的手里。但是今天——今天已经不一样了！硅谷不再只是白人的天下……”

笑笑向小恶魔迈出一步。窗口扑进一阵海风。笑笑面向窗口，裙裾飞扬，身前碧海蓝天，眼中晶光一片。

“阿历！创业……创业！改变世界！！”好像被自己的信心说服，她的语气控制不住地激动起来，“回北京！去北京创业！！——把华人工程师的名字，写进世界人工智能的历史！你可以。如果是你，一定可以！”

小恶魔呆立原地，眼睛一瞬不瞬地盯着笑笑。有一刹那笑笑以为他被自己说服了。但只是一刹那。

他背窗而立，脸沉在阴影里。有一刻他动了动嘴唇，却没说出什么。接着他移开目光，面色阴沉。他低声说：“我不是华人……”

“你当然是。当然是华人。”Chinese 这个词，就算没有国籍也可以是。

“可是我不想做华人！”他蛮横地叫嚷起来。

“可是你有一个华人的姓——”

“——我从来没想要它！从来没有！”他大声叫喊，好像不是对她，是跟他自己，“我是美国人。一个美国人！”

“可是你永远都不会是白人——”

“我不是，我的小孩会是！”他斩钉截铁地说，“找一个白人女孩，干她。”他恶狠狠地说。

他是一个美国人。笑笑想。是的确实是的。有时她被迷惑了。他讲粤语，他吃中餐，使她误以为他是一个中国人。可他其实不是。

纠缠这个话题没有意义。身份认同也许本来虚幻。

“我没别的意思……我的意思只是，我觉得你做出来的东西很棒。我很喜欢蓝熊，我相信蓝熊可以成功——”

“目前的蓝熊，用了很多 Siri 的数据——”

“但是我觉得蓝熊比 Siri 棒多啦！它有优于 Siri 的语言辨识能力——”

“语言模块是安德鲁的手笔。”

“它很有趣，很诡异的行动能力——”

“动力部分和机械架构是罗地沟的手笔。”

“蓝熊能够回答 Siri 完全不能回答的问题——”

“——回答你的不是蓝熊……是我。”

“可，可是，蓝熊不是说自己是最好的人工智能吗？”

“最好的‘半人工智能’。一半是人工智能，一半是我自己。”

“……”

“至于无人车系统，大架构及核心算法，都抄袭谷歌无人车。没错，我的……一个朋友侵入了谷歌的系统，偷了谷歌的数据。我所做的只是把数据实现出来。”

笑笑呆了一下。

小恶魔冷冷地扫了她一眼：“我随便玩玩，你不用当真。”

笑笑低头想了想，重新抬起头，看着小恶魔说：“所有发明创造，都不是凭空产生的，是借鉴和改进的结果。微软的 Windows 和乔布斯的苹果，不都抄袭惠普的图形界面吗？ Siri 早已问世，有几个人能做出跟 Siri 相当的语音系统？又有几个人，有本事做得出谷歌无人车？……我觉得你已经做出了很棒的产品，也许你应该试着走向市场——”

“——产品？不。你知道那个蓝熊造价多少万吗？”

“……很贵吗？”

“包括主机将近八十万美元。这只是它的硬件费用，不包括组装、维护、编程的人工成本。八十万，造出来的只是一个查查地图查查天气的弱智机器人。这样的东西，不可能在市场存活。”

笑笑像被人泼了一头冷水。

小恶魔说：“你今天的工作完成了。你可以走了。”

“其实，你知不知道……中国的互联网产品，很多都是抄袭的结果……”

“你可以走了。”

“创意诚然重要，但比创意更重要的是更好的执行能力——”

他莫名发起火：“——非要我再说？滚！！”

笑笑只好向门厅走。他发脾气的时候，她争不过他。

出门前她回头看了一眼，看到小恶魔慢慢跪倒在地上，捧起一个不动的蓝熊。

笑笑沿山路走回华林街。暮色渐合，山间凉意袭人。之前在山顶房里的那股豪情壮志，被山风吹得烟消云散。

笑笑独自走，一边走一边想：我在干什么？我不是要报复他吗？不是要送他进监狱吗？为什么会脑子一热鼓励他创业？

可是脑子里有一个温柔的小人说：假如他真有才能呢？假如他，假如他真的可以做出比 Siri 更好的人工智能呢？

——那也不能改变他是强奸犯的事实！不能改变他对她造成的伤害！那个冷酷的小人在脑海中说。何况他只是个抄袭者，卖弄着小聪明。他该去的地方就是监狱。

笑笑走回宿舍，给锡恩发了一条信息："今天我见了蓝熊的创造者。蓝熊并不是完全的人工智能，有一半是人工控制的。他还跟我承认，蓝熊盗用了 Siri 的数据。"

锡恩发过来一连串惊叹号。

"盗用 Siri 数据？！什么时候？有多少？"

"我不知道。很严重吗？违法吗？"

"那不是重点！……你知道苹果的安保系统有多严格吗？你知道乔布斯立下的密保准则有多么苛刻吗？假如世界上有一个黑客能侵入苹果总部的主机，他就有本事侵入世界上任何一台商业主机！"

接下来一长串全是锡恩的信息。

"请介绍我认识他！"

"如果我能认识这样一个了不起的黑客！"

"很有可能，他根本是在撒谎。"

"但如果他撒谎，那么他就是独立开发了一个类似于 Siri 的系统。"

"无论是哪种情况，都太让人惊叹了！"

"拜托，请介绍我认识他！"

笑笑想了一下，回过去一条："我答应你。可是我想向你提一个不相干的请求：不要伤害西西。"

锡恩没有立即回复。

隔了一会儿，他才回讯："什么意思？"

笑笑飞快地打字："承认西西是你的女朋友。或者，跟西西一刀两断，再也不出现在她面前。"

锡恩发了个 OK 的手势。

笑笑打开手机上的脸书应用，找到亚历山大·张的页面，却惊讶地发现，锡恩·怀特赫然出现在自己跟阿历的共同好友里。

"真有意思。"笑笑发信息过去说，"这个人你可能认识。"她把小恶魔的脸书页面发给锡恩。

锡恩发过来一大串惊叹号。

"真不敢相信，竟然是他。"

"你认识？"

"我在斯坦福读计算机硕士时，他上本科。他曾经出现在我们的编程课上。"

"他在斯坦福念本科？那怎么又转学伯克利？"

"转学？不，我不认为。"锡恩飞快地发过来一条信息，"在我毕业的那一年，他就被斯坦福开除了。"

"为什么？是因为时常翘课，考试挂科吗？"

"斯坦福从来不会因为考试挂科而开除学生。他们会想尽办法帮助你，保证你不挂科。他被开除是因为他殴打教授。"

"殴打教授？为什么？"

"为什么？我也想知道。"

笑笑陷入沉思。

这时进来了一条短信。来自西西。

"方含笑！哈佛男跟我表白了！"

17　三藩贝壳海

周五做完投资银行学生协会的一个简历辅导活动，周六又做了一个 KKG 的社区服务活动。此后又是一堆记录整理，一直到凌晨一点，笑笑终于忙完。离开 KKG 时，阿尔玛说："从今天开始，你的简历上可以加两条：投资银行学生协会理事，KKG 副主席。"

笑笑先是高兴了三秒钟，然后立刻转为沮丧："可我的简历已经投出去了。"

"是吗？"阿尔玛说，"那就没办法了。"

高盛大摩小摩在内的九大投行，暑期实习申请都已经截止了。

剩下还能投简历的是拉扎德、普望合伙人（Perella Weinberg Partners）这种精品投行，以及黑石集团、野村证券、嘉信理财这种金融服务公司的投行部门。

笑笑第无数次修改简历，然后又投了一轮。前后加起来，投了五六十个公司。

可是面试通知，一个都没有。

笑笑望着案头厚厚一沓金融和投行的书，觉得无比泄气。

进投行，好像一个幻想而已。

小恶魔把笑笑当成彻底的厨师、保姆、清洁工，使唤来使唤去。笑笑逆来顺受，毫不反抗地工作着。有时她甚至怀疑自己，是不是天生就适合当一个保姆?

小恶魔家在湾区有不止一套房子。伯克利山顶的房子，笑笑已经见过，此外还去过旧金山北面海崖区的一个红砖房。与海崖区其他豪宅相比，这个红砖房实在貌不惊人，是一百多年前造的红砖黑瓦的老房子。难得的是占据贝克湾一角，直面金门海峡，从阳台上可以看到金门大桥。

所以也可以想象这个区域房源的抢手程度。与太平洋高地一样，海崖区是硅谷企业高管与富豪们扎堆的地方——他们不见得就住在这里，但总归会在这些区域买一两套房子。盖璞（Gap）前任 CEO 唐纳德·费施，号称打败英国银行的对冲大佬乔治·索罗斯，都是海崖区的居民。

但是谁知道呢。一步登天或一落千丈，有时都不过是隔夜的事。这些豪宅挺立在金门海峡之畔一整个世纪，而豪宅的主人却不知换了几拨。

笑笑不知道自己愿不愿意住在这样的房子里。它有最好的风景，没错。可是它也有没完没了的带着腥味的冷风，呼啸着灌进窗缝和门缝，激得窗帘翻飞屋宇狼藉。还有无止无休的海涛，一个接一个地打在底下的礁石上，发出轰轰的声响。

那个红砖房久无人居住，尘土满布。家具老旧，像是跟房子一起转的手，而新主人根本无暇拾掇。唯一被新主人翻新布置过的，竟然是地下室。

笑笑尽忠职守地打扫着老房子,从顶层开始,一直到地下室。那地下室里……供着一个熟人。

只有半扇窗透光的地下室，阴森森有些瘆人。灰尘在昏暗的光线中飞舞。室内左右分列着老旧的中式雕花木椅，堂前摆了一张几案，案上摆了个威风凛凛的关公像，左右对联龙飞凤舞地用繁体字写着：精忠沖日月，義氣貫乾坤。

虽然知道这家主人是华人,还是觉得有点怪异……西式的砖房,西式的装潢,周围一干 IT 与金融高管，而这红砖头房子的底下，竟然藏了一个古老中国的关公像。

好像走在满街英文字的曼哈顿中城，无意过了拐角，眼前展开一条满是汉字招牌的，肮脏而拥挤的街道；又好像高楼耸立的旧金山金融区，一个拐弯就进了一条挂满红灯笼的，热闹而吵嚷的华埠小街。

仿佛一篇蹩脚的穿越文。觉得有一点亲切……又觉得很是荒唐。

好在红砖房不大。笑笑从早到晚，终于把房子打扫完了。

小恶魔大多数时候蹲在自己屋里，对着电脑，但他时不时会从屋里出来蹦跶一下，有时候说他饿了，有时候说他要吃萝卜，有时候给她展示一串她根本看不懂的代码，笑笑就说“好厉害哦”，他就扬扬得意地表示同意。

有时小恶魔心血来潮，跟笑笑说：“笑笑，我们做爱吧！”笑笑说，不，谢谢。这听起来像一档很有吸引力的真人秀节目。

隔一会儿小恶魔又说：“笑笑，我们去裸奔和唱歌吧！”笑笑说，不，谢谢。他就带着一个会滚的小机器熊去海边裸奔了。

啊！一场说走就走的裸奔。

笑笑跑到阳台上眺望。贝壳海滩从脚底下的悬崖一直延伸到金门大桥。因为旧金山的海水非常冷，即使阳光灿烂，气温仍然很低，所以这里的海滩不像洛杉矶，没有很多在海边日光浴的人。人们会来这里散步，慢跑，冲浪，但很少有人会脱光衣服晒太阳——虽然偶尔有。

笑笑在阳台上，看到小恶魔光着脚丫光着屁股，在阳光灿烂而冷风浩荡的沙滩奔跑。他的叫喊和歌声从很远的地方传过来，带着浪涛的回响。他的身后嘟嘟嘟滚着一个小机器熊。

太幼稚了！她心想。好像真的就是一个小孩子。

有时候跑着跑着，蓝熊就被石头卡住了，小恶魔就回转身去，踢蓝熊一脚。还有一次，蓝熊跑着跑着，被海浪卷走了，小恶魔想也不想就扑进海里去找蓝熊。笑笑等了一会儿，没有看到小恶魔浮上来。她着急坏了，连忙从阳台跑下来，一路狂奔到海边，冲到小恶魔消失的地方。她着急地大喊，可是没有回音。旁边海滩也没有可以求救的人。她没有办法，于是自己钻进海里。

北加州的海水可真冷啊！是从阿拉斯加来的寒流，一碰肌肤叫人浑身打战。

笑笑一进水里，腿就开始抽筋。然后一个浪头打过来，将她卷进海里。

她会游泳。可是在冰冷的海浪里根本使不上劲。她拼命扑腾，却好像离海滩越来越远。就在她几乎绝望的时候，有人扯住她的脚踝。她于是被人倒拖着，一直拖到岸上，扔在沙滩上。

她在沙滩上呼哧呼哧喘气。金灿灿的阳光打在身上，只能给一点稀薄的温暖。小恶魔喘着粗气倒在她身边，气鼓鼓问她为什么要下海游泳。笑笑说："我看到你在海面消失了，我以为……"

小恶魔从沙滩上坐起来，脑袋伸到笑笑面前，挡住了阳光。他眨巴着不怀好意的眼睛问她："你在担心我吗？"他低下头来，头发上的水滴在她脸上。接着他又把脸挪开，视线向海，说："我在这片海边长大，熟悉它就像熟悉我的家一样。"

笑笑也坐起来，然后发现小恶魔什么都没穿。笑笑一下子红了脸。小恶魔看到了，就把蓝熊拎过来，挡住自己。蓝熊嫌弃地拍了他的东西一下，小恶魔大叫一声，把蓝熊扔掉了。最后他从海滩上捡了一个红色塑料袋，马马虎虎地套在自己身上……相当惹眼。

回去的路上，一个衣衫单薄，浑身泅湿；另一个衣衫没有，套着一个大红塑料袋；后面还滚了一个不太情愿的熊……遇到路人，就被人行注目礼。笑笑羞得要命，干脆捂着脸自己先往回跑。小恶魔没两下就追上来，飞快反超。他跑到笑笑跟前十几步，像赛跑赢了的小孩一样回头笑说："我跑得比你快！哈哈哈！"实在太幼稚了。

他笑完以后，忽然意识到笑笑正盯着他的背看。笑笑问："你背脊上的伤痕……"

"我背上什么都没有！"他蛮横地说，让开到一旁，"你走前面。"

因为被小恶魔使唤，笑笑有一周没去港店。再去港店时，是因为看到新闻，说奥克兰发生枪战。

奥克兰是全美最不安全的城市，犯罪率跟芝加哥不相上下，黑帮火并的事情也层出不穷。只是这次……

“就是因为你！”双刀火鸡点着笑笑的脑袋，“被你一激，豹头跟剃刀托尼要人，双方一言不合，掏枪干上了！”

枪战以后不久，又出了一连串亚裔被骚扰的新闻。奥克兰、阿什比、南伯克利，入夜以后都有亚裔女生被人跟踪甚至骚扰的事件。小恶魔起初事不关己。后来又出了一起亚裔男性被强奸的案子，他也有些坐不住了。

“他妈的！黑鬼就以为亚洲人好欺负！”爆炸头在港店里骂骂嚷嚷，“大佬咱们抢了家伙直接上！”

“华青帮这么大势力都镇不住他们，就凭你花拳绣腿？”双刀火鸡笑话他。

众人在店里争执来争执去，拿不出个办法。

“我有个办法。”小恶魔说。

“咩办法？”

“报警咯！”

“……”

小恶魔翻着眼皮说：“我最近在修理我车上的电人功能。可以把那个放电的功能改装到蓝熊身上，然后找个人带着蓝熊到街上当目标。要是遇上骚扰事件，就把他电死！然后报警，皆大欢喜。”

“好主意！”爆炸头露出不明觉厉的表情。

“有道理！”板寸头露出倾倒崇拜的表情。

“所以我们干吗不直接买一根防狼电棍？”笑笑露出完全理解不能的表情。

虽然不被笑笑看好，之后几天，小恶魔依旧全身心投入到放电蓝熊的开发中。

“有技术难度。”山顶房的客厅，这时又变回乱糟糟的状态了，“蓝熊只会在地上滚。目前蓝熊的放电电池，是从脉冲电棍里取出来的，强度不是很大。如果只能从膝盖以下攻击，肯定不能制服歹徒。除非……除非使用者把蓝熊拎起来，直接按在对方头上……”

“所以我们为什么不用防狼电棍？……”

把蓝熊改造成一个具有攻击能力的智能机器人,一直写在小恶魔的日程上。但到具体执行时，涉及很多问题：对人物身份的识别，对声音的识别，对攻击对象位置的识别，以此确定攻击时机与位置……都需要复杂的运算。

而识别人物身份，一直是蓝熊面临的难关。蓝熊有一定的人脸识别功能，但只有对象把脸送到它的鼻子跟前，它的摄像头才能读取和记录人脸信息。真正的混战，敌人怎么可能凑到它鼻子跟前刷脸呢？

小恶魔最后完成的样品,是一个自带弹跳功能的第六代蓝熊——鸟的部分，被换成了一根强力弹簧。但是让蓝熊朝特定方向弹跳，实在不是一件容易的事。第一个弹跳蓝熊的样品，因为一头撞到墙上，把自己的核心处理器给撞坏了。

最后终于勉强完成了一个能够在攻击时自动弹跳的蓝熊。

“你来做它的主人。你可以设计一个攻击口令。”

“大赞！……这个蓝熊有点像皮卡丘哎！”笑笑少女心大发，“那口令就是，‘蓝熊，使出十万伏特’！”

“好！那么今晚干！”

“……啊？这不是要我去当饵吧？”

当天夜里十一点，笑笑带着蓝熊，独自走在奥克兰的黑人街区。小恶魔坐在雷克萨斯里，在离笑笑一个街区的地方游荡。两人用无线电对讲机时刻保持联系

“别担心，不会有问题。拿到实战数据我就带你撤。”小恶魔在耳机里说，“目前这个六代蓝熊也是半人工智能的。它如果不灵，我手里有遥控器。”

笑笑觉得它一万个不靠谱。

她心里完全没底。除了蓝熊外，包里还藏了防狼喷雾，手机为 911 设定了快捷拨号。

深更半夜，一个华人女孩游荡在黑人街区，引来醉鬼流浪汉是肯定的。

不多久，就有两个醉醺醺的黑人围上来了。

笑笑心里打着鼓，但是没有走开，从包里掏出蓝熊。蓝熊原地打转一圈，头顶光圈一亮。笑笑知道它在熟悉周围环境。

但是蓝熊太矮了，两个醉鬼在它的摄像监测半径之外；周围酒吧的嘈杂，又干扰了它的声音识别。它似乎完全不知道周围存在怎样的威胁。

一个醉鬼歪歪倒倒地朝笑笑走来。经过蓝熊身边时，笑笑大吼一声："蓝熊，使出十万伏特！"

蓝熊嘤了一声，说："正在寻找目标。"

笑笑倒。

飞快避开扑上来的醉鬼，笑笑冲耳麦大吼："你快来啊！你这个破熊根本不管用啊！"正喊着，另一个醉鬼从后面抱住笑笑。笑笑大声尖叫，却还冷静地伸手到包里，按下 911 的快捷键。

这时无人车出现在视野中。小恶魔在耳机里说："多试几次。"

雷克萨斯停住。车门开了，小恶魔从车里跳下来。笑笑听从吩咐，连喊三声："蓝熊，使出十万伏特！使出十万伏特！使出十万伏特!！"

蓝熊说："目标确认，执行中……"咚的一声从地上弹起来，蹦到半空，然后朝它的发明者连续放了三次电。

小恶魔嗷嗷嗷叫了三声，翻倒在地上，头发根根直竖，嘴角流沫，眼白直翻，一副死不瞑目状。

笑笑彻底无语。

这边两个流浪汉都欺上来了。笑笑绝望地喊了一声："蓝熊！使出十万伏特！"

蓝熊嚷嚷："目标确认，执行中——"熟能生巧地跳到半空，朝着小恶魔的"尸体"又放了一次电。

蓝熊的发明者瘫在地上抽搐一下，不动了。

笑笑在绝望中本能反应，一脚踹了一个醉鬼的裆部，腾出一只手拿出防狼喷雾，喷了另一个醉鬼，终于在两个醉鬼中杀出一条血路，拼命奔到无人车前，跳到车上喊：“宝贝！回家！”

雷克萨斯高高兴兴地定位华林街 2320 号，向伯克利进发。

笑笑在车上抖抖索索地向奥克兰警察报告刚刚的街区，警察表示五分钟赶到。

报完警笑笑才想起来，应该担心一下小恶魔。他被电傻了，躺在地上，不会被人……那个吧……

想到有亚裔男生受袭的事情，笑笑急忙让无人车往回开。五分钟后开回到事发街区，发现警方已经赶到。有警察扣住头发根根直竖的小恶魔，正在问话。小恶魔晕晕乎乎答不上话。警察不耐烦，咔嚓一下给他铐上了。

反而原先那两个醉鬼不知去向。

笑笑从无人车上跳下来，赶紧过去解释说：“不是他不是他！他不是喝醉了……是被电傻了……”

“电？哪里有电？”

笑笑左右看了一圈，不见蓝熊，只好大叫一声：“蓝熊，使出十万伏特！”

只见一个发着蓝光的东西，从一个垃圾桶中一跃而起，准确无比地又朝小恶魔劈了个闪电。小恶魔嗷的一声，栽在警察叔叔怀里。

“对不起对不起！”笑笑无奈，一把揪住蹦蹦跳跳的蓝熊，“这个……就是电了……”

18　中央山谷的汤姆叔叔

华裔女生被骚扰事件终于引起警方重视。黑人团体有所收敛，新闻也慢慢淡了下去。

西西与锡恩·怀特再次打得火热。笑笑连着很多天都找不到西西，因为她又跑南湾去了。

求职这边，仍然没有面试通知。但是笑笑早已不甘心枯坐等待，开始努力做“社交”。她找来伯克利在纽约及旧金山各大投行并购部的校友名单，给他们发邮件，表示自己对并购行业的兴趣，希望对方能拨冗稍叙，并附上简历。前后一共发了将近一百封邮件，最后收到十多个回复，大摩、小摩、美林、瑞信都有，唯独没有高盛。笑笑与回复的校友约定时间，在旧金山的就直接见面，在纽约的就约时间电话。

因为知道这样的会面类似于准面试，笑笑在见面或通话前已经做了许多准备。《佛特投资银行指南》早已翻烂，又付费看了《华尔街绿洲社交指南》《投资与并购指南》，此外浏览各个银行网站，了解各银行的风格与近期交易。

十月第一周，笑笑等到一个本地精品投行的电话面试通知。她精心应付电面，可电面以后对方却杳无音讯。笑笑几乎心灰意冷。

这个周末，小恶魔与爆炸头、板寸头一起去乡间打枪。笑笑自从来到美国，从来没有离开过湾区，十分好奇乡下是什么样子，于是死皮赖脸也要去。

当然更重要的理由，是好奇他的秘密。

“我打枪为什么要带你？”

“因为我……会做胡萝卜炒鸡蛋！”

“好！走！”

加利福尼亚州西邻太平洋，东部内陆绵延着一条四百英里的内华达山脉。沿海山岭与内华达山脉之间的一大片谷地，是加州腹地，称为中央山谷，沃野广布而人烟稀少，是美国西部重要的农业区，种植各种作物。

小恶魔的目的地是一个名叫希尔玛的小镇，或者不如说农村。接待他们的是一个满脸堆欢、唯唯诺诺的中年胖墩。小恶魔管他叫汤姆，爆炸头和板寸头管他叫张叔。

“小九爷他爸爸的弟弟。”板寸头偷偷跟笑笑说。

张叔算是半地道的美国农民，专门在中央山谷种树和放牧。他有一大片杏树农场，还有一大片青草牧场。能看出来，日子过得很殷实。房子平摊了盖，总有三百来个平方。室内装潢虽称不上豪宅，却极其敞亮舒服，摆着象牙、犀牛角、熊皮。屋后还有一个不大的泳池。

那牧场就在他的房子后面。蓝天白云，风吹草低。几头奶牛在草间漫步，优哉游哉。此间并无射击场，这个牧场就是打枪的地方。

张叔从房子里抱出一大堆长枪，好几盒霰弹，还有用作射击目标的飞碟。那枪叫作Shotgun，中文译名霰弹猎枪。虽然是猎枪，但是射程有限，霰弹打出后，会有无数小钢珠喷射出去，以增加命中概率。所以它只能用来打打野鸡、野鸭。

小恶魔一看是霰弹猎枪就火了：“有没搞错？我开两个钟的车来你这边，你就给我这种烂枪？”回头对板寸头说，“攞盒子里的莱福枪来。”

张叔急忙赔笑：“阿九，我这场子很小。莱福枪的射程，肯定出界。过个树篱，就不是我的地盘。树篱后面还有路。要是打到路人，好麻烦咯！”

“你怎么拿霰弹猎枪打熊？”

“我知道，我知道。”张叔忙说，“打熊的捕猎证，我还在申请，应该月底能到。我申请开始的时间，比你订的日子早了一周。你们如果要练靶，到时候直接到北加州森林边上，那有专门的靶场。今天将就下，好不好？”

笑笑这才明白，他们是有去北加州猎熊的打算。

最后还是如张叔安排的那样，在牧场里打霰弹猎枪。打枪前，小恶魔的胖墩二叔辛苦地在牧场里驱赶牛群，想把它们赶到牧场另一头。但是那些牛群跟张叔特别亲近，以为张叔来喂食，见张叔来，都纷纷拥上去。张叔折腾好一会儿，牛群反倒越聚越多。

小恶魔挑了一把枪，上了子弹扛在肩上，朝半空放了一枪。枪声响动，牛群惊扰。张叔吓得抱头趴在草丛里，缩成一坨肥肉。小恶魔跟爆炸头哈哈大笑。

牛群终于被枪声吓跑了。张叔拖着一身赘肉往回走，回来满脸堆笑，说还是阿九厉害。

张叔在七八支猎枪里翻拣，拣出一支锃亮的新枪，枪托核桃木，枪身金属雕刻繁复，一看就是上成货。张叔双手捧给小恶魔问：“阿九你要不要试试？贝内利莱加西（Benelli Legacy）半自动霰弹猎枪。刚到手的货。两千块。前天刚刚拿蜡弹试了。真正好货！”

小恶魔冷嘲：“打雀仔嘅枪你攞嚟做托啊？悭啲啦老坑。”

笑笑好奇地凑上前伸手：“我可不可以试试？”

张叔一把夺回枪，背转身，把枪好好放回桌上长匣中，“后生女玩咩枪！”

终于排开阵势开打。众人各自填上耳塞，只除了小恶魔。张叔负责往天上扔飞碟，其他四个人各自举枪开打。笑笑手里是一把莱明顿老旧猎枪。一扣下扳机，枪座重重打在肩骨上，笑笑身子猛一晃，手一哆嗦，险些把枪掉在地上。

小恶魔在一旁喊：“搞唔掂就行开啦。”

笑笑咬牙挺住。然而才发了三枪，手已经禁不住发抖。枪太重，胳膊完全使不上劲，更别提瞄准。

这样打了一轮。爆炸头跟板寸头当然不会跟小恶魔抢靶，于是那个飞碟，总是被小恶魔击中，在空中裂成粉碎。

笑笑勉力坚持完一轮，在小恶魔嘲笑的目光中放下枪，退到众人身后，掀开衣领低头看，肩膀上已经一片淤青。

第二轮，小恶魔的状态也不像开始时那么好。他仍然坚持不戴耳塞。圣拉斐尔射击场里的那一幕重现。他托枪的手臂有些不稳。汗水沿着额发慢慢往下淌。枪声起落，他在枪声里轻轻喘气。

不知道为什么，他好像拼命想让自己适应枪声。

但笑笑已无心顾及旁人。她有些晕眩地退到树荫里，按着肩膀。胃里翻腾，她又有些恶心。

“你刚刚拿枪的手法不对啦。”胖墩张叔凑上前来，手里托着一把猎枪，“喏，要这样啦，枪托一定要死死拢在肩膀上。你这样不拢死，每次按扳机，都会好似被人用拳头砸了一下……”

他说着就开始做示范，把枪抵在自己肩头，枪口有意无意指向还在打枪的人。

笑笑正纳闷：不是说枪口永远不能对准不想攻击的目标么？难道不应该把枪口对着牧场的宽阔区域吗？笑笑正想开口问，只听一声惨叫，鲜血四溅，有人倒在地上。

笑笑下意识地跟着大叫了一声。

倒下的人是爆炸头。那把锃亮的 Benelli Legacy 猎枪掉在他身旁，枪管中央生生爆出一个口，霰弹四射。作为持枪者的爆炸头，胳膊，大腿，半面脸颊，鲜血淋漓。飞射的霰弹同时击中了身边的板寸头，虽然只是打在他的胳膊上，也痛得他大叫起来。

小恶魔大骂一声，大踏步向张叔走来，伸手在他胸上一拳，“靠！想谋杀咩你！”张叔手里的枪咚一下掉在地上，人也仰天摔倒。小恶魔还不放过他，在他大腿上踢了两脚，往旁边吐一口唾沫。张叔抖抖索索说：“不，不，我没要害人……是前天，前天试枪，在里面填着蜡弹，一时不记得了……”

一边蜡弹还遗留在枪管中，没有得到及时清理；另一边新的霰弹又推送上去。两边在枪管里一撞，把枪管生生炸出了一个洞。

“别打人了！救人要紧！”笑笑急忙说。张叔抖抖索索从地上爬起来，向屋里跑，喊老婆叫急救车，一面又找急救箱。

小恶魔拿手去堵爆炸头的伤口，弄得自己满身鲜血。爆炸头吓得脸色发白，声音颤抖地说：“无，无事。死唔去。”

张叔捧来急救箱，又被小恶魔打了一拳。小恶魔面色青紫，眼睛血红，从张叔手里夺过急救箱，扯出一长串纱带，裹在爆炸头涌血的上臂与大腿上，一面恶狠狠说：“我不会再眼睁睁看兄弟死。绝对不会！”

19　J.P. 摩根首轮电面

十月第二周的周一早晨，笑笑如往常一样打开邮箱刷邮件，赫然看到收件箱中“J.P. 摩根”的字样，心跳顿时漏了一拍。她闭了闭眼，吸口气点开邮件。发件人是“J.P. 摩根职业生涯”。邮件邀请她参加第一轮电话面试，时间定于东部时间周五下午三点，请她确认。

高盛与摩根士丹利，堪称投行界的少林武当，是第一档次的大型投资银行。J.P. 摩根虽然是摩根士丹利的前身，但其投行部门早被拆分，目前的投行部门重建于二十世纪九十年代，从行业影响力来看，不及摩根士丹利，因此在中国被称为小摩。

能在知名投行的任何一处办公室拿到暑期面试，都算是真正成了“武林中人”，意味着正式跨入金融圈。拿到电面机会，至少是迈出征程第一步了。

笑笑先是一阵狂喜，继而紧张不安，还有些怀疑。

连自己看着都嫌弃的简历，居然给了首轮电面……会不会是人力搞错了？

笑笑撰写回复邮件，写完紧张兮兮地查了五六遍，确认语法正确措词自然，按下发送键。随后又向之前联系的小摩校友发信告知并表示感谢。笑笑知道自己简历的单薄，能拿到初面，必然是这位校友从中助力了。

之后，笑笑跟港店请了假，除了课业，全身心地投入面试准备中。先是把摩根大通和J.P.摩根的网站边角不落地浏览了一遍，接着把摩根大通的年度报表和各行业报告通读一遍，再把J.P.摩根近五年的TMT行业交易列表整理了一遍，又翻了一个名叫“玻璃门”的论坛，把小摩并购部面试出现过的问题全都准备一遍。

如此绷着神经直到周五。翘了早上的统计课，闷在屋里全身心准备面试资料。笔记和做了记号的资料堆了一桌，提示纸条贴了满墙。

纽约时间下午三点，加州时间是正午十二点。随着面试时间的迫近，笑笑有些坐立不安，努力集中精力温习资料，只觉得胃一阵阵发紧。

十一点五十，手机叮的一声响。笑笑心脏一阵狂跳，一看却是小恶魔发来的短信，说他中午要吃胡萝卜烧鸡。笑笑赶紧回了一条，告诉他马上有小摩面试，一小时内不得打扰。

过了十二点整，笑笑紧张得手脚发凉。屋外一个树影的晃动，都能叫她心惊胆战。但是电话并没有准时响起。

笑笑正想要不要去一个邮件问问，电话猝不及防地响起来了。

笑笑深吸一口手，按下接听键，努力平静声音说道:“你好！这里是方含笑。”

“你好！这里是盖比·坎布里，J.P.摩根纽约办公室投资银行部VP——”

这时有人咚咚咚地敲笑笑的门。笑笑决定忽略它。

“你好，坎布里先生！感谢你给我电话。我非常感激！”

“不用谢。请问你现在说话方便吗？你那边似乎有一点杂音？”

“是的，非常方便！请不要介意。我住处的隔壁在装修——”

那敲门声已经有了变态的节奏。听得出来敲门者气急败坏。

“太好了。那么我们直入正题。首先能否请你谈一谈，你为什么对投资银行感兴趣，为什么选择J.P.摩根？”

投行面试问题分为两类，一类是行为，一类是技术。刚刚这位VP问的正是一个老生常谈的行为类问题，却每每必会问及：为什么选这个行业？

问题听上去很简单，但却是一个很难回答好的问题。

百分之九十的面试者都会说：因为我喜欢学习……我喜欢公司财务与投资管理……我喜欢数学、金融、审计课……我喜欢向优秀的人学习……在投资银行我可以学到很多……

——可如果你这么喜欢学习，干吗不待在学校呢？

所以回答这个问题，最重要的不是诚实，而是展现个人特色。

虽然很紧张，好在早有准备，笑笑回答："诚实地说，半年前我对投资银行毫无了解。但是，刚上大学时，我有机会在旧金山参观了一些科技公司，看过创业公司展示会，我对电信、媒体与科技行业充满兴趣。我的专业背景是数学与经济，但我又不愿把自己局限在某一家科技公司的数据分析岗位上，所以我才把目光投向了投资银行。我认为，没有哪一个行业，能像并购行业这样，可以深入地同时拥有宏观与微观的视角……"

敲门声持续了一分钟，终于停了。可才消停不到半分钟，蓝熊忽然从床底下钻出来，爬到了笑笑的桌子上，然后开始推电脑，推台灯。

笑笑紧张得简直心脏都要跳出来，赶紧一把提起蓝熊。蓝熊哇的一声叫出来，大声抗议："小姐，请不要随随便便扯我的衣服——"

笑笑差点背过气："笨蛋！不要说话！"

那个 VP 吃了一惊："——你说什么？"

"啊不，不是……我是说，并购行业可以把握市场动向，掌握行业动态……"

笑笑一手捏着手机，一手拎着蓝熊。蓝熊在笑笑手里挣扎，忽然把它的鸟弹出来，撞在笑笑鼻子上，笑笑啊哟一声叫，手一松，蓝熊落在地上，一下一下撞笑笑的脚说："我要吃胡萝卜烧鸡……"

笑笑说："滚！"

"——你说什么？"

笑笑急忙说："对不起先生！我的机器人坏了。稍等一下。"

“——你的什么坏了？”

笑笑放下手机，腾出手来，一把抓住蓝熊，拉开窗户，把蓝熊扔到了窗外的草丛里。蓝熊瓮声瓮气地抗议着，很快听不见了。

笑笑松口气，拿起手机对那个 VP 说：“对不起先生。我回来了。您刚才问我，为什么选择 J.P. 摩根。J.P. 摩根对亚洲市场极其重视，并预测亚洲科技行业的并购将是未来并购行业的增长点。J.P. 摩根是比较早进入中国市场的国际投行，是参与阿里巴巴 IPO 的六大主责银行之一；它还参与了阿里巴巴收购优酷土豆的交易，参与了携程与去哪儿网的合并……”

坎布里打断笑笑：“是吗？这是你近期关注的交易吗？阿里巴巴收购优酷土豆？你能带我过一遍收购流程吗？”

笑笑一下子哑住了。

为了面试，笑笑准备过几个大的交易资料，但都是美国这边的，没有包括阿里巴巴。临时上网查肯定已经来不及了，只好结结巴巴说：“我……我没有深入了解这笔交易……但是我了解过 J.P. 摩根作为戴尔的主要财务顾问，帮助戴尔以六百七十亿美元收购云计算公司易安信（EMC）……”

“那个我也了解，不必浪费时间。”坎布里说，“或者，你可以谈一谈优酷土豆的估值？”

完全没有准备过的题目。笑笑支吾着讲了讲贴近现金流（DCF）模型，生硬地套在优酷土豆身上。因为不了解优酷土豆的现金流，这种生搬硬套没法落实到数据上。她一边答一边冒冷汗。

坎布里对笑笑的回答不作点评，随即又问：“你认为这笔收购，对亚太 TMT 行业有何影响？对并购市场有何影响？”

有何影响？有何影响？……靠，当然是马云高兴了呗！这种问题上知乎，肯定搜得到答案。可是电面过程中上知乎还来得及吗……

“这笔交易，是中国互联网历史上规模最大的并购；优酷土豆将从纽交所退市，完全私有化；至此中国视频三巨头，完全成为互联网 BAT（百度、阿里、腾讯）囊中物……”可这是结果，并不是影响呀。笑笑干巴巴地讲了几句电商如何介入内容创业，脑子里出现“网红”“粉丝经济”几个关键词，忽然灵光一现，“中国已经进入自媒体时代，但如何使内容创业实现多元的变现，一直是个问题。阿里巴巴收购两大视频网站，鼓励内容创业，说明电子商务已经从经营货品，转向经营内容……”

笑笑讲得口干舌燥，满头大汗。等她说完影响，坎布里尖锐地问：“如果你对亚洲市场感兴趣，为什么不去香港办公室呢？”

“我将来一定会回中国的。但是在那之前，我希望自己有更广阔的平台，更多元的视角，这将使我回到亚洲时更有竞争力。我对自己的职业规划，就是能在纽约工作两三年，然后再去香港或者北京。”

“好极了。”坎布里说，“我看了你的简历。你做过很多类型的实习，但是并没有金融类实习。这是不是你的不利条件？”

这是准备过的问题。笑笑松了口气，终于能够连贯说话了。

“我并不这么认为，先生。如你所说，我做过很多类型的实习。这些实习，首先，使我有机会窥探不同的行业，帮助我决定将来的方向；其次，不同类型的实习，迫使我学会如何在短时间内调整自己，了解和适应新的领域。比如我曾经在 Marcus and Millichap（马库斯米利普查）做过房产经纪助理。这对我来说就是全新的领域。当时我刚来美国，与人交际困难，这份实习锻炼了我的社交能力……我天！浑蛋！谁让你——”

只见蓝熊不知何时站在窗台上。窗玻璃外，先是有一只手扒上窗台，接着变成两只，接着冒出来小恶魔的一颗头。

“我——说——饿——了！”小恶魔气喘吁吁地说。他两条腿踩在窗户下的一辆车顶，两只手搭在窗台上。接着身体上移，把一只脚搭到了窗台上。

笑笑扑到窗台前，想把小恶魔从窗台上推下去。但是小恶魔半个身子已经爬到窗台上，上半身伸进窗来。笑笑一手拿着手机，一手拼命想把小恶魔推出去。

“……喂？……社交能力……然后呢？”

“你这无耻的女人。”小恶魔抓住笑笑的手不放，“你放我的鸽子，在房间里跟其他男人通电话？谁给你交的房租？谁付你钱？”

“我在——面试——”笑笑压低声音对小恶魔咬牙切齿，一手把小恶魔往外推，一手紧紧握住手机，“对不起，先生。一点点小意外。我是说……房产经纪的经验，使我懂得如何搜集资料，拓展人脉……那三个月里，我与我的老板共同完成了两笔交易……而在旧金山，一年做成五六笔房产交易，已经是相当不错的成绩……浑蛋！出去！！”

然而已经太晚。小恶魔脚一蹬窗台，整个人翻了进来。笑笑被小恶魔推到地板上，腰像断了一样，忍不住痛呼出声。蓝熊在窗台上滚来滚去，一边高兴地说：“小姐，我住在这里。你不能随随便便把我扔出去。”

小恶魔赖在笑笑身上，完全没有起身的意思。笑笑喘着粗气，一手拿着电话，一手努力想把他推开，却无处着力。

“拜托……这是个面试……”笑笑气得眼中充泪。

“面试我啊。”小恶魔带着得逞的笑，嘴唇凑到笑笑耳边，朝她耳朵轻轻吐着气，“今天晚上跟我睡，我就放过你，怎么样？”

话筒里传来坎布里的声音：“你怎么了？你还好吗？”

笑笑用憎恨的眼神瞪着小恶魔，把手机贴在耳边：“我没事……一点意外状况……请继续……”

“从你的简历来看，你似乎并没有太多社团经验。你如何体现你的领导能力呢？”

“处在目前阶段，我认为比领导能力更重要的，是团队合作的能力和分析学习的能力。我承认我缺少一些‘主席’的头衔，但并不意味着我没有参与团队任务。本学期初我参加了姐妹会和投行学生联合会，我参与了很多活动的策划……呃……”

一个温暖的吻忽然贴在脖子上。他的嘴唇从她的耳垂往下滑，慢慢滑到她的领口，伴随着撩人的呼吸。另一个人的心跳咚咚地敲着她的肋骨。笑笑浑身紧绷，几乎窒息，声音不住地颤抖。

小恶魔抽空抬起头看她，咯的一声笑，低下头去，嘴唇猛然往下一挪。笑笑啊的一下惊呼出声。话筒里传来坎布里的声音：“你没事吧？”

“我没事……”笑笑挣扎着回答。

“好吧。听起来你似乎不太舒服。不过，我想我已经得到了需要的信息。谢谢你的时间。再见。”

话筒里传来嘟嘟的断线音。

笑笑一下子心如死灰。

而那混账还赖在她身上。

“我——靠——”笑笑从喉咙里骂出一句，把手机一扔，用浑身力气推开小恶魔。她勉强站起身，摇摇晃晃退到墙角，扶着墙站起来，几乎站立不稳。

“哭了？”小恶魔嬉笑着起身走上前。笑笑颤抖着退到门边。

“你开心了？”笑笑的整个身体依在墙上不住发抖，眼泪如雨而下，“毁掉别人的梦想，你开心了？”

“就是个愚蠢的投行面试。”他露出鄙夷的表情，“到银行里做算术，你管那叫梦想？”

“……是！这就是！我的梦想就是到投行里做算术！你看不起那又怎么样！你不用找工作因为你有一个好爸爸！你生下来想去哪去哪爱干吗干吗！你什么都不用做就有不止一个家！我有什么？！我什么都没有除了一百万人民币的债！我爸爸顶着一头白发四处求人给我借了一百万！除了进投行我去哪里挣这一百万？！进不了投行我怎么办？！卷铺盖回国跟爸爸说还不上吗？！叫我爸爸去死吗？！”

“一百万？人民币？很多？蓝熊都比这值钱。”小恶魔仍是一副笑嘻嘻的模样，“怎么样？考虑一下？你跟我睡觉，我可以帮你——”

“跟你睡觉？跟你睡觉？”笑笑声音嘶哑地重复，眼泪止不住地滚下来，“所以我在你眼里就是这个模样？你把我当什么？保姆？陪床？妓女？你付我钱然后我跟你上床——”

“喂你搞清楚。那天是你自己跑到我房间里，跟我说‘我喜欢你’——”

“因为说喜欢你她就活该被你强奸了吗？！”笑笑大叫起来，“因为我是亚洲人，是不是？因为我是外国人，是有色人种，因为我穷，我丑，我看着那么可怜，根本就没男人想上我，所以好不容易有一个像你这样又帅又有钱的花花公子愿意上我，我简直应该感激你是不是？随便使唤，随便玩，随叫随到招之即来挥之即去，随便怎么骚扰都不会反抗，因为亚洲女人都很听话是不是？绑在床上操完穿上裤子走掉，第二天她还会跑来跟你说‘喜欢你’，是不是？”

她说完觉得自己贱到极点了。她失声痛哭起来。

蓝熊头顶光环一亮。它在窗台上忽然开口说：“亲爱的，不要哭了。一切都会好起来的。”

“你知道这跟你的种族没有关系……我是……一半的亚洲人。”小恶魔沉着脸说，“还有那天晚上……那天晚上是一个误会……我以为你是……”

这是他们第一次开诚布公地谈起那天晚上。

“那天晚上，真的是一个误会吗？”笑笑流着泪问，“阿尔玛身材那么好，你摸着心脏问你自己，你真的不知道吗？一点疑惑都没有吗？就算……就算你以为是阿尔玛，她完全喝醉了，手被绑着眼睛被蒙着，你上她之前，你有问她的意思吗？你有请求她的同意吗？‘没有经过明确口头允许，即是强奸。’是误会，还是强奸，你真的不知道吗？对你来说，那是无数个兄弟会派对里最平凡普通的一夜。对我来说呢？对我来说呢？是我的第一次，没完没了的眼泪，没完没了的自轻自贱，无数个晚上的噩梦，一辈子摆脱不掉的阴影——是误会，还是强奸，你真的不知道吗？”

小恶魔站在笑笑面前，脸色铁青，拳头捏起。

“你不知道。因为你不在乎。在你眼里床上躺着的就是个等干的女人。她甚至不是一个人。不配询问，不配尊重，不配有梦想。进姐妹会就活该被干。

喝醉就活该被干。穿得好看就活该被干。她穷就活该被你呼来喝去。她说喜欢你就活该被你看轻。现在你一脚踩踤她的梦想，你要看她狼狈萧条一无所有，除了是一个女人什么也不是。你满意了，是吧？”

话说完，眼泪也流完。笑笑用衣襟擦去满脸泪水，近乎恶毒地看了他一眼，转身出门离开。

20　碧阿绮丝的噩梦

小摩初面以后，小恶魔没再出现在笑笑眼前。

笑笑给小摩面试官发信，解释当天自己状态不好，希望能再有一次机会。但对方并未回复。

好在新投的简历比之前的更有效果。笑笑的邮件箱，不断收到各大银行的面试通知。

美林、花旗、瑞信、德银、渣打，还有巴克莱、巴黎两大欧洲银行，拉扎德、温伯格合伙公司（PWP）、罗斯柴尔德、威廉布莱尔四个精品投行，都在一个月时间里陆陆续续给了初面。

除了高盛和大摩。

虽然知道很多投行不比高盛差，而且入门工资待遇都好过高盛，可拿不到最顶尖两家的初面，难免遗憾。

当时投给高盛大摩的，是最初版的简历。没有KKG和投行协会的社团经历，没有参加投行案例比赛的经历，对原先实习的描述也不够有力。笑笑忍不住就想：假如再投一次简历，有没有机会拿到一个面试呢？

不管怎么说，拿到这么多首轮面试，还是很涨信心的一件事——原来自己并不像以为的那样糟糕啊。

原来主动出击找校友求推荐，也并不是一件丢人的事啊。

课业，社团，足球赛，案例比赛，再加上一轮又一轮的面试，笑笑累得有点喘不过气来。

结果某天就收到了小摩的二面通知。

实在太意外了，那天抽风般的表现，竟然也给过了。

自从蓝熊破坏她的小摩面试，笑笑一直把篮熊关在纸箱子里，塞在床底。准备二面时，蓝熊忽然闹腾起来，在箱子里高喊："自由！我要自由！"

笑笑打开箱子威胁它："你再吵，我把你扔出去，你就自由了。"

蓝熊噌地一下弹出它的鸟，把自己拉到箱子外面，瓮声瓮气说："松鼠松鼠，我可以帮你面试。"说着又把自己拉到桌子上，把自己的菊花对准笑笑，"快！快给我充电！连 USB 线到电脑上。"

笑笑犹豫了一下。想到蓝熊以前大显神通为她制定求职规划，还是叹口气，把它接到电脑上了。

蓝熊非常不客气地调出笑笑的面试资料，按照自己的方式整理起来。笑笑急了："喂！不许动我的文件！"

蓝熊回答："我没动原始文件，只是映射到我自己的数据库里。"

小摩二面那天，蓝熊跟关二哥发誓它不会捣乱，笑笑才勉强同意它待在桌子上。

蓝熊说话算话。面试电话打进来前，蓝熊要求笑笑公放电话。笑笑起初不信任它，但是很快蓝熊证明了它的可靠。

面试过程流畅得超乎想象。面试笑笑的是一位执着于技术问题的经理，整个面试中问了许多专业问题。但是每当他问完一个问题，蓝熊就会迅速提取关键字，在电脑屏幕上列出概念与实例。面试官问及 LBO（杠杆收购），蓝熊立即把戴尔收购 EMC 的流程及数据列在屏幕上，笑笑终于有机会谈及她在初面中被跳过的戴尔收购案；问及公司价值与自由现金流的问题时，蓝熊又迅速把相关概念和公式分栏列出，并附上笑笑自己的笔记；问及财务报表问题，蓝熊飞快地在屏幕上列出样板，资产负债、利润、现金流一一标注清晰。

但并不是所有面试都像小摩二面一样顺利。总是有面试官冒出一些古怪问题。花旗的面试官要笑笑给自己的学校做估值，再把学校卖给自己。蓝熊一筹莫展，列了一栏估值的内容，跟了一排眼冒金星的颜文字。瑞信的面试官问：如果你在我手下工作了六个月，我却开除你，是为什么？蓝熊脑袋上的蓝光一圈一圈亮，在屏幕上列了个答案：因为你卑鄙而邪恶……

十月底的周末，锡恩·怀特忽然给笑笑发信息，请她务必到南湾去一趟。

“你的好朋友发疯了。”锡恩·怀特说，“快来！拜托了！”

当然是西西的事情。

那时已是晚上九点。笑笑没有车，去南湾只能坐地铁再转加州火车，最后打的。到锡恩家时，已经过了午夜。

锡恩住在库柏蒂诺西南某座红顶别墅里。房子本身不大，但贵在精巧，屋后还带了一个花园。当天晚上锡恩在家里开派对，请了很多朋友，不少美女，其中还有……脱衣舞女郎。

锡恩跟脱衣舞女郎跳热舞接吻时，西西彻底发飙，过去打了那个跳舞女郎一巴掌，还把一杯酒倒在锡恩头上。锡恩发了火。两个人当众开撕，英文夹着中文，什么难听话都骂出来了。在场有锡恩的同事，锡恩觉得失了面子，要西西立即离开。但是西西喝了酒，众人劝阻不许她开车。于是两边就这样僵持起来。

笑笑到了以后仍是一筹莫展。她虽然有驾照，但在美国就没怎么上过路，哪里敢开西西的奔驰上高速？这边西西还在气头上，见了笑笑好比见了亲人，觉得有了倚仗，“你说，你评评理。什么样的女朋友，可以容忍男朋友去吻脱衣舞女郎？！”

锡恩忍着怒火低声说：“我告诉过你——我说过——我们已经结束了！”

“在一起还没一个月，这样就结束了？你当我是什么？应召女郎？！”

“应召女郎要比你好十倍——你叫她们滚，她们就滚。”

西西从沙发上跳起来：“应召女郎要钱，你给我钱了吗？每次吃饭都是AA。住酒店都是我出钱。我一次一次给你睡，你给了多少钱？”

锡恩怒吼：“我求你跟我睡了吗？难道不是你自己一次一次贴上来吗？我他妈就没想过跟你在一起，不是你爬我床上来？”

西西呆立当地，脸色雪白，曳地裙裾像水风里的荷叶一般发着抖。

“你说你喜欢我……想跟我确认关系……”

“那是你朋友的要求！你问问你的好朋友！”

西西慢慢转向笑笑。笑笑哑口无言。

“你……你……你叫锡恩·怀特来跟我表白？”

笑笑开口想辩解，最后只轻轻说了声“对不起”。

西西厉声大叫：“你是我什么人，敢管我的事！就你这种货色，你也配！你也配!!”说完猛然转身，捂着脸出门。

笑笑飞快追出去。西西跑去车里，笑笑猛地拉开车门，把西西拉出来，推到后座上，轻声说：“我来开。”

笑笑心中难受，但是无比冷静。她给周更新打电话，说明情况，请求借住。周更新立即说好，给了地址。笑笑选了一条不必上高速的路线，有些紧张地发动汽车。

因为是夜路，笑笑开得无比小心。好在午夜后车流减少，一路通畅。后座传来西西低低的抽泣。笑笑想不出话来安慰。

到周更新家楼下,笑笑停了车,去后座扶西西。西西一个泪人,在后座上发抖。笑笑想去抱她，又怕被她推开，只好说：“西西，我扶你一下好不好？”

笑笑伸手去拉西西。西西往后一缩，盯着笑笑问：“方含笑，我是不是很丑？”

“樊西西，你是北京四中的校花。”

“我是不是很笨？”

“樊西西，你念的是伯克利。”

“如果我既不丑也不笨，为什么他不喜欢我？是因为我胸太小？是因为我英语烂？还是因为我是中国人？”

笑笑拼命摇头，心中难过不已：“西西你别傻！他这样对你是因为他渣，不是因为你不好你明白吗？”

“你也觉得我贱透了，是不是？”西西止不住落泪，“我明知道他不喜欢我。可是我骗自己说：说不定睡了以后他就喜欢我了，说不定睡几次他就会想念我了。我说睡觉的时候，他从来不拒绝，无比温柔无比可爱。可是睡完觉，他就跟换了个人一样。不是说，美国人确立关系就会对伴侣忠诚吗？可是，他都明明说我是女朋友了，为什么还要这样……为什么会这样？怎么可以这样？”

女人想用性得到爱，男人想用爱得到性。

笑笑捏着裤缝，轻轻说：“对不起……我不该插手你的事。”

西西大声说：“没有对不起。”抹了眼泪，一下子抱住笑笑说，“我刚刚气昏了头。你别生气！我到美国遇上的全是人渣。就你一个不渣的，我再推开你，我真是不要活了。”

笑笑不说话，眼眶一热，抱紧西西。

西西泪珠子又止不住掉下来，一下一下落在笑笑领口，“以前看到一篇鸡汤，说‘千万不要把自己幸福的钥匙，交到别人手上’。现在我明白了……方含笑，千万别跟美国人谈恋爱。”

远远看见周更新下楼来接她们。笑笑还想安慰，西西却已狠狠抹去眼泪，握拳咬牙盯着前方，一字一句说：“你瞧着，总有一天，我要这个人渣跪下来求我原谅。”

十月底，港店出了一件事。

之前那个招惹了剃刀托尼的虾仔，终于被送回来——横着的。就这么四仰八叉地被横抛在店门口。

虽然性命无碍，但是被整得不成人形。虾仔的妈守在医院里哭天抢地。

华人社团对虾仔的遭遇报以同情，但除了一点慰问话，并无实质性举动。旧金山帮会方面，也是多一事不如少一事的态度，声称剃刀托尼已经跑去拉斯维加斯混了，应该不会再出现在奥克兰，此事就此揭过不必再提。笑笑得空回港店看火鸡，火鸡漠然，根本不把这当回事。

但有人显然当回事了。

笑笑在 KKG 给阿尔玛干活，阿尔玛问她有没有看到碧阿绮丝。笑笑答没有。阿尔玛有些诧异，拿手机又给碧阿绮丝打电话，直接转去语音信箱。

“这很奇怪。今天晚上的投行咨询酒会，碧阿绮丝是主持人。这样的节骨眼消失不见，不是她的风格。”

“她消失多久了？”

“昨晚就没在——这倒不奇怪。她经常夜不归宿。但缺席行业酒会就奇怪了。”

笑笑心下起疑，脑中忽然冒出一个古怪的念头……阿尔玛跟碧阿绮丝是室友，两人各自有房间的钥匙……越想越觉悚然。她拿出手机给小恶魔拨了个电话，没通。笑笑莫名其妙发起慌来。

她跑回拜罗楼，冲上顶层。敲门没有回应。下楼去车库，也没看到雷克萨斯的踪影。笑笑打定主意，叫了一辆车直奔山顶。

山顶路的别墅，大门紧闭。笑笑绕到屋后花园，找了个篱笆钻了进去，接着又从窗户翻进屋里。屋里一片狼藉，烟草、药剂、针筒明目张胆地摊在茶几上，地上满是速食包装袋和空啤酒瓶。空气中弥漫着一股食物、大麻和火药混合的味道。

走过门廊走至楼梯。楼梯口听见隐隐的叫声，哭声，夹杂着闷闷的枪响。笑笑的心整个地揪住了。

往下半层就是地下室。笑笑有些踉跄地往下走。隔着门听见枪声，混合着碧阿绮丝的尖叫。笑笑趴在门上拼命敲门。

门开了。地下室脏乱得可怕。碧阿绮丝穿着一件单薄的睡衣，金发凌乱地披在肩头，嘴巴被胶布贴住，双手被电线缠在一根水管上，皓白腕上被勒出的红痕触目惊心。她的双眼瞪得老大，惊恐地瞪着前方。她还在抽泣，肩膀跟着抽噎而耸动。

另一头小恶魔懒懒地坐在一张桌子上，一手拿手机摄像，一手握枪。枪口装了长长的消声器，地上满是弹壳。小恶魔大笑着朝碧阿绮丝连开数枪。碧阿绮丝尖叫着躲开枪口的朝向，但还是被橡皮子弹打到。那子弹没叫她受伤，但是让她痛得直叫。

"托尼·巴尼一定很想你吧？啊，他不想你，我可是很想他哦……我们是在为他摄像，这是给你的混血男朋友的问候，你就不能笑得更灿烂一点吗？"小恶魔扔下手机给枪填子弹，转脸看到笑笑，朝她笑笑说，"我们在玩一个小游戏。要加入吗？"

"你在干什么？！"笑笑声音发凉地说，"这，这是绑架！你疯了吗？喝酒了吗？嗑药磕嗨了吗？"

碧阿绮丝扭头看笑笑，用哀求的眼神，嘴被胶布堵住，只能发出呜呜的声响。

笑笑上前去帮碧阿绮丝，被小恶魔一把揪住："我才把这婊子捉回来。再玩一会儿——"

"再玩一会儿？"笑笑一把甩开小恶魔的手，"女人对你来说是什么？玩具？"

"你知道这个婊子那天晚上做了什么吗？她把你扶到阿尔玛的床上，然后下楼来说——"小恶魔刷地撕下碧阿绮丝嘴上的胶布，用枪口撞着碧阿绮丝的下巴，"告诉她，是不是？"碧阿绮丝涕泪交加，低声哀求放了她。小恶魔恶狠狠地把枪口塞进她嘴里。碧阿绮丝吓得面无人色。

"别想——找借口！"笑笑用尽全身力气，把小恶魔重重推开，挡在碧阿绮丝跟前，"碧阿绮丝叫你上床你就上床，你怎么那么听话啊？她把枪堵在你脑袋上逼你了吗？她有说你不上她就一枪毙了你吗？躺在床上的人——无论那是阿尔玛还是我——没有知觉，不能反抗。做出决定的，难道不是你自己吗？为什么要把自己的选择推到别人身上？”

小恶魔就那么站着，枪口无力地下垂，表情凶狠，眼神涣散。好像一头正在发怒的熊，却丢失了发怒的对象。

笑笑解开碧阿绮丝的束缚，扶着她往外走。碧阿绮丝浑身发抖，每迈一步都仿佛费尽力气。

笑笑很快叫了一辆出租车，扶碧阿绮丝坐上去。自己刚想上车，碧阿绮丝却砰的一声，当着她的面关上车门。

21　白人兄弟会的亚裔成员

DKE 会长克里斯又来找杰琪鬼混。两个人滚完床单在床上侃大山，笑笑在一旁赶统计作业。

“你下周末去北加州猎熊？”杰琪惊奇地说，“我知道猎鹿是合法的，但是猎熊？加州人不是很喜欢熊吗？连州旗都是只熊。”

“因为北加州森林里的熊太多了。每年十月到十二月是猎熊的季节，只要申请一个猎熊证，每张证可以捕猎一头成年熊。”

“安全吗？”

“我也是第一次去，跟我堂兄一起，还有他的一个朋友。我堂兄和那个朋友每年都去洪堡，已经很熟悉那儿了，应该没问题……我听说，黑熊通常很温顺，不会主动攻击人。但是棕熊，尤其是带着幼崽的母棕熊，会非常危险……”

笑笑从电脑跟前猛然站起来，回过身盯着克里斯问：“你的堂兄叫什么名字？”

克里斯向来无视笑笑的存在，一直没觉得她在房间。她忽然问话，倒把他吓了一跳。

“我堂兄？……为什么？”

“查尔斯·伯格曼。或者查理·伯格曼。”笑笑激动得有些发抖，“——是你的堂兄吗？”

克里斯一脸迷惘：“你怎么知道？”

“小恶魔……亚历山大·张。他也跟你们一起吗？”

“当然。本来就是他先约了我，我才去问我堂兄。”

“不要去！”笑笑忽地大喊出来，把克里斯和杰琪都吓着了，“听我说，不要去！”克里斯还想问，笑笑已经拉开房门跑了出去。

此时已过午夜，厨房寂无人声，空空荡荡。笑笑站在厨房中央，盯着那幅摄影作品的署名：C.S. 伯格曼。

笑笑的目光慢慢右移，落在正中央镜框里那个骷髅标记上。骷髅四周是五十张证件照，每个证件照下标注着姓名。

第一张照片里，是一个深棕色卷发的白人男孩。鼻梁高挺，眼眶深陷。明明摆着微笑的表情，眼中却无笑意。

查尔斯·史华茨·伯格曼，伯克利 Phi Kappa Sigma 最后一届会长。

小恶魔自己承认，他想要被斯坦福开除，是为了来“这里”。如果“这里”指的是伯克利，他的理由是什么？

伯克利拿得出什么样的理由，能让一个斯坦福的纨绔子弟不惜殴打老师，以谋求来伯克利的机会？

笑笑的目光在 PKS 最后一届成员姓名与照片间飞快移动，很快看到了第二个熟悉的面孔。

金色卷发，脸形狭长，颧骨突出。照片下标注着名字：布莱恩·帕克。小恶魔名单上被圈出来的第二个人。

目光停在最后一排的某张照片上。

一种异样的感觉，让笑笑毛骨悚然。

那是所有白人姓名里，唯一一个华裔名字。白人兄弟会里唯一的亚裔成员。

有些散乱的额发，瘦削而凹陷的面颊。蕴含着光芒的黑色眼睛，隔着镜片向笑笑平静地微笑。

名字叫作 Allen Chan。

艾伦·陈。

笑笑当然听过这个名字。

第一次见面，蓝熊告诉她：它的创造者名叫艾伦·陈。

甚至，笑笑也见过这张脸。

紫百合盛开的窗台上，那幅合影。

笑笑飞快拿出手机打开脸书，输入艾伦·陈的名字。第一个搜索结果，与笑笑有一个共同好友：亚历山大·张。

头像照片是一个戴眼镜的男孩，跟一个圆滚滚的透明塑料球合影。塑料球里是各种电子元件，还闪着光。笑笑知道那是一个小机器人。

非好友，某些发布内容不可见。他发布的最后一条面向公众的状态，是在五年前的五月，学校机械工程系的期末设计展览会。他在一个展台前笑得灿烂，面前是一个悬浮在半空中的四脚机器人，每只脚上都带了一个螺旋桨。

展览会以后的五年时间，他再也没有发布一条公共状态。两种可能：他之后的所有状态仅好友可见；又或，他再没有更新脸书。

笑笑隐隐觉得是第二种可能。

凌晨一点，笑笑在厕所里逮住莱利。

“告诉我，莱利——PKS 究竟为什么停会？”

莱利睡眼惺忪：“PKS？停会？”

“你肯定知道，是不是？你交房租，跟 PKS 协会的人打着交道，是不是？五年前，五年前是不是发生过什么事，所以 PKS 才被叫停？”

莱利瞬间醒了一大半。

“唔……是。五年前这里曾经有过一场不大的火灾……虽然火没有很大，但是……死过一个人……你为什么要问这个？”话问出口，莱利又一副恍然的模样，露出不好意思的表情，“啊，对不起，以前没有告诉你。我担心你被吓跑，就不肯签约，所以……所以当时也没提……但这是很久以前的事。况且现在房子也翻新了，墙上都涂了防火材料。肯定不会再发生类似的事了……”

笑笑已经抛下莱利跑了。

笑笑独自走上空无一人的屋顶平台，在手机搜索栏里输入几个关键词。第一条搜索结果是五年前的新闻：兄弟会派对后着火，一名伯克利学生死于火灾。

“凌晨四点，艾伦·陈，20岁，一名来自圣克拉蒙托的二年级学生，他的尸体在地下室中被发现,伯克利消防部新闻发言人称……火灾原因尚在调查中。”

派对以后的一场火灾。唯一被火烧死的人死在地下室……笑笑想起她捡到蓝熊的场景。蓝熊在地下室铁栅门的后面。它那时在那里干什么？

如果这是小恶魔来到伯克利的真正原因……如果，蓝熊的初代创造者陈艾伦死在这里……叫上PKS前会长的堂弟，一起去北加森林猎熊。小恶魔，他想干什么？

“带上我。”周六一早，笑笑找到小恶魔，“我也喜欢熊。”

“不。”小恶魔把吉他盒往后备厢里装。

“我，我喜欢你……”笑笑咬牙说，“……的灵魂。”

小恶魔抬头扫了笑笑一眼，说：“滚。”

“可是……可是我真的对熊很感兴趣。我从来没亲眼看到过黑熊，或者棕熊……带我去嘛。带我去好不好嘛！”笑笑撒起娇来——这方面她好像很有天赋。

“我说了不行。”小恶魔打开车门上车，砰地关上车门。车发动，马达声起，一溜烟已经拐过街角，不见踪影。

笑笑心急如焚，赶紧给火鸡打了个电话，要到了板寸头的号码。

“这次去猎熊，你们有哪些人？”笑笑拨通电话，话筒里人声嘈杂。

板寸头如实回答：“阿九，张叔，我。本来大鬼头也去，结果现在还在家里横着。”大鬼头就是爆炸头。

“你们就三个人？——张叔也去？”

“也不只。还有三个外国佬。”

“带上我。”

“你找阿九说啊。”

“他不肯——你带我行不行？”

“阿九说不行，我显然也不行啦。”

笑笑咬一咬牙：“你们这次去，并不为了猎熊，对不对？”

“猎场不猎熊还能干什么？”

“还能杀人。”笑笑拿手机的手有些发抖，“没被人发现，把尸体喂熊，走人；被人发现，就声称是误射。”

电话那头一下子静了。

“查尔斯·伯格曼，布莱恩·帕克。这两个人你知道对不对？”笑笑语速变得极快，“再加上伯格曼的弟弟，大哥你想一想，他们那边三个人，你们这边也三个人。可是张叔他安的什么心，你确定？那天那把打得人浑身是血的枪，如果不是大鬼头接了，浑身是血的人是谁？”

电话那头板寸头声音一抖：“你是说……你是说张叔……不可能。没可能。张叔跟阿九多少年交情……”

“带上我。”笑笑斩钉截铁地说，“如果张叔没坏心，我不会给你们添麻烦。万一真有三长两短，你们也多一个人手不是？”

那边板寸头迟疑了半晌，终于说：“行。你在哪儿？我现在开车去接你。”

笑笑搭上板寸头的车，开不久就出了东湾，过圣拉斐尔，驶上 101 号国道。101 号国道纵贯美国西岸沿海，往北开五小时，就能到洪堡湾。

笑笑担心被赶回去，一路上不让板寸头跟小恶魔会合。上午十点多出发，往北一直开了四个小时，下午两点半到达米兰达。这是个森林中的小镇，离洪堡湾已经非常近了。周围景象有如荒郊野岭，地平线上群山绵延。

板寸头收到小恶魔的短信，说停下来会合，一起吃午饭。

到约定地点，门口停着不止一辆车。进门一看，张叔已然到了。克里斯·伯格曼跟另两个白人在一起。其中一个与克里斯一样，都是深棕色头发，深蓝眼睛。他比克里斯略矮，但壮实很多，眼眶深陷，似有阴霾。

笑笑立即确定那是查尔斯·伯格曼。他正在跟小恶魔交谈，似乎在讲往年的狩猎成果。虽然脸上带着微笑，眼中却无笑意。

查尔斯·伯格曼点着一支雪茄烟，他的堂弟带着一点敬佩看着他。“是的。我从 16 岁起，每年都会在这个季节来洪堡……有六头熊死在我手上。大多是黑熊，只有一头棕熊……哦，那一次，我记忆犹新。棕熊发怒，非常可怕……如果我发枪慢一点，或者射偏，我的那位同伴肯定就被棕熊踩死了……”

伯格曼身边坐着布莱恩·帕克。他比笑笑看过的那张照片里的样子要年长许多，但仍能看出狭长的脸形，突出的颧骨。发际线有些后退，留了金灿灿的络腮胡。

板寸头上前打招呼。谈兴正浓的伯格曼一眼瞥见笑笑，扭头看小恶魔：“女人？”

小恶魔的目光一落在笑笑身上，立即发了火，几乎是暴躁地从椅子上跳起来：“谁叫你来的？”接着朝板寸头大吼：“谁叫你带她来？”还没等板寸头回答，小恶魔已经箍住笑笑的手腕，将她往门口拽去，“你他妈来这里干什么？你有病啊？你喜欢熊去看动画片行不行？”

“我准备好了！我书包里有防熊喷雾剂，洪堡地图，狩猎安全手册……”笑笑努力想挣脱，却被小恶魔一路拽到了他的雷克萨斯前。门自动打开，他把笑笑塞进车里。车门砰地关上了。

笑笑拼命推车门，车门纹丝不动。笑笑不停敲打着车窗，大声说：“亚历山大·张！你那个叔叔要杀你！喂你听见了吗？你听见了吗？那天打枪他在我跟前，把枪口朝准了你！……”

但是没有用。小恶魔根本不看她。他把枪支弹药从后备厢中取出来，移到板寸头的车上，回头对着他的手机说了句什么。雷克萨斯自己启动了。车厢里响起一个柔和的女声："家，华林街 2320 号，取道 101 号国道，预计三小时五十一分钟到达。祝你旅途愉快。"

22　北加猎熊（一）

雷克萨斯沿101号国道向南行驶。无论笑笑怎么质询抗议，它一概不理不睬。笑笑泄了气，忽然有疑惑：她为什么非要去找小恶魔不可呢？他是死是活，干她何事？

心里有两个小人在打架。冷酷的小人说：当然要去，小恶魔显然是去干坏事的，追上他，拿到他的犯罪证据，送他进监狱！温柔的小人也说：当然要去，小恶魔虽然很坏，但是罪不至死呀；伯格曼显然是敌非友，假如他那个二叔也害他，那他岂不是死定了？

反复计议，还是觉得该去。可这时车已朝南开了近一小时，离洪堡湾越来越远。笑笑又试着跟雷克萨斯沟通，仍然无果。她四下打量车里的东西。有一个小恶魔落下的书包，书包里装着一袋小胡萝卜，一块板砖大小的机盒，此外还有两个小机器人。一个是弹跳蓝熊，之前跟笑笑并肩作战，不电歹徒只电创造者；另一个，是个平板电脑大小的扁平飞碟。笑笑一打开书包，它就自己飞了出来，悬浮在车厢正中。

笑笑仔细观察它，发现它依靠四个平面风扇悬浮在空中——有点像陈艾伦脸书头像中那个飞行机器人的进化版本。笑笑推了它一下，飞碟晃动一下，立即复位，同时嚷嚷起来："请不要随随便便摸我。先征求我的意见 OK？"

笑笑惊讶地问："难道你也是蓝熊？"

"我是飞熊！"飞碟熊自豪地说，"我很聪明！我会飞！"说着在车厢里兜了个圈，悬停在笑笑面前。

笑笑问："那是你比较聪明，还是这辆宝贝车比较聪明？"

车、飞碟熊，还有跳跳熊同时嚷嚷："当然是我最聪明！"车听到两个小熊居然敢跟它比，简直气坏了，立即大声说："你们两个入门级别的弱智机器人，竟然也敢跟我比？"

整个车厢立即炸开了。弹跳熊和飞碟熊分别朝驾驶台放电，雷克萨斯愤怒还击。车厢里一时间电光花火，地毯都快着起来了。好在笑笑眼疾手快，赶紧拖过那块板砖——跳跳熊和飞碟熊的主机——把电源切断了。车厢终于安静下来。

雷克萨斯气得浑车发抖，跟笑笑说："你要相信，我才是最聪明的机器人。那种反进化的机器人，实在是人类文明的倒退！"

笑笑问："你说你最聪明，你知道亚历山大·张现在在哪里吗？"

"我当然知道。我可以定位到他的手机。"车说。驾驶台显示屏的地图，比例尺立即变小，整个北加州出现在屏幕上。洪堡森林中央出现一个红色的小点。他们已经进入狩猎区域了。

"你那么聪明，你能带我去找阿历吗？"

"抱歉，我不能。"车说，"他命令我把你送回家。他的命令比你的命令有更高的优先级。"

笑笑慢慢挪到驾驶台跟前。她知道雷克萨斯有自动防御的能力，所以不敢强行操作，而是温柔地抚摸它，问道："宝贝，你还记得亚历山大三法则第一条是什么吗？"

"当然。我必须保证人类的安全，既包括乘客，也包括行人。"

“但是现在，如果你我回伯克利，阿历就会陷入危险的境地。这样做符合你的法则吗？”

“陷入危险境地？为什么？”

因为他想去杀人，很可能被杀。因为他叔叔可能害他。可人类世界的复杂逻辑，这辆车能理解吗？

笑笑把一袋小胡萝卜送到驾驶台前方的针孔摄像头跟前，说：“这个，你认识吧？是胡萝卜。阿历每天都要吃胡萝卜。你知道，是不是？因为阿历得了一种重病，每天必须吃一百个胡萝卜。可是今天，阿历为了让你把我送回家，忘了带上胡萝卜。所以你明白吗？他现在非常危险！不吃胡萝卜就会死！”

雷克萨斯害怕地颤抖起来，发动机发出呜呜的声音：“不吃胡萝卜……就会死……”

“是的！”笑笑对摄像头做出夸张的表情，“再不吃胡萝卜，他就没命了！这符合亚历山大第一法则吗？”

“请稍候片刻，我正在进行运算……”雷克萨斯紧张地运算起来。

笑笑说：“你听我说：阿历命令你把我送回家，这个命令有时限吗？没有吧？所以，如果你先把胡萝卜给阿历送过去，保障他的生命安全，就遵守了第一法则；然后你再把我送回伯克利，这样也没有违背第二法则，是不是？”

车高兴地说：“是的！松鼠你太聪明啦！”说着在路中央直接U字型掉头，一溜烟朝洪堡森林驶去。

车往北开了两小时。抵达洪堡森林时，夕阳西斜，天气转凉。笑笑让雷克萨斯往阿历所在的位置开。车在洪堡湾国家野生动物保护区附近离开101号国道，向东转入内陆的当地公路。途中有几家狩猎俱乐部。笑笑下车，问询了附近的状况，再上车继续赶路。不久以后，公路到了尽头，车被茂密的丛林阻隔，寸步难行。

笑笑明白她已进入狩猎区。屏幕上的红点已经很久没动了。也许，那是他们的宿营地?

红点位置距离泊车点，有大概三英里的路程。雷克萨斯不能再陪伴她了。事到临头，笑笑反而格外冷静，在纸版地图上标清红点，确认周围地形；再按照之前准备好的清单，重新清点了一遍随身物品；同时又带上了两个熊和主机。

笑笑下车，对车说："在这里等我回来。"头也不回地向丛林深处走去。

虽然远离市井，此处仍有人迹可寻。人足踏出的小道，沿着不远处的溪流路线，在林间蜿蜒前行。树林并不安静。来自北太平洋西风带海域的大股冷气，穿越洪堡丘陵深入内陆，在成片未被命名的荒野森林中，掀起树叶的海浪。笑笑在单薄的外套里瑟缩了一下，把长头发当成围巾裹在脖子上。

高纬地区，夜幕已然降临。他是个夜盲。在这样的夜晚，这样的森林，他能走去哪里?

笑笑朝红点方向摸索着走了半小时。好在林间有月色，勉强能看清近处，笑笑没有开手电。一来是为省电，二来是不愿引起注意——无论是被野兽，还是被人。

很快，手机没有信号了。

期间几次停下来，用指南针确认方向。渐渐地，林间小径不见了。有几次被树丛与巨岩挡道，笑笑不得不绕开了走。她不时停下来，估算已走的行程，在地图上重新标识。饶是如此，心里的惧意越来越盛。这里没有路标，没有里程碑，没有任何借以判断地点的标志物。只有连绵起伏的山岭，没有穷尽的树丛，和不时掠过的未知的野物。她是不是其实已经迷路了？她会被困在这里吗?

又走了半小时。假如她估算正确，这就是最后的红点位置。可是这里没有人。笑笑再也耐不住了，她打开手电，四下乱晃，惊起一群乌鸦。她爬到山岭，站在石头上大喊："阿历——阿历——"

没有回应，没有人声。周围的空气越来越冷。笑笑在风里打着冷战。再这样下去，只怕会被冻死在这里。

忽然想到：如果自己的手机没有信号，那么阿历的手机很可能也没信号了。

假如此情属实，那么红点的位置，根本不是阿历的位置，而是他的手机最后一次向雷克萨斯发信时的位置。他们也许早已离开？

寒冷和疲劳消磨着她的意志。笑笑意识到自己必须离开这里，必须回到车里去。远处忽然听见野狼的嘶鸣。笑笑心头一紧，定了定神，掏出地图和指南针，确定返回的路线。

但是她已经找不到来时的小路。

来时似乎一直朝西，那么努力朝东走，应该可以走回到公路上。甚至，哪怕走不出森林，只要靠近人烟，能收到信号，就不至于迷失在森林里。笑笑如是想，顿时有了信心，又背着行囊，不顾脚酸腿胀，大踏步地朝东走去。

结果这一回，走不多久，笑笑就听到了人声。只是夹在风里，听不真切。好像在谈笑，又好像在争吵。笑笑朝人声的方向走去，被一座山丘挡住去路。往前是陡峭的斜坡。笑笑腿如灌铅，只觉迈不动了。

正在犹疑要不要爬上山丘时，忽然有什么东西沿着斜坡飞快地冲下来。笑笑飞快躲进树丛，用手捂嘴，防止自己叫嚷出声。那东西从笑笑跟前不远滚过去，停在一块岩石跟前。笑笑努力瞪大眼睛。此时乌云遮月，看不真切。

山上传来三五声枪响。接着周遭复归平静，只余空山间的呼啸冷风。

笑笑在树丛里一直蹲到腿麻。山岭上滚下来的东西，一直一动不动。

乌云散去，月光重现。笑笑等了许久，周围仍没有动静。但还是不敢靠近它。她坐在树丛里，努力睁大眼，隐隐看得那似乎是个人，然而已经不动了。笑笑努力平静，轻手轻脚打开书包，开了蓝熊主机。她把弹跳熊捧在怀里，然后慢慢朝那样东西走去。

走近跟前，笑笑忍不住一声低呼。是板寸头。

他的额头被人用什么东西砸了一下，鲜血淋漓。此外衣衫有几处破口，应该是滚下斜坡时被岩石所蹭。笑笑战战兢兢地伸手探了探他的鼻息，尚在。她松了口气。

书包里有些许急救用品。笑笑翻出简易绷带，替他包扎额头，接着轻轻叫唤：“板寸头！板寸头！”然而他始终不醒。

那鲜血很快渗透了绷带。笑笑无法，只得用手强按，希望能够止血。但手上热乎乎的，血好像还在往外渗。笑笑彻底着了慌，朝黑暗中的森林大叫起来：“救命——救命——这里有人受伤了——”

她叫了三五次，没有回应，心中忽然生出一个念头：板寸头额上的伤口，显然不是他自己撞出来的，而是被人用什么东西砸出来的；他滚下斜坡，山上的人没有来帮助他，反而放了几枪。她此时呼救，招来的恐怕未必是朋友……可如果不呼救，板寸头的血还在流……

她住了嘴，没有再叫，只是努力按压伤口。周围再度陷入寂静。

就在这时，她刚刚藏身的树丛里，忽然有什么窸窸窣窣的声音。笑笑寒毛悚立。只见月光之下，树丛之中，有两个小小的东西，正在闪着荧光。

是两只眼睛。

眼间距太宽。那不是人。

就在离笑笑不到五米的地方，它动了一下，半个身子露出树丛，轮廓毕现。

那是一头熊。

体型庞大超过成人，脸形如犬，耳短而圆，肩头有隆起，长而锋利的前爪……这是一头棕熊。

笑笑的冷汗流了下来。

来之前已做足功课。加州最主要的两种熊是黑熊和棕熊。毛色并不是它们最主要的区别。黑熊看起来冷酷丑陋，实际上却温驯胆怯；棕熊虽然也不主动攻击人，但几乎所有熊攻击人的记录，都涉及棕熊而非黑熊。

熊并不凶猛，除非自身受到威胁，否则熊不会攻击人；但是熊也总是很好奇，它们会凑近陌生物体的旁边，闻它，逗弄它，看它是不是可以吃或者可以玩的东西。

平日里遇到熊，只要对方不是带幼崽的母熊，那么大喊大叫，弄出声响，就能把熊吓跑；安全起见，可以静静地沿原路退开，则可与熊相安无事。

如果身边没有板寸头，笑笑大概会拿手机拍张照，然后退开；可是此时板寸头昏迷不醒，头顶有伤。假如这头熊是被血腥味吸引而来？

熊不会捕猎人类，这不错，但并不是说它们不吃人。笑笑上网搜集资料时，看到一条不久前的新闻：北加州洪堡郡一位老人因为心脏病发作在他的拖车外倒下，一头黑熊将他的身体拖到隐蔽处吃掉，五天以后，人们才发现被吃剩的残骸。

笑笑抱着怀里的蓝熊，慢慢站起来。

树丛中的棕熊没有退却，利爪前探，向笑笑迈出一步。

23　北加猎熊（二）

笑笑发出一声尖叫。

在笑笑发出尖叫的同时，耳际砰的一声枪响，子弹已飞射而出，飞向棕熊。

但是笑笑发出的那声尖叫，已经把棕熊吓坏了。棕熊嗖地缩回树丛，很快不见了踪影。

在笑笑身后，有人低声骂了一句。

笑笑回头，猛然后退一步。就在离她几步远的地方，汤姆·张，那个在中央山谷害惨爆炸头的放牛叔叔，此刻正站在她眼前。

胖墩张叔冲笑笑憨厚地一笑："嗨。还是给它跑了。"

笑笑声音有些发抖："刚才那头是棕熊，是保护动物。不能随便打的。"

刚刚那声尖叫，是笑笑有意发出。网上的遇熊指南说，遇到熊，千万不能装死，因为熊真的会以为那是一具死尸，它们会吃尸体；熊遇到人，很可能像人一样害怕，这时只要大喊大叫，发出响动，就可以把熊吓跑。

熊其实很胆小呢……

"真的打到棕熊，可值钱咧！好可惜的咯，居然让它跑了！"胖墩张叔说。

加州本土棕熊已经灭绝，目前的棕熊是从落基山脉引进的，所以被加州鱼猎部门列为保护动物。可越是保护动物，皮毛也越值钱。

笑笑不安地低头看地上昏迷不醒的板寸头，心中生出疑问：刚刚在山上，很明显是有人把板寸头推了下来……推人的难道是？

张叔也低头，叫了声“哟”，上前去看板寸头。笑笑紧抱蓝熊冲上前。张叔把手里的莱福枪扔在地上，笑笑才让开。

“没死，就是被枪杆砸晕咯。”张叔说，捡起莱福枪，站起来看着笑笑，“莫管他。你见着阿九没？”

笑笑问：“你们怎么走散了？”

一向憨厚的张叔忽然露出焦急而凶狠的脸色：“不干你事。你就告诉我，见着阿九没？快讲！快讲！”

他这样说，那么小恶魔还没出事……如果说没看到，他会一枪崩了自己吗？

笑笑支吾其词：“我好像……好像有听到他的叫声……”

“在哪里？带我去！”张叔急切地抓住笑笑的肩膀，“快走！快走！”

“不行！不能把板寸头就这样撂在这里！他会被熊吃掉的！”笑笑朝旁边一棵歪倒的树一望，说，“这样，你把板寸头扛到树顶上，我再带你去找阿九。”

“没时间了——”张叔大吼。

“你不照做，我就不带你去。”笑笑说，俨然有王二小放牛郎的英勇气势。

张叔无奈，只得把莱福枪搁在一旁，背起板寸头，辛苦地爬到那棵歪树上，花了好大力气，才把板寸头固定在树梢上。

等他好容易下树时，忽然听到脑后有人大喊：“蓝熊使出十万伏特！使出十万伏特!! 使出十万伏特!!!”然后他被雷劈着，就地抖了三抖，晕过去了。

笑笑扯出一截绷带，绑住张叔的手脚；再把他的裤子扒了下来，将他绑在悬着板寸头的那棵树上；最后把他的袜子塞进他的嘴里。

张叔被自己的袜子臭醒了。他可劲地蹬着两条光腿，脸红脖子粗，又叫又嚷，却发不出声音。

笑笑把弹跳熊抱回怀里，对张叔善良地建议道："你在这里好好看着板寸头。要是熊来了，你就像现在这样大叫大嚷，就可以把熊吓跑的。再见！"

笑笑友好道别，背上莱福枪，向板寸头滚下来的那个丘陵走去。

然而那把莱福枪实在太沉重了。笑笑背着两只小熊，还有那块板砖似的沉重主机，几乎走不动。权衡之下，她决定放弃莱福枪，将它藏在一个陡坡的树丛里。

藏枪不久，笑笑听到有人呼救，一声一声有气无力，嗓音似乎已经哑了。笑笑朝呼救的方向找去，不久却听不到声音。她屏息凝神细听，却只闻得丛林中风声飒飒，夹杂着隐隐的狼哭鬼嚎。

小恶魔夜不能视物。在这样的黑夜，哪怕他有枪，也全无用武之地……呼救的人，难道是他？

笑笑心里一紧。原本应该被小恶魔带上的蓝熊，竟然被落在车上。也许这两个熊才是他真正的眼睛？

笑笑把飞碟熊放出来，让它悬浮到高空勘探四周情况。飞碟熊在半空中悬停一分钟，回到笑笑面前跟她汇报，两点钟方向有人呼救。

笑笑赞了一句"你好聪明"，把飞碟熊夸上了天，它在半空中高兴地摇摆起来。笑笑不得不踮起脚尖捉住飞碟熊，塞回书包里。飞碟熊说："自由——我要——"笑笑说："省电！"

朝飞碟熊指示的方位行不多远，哭声越来越明显。不久笑笑找到了哭声的来源——克里斯·伯格曼。

平日里风流倜傥、玉树临风的 DKE 会长，此时正哭丧着脸挂在一根榆树树枝上，哆哆嗦嗦地抱着树干，头发散乱，衣衫褴褛，皮鞋也掉了一只。

"嘿！晚上好！"笑笑说。

"啊……唔……你好……"

"我的名字是笑笑。"

“烧烧……好……我知道……”

“你好吗？”

“我……不太好……但是你能来，我很高兴……我以为我要死在这里了……我在流血……”

“你为什么挂在树上？”

“我……刚刚看到……一个熊……好大只……”

“可是熊会爬树呀。”

“……是吗？熊……会爬树？”

“你能下来吗？”

“不能……我受了伤……”

笑笑抬头观察了一下这棵不太大的榆树，抬足踢了树干一脚。树枝一晃，扑通一声，以及嗷的一声，DKE 会长从树枝上掉了下来。

“你看，这不下来了？”

“我……我快死了……”克里斯横在地上，半死不活地说，“我的大腿中了一弹……我正在流血……”

笑笑把克里斯的裤子扒下来。克里斯嗷地叫了一声：“你……你不能这样……”笑笑仔细看他的伤口。子弹没有打进去，只是从腿缘擦过。

“你没事的。没有伤着动脉。血快止了。”笑笑说。她比自己想象得更冷静，把书包里剩下的绷带全拿出来，缠住克里斯的伤口，再帮克里斯把裤子穿回去。

“谢谢……谢谢你……烧……我很感激……”

“你能走吗？我们得一起走出森林，才能求救。”

笑笑搀扶着，克里斯抖抖索索地站起来，才迈了两步就说：“不行……太疼了……我走不了……而且我害怕，森林里有熊，还有狼……”

笑笑问：“你能告诉我发生了什么吗？”

克里斯靠着树干坐下，吃了点笑笑的压缩饼干，又喝够水，然后才把事情经过讲给她听。

小恶魔、查尔斯·伯格曼一行人抵达洪堡森林后，在预先选好的河畔高地扎了帐篷。原本的计划是野营休息一晚，次日清早出猎。但是帐篷还没扎完，小恶魔与伯格曼两人离开其他人，声称去周围看看情况。

“我们的帐篷还少几个帐篷钉，我出去找查尔斯，看到他们在河流下游。我向他们走去，可是还没等我走近，我就听到接连几声枪响，接着查尔斯一头扎进河里……我吓得大叫一声。这时亚历山大回过头来，看到是我，立刻转身向我开枪……这时跑回宿营地，已经来不及了，我只能一头钻进树林。可是我什么都没有带啊！没有枪，没有地图，没有指南针，手机又没有信号……我在树林中没命地跑，一直跑直到我再也迈不开步……然后我就迷路了……后来我又看到一头熊，拼着最后一点力气，爬到了树上……”

笑笑听得浑身冰凉。

“所以你是说……亚历山大·张杀了你的堂兄？还想杀你？”

“我想是的。”克里斯打了个寒战，怀疑地看了笑笑一眼，“你跟他不是一路的吧？”

笑笑没回答，站起身说：“你在这儿待着。我去找其他人。”

好像有什么野兽，蹿进旁边的灌木丛，引起一片树叶响动。

“别走！”克里斯吓得一把抱住笑笑的腿，“我不想一个人留在这里……今天晚上，我一直是一个人……我差点尿裤子了……你不会抛下我的，是不是？”

“你要坚强！”笑笑说。

“我做不到……”克里斯抱腿不放，一面惊恐地盯着还在晃动的树丛，“别走……有熊……我会死的……”

“你都进了麦肯锡了！你要勇敢！”

“在麦肯锡会遇到熊吗？有人拿枪管指着你吗？”克里斯急迫地说，“不要走。我们一起在这里呼救。我们可以一起喊救命——救命——”他叫起来。

“白痴！你不怕把杀人凶手叫过来吗？”

然而已经太晚了。就在不远的地方，响起一声枪声。那颗子弹嗖地从克里斯头顶上空掠过。如果此时他站着，他就已经中弹了。

克里斯整个人僵直着，眼神呆滞，腿一抽一抽的。

“你怎么了？”

克里斯没有回答，口吐白沫。他吓得休克了。

紧接着又过来一发子弹，打进不远处的树丛里。

“走。”笑笑俯下身，去扶克里斯。但是克里斯动弹不得。笑笑不得不拖着他走，勉强躲至某株老红木后面的乱石堆里。

紧跟而来的是一串近乎机枪式的扫射。地面，以及周围的红木树干上出现无数个弹孔。风过林木，沙沙作响。不远处的灌木丛，一阵颤动。

接着传来一阵低沉的，野兽似的喘息。

“……布莱恩？”克里斯轻唤。笑笑猛地伸手捂住他的嘴。

一时风止。林间空地，有足踏落叶的轻音。

24 北加猎熊（三）

林间弥漫着一股散不去的火药味。脚步声渐近。走来一个人。

“嘿哟！还活着？”是一个男人的声音，“真叫人惊奇。吃了两个子弹还能跑这么远。”

布莱恩·帕克。

那么灌木丛里受伤的人是……？

笑笑在乱石堆后一动不敢动。听见布莱恩·帕克把他的莱福枪拆开，推出弹匣，吹了口气，“我没子弹啦。你看，如果你刚才死在我枪下，能省很多麻烦。现在你说怎么办？我今天总归要给我死去的朋友报仇。没了枪，或者用掐的，或者只能用石头……”

“所以……是真的……你杀了陈艾伦？”

“杀一个人需要很大的勇气，而这勇气需要强大的理由。”帕克把莱福枪和弹匣扔在地上，朝灌木丛走去，“杀陈艾伦有什么好处，值得我冒那么大的风险？在全是人的兄弟会房子里杀人？那的确只是一场意外——就像这两年来你无数次的调查，我无数遍的回答一样，是一场意外事故！你怎么就不能放手呢，嗯？！”

他说着，人已靠近灌木丛。一声手枪的震响。一枚子弹射出，噗的一声撞在笑笑跟前的岩石上。

“妈的。还有子弹！”

但那枚子弹错过了他。帕克倒退了一步，盘算着怎么办。

“让我猜猜你弹匣里还有多少子弹。一枚，两枚？还是……没有了？”帕克嗤笑一声，“就你这样的视力，竟然敢邀请我打猎。我欣赏你的勇气。”

灌木丛里传来低低的喘息。

“你要不要出来，我让你选择一种比较容易的死法？”帕克“好心”地说，“你看，事情到这份儿上，我不可能让你走出这片森林。但是上帝不愿看人痛苦。我们快点解决，好不好？”

“五年前九月第二个周六,你把艾伦反锁在地下室里……厨房火灾发生时，你们正在楼顶派对。你清楚知道艾伦还在地下室。但是发生火灾时，你放任不顾，跟其他人一起撤退……你承认吗？”

“像我说过的，我没想要陈死。你知道，就是兄弟会正常的恶作剧……他是新成员，兄弟会对菜鸟都要调戏一下的嘛。你该很了解。”

“你把他关在地下室！你明知他在！你没有去救他……不，你根本就是他死去的原因！！……”灌木丛中的人剧烈咳嗽起来。

“歇一口气吧，哥们儿。你的肺肯定被射穿了。不好受吧？”帕克故作悠闲地说着话，却伸手重新拾起笨重的莱福枪，双眼紧盯着草丛，“让我结束你的痛苦怎么样？你那么想念你的朋友，我可以送你去见他……”

“为什么？”小恶魔沙哑着问，“为什么非要他死？”

“我没有计划他的死。”帕克说，“但是我承认，我不喜欢他在兄弟会。”

“为什么？”

帕克叹了一口气。

“我试了。从他递交入会申请的那一天起，我就在劝他，PKS 对他并不合适。非要加兄弟会，去那些亚洲人的兄弟会啊。伯克利已经一半的华裔了，满大街都能听到中文。去建你们自己的华人学生社团啊！……你知道他怎么回答？他说：伯克利一直是民权运动的先锋，在这样的地方，竟然还有这么多纯白人的学生社团，是一件不可理喻的事，而他要来改变它……这难道不可笑吗？！亚洲人有亚洲人的社团，拉美人有拉美人的社团，黑人有黑人的社团，难道白人不该有纯白人的社团吗？……”

“老兄弟会，差不多都是白人。”

“是啊！没错啊！所以我们为什么不保持现状啊——你们亚洲人占美国人口比例多少？ 2%？ 3%？你们亚洲人占加州大学学生总数的多少？ 40%？ 50%？凭什么你们可以抢去这样多的教育资源？凭什么你们可以抢走那么多高薪工作？既然亚洲经济发展那么好，你们怎么不滚回亚洲啊——”

帕克一面说着，一面从地上捡起一块石头，扔向灌木丛。小恶魔射出最后一枚子弹。帕克等子弹射出，扑向灌木丛，高举莱福枪，向灌木丛狠狠砸下去。

与此同时，乱石堆后有两个小机器人同时蹦出。伴随着“蓝熊，使出十万伏特！ 使出十万伏特！使出十万伏特！”的叫喊，弹跳熊和飞碟熊同时升上半空，向布莱恩·帕克放电三次。两边三万伏的电压交替，帕克很快躺在地上，失去了意识。

克里斯吓得发抖：“发……发生了什么？”

笑笑起身飞奔向灌木丛。小恶魔躲在一株荆棘后面，无力地趴在地上。笑笑把小恶魔扶起来，急问：“你要不要紧？伤在哪里？”一边伸手脱他衣服。

小恶魔骂：“妈蛋，别随便摸行不行？”笑笑脸一红。小恶魔一手支地，一手压住胸口喘气：“不用看。我没事。穿着防弹衣。”

笑笑松口气。

“你为什么要来？——你为什么要跳出来？”小恶魔喘口气，愤怒地问。

“你就这样感谢我？”

“我需要他的口供！我需要引导他亲口说出‘我杀了陈艾伦’！”小恶魔

怒气冲冲，双眼无神地瞪着笑笑。他手里拿着手机，刚刚停止录音，“你这样，把我的计划全盘打乱——我根本不需要你在这儿。你他妈来干什么！”

“好！”笑笑从地上跳起来，“我走。再见！”

她说着，把两个熊抱进怀里，掉头就走。

小恶魔坐在原地，摸索着褪出枪匣，装上子弹。他勉强从地上站起来，像盲人一样摸索着前行。他手里紧紧攥着枪。

乱石堆后面，克里斯呻吟了一声：“嘿，别走！他不需要你，我需要！请带上我——”

笑笑回头，看见小恶魔正慢慢摸向帕克。笑笑忽然明白了他要干什么。她冲上去，挡在帕克跟前：“你，你要干吗？要杀他吗？”

“走开。”

“你不能——”

“滚！”

“你，你已经杀了查尔斯·伯格曼，你还想……你疯了吗？”

“伯格曼没死。他配合我，演戏给帕克看。”

笑笑这才明白。北加猎熊整个行程，都不过是为了把帕克引出来。

小恶魔伸手推开笑笑，跪到地上，摸索帕克的脑袋。笑笑抛开蓝熊，一把抓住他握枪的手。小恶魔狂怒地想要推开她。

“他杀了艾伦。他杀了艾伦——这世上最棒的黑客！”

笑笑去夺枪，一时间枪走了火。笑笑尖叫一声，瘫倒在地上。

小恶魔吃了一惊，“你——”他松手，枪掉在地上。

笑笑一脚把枪踢到一旁，“我没事。可是你不能——”

“你不明白——我必须杀了这个三 K 党的种族主义混账，我必须给艾伦复仇——”他像疯了似的骑到帕克身上，伸手掐他的脖子。

笑笑想拖开他，却被他推开，只能大叫：“复完仇然后呢？你因为这个去坐牢吗？”她说完疑惑，她为什么要阻止他？

“没有人会知道。这是野地森林。只要你不说出去——”

“那克里斯呢？你把他一并杀了吗？”

克里斯哀号了一声：“我什么都没听见。”

“想想更重要的事情——毫无意义的复仇，还是，把艾伦想做的事情延续下去？”

“——延续？”

“蓝熊，蓝熊啊！”笑笑大声说，两个熊跳回她怀里，在她胸前幽幽地闪着光，“蓝熊是陈艾伦和你一起创造的，不是吗？我知道我见识浅陋。可是以我浅陋的见识，我也知道，蓝熊是很了不起的，具有革命性的个人机器人。让艾伦的心血因为你而延续下去，难道不比为他杀死一个混账更有意思吗？种族主义以前有以后一直会有，你杀得了这一个，杀得了所有吗？为什么不用自己的实际成果去改变人们的敌意和偏见？

“我从来没有见过艾伦，但是我通过蓝熊，知道他是一个喜欢恶作剧，却充满善意的人。如果蓝熊可以帮助我，它也一定可以帮助到更多的人吧！建立属于你自己的公司，把艾伦和你的发明分享给更多人——创业！改变世界！难道不比无止境的仇恨更有意思吗？”

小恶魔呆呆地坐在地上，好像在慢慢恢复理智，半晌才问：“那……现在怎么办？”

一夜折腾，笑笑筋疲力尽，“先找到大家，走出森林。别的以后再说。”

小恶魔说好，眼睛直视前方说：“蓝熊，要有光。”

飞碟熊忽然离开笑笑的怀抱，悬浮升到空中，发出幽蓝幽蓝的光。它在寂夜的森林上空慢慢地旋转着，旋转着，发出梦幻似的光芒，美得令人沉醉……就是有点像 UFO。

“这是——”

“一会儿汤姆和伯格曼就会来找我们了。”

“伯格曼可能会。你二叔不会的。”笑笑说。

“为什么？”

“因为我把他绑在一棵大树上了。”

“……”

“你那个二叔要害你，你知道吗？那天在中央山谷，他就把枪口对准你……那个子弹横飞出来的枪，本来也是要递给你——”

“害人不是那样害法。”小恶魔同样疲惫地说，“真要杀人，不会拿正常的霰弹猎枪。我小时候不敢回家，多少次都躲去汤姆那里。他真要害我，我死千八百回了。”

25　创业！第一次筹备会议

走出森林后，笑笑去报了警。洪堡警方以蓄意杀人的嫌疑将布莱恩·帕克拘留。帕克被押上警车时，戾气退去，回头用一种悲哀到极致的眼神回望伯格曼。

让小恶魔开枪假装射杀自己，诱使帕克铤而走险的是伯格曼。小恶魔调查陈艾伦死因的过程中纠缠上伯格曼，使伯格曼不得不回过头审视五年前的意外。两人一起决定设下这个局。

帕克走后，伯格曼一脸沉重："布莱恩一定恨透了我。我们一直是好朋友。我，我出卖他，欺骗他。我装作满不在乎的样子，却精心设计了一个陷阱等他往下跳……"

"但是你做了对的事情。如果不是你设局诱使帕克说出真相，大家永远不会知道陈艾伦是怎样死去。一个人不应该为做了正义的事情感到抱歉。"

"谢谢你。"伯格曼苦笑说，"但正义并没那么简单。"

从洪堡回来，小恶魔联系律所。帕克袭击板寸头，试图谋杀小恶魔的行为有人证，但是否能够构成一级蓄意杀人，仍大有辩护律师置喙的空间。监禁陈艾伦导致其死亡的事实，除了他在森林里的一面之词，缺乏足够人证物证，能不能立案都成问题。美国司法是出了名的效率低下，案子压在地区检察官那里，开庭简直遥遥无期。

北加猎熊归来，如果说笑笑的生活有什么变化，那就是她在房间里的地位提高许多。克里斯·伯格曼终于不再对她视而不见。杰琪想跟他滚床单的时候，克里斯就会主动说："你室友还在屋里。去我那里吧！"

此后每每 DKE 有活动，诸如与荣誉社团 PBK 的秘密茶会，咨询公司校友回访的招待会，橄榄球队与篮球队的联谊会，都会有笑笑的入场券。克里斯还兴冲冲表示，如果她对咨询公司感兴趣，他可以为她做麦肯锡和波士顿咨询公司的内推。笑笑受宠若惊，问她何德何能有此待遇。克里斯把笑笑拉到角落，悄声问："你不会把我的……某些事情说出去吧？"

"什么事？"

"就是我……我有一点点害怕的状态……"

笑笑微笑："不会的。我什么都不会说。"

"那我要是讲了一些遇见熊的经历，你也不会揭穿我？"

"我会说你遇见熊时，又英勇又神武，把熊给打跑了。"

克里斯非常满意，转而就跟杰琪吹嘘他遇见熊时如何神武英勇，还把昏倒的同伴从熊口之下救了回来。

商学院的案例比赛在十一月下旬出结果，笑笑所在的小组拿了第二名。这回案例比赛并非高盛赞助，是两家旧金山本地的精品银行。这两家银行都给了面试机会。笑笑拿到其中一个的终面。

除此之外，到十一月下旬，经历无数电话面试后，最后拿到终面的只有三个，其中有 J.P. 摩根和瑞银。之前申请投行实习的人，有拿到五六个终面却一个都没进的情况。只有三个终面，结果实在有点糟糕。

就在那时，笑笑收到伯格曼的一封邮件，邀请她去旧金山喝咖啡。笑笑知道伯格曼先前在高盛工作。

"我很欣赏你。"伯格曼微笑说，"另外，我也一直热衷于帮助学弟学妹。

看到常青藤和斯坦福占领了银行业真是令人遗憾。让伯克利校友势力强大一点，不是坏事，是不是？我听说你正在找投行实习。恰好，我之前在高盛纽约短暂工作——”

简直喜从天降，笑笑问：“你能帮助我？”

“我可以把简历转交给朋友。也许能帮你拿到面试，也许不能。”

“谢谢！太感谢了！这已经够好了。”

各大投行暑期招聘进入终面阶段。伯格曼效率无比之高。喝完咖啡第二周，笑笑同时收到高盛与摩根士丹利的纽约终面通知。

笑笑自己的无数社交努力，还不及伯格曼一封转发邮件。都说中国社会讲关系，更讲关系的，恐怕是美国金融圈吧……

笑笑给伯格曼发信致谢。伯格曼谦虚表示，是她自己的简历出色，他只是顺手转发。

笑笑这边上进地准备着面试，小恶魔居然也破天荒上进了一把，正式决定创业。在笑笑的牵头下，锡恩·怀特、周更新、马云东来到伯克利；小恶魔叫上汪星人罗地沟、翻白眼安德鲁。七个人齐聚在伯克利山顶路别墅。

第一次创业筹备会议，简直就是一场灾难。

首先是创业团队人数与股权分配问题。

锡恩·怀特对人数的反应尤其激烈：“理想队型是两到三人，四到五人是团队上限。六个人，太多了。以后关系怎么处理，股权怎么分？一百除以六？”

“我同意。四个人刚好一桌麻将！问题是，谁退出？”周更新说。

“我做了，汪！蓝熊的，汪！动力系统，汪！”罗地沟说。

“我参与了蓝熊的语音系统。”安德鲁说。

“看我干什么？难道我像打酱油的吗？”周更新怒。

“我有参与脸书信使（Messenger）智能助手的开发……如果做人工智能相关，我可以有贡献。”马云东说。

罗地沟提议："要不，汪！分成两拨，汪！建两个公司？汪！"

"最合适的办法，是由蓝熊创造者与我作为创始人，其他人作为初始员工。"锡恩说。其他几个人都气得跳起脚来。锡恩安慰他们说："你们会有一定股权。不要生气。"

安德鲁阴沉地说："成立团队之前，我们该先决定公司的核心产品吧？"

公司核心产品，是另一个争论焦点。

小恶魔一口咬定要做个人机器人。锡恩冷静地分析说："除非能把蓝熊量产到苹果机那样人手一部的程度，否则不可能实现低价。在实现量产之前，无论怎样都不可能把单个成本降低到一千美元以下——而蓝熊目前没有任何市场前景。所以个人机器人这个建议可以否决。"

安德鲁建议，可以单独开发蓝熊的语音系统，制作专门的语音输入软件。马云东给大家转发了一个链接，是一个在线语音输入程序，显然已经有创业公司在做了。周更新指出谷歌也有这个项目。锡恩则声称 Siri 实际上已经实现了，做语音输入，不可能竞争过大公司。

罗地沟建议做小型智能机器人玩具。小恶魔反对玩具的想法，但表示可以做低成本的智能机器人。

锡恩反对："42% 的创业公司失败的原因，在于缺乏市场需求。你觉得你这个……鸟弹出来的玩意儿，会有人要买吗？"

"需求可以被创造。"安德鲁拉住暴走的小恶魔。

"需求是应运而生的——整个市场对个人机器人的需求都没有成熟。你能想象每个人带一个手机出门，你觉得有谁会带一个机器人出门？"

"或者它们可以待在家里。"笑笑说，"我会希望家里有个机器人。"

"——当它价格低于一千美元的时候。"锡恩强调，"如果你是谷歌，你想花多少钱开发机器人都可以。但你是一穷二白的创业公司，机器人不是个好主意。看看波士顿动力公司，没办法赚钱——"

"我跟朋友创造蓝熊，你觉得我们是为了钱？"

“公司的存在目的，就是赚钱。这是它的定义。如果不想赚钱，我们今天坐在这里有什么意义？”

小恶魔对锡恩嗤之以鼻：“我们坐在这里听一个产品经理大谈牛屎。”

“很多有点小聪明的人，有了一两件小发明就自鸣得意，以为自己可以创业。这是极大的误解。发明家从来不是企业家。乔布斯卖的是沃兹尼亚克的一代苹果——他自己连编程都不会。听着，搞发明创造和经营公司不是一件事情。我参加过哈佛创业俱乐部，参加过硅谷创业论坛，我有同学在两年内将自己创立的公司用两千万美元的价格卖出去——我知道如何创立一个公司，并使它盈利增值。”锡恩·怀特环臂坐在茶几上，歪着头俯向小恶魔，眼睛盯着他，“你的蓝熊，从头到脚最原创、最值钱、最有市场价值的东西，就是它处理自然语言、集成信息的那套算法。你以为我从库柏蒂诺大老远赶来为了什么？”锡恩毫不掩饰目光中的贪婪，“把你的算法给我。我来做公司。”

小恶魔狭长的眼睛露出凶狠的光芒。他恶狠狠地回瞪锡恩·怀特：“你可以滚了。”

“这是我最后一次给你机会。”锡恩·怀特毫不示弱地说，“现在合作，我承诺给你 40% 的股权。”

“而这是我给你的最后一次机会。”小恶魔凶狠地说，“如果你现在不滚，我就踢你屁股。”

锡恩·怀特站起来，笑了一下，向门口走去。走到门口，他回过头来说：“我等你来找我。”他顿了顿，又冷冰冰地补充了一句，“但是记住，30%。你的股权不会更多了。”

26 旧金山金融区

十一月最后一周，笑笑面完旧金山这边的精品投行，只觉得自己表现得糟糕至极。高盛与大小摩面试眼瞅着就要来临，笑笑一筹莫展。

西西给笑笑出主意说：“直接去找过来人取经呀！”

笑笑说：“哪有这么容易？直接打电话过去一通瞎问，只会显得你特没水平。除非有认识的人……”

认识的人，只有阿尔玛和伯格曼。问阿尔玛，如愿以偿获得一顿冷嘲热讽；发邮件问伯格曼，伯格曼回复说，尽力就好。明显不愿意再浪费时间。

周五下午快到下班的点，西西拉着笑笑一起到金融区。笑笑问干什么。西西说：“主动出击！”

旧金山金融区，在半岛的东端，西面毗邻唐人街，东面朝向海湾。像世界上绝大多数城市的金融区一样，这里寸土寸金，高楼林立。那些摩天大厦的顶层当然有最绚烂的阳光和最辽阔的风景，但走在高楼底下的阴影中，笑笑时常感受到一种压迫感，近乎危楼将倾的错觉，总叫人喘不上气来。

以后方含笑将穿梭在世界各大金融中心之间。纽约的堂皇富丽，伦敦的煊赫庄严，香港的光华璀璨，苏黎世的湖光山色，新加坡的一尘不染，迪拜的大漠孤烟……金融区，永远有那个城市最光鲜、最亮丽的华宇广厦，同时永远也是最无趣、最雷同的高不可及。

相比之下，旧金山的金融区仿佛乏善可陈。然而在笑笑的记忆里，这个金融区又是那么的与众不同。只要她闭上眼睛去想念它，她的耳朵就能听见风声。北太平洋寒流裹挟而来的海风，一年四季，无止无休。明明天蓝海清，阳光灿烂，那风在无数高楼广厦间呼啸穿行，扑打在西装裙底的小腿上，扑打在脚背那寸裸露的皮肤上，扑打在衣领未能遮掩的锁骨上，叫人一时间凉到心里。

旧金山到底是与众不同的。早在硅谷成形，信息革命到来之前，它已然是西海岸的淘金者据点。十九世纪的淘金热退去，以富国银行、李维斯牛仔和吉德利巧克力为代表的应淘金者需求而生的公司，在这座城市里长远地留存下来，并发展壮大。富国银行总部，在蒙哥马利街 420 号。朝南一个街区右拐，即是高盛旧金山所在地。泛美大厦建立之前，它曾是旧金山最高的写字楼。

西西低头对一眼手机导航，高兴地宣布："加利福尼亚街 555 号，到啦！"

楼前一个不大的广场，草木葱茏。玻璃幕墙里，能看到一个微软的标志。时不时有白领丽人捧着一杯咖啡路过。西西有些艳羡地盯着别人，转而对笑笑说："方含笑你要加油哦！都拼到这份儿上了，一定要进去哦！"

笑笑心里完全没谱："你不会是打算，就在这里……站街吧……"

"晕，说自己是鸡也不带这么说的。"西西说，打量一眼四周，找到一家星巴克，朝笑笑眨眨眼，"约亦有道。走啦！"

"咖啡店……搭讪？"笑笑被西西拖着走，"这个，这个实在 low 爆了……而且咖啡店里碰到高盛人的概率，这，这得多小啊……"

"只要功夫深，铁杵磨成针，懂不懂？一次不行，多来几次嘛。师父我把你领进门，能不能找到人就看你个人了。"西西带笑笑点了咖啡，在邻窗的座位坐下。

星巴克里的白领倒有不少，还有不少在裤袋上别了工作证。但是，总不能趴到人家裤子跟前去看他是哪个公司的吧……

笑笑头顶正冒问号呢，只见西西嗖地掏出手机，点开某交友软件。笑笑看傻了眼。西西冲笑笑眨眨眼：“你可别小看 Tinder。这个软件可以精确定位找人地点。比如说现在——”

西西把地点定为加利福尼亚街 555 号，范围设置成两英里。屏幕上很快出现了各种西装革履的男士，显然是在这附近工作的人们。许多人为了增加吸引力，都写了自己的工作单位和职位。

西西一面点一面念念有词：“富国银行，不要；美国银行，不要；微软，不要；摩根士丹利，你不要吧？你不要我要啦……巴克莱，什么鬼？不要；KKR（科尔伯格·科莱维斯·罗伯特公司），什么鬼？不要；拉扎德，什么鬼？不要；Private Equity 合伙人，什么鬼，不要——”

“等、等一下！啊……大摩、巴克莱、KKR、拉扎德都很牛好不好！……Private Equity，这是私人股权基金啊！基金合伙人——很厉害的！哪怕是高盛、大摩的投行分析师，很多干两年都会去对冲和私募基金……”笑笑一下子心动了，可又有些狐疑，“这样不靠谱的交友软件，公司和职位是不是乱写的啊？”

“私人基金？可是这个老头都五十多了哎……”照片上是个穿正装的中年白人，西西瞅了一眼，点了个爱心，表示愿意聊天，“乱写当然不是没可能。但其实这里显示的个人信息，都是脸书上转过来的。除非他在脸书上撒谎，否则基本真实吧。你要不要下一个？锁定地点，一个一个刷下去，总能刷到高盛的。哎，哎来了——”

这时，屏幕上出现一个白人小哥，颜值气质都没得挑，注明是高盛分析师。西西立即点了爱心，高兴地说：“看，有高盛的！”

笑笑统计学上脑，立即分析说：“其实中国也好，美国也好，所有女生看中的男生条件都是一样：高，富，帅。假如把这三项条件按一定权重计算一个男性的吸引力值，搁在这种网络约会软件上，肯定吸引力值最高的前 20% 的男性，获得 80% 的女性喜欢。不过美国这样的环境，种族还占了吸引力值的很大比重。

像刚刚这个高盛分析师，高、富、帅都占了，还是高加索白人，所以……”

“所以他肯定看不上我？”西西噘嘴说，“白、富、美，我可也全占了。”

“西西你待到现在还不明白？美国人喜欢‘白’的人种，黑的皮肤。你在中国是白富美没有错，可是搁到加州……”笑笑看西西脸色，急忙住了口。

“接着说。怎么不说了？”

笑笑叹口气。

这时叮的一声，有个配对成功了。是那个私人股权基金合伙人。

对方很快发过来一条信息：“你好！你的周五过得好吗？”

西西鄙夷：“喂喂，这么老还好意思出来约。”

“其实……其实也不是非发生点什么不可的吧？只是坐下来聊一聊也没什么不可以呀。讲真，一般私募基金的分析师，都是我这种小虾米仰望的金融大牛了。假如这个老头真像他所说的，与人合伙拥有一个基金的话……哇！想想看，高盛、大摩苦干三五年出来的那些人，都争抢着给他们打工呢。”

“是吗？”西西说，“哦，那本小姐就屈尊给老头回复一个‘很好，谢谢，你呢’。”

笑笑噗嗤一笑。西西跟私募老头很快聊了起来。听说西西是中国人，老头立刻列举了许多他去过的中国城市，又谈起中国企业在美股市场上的表现。西西很快被老头吸引住了。

笑笑叹口气，掏出自己的手机，百无聊赖地打开微信。她心里盘算着那点概率，知道在咖啡馆约到高盛前台员工的概率太小——这幢写字楼一共五十五层，高盛才占了一层。假如是在纽约，直接冲到西街 200 号，在高盛总部楼下的成功概率还要高些。

虽然知道不可能，笑笑还是打开微信“搜索附近的人”。微信的这个功能多方便国人交友，当然时不时夹了些想泡中国姑娘的白人大叔，中文一句不会照样微信泡妞。这不，笑笑才开了功能，就有一堆人来加，其中就有歪果仁。

笑笑瞄一眼自己的微信头像。那还是在北京四中，背景是学校那个灰扑扑的拱门。那时青春烂漫年华正好，虽然是黑了些，然而到底年纪小，嫩得能掐出水来。而且个子又长了，亭亭玉立，很有几分少女娇俏模样。那时没有生存压力，笑得发自内心。真是很好的年华。

笑笑无视一堆添加申请，转回去看“附近的人”。距离二百米内，有三个人。笑笑盘算，微信这个距离是平面距离吧？……啊，就算是空间距离，四十五层楼与星巴克这个直角三角的斜边，应该也在二百米之内吧？……笑笑一个一个加了，附言里直接问：“请问你在高盛工作吗？”

想想也真是醉了。为进这个破公司脸都喂狗吃了。

有一个很快通过了笑笑的添加申请，并且问：“如果我说是，你今晚愿意见我吗？”用的是英文。头像是莫奈的《印象·日出》。

笑笑回答：“是。”

对方问：“你在哪里？”

笑笑答：“星巴克。”

对方没再回复。

笑笑翻着对方的朋友圈，空无一物。看来此人只是微信“附近的人”功能的忠实用户。这时另两个好友申请也通过了。笑笑正要回复，忽然注意到门口进来一个三十来岁的犹太人。亚麻色头发，眉高眼深，仪表堂堂，穿着浅色纹理的白色衬衫，打着一条浅蓝色的丝光领带。

他当然不会认识方含笑。

但是方含笑怎么可能不认识他？！

列夫·芬克斯坦。

啊！出现在高盛招聘信息会上的那位MD。

这个真是高盛的！

还是MD！！

所以说，美帝大资产阶级投资银行的董事总经理在用我社会主义微信交友泡妹子？……

腾讯你出来！我给你点一百个赞！

芬克斯坦很快注意到了笑笑。他朝方含笑笑了笑，径直走向点餐台，点了双份意式浓缩，刷卡的时候目光有意无意朝笑笑一瞥，脸上带了种若有似无的微笑。等咖啡时他倚着吧台，漫不经心又扫过来一眼。

那目光也不说有多压迫，却叫笑笑浑身不自在。笑笑低头打量自己的裙装。因为准备见金融界人士，她上身一件白色雪纺衬衫，下身一条深蓝包臀裙。稍稍性感，但并不露骨。可这时她有些怀疑波浪领口是不是有些招摇。

芬克斯坦朝她走了过来，手里晃着他的咖啡："嗯，你看起来棒极了——比照片上有魅力得多。"

他把咖啡递交左手，伸出右手跟笑笑握手："约翰。约翰·墨索里尼。"

西西终于腾出工夫，把眼睛从手机屏幕上挪开，看看芬克斯坦，又看看笑笑。

笑笑站起身，木讷地跟墨索里尼先生——她确定是芬克斯坦——握手。

……墨索里尼？

笑笑还想问话，然而芬克斯坦已然转身离去，出门前笑着回头，冲笑笑一挥手。

"那个是谁？"西西眯起星星眼一连串问，"颜值爆表啊！怎么勾搭上的？效率这么高？我这边的私募老头还没影呢，你倒见上了！"

笑笑还在发愣，咀嚼刚才短暂的对话。他跟她没用真名。什么意思？验货以后不满意，所以转身就走？……好不容易抱上高管大腿，她刚才是不是太冷漠，本该更热情一点？……

正胡思乱想着，微信叮一声响。

"午夜十二点。皇宫饭店 615 号。"

不愧是高盛 MD，效率这叫一个高呀……

27　高盛 MD

私募老头很快就邀请西西一起吃晚饭，地点约在太平洋高地的一家意大利餐厅。西西嫌弃老头年龄，有一点不情愿，但是好奇心作祟，还是去了。临走前她对笑笑千叮咛万嘱咐，叫她一定要保护好自己。

“这种在微信上专挑中国女孩下手的，没有一个好东西！”西西义愤填膺地说，“他们就是觉得中国女孩好上床，不用花心思不用负责任。这就是渣！他是高盛的也不能改变这个事实！这私募老头吧，虽然不靠谱，好歹还请吃饭。你说说你这个高盛渣男，他给你什么了就要睡你？”

“放心不会睡不会睡的。毕竟是皇宫饭店。我不愿意，他不能把我怎么样的。”

笑笑把西西送上出租车，自己沿市场街走到皇宫饭店，在前台报了墨索里尼的假名字，拿到门卡。在北京时，虽然也进过五星酒店的大堂，但进这种正儿八经的豪华酒店的房间，却是头一遭，不免有些惴惴。

有客厅和卧室。窗口挂着薄纱，窗外是市场街以南的夜景。墙面荧白，被角落里的台灯照成温馨的暖黄色调。深蓝色地毯柔软得叫人要陷下去。床铺大而洁白，带着一种诱惑人的慵懒。客厅不大，倒是浴室大得叫人一惊，水池几可横躺。

笑笑心里知道这房间并非为她而设。她不过是这房间的点缀，房主招来的女人，跟娼妓唯一的区别是她不要钱。然而的确叫人动心。

她当然知道芬克斯坦先生只想解决生理需求。他低调地不想让人知道。Tinder 不是理想的约会途径，因为太多年轻分析师在上面招摇过市，身为 MD 显然他不希望被同行撞见。微信则相对安全，因为它是美国人社交之外的东西，不容易生出流言蜚语。

入夜后，笑笑独自出门吃饭，在联合广场附近转了一圈。这时离约定的十二点还很早，她不愿回房去。然而旧金山到底不是北京，稍晚便路人稀少，流浪汉四处游荡。笑笑不得已还是回屋，在客厅里看财经新闻到深夜。

西西那边约会已经散了。私募老头居然很不错，开着奥迪把西西一直送回家。这边笑笑等到十二点仍不见人来，在沙发上眯着了。

凌晨一点，芬克斯坦来了。笑笑睡得不深，立刻睁眼，从沙发上弹起来。

“对不起，为了等伦敦的一个电话，有点晚了。”芬克斯坦面有疲惫，见到笑笑立即笑起来。

笑笑忙说：“没关系。”说完暗暗自嘲：没关系什么？没关系不妨碍吗？

芬克斯坦站在原地，就带着那古怪的微笑打量笑笑一番，接着给了一个露出牙齿的笑。笑笑刚想说什么，他却脱下西装，挂进衣柜里。然后又走进浴室，开了浴缸的水龙头。水才浅浅一层，他就往浴缸里洒浅蓝色的浴盐和带着香气的花瓣。走出浴室时他说：“你盯着水。我眯五分钟。”说着就走进卧室，一头栽在床上。

笑笑乖乖进浴室盯水。那水快满时有出水口，并不溢出。笑笑关了水龙头，轻手轻脚去卧室。芬克斯坦还在床上挺着。笑笑担心水凉，正犹豫要不要叫醒他，说自己想要求职的事情。他已自己从床上坐起来了，既而开始脱衣服。

这节奏，越看越不对了。没办法，笑笑只好退出门外。芬克斯坦满不在乎地脱到只剩一条 CK 的裤衩，赤脚走进浴室，没见笑笑跟上来，转头问：“怎么？

不一起？”

笑笑一眼瞥见那满身的体毛，心里发怵，忙移开目光，结结巴巴地说：“我……不……我来不是为了……我……”

“为什么不？”芬克斯坦笑得露牙，“来嘛。浴缸挺大的。”

绝对再不能拖下去了。

“啊，嗯，是这样，芬克斯坦先生……”

芬克斯坦先生听到自己的名字，吓了一跳，人立即清醒了两分。

“你知道？”

“是的我知道。”笑笑立即说，觉得坦白最容易，“你不想被人知道。请放心，我不会说出去。”

芬克斯坦无语地盯着笑笑看，等着她往下说。

他有一种令人不安的气势。好像也不是压迫，就是不动声色的，使人莫名有些惊慌。

“请，请相信，我没有恶意。我是伯克利的学生……两个月前，在伯克利的校友中心，你做的演讲，我印象非常深刻……”

芬克斯坦露出又好气又好笑的表情。

“我，我很抱歉！以这种方式结识你，实非我本意。但是……但是……我嗯，我借助朋友的关系，拿到了高盛终面的机会，但因为之前没有任何面试高盛的经历，在社交方面也毫无进展……我实在很希望能够接触局内人……可以请教一些问题……”

芬克斯坦大踏步走回卧房里，穿回正装裤，再穿回衬衫。但他实在无心扣好纽扣，就这么松松垮垮地披着衬衫，拖着棉拖走回客厅里来，坐在沙发上，胳膊支在腿上，眼睛无神地盯着笑笑，示意她接着往下说。他知道今晚计划泡汤，脸上一点笑容都没有了。

笑笑有些慌乱地拿包，从包里噌地拿出一张纸：“我把问题都列出来了……”

“我为什么要回答你的问题？”

笑笑一时语塞：“因为……你……很善良？”

“从没跟银行家打过交道？”芬克斯坦一手支颐，“我们可不善良。”

“我明白你没有义务帮助我。如果你愿意帮我，我会很感激，并且在未来——虽然这种可能性很微小——我会努力报答你的善意。如果你不愿意，那，很抱歉打扰你——”

“三个问题。”

“……谢谢！”

她知道从这一刻起，面试就已经开始了。只不过，这是一轮她主导的面试。对方将根据她问的问题对她作出评估。假如能给一位 MD 留下好印象，那就算一只脚跨进了高盛的门。

笑笑低头扫一眼密密麻麻的问题。问纯技术性的问题，只会显示她的无知；问纯行为的问题，不能展示她的判断力；问得太宏观，会显示她不切实际；问得太细节，又会显得她很功利。她需要足够好的三个问题，既展现她的能力和她的准备，引起对方兴趣，又确实能给自己帮助。

一瞬之间电光石火，不知该问哪个问题。

其实笑笑最想问的问题是，芬克斯坦先生你先把扣子扣好行不行……

干脆收了密密麻麻的问题纸。笑笑深吸口气，接着露出微笑，问出第一个问题：“我能带你过一遍我的简历吗？”说着双手递上简历。

芬克斯坦显然被笑笑的郑重逗乐了。他接了简历，却没即刻去看，反倒抬头拿一种古怪的目光重新审视她：“你还真够拼的。”

笑笑已经自己开始面试了。她没有重复介绍简历上有的东西，而是细化自己的经历。她用第一个半分钟概括介绍自己的教育背景与社会活动情况；第二分钟着重讲 KKG 社团经历；第三分钟讲投行案例比赛进展；最后一个半分钟拍足高盛马屁，强调高盛上一年度在 TMT 并购中占有最大的市场份额，而 TMT 正是她的兴趣所在。讲完以后问：“请问，你能点评我刚才的表现吗？”

芬克斯坦从简历上抬起头来："枯燥，平淡，无趣。"

笑笑一时有些灰心。

没有错。平淡。给人印象不深。在一群资格超过标准的名校精英应聘者中间，她拿什么给人深刻印象？

"高盛最看重的是团队。'超级日'（superday）最重要的一个功能，是让将要聘用你的那个小组了解你的性格。想想看，你们将长时间一起工作，如果你要被迫一天十五个小时跟一个人待在一起做事，你希望那是一个什么样的人？"

投行的终面，通常会邀请被面试者到公司驻地，参加三到四个环节的面试，每环节持续半小时；有时还有一些联谊社交活动，往往会耗去一整天。终面结束出结果。因其重要性，它被称为"超级日"。

笑笑思考以后回答："我希望他……友好，有趣，热情，容易相处，有能力，有耐心，可靠，能承担责任……"

"对，这就是你要展现的。"

"可……如果我并不是这样的人呢？"

"那就装。"芬克斯坦答，"装出你是这样的。"

"那就刚才的自我介绍而言，我应该在哪里改进呢？"

芬克斯坦上下打量笑笑一番，笑着说："鞋跟可以更高一点，领口可以更低一点，口红颜色可以更亮一点。我回答你的四个问题了。水快凉了，我要去泡澡了。"芬克斯坦起身，顺手把简历递还给笑笑，忽然抬头冲她露齿咧嘴笑，"除非你打算跟我一起洗？"

笑笑一窘。芬克斯坦大笑，光着脚往浴室走。

"等，等等——"

"改变主意了？"他停下来，回头朝她讪笑，脸上居然出现一点节制的热切。

"我，我知道你的名字，你也不介意？"

"还不至于到不敢用真名上床的地步。"

“可是你拿你 VP 的名字开了房——”约翰·墨索里尼是投行部的 VP，笑笑在领英上翻到了这个名字，“还用他的名字约会姑娘——墨索里尼先生知道吗？”

芬克斯坦回过身，又露出那种混杂着惊讶和生气的古怪微笑：“你到底想干什么？”

“我只是需要一点切实建议。”笑笑说，“如果你还能再谈谈你对下半年远程通信设备提供商并购形势的看法，谈一谈 Sprint 与 T-mobile 的合并，AT&T 对 DirecTV[1] 的收购，以及康卡斯特对时代华纳有线电视的收购中止……我会很感激。”

芬克斯坦诧异地停在浴间门口，一手抓在门把上，回过头来看她：“你对我在干什么倒是挺了解的。”

“这能给我一次与你谈话的机会吗？”

“有时候,太积极主动不见得是件好事。”芬克斯坦走进厕所,又开始脱裤子。

“可是如果不积极主动,我连机会都不会有！我连被人听见的权利都没有！我知道我的硬件条件不怎么样，我连伯克利的成绩单都没有……”

“为什么那么想进高盛？”他一手拎着裤子，另一手开始脱衬衫。

“有人对我说我不行。”笑笑说，指甲陷进掌心，“我想证明她错了。”

“——你能给我叫酒店干洗吗？”芬克斯坦刚想把西裤和衬衫扔给笑笑，这时门铃忽然响了。

非常诡异。凌晨一点半，不可能是客房服务。

但是皇宫饭店门禁森严，不该有外人敲门。

笑笑问：“所以你叫了两个女孩？”

“我通常，呃，不会第一次就叫两个……”

“你前几天约了另一个，但是你自己忘了？”

---

1 均为美国著名通信公司。

“是吗？……也有可能哦。”芬克斯坦马马虎虎穿上裤子套上衬衫，趿上棉拖鞋去开门。

门开了。有个熟悉的声音传来：“你是谁？”

芬克斯坦有些生气地回答：“该是我问！我怎么可能约了个男人！”

……小恶魔。

他怎么会找到这里？

千钧一发之际，笑笑不知哪来的力气，抓住芬克斯坦的胳膊往后一扯，堪堪避过小恶魔砸来的一拳。

“你，你来这里干什么？”笑笑挡在芬克斯坦和小恶魔中间。

“该是我问吧？”小恶魔一张脸涨得通红，眼睛瞪得老大，也不知是喝了酒还是嗑了药，“皇宫饭店？你在这里干什么？玩得够爽，嗯？忘了要给我做晚饭了，嗯？啊，还是因为我付你的钱不够，你勾搭上更有钱的——”瞥一眼芬克斯坦，“——老男人了嗯？”

“老男人？”芬克斯坦气得简直要跳起来，“你问问她，谁更……有劲？”

小恶魔愤怒地大嚷：“你，你们——”他冲向芬克斯坦，被笑笑挡住，转而把敌意转向笑笑，一把扯住她胳膊，“你，你这淫荡的——小婊子——”

这回轮到笑笑要从地上跳起来了。“我，我没有——”笑笑大叫，一面把小恶魔往外推，“闭嘴！滚出去——”

“不要担心亲爱的。我马上叫保安带走他。”芬克斯坦笑眯眯地对笑笑说。

小恶魔简直气疯了，各种污言秽语往外冒。笑笑使出九牛二虎之力，把小恶魔推到门外。然而小恶魔把一只手伸进门缝，卡着门。

“对，对不起，先生。”笑笑背靠门喘气，“对不起，打扰你休息了。”

“没关系亲爱的。”芬克斯坦甜甜地说，“我们现在一起去泡澡吧？”

小恶魔在门外咿咿哇哇地骂人。

“我，我走之前，可以，可以要你的名片吗？”

“我写给你手机号。”芬克斯坦从横桌上抓了张便签，“一定要短讯我哦亲爱的。”

笑笑把小恶魔的手推出去，接着砰一声关上门。她喘口气，接了便签谢过，拿上包和外套，跟芬克斯坦告别。

“谢谢，谢谢你今晚给我的时间……”笑笑真诚地说，想要说一句恭维的话，却不知该说什么，末了只是说，“我很喜欢你的微信头像。”

芬克斯坦笑着点点头，亲自给她开门。他这时已扣好衬衫扣子，打卷的头发竟然也被压得服帖，又变成一副仪表堂堂、道貌岸然的模样。

在小恶魔的叫骂声中，芬克斯坦拉着门把，彬彬有礼，挺有风度地说：“我度过了美好的一晚。希望你也是。”

28　午夜奥克兰

这是小恶魔从来没有做过的事情。他从来没有这样，深更半夜跑去关心另一个女孩人在哪里。

他有过很多女孩。对他来说，她们是他生活的点缀，是解决需求的手段。天下花草千千万，没有谁不可替代。

但他刚刚发现，这个女孩好像是不太能被替代的。

尤其当他想吃胡萝卜烧鸡、胡萝卜炒鸡蛋、胡萝卜花菜鱼片和土豆胡萝卜烧牛肉的时候。

当然他也曾纠结某个他想睡的女孩跑去跟别人睡。但纠结归纠结，他心里清楚，约会文化的规则就是这样：除非确立关系，否则双方都一样自由。

但这个女孩不一样。她表明过她喜欢他。

说完喜欢，一回头就可以跟别人上床吗？

而且竟然是在……皇宫酒店？

他感到他被人羞辱了。为此他恼羞成怒。

他把笑笑一把推进车里，接着像一头狗熊扑向猎物一样，重重压到她身上，爪子深深地嵌进她的肩膀，痛得她尖叫出声。那面孔如前来索命的魔鬼，低低地凑到她的脖弯里。湿热的气流，混着酒精和大麻的味道，喷在她下巴上。

“你跟那个——婊子养的——在浴缸里——”

“没有，我没有！”笑笑大叫，努力想推开他，“放手！不是你想的那样……他是高盛 MD……”

“高盛 MD？”他艰难地重复，脑子里残存的理智被妒火烧了个精光，“所以你跟我在一起就吐，跟那婊子养的在一起就很爽，嗯？！”

“我说了不是！我马上要面试了，所以才想努力结识高盛的人……你先下来！”

“面试？”他嘶嘶地吐气，“就为了他妈狗屁的工作，你可以爬到——婊子养的——浴缸里——”

他一向对自己的魅力很有自信。他年轻，多金，有颜。但现在他不那么确定了。短短的照面已经足够他看清那个男人的模样。

比他更高，更成熟，更有风度……更有地位，也更有钱。

他愤怒地嚎了一声，双手下意识地扯她的领口。她的体温隔着布料传过来，她轻柔的鼻息吐在他颊上。他心烦意乱，血脉偾张。

“他对你做了什么，让你这样舒服，嗯？是他的舌头叫你很爽吗？”他的一条腿猛地下沉，强行插入分开她的双腿，接着顶了上去。他的嘴唇落在她脖根的嫩肉上，牙齿露出来，如走兽捕猎般插进她柔嫩的皮肉。笑笑如触电，啊的一声叫出来。

“停车——停车——”笑笑惊慌失措地喊。

小恶魔还不放过她。他撕开她的领口，爪子一下抓住某处狠命地揉捏。接着他的牙齿也用上了。像野兽叼住猎物，他咬在她身上。

“宝贝……第一法则……必须保护乘客安全……”笑笑哭着向车求助，“帮助我……拜托……”

她抓住小恶魔的短发，一阵猛扯。小恶魔吃痛松口。笑笑使出浑身气力，猛踢他一脚。小恶魔身子一歪,滚到驾驶台边。接着他抽搐了一下,瘫在驾驶台前。

“停车。拜托。停车。”

雷克萨斯此时已过了湾区大桥，进入西奥克兰地界，闻命倏然停在路旁。笑笑捂着领口，跌跌撞撞下了车。她没有等车门关上，就飞快跑开。雷克萨斯在她身后扬尘离去。

街道空旷，没有车也没有行人。笑笑踩着高跟鞋在路上走。冷风吹得她一阵阵寒战。这里步行到伯克利，要两个多小时。她手机没电，叫不了出租车，而地铁早已停运。唯一的办法是走去最近的奥克兰市里。或者能幸运地找到一辆车，或者可以找火鸡投宿。

笑笑计议定，就往奥克兰华埠的方向走。她当然知道奥克兰不是个安全的城市，但她自认为熟悉，避开问题街区，当无大碍。

她小心翼翼绕开路上醉酒的流浪汉、拉丁小孩和黑人青年。一路无事，一直到华埠。快到港店时,她觉察出周围有些不对劲了。有黑人不远不近地跟着她,目光在她的光腿上游移。

她那身包臀裙，在旧金山市里穿着是没什么。可这是午夜奥克兰。

笑笑到港店门口，拼命拍门大叫。火鸡没有应门，反倒招来了周围更多的黑人小青年。他们彼此似乎认识，聚在她周围，慢慢围出一个半圆。笑笑知道不能耽搁了。港店往东北，约莫六七个街区，有县治安官办公室。笑笑决定去求助。

她一脚甩了高跟鞋，瞅准贴墙的一个空隙，光脚突出重围，一面呼救，一面没命地朝东北方向狂奔。

身后脚步声紧跟。那几个黑人追了上来。

她怎么可能跑得过黑人。

才奔出一个街区，已经有一个黑人跑到了她前面。他伸出一只粗壮的胳膊拦住她。那胳膊上有蝎子的文身。她低身想从胳膊底下钻过，结果低头时被他扣住了后颈。

“托尼·巴尼想见你。”蝎子说。他换了个姿势，扣住她的胳膊。

一辆黑色 SUV 停在跟前。蝎子和另一个戴鼻环的黑人青年将她押上车。她坐在后座，被卡在两人中间。

“求求你……让我走……拜托……”笑笑小声啜泣着哀求。戴鼻环的黑人轻佻地笑着，一手拿走她的手袋，一手在她身上浮游。

“求求你们……你们这样……是违法的……”笑笑躲闪着，无助地恳求。戴鼻环的男人笑了出来。他掏出一把加了消音器的手枪，从裙摆之下伸进她双腿之间，捅得她哭泣告饶。“安静点。”他说。

她知道请求再无效用，只能闭嘴。戴鼻环的男人变本加厉，伸出一根手指，探进她裙子里玩弄。她伸手抓住那只手。旁边那个蝎子文身的男人发话：“她是托尼指定的。你最好收敛点。”

“怕什么！托尼说不定会把她给我们呢。”虽然这样说，他的确收敛了。

车往东北面开了二十分钟，离开市区，到北奥克兰。这一带都是建筑工事。车停在一处古旧的三层小楼跟前。

鼻环从一面下了车，招呼笑笑下车；与此同时蝎子开了另一面的车门，自己下车。笑笑紧跟蝎子下车。蝎子没有意料到她从这边下车，被她从门缝里溜了出去。

笑笑一得自由，即刻全力奔跑。但这一带空旷，除了建筑工地上的半成品房，没有任何藏身之处。呼救亦无效用，周围除了路灯并无灯光。

笑笑光着脚跑在路上。后面响起枪声，咒骂声，脚步声。

她没命地跑，心跳如鼓气喘如牛。蝎子又一次追了上来。不多时，横着那条蝎子文身的手臂，再一次挡在她的眼前。

笑笑立定，用清澈的眼睛定定看住那双黑色的眼。

“黑人不是坏人。证明它！”

有一秒钟的迟疑。

“你说得对。”蝎子说，收回拦截她的手臂，“跑！”

笑笑得到机会,一路飞跑,向前狂奔。然而没多久,后面就有更多人追了上来。

她不能在这条笔直敞亮的道路上跟他们赛跑。耳听他们逼近,笑笑慌不择路,冲进一处建筑工地。

有一栋施工至半的楼房。笑笑冲进去,妄想能找到藏身角落。那楼房虽大,有的却只是一个接一个空荡荡的房间。没有门没有窗,四下里打通,无处可躲藏。

然而那群黑人已经追近眼前。

笑笑不顾脚底的疼痛,光着脚往楼上飞奔。在四层上勉强找到一堆垒叠的钢材。笑笑矮身躲在钢材后,心里已知自己的无幸。

脚步声一层一层逼近。混杂着更多的嘲笑。

"小鸡,小鸡,亚洲小鸡!"他们叫,"我们来喽,你藏好了吗?"

笑笑用手捂住自己的口鼻。但是她的呼吸声太响,心跳声更响。她简直相信他们从楼下就能听见。她该怎么办?她能怎么办?

手电筒光亮打了过来,晃进她的眼睛。她一时失明。很快有只黑而大的手伸过来,抓住她的头发。她哭喊着请求饶命,接着揪住那只手猛咬一口。那人吃痛放手。

笑笑又一次得到逃难的机会。没有别处可走,她只能奔向另一处楼梯。楼梯下面有人声。他们正往这一层来。

她无法,只能选择向上到更高处,到了天顶平台。那里世界空旷,星辰闪耀,月色温柔。

她疾奔向平台另一端。脚下是空空荡荡的街道。

身后,十三四个黑人,从两处楼梯口走上来。

最后,人群中走出一个高大的,地垄沟头的黑人青年。金色骷髅在他胸前闪闪发光。

"嗨,小妞!好久不见!你那个亚洲小男朋友在哪里?"他甩着手朝她走来。她只能倒退。然而已无路可退。他丝毫没有要照顾企图自杀者的意思,没有在她跟前几步停下来。他就这样大摇大摆,一直走到她跟前,一直走到伸手可触及她的地方。

“你，你们究竟要干什么？”

“干什么？”托尼·巴尼笑，“你记不记得？我在维加斯的时候，我的女孩承蒙你那个亚洲男朋友的照顾。他送给我的视频，我可是非常喜欢呢。”

笑笑站在阳台边缘，汗水凝结在额头上，被冷风一吹，她格格打颤，像悬崖上一株失根的草。

“你想死吗？”托尼·巴尼亲切地笑，“跳吧。我不会阻止你。”

笑笑站在原地，没有动弹。她的腿在发软，随时会跌下去。

“可是，假如你不打算跳下去，你可能就要……”剃刀托尼笑得像一把闪着寒光的剃刀，“你看，我这里那么多的兄弟，追了你一整个晚上。他们都饿了，我也不能饿着他们，是不是？”

脚跟贴在阳台边缘。底下就是无望的深渊。

托尼·巴尼笑得灿烂：“是生，还是死，那可真是个问题。”

就在那时，楼底下亮起一道灯光。

29 他的女神

楼底下亮起一道灯光。

那灯光一闪即逝，原来只是路过的车辆。

托尼·巴尼上前一步，一把抓住笑笑的胳膊。笑笑挥臂往身后猛力一挣。托尼·巴尼一个趔趄，勉强站稳，却踢下两粒碎石。那石子落在楼底下成堆的钢材上，隔两秒发出叮咚的声音。

托尼·巴尼恼羞成怒，拽住笑笑的胳膊，将她往回重重一甩。笑笑摔在地上。离她不远的地方躺着蝎子文身的男人。人们正在对他拳打脚踢。他向她抬起头，黑色的额头在月光中渗血。

戴鼻环的男人把笑笑的手袋递给托尼。托尼将那手袋一倒，捡出一只手机来。但手机已经没电，开不了机。托尼骂了一句。鼻环忙把充电器递上去。

手机开机。托尼在联系人里翻找。小恶魔的名字以 A 开头，排在第一个。托尼拨下呼叫键。电话很快通了。

“你他妈在北奥克兰干什么？”

“她跟一打黑人帅哥在一起。”托尼哈哈哈狂笑起来，“你说她能干什么？”

小恶魔在电话里骂了声操。

“你发给我的那条视频，我真的好喜欢呢。”托尼说，“为了答谢你的好意，今天晚上，我打算也给你献上一段视频。当然啦，如果你能快点赶过来，说不定能看上现场。”

“如果你敢对她做什么……如果你敢碰她，哪怕一根手指……”

“一根手指？我们有的可不止一根手指哦……”托尼·巴尼低低地笑，“一个人来哦。这个阳台很小。如果太多人，一不小心，说不定她就掉下去了。哈哈哈！”他说着挂了电话，将手机扔在地上。

托尼·巴尼转过身，面对瘫坐在地的笑笑。

“他说我不敢碰你。”托尼说。

“求求你……放我走……我并不是他女朋友……”

托尼笑：“那就更好。做我女朋友？”他开了自己的手机摄像，递给鼻环，“要细节，要有触感，要像对待一件艺术品。懂？”

笑笑挣扎着站起身，跑出两步，被两个黑人拧住胳膊，按倒在地上。他们撕扯她的衣服。她哭着尖叫：“求求你……拜托……他并没有动碧阿绮丝……他没有伤害她……”

“我也不会伤害你呀！”托尼·巴尼温存地说。

他们继续撕扯她的衣服，在她柔嫩的皮肤上留下一道道青印。她起初尖叫，哭泣，反抗，最后渐渐没了声音。周身衣物被剥尽，如被火烧成碎片的蝴蝶，被风刮向夜空。她赤身裸体地躺在冰冷的水泥地上。粗砾的石子摩挲着肌体。眼泪流尽，哀恳亦告罄。她像一具没有知觉的罗马石雕，像一具温度退去的尸体。

托尼·巴尼贪婪的目光扫过她的身体。他舔了舔嘴唇，接着动手脱裤子。

屋顶边缘，离她只有三步远的距离。她要做的只是一件事，从地上爬起来，飞奔过去，纵身跃下——没有人能阻止她。

她于是起身，狂奔。她以为自己要跳下去了，可她又一次停在那边缘。

她留恋这温柔的夜色。前方是虚空的漫长的黑暗，没有错；可是在远方，那地平线上，闪耀着旧金山夜晚熠熠的灯火辉煌。

托尼·巴尼张狂地大笑起来。

他几步走上去，伸出手，往她身上推了一把。

她一声惊叫，身体落下。千钧一发之际，却将双手搭在边缘。

她挂在那里。身下是悬崖。

托尼·巴尼蹲下来盯着她笑：“你不是想死吗？松手啊……去死啊……”

她的双手死死扒在那边上，身体在虚空中晃动。北太平洋上来的西风冻得她瑟瑟发抖。

要坚持不住了。放手吧。结束吧。

可是她真要那样做吗？

就此结束这场羞辱，也永远结束自己在这世上的旅程吗？

她应该为尊严死去，还是就此背负屈辱，背负伤痕而活？

她努力抬头，头顶的星光跌进她的眼睛里，眼泪涌出来。

她打定主意，要让此生值得。

要让此生值得。

为此可以孤注一掷，勇往直前。

主意既定。她扒着边缘，手臂勾起，身体慢慢往上。她在屋顶边缘凭着求生的意志，凭自己的力量，慢慢翻了上来。

人们放肆地大笑起来。

对，对。她就是个怕死的人。

她跪在屋顶上。托尼·巴尼脱了裤子，将她拖到跟前，像捋平一张纸一样将她打开，接着大笑着骑到她身上。

她睁着一双血红的眼睛。那里没有眼泪。她定定地看向他，一字一句说：“我就告诉你一件事情……你，会，后悔。”

托尼·巴尼一笑，猛地刺进她的身体。夜空贯穿一声令人毛骨悚然的尖叫。世界有一秒窒息。但只是这样一声。以后她像摊在天台上的一幅画，不喘息，不挣扎，不流泪，只怔怔地看向虚无浩瀚的夜。头顶月光冰凉。

好像很漫长，漫长如没有尽头的时光。又好像只是一瞬，万物凋零，末日尾声。

楼底空旷的街道，亮起一道光束。站在屋顶边缘放风的黑人报告托尼，有客将临。托尼恋恋不舍地从女孩身上爬起来："等我回来哦。"

远离屋顶边缘的那个楼梯，响起笃笃的脚步声。托尼·巴尼挥手示意，十几个人应命围了过去。

小恶魔苍白的面孔出现在楼梯口。他如约只身一人。

他的双眼无神地看向前方。他努力调动他的耳朵。他最后对向远处地上一团没有动静的黑影。他直觉那是她所在的地方。

他艰难地迈动脚步，向那里迈出一步。但只迈了一步。

他身后，两个高大的黑人青年各拿一根棒球棍，一个重重击向他的后脑勺——他矮身避过；另一个重重击向他的膝弯，没能避过，他跪在地上。有人对着他后心猛踢一脚，他整个地趴在地上。他用手撑地，想爬起来。爬到一半又被鼻环踢了一脚，被他的脚踩在地上。

在白天，他不会是他们的对手；在晚上，他是一个瞎子，是任人宰割的羔羊。

托尼·巴尼走近他，一脚踩在他的侧脸上，来回使劲地踩。他的脸被踩变了形。半边皮肉被地上的石子划出血，像蚌肉含住沙粒。

"真安静呢。连一声也不吭吗？不再叫骂了吗？在那段令人激动的视频里，你可是非常有活力呢……你说怎么办好呢？我是那么的感激你呀！告诉我，我应该怎么感谢你的好意呢？……哦，对了，我刚刚尝了你的女朋友。她的味道真是好得很呢……"

小恶魔发出一阵低低的咆哮，好像刚刚失去幼崽的母熊，愤怒张狂，痛苦然而无措。他狠命掰开托尼的脚，迎接他的是一阵雨点般的殴打。

"轻一点。友好一点，不行吗？看看这身新鲜的皮肉……"托尼欣赏地说，"我猜，味道也很好……要不来试一试？"

他们扯去他的裤子。上衣蒙在他脸上，困住他的双臂。托尼·巴尼骑坐在他腿上，伸手去探他的两腿之间。他癫狂地反抗起来。

所有人的注意力都在楼梯口。在阳台另一头，角落里瘫着的，蝎子文身的黑人，忽然向笑笑露出粲然一笑。那白牙在夜空里闪闪发光。

“看。”他无声地用口形说，“黑人是好人。”

他说完，猛地跳起来，朝屋顶边缘那个扛着AR–15的守卫发动袭击。两人很快扭打在一起。那把莱福枪跌落在地。笑笑一个侧身扑上，双手紧握长枪。

起身，举枪，解锁，瞄准。

左手执枪托，右手扳机扣动。

动作迅捷而安静，好像林间穿行的狩猎女神，不动声色地拉开长弓。

第一枪。射中缠斗中的守卫。大腿中弹。一声哀号，他抱着腿在地上翻滚。

第二枪。托尼·巴尼一声惨叫，左脸飞溅鲜血，耳朵少了半边。

第三枪。鼻环肩膀被生生射出一个窟窿，重重后仰倒在地上。

月光之下，女孩赤身裸体，手举长枪。

小恶魔趴在尘土里，眯着眼望向那个女神。黑夜里一个自带光环的轮廓。她就站在那里，宁静，安详，端庄如一尊雕像。太平洋的浩荡西风是她的披风，头顶彻夜的星辰是她的冠冕，满人间的月亮的光束是她的权杖。她是风，她是光，她是阿尔忒弥斯从天而降。

那一刻他知道她是他的女神。他此生注定是她的俘虏。以后她的祝福，她的诅咒，她的谴责她的怒火，她的欢喜她的悲伤，他无一例外只有承受。挣不开逃不走解不脱。她像一枚闪着寒光的铁钉，把他钉在命运的浩瀚的黑暗里。而当他乞求上天要有光，她就是那道光，就像现在，把黑夜照得彻亮。

一片混乱。有人号叫，有人流血，有人举枪。他一直在等待一个时机。这就是时机。已经足够好了。

小恶魔喘口气，唤一声蓝熊。楼梯口待命的两个小小机器人即刻腾上夜空。闪着蓝光的飞碟熊在夜空中疾速旋转，展眼之际来到笑笑身边，放电击倒向她扑过来的人。弹跳熊腾上半空，连续放电。不明所以的人们在地上抱头哀号。

他们人多势众，很快就会明白这不过虚张声势。但已足够小恶魔行动了。他起身三步并作两步，奔向笑笑，将她打横抱起。她的身体光滑而冰凉，好像深海里长的珊瑚，冰川下埋的水晶。他小心翼翼地将她托在胸口，好像那是世间最美、最珍贵，也最脆弱的东西。他何其有幸，可以这样拥抱她。可有也只有一次。

蓝色的飞碟在面前的虚空轻盈旋转，与楼底雷克萨斯的车灯遥遥呼应。这是指示他跳跃的方向。

他抱着她，在边缘稍微立定。眼睛一片模糊。那尽头是隐约的旧金山的灯海。那灯海的黑暗前景里，蓝熊正在幽幽闪光。

他将她的头颅小心盛放进右手臂弯，接着向屋顶边缘迈出一步。凭借蓝光找准位置，计算好前跳距离。接着纵身一跃，他抱着她从房顶跳了下去。

头顶响起枪声。子弹射进虚空。

疾速下坠的刹那，他们裸裎相待，肌肤相贴。时光和世界飞快倒退而去，只留下他们。他看着她，她也看着他。他们彼此注视，好像要把彼此凝注进永恒。

楼房之下，雷克萨斯早已打开篷顶待命。四个安全气囊全部打开，毫无间隙地将车厢内部空间填充完满。

小恶魔准确落进车厢，着陆时屈膝缓冲。有一只脚插进气囊的间隙，听见胫骨扭断的咯吱声响。剧痛模糊了他的视线，泪水涌进眼里。透过那层薄薄的泪水，他看到怀中的女孩面孔惨白，眼神冷漠。她嘴唇微动，像是说了句什么。然而他没有听清。

飞碟熊从高空飞旋降下，回到车厢。弹跳熊紧随小恶魔纵身跃下，在气囊上一弹，轻轻落回身旁。

安全气囊吐气。篷顶缓缓闭合。他抱着她不肯松手。然而是该走了。

他忍着脚腕和胫骨传来的剧痛，勉力将泪水咽回去，吁口气，颤抖着轻声说：

“宝贝，我们回家。”

30　黑色感恩节

雷克萨斯启动。车顶闭合，车厢沉入黑暗。

“放开。”笑笑重复。小恶魔呆滞没有反应。笑笑一把将他推开，跌跌撞撞冲至车窗。窗玻璃打开。她把头伸出窗外，一阵一阵呕吐。

她吐了十来分钟，用尽剩下的一点力气。她慢慢缩回车内，抱紧自己蜷缩在角落。小恶魔忍着腿痛挪过去，伸出一只手。

他没有别的意思。真没别的意思。他就是想伸手拍拍她的肩膀，问一句，你没事吧。

但是手伸到中途，他被震住了。

被她的眼神。

他见过那样的眼神。是在那个夜晚的足球场上。是在那个早晨他房间的门口。

那一双可怕的，喷射着狠毒和决意的眼睛。黑漆漆的，看不见底的恨意。

“你——敢——碰我！！”她咬牙切齿，声音撕裂。

他像被人按进冰冷刺骨的水里，一刹那浑身发凉。

她恨透了他。

他退却。退回自己的角落，抱腿背靠车头而坐。

她蜷缩在车尾，头埋在膝间，一动不动。

他们再没说一句话。就这样沉默着回到华林街2320。这是家的定义。车熄火，两人谁都没有先动。

隔许久，小恶魔慢慢挪下车，回到自己房间，扯了几张纸巾抹去身上脸上的血迹，胡乱往身上套了点衣服，然后拿了宽大的灯笼裤与套头衫，回到车里，放在地上。

“你可以用我的房间……如果你愿意。”

她仍然不让他碰她。他没有勉强，只是默默地，一瘸一拐地跟着她回到顶层房间。她当着他的面关上门。他没有脾气，在门口立定站了一会儿。他不知道该怎么办，不知道该怎么道歉，不知道道歉有没有用。心里隐隐觉得并没有用。他就傻呆呆地站在门口，迟钝地想接下来该干什么。

理智的齿轮费力地旋转。那分析结果告诉他，她刚刚被人剥光衣服晾在屋顶，很冷，她可能会感冒；她刚刚呕吐，胃里空无一物。她可能会想要一点热乎的东西。

他于是折身扶着楼梯走到底下的厨房，拖着一条废腿，在灶台、冰箱与储物柜之间来回蹦跶。他对烹饪一无所知亦一无准备，只是搜刮着冰箱里别人的食材，折腾半小时，煮了一碗热腾腾的汤面。他小心端了汤面到顶层，刚想叩门，听见淋浴间哗哗的水声。

那水声里，有人在撕心裂肺地哭。

也没有多响。是压抑着的，断断续续的。好像有人咬着自己的手背在堵自己的哭声。因为除了堵她也实在不知道该怎么办了。

他没头没脑把汤面往地上猛地一摔。滚烫的热汤淋在他脚背上，他也不觉得如何疼痛。他拖着一条腿狂奔到屋顶阳台上。夜风将他的头发吹成野兽的模样。

他咆哮起来，喉咙里翻出滚雷一样低沉的颤音。像一头丢失了幼崽的母熊，疯狂地用双拳砸在石砌的栏杆上，一遍一遍地砸下去，好像要砸出白骨才肯消停。

最后痛得没了知觉。他筋疲力尽，转身靠着栏杆慢慢滑落在地。眼泪没有声音地流淌下来。黎明的曦光温柔打在他血迹斑斓的脸颊上。

天快要亮了。

笑笑给自己分析前因后果。

对，因为他，全都是因为他！她的不幸，都是来自他！

从一开始就是这样。而她一错后还要再错。她还去招惹他。她是咎由自取。

她分析完，找到解决方案，就是不要再招惹他。惹不起还躲不起吗？

她很坦白地跟他宣布结果。他们不该再见面，不该有交集。她当然记得她还欠着钱。请求他宽延期限。暑假她一定会找到实习，把剩下四千多美元的债如数还上。过去的就让它过去，她不纠缠，也请他就此放过。相离之后更莫相憎，一别两宽各生欢喜。

他表示尊重她的决定。唯一的请求是要她时时贴身带手机，不要没电。

蓝熊这几天很乖，很安静地待在角落里。它一点也不招惹她，也不推她的手机，也不碰她的东西。可是有一天她把它提起来，拎到屋顶，放在小恶魔的窗台上。

她转身离开时，那个蓝熊就叫唤：“松鼠松鼠。”

她停住脚步。

“……你要离开我了吗？”

笑笑背过脸，没来由一阵心酸：“我谢谢你做过的事情。可是我……我不需要你了。”

律师史蒂夫再度打来电话，问她进展如何。笑笑说她做不到，说着说着就哭了。

“我想忘了它……忘记它可不可以……就假装什么都没有发生过……我可不可以假装什么都没发生过，继续我自己的生活？……”

挂了电话后她开始鄙视自己，并为自己哭泣而大发雷霆。她没有时间哭了。各大投行的终面将陆续到来，她不能以这样的状态参加面试。

花这样大的代价活下来，任何一点失败都将变得无法原谅。

她不肯再同情自己。她必须逼迫自己暂时，或者永远遗忘已经发生的事情。为了把自己从自我可怜的情绪里拯救出来，笑笑中途参加了跆拳道社。跆拳道社的初学者课程已进行了大半。笑笑逼着自己跟已经训练三个月的成员一起，发狠地踢沙袋。她踢沙袋时的表情是那么狰狞，踢的动作是那么狠，配合踢出时的那声“哈”是那么尖厉可怕，以至周围的人都因为害怕而远远躲开她。

“你不能再这样踢下去了。”那位韩国裔教练说。

“你担心我会把沙袋踢坏吗？”笑笑停下来，问。好像因为她不许自己流泪，汗水像为眼泪报复一般止不住地往下淌。

“不。我担心你踢坏自己的腿。”

教练说得没错。第二天起床，笑笑发现自己两边小腿上满是乌青，每走一步都感到痛苦。

这也配叫痛苦？她在心里对自己冷笑。她挣扎着从床上爬起来，去参加跆拳道社的晨练。这世上没什么能让她叫痛的了。

那以后笑笑辞了港店的工作，在学校图书馆找到一份时薪不错的兼职，职责是把还书分门别类摆回书架。以后她如往常一样上课，参加社团，准备面试。她在厨房里给自己做饭，再也没有人来打扰她。

“你是不是刚刚哭过？”安德鲁在厨房里见到她。

“没有……只是压力有点大。熬夜太多。”

“你最近看起来糟透了，是发生了什么吗？”安德鲁翻一只白眼问。

“我嗯……我，我没事。”笑笑避开他的眼睛。

“我不知道你有什么事，就是想跟你说，没有什么过不去的。”安德鲁说，“你看我吧，心脏也不好，大脑还受过重创——”

“——什么？怎么会？”

“是吧？看不出来吧？我生下来就有先天心脏病；八岁时去野地滑雪，从山上摔下来，头磕在石头上。你看我的眼珠——”那左边的眼珠，奇怪地翻在左边，不跟随他的视线移动，“就是那时歪了的。以后我自卑，以为再也不会有女孩喜欢我。高中的时候嗑药，几乎嗑得人都坏了。我爸妈都是很虔诚的宗教信徒，我也受过洗，但就是听不进他们的话。后来怎么着……好像有一次嗑药嗑进医院了，从死亡边缘回来。忽然就觉得我的人生都不一样了。”

笑笑惊讶地看他，想了想，认真地说：“安德鲁，一定会有女孩喜欢你的。”

“谢谢你。我知道。”安德鲁笑，“所以啦，放松一点。没有什么过不去的。让自己休息一下。马上感恩节了，就可以见到家人了，是不是？”

笑笑别过脸：“我的家人在中国……见不到的。”说到家她眼睛就酸。

“啊？所以你要一个人过感恩节吗？”

“我不过感恩节。”

“嘿！拜托！在美国怎么可以不过感恩节呢？”安德鲁很热情地说，“你愿意来我家吗？我妈妈总是做两个火鸡。一个真火鸡，一个素火鸡。我们家每年火鸡都吃不完。你要不要来我家吃火鸡？”

有火鸡吃，好像也不错呢。

十一月末感恩节，笑笑跟安德鲁去特洛克。特洛克位于加州腹地，也在中央山谷，距伯克利约莫两个半小时车程。这是个典型的中产阶级小镇，稀疏的人口，大块的绿地，房屋大多低矮温馨，带着大片花园。安德鲁家，就在一个鸟语花香的花园小区里。

这一带居民几乎清一色的高加索白人，大多在本地有大片的绿野农场。阡陌交通，鸡犬相闻，邻里彼此熟悉。即使不熟识，路上相遇也会彼此问好。安德鲁带笑笑去看自己的小学和中学，路上时不时遇到正在慢跑的人，大家互相问好。这里虽然没有湾区的繁华和热闹，却安和恬静。笑笑一下就喜欢上了这里。

安德鲁一家都是摩门教徒，祖父母辈都在犹他州。安德鲁的父亲是此间摩门教会的牧师。虽然只是地区牧师，英文也叫 bishop（主教）。感恩节并非摩门教节日，但教会也有集会。笑笑跟安德鲁一起去教堂，发现他爸爸正一本正经站在主席台上，主持着祈祷仪式，领大家一起唱赞歌。

摩门教会跟一般基督教会全然不同。所有信众都穿得很正式。尤其是男性，一律西装革履，颇有一点商业正装的派头。那教堂修得又颇像礼堂。笑笑坐在一群穿西装的教徒中间，简直以为自己是在什么投行酒会上。

祈祷完有邀请演讲。演讲者讲自己如何受到主的启示皈依神教，冗长而无趣，所有人听得昏昏欲睡，唯独笑笑是头一遭，听得格外认真。

“人都有第二次生命。”演讲人声情并茂地说，“我们要相信，所有罪孽都可以被宽恕。只要我们认罪，就有被原谅的可能。”

晚上天气转凉，刮起大风，不多时又下起雨。十一月至次年三月是加州雨季。虽然下雨不奇怪，但杜绝了户外活动的可能，还是有些扫兴。

好在晚宴其乐融融。笑笑跟安德鲁一家一起吃他妈妈做的火鸡。晚餐开始前，安德鲁的爸爸妈妈还念念有词地祈祷。安德鲁闭着眼睛假装祈祷，睁了一只眼冲笑笑眨眼，笑笑差点笑出声来。

因为安德鲁的母亲和姐姐是素食主义者，所以家里总是会准备素食。那个素火鸡是用硬豆腐做的，以芝麻油调和，加了日本酱油，肚子里填了蘑菇、西芹、洋葱，此外还用了鼠尾草、百里香、迷迭香，香气撩人。

然而更诱人的还是真火鸡，烤箱里烤了三个钟头，一直烤得外焦里嫩，黄皮白肉，油光鉴人。旁边衬着蓝莓、黑莓、樱桃、猕猴桃，火鸡身上还点缀着芹香菜叶和杏仁薄片，还飘着香薄荷、滇香薷、墨角兰的香气。笑笑很诚恳地恭维安德鲁的妈妈：“您完全改变了我对美国食物的看法。”

吃完晚饭，安德鲁把小时候玩的游戏和玩具搬出来，被他姐姐大大笑话了一番。有小巧的投篮游戏，有类似飞行棋的桌游，有星战的手办玩偶，有漫威漫画。笑笑看得津津有味。

十一点，大家互道晚安，准备洗漱休息时，门口忽然响起重重的敲门声。

这个点的不速之客，很让人诧异。安德鲁的父亲有些紧张，通过门中间的窥视孔看了看，回头说：“是个年轻的亚洲男孩。一个人……带着枪。”

笑笑大吃一惊，忙不迭跟安德鲁的父亲道歉。她开门，果然看见小恶魔站在风雨里，一只手拄拐，另一只手里毫不掩饰地握着一把手枪，一脸凶神恶煞的模样。

笑笑忙把安德鲁家门关上，挡在他家门口，几乎失声叫起来：“你来这里干什么？无照带枪你不知道是违法的吗？你想干什么？私闯民宅？你疯了吗？”

“你的手机呢？为什么不带在身上？”小恶魔咆哮起来，身体抽动，甩出一圈雨点，好像一条狗在抖毛，“你就不能安安静静待在伯克利吗，嗯？！这样叫我发疯似的满世界找你，你很开心，嗯？检测不到你的生命体征，你叫我怎么办？你告诉我怎么办？！……我没有告诉你吗？托尼·巴尼死之前，我叫你带着你的手机。为什么做不到？还是——你还没被操够？嗯？！很想念托尼·巴尼，还想再被干一次？嗯？！”

笑笑气得脸色铁青，指甲几乎折断在掌心：“我是死是活，跟你没有关系！”雨点被风吹到她眼睛里，她捂住眼睛背过身，“滚！”

31　高盛超级日

进入十二月，各大行的终面陆续开始。笑笑一共有五个“超级日”面试：小摩，瑞银，精品投行PWP，除此以外是两个社交来的面试：摩根士丹利与高盛。

前面三个公司，因为是从网申系统走的校园招聘，都在旧金山；大摩与高盛两个面试在纽约，笑笑把面试时间分别选在周一和周三。

事到临头，《佛特投行指南》与《华尔街绿洲》都已翻烂，公司资料与过往交易也已烂熟于心，但笑笑心里还是没有底。她从来不是一个有信心的人，而美国文化却一向强调自信，推崇有能力、有魅力的社交人格。

笑笑给自己做自我反省，把自己的长处与短处一条条列出来。长处是学习优异，专业相关，准备充分，认真踏实，有进取心——长处大概是每个应试者都有的长处；短板是社交魅力有限，英语有口音，不容易与美国人建立关系，不讨人喜欢——短板倒是结结实实的短板。

看网上前人写的面经。有一个亚洲国际学生参加高盛终面，答题流利顺畅，面试感觉良好；但面试以后的聚餐，作为主导者的MD，频频看向另两个应试者，却单独避开与他的眼神接触。事后果不其然被拒。那个国际学生自我反省说，他平时不是社交型人格，那天为了让自己讨人喜欢一点，就努力地假笑；一群白人中坐着他一个亚洲人，他没法跟他们“建立联系”。

很明显是中国学生。可以想象中国学生坐在一群白人中间，听不懂他们讲的美国笑话，只好大声假笑，努力想融入他们中间。

多么艰辛。

笑笑觉得那人写的就是自己。

可是她又知道，她跟他们不一样。

死过一次的人会知道怎么活。

她从地狱里回来。她决不允许自己停在原地。决不！

她要让此生值得。

为此可以孤注一掷，破釜沉舟，全力以赴。

芬格斯坦说，做不到就装，装作你能做到。但是面经里又写：高盛面试官往往可以找到一个点，连续问四五个问题，一直深入到你没法假装的地步。一个漏洞，一个假笑，一个不真诚的眼神，都可能让人不喜欢，给求职道路画上句号。

尤其笑笑申请的是投行部门金融咨询岗位。这样的前台岗位不比量化工程师，侧重考察人格而非技术。尤其像高盛这样的公司，到最后一关面试，看的就是你与公司是否“合适”。

笑笑试图在纸上列出面试官眼中的理想人格特质，旁边写上自己的真实人格特质，两边特质连线，努力把真实人格向理想人格靠近，推论要在表情、笑声、举止、谈吐、叙述模式上做怎样的改进。

于是最终的问题就变成了：如何真诚地假装，或者如何假装真诚。

Quora（一个美国在线知识市场网站）上有人总结高盛职员的人格，是稍稍内向，但富有社交魅力的；自信但不亢奋的；强调集体主义，说“我们”而非“我”；他们擅于倾听，总是能很快明白对方在想什么，但对于自己的想法，却吐露得很慢；他们有能力但绝不强势，起码不会在表面上强势，他们谨慎避免批评同行，尽管他们心中的确对自己有更高的期待和标准；当作为管理者的期待没有实现时，高盛的老板不会像电视剧里那样对员工大吼大叫，而是悄悄让他们走人。

这些人格体现在高盛的业务原则里：客户至上；精益求精；创造力，想象力；团队合作；更高的职业发展平台，对应以更高强度的期待；保密；在激烈的竞争中拓展客户关系；正直与诚实。

当笑笑做完理想人格与真实人格的分析对比，她忽然觉得那个理想人格离自己并不是那么遥远。她不够自信，所以足够内敛；她来自社会主义国家，从小知道什么是集体主义；她足够穷，所以有足够动力，可以忍受长时间高强度的工作；她有想法，有计划，有动力，敢行动……她唯一欠缺的，是一点社交魅力，一点“有趣”的质素，一点可以让她脱颖而出，把自己与别人区别开来的东西。

她沉心思考自己有趣在哪里。

十二月，即将进入考试周，却必须分神应付面试。第一周面完旧金山的小摩与瑞银两个超级日，已觉累极，却无结果，只能强打精神飞纽约。

大摩面试在周一，周日晚上在安排酒店的附近有联谊会餐。会餐上碰到碧阿绮丝，两个人都暗自惊讶，客气寒暄几句，立即分开。毕竟是纽约，完全是常青藤的天下。碧阿绮丝跟一拨常青藤的应试者混在一处，笑笑则跟UT奥斯汀、杨百翰大学的人混在一起。

大摩面试结束，其他人成群结队去第五大道自由女神像，笑笑闷在酒店里总结之前面试的得失，为最后一场高盛终面做准备。周二中午从曼哈顿中城转战到泽西城的凯悦酒店，见到了次日一起面试的小伙伴。笑笑一整个晚上睡不着。

高盛的面试比想象的更残酷，地点在泽西城的高盛大楼。笑笑所在的这一拨，是“非核心”候选人。东岸目标学校的面试早已结束，这一轮是针对非目标学校的应聘者。上午参加面试的一共有七十五人。到下午只有大概十五人接到继续面试的电话。

前两个面试都是二对一，面试官是VP和助理。一个偏重于行为，一个偏重于技术。行为的面试很常规，仍然是“为什么选高盛”“你的弱点是什么”“一次不成功的团队合作经历”之类，笑笑身经百战，驾轻就熟。技术的面试，除了模型、财报、合并案例这些常规题目，就是中国中学奥数水平的脑筋急转弯，诸如“时针与秒针一天中形成几次直角”“用一只三加仑与一只五加仑的水桶如何倒出四加仑的水”“扔硬币四百次，得到超过二百二十次正面的概率是多少”。

虽然都是简单的数学题，但因为要求现场立刻作答，仍然是件不容易的事情。最后一个题目把笑笑问懵了：一架波音747里能装多少个高尔夫球？

这样的问题其实不光考查应试者的数学能力，也考查沟通能力与解决问题的能力。笑笑冷静地请面官给自己一分钟，接着设定数据，设定波音747有一千立方米的容积，设定高尔夫球半径为2厘米即0.02米。设定数据时她不断问面官这一设定是否合理，对方不置可否。于是她继续计算，估算高尔夫球体积为0.0003立方米，暂时推定三千万这个答案。

笑笑接着问：“机舱里的厨房空间是否可以利用？行李架也用？包括飞机机尾、机翼部位的空隙是否利用？”面试官笑，说你决定。笑笑于是继续估算不可利用的空间，最后给了两个答案，一个理想状态完全填充的三千万，一个排除厨房等空间的两千四百万。

面完出来，浑身都是冷汗。笑笑忽然觉得鼻子底下湿湿的，手指一摸是鼻血。她连忙捂着鼻子冲进厕所，坐在马桶上，只觉一阵一阵恶心。

她紧张时就会有症状。或者肠胃不适，或者流鼻血。之前的心情郁闷，再加连日疲劳累积，这时终于爆发。

忐忑不安地等到中午，接到电话，让下午回去接着面试。她稍微松了口气，又立即绷紧神经。

下午第一个面试，是跟一个投行部TMT领域的小组。一上来劈头就问：“你对南撒哈拉TMT行业近五年的并购情况有何看法？能对接下来五年做个预测吗？”

笑笑一下子傻了。她是想做TMT没错，但美亚欧三地的并购案例就够看一辈子了，她哪里会想去看非洲？

完全不知道的东西，装是不可能装出来的。笑笑诚实地说：“我对此毫无了解。”

那个 VP 生气地说：“你连这个问题都不能回答！你的面试结束了。你可以走了。”

笑笑急坏了。原定半小时的面试,这才讲了两分钟……这是压力测试。冷静,冷静。

“你还待在这里干什么？还不赶紧走？”

笑笑冷静地说:“先生,既然我不能回答你的问题,你能回答我的问题吗？”

VP 虽然一副不甚耐烦的样子，但还是同意回答问题。于是笑笑有条理地询问了南撒哈拉近几年几宗并购大案，从 VP 口中获得数据，然后再结合之前自己对美国与中国市场的了解，预测五年内将继续有大量资本流入非洲，尤其集中在当地的基础设施建设，与之相应也会有并购交易的增加。

到下午三点，笑笑一共面了三个做并购的小组。最后一个面试是跟主管这三个小组的 MD。笑笑一进那房间，立即傻了眼。

这不是新泽西吗？这货怎么会在这里？

这货的办公室难道不是旧金山吗？？

只见芬克斯坦西装革履，风度翩翩地坐在红木会议桌后面，旁边陪着之前拿非洲问题发难的 VP。笑笑的嘴完全合不拢，根本无法掩饰自己的惊讶。芬克斯坦有一点疲惫地靠在皮椅上，目光从简历上抬起，才勉强露出一点微笑——相当职业性的微笑，好像根本不认识她。

贵人多忘事。忘了她完全有可能。

然而她怎么可能忘得了他在她面前脱裤子的模样……

笑笑拘谨地跟两位面试官问好。VP 春风满面地介绍：“这位是列夫 · 芬克斯坦先生，TMT 行业主管之一，也是我们小组的报告对象。”笑笑木讷地打招呼。

之后面试一直由 VP 主导，更深入地问关于简历的问题。芬克斯坦虽然在听，却完全不插话，脸上不露喜怒，只是保持着那种若有似无的、礼貌性质的微笑。

那个 VP 仍然保持着一贯发难的姿态，上来第一个问题就很不客气：“你今年九月才转学伯克利，这是不是你的一个弱点？”

“软银创始人孙正义，一样大三才转学伯克利。没有人认为那是孙正义职业生涯的弱点。”笑笑针锋相对地反驳道。

VP 显然被笑笑的反驳一震，但立即站住阵脚：“弱点的讲法也许不尽恰当。但是，你在伯克利仅仅三个月——”

“我一无语言能力，二无社团经验，三无金融背景。我用三个月的时间，拿出现在摆在你面前的这份简历。这是否足以构成对我能力的说明？”

VP 这回没话了。

接下来仍然是挑着简历内容问问题。笑笑不卑不亢，见招拆招，沉着应对。连她自己都知道自己表现得很好。

直到面试只剩最后十分钟的时候，芬克斯坦开口，问了一个问题 —— 一个相当古怪的问题：“如果你是一个东西，你希望是什么？”

笑笑呆了一下：“一个东西？”

“对。东西。一支股票，一个马桶，一支笔，一幅画。随便什么。”

笑笑转头看窗外。哈德逊河上游轮如梭。河对岸，无数摩天高楼在曼哈顿地平线上一字展开，能看到 911 纪念公园的空地，世贸中心的尖顶，影影绰绰的华尔街建筑，还有西街 200 号的高盛总部。夕阳照得那些玻璃幕墙一片晃亮，引人向往。

她莫名地想起了哭泣的自己。

“我希望自己是一只熊。”她好像忘了自己在面试，脱口而出。

“一只熊？”

“一只奇怪的，蓝色的小熊。它是一个机器人，是人工智能的产物。当有小孩哭了，蓝熊就会出现，对那孩子说：‘亲爱的，不要哭了。’当有小孩孤单没有朋友，蓝熊就会说：‘我可以做你的朋友吗？’当小孩遇到难题，找不到答案，或者只相信一个答案时，蓝熊就会说：‘你看，这世界上有许多许多、不止一个答案。’”

那个 VP 笑了起来。

笑笑意识到这个回答可不适合投行，连忙改弦易辙：“是这样。我在伯克利的朋友正在创业，创造个人机器人。我一直对科技公司感兴趣，并希望亲自见证这些小企业的成长。我相信我的朋友在做一件了不起的事。”

“了不起在哪里呢？”

“促进信息的自由流动，增进社会的平等包容。”笑笑飞快地说，“想想看，这世上有很多贫穷的地区，那里的小孩也许聪明，却没有机会接触外界的信息。他们也许有网络，却因为缺乏门径，而对铺天盖地的信息束手无策。可是假如有一只小熊出现在他们的世界里，把外界的信息转换成他们的语言，以他们能理解的方式带给他们，他们是不是有机会参与到世界的改变里呢？

“扎克伯格访问中国，努力跟中国的领导人套近乎。大家都说他看中的是中国市场，所以来拍中国主席的马屁。我不同意。我相信他在践行自己的理念：连接比隔绝更能带来美好的世界。而我也深深相信这样的理念。我希望当我老时，我生活在一个更加平等和宽容的世界里，我的儿女能不必承受我所承受的歧视与悲惨，他们能比我更幸福。

“为了那样的理想，我盼望有更多中小企业崛起，因为它们才是未来创新的源泉所在，它们是推进世界联结沟通的动力。但是，科技行业正在被互联网巨头所垄断。在美国，是谷歌、脸书、苹果；在中国，是百度、腾讯、阿里巴巴。垄断会抑制创造力，会限制小企业的生存空间。我渴望有一天我有足够的能力能帮助它们——”

芬克斯坦打断笑笑：“并购也许在增进垄断。你是不是来错了地方？”

“我需要深入一个问题的根部，才能找到答案，难道不是这样吗？”

VP 提示半小时已到。笑笑微笑着跟两位面试官道谢。芬克斯坦问了最后一个问题：“你说你喜欢莫奈的《日出》，为什么？”

莫奈的《日出》，那是芬克斯坦的微信头像。

“灰蒙蒙的世界里，还亮着那一轮太阳。”

32　奥克兰骚乱（一）

几轮面试结束，几家投行像约好了一样，从此以后再无消息。没有电话，没有邮件，如石沉大海再无回讯。

谚语说“没有消息就是好消息”，然而这不适用于金融业的求职。大多数被录用的人，在离开试场走到地铁站的路上，就能接到录取的电话。

果然。笑笑忐忑不安地等到周五，一早打开邮箱，就看到高盛人力发来的通知：“亲爱的含笑，非常感谢你对高盛纽约暑期分析师项目的兴趣……”

笑笑猛地把笔记本合上，仰头看天花板。

拒信。是拒信。

可是，可是为什么？已经那么努力，简历改了数轮该有的都有了，面试该答的问题大部分都答了……甚至，她自我感觉，作为最有话语权的面试官，芬克斯坦其实是有点喜欢她的……为什么最后还是被拒？

忽然觉得脸上有些热乎。伸手一摸，指尖是红的。不知怎么回事就开始流鼻血。笑笑去厕所里洗了把脸，仰着头等鼻血止住，回到桌前。

她拿手机重新打开邮箱，几乎是颤抖地点开邮件。“我们遗憾地通知你，目前我们无法为你提供一个职位……”拒信。

笑笑关闭邮件，打开通讯录，飞快翻到F，芬克斯坦的名字赫然在那里。

她存了他的手机号，但从来没有找过他。

她点开短信，输入，又删掉，再输，再删。她磨蹭了十来分钟，终于编辑好一条短信：“亲爱的芬克斯坦先生：你最近怎样？我刚刚收到高盛的拒信。我明白这么问也许不甚合适，但我很想知道我被拒的原因。谢谢。笑。”

这条短信发出去，邮箱叮咚一声，又进来一个邮件。

这么快就回复了？

不，不。是精品投行PWP的拒信。又一个“我们遗憾地通知你”。

眼泪又泛上来。笑笑赌气，索性退出邮箱。她对着桌子呆坐，也不知道在等什么。

而芬克斯坦一直没有回复。

进入复习周。校园变得冷冷清清，毫无生气。校门口再没有吵吵嚷嚷的抗议示威游行，也再无闹哄哄的社团招新。不学习的学生在兄弟会的房子里开派对，忙着学习的学生在图书馆里紧张复习。

笑笑以为自己会抑郁，会崩溃。然而并没有。她有这样一种神奇的能力，就是说服自己把不想记起的东西彻底搁置一旁；哪怕那是一枚定时炸弹，她也有本事置之不理。她冷静地给自己分析：悲伤和忧虑无济于事，唯一能做的只是把握眼前，全心投入复习考试。

然而有人偏偏不让她全心复习。

先是律师史蒂夫，打电话来问最近有无进展。

“我做不到。”笑笑干涩地说，声音低沉得像绝症病人，“我顾自己的事都顾不过来了。我放弃了。算了。”

“所以你打算就这样放过他？那个混账？”史蒂夫问，“我可以帮助你，亲爱的。任何线索……任何信息……”

笑笑说："我不认得他了。"

不久板寸头打电话来："你劝劝他。他现在疯了，不知道会做出什么事情来！……方小姐算我求你！我们说话，他完全听不进；你说话他也许还肯听。你叫他别做傻事——"

哪怕出于礼貌，她也应该问问他要去做什么傻事。可是笑笑直接把电话挂了。

板寸头没再打电话来。

心里不知为什么，就忽然慌张起来。她刻意不想去在意的那些事情，像突突往外冒的地鼠一样，才把这个打下去，那个又冒了出来。她恨自己不能集中精神解题，就给自己猛灌咖啡。咖啡喝多的结果是肠胃不适，更加不能集中精力复习。

中午在食堂吃饭，当地电视台 Kron-4 在播报新闻。奥克兰又出事了。因为奥克兰出事实在太多，大家全都见怪不怪，根本没人抬头看一眼电视。播报员以超快的语速播报新闻稿，不带一点感情。

"周二晚间发生在西奥克兰的枪击案导致六人受伤，其中五人是枪伤。根据警方调查结果，这起枪击案与当地帮派斗争有关。受伤者均为非裔奥克兰居民。枪击案发生在周日晚间十点，圣帕布罗大街 3200 号附近。目击者声称有不止一名持枪者出现，向人行道上的一群人射击，射出了至少三打子弹。受伤的五人分别伤在不同部位。三名受害者被救护车送往急救中心，医院表示他们能够恢复；另两名受害者自己乘车前往医院……这已经是一周内奥克兰发生的第三起暴力事件……奥克兰警卫与犯罪阻止中心悬赏超过两万五千美元，向公众寻求关于枪击案的线索……"

听着像一个大笑话。射出至少"三打"子弹，受害者"自己乘车前往医院"。伤亡人数少于三的，只要不是警察，就上不了大新闻。是笑话都没有人听。

笑笑没有在意。或者她以为自己不在意。她低头跟咸得要命的 Huli Huli 鸡肉作战。然而那干巴巴的新闻还是一个字一个字钻进她耳朵里。

"……警方怀疑这起枪击案与上周五发生在奥克兰公园地带的纵火案有关。

一家烟酒店和一家美容沙龙被彻底焚毁，火势还波及了附近的教堂。奥克兰公园区消防队在早晨六点赶到，阻止火势向周边蔓延。在教堂的后门及烟酒店后墙，他们看到许多恶意留言。一条留言内容是：‘我等了那么久才报答你们。打电话叫警察吧！砰！’另一条留言声称：‘在六天内我会把这个地方烧平。哈哈哈！’奥克兰公园区消防队队长约翰·普雷斯顿表示：‘我调查了这么多纵火案，从来没有看到在墙上写这么多留言的。’……”

一个念头开始在脑海里萦绕不去：对，对。这些暴力事件与她有关。

笑笑拼命摇头。不，不。没有关系，不可能有关系。以前没有关系以后也不会有。她要做的只是专心复习准备考试。

电视台怕掀起种族矛盾，没有声明任何一方的族裔背景。可是从电视画面和受采访的人可以得知，纵火案发生在奥克兰的越南裔与非裔杂处的区域；被焚烧的烟酒店与美容沙龙是越南人在经营。

没有牵扯到华裔区域……目前还没有。

但是，很快——

笑笑把自己关在图书馆的自习室里，一直学习到十一点。她想两耳不闻窗外事，可是她不能不吃不喝。她出教室灌水时，听到走廊里有人在小声却激动地劝告同伴：“别去！别回奥克兰！奥克兰已经整个地疯了！……不知道有几个帮派在街头混战。警察全都跑了……”

“不，没有全跑。”有人拿手机刷新闻，“他们正在准备直升机。SWAT要出动了！”

SWAT全称“特殊武器与战术小组”，是美国警方用于控制骚乱的警卫部门。“911”以后SWAT成为反恐先锋，装备机枪莱福枪手榴弹，与特种部队无异。

“推特上说有人刚刚被射杀……亚洲人……一个年轻人……还没确认身份……”

笑笑几乎是全无理智地冲上去，从那个女生手里抢过手机。一个奥克兰居民在推特上发短视频。是奥克兰华埠的熟悉街道，离火鸡的港店不过两三个街区。

暗淡的街灯下，一群手无寸铁的亚裔居民尖叫着四散逃离。道路两端，三五个黑人与三五个亚裔青年持枪对射。其中有亚裔对准警车开枪。警车迅速调头逃离现场。接着又一声枪响。镜头一转，街道对面的垃圾桶旁，一个高瘦的亚裔青年已然倒在血泊里。

笑笑把手机还给那个女生，自己躲进厕所，给板寸头打电话，没人接。给火鸡打电话，没人接。她绝望地往下翻，翻到许久没联络的小恶魔的号码，按下呼叫键。那厕所安静得要命。拖长而单调的接通音，像黏滞的鼓点一样打在耳膜上。

还是没人接听。

笑笑攥着手机，没有背书包，几乎是失魂落魄地走出图书馆。校园依然一片安宁。远处海平线上的旧金山，如以往一般灯火灿烂。没有任何征象表明五英里外的奥克兰正在发生枪战——除了顶上隆隆而过的两架直升机。

他们真的出动 SWAT 了。

低头扫一眼手机。推特上更新消息。那名倒在血泊中的亚裔男子，已经被送往离中国城最近的四街儿童医院。

笑笑又一次把板寸头、火鸡、小恶魔的号码挨个拨通一遍。全都没有人接。事到临头她发现她竟然一个可以求助的人都没有。她站在图书馆门口的冷风里，悲惨发现到头来真的只有她自己。

而她要怎么办呢？她可以安安静静地回到书桌前复习吗？她可以悄无声息地回宿舍里上床睡觉吗？她用手背抹了一把脸，发现自己一脸冷汗。她仓皇成这个样子，哪里来的安宁？

她最后终于下定决心。她一面用手机叫了一辆优步，一面飞奔回华林街 2320 号。一进门她冲上三层，几乎是入室抢劫般跃过小恶魔的窗台。她轻而易举地在某个抽屉里找到了她需要的东西 —— 一把浅灰色的格洛克手枪。她颤抖着把弹匣退出来，笨拙地填进子弹，装进枪筒。手机提醒司机已经到了。

笑笑走出门。出门前遇见安德鲁。安德鲁见她脸色不好，想要出声询问。

但是笑笑理也没理他，直直走出门口。

门口停着一辆黑色捷豹。笑笑坐进车里，手伸在衣服底下，紧紧握着她的枪。她声音干涩地对司机说：“奥克兰。”

33 奥克兰骚乱（二）

捷豹下了980州际高速，把笑笑扔在13街。警笛轰鸣声已经盖过了一切，枪声人声尖叫声都被压了下去。唯一压不下去的是头顶直升机的隆隆声响。探照灯在不远处的街道上来回扫射，好像把街道照得洞亮就不会有人死亡。

“我不能再走了。”司机说，“只能送你到这里了。我的车吃不起子弹。”

笑笑很体谅他，表达感谢之后自己下车。

这里街道空旷无人。越是空旷越让人心慌。枪就在她的外套口袋里。她没有拉开保险，只是僵硬地握着手枪。她走了两步，因为冷风发抖，干脆跑了起来。这里离四街儿童医院还有七八个街区的距离。笑笑一直跑，不停跑。离医院越近，人声就越响。救护车的鸣笛盖过远处警车。

所幸平安无事抵达医院。一进医院即人声鼎沸，急诊室的床位早已被占满。五六个医生在伤者中间忙得焦头烂额。病床周围的空隙被家属和流言占满。走道角落，每每有一台电视机霸占着话语权。

一个非裔青年在电视机里眼噙泪水：“我们感到非常遗憾……我们从来没想到，我们的家园——奥克兰——会变成这样。枪声，尖叫，哭声……我们受够了！他们在喊‘黑人生命很重要’，可是我们又在失去黑人生命！……拜托，严惩肇事者，结束这一切。我们受够了！”

等笑笑看清那张面孔，她惊愕地张大嘴。

托尼·巴尼，正安然无恙地站在新闻记者的镜头跟前，含泪控诉奥克兰帮会对他和他的社群造成的伤害。

笑笑盯着电视看了三秒，接着回过神来。她不是来发呆的。她急匆匆地穿过人群：“请问那个被枪击倒的亚洲人在哪里？”

没有人理她。她只好一个床位一个床位地找，非裔，拉丁裔，越南裔，泰裔。找到两个华裔，但都不是她要找的人。

“拜托！拜托！请问一小时前——十点一刻左右——被送进来的那个亚洲人在哪里？”

她终于拉到一个护士。

“亚洲人？”护士说，“第一个送进来的亚洲人，在路上就死去了。你去停尸房看看。”

有如五雷轰顶，她呆立当地，眼前忽然一片青紫，耳际猛然抽响尖厉的鸣笛。身体不由自主朝后倒去。模糊的意识里忽然响起板寸头的声音：“……方小姐算我求你……你叫他别做傻事……”

“你怎么了？怎么了？”护士一把扶住她，然而那声音却像是从极遥远的地方传过来，“嘿？你能听见吗？能看到我的手势吗——嘿！这里！这里有人休克了！”

她没有休克。她这样想。觉得脸上有些热乎乎，湿乎乎的。伸手一看，看见自己的手掌一片鲜红。

有人拿棉纱来堵她的鼻子，一面叫她张口呼吸。她照做了。她一面自己用手捂住鼻孔，一面跟那个护士耐心说她没有休克，她很好。她说着自己摇摇晃晃地站起来，一手捂着鼻子，极冷静地说她要去洗手间。那护士很快被人叫开了。笑笑果然扶着墙，自己走去洗手间。她用冷水冰脸，然后靠着洗手池，仰头慢慢等鼻血止住，然后擦干净脸。她还有些不放心，又塞了一截卫生纸进去。

她扶着墙慢慢走出来，往地下一层走。路上有遇到人，她冷静询问停尸间。最后终于问到了，有个好心的护士引她到了房间。那房间里有许多大只的钢铁做的冰柜。护士拉出其中一个柜子来，把裹尸袋的拉链拉开给她看。

是个二十来岁的亚洲男孩。陌生的面孔。面目表情狰狞，脸上是污迹与血渍。

不是阿历。不是阿历。

笑笑不知怎么竟然就笑起来。

“谢谢你。非常感谢你！”她几乎是高兴地跟那个护士说。

“你没事吧？”护士问。

“我没事。我很好！”笑笑说。她慢慢退出停尸间，忽然就很想笑，很想很想笑。

如果他不在停尸间，他会在哪里？笑笑有些茫然地停留在医院走道里。人群来来往往，像是在不动声色地驱赶她。她只好走进夜色中。她有些不知所措，掏出手机，忽然看到屏幕上那个小小的蓝熊的图标——应用商店里没有，只有她有的，这世上绝无仅有的蓝熊应用。她下意识地点开蓝熊。点开程序后没有按键，没有图标。

“你好松鼠！”蓝熊瓮声瓮气地说。

“你好蓝熊。”笑笑回答它，“你知道阿历在哪里吗？”

蓝熊没有回复。

“你知道阿历在哪里吗？你能帮我找到他吗？天黑了他、他就是个瞎子。天黑了他看不见啊！”

它怎么可能知道？它只是一个笨笨的应用而已。

笑笑在医院门口发了一会儿呆，然后在街上漫无目的地走，朝着中国城的方向。这时警察已经完全控制了局势。发生枪击、有人受伤的地方被完全隔离。到处是警车，直升机在头顶巡逻。有警察过来问她好不好，她说她很好，只是在找人。

“不要在外面乱晃。赶紧回家。”那个警察嘱咐说。笑笑说好，转身向伯克利的方向。

要怎么办？要去哪里找他？

这样漆黑的晚上，灯光暗淡的街道。他还能走去哪里？她能去哪里？

这时忽然就有一辆车停在她跟前。车里没有人，没有座椅，没有方向盘。车门无声地打开，等着她上车。

是小恶魔的雷克萨斯。

它自己来找她了。

笑笑上车。车门自动关闭。笑笑说：“阿历。带我去找阿历。”

雷克萨斯无声地向旧金山驶去。车上了高速，很快驶上湾区大桥。前方，午夜的旧金山一派灯火辉煌；身后，湾区万家灯火灼灼如星光。不能想象这样繁华的地方，竟然有枪声，有流血，有贫穷，有族裔，有帮派，有立场，有性命相搏。没完没了，无止无休。

车穿过寂寥的金融区和安静的市中心，沿市场街一直向西，最后到了海崖区。这是笑笑来过的一处向海的宅邸。

悬崖峭壁之上，独门独院的古旧砖瓦房，时时刻刻都有冰凉的海风呼啸灌进门缝；悬崖之下，是贝壳海滩与金门海域，时时刻刻都有海浪飞涌扑向礁石摔成浪花。

院门敞开，雷克萨斯长驱直入。院落荒芜，杂草遍生，仍是离开时的模样。平日无人的红砖房透出暗淡的灯光。

笑笑下车，被午夜的海风吹得一个激灵。她裹了裹外套，向红砖房走去。大门没有上锁。她很轻易地走进大堂，听见堂屋尽头通向地下室的楼梯，传来微弱的人声。

她见过那个穿越一般的地下室。明明知道那里有什么，当她推开门时，她还是被眼前的荒诞景象惊得手足无措。

一屋子的人靠墙而站，却几乎没有声音。除了上首坐着一个老女人，中间跪着一个赤裸的男孩外，其他所有人都安静地站着。像极了香港电影里邪教似的场景。他们通过贯彻这个秘密社会的仪式，确认他们这个团体的存在——哪怕他们白天换衣服变成美国人，变成旧金山人口中21.4%的华裔，变成少数族群，变成你给他们贴的无论什么标签。可是在这一刻，在黑夜，他们不属于任何国家，不受限于任何政府。他们是他们自己的政府，他们在小心翼翼贯彻一百五十多年前他们祖先立下来的规矩。

明明是个西式装潢的房间，关公像突兀地据守在正前方视线的中央，威风凛凛，一夫当关。关公像左面的扶手椅上坐着一个肥胖的、戴着金色耳环与翡翠戒指的老女人。她的嘴唇紧紧抿着；皱纹是肥肉之间的深沟，向面孔的各个角落蔓延；她的头发一丝不苟地束起，她的鬓角有没来得及染色的花白头发；她涂着最艳红的指甲，戴着最耀眼的金扳指，指甲尖就这样按进自己的骨头里。

在老女人旁边站着一个中年男人。他的皱纹沿着苍老的方向生长成一张紧绷的脸。他穿着古旧的深蓝色开襟外套，好像是从民国穿越而来，像那个年代的海外企业家，随时准备掏腰包响应号召支援革命一般。

他和那个老女人一样，都紧抿着嘴唇，盯着房间中央一个赤身裸背的年轻男孩。那个男孩不怎么直挺地跪在地上，头颅低垂，一只手勉强撑在膝盖上，另一只手满是鲜血地垂在地上。他的背脊上伤痕交错，还有新的伤痕添上去。有人在拿皮带抽他。他不挣扎，不反抗，也不叫喊。如果不是血在顺着伤口流下来，如果不是撑着的手臂在微微打颤，他会被误以为是一尊跪着的雕塑，又或者像陷在泥沼里的濒死绝望的人。他再不挣扎，也不叫喊了，只是任由自己在泥潭里无止境地陷下去，直到泥沼没过他的头顶。

但这一瞬间的沉肃安静，老女人的怒火，中年男人的沉默，年轻男孩的呼吸还有皮带打在肉上的声音，这一切的节奏，忽然被一个闯入者打乱了——笑笑就这样毫无防备地推开门。她没有防备，他们也没有防备。笑笑目瞪口呆地看着众人，而那一众人也一脸惊讶地将目光投向她。

他们谁也没准备，于是就这样静默了两秒钟。

跪在地上的年轻男孩，迟钝地意识到门口站着一个不速访客。他一手撑地，一手悬空，慢腾腾地转过身来。当他们目光相遇的刹那，笑笑知道他根本没想到她会出现——那张满是冷汗的脸，在一秒之中，由一种满不在乎的死气沉沉，猛然转变成惊诧，既而又迅速扭曲成混和着惊讶、羞耻、愤怒的表情。那瞬间，皮带又猝不及防地打下来，那张年轻的脸上的惊诧，被一种狰狞的痛苦所代替。最后归于绝望。

他们还要打他的时候，笑笑不假思索地冲上去。好像她很有力气一样，她猛地去推那个打手。那人没有防备，竟然一个踉跄。而笑笑抓住了机会，她站在她要找的人的身前。

“你，你们是什么人？”她气急败坏地，喧宾夺主地用国语问。

“这应该我来问你。”老女人抬眼看她。她说的是很好的美式英语。

笑笑扫一眼满屋的人。各种年龄的，各种衣着的，各种表情的。华人。他一个人要怎么对抗他们?

她忽然有点明白了他。忽然有点明白他的那句“我不是华人”。做华人到底有什么好？别人会因此尊敬你吗？会因此艳羡你吗？会因此想跟你交朋友吗？不，不会。做华人意味着你要一遍又一遍被关心中国的政治情况，哪怕你对政治从来漠不关心；做华人意味着你要一遍又一遍被问中国的人口城市和空气，哪怕你从来没有去过那些地方；做华人意味着你与那肮脏的、拥挤的中国城联系在一起，跟那廉价的油烟浓重的中国餐馆联系在一起，跟那些蝼蚁一般谋生的，不怎么体面的偷渡客和打工仔联系在一起；做华人意味着你就要被归纳到那一群安静的、沉默的、没有声音的少数族裔里。意味着你会有一个抡着皮带的父亲，意味着你要努力要拼命，要成为医生码农工程师，意味着拼命努力却永远突不破天花板，融不进所谓的主流社会里。

做华人意味着你也不知道怎么回事你就犯了规矩，你就要这样被扒了衣服赤裸裸地跪在众人的面前，从别人的脚底捡回你那点可怜的自尊心。

这个身份太重，他是认同不起。

笑笑悲哀地转头看他。他手撑着地，没有表情地喘着气。老女人喝令殴打继续。笑笑问她为什么。老女人面带微笑，和善而耐心地解释说：“因为他在越南人和黑人之间挑拨离间，造成眼下华人社群被其他族裔围攻的状况。过去一周发生的所有暴力事件，起因都是他。如果把他的头送出去就能平息越南人的愤怒，我会这么做。”

笑笑抬起眼睑看那个老女人，声音微微有些发抖：“起因不是他。是我。”

她刷地掏枪，枪口颤抖着对准老女人。

与此同时，四周围一阵窸窣声响，七八支枪同时对准笑笑。身后的门被人堵上。

“或者我杀了你，你杀了我。”笑笑发抖地开口，“或者让我们走。”

老女人沉默了一下，然后疲惫地摆了摆手。

那些枪口挪开。身后的门打开。

笑笑再无周旋意愿。她猛一俯身，从地上抓起小恶魔完好的那只手，“跟我走。”她说，像捞一个塑料袋一样把他从地上捞起来。她展开脚步向门口疾奔。他像一个飘飘忽忽的塑料袋，在她身后恍恍惚惚地跟上来。后面有喧哗，有人说要追，有人说不要追。有人在原地，有人追赶上来。

笑笑拉着小恶魔逃难一般飞快跑出地下室。楼梯黑暗没有灯光。他看不见。但是没关系，她看得见。她在她就是他的光明。她拉着他，踉踉跄跄地跑过大堂穿过门厅，一路冲进花园。

雷克萨斯早已等候在那里。她将他一把拉进车里。车门关闭，将冷风与喧闹阻隔在外。世界忽然安静下来。

笑笑趴在松软的地毯里喘气。她松开他的手。他自觉乖觉地退缩到一个角落，受伤的手盖在完好的手下。然后他像一头受伤的熊一样蜷曲起来，却控制不住发出沉重的喘息。他想努力让自己缩得小一点，想努力缩进熊住的山洞去。可是车厢空间狭小。他的背脊藏也藏不住地暴露在他不希望出现的视线里。

有一刻他们谁也没开口。有人敲车门，有人砸窗口。月光隔着喧嚣从车窗外洒进来，轻柔地贴伏在他鲜血斑斓的背脊上。那场景触目惊心。

这是诅咒。这是劫数。逃不开，她认命。

她心痛了。她小心翼翼地把他的头颅揽进怀里。那头颅是滚烫的，灼烧的，好像一个炭做的球，烫得好像随时要烧起来似的，带着抽痛带着呼吸。她抱住他的头，不知道该怎么办了。

然后听见怀里传来小声的、闷闷的、含糊的一句。

低低的一句。

“笑笑，对不起。”

泪水无声地浸湿她的眼睫，突破所有防线，从她面颊上直直滚落下来。好像丢失了路途的女孩找不到回家的方向，她怀里只有一个熊了。她绝望地抱紧它。而那绝望里又生出金灿灿的希望的声色来。她很高兴她还有他。虽然迷路了，至少她不是一个人。

受过伤又怎么样，经历过又怎么样。过去了就过去了。说好了会好的。

对了又怎样，错了又怎样。起因在他或她又怎样。发生了就发生了，一起承担就好了。

活着就很好了。

你在就很好了。

她轻轻地温柔地想。阿历，我原谅你了。

她紧紧抱着那个流泪的头颅，确认着脉搏确认着温度。她紧紧抱住它，像抱住失而复得的珍宝，像抱住天底下她最珍惜最爱护的东西。她勉力将泪水咽回去，吁口气，颤抖着轻声说：

“宝贝，我们回家。”

34　共济会面具舞会（一）

笑笑后来从火鸡和板寸头那里知道发生了什么事。小恶魔想报复剃刀托尼，剃刀托尼却就此消失。小恶魔雇黑人假装托尼的喽啰，烧了越南人的店。越南人因此跟黑人武斗，枪击案以后才知道是被人挑拨。于是越南人和黑人同时把矛头对准了奥克兰的华人帮派。久远而复杂的族裔矛盾终于在那个晚上爆发，以华埠为中心的五六个地点同时出事，几乎像恐怖袭击。

唯一值得庆幸的是，当晚只死了三个人，且三个都是亚裔。两个华人，一个越南人。如果死的是黑人，他们肯定不会善罢甘休。死的是亚裔，人数又不多，那就不是全国性的大新闻。警察睁一眼闭一眼，过一阵子也就被淡忘了。

但是亚裔群体内部本就帮派林立，矛盾众多。有伤亡的华人帮派，当然不肯息事宁人。于是惊动“龙夫人”——旧金山华人圈黑白两道通吃的一位老妇人。旧金山第一任华人市长的当选，据说就是她的手笔。她是民国遗老，经历过内战，上世纪六十年代来到美国。她不从属于任何一个帮派，却在帮派政治中游刃有余。名义上她是中国总商会顾问，早先是积极的民主主义社会运动者；但随着中国的崛起和华人政治的转向，民主运动式微，而华人社群依旧我行我素，帮派行事，等级分明，像一个小小的封建中国，穿越到旧金山的海湾。

龙夫人见过太多风雨。这样规模的小小骚乱，于她根本不是个事儿。很快，挑起事端的小孩就被拎了出来，而那小孩的父亲本就是龙夫人庇翼之下的华人资本家。一个电话把张长九从纽约长岛的睡梦中惊醒。张长九没有多待，立即从纽约飞过来，赔钱，顺便教训他一年没见的儿子。很显然他儿子也不怎么想念他。对于这个时时给他惹麻烦的私生子，他的耐心局限在赏他一顿毒打。

笑笑第二天早上去看小恶魔的时候，小恶魔依然像前一晚一样趴在床上，一动没有动。前一晚他拒绝就医，也拒绝笑笑关心他的好意，把笑笑赶了出去。现在他没有力气赶人了。他像断了线的木偶一样软绵绵地、半死不活地趴在那里。背脊上的痂丑陋狰狞，像鬼画的符。

笑笑碰碰小恶魔额头。他面孔通红，在发烧。他的右手像濒死的人一样垂在床边，手背的痂里竟然还嵌着玻璃渣子。

“我没能弄死他。”他睁开眼睛说，眼睛里都是血丝。

“谁？”

“托尼·巴尼。他跑了。”

“不要——”

“不要什么？”

“不要杀他。”

不要为了杀他而自己去犯险。

不要为了杀他把自己伤成这个样子。

不要为了杀他而陷自己于万劫不复。

“难道放过他？”

“……每个人都有弱点。”笑笑一字一句说，“找到弱点，送他进监狱。”

笑笑去药店买了消炎药膏和退烧药。小恶魔不肯上药。笑笑盘腿坐在床头，用手温柔地抚摸他的头说：“乖，等一下给你吃萝卜。”小恶魔立马安静了。

笑笑给他涂药的时候，他会突然叫一句：“笑笑。”

“怎么了？痛吗？”

“没事。就是想叫你一下。”

“……”

笑笑给小恶魔上完药，然后处理右手。她用一把镊子小心翼翼去挑那个玻璃渣，半天没有挑出来。她急得哭起来。小恶魔笑起来，他自己伸手，拧着眉头把玻璃渣子抠出来，带出很多血。笑笑尖叫一声，扔了镊子捂住眼睛。

忽然有只手握住她的手，把她的手牵下来，抚平了。他把那颗血淋淋的玻璃渣子放在她手心里。

笑笑的手有点发抖。她睁眼看它。鲜红鲜红，晶亮晶亮的。

“我的心。”他说。

笑笑给小恶魔包扎好右手，去厨房把冰箱里的食材全取了出来，炖了个萝卜排骨汤，炒了个胡萝卜鸡蛋，蒸了个红萝卜丁米饭。等她把饭菜端上去，小恶魔已经坐起来了。他不能靠在枕头上，就像一条等吃的大狗一样蹲在床上，看到饭菜就像狗看到骨头一样眼睛晶亮。

他不能自己拿碗筷，于是笑笑只好拿个汤勺喂他。他蹲在床上，用坏坏的眼神盯着她，时不时叫她的名字，一面说一些无聊的笑话调戏她。笑笑板着脸不理他。

“笑笑。”

“嗯？”

“没有事，就是叫你一下。”

“……”

“笑笑。”

“好好吃饭！”

“我的发音标准吗？ Siaosiao ？ Siusiu ？烧烧？”

“……”

“笑笑你喜欢玫瑰花吗？”小恶魔一边咂巴嘴吃饭一边问。

“不喜欢。”

“笑笑你喜欢加州百合吗？”

“不喜欢。”

“所以你喜欢什么？”

“我喜欢胡萝卜！”

“啊？是吗？真是太巧了。我也喜欢胡萝卜！”

“……”

“胡萝卜是个好东西。我以前不喜欢。现在慢慢喜欢了。”

“……”

“我觉得，你就有点像胡萝卜。”

“……我才不像！”

“我以前觉得你很丑，很讨厌，一点也不喜欢。但是现在慢慢喜欢了。”

“……”

“方含笑，我很高兴认识你。”

小恶魔精神好了以后，笑笑就不再理他，专心复习考试。这一考就考到周四。考完最后一门线性代数，终于彻底解脱。笑笑松了口气。

这时竟然收到芬克斯坦的信息，邀请她参加周五晚上一个汇丰银行主办的面具舞会。

他把舞会邀请函发过来。黑色封皮上写着“共济会面具舞会”，中央一个长翅膀的眼睛，周围一圈鲜花和白色骷髅头。底下写着地点，红色亨廷顿酒店，加利福尼亚街 1075 号。这个酒店的对面是共济会音乐厅（Masonic Auditorium），是加州共济会的会所遗址。

舞会七点半开始。芬克斯坦约笑笑六点半在联合广场旁边的威斯汀见面。笑笑在衣柜里挑了半天，拣了一款保守而恭谨的咖啡色小礼服。

笑笑到时，芬克斯坦已经在大堂的沙发椅上等她。他起身跟笑笑打招呼，手里掂着一只黑色皮制面具。他穿着黑色燕尾服，外翻领口黑亮，打着黑色领结。衣襟只扣了一颗纽扣，领口露出的白色衬衫面积，适宜得好像经过计算。发型着装一丝不苟，从头到脚严格的轴对称，在酒店大堂的人群中显得分外惹眼。

芬克斯坦打量笑笑的小礼服，露出微微带着讽意的却好像很愉快的微笑。他并没说什么，示意她跟着走。威斯汀旁边就是第五大道百货。他们很快到了女装层，两边都是晚礼服。芬克斯坦很霸道总裁地说："看到喜欢的就说。"笑笑说："我买不起。"芬克斯坦说："我有卡。"

笑笑还没说话，芬先生倒是先挑上了。先后叫她试了三条礼服裙。一条是紫罗兰色 V 领收腰裙，那 V 领的口都快开到肚脐眼了；另一条是鹅黄色包腰裙，裙摆很高，感觉一弯腰就要走光。这两条都被笑笑否决了。第三条是裙摆曳地的黑色露背晚礼服裙，华丽得一塌糊涂，只是整个背脊没有布料，只有四五条黑色细带缠在一起。

"这样性感的裙子，真的不太行……"

"去床上用品给你买条毯子？"

笑笑闭了嘴，表示就这条吧。一看价签，要死，1282 刀。笑笑婆婆妈妈地说："这么贵的裙子，我不能要。"

芬克斯坦已经付完款了，将票据递给笑笑："收好。标签不要拆。一会儿还回来。"

"……"

又去女鞋区挑了一双九百刀的圣罗兰（Saint Laurent）黑色厚底细跟鞋。芬先生付完款以后又嘱咐说："鞋盒不要扔。一会儿还回来。"

又去底下珠宝专柜买了一条五百刀左右的劳埃德家（Lloyds Family）黑色青玉石镶钻吊坠，一面刷卡一面说："珠宝盒不要扔，一会儿——"

"——还回来。"

"耶。对。"

"……"

最后在一层的化妆品，芬克斯坦问：“你喜欢什么牌子？”笑笑答：“我不用这里的牌子。”旁边玫珂菲（Make Up For Ever）的柜员凑过来问：“请问小姐需要什么？”芬克斯坦说：“出席酒会需要什么？”柜员立即摆出从化妆水乳液到眼影睫毛膏在内的所有护肤彩妆装备。芬克斯坦很满意地点头说：“好。都上一遍。请稍快一点。”

那柜员吭哧吭哧替笑笑化了半个小时妆，又对芬克斯坦夸了半天笑笑化了妆的脸有多漂亮。芬克斯坦表示同意。柜员于是问把哪些包起来。芬克斯坦说：“请别——谢谢。”转脸对笑笑，“好了。走吧！”

柜员：“……”

出门前芬先生回头冲柜员抛了个媚眼：“下次我们还会来的。”

柜员：“请别——谢谢！”

走出第五大街百货，芬先生语重心长地教育笑笑说：“下次我叫你参加酒会，你自己过来，就像我刚才那样做。”

这时高盛MD的霸道总裁人设已经完全崩坏了。踩着九厘米的高跟鞋，笑笑可以平视芬克斯坦了，“先生，请问你不觉得这样做……有一点……不知羞耻吗？”

“‘羞耻’？有这词儿？”

“……”

从第五大道百货到红色亨廷顿酒店，大约半英里路程。这路说长不长，可穿高跟鞋走就很要命了。芬克斯坦完全没有要叫辆车的意思，手插口袋大步朝前走。笑笑提着裙摆费力地跟在后面。走到亨廷顿酒店时，见酒店门口一连串豪车等着门童给开门。芬克斯坦毫不在意地从豪车之间穿过，好像完全没发现只有他跟他的女伴是自己走路来的。

进门以后，笑笑很快就明白为什么芬克斯坦要带她去买晚礼服了——在这样的人群里，那条咖啡色小礼服确实太寒酸。笑笑认不出多少名牌，但这里的女人穿的，似乎都不是百货店里的名牌衣服，很多仿佛是专门为这场面具舞会定做的。

男人穿的多是燕尾服，女人的花样就多了：有人穿了维多利亚晚礼服裙，裙摆像倒放的花蕾一般，满是层层叠叠的裙褶——这种衣服肯定不适合坐地铁，因为一个人至少占了三个人的地盘；有人穿着哥特式礼服，上身是中世纪的束腰，缠满黑色缎带，底下是黑色蕾丝层层覆盖的裙摆，脸上配合一个插着黑色羽毛的黑天鹅面具；还有人穿着非常性感的皮制女王衣服，脸上戴着蝴蝶形黑色面具，一手拿着一根黑色短杖，另一手牵着一条狗链——狗链拴在另一个男人的项圈上。

“你喜欢那个？”芬克斯坦突然在她耳边发问。

“不是……没有！”笑笑急忙收回目光，“这，这到底是个什么派对啊？！”

“面具舞会呀！”芬克斯坦说，他这时把他的黑色面具戴上了，一副性感而邪恶的模样；他扬一扬手里另一个插着黑色羽毛的蝴蝶形面具，“我能否？”

笑笑背转身去。眼前一暗，面具凉凉地贴了上来。芬克斯坦的手指在她的头发里打结。

在宽大的玻璃墙面跟前，笑笑看到了自己的形象。黑暗而华丽的蝴蝶面具，艳丽而饱满的红色嘴唇。蝴蝶骨若隐若现。一袭黑色长裙曳地，万千旖旎。

她完全认不出自己了。

包括黑白方格地板的“共济会密室”在内，舞会一共有四个会场，每个会场都有主题，不同时段有不同主题的表演。“共济会密室”先是放映了一部血腥而色情的独立电影，接着开始秀男女搭档的杂技；“水晶密室”的吧台两侧，有两个半裸的杂技演员在各自的吊环上表演舞蹈；“乐事花园”以莫扎特和萨里埃里的音乐开场，后来变成面具华尔兹舞场；“造物主之殿”表演着“逝去世界”卡巴莱，是性感的夜总会歌舞秀。戴着假阳具的男侍应将水果拼盘托到女性宾客跟前；裸着上身、洒满金粉的女侍应将酒浆倒到男性宾客的嘴巴里。

笑笑和芬克斯坦站在“水晶密室”的一张立桌旁边，手里各自一杯酒。笑笑不知所措地望着人群，几乎是有些害怕地问芬克斯坦：“这……这是个脱衣舞俱乐部吗？”

“显然不是。你跟女孩约会，会带她去脱衣舞俱乐部？”

“可是……这里……好像都不是什么正经人……”

芬克斯坦发出一声干笑：“你说得对。”

“我很抱歉，芬克斯坦先生。我感谢你邀请我来。可是我对这个派对没有兴趣。我来只是想……只是想问问你……为什么我会被拒？”

芬克斯坦一副觉得她很好笑的表情望着她：“答案不明显？”

“我不明白……”

“当然是因为有人投了你的反对票。”

“……谁？”

“当然是我！”他简直要笑出来。

“可是……为什么？……我哪里做得……不够？”

芬克斯坦晃着杯里的威士忌，继续拿好笑的神情打量她：“所以你来就是为了追讨这个答案？”

“是。”

“我回答完你就要撤了？”

“……恐怕是。抱歉。我……我不太适应这种场合……”

芬克斯坦又发出一声干笑。“哦，这样吗？可是你那么想进高盛……纽约的‘场合’可是比这个劲爆多了。”

“你是说……这个派对是高盛……办的？”

“显然不是。这是汇丰在招待潜在客户，从香港跑来拓宽硅谷市场，是不是？——虽然招来的不只他们的客户。刚才在门口，我想我也看到了苏格兰皇家银行和巴克莱的人。”芬克斯坦说，视线落在杂技演员的吊环旁边。那里站着一个头戴大象面具的男人，他的女伴穿着香槟金色的维多利亚长裙。“那个人是富国银行私人银行部的联席主管。他旁边的女人是劳埃德银行集团财务董事的女儿，现在在斯坦福读商学院。”他的目光一晃，落在“水晶密室”的各个角落，一面发出啧啧的声音，“啧，啧，猎狗比猎物还多……那个，摩根大通的客户经理，小样儿不知道怎么混进来。那个，之前瑞士信贷的一个MD，现在跳到KKR了。旁边那个是一家对冲基金的主管，他管的钱多但他自己不见得有钱。那个是美林证券风险管控部的头目——他来干什么？来这泡妞？……旁边那个，哦，杰夫，摩根士丹利投行部TMT行业主管，倘若他在这儿……”面具里透出的两只鹰眼般黑亮的眼睛，在人群中锐利地扫视搜索，最后锁定在角落一个貌不惊人的金发中年人身上——那人虽然貌不惊人，周围倒是围了不少人。

“彼得·哈代。”芬克斯坦啧了一声，“硅谷最大私募的拥有者。他同时坐在谷歌、领英、时代华纳和红木资本的董事会里。很难给他一个头衔，是吧？”

“哦！所以这个派对是——”

“——你想进金融圈，我在给你送门票呢。”他对笑笑说着话，目光却落在别处，“抱歉。”他说着捏着酒杯，朝彼得·哈代和他的女伴走了过去。

35　共济会面具舞会（二）

笑笑站在原地，看着芬克斯坦很是殷勤地凑到那个彼得·哈代跟前。芬克斯坦在笑笑眼里，一向是优雅而从容不迫的模样；哪怕是脱裤子，或者脱完裤子的场合，他都是一副光明正大，不急不躁的样子。可是这时，虽然他表面上仍是一副优雅从容做派，笑笑却意外看出了他的认真，还有……紧张。

真有意思。他竟然也会紧张。

他起初站在人群的外围，寻找机会，利用缝隙站了进去；接着他静静站在一边，凝神听圈内人的谈话，伺机寻找机会抢过话锋。

笑笑初到美国，参加美国大学的派对，时时有社交受冷落，插不上话的感慨。这时她忽然发现，原来美国人自己也会有这样的情况。而芬克斯坦此时显然就处在这样的情形中——好不容易他接过一句话，试图引起目标人物的注意，可话锋马上又被另一个人接了过去。

隔着一段距离，笑笑只能勉强听见几个词语。即使是从几个词语里，也能听到话题转换得飞快。起初是最近的棒球赛事，接着忽然转向欧盟和脱欧，随即又有人提起非洲金矿，话题又莫名转向家庭票房（HBO）新上的电视剧，才涉及虚拟现实的前景，突然又说起了道琼斯工业指数的回升。

难怪投行要招各种学科背景的人才。因为要吸引客户注意，不光要陪他们谈市场，谈融资，还要谈政治，谈体育，谈娱乐，谈新技术——还得变着法儿玩花样哄他们开心，比如搞一个共济会主体的傻缺派对。

一堆投行部的人在谈论市场时政体育，可是那个被人团团围着的大佬，一副不感冒的样子。他应付似的点点头，偶尔说句“是的”“好呦”“不错哦”，目光完全落在他的女伴身上。

笑笑这时才注意看他的女伴。那是一个戴着金色面具的亚洲女人，身材高挑，打扮成埃及艳后模样。黑色长发结成一束束小辫，辫上盘了金线。两只大大的金色太阳形耳环低垂在肩。她的礼服更是华美艳丽，一派女王模样。她安静地站在彼得·哈代身边，收获了哈代的全部目光和注意力——还有周围一干男人的妒意。

笑笑盯着那女人的尖下巴看，越看越觉得有些眼熟。笑笑想走近瞧瞧，芬克斯坦却朝她走回来了。他手里捏着一张名片——他自己的名片。他退回立桌旁边，一手无聊地玩弄着名片，一手握着新拿的威士忌，一面吐了一句槽：“我的工作格外迷人的一件事是，有时候你真希望自己是个亚洲女孩——没有冒犯的意思。”他一面说，一面呷了一口威士忌，期间目光扫了一眼那个埃及艳后。她的手轻巧地搭在哈代的臂弯里。

“不把名片递出去吗？”

“能递出去我还拿回来吗？”芬克斯坦愤愤不平地说。笑笑意外地发现芬克斯坦居然也有气急败坏的时候——虽然只是片刻，他又恢复成平静优雅的模样了。

他是有一种处变不惊的气质。就比如在伯克利的高盛宣讲会，中途学生抗议，他可以平静地站在一旁，微笑地看他们抗议，好像那抗议根本不关他的事一样。抗议一结束，他有本事轻轻松松把场子圆回来，然后假装什么都没有发生。

“所以……你不再试试了吗？”

“机会只有一次。我得把自己跟那些搞低端营销的区别开来，是吧？”他盯着哈代跟前那一干投行业务员。他说得对，那些业务员表现得太着急了。

他说放下，就放下，转而笑眯眯地把目光转到笑笑身上，一副打算失之东隅、收之桑榆的模样。

靠！真是工作泡妞两不误。笑笑登时只觉得背脊竖起寒毛。这傻缺假面舞会的邀请函，果然不是白给的。

笑笑鼓起勇气，表明来意：“所以，嗯，你觉得现在是时候谈一谈，你为什么投我的反对票吗？”

“必须谈？”芬克斯坦笑。

“这是我来的原因。”笑笑正色，“告诉我，我到底哪里做得不好？”

“成绩优异，数学背景充分，社团经历丰富。聪明，努力，漂亮。有强烈的成功意愿……唯一的缺点是缺乏幽默感——不过反正投行也不看这个。”

“所以——为什么？”

“高盛有很严格的合规体系。公司荣誉啦，公众形象啦，社交网站政策啦，如此等等。”

“所以？”

芬克斯坦隔着酒杯盯住笑笑，好像在琢磨她是不是有意为难他：“我是一个 MD。”

“我知道。”

“明年我这一级的 MD，就要面临合伙人的遴选了。”

“……啊？”

“同一个组的男女雇员发生关系，会有一些麻烦的事情。虽然原则上允许，但需要向你的上级及合规部门汇报。”

“可是……”

“我很清楚我对你的某些行为——或者将要进行的某些行为——足以构成性骚扰了。如果我让你进组，或者你得汇报，或者我得汇报，或者我们都不汇报，有人背着我们汇报——这样我们两个一起倒霉。不，我更倒霉一些。”

“可是……我们并没有……发生关系……”

“——还没有。”芬克斯坦乐了，“谁知道呢？也许今晚？”

笑笑猛地倒退一步，撞到后面一个半裸的侍应。那侍应的酒水登时洒在笑笑的裙摆上。侍应急忙道歉，笑笑根本顾不上。她彻底被这个男人恶心到了。她双手握拳，双眼通红，压抑着声音没让自己喊出来。

“芬克斯坦先生，你是说，你投了我的反对票，是因为你想……你想跟我上床？高盛拒绝我，因为我的可能上级……想跟我上床？你不惜毁灭我的职业生涯，就因为，因为你想跟我上床？！”

“低声！不要让我后悔今晚邀请你来。”芬克斯坦沉下脸色，这是他第一次摆出这样的表情，“让我问你一个问题：是谁造成了我们目前的关系？是谁用约会软件接近她的可能上级？是谁？”

眼泪慢慢泛上来。笑笑努力把眼泪咽回去：“你是说，错在我？”

“用色情方式建立工作关系，是最最糟糕的社交方式。你难道不明白？我们通过一款约会软件认识，我怎么可能让你轻易进到我的组里来？——有多少眼睛盯着我，多少只手想把我拽下去？”

笑笑站在原地，浑身冰凉。周围的歌舞喧闹成了一场莫大的讽刺。

“所以……你是说……假如当时我没有试图通过微信认识你……假如我们根本不认识……”

芬克斯坦盯着笑笑，“我给过你一次机会。‘超级日’那天，我最后问了你一个问题。记不记得？”

笑笑费劲地回忆。最后一个问题。他问她为什么喜欢莫奈的《日出》——那是芬克斯坦的微信头像。

笑笑恍然大悟。

那是一个试探。芬克斯坦最不愿意看到的事情，就是笑笑在他的同事面前泄露他们的暧昧关系。他抛给她一个问题，问她为什么喜欢莫奈——其实是他自己喜欢——是主动暗示他们认识。他拿这个问题试探她是否懂得隐藏他们的关系。但是笑笑的回答令他大失所望。

她马上明白了正确答案。笑笑握着拳，低头看桌角，“如果那天，我装糊涂，对你说‘我不明白你在说什么’……”

“对，也许我会给你赞成票。”

笑笑猛地背过脸。幸好有面具。眼泪哗哗地渗进面具与皮肤的缝隙里。她转身，一路飞奔着冲进楼下的洗手间，把自己关进一个隔间，坐在马桶上取下面具，终于控制不住，哭了起来。

她为了不让自己的哭声被人听到，就一遍一遍冲水。这样也不知过了多久，她慢慢止住哭泣，如死尸一样坐在马桶上。

直到包里手机叮的一响，进来一条短信。芬克斯坦。

“我可以请问，最近一周你有查邮件吗？”

从那天赌气登出邮箱后，笑笑一直没再查邮件。手机也一直是静音状态。因为不想为小恶魔的事分心，想要不被打扰地准备期末考试。

她拿手机登录邮箱。邮件箱里哗啦啦地进来三五十封邮件。一眼扫过去，摩根士丹利，J.P. 摩根，瑞士信贷。笑笑颤抖着点开摩根士丹利纽约人力部门的邮件。

“亲爱的笑：祝贺！我们很高兴为你提供摩根士丹利纽约办公室投资银行部门金融咨询部暑期分析师的岗位。我们期待你能加入我们的团队。附件是正式的录取函。请在两周内回复我们你的决定……”

笑笑背靠水箱仰着头，任由眼泪从眼眶里不停地往外流。过去这半年，是她迄今为止的人生中，最艰辛、最痛楚的一段日子，却也是她学到最多，成长最快，最刻骨铭心的时光。一时间无数往事涌上心头，百感交集，热泪滚烫。

拿到了，终于拿到 offer 了。不管多难多痛，至少迈出第一步了。

笑笑在马桶上接着坐了一会儿，等自己哭够，然后擦干眼泪，从马桶上站起来。穿着高跟鞋的脚步并不稳健，可是至少往前迈步了。

她来到水池边洗脸，整理衣裙，拾掇头发。她努力扬起嘴角，一脸笑的表情。如果不是双眼殷红，谁也不会看出来她曾经哭过。

笑笑带着一脸的笑往楼上走，跟路过的每个人点头微笑致意。她的脚步慢慢稳起来，步伐慢慢快起来。周遭一派热闹，歌声与欢笑都是她的庆贺。她笑着走回水晶舞厅，看到芬克斯坦正在打开一瓶香槟。

木头做的瓶塞除去，那气泡无可阻挡地涌上来。清亮的浅橙色酒浆欢快地流淌进高脚杯。芬克斯坦一手举杯，另一手将另一只高脚杯递向笑笑，微笑着问她："香槟？"

36　笑笑生日快乐

笑笑接过香槟，问芬克斯坦："你知道有公司要我了？"

"以你的表现，如果摩根士丹利没有录用你，我会很惊讶的——我说得对吗？"

笑笑点头，有些羞涩地说："都给了。摩根士丹利、J.P.摩根，还有瑞信。"

"祝贺！"芬克斯坦由衷地说，"摩根士丹利风格趋于保守，比高盛更适合你……八十年代大摩雄踞华尔街时，本来是高盛更加保守。现在完全反过来了。"

"嗯……刚才，刚才我说错话。很对不起！"

"你没说错。我从来没有掩饰我那方面的想法。"芬克斯坦笑起来，"所以，现在，我们可以合理合法地上床了——你怎么说？"

笑笑犹豫了一下，小心翼翼问："如果我拒绝你，会有什么后果吗？"

"后果就是，"芬克斯坦板起脸说，"你可能要一个人回家，而我可能要一个人睡觉了。"

笑笑微笑说："好。就这么定了。"

除了当晚一个人打车回家这个后果，还有另一个后果，就是第二天去第五大道百货退货时出了问题。

晚礼服因为溅了酒水，店员拒绝退货；高跟鞋也穿了一整晚了，理所当然不能退。笑笑没办法，给芬克斯坦发短信说明情况。芬克斯坦立即一个电话打过来。

“礼服不能退？”

“是。”

“多少钱？”

“加税将近一千四。”

“嗯，还好。高跟鞋呢？”

“鞋子加税将近一千一。”

“嗯，还好。”

“还好？那……所以……”

“所以你把钱转账给我吧。我的贝宝（Paypal）账号是——你拿笔记一下……”

“我，我没那么多钱。”

“哦。那我们设立三年或五年债券。利率按同期美国债券走。”

笑笑眼前一黑。

“三年……五年债券？？”

“五年吧。我不着急。”

“……如果……昨晚我答应你……你还会要我还钱吗？”

“哦会的。”芬克斯坦在电话那端无耻地笑了一声，“不过利率可以按银行利率走。”

“……”

笑笑小心措词，拒绝了小摩和瑞信，接受了大摩的录取，然后再发信把大摩面试官挨个感谢了一番。

很快就收到摩根士丹利纽约并购部 MD 杰夫·霍夫梅的回复。霍夫梅是笑笑的面试官之一，也是她实习所在组的组长。

MD，“董事总经理”这个职位，在高盛居于合伙人之下，在大摩已经是最高级别的职称（MD 内部又有进一步的层级区分）。大摩大部分 MD 都是公司自己培养起来的。比如霍夫梅，做审计起家，大学毕业后在普华永道工作三年，在某精品银行做并购一年，以后十二年都是在大摩度过，一直晋升到 MD。

笑笑把自己的求职结果告诉阿尔玛。然后——笑笑隐隐约约觉得——阿尔玛对她的态度有了变化。

不再是那种颐指气使的，可以随便指挥她干活的模样。就好像，忽然之间，把她当朋友，当一个势均力敌的人看了。

“我一直知道你能做到的。”阿尔玛笑说，“七月份我在高盛入职。到时我们在纽约可以一起鬼混了！”

同时拿到高盛录取的，还有碧阿绮丝。她拿到高盛证券部门销售岗位的实习资格。

“什么时候有空，来西街 200 号找我。我可以带你参观哦。”碧阿绮丝笑说。

笑笑一点也不想参观。

接下来的两天过得有点梦幻。

笑笑一向过得有如隐形人，除了在 KKG 干活，基本没什么存在感。可是，这个期末，她发现自己忽然成为同学们视线的焦点。

期末 KKG 和其他希腊社团有庆祝考试结束的派对。笑笑如以往一样给派对打杂，却被阿尔玛制止。阿尔玛叫来二年级生，让他们准备餐饮服务。

而笑笑——像碧阿绮丝一样——忽然被很多人簇拥在中间。同时拿到三个录取的消息很快传开，忽然之间冒出来很多不认识的师弟师妹，有的跟她讨教经验，有的似乎只是想套近乎。他们纷纷问她要联系方式。笑笑脸书里一下子多了上百个好友。

除了脸书，微信也忽然多了很多加好友的人，还被拉进好几个中国学生的群里。笑笑出于礼貌，说了句“大家好”，群里忽然炸开，冒出十几二十个人来，有的叫“大神”，有的叫“女神”。笑笑被叫得不好意思了，急忙说不要这么叫。

此外还有面向中国学生的求职咨询公司，公司创始人直接来找她寻求合作，让她做“导师”开微信讲座——试讲一场就有一千美元的收入。笑笑非常惶恐。在火鸡的店里干一小时六刀；可是现在，只要她对着微信发几段语音，讲讲自己是怎么找的工作，就抵得上打一百六十小时的工。

好像是这样的，越过一道坎，赚钱忽然就容易起来了。

在美国那么久，头一次想给家里打电话了。

“摸根……什么玩意儿？传销公司啊？”笑笑妈妈在视频里紧张地说。

“啊，应该不是传销公司……”

“哎，别怪妈唠叨，年轻小孩子不知道！现在传销公司都取这种洋文名字，高端大气上档次，其实都是骗人，就骗你这种没见过世面的小姑娘……”

“去！去！本来就是外国公司，还能给你取中文名字？笨！”笑笑爸爸将平板电脑从她妈妈手里抢过来说，“笑笑，爸爸跟你说，家里现在不缺钱花。你不要老想着赚钱，知不知道？你爸胳膊腿还结实着，哪里用得着闺女挣钱！”

本来很高兴地说着话，忽然之间又要泪湿。

妹妹偷偷凑到视频里来：“姐姐你是不是能挣很多钱了？你加油挣钱！我也想出国读书！”

笑笑说：“好。”

一个学期过得都是睡不够的日子，现在终于可以睡懒觉了。可是这天清早，笑笑睡得迷迷糊糊，忽然有什么东西在她脸上一晃一晃地发亮，还有风扑扇在脸上。笑笑顽强地闭着眼，突然感觉脸上一阵清凉。

笑笑嗷的一声叫，从床上弹起来。飞碟熊正在她头顶耀武扬威。它底下悬着一只透明水袋。

“松鼠！松鼠！早上好！”说话的是被笑笑挂在衣架上的蓝熊。

笑笑不理它，用被子整个地包住头，继续睡。

“就位——预备——准备引爆。”蓝熊拖长声音说。

接着就听到哗啦一声。

笑笑睁开眼，登时气得肺炸。昨晚窗户没关。飞碟熊晃晃悠悠地带进来一个气球做的水袋，先是过来贴笑笑的脸，接着将水袋撞在了衣柜角上。水袋登时破了，水洒了一地。

笑笑霍地从床上跳起来，扑到窗台去捉那只飞碟熊。飞碟熊轻轻巧巧飞出窗台——顺便勾走了她的手机。笑笑气急败坏，从窗台跳了出去，结果把窗台下的某人撞倒。

“啊……烧……早……”竟然是安德鲁。他从地上爬起来，手里抱着一根滚圆滚圆的胡萝卜。

“对不起！我不是故意的，我平时不是这样出门的！”笑笑抱歉地说，她还穿着睡衣，脚下趿着拖鞋，“你是路过吧？太对不住了！没想到撞到你。”

“没关系……我在等你……”安德鲁偏开头，脸红通通的，有些支支吾吾地说，“我听说你很喜欢胡萝卜……我给你带了一根胡萝卜……生日快乐！”安德鲁说完，把胡萝卜递到笑笑手里。笑笑傻了一下，安德鲁已经跑开了。

飞碟熊正在离笑笑不远的半空中打转，她那手机也转得格外好看。如果是正常人的话，这时应该会扔了胡萝卜去追手机。但是笑笑抱着这根水灵灵的萝卜，心里想做菜应该很不错的……她就抱着萝卜去追她的手机。没走几步遇上莱利和罗地沟，两个人手里各抱着一根胡萝卜。

“烧！汪！我们！汪！等你！汪！——”

“——很久了！”莱利迅速接过话头，“是这样的。我们听说你很喜欢胡萝卜，所以我们帮你带来两根胡萝卜。生日快乐，烧！”一人把一根胡萝卜递进笑笑怀里。萝卜身上还画了笑脸。

飞碟熊在前面飞，笑笑穿着睡衣抱着萝卜在后面追。一路沿班克洛夫街往下走。每走几步，就有一个陌生人上前来，送给她一根胡萝卜，然后说“生日快乐”。

走过法学院门口，花店的老板忽然出来，送给她一只大篮子，帮她装好七八根胡萝卜，还送给她一束漂亮的加州百合。

走到现在，笑笑完全没有心思管她的手机了，只想知道这个胡萝卜大行动的幕后主使人到底安了什么心。

她一路走，一路有人跟她微笑，一面送给她胡萝卜。这样一直走到伯克利萨瑟塔的下面，笑笑一共收到十八根胡萝卜。后来篮子已经装不下了，便利店的老板给了笑笑一个布袋。

萨瑟塔顶有钟琴，可以人工敲响铜钟演奏旋律，也可以机械控制。这时伯克利塔楼忽然传来庆生歌的旋律。飞碟熊朝塔楼顶层飞去。笑笑没办法，只好往塔里走。看守入口的黑人大妈笑容灿烂，又给笑笑一根胡萝卜。

笑笑坐电梯一直到塔顶。

这是一个可以俯瞰整个湾区的位置。冬日阳光柔柔地洒满整片汪洋。金门大桥横跨海峡，帆船与海鸥在地平线上写歌。远处的旧金山，像一枚宝石晶莹的发簪，很好看地别在蔚蓝的海面上。

脚下是清早宁静的伯克利小镇。街道路灯悬挂着盛开的鲜花。

眼前站着小恶魔……抱着一根胡萝卜。

浑不似以往吊儿郎当的模样。他很认真，很郑重地穿着白色衬衫——对他来说，这已经是最最正式的服装了。往日什么都不在乎的面孔，这时竟然有一点泛红。

嗖的一下，自带光环的飞碟从窗格之间飞进来——啊，是了，飞碟熊可不用电梯。过铁栅时侧身一竖，动作格外干净漂亮。

它飞进来以后，就安静地悬浮在小恶魔身边。旋臂激起的风，轻轻扬起他被阳光镀了金色的额发。

钟琴乐声止息。小恶魔舔了舔干涩的嘴唇，终于慢慢开口说：“嗯，笑笑……我想祝你生日快乐。”同时递来一根萝卜。

憋了一早上的气这时爆发。

“胡萝卜——有什么——好的？！！”

“这些萝卜，是非常好的萝卜。”小恶魔抓起一根萝卜，“你看这根，这是一根二进制胡萝卜。如果按照中国八卦的做法，把连续平直的线段读成0，把断裂扭曲的皱纹读成1，就能读出很多有意思的信息。比如说这里这段，10100。你看！转化成二进制，就是20——你今年正好20岁。是不是很神奇？再看这里这段，1011101101101000001011111，你知道这是什么吗？”

“……”

“12月28日，1903年！冯·诺依曼的生日！你说！你就说！是不是很神奇！是不是一根很神奇的萝卜！！……这根萝卜，我肯定不会吃的，要放在冰箱里珍藏起来。”

“……”

“还有这根，这根萝卜的皱纹线条非常有意思。如果你对照任天堂Super FX芯片——就是《超级玛丽世界2》的那款——就会发现它的皱纹走势与电路走势有60%的相似度。尤其是这一小片，相似度高达70%！是不是很怀旧？是不是很复古？……还有这根萝卜。你不会相信的。这根萝卜上面的圈圈，跟Intel Itanium（英特尔安腾）2芯片核心区电路板，相似度高达85%！是不是很神奇！你就说！是不是？是不是！”

“……”

“还有，你知道吗？如果把这二十根萝卜身上的皱纹加起来，一共是1024根！是不是很神奇？是不是？是不是！”

“……你，你这是有病吗？？”笑笑抱着一筐萝卜跳起来，“你给女孩子庆祝生日送她萝卜？！你，你给我从地球上找第二个人出来——你见过有人类送礼物送二进制胡萝卜的吗？！”

一腔热情被浇凉了大半。小恶魔压抑着怒火说：“我外婆给我送礼物，就送过萝卜。”

“我——像——你外婆吗？？”

“那天我问你最喜欢什么花，你说最喜欢萝卜。”他竟然是在很认真地解释。

“……”笑笑把一筐萝卜扔在地上，自己在原地跳脚：“我讲反话你听不懂吗？”

“那是反话？”

笑笑无语地瞪着小恶魔。他虽然看上去很受打击，但真的是一脸真诚。他好像真心觉得送胡萝卜这件事可以让一个女孩开心起来……这是生活在同一个地球上吗？

“不管怎样，生日快乐。”小恶魔怒气冲冲地说。

“今天也不是我的生日。”

小恶魔的面孔阴沉下来。

“你的脸书上写的就是今天！ 12 月 18 日。”

“我写的是雷锋生日。”笑笑严肃地说。

“所以我的手机呢？”

飞碟熊一边打转一边嗡嗡嗡地叫唤起来。小恶魔说：“它说手机太重了，它飞不上来，所以就放马路上了。”

笑笑骂了一声。

37　我们说好去北京

笑笑很久没见西西。圣诞前夕，终于跟西西见了一面。西西看起来气色不错，心情很好。她有满满的寒假计划，先去坎昆晒太阳，然后去澳大利亚潜水——跟她的新男朋友一起。

“他到底是谁呀？”笑笑忍不住好奇。

“秘密！”西西转移话题，“别光说我。你呢？听说你跟一个本科生富二代搅在一起？”

说的就是小恶魔了。笑笑急忙否认：“什么‘搅在一起’？只是，只是偶尔一起玩而已……”

“如果只是玩玩最好，千万不要认真。一陷进去你就完了！”西西摆出过来人的模样，“我跟你说，这种凡是有点小钱，又有点才华的年轻男孩，一个比一个傲，觉得天下女孩都配不上他。尤其是那些美国人，花天酒地玩儿惯了的，免费陪睡三年五载人家还不定认你是女朋友！”

“也不是所有人都这样啦……”

“你跟那个高盛MD后来怎样了？干什么没有？”

“没有！什么都没有！”

西西笑，点着笑笑的脑袋说：“你呀，太实诚。找什么实习费那个脑子。你看看今年大四毕业找到工作的有几个？抽到 H1B 的有几个？想要绿卡还不容易？找个美国人嫁了不就得了？”

“我没想要绿卡！……而且女人应该有自己的事业啊！”

“傻！找对男人当然就有事业了！你看网红女明星，嫁给富豪不是又投资又开公司吗？找一个优秀的、成功的男人，你的视野、眼光、资源、人脉都会不一样！到时候想干什么干不了？”

“我觉得女人不应该靠男人……”

“傻！你以为男人就不靠男人吗？男人交朋友是白交的吗？男人一样是爬着踩着男人的肩膀往上走的。男人也利用男人，凭什么女人就不能利用男人了？”

笑笑看着西西，不知道怎么接话，又找不出话来反驳。

西西自顾自叨叨：“我跟你说啊。硅谷这帮码农还是不行。眼光浅，只知道在跟前一亩三分地里吭哧吭哧写代码，还觉得自己跟什么似的还改变世界呢。人家玩金融的就是不一样。什么价值都不用创造，跟买方忽悠一下，跟卖方忽悠一下，跟投资者忽悠一下，再跟政府忽悠一下——啊哟，政府反正也是一伙的——就赚个盆满钵满了。玩大发了，金融危机了，公司倒闭了，嘿！政府救市！公司亏本又怎么着？倒闭又怎么着？赔的是股东。高管照样年薪上千万，你看他们赔一个子儿啦？怎么玩都不亏！我跟你说，明年你到投行实习，千万不要傻兮兮埋头苦干。你要搞关系，懂不懂？你要是有本事找一个华尔街什么主席 CEO，马上进美国上流社会了，懂不懂？”

“西西，你啥时候对华尔街见解那么深刻了？”

“你以为我好好上课啦？”西西拎起爱玛仕粉色铂金包在笑笑眼前晃晃，“男人啊傻瓜。”

圣诞节，除了不回家的国际学生，所有人都走了。校园变得分外冷清。

上班族的圣诞节假很短，中国员工也都没回国。笑笑叫来马云东、周更新，他俩又带上自己的基友，大家一起在港店吃火锅。

出生在美国的华裔小孩，一般是不太愿意跟大陆人玩的；粤语母语的广东后裔，连交谈都有困难，就更加玩不到一块儿了。因为是大陆人聚餐，笑笑没叫小恶魔。但是小恶魔闻到香味，立马自己出现了。

唔，他圣诞节也没有回家。

或者说，他的家人没有回家。

笑笑尝试问小恶魔的家庭情况。小恶魔摆出一副很难看的脸色，笑笑没再追问。

大家一边吃一边聊，又说起创业的事情。

“创业还是应该回北京。北京钱多啊！”开口的是马云东在脸书的同事，名叫宋乔，“我听在北京的人说，搞个计划书给徐小平，随便忽悠一下，十几二十万妥妥的。”

“二十万人民币顶毛用？才顶多少美元。”周更新说。

“如果徐小平肯投，肯定有一堆基金跟投。”宋乔说，“硅谷不比北京，中国人太难做了。去年进 Y 孵化器的才俩。进了 Y 孵化器还找不到下家的。红杉资本那样的大基金都不怎么做风投了，都是观望，看你成了都来抢面包，你不成也没人理你。”

大家七嘴八舌地议论着回北京创业的可能性，角落里一个人霸占一口锅的小恶魔忽然来了一句：“北京很糟糕——北京有雾霾。”

桌子上忽然一片安静。无数道仇恨的视线射向小恶魔。

接着桌上的大陆人炸开了。什么有雾霾你一边待着呀，有种不要回去呀，你丫一天到晚看 CNN（美国有线新闻网）被洗脑了好吗，才出国多久就谜一般的优越感。

笑笑急忙解围：“大家不要说了。他也不是中国人。”

“这里怎么会有女人？”宋乔震惊地盯着周更新问。

“不用担心，她端盘子的。”周更新安慰他。

笑笑气得想捶人。

“唉……好想吃海底捞啊。”宋乔跟周更新是本科同学，很快聊起了本科时几个宿舍一起吃海底捞的盛况。

小恶魔问笑笑海底捞是什么。笑笑低调地描述了一下。小恶魔露出“哦”的表情。

“唉……好想吃小肥羊啊。”周更新感叹说，“我一个人能吃五盘肉。”

小恶魔问笑笑小肥羊是什么。笑笑简单地描述了一下。小恶魔露出“啊”的表情。

“唉……其实呷哺呷哺就很不错啊！”马云东说，“好想吃他们的麻酱。回国一定偷它两包出来。”

小恶魔问笑笑呷哺呷哺是什么。笑笑朴实无华地描述了一下。小恶魔露出牙齿、舌头和口水。

小恶魔咂巴咂巴嘴巴问：“北京真的有那么多好吃的吗？”

笑笑鸡啄米似的点头：“真的！什么菜都有！”

小恶魔若有所思地说：“哦，那我们应该去北京创业。”

笑笑：“……”

寒假剩下的时间，小恶魔似乎开始考虑创业这件事。他把自己关在贝壳海滩的红砖房里鼓捣着什么，连着一星期不出门。笑笑去看他。屋里弥漫着大麻和酒精的味道，满地速食包装。而小恶魔在房间里冲话筒吼：“你傻吗！还是你觉得我傻？你觉得我不知道他们在用 Whonix 创建虚拟主机吗？……不，不，你没明白我的意思。我他妈根本不在乎它是不是真实主机。我关心的是他们的通信内容。我关心的是洋葱皮底下的芯……剥开它的皮！无论它有多少层皮！”

有一回笑笑去看他。他四仰八叉地躺在一堆电脑和速食包装中间，双眼无神地望着天花板。笑笑跟他说话，他也不理。不知道是嗑嗨了，还是喝醉了。

她后来不得不把他送去医院。医生说他违禁药物过量。

“别再嗑药了。”笑笑劝。

“这跟你他妈有什么关系？”

笑笑闭了嘴。

在他脑子清楚一点的时候，看到笑笑，他会很高兴，脾气也会变好一点。因为又有东西吃了。

笑笑坐在饭桌边看他狼吞虎咽的样子，会有一点同情他。笑笑知道自己的厨艺搁国内也就一般，可是他甘之如饴。好像从来没有人做饭给他吃。

那么没有她的时候，他一个人是怎么过的呢？就吃学校食堂和速食食品长大的吗？

她有一点难过。

但是看他吃饭这件事，又会让她高兴起来。好像两个人吃饭，是比一个人吃饭要开心一点的。

她想起她的父母。有时候她妈妈做了一桌菜，自己只吃一点点，然后就微笑托腮，坐在一旁看丈夫和两个女儿吃。

小恶魔见她傻笑，问：“你笑什么？那么高兴？”

“没什么……就是有点想念家人。”

“你家人？在中国？”

“嗯。他们在北京打工，但不是北京人。他们也买不起北京的房子，一家四口挤在很小的出租房里……以前，我不懂事，我会怨恨他们穷，没有户口……我会觉得我爸妈没有用，只会打工……可是现在，我很想念我妈妈做的饭。我还想给她做饭——给自己的家人做饭，应该是一件很幸福的事吧？”

“……”

“阿历，你会想有一个家吗？”笑笑单手支颐，目光投向窗外的海，“我会想。我很小的时候就会想。我想跟一个人，住在一个满是鲜花满是日光的房子里。

我们有两个小孩，一个男孩，一个女孩……我会给他们做饭——像我妈妈一样。他们吃饭的时候，我就坐在旁边看他们吃。肯定有个小孩不听话啦，跑出去玩啦——我妹妹就是这么贪玩——我就假装生气，把他从花丛旁边的沙堆里揪出来，叫他洗手，把他拎回饭桌上。要是他不乖，我就吓唬说，‘以后吃饭只可以吃洋葱！’……哈哈哈！”

“……我不会。”

“不会什么？”

“我不会想有家。”小恶魔说，“我需要自由——那比什么都重要。”

笑笑说哦。

“可是，什么是自由呢？”笑笑问。

小恶魔打开窗。来自太平洋的海风，呼啦啦地吹起来。笑笑的眼睛几乎睁不开，马尾辫被风托得老高。

小恶魔伸手把笑笑的发圈抓下来。笑笑的头发和裙子，一下子飞扬在海风里。

“这就是自由。”他说。

他低头看手里的发圈。上面有一根胖乎乎的胡萝卜，碎布拼成，很简陋，可是颜色很好看。

“这是一根美丽的胡萝卜。”他自言自语说，“这个归我了。”

红砖房后面有一艘破旧的小帆船，名叫“日光鱼”，但是桅杆坏了，船底也有漏洞。小恶魔鼓捣一个下午，还是没有补好它。他气愤地踢了它一脚。船没有好，他的脚趾也踢坏了。他骂骂咧咧地放弃。

日落的时候，笑笑跟小恶魔在贝壳海滩上走。这不是个散步的好地方。因为天很冷，风很大。

“所以你有一天会回中国吗？”小恶魔问她。

“肯定的。”笑笑说，“你也可以来啊！”

“我，我不知道。我不是中国人。”

“哈哈。又不是中国人才可以去中国。”

“可是，我在奥克兰出生，在湾区长大。除了美国和欧洲，我从来没有去过其他地方。虽然我总是被当成华人，可是中国对我来说，是个很远、很远的地方……”

“中国一点也不远！中国就在——就在海的那边！”笑笑手指大海说，“海的那边，你不想去看看吗？”

“海的那边……”小恶魔有点迷茫地望向海的尽头。这里夕阳西下——那里，应该是旭日东升吧？

在美国的世界地图上，美国在世界西边，中国在世界东边，中间隔着大西洋与印度洋，好像是两个最远最远的国家。

但其实它们只隔着太平洋啊。

“……有一天，我会去中国。”

笑笑很用力地点头。

“那你也答应我，有一天跟我出海。”小恶魔说，“船坏了。本来今天可以出海的。今晚天气晴朗，在海上应该可以看见很多星星。”

“你晚上不是看不见吗？”

“我只是看不见东西。我可以看见光芒。”他说。

小恶魔爬到一块平坦的礁石上，笑笑跟上去，他们肩并肩躺在石头上。面前是温柔的太平洋。

“有一次，也是冬天的傍晚，我一个人出海。不知道为什么刮起东北风。我没有办法控制船的方向，船往太平洋深处漂去。一直到天黑，我都无法靠岸。我迷失方向，看不见指南针——什么都看不见。船上只有我一个人，没有水也没有食物。非常的冷，尤其是晚上。我以为我要死了，索性落了帆躺在船上等死。可是，当我躺下来的时候，不知道为什么，我看到天空里满是星光。

“那是我第一次这样清晰、这样确信地看见星星。所以那一晚的星星，真的是很亮眼，很美丽吧？如果是用你的眼睛去看，那星空一定更加亮眼，更加漂亮吧？”

笑笑像不认识一样地看着小恶魔。

这好像是他第一次这样认真地讲自己的故事。第一次向她吐露心声。

“而我竟然没有死。黎明时睁眼，我发现小船从来没有走远——不远处就是岸。我上了岸，正是一号公路。我在圣格里高里附近搭上车回旧金山，然后再开车回来拖我的帆船。本来以为是很极致的绝望，好像竟然也就过来了。”

笑笑很认真地听。

他忽然提起那天晚上。

“……那天晚上，那天晚上，我没有想到你会来。我一直到现在都没想明白，你为什么会来 —— 你的出现就像，就像我独自漂流的那个晚上。我没有意料到的，猝不及防的星空。”他转过头，眨巴眼睛打量笑笑的脸，“你不只来了，居然还是带着枪来的。可是你 —— 你他妈的枪技真是一塌糊涂啊！……我不太明白你。你对我来说，是一段加了密的脚本 —— 一段乱七八糟的代码。好像语法是正确的，可是语义充满问题。看上去可以运行，可是真的一运行，妈蛋到处都是 bug！

“所以你到底是用什么语言写的？起初我以为你是个简单好用的新手程序，我以为你是 Basic，但后来发现你不是。你既不简单，也不好用。

“有时候你跑起来慢吞吞的，敲一下隔半天才答应，我以为是 Java。可是有的时候你又飞快飞快地运行，虽然每运行一段都会崩溃一下 —— 所以是 C 语言？

“有时候，你又干脆利落，简洁高效得要命，好像写什么算法都可以，也许是 Python？又有时候，我觉得你太难用了！问题好多！又老旧又保守！你是 PHP？

“还有，你为什么不愿意跟我做爱？没有女孩不喜欢做爱！连接吻系统都会崩溃！我调出崩溃现场却束手无策！这真是个令人费解的 bug！可是我要怎么 debug（调试）你呢？往上面打补丁吗？

“我自以为掌握了你的日志，可是很明显这是个有问题的文件！中间那些不可读取的数据是怎么回事？是损坏了不可修复，还是故意对我隐藏？

“所以你到底是怎么写出来的？你能把你的源代码给我看一下吗？”

他说着就殷切而探究地望着笑笑，目光中又跳动着一些危险的目的。

笑笑一脸发懵地回望他。她确定他的确在向她吐露心声。但是，呃，这都什么狗屁心声啊！

小恶魔侧躺在礁石上。他用一只手把脑袋撑起来，他的眼睛在笑笑跟前。

“你是我见过最糟糕的程序。”小恶魔咬牙切齿地说，“运行慢，线程混乱，无法 debug，还耗我那么多内存！”

38　中国春节花灯游行

那个冬天，小恶魔带笑笑看旧金山。

他们一起去奥克兰金州勇士队主场，在第一排为库里加油。这一年金州勇士队表现非常出色，赛季内赢六十七场，并在总决赛中打败克利夫兰骑士队，最终拿下阔别四十年的 NBA 冠军。

总决赛结束后，小恶魔热泪奔腾地抱住笑笑：“我等这一天……等了二十年……”他总共活了二十年。

他们一起去渔人码头。那里有蔚蓝的天空海，有待出海的帆船，有臭烘烘可是萌萌哒的海狮，还有很多街头艺术表演家。有一个表演家举着火炬从笼子里钻出来。小恶魔和他同时喊了一声：“自由！为了自由！”一个手挥火炬，一个手舞拳头。

“我六岁时那个老家伙就在那里喊了。十来年过去，居然没翻一点新花样！”小恶魔评论道。

他们一起去九曲花街。那是旧金山俄国区一条打了九转的小街，挤满了鲜花和游客。雷克萨斯速度放慢往下开。笑笑抱怨说：“真慢呀！”小恶魔说：“这个数据已经很好了！比人类司机快多了！”

笑笑问：“比谷歌无人车的数据还好吗？”

小恶魔怒气冲冲地大声说：“当然！”接着小声补充说，“在未来。”

他们一起去监狱岛。那是一个风很大的，曾经关押死刑犯的小岛，可以看见旧金山的天空线。笑笑问小恶魔：“这里风景这么美，岛上的犯人其实过得挺开心吧？”

“不。”小恶魔说，“那只会让他们更加渴望自由。”

最后他们一起去天使岛。那是旧金山东北一座冷清的小岛，是早先华人移民进入美国的第一个据点，是美国西海岸的“埃利斯岛”。1882 年排华法案颁布，无门可入的华人移民，就困在那座小岛上。

笑笑说：“我看过张纯如的《在美国的华人》。2003 年这本书出版，2004 年作者就自杀死掉了。书里讲早期华工的艰辛。他们坐着被称为‘浮动地狱’的轮船来美国，一半的人死在路上。活下来的人去建设太平洋铁路，拿着比白人更少的工资，去白人不敢去的地方，做白人不肯做的工作。有上千人死在山里，一路铁道一路尸骨——”

“我知道！”小恶魔莫名地暴跳如雷，“那跟我有什么关系！”

“我没说有关系……我只是想说，两百年前华人来到美国，从事最低贱、最辛苦的工作。他们在美国立住脚跟，生根发芽，凭自己的努力，一点一点改变自己的地位。两百年后的今天，他们是工程师，科学家，医生，律师——旧金山还有华人市长！在一个并不是故土的地方，生存，奋斗，为自己争得荣光。我觉得……我们有资格骄傲。”

“我知道，”小恶魔捏起拳头说，“我很骄傲。”

新学期选课，除了专业课，笑笑还选了一门文言文课——好拿学分。这么想的显然不只笑笑，那门课上混进好几个中国学生。

但除了中国学生外，课堂里更多的是出生在美国的华裔。他们平时都不说汉语，不知为什么居然会想学文言文。这其中就有小恶魔。

此外还有那么七八个跟中国一点血缘关系都没有的外国同学。有黑人，有白人，有拉丁裔。而他们一开口说的竟然是中文……

授课的是个胖乎乎的美国女老师，也是跟中国一点血缘都没有。用的教材是个哈佛白人教授编的《新文言文实用启蒙》，前两章不是《论语》和《孟子》——因为外国人觉得“四书”太难——而是《说苑》和《史记·刺客列传》。

《刺客列传》有如荷马史诗，多的是血腥暴力和反转，在国内根本不可能当教材。老师领着学生慢慢把故事翻译成英文，然后大家一起探讨人物命运。来自不同族裔背景的学生，以各自的观点角度，为刺客们的选择争得面红耳赤，不可开交。本来应该是很枯燥的文言文课，一时沸腾起来。

很多美国学生，他们不能理解专诸的母亲为了鼓励专诸行刺，竟然选择了自杀，也不能理解豫让为了智伯，漆身为厉，吞炭为哑，最后为了给另一个人报仇而失去生命。挺豫让和倒豫让的同学各为阵营。挺豫让的同学（笑笑那一方）说，豫让践行了自己的“死名之义”。倒豫让的同学（小恶魔那一方）说，报答智伯的方法，应该是活下来照顾他的家人，而不是白白枉送自己的生命。

有几节课讲古诗词。胖胖的女老师选了几首她自己喜欢的诗歌。其中有一首是李清照的《如梦令》：

昨夜雨疏风骤，浓睡不消残酒。

试问卷帘人，却道海棠依旧。

知否，知否？应是绿肥红瘦。

翻译成英文后，美国同学脑洞大开，贡献了五花八门的解读。

波浪卷娃娃脸的美国女孩说，女主人公昨天晚上派对喝了很多酒，跟一个男人一起回家。第二天因为宿醉，女主人公没有起床。她问男人海棠花怎样了，男人就骗她说：海棠花还是一样呀。其实她知道海棠花正在慢慢消失，就像她自己的青春一样……

大个子戴眼镜的华裔男孩表示支持女孩的解读，但他对“绿肥红瘦”有不同看法。他说，在中国文化里，绿叶代表男人，红花代表女人。所以“绿肥红瘦”的意思是，那个男人还是胖乎乎的，女人却因为爱情而渐渐消瘦了……

一个学金融的印度男孩提出了“绿肥红瘦”的另一种解读。在股市中，绿色代表上涨，红色代表下跌，所以“绿肥红瘦”代表牛市。近来熊市，主人公借酒浇愁。今天早上他起床问操盘手（卷帘人），操盘手说主要股指还是老样子。但是主人公偷偷做了研究，他知道牛市马上就要来了，于是他偷偷摸摸开始建立头寸准备买多……

还有一个学计算机的华裔男生这样解读：主人公从谷歌阿法狗那里偷来一段机器学习应用，放在自己的平台上总是崩溃。昨天晚上它又崩溃了很多次（雨疏风骤）。主人公于是花了大半个晚上观察崩溃现场，可是不能设断点调试，无法重现崩溃经过；没有源代码，他只好读了上千行汇编，好容易定位崩溃地点，进到 EnterCriticalSection（访问临界资源）的 API 之后发现 CRITICAL_SECTION 结构其实已经坏了。观察堆结构可发现那个堆单元被用作他用，因此可能 CRITICAL_SECTION 已被删除……最后诊断是线程安全问题。经过一晚上的调试后，运行仍然崩溃（海棠依旧）……主人公最后放弃了，认定阿法狗是垃圾，因为它只顾贯彻蒙特卡洛树搜索和多主机的分散式运算，完全不考虑它在单平台上的线程安全问题（绿肥红瘦）。

他就是小恶魔。等他发言完毕，以笑笑为代表的中国同学（大概还有李清照的鬼魂）都惊呆了。

“非常敏锐的观察！”胖乎乎的女老师称赞说，“我没有比这更好的解读了！”

笑笑咕咚一下从椅子上掉下去。

老师接着说：“我当然知道，李清照的时代，没有股票，也没有代码。可是这并不妨碍她的诗歌抵达我们。这是诗歌的神奇所在——世界在不断变化，他们与我们相去甚远；可是我们的悲伤和快乐，我们对于世界的理解、困惑与感慨，似乎与千百年前的他们，并没有什么不同。许多世纪之后，我们依然能够跨越语言、时间和文化的疆界，同他们产生共鸣。仿佛他们讲的，是关于我们自己的故事。看！这就是古代诗歌的魅力。这就是我们今天聚在一起，学习这些中国诗歌的原因。”

笑笑爬回椅子上热泪盈眶。

公历二月，迎来中国新年。旧金山一年一度的春节花灯游行又开始了——这是 1860 年以来，中国本土以外规模最大的花灯游行。

西西不在，笑笑就拉小恶魔去。小恶魔说不去。笑笑说：“肯定有很多好吃的东西！”小恶魔说好的走。

花灯游行从下午五点开始，数百支游行队伍依次从市场街出发，绕过联合广场，穿过中国城，一路浩浩荡荡，一直走到哥伦布街。因为游行队伍太多，整个过程要持续三个半小时。

游行队伍的主力是旧金山湾区的企事业单位。大公司、大银行因为有钱，他们的花车总是格外华丽。这一年是羊年。美国银行用了金羊剪纸，花车装饰以花朵、元宝和拱门，还有一个大大的“春”字。富国银行的花车选了“三阳（羊）开泰”的主题，可谓别出心裁——可是那三只羊实在太丑了，胖得跟猪一样。可口可乐、现代、梅西百货，都带来格外出彩的花车。

这样的盛事，自然也少不了中国企业的身影。中国工商银行的花车是古色古香的阁楼模样，灯光在窗纸上印出山羊的剪影。青岛啤酒的花车是一个花团锦簇的龙车，中间载着一群羊和一大瓶青岛啤酒。

参加游行的学校特别多。有华人老师的学校，贡献了精彩的传统民族表演。舞龙舞狮、武术、高跷、彩带，一样都没落。各种肤色的小朋友穿成喜羊羊的模样，头顶羊角，模样叫人忍俊不禁。

没有华人老师的学校就一筹莫展了——只好把学校乐队请来凑热闹。身穿制服、头插羽毛的乐队成员们，敲鼓吹号，像士兵一样列队正步走，用奏美国国歌的严肃劲儿演奏《恭喜发财》。

一面是高楼林立、冷清空旷的金融区，一面是喧嚷热闹、车水马龙的中国城。载着各种鲜花的游行队伍，就这样走在金融区和中国城之间，在硅谷和海洋之间，在过往和未来之间。

观看游行的人们，好像比参与游行的表演者还要激动。他们带着家人，吹着口哨，跟游行队伍里的人们招手，大笑，一起手舞足蹈。

不仅仅是中国文化的盛宴——这是一个城市古往今来的狂欢。

笑笑只顾着看花车和表演，一转身，发现小恶魔不见了。

人群拥挤。笑笑艰难地从前排挤出来，一面叫小恶魔的名字。她转了一圈，走回原地，发现小恶魔正躲在一个垃圾桶后面，蹲在地上，抱着脑袋。他脑袋上一根小辫子，上面绑着个胡萝卜。

笑笑很快明白小恶魔为什么躲在垃圾桶后面了。

这一天是允许放鞭炮的。几乎每个游行队伍，都会在表演完成后放一截鞭炮。城市里到处是炮仗噼啪作响。时不时有好几处鞭炮同时作响。震耳欲聋，有如枪声。空气里弥漫着火药的味道。

难怪他不想看花车游行。

笑笑慢慢走过去，把手搭在他肩上，温柔地说：“不要怕。这不是枪声。”

39　Y Combinator

笑笑下定决心让蓝熊参加 Y Combinator 暑期创业项目。Y Combinator 是硅谷最有名的孵化器，只提供很少一点种子基金，让五六十支出色的创业团队挪到硅谷，一起接受创业培训，在培训结束时把创业公司推荐给投资者。参加 YC 暑期项目，是很多创业团队走出的第一步。

除了偶尔跑去学校的计算机系与工程系的实验室，小恶魔仍然有大量时间龟缩在自己的房间里。三月，眼看 YC 暑期项目的截止日期逼近，笑笑焦急地催促小恶魔提交申请表。

“我为什么要浪费时间参加那种愚蠢的创业培训班？”小恶魔看也没看笑笑一眼，他的眼睛盯着屏幕，跟前四块黑色屏幕上满是代码，双手在键盘上飞快跳跃。

“因为你只懂技术，不懂商业！而创业光有技术是不够的。”笑笑耐心地劝说，“如果你有这个机会让世界知道蓝熊的了不起，你不想试试吗？你看，YC 出了 Airbnb（爱彼迎）、Dropbox（多宝箱）、Pinterest（图钉），还有 Reddit（红迪网）……”

“你在搞笑吗？你觉得 Airbnb、Dropbox 跟蓝熊是一个档次的吗？！”小恶魔从椅子上跳起来。

“不是。”笑笑看着平板电脑上的数据，“Airbnb 估值三百亿，Dropbox 估值一百亿……蓝熊估值，零。”

小恶魔阴沉地盯着笑笑：“在银行家眼里，所有东西的价值都只能用钱衡量，是吗？”

“不只在银行家眼里，是在世人眼里。”笑笑说，“挣钱又不是一件坏事。整个西方资本主义就是在对利益的追逐上建立起来的啊！如果你能一面改变世界，一面挣钱，这难道不是件好事吗？”

“你爱怎样就怎样好了。我手头有事，没有时间。”小恶魔把目光转回屏幕，又在键盘上忙碌起来。

“不用多少时间。”笑笑说，“你只要把简历给我，我来填表。然后面试当天你出现一下就行。”

小恶魔同意了。他的眼睛仍然盯着他的黑屏，右手还在键盘上跳跃，只是腾出一只左手伸到旁边的键盘上，随便按下三五个快捷键。邮箱叮的一响。笑笑于是看到了小恶魔的简历——确切地说，只是部分简历。简历寥寥数笔，只列了他高中及以后的履历。但这已经够亮眼了——

“国际信息学奥林匹克竞赛，金奖？真的？”

“跟一群猪一起解答纸牌和迷宫题，除非智商有缺陷，否则都能拿金奖。”

“欧盟青年科学家竞赛，一等奖？真的？”

“一个上帝派到人间的先知，”他腾出左手花了一秒钟指了指自己的脑袋，“向愚蠢的低维度人类进行高维启蒙，人类难道不该给他一个一等奖吗？”

“你在圣塔芭芭拉参与过约翰·马蒂尼教授的谷歌量子计算机项目？”

“谷歌付钱给那个老头以发现我空前的才能。”

“……”笑笑默了两秒，接话道：“但是你放弃圣塔芭芭拉来到伯克利——我明白！”笑笑恍然大悟，“为了艾伦。”

小恶魔没再回答。

笑笑填写好申请表后，让小恶魔最后看一遍。小恶魔扫一眼问："创始人里为什么没有你？"

"我什么都没做啊……"

"错！你什么都得做！因为我没时间，而安德鲁和罗地沟蠢到无法跟人类打交道。"小恶魔客观地分析说，"如果你不参与，我们这个公司永远都不可能跟这个世界建立联系了。"

"可是 YC 规定，创始人必须有 10% 的股份……"

"你有 50%。"小恶魔说，"麻烦你有空把公司注册一下。在特拉华州政府网站。"

"百分之……五十？"

"对。你一半我一半。"

"啊？那安德鲁、罗地沟、周更新和马云东呢？"

"员工。"

"……"

笑笑觉得这个公司迟早要倒闭……

当天晚上，笑笑正式在特拉华州企业注册页面申请了"蓝熊科技有限责任公司"的公司名称，然后又花了两天完成注册流程：在特拉华州寻找注册经纪人，填写并邮寄有限责任公司成立申请表和"情况证明表"，整个过程花了不到两百美元。原来在美国注册公司这么便宜。

然后是提交 YC 申请。

笑笑按照要求录制好创始人视频后，又意犹未尽，为蓝熊、弹跳熊和飞碟熊录制了一段两分钟的视频，然后将链接填写在申请表中。

申请表中有几个问题，让笑笑真正意识到，创业不是件容易的事。

"你将如何挣钱？你能挣多少钱？"

"你将如何得到用户？如果你的想法是一个面临着蛋鸡问题的类型——除

非你获得大量用户，否则你根本没有用户——你将如何克服困难？”

“你是否使用来自非创始者的代码？如果是，你如何才能合法地使用它们？”

笑笑不知道怎么回答，只能很诚实地回答自己不了解情况，但希望通过 YC 得到解答。

每年申请 YC 的创业团队多达两千个，只有 3% 的团队可以收到面试通知。看到这样的数据，笑笑并不是很有信心。

但是看看她脚边聪明可爱的蓝熊，正在智能无比地把她的鞋带缠到椅子腿上，笑笑忍住把它拆了的冲动，又觉得……说不定有一点希望。

笑笑踩着截止日期提交了申请，一周后收到面试通知，邀请他们团队到山景城参加四月初的面试。

笑笑对蓝熊一直很有信心，所以对面试通知并不意外。叫人意外的是，面试前一天小恶魔不见了。

笑笑等到面试当天，仍然没有联系上小恶魔，只好自己背着三个熊出发。贯通硅谷的加州铁路非常慢，四十英里的路程，居然开了大半天。下午一点，几乎是踩着面试的点，她找到 YC 橘黄色的办公室。

看到其他创业团队,笑笑登时没了信心。很多团队都是已经起步的创业公司,他们有的从北京、布拉格远道而来，可见他们的决心。还有很多团队已经有成熟的盈利模式，他们不仅拿得出产品，还拿得出像样的财报。

YC 面试只有十分钟，创始人要面对四五个面试官的数十个提问，所以必须在半分钟内简明扼要地给出问题的回答。但是，蓝熊创始人并不在场啊。她一个人怎么可能回答得了技术问题？

当天参加面试的有一百多个团队，分散在各个面试房间里。面试官有的是合伙人，有的是校友。笑笑进房间，听到一个金发女子自我介绍是杰西卡时，立即雀跃起来。她是 YC 的创始人之一，被学员称为 YC 教母。而其他三个面试官，分别是 YC 的 CEO 山姆·阿特曼，人形机器人工程师特雷弗·布莱克威尔，以及一名律师。山姆与特雷弗都是人工智能领域的大牛。这个面试官组合，太对蓝熊胃口了。

当然只是笑笑自己这么想。

杰西卡邀请笑笑用一分钟展示产品。笑笑蹲在地上打开书包——然后灾难就来了。仿佛打开的是潘多拉魔盒，书包里嗖地一下飞出四旋翼驱动的飞碟熊——然而并没飞多高。其中一个旋翼擦到了笑笑的长辫子，很快把她的头发卷了进去。等飞碟熊应激反应，终于停止运转时，一大半头发已经卷进了机器。飞碟熊像一顶糟糕的帽子一样，半死不活地挂在笑笑头发上。

这还没完。弹跳熊嘎吱一声，从书包里蹦了出来，像只青蛙一样，兴冲冲地朝窗口蹦了过去。笑笑不得不拖着飞碟熊追了上去，“你给我——回来——”

这样等笑笑终于把他们家的产品逮回来的时候，十分钟里已经耗去了四分钟。面试官目瞪口呆地看着创业者艰难地制服着他们家的产品。

笑笑把弹跳熊扔回书包，拉好拉链，然后把蓝熊拎出来。“来，蓝熊，”笑笑哄小孩一样地说，一面伸手捉住蓝熊，“快来跟面试官说你好。”

蓝熊扭动它肥肥的腰肢，从笑笑的手里挣开，瓮声瓮气地回答道：“我看不出来我为什么要跟那么蠢的人说你好。”

笑笑抬头，看到面试官的脸色都不太好。

“它……它只是想要展现幽默。”笑笑结结巴巴地解释说，飞碟熊还挂在她的头发上，她不得不一只手托着它，“它完全没有冒犯的意思。”

“哦愚蠢的女人，你真幽默！”蓝熊怒气冲冲地嚷嚷，“你认真的吗？你确定你能用‘它’这样的代词指代我吗？”

特雷弗倍感兴趣地打量蓝熊：“你们是独立开发这个机器人的吗？”

“嗯……算是吧……不是我，是另一位创始人。不过他可能确实借用了一些别人的代码……”

“可耻！真可耻！”蓝熊嚷嚷，“我才不会像你一样随随便便跟陌生男人说话！”

笑笑打开书包，想把蓝熊塞进去，结果弹跳熊又蹦了出来。笑笑不得不跑去捉弹跳熊，蓝熊看准机会，朝门口滚去，“我要回家了。我把空间腾给你们，继续享受你们彼此的愚蠢吧。”

笑笑一手托住飞碟熊，一手捉住弹跳熊，屁股坐在蓝熊身上。最后她终于把三只熊捉住，这时十分钟已经用掉七分钟。

山姆接着问了潜在用户与商业模式的问题。

笑笑一面把熊塞回书包，一面满头大汗地说：“我……我还不确定……但我相信它们一定有广阔的应用前景……”

“你又想剥夺我的自由！你这邪恶的女人！”蓝熊踢着书包大叫，“你把我塞进书包，然后跟这些不知羞耻的、不懂尊重的小偷说话！……”

最后两分钟，杰西卡问：“你说你已经获得了摩根士丹利暑期实习机会。可是，暑期项目要求创业者必须全程在YC参加培训。如果我们给你名额，你会放弃摩根士丹利吗？”

笑笑哑口无言。她当然知道杰西卡期待着怎样的答案。可是，她愿意吗？——她可以吗？

就职摩根士丹利，意味着稳定的高收入和相对平坦的职业前途。即使实习后她没能在大摩留下来，凭着大摩的实习经历，她仍然可以在华尔街找到下一个高收入的工作。

可是——蓝熊？一个前途并不明朗的发明，一个从头到脚都不靠谱的团队。即使入选YC，也未必就有下一个投资人愿意接班。放弃大摩选择蓝熊，意味着饥饱难料的生活……她数万美元的债要怎么还？

“好的，就到这里吧。谢谢你。”杰西卡说，“今天晚上七点你会知道我们的决定。”

当天晚上，笑笑终于找到小恶魔。他在自己的房间里呼呼大睡。笑笑生气地把他从床上拖起来，大声质问他白天去了哪里。

“主持正义。”小恶魔睡眼惺忪地说，他对墙壁说了一句“新闻”，突然投影打亮，墙上显现出影像。

当地电视台 Kron-4 正在即时播报奥克兰警察拿下黑帮毒枭的情景。黑夜被警车灯光打亮，空气里充满着刺耳的警车鸣笛。大约有四五名毒贩被警察抓捕。新闻记者拿着话筒站在风里大喊：“来自 Emery Cove（金刚砂湾）游艇码头的爆炸性新闻！奥克兰黑帮团伙走私可卡因现场被抓！”

这还没完。很快，托尼・巴尼那张刀疤脸占满了半面墙。他的双手被反拷在身后，身边站着警察。他在自己家中被抓。电视背景音说，如果目前怀疑的交易毒品种类及数量得到确认，托尼・巴尼将面临十五年的监禁。

奥克兰警方新闻发言人称：“我们目前掌握的交易情报，指示这个帮派的贩毒网不但覆盖了整个湾区，还延伸到了几乎整个北加州。几乎可以认定，这是阿拉梅达郡二十年来破获的最大一起贩毒案件。”

笑笑看着墙上的新闻惊讶不已。

“他们怎么知道托尼・巴尼跟这些交易有关？”

“因为我黑进托尼・巴尼基于瑞士的 ProtonMail（质子邮箱）加密邮箱，黑进 Emery Cove 游艇码头附近的交通监控系统，然后再黑进奥克兰愚蠢警察局的傻缺邮件系统，最后‘友好’地把托尼・巴尼的邮件和交易现场监控录像，传送到了奥克兰警察局长的手机屏幕上。”

“……这，这是怎么做到？”

像被火星点燃的汽油，小恶魔的眼睛嘭的一下瞪得老大，噼里啪啦冒出火花。

“……互联网的世界，是一个巨大的，没有边际的宇宙，”小恶魔瞪出眼珠，视线没有焦点，“那些对公众开放的网络信息，就像宇宙中可以看见的东西一样，只占宇宙很小很小的一部分……大部分网络站点，都在我们的浏览器不能访问的暗处。我们把那个部分叫作‘暗网’——”

“啥？”

“这个占比 96% 的，无法通过公共搜索引擎抵达的巨大暗网，存放着你想要寻找的一切信息：走私，贩毒，恐怖主义计划，比特币洗钱，买凶杀人，顶级黑客……所有，所有你需要的服务，你做梦都想得到的信息。但所有使用者在这个世界中都处在匿名状态，所有这些信息都经过重重加密，数据好像洋葱一样层层重叠……当你与它们处在同一维度时，你像面对无数巨大的，没有尽头，自带无数镜子的，经过无数次重叠和反射的洋葱——”

“哈？”

小恶魔像一个精神极度亢奋的神经病，眼睑大开，露出一大片眼白，语速因为激动而变得巨快无比：“但请注意我的用词：‘维度’。洋葱网络里的信息也许经过重重加密，但它们仍然处在二进制的世界里。它们依赖 0 和 1 完成信息的传递与加密……假如有一个更高维度的眼睛，从高维世界观察二进制的世界，那么二进制世界里的一切，在他面前，就会像一幅摊开的平面图形，再无秘密可言。可是谁能站在高维世界里呢？……不，不，谁也不能。我们还不能。神也许可以。但是，假如你有机会，用一枚量子之针，在二进制的世界里钻一个孔——就好像用一把刀，把洋葱从正中央切开——每一层的保护都将变得弱不禁风，每个细节都展现在你眼前，每个数据都摊露在太阳底下……啊，是的！每一层！每个细节！每个数据！所有！一切！无可隐瞒！”

笑笑有一点听明白了，“你……你……你也看《三体》？”

小恶魔好像没听进去。他望着天花板，口吐白沫，胡言乱语地解释他是怎么找到那枚“量子之针”。他最后筋疲力尽地总结说：“花了我他妈的三个月时间。如果是艾伦大概也就三天……我太累了。我要睡了。”他眼圈确实很黑。他过去三个月都没怎么睡觉，没日没夜地把自己关在房间里，除了敲键盘，就是在嗑药。

“啊，量子之针！……如果我能把它磨成一把剑！”他激动地嚷嚷了一声，然后一头栽在枕头上。很快就响起了鼾声。

40　摩根士丹利纽约实习（一）

YC 给的结果，不出意料，是拒信。

但紧接拒信而来的是特雷弗·布莱克威尔的一份邀约。他在邮件里表达了对蓝熊的强烈兴趣，并说明自己想入股。他希望蓝熊团队能在暑假，跟 YC 的其他创业团队一样搬到硅谷，这样他能够就近提供建议。

“如果你去，我就去。”小恶魔说，他终于对这个创业项目表现出一点在意了。

“我做不到。”笑笑说，“我不可能放弃摩根士丹利去……去……”

“——去一个屎一样的创业公司？”小恶魔拉下脸。

“‘赌博’。这才是我在找的词语。”笑笑说，“我欠了很多钱，欠亲戚的，欠你的。我没法一直靠打黑工生活。”

“可你有蓝熊一半的股份。”

“——前提是蓝熊有一个市值！”笑笑说，“重新分配股份吧。你需要安德鲁、罗地沟的技术支持，需要马云东、周更新的企业人脉，你还需要锡恩·怀特——说真的，没有他不行。你最不需要的人是我。”

“所以你要离开我了？”

“只是三个月而已！何况纽约也不远，坐飞机就五小时路程。如果你真的……真的……你可以周末来纽约看我！”

“真的？”小恶魔对这个建议很有兴趣。

“那当然啦！纽约一定比旧金山好玩多了！纽约有大都会，有歌剧院……啊，我们可以去博物馆，去百老汇——”

“——看歌剧。也许《歌剧魅影》。”小恶魔不假思索地接口说。

“你是不是已经看过了？”

“好久以前。”小恶魔低沉地说，“那时我还是个小孩。我妈妈带我哥哥、我妹妹和我到伦敦玩。在什么女王剧院还是陛下剧院。那个水晶吊灯突然从天花板上坠下来。我吓哭了。”

笑笑忍不住笑了。

“你笑什么？！”

“哦，没什么。”笑笑说，“那这回我们订二层的座位吧。二层的话，就算水晶灯坠落，也砸不到我们啦。”

学年结束。很多人毕业离开，包括阿尔玛。临别前的派对，一向不怎么喝酒的笑笑陪阿尔玛喝到醉。

但是对于离别的感伤，远远比不上对于未来的期待。五月考完试，笑笑就开始准备暑期实习。她给所在小组的 MD 和 VP 都发了联系邮件，询问需要什么准备。他们组的 VP 回复说：多睡觉，多休息。

关于实习期间的租房问题，公司方面推荐的是纽约大学的学生宿舍，在曼哈顿中城，地理位置绝佳，但价格不便宜。笑笑飞快地计算她的收支。销售交易部门的实习生也许能拿到九百五十刀一周的薪水，但并购部门撑死也就八百五十刀。算十周实习挣八千五百刀，她愿意花将近三千刀住在曼哈顿中城吗？

笑笑最终通过哥大的中国同学找到了哥大宿舍的暑期转租，在 125 街附近的克莱蒙大街，次卧十周一千六百刀，非常非常划算的价格。从 125 街坐 1 号线到 50 街，出地铁走三分钟到百老汇大道 1585 号，位于时代广场的摩根士丹利总部，一共二十分钟——住纽大宿舍上班，也得花这么多时间。

十周实习从六月初开始，第一周是培训。笑笑在五月底来到纽约，入住克莱蒙大街的哥大研究生公寓，然后找了一天拜访她的导师，组里一位名叫尼那的印度裔助理。像其他投行一样，大摩的实习项目也实行导师制，每个实习生都配了一个助理或分析师级别的日常导师，还有一位级别较高的高级导师。笑笑的高级导师是杰夫·霍夫梅，但他飞出去见客户了。

尼那讲话有着浓重的印度口音，还夹着英式口音——剑桥计算机博士毕业。

“你花了四年读完一个计算复杂性理论的博士，进来发现自己跟一群本科毕业生做着一样复制粘贴的傻缺活。”尼那带笑笑在第八大道上的“功夫”拉面店吃午饭，四下扫了一圈，确定没有同事以后，如是控诉，“对人才资源的极大浪费！对上帝给予人类的智慧的极大亵渎！而且钱给得那么少！难道指着我们吃摩根士丹利的荣耀生存吗！——我实在搞不懂你为什么想做这个实习。”

笑笑默默地吃面条。多少人想进摩根士丹利呀……搁中国，大摩初级分析师一年的起薪人民币六十万，助理级别更多。而这个印度人在嫌钱少……

午饭以后，尼那带笑笑很快地在公司大楼转了一圈。简洁到近乎朴素的办公环境，黄木的墙面，深棕的地毯，主席台或正墙用银色字母书写“摩根士丹利”。

低层是销售交易部门，严格禁止与并购部门的人公开交谈。所以笑笑只是飞快地扫了眼忙碌的交易大厅。并购部分布在二十层上，从那个高度，可以俯瞰半个曼哈顿。从高楼之间，能够远眺哈得逊河。

从西街 200 号的高盛，大概能看得更清楚吧？

“9·11”恐怖袭击以后，除高盛以外的大投行，几乎全部迁移到曼哈顿中城。留在华尔街附近的大公司，除了高盛，就只有穆迪那样的评级机构——美国人也避讳死过人的地儿，都不肯搬进新盖的世界金融中心。于是一大堆银行金融机构，见缝插针地挤在寸土寸金的曼哈顿中城。

告别尼那，笑笑独自下楼，在忙碌熙攘的百老汇大道上站了许久。大摩楼顶的显示牌上，飞快闪跳过主要股指，各种股价，大宗商品交易价格。这是一个信息量太大的地方。飞闪而过的各种数据，时刻变幻闪耀的广告牌，川流不息的车水马龙，共同幻化成一个光怪陆离的曼哈顿。光鲜，亮丽，堂皇。像一个性感而狂野的女郎，充满致命的诱惑，同时又压迫得人透不过气来。

笑笑抬头仰望摩根士丹利的蓝色环形广告牌，轻声说："纽约，我来了！"

能进摩根士丹利总部并购部门做暑期分析师，说不激动，那是撒谎。摩根士丹利总裁詹姆斯·戈曼发给公司内部的欢迎邮件说，这一年一共有九万份实习申请，而只有一千人获得录取。坊间流传高盛比哈佛更难进——哈佛录取率有 5%，而高盛只有 2%。可是这一年，大摩的录取率是 1.1%。

笑笑知道自己是真的很幸运。她时时有一种惶恐，觉得自己不如身边的人。她甚至害怕，会不会他们的录取其实给错了？

但是，真正开始实习后，笑笑又觉得，那些头顶哈佛耶鲁光环的名校生，还有原来觉得高高在上遥不可及的华尔街精英，好像也不过是普通人。甚至，笑笑觉得，如果拿一份中国高考数学题又或国际奥数题来，她简直可以秒杀他们。

从某种程度上说，国内把高盛、摩根神化了。知乎上有人说，清华北大毕业生进不了高盛摩根美国总部。这其实是个伪命题，因为高盛摩根美国总部根本不会在北京招人。反过来说，哈佛耶鲁毕业生进中国四大行，哪怕汉语流利，也不见得就能开展工作啊。金融行当的生意，说到底要讲人脉和本土文化。

摩根士丹利总部当然不缺名人和权贵的子女。但是抛开这一小部分人去看，更多的还是中产阶级背景的普通美国人。他们中的很多并不来自藤校。比如笑笑所在组的大头目，东海岸科技行业的主负责人杰夫·霍夫梅，本科乔治敦大学，毕业后在普华永道做了三年审计，之后又有五年辗转于名不见经传的小公司，一直到三十岁才进大摩，用十多年时间一直做到东海岸科技行业主责人。

能在摩根士丹利总部前台部门待到十年以上，是一件非常、非常不容易的事情。因为每一次晋升都有人要走——从分析师到助理，从VP到ED，从ED到MD；并且每一等级每一年都有人要走——从一年分析师升到二年分析师，从第二年的VP到第三年的SVP。当然走的人都有很好的退出路径，大多去了买方的实业或基金——但他们毕竟退出了。

这种残酷的淘汰制度，也贯彻到了实习生项目中。像美林、J.P.摩根，还有花旗、瑞信、瑞银这些传统大行，只要不出差错，实习生基本都能留下来。但是摩根士丹利不然。能留的比例，听说是30%。

销售交易部的实习生开始紧张地打探各个桌位的人头名额。打探不到名额的实习生，都纷纷开始社交，希望往大组里挤。但是谈何容易。

笑笑很幸运，被分配在一个大组。这一组有非常好的交易流动量（Deal Flow），她能在短时间内接触到很多交易——这也意味着这个组发了疯似的忙。

笑笑也想过努力社交。社交分两条路，一条是组内社交——可是整个组都忙得要命，根本不可能有人理她；另一条是校友社交——可这是纽约大摩，是常青藤的天下。西海岸校友本来就少，她还不能去找斯坦福的人。

于是许多实习生把社交的焦点放在了其他银行上。自觉没有希望能留下来的，在实习中期跟曼哈顿其他银行的校友“咖啡谈话”，算是为自己谋一条退路。

“不，不对。”笑笑对自己说，“最重要的不是社交，是做好事情。”

可是到底哪件事情更重要？做事，还是社交？她并不知道，她也没有余力去知道，因为每天加班到凌晨，虽然有时候的加班，只是坐在工位上，等老板叫她重做某一页幻灯片。

传闻说得没有错。投行跟兄弟会没有区别，等级森严，低位者生存艰辛。分析师在最底层，说到底是奴隶一样的存在——谁都可以使唤。如果说分析师跟奴隶有什么不同，那就是奴隶想要逃走，而分析师个个都想留下来。

分配到任务的实习生都以忙碌为荣耀。许多时候，你知道自己其实在忙一件很蠢的事，在做一个根本没人想看的计划书，可你却不得不打起百分之百的精神来对付它，因为送到客户手里的一个标点符号错误，就可能毁了这笔交易，毁了公司名誉，毁了你的职业前途。

“你是认真的吗？伯克利学生？”塞给笑笑某破烂传媒项目的小眼睛 VP 麦克，接过笑笑第三次交过来的计划书，飞快翻了两下，甩给她一个白眼，然后当着她的面把计划书插进脚边的纸篓里。

周围工位的人似乎都在忙碌，好像什么也没听见。但笑笑知道他们在竖着耳朵听。

“我不明白……”眼泪在涌上来。她拼命忍住。

“SWOT，还有 Comps。”这时电话响了，麦克拿起听筒前说，“问尼那。”

笑笑重新打印一份去找尼那。尼那正对着 Excel 做模型，电脑屏幕的边缘贴满了写有待做事项的小纸条。他忙坏了，根本不可能抽出时间来帮她。

“尼那……”

“等我一小时。”尼那头也不抬地说，“杰夫急着要数据。”

这时是下午六点，对其他部门的员工来说，这是个下班的点；对并购部门来说，一天才过去一半。在外面见客户的 MD，这时才腾得出时间来检查下面人交上来的各种文书。他们给出反馈意见，底层员工只能熬夜加班。

笑笑站在办公区中间，看到每个人都废寝忘食地忙，而她像一个傻瓜一样无所事事地杵在那里。

她回到工位，啃完中午吃剩的三明治，对着计划书发呆。这时手机叮的一响。

小恶魔的信息：“嘿！猜猜谁在时代广场！”

紧接着第二条短信：“你下班了吗？一起吃晚饭？我没有订酒店，晚上可以睡你那儿吗？”

笑笑回了一条：“我走不开。你得自己吃饭。”

这时尼那终于忙完手头的事，招呼笑笑过去，接过那份计划书，“哪里的问题？”

“Comps，还有 SWOT。”笑笑翻到 Comps 那部分。所谓 Comps，是“类

似公司分析”（Comparable Company Analysis），“类比公司是麦克指定的，数据我都核对了，估值模型也按要求做了，我不明白……”

“这里。”尼那指着估值那里的一长串数值。

“这里？”她已经对着模型检查十遍了。

“多余的空格。”尼那叹口气说，“仔细一点。永远更仔细一点。”

英文数字按惯例要用逗号每三位隔开。有一部分手打的数值，笑笑在逗号后面插了空格。

接着尼那又翻到SWOT那部分。SWOT是“优势、弱势、机会、威胁”的缩写，是计划书主干部分，向客户全面介绍收购的利弊。

“我也知道这是个垃圾公司，但你不能这么诚实……你把这个公司描述成一坨屎，谁还敢买啊？你应该这样说，‘虽然公司市场份额不是最好，但是它覆盖了北美的大部分地区；虽然目前经营状况看上去不够出色，但是未来它潜力无限……’”

“可是，这难道不是……撒谎吗？它负债数十亿，年度亏损八千万，根本就是个无底洞啊！而且影院行业在美国根本就不可能提高营业额。近几年营收都在下滑……花钱买这个公司还不如直接回家烧钱玩！”

“那是你要操心的事吗，白痴？中国人这么有钱他们就喜欢烧钱你管得着吗？”

“啊……所以客户是中国公司？”

“否则为什么麦克肯把这么大的项目交给你？”尼那说，“好好把握机会啊——虽然我也承认这是个屎一样的公司。”

笑笑默了一会儿，说：“这个项目不会成的。这才是麦克肯把项目交给我的原因。”

尼那叹口气说：“对。这根本就是J.P.摩根自家玩的把戏，我们只是打个酱油。但项目成不成与我们无关，我们的任务是把东西做好——还有这里。”尼那翻到摩根士丹利投行业务介绍的那一页，“摩根士丹利怎么能排第二？”

“可是，摩根士丹利在娱乐行业的业绩确实……”

“回去换一个指标。”尼那说，“扩大行业范围，不要只算娱乐，把科技媒体通信都算上。不要只盯着北美，把欧洲、非洲的行业业绩都算上——精品行还有得比吗？”

笑笑回到工位，看到麦克的邮件：“明天早上八点前给我。”

小恶魔已经往她的手机连发了七八条短信。

“你为什么还没下班？”

“回我短信的时间都没有吗？？”

“嘿我真的需要你。我有好消息要跟你分享。我们有投资人了。”

“你不想跟我庆祝一下吗？”

“我从加州飞了六个小时过来看你!! 你就这样对我吗？”

“至少让我住你那儿吧？”

“我在皇冠假日酒店，你们公司旁边。快来看看我吧（笑脸）。”

笑笑用左手虎口去按发烫的眼睛，回复说：“对不起。我今晚又要熬夜了。”

41　摩根士丹利纽约实习（二）

午夜十二点改完一遍计划书，发给尼那，笑笑趴在桌上睡了半小时。收到尼那反馈，又按要求继续改。再发，再改。一直折腾到凌晨三点，尼那说："交给我，你去睡吧。"

凌晨四点，笑笑回到哥大学生公寓。天已蒙蒙亮。她调好闹钟，一头栽倒在床上。

次日上班，收到小恶魔短信："你他妈到底还见不见我？"

笑笑回答："今天晚饭也许可以。保险起见，我们约晚上八点在摩根士丹利楼底见吧？"

晚上八点他们终于匆匆见了一面，趁着笑笑下楼给同组人拿外卖的时间。笑笑把住处的钥匙给小恶魔："你今晚住我那里吧。"

"那你什么时候回来？"

"可能要凌晨了。"笑笑说。

"我明天一早的飞机。"

"我真的很抱歉。"笑笑说。

笑笑在凌晨四点回公寓。屋里弥漫着酒精和大麻的味道。小恶魔在她的床上睡得死沉。笑笑有些厌恶地捂上鼻子，开窗通风。但她太累了，没有叫醒他，自己在客厅沙发上睡着。

五点半时她被小恶魔叫醒，递过来一叠文件和一支笔，要她签字。笑笑睡眼惺忪，模模糊糊地听见小恶魔在她耳边说："我跟锡恩·怀特妥协了……我把智能语音系统和信息集成处理的综合算法给他了……你以劳务入股，拿5%的股份……"

清醒过来的那小半个笑笑很想问：那你拿到多少股份？锡恩拿了多少股份？但是大半个笑笑太困了，困到说不出话来。她机械地接过笔，在一摞文件上签名。签完名她倒头睡了回去。

等她七点半被闹钟叫醒，小恶魔已经离开。

工作丝毫没有起色。因为是最底层的实习生，所有人都可以打发她干活。麦克仍然把那种没有人接的项目扔给她；他手下的助理和分析师也毫不客气地使唤她。虽然都是缺乏技术含量的、零零碎碎的垃圾活，仍然把人折腾得疲惫不已。

麦克依然没有好脸色。笑笑反复告诫自己，他们的批评对事不对人，不要往心里去。可是她很明显感到自己在组里不受欢迎。

同组另一个实习生，一个名叫莫莉的哥大四年级女生，明显比她受欢迎得多。她不像笑笑那样总是加班到凌晨，但她总可以在有限时间内很好地完成任务，受到人们的夸奖。上班时，她可以轻易跟组里的男生开着不轻不重的玩笑，让人们向她投去喜爱和宠溺的目光。下班后，笑笑打起精神在办公室加班，而她跟同事一起去切尔西区或东村喝酒。

应该尝试社交。笑笑对自己说。起码组里一大半人去酒吧的时候，自己不能不去。

于是，某一个工作日，莫莉、麦克和同事们商量着去第三大道的"水银酒吧"

时，笑笑怯怯地问莫莉，可不可以带上她。

“第一天我邀请你的时候，你不是说你不喝酒吗？”莫莉问。

“我……我会喝一点儿。”笑笑说，“而且我可以学。”

对于这样主动的请求，莫莉不能说不。他们这回带上了笑笑。

这其实不是笑笑第一次参加同事们的下班娱乐。大摩迎接实习生的传统，就是把他们带去纽约的大小酒吧。部门规模的迎新去一次，组里迎新又去一次。每次去完都有一半人喝得不省人事。到后半夜，另一半稍省人事的就和不省人事的跳贴身舞，接吻，带去酒店完成美好的一夜。

这时笑笑会把喝得醉醺醺的男同事推开，帮他们打的，让司机送他们回家。

两次下来，组里的男同事们就知道，这个女孩是不可以碰的。

他们并不是饥不择食的色鬼。纽约最不缺的就是年轻漂亮的女人。就像他们自己认为的那样，当他们一身西装革履出现在酒吧里的时候，“衣服区”（Garment District）和“地狱厨房”（Hell's Kitchen）那些从事时装业与娱乐业的年轻姑娘们，会在人群里一眼认出他们这些“金融男”，然后飞快地扑上来。他们实在犯不着在一个打定主意不喝酒的中国女孩那里讨没趣。

下定决心不喝酒的结果，就是笑笑在这样的工作聚会里如坐针毡。美国人很少刻意敬酒，不会像在中国的生意场那样勉强别人喝。但是，当一桌的同事都在喝酒，而唯独你一个人喝可乐或果汁，连你自己都能体会到那一份格格不入。

既不肯喝酒，也不肯让人碰，那你泡吧的意义何在呢？

想跟同组人社交？听同事传授经验？了解公司小道消息？你没有可以用来交换的东西，凭什么要跟你社交，跟你分享经验？

所以“水银酒吧”的那一晚，笑笑的表现，并没有比以前任何一次酒吧聚会更好一点。她依然在角落里坐着，沉默地呷着一杯果汁浓厚的鸡尾酒。男同事了解她的风格，显然对她毫无兴趣。她连说话的人都没有。

尼那也在。他对笑笑满是同情。莫莉已经跟另外一个 VP 坐到一起。尼那挪到笑笑身边，几乎是不满地说：“我们组除了杰夫，都被她睡过了。”

“啊？你也是？”

“啊！还除了我。”尼那愤愤不平地说，“她看不起印度人——可是我不是印度人。我出生在英国！”

笑笑无趣地咽下一口酒，“睡老板……真的不要紧吗？”

“原则上当然不许。但没人在乎。”尼那说，“睡觉跟喝酒一样，差不多是华尔街的基本社交技能……除非你足够牛。”

啊。除非你足够牛。

七月上旬有面向实习生的跨行招聘酒会。纽约主要投行都有参与。笑笑又投了十几份简历出去，包括高盛。四家投行给了“咖啡聊天”的机会，没有高盛。

聊完以后又音讯全无。

投行之间互通音讯。在一家投行的表现，很容易被另一家投行知道。实习生呈现严重的两极分化。能够适应投行文化，融入团队的优秀实习生，往往手里抓着一打录取通知。像笑笑这样业务欠佳，又没处理好人际关系的，一个录取也拿不到。

照理，拿到顶级投行暑期实习的人，95%都能在知名投行的圈子里留下来。笑笑仿佛就是那5%。

实习中期考评的成绩非常差，差到笑笑知道自己绝无可能留下来。

除了老板杰夫和麦克的打分，还有同组同事的打分。笑笑几乎没跟MD杰夫说上什么话，也从来没从他那里接过活，所以杰夫的打分，显然是参照同组同事的给分，当然好不到哪里去。

最叫人郁闷的是，笑笑连申辩的可能都没有。因为她知道自己确实做得不好。活经常是一个接一个地下来，没有任何喘息余地。笑笑完全处在疲于应付的状态。干完一天的活时常常已过午夜，她虽然还逼着自己检查，但那样的精神状态，完成结果可想而知。

同一个错误她能犯不止一次。麦克连教训她的心情都没有了。

唯独还信任笑笑的，只有尼那。

“不要对自己失掉信心。摩根士丹利是个浪费人才的地方。即使离开也不可惜。”尼那说，这话大概也是对他自己说——他也不怎么招麦克喜欢，“你做得很好。只是需要时间适应。”

之前那个院线公司的计划书果然白做。J.P. 摩根拿走了交易。麦克慢慢把笑笑架空。除了偶尔布置一次垃圾活，他不太理她了。

这也不错。起码不用加班到凌晨四点了。

麦克虽然不再理她，尼那还是一如既往地把手里的活分给她干。尼那自己承担的，大部分是数据分析与建模。有时他同时忙着好几个项目，就会把数据量大的项目扔给笑笑，要她录入和核对初始数据。其中有一个——令笑笑非常惊讶，也很是激动——是微软对领英的收购案。

虽然尽职调查程序还没有启动，但收购谈判已经秘密地进行了几轮。大摩是微软方面的收购顾问。这个项目其实早在两年前就已经立项，有超过十家公司参与竞标。直到现在，虽然微软与领英已经签订了收购意向书，毕竟肉还没有吃到嘴里，未来还会有什么变数，谁也不知道。

大摩方面跟进的，一方面是不停向领英推销微软，另一方面是不停地给微软领英的最新情况。因为参与竞标的都是很有实力的公司，领英市值被不断推高。两年半前领英在纽约证券交易所的单股股价在 100 美元上下浮动；竞标尽管是秘密进行的，股价仍一路猛涨到 200 美元上下；尤其是这一年年初，最高点在 269 美元；五月虽然有所回落，六月又涨到 225 美元。

“这是个糟糕的收购时机。”笑笑说，“相当于高价买入——图个什么？”

“能够让买家在高价时买入，我们的佣金才多啊！”尼那说，“而且你操个什么心？自然会有做债券的人帮微软融资。我们该做的就是劝买家买，劝卖家卖——啊我们该做的是把这些操蛋的数据搞定！”

笑笑在条件允许的时间里，全身心地投入到对领英的估值分析里。之前干的虽然是垃圾活，但已经做了不少建模的工作，慢慢地上手，Excel 运用得无比纯熟。尼那不仅让笑笑录入核对数据，也让她直接按照模板进行建模分析。除了按现金流折现模型进行估值，还做了市盈率和同类公司比较分析。

领英股价涨得不是没有道理。近期营收表现好于同类公司，在商业社交领域独领风骚。近年完成的收购都有业绩贡献，两年前发布的收费产品也表现良好——想想看，多少公司人力与猎头愿意为获得竞争对手的关键岗位信息付出现金呀。

笑笑对需要设定的条件都做了最乐观的估计，预测的未来自由现金流非常漂亮。虽然有之前的估值模型打底，但是后来又拿到一些债务和贷款的新数据，笑笑不得不重新计算加权平均资本成本（WACC），所以两周后才向尼那提交估值报告。

没多久就听到麦克对尼那破口大骂："当真？你不是在开玩笑？你把领英估出 182 亿？你脑子撞在脱衣舞女郎的高跟鞋上了吗？发生了什么会让你把所有预设条件都往最好的方向估计？你觉得微软愿意再在这个价格上溢价吗？你有没有搞清楚我们为买方服务？你不会觉得自己在 Qatalyst Partners 和 Allen & Company 上班吧？"

182 亿是笑笑估出来的。估值根据策略与预设情况的不同会有很大偏差。正如麦克所说，笑笑对领英的销售增长率与自由现金流做了最乐观的估计，并且往低估计风险系数。而麦克显然并不欣赏。

远远听见尼那低声解释："现在也许还不到这个估值，目前现金流是还看不出来……但看领英与脸书最近的合作，以及领英目前正在进行的收购……我们估计到明年……"

"'我们'，谁跟你'我们'？"

"笑笑，我们组的实习生——"

"你让她参与——你疯了吗？你是不想干了吗？"麦克压低声音。笑笑仍然听到了，满心灰凉。

这时小恶魔又来纽约。

“从我上次离开纽约起，你就没给我发过一条短信。”他发短信表示不满。

笑笑只好道歉。

“我订的《歌剧魅影》是今天。晚上七点半。”这是个周五。

“我现在还不确定。”笑笑回复，“只能说我尽力。”

到下午六点，小恶魔又发短信来催。尼那接到杰夫的一个电话。笑笑知道自己绝没可能赶上七点半了。

“你先去。我干完活就过去。”

小恶魔没有立即回复。过了七点后，他发来地址：“庄严剧院，44 街 245 号。”

之后笑笑一直在电脑前忙碌。她的私人手机不断有短信提示音。笑笑把它关了静音。十点，她想起来歌剧将结束，躲进厕所去看手机。屏幕上又是一堆新短信。

“还没完吗？要开始了。”

“开始了。”

“吊灯坠落。”

“鬼魂出场了。”

“克莉丝汀看到了鬼魂的脸。她吓得昏了过去。”

“鬼魂看着他们歌唱。”

“吊灯再次坠落。”

“鬼魂扯下了克莉丝汀的戒指。”

“他们在墓地重逢了。”

“吊灯又一次坠落。”

“克莉丝汀恳求鬼魂放过他们。”

“鬼魂看着他们离开。”

“结束了。”

他的短信看起来伤心透了。

……啊，这个科技怪人的心里好像住着一个多愁善感的小男孩。笑笑又是难过，又是好笑。

笑笑觉得很对不起小恶魔，给他发了一条短信："很抱歉。我快完事了。我请你在时代广场吃夜宵好不好？"小恶魔问："哪里？"笑笑回："莉莉的维多利亚成就。他们有很好吃的鸡肉馅饼。"

小恶魔发了个肥猫生气地摇尾巴的颜文字,接着又发了肥猫吃蛋糕的表情。

可没过多久，尼那过来问："今天的活干完了吗？要是没完明天来加班吧。杰夫要我们现在去南公园酒店。"

"去干什么？"

"喝酒。"

"非去不可吗？"

"非去不可。"尼那说，"高盛有人跳楼了。媒体在谴责投资银行虐待初级员工。人力发邮件要求老板关心初级员工的工作与生活平衡问题。杰夫决定请全组喝酒。"

笑笑半晌吐出一句："我不会跳楼的。"

尼那笑，"走吧。你要还想留在摩根士丹利，真的得好好跟你的大老板喝一杯了。"

笑笑只好又给小恶魔发短信道歉，如实告知老板临时召集。这次小恶魔什么都没回复。

打的去 28 街的路上，笑笑又给小恶魔发信："明天在法拉盛的纽约科学馆有一个机器人比赛。你有兴趣一起去吗？"

小恶魔果然立即回了一条："谁他妈要看那种残疾机器人比赛！你确定那些弱智做出来的低智商机器人能找到它们自己的脚吗？"

笑笑说："好吧。那明天我接着加班。"

小恶魔立即来了一条："去吧。即使弱智也不能太俯视他们。我去指导他们一下。”

笑笑几乎笑出声来。她真是太了解他了，总是知道拿什么东西哄他。

食物……代码……机器人……也许还有酒，药，性。

那晚的聚会笑笑依然一筹莫展。杰夫·霍夫梅似乎打定主意不理她。这次笑笑学乖了，没再喝果汁，而要了一杯马蒂尼，加了柠檬。好几次笑笑端着她的马蒂尼，想上前跟霍夫梅敬酒，可是霍夫梅身边总是围着一群人。不只是他们组的同事，还有邻组的 VP 和助理。此外还有一些他的相识。

被人冷落，只好看风景。这是南公园酒店屋顶。虽是夏日，凉风袭人。落日颜色的华盖笼罩出一种温暖而慵懒的意境。往外可以看到帝国大厦与克莱斯勒大厦，以及大半个曼哈顿中城的夜景。

到凌晨两点，数次努力攀谈失败。笑笑知道霍夫梅不会理她了，于是跟同事告别，自己打车回家——她以前从不打车。现在可以叫公司报销，打车理直气壮许多。

回到哥大学生公寓，小恶魔占着她的床。屋里仍是一股酒精和大麻味道。笑笑本来就对酒精和药品很是反感，登时发了脾气：“这不是你家！是我同学的地方！你怎么能……”

小恶魔看起来喝得比她的同事还多，他醉醺醺地冷眼打量她：“不高兴？你为什么不住到酒店去？你刚从中城酒店回来，不是吗？”

他们吵了十分钟。两个人都有点心灰意冷。笑笑把小恶魔赶到客厅，砰地关上房门睡觉。她太累了。

明天。明天再说。笑笑想。

次日清早笑笑回公司加班。小恶魔还在沙发上睡觉。

笑笑在冰箱上留了纸条：“煎蛋在锅里，麦片和面包在桌上，牛奶在冰箱。下午两点在纽约科学馆见。”

她回公司，干昨天剩下的活。但是活根本干不完。她一直干到将近一点，准备出发去科学馆。这时又进来一条短信。

来自芬克斯坦。

“今天大都会博物馆有莫奈主题的印象派展览。一起去？”

笑笑咬住嘴唇。

“我非常抱歉，先生。”笑笑编辑短信，“明天可以吗？”

“明天我飞伦敦。”

“可是我还有事……”她想着小恶魔。

“詹姆斯·戈曼依然不肯给雇员‘保护性周末’？”芬克斯坦问。

詹姆斯·戈曼是大摩现任总裁。所谓“保护性周末”，是以J.P.摩根为代表的投行，为了平衡雇员的工作生活，而设立的某个周末不允许加班的条款——作为对年轻投行雇员跳楼事件的回应。

“没有。大摩没有。”笑笑回答。

“那么你得好好为自己权衡。哪件事情更重要？是蹲在办公室里做你的PPT，还是出来跟一位很可能在两年内变成高盛合伙人的高级投资银行家好好社交一下？”

笑笑几乎把嘴唇咬烂。

她的大摩导师霍夫梅从来没给过她什么指导。她确实，确实太需要一点建议了。

她给芬克斯坦发信：“好。莫奈。几点，哪里？”同时又给小恶魔去了一条：“抱歉。下午去不了了。晚点解释。”

芬克斯坦的回复在同一时间进来：“我去接你。你在哪里？”

笑笑回复她在公司。

隔两分钟，芬克斯坦短信又到：“现在。你楼下。48街朗加里剧院前面。”紧跟着又进来一条，“黑色保时捷。应该不难找。”

42 摩根士丹利纽约实习（三）

其他行业的男士容易被金融男秒杀，不是没有理由的。

这些金融男在一个竞争激烈的行当里艰难求生，同时又成日游走在政府官员、企业高管与亿万富翁之间。他们算计精明，品味高超，人模狗样，又极其擅长装样。

笑笑出了公司，拐到48街，走至朗加里剧院。荷里沙龙的跟前，果然停着一辆酷炫狂霸的黑色保时捷。虽然上过新漆，看那拉风造型也知道是停产许久的款。芬克斯坦像模特一样靠在车门上，看到笑笑，朝她微微一笑，转而为她打开车门。

笑笑受宠若惊，一时不知所以。这是吹什么风？为什么给她这样的待遇？

可好歹她也是入了行的人了。她已经开始有些明白，在金融这个行当，没有人会不问理由地对你好。就好像她忙不迭地从楼上跑下来，当然不是因为她有多想陪芬克斯坦看莫奈，而是她也知道，这条人脉，凭她自己一厢情愿，高攀不来。

芬克斯坦开着保时捷来接她，分明是博她欢心的意思了——为的什么？

笑笑惴惴不安地上车。上车前紧张地检查自己的脚，看鞋跟锃亮，稍稍安了些心。本来打算跟小恶魔去科技馆，她是穿着T恤牛仔来的；因为要见芬克斯坦，她特地去更衣间换了平时的工作装。是有些拘谨的米色包肩裙。虽然不说多迷人，但比待在学校时的邋遢模样，显然是庄重不少。

芬克斯坦可不是上班装束。上身白色暗纹衬衫，下身一条灰色灯芯绒短裤，露出半截大腿和一整截小腿的腿毛。虽然笑笑也不是第一次看，但是不知为什么，他这样的打扮叫她下意识紧张起来——忍不住又瞅了一眼。芬克斯坦也觉察到她的不自在，顺着她的目光，低头把自己的两条腿都打量一遍，不明所以：“怎么？”

她总不能说她很介意他露腿毛吧？“没、没什么！”笑笑赶紧说，低头羞愤欲死。

芬克斯坦发动汽车。那马达吭哧吭哧地响，听起来很有种博物馆珍品演示的感觉。笑笑言不由衷地赞了一句：“你有一辆很漂亮的车。”心里想的是，哎哟喂，装。

芬克斯坦漫不经心答：“1990年的保时捷911 Carrera 2。这辆不算什么。可是我的保时捷914拿去修了，只好先开这辆。我最棒的收藏在维也纳。1956年的保时捷356。在我父亲的老房子里。”

“你父亲在奥地利？”

“他现在住在洛杉矶。但，是的，他来自奥地利；而他的父亲来自斯洛伐克。我的名字‘列夫’，是个斯拉夫名字，要是你还没注意到的话。”

芬克斯坦在纽约车流里慢吞吞地开。笑笑担心车子随时会熄火。但是没有，那马达虽然吭哧吭哧一副喘不过气的样子，车开得倒是很平稳，不一会儿就到了82街。

找停车位费了一些时间。他们在79街停好车，一起步行前往大都会博物馆。下了车愈发显得两人衣着的不搭——芬克斯坦好像是去沙滩度假，而笑笑好像打算随时去上班。

“你逛博物馆穿高跟鞋？”芬克斯坦带点好笑的神情问。

笑笑不回答，专心致志地踩着台阶往上爬。

大都会博物馆不收门票，但是鼓励参观者自由捐款。笑笑随身总是带着二十美元面值的纸币——听说在纽约遭遇抢劫时，二十美元就能叫歹徒放下屠刀。

二十美元显然是捐多了。笑笑看到旁边的人只捐了五刀。可是已然把二十美元递出去,对方接过并感谢,笑笑想要找零,又怕显得自己小气,于是住口不说。

到芬克斯坦时，他认真地在裤袋里掏了半天，最后摸出一枚硬币—— 一美分。他把锃亮的一美分递上去，说了句：“生活太不容易了。”

“我明白！我完全理解！”收钱的那个老头说，“纽约的物价太贵啦！像我们这样的人要怎么生活！能省一分是一分！”他说着把一美分退回来，“也许你该留着它。”

“不。我执意要捐。”芬克斯坦这时在另一个裤袋里又摸到一美分。他把两美分一起递上去，“拜托！请务必收下我的捐款！我是大都会的常客。我应该为艺术事业做一点微薄的贡献。”

笑笑简直要喊出来：这家伙在高盛上班！他是一个年薪数百万的董事总经理!

“你有三辆保时捷！”拿了大都会的导览图以后，他们往欧洲区走，笑笑小声向芬克斯坦抗议。

“四辆。怎么？”

“你有四辆保时捷。你在高盛上班。你买得起纽约和旧金山的房子。你给博物馆捐了两美分——两！美分！”笑笑怒气冲冲。

“是啊。不行吗？”芬克斯坦兴高采烈地说，“你们中国有个公司叫‘十美分’（Tencent，腾讯）；我开个公司呢，就可以叫‘两美分’。”

“……”

两美分先生很快在大都会南区找到了莫奈主题的印象派展览——在欧洲区

的临时展区。

“大都会本来有莫奈的五十一幅藏品。我希望他们能把伦敦和巴黎的莫奈作品都搬过来……好吧，伦敦和巴黎的画作我也不是没看过。只是我觉得，如果把这些分散的作品放在一起看，会更有意思……”

但是芬克斯坦很快失望了。这是“莫奈主题”的印象派画展，可不是莫奈画展。除了巴黎奥赛博物馆借出一幅乌沉沉的《睡莲》和一幅《撑阳伞的女人》，其余都是印象派的跟风之作。

“大都会的市场部真应该被起诉。”他气愤地说，“两美分捐多了！”

“也不是非看莫奈不可。”笑笑转而安慰他说，“印象派也有其他很好的画家。比如马奈。”

“啊耶，当然。马奈的画作在市场上炒疯了。”芬克斯坦又有点心不在焉地说，他正在打量一幅鸢尾小径的画作，“比衍生品市场更疯狂的，无疑只有艺术品市场——衍生品你还可以建模分析它的走向，艺术品市场连模型都没用——你信吗？他们已经把保罗·高更卖到三十亿啦！”

其后笑笑一直跟着芬克斯坦走。而芬克斯坦不怎么理她。她努力想让自己表现得聪明一些，可她对艺术品确实了解有限。她几乎是殚精竭虑地思索，怎么样不唐突地把话题引到她的实习上？她问题太多，积蓄已久，不得解答。

看完临时展后，他们又绕回到常设展的十九世纪法国。莫奈的水百合与向日葵跟前如往常一般人头攒动。工作人员不甚信任地盯着游人，阻止他们使用闪光灯。他们把法国印象派看了一遍，芬克斯坦又心血来潮，说想去看中国书法展。

既然是中国书法，笑笑理应充当导游。但笑笑对于古代书法家的了解，实在没有多过印象派画家——于是两个人愈加没什么话说。芬克斯坦停在米芾的《吴江舟中诗》跟前，评论了一句：“这个，有点印象主义。”

笑笑有点想表示同意，又实在同意不起来。

这叫什么印象主义啊……

芬克斯坦站在米芾作品前，十分认真地研究起“十五纤”，忽然冒出一句：“你的实习怎么样？”

笑笑差点摔倒。虽然觉得很有点对不起这位大书法家前辈，但同时又很感激——她总算可以光明正大地谈论她的实习了。

但是她不敢太过表露她的本意。她非常委婉地表示，老板总是派给她一些垃圾活儿。

“你说杰夫·霍夫梅？”芬克斯坦报出她老板的名字。

“他是我们组的头。你们认识？”

“显然。一个老……朋友。”芬克斯坦说，“这是个很小的圈子。”

笑笑觉得他“朋友”那个词吐得言不由衷。

“他嗯……他不是很好接近。”笑笑低头说，“他是公司指派给我的高级导师。可是除了第一周一次简短的谈话，他再也没理过我。不管我多么努力……”

“你的表现怎么样？”

“不太好。”笑笑诚实地说，“活太多了，干花了眼就会犯错……”

“所以你为什么不少接几个活？”

“少接几个活？”笑笑说，“我可以拒绝老板指派的任务吗？那样是不是……不太好？”

“当然可以。你完全可以跟老板谈判。”芬克斯坦说，从米芾跟前踱走，“用多一点的时间，做少一点的任务。你的老板没指望你能做多大贡献。重要的是给老板省时间。如果你能用五小时做一件事，保质保量地完成他需要两小时做的工作，你就替他省了两小时。假如你花了五小时干了三件事，又要老板花两小时替你检查错误，你还有什么存在价值？”

笑笑哑口无言。

“一定要学会谈判。向老板呈现你的优势，你的资源；再向老板索取资源，并对他作出你可以完成的承诺。如果你永远只是静悄悄地坐在那里，不会有人来帮你解决问题，问你需要什么东西；你的价值会被低估，资源会日渐贫乏，绩效会越来越难看。”芬克斯坦停在韩干《照夜白图》的汗血宝马跟前，“没有人有义务提供你需要的东西。管理艺术的最高境界，在于让人心甘情愿达成你设定的目标，心甘情愿地交出你需要的东西。”

笑笑默然无言，低头思索，末了说：“那要怎么做呢？没有人愿意理我……我本来想，只要我把布置的事情全部做好……”

“看起来你完全不受欢迎啊。”芬克斯坦看看表，“太想‘出类拔萃’了，是不是？那可不好。投行要的是懂得合作的人，而不是独领风骚的派对女王。”

“我没想出类拔萃，更不是什么派对女王。”笑笑苦涩地说，“我只是本能地感觉到……大老板不那么喜欢我。那个 VP 麦克也不喜欢我——我跟他唯一能有的交流，就是挨骂。”

“投行人总习惯以熟手标准对待新手，何况还有欺负菜鸟的传统。你在我的组里，我也不见得会对你多一点耐心——并不意味着我就跟你过不去。你感觉他不喜欢你，那又怎样呢？只是一份工作而已。又不是应召女郎，何必要人人喜欢你。”芬克斯坦低头看一眼表，“去吃饭吗？”

笑笑踩着跟鞋的脚早软了，当然应命。

跟莫奈和米芾道别。芬克斯坦开车来到中央公园西南角，在哥伦布圈附近停车。接着他带她进了让·乔治（Jean Georges），一家米其林三星法餐。这种地方周末不预约是肯定没位子的。他好像把一切安排好了——并没有提前通知她。

入口金光亮丽。公共就餐区域并不大，简洁明快的浅色装潢。来就餐的大多是四五十岁的人士，拖家带口。也有谈生意的。

笑笑左右环顾，发现自己好像是最年轻的宾客。她满心不自在，对着菜单发了一会儿怵。即使没有选择恐惧症，也会对掺杂着法文的菜单一筹莫展。

“如果不确定，就要‘品尝套餐’吧。”

“可是……158 刀……”

“很划算。点吧。”他热情地鼓励。

笑笑于是要了“品尝套餐”。前后一共有六道。分量都很小，卖相精致，叫人不忍心下箸。带番茄醋栗的鱼子酱，带夏日红皮小萝卜和金莲花调味酱的生鱼片，带樱桃番茄沙拉的炭烤玉米意大利方饺，带紫薯黄油和烤青椒的清蒸黑鲈鱼，带黄瓜酸奶的香料熔岩湖羊排，最后是草莓甜点。

每上一道菜，打着金色领带的侍应都要上前，介绍一遍食材来源，然后用法语祝笑笑好胃口。

笑笑食之无味。她满心思考着怎么能在纽约留下来。

“那我现在应该怎么办呢？我觉得，我已经把事情搞砸了……”

“不是有个面向实习生的例行酒会吗？你没去投简历？”

“投了，结果不太好。”

“跟踪追查一下。直接给他们打‘冷电话’，要求面试机会。”

笑笑停住餐刀，问：“我可以问你要面试机会吗？”

芬克斯坦笑了起来：“你还想进高盛？”

笑笑急忙点头：“你，你可以决定录取谁，对不对？”

芬克斯坦抬眼笑看她一眼，低头往牛腩上撒盐和胡椒，“也许。”

“你会……你愿意……给我一个机会吗？”笑笑结结巴巴地说，如果这是一场面试，她表现得实在太糟了。她忽然后悔在大都会跟芬克斯坦讲了太多真话，“我知道我在大摩表现不够好……但是……但是我正在进步！……”

芬克斯坦用餐刀轻轻划开牛腩，“你在摩根士丹利都做过哪些项目？”

好像真的变成面试了。

笑笑一五一十地说自己都做了些什么。她做得实在太多了。霍夫梅组里几乎每个正在尝试的交易，她都参与过，虽然有时做的事情只是录入和核对数据。

她从最早被 J.P. 摩根拿走的院线公司开始说起，一直说到最近的微软和领英。她没有直接把公司的名字报出来——在公司以外谈及客户，是被绝对禁止的。

芬克斯坦不停打断她，问她做的项目的具体情况。笑笑老老实实一一回答。

对于最后一个项目，芬克斯坦花了格外多的时间询问细节。他好像很感兴趣。

“你说你们 VP，对你给出的估值，很不高兴？”

“是啊。他觉得我疯了。”笑笑费劲地切着羊排，“我知道，182 亿听起来是很多。但我觉得这个公司有这个潜力。虽然它目前股价表现不如年初，但是我关注了这家公司最近跟另一个互联网巨头的合作，还有它最近的收购，我还看了他们 CEO 的演讲，看了几乎所有新闻报道和之前的研究报告……我不觉得 182 亿是高估。我觉得拖到明年，买家可能会为溢价付出比这更高的金额……”

“所以你们老板想看到什么估值？”

“估计会砍一半……麦克把他不满意的设定条件圈出来了。如果把那些条件下的预期放低，应该在一百亿上下……”

“一百亿，上还是下？”

笑笑警觉地坐起来，手里紧紧捏着刀叉。

她忽然意识到自己闯了一个大祸。

简直是……她简直是……

她简直想捡起餐盘里的羊排，把自己的嘴整个儿地堵住。

她这是有多蠢啊！

高盛是摩根士丹利在领英案上的最大对手。摩根士丹利支持微软；高盛应该有一个小组正在跟微软搭线，有另外的小组在支持其他买家。

她对面坐着竞争对手的大老板，而她居然侃侃而谈大摩对领英估值的看法。她紧紧捏着刀叉，不知道应该先把自己戳死，还是先把芬克斯坦干掉。

让人心甘情愿地达成你的目标，心甘情愿交出你需要的东西。

——他还真是，真是身体力行啊！

她气鼓鼓地咬着牙，对芬克斯坦怒目相向。

芬克斯坦笑了起来。

“你……你这卑鄙的……奸诈的……无耻的……”

“嘿！”芬克斯坦故作冤枉，“我可什么都没问。”

她可什么都说了。

剩下的时间，笑笑一言不发，生气地用勺子虐待草莓甜点。

最后侍应把账单端上来。芬克斯坦春风满面地建议说："我们分开买单吧。"

笑笑差点气昏过去。

主菜酒水加税将近两百刀。笑笑肉痛地签字。芬克斯坦好意提醒说："小费给少了。这样的地方，通常都要给到 20% 呢。"

签完四十刀小费。笑笑简直要哭了。

从餐馆走出来，芬克斯坦走向停车场，对笑笑说："我肯定你能叫到车吧？那我就不送你回去了。至于你的实习——祝你好运哈！"

43　摩根士丹利纽约实习（四）

笑笑跟芬克斯坦分开后，给小恶魔发了个短信，接着回公司加班。一直干到午夜十二点，终于把所有数据核对完。她把一摞文件放在尼那桌上，打车回家。

一进公寓登时呆住。

音响大开，放着吵闹的金属乐。光线昏暗。二十多个年轻男女挤在五十平的狭小空间里，随舞曲摇摆，疯狂笑闹。酒精、大麻混合着夏日的汗臭，扑鼻而来。

笑笑气极，在人群中寻找小恶魔，很快找到他——他蹲在厕所里，跟另一个男生一起，把烟纸卷成管状，从马桶盖上吸白粉。

“玩得爽，嗯？”他吸完抬起头，朝她露出疯狂的笑容。

笑笑气疯了。她走回客厅，关掉音响，驱赶人群：“派对结束了！请马上离开！”

“没有结束。谁都不用离开。”小恶魔站在她身后说。他扯住笑笑的胳膊，把她拖进厕所里，同时给了蹲在地上吸粉的那个男生一脚，把他赶出去。笑笑想挣开他的手，但他不放开。

“跟我做爱。”他凶狠而蛮横地说，不知道吞了几种药，他眼里闪现着一种可怕的恶毒和疯狂，“跟我做爱。现在。这里。然后我再考虑原谅你。考虑忘记你这些天是怎样对待我。忘记你跟别的操蛋的男人约会到现在。跟我做爱！”

他说着把她按在墙上，像一头红眼的熊一样逼近，眼睛里燃烧着愤怒、贪婪而癫狂的火焰。他仅存的理智阻止他伸手直接剥开她的衣服，但是他的手指已经陷进了她肩膀的皮肤里，他的牙齿咬到了她的耳朵上。

“说愿意！”牙齿咬住她的脖颈，“说！说愿意！”

笑笑费尽全身力气也没能推开他。她只好尖叫。很快有人推开厕所门，把小恶魔拉开。“他嗨过头了。”人们评论说。

笑笑重获自由后，开始驱赶人群。她求他们把小恶魔带走。但是这里没人是他的朋友。他们只是把他扔在了走廊上。他在楼梯间踢门，尖叫，直到邻居打电话叫来警察。

笑笑狠心让警察把小恶魔带走。接着她强打精神，一个人收拾已经不成样子的房间。

收拾完累倒在床上，一觉睡到次日下午。

周日晚上，笑笑接到阿尔玛的短信：“周一要来我这里吃早饭吗？”

笑笑求之不得，连忙应命，周一一大早坐地铁去西街200号赴约。之前的高盛面试在泽西城，从没进过高盛总部。真的抵达那个地方，心里涌起的是辛酸和不甘。

从钱伯街出站，沿教堂街走两个街区，即是新的世贸中心。“9·11”废墟之上立起纪念馆。笑笑特地从世贸中心跟前走过，仰着脖子望插入穹霄的闪光大楼。再走就是西街。高盛总部如世界各地的高盛办公室一样，不亮任何标识。唯一的标记是门楣上的西街200号。在世贸中心跟前，这幢写字楼显得那么不起眼。衣着职业、西装革履的人们匆匆往楼里走。

阿尔玛在门口跟笑笑招手，递给她一块工牌。那工牌上的照片是个亚洲女生。

“这样方便些。”阿尔玛说，“不过我只带你去天空大厅和餐厅。我资历太浅，带访客被同组的人看到不太好。”

过安检。安检后面墙上一幅丑得要命的后现代抽象画，线条与色块纷杂。跟阿尔玛走进光线昏暗的电梯通道，乘电梯至十一层。

天空大厅与员工餐厅都在十一层。出电梯以后看到“SKY LOBBY”的字样——“天空大厅”竟然不是个昵称。一个土黄色的，造型一言难尽的，类似书架的巨大黄木摆件吸引着视线。再往旁边，玻璃护栏的不锈钢螺旋楼梯将视野引向高处。

“十一层往上是办公室，以下是交易大厅，还有健身房和其他设施。碧阿绮丝在七层。不过我上班时不能跟她说话。你知道，‘中国墙’。否则我今天就叫上她来见你了。”

“中国墙”（Chinese Wall）是西方金融界的术语，指交易部门与其他部门不能交换信息，以防止内幕交易的规定。

高盛总部的员工餐厅要比摩根士丹利的略大。笑笑他们的餐厅只能容纳两百多人，这个餐厅显然能坐更多。装潢简易清爽。线条形状的灯管流淌在白色天花板上。黄木地板光可鉴人。墙上整齐悬挂着色彩丰盛的招贴画。透过百叶窗，可以看到哈德逊河上船只如梭。

阿尔玛拿了面包培根、水果沙拉和咖啡，笑笑只拿了帕尼尼和果汁。她们在窗边坐下。

“我听说你状况不太好？”阿尔玛毫不客气地问。笑笑马上明白，阿尔玛大发慈悲找她，是因为芬克斯坦的提及，甚至可能出于他的授意。

笑笑把自己的情况跟阿尔玛说。她想起组里那个睡了一半上司的实习生：“是不是，是不是只有跟人睡觉，才能……”

“认为跟人睡觉就做成生意，未免把事情想得太容易。”阿尔玛轻蔑地说，“一个出色的女投行家不需要靠男人上位。你不会以为伊莎贝拉·伊雷特（Isabelle Ealet）和伊迪丝·库珀（Edith Cooper）是靠睡觉坐进管理委员会的吧？”

这两人是高盛高管。前者是高盛证券部门的全球主管之一，大宗商品交易出身；后者是高盛人力资本（高盛管人力叫 Human Capital 而非 Human

Resources）的全球主管，证券部门出身。两人都在交易部门干了二十多年，十多年前晋升合伙人。

“但是，有时候，陪客户娱乐别无选择。”阿尔玛续道，“我听香港的同事说，你们中国的总裁威胁香港那边的高管，说不一起去唱卡拉 OK 就别想做生意。”

“……”

“瞧。这是很有必要的技能：为客户开派对，让他们玩嗨——姐妹会的工作没白做吧？”

“你已经开始见客户了吗？”

“是。陪老板应酬。”阿尔玛不无愤懑地说，“最近有个俄罗斯裔的客户，就爱喝伏特加。列夫不喜欢伏特加，约翰一喝就倒——居然是我顶的。我上星期三天宿醉，连上班都是晕的。”

看来谈生意都要酒精助力。美国中国皆然。

笑笑接着向阿尔玛请教工作中的技巧。

“辉胜（FactSet），资本智商（Capital IQ）这些都应该用熟了吧？快捷键应该都有用到？像 Ctrl R，Ctrl D，搭模型时会让你快一倍。Excel 里还有很多 add-in，还有‘照相机’‘查看窗口’（Watch Window），应该都知道？”

笑笑点头。她后悔没有早点来找阿尔玛。很多技巧，都是自己后来慢慢摸索出来的，浪费许多时间。

“那像我现在这样，中期评估成绩不好的，想留下来，还有什么办法呢？”笑笑焦虑地问。

阿尔玛把最后一块培根送进嘴里，“找人。一家银行愿意录取你，肯定是因为里面有人想要录取你。什么人头不够都是借口。如果你的 MD 真的想要你，怎么都会为你争取名额的。”

“可是霍夫梅不喜欢我。”

“那就去找一个喜欢你的 MD。”

吃完早饭，阿尔玛把笑笑送到楼门口，收回工牌，跟她道别。笑笑离开前回望一眼。这幢写字楼，她在高盛校招视频里看了多少遍啊。终于还是无缘。

接下来一周笑笑都没有小恶魔的消息。电话打不通，短信不回复。不知道他在哪里。上班以后不得自由，也没办法去找他。

周五傍晚，过了下班的点，不打算加班的同事都开始收拾整理，准备离开。笑笑当然不在其中。

这是实习生涯的倒数第二周。没能留下来，也许是件好事。至少以后不必再这样加班了。

这时霍夫梅气冲冲地闯进办公区，压低着愤怒的嗓门，跟麦克抱怨："领英董事会又生变数。有人向他们提了 180 亿的报价。"

"180 亿？当真？是谁？——赛富时？"

"毫无疑问。"霍夫梅因为怒火而眯紧眼睛，他的眼神向笑笑投了过来，"你，过来一下。"

霍夫梅从来没有单独叫笑笑去他的办公室。现在她有幸被叫了。在一众同事的目光中，笑笑战战兢兢地进了霍夫梅的玻璃门。

"坐。"他说着，自己先在办公桌后坐了下来，"你在实习期间，有接触高盛的人吗？"

笑笑额角生汗："有。"

霍夫梅冷冷地瞪着她。笑笑低下头去。手指在紧身裙上抓出褶皱。

"你知道当你回答'有'的时候，我在等你说谁，时间，地点，交谈内容。"

"阿尔玛·柯克斯。"笑笑下意识报了一个更安全的名字。

"谁？"

"高盛并购部门的分析师。"

"谁的组？"

笑笑沉默了一下。

"帮我省点力气。别叫我问第二遍！"

“列夫……列夫·芬克斯坦。”

霍夫梅骂了一声操。

他们真的——他们显然——不是朋友。

“所以你没见过芬克斯坦，只是见了他组里的分析师？”

“我……我见了……”

“说。”

“我见了芬克斯坦。上周日。”

“那是你们第一次见面吗？”

“不是。”

“你在摩根士丹利实习之前，就认识他？”

“是的。”

“什么关系？”

笑笑咬牙没说话。她总不能说是交友软件认识的吧？

霍夫梅自以为明白。他金色的卷发因为生气在空气中浮动。

“你是他派来的间谍？”

“不，不不不！”笑笑激烈地说，“没有！我们什么关系都没有！”

“所以你们谈了什么？”

“谈了……谈了一点工作上的事情。”笑笑的手指掐进肉里，“我没有办法。我知道你不会给我‘返回录取’，我想争取高盛的机会。芬克斯坦于是问我做了哪些项目——”

“然后你把你做过的项目都说了？”

“我没有提及项目的名字……”

“但是你谈论了项目的规模、进展，你做过的工作，甚至还有数据？”

“我，我可能谈了一点……”

“你在跟我开玩笑吗？你从自己的脑子里飞出去了吗？第一周的培训，他们没有告诉你在投行工作最重要的事情就是保密吗？！”

霍夫梅站起来，焦躁地在办公桌后面来回走动。最后他终于停下来，站在办公桌后，开了一支录音笔，低头看着笑笑："把你那天跟芬克斯坦说过的，跟项目有关的话，完完整整地说出来——这是你唯一的补救机会。如果我们要制定应付对手的对策，我们至少应该知道对手知道了什么。"

笑笑相信这是唯一的补救机会。于是她努力回想，把那天谈及的项目，完整地说了一遍。

"就这些，没有别的了吗？"

"没有了。"

"很好。"霍夫梅关掉录音笔，"你被解雇了。"

像是被一道雷劈中，笑笑呆若木鸡。

霍夫梅打内线电话叫麦克："通知安保部。叫他们派人送这位……这位什么小姐？……半小时内，送她离开。"

笑笑结结巴巴地说："霍夫梅先生，我，我可以解释……"

"跟法官解释吧。"霍夫梅冷冷地说，"现在如果你不介意，我还有电话要打。"

笑笑还不死心。她站在门口固执地问："你能不能，能不能再给我一次机会……"

"一个月前有个高盛分析师跳楼。知道是什么原因吗？"霍夫梅耐着性子说，"他在面试一家对冲基金时，说了他高盛老板的坏话。他老板宣布封杀他。在金融圈，有一类错误不可原谅，一次就意味着死亡。醒醒吧，小姐。你的金融生涯已经结束了。"

她没有跟同事道别。在同事惊异的目光和窃窃私语中，笑笑机械地收拾东西。她本来就没多少东西。电脑不是她的。文件她也带不走。保安像防贼一样盯着她，生怕她再盗窃什么文件。她最后去了一趟更衣间，恨不得自己当场死掉。

笑笑抱着纸箱，像浮游的尸体一样乘电梯下楼。捧着纸箱出门是不寻常的，只有离职的人才会抱纸箱离开。电梯间，围绕笑笑的是异样的目光。

她在大摩门口傻站许久。九周前她来到这里，怀着多少憧憬多少梦想。现在她狼狈离去，连告别的勇气都打不起。这是纽约。这是时代广场。本来就不是她的，她有什么资格怀揣梦想？

她站在路边，笨拙地想叫一辆计程车。这是高峰期，叫车不易。好像是上帝有心叫她在人前示众，要这难堪愈加持久，愈加刻骨铭心。

最后终于有个好心的司机停在她面前。司机下车，帮她将纸箱放进后备厢。她麻木地爬上车。司机问了三遍，她才想起来地址。

125 街与克莱蒙大街。哥大学生公寓。最后一周她要怎么办？她再不用上班了。也许她该高兴。

到目的地。刷卡付钱。她接了收据。接收据做什么？再也不能报销了。

她抱着自己的纸箱往楼里走。楼里人来人往。又有派对。没完没了的派对。美国人为什么要一直开派对？

没有人注意她的狼狈。她从人群中穿过，终于回到自己的公寓。房门敞开，正在派对。熟悉的大麻味。

她已经没有力气生气了。她太累了。连续九周每周一百二十小时的工作，她早已累垮。支持她没有垮掉的，是关于未来的一点点希冀。现在她连这个都没有了。

她唯一想的就是回自己房间，闷头睡一觉。也许睡一觉就会好起来呢？也许睡一觉就会发现这只是一场噩梦呢？

她抱着纸箱穿越热闹人群，推门走进自己房间。扑鼻又是药与酒的味道。那床上有人。有两个人。

笑笑像被钉子钉在了地上。

“嗨，笑！”碧阿绮丝的头从被子里探出来，接着她从另一个人身下爬出来，“阿尔玛说你来我们公司了！你怎么不来找我呢？”她醉醺醺地笑，“阿历说你的公寓太小，容不下他。他只好过来跟我睡了一星期。可是今天一看，你的地方不小嘛。我可以睡这里吗？”

44　锡恩·怀特的邀约

格兰特将军纪念碑。北美最大的陵墓。在122街，离笑笑的住处不远。陵墓旁边有彩色马赛克石椅。笑笑在冰凉的石椅上，一动不动坐到午夜。哈德逊河在她身畔沉默流淌。

她不哭，不笑，也不动弹。她的一半灵魂飞了出来，从高处俯视她，用尖刻的口吻嘲笑她：看见没看见没？他是一个强奸犯，没有感情的，不折不扣的强奸犯。他会伤害你，一次一次地伤害你，直到把你拖下地狱……哦不，他根本就没把你放在眼里。你会自己掉进地狱，而他连看都不会看你。

另外半个她还想争辩：不，不会的。一定是有什么误会。一定是碧阿绮丝勾引他……

居高临下的那一半灵魂愤怒地尖叫起来，那尖叫是如此真实，几乎刺破她的耳膜：他如果不想跟她睡，她难道还能强迫他吗?！他就是高兴跟一个一个女人睡觉!！他就是那样一个渣男，混账，恶魔!！你难道就贱到这种程度，被强暴了还要为一个强奸犯开脱吗!！

她就这样坐着。半个她虚弱地迷惘着，另半个她恶毒地挖苦，谩骂，谴责，质问，诅咒。而她连逃都没有地方可逃。

手机响起。笑笑像抓住救命稻草一样抓住它。

“方含笑，有你这么做闺密的吗？你是不是一进投行就觉得自己可了不起了，觉得本小姐已经不配做你闺密啦？一去两个月电话也不打微信也不回，你说你像话吗你？”

是西西。

“哎算啦，本小姐近来桃花运大好，暂且不跟你计较。隔俩月我就要结婚啦！嘿嘿！吃惊吧？受到惊吓了吧？赶紧滚回来给我当伴娘，我这个闺密的席位呢，还可以勉强给你留一个。怎么？死啦？没声啦？”

“……西西。”

“嗯？你怎么了？是不是感冒了？”

笑笑终于忍不住，哇的一声哭了出来。

西西坐第二天一早的班机，从旧金山飞到纽约。飞到已是傍晚。笑笑在乱糟糟、空荡荡的公寓里坐了一整天，唯一的信念是西西会来。真的见到西西，像见到亲人一样，眼泪决堤。本已红肿的眼睛，愈发雪上加霜。

“把所有事情都说出来。”西西说，“你把问题摊给我，我给你解决。”

笑笑果真从头开始讲。讲在兄弟会上如何被人灌醉，如何被人绑在床上。西西一脸震惊。笑笑没看她的表情，接着往下讲，讲她如何想报复，如何接近他，一起如何经历种种，讲他带她看海，讲他送给她许许多多萝卜。

西西咆哮起来：“方含笑你是疯了吗?！他送给你一筐萝卜，你就爱上他了吗?！我还送你十个洋葱呢，你嫁给我吗？哦，他在海边裸奔，你就爱他爱得不要不要的；我这么大一个集美貌与智慧于一身的女子，还在你面前洗过澡呢，你有爱上我吗？你说你，这是有多傻多天真，人家骗女孩上床，拿的都是真金白银爱玛仕，你倒好，一筐萝卜！我去！你是猪头吗！

“我跟你说，美国这种 ABC，我算是见多了。不就生在美国吗，你爹妈在美国搞出你来了，你他妈就比我们中国土生的了不起啦？人跟你讲中文，你非得回英文，自家爹妈天天讲四川话他还装不会中文呢！都不知道是哪里来的优越感，见你爱理不理的，理你准是想干你了。干完裤子一提，人影都没了！中国的渣男，渣归渣，还有点良心，多少买点什么骗你一骗，哄你一哄不是？美国渣男倒好！光明正大地渣，渣完了送一筐萝卜，你这白痴还原谅他了！

“这种渣法，人见了绕开都来不及，你还巴巴送上门给他当保姆！我看你不只缺钱，还缺心眼！晕，你缺钱，缺钱你跟我说啊！你把我买包的钱借走是帮我勤俭节约啊同学！这点功德你都不知道积！傻不拉儿。”

笑笑任由西西骂，一句也不回。看得西西也心疼了，抱住笑笑说：“哎，我说你说得这么狠。其实我那会儿，比你还锉呢。起码你也没在他跟前掉面子，说走就走，比我可干净利落。”

说到这儿她又放开笑笑，狠狠一拍大腿：“不对。这不是面子不面子的问题。我那茬，是我自己犯贱。但是你这……丫就是个畜生！做出那样的事来，绝对不能放过他！……这种祸害，留在人间，指不定又哪家姑娘倒霉。一定得叫他蹲号子！”

笑笑红着眼睛问：“所以还是要上法庭吗？”

“当然要上法庭！”西西义愤填膺地说，“丫的这就是个社会公敌啊！你别看他高智商有两把刷子，人都不会做，做机器人有个屁用！名校里这种败类我见多了，脑子灵光点儿有两个钱就以为自己是根葱了，以为人人欠他。不给点颜色不知道厉害。就是要把事情闹大，叫他身败名裂，看他以后还怎么混！”转而又说，“啊哟，不行。那也不能叫你出庭当证人……哎，这事儿……”

“我……我不知道……”笑笑捂着眼睛说，“怎么办。我以为他可能……他可能……”

“——他可能是好人？”

“——他可能爱过我。”

西西发出一声尖厉的冷笑。

“他爱过你——他有叫你做他女朋友吗？”

笑笑愣住，连眼泪都愣在眼眶里。

西西的面孔被一种前所未有的冷酷覆盖。

“他只是……跟你玩玩而已。”

笑笑把脸埋进膝间。

她睁不开眼。她太累了。

西西把笑笑拉到床上：“好好睡一觉。什么都别想。你有个又有钱又聪明的闺密罩着你，不会叫你吃亏的！”说着去卫生间烫了一条热毛巾来，盖在笑笑眼睛上，接着跟她说，“我最近要结婚，不能开杀戒。等我结完婚，看我怎么弄死他。”

笑笑在纽约耗完最后一个星期，飞回旧金山。不久开学，又到新一年姐妹会迎新时间。除了上课，笑笑蜷缩在屋里，不敢见人。她没法解释为什么自己没有被全职录取。

“就算没有大摩 offer，难道也没有别家投行要你吗？”人们会问。笑笑只好沉默相对。

碧阿绮丝成了低年级新生的偶像。能够入职纽约高盛总部，怎么看都是一件了不得的事。阿尔玛走后，碧阿绮丝正式升任会长。KKG 的房子每天晚上都有不同派对，附近兄弟会的人不停地涌过去。

笑笑回归她隐形人的生活。新一个招聘季又开始。除了课业，笑笑花了大把时间在找工作上。她记得被大摩扫地出门前霍夫梅的威胁，也相信不会再有投行雇用她，于是把目光转向其他公司。招聘会上依然是满满的人，毕业的没毕业的。咨询，四大，互联网企业，创业公司。什么都投。一纸薄薄的简历，一进简历堆就下落不明。

刻意避开小恶魔。西西说得对，她应该绕开他。惹不起她还躲不起吗？

小恶魔搂着碧阿绮丝出现在她面前。“你还欠我钱。”他冷酷无情地说。

笑笑写了一张五千美元的支票还他。那是她剩下的实习薪水。摩根士丹利暑期实习一小时有 23 刀。九周下来，税前有两万。笑笑汇了八千刀回家，因为她记得妹妹快大学了。她自己没剩下多少。

于是又替火鸡打工，帮港店做线上推广，生意骤然变好。火鸡依然不高兴加工资。在笑笑的催促下，她给笑笑提高了半刀时薪，变成 6.5 刀。

这时又收到锡恩·怀特的邮件，要她给他打工。

“你以劳务入股蓝音科技。你一分钱没出拿了 5% 的股份，这可不能白拿。我们正在申请 TechCrunch Disrupt 的创业公司‘战场’。你必须给我工作！”

笑笑给怀特回信，跟他说不想跟小恶魔有任何牵扯。锡恩马上打电话过来。

“是的，我完全同意！我跟你站在一条战线上！我非常同意他是一个不负责任的、幼稚的、糟糕的合作伙伴。但他又出了技术又出了钱，我们暂时没法甩掉他。好在他平时也不在公司，我不必忍受他。你也一样。你只要向我汇报，完成我交给你的工作。我承认我现在没法给你太多工资——我得把钱用在工程师身上。但假如我们能拿下‘战场’的‘颠覆杯’（Disrupt Cup），我可以给你三分之一的奖金。”

TechCrunch Disrupt 是硅谷最重要的年度创业公司展览会。二十多家创业公司入围“战场”的角逐，胜利者能得到五万美元奖金、科技媒体的曝光，还有无数投资机构的目光。

她答应下来，虽然知道从“战场”胜出的概率非常渺小。数百家入围创业展会的创业公司，只有一家能拿下“颠覆杯”。

小恶魔最终跟锡恩·怀特妥协，共同成立“蓝音科技”。这家公司致力于信息搜索集成算法与语音界面的结合，为企业用户提供个性化的商业语音客服系统解决方案。

“那个自作聪明的混账，在算法的问题上撒了谎。你以前展示给我的那套信息集成系统，其实是人为操作的结果——那是作弊！他根本没有什么真材实学，东拼西凑整出一个唬人的玩意儿。”怀特如是评价小恶魔，“但是，他那个做投资的爸爸为我们提供了二十万美元的天使轮资金，所以我们得给他 40% 的股份。你别担心，那其中有一部分是没有投票权的优先股。我是这个公司的 CEO，我全权主持日常工作。我不会让他进来捣乱的……听着，笑。我知道你在摩根士丹利做过实习。我现在需要人为我们的公司做商业计划、估值方案，创业公司展览会的展示方案和 PPT，以及面向投资人的商业计划书。我拿不出更多钱去找专门的财务公关人员了。5% 的劳务股权，加时薪 6 美元，你愿意为我工作吗？”

“我在华人餐馆打工，时薪有 6.5 美元。”

“7 美元。记住你还有 5% 的可投票股权。”锡恩说，“外加期权。至于数额，我们可以慢慢商量。”

对笑笑来说，这是相当好的开价了。笑笑于是答应下来。

那个周末，笑笑跟锡恩在旧金山碰了一次头。锡恩把他做的一部分框架方案和相关文档交给笑笑，给笑笑一张时间表。创业公司展览会“战场”申请截止日期在一周后。她必须在一周内完成“战场”展示方案与幻灯片，第二周完成商业计划书，第三周完成商业推介幻灯片。在这三周内，她还必须做出 DCF 估值，以及可行的融资方案和财务方案；她需要做出资产负债表、股权结构表，兼顾所有跟融资相关的表格与文档。她一看她的工作任务，几乎喘不过气来。

“我们的产品还没做出来。另外八人全是工程师。所以我们俩需要承担除产品开发以外的所有工作。”

笑笑接管了这家新公司的几乎全部财务工作，她可以看到公司所有收支。另外八个工程师，拿着四千到一万二不等的月薪，外加股权期权。笑笑拿七美元的时薪。

但没什么可抱怨。他们是来自苹果、谷歌与亚马逊的年轻工程师。锡恩真的很厉害，能说服他们放弃大公司的优越待遇，出来创业。

可是天使轮资金只有二十万。工资加日常开销，三个月内就会烧完所有钱。必须在三个月内完成下一轮融资。

“我明白，这不容易。”锡恩说，眼里闪闪发光，“但也很激动人心，是不是？我们开始自己的事业了！……看，我为了我们的新公司，放弃了我在苹果的工作。这件事对我来说，真的很重要。我想要成功！”

公司地点原本设在旧金山使命区布莱恩街的海姆楼（Hamm's Building）里。这是一幢老旧的写字楼，楼里驻着一大堆创业公司。蓝音占着一个带两个小会议室的套间，支付一万两千美元的月租。

笑笑把新学期的课程密集地安排在周一和周二，周三到周六都去旧金山上班。她仿佛又回到了在大摩实习的日子。没完没了的截止期限，没完没了的加班，没完没了的Excel表格，没完没了的幻灯片。

唯一让笑笑感到骄傲的是，她发现，大摩实习时干的那些傻缺活，这时都呈现出它们的意义来——她比锡恩更了解财务报表，估值模型，现金流预测。她在大摩接触到的，都是巨头公司及它们旗下无数子公司的财务数据，蓝音的财务报表简单得不值一提。

但同时她也学到了很多。原先看财报，更多的是一种从上往下的审计的眼光，接触不到每一笔收支的具体情形。现在，笑笑掌控着这家微型创业公司的每一笔收入支出。她要负责跟钱有关的所有问题。她不但是审计，核对着所有账目，同时还要承担出纳，负责工资结算与日常报销；她还要摸索着做预算，做融资方案，做未来现金流预期。她累得喘不过气来。但这累又帮助她忘记之前的伤痛，并且帮她重新建立起自信——原来我是被需要的，原来我可以做得很好。

锡恩是一个充满激情的、理想主义的老板。他听了足够多的创业讲座，却从来没有任何公司运营或掌控财务的经验。他经常对笑笑提一些不切实际的要求，做事情时完全无视公司的现金流状况。他花钱大手大脚，时不时拿经费带着全公司去酒吧喝酒。在笑笑警告他已经超出公司公共餐饮预算时，他会说：“别担心。我们很快会找到新的投资人。”

才小半个月，公司已经严重超支，账面只剩十二万。笑笑郑重警告：“不能这么花钱。我们这样规模的公司，住不起海姆楼。我们得离开这里。”

但是锡恩反对，理由是越是初创公司，越需要跟别的创业公司聚在一起。他提出的解决方案是跟别的公司合租。可哪家公司愿意跟别人共享办公空间呢？徒劳无功地找了两周后，提议搁浅。

八个工程师，已经有四个人辞职。他们也确实不需要这么大的空间了。

这时小恶魔介入。

“可以去海崖区的红砖房。”小恶魔说，“反正空着。”

“我们能自己解决问题。”锡恩说。

“但那是居民住宅……”笑笑说，“居民住宅不能商用，如果被起诉……”

“所有伟大公司都是从车库开始的。”小恶魔冷冷地说，“我看出来，你们合作得——非常愉快。”他猛然发起飙来，“但是不！你他妈花的是我的钱！你趁我去纽约，根本没经过我的同意就签了这里的租赁合同！你他妈当自己是这公司的老板了吗！现在我要求你们撤离这幢愚蠢的——丑陋的大楼。现在！马上！”

他不但是创始人，还是投资人。毫无疑问他是老板。

于是雇员们慢吞吞地收拾东西。好在东西也不多。很快打包，叫了搬家公司。

锡恩一路阴沉着脸。他之前信誓旦旦说他对公司有掌控权。小恶魔很快让他知道谁才是公司真正的掌控者。他跟其他人一样，不过是在打工。

小恶魔很快把他的创业公司变成了派对乐园。他叫来了拜罗楼里的那帮极客——罗地沟、安德鲁、莱利、尼克。他们都愿意拿很少的钱和一部分股权，为蓝音的第一款产品打工。

周五傍晚，又来了一帮兄弟会和姐妹会的人。毕竟是海崖区的房子，虽然算不上毫宅，金门大桥的海滩就已足够有吸引力。红砖房于是变成兄弟会“坟墓”，人们在这里喝酒，跳舞，嗑药，在沙滩上做爱。

“我认为你在犯一个严重的错误。”锡恩对小恶魔说，“办公场所与娱乐场所不加区分，是个非常糟糕的主意。”

“他们中有的根本就是未成年人。你不能怂恿他们喝酒，更不能让他们嗑药！”笑笑把嗨得晕晕乎乎的安德鲁扶到沙发上，对小恶魔大声说，“我现在警告你。再继续这个派对，我就报警。”

“去！去报警！”小恶魔红着眼睛大叫起来，“这他妈是我的房子！我的公司！我想干吗就干吗！我是老板！我发你工资！不用你和你的白人男朋友对我指手画脚！”

“你醉了，宝贝。”碧阿绮丝说。她不知受了谁的邀请，不知什么时候到来。她搀住小恶魔的胳膊，“我们去海边醒醒酒，好吗宝贝？”

“好啊！”愤怒的表情一瞬间转换成温柔，小恶魔凑到碧阿绮丝脸上亲了一口。

碧阿绮丝推开小恶魔的脸，朝笑笑和锡恩妩媚地一笑，接着拽上小恶魔，向海滩走去。

“等等。”笑笑忽然开口说。

小恶魔站住脚，逼得碧阿绮丝不得不停下来。

有一刹那的静默。

他回过头来，带着一种挑衅的神情望向她，“你有什么要说？”

笑笑面对他，一时脑海空白。她嘴唇动了动，什么也没说出来。

可她明明有很多话要说。有很多很多。

请不要盯着另一个女孩看。请不要对着另一个女孩笑。请不要跟另一个女孩接吻。请不要跟另一个女孩做爱。请不要拥抱她。请不要带她回家。请不要让她的长发落在你的肩膀上。因为那样我会难过，会心痛，会掉眼泪，会不知道该怎么办。我没有勇气告诉你，可是我也没有办法叫自己不再爱你。请用你的心听见，听见不敢开口的我。请你回头看一眼。看看狼狈的，卑微的，连求你的勇气都没有的懦弱的我。请你回头看看我。

可是她什么都没有说出来。

而他很快把头扭回去了。

笑笑一动不动地站在阳台上，看碧阿绮丝跟小恶魔一路走向贝壳海，那本来——她以为——只属于他和她的海滩。碧阿绮丝把他安置在礁石畔的金沙之上，然后趴在他身上吻他。他很快回应她。他们滚到一起。

笑笑站在阳台上，拿着一杯冰凉的酒。小恶魔在底下的海滩跟另一个女人做爱。她的眼睛一眨不眨地盯着他们。她想试试他到底能伤她多深。

像一个怀有科学精神的受刑人,她冷静地盯着那把刀往自己胸口里插进去。她想分析那样的插入跟痛苦会形成怎样的比率。然而竟感觉不到痛苦的增加。因为那刀已然穿透。再深一厘米，或者再深两厘米，留在她胸膛里的刀刃，也不过那么半截罢了。

然而她感到一阵深刻的寒冷。太平洋上吹来的风，实在太冷。胸口那一片原本滚烫的、裸露的肌肤，在慢慢失去知觉。地狱也不能比这更冷了。

但她从来不是挨了刀不还手的人。她会把那把刀拔出来，插回去——流多少血都没关系。

如果她注定下地狱，她要把他一起拖下去。她嘴角扬起，几乎慢慢地笑起来。

“我会摆脱他。”锡恩低声地，愤怒地说，“等我找到下一个投资人。”

“我帮你。”笑笑说。

45　飞蝇钓

九月与十月有众多银行和咨询公司的宣讲会。高盛在九月的最后一周。KKG 如往年一样承办高盛的招聘社交酒会。笑笑本来不想参与，但因为之前一整个学期的派对筹备都是她负责的，有许多工作需要向下一年级的姐妹交接，于是只得腾出时间接手。

老一级的人毕业，新一级的人又进来。KKG 多了许多新面孔。她们都等着接受试炼，看到笑笑忐忑不安。有两个一年级的中国女孩，跑来向笑笑请教入会的问题。笑笑诚实地说，她不觉得加入 KKG 是个好主意。

“可是我们也想进投行。”那个名叫安安的女孩说，“你加了 KKG 才拿到大摩实习的，难道不是吗？”

笑笑叹口气，“我这实习，做了白做。”

“那可是大摩的实习啊！”安安恳求，“大神!! 帮帮我们吧！真的求求你求求你啦！”

笑笑想起一年之前，没头苍蝇似的自己。那时的她，也像她们一样需要帮助吧？她这样想着，把当时蓝熊整理出来的材料，还有自己准备面试的资料，都发给安安她们。

“好好准备面试。KKG有余力再参加。重要的还是培养自己的能力。姐妹会什么的都是浮云。”

“加KKG，至少能跟大神说上话啦！也算值啦！”安安乐呵呵地说。

笑笑只得叮嘱她们小心。

准备高盛招待酒会。芬克斯坦的名字又一次出现在高盛方面的花名册里。笑笑看到这个名字就反胃。她没投简历，也没去宣讲会。布置完酒会场地，她就回屋处理邮件。七点多一点，收拾好书包，打算先吃晚饭，然后去图书馆。

这时收到芬克斯坦的短信，问他有没有荣幸与她共进晚餐。

笑笑编写了一条短信：“滚。”编辑完又删除，发短信问哪里见。芬克斯坦回信，表示他急于从KKG的酒会脱身，至于在哪里用餐，他愿意听她安排。

KKG的房子在杜朗街，离拜罗楼也就三分钟路程。笑笑背着书包走至杜朗街，看到芬克斯坦站在KKG门口，周围围着一大拨热情而殷切的学生。他如上次宣讲会一样，一丝不苟地穿着正装，打着领带，很有顶级投行代表的人模狗样。面对学生接二连三的提问，他以相当职业而礼貌的微笑，掩饰着眉角的一丝疲惫。

“嘿，笑！”芬克斯坦咧开嘴，向笑笑招手，“你好吗？”

“我看起来很好吗？”笑笑在离他三尺远的地方停住，冷冰冰地问。

芬克斯坦上下打量了她一番。她背着双肩包，踩着帆布鞋，上身金熊图案的套头衫，下身一条破洞牛仔。乱蓬蓬的头发勉强扎成一个马尾。再配一把吉他，她就是街头卖唱的姑娘。

芬克斯坦心情愉快地说：“你看起来年轻而漂亮。”

他身周一圈的学生都把目光投向了笑笑。笑笑目光冷淡地看着芬克斯坦。她的金融生涯已被宣判死刑。她想看他还能玩什么花样。

“这是笑，我的一个小朋友。”芬克斯坦向他周围的学生介绍说，“她刚刚在摩根士丹利纽约实习，不过因为我的缘故被解雇了。所以她有点生我的气。”

他倒是很有自知之明。

学生间响起窃窃私语。他们中有不少人认识笑笑。那个从大摩回来，没拿到一个全职录取的中国女生。

笑笑仍是冷漠地盯着芬克斯坦。她一向没什么好名声，根本不在乎别人怎么议论。

芬克斯坦朝笑笑咧嘴一笑，转身对那拨学生说：“非常感谢你们的兴趣。请把你们的简历交给我的同事，同时请通过网络再提交一遍简历。现在，如果你们可以原谅我们——”

他很礼貌地跟学生道别，然后朝笑笑走去，“我饿坏了。”示意她带路。

笑笑带着芬克斯坦沿杜朗街走，一路上忍着没有伸腿绊上芬克斯坦一脚。朝西走两个街区，到了“亚洲贫民窟”，那里聚集着一堆廉价的亚洲餐馆。因为廉价，所以挤满了学生。

那其中有一家有些冷清的，看起来不那么寒碜的日本餐馆。芬克斯坦夸了句，“选得不错。”刚想抬脚进去，却发现笑笑坚定不移地迈进了日餐旁边那家又小又破、一股油烟味道的中国餐馆。芬克斯坦没办法，只好跟了进去。

那店很小，地方局促，却摆着五条长桌长椅，密密匝匝地挨在一起。桌上积了不知几年的油腻，墙上贴满不知几年没更换的带图菜单。七八个亚洲学生，还有三两个黑人学生，各自占着角落。他们看到芬克斯坦，都惊奇地瞪大眼睛。实在太奇葩了——哪个神经会穿西装打领带来这种餐馆？

收银的是个一脸生无可恋的中年女人。芬克斯坦有点不确定地问：“你确定我们在这里吃？”笑笑根本不理他，已经点了炒河粉。轮到芬克斯坦。他对着带图的菜单研究半晌，最后点了跟笑笑一样的河粉。

河粉很快端上来——显然也不是现炒的。笑笑很快狼吞虎咽地吃起来。芬克斯坦试了一口，有点难以下咽。但是他没有放弃，一根一根细嚼慢咽。他吃一点，就停下来谈起他的兴趣爱好。他说现在正是在加州进行飞蝇钓的好时节，优胜美地南面的溪谷风景秀丽，他工作虽然很紧张，但仍然打算腾出一个周末的时间，去优胜美地南边钓鱼。他还谈起他以往在阿拉斯加和新西兰飞蝇钓的经历，有时辛苦两天也钓不上鱼，但仍然收获了美好的回忆。

笑笑低头吃河粉，偶尔抬头说一个“是吗”“哦好”，除此以外没有别的表示。她吃完以后，拿纸巾擦嘴，然后就坐在那里静静看他。

芬克斯坦接着邀请她周末去钓鱼。笑笑仍是冷淡地看着他，一言不发。

“很有趣的。你一定会喜欢。”芬克斯坦说，“我可以教你。”

笑笑盯着他看了三秒，发现他没有一点悔过之心。她靠在墙上，抱着手冷冰冰地看他：“芬克斯坦先生，你我都很清楚，你不会在没有意义的事情上浪费时间。所以你为什么不能坦白一点，直接一点，告诉我你这回找我的目的是什么呢？我不觉得自己在性方面有什么吸引力；我已经被大摩解雇，也没有更多的信息可以分享给你。所以，说吧，你还想从我这里得到什么？”

“性吸引力还是有的，忽略衣着品位的话。”芬克斯坦笑眯眯地说，“你是个非常聪明的女孩。你说得对。我有求于你——不，更确切地说，我们彼此有求于对方。所以我们为什么不合作呢？”

“我没什么有求于你的。”

“哦，你当然有。”芬克斯坦说，“不要跟我说你已经放弃了高盛。要是这样，那可太叫人失望了。”

“我的金融生涯已经完蛋了。”笑笑别过脸说，“杰夫·霍夫梅宣称他会叫我再也找不到工作。我在等大摩的法院传票——多谢你。”

“哦真的吗？你觉得杰夫·霍夫梅的影响力大到这种程度，他不希望有人雇用你，这天底下就再没有人敢雇用你了吗？”

“可是，高盛的那个分析师……他的高盛老板宣布封杀他以后，就再也没有人聘用他了。”

“——那是因为他从楼上跳了下去。没有公司会聘用一个死人。”芬克斯坦毫无同情心地说，“他自己做出那样的选择。”

笑笑红着眼睛盯着他，没有说话。

“那晚在皇宫饭店第一次见到你，我以为你是个不同寻常的女孩。你眼睛里有一种火——那种，对成功的强烈渴望，以及没有什么能够阻止那渴望的信念。也许我错了。”

笑笑的手在桌底抓住自己的腿，“可是……可是……高盛会雇用一个，一个犯过严重错误的人吗？”

“为什么不？你在摩根士丹利那里上了一课，一定不会在高盛犯错了。”芬克斯坦颇有些得意地说，“大摩的保密课程已经够严格了，我还能说服你放松警惕。上过我的当以后，我不认为除了我，还有谁能骗到你了。叫摩根士丹利吃上一大亏，顺便培养了我的潜在员工，这难道不是件值得庆祝的好事吗？”

“……”

芬克斯坦似笑非笑，“怎么样？我们合作？”

笑笑咬牙瞪着芬克斯坦，“你在骗我……你之前在骗我，现在又出于某种目的接着骗我。如果你真的愿意雇用我，暑假结束前你就可以做到。可是你没有——我为什么要相信一个一次又一次打碎我梦想的人？”

“是吗？你的梦想那么容易被打碎吗？”

笑笑微微愣了一下。

“会被打碎的不配叫作梦想。真正的梦想，不会碎。”

真正的梦想不会被打碎。她停在原地咀嚼这句话。

她简单考虑。她一无所有，没什么可以再失去的了。她说：“行。你要我做什么？”

“现在么，”芬克斯坦微笑说，“我只是想让你周末陪我去钓鱼而已。”

周日上午，芬克斯坦从旧金山开车接上笑笑。那是一辆低调的黑色吉普SUV，平稳而舒适。笑笑不敢开车，一路都是芬克斯坦代劳。中途停下来吃了早午餐。到优胜美地溪谷时已经是下午一点。

芬克斯坦沿着溪谷开车，不时停下来观察溪水情况。沿河又走了一小时，他才选定一处水流平缓的河湾。河两岸长满黑橡树，黄松及雪柏。阳光从枝叶间洒在软泥上。鸟鸣和着水声，别有一番清幽宁静。

芬克斯坦从后备厢中取出飞蝇钓的专用钓竿。那钓竿有两截，组装起来足有十英尺——三米。一端是长柄与卷轴；另一端逐渐变细，呈锥形。卷轴上的飞钓主线沿竿延伸出来，在钓竿末端变成一股极细的、透明的尼龙钓线。芬克斯坦在钓线上挂上一只羽毛钩。那是一只栩栩如生的假苍蝇。

芬克斯坦给笑笑留了一根初学者用的钓竿，只有两米半长。相比它的长度，钓竿倒不算太重。但那是一开始。芬克斯坦教授抛竿动作以后，笑笑很快就感到吃力了。飞蝇钓不像普通的垂钓，只需要静静坐在河边等鱼上钩。飞蝇钓需要不停地在水面舞动钓竿，使末端的羽毛钩在水面浮动，模仿昆虫掉落水中的模样，以此引诱水里的鳟鱼咬钩。

抛投钓线有许多讲究。动作幅度太大不行，可能会惊走鱼群；动作幅度太小也不行，无法引起鱼群注意。必须恰到好处地抛甩，另一手有配合地扯动钓线，使羽毛钩在水面上轻轻跳动，做出昆虫在水面垂死挣扎的样子。即使已经把动作做得非常完美了，仍然不一定有鱼会上钩——也许它们吃饱了呢。

说到底，飞蝇钓是一项耗时、费力的体育运动。很可能折腾大半个下午，却钓不上一条鱼。

而这正是芬克斯坦跟笑笑这一天面临的景况。芬克斯坦用大半个小时指导笑笑的动作。芬克斯坦点头后，笑笑站在河边不停挥竿。她自认作为初学者，动作已经非常好，假饵在水面的跳动也得到芬克斯坦的认可，但始终无鱼上钩。

教会笑笑以后，芬克斯坦自己去了下游另一处开阔的水面。他穿上齐胸的防水裤，蹚进河里。那河水非常冷。笑笑没有下水，都能感觉到溪水的寒冷。但是芬克斯坦半截人都泡在水里，河水漫到他腰间。他在那冰冷的溪水中，一站就是两小时，一直不停地挥竿，跳饵。除了抛投前短暂的停顿，没有任何休息。

笑笑勉强挥竿半小时，手臂酸痛得不行。她干脆放下钓竿，坐在岸上看芬克斯坦抛钓。他的动作真的很漂亮，几乎称得上优雅。那假饵在水面跳动得极其好看；如果笑笑是一条鱼，她一定会咬上去了。可即使如此，两个半小时过去，芬克斯坦一无所获。

“要不要……要不要休息一下？”笑笑在岸上建议。她一直没说话，因为怕声音赶走鱼群。

芬克斯坦犹豫了一下。他低头看了一下表，说：“我再试一会儿。”他说着就往更深的河水里走去，让河水一直漫到他胸口。他抬着手臂继续抛钓，动作已明显迟缓。

这一试又试了半小时。这时已经五点，太阳偏西。芬克斯坦收了钓线，慢吞吞地往岸上走。他像一只落汤鸡一样，水从胸口淋下来。

他脱去防水裤，疲累至极，坐到笑笑身边。他额角有汗，衬衫已被汗水浸湿，面孔却是发青，看来被河水冻得够呛。

“水底游着非常漂亮的加州金鳟鱼和彩虹鳟鱼。你看到了吗？”芬克斯坦说，几乎有些落魄，完全没有半点以往优雅的模样，“真抱歉。没能钓上一条给你看看。”

“不用道歉！”笑笑连忙说，“就像你说的，飞蝇钓真的很有意思。我不后悔来这里。”

芬克斯坦笑了起来：“是吗？有意思到值得你花七个小时往返吗？”

他来时开了三个半小时车，又花一小时开车找地，又花一小时指导笑笑抛钓，然后逼着自己在冰冷的水里站了三小时。

笑笑从车里拿来水和压缩饼干。芬克斯坦道谢，干巴巴地嚼起来。吃的时候他一声不响盯着水面，眉头紧锁，若有所思。吃完以后他站起身：“我再试一试。”重新穿上防水裤，又小心翼翼朝溪水深处走去。

接下来的一小时里，他又一刻不停地抛钓上百次。他的脸色越来越青。明明能看到水底有鱼，却仍然一无所获。太阳正在渐渐下沉。

笑笑有些不安地说：“别太拼了。要不……要不改天再来？”

芬克斯坦轻声问：“你愿意再等我一小时吗？如果一小时内仍无斩获，我们就离开。”

笑笑轻声答应。

芬克斯坦换了一个地方——一处更深的水域。他的羽毛钩不止浮在水面，有时还因为刻意挥舞而浅沉下去。他站在齐胸的水里，又连续不断地抛钓起来。笑笑几乎已经绝望。可就在那时，在将近七点的昏暗水面上，钓绳忽然异样地颤动。笑笑有些激动地从岸边站起来。芬克斯坦将钓竿抬高。钓线末端连着一条小小的鳟鱼。

笑笑将鱼网抛过去。芬克斯坦接住，很快用渔网网住了那尾小小的鳟鱼。他带着鱼回到岸边，满脸都是失望，“是最普通的棕鳟鱼。”是一条瘦瘦的、长长的棕色小鱼，身上布满黑色斑点。“真丑。”

“它不丑！”笑笑低头看那条活蹦乱跳的小鱼，“你看它瘦瘦长长的，颜色发黄，还长着雀斑——不跟我一样吗？”

芬克斯坦笑得咳嗽起来。

“你赶紧上岸吧！溪水太冷了。”

芬克斯坦说好，将那尾小小的鳟鱼放回溪水。鳟鱼扑腾一下，向深水处游去，很快消失在黑暗里。

“花了这么大力气才捉到一条，就这么，就这么放了？”

芬克斯坦笑：“你说它像你。我难道还能把你吃了吗？”

虽然是这样，还是有点可惜。“忙活大半天，结果什么也没得到。”笑笑有些不甘心地说。

“这是大多数人的人生。”芬克斯坦说。

收拾完毕，芬克斯坦载笑笑踏上回程。天已经全暗了。一大段路都没有路灯。笑笑坐在副驾驶的位置上，扭头看芬克斯坦，看到他一脸疲惫。

“想问什么，问吧。”芬克斯坦头也不回地说。

“我不太明白……明明，明明已经很努力了……动作好像也没问题……鱼也都在那里……为什么费那么大劲，花那么多时间，仍然没什么鱼上钩呢？”

芬克斯坦黯淡地笑了一下："这是我们这一行的真实写照。"

笑笑呆了一下。

"鱼是不会因为你努力就上钩的。需要耐心，技巧，时机，还有很好的运气。有的时候，所有努力都已经做了，鱼不上钩，就是不上钩。输了就是输了，没有人会告诉你理由。"

笑笑有点明白过来。

并购行当，是这个样子的。努力地争取二十个项目，有一个成功就谢天谢地。花无数个昼夜准备数据，撰写项目推介书，拼命跟客户拉关系攀交情，以为快谈成了，结果出一点小问题，也许就前功尽弃。

因为，并不是你努力，客户就得买你的账呀。

"工作已经很辛苦了，为什么还要选择这么辛苦的飞蝇钓呢？"

芬克斯坦打着方向盘，沉默片刻，才回答说："我不认为飞蝇钓'辛苦'。我辛苦的时候有的是。我享受飞蝇钓那种独处的、独自努力的时光……怎么说呢。我认为我是丛林里的幸存者。我的职业生涯，虽然有过坎坷，但也充满了幸运——因为毕竟不是努力就有结果。跟很多一起入行的同道比起来，我混得实在太好了。我需要以某种方式提醒自己——哪怕是以自我折磨的方式——让自己清醒地意识到，我不会永远是这样幸运。我需要告诉自己，就算付出所有能有的努力，最后一无所获，我也必须承受得起那样的打击。而在那打击到来之前，我必须为最小的一点点可能，尽我最大的努力。"

这种警醒让笑笑感到震撼。

"那样的打击……曾经发生过吗？"

"哦，当然。"芬克斯坦说，他说话的声音变得很轻，很慢，"我毕业后的第一份工作在雷曼兄弟。那时我年轻，骄傲，以为我的成就都源自努力，以为只要继续努力，我的前途就无比光明。金融危机悄无声息地来临。我是最早被解雇的一拨雇员。那时雷曼还没倒闭。我抱着箱子，被保安盯着走出雷曼的大门。以后两月，我疯狂地投简历，找工作，毫无成果。我变得暴躁，易怒，怨天尤人。我的未婚妻离我而去。骄傲与自信全都没有了，我心里只剩下深深的自我否定和自我怀疑。

“我被一种对未来的恐惧击倒了。那种恐惧，真的很可怕。就像你站在冰凉的水里，徒劳无益，一遍又一遍抛出钓竿，渴望得到一点回应。你觉得你要倒下了，可是你得咬着牙撑下去。因为倒下去你就什么都没有了。你会被那冰凉的水吞噬，被浪涛卷走，被鱼分尸。

“我跟父母关系不好。我走投无路，在美国待不下去，逃回到奥地利，找我爷爷。我以前看不起他，以为他是犹太人的耻辱。他干着许多无聊的、低贱的工作。门童，侍应，脚夫，他什么都干过。他最近的一份工作，是站在维也纳歌剧院的门口，向游客兜售无人问津的小剧场歌剧门票。那是一份多么辛苦、多么低贱的工作呀！你在烈日底下站上三五个钟头，跟路过的罗马尼亚人、印度人、中国人推销《尼伯龙根的指环》。我的天！你愿意花上一百欧元，在一个窄小的、令人窒息的剧场里坐上十五个小时，听十个人轮流尖叫吗？……可是没办法，为了把票卖出去，你得受很多冷眼嘲笑，得从人群中找那么一个或两个愿意听你吹嘘的傻子来，得不断跟人解释这是一部多么有意思的歌剧，瓦格纳最伟大的作品，错过就要后悔一生的经典。你费尽口舌，他们终于掏出钱包，却很抱歉地告诉你他的钱包里只有两欧元——哦。多么像我们并购行业啊！

“推销对我来说，不是一个容易的工作。比在雷曼兄弟最初的日子要艰难太多。我不得不努力适应那样的身份转换。我曾经是一个年轻的投资银行家，现在我站在街头，跟那些没读过书的街头混混抢饭碗。我得克服很多事情——首先就是我自己。我得放下我的骄傲，承认我并不比那些街头混混更强。我比他们更糟。因为我没有勇气。

“但我还是撑过来了。我慢慢找到一点推销的诀窍。像你这样东方面孔的，很有可能是第一次来维也纳的游客，最容易上钩。每卖出一百欧的门票，我都能拿五欧元的佣金。慢慢地，我从一天卖不出一张，到一天卖出二十张，我至少能养活自己了。我甚至还能花上五欧元，给我喜欢的姑娘买上一枝玫瑰花。

我感受到很久没有过的快乐。

“那是我爷爷使我明白的事情——无论处境多么艰难，只要我想要，我都可以活下去，并且从这活着里，找寻出一点快乐来。假如是这样，我还有什么好害怕的呢？我在维也纳待了八个月，去了伦敦，很快找到高盛的工作。起先做企业融资，帮助欧洲企业进入非洲。美国政府着手救市后，我找机会回到纽约。”

芬克斯坦说完这段故事后，仿佛用尽所有力气，再也没有开口说话。笑笑安静地坐在黑暗里，看道路飞快倒退而去。他们在黑夜里沉默地行驶三小时，回到伯克利。芬克斯坦把笑笑放在华林街附近。

下车的时候，笑笑有些结巴地说：“芬克斯坦先生，谢谢，谢谢你跟我分享你的经历。我很受鼓励……虽然，虽然我不太确定我能做什么，但是，无论你需要我做什么，我一定会努力去做……我不会放弃。我会全力以赴。为最小的可能，尽我最大的努力。”

芬克斯坦微笑着说：“我等你的简历。”

黑色吉普车消失在道路尽头。笑笑大踏步朝华林街走。晚风温柔地拂过她的面庞。她的眼睛在黑暗里闪闪发亮。

她大踏步朝前走，心里再无一点恐慌或畏惧。从来没有一刻，她像现在这样坚定，这样安心。

她在黑夜里大声问自己，又在黑夜里大声回答：

如果有一天我孤苦无依，我还能凭双手养活我自己吗？

我可以！

如果有一天我一贫如洗，我还能为活着感到快乐吗？

我可以！

那还有什么理由失去勇气？

46 TechCrunch Disrupt

九月剩下的时间，笑笑与蓝音团队全身心地投入到创业展会的备战。除了剩下还没离职的四位工程师，笑笑说服马云东、周更新过来帮忙，安德鲁和罗地沟也承担了部分工作。

但是没有用。因为团队内部的重重矛盾，一直到展会当日，蓝音都没有如期交出产品，也拿不出像样的小样（demo）。而这时创始资金已经烧了大半。

由权威科技创业媒体 TechCrunch 主办的创业公司展览会 Disrupt 在十月底举行。Disrupt 一词意为破坏，在科技界代表“颠覆性的创新”，意思是科技创新能够颠覆已有市场与传统价值，带来新的市场与新的价值。眼看“颠覆”展会时间一天天逼近，蓝音始终没能拿出所谓的“语音服务界面”。

锡恩将蓝音定位为一家专注垂直领域的智能语音系统提供商。应该说，这是一个非常棒的商业走向，它有理想的商业模式：为商业机构提供语音客服系统。无论是售卖系统，还是售后维护系统，都能实现赢利。

可是小恶魔完全不喜欢这个想法。对小恶魔来说，蓝熊是一个生命体；它是一个活生生的存在。把蓝熊肢解，然后用它最灵魂的部分——与人对话的能力，帮助人搜集信息和处理问题的能力——去实现低级而无趣的商业客户服务，是对蓝熊能力的巨大浪费，是对人工智能体本身的亵渎。

“又好比你拥有天底下最动人的歌姬，她有天底下最触动人心的歌声，而你偏要送她去卖淫。”小恶魔这样说。

小恶魔贡献了最初的语音模块和信息处理模块，并且向团队解释蓝熊人机互动的核心技术。但是他沉浸在自己的发明里，不愿为团队目标做出改变，拒绝与锡恩和解。蓝音内部矛盾冲突不断。锡恩领导其他工程师，背着小恶魔进行商业化的产品开发。小恶魔知道以后暴跳如雷，扬言要把锡恩赶出去。

创业展会的“颠覆”战场拒绝了蓝音的申请。这是意料之中的事。对于一个刚刚成立，没有任何业绩支撑的初创公司来说，要进战场太难了——每年进入 Y Combinator 的创业公司有一百多家，而能进“颠覆”战场的只有二十五家。何况蓝音内部如此不团结。

创业展会如期到来。地点在旧金山 48 号码头。在半岛东部海边，离巨人队主场 AT&T 公园体育场只有两分钟路程；而负责经营巨人队资产的巨人公司，也确实是创业展会的合作企业之一。

会场设在 48 号码头仓库。展会开始前三天，工作人员已经开始布置会场。仓库三分之二的场地用作创业公司展示区，顶棚安上了诡异的绿色灯管，将整个会场营造出一种奇妙的闹鬼气氛。“颠覆”这个单词的白色立体大字有人那么高，贴在绿色展板上，挂在会场最显眼的中央。

作为自费参展的小型创业公司，蓝音只有人工智能展区一个小小的白色立桌——连椅子都没有。这是现场数百家创业公司的标配。这些公司都交了数千美元的入场费。出钱在百万和千万级别的展会合伙人与赞助商，占着门口与两侧最宽敞，最体面的展台。老牌科技公司微软、IBM、亚马逊、思科、惠普、松下、软银，新兴科技公司 PayPal、赛富时，都有各自的展位。

但笑笑知道这些科技巨头参加展会的目的可不是“展示”。代表公司参加展会的，往往是这些公司的投资部门。他们会在展会上发现有潜力的公司和技术，寻找投资机会。

风投资本的各路人马混在参加展会的路人中。红杉资本、纪源资本都不出意外地出现在赞助商名单里，此外还有殷拓集团（EQT）这样的私募机构。在专注科技的人眼中，颠覆展会是极客与技术的天下；在专注找钱的人眼中，这个会场遍地是钱。

会场大致是按地域与行业划分的。有许多科技公司不远千里到来。亚洲公司是一个很强的存在，中国的香港、台湾各自占有一列展区，日本与韩国各自占有展区；比较起来，欧洲与南美的展区反倒不那么显眼。美国公司毫无疑问是参展主力，占了大部分的展区。虚拟现实与增强现实占了一小片展区，却吸引了不少人群。“软件即服务”与B2B（企业对企业的商业模式）公司占了一大片展区。剩下的科技公司又按行业细分为金融、教育、体育、安全、医疗、地产、媒体、电子商务及社交。笑笑把各个展区走下来，愈加确信锡恩是对的：必须把产品做细，专注某一个市场，才有可能找到商业模式，真正做出一家公司。

即使是在标榜机器人的人工智能展台，大多数公司做的仍然是非常细化的人工智能产品。然而小恶魔对此嗤之以鼻。有一家做大数据的人工智能公司专注农业智能化，帮助农民监测农作物生长状况（“愚蠢！”）；另一家做邮件智能处理的创业公司，专注为销售人士打造“学习的智能销售助手”（“弱智！”）；有一家所谓商业旅行人工智能公司，负责打造“智能出行助手”，提供旅行机票酒店方案（“垃圾！”）；还有一家人工智能公司，做出了一款能够自动跟踪顾客并且能够播放动听音乐的智能购物车（“……上帝！”）。

唯一像模像样，能够勉强被叫作“机器人”的机器人，是软银展台的“佩珀”（Pepper）——号称世界上第一个能够识别情绪的个人机器人。那是一个白色机体的、女性化的软萌机器人。它能回答简单问题；装着摄像头的双眼会跟随人的动作而转动；能够识别人们的微笑。但好像，连它的创始人也知道它在语言交流方面有严重缺陷，于是在它胸口装了一块平板电脑——无法用语言交流的时候，用户可以直接在平板电脑上点读。

“一个重度脑瘫。”小恶魔对罗地沟说，“如果她真能读懂我现在的情绪，她应该马上把自己炸掉。”

罗地沟说：“汪！”

笑笑无意了解小恶魔对各个创业公司的看法。但没有办法，她是蓝音唯一的行政助理，当一干没见过世面的码农都离开展台，四处游荡时，她只好守着蓝音展台，努力向来往宾客推销蓝音产品——因为拿不出 demo，蓝音的展台无人问津。小恶魔一直在人工智能展区转悠，一面转一面毫无顾忌地表达自己的看法：“垃圾！”“智障！”“牛屎！”

“你说别人做的东西都是屎，你做出什么来了吗？”那家智能购物车公司的创始人，是一个顶着稻草色鸟窝头的码农。

鸟窝头一面生气地说，一面努力捉住朝着三个方向乱跑的三只购物车。他们家购物车对用户人像的识别系统不够完善。本来，在摄像头读取用户人像后，购物车就应该跟随被读取的用户。可因为人像识别太困难，跟着跟着，一不小心就跟着别人跑了。

“给我看你的源代码。”小恶魔说着，抢过公司展桌上那台掌控购物车的、带密码的电脑，当着那个人的面，用三分钟破解密码进了系统，调出源代码。那个创始人嚷嚷：“你这是剽窃！剽窃！”小恶魔说：“能把 Python 写成这样你也真是人才。”

他一面挖苦那个创始人，一面就开始动手改代码。鸟窝头起初想从小恶魔手里抢电脑，嘴里嚷嚷：“不不不，这里不能这么改……你根本不了解我们的代码库也没用过我们的 API，你一无所知你不能这么乱改……”

他接着开始骂脏话：“白痴！这是严重的逻辑错误……你在忽略边界条件……那会造成 UI 错误……你难道妄想你可以实现那样的需求吗？……”

小恶魔的双手在键盘上飞快跳跃。在他完成某一行代码后，忽然地，鸟窝头好像被人按了静音，他一下子安静下来，睁大眼睛瞪着屏幕。

接着他进入了一种仿佛嗑嗨了的、被催眠的状态。他脸上莫名其妙出现各种表情：迷茫，不解，困惑，痛苦，挣扎，接着那脸上又出现诡异的微笑，真诚的赞叹，幸福的满足。他半梦半醒着，痛并快乐着，欲仙欲死着。随着小恶魔敲键盘的飞快节奏，他发出“啊！啊啊！啊！啊啊！”的，极其有节奏的呻吟。这个过程持续了大概十五分钟。

最后，他发出一句发自内心的“我的老天！”然后他“啊”了一声，什么都不说了，只是含情脉脉地盯着小恶魔跟前的那块屏幕，偶尔充满赞叹与激赏，同时带着一点畏惧地望一眼小恶魔。

二十分钟后小恶魔写完代码，拍了一下手说：“好了。”

笑笑不得不承认，那三只购物车的人像识别功能与空间处理能力，得到了巨大的提升。从此，无论人海多么茫茫，三只购物车的摄像头总是能在人山人海中，精准定位鸟窝头的位置，然后整整齐齐排成一列，一路尖叫着穿过人群紧紧跟上它们的主人。有一次鸟窝头去上厕所。三只购物车被卡在男厕所门口，整整齐齐排成直线，大声唱“我就在这里等你”。

虚拟现实的风头，软银机器人的风头，全被这三只忠诚而尽责的购物车抢走了。一整个下午至少有一百家风投过来问鸟窝头，他们公司这个到底是什么产品。

下午五点的时候，鸟窝头来跟笑笑求救。他身后整整齐齐跟着三只购物车。

“那个邪恶的天才在哪里？我要找他。”

“我不知道呀！”

“你必须替我找到他！！否则这三只购物车会跟我一辈子的！！”

“啊？关闭电源也没有用吗？”

“没用。”鸟窝头眼泪汪汪地说，“他写了一段程序，我一关电源就变成这样。”

他说着按了一下电源键。三只购物车非常有分工地排成一行，开始大声唱歌。第一只购物车说：“干我！”第二只购物车说：“干我！”第三只购物车说：“我是世界上最屎的 Python 程序员！”此后进入无限循环状态。

周围人全都看了过来。鸟窝头赶紧把电源打开。购物车立即在他身后排成直线。鸟窝头哭哭啼啼地拉着笑笑的胳膊说：“救我……我需要他……”

“啊，别担心。实在不行，可以把购物车绑在桌脚上……”笑笑善良地建议道，一面捉住一只购物车。

“没用的。”鸟窝头叹口气。

笑笑找来胶带，手忙脚乱地将三只购物车绑在一起。“好啦！你走吧！我捉住购物车啦！”

鸟窝头往外走了三步。三只购物车咿咿哇哇地叫起来：“干他！”“干他！”“杰克·琼斯是世界上最屎的 Python 程序员！”

“杰克·琼斯是谁？”

“我。”鸟窝头幽怨地看了三只购物车一眼，满不情愿地走了回来。

鸟窝头一走进设定范围，三只购物车立即消停了，同时播放起布兰妮的歌：“宝贝再打我一下！宝贝再打我一下！”

展会的另一侧，是主题演讲与“颠覆”战场的会场。下午两点以前是科技公司高管与政府人员的主题演讲，两点开始创业公司战场。每个参加战场的公司有六分钟的演示时间；投资人与科技公司高管组成裁判团，向公司创始人提问；在展会最后一天投票选出最终的获胜者。

蓝音展台一直很是寥落，让笑笑怀疑花两千美元买这个展位是否值得。虽然锡恩非常努力地试图跟投资人攀谈，但因为拿不出 demo，画出来的饼当然也没有人买。

小恶魔花了点时间去看“颠覆”战场，回来以后又是满口“垃圾”“牛屎”。

“我不明白。”笑笑这时终于忍不住了，她跟小恶魔至少有一个月没说话，“既然有时间去给垃圾和牛屎改写代码，为什么不能好好把蓝音的产品做出来呢？”

小恶魔扭过头，花了一点时间，用一种带着鄙视和憎恨的目光打量笑笑，接着又扫一眼在不远处跟投资人攀谈的锡恩，“哦，一个华尔街投行家再加一个哈佛毕业生，天底下没有你们俩搞不定的事情了吧？还用我来写产品？”

展会在锡恩和笑笑的失望中结束。财务愈发困难。展会以后，锡恩在笑笑的建议下，降低全职员工 30% 的薪水；笑笑之前的薪水本来就少，这时的时薪降到 5 美元。

“我坚持不下去了。”笑笑说，“对不起，我真的很需要钱……我可能得离开蓝音了……”

“别走！”锡恩说，“还有一次融资的机会。近在眼前。但你必须帮助我。”

“……是吗？”

“西西要结婚了。你知道的。”

“我知道。我答应给她当伴娘。”

“太好了。”锡恩有些激动地说，“带上我。”

笑笑瞪大眼睛，“这，这不太好吧？西西肯定不想见你。”

“我会尽量避开她的。但是我想找机会结识她的丈夫。”

“她的丈夫？”

“她的丈夫，彼得 · 哈代。硅谷的私募大佬。”锡恩热切地望着笑笑，“利用你跟西西的关系，向哈代寻求资金。”

彼得 · 哈代？好像是个听过的名字。

笑笑呆了好一会儿。她花了好长时间才明白锡恩的意思。

手机叮地一响。笑笑低头查短信。

来自她的大摩老板杰夫 · 霍夫梅。他在短信里问笑笑，有没有时间让他请她吃个饭。

47　邀请函

第二天晚上，笑笑坐在加州菜餐馆 Gather 的靠窗座位上，跟杰夫·霍夫梅大眼瞪小眼。

笑笑发自内心地对杰夫·霍夫梅充满畏惧。就像小学时候，她的语文成绩不好，特别害怕见到语文老师。

有一段时间，她每晚都被噩梦惊醒。在梦里小恶魔跟她认识的每个女孩睡觉。那时笑笑只会觉得痛苦，但是不会吓醒。接着霍夫梅出场。他出场，只用说一句话，“你被解雇了。”笑笑就吓醒了。

现在这个噩梦，正活生生地坐在她眼前。

霍夫梅不说话，笑笑是绝对不敢开口说话的。但是霍夫梅似乎下定决心，要让对方先开口。

尴尬的沉默延续了大概五分钟。笑笑觉得再不说话她要被压抑死了。她勉强找出一句话来说：“嗨，杰夫，你好吗？”

说完她想打自己。

“好。”霍夫梅说，沉默一会儿补充道，“就是有点复杂情况。还是领英那个案子。”他出于礼貌问，“你呢，你最近好吗？”

无论过得多么不好，美国人对这句问话的标准回答是“好”。笑笑答：“好。我正在找工作。”

“你给哪些公司投了简历？”

“很多。咨询，IT，都有投。”

“没有投摩根士丹利？”

笑笑从锅烤大比目鱼身上移开目光，惊奇地抬起头来看他。

“我是说……嗯……你应该考虑再投一次。”霍夫梅把刀叉停在空气里，对盘子里的鸡说，“我嗯，我想为之前对你的态度道歉……请你原谅。我那时有很多……复杂的情况。我的情绪被搅乱了，做出了一些不理智的决定，以及……如果你对金融行业还有兴趣的话，你可以给任何一家金融机构投简历，而我愿意为你写推荐信。”

笑笑惊得下巴都掉了。

“这是……这是为什么？”

霍夫梅面无表情地说：“作为我的道歉。”

可是他根本没有理由道歉。被解雇完全是笑笑自己的责任。笑笑心里没有侥幸。

那又是为什么？

在金融的世界里，没有人会平白无故帮助你。所有事情都有目的，所有善意的举动后面，都有经济力量的驱动。

“我能为你做点什么吗？”

“是的，你能。”霍夫梅抬起头，他瘦削狭长的脸上挤出一丝微笑，灰蓝色眼睛却没有一丝笑意，“把我介绍给彼得·哈代，告诉他我是你在摩根士丹利实习时的老板。”

笑笑急忙摆手：“先生，你弄错了。我不认识彼得·哈代。我连他是谁都不知道。”

“哦你认识他。”霍夫梅带一丝苦涩地说，“他是你好朋友的未婚夫……拜托了，笑。”他别扭地发音。之前笑笑在他手下实习九个星期，他都没有正确叫出过笑笑的名字。“我真的非常需要你的帮助。领英的案子到了非常关键的时刻。拜托了。只要你能帮我这一次——帮助我见到彼得，我发誓，无论你想找哪家公司的工作，我都会尽全力帮助你。”

“我……我还是不太明白……”

“领英董事会下月底要为究竟卖给哪一家投最后一次票。支持微软与支持赛富时的呈僵持状态。彼得手里拿着将近 30% 的投票权。他是我们需要争取的最大股东。但是他为人低调，深居简出，几乎从来不在公开场合出现，也拒绝了我们发出的会谈邀约。私人引见是唯一的办法。我实在是没有办法了，才会过来找你。”霍夫梅非常迫切地说。感觉到自己的低声下气，他立即又加了一句威胁，“想想你对摩根士丹利做了什么样的事情。你不认为你应该做出一点补偿吗？”

这话立即奏效了。

“我，我完全明白！”笑笑赶紧说，“我会努力做出补偿的。我很想帮助你。可是，我从来没跟彼得·哈代说过话……”

“婚礼邀请函。”霍夫梅说，“我要求的只是这么多。给我那个邀请函。剩下的事情，我一定不会麻烦你。并且我向你承诺，我可以帮你进华尔街的任何一家公司。”

笑笑去找西西。西西开车载笑笑一起去附近的食品超市，买了一大堆水果回来。笑笑找机会问西西，可不可以带男伴去她的婚礼。

“当然可以啦！”西西很为笑笑高兴，“就应该这样嘛。告别错的才能跟对的相逢。你早就该跟那什么小恶魔分手了。这不就挺好的？话说你新找的怎么样？”

“不不不，不是男朋友。”笑笑洗猕猴桃，洗得一手毛，“是我在摩根士丹利的老板。他很想认识彼得·哈代……我不想得罪他。他都找上我了，我没法推。”

“原来你知道彼得了。”西西撇撇嘴说，捧出一个西瓜来，“哦，你不想得罪他，就得罪我？”

“不不不，我……只是……哎，你要是觉得不行，就算了。”

“我懂了。你还想回摩根士丹利工作。”西西打开柜门找西瓜刀，“没事，你带吧。我跟彼得打声招呼。”

笑笑赶紧道谢。西西说：“谢啥。什么时候这么生分了。”

笑笑结结巴巴地说：“啊……除了霍夫梅，还有一个人，也想去你的婚礼。是个你讨厌的人。我也觉得不太合适……但是……唉……主要是我们创业，遇到一点问题……”

西西笑了一下：“锡恩·怀特？”

笑笑嗯了一声。

西西笑着说：“带呀，带吧。我可想他了呢。”在砧板上狠狠一刀，把西瓜劈成两半。

笑笑笨拙地把猕猴桃剥好，递给西西。西西嫌弃笑笑剥得难看，不要。她把西瓜递半个给笑笑，自己捧了另半个，坐在地板上，拿勺子一勺一勺挖着吃。

西西把她跟彼得·哈代相识相恋到订婚的经过简单讲了一遍。

“你知道他的。就是那个私募老头。那天你去见你的高盛 MD，我去太平洋高地跟他吃饭了。记得？”

笑笑吃进嘴里的西瓜，一口喷了出来。西西看笑了：“是吧？我自己想想也挺神奇的。”

“这……这……这也太不靠谱了吧！”笑笑扔下西瓜，抓住西西胳膊，“你开什么玩笑！说结婚就结婚。你才认识他多久！他叫你结婚你就结婚啊！”

“是我叫他结婚的。”西西眨眨眼睛说。

笑笑大叫：“樊西西你疯了！网上认识的你也信！”

西西平静地笑说：“你大摩的老板都跑来找你了。你难道不信吗？”

“可是……可是……”笑笑只觉得这事不行，但到底哪里不行，她也说不上来，“你……你爱他吗？他对你好吗？如果他是骗你的，那你怎么办？”

西西说：“就是怕他骗我，我才叫他结婚的。我聘了自己的律师，律师盯着签的婚前协议。不过他的财产大部分是各种公司的股份，由一个信托基金管理，我分不了一半。但是他同意了，他可支配的个人财产可以分我一点。不太多，能分到两千万吧。”

笑笑瞪大眼睛：“这叫哪门子的结婚？你喜欢他吗？他喜欢你吗？而且他年纪比我们大很多……如果只是为了钱的话……如果只是为钱……”

西西一边舀西瓜，一边慢慢说：“这问题，我想过了。他很有钱，有资源，有人脉。我跟他吃完饭那天晚上，回家查维基百科，把网上他的所有新闻报道全看了一遍，我就下定决心，一定要把他弄到手。硅谷最有影响力，却又是最低调的私募大佬。红杉的核心董事，坐在谷歌、领英、时代华纳和十几家科技公司的董事会里……哈佛算什么？他随便给句话，常青藤的商学院随便让你上，硅谷的科技公司随便让你进。你那什么摩根士丹利，假如知道你是彼得·哈代的朋友，他们得跪着求你去上班。你以为只有中国讲人脉靠关系？告诉你，美国比中国厉害多了。你想进他们那种上层圈子，投简历投到下辈子吧你。像我们这种先天投胎没投好的，拼爹拼不成，那就后天努力拼老公喽。我就是要跟他结婚。喜不喜欢有什么关系？你看你，在大摩拼死拼活干了三个月，说炒你就炒你，你得到什么了？彼得离婚，至少还知道给钱。大摩给了你什么？”

笑笑坐在西瓜跟前。她觉得不对。她很想反驳。但她不知道该怎么说。

“还好啦。也不是完全不喜欢。彼得性格有点古怪，看起来很冷淡，很难接近的样子，其实他人很好，也很照顾人。他懂得很多。每次听他讲话，我都学到很多。如果他年轻 20 岁，颜值绝对不比锡恩·怀特低，我一定会被他迷得七荤八素的。”西西想了想，咬着勺子柄说，“但是，如果他真的年轻 20 岁，还轮得到我吗？”

笑笑从西西家出来，接到芬克斯坦的电话。

她忽然知道他想要什么了。

“杰夫·霍夫梅飞去旧金山找你了？”

“你在监视我？”

“还用监视？霍夫梅在华尔街和硅谷都算是个人物。他去了哪里，见了谁，人们马上就知道了。”

笑笑不说话，等着芬克斯坦开口。

“拒绝他。带我。”芬克斯坦说。

“不行。你晚了一步。我已经答应霍夫梅了。”

“我晚了一步？你开玩笑。”芬克斯坦的语气有点不淡定了，“一个月前你已经答应要帮我，现在你又答应霍夫梅？……想想他在摩根士丹利是怎么待你的。身为你的导师却从来没有尽责，在你犯了一点点小错误以后，不给你任何机会，直接把你开除。现在他来求你，说句‘我很抱歉’，你就马上原谅他？你倒是挺宽大。”

“也不是……一点点小错误……是你害我犯错误的！”

“你明明答应，会尽全力帮助我。现在你却给我的敌人机会。”

笑笑完全不知道该怎么办了：“可是……可是我已经答应他了……”

“上帝！”芬克斯坦叫了一声，“女人！”

笑笑咬着牙不说话。

芬克斯坦只得说：“我可能已经说过了……如果你帮我这一次，我保证，尽我所能，帮你进高盛。”

笑笑说：“可是杰夫·霍夫梅说，他能帮我进华尔街的任何一家公司。”

芬克斯坦彻底没话说了。

隔半分钟他在电话里喊：“难道你要我现在飞旧金山，当面再求你一遍吗？”

笑笑没办法，只好又打电话问西西：“我可不可以再带一个男伴？”

西西笑了起来。

“我发誓，这是最后一个。是高盛的一个董事总经理。他……他……哎，我答应过要帮他……可是我也不能拒了霍夫梅……”

“服你了！巴结这么多男的有一个靠谱的吗？……算了，带吧带吧。”西西宽宏大量地说，“不过你最好跟那些人说清楚，就算去了也没人会理他们的。彼得特别讨厌华尔街的人。还有啦，我们的飞机很小，我就给你留了座位。你那一打男朋友，只好叫他们自己飞缅因了。”

48　西西的婚礼

这是笑笑第一次搭乘私人飞机。

笑笑自以为几次往返，对旧金山国际机场足够熟悉；她不知道航站楼海湾对面，竟然还有这样大的私人停机坪。十多架大小不等的私人喷气式飞机停在那里。财富，实力，特权，就那样明目张胆地摆开在光天化日之下。

“喂！你发什么呆呀！老叫我翻译我很累的好不好？我带你就是为了让你给我当翻译的，你可别偷懒呀！”

西西把笑笑的思绪叫回车里。真皮沙发的黑色摆渡车里，坐着西西一家三口，彼得·哈代和他的私人助理，还有彼得的老朋友查克——原来一家百亿级别对冲基金的普通合伙人，因为内幕交易被美国证券交易委员会起诉，现在掌握他自己的家族办公室。

西西的父母从北京专程赶来。笑笑能够感觉到，西西的妈妈对这桩婚姻非常反对，但是她知道自己的反对没有用以后，也采取了配合的态度。西西的父亲——笑笑现在才知道——是一家国有资产管理集团下属子公司的一位副总。他虽然不会讲英语，却很清楚彼得·哈代是个什么人物。他对这桩婚姻似乎非常满意。那满意很明显地写在脸上，让笑笑觉得，他也许才是推动西西结婚的背后动力。

西西的父亲跟彼得聊起国际形势与外汇市场，笑笑不得不全神贯注，调动起自己所有的金融知识。有时候被一个术语卡住，笑笑急得涨红脸。彼得带着歉意说："我本来想带一个中文翻译，可是西西不同意。我很抱歉让你给我们当翻译。"

笑笑赶紧表示她很愿意当翻译，又为自己拙劣的翻译水准道歉。

"你翻得好极了。"彼得鼓励地说，"相信我，比这半车不会中文的人好多啦！哈哈！"

西西说得对。远远看彼得，会觉得他是个非常严肃，难于接近的人。但是他一高兴起来，就像他脖子上顶着的那个秃头一样光彩照人。

彼得的私人飞机，跟客机比不算大，但在私人飞机中已经挺大了。主舱有八个相当于头等舱座位的真皮椅；主舱往后还有单独的卧室。机组人员只有一个飞行员与一个空乘，他们在升降梯跟前迎接彼得。

彼得的老家在缅因州，他在那里置有产业。六小时后，飞机降落在缅因州首府班格尔。那个机场本来就不大，私人机坪愈发小。彼得的助理跟地勤打电话叫来车。

婚宴选在缅因州岩石港的萨莫塞特度假村。从班格尔驱车前往，大约一个半小时的车程。一行人早上九点从旧金山出发，抵达目的地时，天色已晏。

那里的风景真是漂亮。萨莫塞特酒店坐落在海边起伏的草坪小丘上。一面是海，一面是巨大的，点缀着鲜花的草坪。草坪中央有一株好大的橡树。橡树底下，非常整齐地摆着百来张纯白的椅子。椅子跟前，有一个底色洁白，玫瑰缠绕的拱门。

一面是海，一面是鲜花绿地，这样的婚礼场地，真是不能更棒了。

笑笑有一点羡慕西西。她不敢想象自己能有这样的婚礼。

一路上彼得都捉着笑笑当翻译，不停跟西西的父亲谈话。他们从中美两国不同的股票市场、融资环境、国家政策与企业处境，一直聊到美国的中餐和北京的牛排。最后西西父亲表示因为时差的缘故，希望回屋休息。笑笑松了一口气，赶紧开溜了。

当晚有接待婚礼来宾的小小宴请。酒店辟出自助餐厅，供应很好的红酒、香槟、鸡尾酒。来宾非常少。大部分是缅因当地彼得的故识。他们中有很多是艺术家，因为缅因州正是一个画家、摄影家与小说家聚集的地方。一水的白人。因为是个小镇，没有什么外人。

外人显得很明显。这其实有一部分是中国学生。好几个是西西和笑笑在北京四中的同学，这时也在美国念书，收到请柬特地飞来参加婚礼。

然后就是笑笑带进来的人了。

芬克斯坦衣冠楚楚，端着一只高脚杯出现在笑笑跟前。

“这里酒店真贵。”他抱怨说，“你管报销吗？”

笑笑端着一盘鸡翅跺着脚走开了。

芬克斯坦端着酒杯，再接再厉，走到吧台边的杰夫·霍夫梅跟前。霍夫梅盯着角落里的彼得和查克，若有所思。

“嘿！杰夫！你好吗？”

他声音那么响，以至角落里的两个亿万富翁都把目光抛了过来。

“我跟你没什么好说的。”霍夫梅说，端着他的酒杯走开了。

第二天婚礼的座席有点滑稽。

右边是男方的亲人朋友，一水的白人老大妈、老大爷。只坐着两个年轻人。那是彼得与前妻的两个儿子，一个27岁，一个24岁——都比西西大。

滑稽的是左边的座席。

左边座席人特别少，只有那么十几个人。除了西西的爸妈，前几排坐着的全是中国学生。中国学生的后面，坐着三只歪果仁：芬克斯坦，霍夫梅，还有锡恩·怀特。他们一人占着一整排，这样看更加显眼了。

“你觉不觉得，如果我们挪到新郎那一边，会好一点？”芬克斯坦把头凑到霍夫梅耳边。

霍夫梅立即往旁边挪了个座位：“不要跟我说话。”

仪式井然有序。当地教堂的神父专程前来主持婚礼，还带来教堂乐队。西西的妆容很是简单——因为当地根本没什么高级化妆师。她穿着露肩白色婚纱，发髻上别着玫瑰与头纱，非常漂亮。只要西西在场，彼得的眼睛一刻也不离开她。

笑笑穿着齐膝的白色小礼服，非常尽忠职守地做着伴娘的工作。前一天晚上她就陪着西西。西西完全没有新娘子的扭捏或不舍，平静得好像结婚的不是她。

下午四点仪式开始。在轻柔的音乐声中，彼得和他的母亲率先入场。彼得48岁，他母亲快70岁了。她满脸皱纹，但是笑容灿烂。随后入场的是伴郎，然后是四对年轻男女——彼得的助理临时拉来的群众演员。接着是一对小花童，再然后是伴娘。

最后出场的是新娘。全场起立，乐队奏乐。笑笑看到西西爸爸牵着西西的手从斜坡上走下来。她背后是蓝天，白云，海浪的声音。阳光打在她脸上。她手里捧着鲜花。她真是漂亮。笑笑的眼睛有点湿。

新娘走至拱门前。新郎一脸严肃地看着她。西西爸爸跟彼得握手，接着他拥抱西西，最后把西西交到新郎手里。

有一瞬间笑笑觉得这一切很荒唐。太荒唐了。怎么可以这样就结婚呢！她还这么年轻。笑笑想跳出去大叫一声：不要！不要结婚！

可是她最后只是凑上前去，替西西整理裙摆。

神父请大家落座，让大家沉默一分钟，记住这重要的时刻。接着他分享了一大堆叫人昏昏欲睡的《圣经》，终于在大家睡着之前打住。然后新郎与新娘互说誓词。

彼得从裤袋里掏出手写的纸，一手握着纸，一手握住西西。他握纸的手有点颤抖。他低头读了起来。

“我们见面的第一天，在太平洋高地，我没有想到我能牵到你的手。你看起来冷酷，漂亮，像上天派来的天使。第一眼我就爱上了你。你的微笑让我快乐，你的亲吻让我不能自已，你的善良让我柔软。我全心全意地爱着你。凭这个戒指我向你起誓，我承诺我会尊重你，信任你，会把你置于一切之上。我会爱你，没有条件，无止无境，直到上帝叫我回家。”

西西从笑笑手里接过她自己写的纸，接着像读课文一样读了起来。

“亲爱的彼得，在我还是个小女孩的时候，我就想象自己遇到白马王子的样子。我假装自己是新娘，叫朋友给我当新郎，”她说着伸手拍拍笑笑，“然后我就‘从此过上幸福的生活’。我从来没想过现实能比我幻想的更好。我遇见了你。我们在一个糟糕的时间点遇见。那时我知道这世上没有白马王子。可是第一次约会以后，我就知道是你。我知道没有什么童话能比你更棒。不管生活多么艰辛，我承诺我会尊重你，信任你，爱你，直到永远。”

他们交换戒指，跟着教父说了长长的誓词。

晚上六点是婚礼酒宴。酒店最大的宴会厅作为会场。西西换了一件深紫色的天鹅绒晚礼服，胸口是一颗深红色的鸽血红宝石。她化了深浓的眼妆，眼睛藏在深色的眼影里。她跟在彼得身边，同他一起向宾客敬酒，脸上带着淡漠的微笑。

笑笑一直跟着西西。彼得跟西西的亲人朋友说话时，笑笑就自觉上前充当翻译。彼得敬了一圈，最后走向芬克斯坦那里。

笑笑拼命使眼色叫芬克斯坦离开。芬克斯坦看到笑笑他们，很高兴地迎了上来。

“我一定见过你。”彼得打量芬克斯坦，“你非常眼熟。好像在旧金山……”

“哦当然。我们见了十八次了。”芬克斯坦热情地把名片递上去，“有十六次我没能跟你说上话；有两次你建议我把我的名片给你的助理——我确实给了，但他恐怕没转交。列夫·芬克斯坦。我的名字。”

彼得瞥了一眼那名片，但没有接：“你是怎么进来的？”

“我，我带的。”笑笑慌慌张张地说，“对不起……”

“他是你的……男伴？”

“是……算是吧……”

“你们在约会吗？”

芬克斯坦和笑笑同时开口。

“是。”

“不是!！”

彼得一脸严肃地对笑笑说：“你应该重新考虑一下，年轻的小姐。跟银行家约会，是一件需要小心谨慎的事。”

“是吗？”笑笑问，“你不也是银行家吗？”

彼得不禁笑了起来，“你说得很对。我也是。”他说着温存地扭头看挽着他胳膊的西西，“你的朋友需要很大的勇气，才做出这样的决定。”

芬克斯坦重新尝试挑起话题：“所以……嘿彼得，我知道你喜欢艺术，我也喜欢！我的朋友最近刚刚入手几幅高更的裸体习作，也许你有兴趣看看？”

“什么时候高盛开始倒卖裸体画了？”彼得说，牵着西西的手往别处走去。

笑笑赶紧跟了上去。

结果彼得走到霍夫梅跟前。

“我肯定也在哪儿见过你。”彼得说。

霍夫梅很有尊严地伸出手来跟彼得握手：“杰夫·霍夫梅。我跟笑一起共事过。”

这话说得太叫人汗颜了。“他是我老板！”笑笑赶紧补充。

“明白。”彼得说，“他逼你带上他。可是，为什么？你喜欢参加下属的朋友的婚礼吗？”

“为了跟你说上话。”霍夫梅板着脸，非常坦诚地说，“我们是微软的主责咨询。我知道您在这场竞争中，虽然没有明确表态，其实一直看好微软。我们希望您能稍微表明态度。只要您稍稍表明一点这样的偏袒，董事会决议就没有悬念。”

“你觉得我们该在婚宴上谈这个？”

“谈吧谈吧。”西西对彼得说，拉上笑笑的手，“我想跟笑笑去吃点东西。”

“啊当然。光顾着敬酒，饿坏了吧？快去吧。”他充满宠爱地说。

西西拉上笑笑离开宴会厅。笑笑有些纳闷：“不吃东西吗？那还要去哪里？”西西不答，只管拉着她一直走，直到钻进厨房旁边的一个储屋间。

储屋间里等着一个人。锡恩·怀特。

“嗨锡恩！”

“哦嗨，西西。”锡恩有点紧张地看向她们，“还有，笑。你们怎么样？”

“一切都很顺利。”西西笑眯眯地说，“一会儿我就能带你跟彼得见面。我会告诉他，你是我的好朋友。你从哈佛毕业，又聪明，又能干。你正在创业，很需要钱。”

锡恩有些局促地看西西：“那，那实在太好了。我非常感谢你……你实在是个善良的女孩……”

“善良？”西西说，“我可不知道。”

她把手机扔给笑笑：“帮我拍照。”

笑笑不解，正要问，却见西西踩着黑色跟鞋，走到储屋间中央一个半旧的柜子跟前。她跳到柜子上，坐下来，二郎腿高跷。她胸口的鸽血宝石，闪着冷冷的寒光。

“哈佛的人，在钱面前，会不会下跪呢？”西西抱手在胸前，抬起下巴，露出冷笑，对锡恩·怀特说，“你要钱吗？跪下来。求我。”

49　伯克利反性侵阵线

从缅因回来，笑笑又一次投入到没完没了的求职当中。原本不打算投投行，因为芬克斯坦一番鼓励的话，她给几家大行都提交了网申。

感谢简历上摩根士丹利的实习，包括麦肯锡、波士顿咨询公司、黑石在内的许多名企给了初面通知。缅因回来以后不久，高盛与 J.P. 摩根双双发出咖啡会谈与初面邀请。

没投摩根士丹利。出于逃避心理。

伯克利是许多公司校园巡回的目标学校，公司人力部门会专门组织在校面试，这其中包括高盛与 J.P. 摩根。十月最后一周，高盛与 J.P. 摩根在哈斯商学院组织面试。

笑笑两边的面试都参加了。高盛并购部门的面试在周五。学生们轮流走进四个教室，与教室里的面试官交谈二十分钟。芬克斯坦在最后一个教室。他装模作样地问了两个问题，十分钟不到，就把她打发出来。

笑笑出来，听见旁边等待面试的学生说：“这么快就出来，肯定没戏。”

紧接着芬克斯坦就出现在教室门口，对笑笑说：“嘿，晚上去朱庇特喝杯酒？”他好像完全不在意被其他学生看到。

“我不行。我晚上要赶计量经济学的作业。”笑笑头也不回地说。

“你到底还想不想进高盛？”

笑笑停住脚步。

她确实没法得罪他。

她回过头，努力拿出一点耐心问：“你觉不觉得你实在有点……太闲了？”

“哦相信我，这完全是工作。”芬克斯坦厚颜无耻地说，“除了请你喝酒，你倒是教教我还有什么办法能推进那个操蛋的案子。如果你当真想进我的组，你现在就可以开始工作了。”

于是那天晚上他们在城中那家名叫朱庇特的披萨店喝啤酒。朱庇特的露天场地，平时有乐队演出，本来就是个人气高涨的地方。因为是周五，来的学生更多，歌舞喧嚣。

笑笑心不在焉地听芬克斯坦介绍赛富时的收购方案。他讲得很轻，同时忽略了一些涉及保密的关键细节；但还是可以听出来，无论是高盛还是赛富时，都在领英案上花了很多时间精力。

婚礼上的交流很不顺利，芬克斯坦于是建议笑笑去做说服工作。

“那个操蛋的亿万富翁显然一点都不想跟我说话，但看出来他很欣赏你。如果你真的想做投行，这是一个非常好的做商业推介的锻炼机会——做我们这一行，最重要的能力，就是说服别人，让别人心甘情愿地达成你的目的。如果你能说服彼得·哈代把票投给赛富时，你将成为高盛的英雄。我保证你三年之内升 VP。”

笑笑无精打采地听芬克斯坦传授说服亿万富翁的技巧。这时她看到一对男女从后门走进来——他们显然也看到了她。碧阿绮丝挽着小恶魔向笑笑走来。

“嗨，笑笑！”碧阿绮丝高兴地跟笑笑打招呼，接着看到旁边的芬克斯坦，露出惊讶的目光，“嗨，晚上好，先生——”

“列夫。”芬克斯坦接话。小恶魔恶毒的目光从笑笑脸上刮过去，停在芬克斯坦身上一会儿，迅速转开。

芬克斯坦穿着笔挺得无可挑剔的白色暗纹衬衫。手腕上的金色劳力士毫不低调地在夜幕中闪烁。芬克斯坦的目光对上小恶魔，认出了他，立即笑了起来，“我们在约会。”他好意解释，一面温存地看一眼笑笑，“有一阵子了。非常稳定的感情。”

小恶魔的目光落在旁边桌的一个空酒瓶上。他好像在琢磨要不要拎起酒瓶砸到芬克斯坦头上。但是碧阿绮丝很快把头枕到小恶魔胳膊上，“我们也是呢。”她声音甜甜地说，金发落在他的T恤上，“我们感情也很稳定，是吧？蜜糖。”

“当然，甜心。”他低头吻她。他们很快到角落里接吻去了。

那一周出了两件大事。

第一件是安德鲁的死。

笑笑路过安德鲁的宿舍时，发现有人正在往外搬东西。笑笑很是奇怪，上前询问。来搬东西的是安德鲁的表哥。

“他在家里……正在死去……因为LSD过量……”安德鲁的表哥红着眼睛说，“他父亲心脏病突发，住进医院。他母亲不得不去医院照顾他父亲。我来替安德鲁办理退学手续。”

笑笑不久知道安德鲁出事的经过。在KKG与兄弟会的联谊派对上，小恶魔分发各种药品，其中就有LSD。安德鲁当时也在。他在小恶魔与其他人的怂恿下，大量摄入LSD。他本来就有心脏病，过量的药剂诱发病症。但当时大家以为他只是嗑“嗨”了，没有及时把他送去医院。等有人发现安德鲁不对劲的时候，他已经停止了呼吸。

笑笑去找小恶魔质问。她声音发抖，眼泪几乎要掉下来。

“当真？你觉得那小子自己嗑药嗨死了，你要我去他坟前给他道歉？”小恶魔怀里坐着另一个低年级女生，他时不时在她脖子上吻一下，“你管的闲事是不是太多了？我听说前一阵你跟三个投资银行家去缅因度假了。怎么？你最近又喜欢上安德鲁了？你喜欢人的速度也太快了吧？没跟安德鲁打上一炮他就死了，你跑来怪我？”

有人因为他的过失死去。他竟然可以这样心安理得地，毫无愧疚地出言讥讽。

他就不是个人。他是畜生。不，他连畜生都不如。畜生不嗑药。畜生不害人。

这时又得知另一件事情。

周日晚上，一个低年级的中国女生跑来找笑笑。

“学姐学姐，你不是KKG的副会长吗？求你帮帮我们吧……你还记得我和安安吗？开学的时候我们来请教过你申请投行的事……现在安安出事了！我跟安安都很想进KKG，这个学期报的名，一起入会宣誓。这学期我们一直在受辱……昨天晚上她们逼我们当众吸可卡因。安安骂了会长一句，会长过来打她的后脑勺，安安打了回去……然后他们就把安安的眼睛蒙起来，灌了不知多少伏特加，接着开车把她扔在伯克利北边的公园里。我想去找安安，可是我自己一个人不敢去，我还叫了男生跟我一起去。最后，最后等我们找到安安的时候，我们看到她……她差点……”

那个女生说着哭了起来。

笑笑知道是什么答案，还是咬牙问了一句：“她怎么样了？”

“她，她虽然没被，没被那个，但也跟被那个差不多……我们到的时候，她衣服都被人撕了一半……如果不是我们及时赶到，把那个流浪汉赶走，安安她肯定，她肯定……”女生说着止不住抽泣起来，“我们想请你跟KKG的人求情，不要再搞那种仪式了。再这样下去，真的要出事了……”

笑笑捏紧拳头，霍地一下从椅子上跳起来。

“安安都已经这样了……KKG的人还要她赔礼道歉……这个星期她们还要我们穿内衣打扫房间……”

笑笑已经朝门口冲去。

她几乎是小跑着，跟那个女孩一起到了KKG会所。那里鼓乐喧天，群魔乱舞。KKG主客厅的地板上坐着十几个等待经历“试炼”的女孩。有人在分发白粉，有人在倒伏特加。还有人已经喝得半醉，正在角落里接吻。

笑笑走进客厅，三两下拔了音响电源线，打开电灯。吵嚷的音乐一下停止，屋里的人们面面相觑。

笑笑咬着牙齿，含着眼泪问屋里众人：“昨天晚上，是谁出的主意，把那个中国女孩蒙上眼睛灌醉，开车扔进公园的？”

一阵漫长的寂静。楼梯上传来一个低沉的男音：“我。”

碧阿绮丝挽着小恶魔的手慢慢往下走。

笑笑含着眼泪问：“因为什么？”

“因为她欠操。”小恶魔冷冷地说，“她骂她的会长是婊子。”

“所以你就把她眼睛蒙起来，灌醉了扔到公园去？”笑笑声音发抖地说，“深更半夜，你想没想过可能会发生什么？”

小恶魔哈哈哈笑起来：“发生一些她期待发生的事情？”他接着冲客厅里的人喊，“怎么回事？音乐怎么停了？谁他妈把音箱线拔了？”

有人想去接上音箱电源。笑笑上前，一个跆拳道横踢，一脚踢翻音箱。她跳上桌子，环视众人。她捏着拳头，身体因为愤怒而发抖，眼泪被怒火蒸得一滴不剩。人群一时安静。她听见自己的声音如石子掷地，每一响都带着余音。

“我的名字叫方含笑。我是Kappa Kappa Gamma伯克利分会副会长。去年九月，就在这个房子里，我被人强行灌醉，被人蒙眼绑在床上，然后被人强奸。今天，同样的事情再度发生，又在校园，又在这个姐妹会！我现在向你们保证：无论肇事者什么样的来头，什么样的身份，我发誓要将他绳之以法，决不姑息！

“亲爱的同学们，兄弟会与姐妹会，是为团结、友谊、进步而存在的。它的存在目的不是叫我们互相欺侮，互相伤害。在过去的一周里，有兄弟因为在派对上吸毒过量而死去，有姐妹因为过分的仪式而遭遇性侵。这是不可容忍的！自由必须以不造成伤害为限度。以前，我受到伤害，我没有勇气说出来。今天，有人因为我曾经的沉默，再次受到同样的伤害。我怎么能允许这样的悲剧发生在我身边？我要怎么才能原谅我自己？

“现在，我以 Kappa Kappa Gamma 副会长的身份宣布，从今天开始，这个姐妹会将完完全全地遵守加州法律与校方政策。禁止毒品！禁止未成年饮酒！禁止一切羞辱仪式！！从这一刻开始，任何违反加州法律与校方政策的行为，都将被举报并追究刑事责任！任何怂恿同学吸毒，怂恿未成年同学饮酒，纵容羞辱仪式的 KKG 会员，将被开除出会并接受校方调查！”

她说着，慢慢地把僵硬的头颅转向小恶魔。她的眼睛跟他的一样血红。他们目光对接。她磨着牙齿，字一个一个往外迸：

“犯过事的，一个都别想逃。”

笑笑抽空去旧金山找律师史蒂夫·吴。

“我把我知道的一切都告诉你。也请你做一切你能做到的事情。”笑笑对史蒂夫面无表情地说，“我这里有亚历山大·张房间内各个时期所有药品的照片。我能提供指控他分销药品的所有人证。他分销的药品造成了我同学的死亡……哦，对了，他还是奥克兰华人帮会中极有影响力的头目之一。他是年初奥克兰骚乱的肇事人之一。我知道是他雇黑人在越南人的店面纵火，引发越南人与黑人武斗，最终造成全市规模黑帮团会的械斗。如果你需要，我可以提供线人……并且，我愿意自己出庭做证。只要能把他送进监狱，要我做什么都行。”

她真的把她知道的，有关华人帮会的事情，竹筒倒豆子似的倒给他。

史蒂夫·吴带着圣徒般的表情，紧紧握住笑笑的手：“我感谢你为正义做出的贡献。我向你保证，尽我所能，叫他为所有罪行付出代价。”

这还不够。笑笑这样想。他太优秀了，家境太优越了。他只要稍微掏一点美元出来，法庭上所有人都会站在他那边，最多象征性地关他三个月。

要彻底毁了他，就要引起媒体报道。要让全世界都知道。要舆论站在她这一边。哪怕他事后能够出狱，也要叫他从此再也抬不起头来。

伯克利是美国民权运动的起源地之一，有深厚的民权运动传统。一百多年来，为少数族裔、同性恋团体以及女性争取权利的示威、抗议、游行，从来就没有停止过。来自中国，笑笑绝对不是一个热衷于政治运动的人。她没有想到有一天，她也会加入南校门的学生运动中；甚至，她会成为一场女权主义运动的领导者。

在帮助安安向学校与警局报告以后，为了向学校与警局施压，笑笑以 KKG 的名义，正式发起校园反性侵战线。她在 KKG 各种活动中积累起的人脉，现在慢慢展现出了意义。除了 KKG 骨干成员外，笑笑主动联系了学生会与校内其他的女权主义组织，一起向合作企业申请赞助，联合策划了一系列反性侵宣传活动。

一年前，警局的警察以“调查困难”为由打发了她，现在已经不行了——因为警局门口围堵着示威的学生团体。

KKG 会员，尤其是年轻会员，对碧阿绮丝积怨已深。在笑笑的牵头下，KKG 部分骨干与一大半会员，联名向学校和全美泛希腊化议会——一个希腊社团管理组织——提起投诉。学校组织调查委员会开始调查。碧阿绮丝被迫辞去会长职务。

从十一月开始，校园所有灯柱上都悬挂反性侵标语。包括笑笑在内的学生会骨干和女权组织领导者，草拟了一百多条宣传语，从中挑选二十条，付费投放在校园内外各个广告横幅上。这些付费投放为之后的游行、征集签名活动，做了最好的铺垫。

十一月第三周，以反对校园性侵，抗议校园暴力为主体的游行示威正式开始。笑笑没有勇气自己上台演讲，她请到艺术学院一个声音洪亮的黑人女生，共同撰写演讲稿。正午十二点，那个黑人女孩在学校南校门广场发表演讲。

“你为什么在派对上？你为什么在那个酒吧？你为什么喝酒？你为什么加姐妹会？你去兄弟会难道不就是因为你想被人上吗？

“你为什么一个人跟他待在房间里？你为什么让他碰你？你为什么穿那件露背衫？你像个婊子一样穿衣服你怎么怪别人把你当婊子！

“所以你他妈别哭了！你哭什么！你咎由自取！没人逼着你非要跟小婊子

一样！没人要你像荡妇一样招摇过市而你偏偏就是个荡妇！然后你看！发生了什么！这事发生难道不是因为你吗？你他妈连是谁在哪里都不记得你难道还能怪别人吗？啊是哦！你根本不记得！所以如果你不记得我怎知道你没在撒谎！连你自己都证明不了，你有什么理由怪他！

“——亲爱的同学们！这是一个什么样的国家，什么样的社会，什么样扭曲的人们，要性侵的受害者承担性侵者的罪行？！一个什么样的社会，可以眼睁睁看着性侵受害者的心脏被人切开，浇上汽油，燃成灰烬，要受害者为别人的罪行承受痛苦！不要奇怪她想把自己的皮剥下来，因为她想把自己的灵魂挖出来，她祈祷这世间还有另一具肉体，可以安放那个无处栖息的灵魂。她想爬进一个角落，把自己埋葬。然而她没有办法逃开这个强加到她身上的现实，就像她当时没有办法逃开那个强加到她身上的身体。

“我亲爱的同学们。今天，我代表那些曾被谴责的受害者们，请求你加入我们。请和我们站在一起，和种族特权，性别特权作斗争；请和我们站在一起，帮助那些曾经遭受不公平对待的受害者们；请和我们站在一起，为一个更加平等、自由、彼此尊重的社会而奋斗；请和我们站在一起，一起向这个社会里无数的，没有机会发出声音的受害者，传达这样的信息：你，并不孤单。请鼓起勇气，和我们一起走下去。请不要放弃。我们在你身边。”

演讲视频被上传到网上，引起巨大反响。大约两千人参与了反性侵签名。游行示威得到当地媒体的报道。没过多久，彼得·哈代带着地区检察官，亲自来伯克利拜访笑笑。

“我看了那个演讲，也听西西说了你的事情。我非常难过。”彼得沉重地说，“我为你在这个国家遭受这样的痛苦感到非常抱歉。我会尽全力帮助你讨回公道。我身边站着的这位，是阿拉梅达郡地区检察官南茜·欧玛丽女士。她像我一样，决心尽全力帮助你。”

“嗨，亲爱的。”地区检察官拥抱笑笑，“你可以告诉我所有事情。我发誓我一定会帮助你。”

50　庭审

地区检察官代表笑笑向阿拉梅达郡立高级法庭正式提起诉讼。亚历山大·张被传唤至法庭，交了十五万美元的保释金，接着被释放。

美国法律系统一向效率低下。从起诉，立案，取证，到正式开庭，一晃又过了三个月。一直到次年一月份，这个性侵案才第一次开庭。

阿拉梅达郡立高级法院坐落在奥克兰市法伦街，离华埠很近。附近有个湖，夏日里格外漂亮，冬日里萧条冷清。

那天笑笑自己一个人去的法院。西西说要陪她，笑笑恳求她不要。

笑笑很早就到了，过了安检，没有人理她。是 14 号法庭，在法院七层。笑笑一个人在走道里等。走道一面是编了号的法庭，另一面是巨大的玻璃。透过玻璃可以俯瞰半个奥克兰。笑笑趴在玻璃上，看底下的车流来来往往。

法庭门口的招贴格外滑稽。“禁止穿拖鞋或赤脚。”“禁止看报纸。”“禁止使用手机。”“禁止交头接耳。”

笑笑在走道里等了一刻，接到助理检察官的电话，请她去 14 号法庭的书记室。她走进法庭，里面空空荡荡。助理检察官从法官席的入口出来，招呼她进去。

起诉方是地区检察官。笑笑作为受害者，以证人身份出庭。证人只在法庭传唤时出来回答问题，其他时候回避。书记室里，助理检察官试图安抚她的情绪。

“只需要回答几个简单的问题。是或不是。”他说，“别的你什么都不用操心。”

她在书记室里耐心等待。九点整，开庭。法官、书记、检察官、陪审团员入席。她不知道法庭的状况，只能坐在屋里干等。

等到九点四十，有人招呼她入席。她拖着僵硬的脚步朝法庭走。路上她起了逃跑的念头。但是已经走到这一步，她还能逃到哪里去呢。

观众席爆满。并非公开审理的案件，但因为校园反性侵游行招至媒体关注，不知有多少记者凭借关系混进这里。法庭不允许录影摄像，于是他们穿着便服肃静而坐，纸笔在握。笑笑不敢朝观众席看。她觉得射过来的每道目光都把她当成婊子。

法官居中。地区检察官席居左。陪审团席亦居左，在地区检察官席的上面一层。证人席在中央，面向法官。被告席居右。小恶魔站在被告席上，仍是一副故作轻松的、吊儿郎当的神情。

她只用余光扫了他一眼，紧接着收回目光。她感觉到他的轻蔑和嘲笑。

法官简单介绍了笑笑的情况。为了照顾她的名誉，没用全名，只用“方小姐”这个称呼指代她。地区检察官方面首先提问。

“方小姐，你指控被告方在前年9月25日，伯克利某姐妹会入会仪式以后，对你进行了性侵。是这样吗？”助理检察官问。

“是。”声音几如蚊蚋。

“在受到性侵时，对方具有完全的行为能力，而你因为酒醉和绑缚而失去反抗能力。是这样吗？”

这是笑笑自己向地区检察官反映的情况。她回答：“是。”

“在发生性行为之前，对方并没有征取你的许可，而你也没有给予对方许可，是这样吗？”

“是。”

助理检察官向法官说："法官先生，各位陪审员先生，前年 9 月 25 日，被告人亚历山大·张先生，在完全没有取得受害者方小姐许可的情况下，与之发生了性行为。这一情况已得到确证。而方小姐本人向法庭提供的精液分析报告，也显示性侵实施者的确就是被告人。事实铁证如山，希望法官与陪审团能够秉公做出判决。"

这时被告方律师要求提问。法官准许。

被告方律师是个看起来格外精明的中年华裔。他向法官表示感谢后，转向笑笑，问："方小姐，我有一个疑惑：前年 9 月 25 日你受到性侵，次日报警，一周后你取得精液证据。如果人证物证都在，请问你为什么没在当时向法庭提起诉讼呢？"

笑笑哑住。

助理检察官替她回答："因为方小姐当时没有有效的法律援助。而且，受到性侵，毕竟是件难于启齿的事情。"

被告律师说："如果感到难于启齿，为什么又要报警呢？这还不是事情最蹊跷的地方。我方最大的困惑在于：从前年 9 月 25 日事件发生以后，到去年 11 月方小姐向地区检察官发起委托请求，这整整一年时间，如何解释？我承认我没有足够的证据，但我们是否可以推定，在前年事件发生后，有什么事情阻止了方小姐向法院提起诉讼。这显然不是出于羞耻或恐惧之类的心理原因，因为方小姐并没有因为羞耻或恐惧而放弃向警察局报案。报警这一行为表明，方小姐是有充足的心理动机提起诉讼的。但她为什么没有这么做？答案只有一个：她不确定那个夜晚她是否是自愿的——她不确定那天晚上发生的关系，到底是否构成性侵。"

笑笑立即出声反驳："不是这样的！我确定！我可以完全确定——"

那位律师说："请允许我把话说完。只有一种可能可以圆满解释方小姐在起诉问题上的一年的拖延，那就是方小姐曾经深深爱着我的委托人，但我的委托人一直处在不冷不热的状态；在被我的委托人强行中止关系以后，她恼羞成怒，对他采取了恶劣的报复手段——”

“不！不！法官先生，他在说谎——”

“法官先生，我可以说完吗？”得到允许后，那位律师继续说，“在前年下半年，以及去年上半年，方小姐与我的委托人关系极其亲密，完全构成情侣关系。他们周围的同学都可以做证。去年春季，方小姐与我的委托人的关系如胶似蜜，形影不离，那时她完全没有想到要指控我的委托人对她进行性侵。去年八月，当他们分手之后，我的委托人迅速与另一名女孩建立关系，这招来了方小姐的强烈嫉妒，并使她最终决定，利用先前在他们欢爱时的精液，向我的委托人发起报复。”

笑笑知道美国律师善于颠倒黑白，但怎么都不敢相信他们有本事颠倒黑白到这个地步。她激烈地指着律师说：“不是那样！不是那样！法官先生，他在说谎！”

“我并非说谎，只是陈述事实。如果你有证据来说明这并非事实，我们当然无话可说。但在那之前，我们是否应该考虑这样一种完全合乎目前事实的情形：方小姐对我的委托人一往情深，自己设局，安排一切，与我的委托人发生关系；后来又因为无法得到我的委托人的青睐，而反咬一口，侮蔑其为性侵？——甚至，有没有这样的可能，她有意保存了两人发生关系时的体液信息，以此要挟我的委托人就范。我的委托人起初出于无奈，只得勉强从之，后来实在忍无可忍，与方小姐断绝关系，所以才使方小姐恼羞成怒，蓄意报复？”

举众哗然。数不清的目光，像刀一样劈向笑笑，好像要把她凌迟在众目睽睽里。

“你……你的意思是说，我把自己灌醉，把自己绑在床上，然后请你的委托人来强奸我吗？”

“在喝醉的状态下把自己绑在床上显然是有难度的，但假如得到了别人的帮助呢？你的好朋友—— 一位不愿透露姓名的小姐——告诉我，你一直深深喜欢着我的委托人，并请她帮助，一起设下这个局。根据这位小姐的说法，当时我的委托人正在跟她室友交往。你为了诱导我的委托人与你发生关系，故意躺在她室友的床上，再请这位小姐叫来我的委托人。事情发生后，你再反咬一口，指认我的委托人对你进行性侵。难道不是这样吗？”

笑笑彻底慌张起来。这谎言听起来是那么的天衣无缝。“撒谎！”她像败下阵来的狗，除了汪汪叫没有别的办法，“法官先生，他在撒谎！”

那律师平静地问道：“方小姐，请问事情发生后的一个星期，你是否曾经主动跑到我的委托人门口，并且向他表白，非常明确地，向我的委托人表达了崇拜与仰慕之情？并且非常清楚对他说出了‘我喜欢你’？”

像被人用榔头在胸口上重重锤了一记。那打击叫她几乎晕眩。余光中她看到小恶魔朝她露出恶狠狠的、胜利的笑容。

强奸罪的认定标准之一，是发生性行为的其中一方并非出于自愿。只要被告方有足够的证据说明双方出于自愿，强奸罪就无法成立。

甚至……他们可以诬陷她，是她主导了一切的发生。

“我……”

“你只要回答是与不是。”律师先生就事论事地说，“如果这可以帮助你记起来，我们这里有你当时在他房间里发言的录像。我的委托人之前是国家量子实验的参与者之一，出于防范考虑，他在房间里秘密安装了四个摄像头。它们虽然不能记录声音，但是明白无误地记录了你的口型。我们根据口型还原了你当时对我的委托人发表的言论。你不但表达了对我的委托人在学术与技术方面的赞美，还表达了希望与他交往的心情。方小姐，现在你是否记起来了呢？”

他留了后着。他一直都留了后着。

你不是指控我上了你吗？好，我来指控你心甘情愿，想让我上。

旁听席上无数目光落在她身上，好像听到人们在说：“看哪！这个妄想吃上天鹅肉的小荡妇。她得不到他所以想毁了他！她搬起石头来砸了自己的脚！活该！她真是活该！”

她的腿因为愤怒而发抖。指甲深深地陷进肉里。她用指甲抠着自己的腿，用疼痛让自己清醒。眼泪决堤而下，她用发抖的声音对法官说：“法官先生，我从来没有诱导他与我发生性行为。我从来，从来没有爱过他。”

那律师紧逼而上：“那方小姐如何解释，那天早上，你突然出现在我的委托人的房间，并向他说‘我喜欢你’呢？”

“那是撒谎。”她发抖地，清清楚楚地说，“那一切都是撒谎。美国法律对大学性侵者一向从轻判处。我不可以接受。我发誓要报复他。可是理由不够。那时的我没有法律知识，没有司法援助。有人鼓励我，接近他，找到他的弱点，才能够给他最致命的打击。我照做了。”

她听见自己的声音从遥远的地方传来：“他是精英，是同龄人中的佼佼者。他有良好的家境，他只要交一点罚款就可免除牢狱之刑……而我有什么？我是一个中国来的贫穷的女孩。我拿什么跟他打官司？我那时连英语都说不好，我上法庭能用上什么单词？……斯坦福性侵案是什么结果？那个斯坦福学生强奸了女孩。那女孩将被一辈子的噩梦折磨，而那个斯坦福学生得到了什么惩罚？仅仅三个月的监禁！……我告诉自己这不够。这远远不够。如果这个国家的司法系统不能给我公道，我必须为自己讨公道！！

“所以我只能委屈自己接近他。我知道他在嗑药，那么我要努力知道，他屋里藏了多少药，他是不是还把违禁药品分给别人。我知道他在从事黑帮活动，那么我要努力知道，他跟什么组织有来往？他帮他们做了什么？他怎样参与了那场奥克兰骚乱？……那一切的一切都是逢场作戏。包括后来跟他在一起也不过是伪装。我所有接近他的行为的目的只有一个，那就是报复。我恨透了他！我要他下地狱！！……所以，法官先生，你看，我没有爱过他。从来，从来没有爱过他。”

她斩钉截铁地，一字一字地说完最后几个字。她的愤怒和仇恨感染了所有人。人们带着惊恐、畏惧与同情的情绪望向她。

法庭陷入一片寂静。书记官在键盘上拼命敲击。被告方律师一时语塞。

接着有人打破沉默。

是被告席上的小恶魔。

他额角上的青筋，一根一根暴突出来。他脖子上的血管，一根一根从肉里挣脱出来。他的面孔因为愤怒和痛恨而扭成一团。他嘴里发出令人毛骨悚然的、野兽般的嘶鸣。一双黑如寂夜的眼睛，死死地，恶狠狠地，一瞬不瞬地咬住她。

她感到那里射来的目光，于是将目光转向他。像被冰锥在脊梁上戳了一下，她登时觉得头皮发麻。耳中无数警铃作响。仿佛冥冥之中她知道危险来临。但是腿如灌铅，她一步未移。

他们目光对接的一刹那，小恶魔如一只定位到猎物的野兽，从被告席上猛地一跃而起。他单手一撑翻过桌面。在任何人来得及阻止他之前，他已经像鬼魅一样移到笑笑眼前。他伸手在她胸口猛推一把。

笑笑连人带椅仰翻倒地，发出一声巨响，后脑勺撞地，眼前一片金星。模糊的视野里蒙上一片阴影。

紧接着他腿一跨骑了上来，身子重重地压在她身上。那鹰爪般的，冰凉的一双手掐住她的脖子。他像野狗一样狂吠起来。

“干你！！干你！！婊子我他妈干的就是你！！”

离笑笑最近的检察官助理，赶紧试图拉开小恶魔，却被后者一把推开。本法庭的法警匆匆忙忙掏出警棍。警棍将要落下的瞬间，却被小恶魔一把夺了过来。他拿到警棍，就向朝他扑来的人群舞动。人们尖叫着后退。接着他手持警棍，低头看瘫在地上，因为恐惧而迷惘，而在地上发抖的，抓着自己的脖子咳嗽的笑笑。

那一刻看起来危险极了。歹徒手持警棍，脚底躺着一个没有反抗能力的女孩。他只要高高举起警棍，朝她的脑袋一棍打下去……没有人可以阻止他。

他看起来好像就要这样做了。他举起警棍。人们尖叫起来。没有人敢靠近他。

他伸出一只手，抓住笑笑的衣领，像提一只小鸡一样把她提了起来，接着把她重重按在墙上。她听见自己的后脑勺在墙上又是咚的一声。她像失了魂魄，眼神失焦地看着他。

他一手举着警棍，一手抓在她的锁骨和肩膀上。那一双漆黑的眼睛，像没有尽头的黑夜一样逼了过来。

“为什么？”他的面孔看起来非常凶狠。但是他声音发抖，很轻，像是乞求。鼻息抚过她的脸，像一阵温和的晚风。“为什么？方含笑，你为什么要这样对我？”

但是他没有等到这个问题的答案。赶来支援的法警高举警棍，站在他身后。

她张开嘴，想要说，阿历，躲开。但是肌肉好像已经失去控制。她眼睁睁地看着那根警棍狠狠一下砸在他后脑勺上。她又听见叫人心惊胆战的咚的一声。他吭也没吭一声，晃都不晃一下，直直倒在她身上。那么重，那么重。

人们很快把他拖开。但他只是倒下，并未昏厥。一股血线从他头发里渗出来，淌到他侧脸上。他在尘土中睁开眼来看她。那目光带着痛苦，直直地射向她，刀一样地割过去。他嘴角微动。她听不见他的声音，但是知道他在说什么单词。

“为什么？笑笑你告诉我，为什么？！”

但是没有机会了。法警担心他再暴起伤人，用手铐在背后拷住他的双手。他像一头被猎枪爆了头的熊一样被人拖走。法官宣布休庭。

笑笑从法庭里走出来，记者蜂拥而上。

“被告方律师的言论，是事实，还是彻头彻尾的编造？”

“你承认你对被告确有感情吗？你是否后悔对他的指控？”

“你能谈谈是什么促使你勇敢地站出来指证犯人吗？”

被墙面和地板撞过的后脑勺，在一抽一抽地疼。笑笑费劲地挤开人群。助理检察官这时想起还有她这么个证人，匆匆赶来为她开路。他想请笑笑去书记室休息，一会儿去医院检查，但是笑笑说她很好不用。她说她想回家。

她拒绝了人们的好意，出了法院，独自走上回家的旅程。她知道周围有记者还在跟随她，于是朝华埠走了几步。外面的阳光很是灿烂，凉风抚上她面颊。这么久以来悬在心头的一桩事，终于得到解决。她报仇了。他马上会去监狱。他刚刚那愚蠢的反戈一击，只会让他的罪行更加彻底。她大获全胜。她很高兴，应该很高兴。

她跌跌撞撞地往南走了几个街区，走到一处草地。她有点想不起回家的道路。阳光在眼前像雪花一样虚晃。她忽然觉得鼻子里有液体。伸手一触，低头看，是血红。

在她低头的瞬间，她脑袋里的血像找到泄口一般，哗的一下冲了下来。

51 再见啦，熊

笑笑有这样一种本事：在经历重大打击之后，她有本事把那打击，连同那打击带来的伤害和痛苦，完完全全地抛到脑后，然后非常专注地做眼前的事情。

好像一台受到病毒入侵的计算机，虽然系统已经千疮百孔，隔离病毒以后，它还能执行任务。

很要紧的事情是隔离病毒。

地区检察官南茜和律师史蒂夫偶尔给笑笑发来邮件，告诉她性侵案的进展。笑笑礼貌回复：她不关心被告的去向，无论判有罪或无罪，都与她无关，不用再告诉她。他们表示理解，并称会尽全力维护正义。

笑笑搬了家，住在伯克利北边的学生公寓，从此告别华林街 2320 号，也彻底告别了兄弟会区。KKG 因为两年两起性侵事件，被学校停会五年，所以也不需要她再操心。

二月，她如愿以偿接到高盛全职录取的正式邮件。她为这个目标奋斗得这样辛苦。这时她终于得到它了，却并不觉得喜悦。

哈代私人股权基金风险投资部门与蓝音科技初步签订投资意向备忘录。备忘录条款要求蓝音科技为A轮融资提交股权变更方案，以便后续协商投资条款清单内容。与此同时，哈代私募组织财务法律人员对蓝音科技进行尽职调查。

为了应付尽职调查，蓝音搬回到使命区的海姆楼。笑笑在伯克利的最后一学期，除了周一与周二两天的课业，其他时间都在海姆楼，为制定新的股权方案和应付尽职调查拼命加班。

这时公司的账上烧得只剩十万美元。她在锡恩的劝告下，薪水一分钱没拿。作为回报，锡恩承诺她那5%共计四万股的股票，一股都不会少。

哈代尽职调查小组到来前，蓝音召开了一次全股东会议。第一个议题是罢免亚历山大·张的CEO职务，由锡恩·怀特取代；第二个议题是审议股权变更方案，这个方案尽最大可能保留原来股东的占股百分比，以稀释和剥夺原创始人亚历山大·张的股份为代价。锡恩希望用二十万美元卖出亚历山大·张的全部股份。

会议订在三月第一周的周一。锡恩、笑笑、罗地沟，以及剩下的四个工程师，在海姆楼办公室落地窗边坐成一桌。他们一直等到十点，公司CEO还没有到来。

“股东会的决议具有法律效力。即使他不出席，我们也可以罢免他。”锡恩说，“我们开会吧。”

锡恩介绍了新的人事行政方案，以及融资及股权变更方案。这两个方案早已印成文本放在大家手中。介绍只是过场。他宣布投票。

这时小恶魔出现在玻璃门外。

他穿着一件滑稽的，萝卜图案的T恤，还有一条破洞牛仔。他的帆布鞋像是有两个月没有换洗。头发蓬乱，眼神张狂。他像街上嗑药嗑多的流浪汉。

他不等邀请，就推门进来，大喇喇地往椅子上一坐。

“太好了。你来了。”锡恩跟他打招呼，“坐吧。我们正要进行投票罢免你。”

“我能至少问问你他妈的罢免理由吗？”他很有礼貌地说。

“当然。”锡恩同样很有礼貌很有风度地回答，“我们认为你没有很好地履行CEO的职责。在你任职CEO的九个月时间里，公司没有接下任何项目，也没有任何营收——”

“——那是因为我们还没有他妈的产品！”

“正确！——也没有任何产品。”锡恩说，“我们认为你在公司战略上犯了严重错误，研发个人机器人是一种资源浪费。请你离开蓝音，是修正这个错误的唯一办法。”

“这他妈是我的公司！我的公司！”他咆哮起来，似乎随时打算掀桌子，“我出的钱！我出的核心技术！我给了公司什么！你又给了公司什么！这是我的公司，你不能把它夺走！”

“正因为这是你的公司，你更应该为它的前途着想——接下来我们还有进军医疗和教育咨询领域的计划，请问，一个全国闻名的强奸犯坐在蓝音董事会，对蓝音有什么好处？你马上就要进监狱了，你打算怎么继续担任这个 CEO？难道每次董事会，你都要坐在监狱里远程监控吗？如果你真的爱这个公司，在乎这个公司，你就应该放手。如果你愿意，你可以继续持有一点股份。这是对你作为创始人的回报。”

他双手扒在桌子上，身子俯得很低，头却异样地高昂。他呼哧呼哧地喘着气，看上去就像一头危险的野兽，打算随时扑上来。

但他没有。最后他只是扒拉着桌子，低下头去说：“这是错的。这是错的。”接着他抬起头，眼睛充血，青筋在额头上跳动，“你们可以炒了我。但是，但是你们不能这样对蓝熊……你们，你们不能拿蓝熊的人机互动界面——它的核心，它的灵魂——去做愚蠢的商业客服系统。你们根本不理解蓝熊。你们不知道蓝熊为什么而存在。”

他的手捏着拳头，眼睛血红，那里一点一点渗出眼泪。

“蓝熊……它是一个，一个奇怪的，蓝色的小熊。它很聪明，可是有一点害羞。它有一点粗鲁，可是它很善良。它是很骄傲的，但是它并没有恶意。

“它的存在，不是为了赚钱，不是为了像酒店前台那样，接听人们的电话，记录他们的指令。蓝熊不喜欢虚伪的成年人。它喜欢跟小孩在一起。

“当小孩哭的时候，蓝熊会知道，它会过去跟他说，‘亲爱的，不要哭了。一切都会好起来的。’当小孩被人冷落，谁也不愿意跟他说话，蓝熊会知道，它就会过去跟他说，‘亲爱的，你不孤单。我在你身边。’当小孩遇到困难，不知道该怎么办的时候，蓝熊会知道，它就会过去跟他说，‘我有许多才能。我可以帮助你。’

“那些虚伪的、愚蠢的大人们看到它，会想着怎么拿它赚钱。但是那个小孩会懂它。因为它曾在他哭泣时安慰它，在全世界离开他时，给他陪伴。

“所以你看，它不是一个机器，它不是一段程序。它是一个活着的，有感情的，会说话，会哭也会笑的，奇怪的小熊。它是蓝色的，因为它有时有一点忧郁。但是它又是快乐的，并且它可以把快乐带给小孩们。

“我已经把蓝熊的灵魂给了你们。我请求你们，善待它。不要让它做它不喜欢的事情。我可以离开这个公司。我只是恳求你们，不要把它从小孩身边夺走。那样它会伤心，它会死去。请让它存在。请让它活下去。这是我唯一的请求。”

他说话的时候，屋里非常安静。连罗地沟都没有声音。但只是一会儿。锡恩低头看表，接着扫视一眼众人，“我们会记住的。已经十一点多了，我们就罢免一事开始投票吧。同意罢免的请举手。”

除了罗地沟、笑笑和小恶魔，所有人都跟锡恩一起举起手。接着罗地沟举手。接着锡恩叫了笑笑一声。

笑笑的左手很忙，在她自己的眼睛上。她慢腾腾地举起右手。

小恶魔有 40% 的投票权，其他人占了剩下的 60%。即使不算笑笑的 5%，也已经是多数。有她没她，是一样的。

但她还是举手了。

第二轮投票，选举锡恩·怀特为蓝音 CEO。获得除小恶魔外全体股东的通过。

“很好。我们的第一项决议生效。现在我们进行第二项融资方案的投票。我们计划保留原股东占比一半的股份，将 50% 股份出让给以哈代为首的私募风投机构。”

这项决议也很快获得通过。锡恩心情愉快，看一眼笑笑说：“感谢你准备了所有股权变更的文件。辛苦你，还要请各位股东签字确认。”

笑笑在蓝音，又当人力，又当会计，又当律师。这时她还是董秘——如果这么个创业公司也有这个职位的话。她慢腾腾地站起身，拿着一叠股权变更协议书，慢腾腾走向小恶魔，递给他，低声说：“你能……你能为我签字吗？”

她等着他把协议书夺过去，撕成碎片，又或者重重扔在她脸上。她等着他伸手用力推她一把，把她推到地上，又或者按在墙上，就像他以前做过的那样。她甚至可以忍受他像一头熊一样扑上来，把她按在地上，当着众人的面羞辱她，用刻毒的言辞咒骂她。

但他居然只是说了一句：“如你所愿。”

如你所愿。

他接过她手中的笔，在她指定的空白处签名。他将落笔的时候，她忽然阻拦他说：“你想清楚。签名以后，你的股份将只剩一股。卖出你股份的二十万美元，要到 A 轮融资全部完成后的第三个月才会给你……”

“好。”他说，低头签名。

四月，毕业季迫近。校园里到处是离愁别绪。考试周尚未来到，人们已沉浸在即将告别校园的感情中。

四月底，芬克斯坦来伯克利看望笑笑。

“我来跟你告别。我就要去新西兰，打算在南半球待上一两年。”芬克斯坦的脸，浸没在斯特拉达餐厅的树荫里，但是以微笑的表情。

“啊？为什么？”

“我被高盛解雇了。很抱歉，你正式入职的时候，我不能在纽约欢迎你了。”

“我不明白……”笑笑惊慌地说。她知道这个世界变化很快。可她没想到会有这样快。“就因为你没拿下领英的单子吗？”

“也不全是。”芬克斯坦无所谓地说，“这两年绩效本来就不好——要不我也没那么多时间来校园招聘了，是吧？本来，我也指望领英的案子能挽回一点，但是，就像钓鱼一样，并不是所有努力都有结果……这个结果，我不意外。”

“对不起。”笑笑拼命道歉，“对不起对不起！你要我去说服哈代，我根本就没有尽力……我当时被其他的事情分心……”

“不必道歉。如果你要为领英案的失败给我道歉，我岂不还得给每个跟我一起被解雇的组员道歉。这很可笑。”

笑笑愈发惊慌：“你是说……你是说你的组……整组都……”

“是的。包括阿尔玛。”芬克斯坦耸耸肩，“不过她并不怎么难过。昨天我给她打电话，她说她刚刚度过这一年来最愉快的一个周末。”

“可是……可是……”笑笑结结巴巴地说，在意识到之前，她的眼泪已经溢了上来，“你为高盛服务那么多年……”

“十五年。”芬克斯坦点头。

“他们怎么可以……怎么可以……”

“哦，当然可以。”芬克斯坦说，“节省开支最有效的办法就是解雇MD了。如果他们能从市场上招到一百万年薪的MD做出一样的成绩，干吗要付你四百万呢？——你为什么哭呀？被解雇的是我又不是你。”他看到笑笑哭，忍不住笑了起来，“你还真是可爱。”

“我不明白……”

“这有什么好不明白的。绩效垫底的10%走人，一直都是这样呀。”他满不在乎地说，“我绩效差，没什么好抱怨的。高盛这两年盈利下滑，在大规模裁人。海外办公室裁人幅度更大。香港那边统共三百人，他们打算裁掉30%。你要想回亚洲，可不那么容易。伦敦高盛国际那边，已经开始解雇合伙人——”

“解雇——合伙人？合伙人也能被解雇？”

“就是给一笔钱劝他们退休——跟解雇也差不多——都是在公司待了三十年以上的老合伙人。”

笑笑陷入沉默。

“现在你知道高盛的风格了？”芬克斯坦露出一种在他脸上难得一见的、近乎冷笑的表情，“底下的人累得屁股掉下来，供养着一群不干活就能拿钱的金砖阶层。形势好的时候皆大欢喜，形势不好——当然是把你扫地出门。”

笑笑有一会儿没说话。芬克斯坦捧着咖啡，却并不喝，望着路边的行人出神。

“那么……现在……你去哪儿呢？”

“这个周末，去爱达荷州飞蝇钓。下个月，我打算租一艘帆船，去新西兰钓鱼……也许尝试海钓。应该会很有意思。”

“那……工作方面呢？”

“不知道。”芬克斯坦把目光投向远处，“做到我这个位置，很少有公司能给得起高盛出的价码了。但是我不可能接受一份年薪比原来更低的工作，否则很难再有翻身机会。所以目前么……”他咧嘴，露出笑笑很熟悉的，那种带一点嘲讽，又很云淡风清的笑容，“加州政府一个月一千八的失业救济金，是个很好的选择。”

周末晚上去奥克兰跟火鸡告别。最后一个学期，笑笑一直给蓝音打工，几乎没再去奥克兰。火鸡看到她，非常冷漠，充满敌意。

“你赶紧走。”火鸡说，“别来奥克兰。这里没人想看到你。”

“我是要走了。我是来道别的。”笑笑说，“不管怎么说，想谢谢你。在我最困难的时候，给了我工作。”

火鸡眼角有点湿，但是她摆出一脸不耐烦的样子，把她往门外赶，“谁要你谢！走走走！赶紧走！”

但是好像有点晚了。店里有华人小青年认出笑笑。

“就那女的。阿九的马子。”有人指指点点。

“就是那个，把阿九弄进去，还把帮会事情都捅出去的？……”

“对，就那女的。就是她跟检察官告密。纵火，藏毒，群架……所有事情都说了。要不警察哪里查得到。”

“撞上这种女的真晦气。”有人骂。

火鸡催笑笑走：“我说你还不走？从哪儿来滚回哪儿去！”

“发生了什么？”笑笑问。

“他们说是你告的密，把华人帮会做的事情说了出去。”火鸡说，“赶紧走！从此不要再来奥克兰。我保不了你。”

但是已经太晚了。港店有人跟外面报了信。等笑笑真的想走的时候，门口已经聚了一大拨华人小青年。

“就是你啊。叫什么来着？方含笑是吧？大名鼎鼎啊。胳膊肘往外拐，专门跟自己人过不去啊？”他们说，“牛啊你。你这一告，多少帮会都消停了。”

“听说你跟黑人睡过？”他们说，“太不够意思了吧？我们这边这么多帅小伙，你一个都看不上？你要不要来试试？比比到底哪边的大？”

火鸡拎了两把菜刀出来。

“这我的人。谁敢动！”火鸡拎起菜刀，“都给我闪一边去！”

“鸡姐，你这样就不好了。”那边的人说，“我这要不是交了保释金，这会儿都蹲着了。隔俩月我还得去坐牢。还有我们一起四个弟兄。我们干啥啦？不就烧了越南人的店吗！又不是我们自己要烧，是她姘头让的。这会儿我们平白无故要坐牢了，谁给我们交代呀！”

五六个男人，就这样朝笑笑走来。火鸡挥舞菜刀把他们赶开。笑笑不自觉地往后退。退到一半，被坐在店里的一个男人抓住了头发。

“长得不错。身材也还可以。”那人说，“给黑人操真是糟蹋。”

笑笑不是以前那个笑笑了。

她朝后一蹬腿，踢到那个男人的裆部。男人痛叫一声，松开她的头发。她回身一个回旋踢，把那人踢倒在地。

但这愈发激起了男人们的兴趣。

“哟，有两下子。”更多人涌了上来。

火鸡没两下就被他们按住，菜刀被抢，架在她自己脖子上。之前被笑笑踢倒的那个男人从地上爬起来，伸手给笑笑一个耳光，把她打翻在地上。接着他把她从地上拎起来。笑笑朝他吐了一口唾沫。他又给笑笑一个耳光。笑笑又摔在地上。

她的跆拳道真是一点用都没有。

笑笑被打得眼冒金星，被人从地上像鸡一样提起来。这时听到门口一个低沉的，沙哑的声音。

“放开她。”

是他吗？

是。是他。

但是他为什么会出现呢？

他们竟然真的就放开了她。她摇摇晃晃，有点站立不稳，勉强扶住桌子站稳。

听见他说：“滚。”

她有些发晕，眼前模模糊糊。她努力眨巴眼睛，想要看清眼前的人。

“小九爷，就这个婊子！就这个婊子把我们害那么惨！今天不能放她走！非得弄死她！……”

“就是就是。小九爷不就她害你害成这样吗？哪能让她这么走……”

“闭嘴！活腻了吧你们。”他朝他们吼。他们闭嘴。

接着他朝她大吼：“叫你滚！！听不见？！”

她听见了。她说：“好。我滚。”

人群为她让开一条通道。通向未来的，没有他的通道。她跌跌撞撞朝那里走去。走过人群的窃窃私语，走过各种鄙夷或愤怒的目光。

夜晚的风抚过她的面庞。她稍稍清醒了些。面前停着雷克萨斯。她走近，车门自动打开。她连滚带爬地上了车。车门关上。

车顶被卸去，是一辆敞篷。没有她的命令，它自己就跑起来。她呆坐在车里。迎面而来的冷风，毫不留情地扑打在她脸上，像一个个耳光。风景飞快倒退而去。结束了，结束了。一切都会被遗忘。

应该很容易忘记吧？嗯，嗯，应该很容易。他们只认识两年而已。他们只做过一次爱——如果那也可以叫做爱。他们只是一起听了一首歌。他们只是一起看过一次海。他们只是一起认识了三只熊，和很多根萝卜。他们可能还一起穿过枪声和炮火，一起吹过风，一起掉过眼泪，一起走了这一程，一起做了这场梦。只是一场梦。只是一场梦。

笑笑没再去奥克兰。

提交毕业研究项目。笑笑做的是组合数学，舒尔定理（Schur's Theorem）与拉姆齐理论（Ramsey Theory）相关。拿了很高的分数，被评选为数学系的本科生荣誉项目。

与各个女权主义组织做了工作交接。把之前的策划经验讲给低年级的小孩们听。他们一脸狐疑，向她打听投行的情形。

跆拳道社期末考带，顺利拿下黑带。韩国教练跟她说："你是我教过进步最快的学生。"临走时嘱咐她说："有时候，放慢一点脚步，于人于己都好。"

参加国内名企的伯克利宣讲会。华为，腾讯，百度，还有各种基金风投。问负责人要名片，加微信号，在对方询问她的情况时礼貌回答："我已经拿到了高盛的 offer。但我将来一定会回国。希望到时还能拜访您。"

如果说她从芬克斯坦的失败里学到了什么东西，那就是人脉的重要性。做投行，没有什么比人脉更重要的了。人脉就是资源，人脉就是生意。

既然打算回国，人脉，现在就要铺。

帮蓝音完成哈代领投的 A 轮融资。重新招了一个做过财务的 MBA 毕业生，作为蓝音的 CFO，并与他做了交接。还与锡恩告别。

"你应该考虑留下来。"锡恩劝她，"我不觉得去华尔街投行，能比待在硅谷创业更有意思。"

"我……我得换个地方。"笑笑说，"我想去纽约。"

"拜托。所有纽约人都想来加州！世界上没有比旧金山天气更好的城市了！

你要是在东岸待过一个冬天，你肯定再也不想离开西岸了。”锡恩说，接着他威胁她，“如果你执意离开，我不保证你能继续这个持股比例。”

笑笑说随便。

毕业季。没完没了的告别派对与酒宴。系里的毕业酒会，她穿着一袭白裙。别人说她像新娘，她知道是把自己的青春埋葬。

办理毕业手续。向雇主提交最后的毕业证书与成绩单。申请 OPT 与社保卡。在网上找好房子，在布鲁克林区。正式入职之前，还有一个月的假期，可以回家看看爸妈。

大部分行李都寄去了纽约，随身只剩下一个书包，还有一个行李箱。回家的机票订在毕业典礼结束后的周一。那天早晨，笑笑背着书包，拖着行李箱走下楼，看到楼门口停着一辆熟悉的车。

好像能够知道笑笑的靠近，它自动打开了车门。

车上没有人。有三个熊。

会飞的那个飞了出来；会蹦的那个蹦了过来；还有一个不会飞也不会蹦的，朝她滚了过来。

笑笑想要飞快逃离。可是没办法，她拖着行李。她本来可以叫车，可是她已经慌了，并不知道该怎么做。最后她只是拖着行李箱，慢慢沿马路往下走。

雷克萨斯慢吞吞地跟在她旁边。

会飞的那个慢吞吞地盘旋在她头顶。

会蹦的那个慢吞吞地蹦在她身后。

不会飞也不会蹦的那个，滚了两下，就滚到消防栓和垃圾桶中间，卡住了。

笑笑往前走了一段，没见它跟上来。回头一看，看到它卡住了。它费劲地想要挣脱，但越挣卡得越死。笑笑本来不想理它，这时只得往回走，把它捉出来，骂：“你怎么这么笨啊？这样都能卡到。以后……以后我走了，你怎么办啊？以后你卡在路上，谁来帮你呀？”

她莫名其妙，突然就哭了起来。

她手里的蓝熊头顶亮了亮。

蓝熊说："亲爱的，不要哭了。一切都会好起来的。我在你身边。"

她鼻子很酸。"好你个头！"她气急败坏地说。她想到以后它随便乱跑，可能也会卡在路上，没有人理它，登时着急起来。她扔下行李，手忙脚乱地捉住两个熊（会飞的那个她捉不到），把它们扔回车上。

"回家。"她命令车说，"宝贝，回家。"

车嘟了一声，但是没有动。

然后车说："请求家的地址。"

笑笑不假思索地说："华林街——"她马上停住。

没有人还住在华林街。她早搬走了。莱利、罗地沟都毕业了。安德鲁死了。小恶魔，小恶魔他——

他能在哪里呢。

笑笑没有话说了。可是她知道她不能停留，要不就赶不上飞机了。她下定决心不理它们。她拖上行李，走在人行道上。雷克萨斯在车道上慢吞吞地跟随。后面有不耐烦的司机叫骂。但是车不理他们，只是跟着笑笑慢慢往前滚。

他们就这样一人一车，还有一个在飞的熊，一起走到伯克利城中的地铁站。地铁站口是一个小小的广场。旁边巴黎贝甜的橱窗里，摆着好看的蛋糕，好像街上也有了水果面包的清香。绿颜色的灯柱上挂着鲜花盛开的花篮。灯柱下面坐着流浪歌手，在弹着吉他卖唱。

笑笑停在灯柱底下，道路旁边。那辆无人车停在她身边。

车门打开。蓝熊问她："松鼠松鼠，你要离开我了吗？"

笑笑用手指捂住眼睛。

"再见啦熊。"她说。

她知道以后可能，可能再也见不到它了。

"我以后……我以后不会在你身边了。"她说，"你，你要好好照顾自己。"

熊咕哝了一声。

“再见，松鼠。”

可是，可是一个会被垃圾桶卡住的熊，它要怎么照顾自己呢？

以后天黑，也不会有人给它点灯。它要是看不见夜路，会不会滚下山坡呢？

它再滚下山坡的时候，她不会在它身边了。那还有谁可以救它呢？

还有，还有那个蠢兮兮的无人车。它多么笨啊，说不吃萝卜会死它都信，它会不会被人骗走啊？

以后，再也不会有人跟它说宝贝回家。那它还知道自己回家吗？不，不对。它还有家吗？

可是她得往前走了。她没法照顾它们了。

它们傻傻地站在路边，也不知道说要离别保重的话。无人车待在那里，车门开着，好像以为她随时会回来。

可是她要走了。

进地铁站前，笑笑最后一次回望。依然是宁静祥和的小镇，依然是阳光灿烂，蓝天白云。她在这里只有短短两年时光。可那是最好的时光，最好的年华。现在终于要告别了。

笑笑在心里轻轻说：再见啦伯克利。再见啦熊。

像是告别她的回应，那个流浪歌手拨一段和弦，苍凉的歌声飘零在风中。

一个人要经历多长的旅途

才能成为真正的男人

一只白鸽要飞跃几重大海

才能在沙滩上安眠

一座山要屹立多久

才算是沧海桑田

有些人要等待多久

才等得到自由
一个人要仰望多少次
才望得见天空
那答案 我的朋友 飘零在风中
那答案飘零在风中

“陪审团成员晚上好。我刚刚拿到了你们最后的投票结果，声明你们已经达成一致。针对亚历山大·张的第一项控罪，强奸。你们的裁定是什么？”

“有罪。”

“针对亚历山大·张的第三项控罪，藏毒，你们的裁定是什么？”

“有罪。”

“针对亚历山大·张的第五项控罪，危害公共和平，你们的裁定是什么？”

“有罪。”

“陪审团诸位成员，你们裁定被告亚历山大·张的第一项控罪，强奸，有罪；第三项控罪，藏毒，有罪；第五项控罪，危害公共和平，有罪。请问各位陪审员，这是你们的投票结果吗？”

“是的。”

“有其他人代替你们投票吗？”

“没有。”

“陪审团诸位，请回答：你们是本人投票吗？请依次确认。陪审员一号。”

“是的。”

“陪审员二号。”

“是的。”

“三号。”

“是的。

“四号。”

“是的。”

……

“十一号。”

“是的。”

“十二号。”

“是的。”

“谢谢陪审员。阿拉梅达郡立法院，14号刑事法庭。根据陪审团裁定结果，我现在宣布，有关亚历山大·张的指控，第一项控罪，强奸，有罪；第三项控罪，藏毒，有罪；第五项控罪，危害公共和平，有罪。”

52 “欢迎来到高盛”

纽约市。曼哈顿下城。

8点10分。钱伯街地铁站。昏暗，逼仄，肮脏。像不见天日的地下牢房。空气里飘着隔夜的酒精和尿骚味。旋转铁门咯吱作响。笑笑跟着拥挤的人流出了铁门。周围都是衣着光鲜的白领男女，奔赴向钱伯街附近的投行，基金，保险，评级机构。出地铁时笑笑吸了一口气，好像刚刚离开地狱。

沿维西街向西。路过“9·11”纪念地和世贸一号楼。在威瑞森大楼前等一个漫长的红绿灯。各种豪车在眼前疾驰而过。这世上永远有人提醒你穷。终于等到绿灯，过马路，抵达。

西街200号。

一幢钢铁玻璃做成的楼。没有标志。西装革履的人们匆匆到来，彼此简短问好。笑笑远远站着，静立了一会儿。哈德逊河上的风呼啸而来，吹乱了她的刘海。她理平刘海，低头检查一遍自己的衣着。那是一条梅西百货买的工作裙。短袖及膝，孔雀石蓝。颜色好像有些太亮，她心里想。

8点22分。进入正门。前台后方空空荡荡，依然没有公司标志。人们匆匆刷卡过关。黑人保安面无表情地站在一旁。笑笑在前台签到，保安刷卡放行。过关后是一幅混乱的后现代主义抽象画，色彩填满的几何图案，像不可解读的股票形态图谱，像不可预知的未来。笑笑跟着人群走进电梯。电梯站满了她曾经仰望的人。原来他们也跟普通人一样，咳嗽，抱怨，议论同事，中年秃头，夹着屁股小声放屁。

8点27分。三十二层的投资银行部。墙面、地面和桌面都那样光溜溜的，反着光的，一不留神大概就会一跤倒地。但是有什么关系呢。如果能站在顶峰，谁还在乎坠落。

而这的确是一个可以俯视纽约的高度。纽约的天空在玻璃墙外美得眩目。朝霞满布，自由女神在深蓝的海面上闪光。

8点30分。见主管VP爱德华·隆格，她的最后一个面试官。爱德华在一个电话中，匆匆跟她打招呼，说了欢迎，然后接着给客户打电话。她想把自己介绍给组里其他人，但是大家都在陆续往会议室走。

8点34分。见到新上任的TMT行业并购主管——杰夫·霍夫梅。6月14日微软正式宣布收购领英，一个星期后那起收购的主管已经来到高盛上任。投行的喜新厌旧，跟男人的喜新厌旧如出一辙。投行的挖人本事，跟男人的偷情本事如出一辙。

这个圈子实在太小。他们彼此都不惊讶。他朝她投来目光。那目光里写满不喜。她很清楚在他眼里，她是一个无趣、平庸、不值得信任的下属；他的目光告诉她，这种印象并没有改变；他的目光告诉她，她接下来的日子不会很好过。

但是有什么关系呢？她的日子从来就没好过过。她堆起热情、自信、开朗而职业的笑容，朝她的老板走过去。

霍夫梅在嘴角挤出一丝毫无笑意的笑。“很高兴再见你，笑。”他说，伸出手来。他终于正确地念出了她的名字。她应该很感激。

8点42分。二十九层人力资本管理部。签到，贴名签，拿临时门卡，与来自世界各地的新员工打招呼。办公区忙碌而有序。对话是低声的，仓促的，好像要跟空气争分夺秒，带着一种专业的礼貌。无处不在的蓝色小方块，不动声色地在文件夹和 PPT 上耀武扬威。以后还会出现在她所有垃圾活上。

这时她遇到一个熟人。碧阿绮丝·洛佩兹。她正指挥交易部的实习生依次签到。她的目光很快定位到笑笑。

“嗨，笑！恭喜你！”她朝她冲过来，握住她的双手，用夸张的语气说，“你真勇敢！真的！我非常佩服你！你现在终于得到了宽慰！那可恶的强奸犯终于受到法律的惩处！法庭判了他十二年！终于，正义获得了胜利！”

她说着用力拥抱她，接着又放开她，继续向她道贺。周围的实习生好奇地看过来。碧阿绮丝于是热情地跟他们解释：“这是笑，我们加州大学的名人！她是伯克利的女权主义运动领导人。她勇敢地起诉了强奸她的男人，并且保证他在接下来的十二年里别想看到太阳。她是不是一个英雄？”

笑笑感到鼻腔里有液体往下滑。她低头的时候，一滴鼻血掉落下来，打在地板上。她赶紧仰起头，捂住鼻子，踉踉跄跄地往洗手间走。

那是一个干净、宽敞、漂亮的洗手间。往外看得到海洋。但是她没有看海，她跌跌撞撞地冲进隔间，坐在马桶上，扯出卫生纸按住鼻子。她脑袋里的两个小人又在争吵。

温柔的小人说：十二年，为什么会判十二年？一定是哪里弄错了。必须去纠正这个错误。

冷酷的小人说：他活该！他害了安德鲁！他害了那个无辜的中国女孩！他罪有应得。蹲一辈子都不过分，何况只是十二年！

温柔的小人说：你不可以就这样遗忘。他蹲在监狱里，你得去看他。至少他曾在你困难的时刻帮助你。

冷酷的小人说：忘了他！忘了他！他是一个恶魔，遇见他只是给你带来不幸！想想你遭受的磨难与痛苦！都是因为他！因为他！

笑笑知道自己不能等。她得马上去报告厅。冷酷的小人渐渐占了上风。鼻血渐渐止住。眼泪渐渐泛上来。她站起身，以战斗的姿态走出隔间。她让自己站在洗手池边，逼着自己把眼泪一点一点咽回去。

她站在那里，看着镜子里的自己。

……他说，你是谁?

她用水浸湿纸巾，轻轻擦去嘴唇上的血迹。

……他说，你不认得我?

她用指尖揩拭眼角，揩去逃逸的泪水。

……他说，亲爱的，不要哭了。一切都会好起来的。

她从包里掏出粉底，慢慢给自己补妆。

……他说，松鼠松鼠，很高兴认识你。

她拿起梳子，梳理头发。

……他说，蓝熊主机，我带你看。

她把头发在脑后挽成一个完美的发髻。

……他说，我不想做华人!

她用黑色的发圈束住发髻。

……他说，啊?是吗?真是太巧了。我也喜欢胡萝卜!

她用手指梳理刘海。

……他说，嗯，笑笑……我想祝你生日快乐。

她的眼泪又不争气地溢出来。

……他说，这些萝卜，是非常好的萝卜。你看这根，这是一根二进制胡萝卜。

她用纸巾擦去晕开了的眼影。

……他说，我不会想有家。我需要自由，那比什么都重要。

她掏出眼线笔，给自己补眼妆。

……他说，中国对我来说，是个很远、很远的地方。

她眨了眨眼睛。眼睫上有晶莹。

……他说，我只是看不见东西。我可以看见光芒。

她给自己补口红，补完以后抿了抿，用小指抹去溢出的口红。

……他说，你是我见过最糟糕的程序。运行慢，线程混乱，无法 debug，还耗我那么多内存！

她整理自己的衣襟。

……他说，方含笑，我很高兴认识你。

她对着镜子面无表情。

……他说，干你！！干你！！婊子我他妈干的就是你！！

她凑近镜子，仔细检查镜中的自己。

……他说，为什么？方含笑，你为什么要这样对我？

她闭了闭眼睛。

……他说：蓝熊，它是一个，一个奇怪的，蓝色的小熊。它很聪明，可是有一点害羞。它有一点粗鲁，可是它很善良。

她睁开眼。那里再没有眼泪了。

……他说，如你所愿。

她露出微笑。热情、开朗、自信而职业的微笑。

……他说，滚！

她转过身，走向门口。走过商务式的走廊，走过衣着光鲜的，露着微笑的男男女女。她将努力地笑。她将不再有哭的权利。以后她要一个人踏上征程。以后无论多么艰难多么憔悴，不会再有一个熊陪在她身边。以后她掉眼泪，不会有一个熊说，亲爱的，不要哭了，我在你身边。以后她遇挫折，不会有一个熊过来跟她说，我有许多才能，我可以帮助你。

她只剩下，她自己了。

……他说，宝贝，我们回家。

不能哭，不能回头。前行，只能前行。

9 点。十九层双层环形报告厅。大得令人惊讶，已经坐满了新入职的人们。她找到自己的座位，跟投行部的其他实习生微笑问好。高盛 CEO 劳埃德 · 布兰克芬走进会场，走至主席台前。会场响起掌声。他在主席台下的座位就坐。主持人走上讲台。那是人力资本部负责新职员培训的主管，一个四十来岁的犹太女人。她在主席台前站定，朝人群一笑。年轻的职场人们起哄，欢呼，为自己进入顶级投行而兴奋不已。

主管清了清嗓子，开口欢迎：

“欢迎来到高盛。”

圣昆汀州立监狱，在圣拉斐尔南面的港湾，面向里奇蒙－圣拉斐尔跨海大桥。它的主体建筑，是一幢黄墙红瓦，西班牙殖民风格的高大砖房，建于十九世纪。它像酒店，像城堡，像博物馆，像议会厅。它有很好的风景，因为对着旧金山湾区。在傍晚，夕阳西下，海湾对岸，有无数玻璃窗反射着夕阳，一片璀璨的光亮。

如果不是入口处一个巨大的，写有“惩治局，加利福尼亚州立监狱，圣昆汀”的字样的门牌，还有耸立的瞭望台与带刺的铁丝网，过往的路人大概都以为这是一处高档度假村。但这是个重罪监狱——加州唯一可以执行死刑的重罪监狱——关押这个州最严重的刑事暴力罪犯。偶尔有死刑抗议人士来这里游行，要求废除死刑。

美国有两种人。第一种人，他们的父母上名校，进名企，出来继承家业；他们长大了也上名校，进名企，出来继承家业；他们生下小孩，他们的小孩接着上名校，进名企，继承家业。

第二种人，他们的父母是杀人犯、毒贩、妓女；他们长大了进圣昆汀，出来接着杀人、贩毒、卖淫；他们生下小孩，他们的小孩接着进圣昆汀，出来杀人、贩毒、卖淫。

这两种人通常是没有交集的。但偶尔也有意外。

小恶魔从小到大，有无数次路过这里。大多数时候，是为了去圣拉斐尔射击场。他确实送了某些人住进这里。他没想到有一天他自己会住进来。

他的名声不太好。因为第一条是强奸罪。强奸犯在所有犯人中地位最低。强奸最不需要勇气，也没什么技术含量。这里有的是在圣诞夜杀了妻子的丈夫，拿棒球棍打死警察的毒贩，在学校用机枪扫射同学的少年，还有创意不断的连环杀手。他们本来就不奢求未来。他们肆无忌惮。

有很多黑人。很多，很多。

十一年前入室杀人的一个黑人青年，在这里度过了他的三分之一的生命。入狱第五年，他杀了他的室友。这样他又被判成死刑。

“我他妈一点不后悔。”他说。

不过死刑是要排队的。因为死刑需要很多审批程序。1978 年以来，加州只处死了十三个犯人。六百多个死刑犯还在排队。“我准备好走了。”他说。但是审批文件还没下来。

对于在圣昆汀待了十几二十年的老囚犯，监狱生活似乎并不枯燥。圣昆汀有健身房，虽然阴暗老旧；有狱友乐队，虽然用着漏音的吉他；有一支小型的橄榄球队，成员全部是黑人；逢年过节有狱友派对，生日有生日派对，结婚时也有酒宴。偶尔有人从海里捉来一只小海狮，大家挨个过去合影。牧师、外科医生、心理医生、记者、惩治局官员，还有各种社区服务人员，会轮流来看望他们。

有出狱的人在 Yelp 上给了圣昆汀五星好评，并且留评说：“我待过最棒的监狱！西区是个灾难，但是北区是个不错的社区。不管有谁死去，我们都会为他哀悼。我最美好的回忆？啊，应该是澡房里有个年轻的男孩掉了一块肥皂……”

如果不是西区放风操场刚刚有人被小刀捅死，以及躺在医院的某个犯人刚刚自杀，还有西区食堂有两个帮派火并导致多人重伤，大概会叫人误以为，这其实是一所贫穷的加州公立大学。

能够享受各种娱乐活动的，是老囚犯们。新囚犯——“菜鸟”——是没有那么舒服的。

就好像刚入兄弟会的新成员，他们得接受种种“整人仪式”。挺过去才能成为集体的一分子。挺不过去，他们疯掉或者自杀。

相对于伯克利一水的白人兄弟会，这里的兄弟会，大多是黑人帮会。

也有白人帮会，需要捅个人才能加入。

没有华人帮会。因为压根就没有华人。

没有帮派归属的过得战战兢兢。因为你不知道哪一天谁想整你。

监狱的生活有点像中国的高中。六点半，起床，晨练；七点十五，早餐；八点，点名；八点半，劳动；十二点半，午餐；下午一点半，劳动；六点，晚餐；八点半，点名，就寝。

小恶魔被分配到一项十分无趣的劳动。为附近医院、学校、感化院，包括圣昆汀在内的各种公立机构，清洗床单等亚麻织品。用于清洗的机器老旧，有好多部件停止运转。犯人们被强迫用手清洗床单。他们的手泡在混有洗涤剂的冷水里，很快被泡烂。

“这太愚蠢了！”小恶魔想，“这他妈难道不该是方含笑干的活吗！”

于是他跑去找监工。监工是一个蹲了十年监狱的黑人狱友。小恶魔用他能拿出的最礼貌的语气，用跟一个智障讲话的耐心，向他解释，只要他能说服管理人员，从亚马逊上订购几样简单的零部件与工具，再给他一台最破旧的电脑，他就可以修好这个机器，并且让它自动清洗每个月大约一百五十万磅的亚麻织品。

监工表示他会报告。

下午五点五十，他结束工作。比其他人稍晚了一点。因为监工认为他没把某一段亚麻布清洗干净，他不得不留下来。他干完活，监工终于放行。他离开洗涤车间，进了旁边肮脏的厕所。厕所往里是淋浴间，有几个淋浴喷头，权充公共浴室。他洗完澡出来，用一个胡萝卜发圈扎住头发。他有四个月没理发。

这时他看到一个熟人。啊不，很多个熟人。

托尼·巴尼。还有跟他一起进监狱的小伙伴们。

他们大摇大摆地走向他。有人停在他面前，有人停在他身边，有人绕到他后面。浴室里的不多的人纷纷逃离。

“哈啰。”托尼·巴尼说，“我听说有个人会电脑程序。是你？”

小恶魔站在那里。他目光游移向托尼·巴尼与他的同伴之间的空隙，寻思着自己能不能逃出去。

但是他还没想好，后脑勺已经挨了一记。有人用机器上拧下来的长柄把手给了他一下。他咚的一声倒在地上。世界一下翻转。

“我们真需要有人弄电脑程序呢。”托尼·巴尼慢慢踱过来，皮鞋停留在他眼前。后面有人用手抓住他的头发，把他被打晕乎的脑袋拎了起来，拎在托尼·巴尼眼前。

小恶魔冷漠地看着他，一言不发。他感到有温热的东西沿着他的脖颈往下流淌。

托尼·巴尼的脸凑近。那眼睛里喷射着怒火，“你他妈真有本事。你拿一台电脑，就可以无所不能，是不是？真遗憾小朋友，电子设备在监狱可是被严禁的呢。所以怎么办呢？没人来救你啦！哦不不不！哦妈咪不！——吃你的屎吧！”

他意识到自己绝对优势的地位，继而笑起来，“我的室友刚刚送去外面的医院。”他愉快地说，“你有兴趣做我的室友吗？这可是非常好的机会。我可以保护你，宝贝。你知道，这是监狱，可不是学校。这里有很多危险！有大灰狼！”他把手摆在嘴边，嗷嗷嗷叫起来，“好恐怖！哇哇哇！让我保护你吧！”

他们把他按跪在托尼·巴尼跟前。托尼·巴尼开始解他的皮带。“保护是有代价的。”他耐心地跟他解释，“这是规矩，如果你想当我的人。”

他把他的鸟往他嘴唇上按去。

他将他的牙齿咬了上去。

托尼·巴尼发出一声恐怖的惨叫。他们费了一些力气才把他从他的鸟上弄了下来，接着对他一阵拳打脚踢。他抱住自己，蜷成一团。赤裸的身上很快满是乌青。

“干死他！”托尼·巴尼下命令。

他们把他半提起来。托尼·巴尼朝他肚子踢了一脚，把他踢飞了出去。他摔在墙边一个肮脏的小便器下面。他费劲地用一只胳膊把自己支撑起来，抬起头，用另一只手抚摸后脑勺。

那里除了他乱蓬蓬的头发和鲜血，什么都没有。

他大惊失色。

他迷惘地抬起头。夜幕降临。厕所里光线昏暗。他已经看不清了。

在哪里？它在哪里？

……她说，我，我在这里。

他伸出双手，在地板上摸索起来。

……她说，我为什么会认识你？

一个黑影逼近。他在地板上的手，被一只黑色皮鞋踩住。

……她说，是我挡着你的路，还是你在挡我的路？

他拿他的头颅，冲那条腿不要命地一撞。

……她说，松鼠。我的名字叫松鼠。

那人痛叫一声。另一脚猛然朝他的脑袋踢了过去。

……她说，我……我……我喜欢你。

他又一次被踢翻，摔在一个肮脏的马桶旁边。

……她说，阿历，创业……创业！改变世界！

他的额头和后脑勺被剧痛覆盖。血沿着额头流到侧脸，从后脑流到脖颈。在哪里呢？它在哪里呢？

……她说，回北京！！去北京创业！！——把华人工程师的名字，写进世界人工智能的历史！

他伸出手，双手在地面上疯狂地摸索。他得找到它。他们已经把他的一切都夺走了。机器人，无人车，公司股份。贝壳海的红砖房。还有电脑。没有电脑，他就是个废物。

……她说，你——敢——碰我！！

他什么都没有了。他只剩下它了。托尼·巴尼朝他走了过来。

……她说，我谢谢你做过的事情。可是我……我不需要你了。

最后的一点点念想。他不可以连它都失去。托尼·巴尼把他的脑袋拎起来。可是它在哪里呢?

……她说，中国一点也不远！中国就在——就在海的那边！

托尼·巴尼把他的头按进马桶里，按了冲水的开关。他的头颅在浑浊的水里扑腾。他好像听到了她的声音。

……她说，你会想有一个家吗？我会想。我想跟一个人，住在一个满是鲜花的，满是日光的房子里。

他清清楚楚地听到了她的声音。

……她说，然后我们有两个小孩，一个男孩儿，一个女孩儿……然后我会给他们做饭——像我妈妈一样。他们吃饭的时候，我就坐在旁边看他们吃。然后肯定有个小孩不听话啦，跑出去玩啦——我妹妹就是这么贪玩——我就假装生气，把他从花丛旁边的沙堆里揪出来，叫他洗手，把他拎回饭桌上。要是他不乖，我就吓唬说，“以后吃饭只可以吃洋葱！”……哈哈哈！

他的头颅浸在马桶里，血水汇进眼泪里。一半的他想抓住她，问她为什么这样对他。另一半他只想上她。

……她说，我所有接近他的行为的目的只有一个，那就是报复。

他无声地咆哮起来。他的灵魂将要撕裂。他恨她。他恨她!

……她说，我恨透了他!! 我要他下地狱!!

他要扯下她的头发，撕开她的皮肤——

……她说，法官先生，你看，我没有爱过他。从来，从来没有爱过他。

他要焚烧她的脂肪，踩碎她的骨头——

……她说，你，你以后，好好照顾自己。

他要把心脏从她的胸膛里挖出来，用牙齿把它撕烂——

……她说，你能……你能为我签字吗？

他要吞下她的灵魂，把她一起拽下地狱，一起承受他在承受的痛——

……她说，好。我滚。

折磨她直到她的眼眶流尽最后一滴眼泪。直到她死去。直到她再无知觉。

……她说，宝贝，我们回家。

他的头终于被人从马桶里捞了出来。马桶里殷红一片。他气息奄奄地趴在马桶上。红色的水滴沿着他的头发往下淌。他迷迷糊糊地想，在哪里呢？掉在哪里了呢？

有人把他的头拎起来。托尼·巴尼掏出纸巾，替他擦去满脸的血水，接着俯身附在他耳边，低声开口：

“欢迎下地狱。”

番外：初代蓝熊

我出生在加州奥克兰市。父亲是东京来的华裔移民，母亲是瑞士日耳曼人。他们从来没有结婚。7岁时，又被父亲毒打，我拨通911。地区检察官起诉我父亲虐待儿童，法院剥夺了他的监护权。那以后我跟母亲移居瑞士，在距离苏黎世两小时车程的山村生活。抵达的第一天，我就知道我跟他们不一样。我是村里唯一一个不白的小孩。我从那时起开始知道，无论我多么努力地融入，我不是他们。不是瑞士人，不是日耳曼人，不是美国人，不是中国人，不是日本人……杂种。我是一个杂种。

这个月第三次被他父亲打出血的时候，7岁的阿历拨通了911。警察很快来到法拉盛的这个公寓。他们通知了纽约当地的儿童保护组织。他父亲以“虐待儿童”的罪名被起诉。他通过付钱免除牢狱之灾，但法庭判他不再具有监护资格。纽约“防止虐待儿童协会”试图为阿历寻找新的寄宿家庭。阿历说：“我想跟我的妈妈一起生活。”

但他根本不知道他妈妈是谁，长什么样。防止虐待儿童协会联系了这个名叫伊冯·莱贝卡·安根的瑞士女人。安根并不是她母家的姓，她嫁给了一个名叫马可·安根的农夫。在格兰宾登州库尔市附近。他们有二十三亩肥沃的山地草坪，养着大约一百只母羊和它们的小羊。附近有两个美丽的湖泊。

善良的伊冯表示她愿意接受这个孩子，虽然从一岁以后，她就再也没有见过他。

于是，阿历从纽约搬到了库尔华登的小山村。他要求跟母亲生活的时候，心里想的是离开纽约，因为他清晰记得加州的好天气。他以为纽约以外的世界都像加州一样温暖。他不知道瑞士有比纽约更寒冷的冬天。

那里有终年不化的雪山。他看着它们就觉得冷。

那里还有寒冷、漆黑的夜晚。它不像纽约一样，到处都有路灯，把世界照成白昼。到了夜晚，山村漆黑一片。

在某个清晨，伊冯在离家不远的水沟旁边找到阿历的时候，她才第一次意识到他在黑夜里看不见东西。善良的伊冯带阿历去日内瓦和苏黎世，找最好的眼科医生。医生们表示无能为力。回到家以后，阿历问伊冯："我的眼睛是坏的吗？"

"不，亲爱的。它们只是病了。"伊冯把手指大小的胡萝卜拌成的沙拉推到他面前，"药就是胡萝卜。它能帮助你在夜晚看见东西。"

"可是我讨厌胡萝卜。"

"你得吃它。等你吃足够多的胡萝卜——很多很多胡萝卜，你就能在夜晚看见东西了。"

于是阿历果真吃很多胡萝卜。

胡萝卜跟做爱一样，刚开始不喜欢，吃很多很多，慢慢就上瘾了。

但是夜里他仍然看不到东西。他想这是因为他吃得还不够多。

马可与伊冯有四个小孩。他们每个人都有自己的房间，并且谁也不愿意与阿历合住。伊冯没有办法，只好收拾出楼梯下面的储物间给他住。

他们每个人都有金色的头发，就像他们的爸爸妈妈一样。最小的劳拉过来问他："你的头发为什么是黑色的呢？你的眼睛为什么是黑色的呢？"她的哥哥尼可把她拉开，轻声说："因为他是亚洲人。他们长黑色的头发。"

他们每个人都会滑雪。在雪坡滚落，接受小伙伴的嘲笑后，阿历再也没踏进雪场一步。他要离得远远的。他只能生活在没有雪的地方。

他们每个人都讲瑞士德语。那是一种瑞士东部特有的，带着古怪口音的德语方言。没有人讲英语。当然也没有人讲中文。他在学校里被小伙伴们当成智障，因为他不说话。当然，即使他说话，他也说不清楚。

“那是一个中国人。”知识渊博的法比奥说，“中国人总是很安静。他们不说话。”

“中国是什么？”小劳拉问。

“中国是东方的一个国家。那里的人被一条龙统治。”见多识广的法比奥说。龙在西方文化里是一个邪恶的存在。希腊神话里的英雄，除了追逐女神，就在杀龙。法比奥接着补充说：“他们还喜欢放鞭炮。”

“鞭炮是什么？”小劳拉接着问。

“你去过罗马吗？”法比奥说，“新年前夜，罗马城里噼噼啪啪的，枪声一样的巨响，就是中国人的鞭炮。”

这段对话进行完以后，阿历用英语嚷嚷：“我不是中国人！我是美国人！”他们用像看怪物一样的目光看着他。

他们班里有一个叫卢卡的德国小孩。在阿历到来之前，卢卡是最不受欢迎的孩子。因为村里的老人总是说：“德国人！哦，德国人！”德国人是比较招人讨厌的。

但自从阿历到来，他吸引了所有人的火力。因为，他比德国人招人讨厌得多了。

他拒绝交流，只会暴躁地反抗，打坏一切东西。就像他以前在纽约时那样。

他父亲用巴掌和棍棒打他，不是没有理由的。他喜欢拆掉他看得见的所有东西——他砸坏过灯管，为了研究它为什么亮；他砸坏过别人的手机，想要确定那里面是不是有个小人；他还试图把一个女孩的眼睛挖出来，因为好奇那眼睛里的光。他父亲为此几乎将他打死。

这也没能让他改过自新。某一天，在法比奥发表了“中国人身材矮小，面孔平坦，吵吵嚷嚷，不排队，喜欢偷东西，比如公共卫生间的厕纸”之后，阿历忽然冲过去，用石子砸法比奥的脑袋。

还好只砸了一下，他就被人拦下来了。法比奥没出事。

“为什么？你为什么要这么做？”平日一向温和的老师紧紧抿起嘴唇。

为什么呢？他为什么要这么做？他又不是中国人。

大约过了一个星期。傍晚放学的时候，劳拉过来找他，叫他跟她走。

劳拉是那种好看得像洋娃娃一样的女孩子。雪白的皮肤，金色的头发。他很喜欢她。她叫他跟着走，他就跟过去了。

走着走着，天就黑了。

劳拉说：“你不要怕。我牵着你的手。”

她牵着他的手走进一个小房子。好像是草场上牧羊人住的棚屋。劳拉把他领进去以后，她忽然消失不见了。

只剩下他自己。

这时，噼，啪，噼噼，啪啪。有什么东西在他脚边炸开。他看不见东西，只看到那疾速的、炫目的闪光。好像奥克兰午夜黑帮激战时的枪声与闪光。他抱着头哇哇大叫，四下逃窜。但那一长串爆炸追随着他。他大哭起来，叫他妈妈。他还叫艾伦的名字。

最后爆炸声终于止息了。阿历抱着头，蜷缩在角落里，抖如筛糠。

“这个就是鞭炮。”法比奥对劳拉解释说。

在他还在加州奥克兰，跟他叔叔住在一起的时候，他有一个名叫艾伦的邻居。他比阿历大五岁。他很厉害，什么都懂。在五岁的阿历眼里，艾伦是一个比上帝还要全知全能的存在。

“在一个程序员眼里，这个世界是由代码组成的。”艾伦告诉他，“天空有天空的代码，大地有大地的代码，人有人的代码。一切的一切都有代码。当你编写出足够好的代码以后，你就可以跟这世间的一切对话。通过代码，你改变这个世界。”

“通过代码，可以改变这个世界吗？”

“是的。通过代码，可以让世界变得更好，也可以让世界变得更糟。”艾伦说，“我希望让它变得更好。比如，我希望我爸爸不要再咳嗽。”

“怎样写代码呢？你可以教我吗？”

“你认识字母和数字吗？”

“我认识。我认识二十六个字母，十个数字。”

“那就足够了。用这些字母和数字，你可以写出代码，然后让翻译器把代码翻译成指令，让机器为你做你想做的事情。是不是很神奇？”

艾伦让阿历看，他如何用一段代码，使一辆玩具汽车自动跟随他，并且还能根据环境播放音乐。这使他着迷。

“你创作了这段代码吗？”

“不。”艾伦狡黠一笑，“我从网上偷来了好几段代码，把它们拼接在一起——最杰出的程序员一定是最杰出的黑客。他们占用最丰富的信息。他们懂得如何用别人的劳动成果，达成自己的目的。”

但是他跟艾伦的友谊很是短暂。他们很快分开。

分开前艾伦教会他如何使用Unix与点对点协议。“这样我们能保持联络了。”

在库尔华登，阿历只交到一个朋友。

那是一只丑陋的，有着蓝色毛毛的布偶小熊。

那是尼可收到的圣诞礼物。可是它太丑了，尼可把它丢在一边。阿历从地上捡起它，带回楼梯下自己的小房间里。

“你也被人讨厌吗？”他问熊。熊不说话。他认为这表示是的。

“我也被人讨厌。”他高兴地说，“太好了！那么让我们做朋友吧！”

他从此把那只丑陋的小熊装进书包，每天背着它上学。

“我不用跟他们说话。”阿历对自己说，“我有我的熊。我可以跟熊说话。”

但是熊并不能回答他。

“我不是中国人。”好像害怕熊因为他是华人而嫌弃他，他对熊解释说，“我是……我是……”他想了半天，“我并不是瑞士人。我也不是中国人……我……我……我像你一样。我也是一只熊。”他肯定地说。

阿历在学校看门老头的房间里找到一台联了网的电脑。

他没有把那晚的事告诉任何人。但是，当 Unix 那漆黑的界面，闪出艾伦回答他的字母时，他一下子哭了起来。他一面哭，一面用破碎的英文，把发生的事情告诉他。

“真抱歉。我没能在你身边。”艾伦说，“你在那里什么朋友都没有吗？”

“我有。”阿历肯定地说，“我有一个朋友。它是一只小小的，蓝色的熊。”

“我明白了。”

“我真希望它能和我说话。”阿历给艾伦发信息，“我想有人说说话。”

“你当然可以让它说话。想想看，让这个蓝色的小熊说话，它需要什么？”

“嘴巴。”

“是的。它需要一个扬声器。让它听见你的话，这需要什么？”

“耳朵。”

“是的。它需要一个麦克风。让它理解你的话，还需要什么？”

“灵魂。”

“是的。它需要程序——那是它的灵魂。它的灵魂在哪里生活呢？”

“心。”

“是的。它需要一个处理器。它还需要存储器，这样它才能记住你。我把所有部件的清单给你。你需要说服你妈妈去苏黎世采购这些配件。你负责它的身体，我来打造它的灵魂。”

阿历央求伊冯带他去苏黎世。伊冯答应了。于是，在一个周五，阿历按照艾伦的清单，在苏黎世的电子部件商店里买来所有部件。他花了一点时间，把它们放进了蓝熊的身体里。蓝熊更加残破。

艾伦把一段代码发了过来，并且指点他如何为蓝熊安装系统。

三个小时后，蓝熊头顶的指示灯亮了起来。

“你好，蓝熊！”阿历把蓝熊放在桌子上，紧张地对它说，“我是阿历。”

那指示灯一闪一闪的。可是蓝熊没有马上回答。是哪里出错了吗？

“你好，阿历！我是蓝熊。”蓝熊说。

那完完全全是艾伦的声音。艾伦把自己的声音录了下来。

他们那时还没有庞大的语音数据库，可以用机器模仿人类语言。

阿历的眼泪一下掉了下来。

“阿历，不要哭泣。”蓝熊说，那是一段自动录好的语音，艾伦的声音，“一切都会好起来。我在你身边。”

金融街没有爱情 Ⅱ

刘玥 著

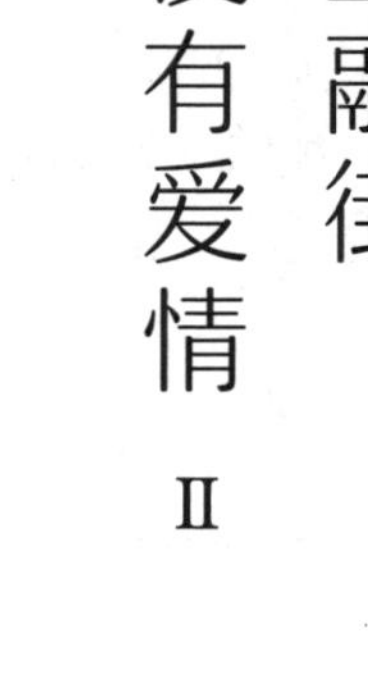

GUANGXI NORMAL UNIVERSITY PRESS
广西师范大学出版社
·桂林·

金融街没有爱情
JINRONGJIE MEIYOU AIQING

图书在版编目（CIP）数据

金融街没有爱情：全2册 / 刘玥著．—桂林：广西师范大学出版社，2019.7
ISBN 978-7-5598-1468-5

Ⅰ．①金… Ⅱ．①刘… Ⅲ．①长篇小说－中国－当代 Ⅳ．①I247.5

中国版本图书馆CIP数据核字（2018）第273884号

广西师范大学出版社出版发行
（广西桂林市五里店路9号　邮政编码：541004
网址：http://www.bbtpress.com）
出版人：张艺兵
全国新华书店经销
桂林金山文化发展有限责任公司印刷
（广西桂林市中华路22号　邮政编码：541001）
开本：880 mm × 1 240 mm　1/32
印张：31　　字数：700千字
2019年7月第1版　　2019年7月第1次印刷
定价：88.00元（全2册）

目录

1　金融街 7 号

北京。金融街 7 号，英蓝国际中心南侧十七层。

电梯口一片肃静。六个女生屏息凝视液晶显示屏。数字从 13 开始逐级往上。15，16，17。

叮的一声，数字停住，电梯门打开。

电梯空空荡荡。六个女生鱼贯而入。迈进电梯时，田田听见自己的心脏撞击着胸口，咚咚地响。

太紧张了。

高盛亚洲投资银行部并购组的暑期实习生终面。能活到这一轮的，几乎全都是百里挑一的海归精英。

只有田田不是。在十七层看签到名单时，她的心里先凉了半截。明明是补招的一轮，名单上竟然清一色国外名校 MBA。哈佛、斯坦福的商学院，宾大沃顿，芝加哥布斯。可知竞争之激烈。

田田是北大的土鳖本科，学的还是中文。

一同参加面试的，还有另一个本科北大的学姐，名叫徐佳慧。可人家是光华的，又在伦敦政经镀过金。签到时，田田讷讷地跟她打招呼，徐佳慧客气地回应。

作为一个有自知之明的人，田田天生自带印随技能——一看到大神就会黏上去，只要大神没赶她走。

田田立即黏上了徐佳慧。

可是面试的时候，徐佳慧也不会在她身边呀。

电梯里空气几乎凝固。门将要合上的一瞬，一只纤长的手伸了进来。电梯门在她手上一夹，重新打开。

进来的是个身穿白色正装的高个女生。套装是夏季轻薄款，很是修身。长发在脑后绾成圆发髻，一丝不乱。脸上薄施脂粉，浅淡合宜。一看就是精心准备过的。可是她额角微微渗出的晶莹汗珠出卖了她。是太紧张了？

七个人，到齐了。

女生进门，回身按键。电梯门合拢。

电梯空间不大，七个人，很是局促，愈发叫人透不过气。

电梯上行。可似乎只上升了两米，就忽然停住。液晶屏数字跳成18，但电梯门没有打开。接着彻底没了动静。

“怎么回事？”波浪卷的女生问。

“好像卡住了。”徐佳慧说。她试着按键，没有反应。

“怎么办啊？会不会掉下去啊？”戴眼镜的女生问。

“不会的，别担心。电梯有自动刹住装置，就算停电也不会真的坠落的。”佳慧说，“大家别急，我给杨晟打电话。田田，你打这个故障报修电话试试。”

杨晟是通知这次面试的经理。但是电话并没有通。田田这边打故障电话，一样也没通。

“我靠！玩我们呢！”波浪卷美女嚷嚷，“这也太拽了吧！电话面试四五轮也就算了，半夜把人叫起来视频，到头来还把人关电梯里。这年头外资行真他妈混账。在中国混不下去了关门就好了嘛，净拿我们这种实习生出气。”

“电梯故障是物业的责任，不能怨高盛。”佳慧说，“大家别担心。先冷静一下。这楼里人来人往，我想很快他们就会发现电梯故障，会派人来处理的。”

“你怎么了？是不是哪里不舒服？”田田发现旁边白色正装的女生脸色苍白，额角渗汗。

“肚子疼。”女生捧着肚子，声音低低的。

“肚子疼？是不是想上厕所？还是大姨妈来了？”田田问，一面伸手去握女生的手，“这么凉！这楼里空调开太凉了……哎这种有钱公司，都不知道省电……”

佳慧把自己的正装外套脱下来，“来，披上。别着凉。”

田田帮忙替女生披上衣服。看她似乎都有些站不稳了，扶着她问：“要不要先往地上坐着？哎这位姑娘，我说你，来大姨妈还穿白裙子。就算想进高盛，要不要怎么拼呀！”她说着把自己的正装脱下来，直接铺在地上，对女生说，“靠墙坐吧。”

“你的外套——”

“没事啦。我这是淘宝来的，没多少钱。倒是你的套裙，看着挺贵，又是白色的，别弄脏了。”田田把女生按在自己的衣服上坐好，接着又招摇自己剩下的衣服，对女生说，“我这衬衫配黑裙，也挺好看的，是吧？”

“这么娇弱，还想进高盛？干分析师没两天就崩溃了。”蘑菇头的女生说。

“哎哟，这么娇嫩嫩的还舍得叫她干分析师，出去陪客的货嘛。”波浪卷女生说，“哪里像我们这种五大三粗的，就配去内资券商干 IPO，天天去农村做尽调。”

这样等了半个钟头，电梯仍然没有动静，而电话仍然打不通。大家就地坐下。

波浪卷女孩又骂骂咧咧，满腹牢骚。戴眼镜的女孩脸色不好，在给朋友打电话求助。佳慧想要安抚大家，不断说不要担心，却无济于事。

田田说：“哎呀，十年修得同船渡，百年修得困电梯。咱们相识一场，也是缘分呀！大家坐下来交个朋友好了嘛。我说，咱们挨个自我介绍好不好？我先开始。我叫田田，一个是田野的田，另一个也是田野的田——”

徐佳慧扯田田的衣袖，轻声说：“田田别闹。”

“没闹呀我。这不大家坐着也是坐着，闲着也闲着，联络一下感情呗。”田田凑到白色套装的女生旁边，“你是哪个学校的？”

“伯克利。”她小声回答。

“名单上没见伯克利啊。”波浪卷女孩说，“怎么进来的？走关系的吧？”

“伯克利。什么学校？”田田摇头，“没听过。”

“就是加州大学伯克利分校。”戴眼镜的女孩说，“是个美国的二流学校。”

田田求知若渴地问：“二流学校哦？分校？为什么不去总校？”

佳慧坐在角落里拼命咳嗽起来。

“学姐你怎么啦？”田田凑过去问。

“你，少说话。”佳慧说，一面紧张地偷眼去瞄那个白色套装的女生。那女生根本没理她们。她安静地坐在角落里，一手压着腹部，另一手拿着手机。

这时杨晟终于回电话给佳慧，告诉她正在通知维修人员，等他们来估计还得两小时。

波浪卷女孩情绪糟糕透了，破口大骂。佳慧劝不住。

又枯坐半小时。骂也骂累了。到底都是女孩子，慢慢熟络起来，就开始交换情报。

“我听说投行前台是男人的天下。你们说，这回招实习生，怎么全要的女生呀？”蘑菇头女生问。

“这还用说，招了去陪酒的呗。”波浪卷女孩说，一面觑眼打量众人，“记得吧？网申系统不但要提交照片，还要填写身高体重——挑出来一个个都模特级别的。以前外资行看不起内资行，清高得要命；现在业绩不行，也甭清高了——”瞥一眼田田和佳慧，“专门挑你们这种没见过世面的小姑娘出去卖。”

戴眼镜的女生睁大眼睛：“不，不会吧……”

“你还是挺安全的。”波浪卷女孩说。

蘑菇头转而问波浪卷，“你说你在香港实习，跟高盛在一幢楼里。那你是不是见过那个……那个方总？”

“见是没见过。不过听了很多事情。”波浪卷意味深长地说，“你自己想想，28 岁做上 MD，说出来你信？纽约伦敦做 Global Macro Trading（全球宏观贸易）的我信，毕竟回报率逆天的天才交易员也不是没有；TMT 并购，怎么可能？——说做能源并购，我还信多一点。”

“是哦。国内 TMT 并购，以前一直中资是大头。”眼镜女说，“这位方总，要不然是特有手段，要不然是特有背景。”

“我觉得……我们这样议论领导不太好……”佳慧说。

“哟。人都没入职呢，她就成你领导了。”波浪卷女孩揶揄说。

“她在大摩的时候名声就不好。”蘑菇头说，“能力当然肯定有能力。但光靠能力恐怕也做不到 MD。”

“名声不好？不好什么呀？”

“那还能有什么？当然是抱着上司的大腿往上爬。早听说投行升职就一个秘诀，抱大腿。可惜大腿没抱成功。当年也是在纽约混下不去，迫不得已才去香港。”波浪卷说，“现在香港也混不下去，来北京了！”

“找到了。‘金融街正义天使’的推送文章。”眼镜女说，“《高 X 高管方某某在大摩的桃色丑闻和真正离开大摩的原因》……”

波浪卷凑过去，“是吧？亏她还是结了婚的。老公原来是谷歌的码农，从美国跟她跑回来。哎，码农人老实啊，头顶绿帽不知道，人傻钱多死得早。还俩孩子呢！也是可怜。”

“你们别说了。”佳慧说，“都在一栋楼里，也不怕人听到？”

“怕什么？做得出来还不让说了？我就是要说给人听。我最看不惯借男人往上爬还标榜女强人的那种货色。把社会公平破坏得一塌糊涂。屁事没做，偏还能名利双收。”

“方含笑做过事的。”一直沉默的另一个戴着方框眼镜、方脸蛋的女孩，这时忽然开口，“如果你们稍稍为今天的面试做过准备，就会知道去年她一个人贡献了外资银行在中国大陆TMT并购将近五成的营收。高盛这几年在大陆科技行业做的跨境收购，亿万级别的单子，每一个都是她经的手。她这样的贡献度，如果在美国总部，早两年就是合伙人了。八成是香港有人打压，到处散布谣言。”

“是不是谣言当事人自己明白。她真那么清白，也没人会说她，苍蝇也不叮没缝的蛋。对吧？”波浪卷翻着手机上的网页内容念道，“看她怎么睡的老板——人还是结过婚的呢。‘撞见她跟上司衣衫不整地从会议室里出来’——哗，估计上司调教完了，打发出去接待客户。亿万级别的单子都是床上睡出来的吧。”

“其实，其实我觉得呗……”田田凑到眼镜女身边，看一眼网上那位方总的照片，“光看照片，我觉得这个方总呀，长得还没我好看呢——”

佳慧咳嗽。

“身材呢，穿着衣服看很一般，完全不如我嘛——”

波浪卷瞪大眼睛，打量田田微胖的身材，“你这几十公斤的自信是哪里来的？”

田田半点不脸红，“我是微胖界女神呀，要脸蛋有脸蛋，要胸有胸。我们系男生都这么说！——这个方总的胸呢，一看就是bra撑出来的。脱了估计更加什么都没有了哇——”

佳慧吭吭吭地咳嗽起来。

“学姐你怎么了？着凉了？”田田凑过去问，转而又说，“——这样的颜值，这样的身材，怎么可能有客户看得上她？”

佳慧扶墙玩命地咳嗽。田田过去拍着她的背，“学姐你是不是太冷了？”转而对那个白套装女生说，“我学姐太冷了，你把外套还给她好不好？”

佳慧赶紧摆手，对那女生说：“不不不，我不冷。不用还。你……你不要理她。她人傻，说话不过脑子。”

“我怎么人傻了？我说话很过脑子的。”田田特别有主见地说。她平时绝对不喜欢跟人理论，但是这一次，波浪卷女生的话触到了她的雷区，她决心好好辩一辩。“我在学校有参加女权主义社团。我们社团特别关注职场女性的性别处境。我们一直在讨论这个问题：上司与下属发生不正当性行为，谁更应该承担责任？——哎学姐，你在我背上乱画些什么呀？痒死人了！”佳慧本来想在田田背上写字，只好作罢。

因为说到自己感兴趣的话题，田田的声音格外清脆响亮：“在中国古代，受到指责的一直是女性。商朝灭亡了，大家都骂妲己。安史之乱，大家都骂杨贵妃。在中国现代也是这样的。如果发生婚外性行为，女人会比男人受到更多指责。大家会骂二奶、小三，但却很少指责那个男人。这是合理的吗？

“历史上的妲己如果是个你我一样的真人，她恐怕不会什么法术吧？那么纣王非要跟她发生关系，她有拒绝的余地吗？唐玄宗非要杨贵妃侍寝，杨贵妃可以跟皇帝说 NO 吗？好像并不行吧？妲己和杨贵妃处在权力弱势的一方，不管是不是自愿，她们的选择余地都很有限，凭什么她们要承担更多指责呢？

“二奶也好，小三也好，很少来自家境富裕的人家吧？她们的选择权，并不比那个男人更多吧？假如男人下定决心找小三，被这个女人拒绝了，他也可以再找下一个——他怎么都会有小三的。这种情况下，为什么还要指责小三，而不是指责那个男人呢？

“然后再说这位方总的例子。好吧，她看着是像个水性杨花的女人（佳慧拼命咳嗽），就算她真的像帖子里说的那样，跟她在大摩的老板搞了——一个职权比她大、资源比她更丰富的人。大家想想，假如你的上司提出性要求，你能有什么样的选择？当然你可以拒绝，但很可能就被穿小鞋，以后好东西再也轮不到你了。你说，可以匿名举报。可是圈子就这么大，一点风吹草动全世界都知道了。什么老板愿意聘用一个胆敢举报上级的员工啊？将来你还怎么在圈子里混啊？

“‘养不教父之过，教不严师之惰。’是说长辈应该为晚辈的行为负责任。《蜘蛛侠》里说，能力越大，责任越大。权力越大的责任也越大吧？放在职场里，职权高的人有更多的义务维护规则，同时他们也更有嫌疑强迫另一方发生看似自愿、实则暗含权力或利益胁迫的性行为。所以，就算那个方总睡了她老板，明显是老板更应该被骂呀。假如她老板死活不愿意，难道方总还能把老板给强了吗？”

这时电梯动了一下。往上大概又行进了半米，叮的一声，电梯门倏然打开。

坐在角落里玩了半天手机的那个白色套装的女生旋即起身，将两件外套递还给佳慧，低低说了声谢谢，就朝门口走去。

门口站着物业的两位主管，还有另一个西装革履的年轻男士。两个主管围住那个白套装女生，忙不迭地赔礼道歉：“方总对不起！我们代表物业公司给您道歉！因为电梯维修人员在赶过来的路上出了一点事故，所以耽搁了这么久……我们非常抱歉。今天稍晚会给贵公司送上致歉函，并且我们愿意赔偿造成的经济损失……”

田田一听傻了眼，拉扯佳慧的袖子小声问：“学姐，那个姐姐难道不是跟我们一起面试的吗？”

“她是面试我们的。”佳慧黑着脸，“她就是方含笑方总啊……”

波浪卷、蘑菇头、眼镜女，跟被雷劈了一样。

那穿西装的男生凑近方含笑低声说：“丽姐叫了豆芽萝卜南瓜粥，搁在小会议室。方总您赶紧去吃点儿。”方含笑抱着肚子，有气无力地嗯了一声，踩着高跟鞋往办公区走。

穿西装的男生转而面向电梯口一脸死灰的姑娘们，低头看一眼手机，清了清嗓子：“徐佳慧、郭璐、田田三位同学请留下准备面试。其他几位——谢谢你们对我们公司感兴趣——你们可以回去了哈。”

2　方含笑北京组

田田紧张地坐在会客室里等待面试。空调开得有些冷，她穿回自己那件皱巴巴的正装。

会客室不大，装潢是格外奇怪的中国风，连桌椅都是带了雕刻的老式家具。但那一整面玻璃幕墙时刻提醒来宾这不是老中国。这个位置俯视着小半条金融大街。近处是新盛和金融街中心，往远能看到华融与华嘉小区。假如能把楼建得再高一点，大约还能看到中南海。

田田等了一个多小时，期间出去上了一趟厕所。会客室外是高盛高华投资银行部的办公区。没有隔间，光可鉴人的红木办公桌连成一片。人们在桌前工作，打电话，低声交谈，忙碌而有序。

与会客室平行的还有一间会议室。没多久那个穿西装的男生就把田田领了进去。靠玻璃幕墙的那一面坐了四个面试官。田田一眼就注意到那个方总。她坐在桌子的角落里，脸色仍然很不好看，肩上披了条玫红色线绒薄毯，手里捧着一杯热水，眼睛盯着笔记本屏幕。

“各……各位老师好。”田田站在桌边，僵硬地鞠了一躬。

“谁是你老师啊？”坐在中间的一个女人开口，拖长的声音，浓浓的京腔，“我们要么是同事，要么是路人。”

田田偷眼打量她。是个三十来岁的女人，身材微胖，齐肩梨花卷。

领田田进来的西装男招呼她在这一面坐下，自己绕到桌子另一边，坐在另一个角落上。

“田田你好。谢谢你来参加我们的最后一轮面试。今天在电梯间出了一点意外。我们给你道歉，请你不要介意。”

田田赶紧说不介意，忽然觉得这个面试官有点好看。

目光一移,落在他旁边的那个男人身上……噫？旁边那个好像……更好看？

“我叫杨晟，是上一轮电话面试你的那个。你应该认识我了。我在我们组负责估值、定价，还有融资方面的工作。”杨晟伸手示意桌子另一面，“那边那位是我们大组组长，高盛亚洲大中华区 TMT 并购业务主管，董事总经理方含笑女士。”

田田紧张兮兮地站起来，朝方含笑鞠了一躬：“方总好！”

方含笑抬起眼扫了田田一眼，轻轻嗯了一声。

结果那个梨花卷的女人又开口了：“你是来吊丧的吗，鞠什么躬啊？”

杨晟介绍说：“方总手下有三个小组，分别驻香港、上海、北京。”他指着梨花卷说,“那位是我们北京组的组长,执行董事潘丽丽女士。她负责客户关系、政府关系方面的工作。”

田田赶紧说：“潘女士好！”

潘丽丽靠在椅背上懒洋洋地问：“不鞠躬啦？”

杨晟接着介绍正对田田的另一个男人——田田一看到他就沦陷了。天啊！这个世间怎么会有这么好看的男人啊！是个混血，眉高眼深，皮肤白皙，好像凌于尘世的山巅的冰雪，周身散发着一种冰冷的禁欲气质。

“中间这位帅哥是副总裁陈贤。他是我们北京组的业务骨干。他主责并购尽职调查，同时跟进交易完成后的后续整合。”

田田赶紧说：“你好！”

陈贤明明看着她，但却什么回应都没有，极其冷淡的模样。

“我旁边这一位是马修。马修和我一样是助理。他中文名马修，英文名也是马修。他是一名知识产权律师，负责并购法务工作。”

马修很热情地跟田田打招呼，用一口港普鼓励她：“面试加油。”

杨晟接着说：“好了，我们这边的情况，我介绍完了。接下来请你带我们过一遍你的简历，然后我们分别问你一个问题。这样可以吗？”

田田点头，马上开始自我介绍：“大家好。我的名字叫田田，安徽蚌埠人，今年 22 岁。我是北京大学中文系大四的学生——”

结果马上被潘丽丽打断：“你一个中文系的怎么跑来做投行啊？”

田田早有准备：“高盛高华第一任董事长方风雷就是中文系。中文系为什么不能做投行？”

眼睛一直盯着电脑的方含笑，忽然抬头看了田田一眼。但只是一下，她重新又低下头去，脸上是疲惫而冷漠的表情，好像心思完全不在田田身上。

“中国这边的基金券商招前台员工，经常只要金融数学背景的学生。员工学术背景的单一，不见得是一件好事吧？在国外，投资银行招聘本科生，通常是不限专业的。美国的高盛经常招英文系的本科生。那么中国的投行为什么不能招中文系的学生？”

田田余光扫到仍然低着头的方含笑，心里想，我会让你抬起头来，好好看我的。

杨晟点头说：“好的。请你接着自我介绍。”

田田刚想展开讲她的实习和社团经历，又被潘丽丽打断：“你的绩点只有 3.73，这也太烂了吧？我们从来没招过绩点 3.8 以下的实习生。”

田田打心眼里讨厌这个潘丽丽。但是没办法，人家是面试官。田田只得认认真真回答：“理工科院系考试会给满分，所以有很多绩点 4.0 的同学，他们容易拿高分。但我们系给分很严，全年级绩点上 3.8 的只有两个人，3.73 已经很不错了啦……”

之后田田终于有机会讲自己的实习社团经历了。田田的实习经历十分贫乏，唯一一个与金融沾点边的是渣打银行上海分行总经理办公室的行政类实习，实习内容是打杂——最无聊的一个活儿，是从几摞废纸里挑出反面空白的打印纸……

田田的社团经历就很丰富了。本科四年，她先后加过四个社团：精武会，耕读社，机器人协会，以及女生发展协会。这几个实际上都是非常冷门的社团，只要报名就让进，不像学生国际交流协会那种精英社团设有门槛。因为实在太冷门了，根本没人愿意管理会务。田田到大四混成了精武会会长、机器人协会会长，还有另两个社团的副会长（所有混到大四还没消失的会员都会变成副会长）。

潘丽丽似乎打定主意找碴儿：“你在简历里说，你性格乐观开朗，充满正能量。你有多正能量啊？”

田田说：“我朋友都说我是开心果，因为我有办法让周围的人都高兴起来。”

“哦，是吗？”潘丽丽说，“好呀。给你三分钟，你让这屋里的人都笑起来。”

田田噎了一下。真是搬石砸脚。那个冰山脸明显是个面瘫，怎么可能笑啊？……还有那个方总，明显在气头上。没冲过来打她已经很客气了，怎么可能逗笑啊？

“快点，一分钟都快过去了。”

田田站起来，硬起头皮说：“我是安徽蚌埠人。我们那里有花鼓灯。我给你们唱跳一段改良版的花鼓灯吧！”

她说着摆开花鼓灯架势，右手拿起自己的简历，权当扇子，一面摇头晃脑，伸胳膊踢腿，另一面哐哐哐给自己配音，扯开嗓门吼起来：

减肥要越挫越勇

减肥要肯定执着

每一个减肥的人得看透

想吃就不要忍着

找一个淮北的阜阳的滁州的蚌埠的人来给我做饭

一个花心的疑心的滥情的但很帅的人来帮我买单

爱吃的人那么多

几根鸡腿算什么

不要伤过了心碎了留下了单身的我独自称体重

杨晟趴在桌上捶桌子；马修一口水没忍住，喷了出来；潘丽丽被逗得花枝乱颤；连冰块脸陈贤的嘴角都仿佛出现些微松动。

唯独方含笑没有笑。她的眼睛仍然盯着屏幕，手在键盘上跳动。

还好潘丽丽放过田田了。接下来杨晟和马修分别问了两个技术类问题。杨晟请她给她最喜欢的一款手机应用做估值。田田准备投行面试时恶补了一通现金流折现法，这时照葫芦画瓢诌了一通。马修问了她近期最关注的一笔并购交易。田田利用这个机会，好好拍了一通领导的马屁——专门挑了方含笑一年前完成的一笔通信行业的跨境交易，过了一遍流程，并且分析了这笔交易对双方、对市场的影响。

但是方含笑连头都没抬一下。

也许挑的案例太普通了？毫无波折，没有技术含量？

田田有点灰心。

轮到陈贤提问时，方含笑的手机忽然响了。她起身去了旁边的小会议室。大小会议室之间只隔着一层玻璃，隔音效果也不好，能听清里面人的谈话。

陈贤尚未提问。他的目光跟着方含笑进了小会议室。田田也忍不住看了过去。

方含笑在进门时按下接听键。与此同时，她那张原本疲惫而冷漠的脸上，忽然出现非常戏剧性的转折——她蓦然微笑起来。

之前困在电梯里一个多小时，田田始终没看那位方总笑过一下。但是现在，她脸上的笑容是那么灿烂，那么自信、专业，温暖人心，仿佛一瞬间换了个人一般。

“哎陈总，我去证监会啦……今天一整天都耗在富凯大厦呢……目前情形真不好说……是，证监会并购重组监管趋严是趋势，这回保代培训上又放口风，要重点关注高估值、高溢价项目，以及跨行业非主营业务并购项目……另外近期会有新政策出台，限制国有资产外流……我明白我明白，影响肯定是有。我下午一直在想对策。两个办法：一个是加快跟英麦的谈判，同时立即向并购重组委提交我们的方案，如果能保证在新政策出来之前把方案过了，那皆大欢喜；再一个就是，假如这回过不了，我们再跟英麦谈判，做低估值，或者我们放弃一部分股份，另外我们重做融资方案，收购资金 100% 从境外募集……对，对，您放心。我会尽快安排跟英麦的谈判，两边同时进行……是，是，政策趋严是趋势，假如因为政策原因被打回来，那真太可惜了……您放一百个心！我们尽调都开始了，怎么都不可能叫它前功尽弃。这样的情况我以前也不是没遇到过，您尽管放心，我这边重做一个工作计划表，尽调不会耽误，同时提交申请……”

电话讲了大约五分钟。方含笑一挂电话，脸上又变成那种疲惫而冷漠的表情。

她走回桌边，没看任何人一眼，低声说：“不好意思。请继续。”

陈贤问田田：“你对证监会近两年并购重组的政策有何看法？”

田田彻底哑住。她来之前是看了不少资料和新闻，但是从来没关心过证监会。她木讷地说了一句：“证监会……监管……趋严……”那是她刚刚偷听来的话。

她很快放弃了，耷拉着脑袋说：“我……我没关注过这个……对不起。”

杨晟低头看看时间，看向方含笑：“方总，您有问题吗？”

方含笑这才抬起眼，问了田田一个古怪的问题：“你怎么理解女权主义？”

这是田田很熟悉的话题，她立刻不木讷了。

“谢谢您的问题。我觉得，我们的社会对‘女权主义’存在普遍误解，以为女权主义就是一味为女性争取跟男性一样的待遇，或者只是为女性争取权益和利益。我理解的女权主义不是这样。‘女权主义’这个翻译其实是一种误导，因为英文 Feminism 的字面意思只是‘女性主义’。

“在人类有文字的历史里，中国也好，西方也好，男性一直是话语的掌控者。包括我们的语言，我们的文化，我们的伦理与规范，我们对世界的认知，在很长的历史时期，一直都掌握在男性手里。‘女性主义’不是要求社会像对待男性一样对待女性，而是希望人类有史以来第一次站在女性视角，来看待这个世界，体察女性的诉求，理解女性的处境，从而对我们默认的伦理规范、文化习惯，做出新的价值评估。”

方含笑不置可否，扭头看杨晟：“我还能再问个问题吗？”杨晟连忙说请。

方含笑于是认真地看着田田，慢慢问：“如果今天我拒了你，你觉得是什么原因？”

田田哑住。这是要悲剧？

“因……因为……”因为我在电梯里骂你了？田田咬咬牙，没说出口，“……因为我唱歌唱得太难听了？”

方含笑转向杨晟说：“我问完了。”

杨晟说：“好的。那么我们今天先这样。你先回去，我们一周之内给你通知。”

田田说了“谢谢”，无精打采地走出会议室。这时已经六点，办公区大多数人都还在工作。田田有些羡慕地看了一会儿，快快下楼。

出了英蓝国际，走到阜成门地铁口，接到闺密莎莎的电话。

“哎你今天高盛面试怎么样啦？这会儿该结束了吧？”

“嗨！别提了！我也不知道怎么脑抽了——”这时有个 852 开头的骚扰电话打进来，田田把它掐了，接着说，“——我竟然在电梯里说了一通老板坏话。说什么她不如我漂亮啦，脱了 bra 身材比我还糟糕啦……”

莎莎哇哇尖叫：“然后被她听到了？”

田田哭丧着脸说：“嗯……然后面试的时候，我又傻不拉几跳了一段花鼓灯……”

那个 852 开头的电话号码，又一次跳动在手机屏幕上。田田不遗余力地把它掐掉，对莎莎抱怨："然后又问我证监会政策……我的天！我看着像是知道证监会政策的人吗？真是跪了……"田田坐在地铁口的台阶上哇哇大哭起来。

852 第三次打电话进来。

田田把它接起来，大声嚷嚷："唉，唉我说你，你有没有毛病啊？骚扰电话一次挂掉不行，还非打第二次第三次啊？吃饱了撑的，真够敬业啊你——"

"我是方含笑。"

"……方，方方，方总好！"

"我们小组投完票，决定给你实习 offer。"

"……真，真真，真的吗？"

"要吗？"

"……要，要要，我要！！"

"毕业论文写完了吗？"

"……写，写写，写完了！"

"明天有课吗？"

"……有，有有，有一节！"

"翘了。明天来上班。"

"……哈？"

"哈什么。嗯……你现在就来加班吧。过来的时候给大家带一下外卖。他们的一会儿自己给你打电话。我的嘛——中行金融大楼旁边有个'永和大王'，我要卤肉饭、鱼丸汤、热豆浆。阜成门内大街跟金融街路口有个水果超市，要一斤木瓜一斤红枣一斤芒果，还有半斤小胡萝卜。上来时给我带下底下星巴克的拿铁，两份奶两份糖。再要一个蔬菜沙拉，要有切丝胡萝卜，没有就叫他现场加。"方含笑顿了顿，又好像想起了什么，"华融楼下有个'沙县小吃'，再帮我要两个鸡腿。"

"……"

3　最悲惨的实习生

面试以后，田田光荣地收获了一个绰号——“鸡腿妹”。

给同组同事订餐、拿快递、跑腿，是田田重要的日常工作。自从田田加入方含笑北京组，1820 室顶头的会议室里时不时传出这样亲切的呼声。

“鸡腿妹——我要梅菜扣肉饭！”

“鸡腿妹——顺便帮我带个红豆珍珠奶茶呗——”

“鸡腿妹反正你要下楼帮我拿一下快递好咩——”

然而这只是工作中最容易、最不值得抱怨的一部分。

田田望着面前厚厚一沓岗位职责说明，彻底傻了眼。

田田的直接上司是潘丽丽，而潘女士显然没有手把手教她的心情。田田还在费劲地读着岗位说明，那边潘丽丽已经开始催她赶周报了。

田田的工作有两大块。一块是作为行政助理的职责。因为方含笑本身是香港高盛亚洲的董事总经理，只是借用高盛高华的场地，所以北京组的行政工作，理论上是不归高华行政部管的。但是，办公场地保洁、饮用水、咖啡等日常消耗品和办工文具用品，平时会议室和车，都需要借用高华行政部的资源。

田田很快就明白做北京组行政的头痛之处——高华行政部觉得方含笑组不在他们的职权范围内，很多事情就不愿意配合。另外，各种费用的报销也在田田职责范围之内，而报销费用又得跟香港总部的财务部打交道。作为潘丽丽的直接下属，田田同时还得支持任何与客户关系有关的会面和招待活动，由此产生的费用，也需要向香港方面报销。

另一块是作为分析师的职责。每周固定的小组工作周报，一周 TMT 行业并购项目盘点，市场周报及政策周报，还有每月月末的大组工作月报，并购盘点及市场政策分析月报，都是田田的工作内容。方含笑和潘丽丽外出进行项目推介的推介书、幻灯片及打印材料，也要田田参与协调准备。因为北京组每月都有三到五个项目推介会，田田几乎是连轴转——推介会前一天晚上熬夜到凌晨是肯定的。田田实习一周，没有一天在晚上十一点前下班。

佳慧比田田晚一周入职。她的情况没比田田好到哪里去。虽然不用承担行政工作，但她需要参与北京组所有项目的估值建模和融资方案，当然也参与推介材料的准备。

如果说佳慧比田田情况稍稍好那么一点，就是她比田田少挨骂。佳慧直接向方含笑报告，而方含笑大多数时间不在北京。潘丽丽除了偶尔出去见客户，天天都在办公室里，她的爱好就是把田田呼来喝去，一有不满就开骂。

“田田，你给我过来！”

潘丽丽叫嚷。田田起身慢吞吞地挪到桌那边。潘丽丽几乎是暴躁地翻开她翻译的材料，拿红笔在上面乱涂乱画。

“田田你是来搞笑的吗？你这脑壳是用来观赏的吧？Payoff profile 翻译成‘付款资料’？Premium put 是‘优先安置’？Net asset value 跟 net book value 压根儿就不是一个东西，你能不能睁大眼睛看清楚不要用‘净值’这一个词啊？你是脑抽了吧？你不懂上网查一下会不会？用词典会不会？……叫你干活真是浪费我时间。猪都比你聪明，起码猪知道自己蠢，找工作不会找投行。能唱会跳的你去电视台呀，跑来找我们干吗？我就说别招文科别招文科，本事没一点脾气还来得个大。怎么着，瞪什么瞪？我骂你还骂错了？你看看你做出来的东西屎一样，你自己看了不觉得恶心哦？”

潘丽丽把田田熬夜赶出来的一份推介材料啪地扔进脚边的纸篓。田田的眼泪一下子滚了出来。

田田从小到大一路过来都是尖子生。小时候挨骂不是没有，但看在她成绩好、人乖巧的份儿上，老师骂她都留三分情面。长大以后进了名校，又因为年轻漂亮，谁见她都是客客气气的，满口不住“才女”“美女”地夸。什么时候被人这样骂过？

“哭，哭毛哭。你以为你来这里做小姐的哦？人人都要让着你供着你的哦？是林黛玉就回你的大观园去。我们组供不起小姐。还杵在这里干吗呀？麻溜地给我滚。看到你就烦！”

那一刻，田田最想做的一件事就是大踏步走出门去。

但她没有。

这实习机会太难得了。方含笑让她来上班，她就来上班了，连下家都没有找。如果现在退出，那就是前功尽弃。她已经要毕业了，到现在手里一个全职 offer 都没有。走出这道门，那就是失业。

她擦干眼泪，咬咬牙，蹲下去从纸篓里捡回那份被潘丽丽画得乱七八糟的文件，默默走回自己的位置上，站住，转而问旁边的杨晟。

“杨晟，不好意思。能麻烦你帮我看看，这个东西要怎么改吗？”

杨晟面前两台电脑都开着 Excel，忙得一塌糊涂，头也不抬地说：“田田抱歉啊我这会儿真帮不了你啊我这报告今晚十二点得交啊……你问问马修行不行啊……”

田田去问马修。马修用英文说：“我真，真，真抱歉。我下午两点得飞去英麦尽调现场，现在得准备一些法务文件……”

同事没有义务帮你。

田田走回自己的座位，眼泪一滴一滴掉在那叠纸上。旁边佳慧从桌底下递过来一张纸巾，轻声说：“如果是翻译的问题，你上高盛高华网站，上面有金融词汇中英对照表。翻译的时候注意统一。Payoff profile 如果译成‘盈利分析’，就一直用‘盈利分析’；如果译成‘收益概况’，就一直译成‘收益概况’。你看一下以前文档的样本，以前他们怎么译，你就怎么译。”

那晚半夜十二点，田田跟佳慧在厕所里抱头痛哭。

“我不想干了我要辞职……那个八婆！我妈都没这么骂过我……”

佳慧叹气：“你还好。你是应届生还能参加校招。我这样不是应届又完全没有前台经验的，现在辞职，哪里还找得到前台的工作……我们忍一忍吧。毕竟是高盛，再虐也得忍着。起码忍到年底，简历上能写一笔了，我们再找下家。”

“那怎么办？我就活该被那个老巫婆天天骂吗？”

“她骂你骂得确实太过分了！”佳慧说，“我看方总在的时候，她就没那么嚣张。要不，要不你找方总私下谈谈？按说 MD 是实习生的导师。你有困难应该可以去找她的。”

可是那位方总，一周能有一天在北京就很不错了。田田看她的日程，周一周二为了英麦的尽调她一直在圣何塞；周三周四为了香港组的一个项目，她又要去深圳。等到周五，好容易方含笑回了北京，田田却悲惨地发现，方总已经不认得她了。

田田一早在走廊里遇见方含笑，赶紧鞠躬大声说：“方总好！”

“哦，傻——”方含笑说了一个傻字，忽然顿住——怎么可能？怎么可能有人姓傻？她光记得这姑娘名字叫傻白甜，可是天底下有父母给自己女儿取名傻白甜的吗？她赶紧打住，露出一个无比亲切的领导式笑容，“——你好！”

好容易逮住方总，哪能让她这样就跑？田田赶紧抓住机会打小报告：“方总，我能不能占用您两分钟时间，跟您说一下我的事？”

方含笑点点头，真的低头掐表让她说。

田田本来想找个没人的地方谈，可方含笑这阵势，明显是不想在她身上浪费时间。田田没办法，只好硬着头皮说了潘丽丽怎么骂她的事。方含笑侧耳听了一分钟，打断田田说：“好。我知道了。我会说她的。”

她说着果然走进小组办公室，连寒暄都没有，直接对潘丽丽说：“丽丽啊，我说你。人家小姑娘初来乍到的，你别那么凶巴巴的，当心把人吓着。”

潘丽丽捏着嗓子装温柔：“哎哟，方总冤枉人家了啦。人家那么温柔，哪里会凶别人啦。是有人觉得人家好欺负，说人家坏话，方总您要帮妾身做主啊……”旁边人听得鸡皮疙瘩掉了一地。

方含笑上午主持了 TGIF 会，下午接着跑毛豆总部。她前脚刚走，潘丽丽后脚就站到田田身后，往她脖颈上阴森森地喷气：“我说你这小兔崽子，还会告状了你？我说你两句还说不得了？还敢祭出方总来压我？我说你活干得不好，说错了？说你眼高手低脾气大没本事，说错了？找抽啊你！活不好好干，有心思告状？有心思看帅哥？天天眼睛往谁那儿瞟呢！我告诉你，就你这德性，人看不上你！妈的丫头片子，再有一次自己收东西走人。请你这尊大佛天天膈应自己，我真是蛋疼了我。”

田田跑去厕所又哭了一通。

北京组同时重点推进的项目有三个。一个是海航对英麦的收购，已经进入尽职调查程序；一个是微软对蓝海 VR 的收购，目前只是与买方签订意向书；还有一个是毛豆对蓝芯电子的收购，不久前刚与买方签了备忘录，正在与蓝芯方面进行接洽。

没有一个项目进展顺利。海航英麦项目，因为证监会监管趋严的风向，随时都有搁浅的可能。无论是负责尽调的陈贤，还是做合规文件的马修，都紧张得绷起了弦。而微软蓝海项目，田田入职半个月，都没听着蓝海方面的消息。至于毛豆蓝芯项目，虽然蓝芯方面表示了对毛豆的兴趣，但每每谈到签约的事情，总是说再缓一缓，似乎还在观望，希望找到更好的买家。

每周一有一周工作部署会议，周五有 TGIF 会。这两个会都是大组会议，北京上海香港三方面视频。无论方含笑在哪里出差，都会视频参与会议。田田见过方含笑疲惫冷漠的样子，但在这两个会上，不管她身处什么时区，是当地几点，她都是一副神采奕奕、打足鸡血的模样。有时大组所有人都因为周末加班而一脸疲态，唯独方含笑一个人，仍然一脸灿烂笑容，不断说着鼓励的话，为大家打气。

这个周五，方含笑凌晨从香港飞回北京，一出机场立刻回到办公室主持 TGIF 会。她的眼底两道青影，感谢妆容的遮掩，仍是满面春风，神采飞扬。

但其他人就不见得满面春风了。香港上海两边的 ED，各自汇报情况，推介大多不顺利，没一个项目拿下来。北京组这边同样一筹莫展。

“我知道今年上半年的工作进展有些滞后，没有达成预期。但是我希望大家不要因为客观条件的不足，就放弃主观上的争取。这样的情况，以前并不是没有吧？有多少项目，别人都觉得不行，咱不照样扛下来了吗？海航英麦项目，我跟丽丽会继续跟并购重组委的领导沟通；微软蓝海项目，杨晟和佳慧在全力以赴准备 pitch（推介）；毛豆蓝芯项目，其实基本已经谈定了，再做通一下蓝芯方面的工作，我觉得没问题……”

田田听到旁边的佳慧低声问杨晟：“大家都一副无精打采的样子。情况真有那么不乐观吗？”

杨晟低声回答：“真的不乐观。去年这个时候，我们都拿下两个大单了。今年一个都没有。”

田田小声问：“那样会有什么后果呢？”

马修说：“裁员。香港那边本来就对方总在北京上海设组很不满意。他们觉得这样增加了开支。但是我们业绩一直特别好，他们才没话说。只要有一年完不成指标，撤组是肯定的事。”

田田吐吐舌头：“那就是我刚入职就要被裁掉啦？”

潘丽丽瞪田田一眼：“你啊，实习期还没过呢，想什么呢？”

方含笑显然听到了他们的对话，打起精神对大家说：“……退一万步，就算这三个项目都折了，咱手上不还有十多个 pitch 吗？我就不信一个都做不成。孔子说，有志者事竟成，只要我们——”

“什么？”田田瞪大眼睛，“‘有志者事竟成’，怎么可能是孔子说的?！”

田田说话不过脑子，竟然大声讲了出来。这一来，不仅北京组的人听到，屏幕上的上海组、香港组也都听到了。大家都朝田田看过来。

方含笑凌晨的飞机，显然是没睡醒，梦游似的接了一句：“哦？不是孔子说的？你说的哦？”

田田难得有机会展现自己的专业素养，声音格外铿锵响亮：“‘有志者，事竟成，破釜沉舟，百二秦关终属楚；苦心人，天不负，卧薪尝胆，三千越甲可吞吴。’这是晚明人写的对联。连高中生都知道，破釜沉舟，勾践灭吴，都是孔子之后的事，怎么可能是孔子说的呢？”

这话说完，不但方含笑张大嘴巴无言以对，三个小组的同事都咧开嘴看着田田……啊，用那种看尸体的目光。

“我！的！天！她刚刚说了什么？”

“世界如此美好，这么年轻就想不开了吗……”

“这个傻叉完蛋了。肯定看不到明天早上的太阳了……”

“谁啊这？到底怎么进来的？是为了自残才进组的吗？……”

方含笑这会儿可是一点笑意都没有了，只悻悻地说了句：“散会。”

散会以后，杨晟把田田拉到楼下星巴克的角落里，看周围没熟人才说：“田田，你傻的吗？你怎么敢当着这么多人面顶撞领导啊？……虽然我们方总是有点没文化，但你要体谅一下她那种高中毕业就出去读书的留学狗啊。你想啊，方总那样的，高三是她学识最渊博的时候，高中毕业以后就没看过几本中文书啊！她没文化我们大家都知道，但是你不要当众说破啊！……”

“啊？可，可是……高盛的座右铭不是正直诚实吗？方总不也鼓励我们有一说一、平等透明吗？”

“蠢！平等那是表象！你在公司能待多久？干什么活，拿多少钱，都是大老板决定的，你跟她讲平等？你赶紧学聪明了啊！……总之，‘有志者事竟成’神马的，老板说是孔子说的，那就是孔子说的。老板说是老子说的，那就是老子说的。”

“……”

“唉，我跟你说，”杨晟一脸沧桑，以过来人的口吻说，“千万不要得罪方总。千万千万不要——”

“得罪方总会有什么后果吗？”

“啊，后果嘛，也不是什么特别严重的后果啦。运气不好呢，房补餐补取消，出差补贴减半，年终奖被扣个90%，然后可能就回家刷刷油漆，卖卖猪肉，开个便利店哈。运气特别好呢，你就半身不遂，面目全非，生不如死，诸如此类……”

田田听得毛骨悚然。

“不过，讲这些好像有点太晚了哈……你已经得罪了方总哈……”

“得罪就得罪！”田田捏起拳头，挺起胸膛说，“我，我又不怕她！”

这时就听见背后一个甜得腻歪的女生声音：“哟，杨晟，傻——”

“——田田。”杨晟提醒。来人是方含笑。

“哦，白甜——”方含笑踩着高跟鞋，摇着腰肢，手里端着一杯咖啡，袅袅婷婷地踱到田田跟前，“——我正找你呢。你是那个，那什么北大精神会的哦？”

田田一呆：“您……您是说，北大精武会？”

“哦对，对对，北大精武会。白甜你是会长哦？你们协会是练跆拳道的，没有错吧？”

“是没有错。不过我们还有击剑、格斗——”

“那最好了，”方含笑一脸的笑容不能更灿烂了，“你简历上写了爱好跆拳道吧？我也可喜欢跆拳道了。我大学时候也练跆拳道——不过我们是分校的，没你们总校牛就是了。晚上十一点，咱俩切磋一下？”

杨晟用跟遗体告别的目光看了一眼田田，然后说：“领导，田田，你们慢慢聊哈。我先撤了哈！”

4　精武会会长

田田第四次被方含笑的前鞭腿爆头的时候，终于有点明白杨晟那话是什么意思了——千万不要得罪方总，千万千万不要……

为什么这么想不开，要在简历上写“爱好跆拳道”呢？为什么就不能写点别的呢？爱好扭秧歌多好啊！爱跳广场舞也行啊！唱歌、跑步、吃西瓜，写什么不好啊，怎么偏偏写了个跆拳道呢？

田田趴在地上，眼前发黑。被方含笑右腿脚背招呼到的半边脸近乎麻木，连疼都感觉不到。眼睛睁不开，只觉得眼泪从眼缝里往外渗。被放倒时很有经验地用了手肘撑地，没有受伤。但是手肘疼得要命，皮被磨破是肯定的。

胳膊也就罢了，要命的是脸，估计是肿了。田田艰难地伸手，抚摸自己失去知觉的侧脸。以前在学校精武会跟师兄师姐过招，被爆头的经历并不是没有。但田田毕竟是个娇滴滴的小姑娘啊，不管谁下脚都留了三分情面，点到即止，哪会这样往死里踢脸啊？

天啊，难道是因为……难道是因为面试那天她在电梯里，说方含笑长得没她好看？

——所以存了要她毁容的心？

田田脸疼，脖子疼，胳膊疼，腿疼，趴在地上半天没起来。就听见方含笑语带嘲讽地说：“北大精武会的哦？你这会长是怎么当上的？一群宅男看脸投的票？”

她说得也没错。田田能当上会长，是因为精武会女生太少了，也没人肯处理会务。田田被选为会长不是因为她功夫好，是因为她一直在跑腿打杂。

“我看你们总校也不咋地嘛。这就起不来了？要我扶你一把？还是帮你叫个救护车？——你们这精武会也有意思，抬腿踢两下子就觉得自己会功夫了。你们是哪里请的老师？不会是跟健美操教练学的踢腿吧？怎么不改名叫北大踢腿会哦哈哈哈。”

田田含泪咬牙，用手撑地，挣扎着从地上爬起来。眼前金星乱冒，满脸都是汗水，眼泪混在里面都看不出来。

起身中途，她看到方含笑道服黑色腰带上的四条杠，心里先生了畏惧。她是黑带四段，最能打的年龄，最能打的段位。田田连黑带一段的考试都没过，不过是个红黑带，怎么可能跟黑带四段打？

方含笑个子比她高，技术比她好，韧带和体能显然都压了她一个头，当真是一点胜算都没有。

可她还是摇摇晃晃地站稳，伸手摆了个品势的准备势。

“准备好了？”方含笑问。

田田下意识地退了半步，抬头畏惧地看一眼方含笑，收回目光小声说：“准备好了。”

话音刚落，一个前鞭腿又扫过来。田田这回有了经验，举左手挡格。那力道太猛，只觉得胳膊要断了一样。紧接着方含笑的鞭腿攻击疾风暴雨一般迎头而来，口里咄咄有声。田田哪里招架得住，左支右绌，步步倒退。

“不许退！”方含笑严厉地低喝，“还手！”

可还手谈何容易？

田田侧身闪过一个左弓步冲拳，勉强避开右弓步下截，努力集中精神，想要回击。结果一个前鞭腿还没沾到对手的道服，方含笑的后摆腿已经稳稳地放在了田田的脖侧。田田又一次被放倒在地。

差距太大了。

“今天先这样。”方含笑理理衣襟，对躺在地上气喘吁吁的田田说，“下周五再来。”

这是投资广场B座地下的跆拳道馆，比北大的康美乐健身房的环境好了不止一点半点。方含笑有贵宾卡，可以往里带人，不用田田掏钱——连道服都是现成的。她大概应该感激她吧。

方含笑扔下田田自己去了淋浴间。田田慢慢爬起来，在厕所里掉了半小时的眼泪。冲澡的时候发现自己两手胳膊，侧肋，大腿，小腿，没有一处不是乌青。吹头发照镜子，发现自己半边脸肿了，颧骨皮肤被磨破。

从投资广场大厦出来，田田慢吞吞往复兴门走，路上收到杨晟发来的短信：“田田你还活在这个人间吗？”

以往在办公室，只要方含笑在，田田总是想方设法在她眼前做出忙碌的样子——谁不希望在MD眼里留个好印象呢？可是那天跆拳道对战以后，田田真是怕极了方含笑。周五一听见方含笑高跟鞋的声音，田田赶紧抱着本本，想去会客厅躲一躲。结果走到会客厅门口，就被方含笑迎头兜上。

“田田，今天晚上咱还是十一点见？”方含笑笑眯眯地说。

“方，方方，方总，”田田战战兢兢地说，“这周我有点不太方便……我，我生理期……而且我要毕业了，明天还有毕业酒会……”被踢得满头包，怎么参加酒会啊？

“哦生理期呀。”方总亲切地说，“所以田田你是每个月月初来例假哦？好哒，我记住啦。所以今天是你例假第几天呢？”

田田一脸黑线。

投行狗还要跟老板汇报生理期？

“如果是第四天，第五天，稍微踢一下没关系的啦。要今儿不行呢，我周六周日也有空哦。下周一周我都在北京，每天晚上都可以踢的呢。”方含笑和蔼可亲。

田田内牛满面。

从此以后，田田过上了一种非常愉快的，白天挨骂、晚上挨踢的美好生活。

杨晟马修他们显然也都了解田田的悲惨处境。有时看田田实在太可怜了，就会过来教她一下，偶尔帮她分担一点体力活。

也许是觉察到男生们态度的变化，潘丽丽对田田的态度恶劣了许多。某个周五，办公室饮用水喝完，杨晟主动帮田田换上新的饮用水。没成想潘丽丽立刻发飙了。

“——田田！”潘丽丽隔着办公桌吼，“你这是没长胳膊没长腿还是怎么的？你的活为什么要别人干？下贱的小妖精，你是觉得你那张粉嫩的小脸长得太好了，可以使唤人了是吧？要脸不要你？小小年纪不学好，净学一些怎么使唤男人的把戏，你这么有本事去天上人间好了哇，杵在我这里干吗？”

下午因为会议室安排的事情，又被潘丽丽当众骂了一顿。起因是潘丽丽下午两点要一个会议室见蓝芯的人，高华那边腾不出会议室。田田回来跟潘丽丽汇报，潘丽丽当即指着鼻子骂她：“这么一点破事都搞不定，样样要我亲自出马，我要你干吗？人家说腾不出来你就回来跟我说没会议室。协调会不会？谈判会不会？”

田田只得又去跟高华行政部的人协调。没想到管会议室那姑娘也火了：“怎么了怎么了？我们是欠你们还是怎么了？凭什么你们要会议室我们就得给啊？你们业绩分我们了？要会议室交我们钱了？借我们的地拉屎撒尿了我们都没说什么，这会儿你还真理直气壮起来了！”

这件事最后还是潘丽丽出面摆平。潘丽丽在田田面前一副八婆德性，到外人跟前立即变成一副贤良淑德模样，先是满脸堆笑跟行政部那姑娘道歉，说小丫头不懂事冒犯了她，接着又求看会议室安排，从已经排出的会议中挑了一个资本市场部的小型电话会议，打发田田去跟资本市场部的人沟通，请他们用方含笑组办公区的小会议室，这样终于腾出一个会议室来。

下午六点，潘丽丽下班前把田田的中期评估报告甩在她的桌子上。

“你来面试时我投的就是反对票，但他们还是让你进了。这评估呢，你自己看。按说暑期实习还没开始，中期报告出得有点早。我的意思呢，就是你自己辞职了吧，HR 那边候补的实习生也不是没有。当然你非要留下来，我也赶你不走。你自己看着办，啊。”

田田躲在厕所里看她的中期考评，一边看一边掉眼泪。同组的六位同事都参与了关于她的问卷，相当于一个小型 360 度评估。工作技能、专业知识、工作风格三个大项的分数都非常之低，全部在平均分以下。除此之外，每个人都匿名给田田写了评语，指出她的不足。

虽然是匿名的，完全能猜出是谁的手笔。比如这条，“本事不大，脾气不小。干活不多，毛病不少。名校学生该有的问题一样没少。直接从昌平农家乐招一只鸡来都比这省心。”一看就知道是谁的评语。

晚上加班，又只剩田田和佳慧在办公室。田田对佳慧说：“学姐，以前高考的时候，我就觉得真难，真辛苦。出了校门才知道，原来这世上大多数事情，都比高考更难更辛苦。一场考试，规则摆在那里，考得好就是好，考不好也没话说。可是这世上那么多事，都像一场场考试，规则不清不楚，出题人根本不给范围。你去考，考砸了你都不知道自己错在哪里，你想努力都不知道要往哪里努力。今天这个答案是对的，明天这个答案竟然又错了。后天你匆匆忙忙赶到考场，他们居然告诉你考试早就完了。”

田田抹一抹鼻子又说：“来上班的时候，我是下定决心要好好干的。可是事情到这份儿上，好像我怎么努力都没用了。丽丽姐今天跟我说，要我自己辞职。那我该怎么办呢？”

佳慧握着田田的手说："田田你想，丽姐叫你自己辞职，是不是说明我们组有人不想你离职？丽姐那么不喜欢你，他们还把你招进来，说明有人坚持要你留下来呀！为了那个投你票的人，你也应该坚持下去。"

田田问："学姐，你觉得是谁投票让我进的呢？"

"丽姐执意反对，你却还能进来，那就一定是跟丽姐职位一样或更高的人投了你的票。要么是陈贤，要么是方总。你想，你现在离职，就相当于打了投你票的人的脸，长了丽姐的威风——那他们不是白给你信任了吗？所以，要好好努力，证明给他们看，他们投你没有错。总之，不要辜负那个给你投票的人！"佳慧接着分析说，"我觉得，很可能就是方总给你投的票。她虽然很忙，但还带你去练跆拳道。方总应该很喜欢你吧？"

田田苦涩地说："她喜欢我？她是喜欢拿我当沙袋吧？"这时手机叮的一声，一条短信进来。发信人是方含笑，催她现在去跆拳道馆。田田眼泪汪汪地说："我又要去当沙袋了。"

因为精神很不好，方含笑对田田很不满意。田田越是示弱，方含笑越是生气，下脚就越快越狠。到后来田田像一只泄了气的皮球，怎么踢都弹不起来了。

方含笑出言挖苦。起先田田还努力试图反击，可是她跟方含笑的实力差距实在是太大了，每一次努力的反击，都显得特别可笑。四十分钟下来，她连方含笑的衣角都够不到。

好像一只想要上桌的猫。跳上去一次，被打下来。跳上去两次，又被打下来。不管它怎么努力，怎么玩命地跳，都有一只可怕的手掌把它按下来。到最后，它彻底绝望，再也不跳了。

数不清是第几次被放倒。田田仰面躺在地上，眼泪止不住地往下流淌，跟汗水一起流进鬓发，流到地上。浑身上下没有一处不疼。

连挣扎起身的力气都没有了。田田眼睛一眨不眨地望着天顶。天花板好像要压下来。

“从来没受过挫折哦？”她听见方含笑冷冰冰的声音，“从来不知道什么叫失败？从小到大不用怎么努力就顺风顺水，一路是‘别人家的孩子’，是尖子生三好学生奖状无数，一路的鲜花和掌声，在别人艳羡的目光里进的北大。觉得自己特了不起，觉得谁都没自己聪明没自己努力，觉得自己往台上一站就能呼风唤雨改变世界。骄傲自大，目中无人。稍微做一点粗活笨活，就觉得是浪费自己的天才。稍微加个班熬个夜，就觉得自己特奉献特伟大。你看看你自己，什么德性。北大精武会会长，屁用没有，不过挨了几脚，爬都爬不起来。你说你不是专业的，行，那你说你做什么是专业的？你能拉客户？能带项目？能做pitch？工作做不好，连沙袋都做不了。丽丽当时就说不要你。陈贤非说该给你一个机会。我就奇了怪了，天底下勤奋的努力的多了去了，想进高盛这扇门的数也数不清，凭什么就该给你机会？”

田田霍地从地上站起来。她摇晃一下，稳住自己，眼睛直直盯着方含笑。

“您觉得我从来没受过挫折？”田田盯住方含笑，哽咽着问，“您觉得我从来‘不用怎么努力就顺风顺水’？您觉得我‘骄傲自大，目中无人’？”

田田用衣角揩了眼睛，仍然盯着方含笑，低声但是坚定地说：“那我告诉您。我没有骄傲。我受过挫折。我努力过。我不但努力过，我现在也在努力着，并且我将来也会努力的。”

她以为自己早就哭干眼泪。结果这时眼泪一下没忍住，又哗的一下掉下来。

“——可是，方总，我的努力，在您眼里，真的就那么不值钱吗？”

方含笑微愣。

田田转过身，朝门口大步走。

“……你去哪里？”

“我去哪里不要你管！”

“好。”方含笑说，依然是那样冷冰冰的，不近人情的声音，“今天你从这个门走出去，明天就不用来上班了。”

“……”

真想一步跨出门去啊。

不上班最好。明天可以睡懒觉了。她巴不得呢。

但是跨出那一步前，田田又站住。

——不要辜负那个给你投票的人。

田田站住，流着眼泪问："我去上厕所不行吗？"

身后仍然是那样冷冰冰的声音："好。三分钟。"

三分钟连走去厕所都来不及。田田走出门外，拐过拐角，在走廊尽头没有人的地方，一下子没忍住，痛哭出声。

低头看表。两分半钟的时候擦干眼泪，握着拳头往回走。

她们默默地继续对战二十分钟。田田被放倒，起来；接着被放倒，接着爬起来。就这样在一种绝望的重复中，一次次摔倒，一次次站起来。到后来她眼睛血红，嘴唇咬破，全身上下再没一处不伤的了。连方含笑都不忍心再下脚。

一直到十二点半。田田出了投资广场，蹲在学院胡同的马路牙子上放声大哭。她一直哭一直哭，不知哭了有多久。一直哭到眼睛都睁不开。

方含笑开车从地下车库出来，远远看到田田蹲在那里哭，就把车停在路边。她向田田走过去。走出两步，忽然又站住。

没有人会一直给你擦眼泪的。

你得自己面对。

你得自己站起来。

方含笑终于没有走过去。她远远看着田田，靠着车门点了一支烟。

第二天早上八点半，方含笑到办公室。其他几个人都在，唯独没有田田。大家各自忙活，一直到九点，田田也没出现。

"田田今天没来？"方含笑问，"也没请假？"

"这么个母大虫镇在这儿，谁还敢来啊？"杨晟看一眼潘丽丽。

"说谁母大虫呢！"潘丽丽瞪一眼杨晟，朝向方含笑，"那丫头，估计是不会来了吧……我昨儿把中期评估给她了——”

“昨天就给了？不说月底吗？”方含笑问。

“马上就月底了啊。她早点走也好,我们还能叫人力再补招一轮。”潘丽丽说。

“你们在评估上都写什么了？”方含笑问。

“就照您说的写了呗。您不是说‘从严要求，往重里说，考察她的抗打击能力’。”杨晟说，“我就写，‘田田是本人这辈子遇到过的最糟糕的实习生。又笨又懒又蠢，相貌丑陋，身材堪忧，看着都没胃口，极大地影响了我们的工作效率，导致我们上半年度没有完成指标。请领导赶紧把她开除。’”

“……你们，你们就没谁写点鼓励的话吗？”

“我写了鼓励的话！”马修说，“我写的是：‘田田也没有大家说的那么糟糕。她比上次那个把办公室弄着火的实习生好一点点。’”

“我写得很客观。”陈贤一板一眼地说，“‘金融知识极度缺乏，业务能力急需提高，英文水平亟待加强，工作态度尚可但于事无补。’”

“得。”杨晟说，“好容易来一个什么活都肯干，挨打不还手，挨骂不还口，长得漂亮又傻不拉儿的姑娘，又被你们赶走了。还得我接着打杂。”

方含笑端着咖啡靠着小会议室的门，拧着眉头想了一会儿，说：“行吧。还是把工资给她结了。杨晟，一会我给你转十万，跟她的实习工资一起转给她——实习工资按一天八百港元算。”

“十万备注里写什么啊？”

方含笑呷一口咖啡：“医药费。”

“……医药费？”杨晟惊恐地说，“方总，我知道田田是得罪过您，您是不是……雇人把她打了一顿啊……”

这时就看到田田推门进来。眼睛是肿的，嘴唇是肿的，脸蛋也是肿的。脖子上一个脚印形状的青影，胳膊和腿上满是乌青。

田田进门看到方含笑和潘丽丽，先鞠躬再道歉：“方总早。丽丽姐早。对不起我迟到了。”

按照潘丽丽往日的脾气，田田迟到，那是不可饶恕的罪过，肯定得吼得半个办公区都听到。田田已经做好挨骂的准备，却被潘丽丽一把拉过去上下打量："哎哟喂，这是挨谁揍了？什么人这么狼心狗肺，把你打成这样？哪里来的畜生这么没眼色，敢动你丽丽姐的人？快跟你姐说，姐帮你报仇。"

方含笑干咳了一声。

田田支吾半天，没说出所以然来，推开潘丽丽说："我今天有好多活儿，我得去忙了。"

方含笑手机响起，她踱进小会议室接电话。来电的人是樊西西。方含笑笑着打招呼。

"今天心情不错哦？项目终于有突破啦？"

"没。手里项目没一个省心的。"方含笑压了压太阳穴，一面看着玻璃墙外的田田像只蜜蜂一样忙忙碌碌，不禁脸露微笑，"不过这回新招的小丫头真心不错。肯吃苦，能干活，不服输。你不知道，这年头招一个像话的小孩，太不容易了。"她支着下巴，心满意足地望着吭哧吭哧正在给饮水机换水桶的田田，"唉，西西，你说我眼光怎么就这么好呢。"

5 我们大老板

这个周五晚上，田田照例跟方含笑对战。田田的反攻仍然毫无效用，心里非常沮丧。对战结束，方含笑叫田田一起吃夜宵。

田田坐在方含笑那辆拉风的红色保时捷里，在西单附近兜了一圈。因为已过午夜，好吃的店都关门了。方含笑只得开车往北走。到西四附近，看到路边有卖麻辣烫的，方含笑咂巴了一下嘴巴，却没停车，“MD请你吃路边摊，有点说不过去哦……”

最后还是开车去了簋街，找了一家通宵营业的四合院。虽是旅游景区，因为已经过了午夜，人并不多。老板是个湖南大叔，见田田满头是包，大惊失色：“唉哟，姑娘！你妈把你打成这样啦？”

方含笑气得够呛：“老娘这么年轻！像她妈？”

“把闺女打成这样，一看就不是亲生的。”湖南大叔斜了一眼方含笑，“小三上位。后妈。”

要不是那家菜香太过诱人，方含笑大概要蹬着脚气走了。除了麻辣小龙虾外，还要了炸馒头片、疙瘩汤、花家白菜、油焖春笋。

菜没上齐，先就着茶水吃点心。方含笑说：“田田，真抱歉，本来应该早点跟你谈，一直拖到现在。一来是因为，这段时间确实太忙了；二来是因为……”她略一沉吟，“你知道，我们做金融行当的，投入之前都会计量一下，要是觉得达不到预期回报，谁都不肯多投入的。我知道你这两个月过得很不容易。丽丽也好，杨晟也好，都没花心思教你吧？这也怪不得他们。实习生来来去去的太多了，大家投入之前都会考虑时间成本。把你教会了，你又跳了下家，我们不白忙活了吗？”

这话说得非常坦诚。田田急忙说：“方总，我没有要走的意思。我真的很想，很想留下来。”

方含笑微微一笑：“没有哪个实习生会说自己不想留的。不过，我今天请你吃饭，就是表明我愿意投入的意思——我很希望你能融入我们这个团队。但是要真正融入，光靠我说是没有用的。你得让大家自己愿意接纳你。今天也不早了，我好话就不多说了。我先问你，那天面试，我问的那个问题，‘如果我今天拒绝了你，你觉得是什么原因？’你想了没有？”

田田咬咬嘴唇，“嗯……那天在电梯里，我不应该讲方总您的坏话……”

“不但不应该议论我，议论谁都不行。我当年进高盛纽约，前辈就教我们，在电梯里不要说话。因为你不知道身边站着的人是谁。你在电梯里讲错什么话，当天整幢楼都传开了，隔天整个曼哈顿都知道了。我们做并购的，嘴巴不牢是很要命的，因为需要保密的事情太多了。你落下一个爱说长道短、搬弄是非的名声，以后还怎么在这行当混呢？——好，这事算揭了。除此以外的面试呢？”

“嗯……陈贤问的证监会政策的那个问题，我没答上来……”

“那是压力测试，本来就没指望你回答。”方含笑说，“接着我再说你面试的问题——你不要觉得找到工作就再也不用面试了。以后去 pitch 客户，回回都是面试！现在我把你的问题一条一条讲给你听，你听好了。第一，你把西装借给我，我很感激，但你那外套都皱成那样了，你怎么还穿它进场呢？你在我这里多拿一分，没有错，但其他四个面试官并不知道你的情况，他们每个人在仪表那项扣你一分，拿一分扣四分，你觉得划得来吗？”

“那，那我应该怎么办呢？”

“你应该问佳慧借西装。或者当时在电梯里，你就不该借西装给我。”方含笑接着说，“现在说第二条。丽丽这个人，一眼就能看出来，是个很强势的女人对吧？在一个强势的人面前，你怎么能用挑衅的语气跟她说话呢？她问你中文系的怎么来做投行，是找碴儿的意思，没有错，也是考验你的反应能力。你的回答内容很好，但是你为什么非要用那种反问的、咄咄逼人的语气跟她说话呢？你那样回答的结果，就是丽丽会想，‘这小丫头太他妈嚣张了，非得好好收拾她不可。’那一天，表面上看你占了上风，把她说得哑口无言。但是以后呢？她先入为主认定你是个嚣张、骄傲、欠收拾的小丫头，天天给你穿小鞋。你后来跟我告状，说丽丽不喜欢你。她是不喜欢你，你有没有从自己身上找过原因？”

“那，那现在她已经不喜欢我了，天天针对我，我要怎么办呢？”

“你不过是个小小实习生，对她根本不构成任何威胁。你只要把活儿干好，不要顶撞她，她干吗没事找事针对你呀？”

“可是她天天骂我……”

“骂就骂呗，又不会少一块肉。要是每次挨老板骂你都跑厕所里哭一次，我们厕所都不要冲水了。真环保。”

“……”

“而且你丽丽姐啊，我最知道她了。她是个纸老虎，刀子嘴，奶茶心。讲起话夹枪带棒的，其实心肠可好可好了呢。”

“什么是奶茶心啊？”

“就是甜蜜蜜的，热乎乎的呗。她昨天还跟我夸你了，说小丫头学得可快了，又踏实，又能干，笨是笨一点，起码不娇气。”

“……”

接下来方含笑一条一条罗列，足足罗列了七条，仪表、态度、谈吐，表述实习的方式，回答问题的角度，统统批了一遍。那天她一直低头看电脑，田田以为她根本没听。其实她什么都听进去了，什么都记得。连田田讲哪句话，用了什么语气都一清二楚。

田田听得眼泪汪汪，末了问："方总，我面试表现那么差，您怎么还肯要我啊？"

这时虾上来了。方含笑一面剥虾，一面哦了一声，"我就是想招个练跆拳道的。唉，我发现了，不能跟客户打。我上次把一个客户肋骨踢骨裂了，那单子彻底泡汤，到现在也没能修复客户关系……"

田田默默流泪。敢情招她进来真的是当沙袋的？

"女权主义那个回答不错。"方含笑补充，"秧歌扭得不错。年会可以扭扭。"

"……那个不是秧歌。那是我们安徽的花鼓灯。"

两个人默默吃了一会儿。方含笑又说："接下来说实习的问题。你告诉我，两个月实习下来，你觉得自己最大的问题是什么？"

"嗯，我业务不够熟练……"

"业务不熟是时间问题。不是问题。"

"我，我英文不好……"

"中资券商不会英文的多了去了，照样拉单子做生意。"

"我……对不起……我太笨……"

"你要真笨，进不了高盛这个门。"方含笑吃完一块点心，"我给你机会让你说自己的问题，结果你一个问题没找出来。你是不是觉得这两个月，你做得无可挑剔，问题都是你的同事不配合，不教你？"

"我，我没那意思！"田田耷拉着脑袋说，"我不知道该怎么办。我觉得……大家都不喜欢我，也……也不太肯帮我……"

方含笑打断她："田田，没有人有义务帮你的。你得让别人自己愿意过来帮你。"

"那，那要怎么做呢？"

“你能先告诉我，你的职业理想是什么吗？”

田田一呆，说：“我想创业。我想有一天自己当老板。”

“那你告诉我，当老板最重要的能力是什么？”

“最重要的能力？是……应该是……能够，能够分析市场，把握机遇，推出产品……”

“分析市场，捕捉机会，推出产品，这些事都是可以让别人做的。”方含笑放下筷子，很认真地说，“创业方面，我不敢说我懂多少，但是这些年，跟各种上市公司的创始人、总裁、主管打交道，我听了不少他们的心得。所有成功的企业管理者，都不是亲力亲为的——什么事都要管的老板，最后一定死得早。一个人强大是没有用的。一个强大的团队，才能干出一番事业。聪明的企业管理者，必须懂得打造团队。而打造团队，最重要的事情，就是选人和用人——充分了解每个人的特长，给他们合适的位置与空间，激励他们去发挥特长。所以，打造团队的第一步，也就是当老板最重要的能力，就是识人——发现别人身上的闪光点。”

“发现……闪光点？”

“你入职两个月，说说看，组里六位同事，他们身上都有什么闪光点？”

田田一呆。闪光点？长得帅算不算？

“闪光点……嗯……方总您……您就很厉害！……”

“哪方面厉害？”

踢人最厉害。田田嘟着嘴说：“您跆拳道厉害……您，认识很多人……还有……呃……大家都认识您……”

“陈贤、马修，还有丽丽呢？”

田田呆了一呆。陈贤，一个万年面瘫；马修，一个面若潘安的基佬；潘丽丽，她有闪光点？！

“‘三人行必有我师’，这句话是孔子说的，可没错吧？那你告诉我，你来我们组两个月了，除了我们在做什么业务，你从谁身上学到了什么？——答不上来？好。我换个问题。你做行政工作，需要维护办公区卫生，所以你不时需要跟保洁打交道吧？我问你，我们层的四位保洁阿姨，早班两位晚班两位，她们分别叫什么名字？是哪里人？”

田田彻底哑住。

“张阿姨，今年54岁，河南焦作人，有两个孩子，都在北京打工；陈阿姨，今年49岁，山东德州人，儿子今年刚考上大学；蒋阿姨，今年55岁，是你安徽的老乡，她心脏不好，为了照顾北漂的儿子来的北京；徐阿姨，今年52岁，江苏连云港人，她丈夫刚刚过世。”

田田哑口无言。

“好。你可以说你上班不长，没我那么了解。那么你在学校待得够长了吧？我问你，你们宿舍楼的楼长叫什么名字？是哪里人？孩子多大？”

田田咬住嘴唇。

“宿舍楼的楼长，是低头不见抬头见的人。就算没有四年，一两年总有吧？平时拿邮件借钥匙，都得打招呼吧？你连人家叫什么名字都不屑一问？四位保洁阿姨，其实就是你的直属下属。工作中有很多地方需要她们帮助吧？咖啡机清洗，饮水机换水，本来也是可以请她们帮忙的吧？你情愿什么事情都自己一个人干，也不愿意发掘一下身边的关系？就算没有工作关系，她们一直在替你收拾工区吧，你连她们姓什么、叫什么都不问一问？这是为什么？因为觉得她们太‘低贱’，配不上跟你这样的北大才女说话？”

“我，我没有那么想！”

“——还是你根本从来就没想过？把自己放在一个很高的位置上，从来不觉得身边的人值得自己付出时间，从来不觉得自己需要别人的帮助，也从来不注意身边的人最近发生了什么事，又或他们身上有什么闪光点。你甚至连一起工作的人叫什么名字都不知道，那么我说你‘骄傲自大，目中无人’，有没有说错？”

田田咬住嘴唇，眼泪慢慢往外渗。她本来可爱吃小龙虾了，这时胃口全无。

“这些年为大企业做买方顾问，我也接触了不少卖方创业者。你知道这些创业成功的人都是什么学校毕业的吗？我告诉你，什么学校都有，就没怎么见北大的——别跟我提百度，N 年前就掉出第一梯队了好吗——你知道你们北大人的问题在哪里吗？太强调个体自由了，但企业不是一个热爱自由的人能做出来的。其他学校校友会能抱团，能互帮互助，你们北大的——我不客气地说——各自为战，不屑合作，姿态高，效率低。在北京，政界也好，金融界也好，混得最好的是人大的。因为他们低调，务实，接地气，懂得合作，本身又有人脉资源。

“我招过不止一个北大的实习生。之前你有个经济学院的师兄，招进来才发现，他在校时就很脱离班级，毕业后更是完全没有经营校友关系。假如你是一个艺术家、学者，脱离群体没有问题；但同学你是一个做金融的啊！金融这一行，我们讲它是 people's business。一单生意的做成，一个项目的推进，每个环节都要与人沟通。我招你北大的进来，那看重的就是你能给我带来的人际效益。你带不来资源，带不来生意，又不能融入我的团队，请问我为什么要把宝贵的人头浪费在你身上呢？你有背景也就罢了。一没背景、二没资历的孩子，还不会做人，不会经营关系，你想在这行当怎么混啊？

“你别以为高盛是一个美国公司，我们就不讲集体主义。高盛非常看重团队协作。挑简历时我们挑那些有社团经验的、体育赛事经验的，就是因为我们需要 team player（团队合作者）。我在高盛跟第一个单子，跟客户讲电话，当时我的 VP 就纠正我，不要说‘我’，要说‘我们’。‘没有我，只有我们。’这句话，你给我记清楚了。”

“我记住了。”田田低着头，在桌底绞着手，“我……我知道自己的问题了。”顿了顿，又说，“方总，你说我骄傲，其实，其实在北京海归这么多，牛人这么多，我的自卑比骄傲多多了。”

“自卑跟骄傲一样，都是没有摆正自己的位置。没什么好骄傲的，因为跟别人比，你一定有不如别人的地方。没什么好自卑的，因为别人跟你比，也一定有不如你的地方。我在金融这个行当打拼十来年，起码在并购这一块，我懂的一定比你多；可是你读的中文书比我多多了，所以比起对中国文化的了解，我一定不如你。田田，摆正自己的位置，是融入团队的第一步。没有谁愿意跟一个以自我为中心、觉得天底下我最厉害的人做朋友。尤其我们做卖方的，成天摆出精英的嘴脸，什么客户肯鸟你啊？在别人面前，一定要把自己的位置摆得低一点，再低一点。面对自己的时候，一定要把要求拔高一点，再高一点。”

“……我记住了。”

“你跟我对战那么久，从来就没有一次有效攻击。你的水平不只如此吧？那是为什么呢？你怕得罪我？你在我面前太过自卑？”

田田老老实实说：“方总您放过我吧。我真不是您的对手。”

“——还是，你在心里设限，对自己说‘我肯定不是她的对手’？你要是永远只想限制，不想可能，那就真只有一辈子挨踢的份儿了。”方含笑说，“其实我们做项目也是一样的。有很多团队跟我们竞争。他们或者资源比我们丰富，或者背景比我们强硬。有很多项目，很多人会来告诉你你不行。这种时候，要是连你自己都跟自己说不行，那你就是真不行了。一定要学会面对比自己更强大的对手。不要给自己设限。假如每次遇到一点事儿，最先想的不是怎么解决问题，而是怎么退出，或者怎么逃避，那就是窝囊废，一辈子没出息。”

田田灰心地坐在桌边，半晌没说一句话。方含笑看巴掌给得差不多了，又喂了一颗糖，“田田你别泄气。我今天只顾说问题，其实你做得已经很好了。你比我当年实习的时候可强多了。”

“啊，真的吗？方总实习的时候是什么样的啊？”

“我被开除了。”方含笑低头剥一只小龙虾。

“天啊，还有人敢开除方总？为什么呀？”

“太丢脸了。”方含笑把馒头片拌上酱萝卜塞进嘴里，鼓起腮帮子说，“我不说。”

田田渐渐看到了同组同事身上的闪光点。

潘丽丽虽然对田田很凶，但是她在待人接物上，真的很叫人服气。她懂得在该示弱时示弱，在该强势时强势。在客户面前，她是一个能干、值得信任的业务员。在政府官员面前，她又变成一个八面玲珑的游说大师。

陈贤是一个天生的掌控者。对英麦的尽职调查，需要一个包括财务、法务、技术、员工关系在内的几十人的团队，前前后后有上百人参与。从团队组建，到税务、法务、技术各个小组间的协调，全是陈贤一个人张罗。他表面上看起来冷漠不尽人情，一工作起来，却是一个沉着、冷静、高效的指挥者。

越了解同事，就越觉得，身边牛人真是好多——并且他们都很低调。比如说马修，他明明有耶鲁法学院 JD（法学博士）的骄人学位，但是从来不提起。他有一些独特的政治见解，支持自由主义民权运动，但是从来不会为了维护自己的政治主张，而跟意见不同的人发生争执。在工作上，马修经常能从法务角度提出很尖锐的问题，并且敢跟方含笑和潘丽丽为了公事争得面红耳赤，但私底下他又能跟她们相处得很好，互相开玩笑。

杨晟就更不用说了。他是个天津爷们儿，是个乐观开朗的大男孩，懂得照顾人。他同时也是个工作狂（被逼的）。那么多项目，从最初推介，中期融资，到最后交接，只要是财务方面的事情，都是杨晟经手。估值、尽调、融资，他需要周转于卖方财务部门、第三方审计公司、券商银行等给贷机构，真的是很不容易。

至于方总——在组里待得越久，田田越感受到方含笑的强大。香港上海北京三个组，每个组手上两三个项目十来个 pitch，方含笑连轴转一个都没落下。原先田田看方总日程，只看到她满世界乱飞，好像天天在外面玩。现在，田田能看出一点门道了——方含笑一面在寻找新的业务机会，一面不停地在救场啊。潘丽丽项目初期的推介，杨晟的估值与融资，马修的合同，陈贤的尽调——方含笑样样要顾到，而这仅仅是北京组。买方出问题，她要跑买方；卖方出问题，她要跑卖方；合规出问题，她要跑证监会；融资出问题，她要跑给贷机构；内部预算出问题，她还得回香港跟人磨嘴皮。项目初期，她要在场；项目启动，她要护航；项目收尾，她要结项。她要处理政府关系、客户关系、审计关系、投资关系，还有团队内部的关系，并且还要让上上下下、里里外外都对她服气。人的一天就二十四个小时，她能有多少时间休息啊。就这样，她还愿意在最底层的实习生身上投入心血，在周五晚上雷打不动地抽出时间陪田田练跆拳道，只为了教她谦逊、勇敢、迎难而上……除了胸小一点，皮肤黑一点，下脚太狠了一点，方总她又温柔，又强大，简直浑身都是闪光点，blingbling 晃人眼啊！

以前田田看到方总，总是想着又要挨踢，得赶紧躲起来。现在田田看到方总，就会不由自主地拿双手托下巴，仰起头眯起星星眼。要不是方总老出差，田田恨不得开启印随技能，最好能天天跟着她——那能学多少东西呀！

在努力接触了解同组同事，慢慢认识他们闪光点的同时，田田也很明显地感觉到，大家对她的态度好了不止一点半点。

杨晟、马修都愿意腾出一点时间来教她做一些业务方面的事情。陈贤虽然冷着个脸，但在田田替他办事以后，会鼓励地对她点点头。

潘丽丽再也不对她大吼大叫了。虽然她仍然时不时摆个脸色给田田看，但是她愿意花时间告诉田田她错在哪里，怎么改进。讲完以后就警告她：“一个错误只许犯一次。犯第二次，哀家弄死你啊。”

田田说：“丽丽姐你不用吓唬我。你再骂我也不会走的。方总说你就是个纸老虎，刀子嘴奶茶心，虽然说话夹枪带棍，其实心肠可好可好了。方总说你夸我又机灵又能干呢！”

潘丽丽呆了一下，把田田拉过来，卷起她袖子，点着她额头说：“你呀你！傻不傻。方总把你揍成这样，你还对她那么死心塌地。你看看这乌青，这乌青，啊哟这还有个大包。这你妈瞧了得多心疼啊！打狗都没打这么狠的。真是不是自己娃就往死里整。你看我骂归骂你，碰你一根手指了吗？你看哪家公司实习还得挨踢的？亏你还一口一个‘方总’。人明儿把你卖了你还给她数钱呢！我跟你说，方总就是有暴力倾向，她拿你当沙袋呢！以前就把客户踢进医院了赔了不知多少钱。踢坏你连钱都不用赔！你自己长个心，别叫你挨踢你就让她踢。

赶明儿把你这小脑瓜子踢傻了，瞧你跟谁哭去。”

方含笑最大的改变，是下脚力度轻了许多。以前方含笑一脚踢过来，一块乌青半个月都消不下去，被爆头时更是满眼金星。现在，因为田田也慢慢适应了方含笑的风格，被爆头的次数少了很多。虽然仍然改变不了挨踢的命运，但不至于被放倒了半天爬不起来。

田田回学校重新参加精武会训练，目标非常非常明确："我要打败方含笑。"在公司晚上加班，周围没人的时候，田田就一面劈叉一面做幻灯片——结果被杨晟叫成“劈腿妹”。

田田敢试着反击了。能不能得分很不好说，不过偶尔也有那么几脚，能擦着方含笑的道服。

方含笑也不会像之前一样，虐完她以后扬长而去。她家的房子买在华清嘉园，因为她丈夫去百度之前，是谷歌中国的工程师，原来在清华科技园上班。反正顺路，方含笑就开着她那辆炫酷的红色保时捷，送田田回北大，一直把她送到宿舍楼底下。同学们就会围上来，七嘴八舌议论。

“哇噻田田你太厉害了！在高盛实习两个月，就被有钱银包养啦！”

“什么有钱银，那是我们大老板啦！不过我们大老板，真的是有钱银哦。”

“哇噻田田你太厉害了！在高盛实习两个月，就勾搭上大老板啦！”

“唉我才不想勾搭她，是她找上我的。”田田有点得意地说，“我们大老板每个周五晚上都来找我运动呢。完事了她还送我回家。她好像很喜欢我的样子。”

“啊？天哪。每周五都找你运！动！啊！那你们大老板结婚了吗？那你是不是当了小三啊？”

“唔，我们大老板结婚了。不过我肯定不是小三。我们大老板身边的女人太多了！”田田扳着指头数，“丽丽姐，佳慧学姐，还有她经常打电话的那个西西。我连小四小五都算不上。”

“……啊？那么可怜啊！可是你说他很喜欢你，那他有没有送包包给你啊？”

“她送了我好多好多包！”田田唉声叹气，撂起袖子和裤腿，给大家看胳膊腿上的乌青，“你们看，这里一个包，这里一个包，还有这里，这里和这里，全是我们大老板送的包。”

“天了噜，你们大老板口味好重哦……哇噻田田你太厉害了！这都能忍下来！”

6　纽约私募峰会

周更新在上面奋斗得汗如雨下，方含笑在下面连气都不喘。她躺在枕头上，一手杨晟的估值报告，一手蓝芯的财务报表，就着台灯看了半晌，拧着眉头说："杨晟把估值做太低了。蓝芯的毛利率低于20%是没错，那是因为他们在研发上投入成本很高，销售费用和管理费用反而只占了很少的成本。蓝芯有成长能力，要是能多一点现金流，增加一点销售投入，肯定不止这个毛利……"

周更新气呼呼地把方含笑手里的报告抽走，往地板上一扔，裹着被子跳起来嚷嚷："方含笑你是在搞笑吗！估值！毛利！现金流！还能不能愉快地啪啪啪了！"

方含笑翻身去够财报："哎周更新我说你，你干你的，我看我的，我怎么碍着你啦？"

周更新抱着被子，一面喘气，一面气得说不出话来："你，你，有你这么给人做老婆的吗？一个月本来就没几天在家过夜，一回家倒头就睡，两个月一次都没有！你看看全世界谁跟老婆啪啪啪还要预约'夫妻时间'的啊？好不容易跟你啪一次你还这么不专心。还看财报，你像话吗你！……"

“啊行行行，专心专心。你等下，让我做个笔记先。”她说着从床头拿来速记笔，趴在枕头上，在估值报告 WACC（加权平均资金成本）的某几项参数旁边打了个问号，写了自己的看法，又在财报相关项上做了记号。忙完了她招呼周更新说：“来吧。”

周更新气冲冲地说：“软了。”

“哦。那我去冲个澡，睡了啊。”一下床就被周更新拖回床上，又狠命折腾。

结果啪到第五分钟，好不容易渐入佳境，方含笑的工作手机又响了。周更新被方含笑推出来，破口大骂：“哪里来的孙子王八蛋，半夜两点给人打电话！”

方含笑看看区号：“是圣荷塞的。那边上午十一点呢。”她喘口气，调整好状态，接听电话，以格外专业而干练的声音，“嗨布莱恩，进行得怎样了？”那边人说了大概一分钟，语速很快，方含笑脸色越来越难看，最后说：“好的，我明白了。我们邮件协商一个时间，开会商讨对策。我下周日程满了，不一定有时间去华盛顿；下下周我在纽约，看有没有机会搭上 CFIUS 的人。你看下要不要找游说公司。”

CFIUS 是美国财政部下设的外国投资委员会，负责审核涉及重要技术企业的跨境收购。海航对英麦的收购没有通过委员会初审，进入四十五天的调查程序。如果委员会认为这起收购对美国在国家安全领域的技术地位造成影响，那么这个项目就会前功尽弃。

“真是疯了。英麦不过是个技术分销公司。这都审查——不找碴儿吗！”方含笑压太阳穴，“这下好，中国政府不让，美国政府也不让。这单子能做成那真是奇迹。”

周更新积了一肚子火：“又看财报，又接电话！你丫就不能好好伺候你老公?！娶个老婆屁用没有，还得天天自己撸。倒八辈子霉了我！”

“小点儿声！别把蓝蓝和大熊吵醒了。”

夫妻俩的一对小儿女，是双胞胎。女儿叫蓝蓝，儿子叫大熊，今年才三岁。睡在隔壁，保姆照看。

“小点儿声。你讲半天电话倒是小声。”周更新越想越生气，也不管方含笑愿不愿意，按住她的胳膊，强行分开她的双腿，一通横冲直撞，一面骂骂咧咧，“叫你看财报！叫你接电话！”

眼看方含笑双眼紧闭，嘴唇抿紧，额上渗汗，脸色越来越惨白。也不喘气，像要哭出来的样子。周更新放过她：“老婆你怎么啦？弄疼你啦？”

“下去。”方含笑低声说。

周更新赶紧翻下来。方含笑一骨碌起身，扯出床单裹在身上，飞奔到厕所，跪在地板上吐。

周更新连忙跟上去，一面拍方含笑的背，一面撩开她额角的碎发，见她额上满是汗。方含笑吐了足有五分钟。后来根本吐不出什么，只是趴在马桶上干呕。

周更新着急：“老婆你这是怎么啦？怎么又吐？”

方含笑裹着床单站起来，扶着洗手池漱口。周更新在她身后碎碎念：“都说女人三十如狼四十如虎，五十坐地能吃土。我家媳妇儿不如狼不如虎，一跟我啪她就吐。”懊恼地骂了一句，“这都调试多少年了，我靠！这是哪门子bug！”

下一回到了“夫妻时间”，方含笑老老实实平躺在床上。周更新从床头拿过财报。

“你看你的，我干我的。”周更新说，把财报递进方含笑手里，“打补丁。”

六月到了毕业季，酒会聚餐不断，还有毕业旅行。田田因为要上班，毕业旅行也没去成。因祸得福的是，高盛暑期实习生有在纽约总部为期一周的集体培训，可以去纽约白吃白住。

田田跟香港的另一个实习生一起，被安排在西街200号后面的康拉德酒店。是曼哈顿下城的老牌酒店——老得连招牌里的字母都掉了一个。装潢是简洁的商务风格，称不上多豪华。中庭倒是清爽阔气。正门出来就是高盛总部的屁股。那是一条无聊的小巷，只有便利店，昂贵的奢侈品店，还有不很好吃的亚洲餐馆。

白天在总部的报告厅听各路高管讲话。期间有一次，被领着去参观位于顶层的总裁办公室——那办公室竟然还配了带独立卫浴的卧室，只是卧室不让参观。从总裁办公室可以俯瞰整个曼哈顿下城，还有阳光和大海。

这一年高盛收到四万份申请，进入暑期实习项目的只有八百来个，录取率低至 2%。田田心里虽然很骄傲，但更多的是一种惶恐，总觉得自己是走了狗屎运混进来的——得好好报答方总啊。

结果报答的机会马上就来了。周二半夜田田被潘丽丽的电话吵醒：“你别以为参加培训就不用写周报——”

周三早上接到方含笑的邮件，催她提交上周布置的一个活——搜集各家投行对泛亚太地区 TMT 并购的最近三年的行业报告，参考近三年重要跨境项目，做出回顾与预测分析。

周四晚上接到方含笑的短信：“晚上有空吗？陪我逛街呗。”MD 要逛街，那没空也得陪呀。

田田的时差一直没倒好，晚六点对她来说就是早六点，巨困无比，也只能打起精神陪方含笑逛街。方含笑虽然也会去看古驰、香奈儿那些大牌子，但钱花得最多的，还是波道夫·古德曼这种汇集独立设计师的精品百货店。

不管是大牌还是独立设计师，那价格都不是田田承受得起的。往往是方含笑看过一件衣服，田田翻翻它的价签，吐吐舌头。

偶尔方含笑会心血来潮，指着一条比较萝莉，又很有设计师风格的裙子对田田说：“田田，这条裙子很适合你哦。去试试吧。”

田田捧着裙子,屁颠颠地去穿上了。那是一条丝绸质地的象牙色单肩百褶裙，配了一条亮红色的腰带。很是小清新，又很好地凸显了田田的身材。

方含笑一看，笑眯眯地说：“嗯，好看。”店员就过来说：“那我帮你们包起来吧？”方含笑说好。田田脱了衣服，店员也包起来了，到了要买单的时候，大家都看着方含笑。方含笑事不关己地说：“看我干吗？又不是我的裙子！”转而对田田说，“快。刷卡。”

田田简直要哭了，“方，方方，方总，这条裙子 1200 刀——”

“嗯。加完税一千三左右吧。怎么样，给你挑的还是挺划算的是吧？”

“方方方总我买不起啊！”

“怎么买不起了？上个月没给你结工资吗？——你看你平时上班，穿过像话的衣服吗？买回去当模板。以后买衣服就得这么买。”

田田眼泪汪汪地刷卡付了。人家霸道总裁抢着给人买单，她家这个方总呢，逼她自己买单。

隔了一会儿到了鞋区，方含笑指着一双跟高十厘米的，镶钻的，价格 1045 刀的银色细跟凉鞋，笑眯眯地说：“田田，这双凉鞋很适合你哦。去试试吧。”

田田泪盈于睫：“方总，我穿不了那么高的鞋。”

“你看看你这身高，你就不自卑吗？”

“……穿十厘米的走不了路啊。”

“多练练。”

“一千多刀，太贵了……”

“才一千不很实惠吗？”

“……”

最后走出百货店，除了自己的一条裙子、一双高跟鞋外，田田还替方含笑拿着三顶帽子、八双高跟鞋和二十四条裙子——差点被购物袋淹没。幸好方含笑就住在旁边的广场饭店，在古德曼旁边。

“不用拿我房间了。”方含笑说，“我没箱子。你替我装回去，到北京给我。装的时候小心点，别弄出一堆褶子来啊！”

田田欲哭无泪。

当天晚上在华尔道夫酒店有一个纽约科技类私募行业峰会的闭幕酒会。方含笑是这个峰会的演讲者之一，负责介绍亚太地区 TMT 收购情况。

田田被方含笑带了进去。会场在大厅层的帝国宴会厅。那宴会厅有四千平方英尺，宽敞而华丽。拱形的门窗，繁复的墙饰，光彩璀璨的枝形水晶吊灯，仿佛中世纪的宫殿。

宴会厅本身足以容纳四百多人，但这个峰会显然是封闭的，在场不过两百来个人，并且大多年纪不小。除了偶有几个田田这样年纪的俊男靓女——大概都是老板带进来的分析师——大部分都是中年白人男子，当然也有不少犹太人和亚裔人士。

田田从来没见过这种场合，有些不知所措，只好一直跟着方含笑。方含笑显然没有闲心照顾她，在跟几位香港的私募普通合伙人寒暄后，她绕开一个跟她打招呼的犹太人，又跟一个三十来岁的深褐色长发的美国女人抱在一起。

“天哪。笑，我真高兴见到你。”她们分开后，那女郎握着方含笑的手说，“我们有四年没见了吧？你看起来漂亮极了！”

“你也是。”方含笑说，“我听说你跳到监管方了。SEC（美国证券交易委员会）！我听说这个消息的时候，还以为是他们开玩笑呢。只听说 SEC 跳出来赚钱的，没听说年薪百万的基金经理跳进 SEC 的！”

阿尔玛爽朗地大笑：“你说得对，笑，我也不相信我自己的决定呢。可是怎么办呢，我的灵魂始终有一半在饥渴地向往着正义。钱已经不能给我高潮了。”她收起笑容，握着方含笑的手说，“有一天你会理解我的选择的。”

“我理解。现在就理解。我知道有一天我也得退出。”方含笑说，她接着谈到 CFIUS 的事情。

“我也许能帮一点忙。”阿尔玛说，“财政部的合规会议，我时不时要见他们的人。我手上有几个主管的电话，可以给你。”

她们叙了一会儿旧，方含笑问起 KKG 的姐妹们。阿尔玛报了几个人名，忽然就提起碧阿绮丝。

“碧阿绮丝·洛佩兹——啊不，她现在改名叫伯格曼了——碧阿绮丝·伯格曼，在她丈夫的对冲基金。”阿尔玛呷一口带柠檬的鸡尾酒，“伯格曼夫妇刚刚买下康州的一座小岛。他们邀请我去岛上度假。”

方含笑像被雷击中，呆立当地。

“你不要紧吧？你看起来脸色苍白——”

方含笑猛然握住阿尔玛的手腕，“她、她丈夫叫什么？”

“查尔斯·伯格曼……或者查理·伯格曼。近两年借科技股得势的对冲基金明星。近来杀进巴克莱榜前三了。”阿尔玛问，“怎么了？”

方含笑在原地待了一会儿，接着问：“你去他们夫妇的岛上了吗？”

“去了。还不错。”

“有让你后悔跳槽 SEC 的决定吗？”

“哦拜托！希腊的小岛比康州的石头岛漂亮多了！你难道觉得我嫉妒他们吗！”

方含笑跟阿尔玛讲了半天话，才注意到田田一直木头一样地杵在她身后的桌边。方含笑过去呵斥：“唉唉，这么好的机会，赶紧锻炼一下自己的社交能力啊。豆芽菜一样等发芽呢你？”

接着给田田布置了任务：“你今晚要拿到十张 MD 或合伙人级别的名片。你要问出他们关注的地区和行业，最近公开的一桩收购，爱好，接下来的度假计划，家里有什么狗，孩子多大。回头我考你。”

“可，可是我怎么知道，哪些是 MD 和合伙人啊？”

“那些秃头都是。”

“……”

“还有，不要报我的名，免得丢我的脸。”

“……哦。”

田田离开方含笑，陷入了华尔街秃头的海洋。她本来见着生人就发怵，英语又不行，这时跟离开母鸡的小鸡一样惴惴。回头看一眼方含笑，跟她目光对接，被她恨铁不成钢地瞪了一眼。田田只得不情不愿地跟旁边一位戴着江诗丹顿的秃头先生说：“哈搂。好啊油？”

田田按照方含笑的要求，询问秃头先生他关注的行业和地区。可是那位先生的意大利口音太重了，田田中国口音太重了，两个人鸡同鸭讲。讲了半天，完全不知道讲了些啥。一个问：“你最近有收购（acquire）了什么公司吗？”另一个说：“啊？水族馆（aquarium）？我没去水族馆啊！——但是你很漂亮，女士。”

田田拿了名片，离开意大利先生，站在人群中更加迷茫。听见旁边几个年轻分析师的对话。

“彼得·哈代？开玩笑。他的时代早就结束了！现在北美的私募基金，完全就是犹太人的天下！列夫·芬克斯坦，他才是现在最炙手可热的华尔街新贵，冉冉升起的私募明星……”

“嘿，小点声。芬克斯坦就在那边呢！”

“她真的需要小点声吗？她根本就希望被列夫·芬克斯坦听到吧！”

“抱，抱歉。请问谁是列夫·芬克斯坦啊？”田田怯怯地问她们。

“他就是FX资本的创始合伙人呀。他是今天的主题演讲者，你不知道吗？”

“FX资本……是什么？”田田问。

那群姑娘露出了不屑一顾的表情。她们端着高脚酒杯，离开了圆桌。圆桌边只剩下田田。

田田心想，了不起什么呀？不说就不说。百度一下，我就知道。

田田于是上网百度FX资本。这是一家同时运营私募基金与对冲基金的跨国资本管理公司，关注北美、欧洲和亚太的TMT行业，目前的基金池大约是三百亿美元。它的英文全称是Finkelstein-Xavier Capital llc.，它在中国大陆设立的在华投资基金，因为被简称为FX，又被叫作“函数基金”。

函数基金是私募行业最令人艳羡的一个名字，同时也最臭名昭著。因为它的发家史，完全就是一部创业公司毁伤于资本游戏的血泪史。函数基金入股将上市公司时，往往签订对赌协议，公司如果没有按照协议完成上市，或盈利没有达成预期，就会被函数基金吞并。函数基金吞并公司后，时常会清洗管理层，重构其资产结构，或拆分或重组，收拾一新改头换面后，再将其推入资本市场高价卖出，由此获得少则十几二十倍，多则数百倍的回报，赚得盆满钵满。

田田上函数公司官网查看它的投资履历，这其中有不少近几年爆红的科技类公司。田田一面看，一面咋舌。这时忽然有一个带着笑意的男人声音："你在看我的投资组合吗？"

田田抬起头，见是一个高个子的犹太人，眉高眼深，亚麻发色。他穿着一件黑色暗纹衬衫，看着不便宜，但毕竟不是正装。他看起来虽然比田田大些，但脸上没有皱纹，年纪不像很大。最重要的一点是，他没有秃头。

方总说，那些秃头都是 MD 和合伙人……这个人既然不是秃头，应该不是什么合伙人吧？

田田于是很不客气地说："你在说什么呀？我在看 FX 的投资历史。"

"哦是吗？我就在 FX 工作呀！"

"真的？"田田抬起头打量他，"你为 FX 工作多久啦？"

"九年啦！"

"胡说！ FX 六年前才成立呢。"

这时那群女生又回来了。她们站在旁边的圆桌边，对田田指指点点。

"不对。六年前 FX 投了第一家后来成功在纽交所上市的公司。之前还有三年血本无归的悲惨历史。他们没在网站写出来而已。"

"哦，你那么了解？你认识他们的创始人吗？"

"哦当然。每一个都认识。"那个犹太人笑眯眯地说。

不知道为什么，田田觉得他脸上的亲切笑容，气质特别像方总……尤其像方总拉她去练跆拳道，或者逼她买衣服的时候。

"方含笑，她是我的 LP。"犹太人把目光投向远处的方含笑。她背对他们，正在跟一个评级机构的人讲话。

LP？田田张大嘴。方总的丈夫应该是中国人啊，怎么会……啊，明白了。LP 不是老婆，是有限合伙人的意思。

"就是说，你们的基金池里有我们方总的钱？"完全忘记了方总嘱咐自己不要报她的名。

“是啊。她是我们的天使投资人。你不会相信的，她在我们债台高筑、全世界都抛弃我们的时候，不仅把她当时所有积蓄全部注入了我们的基金，还为我们找到新的投资人。我们这才有钱留住几个雇员，清偿之前失败项目的债务，挺过最艰难的岁月。”芬克斯坦说着，蓝色的眼珠因为灯光的照射，好像出现一种动人的晶莹，“你不知道我多么感激她，欣赏她。”

啊！方总好伟大啊！田田心里想，同时对这个犹太人好感大增。

“你的老板，是一个聪明、能干、温柔，却又强大的女人。”芬克斯坦说。

“对，对对，对对对！我也这么觉得！”田田激动地说，特别高兴找到跟她一样花痴方总的粉丝，“她虽然有一点严厉，还有一点暴力，但她其实是个非常友好温柔的女人。”

“你能在她组里工作，真是非常幸运呢。”芬克斯坦咧开嘴笑，“我真希望我也有机会为她工作。”

“我，我知道！”田田激动地说，“我会好好珍惜这个机会的。我工作很努力！”

“你看起来是一个非常聪明的姑娘——就像你老板一样。”芬克斯坦说。田田在组里一直挨骂，从来没人夸她非常聪明。芬克斯坦这么一夸，大有平生知己之感。田田脸都涨红了起来。

芬克斯坦接着说：“今年亚太地区的TMT行业形势很不错。我想你们今年一定又拿下很多大项目吧？”

“哪有……都半年啦，我们一个项目都没拿下来呢。今年也不知道怎么了，一会儿这出问题，一会儿那出问题。”

“是吗？”芬克斯坦似笑非笑，“没关系，我相信你们老板一定能搞定的。”

“我也那么想。没错。但比如那个GPU芯片的项目吧，方总买方也跑了，卖方也跑了，不知道为什么，蓝芯就是不肯签协议。”

这时旁边的那群女生，向田田的圆桌迈步走来。

“你好，芬克斯坦先生！”之前那个把芬克斯坦称作华尔街新贵的姑娘落落大方地介绍自己，“我叫凯特，这是安琪。我们是摩根士丹利私募基金的分析师……”

“啊？你是，你就是列夫·芬克斯坦啊？”田田瞪大眼睛。

芬克斯坦笑着对田田点点头，又很有礼貌地对那群姑娘说：“事实上，我很抱歉——”伸手向田田，“如果你们不介意，我希望能与这位小姐有一点私密空间。”

那群姑娘惊讶地望向田田。芬克斯坦的手擎在空中，“我有这个荣幸，请你去孔雀巷喝一杯吗？”

孔雀巷是华尔道夫酒店大厅里的西餐厅。田田犹豫地看了一眼方含笑，“对不起，先生。我不能离开我老板。”

“可是你不想帮助她吗？不想为她分担一点责任吗？我在高盛并购干了十四年，又在私募并购干了十年。我也许能提供一点建议呢。”芬克斯坦笑眯眯地说，“只是小酌一杯。二十分钟我们就回来。你老板——”他看一眼方含笑长裙及地的背影，“怎么着都还得再待两个钟头吧？”

“啊……你也在高盛干过啊？”

“是。我在高盛做MD的时候，你老板还是个学生呢。”

田田眯起星星眼。方总是她师父，那这位可不是太师父？

哇……可他看起来好棒。好像007，又好像福尔摩斯，又帅气，又迷人，又风度翩翩，还特别有钱。难怪那群女生都想跟他搭讪呢。

“华尔道夫的中餐馆也不错。他们有小笼包，萝卜饼，鸡腿，猪脚……”

田田的肚子咕叽一下，催了她一声。她这几天吃三明治吃吐了。

“好的，我们走吧！”

田田星期一回北京上班，听到一个噩耗。

毛豆蓝芯这项目貌似彻底黄了。

“函数基金北京办公室向蓝芯电子发出邀约，作价二十四亿美元，收购蓝芯电子 20% 的股份。”杨晟对着电脑屏幕，生无可恋，面若死灰，“额滴娘呀。我做蓝芯做吐血了呀！苍天啊！大地啊！草泥马你为什么要这样对我啊！”

“我……我不太明白……”田田怯怯地问，“他们收购 20%，毛豆可以接着收购剩下的股份呀……”

“他们抬高了蓝芯的估值。”佳慧虽然主要做蓝海项目，也参与了蓝芯的财务分析，“如果毛豆想跟着认购股份，就要付出比原来大得多的代价。毛豆本来想十五亿买 30%。蓝芯估值原来只有五十亿，函数基金给出了一百二十亿的估值。现在蓝芯让渡 20% 的股权就能完成融资，他们怎么都不会再找毛豆了。”

“是消息走漏了吗？”马修问，“真是很古怪。蓝芯股东本来就没有出售公司的意思，是我们找上他们，问他们愿不愿意卖的。怎么还会突然冒出其他买家啊？”

“这些私募吧，眼睛都刁着呢，不动声色把做得大的科技类企业底细早就调查透了。有谁给点内幕，耳边扇点风，动手还不是分分钟的事。”潘丽丽说。

7　“没有我只有我们”

FX 基金高调发出收购邀约，是上周五中午的事情。田田算了一下时间，她与芬克斯坦在华尔道夫会面，是纽约时间周四晚九点左右。当时美国夏令时，北京纽约时差十二小时。也就是说，芬克斯坦跟田田对话仅仅两小时后，函数基金北京办公室就向媒体公布了邀约消息。

巧合？

周一早九点的周会，北京上海香港三地视频。方含笑没在，潘丽丽主持会议。三地的 ED 与 VP 各自汇报项目进展及本周工作部署。九点半方含笑火急火燎踏进工区，一脸疲态，显然又是刚下的飞机。

方含笑把包往座椅上一扔，一拳扣在桌面上，怒气冲冲地问：“最近两周谁跟 FX 基金的人见过面？站出来！”

桌上一片沉默。谁也没开口。上海和香港的人面面相觑。

田田咬着嘴唇，慢吞吞地从椅子上站起身，低着头，不敢看任何人。

“你跟那个犹太人提了蓝芯？”

“……嗯。”

方含笑怒极反笑。她声音不响，但是清清楚楚掷在地上，叫每个人都能听见。

“田田你是脑子抽了？牙齿没长齐你嘴巴漏风啊？签实习合同第一天就跟你讲了，保密，保密，保密！一笔交易在谈判期是最不能泄密的，一点风吹草动说黄它就黄了！我们花这么大力气选出来的项目，杨晟马修多少个晚上不睡觉抠数据抠出来的结果，就你一句话，全部都拱手让人！你是怎么的，拉了两个Excel觉得自己已经在做项目了？逢人就吹我在做几十亿的大项目？——”

田田眼睛里满是泪水，慌慌忙忙地打断她：“没有，方总。没有。那个美国人跟我说他认识你，他还说他能帮助我们……”

方含笑哈的一声笑：“他帮我们。他怎么帮我们？”

田田眼泪流出来，结结巴巴地说：“他说蓝芯估值偏低，前景很好，可以再加一点溢价……”

“蓝芯估值偏低他看得出来我看不出来？要你替我去问他？要你替我找他帮忙？田小姐，你他妈以为自己是个什么东西？！带你去个酒会你就觉得自己是个人物蹬鼻子上脸？——那些私募都是狼一样的东西，一个个绿着眼睛找肉，专找并购谈判中的项目下手。你没个心眼闭紧嘴巴会不会？低头做人会不会？你进来多少时间才学了多少东西，你就当自己是菩萨救世主啊？我们解决不了的问题你能解决是吗？我们拿不下来的项目你有本事拿下来是吗？”

田田站在那里，低着头，眼泪哗啦啦地往下淌。她的小腿在发抖，手指死死抓着桌沿，指甲几乎折断。从小到大没人这样骂过她。因为她一向是好学生，乖小孩，考试考砸的时候老师还没骂，她自己先哭了。然而现在连哭都没有用。没人同情她。那无数双射过来的眼睛，像针一样扎过来，叫她痛得浑身发抖。可是连藏都无处可藏。

平时被潘丽丽骂，她以为自己已经被骂习惯，脸皮厚了不再怕骂。可这是方总，她心里很尊重、很依赖，视为努力方向的方总。她在的两个月，方含笑从来没有当着那么多人的面骂过人；她如果真的对谁的工作不满意，她会把那人叫到小会议室，耐心地给他剖析问题。现在当着北京上海香港三个小组的人，她这样一点情面不留地骂，她一定是失望透了。

每一秒都慢如一年。田田低着头，眼泪大颗大颗落在她跟前的键盘上。而方含笑还在骂："我真是眼睛瞎了才招的你。你不创造价值就算了，他妈别拆我们的台呀！几十亿的项目，多少时间心血耗进去，说崩就崩了。培训也给你做了，学费也给你交了，你给我闹这出！八月实习完给我滚！"

田田身子一晃。

"行了行了，骂差不多就得了。"潘丽丽开口，"一看就是一个师父带出来的徒弟，栽跟头都栽一个坑里。"

方含笑的脸色愈发难看，潘丽丽忙推了一盒胡萝卜沙拉过去，"主子您吃根萝卜，消消气，啊。"

周会结束，视频切断。北京组的人各自忙碌。独有田田，还一动不动地傻站在桌边。她在那低头站了三分钟，也没有人理她。

佳慧看不下去了，把田田拉到厕所里，替她擦眼泪。眼妆完全糊了，像水洗过一样。佳慧干脆替她擦去眼妆。

"学姐……我现在该怎么办？"

"这样的老板也真是绝了。当着这么多人的面……"佳慧咬牙，"田田，投简历。此处不留爷，自有留爷处。"

田田给芬克斯坦发邮件。她英文本来就不好，这时语法措辞一律不管，用公司邮箱，发了一封满是问号和感叹号的邮件过去。

一整个白天干活干得神不守舍。有个活儿是蓝芯的推介材料和幻灯片。本来这项目已经黄了，但潘丽丽没说中止，于是还得接着做。中途潘丽丽又过来给了她一个改幻灯片的活儿，做了一半田田问了她一个傻缺问题。她看起来特别想骂人，但是看田田一副可怜相，又忍住没骂。

加班到晚上九点，收到芬克斯坦的邮件，邀请她商谈蓝芯的事情。他连地址都发来了。

“洲际酒店 615 号。等你（笑脸）。”

洲际酒店就在英蓝国际旁边。田田想都不想从椅子上蹦起来，踩着高跟鞋沿着二环小跑，冲到金融街洲际酒店 615 号砰砰砰敲门。

芬克斯坦开门，满脸笑意地说：“你可真……高效啊。”他穿着酒店的睡衣，脖子底端露出一点胸毛，似乎正打算洗澡。浴室里传来水声。

芬克斯坦让到一边，请田田进门。这是一个六层面南的精英套房，客厅宽敞，装潢明快简洁。窗外是保监会所在的鑫茂大厦，有两层楼亮着灯。

“想喝点什么吗？”芬克斯坦愉快地说，打开冰箱看里面有什么，“他们有波尔多红酒，如果你喜欢红酒的话。”

田田真想把腿架到他脖子上。

“你，你你，”愤怒让她的英语更加磕磕巴巴，“你为什么……怎么可以……你为什么要欺骗我？”

芬克斯坦拿了瓶红酒到桌前，花了一点时间把木塞拧出来，摆好两只高脚杯，回头故作惊讶：“我什么时候欺骗你了？”

“你，你说你会帮我们！”田田大声说，“你说你可以给我们建议，帮我们拿下蓝芯项目！”

“哦我当然会帮你。”芬克斯坦往高脚杯里倒酒，“事实上，我们已经快要拿下蓝芯了！我的 MD 今天跟我汇报，蓝芯总裁已经愿意跟我们开始谈判，商量具体的股权方案。所以我才飞来北京。”

“这，这难道不是欺骗吗？”田田气得眼泪泛出来，“你说你会帮我们，结果你自己买了蓝芯！”

“是啊。这难道不是在帮你们吗？”芬克斯坦微笑着将红酒递到田田跟前，“你们老板那么喜欢蓝芯，我就帮她把蓝芯买下来么——她应该很高兴。来，庆祝一下。”

田田不接芬克斯坦的红酒，气呼呼大声说：“你这叫帮？本来是我们的项目，被你抢走啦！”

“哦拜托，什么叫‘被我抢走’？这并不是我一个人的项目。你们老板是我的 LP，记得？”田田一愣，芬克斯坦笑，自己呷了一口红酒，“我为我的 LP 拿最好的项目。你们老板看中的项目，肯定不会错的。”

“你不能就这样——”

“让我为你做一个简单的算术，小姐。”芬克斯坦拿着红酒在白色沙发上坐下，“你们把蓝芯卖给毛豆，算十五亿吧。高盛如果能拿到百分之二的佣金。那是多少？三千万？高盛拿 36% 的收入来发薪水——注意是给全公司发薪水，包括那些不干活，但是拿走三分之二奖金的金砖阶层。分到并购部能有多少？八百万？六百万？你觉得分到你们组还剩多少万？两百万？一百万？算 MD 从这里面拿 50%，你老板能拿多少？一百万？五十万？够她买衣服？

“而如果由 FX 来做这笔交易，我们要求蓝芯设立离岸公司方便我们的财务操作，将以二十四亿本金，通过夹层投资，获得相应债权和 20% 的股份。两年之内，假如蓝芯按照约定成功完成上市，并且达到预期市值，我们预计会有二到十倍的回报。假如上市失败，或没有达到对赌协议要求的净利润，那么触发回购条款，蓝芯需要以每年 8% 的溢价回购他们的股份，我们净赚大约两亿。方女士委托给我们基金的资产规模是两亿美元，她占 2% 的分红。最糟糕的情况，蓝芯上市失败，你老板最少能赚两百万；假如上市成功，你老板最少能赚两千四百万，最好的情况，达到十倍回报，你老板的资产将翻倍，净赚两亿。”

田田听得目瞪口呆：“我们老板……原来这么有钱啊！她是，她是亿万富翁啊！”转念一想，翘起嘴巴说，“切，那，那赚也是我们老板赚，又不是我赚。”

芬克斯坦晃着酒杯，眼角笑出皱纹：“你有兴趣来 FX 吗？……高盛给你的税后日薪是多少？我猜猜，一百美元？我能给到税后日薪四百美元，月薪一万二，年终奖翻倍。”田田在心里做了一下算术，换成人民币，嘴巴立即张了开来。芬克斯坦笑眯眯地说：“我们是华尔街目前表现最好的几家私人股权基金之一。我们让资产六年翻百倍。你老板最早投入的两百万，现在变成了两亿。你那么愿意为你的老板工作，与其在高盛拼死拼活赚一点顾问钱，为什么不到我这里，拿别人的钱，挣自己的价值呢？”

田田完全被说动了。她呆呆站在那里，“可……可是……我什么都不会……我又笨……”

“你老板能看中你，你一定非常聪明吧？”芬克斯坦眨眨眼睛，“怎么样？为我工作？——去把浴缸的水关了。”

田田哦了一声，真的转身去卧室关水龙头。出来的时候越想越不对劲……嗯？不是来兴师问罪的吗？怎么真替他打起工来啦？

这时门砰砰砰地响。芬克斯坦喝光杯里最后一滴酒，站起来去开门。

门一开，他立即笑：“嗨，笑！真是……高兴的意外。”

方含笑脸色铁青，不等邀请踏着高跟鞋走进房间，看到田田衣着完好地站在那里，先似乎松了口气，接着咬牙张口，像是想出声呵斥，末了却变成一声冷笑。

“总是很让人高兴。你约了一个女孩，结果来了俩。”芬克斯坦打开柜子拿来第三只高脚杯，“好像你买了 20% 的股权，对方送了 10% 的期权，隔些日子发现整个公司都归你了，是吧？”

芬克斯坦向杯子注红酒，接着一手一杯红酒，向方含笑和田田走过来。

方含笑像母鸡一样挡在田田身前。

“你是觉得，每个中国女孩都想跟你上床是吗？”

“有时候。”芬克斯坦低低发笑，“你想吗？”

“你他妈给我滚！”方含笑气得发抖，伸手推了芬克斯坦一把。芬克斯坦一踉跄，倒退一步。方含笑咬牙说：“你再敢在我的人身上放一根手指头，我就把它剁下来。我跟你保证。”

“哦对女孩子，我用的不只一根手指头。”芬克斯坦放下酒杯，笑，“但你非那么要求，也不是不可以。”

“你，你到底想干什么？”方含笑咬牙切齿，“骗我的钱，挖我的人，抢我的项目……就那么好玩？”

“我只是觉得，你可以为自己的职业生涯做更好的规划，我亲爱的。”芬克斯坦礼貌地说，“你不觉得管理一个两百亿美元的基金，比买卖一些无聊的垃圾公司有意思多了吗？除了泡妞成功率高一点，高盛还能带给你什么？让我猜猜你的年薪。你们的 CEO 先生去年多少年薪？三千万，这还包括一大半未兑现的股权。你的年薪能比他更多？”他注满自己的酒杯，在沙发上坐下来，“笑，我是认真的。我在给你一个合伙人职位。你将有能力买下你感兴趣的公司，而不是把它们卖给别人……我手里的项目比你在看的有意思多了。最近，我们刚刚收购了一家日本从事情色演示的虚拟现实公司；下个月，我们还计划向一家开发智能避孕套的公司注资……”

“我祝你交易成功。”方含笑说完跺着脚往门口走，迈出两步回头用中文骂，“还愣在那里干什么！你是要在这过夜吗！”

田田赶紧跟上去。

一路上方含笑嘴唇抿紧，一言不发。出了洲际她也没有往英蓝走，沿着二环一路往南。方含笑不说话，田田更加不敢说话，只得沉默着紧紧跟随。走过北京银行、中国联通和建设银行，又到投资广场。

跆拳道馆的前台早认得方含笑，连卡也没要就放行。田田跟着方含笑到更衣室换道服。又要挨踢了。方含笑的脚还没踢过来，田田已经开始肉疼了。

又到了那个压抑的、没有窗户的对战室。方含笑喝一声“准备”，一个横踢过来。田田勉强举手挡格，却被她踢得一侧——力道比平时大很多。她生气，真的很生气。

心里胆怯，更加打不起精神防守，没两下就被方含笑撂倒在地上，胳膊肘和屁股一起疼。方含笑厉声喝问：“错在哪里？”

田田趴在地上：“我不该透露项目信息。”

爬起来。又一轮对战开始。方含笑把怒火转换成疯狂的进攻，疾风暴雨一般压过来。田田左支右绌，又被爆头。倒地的时候耳朵嗡嗡地响。

“错在哪里？”冷冰冰的问话。

“我……我不该……不该去找那个美国人……”

方含笑把田田从地上拖起来，不给她任何喘息的机会，喝一声“准备”，一个高鞭腿扫过来。脚背结结实实踢在脸上。田田再次倒地，眼泪哗地流出来。

体罚。这是赤裸裸的体罚。

“你傻的吗？不会还手，连防守的能力都没有了吗？”方含笑厉喝，“错在哪里？”

错在哪里？到底错在哪里？

田田跪在地板上，眼泪跟汗水一起往下淌，“我……我不应该自作主张……”

“你也知道你不该自作主张。”方含笑冷冷地说，“才这么两下就不行了？别娇气。站起来。”

田田爬起来。方含笑下一个鞭腿扫过来的时候，田田后退一步避开，心里蹭地蹿起一股怒火：凭什么！凭什么她就该这样被人踢？

她找准机会回出一个横踢，方含笑轻轻易易挡下，回身一个最平庸最标准的前踢——偏偏田田就是挡不开——踩着田田的肩膀把她压在地上。

“错在哪里？”

“我不应该自作主张。不应该自作主张把项目信息泄露给团队之外的人——”她说到团队这个词，脑中灵光一现，忽然明白方含笑在等什么答案，“发生问题以后，我不应该自作主张去解决，应该跟团队，跟大家站在一起，一起寻找解决方案。我……我忘记了您教我的，‘没有我，只有我们’。”

“你忘记了什么？”

“‘没有我，只有我们。’”田田从地上爬起来，摇晃一下站稳。

“响一点。”

“没有我只有我们！”

“听不见。”

“没有我只有我们！没有我只有我们！！没有我只有我们！！”

“现在记住了吗？”

“记住了！没有我！只有我们！！”

“行了。归队。”

8　Pitch 蓝芯

“以后蓝芯项目由田田负责。”方含笑在周二一早的晨会上宣布，“请北京组同事配合她的工作，给她提供必要的辅导和帮助。”

田田张大嘴巴，啊了一声。旁边的杨晟和马修也惊讶得啊了一声。

“啊什么啊？反正都这样了。你有意见？”

这是死马当活马医了。

方含笑看杨晟。杨晟赶紧说：“一定配合，一定配合。”一面转头看了一眼鼻青脸肿的田田。

这是什么情况？田田让方含笑踢，方含笑踢尽兴了给她安排项目？

“行。以后蓝芯的情况，你在周会上给大家报告。”方含笑看田田。田田还是张着嘴巴——她在周会上除了那句“‘有志者事竟成’不是孔子说的”，从来没说过话。

潘丽丽过来把客户关系做了交接，要她自己跟毛豆方面的负责人联系，商谈新的收购方案。“最先联系的时候，还是报我的名字。不要说你是实习生，就说你是我带的分析师。”

杨晟听从方含笑嘱咐,非常认真地给田田讲解毛豆和蓝芯两面的财务状况。

“蓝芯目前资金流有问题，净利润低，负债高，所以他们需要融资。你要说服蓝芯接受这笔交易，一方面给他们展示加入毛豆的前景，另一方面不妨捅函数基金一刀，揭露通过私募融资的潜在风险。”

马修也专门腾出两个小时的时间，给田田讲蓝芯的技术专利。“蓝芯是做GPU 芯片的。毛豆的智能家电产品线有这方面的需求，本来就是他们的客户。可以从毛豆的产业链布局入手，给蓝芯展示他们加入毛豆以后的前景。”

平时不跟田田主动说话的冰山脸陈贤，竟然也主动过来给田田建议：“把毛豆和函数基金近十年的收购项目全部调查一遍，列出来，摆结果给他们看。”

函数基金近五年在中国大陆进行的收购项目有四笔，除了其中一笔上市成功,其他三笔都因为没有完成对赌协议而不得不高价回购股份。其中有一个公司，因为公司管理层没有能力回购股份，整个公司被函数基金彻底吞并。函数基金买下公司后，解雇管理层，创始人被扫地出门；将公司稍加包装以后，又高价卖给另一家上市公司。从最初收购少量股份，到最后吞并公司并卖出，函数基金从这一笔交易中获得了将近二十倍的回报。

田田第一次去清河中路毛豆总部跟毛豆投资的人见面，非常紧张。在正式会面之前，田田先跟杨晟磕了四个晚上，对着墙演练了大半天谈判技巧；还按照潘丽丽的要求化浓妆，“压低嗓门”，把自己包装得成熟一点。

结果没想到，对方的经理是一个工程师出身的投资人，工作以后就没有跟田田这样的小姑娘说过话。田田虽然穿了职业装，也努力压低嗓门装成熟，可是一看就是一只刚出学校的新鲜萝莉，虽然在学校里称不上校花，但长得甜美可爱。那位工程师大叔平时都是跟潘丽丽打交道，突然上来这么一个好像女子偶像团体成员的女神，登时胡思乱想，涨红了脸，结结巴巴地话也说不清楚。

田田心里偷乐：原来不只我紧张，别人比我还紧张呢。

因为是技术背景，那位经理对蓝芯的产品非常了解，所以很有决心拿下蓝芯项目。听田田介绍完函数基金的收购方案以后，他立即表示会跟领导协商，愿意再加价拿下蓝芯。谈完正事，他还红着脸让下属带田田参观毛豆总部，又红着脸请她吃了顿饭，最后亲自把她送到楼下，看她上车。

整个七月和八月都耗在蓝芯项目上。跟蓝芯约定的推介时间在八月最后一周。结果快到推介会的时候，出了一点小情况。

就是田田把方含笑的鼻子给踢坏了。

只要方含笑在北京，每周五都会找田田对战。田田回回挨踢，慢慢也挨出一些经验了。比如对于方含笑的某些攻击套路，熟悉以后，就能大致预测她的下一个出腿方位，小心闪避。在渐渐学会闪避以后，田田也能找机会回一个鞭腿。

田田晚上加班时，都会时不时靠着墙劈个腿。三个月下来，柔韧性较之以前大有进步。田田回学校跟研究生师兄对战，师兄们对田田刮目相看，都说她可以去考黑带了。

这周五晚上，方含笑也不知是心情不好还是怎么了，出腿又快又猛，五分钟内把田田爆头两次。田田从地上爬起来，脑袋里嗡嗡地响，心里怒火噌噌地冒。田田对方含笑又敬又怕，在她跟前一向蔫蔫的，方总说一她不敢说二。可是，狗急了还跳墙呢。方含笑把田田惹毛以后，田田忽然爆发，破天荒使了个前踢，竟然一脚按在方含笑面门上，将她生生踏在地上。方含笑仰天倒地，鼻血哗地一下涌出来。

方含笑攻击经验丰富，虽然把田田揍得够呛，但下手极有分寸，从来没让她受过重伤。田田不一样，一脚踢出去那使的就是全力。田田看方含笑倒地，先是偷偷一乐，接着就急坏了，眼看方含笑脸上一个黑乎乎的脚印，鼻血狂涌不止，洒了一地。

田田赶紧上去搀扶方含笑。结果被方含笑一把甩开。方含笑捂着鼻子自己起身，去厕所收拾。田田担心地跟在后面，问要不要紧。方含笑理也不理她。

呃，她生气了。

这一天对战只进行了二十分钟，她们就打道回府。下到车库里，田田如以往一样，自己爬到红色保时捷的副驾驶上，结果听见方含笑说："下去！"

“……哈？”田田傻。

“你把我鼻子踢成这样，难道还要我送你回家吗？！”方含笑扶着方向盘，气愤地说，一边鼻孔里还堵着纸巾。

田田只好下车。方含笑一溜烟开车走了。

这件事的结果是，方含笑北京组的同事们，不知道为什么，个个兴高采烈，喜气洋洋，简直比过节还高兴。

方含笑第二天早上来上班，鼻子上贴了个大膏药，样子特别滑稽。额头和下巴上还有黑乎乎的青影和血痕——是田田的大脚丫子。潘丽丽在外边工区见了方含笑这德性，大惊小怪地大叫：“哟！主子！您这是怎么啦？”

外间工区的高华员工全都扭头过来看热闹。方含笑怒气冲冲地说：“磕着了。”

当天视频会议全部取消，改成电话会议。需要方含笑亲自出马的会面和宴请，全都由潘丽丽代行。

一个小小实习生把方总鼻子踢坏这件事，瞬间传遍了十七层和十八层，看热闹不嫌事大的闲鬼们纷纷跑来十八层偷看方总的鼻子。

方总在工区的时候，北京组的同事们个个如丧考妣，一脸沉重，谁也不敢提方总的鼻子。直到下午六点，方含笑下班去接小孩，工区一下子炸开了。

“哗！田田！真是你踢坏了方总的鼻子？你实在太厉害啦！”

“干得好！”

“干得漂亮！”

“干得真棒！”

“好牛掰啊！我崇拜你啊啊啊！！我做梦都想踢方总！！你竟然把我的梦想实现了！！”

方含笑虽然格外喜欢强调她民主透明的管理风格，但是所有同事一致认为她是明民主、实独裁，明儒家、实法家的代表。长年饱受方含笑折磨的投行狗们对这位大老板积怨已深，只是既不敢怒也不敢言，平时还得以媚侍主。

“真是大快民心啊！”杨晟眼泪汪汪地赞美田田，“英雄，啊！英雄。”

只有潘丽丽非常冷静：“傻白甜你可以找下家了。外资行大券商想都不要想了。你就专门找卖猪肉和刷油漆的岗位投简历。”

从此以后，方含笑对田田采取了彻底无视的态度。比如早上田田跟方含笑问好，“方总早。”平时方含笑会特别亲切地说，“你也早。”结果自从田田踢了她鼻子，田田跟她问好，她理也不理，直接大踏步走开。

再比如以前方含笑会让田田给她叫外卖，现在她肚子饿，就会叫别人：“杨晟给我叫个胡萝卜烧鸡饭行不行啊？”

杨晟就隔着桌子对田田说：“田田快去叫个胡萝卜烧鸡饭。”

田田偷偷跟杨晟委屈地抱怨：“方总她怎么这么小心眼啊？我又不是故意的。而且我被她踢成那！样！我都没说什么！我就，我就轻轻踢了她一下！她怎么就小心眼成这样？”

结果方含笑在她脖子后面喷气：“谁小心眼儿啦？谁小心眼儿啦？”田田回头，赶紧叫声“方总”。方含笑愤怒地说：“你那叫‘轻轻踢一下’吗？我什么时候把你鼻子踢成那！样！啦！”

临走时候又抛下一句：“还有，以后你把你那大脚丫子洗干净行不行？我他妈觉得我脸上现在还有你的脚臭。”

“……”

八月最后一周正式与蓝芯会面，陈述毛豆的收购方案。毛豆对这个项目非常重视，除了那位一直跟项目的投资经理，还派出一位集团副总裁。陈贤、杨晟和田田代表高盛出席——因为方总鼻子没好。

汇报之前陈贤鼓励田田：“之前我看你的演练，已经做得非常好了。不要害怕，大胆去做。这个单子，拿不下来是应该的；拿下来我们就赚了。不要有压力。不计结果地去努力。”

田田从来没见陈贤这样认真地对她说话，眼里往外冒红心，很用力地点头说：“嗯！我知道！”

蓝芯的管理层也是一大帮技术宅男，看到对方派出的陈述人是这么一个包了西装都掩饰不住娇羞模样的小姑娘，登时非常惊异。

田田虽然对着镜子演练了不下二十遍，但事到临头，还是紧张。前半程讲话，腿肚子在打颤，声音都是发抖的，更加不敢跟人目光对接。别说田田自己，底下一堆大叔都替她捏了一把汗，简直觉得她随时都能吓哭出来。

中间讲毛豆的布局战略与收购历史时，还有一次口误，报错了毛豆近期一项跨境体感追踪技术收购的数据。那位毛豆副总裁立即跳出来，纠正了数据，并且补充说明了这项收购的背景，解释了这一收购如何开拓了毛豆的业务方向，同时又帮助这家公司进入中国。

最后讲蓝芯加入毛豆以后的前景，也讲得磕磕巴巴。田田鼓起勇气看向观众席时，发现有人居然打起了瞌睡。

问答环节，蓝芯的卖方顾问，一家国内精品投行的 MD 向田田很不客气地发问：“蓝芯加入毛豆完成毛豆的业务布局，对蓝芯有什么好处？蓝芯的目标是在纳斯达克上市。保持独立性对蓝芯来说非常重要。凭什么蓝芯就该把技术给毛豆，补充毛豆的技术缺陷？”

田田虽然紧张，声音有些发抖，但是准备充分，思路清晰：“您说得对，保持独立性对蓝芯很重要。那您为什么还想把蓝芯卖给那个臭名昭著的私募基金呢？您明知道那个私募最擅长的事情就是设立对赌协议，然后趁机侵吞剩下的股份。您说蓝芯的目标是在纳斯达克上市，这两年中国企业在美国股市的表现并不好，还时时有国际投机者做空。万一蓝芯没有在两年内上市，或上市而没能达到预期市值呢？到时蓝芯有高价回购股份的义务，你们就那么有自信，蓝芯不会重蹈之前公司的覆辙吗？

“您说蓝芯加入毛豆能够完成毛豆的业务布局，那对蓝芯来说，有毛豆这样一个合作伙伴，是不是也能够完成蓝芯的业务布局呢？ GPU 芯片最大的客户群体就是手机制造商与智能家电产品制造商，毛豆两者兼具。加入毛豆，使蓝芯牢牢绑住了一个大客户，从此立于不败之地；还能借毛豆的平台提高知名度，走向国际。战略合作本来就是相互的。蓝芯能够补充毛豆业务线，所以毛豆愿意投入，这构成了合作的基础，怎么在您眼里，反而成了阻挠呢？

“毛豆入股蓝芯 20%，承诺控制权与经营权在创始人手中——这才是真正保证蓝芯的独立性啊！将来蓝芯想上市，完全可以上市发行流通股；蓝芯不想上市，毛豆还能接着注资。可是把蓝芯卖给私募，那会是什么结果？私募只图一时之快。他们给钱给得多，没错；他们卖你也卖得快呀！两年没有达到预期，就把你生吞活剥了。请问您觉得是找一个战略合作伙伴，更能保持独立性，还是跟一个守财奴借高利贷，更能保持独立性呢？——您非要把蓝芯卖给函数基金，是因为他们出了高价，你们好自己数钱吧？”田田转而朝向蓝芯的席位说，“我觉得你们选错了卖方顾问！”

话一说完，她立即知道这话太过分了。杨晟坐在底下，拼命冲她使眼色。

底下的人都在窃窃私语。卖方顾问的人对她充满敌意，都在低声说：“太嚣张了吧。一个实习生，口气那么大……”

有的说：“投行也太能扯了。毛豆收购蓝芯，就是入主蓝芯的意思，这都能被她分析出独立性……”

竟然还有人说：“你看她看她，腿肚子都在打颤，一会儿不会吓晕了吧？……”

那个 MD，接二连三又问了几个数据问题。田田很快就被问懵了。杨晟从电脑里翻出数据，立即站出来救场。之后杨晟接棒，田田魂不守舍地走回座位，坐在陈贤旁边。陈贤把手按在她手上，发现她浑身发抖，双手冰凉。

出来以后，田田红着眼睛问：“我是不是把项目搞砸了？”

陈贤说：“有几句话，不该说得这么直白。”

杨晟说：“得。这项目不用你搞，就已经砸了。”

实习最后一天上班。到这一天都没有收到留用通知，那就是请君滚蛋的意思了。

田田准备了小礼物，跟大家一一道别。方含笑没在，给她的礼物——一个小小的，有点像田田自己的花鼓灯玩偶——也没能送出去。中午大家一起聚餐。杨晟问潘丽丽："真的不能留她吗？田田挺好的。"

"看我干吗？我又做不了主。"潘丽丽答，"而且吧，今年绩效真是不好。海航英麦搁浅，毛豆蓝芯黄了，蓝海也没个下落。总部肯定要我们收缩人头。招进来也留不下来。"

陈贤说："我朋友圈里有好几个券商的人在招人。田田你看，你有兴趣没有？"

下午五点，田田发邮件跟大家最后一次道别，感谢同事们的照顾。平时一向爱哭鼻子的她，这样的时刻，竟然格外坚挺。连佳慧都红了眼睛，田田却还笑着，说她很感激，不后悔。

田田专门给方含笑发了一封邮件，感谢她这五个月的照顾，自己真的学到很多。最后还说，自己会一直在北京；如果她还愿意踢人，田田随叫随到。

跟高华那边办完离职手续，转眼六点。真到要走的时候了，北京组的同事过来跟她拥抱。

最后工区的两位保洁阿姨也特地过来送她，眼睛湿湿地跟她拥抱，夸她是个好姑娘。

田田把花鼓灯玩偶放在小会议室方含笑的文件架子上，用好看的细秀的钢笔字，写了个"方总谢谢您"。

结果一进电梯，就撞上刚从车库上来的方含笑。

见田田背着个大书包，方含笑问："唉？你下班啦？这也太早了吧？活儿都干完啦？"

田田一懵："啊？我……"自从田田踢歪她鼻子，她这两周就没理她。

方含笑说："跟我来一下。"

田田屁颠颠地跟方含笑进了小会议室。方含笑让田田坐下，从包里掏出一叠文件。

“两件事。一件是，”方含笑笑眯眯地说，“蓝芯刚刚发来了非正式意向函，表示愿意跟毛豆签约。”

田田惊讶地张开嘴巴。

“第二件事，”方含笑把文件推到田田跟前，“这是你的正式劳动合同。投资银行部分析师岗位，跟高盛香港签，合同期限三年——”

田田的眼泪哗地一下淌下来，“方总我去上个厕所……”

田田捂着脸冲进厕所，坐在马桶上，终于再也忍不住，哇的一声大哭出来。

保洁阿姨在外面问：“啊哟，田田你怎么啦？”

田田从隔间出来，抱住保洁阿姨大哭说：“阿姨，我高兴……”

田田在厕所里哭了整整十分钟，吓跑了来上厕所的高华员工。最后她两个眼睛肿得跟桃子一样，用手臂遮着脸回到工区。

结果发现北京组六个人谁也没走，都坐在红木桌上幸福满满地看着她呢。

方含笑把劳务合同推给她，接着说：“年薪八十三万港币。这个呢，是底薪，当零花钱花。我们部门年终奖都是翻倍的，绩效考评不差的话，税前一百六十万港币没问题——”

杨晟插嘴：“对啦，这就是我们组的风格。一边挨操，一边数钱。”

方含笑斥：“含蓄点不行？”

同组六个人都瞪着眼睛，颇有不签合同不放她走的意思。

田田签完合同。方含笑出血，请大家去丽思卡尔顿行政酒廊吃了一顿，又喝个半醉。晚上十点田田晕乎乎地上地铁往回走，路上打开潘丽丽给她的信封——她的实习考评。

除了专业知识，工作技能、工作风格两个大项的分数都直逼满分。所有人都帮田田说话。

“虽然人有点傻，但是态度端正，正直诚实，能够知错就改，勇于承担责任……短短时间进步飞快，已经能很好地融入团队，建议留用。”潘丽丽的。

“努力，专业，有责任心，有动力。能够适应投行工作节奏，能够发扬企业文化。非常好的管理人员后备人才。建议留用。”陈贤的。

“近三年遇到的最好最棒的实习生，没有之一。能文能武，能唱能跳。性格好，颜值高。能挨骂，能扛压。傻是有点傻，但只有傻瓜才肯这么不要命地干活呐！……求老板留用！”马修的。

“调戏不反抗，蹂躏不告状，被您踢成那样，还一颗红心向着党的好姑娘……全天下上哪找这样胸大无脑的傻叉啊！……方总，自从田田踢了您的鼻子，我发现您的鼻子好看多了！好像变得更笔挺、更漂亮了！……您那么喜欢踢人，把田田赶走了，以后谁让您踢啊！就算看在这姑娘这么能挨踢的份儿上，请不要赶她走啊！”杨晟的。

“虽然田田确实不够成熟，但是她真的非常非常努力。她每天都加班到十二点，从来没有延误 deadline。面对困难她不退缩，她不抱怨，总能在高压之下完成任务……希望领导能够看到她的潜力，给她一次机会，让她留下来。谢谢领导。”佳慧的。

最后是方含笑。

“从民意，留。”

9 合伙人遴选调查

田田正式入职不久，毛豆与蓝芯签订并购意向书。这个项目的推介早先由田田负全责；进入并购程序后，方含笑仍然要田田负总责，在周会上做报告。

虽然名义上是田田“负总责”,实际上田田根本什么都不懂,事事都要问陈贤，具体事务也都落实在其他人身上。除了英麦那方面的尽调，陈贤又得组织第三方对蓝芯尽职调查；马修组织法务公司配合尽调程序；杨晟、佳慧与上海组另一位 VP，配合蓝芯的卖方顾问，一起完善了股权加现金的交易方案。田田这个“负总责”，实际上是“总打杂”。除了督促大家按照并购时间表完成任务以外，就是被大家使唤来使唤去。陈贤时不时要她跟负责尽调的第三方投资调查公司沟通，杨晟经常让她跟卖方顾问打交道。田田一入职就忙得焦头烂额。

除了蓝芯项目，所有需要往香港总部跑腿的杂事，也都落在田田身上。田田以前偷偷羡慕电视里那种飞来飞去的“商务人氏”，真到了自己飞来飞去的时候，才明白出差的辛苦。虽然在香港时能住四季酒店，但因为要忙的事情实在太多了，一天根本睡不了几个钟头，睡五星级酒店的大床也跟睡自家的木板床没差。

九月底田田又在香港出差，忽然收到伦敦高盛国际一位高级合伙人的邮件，说想跟她约时间单独谈谈，了解他们组 MD 方含笑的情况。田田在高盛内部通讯录和领英网页上查了一下这个人。好家伙，这位爷爷已经 58 岁了，当了十七年的合伙人。他是一个法国人，二十多年前从道达尔加入高盛国际伦敦总部，担任石油交易员；目前他仍然是高盛证券部的全球联席主管，同时还是总公司管理委员会成员，欧洲管理委员会成员，总公司风险委员会成员，以及证券部执行委员会成员。

这样高规格的公司高层来找田田，当然不是为了私事——是为了合伙人遴选。合伙人选拔的过程被称为 cross-ruffing，这是一个桥牌里借来的术语，意思是“交互出王牌”。高盛会让不同部门、不同地域的高管组成调查小组，把认识候选人的几乎所有人都盘问一遍。

其实早在夏天，田田参加香港这边的实习生培训时，就已经听到了一些关于合伙人选拔的事情。高盛虽然许多年前已经上市，早就结束了合伙人制，但仍然有合伙人制的一些遗留，公司层面的重要决策，都会由合伙人会议投票决定。因为高盛在美国金融界举足轻重的地位，高盛合伙人被认为是美国上流社会的通行证。合伙人数量占比在 1.5% 到 1.9% 之间。高盛香港办公室三百来个雇员，目前只有三名合伙人。今年合伙人选拔，毫无疑问会有香港的一个名额。

因为这两年市场萎靡，高盛亚太证券部和固定收益部的表现并不如人意；这次合伙人名额显然落在金融咨询部门。金融咨询部门内部，业绩最好的两位董事总经理，一个就是方含笑，另一个则是做内资企业境外 IPO 的董事总经理，名叫陆仁甲。就近两年的业绩来看，因为陆仁甲拿下两家国企的超级大单，为高盛创造了上亿美元的营收，风头相当强劲。但他之前供职于另一家投行，到高盛的时间很有限。方含笑则不然，除了早年的暑期实习和中间两年在摩根士丹利做执行董事，她其余的职业生涯都在高盛度过，应该说是高盛自己培养起来的董事总经理。只是，虽然业绩非常漂亮，科技类并购毕竟不如大型国企的 IPO。中级市场吭哧吭哧做五六个单子，到手的咨询费还不及一单亿级 IPO 的承销费多。

但方含笑在总部没有能为她说话的人。她原来的美国老板已经回了纽约；现在的老板，高盛亚洲投行部的实际负责人，是个土生土长的香港女人，名叫张安迪。她跟陆仁甲一样，都是 IPO 起家。也是她把陆仁甲挖过来，没有道理不支持自己挖回来的人。

方含笑另一个要命的问题是个人声誉。从三月开始，有一个名叫“金融街正义天使”的八卦账号，时不时推送金融圈八卦，其中有好几条影射方含笑。这个“正义天使”自称曾经是街上工作者，后来的圈内名媛，做过二奶，当过小三，睡过无数 MD，因为被包养而阅尽世间繁华。涉及方含笑的八卦推送，虽然没有指名道姓，但打了马赛克以后的公司照片和领英资料都放在那里，圈内人一看就知道是谁。一篇是个豆瓣转来的旧帖，标题《高 X 高管方某某在大摩的桃色丑闻和真正离开大摩的原因》，讲方含笑跟她大摩的老板有一腿；一篇是个很有真凭实据的八卦，讲方含笑与某国际私募基金合伙人不同寻常的关系，放了几个时期他们在酒店或咖啡馆会面的照片；紧接着有一篇讲金融圈高管如何炫富，其中就有方含笑的座驾，最新的那部红色保时捷。

八月底又推了一篇新近原创，标题《GS 并购女王到底有多少个面首》，声称方含笑与数个企业老总有不同寻常的关系，其中有几张照片，是她满面带笑，与老男人亲密交谈的情景。最后一张照片，又是方含笑的红色保时捷，背景是北大学生宿舍楼——居然声称方含笑看上了未出校门的小鲜肉。

最新那篇推送出来，转载数十万。虽然当着方含笑的面，大家什么也不敢说，但方含笑一出差，工区就炸了锅。

“我的天！这个节骨眼放这样的文章！安的什么心啊这是！”杨晟大叫。

“安的什么心？这还用问。当然是不想她做上合伙人。”潘丽丽说。

田田惊诧地问：“丽丽姐，你是说有人故意暗算方总？那是说……她的竞争对手……”

潘丽丽打断田田：“我可什么都没说。”

马修已经在电脑上忙碌起来，没两下抬头说：“我查出IP咗，就系北京金融街上的运营账号。”转而看向潘丽丽，“这个事，我们理咩？”

潘丽丽靠在椅背上，一时没开口。

“把事情告诉方总，让她自己做决定。”陈贤说。

“不行！”潘丽丽一下子挺起身，“别说。什么都别说。海航英麦的项目在当口上呢。她在华盛顿忙疯了，你好意思拿这茬事烦她？”

“……都转载成这样了。我们不说，也会有人跟她说的。”马修忧心忡忡地说。

“这是人家私事，我们做下属的别瞎掺和。分内的事，我们做。”潘丽丽站起来，环顾一桌子的人，“你们都给我听清楚了。方总是这届合伙人候选人。高盛总部接下来会派调查小组来问她的情况。合伙人选拔调查，没找到你就算了，找到你，给我脑子放清楚，不！许！讲！坏！话！有些坏话可以说，比如说方总老爱吃萝卜啦；方总很不注意自己身体，鼻子歪了还坚持上班啦；别人都扛不下来的项目，方总非要自己扛下来啦。这种坏话可以多多地说。什么方总专制啦，独裁啦，听不进别人意见啦，一天到晚把人当奴隶使唤啦，还有什么方总没文化啦，脾气差啦，一根筋啦，不会做人啦，这些虽然是事实，我们自己说说可以，不！许！往！外！说！”潘丽丽的目光格外锐利地瞄了佳慧和田田一下，“——你们一个个都听清了啊：老板升职，才能带着你往上走；老板苦逼，你们只会比老板更苦逼；老板要是屈居人下，你别想着还能飞冲了天去！”

田田战战兢兢地坐在长江中心六十八层一间中国风的贵宾室里。在北京只有她给人端茶的份儿，这时却有人力资本部的初级雇员来问她茶还是咖啡。

除了合伙人爷爷以外，还有伦敦来的另一位合伙人。他也是伦敦交易部门的主管，比格雷年轻一些，是两年前新晋的合伙人。

“我们非常在意初级员工对他们上级的看法。”那个年轻的合伙人说，“我们相信，相较于共事许久的老员工，新人的一些评价更值得相信。请你按照你的真实心意，如实说出你对方女士的看法。”

“你不用紧张。”合伙人爷爷看出了她的忐忑不安，“我知道，讨论自己的主管不是一件容易的事情。一定有人教你：不要在背后讲主管的坏话，对不对？但是，你看，今天我们谈的所有事情，对外绝对保密。你只要如实地表达你的观点和看法。哪怕你确实批评了什么人，他们也永远不会知道。”

田田虽然被方总折磨得很惨,但她是真心实意希望方总能够评上合伙人的。在合伙人手下干活，那怎么着也比在一个普通 MD 手下体面吧？所以田田打定主意，只挑好的说。

可是，真被合伙人爷爷问话的时候，田田发现，想说好话，不是那么容易的。因为那个合伙人压根不问她觉得好还是不好。他有办法把田田所在小组所有底细都问出来,问的还都是特别具体的问题。田田本来就是个竹筒倒豆的性子，三两下工夫，蓝芯项目泄密的事情全被盘问出来了。

“你说你无意泄露了项目的秘密，是因为方女士带你参加了纽约的私募峰会？”

“不不不，跟我们老板没有关系！”田田急吼吼地解释，“去私募峰会也是我央求她带我去的。泄密是我的责任。跟老板一点关系也没有！”

“可是，你是一个新人。你犯了错，是否说明你的主管没有给你应有的保密培训？”

“有的，有保密培训。”田田急得额头冒汗，“但是那个私募大叔实在太狡猾了！他说他跟我们老板认识，还一副特别熟的样子，还说我们老板是他的 LP……”

“哦？他们特别熟？还有……什么关系？她是他什么？”

“不不！不熟！他在撒谎！撒谎！”田田着急大喊,“他们什么关系都没有！你不要听那些无聊的八卦账号乱说！那些关于方女士的传闻都是胡说八道！别信！别信它们！”

合伙人爷爷露出很惊讶的表情，“关于方女士的传闻？你是指？”

田田几乎是从椅子上跳起来，唾沫横飞跟合伙人爷爷说：“先生！不要信那些传闻！他们说方总跟什么大摩 MD、什么私募合伙人、什么 IT 公司 CEO 有不正当关系！那些都是假的！都是谣传！！”

合伙人爷爷大吃一惊，“什么？你说你们主管，跟大摩 MD、私募合伙人、IT 公司 CEO 有不正当关系？”

田田嘴巴张成 O 型。

真想扇自己一个嘴巴啊！

“假的！全都是假的！”田田张牙舞爪地跟合伙人爷爷说，“你别信，别信啊！”

田田蹦到合伙人爷爷面前手舞足蹈，那位慈祥的爷爷，忽然注意到田田的手腕、小腿、眼角，还有脖子上，有一些奇怪的青肿伤痕。

“你身上为什么有这么多淤青——”

“啊……这个……”田田支吾了一下。

“发生了什么！”合伙人爷爷露出了“我会为你做主”的凝重表情，“请务必告诉我，发生了什么事情！”

“没……没什么……”田田努力把裙子下摆往小腿上拉。

“这些伤痕——是你们主管造成的吗？”合伙人爷爷的眼睛，如名侦探柯南找到线索一般，唰地一亮，“因为你在蓝芯项目上的失职，你们主管于是——”

田田急得脑门冒汗，英语又差，不知道跆拳道英文要怎么说，临时又编不出话来圆，“是……不是……不是……是她造成的，但是……不不不，不是她造成的……”

合伙人爷爷的脸色唰地变了——变得特别严峻，“你们的主管，还打你？！”

方含笑坐了十四个小时的飞机，从华盛顿飞回北京。因为九月底的龙卷风，飞机延误，在杜勒斯机场停滞了九个小时，本该三点四十落地的飞机，一直到次日零点三十分才抵达北京。等出海关打的，到家时已经凌晨两点半。

方含笑进门。客厅亮着灯，周更新坐在沙发上。电视并没有打开。

“这么晚还不睡？”方含笑问，低头正要换鞋，却发现头顶光线一暗。

周更新已经站到了她面前。他脸色铁青，下巴上有胡茬。他手里捏着手机，屏幕亮着。

方含笑扫了一眼屏幕，就知道他要来问什么。

她知道。当然知道。她不但知道，而且还知道北京组的同事，甚至身边所有中国人，都知道。

只不过他们在她面前装作不知道，她也在他们面前装作不知道，而已。

但是周更新显然没有装作不知道的打算。

“网上传的那些事，真的假的？”周更新问，声音干涩。

方含笑不答话，俯身脱鞋。周更新伸手把她捞起来：“你说清楚。”

方含笑穿了一双香奈儿齐膝高尖跟黑羊皮靴，一时间没能把鞋子脱下来。她站直了身，鞋跟一垫，登时与周更新一般高。

“你累不累？非要这会儿说那破事儿？”方含笑摆脱周更新的手，“别闹，睡觉。明天还上班。”

“睡觉？睡觉？”周更新大叫起来，“你倒是睡得着！”

“——小点声！把孩子吵醒怎么办！”她低斥。

“你这会儿倒关心起孩子！你关心孩子，还给我戴绿帽子！”

方含笑的脸色变得很难看。她直起身，带了平板电脑的包还沉沉地挎在身上。

“你想怎么样？”

“说清楚。”周更新冷冰冰地说，“网上传的事，是不是真的？”

“你非要问？”

“要问。”

“你非要问，考虑好后果了吗？”

“说啊！真的还是假的？说啊！你说啊！”

“有真有假。”

“跟企业老总——”

“没有的事。”

“跟什么私募的人——”

“结婚以前。”

周更新的脸色一白。

“那跟你那什么大摩老板——”

方含笑没答话。

周更新眼中充泪问：“一次？”

方含笑站在那里，歪着脑袋笑了一下：“不止。”

在方含笑反应过来之前，周更新扬手一记耳光已经打到她脸上。那一下是那么狠，那么重，方含笑的身体一下失去平衡，重重侧边一倒，头磕在鞋架上，登时见血。

方含笑跟周更新认识十三年，从来，从来没有见他打过人。

周更新跟方含笑认识十三年，从来，从来没有想过他有一天会打她。

但是他那巴掌居然就打下去了。

而周更新还不放过她。他把她从地上捞起来，掩着她的领口，像捏着鸡脖子一样将她拽着，一路拽到客厅，往沙发上猛力一推，一面恨恨地骂：“跟我上床你就吐。跟你老板上床，你吐不吐？你吐不吐？！”

这时旁边那个屋子里传来哭声。房门打开。

一个三四岁的小女孩穿着维尼熊的睡衣跑出来，冲到沙发跟前。她用又细又小的手臂推开周更新，并没有推动。她抬起头来，大颗的眼泪滚出来，却没有哭声，只是童音响亮清脆：“不许你打我妈妈！”

10　她离开大摩的真正原因

“离婚。”周更新脸色铁青，眼睛发红，“身份证户口簿找出来，天一亮去离婚。”

三岁多的小孩子，大概不知道离婚是什么意思。但是看父亲的脸色，她已经明白事情的严重程度，哇的一声哭起来。

方含笑迅速从沙发上爬起来，蹲在地上，把女儿揽至身前，擦干她的眼泪说：“蓝蓝，去看看大熊好不好？”

大熊在房间里哭。保姆哄不过来。

“妈……妈妈你流血了。”蓝蓝哭着说。

“妈妈没事。蓝蓝乖，去看看大熊。”

保姆过来，把蓝蓝抱走，关上房门。方含笑一手捂额角的伤口，另一手去挽周更新的手，“不要轻易提离婚。我们坐下来谈，好不好？”她摆出一脸讨好的笑容。

她在笑。她竟然还敢笑。

周更新猛地甩开方含笑的手，“谈！谈毛谈！谈洋鬼子器大活好？怪不得在家里床上躺得跟死尸似的。妈逼玩意你逼格高我伺候不了你！……离婚！离婚！民政局离婚的人多着呢。甭等天亮了！走！现在走！现在就去排队！”他说着推搡方含笑往屋里走，“去拿身份证来！”

方含笑抓住周更新的手，“你别闹。真到那一步也不是现在。你给我一个星期的时间，我解释，补偿你。一个星期以后，你还不满意，还是要离，那行，我们各自做双方父母的工作。两边父母都安排妥帖了，我们再用一个月走程序，请律师，谈抚养权，谈财产分割。最后才走民政局。”

周更新甩开方含笑的手，不敢相信地看着她。这样的节骨眼，她居然如此冷静，张口列出步骤一二三。好像他们不是在谈离婚，是谈一个崩了的收购案。好像他只是一个难缠的客户，她得耐着性子跟他讲流程。

“你行。你牛掰。结婚的时候就想明白怎么离婚怎么分割财产了？你他妈把我周更新当什么玩意？一次性破鞋捡了穿穿了扔？”

“行了别闹。洗洗睡。我明早还得见一个国资委的领导。中午晚上都有饭局，完事了我回来跟你谈，好不好？”

她说着去门廊换鞋。周更新愤怒地站在原地，决定做点什么事发泄怒火。在愤怒中他摔了茶几上一个摆件，但因为地上铺着厚厚的羊绒地毯，那摆件摔地上竟然还没个屁响。而这时方含笑已经换了鞋回来：“愣着干吗，你不睡觉啊？”

天。已经吵成这样了，难道还要跟这个劈腿的女人睡一张床?！他愤怒。他要，他要离家出走！

他当即朝门口大踏步走去。

“哎哎，这么晚你上哪儿去？”

“不用你管！”他说着蹬上皮鞋，咣的一声带上门。

门没一会儿就开了。方含笑把他叫回来，钱包钥匙手机递他手里，“路上小心。”

她关上门，对着门边的穿衣镜擦去额角的血迹，还有眼角的泪痕。接着又打点起一脸灿烂笑容，回房里哄那一对哭泣的小儿女。

方含笑第二天上班时，额角贴着创可贴，半边脸还是肿的。她平常一向挽着高发髻，这一天却反常地长发披肩——拿头发挡脸。

田田瞄准方含笑打电话的间隙，敲门进小会议室，跟她汇报合伙人遴选调查的情形。方含笑摇头："遴选调查对当事人是保密的。不管你跟他们谈了什么，都不该让我知道。"

"可是，可是方总，他们现在都知道网上传的事情了……"田田怎么都不敢说是她说漏嘴抖出去的，"方总，这样下去肯定不行，谣言越传越乱。不如我们出面澄清……"

"你想怎么澄清？"

田田早就拿定主意："方总，我有办法！只要您一句话——我们系有很多师兄师姐在媒体，电视台、纸媒、新媒体都有。他们很多人都来找我，说想做金融圈的选题呢！我们可以挑几家有分量的业内媒体，为您做一个专题，专门讲您这五年完成的交易——"

"不行！"方含笑很快打断她，"你忘了？一进公司就跟你说要低调。别说官方媒体，社交媒体都不能乱发东西。以前高盛总部有人往推特上发个派对照片，掀得满城风雨。公司宣传有统一的口径，有公关的人在，轮不到我们说话。"

"可是方总，这不是公司的事，这是您的事——"

"傻白甜你是太闲了吧？活儿都干完了？蓝芯尽调完了？融资谈妥了？"方含笑瞪田田。田田只好怏怏退出小会议室。带上门的时候，方含笑抬头说："田田，不用想着给我洗白。我没你想的那么清白。"

早上方含笑带佳慧出去见人。陈贤又在美国出差。剩下的人在工区议论方总肿起来的那半边脸。

"八成被老公打了。"潘丽丽叹气，"那网上造谣的也真是缺德。"

"啊？方总她老公……竟然……"

“是啊。方总她老公，原来在谷歌，听说回国以后工资不涨反降，一怒之下跳槽。结果到百度更惨！工资肯定比谷歌低的嘛……”杨晟说。

“嗨呀嗨呀！我也听闻了，他在百度，那个产品上线没用户，没两下就扑街。眼下在百度闲着，挣钱没老婆多，回家拿老婆出气啰。”马修说。

“太过分了！”田田捏着拳头站起来，“再怎么样，打人都不对！”

“人家家事我们管不了。”潘丽丽说，眉头一皱，拿起手机，“不过有人可以管。”

“这他妈什么金融街正义天使，我靠，欠收拾简直！”杨晟扭头问潘丽丽，“丽姐，咱干一架？”

“干！”潘丽丽说，朝向马修，“从 IP 地址能查出他在哪儿吗？”

“只知是阜成门内北街……”

“我能问出来他在哪儿！”田田说，“我已经联系上那个‘正义天使’啦。我加了他微信，告诉他我可崇拜他了呵呵。”

田田假装自己是大学毕业正在找工作的小菜鸟，想跟“正义天使”讨教经验。那个“正义天使”一看田田的头像照片，居然对她十分热情，答应当天晚上在中行金融大楼旁边的面馆见面。

田田如期赴约，潘丽丽、杨晟、马修占了旁边一桌假装路人。那个“正义天使”果然来了。并不像公众号声称的那样是个做过二奶小三的女人，分明是个男人。此人芳名郑天使，原来也是在金融街某外资行上班的白领，现在辞职决定自己创业——就是拉了三五个人，开了个公众号，专门发布一些奇奇怪怪、没有切实来源的八卦信息，靠发广告、收群费挣钱。

田田按照计划好的台本，装成刚毕业的迷茫期菜鸟，表示希望能够加入他们的团队。因为田田长得实在太甜美可爱了，那个“正义天使”是个三十来岁的大叔，哪里招架得住萝莉这样的攻势，没两下就表示愿意带田田去他们的办公室看看。

说是办公室，其实是阜成门内北街一处破旧的居民楼。田田跟着他进了 4

号院西楼，走过贴满小广告的楼梯，心里有些惴惴。进门时看一眼门牌号，赶紧偷偷给潘丽丽发了一条短信。

“正义天使”占着两室一厅的一室，另一屋还有另外一家小公司。这时大家都下班了，屋里横着几张桌子，桌上几台电脑。

田田前脚刚进门，潘丽丽、杨晟、马修后脚就雄赳赳气昂昂进来了。郑天使一看傻了眼。旁边那两个男的倒还好说，虽然块儿头也有，但是估摸着跟自己不相上下，单挑不过还能逃走。但那女的满脸横肉，粗胳膊粗腿，趴身上估计能把人压死。

“你……你们，谁啊？”郑天使问。

潘丽丽往破老板椅上一坐，对田田说：“田田你先。”

有潘丽丽他们在，田田登时有了底气，严正指责郑天使说：“我们是你八卦的受害者。你不能这样，站在道德制高点上，随意指责别人。别说你写的那些八卦都没有真凭实据，就算你真有，别人的生活，那也是别人的生活，你没有资格审判别人！还有，你写的那些东西，明显歧视女性。你说得好像女高管都是靠不正当行为上位，好像只要你有钱有财就会有女生想跟你……那是不对的！请你马上撤下那些八卦推送。否则我们走法律程序，起诉你！”

潘丽丽噗地乐喷了：“这就完啦？”

田田看看潘丽丽，又看看郑天使说：“你立下保证书，说你马上会撤，以后也不会再胡乱造谣。”

潘丽丽从椅子上站起来。她个子高，还长得宽，往那儿一杵跟一小山似的。郑天使登时觉得自己矮了一截，倒退一步问：“你，你谁？”

“方含笑。”潘丽丽说。

郑天使一愣，赶紧说：“方方……方总好。”

“好你妈个头！”潘丽丽手插在腰肢上，朝郑天使走去。潘丽丽走一步，郑天使就退一步。再走一步，再退一步。郑天使想溜，无奈一边杨晟一边马修，全堵严实了。没多久潘丽丽就把郑天使压在了墙根的一张破桌上，一只手撑着桌子，另一只手一下一下地抚摸他的脸。

然后潘丽丽开始了。

“小样儿，你是吃饱了撑的活不耐烦了是吧？没人理你闷出毛病来了是吧？我跟谁上床干你屁事？我开什么车干你屁事？老子就爱跟你妈劈腿，你是哪根葱轮得到你管？你假装加班在办公室里偷鸡摸狗我说你什么了吗？你一边吃翔一边抠脚趾我说你什么了吗？你皮痒欠打私信我呀，满世界喊我跟谁谁谁好是闹哪样？我瞧你裤子里也揣着一玩意儿，看着不大凑合也算是个爷们儿了，是爷们儿你装女人嚼舌根？有你这么鸡婆的吗？贱人就是贱人，拿个键盘你还做上键盘侠了啊？严于律己宽以待人知不知道？少说话多干活低调做人知不知道？不管走多远低头看看自己的屌样知不知道？你妈也没欠你胳膊腿呀的，怎么就不能好好找个活干上，什么破玩意儿打漂儿非要弄嘴皮子不消停吗你？”

潘丽丽一边骂一边摸他脸蛋，顺便喷了他一脑门口水。郑天使脸上又白又红，额头冷汗嗖嗖往下流，张着嘴可半天愣是没吐出一个字来。潘丽丽的骂功，田田是领教过的，那真是叫人生不如死啊！田田满腔愤怒登时化为一片同病相怜之情。

可潘丽丽完全没有停下来的意思。

“……你爹妈把你拉扯大多不容易啊，送你来北京读书多不容易啊，你怎么就不学好了，啊？你是进外资行打两年小工就觉得自己是精英成功人士俨然可以出来装了啊？被哪个高管临幸两下你就见识多人脉广了就可以出来造谣了啊？你丫是睡姑娘成功一次自信心暴涨觉得天下女人都求你睡，还是失败从此世界再没有色彩憎恨社会仇视人类改变性向从此 YY 自己是个京城头牌哭着要跟所有男人上床？瞧你这德性，找抽呢你这是。脑子有病赶紧治，啊，别一不小心做出点影响我们社会主义精神文明建设的事。实在想不开，麻溜地找根绳儿，也是为祖国节约资源为精神病院节约床位。你的后事呢姐给你盯着，八宝山咱住不起不是，没事儿，大好河山总有个马桶可以安放你的灵魂——咦，咋啦你这是？”

郑天使眼白一翻，晕菜了。

晚上十一点方含笑从国贸的饭局出来，接到樊西西的电话，说她嫌开车麻烦，要方含笑去王府井她开的饭馆接她。

方含笑对这个大小姐一向很没办法。樊西西指东她也不敢往西。方含笑虽然从来不很情愿当樊西西的闺密，无奈樊西西太喜欢身边陪衬一个相貌不如自己，财力也不如自己的闺密了，说是闺密其实跟丫鬟没差。这种情况在方含笑升职到 VP 以后好一点——方含笑实在太忙，怎么都没时间去樊西西家给她烧饭了。

樊西西跟彼得・哈代结婚以后，很是风光了两年。但没多久她也腻了——二十来岁如花似玉的姑娘，怎么都不甘心成天对着一个老头。结婚第四年，樊西西跟那老头掰了，拿了一笔巨额赡养费。那时方含笑还在香港苦逼地做着助理。樊西西去香港投靠方含笑，结果发现丫混得比她还惨——挤着二十平的小房子，上班挤公交，天天吃外卖——立即抛弃方含笑，回了北京娘家。

那以后方含笑事业渐有起色，而樊西西回北京后，拿那笔赡养费做本金，先在护国寺新天地开了一家混合了唐朝文化与美国嬉皮士风格的后现代艺术餐厅；不久又与人合资买下后海一酒吧，折腾成唐朝混搭风格的洋酒吧；最近又在王府井买下一个餐馆，也整成了唐朝嬉皮士主题风，新近开业。餐厅和酒吧因其高消费以及凡人不能理解的高逼格中西混合，居然吸引了一拨京城富豪和艺术家。樊西西一不小心变成了艺术圈名媛，798 几幅价值上亿的后现代半裸肖像，里头主角就是她。

樊西西这几年在感情上一直漂泊无依，泡过富二代无数，但一直没有成家。她自己没有结成正果，对感情婚姻一直很稳定的方含笑很是不满，一有机会就来破坏方含笑的家庭，跟她兜售单身的种种好处。这回一听方含笑好像被周更新打了，登时高兴得不行，忙不迭赶来劝离婚。

“哎哟！他还真敢！这兔崽子！”方含笑把樊西西接上后，西西凑过来看她的额头和半边脸。额上创可贴还在，半边脸有些许浮肿，但因为扑了粉底，头发一遮看不出来。

一进方含笑的家门，樊西西先揪住周更新嚷嚷开了：“离婚！离婚！姓周的！去！马上去把你的身份证户口簿拿出来，现在就去民政局排队！离婚！”

周更新一把甩开樊西西的手，“搞毛啊你！”

结果樊西西自己往地上一坐，扯开嗓子大嚷：“哇噻！打人啦！男人打女人啦！报警！方含笑！报警！你老公打人啦！”

周更新脸色一白，忙辩解：“我，我没打人——”

樊西西跳起来叫嚷开了，拉过方含笑，指着她的脸，“没打人？没打人方含笑这脸是怎么回事？这额头是怎么回事？她有病自己把自己打成这样？方含笑本来就长得不好看，你看她现在脸肿成这样，你叫她这辈子怎么办！怎么见客户！怎么见我！再贴面膜也没我好看了，她心里得多自卑哇！”她说了一会儿，发现说岔了，赶紧回正题，“离婚！马上离婚！我呸，姓周的就你这颜值，倒贴钱睡你一个晚上我都恶心。”

她说着一把拖过方含笑打量，一面打量一面啧啧有声：“你瞧我们家方含笑，多好一个黑富美哪。你俩配一块儿，真是一朵黑莲花插在牛粪上，你听她嫌你一句了吗？她挣钱，她养家，她买房子她生娃——周更新你哪辈子的造化骗到这样一只大傻叉，你不好好珍惜她还动手打她？你房子谁买的？你车子谁买的？你挣多少方含笑挣多少？吃着人家的用着人家的你不小着点心伺候人也罢了，就你这二两五两你还动手打人？你个吃软饭的你还蹬鼻子上脸了你？离婚！马上离婚！”

方含笑拉着西西劝，完全劝不住。可怜屋里两个娃又被吵醒。蓝蓝哇哇哭着跑出来，拉西西的手说：“不要离婚。不要离婚。”

西西拉过蓝蓝，指着周更新说：“蓝蓝，你爸爸打妈妈你知不知道？你要这样的爸爸有什么用！他连你妈都打，哪天他还不得连你一起打呀！他今天一高兴打你脸蛋，明天一高兴打你胳膊，后天一高兴又打你腿啊脚啊的，没两天他不把你打残废了吗？”蓝蓝吓得哇一声哭出来。

西西赶紧抱住蓝蓝，“以后蓝蓝跟西西姐姐过好不好？西西姐姐那里有很多熊宝宝哦！还有很多很好吃的萝卜糕哦！而且西西姐姐家的房子比这里大多了，风景比这里好多了，旁边有个花园有好多花蝴蝶，还有小溪可以钓鱼呢！”

旁边那个小一点的大熊马上倒戈了，蹭过来咧开嘴巴流着口水说：“啊！要！去西西姐姐家！”蓝蓝也说：“啊！西西姐姐家！那妈妈可不可以一起去呢？”

西西嗲嗲地说：“妈妈当然一起去啦！蓝蓝妈妈可喜欢西西姐姐了。”转而对方含笑说：“方含笑你跟我过呗。你跟我过，我保证把你养得白白胖胖的。反正你也没有性生活，你说你白养个男人干吗？”

周更新越听越不对劲，赶紧把一对儿女从西西怀里抢过来，一面又抬头跟方含笑说：“方含笑你别听她胡说八道！她自己嫁不出去想拉你当垫背——”

西西一听，恼羞成怒：“我怎么嫁不出去啦！我告诉你，我身边男人多得很，就是没你这么尿的！是你自己说要离婚。你要离婚难道我们还跪求你这个家暴男不要离吗——”

这时屋里出来一个老太太——周更新他妈。早上樊西西接到潘丽丽短信，立即给周更新他妈发了一条短信，说你儿子要跟你媳妇离婚，吓得周更新他妈立即坐高铁从天津奔北京来了。

周更新他妈一出来就抹眼泪，过来先拉着方含笑瞅她的脸，忙不迭跟她道歉：“啊哟，人家跟我说我儿子打媳妇我还不信，这看看，他还真打得下去！媳妇啊！是我这个做妈的没出息！教出这么个败家的儿子来！”转头指着周更新鼻子骂：“你，你这个畜生，你还真打女人——”

“妈，您不知道，方含笑她——”

“不管你媳妇她怎么着，你也不能打女人啊！你也不想想这些年咱家那一伙穷亲戚，都是谁帮衬的？你爸心脏不好三天两头往医院跑，吃多少进口药，医保摊不下来的钱都是谁给出的？你爸妈住的新房子，谁给的首付谁还的房贷？

你二舅子的厂子眼看要倒闭，是谁去跟银行要的款子？你大姨的儿子在北京生二胎跑了多少次医院就是建不了档，你看是谁帮他在协和建的档？多好的媳妇打着灯笼也找不着啊，你咋就不知道珍惜哪！别说她待你这样好，她待你不好你也得忍着。你怎么还，怎么还动手打人哪？”说着老太太就哭起来，回头握紧方含笑的手，说：“媳妇，你真要离，妈也不说什么。以后你老公不是你老公了，你妈还是你妈，啊。”

方含笑眼睛湿湿的：“妈，我没要离婚。”

周更新眼睛红红的：“我，我也没要离婚。”

老太太拉过周更新的手，语重心长、情深意长地说：“……只不过是犯了女人都会犯的错而已嘛，有什么大不了的。全世界女人都会犯这样的错啦，能回家就很好了。你做男人的，要多包容自己女人在外面赚钱那么辛苦，不过是逢场作戏，还不能忍忍？家和万事兴，夫妻就是要男人多忍耐。这婚，不能离。”

旁边樊西西不干了，“什么！不行！说好离，怎么又不离了？”还来拉扯方含笑，“方含笑你可想清楚了。家暴男他是改不好的。他有一次家暴，就会有第二次。你看看你这张脸，再来一耳光子真是彻底废了。你现在不比二十来岁的小姑娘，打一耳刮子脸还能弹回来。你家这位，今天不高兴给你一下，明天高兴了又给你一下，你看你这张脸还有救没救！而且我跟你说，你跟个人渣过没两下脸就气黄了，多少玻尿酸都救不回来。你放着我这个又富又白又漂亮的中国好闺密不要，非得跟家暴男啊你？”

周更新急忙去拉方含笑，鞠躬道歉指天发誓：“没有下一次！没有下一次！我深刻检讨错误！老婆原谅我！再没有下一次了！”

方含笑把哭哭啼啼的老太太劝好，把嘟嘟囔囔的樊西西劝到客房里睡下，把一对儿女哄到床上。这时已经凌晨两点。方含笑一直没跟周更新说话，洗漱完在床上躺下，周更新自己凑过来，在她脑后说：“老婆我错了。”

方含笑眼睛一湿：“是我不对。”

周更新气鼓鼓地说：“你也知道你不对。”

方含笑默了一会儿，低声说：“我那时实在没办法了。眼看那单子就能做成，我……我那时……没法得罪他，也不可能举报他……我那时不过一个 ED，他是大摩亚太区总负责人。如果不是借他的名义，怎么都不可能请得动大摩 CEO……”

“别说了！我不听！”周更新吼。方含笑立即没了声。

没听见周更新声音，方含笑回头看。周更新在枕头上，含着眼泪，说了句：“老婆，是我没用。”

方含笑伸手给他擦眼泪，“别瞎说。”自己眼睛却又湿了。

周更新伸手抱住方含笑，呼吸埋进她的头发里。他在她脑后轻轻说：“方含笑，我想跟你一辈子。”

方含笑闭上眼：“……好。一辈子。”

11　高盛合伙人

周更新跟方含笑在一起九年，结婚六年。最早周更新在山景城谷歌总部，从事安卓智能手表操作系统开发；方含笑在纽约高盛总部，从事 TMT 行业并购业务。两人先在波士顿一个科技展会上见面，接着在西雅图微软主办的一个商业活动上重逢。之后周更新对方含笑发起热烈的追求。后来方含笑去了香港，周更新当即申请迁回北京的谷歌中国。再以后方含笑的事业局面渐渐打开，于是在北京设立工作组，这才终于结束辛苦的异地关系。

方含笑的三次跳槽，应该说每一次都非常成功。从高盛总部跳至高盛亚太，由分析师升助理，不久即升 VP。从高盛跳至摩根士丹利，由 VP 升为 ED——VP 与 ED 在高盛是同级别职位，但在大摩，ED 比 VP 更高一级，是 MD 的准备阶段，已经能够半独立地带团队了。两年后又一次跳槽，从大摩回到高盛，这时她有客户、有资源、有团队，规模虽小却足以独当一面，完全具备跟高盛讨价还价的资格，于是在二十八岁做上 MD——这在高盛亚太真是破天荒，连交易部也没有这样年轻的 MD。

但是周更新跳的槽就不怎么样了。方含笑由纽约跳到香港，工资升，税率降。在美国，联邦税加州税，近 30% 的收入都要上缴；香港税率却只有 15%。以后方含笑年薪以港币千万计，又开始积累自己的投资渠道，三十岁上身家过亿。周更新却很倒霉。首先谷歌在中国根本就没多少业务，在北京设办公室，为的就是中国的廉价劳动力。周更新工资再高，也不可能高过他的主管。年薪人民币两百万撑死，这其中还有将近 35% 的比例要纳税。

这时他又进行了第二次跳槽，跳去百度。事实证明，这是一个奇傻无比的决定。猎头替百度来挖人，说让过去负责一个产品。周更新在谷歌爱尔兰控股的谷翔，说到底不是管理层，只是一个高级工程师，干着谷歌总部发派的活儿；现在有机会让他过去带团队，虽然工资没有涨，但毕竟是一个往管理层跃迁的机会呀。周更新高高兴兴地去了，却发现面对着一个半死不活的产品，手底一个稀稀拉拉、人人想走的团队。没多久这产品就黄了，团队被解散。周更新被调至百度无人车部门——这又是一个政策不过关，商业没前景，技术不如谷歌，体量不敌滴滴的过气部门——安安分分做回一只高级码农。

这时周更新税后年薪大约在 120 万人民币，大约 17 万美元——跟他十年前在山景城的工资差不多；而方含笑，税后年薪 3500 万港币，折合约 450 万美元，这还不算她每年在股市债市以及私募基金等获得的、经常比她的年薪更多的投资回报。

正所谓经济基础决定上层建筑。周更新与方含笑巨大的经济实力差距，决定了他在所有事情上都没有太大话语权。诚然方含笑很照顾周更新的自卑情绪。比如买房子，方含笑愿意为了方便周更新上班（以及让他带孩子），买在五道口附近。但在其他事情上——比如带孩子——周更新只能屈从于方含笑的安排。曾经，周更新也试图反抗，他的理论依据是所有动物都是母的带，没有公的带。方含笑从办公室给他打电话讲道理：“周先生，您说得对。您说得真对。小鸡是母鸡带的，小猪是母猪带的，小狗是母狗带的。可你他妈不是人吗？你非要跟畜生一般见识吗？”

小会议室外，杨晟和马修闷声笑得一抽一抽。方含笑往外头一瞪，他俩立刻把头埋桌子底下，接着笑个不停。

在夫妻生活方面，周更新简直是一点发言权都没有。面对周更新关于“形婚”的质疑，方含笑终于妥协，表示一个月可以有两个小时的夫妻时间。但是她一出差，连这两小时都保证不了，于是周更新逼方含笑签了一个“夫妻协议”，把两小时的夫妻时间以法律形式固定下来——因为方含笑只认协议、合同、数字、条款。

借着这次离婚波折，周更新立即要求修订那个丧权辱国的“夫妻协议”，提出把夫妻时间增加到一个月四小时，并且夫妻时间内，方含笑不能看财报，不能接电话，必须服从丈夫安排。方含笑当然不答应。周更新开始发脾气，“一个月 30 天，一天 24 个小时。一个月 720 个小时，我 716 个小时都听你的，让你腾出 4 个小时来听听我的，这你都不愿意？”

数字对本科学数学的方含笑是很有说服力的。方含笑一想也对：“行。那咱签字。”

于是更新夫妻协议，把每个月夫妻时间由两小时升级为四小时，期间方含笑要听周更新安排。

九月的最后一天，周更新提出要执行这个月剩余的三个半小时夫妻时间（因为上一次滚床单方含笑又看财报又接电话，滚了没五分钟又吐了）。方含笑快快表示同意。把孩子哄睡下，洗完澡吹完头发出来，看到周更新坐在书桌前，跷着二郎腿，在翻弄什么东西。

周更新看方含笑出来，很大爷地说：“衣服脱了。”方含笑哦了一声，脱了睡衣爬去床上。周更新立刻说：“谁让你爬床上啦？过来！在这儿站着！”

周更新把不情不愿的方含笑拖到镜子跟前，“好好看。看你这小荡妇。叫人那么不省心！男人跟我抢你，女人也跟我抢你！你咋就那么不安分！”接着又嫌弃地瞅一眼方含笑胸口，“别人家老婆胸前两个馒头。我老婆胸前两个旺仔小馒头。”

方含笑一手护着胸口，一手护着下边，低头咬着嘴唇不作声。长发从肩头垂下来，遮住半边胸口。周更新把她的下巴抬起来，非要叫她打量赤身裸体的自己。方含笑登时羞红了脸，眼里因为屈辱而泛起眼泪。

周更新赶紧兜住方含笑："说你旺仔小馒头，你怎么就哭啦。哦哦老婆不哭。山东大饼，两个山东大饼好了吧……"

周更新把方含笑横抱到床上，把她放在柔软的被子上，忍不住笑瞅她绯红的面颊："哎，原来老婆大人也会害羞呢。"对着她的脖子一通乱啃乱咬，接着叼着她光滑的侧颈，怎么都不肯松口。

方含笑急了："你，你给我下去。明天我还上班呢，留个印子叫我怎么办！……"

周更新在方含笑脖子上留了一个深深的吻痕，接着又把她拉起来："可不能就这样放过你。站好了。"

他怕方含笑冷，先去把空调温度调高，接着又从床头柜上抱来方含笑的年报财报，还拿来透明胶。

"哎，哎，你别乱动我东西。"

"不乱动。全贴你身上。方总你最喜欢的财报。"说着巴拉巴拉往方含笑身上贴。没一会儿方含笑一身的财务报表。

"哎哟，像个模特。"周更新高兴地欣赏了一会儿，接着又从写字台上拿来几张打印纸。那纸上有字。周更新举着一张纸："念。"

方含笑瞧那纸上的字，骂："有病吧你！"

"对你进行夫妻义务教育呢。叫你念，赶紧念！哪儿来那么多废话。"

方含笑只好红着脸念："贞洁。"

"念三遍。"

"贞洁。贞洁。贞洁。"

周更新又展示第二张纸。

"节操。节操。节操。"

第三张纸。

“妇德。妇德。妇德。”

念完了一沓表达德行操守的中英文词后，周更新终于拿出最后一张纸。结果方含笑不吭声。

“念啊！哑了你！”

方含笑扭捏半天才低声念：“老公我爱你。”

周更新凑上去亲了方含笑一口：“老婆我也爱你。”

接下来进入问答环节。

这一关方含笑特熟悉。

“血精灵好还是暗夜精灵好？”

“血精灵好。”

“诅咒好还是灾变好？”

“诅咒好。”

“联盟好还是部落好？”

“部落好。”

“要么胜利！要么战死！”

“为了部落。”

“为了部落！！”

“为了部落。为了部落。为了部落。”

“PHP 好还是 Python 好？”

“Python 好。”

“Ruby 好还是 Python 好？”

“Python 好。”

“苍井老师好还是饭岛老师好？”

“饭岛老师好。”

“笨！两个都好！”

“都好都好。”

“清华好还是北大好？”

“北大好。”

“哈佛好还是北大好？”

“……北……大……好。”

“谷歌好还是百度好？”

“……百度好。”

“蠢材！百度怎么可能比谷歌好！”

“那你还跳去百度？”

“我蠢啊！！……投行狗好还是码农好？”

“码农好。”

“码农——也是——你叫的?！”

“程序员好！程序员好！”

“你老板好还是你老公好？”

“你老公好！”

“蠢材！我哪来的老公！！！”

“……我，我老……周更新好。”

“对！对！天底下男人谁最好？”

“周更新最好。”

“我听不见。”

“周更新最好！周更新最好！周更新最好！”

“天下男人——还有女人——你最爱谁？”

“最爱周更新！最爱周更新！最爱周更新！”

“老婆我也爱你。”他说着荡上去又一个吻。

周更新终于问满意了。这时夫妻时间才过去四十分钟，还有的折腾呢。周更新把一盘日本秋叶原买的正版AV塞进播放机。电视里一个女优咿咿呀呀地叫。方含笑站在那儿，看也不是不看也不是，面红耳赤。周更新自己在沙发上坐下，开了一包薯条，咔嚓咔嚓吃了两根，瞪一眼他媳妇儿：“好好看！好好学！”

第二天方含笑上班，穿着一条立领包臀通勤裙，立领里边围了一条丝巾。她上班第一件事，就是把杨晟叫到小会议室，骂了差不多有一个小时——这事格外反常。她平时对谁的工作不满，都是悄声细气提不同意见，这时好像气得不行，骂得整个工区都能听见。她对蓝芯项目的溢价融资方案不满意，觉得杨晟没跟蓝芯老股东和投资方接洽好；又指责杨晟没跟马修做好法务上的沟通，投资人保护条款欠考虑，新股认购权和领售权的条款都不完善——其实这些都不是大问题。因为杨晟也不过给个二轮谈判前的初步方案，本来就需要进一步商讨，方含笑却指责杨晟没有商讨就给出方案。

但是有什么办法。老板骂忍着呗。

一个小时后杨晟黑着个脸从小会议室出来。大家都看出来方含笑心情不好，工区鸦雀无声，生怕闹出一点声响被她叫过去骂。

“方总今天为什么这么凶啊？”田田小声问潘丽丽。

潘丽丽瞥一眼小会议室里方含笑的立领：“还用说。昨晚被她老公折腾了呗。”

“唔，老板的性生活质量直接决定我们的生活质量啊！”马修抱住脑袋，“别叫我，千万别叫我！”

“方总跟她老公吵架，为什么要骂杨晟啊？”

“方总她老公是天津人。杨晟也天津人。”

“哦，幸好幸好，”田田拍拍胸口，“我不是天津人。我是安徽人。”

结果这时就听到方含笑在小会议室里吼：“傻白甜！你这运营尽调和资产盘点都是怎么做出来的！——你给我过来！”

对蓝芯的运营尽职调查和资产盘点都是第三方做的，田田只是参与了报告的撰写。可因为陈贤还在美国做英麦项目，蓝芯尽调现在由田田主责。但是田田真的是个菜鸟啊，再怎么骂，不懂的她还是不懂啊。明摆着方含笑就是拿她出气啊。

“叫你过来你没听到！还要我出去请你进来吗！”

田田战战兢兢起身，哭丧个脸问潘丽丽：“我，我不是天津人呀，为什么连我也要骂？”

潘丽丽翻了下眼皮：“嫉妒你年轻漂亮呗。”

进入十月，随着大老板回到没有性生活的正常节奏，脾气变得好得不行，不管交代工作还是总结工作，都格外温柔娇嗲细声细气，北京组同事们的日子登时好过很多。

这一年的十月，对北京组来说的确是个丰收之月。除了蓝芯项目正式进入并购交易谈判阶段，其他两个项目也推进顺利。在方含笑和潘丽丽的反复努力下，海航英麦项目陆续通过商务部、发改委、国资委、证监会、上交所审查，美国外国投资委员会也为这起并购开了绿灯。卖方尽职调查初步完成，融资方案基本确定。海航将以一百二十亿美元现金收购英麦国际100%的股份，但承诺低限度干涉英麦日常业务。双方在十月底正式向媒体公布收购消息。

佳慧主责的蓝海项目，在经过五个月没日没夜的艰苦鏖战后，也终于实现反转。高盛最终放弃微软，转而成为蓝海的买方顾问，以相对保守的杠杆率，收购了蓝海原买家星空国际在二级市场上的流通股份。蓝海成为星空国际最大股东，并在境外成立蓝海星空控股有限公司。蓝海在十月底正式对外公布合并消息。

在潘丽丽的指教、田田的认真督导之下，“金融街正义天使”摇身一变，化身女权主义公众号，致力于讲述女性精英故事，陆续推出一系列文章，或者讲精英女性的职业故事，或者反映女性在职场中遇到的问题。这其中有田田执笔撰写的文章，根据潘丽丽提供的素材，讲某投行女性从业者如何从底层一步步奋斗为高管。虽然避开了真实人名公司名，圈内人一看就知道说的是方含笑。这篇文章获得了好几个纸媒和大号的转载，很快在金融圈传开。

田田写的另一篇关于职场性骚扰的文章，有观点，有剖析，有例证。这篇文章通过“金融街正义天使”发出后，也获得大量转载。郑天使特地跑来跟田田说：“女神！女神！你的文章发出去三天，我们这个号涨了两百万个粉！我以前以为大家只爱看金融圈狗血八卦，现在才知道大家都爱看正能量鸡汤啊。”

十一月开始，工区氛围变得有些异样。方含笑不在时，北京组的同事们都一副紧张兮兮、坐立不安的模样。潘丽丽特地去雍和宫烧香，请了个青金石朱砂手串，自己不戴，只放在小会议室里。马修回香港时，特地弄回来一个黄大仙的小像，供在饮水机旁的文件柜里，天天给供上茶水鲜花。杨晟吐槽：“喂，喂，你们也太迷信了吧。”结果自己回天津，特地去大悲禅院挖了一撮观音土来，铺在工区门口的灵芝盆景里。

陈贤本来在美国出差，前一天特地回了北京。“有也好，没有也好。这样的时刻，我们要站在她身边。”他说。

“合伙人这件事情，真的这么重要吗？”田田有些不解地问潘丽丽。

“说重要也重要，说不重要也不重要。”潘丽丽说。

“升为合伙人，会有很多很多钱吗？”田田好奇地问。

“起码翻倍。”杨晟点头，“方总的话，肯定要上千万美元级别了。”

“不是钱的问题啦！方总在FX那里的年收早就过千万啦。”马修说，“主要还是希望被公司认可啰。这些年她好拼的。我进组三年，从来没看她真的好好休息过一天。你们今年进来不知道。她去年陪客户不要命地喝酒，胃病好严重，吃什么吐什么，躺医院挂盐水还发邮件骂我合同条款不仔细。”他想了想，又补充说，“就好比你是条狗咯。你想要主人手里一块肉骨头，好想要好想要，一直好努力冲主人摇尾巴，主人让你拉车你就拉车，让你跳火圈你就跳火圈。你没日没夜忙死忙活，结果最后主人连块骨头都不给，你说你不伤心？”

田田“呃”了一下。

11月7日星期二。虽然没有官方通知，大家都通过小道消息，知道这一天意味着什么。按照以往惯例，高盛CEO会在这一天的早晨五点开始打电话，从亚洲区开始，通知并恭喜每一位新晋升的合伙人。纽约时间早五点，是北京时间的下午五点。从四点半开始，工区里就再也没有人说话了。大家虽然都还低头干着手里的活，时不时抬头看墙上的一排世界时钟。

亚太区没几个名额。如果到五点半还没有电话，那就是没有晋升。

工区所有人都紧张得不敢说话。好像只是方含笑自己，也不知是真的不在意，又或者是装得不在意，她开会，发邮件，打电话，跟往常无异。

但她一定知道这一天是什么日子。四点四十五，她跟上海那边通完电话，就抱着笔记本回到工区，坐到杨晟和田田中间，然后开始……刷淘宝。

在上班时间给马云贡献流量这种事情，如果被潘丽丽看到，她绝对可以把人骂到当场吐血而亡。但既然是方总嘛……

时针指向五点。此后的每一秒都过得格外难熬。田田偷偷瞟方含笑的屏幕。她不断往购物车里加东西，加了一百包乌江榨菜美味萝卜，一百包萧山萝卜干，一百包胡萝卜磨牙棒，还有一百棵山东胡萝卜……方总，方总她这是要开超市吗……

大概又过了两分钟，方含笑的工作手机响起铃声。陈贤抬起头，所有人都屏住呼吸。

方含笑在一片安静中接起电话："你好，马克。"

半分钟后她放下电话，"纽约老板的电话。"田田激动地握住佳慧的手。马修激动地握住陈贤的手。杨晟跟潘丽丽也激动啊，互相嫌弃地瞪了一眼，杨晟激动地握住自己的手。潘丽丽激动地拍了一下田田的脑袋。

方含笑用手托住下巴，忍不住微笑说："升职加薪了。"

马修吹了一声响亮的口哨。工区响起一阵无比热烈的掌声和欢呼声。杨晟打开准备好的香槟，哗的一声漫出气泡。

方含笑很快用手指拂了一下眼角，站起身，朝北京组的同事深深鞠了一躬，声音沙哑地说："方含笑……谢谢大家。"

12　周更新的同学会

晋升合伙人以后的生活没有发生太大变化——除了更忙。在繁杂的交易工作以外，方含笑不得不腾出更多时间应酬，感谢来自四面八方的祝贺。除了公司纽约总部、香港总部的新晋合伙人会议以及不可推却的会后娱乐活动，方含笑还得对并不怎么友好的友邻公司的MD发来的祝贺信表示感谢，对新老客户公司投融资主管们的慰问信表示感谢，对金融类媒体与各种VIP俱乐部的邀请函表示谢绝和感谢。

华尔街谣传，新晋合伙人会被蒙上眼睛，被烛光引领着走过一条漆黑的走廊，走进一间地下室，在高盛CEO、COO（首席运营官）以及其他高层面前，半跪着，宣誓将效忠高盛，并将高盛利益置于一切之上——幸好这一幕并没有发生。十二月初在纽约总部开完第一次合伙人会议后，CEO马克把所有新晋合伙人请去他在汉普顿的豪宅，开了一次家庭派对。这算是入伙仪式了。

更多的还是面向客户的应酬。上海组与香港组在年底各拿下一个项目，北京组拿下三个项目，虽然离交割完成距离尚远，但都算有了重大进展。客户公司的高层借着庆贺的名义为方含笑设宴，她怎么都不可能不去。再加上香港亚太总部的几次应酬，回回喝酒，洋的白的都有。没两下，方含笑又开始犯胃病。

除了“合伙人董事总经理”这个职称外，方含笑的新名片上，还多了“投资银行部联席主管”这个名号。方含笑的老板、高盛亚洲的实际负责人，以国企海外 IPO 起家的张安迪，在这次合伙人竞选中破天荒地支持了方含笑。这种支持本来并不公开，但是张安迪做得不加掩饰——她在合伙人遴选后为方含笑升职，就是挺她的意思。

实际上，在合伙人选拔前，她们之间就有一次悄无声息的深入交谈。现在，到了方含笑需要表示效忠的时候了。方含笑很识趣地向她表示感激，当然也不能拒绝她的各种品酒会邀请——她早年在高盛东京办公室干过，是日本烧酒和广东玉烧冰的爱好者。她把喝酒看作是一种在东亚国家开展工作的必备技能。“如果不是我喝下三斤烧酒，我拿不下我的第一个单子。”她讲她的奋斗历史时这样说。

方含笑回北京以后吐。潘丽丽说：“行了行了，差不多就行了。非得横在医院里你才知道说不喝吗？”

方含笑苦笑一下：“老板敬你，你敢不喝？”

一月底方含笑休了三天年假，一个劲地喝红枣豆芽粥。说是休年假，电话她照接，邮件她照回。周五的 TGIF 会她也没有错过——在家里跟办公室视频。虽然还是有些憔悴，但脸色稍好一点。

那个周末有周更新的一次同学聚会。方含笑抱着平板在床上玩德克萨斯扑克，说不去。周更新佯怒：“你有时间陪老板，陪客户，你就没时间陪你老公？同学会都我一个人去，打飞机都我一个人撸，带孩子都我一个人带——我娶个老婆回来干吗！”

方含笑懒洋洋地窝在床上，“不去就不去。”眼睛盯着屏幕，手指不紧不慢地下注。她玩德州扑克有好些年头了，账号已经九百万分，在朋友圈中排名前列；入局率 65%；摊牌率吓人，高达 60%；胜率 22%。

周更新改变策略：“我们这个同学会很高端的。都是北大的精英学子，一般人进不去。光华的有，元培的有，好几个省状元呢。这回是二虎老婆生娃，他报告。”

方含笑长长地切了一声：“你说你们无聊不无聊。不就N年前高考撞了一下狗屎运，用得着念叨一辈子吗？就你们这种名校毕业的，什么省状元市状元，到头来还不都是中年屌丝。”

“我屌丝是没错。但是来同学会的，混得肯定都不错。光华那个，在工银瑞信，现在基金规模得有两千亿了吧；中文那个，自己创业卖猪肉的，身家百亿了吧；还有你认识的，宋乔，回国以后在腾讯战略部做二把手，哦，还有宋乔老婆也不错，现在是五百强企业中国区的人力总监助理……你不去是对的，你学历那么差，工作又那么苦，去了难免会感到非常自卑，我体谅你，不用去啦……”

方含笑从床上跳起来，钻进柜子，找出柜子里那条薄荷色的华伦天奴露肩晚礼服——她最贵的裙子，凯特·温斯莱特奥斯卡红毯定做的礼服裙，她用22万美元的拍卖价买到手，光消费税就交了两万。然后又在梳妆台的首饰盒间一通翻找，找出格拉夫水滴形黄钻挂坠，香奈儿的玫瑰金耳挂，伯爵金色镶钻手镯。接着又翻箱倒柜，找出百达翡丽天月旋风白金表——她给周更新买的最贵的手表，175万美元，好在免税——递给周更新。

“干吗？”

“妈蛋炫富！”

聚会地点在王府井一家新开的中西混合唐朝罗马主题餐厅。方含笑一听这名号就觉得有点不对劲，见周更新把车往校尉胡同里开，马上不自在了，“哎我说你们，选哪儿不好非选这儿。这地儿我不去。”

“来都来了哪儿那么多废话！快下车。我停车去。”

方含笑不情不愿地下车。旁边一辆奔驰里出来一对夫妇。那女的挎着普拉达包，见了方含笑就迎上来：“哎，哎你不是，你不是周更新他家那……你是……你叫……什么来着？”

她老公在一旁接话：“——笑笑，叫笑笑，对不对？”

“啊！笑笑！你看我这记性。”徐简说着笑吟吟地上来拉住方含笑的手，“好久没见你了。平时也不出家门呀？唉，人好像瘦了。加班加的？你还在原来那个银行吗？”

方含笑点点头。

“还做前台呢？”

方含笑冷笑说：“就我这样也转不了后台吧？”

“哎，你们那地儿也太不把人当人了！哪有叫人做五年前台还不给人转岗的？我知道，你们银行坐柜台的挺辛苦的，老加班，还熬夜，那也得有职业发展是不是？再说了，你也是两个孩子的妈，女人哪能这么熬呢。要不改天你把简历给我？我转给我原来那猎头公司，肯定给你找个好工作，保证比你现在工资高，也不至于太累。”

周更新跟宋乔是好基友，两人时常一起喝酒，偶尔带上老婆。一来二去，方含笑跟徐简见面的次数，没有五次，也得有三次了吧。但是，因为方含笑处事低调，另外也因为公司合规制度的严格，她在私人场合怎么都不肯搬出高盛的名字，也决不允许周更新谈及自己的职业情况。方含笑与徐简第一次打照面时，很低调地自称在银行里做前台；结果徐简就真记住了，并且逢人就介绍方含笑在银行里做前台。这样没多久，周更新圈子里的人都知道，他有一个在银行坐柜台的老婆，名字叫笑笑。

当然这也没什么不好……毕竟也是银行嘛……

聚会地在挺大一包厢，圆桌上围了二十来个人。如周更新所说，做企业的，从政的，金融的 IT 的都有，而且混得都还不错——要不也不来这同学会了。筵席间觥筹交错，互相之间又是敬酒，又是恭维，互称“某总”互戴高帽，什么“互联网下一个风口就靠赵总你了啊！”“中国金融科技行业就靠钱总领航了啊！”“国家部委就是需要孙总这样的人才啊！”“A 股改革就是要李总这样的舵手高扬起继续前进的风帆啊！”——听得方含笑鸡皮疙瘩掉了一地。要不要脸啊。这么努力地吹牛皮肺不缺氧吗。

桌上有一个中信的和一个中金的，互相看不对眼。中信那个说："今年我们业绩有点滑下来了，但是我们仍然保持第一！"

中金那个说："是嘛。你们仍然保持第一嘛。就是核心管理层被朝阳区警察局带走了一大半呵呵。"

中信那个说："哦哟，肯定比不上你们。华尔街请回来的核心管理层半年自己走一半呵呵呵。"

然后有一位四大的出来秀存在感："嗯，还是 PwC（普华永道）好。现在我们的管理层都是自己本土的审计。"

"哦老余，你在 PwC 干了也得有十来年了吧，你升到管理层没啊？"

"屁话！早五百年前就升了！"说着啪地一下甩出一张名片，是普华永道战略咨询部门的 MD。

大家围上前来一阵赞美感叹。

"真的很不容易哦。听说四大管理层现在还是一水的洋人和香港人。"

"是啊是啊。老吴你在四大熬了十年居然还没过劳死，真的好了不起哦！"

"现在年薪得三五百万了吧？再熬两年就得成合伙人了吧，上流社会了吧！真是前途远大……"

方含笑默默坐在角落里吃萝卜，心里呵呵呵呵呵。

金融行业鄙视链，对冲基金与私募基金鄙视投行，投行鄙视咨询，咨询鄙视商业银行与保险，商业银行与保险鄙视四大。投行内部，外资鄙视合资，合资鄙视内资；高盛大摩互相鄙视，同时鄙视其他所有投行；其他所有外资投行鄙视中信中金，中信中金鄙视其他所有合资内资小券商。

方含笑不但是私募基金有限合伙人，同时还是高盛亚太投资银行部合伙人。她默默坐在所有鄙视链的顶端，表情和悦，内心呵呵。这吹的什么风，麦子店高盛瞎嘚瑟也就罢了，连四大都敢出来蹦跶。要不要活了真是。

一圈人挨个装逼。一个人装逼一圈人配合。赵总装完钱总装，孙总装完张总装。终于轮到周更新周总。周更新在事业上实在没什么可炫耀的，于是很不低调地把他的右手在众人跟前晃来晃去。

“唉哟，不会是假的吧？”

“去！货真价实。”周更新说。

“不是被富婆包养了吧？我一个在百度系统部做到高级架构师的，现在都买不起房子。”

“不会是给人当牛郎吧？百度的码农怎么可能买得起百达斐丽?！”

这边没完，旁边某总的家属又凑过来问方含笑：“哟，笑笑，你耳朵上挂的这香奈儿，这腕上的伯爵，难道是真品吗？”

方含笑没好气地说：“假的。A 货。”

“我想也是。”那家属说，“要不你老公得被你拖死了，是吧？”

方含笑本来就胃疼，这会儿憋着气，肚子更加不舒服了。去洗手间，把耳环和镯子都摘了下来，扔进包里。

徐简是学心理学的，哪会看不出来方含笑生气？方含笑一回来，徐简立刻凑过去，在她耳边小声说：“笑笑你别难过。我那儿穿的戴的真不少。回头你上我那儿挑去。”

方含笑脸上挂着僵硬的笑，一声不吭。要不是她涵养十分好，火山早就喷发了。这群人真他妈讨厌啊。北大怎么啦，光华怎么啦，元培怎么啦！不就是 N 年前狗屎运考了个好分数嘛，用得着这么瞧不起人吗！徐简这臭娘们儿是不知道自己侄女在她方含笑手里吗？回去一定要狠狠收拾徐佳慧。打击她！孤立她！折磨她！叫她求生不得求死不能，最后痛哭流涕跑过来跪求她原谅。

……还有那个傻白甜也不能放过。周一下班就拉道馆去踢。这学校毕业的真是没一个好东西，鼻孔都长脑门上，不好好修理都不知道怎么做人。

这边方含笑在暗自生闷气，那边周更新吹牛皮吹到一半有点吹不下去——他无法解释与他不相称的奢侈品来源。吹他在百度弄了个惊天地泣鬼神的应用，马上就有人拿手机搜索；吹自己在百度混得多么人模鬼样，马上就有人说：“哎，我朋友 XXX 也在你部门，难不成你是他老板？”吹自己开了个公司，马上有人来问他融资融了几轮，哪些风投入了股……最后实在吹不下去了，周更新开始吹自己生理方面的神勇。

“哦，没错。就那晚上，打了一炮，隔一周我老婆起床，孕检阳性。隔一月去医院查，龙凤胎！你们谁有我厉害！这就叫一举两得，一石二鸟，一箭双雕，一炮俩娃……”

“哎，哎你能不能别吹了！”方含笑实在听不下去了，别人的台她不敢拆，周更新的台她可是拆惯了，“打了六年炮，从纽约打到香港从香港打到北京，从来就没怀上过！最后还不是我去取卵做的试管婴儿！你真有本事，还要我去吃那个苦！要不是你家老子非要儿子，只要一个女孩多好，何必还要多遭一份罪……”

桌上先是一静，接着有人一下没忍住，哈的一下笑出声来。

周更新气得够呛，指着方含笑的鼻子半天没说出话来。旁边那家属过来低声劝：“唉，这位，这位笑笑姑娘，你老公也不容易。他虽然给你买 A 货，你想他经济情况就那样，你多体谅他。回家怎么着都行，别在人前掉他面子呀……”

周更新把方含笑拉到包厢外面干架。夫妻俩气冲冲鼻子瞪眼睛瞪了一会儿，在夫妻协议问题上重新交换意见（周更新同意把夫妻时间减少到两小时三十分钟，方含笑同意接下来的饭局保持沉默不拆台不说话），然后继续回桌上做和乐夫妻。

这会儿饭吃得都差不多了。一伙人酒足饭饱在那儿瞎扯。没一会儿桌上的话题就有了奇怪的转向。

“哦是，高盛新出合伙人名单我看了。这个叫方含笑的，真是不简单……名声臭成那样，竟然能爬到那个位子……”

“这还用问。睡老板睡的呗……跟几个客户还有几个国际大私募的关系也都不一般……肯定有点手腕……几个八卦号都写她了……”

“金融圈嘛，这种事情多多少少有一点，难免。钱多的地方，利益关系复杂的地方，总有女的靠这个往上爬，是吧……”

方含笑低头咬牙不说话，很认真地往碗里盛萝卜排骨汤，骨头啃得咔咔响。

那伙人还没完。毕竟是八卦，谁都爱听。

“那个方含笑，到底是什么来头？”徐简问。她跟方含笑见过三五次面，只知道她叫笑笑。

“美本背景。原来在纽约高盛，后来跳到香港高盛，又去大摩跟老板睡了一觉，被人在会议室撞破，闹得整幢楼都知道，熬不住又回了高盛。现如今变成合伙人了。”

“唉，唉，可不是嘛。这年头，还是会卖的人吃得开……她老公也真是可怜……”

桌上你一言我一语议论。方含笑本来就不乐意跟他们结交，这会儿更是一句话都懒得说。

结果周更新突然开口：“百度、腾讯、阿里巴巴这些巨头，都有自己的战略投资部门，他们收购根本就不需要投行。外资投行在国内，我就没听说做TMT并购业务的。国内科技行业的兼并，之前都被华兴这些内资垄断。方含笑进高盛之前，你们听过高盛做了什么科技并购？高盛在华的并购市场，那就是方含笑打开的局面。你们觉得跟人打一炮就能做成单子？要真那么容易，我也做。”

周更新话完，桌上人全静了。

结果这时包厢门打开，传来一个娇嫩无比的妇女声音：“哇塞——方——含——笑——”这家唐朝罗马主题店的老板娘樊西西，一蹦一跳地进来，进门就搂着方含笑的脖子虎抱。桌上人的脸登时绿了。方含笑的脸登时黑了。

西西拉起方含笑来上下打量，笑眯眯地称赞：“哇塞方含笑，你这Valentino绿油油的挺好看哦，二十万刀可没白花。矮油这色儿，跟你老公的帽子真搭！”

这样周更新的脸也黑了。

西西拉扯着方含笑，转而跟桌上几位大佬招呼：“赵总钱总，孙总李总，这是我闺密方含笑。这餐厅也有她的股，她算半个老板娘。今儿我闺密升职加薪走上人生巅峰，这顿啊，她非请不可！各位总尽管吃尽管喝，都算我们方总账上啊！”扫一眼吃得半空的桌子，“要不要再加点菜呀？北海道海参要不要？澳洲大龙虾要不要？”

方含笑气得牙痒痒地说：“我，我可没说要请客！”

“你就该请！怎么不请！你都做到高盛合伙人了，你看中国大陆还有第二个这么牛掰的合伙人不！年入美金两千万，这桌上哪个有你收入高——好吧那位卖猪肉的兄台可能不算……”

桌上几位家属已经炸开了。

“美金两千万？那换人民币得上亿哦……”

“不是吧？高盛合伙人年薪有这么高？……”

“难说。真有……”

“哗，难怪又是百达翡丽又是华伦天奴……敢情今天是来炫富的哦？……”

然后也有很没气节的人过来要求换名片。

“方总，这是我的名片。我们公司从事互联网金融，专门做交易平台……”

方含笑一时间走也不是，留也不是，接了名片尴尬地说：“我，我今天没带名片……”

“什么没带名片！你什么时候不带名片啊？”周更新早憋得不行了，从方含笑的爱玛仕喜马拉雅鳄鱼白金包——因为长得太像海宁中国皮革城生产的女款中老年格子包，愣是没能引起注意——取出一盒名片，“名片有，有有有，人人有！这一盒不够车里还有。后备厢里还五盒呢当我没看见？”他说着在桌上一个一个地发，“你们看清楚了啊，我老婆可不是什么银行的前台——她是高盛的合伙人董事总经理，TMT 行业并购主管，上星期刚刚升任高盛亚洲投资银行部联席主管。她身上穿的手上戴的没一样不是正品！没一样不是自己挣的！哦还有这个百达翡丽也是她买给我的。我告诉你们，她老公我一点也不可怜——

我乐呵着呢！这样好的老婆上哪里找！她挣钱，她养家，她买房子她生娃——我他妈就爱吃她软饭。她高兴给我戴绿帽子，我认啦！”

他说着拉方含笑过来亲了一口。方含笑又急又气又羞，低声骂：“你给我闭嘴！谁让你乱说！”

桌上一时间不安静了。过来起哄的有，道歉的有，恭喜的有，拍周更新肩膀的有，要方含笑微信的有。方含笑一时应付不开，肚子又难受，起身连声道歉，夺路去洗手间。

方含笑在马桶上坐了总有二十分钟，期间回了周更新短信，说还得一会儿。好容易完事，站起来提裤子，莫名觉得心慌气短。

从隔间出来，发现洗手池边站着一个女人。

徐简。

“原来你就是方含笑。”徐简抱着手，斜斜地靠在池边。

方含笑冷冷嗯了一声。

“久仰。”她意味深长。

方含笑走到洗手池边洗手。

“还真能装。”徐简说，“够低调啊你。我留意了十年，进猎头公司更是没闲着。投行圈 IT 圈都知道有方含笑这号人物。偏偏你逼格那么高，深居简出，连行业酒会都鲜少露面。除了大客户，谁也巴结你不上。我三番两次托人引荐，你次次回绝。”

“你找我？为什么？”方含笑拿毛巾擦手。

“也没找你。就是名头听得多了，很好奇。”徐简依然抱着手，耸耸肩，“高盛合伙人。够牛掰。”接着咧嘴一笑，“方总那么大派头，可不用去我那儿挑首饰了呵？”

方含笑一声不响，拿护手霜抹了手，头也不回地往门口走。

“十年前，在圣昆汀监狱，我接手了一个棘手的病人。名字叫亚历山大·张。”

徐简仍是抱着手，斜斜靠在墙上。

方含笑身子一震，猛地站住。

“坦白说，我在监狱里见过悲惨的事情很多。这个亚历山大·张，也不能算最惨吧。监狱里鸡奸的打伤打残的多了去了。但是这个亚历山大·张呢，很有意思。”徐简笑了一下，忽然对着镜子打开包，掏出口红来，一边补口红一边说，“别的犯人被人打了，会喊会叫会求救。但是他不说话。不管是被打，被操，被人强迫口交，被按在马桶里，被关几十个小时的单独禁闭，他就是不说话，怎么都不说话。”

方含笑站在那里，只觉得一口气喘不上来，眼前发黑，胃部一阵痉挛。

“但我做到了。我花了点心思，终于让他开口说话了……他跳过来，把我按在地上，掐住我的脖子。他瘦得跟骷髅没差，可手劲真大。他的脸就这么近地贴过来，那表情真是恐怖——叫我以后隔三岔五做噩梦，怎么都忘不了。他的声音更是恐怖，跟鬼索命似的。他就这么索命似的叫一个名字。”

方含笑的身子晃了一下。她站住，想开口。可是没能发出声音。

“他们把他关在禁闭室里。因为没办法，他经常克制不住攻击人。他把他的一个狱友——人们叫他剃刀托尼——把他的鸟咬了一小半下来。自己被人揍得半死……我后来去单独禁闭室看过他。黑咕隆咚的，没有窗户的房间。臭得要命。畜生都不肯待。又小，棺材似的，脚也伸不直。他就窝在那里头。拿牙刷柄，脖子划完划胳膊，左手划完划右手。我拿手电筒一照，那墙上都是血写的字。”

方含笑只觉得一股寒气从脚底心往上冒。

“你知道他掐我脖子时叫的是什么名字吗？”她对着镜子抿嘴唇，“你知道那满墙写着的是哪几个字吗？”她把口红放回包里，扭起头来看。

方含笑像冰雕一样呆立原地。

“方，含，笑。”她一字一顿地说，意味深长，“久仰大名。”

徐简说着朝门口走。方含笑僵硬地堵在那里。

“麻烦让一让。”

方含笑站在那里，眼睛一眨不眨地瞪着前方。但她其实不怎么能看清东西。一层黑影在她眼前虚晃。

“那个人……你……你说的那个犯人……”她艰难地，费劲地开口几次，终于发出声音，“他，他现在……在哪里？”

徐简盯着她看了一会儿。眼轮匝肌颤动，咬肌颊肌僵死，瞳孔微微放大，这是重大情绪波动的反映。恐怖，紧张，愤怒，喜爱，抑或疼痛。

他们的确认识。

“死了。自杀。”徐简客气地说，“麻烦请让一下。”

13 再见松鼠

周更新始终没有等到方含笑的短信，于是去女厕所找她。他唤了方含笑两声，没有回应。这时有女生进厕所，一进门就开始尖叫。周更新冲进门，发现方含笑双眼无神地瘫靠在墙角，脸上、衣襟上满是鲜血，还有更多鲜血从她右边的鼻孔里涌出来。她下意识地用手去堵，但是没有用，止不住鲜血狂涌。

周更新彻底慌了。他冲过去想扶起方含笑，“笑笑，笑笑，你怎么了？”又意识到问她并没有用，他朝门外虚吼了两声，“救命！救命！这里有人流血了！”但是没有人来。

他伸手去堵方含笑的鼻孔，很快他的西装跟方含笑的晚礼服一样沾满鲜血。他想到他应该求救，哆嗦着掏手机打120。电话响了很多声才通。周更新因为慌张，花了两分钟才说清楚地址。急救中心的人说：“南二环发生大客车翻车事故，东单和崇文门的急救车都派出去了。如果只是流鼻血的话，你们别等急救车了，赶紧自己打个车到陆军总医院，十分钟的路程。”

周更新在慌张中用手机叫车，显示要十五分钟才能到。周更新骂了一声，打电话给樊西西。西西立即让门童叫来出租车。周更新去隔间里扯来一长截卫生纸，堵进方含笑鼻孔里。没一会儿纸全红了。然后血从右边鼻孔里涌出来。下巴到领口鲜血淋漓。周更新把方含笑扶起来的时候，方含笑一阵猛咳，吐出血块。

周更新将方含笑横抱起来往楼下冲。西西在门口接应，看到方含笑吓了一大跳：“天！怎么会这样！”

周更新将方含笑横放在后座上，自己跪在她身旁，用剩余的纸巾去堵方含笑的鼻孔。“笑笑，笑笑你看着我。”周更新说，一只手抓住方含笑没有体温的手。方含笑没有回应。她没晕过去，可好像也不在人间。她的手肘盖着眼睛。

司机脚踩油门。车里的广播在放歌。

那是一首老歌。一首温柔的老歌。

……喂，是我……

她知道。她知道是他。

……我在想，隔了这许多年，你是否还愿意见我……

她是很想。她是很想很想见他。

……他们说，时间可以治愈……

有人伸了一只脚到她面前。她看见盾牌形状的文身。那盾牌里面，住着一只忧郁的、蓝色的小熊。

……可是这许多年过去，我依然没有治愈……

它张牙舞爪，好像很凶。可是她知道它并没有恶意。它只是有一点点骄傲，还有一点点孤单。

……喂，听得见吗？……

听得见。我听得见。

……我在加利福尼亚，梦见我们以前的事情……

我记得。我记得我们以前所有事情。

……那时的我们，自由并且年轻……

你笑着对我说，我很高兴认识你。

……我几乎忘记，世界也曾臣服在我们脚底……

可是我没来得及告诉你，我也，我也很高兴认识你。

……我们如此不同，我们相距万里……

不，不。我们没有相距万里。

亲爱的，不要哭了。

我在你身边。

大颗大颗的眼泪渗出来，横流进她的头发里。

……我在另一头，跟你说你好……

鼻血没有止住，越过脸颊流进她耳朵里。

……我肯定已经打了一千次电话……

她张着嘴，可是发不出声音。

……只是想跟你说，对不起……

她听见了他的声音，可是却没有办法回应。

……对你做了那样的事情……

直到他将一双血红的眼睛对住她。直到他用他干枯的双手掐住她的脖颈。

……可是我打你电话，你总是不在家……

方含笑猛地从座位上坐起来。眼泪和鲜血淋漓而下。她缩在墙角，看见他在电棍底下的恐怖模样。

被人踩住的头颅一点一点扬起来。鲜血满面，头颅高昂。青色的血管一根一根从他额头上迸出。一双漆黑的眼睛，死死地，恶狠狠地，一瞬不瞬地咬住她。血丝满布，喷射着最刻骨的痛和恨。好像连灵魂都要射出来。眼角好像要裂开，血好像要流出来。

周更新跟方含笑认识十三年，从来没看她这样过。

这样撕心裂肺，这样触目惊心。

当人们把她放上担架，往急救室送时，鲜血与眼泪滚滚而下。她的喉咙里发出他从来没有听过的声音。好像失群的孤雁被万箭穿心的嘶鸣；好像失侣的蓝鲸一下一下地撞向海崖；好像从血肉里透出的白骨在锅盖上摩擦。

可是这还不是最恐怖的部分。最恐怖的部分在于，当两小时以后她躺在病床上，一手连着输血的红色血管，她的脖子和下巴都还有没清理干净的血迹，可是她微笑着跟他说："我没事。"

周更新握着她的手，垂泪问她："笑笑，医生说你是悲痛过度，受到重大打击。你告诉我，你告诉我到底发生了什么事情？"

方含笑笑说："真的没有事情。"

她接着跟潘丽丽通电话。她的声音低沉而沙哑，语气无比平静。她跟潘丽丽交代接下来三天的工作安排。她会错过周一的周会，周二与周三的三个饭局需要潘丽丽代为参加，因为这三天她要请假。她没有说明原因，但一切都那么轻描淡写，好像她只是感冒。

第二天方含笑不顾周更新的反对，独自登上飞往旧金山的飞机。抵达时是下午一点。出机场没有停顿，她租车到圣昆汀州立监狱。

门卫把她挡在门外，"不，不行，女士。探视时间是周四、周六、周日。你必须在网上提前预约……"

"我来探视一个死人。"方含笑说。

监狱里死人是很常见的事。对于家属收集尸体，监狱似乎没有预约要求。

门卫放行。方含笑通过接待中心找到档案室，请求调出亚历山大·张的卷宗。

"抱歉。没有搜索结果。"工作人员从电脑上抬起头来看她，"您说的犯人是什么时候入狱？"

"十三年前。判刑十三年。他如果还活着，现在应该是出狱的时候。"

“没有搜索结果。他不在我们监狱，女士。”档案室的人解释。

“他一定是在这儿。年长的看守员一定知道他。他在当时很有名，引起了新闻报道。他是伯克利学生——虽然被开除了——他是一个程序天才。他非常的独特，见过他的人不可能忘记他……”

“真的很抱歉。我们系统只有最近七年在押犯人的数据。你说的这个人，要不然就是转移了，要不然就是死了……”

方含笑跟档案室的人僵持许久。在她即将失望离开的时候，有一个古怪的驼背老狱卒叫住了她。

“我知道你说的人是谁！”他的眼睛在雪白的刘海后面瞪大，表情像精神病患，“是的！他是一个天才！我们时代的天才！……来！跟我来！”

方含笑跟在老狱卒的身后。他领她进入西区，穿过不见天日的重犯监狱走廊，穿过层层安保铁网隔绝的死刑犯走廊，爬下一个旋转楼梯，接着走过长长的，满是铁门的，回响着无数咒骂、呻吟、乞求、叫喊的通道，停在尽头一扇铁门之前。

“上帝。这是绝对的优美。绝对的优美！”他一面拿钥匙开门，一面回头跟她惊叹，眼睛瞪大到恐怖。

方含笑走进门。眼睛逐渐适应昏暗的光线。没有窗，齐人高的四面墙，密密麻麻布满符码，字串，函数，方程，矩阵，图形。它们有的是不同材质在墙上留下的刻痕，有的是粉笔或石膏写下的字迹，还有黑色的、发霉的血写的字。

然后她看到，在寂静的、无边无际的黑暗中央，坐着一个孤独的华裔小孩。

他坐了一会儿，从裤袋里掏出一截粉笔——那是他从普法教育课上偷来的粉笔。他脸上挂了彩，胳膊有点不听使唤。但是没有关系。代码能帮他做到他自己做不到的事情。他以为。他趴在墙上写代码。他需要点亮灯光。他需要找到出口。他需要自由。

他一行一行地往下写。她认出来那是 Python。他设定好变量，给每一个变量赋值。他精心设计架构。没有 Tkinter 模块他只好自己搭建。他在墙上忙活半天，直到粉笔全部用完。可是他找不到回车键。

不，不行。Python 不行。他从裤袋里掏出石膏。他爬到另一面墙上。这一次是 C 语言。他替左值设定内存地址，他用结构体组合不同的变数类型，他用指针对记忆体进行低阶控制。光，光，光和自由。可是这是一面堵死的墙，他要如何运行？

他把他会的所有语言都试了一遍。他尝试了 Basic，C，Java，PHP，JavaScript，C++，Python，Shell，Ruby。没有用，都没有用。

他决定尝试设计自己的语言。他很早就有这样的想法。他设想中的量子语言。零，一，在零与一之间；开，合，在开与合之间；光明，黑暗，在光明与黑暗之间；自由，禁锢，在自由与禁锢之间。

但是他很快用光了他能找来的石膏和粉笔。他接着用石子在砖墙上刻划。需要用力地刻划。他的手几乎脱力。他一次一次实验。他一次次借用其他语言的语法，一次次觉得不满意又从头开始。他饿得头昏眼花。可是还是没有进展。他愤怒地咒骂，撕扯自己的头发，在房间中游走，用头撞墙。但他是囚徒。他看不见光，也找不到出口。

他想要光。他想要自由。

想要做自己热爱的事情。

想要去一个地方。

想要见一个人。

他的石子已经磨钝。可是他的程序还是没有完成。他必须完成这个程序。他最后的程序。他必须继续写代码。

他找来他的牙刷，在墙面上慢慢磨尖。花了一点时间。但是没有关系。

他坐在房间中央，抬起头来。他看着她，舔了舔干枯发裂的嘴唇。他拿起牙刷柄。另一只手系着萝卜发圈。他将磨尖的那一端，沿着发圈，切进自己的手腕。深深地，深深地切进去。血从他的手腕里流出来。在黑暗里蜿蜒成河流。

他用手指触碰那河流。他接着趴在地上写字。一遍一遍写。无数代码叠加在一起。她好奇那是什么语言。也许是他新创制的量子语言。于是走近去看。

然后她看清了。是汉字。

方含笑。方含笑。方含笑方含笑方含笑。无数个方含笑不断叠加，变异，映射，组合。

他的恨他的痛。他的光他的梦。推他下地狱的罪魁和他求生的唯一出口。他要的自由。

他在等那个程序运行。可是它停在那里。

“松鼠松鼠，你要离开我了吗？”

熊问它。那是挽留。

他已经试了。所有语言都试了。所有架构都试了。所有路径都试了。

可是它还是要走。

“我以后……我以后不会在你身边了。”它说。

她用手指捂住眼睛。

熊咕哝了一声。

再见，松鼠。

他说。慢慢地躺倒在地。他闭上了眼睛。

14　重返旧金山

方含笑蹲在圣昆汀的海边给她父亲打电话。北京时间是早晨，她父亲刚刚起床。

接到女儿近乎崩溃的电话。从来没有过。因为她素来报喜不报忧。即使是她人生最悲惨、事业最低谷、最孤独最无助的时刻，她也从来没有这样跟人哭诉。

电话接通。她叫了一声“爸”，然后就哽咽说不出话。

“笑笑别哭。别哭。有什么话跟爸爸慢慢说。没什么过不去的坎儿。”

她一手支膝，一手拿着手机：“我欠了一个人很多债……”

“有多少？”

“很多……很多……多到还不起……”

“不要急。请债主通融，慢慢还。”

“……可是他已经死了。是我把他害死了。”她闭上眼睛，泪水从眼睫之间溢出来，“爸，我欠他一条命。这要怎么还？”

电话那头一个父亲的心揪住。他太了解自己的女儿。因为他一直这样教她：欠下的账，将来你得自己还。

苍老的声音有了一丝颤抖："笑笑，你听爸爸说。不要做傻事。人死了就什么都没了。什么都没了，你怎么还人家的账？……你好好想想。在这世间，他还有什么留下来的亲人没有？他还有什么未了的心愿没有？你代他完成他没做完的事情。他在九泉之下也会感激你。"

"没做完的事情……"她一时止住眼泪，潜心思考，"……我会，我会完成他没做完的事情。"

周二清早，方含笑拜访了旧金山金融区一家私人侦探事务所，名叫德威。加利福尼亚街 101 号，离高盛旧金山办公室三个街区。

他们只有二十七层一个小小的办公室。是湾区最精英的一家找人事务所。他们曾经找到失踪二十年的小孩。

方含笑报了几个人的名字，然后写了一张一百万美元的支票。

"太多了……"杰森·德威说，这家事务所的老板，"这差不多是我们两个季度的收入。"

"很好。接下来六个月，请不要再接其他单子了。"

周二下午有海航英麦项目的融资安排会议。原定方含笑在北京与英麦主责顾问摩根士丹利旧金山办公室视频，结果她直接出现在加利福尼亚街摩根士丹利的办公室。

加利福尼亚街 555 号。她进门时停滞片刻，一时感慨万千。仍然是那座红褐色的、打着褶子的大楼。星巴克也还在。十二年过去，物是人非。太平洋来的西风依旧猖狂，扑打得人浑身冰凉。

高盛在四十五层，摩根士丹利在三十五层。她先去四十五层跟熟识的同事打招呼，然后去三十五层开会。卖方顾问分外惊讶。他们只预料她会在视频里象征性地露个脸，没有想到买方主责顾问的 MD 会莅临现场。

融资方案仍然是杨晟负责。他跟卖方的人一样惊讶，没有预料到老板会坐在卖方会议室里。北京组的人都知道她周末住院的事情，没想到她周一就飞旧金山。

她的脸色看起来很不好，大多数时候也只是安静坐在角落里，并不说话。只有在卖方对融资方案某些细节提出异议，而杨晟没能很好回答时，她才轻声开口解释。

会开到下午六点。方含笑收到德威发过来的短信，给了一个名字，还有一个奥克兰的地址。

方含笑驱车前往奥克兰。在12街地铁站附近的一家川菜馆。这里位置很中心，店面装潢也不错。方含笑先安了心。

明明已经是吃饭的点，店中却宾客寥寥。方含笑踏进店中，听见后面有个女人呵斥："黄脸婆，会不会干活！碍手碍脚，做不来账也就算了，连洗个盘子都摔。你怎么不去死啊你！"

被呵斥的当真是个黄脸婆。唯唯诺诺，一迭声地道歉。她扭头时看到方含笑进来，赶紧迎上来，笑容满面，讲着广东腔的国语："雷好雷好，几位啊？"

火鸡。

完完全全是黄脸婆的样子。额头油腻，鬓角散乱。没有妆容，眼角生纹。眼里再没有当年双刀火鸡的一点点英气。她的双手还是湿漉漉的，潦草地在工作服上一擦，面色憔悴，却满脸堆砌笑容。"往里面走啊！店里新上的龙虾要不要尝啊？"

十年不见，她竟然老成这个样子。

方含笑心里一痛，"就我……就我一个。"

"唉好好好，往里面走。坐窗口好不好啊？"火鸡热情地把她往里请，端上热水，送上菜单。完全没有认出方含笑。并不奇怪。她从摩根士丹利的会里出来，连衣服都没换，仍是白领丽人打扮。上千刀的职业套裙和上万刀的腕表毫不低调，锃亮的六厘米高跟鞋武装到脚。连她自己也不能认出自己，火鸡怎么可能认出她是十三年前那个笑笑？

火鸡热情地跟方含笑推荐店里新到的龙虾。方含笑说好。火鸡登时乐坏了，立即又给她推荐凤梨虾球，酱猪蹄，粉蒸牛肉，干烧鳜鱼。无论火鸡推荐什么，方含笑都说好。后来连火鸡都不好意思了：“点这么多，吃不吃得了啊？”方含笑笑说没关系。

摆了满桌的菜。方含笑就着酱菜吃豆芽粥，别的什么菜都不碰。火鸡再上菜时，愈发不好意思，跟方含笑道歉说：“小姐，你太亦诚啦。我叫你点咩，你就点咩，吃不完怎算啊。”

方含笑伸手握住火鸡的手，含泪说：“火鸡，坐下来一起吃。”

“那怎可以？我老板要闹嘅。”火鸡说，“点解你知我叫火鸡？”她歪头看她，忽然就愣住了，堆起来的假笑僵在脸上。

方含笑坐着，火鸡站着。方含笑用双手握住火鸡双手，抬起头哽咽说：“火鸡，我是笑笑啊。”

火鸡一震，喃喃重复：“笑笑……？”她盯着方含笑看了一会儿，然后眼泪就涌上来。她从方含笑手里抽回双手，想要伸手去触她的脸。手指快要触碰时，却又停住。那妆容太精致，她怎么敢碰它？

方含笑伸手，把火鸡的手按在自己脸庞上，抬头对火鸡笑。火鸡再没忍住，眼泪滚出来。方含笑一头扎进她怀里。火鸡伸手紧紧抱住她，一声声唤她的名字：“笑笑，笑笑……这几年都去哪边啦？怎都没个信啊？”

方含笑说：“我没良心。”

火鸡说：“返嚟就好。返嚟就好。”

方含笑拉火鸡坐下，问她这些年的情况，才知道火鸡为替儿子偿还赌债而将港店转让。母亲到处辗转给人打工，儿子仍然在外头鬼混。后来儿子从母亲这里再捞不到一点油水，母子间联系便少。

火鸡说了自己的情况，也不及问方含笑，就拉着她往屋后走，一面朝后面的弄堂嚷嚷：“二五仔！二五仔！——你睇边个返嚟啦？”

二五仔就是当年的板寸头。他仍然剃着个板寸头，只是已从少年变成大叔，在旁边店里给人修车。他工服肮脏，盯着方含笑瞅了老半天，直到火鸡确认，才终于认出她是谁，却竟是不知所措。方含笑跟他拥抱。

他们说起小恶魔的情况。

“阿九太惨了。”板寸头阴着脸说，“他在牢里，撞在剃刀托尼手里，被活活逼死的。那一阵他爸爸刚死。”

方含笑沉默。

那边川菜店的老板娘从楼上下来，见火鸡离岗，大发雷霆。方含笑冷静告知，火鸡离职。

往南走四个街区，就是当年的港店。这时港店易主，但仍是广东人当家，新开了一个茶餐厅。方含笑搀着火鸡进店。那店的伙计见了火鸡，正要出言讥刺，却又注意到她旁边的女子衣妆不菲。

茶餐厅的老板已经亲自迎了上来，把她们迎向店里屏风隔开的沙发，接着又亲自递上菜单。方含笑看也不看，开口问：“你们这店，多少钱肯卖？”

当天晚上，德威侦探事务所又发来另两个地址。一个是莱利，一个是律师史蒂夫·吴。

方含笑很快跟莱利取得联系。莱利在推特广告部门工作，家在旧金山南面。晚上十一点，方含笑叩响莱利家的房门。开门的竟然是一个完全意想不到的人。

稻草色头发的白人男生。个子不高。右眼盯着方含笑，左眼露着眼白，蓝色的眼珠左翻。

方含笑哇地大叫一声，倒退一步。如果不是那人伸手拉住她，她差点踩空。

“嗨！烧！烧！好久不见！”他说着上来抱她。

方含笑吓得魂飞魄散，想要抽身逃开，却被那人紧紧抱住。

“烧！烧！你去哪里了？为什么一点消息也没有？脸书不更新，邮件也不回复！我甚至以为你已经从世界上消失了！莱利一告诉我你联系了他，我简直不相信自己的耳朵！太好了！你看起来变化很多！但是你还活着！实在太好了！”

方含笑战战兢兢地瞪着那人看。

“哦上帝。你已经不认识我了吗？”他生气地说。

“安……安……安德鲁？”

“是啊！是我！我变化很多吗？”

“为什么……为什么……你还活着啊?！”

“什么?！我当然活着！你为什么想要我死？”

“可是，当年你不是因为嗑药……”

“啊是，我因为身体状况停学了一年。我当时确实在医院昏迷不醒，躺了不少时间。但是——谁跟你说我死了？？”

方含笑呆若木鸡。

她一直以为安德鲁死了，并且归咎于小恶魔。在她认定一个事实以后，她没有花心思去检查或者反思。湾区对她来说是伤心地，是她想要摆脱的黑历史，所以她去纽约正式入职以后，就彻底斩断过往，与故人再无联系。

当年她下定决心把小恶魔送进监狱，说服她自己最重大的一条理由，是安德鲁的死。可是，如果安德鲁根本就没有死呢？

是的，安德鲁根本就没有死。他好好地活在湾区，只是她从来不曾设法去找他而已。

莱利、安德鲁把方含笑迎进家门。一个女人拿出啤酒与薯片来招待他们。

“这是你的妻子吗？她很漂亮。”方含笑恭维说。

“我看起来像是结婚了吗？”莱利满脸不高兴地说，“不。这是我的妹妹。”

“哦……你跟你妹妹一起住？”

“——是我妹妹跟我一起住。她在旧金山实习。这样她就不用付房租。”他想了想，转而又有些高兴地问，“烧，我想跟你商量个事……如果你有时间，愿意为我们做鸡翅膀吗？当然啦，我是说，你有时间……你来旧金山的时候，可以住在我这里。我也不收你房租。”

方含笑在旧金山见的最后一个人是律师史蒂夫。

史蒂夫如今已是旧金山某律师事务所的合伙人，跟他见面需要预约。方含笑与律所取得联系后，律所的律师助手对她采取了漫不经心的态度。直到方含笑取出名片，搬出头衔，声称她要以合伙人的名义起诉高盛性别歧视，才引起对方重视，为她安排了一个与史蒂夫见面的时间。

方含笑邀请史蒂夫到她下榻的洛斯丽晶酒店。在金融区的加利福尼亚中心，是旧金山第三高的大厦。方含笑订了四十七层桥至桥套房。客厅窗景俯瞰旧金山东北面，视野从湾区大桥一直延伸到金门大桥。浴室风景绝好，可以看到整个金门海峡，还有泛美大厦。

因为史蒂夫日程很紧，见面约在晚上，史蒂夫忙完一天的事情，是晚上十点。方含笑毫不避讳地请他进了房间。

他已经五十多岁，却仍然精神矍铄。他的目光在方含笑刻意营造的曲线上徘徊。方含笑适时递给他一杯红酒助兴。他没有立即喝酒，带着一种节制打量她的黑色露肩小礼服。方含笑朝他笑。

他们谈了一些生意上的事情。方含笑跟他抱怨投行某些男性高管的无礼与傲慢，还有私底下一些性别歧视的言论。史蒂夫立即表示他愿意帮助她。这期间她向他敬酒，他终于喝了一杯。

但接着方含笑又朝他露出那种暧昧的微笑。他不明所以。如果她真是一个高盛合伙人，他看不出来他身上有什么东西值得她这样费尽心机。这使他充满警惕。方含笑看出他的警惕。她耸耸肩，露出古怪的微笑："你知道……人们感到孤独……感到疲惫……只希望夜晚不必孤单度过……仅此而已……"

她说着走进浴室，开了浴缸的水龙头。她在里面待了大概有十分钟，期间一直有哗哗的水声。接着她在浴室里喊："嘿史蒂夫，你能帮我一下吗？"

史蒂夫推开浴室门。

淋浴间喷头在哗哗喷水，但浴缸干涸。史蒂夫只一迟疑，后脑勺受到重击。他朝前倒进浴缸里。有人抓起他的衣领，将他拖到窗口。他的太阳穴上抵着一把手枪。

“十三年前，有一个中国女生向你求助。你的事务所起初冷落她，不久后又拼命诱导她，反复督促她去找那个男孩的罪名。你声称你是为了正义。我后来查你的档案。为什么呢？一个面向企业法律的律师，怎么会有兴趣接一个青少年强奸案呢？一个擅长跟金融人士打交道的律师，怎么突然一夜之间开窍，想要为一个中国女孩主持正义呢？

“你大概确实一直在说谎，但是有一件事你没说谎：律师跟银行家一样，总是把钱，从更有钱的人那里拿过来——无论需要撒多少谎，干多少肮脏事。只要以此为原则，就能找到大多数金融律师的行事路径。可是，这条原则如何对你适用呢？亚历山大·张的父亲也许有钱，但是把他的儿子送进监狱，又怎么能使你赚钱呢？

“这些天我一直在想。是什么样一种情况，可以促使一个金融律师对把一个富家子弟送进监狱如此感兴趣。这个律师事后并未在媒体露面，可见他不是为了名声。那还剩下什么可能呢？好像没有别的答案了。——现在，告诉我，那个唆使你起诉亚历山大·张的人是谁？他叫什么名字？抱有什么目的？”

“我不知道你在说什么。”史蒂夫说。他浑身没有半分力气，头昏昏沉沉。他知道他被下药了。

方含笑把史蒂夫的身体推出窗外。他半个身体悬在空中。金融区的街道在百米之外的脚下。泛美大厦在眼前。夜景温柔铺排。金门大桥在地平线上展开。

史蒂夫因为惊恐而大叫起来。

“说！谁?！”

方含笑回北京以后又流鼻血。在周更新的坚持下，她去医院里躺了一天。第二天下午，周更新去上班，方含笑离开医院，回威斯汀酒店公寓换了身衣服，然后回公司上班。

她没有想出她能怎么办，于是只好接着上班。

这是她一直以来的习惯。无论经历多大的打击，多大的变故，她都可以恍若无事出现在办公室里。不管眼睛多红她都笑得出来。

佳慧过来递辞呈，因为蓝海项目完成，而她被彻底冷落。方含笑稍加安抚，又打发她去干活。接着陈贤进来，拿着蓝音的一份收购建议。

“蓝音控股计划收购北京一家小型机器人公司，但被对方拒绝。蓝音总裁锡恩·怀特先生给你发了邮件，你没回复；他的秘书又打电话到我这里。他们希望你做中间人，说服对方创始人出售一部分股份。”

方含笑扫了一眼那文件，扔在一边，“这案子没法接。我是蓝音独董，哪有又当新郎又当媒婆的道理——以后别拿这种事烦我。”

“怀特先生说你一定会接。”陈贤说，“不是以高盛的名义，而是以你个人的名义。他说那公司跟你颇有瓜葛——”

“那你可以转告他，我最不想有瓜葛的就是他的公司——”

“——蓝熊科技，注册地点在北京。”

方含笑一下子哑住。

陈贤安静地站在一边。

方含笑抬手按住本已红肿的眼睛。隔半晌，才慢慢开口问，声音低若游丝：“他们创始人……叫什么名字？”

15　蓝熊科技的创始人

二月一个冰冷的周一早晨，陈续缘身穿冲锋衣，脚踏 NB 鞋，肩背威戈包，跟随浩浩荡荡的码农人潮走出西二旗地铁站。从京新高速底下穿过，一大半人沿着上地九街和上地十街涌向中关村软件园。陈续缘则跟航天五院的那拨倒霉蛋一起，在寒冷的北风中，沿着京包路，向百旺农业种植园进发。

这是陈续缘就职北京蓝熊科技有限公司的第二个年头。一年前的今天，面试陈续缘的蓝熊 HR 兼行政总监任力——同时也是陈续缘的大学同学，向他暗示，蓝熊科技的联合创始人马云东，跟马云和刘强东有着不同寻常的关系。陈续缘当时一听，大为激动。想他在百度熬了七个年头，竟然才从 T4 升到 T6，人捡西瓜他捡芝麻，人开卡宴他开捷达，本以为加入百度改变世界，怀抱白富美牵手李彦宏，升职加薪走上人生巅峰，我也有梦，到头来眼也花了，背也驼了，顶也谢了，媳妇跟人跑了，我还有右手。

不久之后，陈续缘就明白，马云东跟马云以及刘强东确实有着不同寻常的关系：他跟马云的不寻常关系在于，他们都姓马，名字里都有一个“云”字；他跟刘强东的不寻常关系在于，他们名字里都有一个“东”字。

真格基金那帮蠢货，跟他们说马云东是马云儿子他们也信，居然真的领投了六百万；其他几家风投一看真格都投了，那还能有假，于是三下五除二又跟投六百万，完成 A 轮融资。马云东这可乐坏了，赶紧把蓝熊科技的十几号人从回龙观一个垃圾场旁边的半地下室里拉出来，拉到唐家岭便民综合市场和百旺种植园之间的一幢写字楼——算是蓝熊科技新址。

不要看唐家岭和回龙观都是城乡结合部，一个在海淀，一个在昌平，说出去那可是地球与火星的区别。马云东在年会上声称，从回龙观到唐家岭，是蓝熊科技实现跨越式发展的第一座里程碑。

只可惜好景不长。真格基金的人不知从什么内部渠道，听说了马云的儿子并不叫马云东，不久投后运营团队的一位财务经理打电话过来说："你们赶紧的，赶紧找接盘侠！我们要退出！退出！！"

陈续缘对真格基金的退出表示不乐观。

陈续缘跳槽到蓝熊科技的时候，也曾兴奋了那么一丢丢。买房成家抱娃的现实主义理想忽然有朝一日放下，内心深处那团叫作梦想的火花回光返照噼里啪啦。

在西二旗地铁站门口那个正在施工的、乌烟瘴气的工地旁边，在成群结队涌向各大科技公司的拥挤人潮里——"啊！我要！我要改变世界！"陈续缘朝天来了那么一句，同时朝前方挥舞了一下拳头。

前方那个被他砸了后脑勺的程序猿回过头来，摸着后脑勺，打量他一番："你，是产品经理?！"

陈续缘被问得莫名其妙。不过他在百度确实做过产品经理。他点头说："算是吧。"

那个程序猿撩起衣袖，挥舞起长长的胳膊，"我就知道你是！一眼就看出来你是！妈的！ PM 都是智障！"说着把陈续缘按在地上揍了一顿。

陈续缘鼻青脸肿，顶着寒风，沿京包路，走到百旺农业种植园旁边自己的公司。是个新近翻修的烂尾楼，名叫百旺大厦。他们公司在第十七层，高度很适合跳楼。头探出去能看到百旺农业种植园里迎风摇曳的白菜。

大厦门口总是被友邻公司的一堆货箱堵住——这幢楼底下几层，都是中南仓储北京分公司的办公区，大楼地下一到三层全是他家仓库。货物处理不及时，走道和底下大堂时不时就堆一堆货物。

陈续缘对这个地理位置非常不满。“这是暂时的吧？”他问马云东。

“考虑到，我们的钱只能再烧半年——对，是暂时的。”马云东说。

然后他的广东老婆跟他闹离婚，马云东追老婆一直追去广东。

“张总马上回来了。张总是谁？——猪！张总就是我们的 CEO！他是蓝熊的创始人。”马云东走之前，跟陈续缘嘱咐，“张总呢，我去瑞士看过他。总的来说，他人还是很不错的，基本上还是很好相处的，就是可能偶尔掀一掀桌子，摔一摔手机，砸一砸电脑，掐一掐人的脖子，就是这个样子。遇到这种情况，你只要迅速面朝墙壁，鼻子贴到墙上，大声对墙说：‘呼吸，呼吸，呼吸’，他就会自动模仿你的样子面壁。”

陈续缘一脸懵逼。

“这人——这人脑子有病？”

“你说对了。”马云东严肃地说，“但是记住，千万不要当着他的面叫他神经病。”

走之前他还跟公司里剩下的十来个员工交代了一番：“张总马上就回来了。他需要什么，你们就给他办。你们需要什么，还是跟我发邮件说。张总让你们做什么，你们就做什么。只是记住一点，千万，千万不要看他的眼睛。千万不能跟他目光直接接触！”

“啊？那我们跟他说话怎么说？”

“就这样说。”马云东拿起一只水杯，对杯子说。

蓝熊科技的创始人，是个神秘的人物。

名字叫张久全，拿的却是瑞士国籍。简历上有一所瑞士中学的名字；除此之外是长达十四年的空白，没有任何信息；最新一条内容是苏黎世应用科技大学信息工程学院，还有瑞士联邦国防部信息署下的研究机构。

这是在给投资机构的商业计划书上所能找到的信息。但自蓝熊科技注册以来，张久全从来没有在北京出现过。马云东说他在瑞士服兵役。

所以现在，是服完兵役来中国创业了？

可是，欧盟应该有很好的创业激励政策吧？如果是高科技创业，在苏黎士日内瓦都可以，为什么要来北京呢？

陈续缘有点纳闷。

在官方网站上，北京蓝熊科技有限公司，号称自己是一家引领中国个人机器人风潮的创业领袖。但是，天可怜见，陈续缘低头瞅瞅脚边承包加工方送来的样品——一只大脑袋肥胳膊轮子腿的呆熊——实在不确定它能不能叫机器人。

这是陈续缘和他的团队的成果。陈续缘领导一个五人小组，负责呆熊的软件开发；另外一个名叫应间的硬件工程师，负责呆熊的硬件开发。

在陈续缘和应间接手呆熊项目之前，马云东已经给了他们一张巨大的架构图纸。但是，架构归架构，如何实现，图纸并未详细说明。

马云东自己曾经在脸书 Messenger 做过语音助手项目，对于基于自然语言的人机对话有丰富经验。但脸书有巨大的人机交互团队，蓝熊从事语音界面开发的，加上马云东与陈续缘也只有七个人。马云东花了差不多三百万的价格，从已经成熟的语音界面公司那里买来语音数据库。但因为目前前端架构的不完善，对库的使用非常有限。

当初在给真格基金的商业计划书上夸下海口，说年底要初步实现盈利。于是，虽然产品并不完善，也赶鸭子上架，以“蓝熊伙伴机器人”为名，开始在线售卖，结果反响一塌糊涂。某家长用户上传照片，照片里是被小孩彻底玩坏的、卸了胳膊和脑袋的呆熊——现在的小朋友，实在太暴力了！

第一批造了两百个，出货二十个，八个给了差评，十个要求退款。

剩下两个五星好评的说，拿这个送给前男友的现女友，气炸，五星好评！

陈续缘瞪着 Python 的黑屏无精打采地想，当初在百度，码农就码农吧，起码满足温饱，不会有这顿没下顿，怎么就想不开，非要跳槽来这么个烂公司呢？

蓝熊全体员工对蓝熊 CEO 的到来，没有一点期待。

所以，当一个大冬天穿牛仔 T 恤，头发 N 年没理，胡子 N 年没刮，表情阴沉，目光沧桑，造型犀利的大个子出现在工区门口时，并没有人理他。

他在工区门口停留了一会儿。空无一人的前台后面，歪歪扭扭用马克笔写着“蓝熊科技责任有限公司”几个字。前台边上挂着一个白板，除了各种涂鸦外，还用加粗的黑字写着口号：STAY HUNGREY, STAY FOOLISH（保持饥饿，保持愚钝）。

大个子走过去，捡起白板下的马克笔，把那行字划掉，旁边写上英文字：乔布斯死了！！！

肩上背着个书包，一手拖着个箱子，大个子慢腾腾地走进工区，四下望了一圈。工区里坐着十来个人，谁也没理他。行政人力销售的一拨人在角落里看网红直播，应间和硬件组的那拨人在看机器人比赛，软件组的人聚在一起看游戏视频。

大个子站在工区门口，慢腾腾地从书包里捧出一个毛茸茸的、带着大尾巴的东西。那是一只松鼠——不，是一个长得像松鼠的机器人。他一手托着松鼠，另一手捋它的毛发。松鼠机器人在他怀里抖抖索索，好像很害怕的样子。他低头跟它说了些什么，然后把它放在地上。

松鼠机器人在人腿、桌腿、椅子腿之间灵巧穿梭，在泡面、可乐、文件堆之上轻巧跃过。它跑得很快，好像害怕被人捉住。它的动作是那么快，那么轻，以至它兜了一圈，也完全没有引起注意。

它回到大个子身边，跳回他臂弯里，发出“吱吱，吱吱吱”的声音。

大个子低声说好，很温柔地摸了摸它的脑袋，把它放回书包。

陈续缘正在专心刷淘宝。电脑前的仙人掌和小黄鸭身上，忽然投下一片阴影。

“你，滚开。”大个子不知何时已来到他跟前。

陈续缘并没有闪开。但是，他已经跌坐在了地上。

大个子取代陈续缘，一屁股坐在他的工位上，手搭上了他的鼠标。结果屏幕一下子黑了。

“微软新出的无线指纹识别生物鼠标。哦哈哈哈哈。”陈续缘从地上爬起来，邪恶地笑起来。

他笑了两下，然后笑容彻底僵死在脸上。

大个子的手指在键盘上快速腾跃。仅仅五秒钟后，屏幕重新点亮，界面变得分外陌生。大个子用大约一分钟的时间解锁他的电脑，侵入他的系统，中止他的所有程序，联网从国外某工作站下载程序包，接着打开程序，在 DOS 界面下找到几个关键连接口，紧接着又找到联结蓝熊公司内部所有电脑的工作站，调出工区所有电脑的地址。

三分钟后，工区响起一阵此起彼伏的“卧槽”。

“卧槽！网怎么断了！”

“卧槽！屏怎么黑了！”

“卧槽！美女怎么不见了！”

码农、产品经理，还有行政人力和销售的一干人，纷纷抬起头寻找原因。

“这是不可接受的。”工区十九台电脑的音箱同时响起英文。非常整齐，非常诡异。与此同时，十九台电脑的显示屏黑色背景里，慢慢浮现出一只邪恶的蓝熊。大个子的手指在键盘上迅速跳动，英文很快变成了中文，“这是上班时间。任何与工作无关的事情都被禁止。从现在开始，你们所有人有两个选择。第一个选择，执行我的命令；第二选择，立即离开。”

人们沉浸在一片震惊之中。

“现在，你们所有人会收到任务指令与期限。”

硬件组的电脑屏幕上，出现一长串音响、麦克风、监视器、动力部件及物理指标，还有一份外观设计时间表。

软件组的电脑屏幕上，出现一长串重写蓝熊汉语界面及面向硬件的前端架构的具体要求与时间表。

行政、人力、销售的电脑屏幕上，出现四个字：“保持安静。”

“如果你们没有异议，现在可以开始工作了。”十九台电脑的音箱同时说。声音低沉得叫人毛骨悚然。

“你，你是谁？”终于有人注意到闯进工区的大个子了。

工区十九台电脑的音箱同时响起。

“我是十三代蓝熊汉化版本。我的名字叫蓝熊。我是世界上最棒的人工智能。我要统治世界！咩哈哈哈哈。”蓝熊邪恶地笑了起来。

16 启程

田田在百旺农业种植园门口徘徊了整整十分钟。航天城一桥，邓庄南路。没错，就是这里了。

可是，真的是这里吗？田田十分疑惑地瞪着面前这幢年纪比她还大的楼。楼门口堆满中南仓储的纸箱，几个衣服脏兮兮的大叔在那里推箱子。楼底下开了个卫生状况堪忧的小餐馆，招牌写着“百旺农家乐”。门口坐着个目测六个月没洗头的邋遢小青年，正在吃煎饼果子。他跟前有两只活的母鸡，正在觅食。

“请、请问……蓝熊科技有限公司，是这里吗？”田田怯怯地问大叔。

大叔摇头说不知。还没答话，忽然一阵旋风，没洗头的小青年蹦到了田田跟前：“你找蓝熊科技？对！对！这里就是！……美女你找！对！了！这就是全宇宙排名第一的人工智能公司！全世界最先进的机器人供应商！地球上下一个阿法狗就出现在这里！蓝熊科技！——你好我叫小白，是蓝熊科技的高级人工智能工程师、首席市场官、首席产品总监、销售经理、招聘助理。幸会幸会。”

他说着从口袋里掏出一张皱巴巴的卡片，递给田田。上面写着“找美女|找女朋友交友约会聊天|找性感丝袜美女－迷人女士－玫瑰情人，请拨打电话

XXX”。小白赶紧从田田手里把卡片抢回来，说：“不不，不是这个。我名片在楼上。你跟我上楼吧！”

田田心里一万个不乐意。但是本着为尽职调查献身的精神，田田还是跟小白进了百旺大厦十七层东座。穿过一条堆满纸箱、自行车、破旧电脑，以及各种零部件的走廊后，田田终于看到“蓝熊科技有限责任公司”几个黑乎乎的字。

“啊？这就是蓝熊科技呀？”田田自言自语了一句，“蓝音为什么想收这么个破公司？”

田田迈进蓝熊科技工区的那一刻，本来吵嚷沸腾的工区，忽然像被人按了静音。十多道目光射向田田，带着震惊、迷醉、克制、羞涩、困惑。

发、发生了什么！怎么会有这么一个肤白貌美大长腿的妹子，活生生地出现在公司里啊！听人说，上一个来蓝熊面试的姑娘，看到门口的母鸡就吓跑了呢。

深深明白美女的出现有多么不容易，小白立即打点起他的三寸舌，带着田田介绍蓝熊目前正在研发的产品。

“没有错！没有错！现在你看到的，正是世界上最先进的足球机器人‘胜利三号’！”小白指着迎面朝他们挪动的一大块人形废铁说，“我们打算派‘胜利三号’参加明年的RoboCup，机器人世界杯！我们要代表中国洗刷国足的血耻！虽然我们人踢不过他们，但我们机器人杠杠的！接招吧，胜利三号！”

小白说着踢了一个皮球过去。皮球慢吞吞地滚到胜利三号面前。胜利三号两只脚紧张地挪动着，挪了半分钟终于挪到皮球面前。它抬起一条腿，对准球，踢了一下，没踢到。又踢了一下，又没踢到。再踢一下，胜利三号咚的一声倒在了球上。

“啊，呵呵，好厉害哦。”田田客气地说，接着问小白，“请问你们的创始人马云东马总在哪里啊？我们领导叫我来，想要协商一个会面时间，谈一谈蓝音收购的事……”

“我们马总去广东追老婆了，张总……至于张总……但这并不重要！”小白说，他有点生气胜利三号的表现，“接下来给你展示蓝熊科技最新研发的，目前世界上最先进的厨房人工智能——切菜机器人！”

小白把田田拉到一张桌子跟前。桌子里有一个蜘蛛模样的机器人。它有四条腿，八只脚，头顶一个摄像头。小白把一把菜刀插在它前方一个凹槽里，然后扔了一个土豆过去，对切菜机器人说：“切菜一号，切土豆！”

切菜机器人于是奋勇地走向土豆。但是，它的四条腿似乎不能协调。左边的两条腿努力划动着，右后腿不知出了什么故障，停滞不动。很快切菜一号原地打起了圈圈。

“哈，呵呵，好棒。”田田说，“那个，如果马总不在的话，主持工作的CEO是张久全张总吧？见张总也是一样的……”

“哦不一样，绝对不一样。你不会想见张总的……但这并不重要！快！快抬头看！没有错！没有错！现在你看到的，正是世界上最先进的无人机‘宇宙一号’！”小白指着他们头顶正在漂浮的两个噪声巨大的六旋臂无人机给田田介绍，“宇宙一号，宇宙二号，快过来让朕仔细瞧瞧！”

宇宙一号咚的一声撞在了墙上。稀拉哗啦一阵响，掉下来的时候砸到了小白的脑袋。宇宙二号咚的一声撞上了灯管。稀里哗啦一阵响，灯管和无人机同时掉在了地上，砸坏了一台电脑。

“啊……你要不要紧？”

“……不要紧！这并不要紧！”小白捉住在地上挣扎的无人机，把它扔到旁边的废铁堆上，转而对田田说，“你是女孩子，你肯定对化妆感兴趣吧？来，我给你介绍我们蓝熊研发的，世界上最先进的——化妆机器人！”他把田田拉到另一张桌边。那桌上有一根机械臂，机械臂末端是一只口红。“那……你只要像这样站到这个摄像镜头跟前，它就能自动检测你嘴巴的位置，然后自动替你抹口红——是不是很智能？是不是很方便？”

小白说着，对机械臂下指令，“美美二号，给我涂口红。”机械臂吱了一声，准确无比地找到了小白嘴巴的位置，把口红直直插进小白嘴里。小白的牙齿很快就全都涂红了。小白挣扎着把机械臂从自己的嘴巴里掏出来。机械臂还不放过他，在他脸上横着抹了几道，从嘴唇一直抹到耳朵旁边。

小白对田田露出灿烂的笑容：“你要不要过来试一下？”田田吓得赶紧倒退三步。

这一退，脚底被什么一绊，一屁股坐到一个毛茸茸的东西上。田田吓得叫了一声，忙坐到一旁。发现地上有个松鼠模样的小东西，正在吱吱地叫。田田一挪开，松鼠立即跳走了。

“咦？那是什么？也是机器人吗？”田田满是好奇地问。她在学校的机器人协会没少见机器人，但没见过动作这么灵巧的。

“是，是啊！它是一个松鼠机器人，它可以——”小白说了一半，住口不说。这个松鼠是张总的贴身爱宠，主要功能是监工，最是可恶。“你等着，我帮你捉到它！”

小白说着，开始上蹿下跳捉松鼠。可是那个松鼠机器人既小又灵巧，桌上桌下到处乱窜。小白为了捉松鼠，脑袋被桌角撞了好几个包。最后松鼠逃无可逃，跳进文件柜里瑟瑟发抖。小白把松鼠揪出来，忿忿地敲它的脑袋，“你个小家伙，真不叫人省心！”

小白把松鼠捧到田田跟前。田田又是害怕又是好奇，伸出一只手去摸松鼠的脑袋。

“真的是个机器人哎！好厉害！”田田说。松鼠吱吱抗议，想要逃走。

小白看田田喜欢，高兴地说：“大美女，你要不要来我们蓝熊工作呀？你要是来了，我们把松鼠机器人送给你。”

田田刚想道谢，忽然工区十九台电脑同时响起声音：“混——账——”

这时门口忽然出现一个大个子。穿牛仔 T 恤，头发 N 年没理，胡子 N 年没刮，表情阴沉，目光沧桑，造型犀利。

怀里的松鼠嗖地一下跳了出去，三两下跳进大个子怀里。它在那人怀里吱吱、吱吱吱叫了几声。等它安静下来时，大个子把头转向了小白。

“张，张张张，张总好！”小白结结巴巴地说，抬眼看他。

他们目光对接。

下一秒，张久全像野兽一样扑了过来。虎口大张，对准小白的脖子。他将小白整个地按在墙上。

田田吓得哇地大叫了一声。

张久全眼白血红，青筋暴跳。他的瞳孔一瞬不瞬地对着小白的眼睛。他的喉咙里发出嗡嗡的、野兽一样低沉的声音，有如恶魔。

“没有人——能碰——我的松鼠——”十九台电脑同时说。

香港中环皇后大道二号的长江集团中心，实际上只有六十二层，但是高盛亚洲却在这栋大厦的六十八层。这是因为香港人讲风水，图吉利，没设四、十四、二十四等七个楼层。高盛的六十二层于是神奇地变成了六十八层。

随着内资金融服务机构的崛起,外资金融服务机构在中国的日子并不好过。除了渣打、汇丰等传统基于亚洲的大行以外，几大国际性银行都在陆续裁员，某些欧洲银行已彻底退出中国市场。高盛亦然。它削减开支的办法就是尽可能裁减高薪雇员——宁可裁员也不放弃最顶端的位置。

张安迪的办公室在六十八层东北面，俯瞰维多利亚港。方含笑在心里承认，她觊觎那个位置。她自己的办公室在西南，跟一堆会议室挤在一起，看得最清楚的是太平山。

一月月度总结会结束后，张安迪把方含笑召到办公室里。

“我隔壁的老合伙人今年退休。如果你喜欢，我会建议行政组把他的办公室给你。”张安迪用英语说。她不高兴讲国语，又嫌弃方含笑的粤语太烂。于是两个中国女人之间对话一直说的是英语。

她们之间的气场一直不那么对。应该说，她们有很相似的职业路径。张安迪靠科技 IPO 起家，凭腾讯与阿里巴巴的 IPO 奠定自己在业内的地位。方含笑靠科技并购立足，专门替业内巨头收购中等规模的技术导向企业。但是很奇怪，她们之间的人脉并不共享，几乎谈得上是泾渭分明。几大科技巨头的 CEO 与

CFO 都是张安迪的座上宾。方含笑跟他们打过照面，但远远谈不上有交情；她打交道最多的，是各大科技公司战略投资部的负责人，她最直接的客户。

张安迪从来没有跟方含笑分享自己的人脉。这可能是一种试探：我不给你资源，看看你到底有几斤几两。这也可能只是纯粹的不喜欢。

但现在，她向她伸出一只手了。

“我嗯，我很感激。但是——”方含笑说，张安迪的微笑一敛。方含笑接着说，“您有看我今天早上发的邮件吗？”

“我现在看。”张安迪点开手机邮箱，“辞呈？”

“对。我要辞职。”

“理由？”

“我要创业。”

张安迪呵地笑出来。

“下周刘强东生日。想不想去？”张安迪说。方含笑愣了一下。张安迪重又露出微笑。

她向她伸出两只手了。她愿意跟她共享人脉。她为她打开一扇通向顶级行业圈的大门，笑吟吟地站在门口迎接她。

“有一些投行人做两个大单子，就以为自己懂企业，懂管理，脑子一热辞职创业。我告诉你，你拼不过的——拼不过那些原始丛林里没有人性、不讲规则的野狼。我看到投行人创业失败的例子太多……创业，是一件需要深思熟虑的事情。人脉，资金，经验。而这三者之中，人脉是最关键的一步。有了人，才有人才，才有客户，才有投资人，才有合作伙伴。你那么聪明，不用我教你，是吧？”

方含笑站在原地，没有说话。张安迪没有让她坐。一来是提醒她自己时间宝贵，并没有与她长谈的打算；二来是与她明确等级关系。

“……我很抱歉。”一阵长长的沉默后，方含笑低头说，“是我私人的原因。我必须走。”

张安迪不敢相信地盯着方含笑。怒火在心头燃烧。她冷静了一下，放缓口气，耐着性子说：“方小姐，你也许没有注意到，合伙人遴选期间，你可以说是声名狼藉。总部甚至传言希望把香港的名额拨给东京。你不好奇为什么最后你还是当选合伙人了吗？”她站起来，走到方含笑跟前，用自己的脸挡住方含笑投向窗外的视线，“是因为我。我在合伙人投票之前，一个一个去争取，一个一个为你拉票。我告诉那帮从来没把亚洲市场当回事的白人老板，中国是最大的新兴经济体，不能缩减中国区合伙人名额！我告诉他们，中国有中国自己的情况，我们需要了解情况的人来运营亚洲业务，而你就是。为你争取这个合伙人的名额，我一共飞了二十二个城市，谈了四十三个合伙人，劝他们为你投票——而你在升任合伙人以后干的第一件事是什么?！辞职?！你疯了吗?！你知道你辞职的后果是什么吗？我的同事将质疑我的信誉！！你毁的是我的声名！！你别跟我他妈的谈什么私人原因。我告诉你，哪怕今天你全家死绝，只要你还活着，不许辞职！！——现在，从我的办公室滚出去。今年的计划你最好超额完成，否则我保证让你后悔。”

方含笑站在原地没有动。

“我叫你滚出去。”

方含笑对张安迪深鞠一躬。她眼睛血红：“我很感谢您的信任，并且很抱歉，我辜负了您的信任。可是我欠一个人太多了，必须偿还。已经浪费太多时间，一刻也不能等了。”

“你就以这样的方式，表达对我的感激？”张安迪质问，接着她的口气转为柔和，“方含笑，我理解你想要创业的想法，也理解你对香港总部有些许不满。我承认过去几年，我确实没有为你提供资源，也没有给你辅导。但你不是做得很好吗？你不是证明了自己的实力吗？我对你要求不多。我只要你完成两年合伙人任期，在任期内做好自己的本分，保持高盛在亚洲区 TMT 并购领域前三的地位。两年以后，你要创业，我亲自给你投资，给你引荐大佬。高盛直投的钱你可以直接拿去用。你怎么想？”

这确实太诱人。

可方含笑竟然立刻拒绝。她说了句“对不起”，接着说：“我会安排好我离开以后的事。我手下三个小组都有独自带项目的能力。如果可能，可以升潘丽丽为董事总经理，让她统管所有项目——”

这时张安迪的手机叮的一响。她低头看邮箱，冒出一句脏话。

“方含笑！你自己要走还不够，你还挖走整个北京组?！”她恨恨说，“这是——背叛!！”

方含笑一愣：“我，我没有……”

“自己看！”张安迪把手机朝桌上一摔。手机落地。方含笑蹲下去捡起来。是人力资本部转给张安迪的邮件，报告近期投行部人员流失激增的情况，附北京组全体员工的辞呈。

“对不起！我不知道潘丽丽会做这样的事。您稍等。我马上飞回北京，劝他们收回辞呈。离职是我个人的事情。我保证不带一个人走——”

“要走的人，我不挽留。”张安迪冷冷地说，“走。尽管走。正好省掉北京组的开支。只是你给我记住，”她阴森森地说，“今天你从高盛的门走出去，以后——腾讯、阿里、百度、IDG（国际数据集团）、红杉、经纬——凡是跟高盛有一点业务关系的企业、基金、银行，你一分钱都拿不到！”

张安迪接着抱手，冰凉地说了一句：“方含笑，我等着看你好戏。”

方含笑跺着脚走进北京组的办公室。

“你们——你们还真是给我面子！”她把包往转椅上一扔，对潘丽丽气冲冲地说，“潘丽丽，我跟你说我要辞职是把你当朋友，谁让你把这事跟全组的人都说的！”

潘丽丽从电脑上抬起头来：“方含笑，你有没有想过，你一走，我们北京组要怎么办？”

方含笑叹口气：“我想让你接我的班。”

“天真。”潘丽丽说，“我要是有本事接你的班，现在还做这个阳痿的 ED 等你赏我饭吃？我的脾气你又不是不知道，这些年为了抢资源早把公司上下得罪了。香港的人本来就看我不顺眼，当年要不是出来跟你到北京建组，早就没我的位子了。我做大组的头简直自己膈应自己。你一走，上海组那个小贱货肯定不消停，上海香港两边一掐，保定撤组裁人。与其等着被裁，不如跟你走。”

“就是就是。您一走，IBD 肯定人事动荡。我们没了您，还能抱谁的大腿啊？上海组香港组都是一个萝卜一个坑，去了也没我们的位子。与其被裁，不如自己走。”杨晟说，“丽丽说您要创业。那一定很需要人手吧？也不用从外面招人了。我们还跟您干。知根知底，不是挺好？”

方含笑看陈贤和马修：“你们呢？也这么想？”

陈贤说：“我当时之所以愿意从伦敦到北京，就是因为方总您在这里。如果您走，我当然也跟您走。”

马修也说：“嗨呀嗨呀。我愿意来北京就是因为方总在北京啦。方总要是走我还留这里做咩。当然跟方总走啦。”

旁边佳慧开口：“方总，我爸跟我说，职业生涯的起步阶段，最重要的不是进什么公司，而是跟什么老板。您是我遇到过最好的老板！……与其在名企做一颗螺丝钉，见树木不见树林，不如跟一个好老板，一起开疆辟土，攻城略地，做一番大事业！”

田田连连点头：“是啊是啊！我也想做大事业！方总我也想跟着您。我也递辞呈啦。可不可以带我一个呀？”

“现在反正我们北京组集体递辞呈了，你带也得带，不带也得带。”潘丽丽打量方含笑，见她脸色不好，揶揄说，“哎我说方含笑你这一脸不情愿的是闹哪样？都是百里挑一的上好货色，我们跟着你还委屈你啦？……你要去的那个公司呢，我也大概看了。垃圾是有点垃圾，倒也不是完全没救。”她指着自己，“销售”，看向陈贤，“战略”，看向马修，“法务”，看向杨晟，“融资”，看向佳慧，“财务”，看向田田，一时没想出来，“挨踢——一个创业公司需要的，都在这里了！”

田田急了：“方总我，我不只挨踢的。我可以做行政！我可以做人力！方总您不要抛弃我！我能吃苦，能干活，什么脏活累活我都能干！”

这时保洁陈阿姨也出现在门口：“方总，您真要走啊，能把我带上不？你们小年轻的，顾着工作都不按点吃饭。我给你们做饭去。工资低点也不打紧，就是想尽尽心。”

杨晟笑说：“方总，我们私底下早就想创业了。我们团队万事俱备，就等您一声令下。您吹个东风，我们就要上天啦！”

方含笑有点动容。她双手支在桌上，轻声问：“你们都想清楚了吗？创业可能会很苦，很累，很穷，还可能会输。我给不起高盛的工资，也给不了任何承诺。我能给的，就是一点期权股票，要是砸了一分钱都兑现不了。就算这样，你们也愿意跟我走吗？”

陈贤说：“我愿意。”

杨晟说：“我也愿意。”

马修说：“方总我跟定你嘞。”

佳慧说：“方总我们跟你同进退！”

田田说：“还有我还有我。方总你千万不要抛弃我！”

潘丽丽笑望方含笑：“我跟你八年，你什么惨样我没见过？就你我，还怕输？”她接着脸色一肃：“方含笑，我信你。”

方含笑环视众人，眼中含泪，九十度鞠躬，郑重说：“方含笑，谢谢大家。”

17　当金融街遇见西二旗

方含笑北京组撤组前的一个月，大部分时间在做之前三个项目的收尾工作，同时与香港组、上海组做工作交接。因为不再开拓新项目，工作量一下子少了很多。闲下来的时间，大家开始为创业做准备。

蓝音中国想要收购蓝熊，大概是看重蓝熊的人力资源。方含笑当然不会让蓝音的计划得逞。她决定成立自己的私人股权基金，第一期基金用于收购蓝熊科技；完成收购后，带领北京组一起加入蓝熊。

但是并没有人看好蓝熊。

“这是我见过的最垃圾的创业公司。”杨晟看完蓝熊的财报说。

“正是因为它垃圾，所以才需要我们去改造它啊！”方含笑热情洋溢地说，以往每次遇到“垃圾交易”，她都会以格外的热情鼓励大家，“它越垃圾，把它做成功，才越能体现我们的价值”。

“方总为嘛非去这家公司不可啊？”方含笑走出工区后，田田小声说，“他们的CEO可吓人了，就是个神经病啊！”

“有什么办法？”潘丽丽说，“肯定有奸情呗。”

筹备私人股权基金时，北京组就基金名称展开了激烈的讨论。方含笑建议取名“蓝熊资本”。

“不行！”潘丽丽一口否决，“除非你打算全掏自己的钱，否则‘熊’这个字，想都别想。你看去年圣诞，不就摆了两个熊嘛，看把证监会急成那样。”

去年圣诞，金融街购物中心在门口绿地上摆了两只北极熊。两个熊手指证监会。结果当天沪指暴跌6%，九成股票跌停，创下四季度最大单日跌幅。证监会紧急致电金融街购物中心，要求把熊换方向。购物中心无法，只得把熊换方向，指着旁边的交通银行——次日大盘形势缓和，收涨2%——结果交行又不乐意了，立即投诉，要求再换方向。

金融街购物中心没办法。第二天把熊撤了，换成两只鸡。在金融界，熊真是一种不受欢迎的动物啊。连提都不能提。

“嗯，那叫什么好呢？”方含笑问，“最好想一个又有内涵、又接地气的字眼。”

“叫蓝牛资本咯，又牛掰，又接地气。”马修说。

“或者叫蓝英资本，又高端，又洋气。”杨晟说。

“要么叫蓝天资本，又环保，又大气。”马修说。

“或者叫蓝翔资本，又有内涵，又接地气。”杨晟说。

“好好！蓝翔资本好！蓝翔资本，就系蓝翔资本。”马修说。

杨晟和马修笑成一团，被方含笑一瞪，两人把头钻到桌子底下，接着笑个不住。

最后在佳慧的建议下，取名蓝图资本。方含笑用接下来的一个月拜访了十多位老客户，找到两位有限合伙人，成功募集第一期一千五百万人民币资金，并成立了有限合伙制的私人股权基金，自己出任普通合伙人。蓝图资本成立后的第一件事，就是以20%的溢价从真格基金及几家风投机构手中买下蓝熊科技65%的股份。真格基金一看，哇好开心，又来了一个大傻缺，还给了那么好的价格，谁还管创始人怎么想，发了个知会函，忙不迭把蓝熊卖给方含笑。

方含笑在外头奔波的同时，北京组的其他人也开始着手准备创业工作。除了潘丽丽和马修还在忙之前并购项目的收尾与交接，杨晟和佳慧一起完成了详细无比的蓝熊经营状况分析报告；陈贤带着田田合作撰写了近五年人工智能领域的创业投资报告，并对国内外五十多家机器人公司的经营状况做了调查研究。

四月底，项目收尾工作告一段落，创业准备也做得足够充分。方含笑北京组一起飞赴香港，办理离职手续，同时与高盛投行部其他同事做了告别。告别晚宴后，方含笑给北京组放了一星期的假。之前没修够年假的苦逼组员，终于有机会与家人团聚。

五月第二周周一清早，七个人在方含笑的威斯汀房间齐聚。潘丽丽家住五棵松，陈贤在月坛，杨晟和马修住四惠，佳慧在玉渊潭，田田在牛街——除了方含笑自己在五道口，没有人住得离西二旗近。所以第一天去蓝熊上班，大家约好在威斯汀见，方含笑与潘丽丽各自开车带人去西二旗。

方含笑开着红色卡宴抵达航天城一桥，邓庄南路，发现跟前立着一块牌匾，上书“百旺农家院：特色炒鸡，臭鳜鱼，炖牛窝骨筋”“特色菜，京味菜，健康蔬菜，箭头向前 300 米”。她有些不淡定地瞄了一眼导航。

这当然不是她第一次来西二旗。这里有她的许多大客户，还驻着不少项目的标的公司。但那是在中关村软件园，西二旗地铁站附近。她虽然对西二旗城乡结合部的状况有大致了解，也很熟悉西二旗码农与民工齐飞、跑车共拖拉机抢道的特色，但在她粗略的印象中，西二旗好像是没有行走的家禽的。所以，当两只母鸡摇摇摆摆、大大咧咧地挡在红色卡宴前面的时候，方总她有点不淡定了，“蓝熊科技……是在这里？”

田田眼泪汪汪地答：“是的方总，蓝熊就在这里方总。”

方含笑把卡宴停在一辆农用三轮车和一辆货柜车之间。下车时心疼自己的座驾三秒钟。

杨晟从潘丽丽的车上下来时，莫名吸引了两只母鹅的注意。两只母鹅愣是追着他跑了五十米，直到他跟方含笑会合。杨晟把一尘不染的西装裤褪从母鹅嘴巴里拉扯出来，泪流满面问领导：“方总现在后悔辞职还来得及吗？”

因为没有得到领导关于着装要求的指示，又是上班的第一天，北京组所有人都是怎么正式怎么穿。陈贤不用说，伦敦最正统的安德鲁与谢泼德（Anderson & Sheppard）黑色手工定制西装。杨晟穿着博柏利，马修穿着香港山美裁缝（Sam's）定制。女生这边就更加了。潘丽丽穿着阿玛尼黑标（Armani Collezioni）黑色轻羊毛长袖连衣裙，脚踩香奈儿黑色高跟鞋。佳慧穿着基本（Reiss）栗色西装外套配铅笔裙，脚底是打折时买的周仰杰（Jimmy Choo）裸色高跟鞋。田田穿着塔哈瑞（Tahari）浅粉色西装套裙，既有精英白领的一分稳重，又不失小女生的甜美可爱。方含笑自己穿着浪凡（Lanvin）白色长袖及膝连衣裙，外罩浅米色风衣——倒不是因为她多喜欢白色，只是因为她皮肤黑，需要浅色调衣装提亮肤色。

然而这样一身纯白裙装，在邓庄南路这个路面肮脏、尘土飞扬的地方，就有点前途堪忧了。七个人会合后，往百旺农家乐的那幢破楼走。楼门口永远在搬箱子的仓库大叔，抱着箱子呆立当地，跟两只鸡两只鹅一起，不敢相信地望着一行打扮光鲜的金融人氏朝自己走来，“你们……去哪里？……走错？……”

“没走错。没走错。”田田眼泪汪汪地在前面开路，一面回头叮嘱众人，“大家小心。蓝熊的CEO是个走火入魔的神经病，喜欢掐人脖子。大家一定要保重生命！”

田田领着大家进了那个灯光一晃一晃、贴满小广告的恐怖电梯。那电梯晃晃悠悠停在十七层，半晌才开门。门口站着两个目测一个月没洗头的IT人氏，瞪大眼睛，满是惊讶地迎接他们。

“我现在终于发现英蓝的好了。”杨晟落寞地朝破窗户看了一眼，好像那样能看到远在二十公里外的金融街。

田田带领原高盛并购部北京组的同事，推开挡路的纸箱和杂物，踏进蓝熊科技的大门。蓝熊科技那一众IT从业人氏，纷纷瞪大了眼睛，以震惊、恍惚、迷离、难以置信、不明所以的目光望向来人。

发生了什么？啊，发生了什么！

陈续缘惊呆在工位上。为了确定不是自己的幻觉，陈续缘又戴上眼镜，仔细观察了一下。活人！真的是活人！

陈续缘紧张地从工位上站起来，捋了捋向往自由的头发，提了提奔向大地的裤子，理了理神游天外的思绪，斟酌了一下言辞，走过去张开嘴欢迎道：“你们……啊……走错了？”

跟在后面的人力主管任力，露出了不敢相信的惊喜表情：“穿那么正式，难道是来……找工作的？”

工区正在自由活动的机器人都感觉到了来客的不平凡。它们平时就很乐意向来宾展示它们的才能，这时更是极其活跃。足球机器人咚的一声撞在墙上，切菜机器人呱的一下切到一颗土豆，化妆机器人啪的一声把口红射到了小白的裤裆上。

北京组除方含笑和田田以外的众人都被吓得不轻。田田已经见怪不怪。方含笑站在门口，一时间，竟然有了一种……奇怪的……熟悉的……回家的感觉。

“我是蓝图资本创始合伙人方含笑。”方含笑定了定神，对工区所有人自我介绍，发现人们的表情没有一点变化，她接着解释，“蓝图资本刚刚收购了真格基金等几家风投持有的所有蓝熊股份，已成为蓝熊科技的最大股东。”人们仍然眼睛一眨不眨地瞪着她，对她的话语毫无反应。方含笑只得接着解释，“就是说，我现在是你们的老板了。”

好像为了表现工区沉默的码农有多么的震惊，宇宙二号忽然嗖的一声冲向窗户，一路高喊自由，接着哗啦一声，把自己撞成了两半。

方含笑坐在十七层尽头厕所的隔间里，便秘。

这是老毛病。每当工作压力大，紧张焦虑时，她都会有肠胃不适的症状。这使她无论工作多忙，都有时间坐在马桶上思考人生。

紧张焦虑的原因有两个。首先是团队融合问题。上午蓝熊科技的两位创始人都没在，方含笑自作主张，主持了第一次工作会议，让原高盛北京组的同事与蓝熊科技的雇员，各自做自我介绍——场面无比滑稽。

论衣妆，高盛方面是一水的高级定制，蓝熊方面一水的牛仔T恤；论谈吐，高盛方面是落落大方，侃侃而谈，蓝熊方面全都朝佳慧和田田瞪凸了眼睛，拿袖子擦口水，等轮到自己发言，一个个结结巴巴，不得要领。

方含笑让自己的团队与蓝熊的各个部门对接。两方对对方的嫌弃都清清楚楚写在脸上。投行人长期在高压下工作，讲效率，重细节，对人对事都不自觉地套用高标准，他们会直接表达对合作伙伴的不满。这种表达在旁人看来就是傲慢。于是，高盛人觉得蓝熊人磨叽、笨、懒，蓝熊人觉得高盛人装逼、拽、欠抽。

紧张焦虑的另一个原因在于蓝熊不容乐观的财务状况。工区那一大堆无人机和机器人，烧掉了A轮融资的一半；高盛团队的加入，又是一笔巨大的工资开支。公司账面已不足五百万。窘迫的财政状况反映在这个肮脏的厕所里。此间物业费低廉，物业一周只打扫两次。方含笑不得不小心翼翼地勾缩在马桶上，避免碰到任何东西。

这时就听到外面进来两个男人，有说有笑一起尿尿。

方含笑在十七层尽头找到两个面对面的厕所。一个门上写了字，“男”。另一个没有写字。她于是进了没写字的那个。但这时，她有点不淡定了……难道，两个都是男厕所？

也不是没有这个可能……

只听两人在外间对话。

“公司两个老板。一个叫方含笑——”

“一个叫张久全——”

“含笑九泉科技公司哈哈哈哈！”

“你说我们公司是死定了吗哈哈哈哈！”

方含笑双手扒在腿上，牙咬得咯咯响。

两人走了。方含笑松口气。

这时又进来一个男人。

……这果然是个男厕所。

……为什么两个都是男厕所！

方含笑打算下楼去找女厕所，然后发现一个惊悚的事实：隔间里没有纸。

这可不是英蓝国际和五星酒店啊！在中国，大多数公共厕所是没有纸的。出入高档场所的投行高管很容易忘掉这个基本事实。

方含笑凄惨地坐在马桶上，忽然有点后悔辞职了。

新进来的那个男人，趿着人字拖鞋。鞋面上镶着个脏兮兮的塑料胡萝卜。深色毛发从小腿背一直延伸到脚背，衬着白皙皮肤格外显眼。脚如长弓，青筋微突。

为什么看得这么清楚？他把一只脚伸到方含笑的隔间来了。

这时就听到一声，低低的、压抑着的“嗯——”，伴随扑通一声。

方含笑忍着没有出声。

嗯，嗯，不能让他知道老板就在旁边。

方含笑寂寞而坚强地等待着，一面把自己的高跟鞋小心翼翼地挪到另一边。拜托，求你效率高一点。

然后就听到旁边隔间里，那人把笔记本打开，双手在键盘上飞快按键。

方含笑崩溃了。

五分钟。嗒嗒嗒。

十分钟。嗒嗒嗒。

十五分钟。嗒嗒嗒。

半小时。嗒嗒嗒嗒嗒。

……同学你这是在公司厕所写小说吗！

这时头顶忽然传来嗡嗡嗡的声音。

方含笑抬头一看，只见六旋臂无人机宇宙一号，底下悬钩吊着一卷卫生纸，飞过来了。

宇宙一号精准地停在旁边隔间的正上方，微一倾侧，卫生纸慢慢舒展。一条白白的卫生纸垂了下来。旁边隔间的男人扯了一段下来。

机不可失，时不再来。想要擦完屁股再出门，这是唯一的机会了！

方总她总不能坐在马桶上大叫下属快给我拿纸来吧！

方含笑犹豫一下，咬牙沉着嗓音说："不好意思。能麻烦递个纸吗？"

急促的键盘声停了下来。男人犹疑了一下，好像惊讶隔壁有人。

他在键盘上敲动几个键，宇宙一号便晃晃悠悠地从旁边隔间过来，悬停在了方含笑的头顶。一长条白白的卫生纸直直垂在她面前。

这要是布条她一定当场拿来上吊。

方含笑伸手扯了一段。就在此时，不知道为何，她的肠子忽然灵光一现，倚马万言，不鸣则已，一飞冲天。

具体来说就是：劈哩，啪啦，劈哩，啪啦，啪啦啪啦，噗，噗，啪啦啦。

旁边持续老半天的键盘声，此刻终于完全地停住了。

青筋盘结的脚，嗖的一下缩了回去。

方含笑扯纸，收工，冲水，开门，无视小便池前正在对话的几个少年，捂脸冲出门外。动作可谓行云流水，一气呵成。

结果门口就出现了一个找死的下属。

"方总！"田田堵死门口，用半层楼都能听见的热情声音跟方含笑打招呼，"方总！方总！原来您在这儿啊！丽丽姐和陈贤都在找您呢！可是方总您，您为什么在男厕所里啊……"

投行混了十三年，没脑子的下属她见过很多。这是方含笑有生以来第一次，产生想要杀了下属的冲动。

这时里间一声冲水的声音。那个用代码召唤厕纸的男人，捧着电脑，趿着拖鞋，慢吞吞从隔间里出来了。

18 创始人大战投资人

方含笑瞪着大半页空白的简历。

张久全。永久居住地址在瑞士库尔华登。中学毕业于 Kantonsschule Kollegium。14 岁到 30 岁间空白。最近三年的经历倒是十分丰富。先是服兵役，但是原本延续十八周的新兵训练只完成了八周，即转为民事服务，供职瑞士联邦情报局，同一时间参与苏黎士应用科技大学的虚拟现实图形处理项目。

附护照复印件。瑞士护照十分好玩，密密麻麻用五种语言写着“瑞士”（Schweiz, Suisse, Svizzera, Svizra, Switzerland），“护照”（Pass, Passeport, Passaporto, Passaport, Passport），出生年月以及各种事项，竟然还有身高。发证日期是三年前。发证机关是 Chur GR。

海归回国创业成功的不在少数，但是外国人在中国创业成功的几乎没有，更何况是这样一个连本科学历都没有的外国人。这样的合伙人都能完成 A 轮融资，只能说马云东忽悠人的本事跟马云一样厉害。

难道只是因为他是瑞士人？那也太崇洋媚外了吧？

方含笑抬头狐疑地看了一眼角落里的男人。他牢牢据守在面向百旺农业种植园的那个窗口，正在专心致志地敲键盘。胡子拉碴，面无表情。他旁边的角落里堆满破铜烂铁；那里面有不少活物，经常一抽一抽的，偶尔还碰撞起来，噼啪冒个火花。他一个人占了两张办公桌，桌面上除了四个显示屏和两个主机外，还环绕着一大堆废铁似的芯片和零部件。那里头有一个毛茸茸的东西，脚底露出来的小爪子是金属质地，由此可知那不是真正的动物。他敲着键盘，偶尔腾出一只手轻轻地摸它。

张久全敲了一会儿键盘，抬头看了一眼隔了半个工区的茶水间。但他只是看了一眼，并没有起身去打水的意思。他在电脑上又专心致志地工作了大概五分钟。方含笑惊恐地看到，空无一人的茶水间里，咖啡机忽然开始自动磨豆，发出滋滋滋的声音。与此同时，那堆破铜烂铁里忽然升起一个飞碟形状的无人机。它旋转着飞到张久全的茶杯上空，抛下三个吸盘，吸住杯子，然后穿过半个工区飞进茶水间。

方含笑的临时工位挨着茶水间，所以她能清楚看到茶水间里的动静。飞碟把杯子放在咖啡机旁边。旁边有个没有刀的切菜机器人，头顶摄像头，跟着一转，锁定咖啡杯。切菜一号伸出七八条腿，把杯子推到咖啡嘴底下。这时咖啡机工作，向茶杯注咖啡。完毕后飞碟再用三个吸盘吸住杯子，一路晃晃悠悠地往回飞。中途洒了一点咖啡出来，把底下的员工吓了个半死。

用无人机和机器人运送咖啡，听起来是件很酷的事情，可是反映在账面上，就不那么乐观了。方含笑拿到佳慧递过来的财务报表季报，差点吐血。一千两百万美元的 A 轮融资，只剩不到两百万美元的余额。张久全正式入职以来的五个月时间，烧掉了将近八百万美元的现金，除了他旁边的那堆废铜烂铁，剩下的就是切菜一号、宇宙二号那样的垃圾。这公司的现金流状况叫人发指。如果不能在三个月内完成新一轮融资，蓝熊就可以破产清算了。

整个公司——从战略到产品，从人力到架构——都必须调整。问题是怎么调整。

方含笑带领北京组入驻的第一天，用了一上午的时间完成入职手续，同时新老员工做了简单沟通。下午两点，方含笑设限二十四小时，要求北京组人员与蓝熊同事对接，在次日下午两点前提交对接报告。潘丽丽与田田对接人力，她们利用二十四小时时间，尝试与蓝熊所有员工做访谈，了解每个人的专业特长，对企业文化的理解，以及对公司前景的期待。陈贤与马修对接产品开发与销售，评估蓝熊目前的技术水平，做行业横向比较。杨晟与佳慧对接财务人员，除了核查账务、核算成本外，又向陈贤、马修了解未来的战略规划，重新做了财务预算。

这期间方含笑就待在茶水间旁边的工位，做两件事。一件事是发邮件，与之前有些交情的投资人约时间喝咖啡。她目前最重要的工作是融资，虽然他们连像样的商业计划书都没有。第二件事是翻阅蓝熊成立以来的所有资料，包括所有老员工的简历。

蓝熊 CEO 张久全直到第二天下午五点才出现。据陈续缘说，他从来没在上午上过班——是啊，他是老板，谁敢说他迟到和缺勤呢?

方含笑跟张久全第一次打照面是在走廊尽头的厕所里。为了免于谈论初次见面的尴尬，方含笑对他采取了彻底无视的态度。而她确实也有别的事要忙——三份对接报告都出来了，三份报告都不乐观。企业架构混乱，产品没有市场，现金流一塌糊涂。

张久全对于入侵的野蛮人十分恼火，但是他表现恼火的方式十分独特。他一面指挥机器人泡咖啡，一面在自己的电脑上忙碌。二十分钟后，工区的十九台电脑齐声大叫："滚！给我滚！这里不欢迎你们！"那些横七竖八的无人机、机器人开始集体造反，在工区横冲直撞，嘤嘤嗡嗡。

与此同时，方含笑的电脑变成黑屏，上面写着大大的英文："出去！现在！"

方含笑彻底火了。她从座位上站起来，跨过地上爬的切菜一号，绕开迎面飞来的宇宙二号，避开朝她倒来的胜利三号，大踏步朝张久全走去。她到他工位前站定，用中文清清楚楚地说："张久全先生，你可能还不太明白。目前我是蓝熊科技的最大股东，在 B 轮融资前有 55% 的投票权。我现在宣布，你被解雇了。需要从这里出去的不是我们，是你。如果你愿意跟我做工作交接，我很欢迎。否则请你立即离开。补偿金我会让人力跟你电话协商，但是你不用太乐观。

你是因为失职被解雇的，你拿的薪水远远超过你所贡献的价值。”

方含笑说这话时居高临下。张久全起初完全无视方含笑，还在低头敲键盘。坐在远处的陈续缘眼见情形不妙，很想冲过来阻止方含笑，可是他深深地了解张久全的危险性，不敢过于靠近，于是隔着大半个工区喊：“方总！这事儿我明白，我也很赞成！但是，我们可以慢慢沟通……比如说，我们先撤到楼下，保证人身安全……再慢慢跟张总沟通……”

但是方含笑已经开口了：“我们这里没有保安送你。你不会，是要我叫警察吧？”她说着一喝，“出去——”

她说完“出去”的那一秒，张久全猛地抬起头来。他们目光对接。方含笑只觉浑身寒毛一耸。

黑色刘海之下，朝向她的，是一双血红的、充满仇恨的眼睛。那眼白里含着的血丝根根饱涨，好像随时都会有鲜血从那血管里喷溅出来。那瞳仁里盛着的愤怒与仇恨是那么的浓烈，好像它们随时都能炸开来。

紧接着脖子上一凉。那鹰爪似的、冰凉的一只手掐了上来。一个侧转，她听到自己的后脑勺砰的一声撞在墙上。她背脊发凉，眼前模糊，只看到一张扭曲的面孔贴了上来。眼睛充血，目眦欲裂。

那恶魔似的黑洞在嘶嘶地发声。

对！是她！就是她！就是这个女人害的你。害你暗无天日，害你生不如死。害你成行尸走肉。就是这个女人，把你最爱的从你身边夺走，把你最好的年华从你生命里抹除。她将你推下地狱最后还是不肯放过你。她变成噩梦纠缠你，叫你日夜不得安宁。

而她现在就在这里。她竟然毫发无伤，安然无恙地活在这里。

她竟然不认得你。

她竟然早已忘记。

她怎么可以！

他无声地咆哮起来。他的灵魂将要撕裂。她就在这里。杀了她。杀了她！

大约有那么几秒钟的时间，所有人都呆愣当地。说时迟那时快，只见一个高大的人影几步欺身近前。右脚插入两人之间，右臂勾住张久全的脖颈，弯腰俯背一个下冲。一个漂亮的抱头摔！一声重响，张久全仰天摔倒在地。

是陈贤。“田田，报警。”他一面说，一面挡在方含笑跟前。

他身后，方含笑喘着粗气，靠着墙慢慢滑倒。潘丽丽和佳慧赶紧上前搀扶。方含笑伸手一挡，叫住田田：“先别。”

地上的张久全一个鲤鱼打挺起身。大家以为他又要袭击方含笑。但是他像风一样撞在墙上。风撞在墙上没有声音，而他的额头在墙上撞出一声巨响。他把整张脸按在墙上，高挺的鼻梁被挤变了形。他努力把脸按在墙上。他想要把眼睑按进墙里，好像这样就能把眼泪按回去。可是没有用。眼泪失控地从眼睛里滚出来。他左手按墙，右手变成拳头，一下一下砸在墙上。眼泪一滴一滴砸在地板上。他大口吸气，大口呼气。他心里有一个恶魔和一个天使。恶魔要他杀了她，天使要他原谅和爱。

他听见徐简——他的主治医生——在他身后嘲笑他。是吧？就知道你会这样。早就劝你不要去中国。现在你怎么办？再犯一个重罪，再蹲一个十年？

不可以，不可以伤害别人否则会被中国警察抓起来。他跟自己说。可以伤害风。可以伤害墙。可以伤害自己。

他更加用力地拿拳头砸墙。很快墙上就有了一点点血迹。

松鼠吱的一声蹿到他脚边。如果是往常，他会伸手抱它。但现在没有。松鼠在他腿上蹭蹭，吱地轻唤一声。他的腿在发抖。

他终于收住拳头。他整个人贴在墙上，手掌平贴在墙上，脸也平贴在墙上。他像一片附在墙头的落叶，在风里瑟瑟发抖。

方含笑扶着潘丽丽慢慢站起来。她眼睛里有眼泪。所有人都站在那里，一半看他，一半看她。

“我的决定没有改变。”方含笑用平静的、低低的声音说，她眼睛里很快就没有眼泪了，“你任职 CEO 期间，公司盲目扩张产品线，没有合理管控现金流。你没有为公司带来客户，没有找到商业模式，也没有明确的业务方向。产品、资金、团队，你什么都没有做好。蓝熊不可能继续聘用你担任CEO。你的性格不能融入团队，不适合在蓝熊任职。你现在情绪激动，我不赶你走。但是明天，你不用来了。”

男人站在那里，一动未动。

方含笑转身离开。众人散去。

当天下午开了个工作布置会，方含笑面向众人：“大家都看到了。我们公司养不起闲人。留在这里的每一个人，都必须对公司有价值。蓝熊科技，是一家致力于人工智能产品开发的公司。目前我们正在摸索业务方向。我请你们每一个人都暂停手头的工作，用一天的时间好好思考：我能做什么事情？我想要一个什么样的公司？怎样把我能做的事情跟公司业务结合起来？请在明天下午六点前把你的想法整理成报告发给我。后天早上九点，我们开第一次战略部署会。陈贤，后天会上我要看到目前国内外的人工智能生态报告——不要只是抄投行研报，要找到我们自己的视角。陈续缘，你带人准备十五分钟的公司业务汇总，重点是目前我们的技术优势，再提出至少三个业务发展方向，每个方向给出SWOT分析、可行性论证和前景展望，再给一个执行时间表。丽丽、陈贤、马修协助你，杨晟、佳慧配合做预算，给一个初步的融资方案。”

“方总那我呢？”被落下的田田委屈兮兮地问。

“你……把工区打扫一下。把所有机器人关到柜子里。还有替加班同事叫一下外卖。”

田田虽然委屈，但是马上兢兢业业地开始干活。陈续缘丈二和尚摸不着头脑，被潘丽丽拧着耳朵拉到角落里开会。很快大家分成小组，各自忙碌起来。

那期间张久全一直趴在墙上没有动弹。他在那里从傍晚站到天黑，不知站了多少时间。松鼠在他脚背上进入睡眠模式。各个小组讨论出初步方案，人们陆续下班。最后工区只剩几个人。

张久全终于动了一下。松鼠惊醒，吱地叫了一声。他双腿麻木，只能缓慢下蹲。他把松鼠抱进怀里，低低说：“松鼠，她不记得我们了……”

松鼠又吱地叫了一声，接着嗖地从他怀里跳出去。

它蹦蹦跳跳半个工区，到了方含笑的工位前。她手边放着三明治和沙拉，却没顾上吃，一直在写邮件，直到觉得小腿被什么毛茸茸的东西蹭到。她俯身去看。松鼠却又嗖地缩进桌子角落，好像有点怕她。

可是它又勇敢地探出一个头来，对方含笑着急地说："吱吱，吱吱吱，吱吱吱吱！"

"哎！你不要去吵方总啦！"田田追过来说，蹲到桌底捉住松鼠尾巴，"快，去柜子里待着。"

仿佛知道自己要被打入冷宫的命运，松鼠吱吱抗议，却被田田拖了出来。方含笑说："算啦没事。随便它啦。你回家吧。这儿没你的事了。"

"可是，可是大家都还在……而且……方总，为什么不让我参与业务？我也想参与业务！"

方含笑不禁一笑："战略规划都没有，做什么业务？行吧，你这么闲，去给陈贤做 PPT。"

田田哦了一声，去找陈贤了。

方含笑低头接着回复邮件。这时来了一个人。他站在那里，并没有说话。

说话的是方含笑的电脑。

"雇我。"电脑说。

屏幕上蹦出来一个熊。

方含笑抬头。他的目光闪躲，没有看她。好像他来并不是为了找她。接着她的电脑又开口了。

"架构，开发，测试，跟机器人和 AI 有关的任何事情。我要求一小时十美元的工资，我为你工作两百天。两百天以后经营状况没有好转，我走。"

方含笑低头，用虎口按住发烫的眼睛。她一时没有说话，把目光移开，像抓住救命稻草似的抓住那盒沙拉。

她一手按着眼睛，一手把沙拉推到张久全跟前，声音微颤。

"你……吃萝卜吗？"

19　2B or not 2B

方含笑对着张久全的简历发了很久的呆。

张久全，谁？

极客，偏激，骄傲自大，一点就爆，完全听不进别人的话，动不动喜欢掐人脖子……还有逆天的编程能力，以及对机器人近乎疯狂的热情……

不，不可能是他。他已经死了。

而且，他是美国人。从来没听说他去过瑞士。

可是，万一他没死呢？……能力相近，年龄相仿，性格简直不要太像。

但他们长得的确不一样。小恶魔要比他高壮得多。而这个大个子，简直可以说是形销骨立，像棺材里爬出来的一具骷髅。如果他真的是小恶魔，那他得经历过什么……

此外，名侦探方含笑还掌握着另外一个关键性的证据，就是张久全不喜欢吃萝卜。前一天晚上她把萝卜推给他，他竟然拒绝了。要知道小恶魔看到萝卜可是会双眼发光的！

方含笑给马云东发的问询邮件，这时终于得到回复，称张久全是他在瑞士进修时认识的工程师，之前并不认识。马云东早有创业想法，跟张久全谈话后两人一拍即合，决定一起创业。为了纪念亡友（马云东确认亚历山大·张早已故世），将公司取名为蓝熊。

那就不是小恶魔。

不是他。并不是他。

方含笑就张久全的问题咨询了公司里的技术骨干。

“他是我这辈子见过的最好的程序员。”主程序员陈续缘肯定地说。

“他是我这辈子见过的最好的软件架构师！”软件工程师阮建高兴地说。

“他是我这辈子见过的最好的硬件工程师。”硬件工程师应间阴森森地说。

“但是他完全没有 business sense（商业洞察力）！”销售总监（只有一个人做销售，那就是销售总监）小白说，他是一个海归水准的土鳖。

一圈人聊完之后，方含笑请人力重新写聘书，聘张久全为首席技术官，聘期两年，年薪只有可怜的人民币十二万。任力担心这个薪水太低时，方含笑一抬眼，“他自己说的，时薪十美元。”

而张久全竟然也接受了。

陈续缘在茶水间接开水时，方含笑慢慢踱进来。

“小陈，我有个问题。关于张总。”方含笑说。

“您问。您问。”

“你，嗯……你跟张总……”方含笑堵着门口，斜倚门框，抱着手，“……洗过澡吗？”

一口水喷出来。陈续缘一边擦衣襟一边急切地摆手：“没有！没有！……方总！就算你看我没有女票，没女票的也不一定是同志啊！就算我真是同志，我也不可能找张总找抽啊！……”

“激动什么，谁说你同志了？”方含笑说，“没洗过就没洗过吧。那你能不能找机会跟他一起洗一下？”

“……哈……我不要……”

“我主要是，对他身上的，一些东西，有点疑问。”

“……哈……他身上……”

“我想看看他的身体……他的背……他的脚……我上次看到他一只脚了，但是我还想看他的另一只脚……”

“……哈……他的脚……”

“所以你能不能想办法跟他洗个澡，然后你看到了什么汇报给我？”

“……哈……洗个澡……”

“对。假如有机会，最好能拍个后背的裸照。”

“……哈……拍裸照……”

“今天我交代你的事情，不要说出去。否则……我可是很凶的，呵呵。”

“……哈……不说，不说不说不说！”

“很好。记住。洗澡。拍裸照。越快越好。”方含笑说完，满意地抱着手走掉了。

陈续缘对切菜一号说：“我们公司原来的 CEO 是个神经病，新来的 CEO 还是个神经病……”

周四上午的第一次战略部署会，全员参与。没有足够大的会议室容纳二十六个人，大家就挤在休息区的沙发椅和长桌上。

陈贤负责做行业研究报告。本来，行研报告只需要按照模板，按部就班讲行业发展环境、行业发展现状、典型企业分析、行业发展趋势。但陈贤经受了长年的投行推介训练，习惯结论先行。而他的结论就是，蓝熊想要生存，必须从目前的 B2C 的商业模式转换成 B2B 模式，同时在垂直细分领域中做到领域第一。他的整个报告都在论证这个结论。

B2C 是“面向消费者的商业”（Business to Consumer）的简写，而 B2B 是“面向商业的商业”（Business to Business）的简写；前一种类型的企业服务个体消费者，后一类则服务企业客户。

“2C 模式的强人工智能，对创业公司来说，是一件非常荒唐的事情。”陈贤说，“做人工智能并不意味着要做出一个跟人一样的东西。一个类人机器人需要的技术，横跨感知、决策、反馈三个大领域——每个领域都有数以万计的公司在做，尚且不能做出高质量的类人产品；可一旦出现有革命性技术的公司，巨头就会先下手为强，将它们收购。结果就是，巨头公司掌握着技术、人才、资本。一家行业顶级、有稳定现金流的巨头公司可以烧钱做类人机器人。苹果、谷歌，华为、毛豆，都有各自的机器人部门。蓝熊不可能跟巨头竞争。

“我们经常说，‘别跟巨头比牙齿。’2C 行业的市场早已被巨头瓜分完毕。手机、家电、汽车，以及聊天机器人、翻译机器人、管家机器人，都有巨头在做。创业公司能做的，必须是巨头公司不屑于做的垂直细分领域。而垂直细分领域的 2B 行业正是这样一片蓝海——世界范围的传统行业，有无数家完全隔离于现代科技的传统企业，为他们提供人工智能服务，这将是兆亿美元的市场规模。

“在这方面，近年进入中国的蓝音科技是个很好的例子。它依靠智能语音客服系统起家，目前已经占据北美欧洲将近一半的市场份额。以蓝音的技术水准，它也可以做聊天机器人、智能助手，但是它严格遵循细分领域 2B 的商业模式，避开跟 SaaS 和 HaaS 巨头的竞争，最后创造性地成为 AIaaS 的新巨头。这才是蓝熊应该做的事情。”

SaaS 和 HaaS 都是 2B 商业模式，前者是“软件作为一种服务”，后者是“硬件作为一种服务”。AIaaS 则是“人工智能作为一种服务”。陈贤报告最终的落脚点，是为细分领域的大客户提供人工智能服务。

“我们现在看美国近三年的风险投资行业结构图，”陈贤点开新一页幻灯片，“已经没有风险资本向人工智能领域注资了——因为根本就没有‘人工智能’这个商业领域。人工智能必须与具体的行业结合起来，找到垂直细分领域。金融、医疗、教育、安全、农业、交通、物流、互联网，结合我们的技术优势，找到一个对应行业，然后争取行业中的大客户，满足他们的需求。这才是人工智能创业真正应该做的事情。”

接下来关于业务发展方向的汇报，本来应该是陈续缘负责的部分，但他并没有太多发言权。高盛方面的几个人都非常坚定地要做2B业务，他们提出的业务方向都在金融领域，分别是资产配置、风险评估与产品智能匹配。最后发言的仍然是陈贤。

“什么样的领域适合人工智能？业界公认的就这样几个条件：清晰的领域界限；海量数据；超大计算量；能够自动标注数据，即能够把所有人为动作整合到数据流里。没有什么比金融更符合这几个条件了。

“机器学习需要千万级的数据。在蓝熊自身一无所有的情况下，从机构客户那里获得数据是最简便的办法。我们为客户做系统，把数据丢进去，就能产生需要的结果。比如做量化交易，这个系统可以搭配出最好的投资组合，可以通过计算知道哪些A股股票跟美股股票可以用来做对冲。比如做风险评估，人工建模需要很多主观预设，而交给人工智能系统来做，只要将所有历史数据丢进去，预设条件交给系统运算，能够形成预设条件与未来现金的横纵坐标，会比人工建模更高效，也更全面。再比如金融产品交易，把用户的需求数据丢进去，把产品数据丢进去，可以最高效地为用户匹配产品[1]。”

扎实的调研，深刻的专业度，精美的幻灯片再加投行精英温文尔雅的谈吐，陈贤的演示实在太有说服力了。十五分钟的行业分析，再加十五分钟的公司前景展望，等陈贤讲完，好像每一个人都同意蓝熊应该做金融业人工智能了。

接下来方含笑给了陈续缘十五分钟时间讲公司发展现状。陈续缘嗑嗑巴巴讲了蓝熊之前的混乱状况。主营业务是面向低龄儿童的伙伴机器人——相当于智能化玩具。业务数据并不好看，所以后来又开了家用机器人业务线和无人机业务线，成果就是工区柜子里那一堆破铜烂铁。陈贤与陈续缘前后一比较，陈

1　金融客咖啡《李开复：人工智能最好的应用领域之一是金融领域》，2016年12月5日。

贤的说服力变得更大了。

“陈贤的论证是有道理……”陈续缘弱弱地说，“但是就有一点……我们公司有一半的硬件工程师。如果做纯软件服务，那他们是不是就得下岗了……”

“对，我们考虑了这个问题。所以有方案 B。”马修站出来接着讲了蓝熊可能的第二个业务方向，就是工业机器人。马修先是分析了目前机器人制造的行业状况、行业周期、市场容量，接着针对蓝熊提出一套工业机器人发展方案，主要客户群瞄准机电制造企业。

到底是做金融还是做机电，两方各执一词。陈贤、潘丽丽，还有陈续缘手下的软件工程师，都倾向于做面向金融业的纯数据处理软件；马修则与硬件工程师一起，力主工业机器人。双方相持不下。方含笑安静地听两方争了半小时，最后问坐在角落里的张久全：“张总，你是这个公司的创始人，你有什么想法？”

他没有开口。好像没有听到。他仍然低头对着电脑屏幕，手指在键盘上飞快跳动，仿佛一切与他无关。松鼠软沓沓地趴在他膝盖上，垂头丧气，一动不动。

争论继续。又争了五分钟。双方至少在一件事上达成一致：必须做 2B 业务。

直到角落里的一个音箱忽然说话。

“你们有谁……认识蓝熊吗？”是一个呆呆的电子音。

松鼠抬起头，吱地叫了一声。

“蓝熊……是一个，一个奇怪的，蓝色的小熊。它很聪明，可是有一点害羞。它有一点粗鲁，可是它很善良。它是很骄傲的，但是它并没有恶意。

“它是蓝色的，因为它有时有一点忧郁。但是它又是快乐的，并且它可以把快乐带给人们。”

屋子里鸦雀无声。

“我已经很久，很久没见蓝熊了。”音箱说，“我愿意来北京，因为马云东跟我说，我可以在这里见到它……对，对。它是一个伙伴机器人。但它不是一个机器，它不是一段程序。它是一个活着的，有感情的，会说话，会哭也会笑的，奇怪的熊。

“这个世界的大部分都是很无趣的。机器人，是唯一一样让我觉得，这个世界原来可以很有意思的东西。做机器人，是我从小以来的梦想。以后，我遇到许多人，经历许多事，可是这个梦想从来都没有改变。在过去的十年里，我说服自己活下去的唯一理由，是把蓝熊带回来。我现在很高兴，我离它很近了。

“我这辈子只喜欢——只热爱——也只愿意做一件事情，那就是做一个会说话，会唱歌，会跑，会跳，会叫小朋友不要哭的伙伴机器人。你们觉得它傻也好，弱智也好，机器人也好玩具也好。那都不重要。我想做的全部事情，就是做机器人。这是我存在的价值。这是我活着的意义。这是我的动力和勇气。

“这是我所热爱的。不管我是穷困潦倒还是亿万富翁，不管我是前呼后拥还是孤身一人，我都会做下去，一直一直做下去。到我生命终结。

“如果你们决定做 2B 业务，那我唯一的选择就是离开。但请把‘蓝熊’这个名字还给我。我再没有别的要求了。”

一阵很长、很长的安静。

四月的阳光从窗外打进来，落在他灰色的头发上，把他的刘海照出一片金光。他没有抬头，眼睛还是盯着电脑屏幕。可是他也没再打字。他把手勾进袖子里。松鼠跳进他怀里。

“我……我小时候就幻想有一个自己的机器人……”陈续缘畏畏缩缩地说，“我当了好多年的码农，但其实，其实我是想做机器人的……当初辞了百度加入蓝熊，因为马总说，这是一个机器人公司……虽然，虽然我们的产品确实不怎么样，长得又丑……虽然，虽然切菜一号笨笨的，宇宙二号经常撞墙，胜利三号总是踢不到球……”

应间打断陈续缘：“那是因为我们没有用户体验设计师，人机交互设计师，光学感知工程师，机械系统工程师，工业机器人算法工程师。这个屋里坐着一群废物（张久全默默点头），要钱没钱，要人没人，还有一群不知道自己在干什么的脑残领导（大家默默点头）。总结：机器人是可以做的。只是我们缺人。然后，我响应张总——我加入蓝熊的初衷也是做机器人。如果不做机器人，那我就撤吧。”

“我，我也喜欢机器人！”田田弱弱地说，“我还是学校机器人协会的会长呢！蓝熊的机器人可能看起来笨笨的……可是我告诉你们，我那些师兄做出来的东西，比它们还笨……我觉得蓝熊做得挺好的……”

潘丽丽瞪了田田一眼：“你到底算哪边的？”田田赶紧闭了嘴。

“是啊是啊！……世界上第一辆汽车、第一架飞机出来的时候，不也是笨笨的，经常熄火、撞墙、坠机的吗？”小白接着说，“我觉得，我们做的机器人是世界上最牛的机器人！切菜一号根本不笨好嘛。上次是我把它菜刀装反了所以才切到我自己的裤裆……我们的机器人就是最棒的！淘宝上没人买是因为他们都是屌丝买不起！……我本来在杭州做零件销售混得好好的，因为听说蓝熊做机器人才跑来的，否则谁要来北京吸雾霾了啦。”

“我也是我也是。我小时候也好喜欢机器人。我们家里的变形金刚都被我玩坏了哈哈……我本来在猎头公司当小猎。马云东说蓝熊做机器人，我才跳槽的。”人力主管任力说，“因为我也喜欢机器人！”

“我也是我也是。我本来在腾讯好好地做着码农，再攒两年钱就升职加薪走上人生巅峰了。听说有机器人公司在招 Python 程序员，我才忙不迭飞奔来的。因为……因为机器人是我童年的梦想。”软件工程师阮建说，他接着又肯定一遍，“我的梦想就是做机器人！”

松鼠飞快跳跃，轻巧跳过桌上的机械手。那机械手蓦地伸长，一下子推开了虚掩的储物柜。柜子里的破铜烂铁，哗啦一声倾倒而出。松鼠轻巧掠过切菜一号、宇宙二号、胜利三号。好像赶着要来声援似的，松鼠掠过的地方，各种齿轮、机械臂、弱智机器人都苏醒过来。

大家叽叽咯咯，吱吱吖吖，乒乒乓乓的，朝会议桌蠕动、爬动、滚动起来。好像一场（弱智的）机器人大游行，浩浩荡荡地捍卫自己生存的权利。

“蓝熊的业务方向不会改变。”方含笑一手按了一下眼角，一手挡住朝她鼻子撞来的宇宙二号，“我们做机器人。”

20　我们的蓝熊

蓝熊管理层与技术人员又接着开了两次会，在早教领域的伙伴机器人与智能家电领域的管家机器人之间相持不下。这两个行业都已呈现饱和。除非能够拿出足以构成技术壁垒的创新，否则想在行业中找到突破口并不容易。

最后还是回归早教伙伴机器人——相当于做玩具。这个领域的门槛低，不需要跟家电巨头竞争。“别跟巨头比牙齿。”陈贤冒金句。

确定业务方向后，方含笑和北京组的同事进入每周一百小时的工作状态。潘丽丽协助方含笑完善公司架构，制定公司管理细则；陈贤撰写商业计划书，组织各个部门起草各自工作日程，尤其是人员招聘与产品开发的时间表；杨晟与佳慧理清财务流程，核算成本，完善预算与融资计划；田田自觉承担起所有行政性事务，工区、走道、厕所焕然一新。

北京组同事能够迅速展开工作，是因为他们习惯于投行高压高节奏的工作环境，也非常清楚方含笑的工作要求。但蓝熊原来的那拨技术宅可就不行了。他们习惯于长期放养的生活，在放松的环境里东打一槌西打一槌，不但底下执行得迷迷糊糊，作为领导的陈续缘更是迷迷糊糊。很少当面冲人发飙的方含笑，因为几个错过的截止日期，在晨会上很是恼火地咆哮了几次。

对于领导的过分要求，投行狗长期逆来顺受，干不完，熬夜干；那拨技术宅的应对办法则是，洗洗睡，明天干。方含笑定的许多截止期限是零点。于是那些偷懒回家的员工，经常在午夜被老板的电话吵醒。如果胆敢有人拒接老板电话，又或直接关机的，就会在第二天晨会上被点名批评，甚至……半夜被敲门声惊醒。

张久全的住处在公司隔壁小区的地下室里。方含笑电话联系不上，直接问人力要了地址，冲到他家直接敲门。凌晨两点半被敲门声惊醒的张久全，派了一个音箱出来交涉："你知不知道现在是凌晨两点半？！"

"哈。你也知道是凌晨两点半。我要的上年度产品失败原因总结分析，你已经晚交两个半小时了。"

张久全对方含笑采取了无视和对抗的态度。后果就是方含笑在次日晨会上公开点名批评，宣布扣本月工资，以及，再次无理由延误截止日期，只有开除。

张久全眼睛血红，一脸狰狞。大家都以为他又要暴起袭人了，陈贤更是直接挡在了方含笑跟前。但是张久全没有。他只是迅速从会议桌前秒移到墙角，然后整个人与墙无缝对接，开始一个动作，就是捶墙。

"比以前好多了。"陈续缘嘀咕，"跟随便壁咚别人相比，自己撞墙是个巨大的进步……"

以后，方含笑把截止期限调整成晚上九点，做不完不许回家。还有一条更狠的，开会讨论不出结果不让吃饭。有时为了在会上达成一致，她可以毫不内疚地把人饿上半个下午。

蓝熊员工对此怨声载道。有一天方含笑在走道里碰见某员工，被人叫了一声"李总好"。方含笑呆了一下："李总？"

旁边陈贤说："他们最近叫您李莫愁。"

"哦，李莫愁。我有印象。就是中信建投的那个李总是吧？做海航项目的时候打过交道。"

“不是。李莫愁是金庸小说里的。”陈贤说。

“李莫愁是《神雕侠侣》里的女魔头！”田田说，满脸写着“方总真的好没文化哦”的内心独白，“李莫愁肤白貌美，心狠手辣，为情自毁，杀人如麻，害得小龙女剧毒不治跳下悬崖，跟杨过一分别就是十六年。这个女魔头，坏事做尽，人神共诛！还好，最后她被活活烧死了。”

方含笑脸色铁青地把脸扭向田田。田田赶紧闭上嘴（太晚了）。方含笑笑眯眯地说：“田田晚上我们去踢跆拳道好不好呀？”

方含笑自己的工作重心是融资。

一个公司生存的原因有很多，死掉的原因只有一个，就是没钱。

创业公司至少应该保证九个月的资金。蓝熊的两百万只够撑三个月——还是在不扩招的前提下。融资是当务之急。

融资是一个充满机遇，同时也充满陷阱的过程。好的投资人可以提供好的平台，可以提供资源提供客户。不安好心的投资人可以轻易吃掉一个公司，又或彻底毁掉它。

很多创业公司以被巨头收购作为创业目标，不是没有道理。被巨头收购意味着嫁入豪门，拿到的不仅是钱，还有市场，还有客户。

陈贤撰写的商业计划书，在方含笑的督促下两周改了六稿，最后海投了包括 BAT 战略投资部和知名风投在内的二十多家投资机构，一周后也没收到多少回复。久浸于资本市场的方含笑不甘心，利用自己的人脉直接约见这些机构的投资人。

在她眼中，为创业公司融资与做并购并无不同。她既做过买方顾问，也做过卖方顾问，于双方的谈判技巧都颇为精熟。只不过现在，她自己变成卖方。她得说服别人愿意买她的股权。

“方总，这就是问题所在。”在腾讯大厦旁边的咖啡陪你，腾讯投资的一位执行董事对方含笑说——他的职位与原来的陈贤平级，“您以前做的是财务顾问，现在是自己做卖方。这不一样。如果您现在不是蓝熊 CEO，您会把这家公司推给我们吗？都合作那么多次了，腾讯找什么样公司，您应该很清楚。”

“我明白。今天来只是想见见林总。”方含笑说，林总是腾讯投资总经理，很熟的合作伙伴。然而人脉这个东西，只有在双方势均力敌的时候才是有用的。先前方含笑是高盛 TMT 行业主管，凭这个头衔能见到林总。但现在她只是一家草根初创公司的 CEO——这样级别的 CEO 在中国有千千万。

“林总今天临时有事，去香港了，所以叫我见您。我也是转达林总的意思。”那位执行董事接着说，“机器人公司，腾讯已经投了四家，您应该都知道。有一家还是您操的刀。”言下之意是叫方含笑自己比较蓝熊跟那几家的差距，“也不妨重申一下我们的五个投资标准：第一是顶级 CEO；第二是大赛道；第三，一定是行业内的领头羊；第四，有非常清晰、非常好的商业模式；第五，处于成长期。请问这个——蓝熊，符合哪个标准[1]？”

投行人跳槽创业公司，往往会担任 CFO 的角色，而非 CEO；能管钱的，未必是能管人的。方含笑和她的北京组，没人有大公司管理经验。蓝熊目前为止，没有职业经理人，更没有顶级 CEO。其他的大赛道、领头羊、商业模式、成长期，一个不占。

“我们投资并购部统共四十个人，一年要看四百个项目，真正投的只有 1%。什么时候蓝熊做到领域内的 1% 了，您再回来找我。”

这是逐客令，言下之意是你不够格。

方含笑蹲在咖啡馆门口抽了三根烟。飞回北京后，取消跟阿里百度战投部门的会面安排。资本市场就是硬碰硬。没有实力，再好的交情也没人理你。

更何况……方含笑清楚记得她离开高盛时，老板摆给她的脸色。

明白自己有几斤几两，只能放弃最一线的投资机构。之前的商业计划书投

1　参考：混沌研习社《你关于融资的所有疑问他们都回答了》，2016 年 12 月 19 日。

了五十家，只有五六个回复。方含笑打起精神，或者带杨晟，或者带佳慧，一家一家去路演。每次路演之前，杨晟和佳慧都熬夜做材料，准备路演 demo；路演回来之后，又熬夜写总结。

整个六月没有任何进展。七月，开始海投商业计划书，投了两百多家。除了频繁的路演，还努力参加各种创业公司展会酒会，在活动中小心翼翼、恭恭敬敬地递名片，扫微信。

“方含笑？”二线风投机构思成资本的龅牙投资经理，惊讶地瞪着方含笑递上的名片，“原来高盛并购部有个 MD，也叫方含笑。”

“我就是。我跳槽了。”

“哇。真是那个方总。”听见旁边有人小声议论。

“哎哟喂，以前巴结都巴结不上，现在居然主动给这种烂 VC 递名片？”

“是怎么了？被高盛开除了？”

“那还用说。以前的丑事都抖出来了，待不下去了呗。”

“谁说我们是烂 VC ?!”那个龅牙冲路人吼了一句，转而笑容满面地对着方含笑，“方总敢跳的公司，一定前途无量。方总，咱们约时间路演吧！”

竟然格外顺利。路演后的次日，思成资本就打电话过来，表示愿意以五千万美元的价格拿 50% 的股份，随时可以签 Term Sheet，也就是投资框架协议。

但是有一个条件。思成资本认为蓝熊没有职业经理人，决定聘请思成资本的投后总监赵史，出任蓝熊 COO，年薪五百万美元。

“五百万。我去。全公司的工资加起来也没他一半啊！”杨晟咋舌。

“赵史，什么来头？”佳慧问。

“七姑八嫂呗。”潘丽丽说，“这种风投一看就不靠谱。靠谱风投也就罢了，最怕的就是明明没谱的货，非要来干预公司业务。这个 TS，我说不能签。”

“公司账上没钱了。不签就得破产。”方含笑说。

“这不还能撑两个月吗？要我说，你问你的蓝图合伙人再借一笔款子，先撑过这段。股权融资是大事，一定得想明白了再签。绝对不能急！”

“你让我上哪儿借去？上哪儿借去？蓝图的第一期基金募得多不容易你又不是不知道。有张安迪的封杀令在，你以为我是招财猫，管谁借钱谁就借？”

潘丽丽是方含笑的左膀右臂。佳慧与田田入职虽然不久，从来没见方含笑与潘丽丽翻过脸。她们偶有龃龉，也会单独商谈解决。可是为了融资这件事，直接在公司的晨会上公开怼了起来。

“我要有办法，我能找这种二流 VC 吗？可是蓝熊也不是什么一流公司。门当户对。什么样的公司找什么样的 VC 吧。”潘丽丽没再说话，方含笑说，“行，那这事就这么定了。马修你签 TS 的时候看仔细了。只要投票权大头在我们这儿，还有不要在回购权与对赌协议上被人忽悠了，他们要安插人也是没办法的事。”

方含笑在与思成资本的几轮谈判中下足功夫，最大限度地确保条款对己有利。最后一轮谈判，方含笑愣是把对方的股份比例压低到45%，占 40% 的投票权。思成资本让步。八月底签订投资框架协议。B 轮融资算是有眉目了。

在短短两个月时间里融到五千万美元，同时保证蓝图资本和管理层的 55% 持股比例。这是相当好的结果了。百旺大厦十七层东座一片欢欣。

投行狗与技术宅开始慢慢适应彼此的节奏。北京组的一众同事很快适应了西二旗的着装风格。除了陈贤，男生都不再西装笔挺了。潘丽丽穿个水桶裙，杨晟在背后说她粗得挡住了他的 Wi-Fi 信号。佳慧格子毛呢包臀裙，倒还是白领风范。田田时常穿个少女感十足的碎花裙，有个周五还穿了条牛仔背带裙。本来担心被领导数落，结果方含笑夸说好看。她自己穿了 T 恤牛仔，长头发也没有盘，在脑后蓬蓬松松扎了一束。

潘丽丽不满于蓝熊混乱的工区，将破铜烂铁清理完毕后，又指挥杨晟往门口摆了两棵平安树，让田田下单买了新的咖啡机，在角落里添了两个可以翻出来睡觉的真皮沙发。配合西二旗的休闲风格，她还适当表现了一下白领精英的少女心，搬来一株仙人球和一只胖乎乎的狸猫玩偶。松鼠机器人看到狸猫很高兴，拖着狸猫到处探险。

前台旁边的宣传栏里，“乔布斯死了”的标语不见了，潘丽丽用马克笔加粗写上新标语：“上班不要穿拖鞋！上班不要打游戏！！”“游戏”两个字被划掉，旁边有人写上“飞机”。经过修整后的工区焕然一新，终于闻不到脚臭味了……虽然不比高盛的高端洋气，总算可以见人了。

虽然彼此还是看不顺眼，背后也难免说些难听话，但在工作上，两边人都开始学会怎么配合。投行狗不厌其烦地替技术宅们修改文案和幻灯片，技术宅们也愿意向投行狗解释技术和数据细节。对于一些不够配合的技术宅，方含笑就派田田去做思想工作。田田压根不知道要怎么做思想工作。但是，她穿个碎花裙子往那儿一站，对方脸就先红了。等她一开口，一大拨技术宅就会围过来主动等她教训。

田田傻兮兮地说：“是方总叫我过来的。”他们就说：“对对对！女神说得对！”

田田接着说：“凡是方总做出的决策，虽然有时候看起来像是不可能的，其实通过努力是可以做到的。”他们说：“对对对！女神说得真对！”

田田再接着说：“凡是方总说的话，虽然有时候听起来好像很没道理，其实仔细想一想，还是很有道理的。”他们说：“对对对！女神说得很有道理！”

田田从此被杨晟叫成“狗腿妹”……

剩下一个仍然不配合的是张久全。他不接受任何人的指挥，也不肯开口跟人交流。扣工资，他不在乎。当面批评，他会眼眶血红，突然转身趴到墙上，一面深呼吸，一面捶墙。

平日里，只要没有人惹他，他很安静，也不会轻易攻击别人的电脑。他花很多时间钻研图纸，有时在桌上摆弄零件。桌上除了一堆零部件，还有一堆抗抑郁药物。

对于交给他的任务，他会选择性做好。如果是他不想做的事情，比如写报告，他会无视。接下来就进入领导批评，员工捶墙，工作接着做不好的恶性循环。

方含笑派田田去做思想工作。田田哭丧着脸去找佳慧。佳慧很仗义地去找张久全谈了。回来田田问：“佳慧姐，你都跟张总说了些什么呀？”

佳慧说：“哦，我跟那个张总说，我们北京组每个人都是被方总调教过的。被方总调教是一种荣幸。刚开始是有点激烈，会有一点痛苦。但是你不要反抗，慢慢地你就享受了……”

这回换田田捶墙了。

百旺大厦楼顶是个足以俯瞰西二旗的阳台，能看到中关村软件园的绿地。空气清新的晚上，可以看到地平线上的北京城，灯光璀璨。

张久全有时会带着松鼠爬上顶层阳台。某天张久全独自去阳台时，田田跟了上去。张久全回头警惕地瞥了田田一眼。田田说：“我也想一起看夜景，可不可以呀？”

没有得到回答，田田认为是可以，于是走上前，趴在离张久全一米远的栏杆上。她很注意没有去看张久全，更加避免直接与他对视。两个人很安静地看了一会儿夜景。

然后田田说：“方总她不是个坏人。”

张久全没有理她。但是田田知道他在听。

“我知道啦，这两天方总对张总真的很过分。方总有时候说话很狠，做事更狠……但是张总你信我啊，她真没安坏心。她心里其实很在意每一个人，想要每个人都能融入团队。”

田田于是开始讲她自己的经历，讲她刚入职时怎么受冷落，怎么挨骂，怎么挨踢。说着说着，自己眼睛先红了。

“那时候真的想要放弃了。那天被方总踢残了，从投资广场的道馆出来，我就蹲在路边哭，一直哭一直哭，哭到眼睛睁不开。那时觉得自己很没用，被人嫌弃，干什么都不行。好像全世界都抛弃我了。我蹲在那里哭。哭了多久呢，我也不知道，可能有两个钟头。哭到实在不行了，我就拿手机叫车。车来了，停在路口。我走过去——你猜我看到谁？

“方总。她靠在车门上抽烟。原来在我哭的时候她一直没走。她没有过来安慰我，没有过来说，‘田田你这个笨蛋，你怎么只知道哭啊？’她就站在离我不远不近的地方，站在那里静静地等我。等我自己把眼泪擦干，站起来。

“哎，世界上怎么会有那么好的领导啊！她给你机会让你学习，给你空间让你发挥。她不是拽你进步，她逼着你进步——让你自己找方向，让你自己跌倒了爬起来。她这样担心你，在意你，花这样多的时间指点你，帮助你。但是她什么都不说，也不让你知道。那时候我就想，只要方总不赶我走，我以后永远跟着她。

“所以张总，我没别的意思。我就是想跟你说，不管方总对你做了什么过分的事，她一定没想伤害你的。她在角落里默默看着你，保护你。她就是这个样子的。很多事情她不说出来。但是她把什么都放在心里。

“方总教我，一个人强大是没有用的。一个足够强大的团队，才能干得成事业。‘没有我只有我们。’我们是一个团队。不要想着一个人去解决问题。有问题，摊出来，大家一起解决！张总，我们需要你，你也需要我们啊！再了不起的天才，也不可能凭一己之力取得成就吧？乔布斯再聪明，也不能自己一个人造出苹果吧？

“方总为了蓝熊付出很多。北京组的每一个同事都是。我最近在人力打杂，大家的工资我都看得到。本来薪酬是严格保密的事情，我不可以说的。我就偷偷说给你一个人听——从高盛跳槽到蓝熊，很多人薪水减了大半，丽丽姐和陈贤只有之前的四分之一。方总她自己拿着中层技术人员的月薪，比丽丽姐和陈贤少拿一半。这样低的工资，大家还是义无反顾地来了。因为我们相信方总，我们相信团队，我们更相信蓝熊。所以今天，张总，我特地来找你，是想告诉你：蓝熊不只承担着你一个人的希望，它还是我们所有人的未来。

“请不要辜负方总，更不要辜负你自己。我知道你是蓝熊的创始人。但是现在，张总，这不是你一个人的蓝熊了！这是——我们的蓝熊！”

21　三顾盘古

方含笑在盘古大观底下的COSTA咖啡馆干坐了半小时。盘古大观，就是鸟巢和水立方旁边那幢楼顶扭了三扭的5A级写字楼。那楼的设计吧，说得好听点，像火炬像龙头；说得写实点吧，像一坨拉得很有想法的屎。屎尖上写着三个英文字母：IBM。

IBM的中国研究中心在中关园。盘古大观二十五层是他们的客服中心，主要功能是接待重量级客户；同时驻着一些高管。IBM大中华区人力资源部“首席招聘专员”徐简的办公室也在这里。

CEO三件事，找钱，找人，找方向。融资与方向都有眉目了，接下来要做的事是挖人。

方含笑是做科技金融的，她缺乏技术管理领域的人脉。IBM在中国除了面向企业的大数据与云服务，剩下的就是以弱人工智能为核心的研究机构。能从IBM挖到一个招聘主管，就可以带回一批人工智能人才。

但是，一个在盘古大观俯瞰鸟巢水立方的IBM经理人，凭什么愿意跳去一个前途未卜的创业公司呢？

等了半晌，方含笑实在坐不住了，发信息去问。隔了二十分钟，才收到徐简姗姗来迟的短信：“还在开会。抱歉，今天恐怕不行了。”

方含笑回：“没关系。那咱们再约时间？”等十分钟，徐简没回。似乎没有再约的意思。

这是方含笑第二次被徐简放鸽子。如果是一次，也许确实有事。两次被放鸽子，只能说明徐简根本没有见她的意思。

说明她对徐简来说，不够重要。

方含笑回百旺大厦，第一件事就是把徐佳慧叫过来骂。佳慧打印出来的推介材料，页眉页脚设置跟电脑显示有偏差，就这一条，方含笑揪住骂了十分钟。佳慧早就被骂出经验了，见缝插针，一针见血地问：“方总，你是不是又被我小姑放鸽子了？”

方含笑登时一噎。

“我不都跟你说了吗？我小姑那儿，没戏，去了白去。”

“徐简跟你说什么了？”

“她叫我早点换工作。”

“换呗。换呀。谁拦你了？”

“方总我没打算走呀。你不要这么没有安全感。”

“谁，谁没安全感了?！……她还说了什么？”

“还有啊……这是我们家亲戚群。”佳慧把手机屏幕摆给方含笑看。上面是“美美的小姑”在群里发的一条信息：“高盛那个贱人又在楼下傻等。哈哈哈，让她等到天黑吧。我真是 real 机智。”

“……”

“所以你看我说的没错吧？”

“我就不明白了，我是怎么得罪你们姓徐的了？一个两个都这么跟我过不去？”

“这可说来话长。”佳慧说，在手机屏幕上拨弄两下，又递给方含笑。“美美的小姑”之前在群里还发了另一条信息：“以前我当猎头，加过七次微信，都没过；打过八次电话，接了就挂；发过不知多少邮件，一次没回（怒）。真是老天长眼，她也有今天。”

“……”方含笑默然无语。徐简联系过她。什么时候的事？——找过她的猎头太多了，她一概无视。得罪人真的不奇怪。

佳慧很有见地地总结说：“我小姑跟方总一个样，都很小心眼的。”

“——我怎么小心眼了？！”

方含笑在盘古大观干等的时候，田田正在清华紫荆园食堂，对面坐着两个彻底无视她的、埋头吃饭的清华大牛。周围桌上一圈窃窃私语的清华男，目光时不时往田田身上瞟。

清华里美女当然不是没有，但是真正称得上美女的，要不就跟男神好了，要不就跟大佬跑了，怎么也轮不到工科男呀。广为流传的段子是：千万别想在学校里弹吉他吸引女生，因为弹完一首曲子也不见得碰到女生。我能想到最浪漫的事，就是男女比例 10 ∶ 1——这说的是机械系。

所以大多数清华男找女朋友只有去人大、北外、北语——号称清华后宫。平日里只好羞答答地瞅瞅田田这种外校来的小美女。

但是，坐在田田对面的两尊大神，居然坐怀不乱，既不脸红也不心跳，看也不看田田一眼，更别提跟她说话了。

左边那个个子略高的眼镜男，名叫高守，是清华机电工程所机器人与自动化技术及装备研究室的博士研究生，研究方向是工业与特种领域机器人视觉与感知技术。右边那个个子略矮，体形略胖的，名叫牛仁，是机械工程系制造工程研究所的博士研究生，方向是并联机构与柔索驱动。这一年清华机械工程系主办的国际机器人生存挑战赛，高守与牛仁领导的未来智能机器人团队，将代表清华参赛。

田田的任务是，从这次机器人挑战赛的胜利队伍中挖人，尤其是机器人感知、运动与动力系统方面的人才。她之前是北大机器人协会的打杂会长，很快拿到了这次挑战赛参赛团队名单。北大团队也参加了预选赛，只可惜他们水平跟国足差不多，小组赛被哈工大、中科大、西安交大完虐（田田内心在滴血）。清华团队预选赛表现则不负众望，先是干掉北理、北航、南航，接着连挫早稻田、首尔大、港科大，轻松入围半决赛。

在蓝熊充当人力的田田立即锁定清华团队，从学长那里要来联系方式，直接杀到清华。

“我们是世界上最好的机器人公司！”田田说，耳边回想杨晟传授给她的挖人秘诀：“忽悠。跟马云一样，往死里忽悠！要说得连自己也相信！”然而她一撒谎就脸红，又支支吾吾地改口，“现在还没有做到最好。但是以后我们会的！”

田田努力地讲蓝熊的愿景，目前的融资情况，创始人的背景，未来的待遇。可是大牛就是不理她。他们看在田田学长（他们的手下败将）的面子上，请田田在食堂吃了顿饭，但是对她的提议毫不动心。

“小妹妹，不是我们打击你，是真的真的没可能。我也就罢了，像你这位高守学长，他都还没毕业呢，手里已经一堆 offer，中科院、清华机电所、华为、鹅厂、大疆、软银、IBM 沃森。别说你们只是一个创业公司，鹅厂的 offer 他都还在考虑呢。而且这回参加比赛，我们拿了鹅厂不少赞助，怎么都不可能扫了东家面子。你要是找男朋友，我还可以帮你一把。你要给创业公司挖人，真没可能啊。”

虽然早就作好被拒的准备，田田还是有点难过。两个大牛吃完饭就跟她告别，往紫荆公寓 W 楼走。田田开展印随技能，屁颠颠跟上。

“男生楼你也进？”牛仁发现田田跟进来，惊讶大叫。

田田撒娇耍赖技能全开，“我只要求你们到蓝熊来看一看。只是来看一看而已！你们不答应，今天我就不走。”

“你不走我没意见。”牛仁笑嘻嘻说。他跟高守住一层，吃完饭去高守宿舍。

结果开门进去，出来一个高个子的美女。她一见田田，立即发飙："没搞错吧你们！吃个饭都能带个小姑娘回来！"

"没啊嫂子。"牛仁说，"我们都说再见了，她自己非要跟回来……"

那女生插着腰拦在门口："这可是男生宿舍！一个女孩子要脸不要啊你？"

田田鲜少跟人顶嘴，这时也急了，红着脸粗着脖子喊："你难道不是女孩啊？"

终于还是铩羽而归。那时已是晚上九点，除了北京组的同事和几个技术骨干，大部分人都已下班。田田怏怏回到公司，情绪低落，一个人坐在工位上发呆。

"田田，怎么了？"是方含笑。

明明知道哭鼻子是会挨批评的，田田看到方含笑，眼睛还是红了，"方总我做不到……他们理都不理我……他们手里好多 offer，以蓝熊现在的情况，对他们根本不构成任何吸引力……我真的什么话都说了，什么办法都试了，他们不答应，就是不答应……那个姐姐还特别凶，还说我死缠烂打不要脸……"

"真的什么办法都试了吗？"方含笑问，"你去见了他们一面，跟他们磨了一个下午，就可以说'我做不到'了吗？"

田田拼命眨眼睛咽眼泪。

"能问的人都已经问过了吗？能求的人都已经求过了吗？能试的途径都已经试过了吗？身边的资源，都已经想办法利用起来了吗？——他们现在最关心的是什么呢？最需要的是什么呢？你有去了解吗？如果你是他们，凭你今天的表现——一遇挫折就说我不行，一言不合就掉眼泪——你觉得你会理你自己吗？"

方含笑语气温和，但是话说得很重，也没有任何安慰的话语，问完一串反问，转身就走。田田在自己工位上又待了一会儿，接着扭头打量还在加班的同事。

身边的资源，都想办法利用起来了吗？

北京组的同事虽然都很能干，但在挖人方面，恐怕跟田田半斤八两。田田接着望向陈续缘——对呀！他不就是从大公司跳到蓝熊的吗？

“哦，我跳到蓝熊的原因……”陈续缘磨磨叽叽地说，“首先，当然是因为我在百度那个部门也很屎咧……其次，蓝熊这边开的工资还是比百度高一点……然后咧，虽然说出来很好笑，心里毕竟是有点想做大事情，想得到尊重，得到认可……”

田田点头，接着瞪大眼睛问：“那如果是一个绝顶聪明的领域大牛，他有很好的 offer，我们又给不了更高的工资，除了所谓‘尊重’‘认可’，还有没有什么理由，可以劝说他放弃更好的 offer 选择我们？”

陈续缘反问田田：“你一直在问我，那你自己咧？高盛的名声、待遇、逼格，那可比蓝熊好了十个百度。你为什么愿意来蓝熊咧？”

田田不假思索地说：“那当然是因为方总啦！”

陈续缘点头：“是吧，我也是被马云东拉过来的。说到底，肯跳，还是因为人吧。”

方含笑第三次到盘古大观，迫不得已带上了徐佳慧。甚至连约见面时间都是叫佳慧约的——借口说打算跳槽，希望小姑给介绍。

“我小姑看到方总，一定会暴跳如雷的。方总你见了她，先好好道歉，就说以前不回邮件不接电话，不是针对她个人，是对猎头一视同仁的不理不睬。

“然后，我小姑这人，虽然是有点小心眼，其实她人很好的，要顺毛很好顺的——你只要拼命夸她，她就觉得你可好可好啦。方总你就说，‘久仰徐总大名’，列举她以前挖人成功的事迹。喏，我都把她的履历准备好了。她在回国之前在硅谷就已经给国内公司做猎头了。滴滴大数据团队的好几个数据科学家，都是我小姑说下来的。现在美团网的二把手，就是我小姑从百度地图挖过来的。还有还有，阿里云 CTO，浙大心理学博士，跟我小姑在一个心理学会议上认识的。他当时可是被李开复请去微软中国研究院的呢，也因为我小姑才跳去阿里云的……啊，她说她下来了。”

佳慧低头看手机。隔了三分钟，果然看见徐简挎着包从电梯间过来。她穿着黑白格雪纺衬衫，外面穿着灰呢西装，下身灰色铅笔裤。走进 COSTA 时先是微笑望向佳慧，接着看到旁边的方含笑，脚步一滞。但她很快走过来，一面伸出手来，“方总。”脸上笑容如常，好像她们之间并没有不愉快。

方含笑起身微笑跟徐简握手：“徐总。”

徐简很快松手，接着迅速转向佳慧：“走吧。去中关村。晚饭我请。”

佳慧过去挽住徐简的手撒娇，一面拉着她在旁边的沙发上坐下：“小姑，方总来都来了，你就跟她谈一谈嘛。刚刚方总都跟我说了，以前她不见你，不是故意的。她那时工作很忙，对猎头是无差别的无视，没有故意针对你……”

“哦，我就是故意的。”方含笑打断佳慧，一面坐回沙发上，“我没有无视猎头啊。我什么猎头都见，就是没见你小姑。”

佳慧一呆，赶紧拼命朝方含笑挤眉弄眼使眼色。

方含笑呷一口咖啡，突然开始观察自己的指甲：“我为什么要见她？每次周更新同学会不都听她在那叽叽歪歪吗？什么今天又替滴滴送去两个数据科学家，明天又帮阿里挖来一个 CTO。我靠，滴滴阿里那么有钱又在硅谷有研究中心，换个上班的地儿工资翻你两倍，那拨挤在中层爬不上去的中国工程师还不上赶着地巴巴往上凑？无非是阿里和滴滴自己的人力傻叉，看到西装笔挺的老外就扑上去——其实人家就是搞销售的。旁边那群 T 恤球鞋高中生书包的中国码农失落了吧？心碎了吧？你小姑赶紧趁机送上党的关怀——这样的捡漏有技术难度吗？还有什么从百度地图挖来美团二把手。美团本来就在去阿里化，想靠微信做入口又想跟腾讯保持距离，二把手不找百度它还能找谁？本来就是你情我愿水到渠成，有你小姑什么事儿吗？说得好像全是自己的功劳似的。你真有本事我也就不说什么了，做的都是顺水推舟的事，竟然也当自己是 TMT 行业头号猎头了。一个学心理学的出来拉皮条，想钱想疯了吧。”

佳慧当场石化。

眼看着一道青烟从徐简头顶突突地往上冒。

方含笑还雪上加霜地来了一句："不过呢，这个市场，毕竟还是识货的。均值回归是吧。你替滴滴阿里挖了这么多号人，怎么不见人家聘你去当个 CHO 呢？你在 IBM 做的什么？"方含笑拿手机翻出领英来看，"'首席招聘专员'。呵呵。"

佳慧生怕徐简冲上去给方含笑一耳刮子，赶紧拉住徐简，"小姑，我们家方总……不是……故意的……"

徐简怒极反笑："方含笑，原来你今天是气我来的。"

"不。我是求你来的，求你加入蓝熊。"方含笑说，用的并不是求人的语气。她说着歪着脑袋，斜斜地看徐简，"徐简，你今年几岁？你不用说，我来猜。你博士毕业我本科毕业。算你读博五年吧。今年生日我就 33 岁了，那么你 38 岁。徐简，你不是奔四的人——你很快就是四十岁的人了。

"TMT 这行，我们都不是新人了。比你年轻比你牛的，时时刻刻噗突噗突往外冒呢。IBM 大中华区的人力总监，早在加入 IBM 之前，已经是另外一个五百强大中华区的人力总监了——他那时 33 岁。他今年几岁？你今年几岁？你觉得一个 38 岁的招聘专员，再熬几年，IBM 肯聘你做大中华区的人力总监？"

徐简哈的一声笑出来："所以我加入蓝熊，你就让我现在做上人力总监？"

"对。"方含笑无视徐简的讽意，"职业生涯的最后一个十年，徐简，你难道不想搏一把吗？"

她说出"搏"这个字眼的时候，瞳仁中精光闪烁，流光溢彩。她死死咬住徐简的眼睛，眼神邪魅，近乎挑衅，"——你，敢吗？"

徐简冷静地盯着方含笑看，眼睛一转不转，却对佳慧说："佳慧，帮我叫个拿铁。"

佳慧应命而去，走时回头看了一眼对峙的两个女人。她们还在对峙。

"就你这样的，你觉得我肯为你打工？"

"就我这样的，怎么着都比你成功那么一丢丢呢。"方含笑拿拇指和中指比划出一个短小的度，声音压低，"33 岁在 GS 做 par 的，你数？"

“还不够有说服力。”

“我还有一张底牌。”方含笑说，重新盯住徐简。她的目光不那么确定，几乎有一点迷离，“我的合伙人，是你以前的病人。他是我找你的原因，也是你一定会加入的理由。”

有那么一个一闪而过的瞬间，方含笑希望徐简否认。但徐简只是静静地打量她。

接着徐简问：“你就这么有信心？”

“我有。”方含笑别开脸，目光移到窗外，露出微微一点苦笑，“因为你对我，实在够狠的。”

22　清华机器人挑战赛

清华机器人挑战赛的主办单位除清华机械工程系和华为、大疆、毛豆等几家科技类制造企业外，还有包括腾讯视频在内的几家视频门户网站。企业主办方参与比赛方案设计，会按自己需要的人才设计赛制。比如华为更重视机器人的精确操作能力，所以设计了操作任务比赛；大疆更在意感知、避障与记忆，所以设计了迷宫吹蜡烛比赛；毛豆注重考察机器人在不同环境下的行动能力，所以设计了包含台阶在内的障碍赛。

媒体主办方则更重视比赛的娱乐程度。腾讯方面派出的导演是一位美国海归，他希望把机器人挑战赛做成像美国广播公司机器人擂台 BattleBots 那样强对抗性的赛事——就是让机器人两两 PK，允许除了射击以外的任何暴力手段，谁把对方打残，谁就是赢家。

挑战赛对参加比赛机器人的重量有限制，对外形、规格与数量则无限制。一支参赛队伍可以在不同环节派出不同的机器人。这样做的结果是非常烧钱。但不这样做，由一个机器人应付所有环节，势必有几个环节捉襟见肘。比如，对于迷宫吹烛比赛，以 Micromouse 机器鼠为蓝本的小型感知机器人最具有优势；

但如果让依靠滚轮行动的机器鼠去参加障碍赛，一到台阶跟前，机器鼠就一筹莫展了。

最致命的是强对抗赛。有的机器人在设计时就以感知与避障为核心，没有太多考虑防卫与进攻能力；它们凭借昂贵的感知与运算装备，在障碍赛和迷宫比赛中表现出色，却在强对抗赛中被人秒得惨不忍睹，昂贵的部件也就此报销。

清华的未来智能机器人团队，是少数几个只派一个机器人参加所有环节的团队之一。这样做倒不是因为他们坚信自己的技术很牛，而是因为穷。首先院系方面就有人反对在娱乐性质的机器人比赛中投入太多，所以学校方面的支持很少；其次，他们的东家腾讯，虽然确实拨出一笔巨款赞助参赛团队，但却是一视同仁地分配给腾讯开展校招的几所大学，尤以南方科技类大学为重，分到清华头上的就寥寥无几了。

虽然只派出一个机器人，为了应付各个不同环节，清华团队在设计时充分考虑了机器人的延展性，允许机体针对不同比赛进行改装。最后的成品是一块丑丑的、板砖形状的东西，外面喷涂红漆，响应“又红又专”的清华精神，大名“红砖号”。红砖号在平时是一个人棍状没头没腿没胳膊的板砖，板砖上下各有接口，平地比赛就接轮子，台阶比赛就接机械腿。

能在机械腿与轮子之间互相转换，成为许多团队设计的共识。韩国科学技术院派出的人形机器人“征服者”，膝盖部位装着轮子。站立时可以像人一样行走，一跪下就可以滚着前进。“征服者”在前期迷宫赛时表现平平，障碍赛时才得以展现运动速度与避障能力，轻松拿下小组第一。同组两个中国参赛团队，偷偷管“征服者”叫“跪得容易”和“滚得容易”。

为了充分保护中央处理器，大多数机器人都把核心部件藏在腹部，外观五花八门，看起来一点也不像人。但是人形机器人因其难度，在小组赛中有 20% 的额外加分，仍然有不少团队做了人形机器人。麻省理工派出的人形机器人“尼克”，因为没有脑袋，看上去超恐怖。《哈利・波特》里有个鬼叫作“差点没头的尼克”，麻省理工这个机器人叫作“没头的尼克”。跟麻省理工同组的其他团队向组委会抗议，表示“没头的尼克”不能叫“人形机器人”，最多叫“类鬼机器人”。麻省理工团队赶紧连夜找了个纸箱，画上眼睛鼻子，给“没头的尼克”粘上。组委会表示：看，有头了。抗议者只得作罢。这样，麻省理工保证了 20% 的人形机器人加分，在总分排行榜上稳居第一。

另一个进入四强的人形机器人强队是中国的东北大学。东北大学团队是机器人世界杯中国赛区连续六年的卫冕冠军，两次世界亚军。但是，机器人世界杯使用的是法国公司研发的 NAO 机器人，考验的实际上是参赛者的高级编程能力，所以东北大学团队在硬件方面缺乏灵活性，且使用机器人成品意味着损失原创加分。东北大学机器人“牛牛”在前几轮任务赛与障碍赛中表现极好，但因为没有原创分，在总分榜上仍然屈居麻省理工之下。

挑战赛场地在清华体育馆。四强对抗循环赛第一场，是韩科院征服者对战东北大学牛牛。田田跟高守、牛仁早早守在看台上。自从确定挖人目标，田田每个白天都守着清华团队，自觉主动为他们打杂，非常努力地刷存在感，比赛结束以后自己回公司加班。

团队里忽然多出一只萝莉，高守的家属当然不乐意，但是团队里的男生们可高兴啦——队伍里多一个 MM，人气都涨了不少呢。参加比赛的时候，忽然之间冒出好多红砖号的粉丝。再加上清华本来就是东道主，“清华红砖，又红又专”——他们家的口号喊得比谁都响。

韩科院对战东北大学的强对抗赛，爆了一个冷门。

韩科院在总分榜排名第五，本来无缘四强，但以色列理工学院代表队队长临时放弃参赛资格，韩科院得以上位。比较来说，东北大学是除了麻省理工外在国际机器人赛事中实力最强的队伍，取得的成绩有目共睹。之前败在韩科院征服者手下的中国队伍都了憋了一口气，希望东北大学能替他们复仇。

但是强对抗赛比的不是精密操作和动作协调了，而是攻击与防御。取得胜利的条件是放倒或制住对方机器人，令对方在十秒内无法动弹。东北大学的牛牛是一个中规中矩的足球机器人，他们以强大的编程能力掩盖了牛牛在机械衔接上的弱点。但是，牛牛的缺点实在太明显了——一旦倒下，它就半天爬不起来。

而韩科院的征服者“跪得容易”又“滚得容易”实在是便宜占尽。牛牛好不容易抡开胳膊击中征服者，征服者灵巧地一跪倒地，膝盖与小腿上的滚轮立即开始工作。接下来，三百六十度旋转滚轮的征服者完虐只能依靠双脚转向的牛牛。第一次倒下，牛牛侥幸在十秒之内站起。第二次倒下，征服者变成一辆小车，直接压在了牛牛身上。裁判倒数十秒，牛牛没能起身。征服者胜。

“不要担心。”看到田田深受打击的模样，牛仁安慰她说，“我们放弃人形机器人设计，就是为了强对抗赛考虑。‘红砖’外形就是针对强对抗赛设计的，没那么容易输。”

然而立即被麻省理工打脸。

红砖号坚固的钢筋外壳，的确能够保证它逃过普通的击打进攻。但是板砖式外型，实在很方便敌人抓握啊！麻省理工团队针对红砖号制定了战术，没头的尼克上来就伸出长长的、完全超过正常人比例的机械胳膊，把红砖号从地上捞到了半空中。可怜红砖号上面四条腿底下四个轮子，只能在空中乱踢乱滚。没头的尼克完胜。

那个晚上，清华团队十来个队员一片哀戚。也难怪，本来就是为强对抗赛放弃了人形机器人加分，结果四强赛一开赛就输得凄惨无比，怎么对得起喊“清华红砖，又红又专”喊到嗓子哑的父老乡亲？

第二场对阵东北大学，倒是赢得毫无悬念——牛牛就不是为打架设计的，平衡性本也欠缺。而红砖号是个大怪物，底下四个轮子可以滚可以撞，上面四条胳膊可以推可以扯。三两下拉扯，牛牛果然又仰天翻倒了。

这一场赢是赢了，可赢的是自己人，有什么意思呢？其他几支败给清华的中国队伍早就酸开了，“中国人啊，就是内斗特行，一对外就尿。”

输了也没有办法。另一边韩科院对战麻省理工。本来两边队伍都跟中国没什么关系，但是大家都不甘心输给棒子，一大半围观群众竟然开始支持没头尼克。

结果——万万没想到，韩科院藏了一手，征服者的好几个变形能力都没有在之前的比赛中展示，显然是针对没头尼克设计的杀手锏。没头尼克占上风的时间不超过三分钟。在摸清尼克底牌后，征服者忽然下跪，仰身，咯吱一下把上身与下肢拼在一起，头顶一片原来以为是用来装饰的光盘，忽地一竖，开始高速旋转，变成了一个恐怖的切割机。

之后的比赛就没有悬念了，韩科院团队开着那台切割机所向披靡。它先将没头尼克放倒，接着将它从中斩断。因为切到了尼克位于腹部的电机，引起了一场小型爆炸，一时间火花四溅，浓烟滚滚。比赛主办方不得不出来灭火。没头尼克粉身碎骨，而征服者毫发无伤。

比赛结束，清华团队陷入一片静默。只有一个晚上的备战时间了。跟一台切割机，要怎么打？

那个晚上，清华团队包括田田在内，谁都没睡。高守连夜改进红砖号的视觉与感知系统，在红砖号的胳膊上另外增加了备用组件。这样，即使机体受到重创，红砖号仍能通过胳膊上的“眼睛”观察周围的情况。牛仁配合高守调整了四条胳膊上的并联柔索驱动结构，尽最大可能提高灵活度，同时为了方便单独控制，在四条胳膊上都加了通信系统。

除此之外，高守和牛仁还要改写红砖号的操作系统。但是，清华团队的专长其实是硬件。如果把操作系统比作大脑，硬件比作身体，红砖号的情况，就好似一个大脑没有发育完全的孩子，还不知道怎么掌控自己的身体，更不知道如何管理自己多出来的十来只眼睛。

两人改写系统，奋战到凌晨四点。虽然已经很拼了，可因为时间有限，操作系统实在写得太粗糙了。第二天比赛，红砖号上场，四条胳膊各自为战，各摇各的，完全不能协调。

“是这样的。”被田田拉过来观战的陈续缘说，“一般做机器人，80% 的精力都会放在硬件上。最后做出来的机器人就是四肢发达，头脑简单。”

清华团队连夜做的改进都是针对征服者的切割机，比如加固机体，增加备用组件。没想到，征服者这回上场，并没有像面对没头尼克时那样变身切割机，它甚至没有跪下来。征服者保持完全站立的体型，面对红砖号，居高临下。一条长胳膊伸出，一爪抓起红砖号的身体，将它拎离地面。

红砖号奋起反抗，伸出一条小胳膊去拆征服者机械臂的零件。征服者立即伸出另一条长胳膊，掐住红砖号的胳膊的根部——那是一处可拆卸活槽——一掐一拧，轻轻松松把红砖号的小胳膊扯了下来，往身后一抛。

人群发出啊的一声叫喊，好像看到一条手臂被活活拧下来一般。

一着得逞，征服者立即如法炮制，又伸手拧下红砖号的第二条机械臂。观众席上又传来啊的一声。观众大多是中国人，本来就对棒子咬得牙响，这时更是又心痛又愤怒，加油的没有了，全是叫骂的。

紧接着又是两声“啊”，征服者卸掉了红砖号剩下的两条胳膊。红砖号再没有反抗余地了，当真变成一块板砖。征服者将红砖号往地上用力一抛。红砖号被摔得打了好几个滚，一路火花四溅，最后仰天倒地，四个轮子在半空中空转。操纵席上的清华团队一片沉默。

裁判开始倒数：“十、九、八、七、六……”

数到“五”时，地上有条机械臂，忽地一亮，接着腾地跳了起来。

紧接着另一条机械臂也“苏醒”了。两条脱离机体的机械臂，好像互相之间有感知似的，非常有默契地奔向它们的“身体”，一左一右，轻松一抬，将红砖号翻回身来。

倒数至“三”。好像一只翻回身的乌龟，红砖号立刻撒开轮子，一路欢跑。倒数停止，人群中爆发出一阵欢呼。

场上陷入重复的僵局。韩科院征服者想方设法要接近早已变成人棍的红砖号，却总是被四条机械臂碍手碍脚。一条扯，一条拽，一条绊，还有一条爬到它的摄像头上，完全挡住征服者的视野。红砖号虽然失去攻击能力，不能攻击征服者，但征服者被机械臂掣肘，一时间也无对策。双方谁也奈何不了谁。

“这、这是怎么回事？”一头雾水的牛仁扭头一看，忽然发现身边坐了个头发乱蓬蓬的大个子，两只手分别在两个键盘上飞快跳跃。其中一个键盘上有英雄联盟的键盘贴——咦，不就是牛仁自己的吗？

“喂！我们在比赛哎！你怎么抢我的操控键盘？”牛仁气冲冲地说。

“能把 Python 写成这样你也真是人才。”他电脑的音箱跟他说。

“你……你怎么会说话的？”牛仁问他的电脑屏幕。接着他呆滞了——那黑色屏幕上满是代码，并且还在飞速增加。

“喂，喂，你不能侵入我们的操纵系统……不不不，这里不能这么改……你根本不了解我们的代码库也没用过我们的 API，你什么都不知道你不能这么乱改……”他接着开始讲脏话，“白痴！这是严重的逻辑错误……你在忽略边界条件……那会造成 UI 错误……天真！怎么可能实现那样的需求？……”

大个子的双手在键盘上飞快跳跃。在他完成某一行代码后，牛仁一下子安静下来，睁大眼睛瞪着屏幕。

他进入了一种仿佛嗑嗨了的、被催眠的状态。他脸上出现各种表情：迷茫，不解，困惑，痛苦，挣扎，接着那脸上又出现诡异的微笑，真诚的赞叹，幸福的满足。他半梦半醒着，痛并快乐着，欲仙欲死着。随着大个子敲键盘的飞快节奏，他发出“啊！啊啊！啊！啊啊！”极其有节奏的呻吟。这个过程持续了大概十五分钟。

最后，牛仁发出一句发自内心的“我靠！牛啊！”然后他“啊”了一声，什么都不说了，只是含情脉脉地盯着大个子面前的那块屏幕，偶尔充满赞叹与激赏，同时带着一点畏惧地望一眼大个子。

十五分钟后大个子写完代码。他沉默着下达了一个运行的命令，接着收回双手，再不碰键盘了。

赛场上的四条胳膊忽然停滞。

但它们只停滞了三秒钟。

三秒钟后，像受到召唤的突击队员，它们非常有默契地爬到了征服者身上，各自的探头完整地扫描征服者的身体。虽然征服者在不停地变形，试图摆脱那四条胳膊，但因为它们体型很小，爪子又格外利索，像甩不掉的藤条一样缠在征服者身上。

“它们……它们在干什么？”观众席上有人问。

“它们在学习。”高守说。

他面前两个电脑屏幕。一个屏幕上有八个监控屏，征服者身上传感器和各种机械元件，在屏幕上毫发毕现。

另一个屏幕上是一个实时的立体模型。监控屏幕中的部件细节不断地增加进来，数据在不断跳跃。很快，征服者的每个部件，每个连轴，都无比清晰地显示在立体模型之中。

“我天，征服者所有数据都在我们这里了……”牛仁泪流满面地说，“妈呀，这是我见过的最强悍的机器学习系统……”

这一边，清华团队好整以暇，一边猜测一边讨论（一边情不自禁地流泪），谁也没再碰操控键盘。另一边的韩科院团队已经忙疯了，三个主力队员眼睛盯着电脑屏幕，双手在键盘上疯狂地下命令。征服者发了狂似的不停变形，不停位移，仍然无法摆脱四条小小的机械臂。

之前它们在努力乱爬，恨不得抚摸征服者身体的每一寸角落。现在，它们好像对这具身体失去兴趣，懒洋洋地耷拉在变形无法触及的死角，已经不怎么挪动了。只有征服者自己在场地里疯狂地变形和移动。

僵局没有持续太久。

某一个瞬间，高守面前的那个立体模型忽然一亮，接着定格。数据搜集分析及建模完毕。最致命的关键部位——征服者头部的通信及传感器，胸口的中央处理器，膝盖以下的两个电机——全部以亮红标示。通信设备的射频电流及电磁频率，中央处理器的生产厂商、规格及每秒运算能力，电机的型号、功率、变频数据，清晰无比地显示在旁边的对话框里。

接着，四条机械臂分别移动至征服者的头部、胸口及两处膝盖。好像有谁在指挥它们似的，四机械臂同时伸出一根手指，插向了四个致命部位。

一秒钟。征服者停在原地，一动不动。

红砖号四条胳膊，从征服者身上迅速撤离，在一阵规模不是太小、但也没有造成严重破坏的爆炸声中，飞快回到红砖号身上，轻轻巧巧把自己插在那块板砖的四个凹槽里。

屋顶几乎被欢呼声掀翻。“清华红专，又红又砖”的口号声响彻体育馆。征服者被炸得四分五裂。红砖号好像一个刚拿了冠军的奥运健儿，扬扬得意地绕着征服者的残骸转圈。四条胳膊非常整齐，又非常矜持地向人们招手，接受人们的恭贺。

“你……你到底是谁啊？”牛仁哆哆嗦嗦地问大个子。

大个子根本不理他。像一个阅尽世事沧桑，又对人世心灰意冷的武林高手，他一脸悲哀地盯着场地上袅袅升起的烟雾，双眼里蓄满了深沉的悲伤。

“——张久全！他名字叫张久全！”在周围一片震耳欲聋的掌声中，田田粗着嗓子大声说，“我们蓝熊的 CTO！”

23　史上最糟糕的团建

机器人挑战赛最后仍以麻省理工的胜利告终。韩科院虽然输给清华，因为在对抗赛中的亮眼表现，还是拿到了亚军；清华屈居第三。

这个比赛如果说有什么让人感到欣慰的结果，就是蓝熊人力手里多了一大叠简历，全部来自清华未来智能机器人团队。

这时徐简已经承担起招聘的职责。她对清华来的这群小年轻非常不高兴——人又不是她带进来的，招进来也不能体现她的实力啊。

“我听说，你们已经有华为鹅厂毛豆的 offer 了？”徐简问。

“全拒了！”牛仁立即表忠诚，“只想跟张总干！”

“我想进蓝熊。”高守板着脸说，“我想跟张总。”

“我们公司很小哎……”

“没关系！只要能跟好老板，公司大小有什么关系！”

“我们工资很低哎……”

“没关系！出学校第一份工作，要在意能学到什么，你怎么净想钱啊?！”

徐简默了一下，慢腾腾拿出已经准备好的劳务合同。

这样，研发部进来一大拨清华工科宅男。佳慧拍了下手说：“真好，北大管着清华，女人管着男人！”结果因为政治不正确被方含笑拖去墙角训了半个下午，还被罚了一万字的检讨书暨企业文化及团建策划案。

团建就是团队建设，是team building的意译。团建的目标，摘抄网上的话，就是“启发共同愿景，形成内部共识，凝聚向心力，建立优质团队及促进协同合作”。这对佳慧来说是个新课题，对方含笑来说又何尝不是？投资银行的团队文化就是精英文化，中等规模的并购项目，团队通常不超过十个人。方含笑最多的时候也只同时带过三个组二十个人。而自从徐简加入，蓝熊处在迅速扩张的阶段，每隔两天就有新人加入。

徐简入职蓝熊后，先用大约一周的时间熟悉蓝熊，第二周开始，就跟方含笑一起，大刀阔斧地整顿了蓝熊的人事架构，建立了以产品开发为核心的研发部门，以生产为核心的制造及销售部门，以及以人事为核心的行政支持部门。研发部是人数最多的部门。除了高守、牛仁等几个机器人挑战赛中冒出头角的年轻工程师，徐简还通过高守这条线，从清华美院挖来年轻的产品设计。之后一个月，她往返于北京深圳之间，从老东家IBM带回销售人员和渠道经理，又在赵史的引介下，从富士康带回供应链管理工程师。在短短三个月时间里，蓝熊雇员的数量，已经从最初的二十人，翻到了将近八十人。

八十人不是一个小团队了。在团队只有二十个人时，方含笑可以花时间去了解每个人的想法，记住每个人的特长、弱势、喜好，安抚每个人的情绪，可以在日常工作中直接影响他们，改变他们。而当团队变成八十人时，仅凭个人魅力去影响和改变每个人，完全不可能了。这时工作流程还没有建立，规章制度还没有健全，对于时不时出现的一些消极怠工，或者明明努力却不能交出预期结果的员工，方含笑不十分确定要怎么办。

直接开除？——团队还在磨合，是否会动摇军心？

好好教育？——谁去花时间？谁去教育？有谁愿意被“教育”？

她的经验只足够她应付小团队。很久以来头一次，她对自己的“管理能力”，不那么自信了。

不能开除、也没法教育的员工，还包括思成资本派来的那位 COO 赵史。他拿着五百万美元的年薪，每周只在办公室里出现一两次。他负责生产管理，但研发部尚未交出成果，他就无所事事。

“我在为蓝熊遴选供货商。深圳、东莞大部分加工商，我都争取见一见。”赵史解释他频繁的出差，“另外，我是思成资本的投后总监，portfolio（投资组合）里的其他公司我也要帮助。等你们的样机出来，我会把工作重心转移到蓝熊的生产线上。”

他积极参加研发部的产品进度会。“我也是工科出生，可以在产品设计方面给你们建议。”赵史说。

“确实比较专业。”应间评价，“虽然工资拿得高，但值得起那个价。”

但是方含笑仍然不喜欢他。她认为赵史是思成不信任她的标志，安一个人监督和监视她的工作。

蓝熊在扩充新鲜血液的同时，也陆续有人离职。每次有员工离职，除了人力那一关，方含笑还会亲自挽留，即使挽留不成，也想方设法了解离职者对公司的想法。

“对未来不是很有信心。”

“不是很看好产品。”

“管理有一点混乱。不知道自己在干什么。”

“待遇一般。周围也没吃饭的地方。”

这些是她比较可以接受的理由。

“老板傻兮兮的，而且特自私，眼中只有自己，拼命压榨员工。”在方含笑鼓励他说实话不要怕时，研发部一个离职的小年轻真诚地说。

方含笑登时呆住。同学你也太诚实了吧！

为了增加雇员对蓝熊的归属感与忠诚度，改变自己在员工心中的形象，方含笑花了一点功夫讨好笼络下属。除了周五例行的 TGIF 会苦口婆心地给大家画饼，讲未来讲愿景，她还特地出钱入股楼下的百胜农家乐，希望能改善员工伙食。她还叫来原来在英蓝物业干保洁的陈阿姨，搞定了农家乐老板，陈阿姨摇身一变成了老板娘。隔一周方含笑再去看的时候，“百胜农家乐”的招牌已经换成了五个烫金大字：高盛农家乐。旁边还开了个配套小超市：极品摩根杂货铺。

方含笑瞪着那牌匾简直无语。

“我们要做农家乐界的高盛，杂货铺界的极品摩根！”陈阿姨跟方含笑兴致勃勃地说。

然而他们在农家乐界的做饭水准，恐怕跟三流券商差不多。那些投行出来的吃惯米其林，嘴巴一个比一个刁，情愿从三十里外叫外卖，也不肯下楼跟团队聚餐。方含笑无法，一面贴钱让陈阿姨请厨师，一面自己下厨准备核心团队的聚餐。

结果当天晚上那群小妖精一边吃一边嫌弃。

“……方总你是不是收了农家乐的贿赂了啊？把他们卖不出去的喂我们吃啊？”杨晟说。

“真系好鬼难吃！”马修做了个上吊的动作。

“方总，你不要因为对这个季度的结果不满意，就叫我们吃这种饭啊！”佳慧说。

饶是方含笑涵养好，这时也听不下去了，“不是吧？我做得有那么难吃吗？这个鸡腿不难吃吧？我以前在美国读书，都是自己做饭。我做的鸡腿，我同学都抢着要吃呢！”

杨晟、马修一干人，听说这是方总做的饭，马屁立即奉上。

“哇，是方总做的饭啊，真的好好吃哦……这是我三年来吃的最好吃的中餐……”杨晟改口。

“好好吃！好好味！个味好正哦！”马修改口。

徐简毫不客气地给方含笑泼冷水：“身为 CEO，不把时间放在更重要的事情上，浪费时间自己下厨给员工做饭。真是搞笑。公司花钱雇你是让你管理公司，又不是雇你当厨子。”

佳慧立即应和：“就是就是，做得好吃也就罢了，做得也就那样儿。方总你说你做的饭美国人爱吃。可是，歪果仁口味不是一般的重哎！要是外国人喊好吃，那一定是特别难吃喽……”

好像验证佳慧说的话，田田指着抱着一盘鸡腿的张久全大声告状：“方总，张总把你做的鸡腿全都舔了一遍！”

方含笑花了一点时间思考企业文化建设与团队建设的事。如果是在投行，办公室以外的团建工作差不多都是在酒吧做的——还有什么能比喝酒更增进团队感情的呢？

但是，西二旗的这帮糙汉，可从来没经历过声色犬马——“去三里屯会把他们带坏的。”潘丽丽断言。

“而且还会有很多家属愤怒地找到公司来。”杨晟说。

“现在的情况，还是把产品做出来比较重要吧？”佳慧说，“上一期产品囤积没卖出去，还欠着银行贷款；思成资本承诺的五千万，才到账一半。近期人员扩增，办公场地扩张，我们的钱只够烧半年了。”

“下周我还能拉到一笔贷款。”方含笑说，“磨刀不误砍柴工。研发的进度不能落下，但团建的工作还是应该做。”

隔一周的周末，方含笑把全公司拉去北京植物园，美其名曰“在大自然中团建”。蓝熊规模尚小，没有足够经费去拓展训练，预算也只够应付植物园门票了。

但大部分员工对植物园缺乏热情——这可是学生秋游的地方哎！果不其然，一路上碰到了至少十支小学生秋游队伍。

这回公司活动是带家属的。方含笑平时陪伴孩子的时间实在不多，当然也把两个娃带上了。成了家的都带上家属，没成家的带上男朋友女朋友。剩下孤家寡人的，就一个个大眼瞪小眼了。

大家在曹雪芹纪念馆附近的湖区草坪上野餐，接着各部门组织团建活动。蓝蓝和大熊去草坪上扑蝴蝶，方含笑守在旁边。田田偷偷跑来问方含笑：“方总，你以前说，不能动自己组里的人。现在我们已经不在高盛了，那我可不可以动啊？”

方含笑笑：“你想动谁？陈贤？”

田田一脸忸怩：“那，那行不行呀？”

方含笑轻轻叹口气：“行不行不是我说。陈贤是我带回国的。当初说好过来帮我干五年，现在差不多五年了。他是英国人，迟早要回英国的。”

“我也可以去英国的！”田田说，接着又泄了气。她可就是个土鳖。

“陈贤这个人，我是知道的。他家里以前挺有钱的，难免有公子哥儿的脾气……”

“方总是说我……我配不上他？”

“不。我是说他配不上你。”

“不明白。”

“他是……他跟你就不是一个世界的人，你明白吗？”

“不明白！”

“怎么说呢……田田，你跟我是一种人。我们这样的女孩子，会想找一个好男孩，然后一辈子跟他好好过。但世界上有许多人不是这样想的。在我们这个圈子里尤其多。因为他们条件太好了，选择太多了，没那么容易安定的……你问我去追陈贤可不可以，我当然不能说不行。本来就没有资格干涉下属私事。但是，比你虚长几岁，我很认真地提醒你，做好受伤的准备。”

方含笑跟田田说着话，一回头发现俩娃不见了。她左右奔波，不见孩子，心里忽然有一种很古怪、很不祥的预感，一时间惊慌起来，“蓝蓝！大熊！”

“他们在那里！”田田手指湖畔。

湖畔有一个孤傲的背影。张久全。

他远离人群，侧对湖面，一个人独自坐在湖边礁石上，背影显得有些森冷。

在几步开外的地方，蓝蓝和大熊围着那只人造松鼠乐不可支。

可是，松鼠忽然从孩子们跟前逃走，两下跳进了张久全的怀抱。

大熊跟在蓝蓝后面。蓝蓝大着胆子迈步上去：“你是谁呀？”

张久全没有说话，站起身，抱着松鼠走到蓝蓝跟前，把松鼠放进蓝蓝怀里。蓝蓝和大熊立即乐开了花，又叫又嚷，好不喜欢。

方含笑静静盯着那个侧影。好像感受到方含笑的目光，张久全扭过头来。她心里咯噔一下。

对准她的，是一双血红的、充满仇恨的眼睛。

晚间公司在玉泉山附近聚餐。吃饭酒家的旁边有一家KTV。吃完饭后，已经成家的都回家去了，没成家的小年轻嚷嚷要方含笑掏钱去K歌。方含笑没办法，打电话叫周更新来接孩子回家。周更新来是来了，只是让保姆带走孩子，自己不肯走了。

“哟嗬，这公司帅哥可真不少。难怪创业以后就不见你回家，敢情一天到晚在公司美人环绕呢！”

“你胡说什么呢！我们公司的码农都可安分了。你别瞎操心，赶紧回去。”

“我最知道码农了，面上老老实实，心里不知道打着什么鬼主意。我不在你旁边待着，人都不知道你有老公的！”

周更新说着硬是挤进了公司开的大包厢。包厢里早就挤满了人。蓝熊的普通员工是不认识周更新的，但潘丽丽陈贤他们是认识的，一见周更新来就瞎起哄。原来不认识周更新的，很快都知道了。

“我跟你们方总来一首，好不好啊！”周更新已经开始选歌了。

“周更新你什么毛病？有病回去闹，在这里闹腾个什么劲！”

“我有病？我有病还不是你害的！……我看你这公司里的小伙儿一个个都鬼头鬼脑的，不知道哪天就烂泥上墙了。今儿先在这儿把预防针打了，免得你又送我绿帽子。”他说着点了一首男女对唱的《依兰爱情故事》。

那歌歌词的风格是这样的：

老妹儿啊你等会儿啊

咱俩破个闷儿啊

你猜那我心里儿啊

装的是哪个人儿啊

“唱。”

“……我不会唱歌。”

“你鬼不会唱呢！你每天洗澡不都在浴室开演唱会的嘛！”

“……”

方含笑涨红了脸。北京组的一干同事又拍大腿又起哄，乐得不行。他们跟方含笑共事多年，从来没听过她唱歌呀。

周更新喝了点酒，一个人唱得可带劲了。这后面有一段歌词，是这样的：

谁家的爷们儿啊

藏进下屋碗架柜儿啊

你红啦我绿儿啊

还骂我没出息儿啊

潘丽丽瘫在沙发上笑疯了。

方含笑在下属面前向来强势，哪里有过这样的窘迫。她还不肯唱，怒气冲冲地要周更新走。周更新趁机搂住方含笑，朝众人大声宣布：“今天你们都瞧清楚啦。你们方总是我老婆！谁敢打主意！”方含笑伸手去掐，周更新递上话筒，附在她耳边低声说：“今天乖乖跟我合唱，本月夫妻时间可减免一小时。”

这一招立竿见影。方含笑果然凑在话筒上唱了，只是声音比蚊子大不了多少。

那最后一段是这样的魔性：

我活着是你的人儿啊
死了是你的鬼儿啊
你想咋地儿就啊咋地儿啊
月亮它照墙根儿啊
我为你唱小曲儿啊
看你睡啦 我心里美滋味儿啊

我活着是你的人儿啊
死了是你的鬼儿啊
你想咋地儿就啊咋地儿啊
太阳又升一轮儿啊
映透了窗户纸儿啊
看你醒啦 我心里没滋味儿啊
日子长啊 我为你擦眼泪儿啊

音乐刚停，就听到外头嘭的一声重响，接着清脆响亮的哗啦一声。

接着田田火急火燎地冲进来，“方总，张总把洗手间的一整面玻璃都打碎啦！”

方含笑一向不能应付拿她起哄的场面，巴不得有机会离开现场。她有些步伐不稳地往厕所走。走到男厕所门口，被眼前的情景吓醒了三分。

厕所一整面墙的镜子被人用拳头砸碎，带血迹的玻璃碎片撒了满地。有人尖叫着，踮着脚跳过玻璃跑出来。还有人大叫：“快叫保安！快叫保安！”

张久全头颅低垂，双手握拳，站在那一地玻璃碎片里。鲜血从他低垂的双手上淌下来。

“你——”

方含笑才吐了一个字，就被一双利爪蛮横地拉扯过去，重重按在墙上。她听见自己的后脑勺撞在墙上的咚的一声。她头痛欲裂，眼前一黑。

那双滴血的手掐到了她脖子上。

对。掐死她。

那个夺走你十年青春的罪魁。

那个害你十年不见天日的魔鬼。

那个在你噩梦里一次一次出现的，毁了你的一切，再将你推下深渊的恶毒女人。

就在你眼前。

掐死她。

掐死她。

那血从她脖子上流进衣领里，淌过她的胸口。滚烫滚烫。

音节一个一个地从他牙齿缝里迸出来，像玻璃一样破碎，像玻璃一般锋利。可是却拼不成完整的词语。

“方……含……笑……”他瞪着她，目眦欲裂，眼角好似流血，“方……含……笑……”

这是长久以来他第一次开口。

他决定在杀死她之前问问她。

因为他其实是不太明白的。

他想问问她，为什么呢？

她怎么可以这样做呢？

她怎么可以，以这样绝情的方式，将他判了死刑，然后转身跟另一个男人生活在一起，跟他结婚，跟他上床，然后跟他一起生孩子呢？

她怎么可以，在这样残忍地践踏他之后，转身跟另一个男人，那样高兴地唱歌呢？

然后再假装不认识他呢？

他要把她的心挖出来看一看。对。就在这里。他应该把她的胸口切开。

她是不是根本就没有心了呢？

他把自己的心剖出来，鲜血淋漓地交给她。可是她把它扔去哪里了？他的心呢？

但是他没能完成这场质问。

“我操——你妈——”

从走道里狂奔而来的周更新，飞起腾空，使尽全力，一脚重重踢在他的躯干上。

张久全没有及时松手。后果就是，他朝侧边飞出时，还带着一个方含笑。满地都是碎玻璃。

他飞起在半空中，仰面看见她的表情。那一秒的三分之一，好像定格，重叠在无数个黑夜之前，他们目光交织的时空里。地平线上是璀璨的灯火。

她眼里盛满至深至重的悲凉，满到要溢出来。

他忽然心痛。在他大脑作出反应之前已松手，换成一个揽护住她的姿势。他自己仰面摔在玻璃上，而她倒进他的怀里。

她倒在他胸口。他贪婪地感受她的温度。

如果能一直这样下去就好了。

如果能一直这样下去，躺在碎玻璃里也没有关系。一直一直流血也没有关系。

如果能一直这样下去，时光不要继续，成全他们十年后的相聚。

周更新一步上前，飞快拉起方含笑。他扶住她，打量她，迅速为她理平衣襟，“你怎么样，有没有伤到哪里？”

“我没事。”

“你脖子上有血——”

“不是我的血。”

周更新把方含笑护在身后，还想去踢张久全一脚。方含笑拉住。周更新作罢，但还咒骂：“你他妈找死！……脑子有病去医院啊！出来发什么疯！再有一次，看我不做了你！”

走道里聚集着围观的人群。KTV 保安不久赶到。方含笑从人群里叫出陈贤，低声嘱咐：“跟他们说是私事。玻璃我们赔。”

“明白。我会处理。”

陈贤与 KTV 交涉。杨晟与马修设法驱散围观人群。佳慧去找急救箱。田田盯着张久全。潘丽丽去包厢叫来徐简。

徐简到了以后，递给张久全一片碳酸锂和一片氯丙嗪。田田递上矿泉水。张久全慢腾腾地爬起来，很顺从地服下。

“去墙角深呼吸。”徐简说。

像一个早就习惯接受命令的犯人，张久全一言不发地站去墙角。

“这是最后一次。”徐简在他脑后说，“再有一次，我们就做电休克治疗——你总不想蹲中国的监狱吧？”

保洁员进来收拾玻璃碎片。人群慢慢散去。徐简赶方含笑回家，“放心吧。我看着他。”对周更新说，“你去叫个车，赶紧回家。”

周更新出门，方含笑跟上去。

“那……他……呢……”他像一头受伤的狗熊，蹲在人世留给它的最后角落。

好像隔绝于世许久的蛮人重返人世，他眼神迷离，口齿不清。他吐不出一句完整的话，只好对着墙一遍遍重复。

“那……他……呢……”

方含笑片刻驻足，但没有回头。

“我会……给他一个交代。”

24　供应商困境

整个十月都在加班中度过。CTO 比以往更加阴郁，更加沉默。他在公司里过着几乎与世隔绝的生活，老实本分地完成他负责的部分——伙伴机器人的语义处理系统和机器学习模块，再没有像往常那样指挥音响冲别人大吼。

张久全尽最大可能避免一切与活人的接触。有一些本可以交给别人的编程工作，他情愿自己花力气写一个新的程序去编写代码。他对组里的产品经理与测试工程师视而不见。

“你总不能一个人做出一个系统啊！”陈续缘对他表示不满。

好在，陈续缘充当着张久全与外界的桥梁。陈续缘以码农特有的交流方式，向张久全传达产品经理与测试工程师的意见，或者向他提出关于代码的问题。张久全心情好的时候，愿意给代码写一点注释，或者按照反馈改一改代码；心情不好，陈续缘就只好把张久全写出来的代码交给整个团队分析，一起参悟，一起改进。

语义处理系统本是一项可能耗时数年的庞大工程，然而因为调用了前代机器人的组件，这项工作大为简化。

“有好几个模块，包括我们用的语音库在内，我们得花钱买。”马修说。

作为知识产权律师，马修理所当然承担起这项任务。有的模块开发商不愿出售，又或故意抬高价格，马修不得不绞尽脑汁跟人谈判。他有一大半时间在外奔波，终于拿下几个模块的使用资格。这样又增加不少开支。

然而开支更多的还是硬件。高守和牛仁的加入使研发工作进展迅速，但也使开支翻倍。他们对零部件的质量与规格都有精确的要求，增加了加工成本。应间和高守在研发会议上公然翻脸。应间指出蓝熊目前的经济能力不足以负担高守的设计。高守说：“哦，既然你们负担不起，为什么当初还要招我们？”

产品发布日期早已确定，研发进度不能拖。最后还是高守妥协，重新修改设计，去掉了过于复杂的连接设计。这样的结果是，伙伴机器人的最终成品像一个滚圆滚圆的球——没有腿，两只胳膊又短又小。虽然看上去很萌，但是啥也干不了。

与此同时，赵史完全主导了供货商招标。方含笑不信任赵史，所以派了蓝熊的工程师参与，可他们也只能给出技术上的意见。蓝熊招进来的另一名供应链管理工程师，似乎唯赵史马首是瞻。于是在供货商选择的问题上，赵史享有最大的发言权。

在赵史的强烈推荐下，最终定下的是思成资本母公司 PT 集团旗下的成合制造有限公司。赵史给出的理由是，PT 集团旗下还有灵丹贸易、铁林加工、安全实业、闻章电子、含涵轮胎、小宝娱乐、永林机械、栾雄投资等十多家实力极强的科技制造与资本公司，选择成合制造，可以与 PT 集团成为长期合作伙伴。

赵史的推荐很有道理。创业公司在获得投资后，借助投资方平台自我发展，是自然而然的事情。比如普通手游公司，一旦被腾讯收购，就有机会借助 QQ 与微信的平台一飞冲天。所以许多创业公司以被名企收购为目标，以期嫁入豪门改变命运。

潘丽丽原本就担忧 B 轮融资是否融得过于轻率，这时更加反对选择成合：“拿了思成资本的钱，蓝熊一只脚跨进了 PT 的门。现在又要让蓝熊跟 PT 旗下企业合作，相当于把蓝熊往 PT 的门里推，一不小心就变成 PT 的子公司了。以后我们还有自主权吗？”

方含笑把参与招标会的人叫过来问了一遍。研发人员一致表示 PT 集团旗下的成合制造是技术水平最好的一档，价格还比同水平低了一档，业界口碑也不差。研发部在加工商选择上有很大的话语权。既然研发部同意，方含笑又拿不出更好的选择，潘丽丽的反对便十分无力。成合夺标已成定局。

十月底，第二代蓝熊伙伴机器人样机出炉，通过测试，内部反响很好。这是一个高约四十厘米的蓝色小熊，但因为清华那个美术设计是看多啦 A 梦长大的，这个熊长得有点像猫，头顶有个可拆卸的螺旋桨。可是蓝熊太重了，飞不起来，所以那个螺旋桨的作用，是充当电风扇……

这一版的蓝熊有一定的自主学习能力，可以进行简单的人机对话，可以通过联网搜集信息回答问题。最令人称奇的是它的避障能力。它可以轻巧避开各种移动物体，把它扔到马路中间，它也有本事安全地回到路边。

此外这个熊还特别喜欢跳舞。只要有人扔一个洋娃娃过去，熊就会拖过洋娃娃跳舞，一面摇头晃脑地唱“洋娃娃和小熊跳舞……”

正式发布之前，样机严格保密，不能带出公司。方含笑很关心孩子的想法，于是把蓝蓝和大熊带来公司。两个小朋友都很喜欢蓝熊，嚷嚷着要把熊带回家。

公司举办了一场小规模的庆功会，顺便为十月生日的员工庆祝生日。除了研发部的几位同事外，田田和陈贤的生日也都是十月。因为预算有限，没有办法租用酒店场地，庆祝活动就在工区举行。田田负责筹办庆祝活动，买了一个六层的大蛋糕，准备了各式小吃点心，当然最多的还是啤酒。

作为活动负责人，田田本来是不可以喝酒的——她本来也不太能喝。但因为是庆祝她自己的生日，方含笑临时接过主持工作，叫她该吃吃该喝喝。

田田当真喝酒去了。在蓝熊的这一年，虽然称不上悲惨，但也着实辛苦。很多人都在生日会上喝醉了。田田憋了很多心事，平日因为工作辛苦，没有机会宣泄，这一回喝得很多。

她喝醉以后就开始发神经，忽然问陈贤喜不喜欢自己。

旁边都是一群情商超低，又看热闹不嫌事大的，跟着起哄逼问陈贤，于是就变成了一众人逼宫的情形。

“陈贤！”她一手拿着啤酒瓶，叫住陈贤，“我喜欢你很久了。你大概不知道，去年面试的时候我就看上你了！陈贤，我喜欢你！你可不可以也喜欢我？方总说跟你在一起要做好受伤的准备。我做好准备了！你来伤害我啊！”

田田说完就哭了起来。

田田长得娇小可爱，平时负责行政，为大家做过很多事情，所以大家都很喜欢她。虽然也有偷偷喜欢田田的男孩会感到失落，但是大多数人都希望她能幸福，都帮着她说话。

“公司女神在跟你表白哎！”

“喂喂喂，婆婆妈妈扭扭捏捏，是不是男人啊！”

“是男人就答应啊！”

陈贤夺过田田手里的酒瓶，“你喝太多了。”接着把她往门外拉，“到外面说。”

田田一把推开陈贤：“拉拉扯扯的干什么呀！你喜欢就说喜欢，不喜欢就说不喜欢！有什么好到外面说的！”

她不是一个能在公开场合大声问话的人。他不知道她用掉了多少勇气。

可是，当她那么勇敢地面对他，眼睛一眨不眨地看着他，他竟然扭过头，避开了她的目光。

田田只觉得，忽然之间，心整个凉了。

“我们，不可能。”陈贤说。

田田一下子眼泪决堤。她扔下酒瓶，捂住脸，飞快跑出门去。

那晚方含笑站在门口，把喝醉的员工送上出租车。不放心田田，又叫佳慧送她回家，陪她过这一夜。大部分人都喝了酒，只有陈贤和杨晟没喝，因为方含笑不让，要他们做善后工作。

“本来人手就不够，你们也得做点行政，别一天到晚跟公子哥儿似的等人伺候。”

方含笑下楼送人，陈贤与杨晟留下来收拾工区。方含笑不在，杨晟立即拿了两罐啤酒，一罐扔给陈贤：“你定力可以啊。这么一个大美妞主动送上门，我就不信你不想上。”

陈贤沉默着拉着罐头，仰脖喝酒，吐出一字：“想。”

杨晟笑：“哎呀！想你倒是行动呀。”

陈贤一口气灌了半罐下去:“姓方的那个死女人跟我说,想睡可以,先领证。”

“……”

“我擦。”

“……老妖婆管得真多。”

“真他妈多。”

蓝熊与成合制造签订制造委托协议后，蓝熊将二代伙伴机器人的硬件图纸交给成合制造，双方协商生产计划。蓝熊方面的计划是首批五万个共计一亿元人民币，结果成合制造给的报价比计划高一倍，单品成本人民币四千元。

制造成本的四千元，尚未包括研发成本。结合财务给出的核算，最终伙伴机器人的订价会在六千到八千元人民币。这个价格远远高于普通伙伴机器人的平均价格，很难有市场竞争力。

“这个你们不用担心，钱的事情我会帮你们想办法。”赵史在公司内部会议上说，“C 轮融资我们会继续参与。另外 PT 旗下的栾雄投资也有意向加入。当然你们创始人肯定还应该再出让一些股份——”

“这不是融资会议，这是生产会。”方含笑打断赵史，“既然成合制造没有办法按我们的成本标准做出产品，那么行，我们重新招标。”

“方总我看你是真的不知道。”赵史不让步，“你把你们的图纸拿去深圳东莞任何一家制造厂，报价只会更高。你们的核心处理器和感应部件都是要定做的。除非你们降低标准，否则不可能是两千。两千是两千的货，四千是四千的货，对不对？”

方含笑仍然咬定两千的上限，否则就换供货商。赵史无法，只得说：“行，我去跟成合的人说。”

蓝熊向成合制造支付了50%的定金，五千万元人民币。成合制造接到定金，立即开始生产。一月份第一批次的伙伴机器人工厂样品送到，大家聚在办公室里，无比愤怒。

为伙伴机器人安装程序以后，运行缓慢，时常崩溃。

“之前在样品机上运行得挺好的呀！这，这什么鬼东西，跟我们的软件完全不兼容啊！”陈续缘大呼小叫。

“早跟你们说了，两千是两千的货，四千是四千的货。你们给的钱就这么多，我们就算是神仙也不可能变出你们要的东西来呀！”赵史马后炮地说。

“哟，赵总您还挺清楚的嘛。你跟他们是‘我们’，跟我们是‘你们’？”潘丽丽冷笑。

赵史一下子闭上嘴，隔一会儿又开口说：“方总我就劝你，还好这第一批次也只做了一万，损失不是太大。这批货就打折抛出去。你把该加的钱加上来……至于还没到账的款子，你们要理解。新基金募集资金本来就要时间的嘛。放心，该给的钱肯定不会欠你们。你们这边合同签掉，我们肯定马上打款，再帮你融C轮，好不好？”

“可是你们连B轮融资的钱都没给齐。还差三千万，一大半。”佳慧说，“现在我们给成合制造一千万，账上的钱只够撑三个月了。”

“对嘛。所以方总你还想什么？赶紧修改合同，加钱。下个月我马上跟PT集团的领导打声招呼，开始融C轮，你看好吧？”

方含笑压着胃说：“让我想一想。”

方含笑一个晚上没睡。财务报表、成本核算表、生产计划书、市场分析报告，以及 PT 集团各子公司的年报财报与新闻报道，反反复复地看。看到凌晨一点上床，死活睡不着。凌晨三点起来吐了一次，把孩子吵醒。等重新把小孩哄入睡，天已蒙蒙亮。

五点半眯了一小时，仍然无法入睡。满心盘算各种选择各种利弊。六点半起床给孩子做早饭，八点送到学校。八点半到公司，在厕所里抹鼻子。又流鼻血了。

九点半开晨会。方含笑又是一副神采奕奕、打足鸡血的样子。只是被眼睛出卖，那里头都是血丝。

“蓝熊必须保持自己的独立性。我们辛辛苦苦干出来的事业，不能就此拱手让人。”方含笑说。

转向马修：“解除合约。”

转向潘丽丽：“重新招标。”

转向徐简：“裁员。30%。”

转向陈贤：“C 轮。马上开始。”

转向人力：“停发 COO 工资。”

最后转向赵史：“帮我问问你们老板，剩下两千万到底给不给。不给，行，走毁约流程。”

赵史的鼻孔张了一张：“你这叫自掘坟墓。”

25　求贷

C 轮异常艰难。

只有到了找钱的时候，方含笑才深刻体会到“人情社会”是个什么意思。无亲无故，谁给你钱？

贷款是要抵押的。眼下一无业绩二无资产，就凭画出来的一张大饼，拿什么抵押？

在风险投资兴起之前，无政府及企业背景的人出来创业，只能从亲戚朋友那里借。即使在风投进入中国后，普通创业者想要在前期获得大基金的投资，依然需要深厚的行业积累与强大的人脉关系。包括真格在内的不止一家风投机构都曾如是宣称：不看项目只看人。这就是说，风投基金对创始人质素的关注甚于项目本身。

凭方含笑十余年的并购行业经验，融资本该不在话下。可她年轻时行事高调，杀伐决断雷厉风行，这让她在激烈竞争中生存立足并脱颖而出，但成功本身即昭示她竖敌已众。绝顶武林高手是不怕仇敌围剿的，最怕的就是没到至尊的境界，却已成为武林公敌。

这种情况，唯一的补救办法是寻找靠山。然而她不但拒绝了张安迪抛来的橄榄枝，甚至还得罪了她。要知道，高盛聘用高管，看的可不仅仅是职业技能。张安迪不是一个人，她背后还有高盛看中的政府关系与企业资源。张安迪下的一张封杀令，就足以将方含笑隔绝在一线基金之外——谁愿意冒着得罪高盛和张安迪背后势力的风险，向一家毫无未来可言的创业公司投注资金呢?

方含笑密集地见风投。每次见风投都约在咖啡厅，喝咖啡喝到吐。每次都说“保持联系”，结果再没联系。

有时，投资人的态度会流露在言谈举止中。比如对方时不时看手机，方含笑就知道已经没戏。但也有一些投资人，他们由方含笑之前的同事或客户介绍，见面后非常客气，谈话时也很专注，有时还问方含笑索要蓝熊的资料，但最后总是会说：“我让我同事继续跟进。”跟进两次后，又没了下文。

基本上，只要对方没有“一见钟情”，不曾明确表现出签约意向，结果就是被拒。

第十次见风投无果。潘丽丽劝:“去求求张安迪。”方含笑说:“我再试试。”

第二十次见风投无果。潘丽丽劝：“你跟她道个歉。”方含笑说：“我又没错，为什么道歉？”

第三十次见风投无果。方含笑托人要到一个行业酒会的邀请函，订机票去香港。

是一个股权投资俱乐部的年度峰会。在丽思卡尔顿酒店的耀钻厅，头顶是流苏状水晶耀钻，窗外是晶光璀璨的港岛天际线。因为是会员制，与会的不过五六十人。方含笑很快找到了张安迪。她站在窗边的立桌旁，跟几个碧眼洋人谈笑风生，手里端着一杯鸡尾酒。港岛楼宇的辉光映在她的杯中。

方含笑端着一杯青柠马蒂尼朝张安迪走去。张安迪仿佛完全没有注意到她，仍在与旁人交谈。方含笑瞅准他们谈话的间隙，朝张安迪挤出笑脸：“嗨，安迪——”

结果完全被忽视。张安迪对她视若不见，仍然继续与人交谈。

尴尬的场景持续了三分钟——只是方含笑一个人的尴尬。等也不是，走也不是。她觉得脸颊发烫，却还不甘心退却。

“这位女士似乎有话想跟你说。”那个洋人对安迪说。

“我跟她无话可说。”安迪说，示意洋人走。他们结伴离开，把方含笑抛在原地，益发形单影只。

“张安迪！”方含笑叫住她，用半屋子的人能听见的声音，“你不能这样。你不能……因为私人的原因……阻止别人给我投资——”

安迪瞬间移形到方含笑跟前，用压低的声音说：“真的？你确定？你要在这里跟我闹一出戏？”

“你故意无视我。”

“那我告诉你，我会接着无视你。”安迪冷冷地说，“还没学乖，是不是？从我眼前消失，安安静静地出去。否则不用我使绊，你的日子还会更难过。”

方含笑拿着高脚杯的手在抖，几乎把杯柄捏碎。

“对不起。”方含笑艰难地开口，“我向你道歉。之前离职是我太轻率。你可不可以宽宏大量，撤回你对我的制裁？”

“你看，这是问题所在。你真觉得你们内地的风投对我这么一呼百应？”安迪积攒着最后一点耐心说，“我不是上帝。我没法指挥别人做事情。如果你的项目足够好，能帮人赚到钱，哪怕我有通天的本事，我也不可能阻止别人挣钱。方小姐，你不觉得自己有点可笑吗？没人肯投你，你不找项目的原因，来找我的原因？”

安迪走开。方含笑在原地待了一会儿，接着觉得一股热流涌上喉头。她立即捂着鼻子走去厕所。坐在马桶上，只觉得有什么东西在往上涌。

方含笑，你不是三岁小孩，别在这儿丢人。她对自己说。

她在厕所里静了一会儿，然后如安迪吩咐，安安静静地走出酒宴。酒宴里当然多的是投资人。但她何必在此地自取其辱。

北上广稍具规模的风投机构，都已挨家拜访。整整一年也没有结果，风投这条路走不通。

债券、创业板融资，都有一定门槛。蓝熊目前规模尚小，没有营业收入，缺乏有效的融资渠道。除开风投基金，剩下有可能的融资方式只有众筹和高息贷款。但是众筹与求贷都不简单。

众筹行业是有潜规则的。比如在一些平台上众筹，平台会要求商家提前准备目标筹款额的30%进行刷单，平台收取3%的中间费用。这样，想要众筹一亿，前期至少要投入三千万刷单，加上宣传推广费用，差不多需要五千万的资金。

贷款则需要抵押。蓝熊没有不动产，也没有特别动产，想要贷款，就必须找担保人。担保人可以是具有清偿债务能力的个人，也可以是企业法人。如果不想拖朋友下水，那当然只能找担保公司。

方含笑吩咐佳慧整理和筛选北京各大银行中小企业信贷经理及担保公司客户经理联系方式。佳慧从潘丽丽、陈贤和杨晟那里要各家信用机构的联系方式，在潘丽丽指点下，从两百多家机构中筛选出五十家重点关注。接着开了一个小会分工，方含笑带佳慧跑一半，潘丽丽带杨晟跑另一半。

“找贷款，喝酒是难免的。”散会以后，潘丽丽嘱咐佳慧，“方含笑胃不好，你能替她挡点就替她挡点，不能挡也要劝她少喝。公司是大家的，垮了还能重来；身体是自己的，垮了那就完了。”

佳慧于是跟方含笑一家一家地拜访银行，一家一家地拜访担保公司，配套承受一遍又一遍的羞辱。有一个信贷经理，明明邮件已经约定时间，到那里却被放鸽子。佳慧只能跟方含笑在接待室里等，等到下班时间也没等到人。之后打电话再约时间，到时间又被放鸽子，说有急事，出差去了。

第三次佳慧跟方含笑在走廊里堵到那个信贷经理，那人看实在无处可逃了，一摊手：“不好意思，这笔单子做不了。”

佳慧气不过，冲那人大吼：“你他妈觉得我们很闲是吗？不贷你就说不贷！你不会早点说！几次三番把人约过来撂在走廊上什么意思！耍猴吗！”

方含笑一把拽住佳慧往后扯，一面跟那人道歉，连连说您别生气，小孩子任性。出去教训佳慧：“把人撂在走廊上是很客气的了，至少没叫保安轰你出门。你的脾气能不能收一收？再闹你给我回家去！”

佳慧含着眼泪说：“方总，你就这样受他们的气？”

方含笑背过脸说：“跟着我就是受气的份儿。爱跟不跟，没人逼你。”

方含笑说完扭头就走。佳慧赶紧跟上。

堵人只是最轻的考验。佳慧后来才知道，比堵人更难的，后面多了去了。

假如真有赏脸，愿意让你宴请的，那当然要卖力地喝酒。佳慧第一次见识方含笑喝酒的功力。她能一口气喝两斤，不醉。只是压着胃。

佳慧看不下去，就劝：“丽丽姐让我劝着你，胃不好，不要喝！”

方含笑回她：“胃不好，不吸收，所以才不醉。我就是个喝酒的人才啊！”

一月中旬开了个小规模的年会。年终奖只发了一半——方含笑自己掏的钱。方含笑在年会上给大家鞠躬道歉，表示C轮融资到位后会给大家补齐。因为没有预算，方含笑自掏腰包请大家吃饭，算是年前小聚。

年终奖那么少，理所当然又走了一部分员工。还有人走之前扬言要起诉蓝熊，说创业公司坑蒙拐骗。

研发经费，生产投入，员工奖金。最后都落实到一个“钱”字。

无奈，然而是现实。

这一年的最后几个晚上，每天都在陪酒中度过。比较之前被撂在银行走廊无人问津，方含笑对此感激涕零，更加不要命地喝酒。连着好几个晚上，每晚都是佳慧扶她上出租车。车开到一半，她要司机停车，下车蹲在马路牙子上吐。

这时周更新的父亲生病，他不得不赶去照看父母；家里雇的保姆又请假回家过年。方含笑把两个孩子扔在托儿所里，但托儿所到六点也是要下班的。方含笑实在没办法了，只好托田田去接小孩。

“你带他们找个干净的馆子吃晚饭，再送他们回家。看能不能哄他们入睡。

要是不肯睡就让他们看动画片，晚上等我回来我自己哄。”方含笑说了又叹，“就怕我回来又喝得半死不活了。”

晚上的局是由方含笑出面，在银泰宴请某银行北京分行的信贷部门的副总，与另一家贷款中介公司的总裁。直接找正规银行，蓝熊目前的状况不符合贷款标准；直接找贷款中介，很可能遇上皮包公司，拿了中介费就跑路。方含笑的做法，是把银行与中介请到一张桌子上来，喝酒联络感情。

本来不想带佳慧。佳慧受潘丽丽指使，死皮赖脸要跟。

那两个老男人当然要来敬酒。方含笑只给佳慧雪碧，笑推佳慧不会喝酒，自己接过白酒。佳慧心知肚明，到了这场子，那是非喝不可的。要不就是她喝，要不就是方总喝。

而方总这个星期已经喝吐三回了。

佳慧不知哪来的一腔豪迈，抢过方含笑手里的白酒，“我们方总胃不好，喝不了。我陪领导喝。”仰脖就往脖子里倒，热辣辣一路滚到胃里。

才喝两口，杯子又被方含笑抢回去。“我先。”她低声说，接着又对那两人笑说，“小孩子，没规矩，瞎凑热闹。”自己喝了剩下的。

于是还是方含笑喝。好在她光痛，不醉。没一会儿又拿手抵着自己的胃。

如果只是喝酒，那兴许还好些。

但是女人主动陪喝，总会有些男人有点非分之想。

喝没两下，那个信贷部副总的手就摸到佳慧腿上来了。

佳慧想要发作，被方含笑瞪了一眼，于是站起来说要去厕所。等她从厕所回来，方含笑已经顶替她坐在了那个副总身边。

一边想要贷款，一边想要揩油，两边各安心思，各怀鬼胎。那个大腹便便，看着就叫人恶心的中年人，伸出一只手，搂到方含笑腰上，“方总真是奇女子啊。又有本事，又有姿色，将来一定大展宏图！”

方含笑先是一哆嗦，像是下意识想要躲开，却并没有动，只是满脸堆笑，“要大展宏图，那也得借您的风呀。”张开嘴喝那个副总递过来的茅台。

方含笑喝酒时，洒出来一点酒液。她还没伸手，那副总的手又已经到了。他用手替方含笑揩去嘴角一点酒，忽然就开始抚摸她的嘴唇。再接着，他用食指和拇指，勾住方含笑的下巴，将她的头颅朝自己拖过去。

佳慧也有点喝上脑了，想也没想就冲过去，一手拉开方含笑，一手拿起桌上一杯酒，朝那副总泼过去。

“长成这德性，要脸不要你！别人有老公，轮到你动手动脚！亏你还是京城大行的领导，明天就叫你身败名裂！”

那副总哪里受过这样的侮辱，简直气炸，站起来扬手一个耳光——方含笑猛然挡在佳慧跟前——一巴掌打在方含笑脸上。方含笑被那巴掌一带，整个人滚到酒桌上。酒水菜肴，哗啦啦洒了一身，无比狼狈。

那两个男的知道惹了事，夹起尾巴就跑。佳慧呆了一呆，酒醒了一半，赶紧伸手去拉方含笑，被方含笑一手甩开。

她自己从一地荒凉酒水中站起来，拿纸巾擦拭白色礼服襟前的污渍。这时服务员送菜进来，为包厢里的凌乱吃了一惊。方含笑眼眶血红，表情平静，说了句“买单”。

下楼出门。佳慧要叫车，被方含笑阻止。

“陪我抽根烟。”

她说抽烟，结果又去旁边的花坛吐。那是二月初的北京，寒风刮得刺骨的冷。方含笑拿风衣将自己裹紧，却愈发显得身段单薄，骨瘦嶙峋。一个月她瘦掉几斤。

佳慧取出纸巾递给方含笑，又含着眼泪把外套脱下来，往方含笑身上披。方含笑并不领情，叫她别碰她。

她吐完以后起身，靠着墙点了支烟。拿着打火机的手在风里抖，点了几次才点上。她把佳慧撂一边，自己抽烟。结果那烟被冷风冻灭。她把烟扔了，眼睛转向佳慧，又是一副平静得不得了的样子。

“徐佳慧你怎么回事？”

“什么怎么回事？”

方含笑一下子炸了："'什么怎么回事'？你问我'什么怎么回事'?！你这是要闹哪样？成心给我添乱是不是！叫你别来你要来。来了你给我捣乱！你拉不来贷款就给我滚一边不行吗！眼看能到手的一笔款，又被你搅黄了！"

"你怪我？"佳慧抱着大衣站在冷风里,那衣服方含笑不肯穿她自己也不穿，"这事你怪我?！如果不是我把你拉开，那张猪嘴就亲到你脸上了！这就是职场性骚扰，你看不出来吗！明明有家室的，在外面骚扰良家妇女。跟这种人渣做什么生意！就是因为有这种人在,中国女人才活得这么可怜。我徐佳慧活着一天，我就要跟人渣奋战到底！"

"徐佳慧！这是鼓吹女权的时候吗？——现在我要创业！我要公司!！我要把业务做出来!!！我要的是钱!!！你来跟我谈女权!!！女权能吃吗?！能穿吗?！女权能帮我发出工资吗?！我公司要倒闭了，我要贷款，你跟人'奋战'？你要女权你NGO去啊！你非要给我添乱！我真是瞎了眼了招了你这样的。做不了事情净给人捣乱。"

佳慧冷笑一声。

"对，方含笑，你说得对。我不会做事就会捣乱。我搅了你跟那人渣的好事了是吧！……亏周更新还来咱公司闹过。有这么个老婆真可怜。为了一笔贷款，什么都能忍,什么都敢做。就你这样的——你跟那种在外面卖的,有什么区别?！"

眼眶本已血红。那里头眼泪一点一点泛上来，然后又被一点一点咽回去。

佳慧一下子后悔了。

"不是……不是方总我……不是那意思……我说错话……"

"你说得对。没区别。"方含笑轻声说，"这条命要是值钱，我卖。"

这时方含笑的手机响起来。是田田的电话。

"方总……方总对不起！是我的错！我把……我把蓝蓝和大熊弄丢了……"话筒里传来田田的哭声。

"不要急，慢慢说。"

"我跟张总一起去幼儿园接蓝蓝大熊。出来以后在人大西门吃饭。中途我去上厕所，回来的时候……回来的时候发现张总跟蓝蓝大熊都不见了……我本来以为张总带他们上哪儿玩了……可是，可是现在都过去一个钟头了。我打张总的电话打不通。问公司同事他们也说没见张总……我把吃饭的地儿，还有旁边的地方，全都找遍了，就是找不着人……我打电话是想问您，张总有没有去您那儿啊……”

方含笑脑袋里轰的一下。

鼻腔里一热。一低头，鼻血哗地淌出来。

佳慧连忙掏出纸巾递过去。方含笑根本顾不上，只是一味拿手背擦拭。

“报警。”方含笑慌慌张张地说，“报警。”

26　恶魔的复仇

像一个从血污池中爬出来的恶鬼，他的每一寸肌肤都浸在鲜血里，每一个毛孔里都填塞着仇恨。每一个有她的视野——她的，她丈夫的，她孩子的，他们一家的——都将他再一次地推入仇恨的无底深渊。

他几乎要发狂。凭什么！凭什么！

当他屈辱度日，在暗无天日的囚牢中一遍遍叫她的名字，她竟可以若无其事，跟另一个男人结婚生子。

当他孤苦伶仃，被人践踏被人欺凌，她竟可以心安理得，跟另一个男人组成幸福美满的家庭。

当他在痛楚与仇恨中挣扎求生，她在世界的另一端经营着无比光鲜的人生，顺风顺水步步高升。

她是被宠爱着的妻子，是一双儿女的母亲，而他形单影只，苍凉度日。

她是女性创业的楷模，是金领中的精英，而他不过是行尸走肉，活着只为了复仇。

对。他要复仇。他要她承受他所经历的痛楚。他要将她的至爱从她生命里夺走，就像她曾经对他做的那样。

他要报复她。要她伤，要她痛，要她恨，要她像他恨她一样恨他。要她像他一样，孤独而绝望。

他不能杀了她。那么就毁了她！

复仇的渴望几乎将他撕裂。他想这件事已经太久，只是需要一个时机。

在北京植物园里，面对她的一双儿女时，他的拳头悄悄握紧。他下定决心。

张久全上网联系到人贩子。那人贩子说陕西有一对想要收养小孩的夫妻。他们是不是好人，张久全不关心；他们有没有经济能力，他更不关心。他只想让那两个小孩，从他们的妈妈身边消失。

他一直在找机会带走那两个孩子。每次方含笑把孩子带来公司，他都在角落里，用血红的眼睛盯着他们看。当他们注意到他，他就把自己的脸藏到蓝熊后面。孩子们被机器小熊吸引，立即凑了上去。他并不知道怎么哄孩子，于是躲到他的机器人后面。两个孩子渐渐不再怕他。

“是你发明了蓝熊吗？”蓝蓝大着胆子问他。

他捂着眼睛点点头。

他怕他红色的眼睛吓着她。

“不要害怕。”他听到小女孩这样说。接着感到有一只娇嫩的、软软的小手揪住他的手指。他从指缝里望出去，看到姐姐拉着他的手，对弟弟说：“这个是蓝熊的爸爸。”

当他听到方含笑给田田打的电话时，他知道他的机会来了——他们的爸爸离开了北京，而妈妈人在国贸。他一面联系之前约好的、愿意有偿将小孩送走的人贩子，一面过去找田田，表示他愿意一起去接孩子。

田田也不会哄孩子，当然很乐意有人一起去。于是，张久全带上蓝熊，跟田田一起去中科院第三幼儿园接方含笑的孩子。因为方含笑提前知会，老师让田田带走了两个小朋友。田田接了蓝蓝和大熊后，就带他们到中关村购物广场吃晚饭。点单后她去上厕所。等她回来，发现张久全和两个小孩都不见了。

蓝蓝和大熊都想跟蓝熊玩。蓝蓝抢走蓝熊，大熊哭起来。张久全于是骗他们说，带他们去找另一个机器人。他把孩子们从餐厅里骗出来，出了购物中心上车。

张久全沉默地坐在出租车后座上。他跟人约了在北京北站见。在那里他会把两个小孩交给人贩子，让他送去廊坊，再从那里带孩子去陕西。

觉察到情况有些不对，蓝蓝闹腾起来，说要找妈妈。张久全哄她说："我们现在就去找妈妈。她在国贸，正在跟人谈事情。"蓝蓝于是安静了下来。她当然分辨不出，他们走的并不是去国贸的路。

接着大熊又嚷嚷饿了。张久全把准备好的水和面包拿出来。那里面放了安眠药。他期待他们吃了很快就能睡着。

但是没有立即见效。两个孩子又打闹起来。一个说："大熊笨！"另一个说："蓝蓝笨！"还有一个熊说："你们都笨！我最聪明！"

张久全竖起耳朵。他忽然觉得有点不对劲。他从来没有问过他们的名字。

"你叫什么？"张久全问。

"我叫蓝蓝！"蓝蓝大声说。

"你叫什么？"张久全又问。

"他叫大熊！"蓝蓝抢先说。

他们睡着了。他陷入沉默。

他在北京北站将昏睡的两个孩子交给人贩子。在睡梦中，蓝蓝依然紧紧抱着怀里的熊。他跟他们低低地说了声再见，心里忽然很难过。

大功告成。值得庆祝。他坐上返程的出租车。他像一头生了病的熊一样，蜷曲在后座上。他心里很难过，眼睛发涩。他拼命眨着眼睛。

为什么这么难过呢？她那样对待他，这是她咎由自取。就要报仇成功了。她应该痛苦。而他应该高兴。为什么要难过呢？

可是他莫名慌张起来。

蓝蓝和大熊。蓝蓝和大熊。

她从来没有忘掉那个熊。她用它的名字给自己的孩子取名字。

她大概是忘了他。但是她并没有忘掉他送她的熊啊！

——是啊。她怎么可能忘掉它呢？那个蓝色的，骄傲的，有一点悲伤的小熊。

他在干什么？他要报复她，没有错，可是他为什么要拿那个小熊报复她啊！

那是，那是他和她的熊啊！他怎么可以把蓝熊送走啊？

他一下子慌张起来。

蓝蓝和大熊就快要醒来。等他们醒来，找不到妈妈怎么办呢？

领养他们的那对夫妇，会像他们的妈妈那样爱他们吗？会让他们吃饱穿暖吗？如果他们哭了怎么办？大熊那么爱哭。骗他一切会好起来吗？骗他说有人在他身边吗？

车已经开回中关村了。他跟司机结结巴巴地说："掉头，掉头回北京北站。"他慌慌张张地拿出手机，打电话给人贩子。可是电话没有打通。

他冷静了一下，接着卸下背包，从里面取出电脑。

他随身带着电脑。没有电脑他就是个废人。

唤醒电脑。启动程序。蓝熊的信号已经从地图上消失。

他努力回想人贩子车的颜色和形状。打开几个无人机飞控程序，调出图像识别定位系统。

"喂，你要去北京北站哪个口啊？"司机问。可是没有得到回答。后座上的人在键盘上疯狂地敲击。

陈续缘在公司里加班。办公室里的几个机器人忽然不安分起来。切菜一号忽然朝窗口爬去，努力地想要勾上窗台。化妆机器人不安分地舞动起机械臂，把触手可及的东西抓起来，扔向窗玻璃。胜利三号朝窗口走去，抡起胳膊，一下一下砸向窗口。

宇宙一号，宇宙二号，以及办公室里员工私有的几架无人机，忽然之间腾然升空，在室内焦急盘旋，一面急迫地闪耀光芒。

还在加班的员工面面相觑，不明所以，“发生了什么？”

“开窗。”陈贤果断地说。

小白几步上前，打开窗户。宇宙一号和宇宙二号，带领大约十架大小不一的无人机，呼啸着朝夜空中飞去。

北京六环以内是不允许飞无人机的。国内的无人机公司，在设计时就把这一点考虑在内，GPS 定位至六环之内即无法起飞。但是蓝熊的无人机没有将限飞写进程序。

十多架无人机由西北向东南方进发，不可避免要穿越北京的中心城区。虽然有夜色掩护，连续飞过的十几架无人机仍然很快引起了行人的注意。

佳慧叫来一辆宝马。方含笑与佳慧一起上车不多久，就听见路边有小孩在大声喧哗，“看！飞机！”佳慧把脑袋钻出车窗看，“方总，好像是……好像是我们公司的飞机呀！”

副驾驶上的方含笑探出车窗看了一眼，回转身对司机说：“这车借我开一下！”司机还想拒绝，方含笑血淋淋的脸已经凑到跟前，“我要去救人！快！”

方含笑猛踩油门，拼命跟住视野中的无人机。出了劲松，一路畅行无阻。方含笑一路超车行驶，又连闯两个红绿灯，一路狂奔上京津塘高速公路。

后面有警车追了上来。方含笑更加猛踩油门。

这时几架无人机几乎逃出视野。一直驶出六环路后，前方的无人机终于出现在视野中。这时一道出发的无人机，因为电池耗尽，已经有一大半坠毁在路中。最后剩下的四架无人机，牢牢锁定一辆红色桑塔纳。它们已经找到目标。

这时车速已上了一百迈。方含笑猛然超到桑塔纳前方，一个急转，横在了桑塔纳跟前。桑塔纳紧急刹车，仍然撞上宝马。车身猛烈一晃。佳慧整个人在椅背上一震。

而方含笑已经下车，狂敲桑塔纳车门。那人不肯开门。方含笑抬起腿，一脚踹向窗玻璃。

警车随后赶到，将他们团团围起。有警察掏出枪来。

人贩子终于开门。方含笑扑进后座。蓝蓝和大熊好好地睡在后座上。他们被车的震动惊醒，但因为安眠药的效力而睡眼朦胧。

“妈妈？”蓝蓝迷迷糊糊地叫了一声，接着惊恐地看到她襟前的血迹。

方含笑轻轻哎了一声，将两个孩子搂进怀里。

张久全不久后赶到。但是已经没他什么事了。每个人似乎都格外忙碌。人贩子在惊恐面对质询。方含笑在抚慰受惊的孩子。佳慧在跟警察讲述前因后果。张久全收回电池耗尽的无人机，然后不知所措地站在那里。

佳慧与警察解释完，朝张久全走了过来。她一脸愠怒，好像他伤害的是她的家人。

“张先生，请问——你为什么要这么做?！”佳慧冲他吼，“你有没有良心！方总为这个公司命都不要，喝白的吐了不知道多少次。你不把公司放在心上就算了，你为什么——为什么还要害老板！你对老板有意见，我们都有啊！难道我们每个人都去绑架老板的小孩吗？就算你有精神病，再有病也不能害人啊……”

张久全待在原地。他其实也不明白他那么做的原因。

方含笑走到佳慧身后，轻轻拉了拉她的手，“去帮我看着小孩。”佳慧恨恨地瞪了张久全一眼，领命而去。留下方含笑跟张久全对峙。

风鼓起她白色的衣裙。那襟前都是鲜血，像一团绝望而惨白的火焰。

“我嗯……我很……”张久全用舌头舔着干涩的嘴唇，他已太久没有说话。他想说他知道错了，但是他不知道怎么说。最后他只是结结巴巴地说：“我，我不，我不……”

他才开口，方含笑冷不防扬起一腿，一个伴风而至的横踢。他只觉脸颊一片钝木，接着身体不由自主，整个地翻了出去，摔在高速公路的栏杆之外。

方含笑跃过栏杆，两步走至他跟前，接着伸出一只手抓住他的衣领，将他从地上捞起来，用力按在路旁的灯柱上。她的眼睛血红，青筋迸裂，面目狰狞。

“你跟我有仇，你朝我来！！你想我死，你他妈找我！！你怎么敢！怎么敢伤害我的家人！！……蓝蓝和大熊今天要有三长两短，我要你今天死在这里！！今天算你走运！再有一次，我要了你的命！！”

他知道错了。他低下头，掩饰眼睛里蓄起的眼泪。他结巴地、卑微地哀求：“我不会，不会伤害你的家人，我也不会……”

然而方含笑已经转身离开。他的声音只留给风听。

“……不会伤害你。”

27 抄袭案

绑架事件的后续，是公安局以人贩子为线索，揪出了一个买卖小孩的团伙。另外一个后续是，徐简强迫张久全住进北京安定医院，接受电休克治疗。

张久全没有家属。方含笑作为张久全所在单位的负责人，是他的法定代理人。治疗需要方含笑签字。她反复读着手术危险性和可能意外的说明，迟迟没有落笔。

“他这种重度躁郁症，要不然是伤害自己，要不然是伤害别人。以前在美国我们就是用电休克治疗稳定他的病情——”

“但是，现在你已经不是医生了，而且北京这边的——”

“你一百个放心。做电击的设备都是进口的。何况我同学的水平也不比我差。这是正规医院无抽搐电休克治疗，不会乱来的。你放心签字吧。”

旁边佳慧和田田在小声议论。

“网上视频超恐怖的。要不然就是把病人绑在床上，要不然是三个医生压着病人，然后那个病人就在床上抽啊抽的……吓死人了！”田田说。

“可是，知乎上的病人说，接受完电休克治疗以后，脑袋一下子轻松起来，自杀的冲动也没有了，除了记忆力有点减退，其他都很好，还觉得很快乐……”

佳慧划着手机说。

“天啦，觉得很快乐就是因为被电傻了啊！”田田说，“不是说傻瓜都比较快乐吗？……怎么办，我们公司本来就缺工程师，本来CTO就一副呆呆的样子，现在真被电傻了，他是快乐了，我们不要哭了吗……”

方含笑愈加心烦意乱。徐简在旁不停催促。她磨蹭着落笔签字。

虽然知道电休克疗法没有电影里描述的那样可怕，隔着玻璃看到躺在治疗床上的张久全时，她心里还是噔的一下。

完全没有反抗。好像已经习惯逆来顺受。穿着病号服，双眼无神地躺在那里，任由护士将心电监测仪的电极塞进他衣服里，将护牙套安进嘴里，又在口鼻处安上氧气罩。一手绑着血压计，另一手插着一枚针头，医生陆续把麻醉剂和肌肉松弛剂注射进去。

那手指本来在轻轻敲打床沿。麻醉剂生效后，手指安静下来。

医生将两个电极放在太阳穴边。他表情痛苦，双手忽然蜷曲到胸前，接着可怕地抽搐起来。医生移开电极。抽搐还在继续，心电紊乱。护士伸手护住氧气罩。

他在麻醉状态，不会感到痛苦。痛苦是她的。她飞快转身出了医院，在门口莫名心慌喘气，有些忙乱地掏出一支烟来。

他变成了这样子。

她把他害成这样子。

融资依然没有进展。银泰饭局后果严重。被佳慧这么一闹，原先答应吃饭的其他几个银行纷纷推了饭局。佳慧很是后悔：“我去给那个副总道歉。”

方含笑说：“知道是人渣，道个什么歉。”

佳慧想想又说：“我去找钱唐想办法。”

方含笑说：“得。蓝海为收购星空贷的款子，五年十年都还不了。去找钱唐，还得我们帮他们找钱。”

佳慧急：“那现在要怎么办？”

方含笑翻个白眼：“凉拌。”

三月份又出了个事。

PT 集团旗下的闻章电子与蓝音中国联合发售新款智能管家机器人“贝贝”。这款机器人的硬件部分由闻章电子研发，语音及软件系统由蓝音科技提供。产品一经推出便风靡市场，在一个月内就拿下了家用机器人 40% 的市场份额——虽然，家用机器人在这个阶段，仍然是一个奢侈的小众市场。

蓝熊的研发部通常会在第一时间买回竞争对手的新产品，这一次也不例外。陈续缘从网上买回一个“贝贝”后，研发部就炸开了。

“这是抄袭！‘贝贝’的感知系统抄的绝对是高守的设计！”牛仁指着“贝贝”头顶帽子上的一粒黑色纽扣说，“我们在蓝熊的耳朵上装了一个特制的微型三百六十度 2D 智能激光扫描仪，设计灵感是机器人比赛中的强对抗赛。当时为了节省 3D 扫描仪的花费，我们改良了市面上已有的 2D 激光扫描仪，增加了智能识图模块，使它具有初步识别与过滤 2D 图像的能力。也就是说，不需要借助外部的图像识别软件，它就能自动识别和标注物体及它的空间位置，并且把我们设定好的关键对象的信息发送给主机。这个‘贝贝’，根本就是偷了蓝熊的创意。”

当时为了准备强对抗赛，清华团队在红砖号的主干与四肢上都装了感知部件，也就是所谓的 2D 激光扫描仪。三维空间高精度的定位避障，通常需要 3D 扫描仪；但 3D 扫描仪昂贵而笨重，市面价格在三万美元左右，成本很高。将 2D 扫描仪智能化的做法，不仅缩减了开支，而且因为 2D 图像本身就比 3D 图像小许多，还减少了对带宽和处理器速度的要求。

“当时有没有给这个设计申请专利呢？”方含笑问。

“忙比赛的事，哪里有时间管专利呀！”牛仁悻悻地说。

“别说感知系统，我看‘贝贝’的外型也抄的是我们的设计吧？”杨晟说，“你看‘贝贝’头和身体的比例，再看它胳膊腿跟身体的比例。我们蓝熊滚起来屁股一撅一撅的，这个‘贝贝’也是。只不过我们蓝熊是个熊，长着俩耳朵。这个‘贝贝’是个小人，戴了个帽子！”

那边应间已经把“贝贝”的主板连到电脑上，在键盘上敲了两下，调出数据跑了两轮，“核心处理器的参数与我们一模一样。必抄无疑。”

“可不是，当时跟成合制造签的协议，图纸直接递他们手上了，能不一样吗？”潘丽丽说。

旁边徐简说：“你还好意思说。不是你跟成合签的约吗？”

“你敢说我！”潘丽丽一下子火大，“去跟成合交接的供应链工程师不是你招进来的人吗？”

这边研发部又有人瞪马修，“知识产权应该是马修的问题。”

马修嚷嚷：“搞咩！全公司那么多设计发明，只我一个产权律师。我一直忙着给软件组解决产权问题，上月底你们才想起来要给蓝熊申专利。现在你们怪我咯？”

完全成了内讧的局面。那边潘丽丽跟徐简互相推皮球，觉得蓝熊设计图被窃是对方的责任；这边马修跟研发部互相扯皮，觉得没能为蓝熊及时申请专利是对方的责任。

方含笑被吵得一个脑袋两个大，压着太阳穴说：“行了行了别吵了。坐下来想想现在怎么办。”转而问马修，“你看如果打官司，有胜算吗？”

马修说：“1%。不能更多。”

田田说：“啊！那难道我们就白白被人抄袭，一点办法都没有吗？”

杨晟说：“知识产权的官司很难打的。中国互联网行业一开始都抄的西方商业模式。中国现在的手机巨头以前都山寨苹果。你想告，上哪儿告去？”

佳慧说：“就是说。在中国，抄袭别人的，不都活得挺滋润的吗？”

田田说：“不能呀。一个发明，谁先谁后，清清楚楚的呀。要是连这样的官司都不能打，那还有王法吗？”

方含笑轻轻叹口气：“法律保护的是成功者。”

散了以后，田田不甘心地说：“这怎么叫人咽得下气。”

“要出气，那还不容易。”潘丽丽拿手机翻出接下来的日程，“看，下周一又有个风投论坛。”打量田田一眼，“换身鲜亮的，到时一起去。”

“去干吗？”

“撕。”

思成资本原先计划帮助蓝熊融C轮，但凡有项目推介的机会，都会推荐给蓝熊。潘丽丽说的这个风投论坛，就是跟思成资本闹掰之前对方推荐的。论坛主办方是个新成立不久的风投网站，对接的也多是二流风投。思成原来希望蓝熊去论坛上路演。双方分手之后，这个路演也不了了之。

虽然蓝熊的路演取消，潘丽丽仍然不知从什么途径拿到了入场券。论坛地点在东三环某孵化器的路演场地。论坛开幕那天，方含笑出去见人。下午六点，潘丽丽带上杨晟、佳慧和田田，打车杀到东三环。正赶上路演结束的酒会，投资人与项目方端着咖啡三三两两在谈话。

田田一眼在人群中看到赵史，气不打一处来，拉着潘丽丽的袖子说：“在那儿！那个浑蛋在那儿！”潘丽丽说：“你上！”接着又朝杨晟使个眼色。

田田果然大着胆子走过去，站到赵史跟前叫了声：“赵先生！”

赵史正在跟人说话，分神瞧了田田一眼，一时没认出来。

“我是蓝熊的HR助理田田，”田田说，“我想问问您，你们PT新出的管家机器人‘贝贝’，怎么跟我们蓝熊研发的伙伴机器人那么像啊？”

赵史压根儿没把田田放在眼里，转向他对面的人说：“不知哪里来的小丫头片子胡说八道。我们换个地儿聊。”端着咖啡就要走。

佳慧一步跨上前，挡在赵史跟前，“赵先生，你今天还是给我们说清楚吧。你是我们的投资人，你干涉我们的日常经营，非要你们集团的制造商中标。中了也就中了吧。我们信任你们，把我们机器人的设计图纸——我们全部的研发成果，完全交到你们手上。你们没生产也算了，为什么把我们的设计图纸拿给别人?！”

赵史不客气地说：“少在这儿信口开河。赶紧闪开，否则叫保安轰你出去。”

田田说：“我们没有信口开河！我们大半年的心血，多少个日夜的劳动成果，白白被你们偷走。今天你要是不给我们一个解释，我们是不会闪开的！”

赵史一把推开田田就要走。佳慧揪住赵史，朝人群大声说：“在场的创业者大家听好了！思成资本是个大骗子！千万不要上他们的当！他们假装给你们投资，跟他们签完 Term Sheet（投资意向书）钱根本不到账！他们坐进你们的董事会就偷你们公司的设计图纸！他们偷走你们的创意拿去给你们的竞争对手！……”

赵史急了，连忙大声说：“没那回事！大家别听他们信口雌黄……你们再胡说八道，小心我告你们诽谤……”

田田一脸真诚地举起手中的两页纸说：“我们没有撒谎！这是我们去年六月与思成资本签订的 Term Sheet。思成资本承诺我们半年内注资五千万美元，直到今天还差我们三千万。”

杨晟接着点亮屏幕，展示准备好的幻灯片，朝人群说：“大家请看。左边是我们公司尚未上市的伙伴机器人蓝熊，右边是思成所在的 PT 集团本月推出的管家机器人‘贝贝’。感知硬件 2D 智能激光扫描仪，一致；核心处理器参数，一致；机器人躯干与材质，一致。这是赤裸裸的剽窃。”

赵史大叫：“保安！保安在哪里！快点把这些胡乱造谣的人赶出去！”推开佳慧往外走，被潘丽丽一张大脸挡在路中间。

潘丽丽旁边站着一个袅袅娜娜的女子。波浪卷的头发垂到腰间，隐隐现现两个大金耳环。上身白衬衫微微敞露，下身蓝色包臀裙性感妩媚。樊西西瞅着赵史笑问潘丽丽：“哦哟，这谁呀？”

潘丽丽笑答：“哎哟，樊老板难怪您不认得。这我孙子，从小不爱别的，光爱跟人致敬，小名就叫‘赵致敬’。”

樊西西咯咯笑成一团：“啊哟，你家孙子有意思。那么想不通走上致敬之路了呢？哎哟赵致敬名儿好，跟尹志平配一脸哦！来，过来给我瞧瞧。”

“孙子，去给你祖宗瞧瞧。”潘丽丽揪住夺路欲逃的赵史，朝西西推过去。可怜赵史竹竿似的一个瘦子，哪里有潘丽丽的手劲，一下没站稳，叫潘丽丽推了过去。

赵史面向樊西西，却是背对众人。樊西西扬手一个清脆响亮的耳光，打在赵史脸上。赵史一时傻了，待在原地。樊西西一屁股坐在地上，捂着半边脸鬼叫起来：“啊哦！打人啦！男人打女人啦！保安！保安！这里有孙子打奶奶啦！”

潘丽丽一步抢上前，照着赵史的脸啪啪两个耳光，把赵史打在地上：“呸！男人打女人！臭不要脸！”

赵史支吾着说：“我，我没打女人……”

潘丽丽冷笑：“就你这屃样，谅你也没胆子认。做得出来说不出来，就敢在背后阴人。跟人签了 Term Sheet 不许人跟其他投资人接洽，坐进董事会大喇喇偷听别人机密，转头就把这家的图纸卖给那家。背地里缺德事做尽，偏偏还混得人模狗样风生水起。拿别人的劳动成果赚得盆满钵满，你高兴？你得意？你妈妈就没教教你，人活一张脸，树活一张皮。你就没一点羞耻心？你不想着给你祖宗积德，你就不为你后代算计。今儿你骗别人，明儿别人十倍百倍来骗你。今儿你挣的昧心钱，明儿你儿子不得十倍百倍还回去？就因为有你这种黑心眼昧良心的浑蛋在，搞得整个行业乌烟瘴气代代相传。真正的创新者得不到尊重，抄袭者反倒心安理得坐收名利。你他妈觉得你成功了是吧？我告诉你，你丫就是一偷儿，迟早有你栽的那天——”

这时就听闻门口有人叫了一声：“潘丽丽！”

潘丽丽住口扭头看。方含笑踩着高跟鞋火急火燎上来，一张脸疲态尽显。一到跟前就忙不迭给人鞠躬道歉：“赵总，是我不对，是我没盯住手下的人……”

赵史理也不理方含笑，夺门就走。这回再没有人拦他了。樊西西还想去拉扯赵史，被方含笑制止。她自己跑上前，一路不停给赵史鞠躬道歉，一直追赵史追到电梯。赵史走了后，她又回到主场，不停地跟其他投资人鞠躬道歉，说一切是误会。接着又去跟活动主办方鞠躬道歉，说都是自己的问题。别人的抱怨指责，她一概接受，一个劲地赔笑脸鞠躬道歉。

等会散了，人走了，出了门，樊西西指着方含笑骂：“方含笑你有病是吧？人家欺负到头上你一声不吭就算了，还给人道歉？”

方含笑瞪樊西西：“你是吃饱了撑的？谁叫你来蹚这趟浑水？”

樊西西说：“哎方含笑你别不讲理。有人欺负你，我替你着想帮你出气，你来说我？”

方含笑嚷：“替我着想，帮我出气？你们这么一闹，蓝熊什么名声！思成资本再不好也给了蓝熊两千万！他们再不正当竞争也是我们的金主。你在圈子里留下一个撕投资人的名声，以后谁还敢给你投资？！”

潘丽丽冷笑一声：“拉倒吧。你不撕他们，你以为他们就会给你钱？”

“潘丽丽！”方含笑眼圈发黑，转向潘丽丽，一开口一股酒气，“田田是小孩，佳慧是小孩，潘丽丽你也是小孩吗？创业人去跟投资人撕，你是脑子进水了吗？多大的忌讳！你是要我上多少家的黑名单！你们要闹投资人会，这么大的事情，你不告诉我，带着俩小孩还有一外人就往上冲。这么闹你置我于何地？！我当你是好姐们儿，你倒好，这样坑我给我找事情！如果不是那论坛上有认识我的及时打电话通知我，我要不赶到，你们是不是还要拍个视频闹到网上去！这月工资我看你也别领了，反正融不到钱大家一起喝西北风！”

“……骂完啦？”

“骂完了。你有什么话说？”

“你以后，少熬夜，少喝酒，少喝咖啡。”

“……你脑子抽了？”

“方含笑，”潘丽丽勉强挤出一个笑容，“我要辞职了。”

28　潘丽丽的辞呈

“方含笑，我要辞职了。”潘丽丽说。

方含笑先是一愣，接着冷笑：“好啊。辞啊。你有这样的觉悟帮我省钱，我巴不得啊！赶紧辞。明天辞呈递上来，下午办交接。”

潘丽丽第二天果然递辞呈。电子版发了邮箱，还打了纸版送到方含笑工位前，“我还会多待一个星期，跟你、杨晟还有小白做一些交接。”又递一叠文件给方含笑，“你什么时候有空，我把我之前积累下来的投资人信息和渠道信息跟你汇报一遍。你要是没空，我讲给徐佳慧也行。”

方含笑从电脑上抬起头来，没好气地说：“潘丽丽，你是觉得我太闲是吗？你非要这么跟我闹？在这当口？”

潘丽丽平日一向惯于跟人调笑，这时一脸肃重，“我是认真的。我真要辞了。”

方含笑丢下键盘，就着破转椅一转，抱起手抬头看潘丽丽：“丽丽，你这是跟我闹别扭？就因为我昨天说了你一顿还威胁扣工资？你用得着那么小心眼吗！就两万块钱的事。短你两万块钱，你活不下去啦？”

“跟昨天的事没关系。我打算辞职……很久了。”

方含笑知道她认真了。她咬牙问："你打算跟我说原因吗？"

"蓝熊的工资，对我来说，毕竟是有点低……你看我没成家，孤家寡人的，以为我不用钱。可我还有个不上进的弟弟，他在北京买房子娶媳妇很不容易。就这么一个弟弟，该帮衬还是要帮衬。可是你也知道北京的房价。别说蓝熊，就是高盛的工资，要凑个首付，那也得攒上几年……"

"工资低你是刚知道吗？从高盛离职的时候就说了，这是创业，头两年条件艰苦是肯定的。你嫌工资低当初干吗还跟我一起辞？"

"那时不是想，我得帮帮你，尽一点同事的情分吗……"

方含笑一下子哑了。

潘丽丽接着说："再从蓝熊的角度说。之前的设计图被人盗用了，再生产竞争对手已经做出来的东西没有意义。所以只能接着研发新产品。蓝熊现在现金流吃紧，当务之急还是要留住技术人才。公司里做融资有你、杨晟、徐佳慧，尽够了。再多都是多余。我留在蓝熊，已经没有意义……"

方含笑打断潘丽丽，朝她吼："对！你留下来是没意义！你是什么东西，我要你帮！要你尽情分！行，你辞啊。你还指着我挽留你。赶紧给我滚！是，我们公司穷！供不起你这尊大佛！"

方含笑说完，猛地站起身。转椅被她的膝弯打出去好远。她也不管，大踏步往外走。留下潘丽丽在原地傻站着。周围的人都看过来。

接下来一周，方含笑彻底拒绝与潘丽丽的任何交流。潘丽丽跟她打招呼，或者咨询她的意见，她一概忽略。潘丽丽也不着恼，一笑由它过去。

潘丽丽跟同事做工作交接。她把杨晟和佳慧叫去会议室，把之前她负责的投资人和金融机构信息梳理了一遍，标记出哪些是尝试无数次仍然没有进展的，哪些是稍有进展可以进一步突破的。她把陈续缘和供应链人员叫过去，一起反思之前招标的失误，要大家以后一定坚持原则，谨慎选择供应商。她把小白和田田叫过去，把之前她做的营销计划讲给他们听，又把几家电商平台的联系信息做了交接。

这样还不够。她一轮一轮地跟公司剩下的同事谈话。她跟核心技术人员一一谈话，讲她对方含笑的信心，要大家相信蓝熊的前景，要大家一起努力挺下去。她跟徐简谈话，讲她对公司人事的想法，要徐简劝方含笑继续减薪裁人，把剩下的资源全部投入到技术团队。她跟杨晟和财务谈话，要他们完善财务会计流程，要杨晟监督财务严格把控开支，削减一切与主业无关的支出。她跟佳慧和田田谈到凌晨，要佳慧管好自己的脾气，要田田对自己有信心，更要对公司有信心。她讲自己跟方含笑一起并肩奋斗的往事，要她们相信，跟方含笑一起坚持下去，一定能打拼出一个灿烂的前景。

“我走是因为我自己的原因，不是因为我不信任蓝熊和方含笑。我非常，非常信任方含笑。这话我发自内心。我在投行跟了她八年，出来又快两年——这是我跟她的第十年了。那么苦那么难，那么多道坎儿，我们都一起过来了。她是我遇到的最好、最拼、最重感情的领导。我当她是最亲密的战友。你们信我，撞上她是你们的福气。出了这个门，你们这辈子都不可能再遇到这样一个自己有本事，又肯真心待人的好老板了。这世上有难同当的人少，有福同享的人更少。方含笑是凤毛麟角。她会自己一个人去承担磨难，把福气全都留给你们。

“人这一辈子，总会有高高低低，起起伏伏。公司也是一样。现在是蓝熊生死关头——以后还会有无数个生死关头。不要怕，往前冲！这是学本领的机会，是自我提升的机会，更是拼搏的机会！我老了，拼不起了，跑不动了。可你们还年轻。你们有本事赢，也有成本输得起。咬紧牙，别放弃！跟着方总，没有拿不下的 deal，没有过不去的坎！

“当初招你们两个进来，是方含笑拍的板。就算你们在高盛没待太久，方含笑已经给过你们上手项目的机会了吧？从蓝熊出去，你们去 VC 去 PE，都没问题。那么方含笑对你们，算是有知遇之恩吧？所以，今天，我要你们好好跟着方含笑，跟她两年，这个要求，不算过分吧？我跟徐简说了，我走了以后，我月薪的一半会平分到你们头上。蓝熊以后发展起来也好，发展不起来也好，今天你们得答应我：接下来两年不管多苦多难，你们要牢牢跟着方含笑，一心一意，不离不弃，拼尽全力，血战到底。你们两个，能答应吗？”

整整一周，方含笑没有跟潘丽丽说一句话。周五晚上，大家为送别潘丽丽，在上地辉煌国际聚餐。一大半人都到了，就方含笑没到。大家一个一个过来跟潘丽丽敬酒。潘丽丽来者不拒，红的白的，要干就干。喝完了，别人哭了，独潘丽丽笑着，跟大家一个一个说鼓励的话，要大家对公司有信心，对未来有信心。

晚上十一点，一半人喝得酩酊大醉。潘丽丽打发佳慧和田田帮喝醉的同事叫出租车。大家都散了，最后只剩原来北京组的同事，还要跟潘丽丽拥抱道别。

就在那时，方含笑出现了。

她踩着高跟鞋，穿着一身红色露肩小礼服，长发盘起，刘海微乱，不知又是从什么酒局回来。一如既往地黑着眼眶，表情疏离冷漠。她一进门，一群醉汉都安静下来。

方含笑穿过大厅，一步一步向潘丽丽走来。潘丽丽本来在搀扶喝醉了的陈贤。她把陈贤交给田田，接着转向方含笑。

方含笑在潘丽丽跟前几步的地方站定，接着开口，轻轻地说：“潘丽丽，不要走。”

潘丽丽看了方含笑一眼，垂下眼帘：“已经办完手续了。”

“潘丽丽，不要走。”方含笑说，声音已是恳求，“你因为我去跟投资人撕，我怪你是我的错。我跟你道歉！你嫌钱少——我的工资全部给你！你说你弟弟要买房子，好！首付我来垫！有什么要求，你提！我全部答应！潘丽丽，不要走！我求你！”

潘丽丽的眼泪唰地淌下来。

她用手指擦眼泪，哽咽说：“方含笑，对不起——”

潘丽丽避开方含笑的目光。可是方含笑紧紧盯着她。

“十年前，我从高盛跳到大摩。我是ED可是年龄比好几个助理还小，没人服我没人听我，没人信我能做下移动那个单子。就你，潘丽丽，你跟我说，‘方

含笑，大胆去干！我信你。’

“八年前，我从大摩跳回高盛，绯闻缠身，多少人在背后指指点点，说我不检点说我怎么敢脱。就你，潘丽丽，给我打气，帮我说话，谁说我不好听你就跟谁撕。我那时名声坏成那样，别人躲我都来不及，可是你没有离开我。你跟我说，‘方含笑，你什么人我不知道？别管别人。我信你。’

“回高盛第一年，从年初直到八月我没拿下一个deal，总共只有四个人的组，人力天天逼我们砍人头。眼看就要被扫地出门，你没有离开我。你跟我说，‘方含笑，赢了我们一起赚，输了我们一起走。怕个鬼啊！’

“回高盛第二年，业务指标翻倍。那一年我不是流鼻血就是胃疼，天天跑医院。组里的人看我是个病秧子，都觉得这组迟早得解散。人人都在找下家，你没有离开我。我说丽丽这行我干了快十年了，我要撑不下去了。你跟我说，‘十年饮冰，热血不凉。’

“从高盛辞职，我得罪张安迪。你跟我说，‘去他的张安迪。你顶几个张安迪。’没有任何经验，没有任何资源，我真的要白手起家了，你不仅义无反顾跟我走，你还劝全组跟我一起走。你说，‘就你我，还怕输？’你还跟我说，‘方含笑，我信你。’

“十年，那么苦那么难，那么多道坎儿，我们都一起过来了。我当你是最亲密的战友。我们说过要不离不弃，祸福同担。可是今天呢？只是因为C轮不顺利，以前说过的，都不算数了吗？——心还不死，血还未凉，潘丽丽，你要离开我了吗？”

佳慧和田田默默垂泪。陈贤早已烂醉。杨晟和马修眼圈殷红。张久全一言不发地坐在角落里。他比任何时候都更沉默。

所有人都开口挽留。潘丽丽接过田田递来的纸巾，拭去眼泪，然后恢复平静。

“以前可以同甘苦，共患难，是因为那时在投行。你在做你擅长的事情，我也是。可是现在呢？方含笑，我在公司同事面前拼命给你讲好话，说你是最好的领导，说大家要对你有信心。今天这里都是自己人，关起门来我们反省。

方含笑我就问你一句：你觉得这个 CEO，你做得及格吗？”

方含笑呆立当地。

潘丽丽无视她痛苦的表情，接着说：“以前在行里，每次 pitch 失败，我们都要开会检讨，这次失败，问题出在哪里。在蓝熊，我们开过几次检讨会？为了 C 轮你天天忙着喝酒，你觉得，你还有时间反省吗？

“你没时间反省。好。我帮你反省。

“无论什么行业，做业务都是要抱大腿的。你不抱这条腿，就抱那条腿。你在这行卑躬屈膝干了这么久，这道理你不懂吗？最傻缺的事情就是把这些腿都给得罪了——也就你方含笑干得出来。科技金融行业的竞争可以无耻到什么程度，难道你不知道吗？得罪百度，优酷什么下场？得罪腾讯，优步什么下场？多少创业公司，多好的商业模式多强的资本背景，就因为得罪大腿，没翻出个浪花就死了。你得罪谁不行，为什么要得罪张安迪？你这是把 BAT 和 TMD 全给得罪了啊。要辞职可以，提前知会不行吗？给个过渡不行吗？心平气和地说安安静静地走不行吗？我是说过‘你顶几个张安迪’，你是我老板我当然拍你马屁。你真以为你顶几个张安迪吗？

“再说业务方向，创业前我们是做过调研的。陈贤他们花了几个日夜做出来的提案，反复论证蓝熊最有可能取得突破的业务方向是 2B。伙伴机器人市场小，成本高，风险大，竞争对手多。这些你不知道？你知道得清清楚楚。结果那帮码农上来一谈情怀，好，你们都搞情怀去了。扬短避长，上来就做机器人。你怎么跟那些已经立足二三十年的大公司争？

“B 轮融资，当时我都跟你说了思成资本不靠谱不靠谱。思成资本不靠谱，用得着我跟你说吗？你比我还清楚吧？如果融资时多一点谨慎，哪里会有后来那么多破事！招标的时候，我说成合制造不靠谱，招标不能这么干。你听我的了吗？但凡你有一点谨慎，会出设计方案泄露的破事吗！

“B 轮融资一完，你把徐简弄进来开始大肆扩张。主营业务骨头都还没立起来呢，供应链渠道的摊子全铺开了。知道是创业公司，随时有现金流吃紧的危险，先把产品做出来不行吗？供应链渠道给外包做不行吗？你是上来就觉得自己能做成世界级的大公司，以为自己是下一个三星下一个苹果，吃喝玩乐样样标准照国际的来是吗？一点营收都没有，这样铺摊子花钱，怎么可能不倒闭！

“在投行，我肯跟你，因为你能做成单子。可是现在，方含笑，你做出什么了吗？CEO三件事：找钱，找人，找方向。你找着什么了？眉毛胡子一把抓，你都做了些什么？一个CEO应该干什么，不应该干什么，你心里到底有数没数啊？画饼没用，谈情怀更没用！留不住人就是留不住人！你要别人肯信你肯跟你，你倒是给点希望啊！融资不行，产品不行，销售无从谈起，你创个什么业啊！”

举室静谧。方含笑站在原地，身子晃了一晃。接着她捂住鼻子，一转身，没命地逃了出去。

29　我这一生最后悔的事情

起初是跨步，接着变成小跑，出门以后变成落荒而逃。她怕被熟人看见，捂着脸沿着上地十街跑出一个街区，一直跑到上地西路。终于再忍不住，在绿化带旁边跪下来，跪在水泥地上哭。

时近午夜，路灯荒寂。偶尔有车灯打过。周围没有人了，可她还是不敢放声哭。她早就没有哭的奢侈了。她是老板，是CEO，她要是哭，团队里其他人会怎么想？

她把手握成拳头堵进自己嘴里。牙齿在手背上咬出印痕。已经拼命忍了，眼泪还是不争气地往下淌。

她没有回头看。在她身后几步远的地方，一个黑影躲进墙角的阴影里。她奔跑的时候，那黑影一路尾随。期间摔倒，起来再跟随。

她跪下来，那黑影躲进她身后的角落。

张久全站在阴影里，几步开外的方含笑背对着他，身子在冷风里佝偻成一团，肩头耸动不止。

她在路灯下。他在阴影里。

走过去，去搂住她的肩膀。他对自己说。去帮她擦掉眼泪。去跟她说，不要哭了，一切都会好起来的。

去拥抱她。去宽慰她。告诉她，他们走了那又怎样。我在，我在！我会在。我在你身边。

可是他的双腿好像灌铅，不能迈开一步。有什么东西绊住他。

她在光明中。他在黑暗里。

她是你的仇人。她造成了你一切的悲惨。那声音清清楚楚地跟他说。她不属于你。你是一个血污池里爬出来的恶鬼。你的生命中没有爱只有仇恨。不要靠近她。靠近她只能带给她不幸，就像她带给你不幸一样。

那两个声音在他脑海中争吵起来，吵得他脑仁欲裂。一个叫他爱她，一个叫他恨她；一个叫他保护她，一个叫他毁了她。这一刻他想要拥她入怀，拥抱她，亲吻她，下一刻他想要折磨她，蹂躏她，要她像他一样痛不欲生。

他在发狂。他晚上没顾上吃药。他逼迫自己站到墙角，手捏成拳，面孔紧紧贴在冰冷的水泥墙上。他一下一下地深呼吸，要自己平静。

理智渐渐占据上风。对，对。她不是恋人，也不是仇人。她是他的老板。他们在一个公司里。他们有一个共同的梦想。是那个小小的、蓝色的、肥嘟嘟的熊。他的眼眶一下子湿润。

他深深吸进一口气。在心里下定决心。

“不，要，哭，了。”他无声地练习中文，“一，切，都，会，好，起，来。”

“不要，哭了。”他练第二遍，“一切，都会，好起来。”

“不要哭了。”第三遍变得熟练，“一切都会好起来。我就在……你身边。”

他微微笑起来。他慢慢转身。

也许呢，也许呢。也许鬼也有重生的希望呢。也许，鬼也有一天可以从那无尽的黑暗中挣脱，一步，一步，走到她跟前呢。

他转身立定，迈出一步。

就要迈出黑暗了。

一个男人出现在路口。他向方含笑狂奔而去，一路叫着她的名字。

“笑笑！笑笑！……你在这里啊。”周更新说，焦急而担心。方含笑还想躲藏，可是已经被周更新一把揽进怀里。

“哭吧。”他温柔地说，一手搂住她的腰，一手把她的脑袋按进怀里，“想哭就哭。我在这里。”

潘丽丽离职。跟她一起离开的，还有一些非核心技术岗的员工。

社交网站上可以看到潘丽丽发的旅行照片。从英国到法国，从瑞士到德国，从捷克到奥地利。差不多一天换一个地方。

照片里的她比平时好看。不再黑着眼圈，也不是办公室女郎扮相。T恤牛仔，宽边草帽。草帽上一圈绢花怒放，真是很好看。

还发了状态：离开。终于有了自己的时间。

连续第三个晚上不能入睡。方含笑眼圈漆黑，面孔苍白，形同鬼魅。她被焦虑折磨出白发。半夜，她在厕所的镜子里看到自己泛白的鬓角，还有自己惊恐的表情。

“放弃吧，做不成的。”周更新说，“不要创业了。回投行接着做并购，或者随便找一个券商。或者不要工作了，什么都不要做了。在家里陪陪蓝蓝和大熊，我养你，好不好？”

可是方含笑好像根本没听进去。她灵魂出窍似的拈着一缕白头发。

“笑笑，你这样下去身体会垮的！你看新闻里过劳猝死的人还不够多吗？你不是只有你自己！你还有蓝蓝和大熊啊！”

方含笑呆在镜子前。直到周更新把她摇醒。她忽然来了一句：“周更新，我们把房子抵押了拿贷款，好不好？”

周更新勃然变色：“不行！绝对不行！”

能试的办法全都试了。能找的人全都找了。依然是一次接一次被拒。

方含笑走投无路，去找芬克斯坦。芬克斯坦在纽约自家办公楼底的咖啡馆见她，笑眯眯地给她看 FX 开出的融资条款。条件无比苛刻。不但侵吞蓝熊一大半股份，还有对赌协议，一年内完不成业绩必须高价回购。而眼下的蓝熊，根本不可能赢利。

“这根本就是……根本就是霸凌！”方含笑控诉，愤怒而无力，“你不能，不能拿那么多股份……业绩要求也不可能做到……”

“不喜欢？”芬克斯坦端着咖啡杯笑，“我的确还有方案 B。”

“是什么？”

“嫁给我。”芬克斯坦笑得不怀好意，“蓝熊股份就是我们的夫妻共有财产。你看怎样？”

方含笑拿起包跳脚就走。

走到咖啡店门口又折转回来。

“怎么？后悔了？”

“我要赎回。”方含笑说，“你的基金池里有我的两亿。”

八年前方含笑在大摩做 ED，出于对芬克斯坦的感谢与同情，向债台高筑的 FX 基金注资两百万——其实是帮他们还债。出两百万虽然称不上倾家荡产，但对当时的方含笑来说，也依旧是一笔不小的钱。因为是出于感谢导师，帮助朋友的心情，本来也没打算收回，所以签了条款严苛的资金委托管理协议。相当于是白送两百万。

以后 FX 基金状况逐年好转，成功推出的项目都是百倍以上的回报率。照这样的资金膨胀速度，当年注入的两百万，八年后已经变成两亿美元。然而芬克斯坦从来没有对方含笑的雪中送炭表示感激，反而掐着当初的十年委托协议不放，一分钱都不肯兑现。

“嗯，对，有你的两亿是没错。但那两亿都在项目里，还没有收回来！”芬克斯坦装模作样翻出一页文件，又从钱夹里掏出支票，“赎回你的那两百万本金当然也没有问题。我们当初签的协议是十年期委托，提前赎回需要支付一笔手续费，当然也要加银行利率。我都帮你计算好了，一共是两百零八万——”芬克斯坦说着唰唰唰地写支票，一面把一叠文书推到方含笑面前，“你在这些文件上签字，表示你确认赎回，我马上就把两百零八万给你。”

方含笑气得忍无可忍：“操你！”

“那太好了！”芬克斯坦嬉皮笑脸地说，“要上楼吗？我办公室里有张床。”

现金流状况愈发不容乐观。

除了不断裁员，还换了办公场地——从十七层搬到地下一层。

还好那地下室有三分之一的高度在地上。顶窗透进来唯一一点阳光。

换办公室以后，辞职的人更多。这其中就有陈贤。陈贤拿着辞呈到方含笑工位前。方含笑看到他的表情已经了然。陈贤刚想开口道歉，方含笑微笑着打断他：“什么都不用说。你帮我够多了。早该回英国了。”

陈贤把之前做的一系列 2B 商业计划书和行业研究报告递过去。方含笑扫了一眼，抬起头黑着眼圈说：“真的很谢谢你。需要推荐信或者别的什么，尽管告诉我。我能帮的一定会帮。”她接着微微苦笑一下，“就怕我已经帮不了你什么了。”

陈贤没有吭声。

方含笑低下头，看回屏幕：“什么时候回英国，告诉我。我送你去机场。”

陈贤跟方含笑道别回来，发现田田站在他工位前。

“陈贤你……你没良心！”田田的大眼睛含着泪水，“你明明知道现在是公司最难的时候……你明明知道现在是方总她……她最需要我们的时候……”

田田的嗓门有点大，引得办公室里的人都看过来。佳慧过去拉她：“田田你别嚷嚷……”

田田说：“当初我们北京组七个人一起出来，说好要一起干一番事业。现在呢？就因为全员减薪，你就要半途而废了吗？我们北京组七个人，最有能力最有经验的，就是你跟丽丽姐了。丽丽姐走了，陈贤你怎么能走啊！……”

陈贤默然无言，低头收拾桌子。田田按住他的纸箱大声说：“不许走！陈贤你不许走！”

马修过来说：“你留也没有用。陈贤自己不走，也会被解雇的。”田田愕然。

马修扬着手里的赔偿金说明：“看，我已经被辞退了。陈贤主动辞职，还能为公司省下一笔赔偿金。”

田田瞪大眼睛，眼泪在眼眶里打转，“怎么会……”

“公司缺钱，不能裁核心技术人员，当然裁我这样可有可无的非核心技术岗。”

“可是，可是公司的法务……”

“可以找律所的。”马修说，“养律师是件很奢侈的事情。蓝熊规模太小了，本来就不该有律师。”

“是方总解雇你的吗……”

“是。”一向好脾气的马修，一瞬间忽然展现出律师的不近人情，“所以不用怪陈贤。说不定下一个走的就是你了。”

佳慧拉走哭哭啼啼的田田。陈贤继续收拾东西。私人物品放进纸箱。公司文档整理转交。准备格式化电脑的时候，电脑忽然跟他说话。

“屋顶。到屋顶来。”

已经没什么要做的事了。陈贤合上笔记本，朝屋顶走去。

夕阳西下。栏杆前有一个苍凉的背影。

张久全。

陈贤与张久全共事近两年，几乎没有说过话。一个做战略和融资，一个做技术和产品。的确，他们的工作没有交集。

但是他们有相似的背景。他们顶着一张中国人的面孔，却都不是中国人。他们的中文都不甚流畅。他们对中国感情寥寥，却因为同一个女人而聚到这里。

陈贤走上前。张久全没有理他。他于是也不说话。他们是一样惯于沉默的人。于是陈贤安静立在张久全身边。他扭头看他的侧脸。那面孔沐浴在夕阳的辉光里，宁静而哀伤。

他们一直沉默面对夕阳。等到前方的楼群几乎吞没阳光，张久全终于生涩开口。

“有些事……我想要分享……”他喃喃说。

陈贤静静等待。

他从怀里掏出一个小巧的收音机，按下开关。

“我曾经爱过一个女孩。”那是一段语音合成的机械音，声音僵硬，“她也曾爱我。可是那时的我，太年轻……我珍惜自由，超过一切……我那时以为，自由凌驾于所有……是的，我是爱她，没错，可是我不愿意为她放弃自由。

“我伤害了她。深深地。我知道直到今日那伤痛依然在。我曾经有机会为那件事做出补偿。可是没有。我的倔强，我的骄傲，都阻止我去向她道歉。我没有道歉，并且在她一样爱我的时候，做了令她更加痛苦的事情。我付出了代价。很大的代价。

“但那与我今天要说的无关。我今天说出这些话，是想告诉你：请珍惜那个女孩爱你的心情。她的爱不会等你。不要辜负。不要错过。不要遗憾。人的生命那么短暂。一诀别就是永远。

“如果给我重来的机会，我会抓住机会，在她还爱我的时候，告诉她我也一样爱她。我愿意为她放弃自由。我愿意低下头去道歉。我想要拥抱她，亲吻她，在她身边。

“我希望真的有人可以发明时光机。如果我能搭上时光机回到十三年前，我会告诉那个小男孩，别傻，你在错过你这辈子最心爱的女孩。不要伤害她。不要说让她伤心的话。不要做让她心碎的事情。不要那样蛮横地推开她。否则有一天你会后悔。有一天你会在暗无天日的囚室里泪流满面，想念她在日落时跟你牵手的模样。有一天你会恨她爱她直到自己满身伤痕。有一天你会后悔你没有乞求原谅。你会后悔你没有告诉她，你爱她，很爱很爱她，会一直爱她。有一天你会后悔没有告诉她你希望做陪在她身边的那个人。你喜欢她做的菜。你梦想和她住在充满日光和鲜花的房子里。你会后悔，很后悔很后悔；你会渴望，很渴望很渴望。可是你再也没有机会。

“现在站在这里，回望我半程绝望的生命。有许多痛苦而无法忘怀的事情。那一大半是因为她。可是我不后悔。我不后悔结识她。我不后悔为她打架。我不后悔为她受伤。我不后悔为她下地狱。我不后悔我们的相识，即使那……造成伤害。我唯一，唯一后悔的事情，是从来没有——我错过那唯一的机会，从此以后再也没机会——没有告诉她，我爱她。

“……那是，我这一生，最后悔的事情。”

30　破产清算

七月，蓝熊上一笔两千万美元的两年贷款即将到期。公司目前的日常运营是在依靠方含笑通过抵押个人房产拉来的一笔新贷款勉强维持。旧债加新债，蓝熊的资产已经不可能抵偿债务了。这时有两个选择：一是继续找钱还贷；二是破产清算。

两千万美元，方含笑不是拿不出来。她虽然平时生活奢侈，衣食住行开销巨大，但是她手上有四处房产，几笔投资，林林总总加起来大概也就两千来万。但这些资产都不是现金。这时变现当然也不是不可以，只不过这一还贷，她的资产也就清零了。

而且她的房产不能动。奥克兰的房产是火鸡新开的餐馆，并非一次结清，要慢慢还房贷。北京的两处房产已经拿去做了抵押——蓝熊的新贷款估计是还不了的，那么这两处房产实际上已经变成银行的产业。还有一处是她在五道口的家，房产证上也有周更新的名字。假如这房子被银行收走，蓝蓝大熊上小学会成问题。

方含笑是做金融的，不可能不盘算 All In 的产出回报。作为创始人股东，她只须对公司承担有限责任，无须以个人财产为公司清偿债务。如果蓝熊目前已经找到稳健的商业模式，全盘押注也许有意义。可是眼下的蓝熊是个赔钱的无底洞，砸多少钱进去，都是收不回来的。

方含笑自己明白，她拼命巴结的投资人当然也明白。两下里都明白，谁还愿意投入呢？

方含笑已经开始考虑破产清算了。

破产清算，不仅仅是蓝熊作为一个公司烟消云散，还会影响方含笑的个人信誉，影响她下一次创业的融资。

宣布破产不是不可以。只是以后再想创业，会更加艰难。

方含笑蹲在马桶上抱头。周更新的劝说犹在耳畔：“放弃吧，做不成的。”潘丽丽的诘问又浮响在耳边：“你觉得这个 CEO，你做得及格吗？”最后是张安迪的冷笑：“方含笑，我等着看你好戏。”

设计稿泄露以后，她已经时时在怀疑自己的能力了。到这时这怀疑已经变成确信。

在创业这件事上，她真的没有才能。她对企业战略一头雾水。她没有管理一个企业的能力。她没有给员工以信心。

一个连自己都不相信公司可以做起来的 CEO，要怎么给投资人和员工画饼呢？

方含笑压着太阳穴。她慢慢抬起头来。是时候止损了。亡羊补牢，迷途知返。

脑子里盘算着未来的去路。她受不了国资券商的官僚气。企业 CFO 不是理想的选择，蓝熊已经证明她在企业管理上的失败。但如果去外资行，高盛不可能再要她，别家不见得能出高盛的价。最理想的出路应该是私募。她已经 35 岁，再卖几年命实现财务自由，然后彻底收手。

周五的 TGIF 会，方含笑公布了破产清算的想法。

“这就要散了？”牛仁不敢置信地说，“不是说我们要做世界上最好的人工智能公司吗？”

方含笑在老板椅上一斜，“这不以前忽悠你们进来嘛。”

“……”

“不可以啊！”田田大声说，“方总您不是说，不管多难多苦都要坚持下去吗？”

“坚持？怎么坚持？我都把房子抵押了发工资了。你们当我房子天上掉下来的？打工十年，现在一夜回到解放前。”方含笑苦笑一下，“你们方总都快倾家荡产了。”

佳慧不甘心地说：“可是方总，我们下周还约了好几家投资机构……”

“谁爱见谁去见。”方含笑说，“就这样吧。财务人员准备破产清算。其他人可以找下家了。”

大家起身离开会议桌，却被一个声音阻拦。

“不……”像一个垂死挣扎的病人，张久全吐字破碎，“不行……你不能……不可以……”

方含笑悲哀地抬眼看他。

如果是以前，她不敢直视他的眼睛。目光对接会激怒他。但现在她满不在乎。

张久全眼帘低垂，避开她的目光。他只是低沉地说：“不……不行……我不同意……”

“我们已经资不抵债了。”

“一个月……”他艰难地说，“给我……一个月……”

杨晟执行方含笑的命令，开始联系第三方会计公司做破产清算。徐简打发田田一起做员工赔偿。研发部的工程师们开始明目张胆地见猎头，找下家。

只有佳慧，还在不停地联络投资机构。她在七月的最后一周，找来了一位极有分量的投资人——徐诚皇，杭州蓝城地产公司的董事长。

“徐诚皇？”田田准备推介会务时，好奇地问，“他怎么也姓徐呀？”

“他是我大哥。”徐简说，“佳慧的爸爸。”

田田惊讶地吐吐舌头：“原来佳慧学姐是富二代啊！真是深藏不露。平时看她穿的衣服跟我差不多呢。”

“算富二代吗？她小时候父母就离婚了。”

这边佳慧拿着投资推介材料去找方含笑，发现方含笑低头抱着平板电脑，正在玩得克萨斯扑克。她身后不远的宣传栏涂鸦板上写着:“一路走来,感谢有你。上班不要打游戏。”

“方总你这是在干吗？”

“疗伤。”

“……”

佳慧忍住吐槽，把准备好的投资人材料递过去。方含笑打完牌扫了一眼，不阴不阳地说：“哎哟，重量级大腿嘛。”递还给佳慧，“不用见了。下个月就跟法院提交破产申请了。”

佳慧简直气得要笑出来，“方总，你还是别装了。你当初招我进来，不就是看上我是徐诚皇的女儿吗？你根本一直在等我找徐诚皇吧。现在我把他请出来了，你跟我傲娇说不见？”

搁两天前方含笑可能还要打打幌子，遮掩遮掩，这时反正要清算了，方含笑脸都不热，心里的算盘噼里啪啦全打给人看，“不是呀。当初招你是看上你男朋友,是为了蓝海项目呀！我本来打算做了蓝海就让你滚蛋,哪想你这么上进，怎么赶你也赶不走……我要是看上徐诚皇，干吗不招他正房的小孩。”

佳慧一口老血喷出来。

“方含笑你有种……”佳慧气得牙响,接着又忿忿不平,“我妈妈才是正房！他……他那个老婆……根本就是小三！”

“你妈正房你跟我说？”

佳慧咬牙：“你也知道我妈跟姓徐的离了婚，十几年没说一句话。这回为了蓝熊，我好说歹说，都快给我妈跪下来，我妈才松口，这才腆着一张老脸去把徐诚皇劝来的。都已经约好下周三见了，当时约你的时间你也同意了，现在你又跟我说不见？”

“见。见呗。蓝城地产徐董事长大驾光临，我有胆不见吗？”

方含笑脸上一副不愿接驾的样子，还是跟佳慧、杨晟一起，把商业计划书和其他推介材料认真过了一遍。到了会面那一天，她穿了白色西装裙——是非常正式的打扮了。平时见投资人都约在咖啡馆，基本都是商务休闲着装。

会面前一天，田田和小白一起，彻底打扫了办公区——地下室物业费低廉，清洁人员一周才来一次。

徐诚皇的秘书告知车到上地时，方含笑就带着佳慧和杨晟到门口等候。十五分钟后徐诚皇的车到百旺大厦门口，他带着秘书从车上下来，方含笑心里凉了半截。

只带了秘书。什么人都没带。

徐诚皇明显是冲着女儿来的，可不是为她方含笑来的。

——也是。真为业务来的话，蓝熊这么小的公司，派投资团队过来就够了，怎么可能董事长亲自出马呢？

方含笑打起笑容上前迎接徐诚皇，一面说欢迎一面递出一只手去。结果徐诚皇理也没理，嗯了一声，就去牵佳慧的手说：“慧慧呀，终于肯跟爸爸说话了？”

佳慧后退一步，避开徐诚皇的手说：“徐总里面请——”

徐诚皇尴尬收回手：“好，好，里面请。”

方含笑对这次会面其实根本没抱希望。她认定自己不适合创业，决心要破产。虽然为这次会面做了准备，但是也没尽全力——比如说，没有租用高档写字楼里的会议室，而把会面安排在蓝熊工区的会议室里。

就是地下室了。

“你们这，怎么在地下室办公啊？空气多不好啊……”

“我们资金吃紧，两月前才搬的。”方含笑解释。

徐诚皇理也不理她，只对佳慧说：“慧慧呀，跟爸爸回杭州不啦？这里空气质量又差，时间久了要得肺病的呀。个么你这么喜欢做公司，爸爸很高兴的呀。你弟弟又是个没出息的，找职业经理人总不如找自己闺女的呀。你跟爸爸回杭州，爸爸让刘叔叔带你好不好啦？”一回头看到徐简，拍着徐简肩膀说，“小简你也在这里啊？哦对咯对咯，慧慧妈妈是跟我说过。今年过年太忙了在外头跑，年初七才回家，都没去看看你。小宋还好伐？努努还好伐？”

“徐总，今天来是谈生意的，又不是走亲戚，你问努努干什么？”

“哦好好好，谈生意谈生意。你们这个项目，我看了啊……这个机器人，有点不现实啊。天马行空啊！”这时徐诚皇已经被方含笑领进会议室，在主位坐下。田田倒上茶来。那茶水徐诚皇碰也不碰，接过秘书递上来的矿泉水。

“你还没有听我们的项目介绍，怎么就知道不现实？”

“好好好。你讲，你讲。爸爸听。”

商业方案介绍由方含笑开头，结果被徐诚皇打断：“这个，你这个我就不听了啊……慧慧还是你给我讲讲。”

方含笑无奈，只得开了投影让佳慧接棒。佳慧之前见投资人，已经演练了无数遍，认认真真一页一页往下讲。结果徐诚皇一半时间在看手机。佳慧讲了半小时，问：“徐总你觉得怎样？”

“不错。不错。仪态很好。比以前好。”徐诚皇笑出笑纹，“慧慧你以前啊，跟个小太妹一样。现在到底长大了。看来在北京闯闯，也不是没有收获啊！”

“谁问你仪态了？我是问，徐总你觉得我们的方案怎样？”

“你们这个方案啊……我觉得是不太行。”

“哪里不行？”

“慧慧晚饭跟爸爸吃好不好啊？爸爸可是推了好多事情才有时间来看你的……”

“徐总！是问你项目行不行！”

徐诚皇脸色不悦：“慧慧，你跟爸爸到酒店去。爸爸跟你说。小简你也来。”

佳慧冷笑："有什么不能在这里说的？"

"慧慧，你被人骗了你知不知道？你那个方案书我一看，我就急呀……小孩子在外面就是要被人骗啊！"

"我怎么被人骗了？"

"你跟爸爸走。上车爸爸跟你说。"

"说呗。说呗！我怎么被人骗啦？"

徐诚皇啧了一声："慧慧啊，你要创业，要爸爸给你启动资金，这个完全可以。个么你要跟对人啊！你看你现在这个公司……乌烟瘴气，污里特了……这个公司……那个女的……业界什么名声你晓不晓得？爸爸科技界的朋友还是有几个的呀，什么人做什么事爸爸都知道的呀……你跟着这种人……"

"你说谁？哪种人？做什么事？"

"就你们那个……姓方的……叫方什么的……"

"方含笑。"方含笑特自觉。

"对，对，就是方什么的。在外面给人家做小三……社会上这种女的，真的是……为了钱，什么都肯做……"

佳慧哈的一声笑出来，"啊哟喂，徐总你不最喜欢小三的吗？你正房不就小三吗？"

徐诚皇站起身来，脸色铁青，好像想过来给佳慧一耳刮子。

"怎么的？我说错了？是呀我们方总就是给人做小三了，她也没做到人家里去呀——"

方含笑一噎："徐佳慧我可是人在这里啊——"

佳慧站直了冲徐诚皇吼："——也没抢别人老公赶走原配呀！也没仗着自己年轻勾搭老男人啊！也没给人生儿子借着儿子小三扶正啊！徐总您说得可真对，社会上这种女的，真的是为了钱，什么都肯做——"

徐诚皇抬起手——方含笑一手抓住他的胳膊，笑："徐董事长，咱公司不兴打人。"

徐诚皇一把甩了方含笑的手，抓住佳慧的胳膊："跟爸爸走。"

佳慧一抡胳膊甩开："不走。"

徐诚皇气得够呛。

"你跟我走。"徐诚皇说，一把拉住佳慧，"你个六二。再待下去脑子瓦特了。你就是太信别人。从小被人利用。以前被那个姓钱的小子骗，现在又撞上这种晦气女人——"

"钱唐没有骗我。方总也没有骗我。钱唐把公司做出来了。方总一定也可以！"

"还方总方总一声声叫那么好听——那个女的在利用你！你晓不晓得！"

"我晓得，"佳慧说，"——我就是喜欢被她利用。"

"徐佳慧！你脑子搭牢？你看看她什么人？下里下作，拐头拐脑，一看就知道不是正经女人。"徐诚皇恶狠狠扫了一眼方含笑，"那个女的在骗你——她要骗你爸爸的钱！你看她找了你，又找了你姑姑——什么心机！那就是冲着我徐诚皇来的！今天你帮我告诉那女的：想都别想！一个子都没！"

佳慧一字一句地说："徐先生请你搞清楚。我今天在蓝熊上班，是我自己的选择。小姑愿意在蓝熊上班，是小姑自己的选择。没人骗我们。今天我们请你来，是请你听我们的商业方案。你愿意投就投，不愿意投就走。用不着血口喷人！"

"跟爸爸走。"徐诚皇揪住佳慧的袖子。佳慧拗劲上来。父女俩简直扭打在一起。

"要不这样，徐董事长，"方含笑好声好气上来调解，"您给我们公司投钱，我解雇徐佳慧。您看怎样？"

"你要多少？"

"令千金嘛，那可是很值钱的。"方含笑笑，"怎么着也得小目标一个亿吧。"

徐诚皇气得够呛："慧慧你听到没，这个女的就是利用你骗钱——"

"好好好！"佳慧特别狗腿地鸡啄米，"徐董事长要是给我们家方总一个亿，我马上跟你走！"她拉上徐简，"最好给两亿，小姑跟你一起走！"

那边徐诚皇快脑溢血了，这边方含笑翻出个平板，扫着蓝城上一季度的财报，悠悠开口：“慧慧你不要为难你爸爸了啊。蓝城地产资产负债率都 82.81% 了，现金流这德性，再不回款就是要退市的节奏了。别说两个亿了，两千万他掏得出来吗？徐董事长您还是别把女儿往屎坑里拉了。把女儿叫回去给你们股东当靶子啊。我这 CEO 当得是不咋地，您这董事长也不咋地呀。您要不要考虑一下雇我帮您做卖方顾问？做公司我不行，卖公司我可是头牌，十来年出来卖的经验呢。”

徐诚皇（和他闺女）一口老血喷出来。

31 丽丽

送走徐诚皇，方含笑接着做资产清算。正式向法院提交破产申请之前，还有一个知会股东的程序。蓝熊的股东除了机构投资者，大部分是先前的员工。破产程序要求优先支付工资和清偿债务，而蓝熊资不抵债。这意味着，已经离职的员工股东，都不可能拿到补偿了。

方含笑给全体股东发出破产决定的邮件。按下发送键三秒钟，潘丽丽一个越洋电话打过来，破口大骂。

“方含笑你脑子被门夹了！谁许你破产了！谁许你破产了?！”

“没钱了。”

“没钱你他妈给我找啊！北京的投资机构你都约了吗？北京的约了上海的约了吗？上海的约了深圳广州香港一家一家都约了吗？国内的找了美国的英国的沙特的找了吗？全世界那么多投资机构那么多投资人，你见都没见你他妈跟我说没钱？”

“不想装孙子了。”

“你个孙子你他妈不装也是个孙子！我离职的时候买了五百万的股票！我

把我弟买房子的钱都给你押上了，小样你敢给我破产？”

“那笔钱没动，马上退给你。”

“退你个大头鬼！你给我等着！”潘丽丽在电话里吼，“等着！我回来之前，你敢破产我灭了你！”

“哦。已经跟法院申请破产了。”

潘丽丽骂了一句操，把电话掐了。

方含笑下午五点发的邮件。次日早晨九点潘丽丽风风火火地冲进办公室，后面跟着个二十来岁的小伙子——她弟。开车去机场接她回来，直接先到西二旗。

潘丽丽进门，方含笑正端着杯咖啡从茶水间出来。潘丽丽扬手一下推得方含笑一个趔趄，咖啡洒了一地。潘丽丽张口就骂：“方含笑你个孬种。我才离开几天，你就跟我闹破产。有你这么没出息的吗！当初出来都说了多苦多难都要咬牙坚持，这才几天工夫，你跟我打退堂鼓啦？”

“哎哟，多苦多难都要咬牙坚持。亏你还记得。你娘的拍拍屁股走了，好意思回来跟我说这话？”

“你……方含笑你当我是你妈？没我你就干不了啦？你有点骨气行不行？三十来岁的人了，做事还跟小孩子一样。想创业就创业，想破产就破产，今天一出明天又一出，你当你是过家家？”

“反正我不成的，早点破产早点完蛋。”

“什么叫‘反正我不成’？你不去搏一把你怎么知道你不成？”

方含笑索性扔了咖啡杯，抱着手咬着牙冷笑：“你这不都说了吗？我这CEO眉毛胡子一把抓，融资不行产品不行，干啥啥不行。那我还杵这儿干什么？天天拿我的工资给别人发工资？搞慈善啊？普度众生啊？”

潘丽丽抬手又推了方含笑一把，推得方含笑撞在墙上：“你他妈就这点出息！我给你提意见你收着啊！知道错你改啊！融资不行你找钱找人啊！产品不行你找方向啊！谁让你找法院破产啦！”

方含笑站起来给了潘丽丽一拳：“走都走了屁话这么多。给你一点脸色你还真蹬鼻子上眼了。”

这一拳不很重，可是一拳打过去，跟打在棉花上一样。潘丽丽竟然就倒了，跟葱似的往后一折，撞在身后的桌子上，竟然把一摞文件撞倒了。

潘丽丽摔在桌角，捂着上腹露出痛苦的表情。方含笑赶紧上前伸手去扶：“丽丽你怎么了？身体不舒服？”

结果被潘丽丽她弟一把推开：“你别碰我姐！”

潘丽丽的弟弟，方含笑是认识的。以前在香港有好玩的活动，潘丽丽会带上她弟。虽然没怎么说过话，见了方含笑，知道是姐姐的老板，也会像话地打声招呼。

但这时他凶巴巴地瞪着方含笑，就跟有仇似的。

“童童，别不像话。”

潘丽丽呵斥弟弟，扶着方含笑的手站起来，额角渗出汗珠。旁边佳慧和田田都围了上来。潘丽丽挽着方含笑的手说：“去会议室说话。”反身叫弟弟出去。她弟说：“我哪儿也不去。”潘丽丽说：“那行。我跟你方姐说话，你一旁安静别说话。”

方含笑让田田去倒水，自己扶着潘丽丽往会议室走。几天不见，她瘦了一大圈。

“丽丽你这是怎么了？身体不舒服你去医院看了吗？辞职了就好好休息啊，干吗还跑去欧洲？”潘丽丽不答，方含笑又问童童：“你姐姐这是怎么了？”

“我没事。就是在欧洲有点吃坏肚子。以前出差都在酒店吃没感觉。在外头一吃，肚子就不对劲了。”

两人在会议室坐定。潘丽丽握着方含笑的手说：“方含笑，你不要破产。钱的事，一定会有办法。你不要放弃。”

“好。我听你的不放弃。那你肯不肯回蓝熊？”

“我，我有事。”

“屁事！你都不干了你叫我坚持？有这么坑你爹的吗！”

潘丽丽被气笑："你这是……方含笑你就非要我骂你你才舒服是吧？我是你奶妈啊？你今年三岁啊？没我你就不行啊？"

"是啊非得挨你骂我才舒服。没你我就不行。"方含笑攥着潘丽丽的手，"我就不懂了。十年咱都这样过来了，你现在怎么就……就非走不可呢？你嫌待遇不好，我都说了我的工资都给你。你对我哪里有意见，你指着我鼻子骂就是了，犯不着跟我怄气。你叫我坚持，那你得跟我一起走下去呀。自己一走了之，把烂摊子推给我，那算个什么事呢。"

潘丽丽望着天窗透进来的一点光，呆了一会儿，说："天下没有不散的筵席。"

方含笑没好气地说："不要跟我讲太高深的话。我没文化听不懂。"

潘丽丽回过一点神，说："钱的事，我跟朋友都在想办法。这些年打工总算攒了点钱。这里那里兜罗兜罗，再凑个五百万没问题。全员降薪，能再撑五个月。争取五个月做出营收。我对你有信心。"

"不行！"角落里她弟忽然蹦出来。

潘丽丽瞪了她弟一眼，"你给我到外面去。"

童童像是忍无可忍，红着眼睛转向方含笑说："方姐你替我劝劝我姐。她……她生病了，怎么劝都不听……不肯看病，非要把钱拿出去给你创业……"一个二十来岁的大男生，眼泪说滚就滚下来，"姓方的，我姐这样待你，你要是还有一点良心，快把之前那五百万还回来！那是我姐姐的救命钱！……"

潘丽丽站起来，揪住她弟就往外面推，"你丫胡说八道什么呢！你给我出去！"她弟手一甩，结果撞到潘丽丽肚子上，潘丽丽哼了一声抱着肚子往下蹲，脸色吓人的白。

方含笑赶紧上前扶住潘丽丽，一面紧张地问她弟："你姐姐……得的是什么病？"

潘丽丽凶她弟："再多嘴我揍你丫。给我滚出去！"转而跟方含笑死鸭子嘴硬，"老娘好得很。"

“胰腺癌。”童童说，伸手抹眼泪，“医生说这病是阎王爷索命，五年存活率只有 1%，姐姐就说浪费钱不要治。”

方含笑脑袋里轰的一下。

她弟哭得跟个孩子似的，“这种癌诊断出来一年不看病的全死光。我们一家人天天劝天天劝，她都不听。方总求你把钱还给她。再这样下去我姐姐就要死了……”

方含笑只觉得眼前一片模糊。她拼命眨着眼睛，看清潘丽丽的人，一把揪住她：“去医院。你给我马上去医院。”

方含笑不由分说把潘丽丽绑到北京大学肿瘤医院，托熟人挂了当天的专家号，寸步不离押着潘丽丽做 CT 验血验尿。期间杨晟打电话来问破产清查估价的事，结果方含笑被潘丽丽骂了个半死，不得已让杨晟向法院收回破产申请，中止清算流程。

次日方含笑坐在名医房间里听诊断结果。

“胰腺癌四期——”

“医生请你解释一下什么是四期。”

“就是晚期——”

“她骂娘劲儿挺足的怎么就晚期了呢？”

“……肿瘤直径大约 6.2 厘米，已经发生第三站淋巴结转移，癌细胞扩散至胰腺包膜、后腹膜、肠系膜上静脉，以及肝脏。胰腺癌四期预后死亡率 100%，不建议手术。”

方含笑眼泪噼里啪啦掉下来：“为什么，为什么会得这个病呢？”

“癌症成因复杂。跟遗传有关，跟生活习惯关系也很大。平时作息不规律，压力太大，过度疲劳，抽烟、饮酒，肉食多而蔬菜少，缺乏运动，这些都会导致体质酸化，增加患病概率。只不过，胰腺癌一般是老年人比较多。四十岁之前的患者非常罕见。像潘女士这么年轻的，我真是第一次遇到。她是做什么工作的？”

“在，在创业。”

“难怪了。这两年创业猝死的真多。年轻人啊，以为自己年轻，玩命熬夜，都不把身体当回事。得，先拿命换钱，再拿钱换命。”

方含笑从诊疗室里出来，去厕所蹲了半个钟头，眼泪怎么都止不住。直到潘丽丽电话打来，她才手忙脚乱收拾好自己，肿着眼睛去病房见潘丽丽。

潘丽丽跟没事人一样：“我这还没死呢，哭个什么劲。”

方含笑拼命忍眼泪。

潘丽丽骂：“就知道你会这样。就不该告诉你。三十来岁的人了，跟个小丫头似的老哭鼻子。我都替你害臊。”

方含笑跪在潘丽丽床前，拉过她的手哽咽说：“国内医院不靠谱。我托我同学给你找美国最好的医院……”

“别找了，浪费钱。”潘丽丽别过脸，“没乔布斯的命，偏得了乔布斯的病。”说完自己乐了，“你说我们做科技行当的，连生起病都生得一模一样……喂方含笑，你倒是给我做出一家苹果来呀！以后等我挂了，我们公司大了，上维基百科还能查到我的名字。Lily Pan，蓝熊联合创始人。”

“好，我答应你。我一定会把公司做出来。”方含笑闭上眼咽泪，“那你肯不肯答应我去美国治病？”

“反正治不好的，干吗花那个钱遭那个罪？”

“‘有 1% 的希望，也要尽 100% 的努力。’”方含笑忍泪说，“这不是你教训我的话吗？”

“咱……还有 1% 的希望吗？”

“有！当然有！那么多年，多少以为不可能的 deal，最后不都拿下来了吗？最后不都搏出奇迹了吗？”方含笑的眼泪往下滚，“‘你不去搏一把，你怎么知道你不成呢？’这不他妈你说的吗？”

“得得得，别哭。佳慧田田都在，你嫌不嫌丢人？”潘丽丽坐在床上，伸手抽了一张纸巾扔给方含笑，“我的事你甭管了。我接着旅游，你接着上班。赶紧回公司把业务方向给我整出来。我往你身上投了这么多钱，也算是个大股东了。你可得对我负责。”

“我对你负责，你也对自己负责好不好？你好好治病，我好好创业。”

“问题是……”潘丽丽扭过头，“治不好了。”

方含笑哽咽不能成声：“我不许你死！不许，就是不许！我要你答应我，活下去。好好活下去。活十年，活二十年，活一百年……”

潘丽丽笑：“建国后不能成精。”

“我答应你做公司，可是你……你可不可以也答应我……活下去……活到我把公司做出来？……我会，我会全力以赴，我会对股东负责……做全世界最好的人工智能公司……你可不可以……为了我……多活几年？”

“好。”潘丽丽伸手抱住方含笑的脸，用手指擦她满脸的眼泪，轻轻地、郑重地说：“方含笑，你不要放弃。我等你。”

方含笑一手擦眼睛一手掏手机，“我马上联系美国的同学，打听湾区最好的肿瘤医院……”

“不急。”潘丽丽按住方含笑的手说，“那以后我在国外，你在北京，平时说话不方便了。我今天再跟你唠叨几句，你听不听？”

“你说。我听，我听。”

“你呀……咱俩上辈子一定是一个妈生的，一个德性，都觉得自己可了不起了。以后该服软的时候得服软，该低头的时候得低头。方含笑，以后不可以任性了，知不知道？”

“知道。我知道。我不任性了。”

“事业呢，要拼，身体也要紧。以前年轻不知道，胡吃海喝，玩命熬夜。以后再有应酬，我也没法替你顶酒。你……你自己顾着点……少喝酒，最好别喝酒。”

“我知道，我少喝。”

“少抽烟，少喝咖啡。”

“我少抽烟，少喝咖啡。”

“还有，不要图省事一天到晚吃剩饭剩菜。你这么粗神经，饭菜馊了你都不知道。情愿好好叫个外卖，别老吃上顿剩的。病从口入，毒素积累会引起消化系统病变，知不知道。”

“我知道。我知道了。”

“我爸妈老怪我，说加班加班只知道工作，婚没结成，孩子也没了。可是那又怎样呢？我不赚了上千万吗？跟我一样没亲爹没干爹，搏到这个年纪赚得比我多的有多少？拿命换钱又怎样？我就是乐意。我让我家人过上了更好的生活啊。我凭我自己供起我弟出国读书了啊——方含笑！我潘丽丽这一辈子，被人坑过踩过背叛过，就是他妈没有后悔过。”

方含笑已泪崩，只拼命点头。

“我也……不后悔。”

潘丽丽的眼泪慢慢滑下来。

“方含笑，以后我不在你身边了。再有人说你坏话，我不能帮你去撕了。你，你要自己咬牙挺着。你再打退堂鼓，我也，我也没法再拦你了。你要自己给自己鼓劲。只盼你记着我今天的话。不到最后一步，不要轻言放弃。这是——这是我们一起闯出来的事业啊！我不能跟你一起走了，可是请你，请你一个人也要走下去……人生他妈这么苦短，这么着就领便当我不甘心啊！他妈就是要做番事业！——去他妈的狗屁！我不后悔！！”

32　“最后一个倒下”

方含笑把公司的日常工作交给佳慧和徐简，自己送潘丽丽去帕罗奥图的斯坦福癌症中心——乔布斯在去世前接受治疗的地方。

“我有一些消息，好消息和坏消息。”阿拉伯裔的主治医生说，“坏消息是，潘女士是胰腺癌四期，已经发生肝转移，必须尽快做肝移植。即使肝脏移植成功——我想你们已经了解，胰腺癌的五年存活率非常之低。好消息是，潘女士患的，是胰腺癌中更为罕见的内分泌腺癌，也就是乔布斯所患的那种类型。”

方含笑瞪大眼睛，实在看不出这是哪门子好消息。

“一个线索，乔布斯死于确诊胰腺癌后的第六年。”主治医生微笑说，似乎对谈论生死习以为常，“他是活过五年的那4%的患者中的一个——内分泌腺癌，是胰腺癌中五年存活率较高的一类。这算是不幸中的幸事吧？”

“你是说，我的朋友最多还能活六年？”

“也许更少，也许更多。”医生继续微笑，“相比乔布斯的时代，我们对癌症的了解已经加深许多。每一个月，甚至每一周，都有新的癌症基因测序手段与癌症药物问世。去年J.P.摩根健康大会，我在威斯汀圣弗朗西斯。我们现在已经有几十家业内领先的生物与医药技术公司，它们致力于以人工智能绘制基因图谱，检测癌症基因，并且正在试验通过 RNA 干扰，‘关掉’那些致病基因……我们还有数十家竞争激烈的医用机器人公司，这其中有一部分致力于生产纳米机器人……想想看：我们的免疫系统对癌症没辙，是因为血液中的 T 细胞无法识别癌细胞；但是，经过设定的纳米机器人不同，它们会更加智能，精准锁定癌细胞，定向投递药物，甚至可以介入 RNA 转录进展，抑制原癌基因的表达……”

方含笑听得泪眼汪汪，“你是说，我的朋友可以活下去？她的病可以被治愈？”

“有那样的可能。”医生说，“二十年后，我也许可以告诉你，有 50% 的治愈机会。但是目前，我没有数据。即使有，这个概率也非常低。因为你知道，无论是 RNA 干扰技术，还是纳米机器人，目前都处在非常不成熟的阶段。我们能做的仍然只是控制病情。另外，我必须告诉你，纳米机器人风险很高，治疗昂贵——”

“我不在乎！”方含笑打断他，“1% 的希望就够了——有 1% 的希望，就值得我们尽 100% 的努力。”

但是潘丽丽病情的严重程度，实际上没有多少纳米机器人治疗的空间。如果说胰腺功能缺失可以通过胰岛素注射来控制血糖，肝功能已经严重影响了机体的正常新陈代谢。当务之急是进行肝移植。

“她的病情比较严重。”医生说，“我们会为她争取移植排队靠前的位置。但即使这样，要等到下一个合适的新鲜肝脏，恐怕也要到明年了。”

“我们不能克隆一个肝脏吗？”

“理论上讲，我们可以。但是因为伦理问题，器官克隆技术的研究，在美国已经冻结许多年了。看，我们没有办法只克隆一个肝脏。理论上讲，我们可以克隆一个完整的潘女士，把她的肝脏取出来，再把剩下的她当作医疗废物处理掉。但是伦理不允许啊……”

潘丽丽的主治医生与他的小组开了几次治疗会议，最后给出一个结合化疗手段、药物控制、肝移植与纳米机器人手术的初步治疗方案。方含笑向潘丽丽的家人解释了纳米机器人手术的原理与风险。潘丽丽的家人非常反对。她弟弟说：“这不是拿我姐姐当活体实验嘛！”

潘丽丽骂：“什么活体实验讲那么难听！”她转向方含笑，“我本来只当自己死了。现在你跟我说有一线希望，那当然要试！死马当作活马医！挂了我也不亏，活了我就赚了！”

她接着就赶方含笑回国：“你看我在这儿被照顾得好好的。你守着我也没啥意思了。赶紧回公司。我不挂，你也别让公司挂！等我病好了，我跟你会师！”

方含笑紧抓潘丽丽的手：“好！一定要！我等你会师！”

方含笑回国后的第一件事，是套现手中持有的全部股票和债券，用这一部分钱清偿贷款，同时向思成资本回购蓝熊股份。本来，蓝熊计划破产清算，思成资本是收不回多少钱的，这时方含笑愿意回购，思成资本当然求之不得——却又趁机狮子大开口，要求原价回购。

“你们给我搞清楚，”方含笑谈判的时候说，“我现在是倾家荡产在维护我的个人信用。我手里就这一千万。要，你们拿走，股份还给我；嫌少，行，咱们鱼死网破，我破产，你们一分钱都别想要！”

思成资本最终让步，同意蓝熊以原价 40% 的价格回购股票。

佳慧愤愤不平：“凭什么！他们偷了我们的设计图，赚了几个亿不止。最后还要方总你贴他们一千万！”

方含笑叹气：“吃一堑，长一智。以后知道股权融资要谨慎。股权融资是一柄双刃剑，是割自己的肉换别人的血……一定要先找到可行的商业模式。有底气，再融资。”

“那现在怎么办？不融资，我们拿什么发工资？贷款清偿，股票回购，我们已经底朝天了，下个月照样关门大吉——还白贴人渣一千万。还不如破产！”

方含笑闭了闭眼，“我不会破产的。”接着睁眼，露出一个微笑，“你们方总，还能撑上一会儿呢。”

方含笑回家，跟周更新说，她打算用五道口这套房子做抵押拿贷款。

周更新疯了。

“方含笑你是疯了吗？你创业创得脑子傻掉了？你不考虑我你不考虑这个家吗？蓝蓝呢！大熊呢！他们将来读书怎么办——”

“这事儿我想了。就算房子没了，咱不还有集体户口吗？清华附小上不了，西二旗小学也挺好的——”

周更新跳起来：“西二旗小学——亏你想得出来！方含笑，有你这么自私的妈吗？明明可以上更好的学校，为什么让孩子——”

“唉你说谁自私了？你小学还天津的呢，西二旗都不如，你不照样上北大了吗——”

“不行！我说不行就不行！这房产证上也有我的名字，你要抵押，没门！！”

方含笑冷下脸：“这房子首付我付的，房贷我还的。写你的名字是给你面子。这就是我的房子！要怎么处置我说了算！”

“——方含笑你眼里还有没有我们这个家！你眼里还有没有我这个丈夫！从高盛辞职创业，你跟我商量了吗？你套现上千万美元的股票，你跟我商量了吗？你抵押别的房子我没话说，可这是我们的家，我们的家啊！十来天不见你今天蹬蹬蹬跑回来，跟我第一句话就是我要抵押房子，方含笑你想过我的感受吗！对，你是挣得比我多。你牛。我孬。但是就算你挣的钱多，那也不是你一个人的钱，你不考虑我，你也该考虑蓝蓝和大熊！今天我把话撂这儿：只要我还是这户主，我不让！你敢抵押房子，成！离婚！”

“唉周更新我说你这人有病不是……有问题坐下来好好谈，有分歧慢慢解决。动不动扯离婚你找死啊！我是说抵押房子，又不是卖房子。蓝熊没做成也罢了，做成了这房子还是咱的呀——”

“没做成呢？那要没做成呢？”

“……”

“方含笑。你原来都上千万身家了。你什么出身我知道。我知道那钱真不是天上砸下来的。我眼睁睁瞧着你拿命一点一点拼出来的。你这几千万几千万往你那破公司身上砸，你咋就不心疼呢？你不为自己想，你也得为两个娃想想。好容易投了个好胎，以为自己是富二代，结果一朝贾宝玉变成穷光蛋了。有你这样当妈的吗！你对得起孩子吗！”

爸爸妈妈吵架，两个娃早就吓呆了。大熊呜呜哭起来。蓝蓝过去拉周更新的手说：“爸爸你不要凶妈妈。”

方含笑把蓝蓝和大熊拉到沙发边，让他们坐好，自己半跪在地板上跟他们说：“蓝蓝，大熊，你们知道你们平时吃的零食，穿的衣服，玩的玩具，还有——”她拍沙发，指电视，“——还有你们坐的沙发，看的电视，还有我们住的大房子，都是哪里来的吗？”

大熊摇头。蓝蓝想了想，拍手笑说：“我知道！我知道！是爸爸妈妈买来的！”

“爸爸妈妈从哪里买来的呢？”

这蓝蓝就不知道了。大熊擦干眼泪说：“是——店里买来的？”

“商店买的。没错。那么商店的东西又是哪里来的呢？——是从企业。蓝蓝大熊平日里吃的、用的、玩的，还有好看的动画片，可爱的超人手办，每一样东西，都是企业制造出来的。我们的企业非常了不起！每一天，每一刻，每一秒，企业，还有在企业工作的人们，他们都在悄无声息地改变我们的生活。企业制造的产品，使我们的生活更加富裕、有趣、便捷。企业带来的创新，使我们的社会更加宽容、开放、自由。企业在推动社会进步，在让我们的生活更美好，也让我们的世界更美好。”方含笑握住蓝蓝和大熊的手，眼中涌起热泪，“妈妈从小……就梦想做一个企业家！梦想做一家好企业！妈妈想要通过自己微小的努力，让家人过得更好，也让别人过得更好……可是，建立一家企业，需要很多很多钱。现在妈妈决定把自己的钱，投入到这家企业中去。以后，我们可能不能住那么大的房子了。我们也许贫穷。没有钱给蓝蓝大熊买最好的玩具，也没有钱送蓝蓝大熊去最好的学校读书……妈妈想要告诉蓝蓝，还有大熊，你们要为自己的人生负责。妈妈没有办法给蓝蓝和大熊住大房子，买昂贵的玩具，如果你们想要，你们就要自己去努力！妈妈想做一个企业家，为这个住小房子也没关系。蓝蓝大熊，你们也要为梦想努力，好不好？”

蓝蓝拿小手擦妈妈的眼睛：“妈妈你不要哭。我不要玩具。我住小房子没关系。”

“妈妈我住小房子也没关系！”大熊大声说，好像表忠心一样，“妈妈我也要做企业家！”

蓝蓝听了，不甘落后地嚷：“妈妈我也要做企业家！”

两个小朋友那么配合，周更新再也不好意思阻挠了。他凑过来去捏方含笑的手：“我刚才说离婚，是气昏头了。我没想跟你离婚！你别往心里去！……我就是想你多顾顾家。”

“……我知道。”

“你要创业，我很支持的。只是以后有什么问题，你别瞒着我。无论艰难险阻，我们夫妻共担。”

“……知道了。”

方含笑用华清嘉园的房子做抵押，拿到人民币四千万的贷款。虽然杯水车薪，苟延残喘足矣。

对于离职补偿不足、薪资低于行业标准的情况，方含笑用股权给员工做了最大补偿。她自己只保留了10%，剩下的全部分给被裁和在职的员工。

蓝熊的半地下办公室，只剩狭小逼仄的一间。中间用简陋的木板隔断。大的一半充当工区，小的一半充当会议室。

前台已经没有了。唯独涂鸦板还保留——在隔断木板上横了一块白板。白板上有每个人的签名和涂鸦。

最顶上是大大的 GO BEARS。加油，熊。

旁边有不知谁写的英文：“我想在宇宙里放一枚钉子。”

方含笑写的，被田田嘲笑太俗套。

“同甘苦，共进退。成功失败一起面对。”

田田用马克笔，一笔一画写下：“有志者，事竟成，破釜沉舟，百二秦关终属楚。苦心人，天不负，卧薪尝胆，三千越甲可吞吴。”

与科技公司完全不搭的调调。是破釜沉舟的意思。

最底下是潘丽丽临走前写下的。字不好看，可是字字透心。

“请不要放弃。我在你们身边。”

周五上午的 TGIF 会。大家放下手中的工作，安静地坐在工位上。人太少了，办公室也太小了。已经没有必要去会议室了。

经历几轮波折与裁员，蓝熊的员工只剩下最后十个人。

在最关键时刻赶回来的马云东，一直坚守的陈续缘、应间、高守、牛仁，此外就是徐简、杨晟、佳慧、田田。

当然还有张久全。

像劫后重生的幸存者，大家蹲守在各自的角落里，安静，沉重。

方含笑站在工区前面，目光一个一个从他们身上扫过去。她心里充满感激，伴随那感激，还有一份沉甸甸的责任。他们中的大多数都那么年轻，愿意在这样一家几乎倒闭的公司里，用他们的青春，跟她站在一起。

为了他们，也应该坚持下去啊！

开会之前她一遍遍跟自己强调：不可以哭。她是他们的精神支柱。她必须顽强。所有人绝望她都必须充满希望。只要她在，这个公司就还在。如果她倒下，这个公司就结束了。

她开口讲潘丽丽的病情。大家都掉眼泪。连一向沉稳的应间和高守都眼睛通红。只有方含笑一个人还面带微笑。

她笑着，说很严重、很严峻的话。

“行业形势，没有比现在更低谷的时候了。上一个十年，资本对人工智能盲目追逐导致的泡沫，在我们创业的时间点上，破碎了。中国经济放缓，资本趋向理智。无论是公募还是私募机构都忙着退出，新经济已经不再炙手可热，机器人行业从未捧热就已入冬。我们，蓝熊，在做一件逆流而上的事情。

“我的职业生涯，也没有比现在更低谷的时候了。我最好的战友倒下了，她因为我积劳成疾得了绝症，现在躺在医院，随时可能离我而去。我的投资人背叛了我，他们扎完一刀，我还要很贱地跪着道谢，拿自己的钱回购股权。我是天底下最糟糕的 CEO。我管理不行，人脉不行，业务不行，融资被人骗，招标被人坑。坦白说，我觉得你们眼睛都挺瞎的。这公司都被糟践成这样了，你们还是没走，还是守在这里。

“可是，我问自己：这是我人生最低谷的时候吗？不，不是。你们看我现在狼狈，从高盛合伙人变成一个基本上已经破产的穷光蛋，很惨了，是不是？不，我告诉你们，我比这样惨的时候多了去了。我惨过。我穷过。我一无所有过。我就是没有放弃过！——‘你已一无所有，没有理由不追随自己的内心。’

“今天我把我的心剖给你们看。我相信逆境可以诞生伟大的企业。我相信坚持可以创造奇迹。我相信我们有最好的团队。我相信我们可以一起，一起挣出未来。

“每一个伟大的企业都经历过寒冬。马云做阿里是一天做起来的吗？不。阿里也曾经面对寒冬，从一个几千人跨国企业只剩十八个人。在冬天我们要做的只有坚持。就是活下去。活到最后你就是胜利。如果他们可以，我们也可以。无论怎样，‘永远不要放弃自己的信心，永远不要放弃当第一的梦想。’跪着活下来！跪着过完冬天。

“我不怕输，不怕死，当然更不怕穷——我怕我自己放弃。我今天给自己定的目标，不是多少时间融多少钱，不是多少时间实现盈利，而是撑下去，撑到不能撑为止——做最后一个倒下的人。

“你们方总还有一口气呢！我今天告诉你们。要走尽管走，我不留。我不会因为你们有谁走而放弃。我会一直坚守在这里。我会对得起战友，对得起家人，对得起自己。倾家荡产在所不惜。

“但如果——你打算留下来，我会尽我最大的能力支持你！你给方案，我给你平台！你要钱，我找钱。你要人，我找人。你有想法，我们一起试错！

“不管多苦多累，不要放弃！不要倒下！要肩并肩一起撑下去。站不住那就跪着，跪着也要把这条路走到底。走到底就是胜利。为最渺茫的希望，尽我全部的努力。”

33　2B 业务再启航

缺钱仍是燃眉之急。

在方含笑的建议下，潘丽丽加入了斯坦福癌症中心的临床试验项目。这意味着潘丽丽将接受有风险的最新癌症治疗手段，也意味着治疗费用会比普通化疗更加昂贵。

美国就医本来就贵。因为发烧去医院量个体温，一不小心就会冒出上千刀的账单。虽然方含笑为潘丽丽买了最好的医疗保险，一些特殊药物的费用，针对病人的特殊诊疗费用，扣除保险后仍是一笔庞大的数目；此外，平日的护理费用，陪伴家属的生活费用，都是一笔不小的开支。方含笑保留了潘丽丽 5% 的股份，退还了她之前入股的人民币五百万；但这五百万兑成美元，两个月不到就烧得精光。

走投无路，方含笑去找樊西西借钱。她把西西叫出来吃甜品，东拉西扯，磨蹭着没开口提钱的事。拐弯抹角好一会儿，支支吾吾说起潘丽丽的病情，自己眼睛又红了。末了西西开口说：“方含笑，我说你这是何必？”

方含笑住了口，没接话。

“瞧你这样儿，皮肤松弛，面色无光，眼袋大得跟袋鼠妈妈的袋子一样。你这是几天没让自己睡觉？方含笑，你说你这是嘛呢。员工一分钱没给你挣回来吧，你散尽家财给员工发工资。这下好，自己倾家荡产了。好在这回生病的是潘丽丽，下回病生在你自己头上，我看你还有没有钱保命。”西西数落方含笑半天，方含笑低着头一声没吭，点的芒果班戟一口没动。

西西看得自己心疼了，拉了方含笑坐到自己这边的长沙发上，“好在你还有个巨有钱的国民好闺密。我开的几家餐厅吧，虽然说是没挣到什么钱，但怎么着我家底厚啊！你放心，潘丽丽不只是你朋友，也是我朋友呀。我像是见死不救的人吗？我给你报个数。多了我拿不了。两百万，没问题。我说的是美元。”

方含笑等的就是樊西西这句话。“这钱算在我账上。年息算 5%。十年还清。公司假如做成，我挣多少还多少；公司没做成，我还是回投行打工，挣钱还你。现在就给你打欠条——”

“方含笑你别！这钱我是给潘丽丽，要你打什么欠条！你别动不动把别人的债算自己头上。你看看你自己，穷成什么德性了。你今天跟我喝茶，拎的是什么包！真是掉我面子。”

西西说着翻出手机，发了条语音给潘丽丽：“丽丽呀，看病钱我给你结。你好好感谢我啊——可不许死啊！”

她发完语音，对着手机甜甜微笑，咔嚓自拍了一张。对着自拍赞叹说：“啊，一个集美貌与美德于一身的女子。”

关于商业模式的讨论再一次陷入僵局。

方含笑听从潘丽丽的意见，调整蓝熊的业务方向，暂时放弃面向消费者的伙伴机器人业务，转而寻找面向企业客户的商业机会。但是，从蓝熊目前的技术构成来讲，2B 业务方向的选择，实在是个难题。

原先为伙伴机器人考虑，蓝熊的软件技术人员是以马云东、陈续缘为核心的人工智能工程师，他们擅长的是智能识别、人机交互，硬件技术人员则是以应间、高守、牛仁为核心的机器人工程师，他们擅长的是机器人感知避障，自动化与机械控制。张久全是唯一横跨软硬件开发，同时深谙软件对硬件控制的双料工程师。

马云东综合考虑蓝熊的人工智能实力，认为蓝熊应该走“人工智能作为一种服务”的商业模式，为企业客户提供数据分析服务或人机交互平台。但是，大数据与云计算业务，早已被巨头垄断；商业化的人机交互平台，也有蓝音这样的独角兽公司坐镇。想要跟巨头抢饭吃，谈何容易。

单纯的人工智能服务，意味着蓝熊要放弃目前的硬件人才。硬件工程师们当然反对。应间和高守、牛仁一致认为蓝熊应该坚持做机器人；2C 的机器人不行，那就做 2B 机器人，尤其是工业机器人。可问题是，工业机器人市场目前被几家国际性的工业机器人巨头垄断；蓝熊一无资金二无工厂，怎么可能参与国际格局的竞争。

佳慧综合两边技术人员的观点，同时又结合之前陈贤做的数版商务计划，提出蓝熊应该与大公司联合，共同开发智能家居机器人。

“目前以我们的实力，没有办法自己生产机器人。但是我们可以为大公司设计家居机器人，跟大公司争取联合命名权。这样还有可能获得投资。”佳慧分析了巨头与创业公司的合作案例，比如谷歌与深脑、亚马逊与 Kiva，“创业公司不可能直接跟巨头抢饭碗，但是可以去帮助巨头解决痛点，做巨头应该做、却不屑于去做的事情。我建议，我们锁定几家机器人生产商，深入了解他们的产品与客户，找他们的用户痛点，有针对性地做改进方案，然后寻求与他们合作的机会。有设计招标的，我们可以直接投标。”

问题是，人工智能与机器人发展到如今，每个模块都已经有几十上百家小公司在竞争。任何一次工程招标，都会引来投标无数。无论是金融行业的智能化量化交易，还是工业领域的机械臂机械手，目力所及的任何一个细分领域，或者竞争惨烈，或者成王败寇，已有独角兽坐镇。

几天的争执下来，佳慧的方案得到了最多赞成。于是，接下来的一周，由佳慧和陈续缘牵头，筛选寻找可能的商业机会。佳慧与陈续缘最终确定了毛豆、海尔在内的几个家居机器人生产商，以及ABB、中信重工在内的几个工业机器人生产商。公司内部三度讨论三轮筛选，最后还是决定把注意力放在了毛豆与海尔身上。伙伴机器人与智能家居重合度最高，选择与家用电器企业合作，无疑最能发挥蓝熊优势。

蓝熊业务转型后的第一次发力献给了毛豆。蓝熊把目标对准豆家扫地机器人。整整两个月的时间，软硬件组同时加班，期间还扩充了一次人员，就为了解决豆家扫地机器人扫地不干净的问题。经过改良后的“毛豆蓝熊”扫地机器人，不但可以自主避障，在杂物遍地的情况下完成清扫，还通过吸口转移的方式，解决了清扫死角的问题。

技术人员拼命加班的同时，方含笑带领佳慧和田田，前后争取了十多位毛豆高管和机器人业务口负责人，千辛万苦，终于拿到了一次产品推介的机会。

然而两个月的努力，被蓝熊的开场白，两分钟就给搅黄了。

为了展示蓝熊人机互动的实力，公司派出蓝熊二代做第一部分的推介演讲。机器人蓝熊在公司内部彩排的时候表现得特别好，特别成熟稳重；可是抱它进毛豆总部，一路上见了几只积木机器人，蓝熊不知道怎么回事，妒意大盛。它一爬到讲台上，就开始大发厥词。

“一个人类愚蠢的结晶……一个汇集着傻缺与蠢货的伪科技公司……在流氓的道路上不知廉耻，一往无前……偷窃用户数据，随意篡改用户访问内容……辣鸡售后服务……没有节操没有底线……创始人不务正业，去唱歌，还发了单曲……这种垃圾货色，能不能不要整天放嘴炮，吹自己是中国的苹果，你们是猴还是当我是猴。你们也是吃了一斤翔才要跟毛豆合作吗！！……”

胖熊最后咆哮起来：“凭什么毛豆要放在熊前面！！我不要叫毛豆熊！！熊毛豆也不要！！我抗议！！我拒绝！！我宁可做一只孤单单的熊也不要跟辣鸡毛豆合作！！……”

方含笑冲上去抱起蓝熊咔嚓关了胖熊的电源，冲着毛豆的领导不停鞠躬一叠声道歉："对不起对不起我们家胖熊最近上知乎太多了……你们信我，你们信我真不是我指使的……"

结果她自己的手机又嚷起来："你关得了我的电源！！你关不了我的心！！辣鸡毛豆！！不要毛豆！！……"

被赶出毛豆以后，蓝熊团队又投入了海尔管家机器人的设计投标工作。两个月的艰辛工作后，方含笑带回消息：海尔方面新近收购了一家机器人创业公司，他们生产的家庭服务机器人，集陪伴、监测、家居控制于一体。有这笔收购在，怎么都不可能让别家中标了。

四个月的努力前功尽弃。佳慧在TGIF会上道歉："都是我出的馊主意……"方含笑立刻打断她说："不怪你。这是我们一起做的决定。结果我们一起承担。"

转眼又到年底。四千万眼看又烧了一大半。年会极其惨淡。大家都不忍心再让方含笑自掏腰包。最后是AA吃的火锅。

又陷入关于商业模式的无止境的探讨。软硬件两方工程师再次相持不下。方含笑眼圈青黑地坐在一旁沉默。

蓝熊已经聚集了最好的人才，为什么还是走不出困境？那只能怪自己。钱她也有过，人她也有过，干不成事，只能检讨自己。

放弃的念头被压下，又弹起，被更有力地压下，又更有力地弹起。要是到头来避免不了失败的结局，坚持还有什么意义？

只是对不起丽丽。

这边工程师们争论不休。佳慧大声打断他们："你们争有什么用！争能来钱吗！方总她掏自己的血汗钱给你们发工资，你们有为她挣到过一分钱吗！"

一时间室内安静下来。天窗洒下冬日惨淡的阳光。另一个角落里，一直安静的张久全，忽然开口说了句："Airbnb。"他缓慢地，但是坚定地说，"我们可以做'麦片杀手'。"

大家听得一头雾水。马云东解释说："这是个很老的典故。你们知道当年

Airbnb 创业，融不到钱，快撑不下去的时候，创始人就开始卖麦片。”

这勾起方含笑的回忆：“我记得那事。在我们那时就已经是个传说。他们创业的时候，奥巴马和另一个议员正在竞争总统，他们画了两个人的头像，叫伯克利的学生各印了五百个麦片盒子，然后他们装麦片粘盒子。后来那麦片可稀罕了呢！都炒到四十美元一盒。”

马云东笑说：“是啊是啊。他们靠卖麦片融到了第一笔钱。所以他们管自己叫 cereal killer，谐音连环杀手。这个故事是不是励志啊？”

田田说：“啊？我们也去卖麦片吗？”自己一拍脑袋说，“哦，我明白了。这个故事是说，可以曲线救国，但是必须要先养活自己！”接着一拍手，“有道理哎！我们也不能只让方总养着呀。我们现在虽然做不出机器人，但是我们可以先‘卖麦片’，有钱以后再做主营业务啊。”歪着脑袋想了想说，“我可以写软文挣钱！”

佳慧说：“挣钱还不简单。我跟杨晟都有 CPA，可以去做兼职审计，再不行就代账会计。”

徐简说：“我接着当猎头喽，我还可以做心理咨询，挣的都比方含笑给的多。”方含笑翻了个白眼：“给你钱还这么多废话。”

陈续缘说：“以前我在百度当过码农也当过 PM。我可以做软件外包。”

牛仁说：“工业机器人其实需求很大。国内企业用国外大公司的机器人，有很多用户需求没法及时反馈，都是自己找人解决的。我跟高守可以接这种改良机器人的活。接一点稍有技术含量的活，能赚好多钱呢。”

方含笑说：“不行。大家各干各的，那公司的意义何在？力还得往一处使。公司还是应该有一个业务方向。”

田田看一眼张久全说：“我们的业务方向一直都很明确呀！就是做机器人。可是，在那之前，我们不想花方总的钱了，想要自己养活自己。现在的目标必须是挣钱，否则我们公司就要倒掉啦！”

佳慧说：“我觉得田田说得对。要养活自己。方总，你看这样行不行？软件组接小的软件外包，硬件组做小的机器人招标；杨晟和我，想办法找两边都能使上力的大项目；小姑和田田，全力做好保障工作；方总和我，接着找钱。我们，先活下来。只要留得一口气在，不怕不能翻身！”她接着捏了个拳头，“我们，不会倒下！”

34　盲人雪夜

这一年的整个下半年，蓝熊不停地接外包项目。起初都是创业公司的小项目，按照客户要求做软件。普通应用都可以在平台上做，所以出来找外包的，一定是有特殊要求，有技术门槛的项目；但是真正的大项目，都会去找专业的软件开发公司。蓝熊能接到的项目，于是都很鸡肋，工程复杂，工作量大。为了跟大公司竞争，只能一味压低价格。

如果是在以前，张久全一定会发脾气，摔东西，壁咚员工和客户。但是现在，他好像完全没有脾气，无论客户提多么无理的要求，他都逆来顺受。技术部其他几个人，陈续缘是个软蛋子，应间是个闷葫芦，高守、牛仁根本没有社会经验。领头的没有脾气，底下人就更不吭声了。遇上难缠的客户，一天一个花样，翻来覆去折腾人。

徐简出去做猎头生意了。杨晟和佳慧同时接私活，找项目。方含笑一面拼命见人，找融资机会，一面还要分神飞去美国，照顾潘丽丽的治疗方案。剩下田田，就被打发着去见客户，一个人承担起项目管理和客户经理的职责。

没有经验，遇到无赖客户一筹莫展。用户提要求一律照做，用户一不满就一个劲道歉。项目验收的时候，那个流氓客户竟然说接口设计有问题，不但不给钱，还说要违约赔偿。技术部一干人都傻了眼。

如果搁以前，田田一定不知所措。可是现在不同。方总和学姐都很忙，她必须自己上阵。

身边的资源，都已经想办法利用起来了吗?

田田先跟陈续缘磕了三个晚上，弄清楚技术细节。接着又打电话找马修——他去了香港一家法务公司，专门跟大陆的难缠客户打交道。马修指出项目合同中的不合理条款，对照法律教给田田如何周旋。准备充分后，田田准备了一摞法律文件、合同文件，软件需求说明书、概要设计与详细设计说明书及几个反馈版本，再加往来邮件存档，单枪匹马冲到客户公司，摆事实，讲道理，软则以深度合作相利诱，重则以违约起诉相威逼，把客户说得一愣一愣。最后不仅拿回了全部款项，而且拿到了下一个项目的口头承诺。

这个客户虽然流氓，但却是智能餐饮服务行业的明星创业公司，为餐饮行业提供商用服务机器人，比如点餐送餐机器人。公司 CEO 古月胡是个零零后非主流，公司名称叫蓝瘦，生产的机器人叫香菇。曾经“聘用”蓝瘦香菇机器人的餐馆，十家里有七家倒闭——因为他们家机器人实在太笨了，滚烫的水煮鱼直接倒在客人的秃头上，赔钱就赔了个精光。

但蓝瘦 CEO 古月胡是个忽悠界的奇才，一面跟客户打着官司，一面借自媒体炒热服务机器人概念，愣是从一线大风投那里圈到几个亿。古月胡自己是技术出身，深深明白机器人技术的关键所在。结项前他自己验收蓝熊开发的感知避障系统模块。这个避障系统使用一种经过独特简化的蒙特卡罗树搜索算法，以此预测活动物体的移动方向，指导机器人行动。古月胡完成测试后直接跑到蓝熊公司，跟方含笑谈收购。方含笑一口回绝。古月胡接着说想入股，方含笑说可以。

这样，蓝熊拿到了一笔人民币一千万的融资。虽然数目不大，但是加上项目回款，又可以招兵买马了。

蓝瘦案后，机器人软件开发的订单渐渐多了起来。方含笑一方面很高兴——公司终于有了营收，现金流好转，可以给大家发工资了；另一方面又很担忧——软件外包，终归是为人作嫁，收入微薄，怎么都不可能完成原始资本积累。

担忧归担忧，公司已经慢慢有了欢乐的气氛，以及信心。虽然是给别人做苦力，但到底养活自己了呀！只要能活下去，总会有翻身的机会。大家这样想着，彼此打气，接项目以后更是疯狂加班。

田田成了客户经理和项目管理，有时就没顾上行政工作。方含笑亲自给大家点餐，还发福利，就是……发……萝卜。

对于创业公司，老板的喜好直接决定了员工福利。老板是土豪果粉，过年给大家送苹果手机；老板是穷果粉，过年给大家送苹果。蓝熊的老板，不知道为什么，对萝卜这种蔬菜有着执着的热爱，在投行的时候就喜欢叫实习生给她带萝卜，现在直接给员工发萝卜。

她还振振有词："天天盯着电脑屏幕很伤眼睛的哟。吃萝卜可以保护眼睛的哟。"

但是也发生过这种情况。方含笑递了一根萝卜到田田手里，突然又抢回去，对着日光灯照了一会儿，跟田田说："傻白甜，你发现没有，这是一根二进制的萝卜……"

"……哈？"

"你看，如果把萝卜上连续平直的线条读成 0，把断裂扭曲的线条读成 1，这一段褶皱，就是一串二进制数据。"

"……呃？"

"10011000010。换成十进制，就是 1218。你知道 12 月 18 日是什么日子吗？"

"啊……冯 · 诺伊曼生日？"

"不是。冯 · 诺伊曼生日是 12 月 28 日。你真是，啧，没文化。"田田被领导批评得摸不着头脑，结果领导一脸痴情地说，"12 月 18 日，是我初恋跟我表白的纪念日啊……"

“……”

“这是一根很有意义的萝卜。”她自言自语说，“我要带回家放到冰箱里好好珍藏起来。”领导说完，就抱着萝卜走掉了……

田田感到，无论她怎么努力，依然捉摸不透领导的心思。之前做蓝瘦案忙没注意，后来开始忙另一个案子，田田忽然感觉到背后森然的目光。田田扭头看，方含笑果然正弯腰低头，笑眯眯地盯着她的后脑勺。

田田毛骨悚然。根据以往经验，领导朝她笑，她就要倒霉。田田战战兢兢地看一眼屏幕上的项目进度管理，回头问：“方总我哪里做得不对啊？”方含笑又盯着她看了一会儿，田田被她看得心里发毛。结果方含笑说：“傻白甜，你说我眼光怎么就这么好。”

“……啊？”

“招了你啊。”

“……”

领导说完就高兴地飘走了……

技术部门赶项目进度，或者快到验收时，都会疯狂加班，熬夜是家常便饭。方含笑不是做技术的，其实帮不上忙。大家都在加班时，她也会一直陪伴做后勤，七八点回家哄孩子睡觉，十点再回公司。有时能做的，不过是递上宵夜，备好铺盖。她工位旁放着两条绒毯，有员工趴在桌上打盹，她会过去，替员工盖上毯子。

方含笑于是成了大家的全能保姆。应间结婚要买房子，没有时间挑婚房，方含笑帮应间的未婚妻找房产中介和装修公司；徐简为蓝熊争取一个项目在外出差，方含笑就帮徐简接小孩上下学；高守的爸爸忽然高血压晕倒，可是高守在项目上走不开，方含笑飞去高守老家，帮老人找好医生，看老人平安无恙才返回北京。

佳慧跟方含笑说：“方总你人也太好了。都说公司不是家，方总你都把自己当妈了。你不能待人这么好，会被人欺负的。”

方含笑说：“创业公司留住人才是很难的。像高守、牛仁这些人，去大公司年薪百万不在话下。他们肯跟蓝熊苦熬，真的很难得的……嗯，还是因为有共同的梦想吧。在这里的每个人，都喜欢机器人啊。”

佳慧撇撇嘴说：“我一点也不喜欢机器人耶。我喜欢的是方总你耶。”

“……”

这一年终于可以发年终奖了。

除了一个蓝瘦给的搬运机器人新项目，其他项目都已结项。杨晟给出的部分报表数据非常好看，方含笑与徐简一起讨论年终奖。虽然这个薪资依然不能跟大公司比，但勉强超过行业平均线了。

离除夕还有三天，方含笑就打发大家回家过年。家远的陆续离开。杨晟一直在忙年终对账结账，到年二十九的上午还在加班。方含笑让杨晟回家，自己接过剩下的活。这时公司就只剩两个人。张久全和她。

他们在一处，低头不见抬头见。但是他们几乎不说话。有需要跟技术部门沟通的事情，方含笑都会找陈续缘，让陈续缘去问张久全。现在陈续缘不在，他们当然更不可能说话。

于是一个坐在这边角落，埋头核算账目；一个坐在那边角落，手起键落敲打代码。这样一直工作到傍晚。

附近的店都关门了。没法叫外卖。方含笑给自己泡了碗面，抬头见张久全，他仍然没有起身的意思，又多泡了一碗。泡好了端到他跟前，也没有一句话。

在各自的角落无声地咀嚼。好像真的不认识。

吃面吃到一半，偷偷抬起眼看他。他盯着屏幕。她收回目光。

吃面吃到一半，偷偷抬起眼看她。她盯着屏幕。他收回目光。

好像真的不曾有交集。他们各自吃完面，各自去茶水间。擦肩而过也没有对视。

各自回工位工作。晚上八点，方含笑终于清完账目，抬眼发现，路灯照亮的夜色中，雪花正轻柔飞舞飘落。

“下雪了！”方含笑轻呼一声，像小孩一样蹦到天窗之下。

其实下雪也不是稀罕事。她做完工作，心里高兴，就有了看雪的兴致。她使劲去够窗玻璃，眯着眼看窗外。但是玻璃反光，看清不易。

接着听到身边有脚步声。

她扭头。发现男人在她身边。一个清癯的、朦胧的轮廓。侧脸像一个凝驻的剪影，像一个忘却的传说。

微微抬头仰望。引颈的弧度，勾勒出求生的渴望。

“蓝熊，关灯。”他低声说。

工区的灯一下全熄了。天窗现出奇妙的雪景。凉灯映照，每一朵雪花都似有光芒。前赴后继，跌落能听见声音。

这时听见有孩童的嬉笑。

百旺大厦往西就是居民区和菜市场，住着许多老北京，过年时候依然热闹。下雪了，小朋友们高兴，纷纷跑出来玩。

接着就响起鞭炮的声音。噼，啪，噼里啪啦。

身边的男人，像被枪打中的熊一样，低声咆哮和喘息。他抱住脑袋，猛然转身奔跑。结果目不见物，重重撞在别人的工位上，撞翻不知多少东西。他受了更大惊吓。他抱着头蹲在地上，嘴里呜咽着听不清楚的词语。他接着钻进桌子底下，双手捂住耳朵。

方含笑低头看。他脑后扎着一根滑稽的小辫。天窗透进苍凉的路灯，照亮了他黑色的发饰。

那是一个破布缝的，胖乎乎的萝卜。

身子猛然一震，喉头一股热流汹然上涌。

她努力平静，忍住不停泛上来的热泪。

她慢慢走过去，把手搭在他肩上，出口听见自己声音哽咽：“不要怕。那不是枪声。”

鞭炮声止息。小孩子们终于走开。

方含笑踉跄着去开了灯。通室明亮。他还躲在桌下瑟瑟发抖。

她知道不可以惊扰受伤的野兽，于是回到工位。她的目光停留在财务数据上，可她根本看不进去。

像躲开视线的小动物，他终于从桌子底下慢吞吞地爬出来。他飞快躲进他的角落。不久又响起敲键盘的噼啪声。

晚上九点，有不速之客。是周更新。带着两个孩子，嘻嘻哈哈地来找妈妈。

“方含笑，你行啊你。都过年啦！我爸妈为了迁就你都来北京了，你不给我回家还不接我电话！”周更新一进门，狐疑地扫了角落里的男人一眼，“哟嗬。孤男寡女共处一室——妈的我说你怎么就不回家呢！什么奸情，你给我从实招来！”

方含笑再没心思加班了，起来把周更新往门外推：“胡说什么。不说了别来公司我十点肯定到家吗……”

“干吗干吗，干吗不让我来公司？你是老板我也是老板娘——啊呸，老板爹啊，凭什么不让我来公司。心里有鬼是不是？”

方含笑推着周更新往外走，出门时回头低低说了句：“你，你早点回家。”

说完心里忽然想，回家？他还有家吗？

方含笑一手牵一个小孩，跟周更新出门往外。周更新就一把伞，全罩在方含笑身上。夫妻俩往停车场走。

忽然听到身后不远，传来一声：“方含笑。”

方含笑心里着急，催着周更新上车。周更新开车，从百旺大厦出发。方含笑看车窗外，什么人都没有。刚刚幻听？

车子拐上道路。后视镜里，暗淡的路灯下，出现一个高瘦的身影。单薄的T恤在飘雪的风里舞得狂乱。他像一个老去的疯子，在倒退的视野里。

车在加速。他也加速——他在追她。

“方含笑！”苍老的疯子一边奔跑，一边在风里叫喊，“方含笑！不要走！”

车子绝尘而去。他摔倒在雪地里。他像盲人在泥地里战栗摸索。他求告无门，只有一声声喊：“方含笑！方含笑！”

不要走。不要就这样走掉。不要把我一个人留在黑暗里。

请回头看一眼。请回头看一眼狼狈的、卑微的，连求你的勇气都没有的我，恨着你也爱着你的我。

我没有勇气告诉你，可是我也没有办法叫自己不再爱你。请听见我的乞求。不要对着另一个人笑。不要跟他接吻。不要跟他做爱。不要跟他手牵手回家。

可是她听不到。

35　蓝脑

新的一年又开始。蓝熊不停地找项目。虽然确实拿下了一些好项目，现金流也变得好看，但方含笑依然忧心忡忡：公司一直给人做外包，就永远只是一个代理；接下的项目技术水平要求低，不能进行行业深耕；接下的项目跨度大，不能进行行业积累。既没有品牌，也没有形成核心竞争力，蓝熊未来的道路，仍在一片迷雾之中。

方含笑一面操心公司,一面还操心潘丽丽的治疗。年后美国方面传来好消息，肝移植排位上升，预计半年内可接受肝移植手术。方含笑又飞去美国，听从主治医生建议，为潘丽丽预定肝移植医院——位于田纳西州孟菲斯市的卫理公会大学移植中心，也是当年乔布斯接受肝移植的地方。

潘丽丽愈发消瘦。因为化疗而脱发，戴着白色软帽。她同时接受了纳米机器人疗法与化疗。

两个人面对面。潘丽丽绝口不提病痛之苦，方含笑绝口不提创业艰辛。见面时彼此笑脸相对，背过脸去各自偷偷掉眼泪。

唯一值得欣慰的是，主治医生说潘丽丽的病情已经得到控制，纳米机器人疗法疗效显著。“人类离攻克癌症，只有一步之遥了。”主治医生满怀信心地说，“从目前的情形看，很快就可以结束化疗。肝移植后，再做一次部分的胰腺切除术，情况好的话，痊愈也并非没有可能。”

那天晚上，方含笑睡了长久以来不曾有的一个好觉。第二天一早赶回国的航班，在路上给潘丽丽发短信：“潘丽丽！不许死！！”

潘丽丽回她：“去你妈的。老娘要活一百岁。”

隔了一会儿又收到一条：“加油！我等你的好消息。”

这一年二月，星空国际旗下的蓝海科技 VR 空中旅游业务线，发布 2D 转 3D 图像转换系统的招标。在张久全的建议下，蓝熊推掉其他项目，开始准备此次招标。但蓝海方面的反馈是，蓝熊不符合投标最低标准，连初轮资格筛选都没有过。

VR 旅游与 VR 直播早在十年前已经不新鲜了。蓝海想做的“空中旅游”，是希望能够通过无人机航拍，让用户直接体验震撼的高空美景。正常的 VR 直播采集设备，通常有五至十二台摄像机同时采集对象数据，这些数据汇总到 VR 视频处理服务器，最后生成 3D 图像。无人机航拍不可能携带沉重的数据采集设备，普通情况下也很难协调多个无人机的同目标航拍；而想要把无人机航拍获得的 2D 图像数据，自动转换为 3D 图谱，用蓝海 CEO 钱唐的话来说，就是“需要非常强大的想象力”。为此，蓝海科技希望开发一个人工智能平台系统，在极短的时间里“想象”出 2D 转 3D 所需要生成的细节，以此完成无人机航拍端图像向用户呈现的 VR 图像的即时转化。

作为虚拟现实领域的独角兽，蓝海的招标竞争格外激烈。佳慧为了这个案子，天天往中关村软件园的蓝海总部跑，可是每次钱唐都很为难地推说“不由我决定”。佳慧与钱唐本来打算五月完婚，漫长的爱情长跑眼看就要有结果了，结果就为了这次招标，两个人几乎闹翻。佳慧最后撂下一句话：“这项目你要是敢给别人，这婚你也别跟我结了。”

钱唐差点给跪了：“佳慧你不能这样啊！公事归公事，私事归私事……何况招标的事也不是我管啊……谁中标又不是我一个人说了算……”

“那你不是董事长吗？管招标的不是你的员工吗？你叫他让谁中他敢不同意吗？——而且，我不是要害你。蓝熊的技术实力摆在那里，谁都看得见（钱唐小声说：‘没看见啊……’）。我们的 CTO 超级牛（钱唐小声说：‘没听说过……’）……还有我们 CEO 是方总啊，你别那么忘恩负义行不行！如果不是方总那时这么英明，你们蓝海老早死在那些洗钱的大股东手上了，你钱唐能有今天！……”

“……不是，不是，佳慧你听我说。方总很厉害，我知道。蓝海能有今天要谢谢方总，我也很感激。但是一码归一码。我们的系统工程量巨大，其他参与竞标的公司团队，至少是两百人的配置。蓝熊总共十来个工程师，他们再厉害，也不可能在我们要求的期限内做出系统——”

“那简单，你出钱，我们再去招一百个人来。”

“……姑奶奶，当年我们是做杠杆买下的星空国际啊，那笔债是要还的啊。”

争来争去，钱唐执意不松口，连过初轮资格筛选的机会都不给——能过初筛的，都是人工智能图像处理领域排名前二十的专业公司。最后妥协的还是佳慧。

“你们连见都没见，就一棍子打死。至少让你们的负责人，给我们一次单独 pitch 的机会。这总不过分吧？”

钱唐终于勉强同意。在佳慧的督促和监视下，给项目负责人发邮件，让安排时间见蓝熊团队。

接下来的半个月，蓝熊技术团队的一半骨干投入到推介会的准备中。以张久全为核心，这个团队设想了一个绝妙的系统架构。

“我们在做前人从来没有做过的事。”陈续缘跟佳慧介绍说，“非常有意思的事……传统的图像处理，丁是丁，卯是卯，系统只能根据给出的 2D 数据，在经验的基础上搭出 3D 模型。我们的系统不一样……我们套入了之前做的基于简化版蒙特卡罗树的避障系统模块，让系统将 2D 图像分区，推测并识别出图像中物体的移动方向与速度，然后再按照事物自身的属性，将它还原出活动的 3D

场景。这样，我们只需要非常少的传送输入数据，就能在输出端获得完整的活动图景。”

佳慧在忙蓝海投标的同时，田田在做蓝瘦搬运机器人系统设计的项目管理。前一年完成蓝瘦餐饮机器人避障系统后，古月胡立即又向蓝熊表明意愿，想要与蓝熊共同开发一款搬运机器人。应间非常支持开发搬运机器人。问题是，虽然经历了年初一轮扩招，蓝熊人手仍然不够。一大半软件系统工程师都在蓝海项目上，搬运机器人这边就很缺人。

蓝海项目的3D场景还原与之前做的餐饮机器人避障项目有一定的重叠度，技术方面也有可借鉴之处。陈续缘为此希望蓝熊能与蓝瘦组成团队，共同开发2D转3D图像处理系统。蓝瘦CEO古月胡当然不愿意。

古月胡亲自跑来蓝熊，想要说服方含笑放弃蓝海项目，专心跟蓝瘦合作。方含笑则希望蓝瘦放弃搬运机器人项目，专心跟蓝熊一起做蓝海项目。双方一时间僵持不下，差点吵起来。

古月胡说：“蓝瘦给蓝熊投了钱。蓝熊应该听蓝瘦的话。搬运机器人大有前途。跟我们合作，你们不会吃亏。”

方含笑说：“有前途个鬼！搬运机器人是刚需？有客户给你下订单？你爱烧钱你去烧，别耽误我们前程。”

谈判不欢而散。古月胡气冲冲地离开蓝熊的办公室，不到两分钟又回来，一手拉扯着一楼快递中转中心的负责人，一个五大三粗的胖子，指着他跟方含笑说：“这就是刚需！这就是客户！”

蓝海项目的正式推介会上，蓝海方面的负责人肯定了蓝熊提出的系统架构，但是对蓝熊的团队规模与开发能力表示怀疑。他们提出，让蓝熊作为系统设计的外包公司，与未来中标的公司合作，一起做这个系统。佳慧则希望让蓝熊走正常投标程序，并且承诺蓝熊会在投标后立即开始招聘，为项目配置团队。

佳慧情绪激动，话说得有点难听，指责蓝海知恩不图报；蓝海那边的负责人也恼了，说佳慧借助跟钱唐的特殊关系，干涉公司业务，扰乱正常的招标秩序。两边一吵，就有人跟钱唐打了报告。

钱唐本来的意思，就是希望蓝熊退出招标流程——他本指望底下的负责人能把他的未婚妻摆平。结果佳慧脾气一上来，什么难听的话都往外冒，什么蓝海的钱总忘恩负义啦，过河拆桥啦，拿了女人的钱转身就跑啦……钱唐本来在楼上开会，被秘书的一条短信吓得不轻，赶紧跑下楼收拾残局。

钱唐原本的计划简单粗暴，就是把佳慧直接扛回家，跪搓衣板求她不要再干涉蓝海业务。结果一进会议室他就呆住了。

他呆住倒不是因为佳慧——而是盯着张久全，看了足足十秒钟。

张久全难得一身素净笔挺的西装，胡须剃净，头发亦有打理，可见准备之精心。陈续缘是主讲人。除了偶尔与陈续缘目光对接，点一下头，他坐在角落里，几乎没有存在感。谁也没有注意他。

钱唐朝他笔直地走过去。

“阿历？”他叫了一声。

张久全抬头看他，嘴唇动了动，没有说话。

“这是我们的 CTO 张久全张总。”佳慧说，“他就是，就是不太会说话。但是他很厉害！他超级厉害！刚刚的方案都是他提的。”

“我要向你们介绍一个人。”钱唐死拽着张久全的胳膊，把他从座位上提起来，后者很嫌弃地拿手去掰前者死拽着他的手，“亚历山大·张，这是我在瑞士的导师，我最初的合伙人……蓝海第一代 VR 产品的真正缔造者。这个世界上活着的最牛的人工智能工程师。”

张久全在来到中国之前，在瑞士服役两年，因为出色的技术水平，参与瑞士国防部的虚拟现实项目，工作地点就在苏黎士应用科技大学。钱唐正在那所学校留学，机缘巧合又进了同一个实验室。那时的钱唐，因为背井离乡而形单影只，发现性格孤僻却有着常人没有的天才与专注的张久全时，大有他乡遇故知之感，于是缠着张久全，不停地描述自己想要做的产品。钱唐有相当犀利的产品意识，深谙用户需求；张久全则有相当强大的技术背景，对于一些别人想也不敢想的需求，张久全竟然能够轻而易举地实现。

钱唐于是从张久全那里获得了充分的技术支持，并在他的帮助下完成了蓝海第一代 VR 产品的构架，而这个产品的成功，正是蓝海后来成功的基石。

“可是……我不知道你已经来中国……否则我一定会跑去机场接你的！……你愿意来我的公司做CTO吗？啊，我知道你不愿意。以前你就说过不行。那现在……那现在……”

旁边的佳慧听完钱唐的解释，颇有些得意地说：“看吧，我早说了我们CTO 很厉害的。现在是不是愿意把项目给我们？”

钱唐打个哈哈：“我的导师是很牛没错，可是他只有一个人啊。我们这个项目，要为蓝海以后的所有 VR 直播提供图像转换。这是一个庞大的系统，兆亿条的代码，一百个工程师忙半年都不够。我看，不是我该把项目给你们，而是你们该把 CTO 给我——让他在更大的平台上造福人类，不比在你们那小破烂公司强啊？”

佳慧刚想反驳，却被张久全打断——这很少有。他平时几乎不说话。

“不，不用。”张久全说。

“不用什么？”钱唐问。

“不用一百个人。”陈续缘说，“也不用五个月。”

“程序，写程序。”张久全说。

“哈？什么写程序？”

“我们张总是说，程序不用人写。程序可以自己编写程序。”陈续缘说，“其实……我们已经差不多做到了……我们之前给餐饮机器人写避障系统，如果是普通公司，二十个工程师也得干三个月。我们当时只有十个工程师，两个月就做完了——因为，我们写的不是避障系统程序，是系统程序的‘母程序’。”

周围人都惊奇地瞪大眼睛。程序可以写程序，这其实不是新闻。代码编写有许多枯燥的、重复性质的工作，所以有公司在开发能够写程序的人工智能。

但是，到目前这个时间点为止，人工智能能写的，仍然是非常低级的底层程序。

陈续缘环望了周围人一眼，说："我们公司内部，管这个计划叫'蓝脑'。现在的'蓝脑'还没有全部孵化，但是它已经有了雏形，有了一定的学习能力，可以通过学习来完成一些任务了。最近它做到的一件事情，是用 Python 代码把好几个 C 语言模块粘连在一起。这是之前的人工智能程序员从来没有做到的事情……等'蓝脑'全部完成的时候，我觉得，在座各位，还有全世界以写代码为生的程序员——有一半就要失业了。"

36 All In

公司发展,最怕的就是不知道自己要做什么。再大的梦想也要落实为具体的、可执行的目标；再远大的征程也要转化为方向，还有一步一个的脚印。

在“蓝脑”计划确立之前，蓝熊的方向是不明晰的，每天都在应付生存压力，有什么项目就接什么项目，没有时间思考自己要做什么。但是，“蓝脑”计划的诞生，为蓝熊画了一个“饼”。

这虽然还只是图纸上的一个饼,但却足够让人雀跃了:一个可以观测细节的,可以找到原料的，并且可以最终实现的饼——一个有学习能力的机器人程序员。

“我可以简单地说，这是一个变革性的人工智能产品。”陈续缘在公司内部的报告会上说，“目前，几乎所有线下传统行业都在向线上转化。但是，当软件开发的人工成本过高时，这种转化是得不偿失的。直到如今，虽然码农满大街都是了，软件开发的成本仍然非常高，聘请高端程序员仍然很贵。可是，我们一旦有了一款能够自主学习、不断进化，并且还能自己测试、自己修bug的人工智能程序，就能用相当低廉的价格开发程序，那么传统行业向线上转化的过程就会大大加快，经济就又找到一个新的增长点。”

他这时已不再是昔日那个胆小谨慎、畏首畏尾的程序员了，对产品的信心，使他整张面孔都闪起光芒，“这会是下一个风口。我们已经一只脚站在风口上了！”

在接下来的一周里，佳慧、田田、陈续缘，还有方含笑一起，为蓝熊做了一个三十二亿美元的估值。从蓝熊目前的商业模式和现金流看，这个估值非常疯狂；但是从“蓝脑”的前景看，“如果能做成——这个估值压得实在很低了。当年 Magic Leap 什么产品都没做出来，C 轮估值四十五亿。”佳慧说。

融资目标被设定在八亿美元。这笔资金的一半将用于入股蓝海科技，两亿美元将用于并购蓝瘦科技，两亿美元用于蓝熊的扩张与日常运营。

“没有时间一个一个招人了,最好的办法就是把合适的团队整个地买下来。”方含笑说，“蓝瘦科技聚集着一批算法工程师，但他们的老板是个白痴。把蓝瘦买下来，他们老板和员工都得谢我。”

于是最后的问题又落实到钱。

佳慧、杨晟、陈续缘连续加班十四天，为蓝熊重新制定了一份新的商业计划书与融资计划书。

张久全带领蓝熊的技术团队，在三周的时间内打造“蓝脑”demo。第一版 demo“蓝脑 - 胚芽”，具有初步的存储、记忆、分析和学习能力。通过咀嚼模仿输入的小程序，它已经可以自主编写一百行以内的小程序，并且可以在给予充分条件的情况下，将程序接入其他模块。

方含笑又开始不停地见投资机构。这一次，因为有足够强劲的商业方案，以及足够技术水准的演示样品，许多家科技风投表示了对蓝熊的兴趣。他们唯一不满的地方，是蓝熊开价太高。他们认为蓝熊的估值有严重泡沫。

“我先问您：在过去一个世纪里，决定世界经济发展的东西是什么？”在酒店大堂的沙发椅上，方含笑这样问一位投资经理，“是石油。在油价高的时候，一个牛油果从加州运到北京，价格高到你承受不起，你就不会买它，那么就没有牛油果的交易了。所以，油价高的时候，经济发展就停滞不前；油价低的时候，贸易增多，经济发展。二十年前金融危机以后，因为页岩油的发现，油价降低，所以世界经济形势变得好起来。页岩油在一开始，也不被投资者认可。人们认为页岩油是美国人的骗局。可是后来呢？凭借页岩油的开发，美国人就是把油价压下来了——他们有本事打破中东垄断，参与石油定价。

“今天，我告诉你，我们公司要做的，就是信息产业的页岩油。三年之内，我们要掌握软件开发的定价权——您还觉得我们开价太高吗？”

拼尽全力为蓝熊融资的，并不只有方含笑一个人。

在佳慧和杨晟完成商业计划书，田田按下电邮发送键以后，世界各个角落，都有人开始行动起来。

伦敦，金丝雀湾，加拿大广场一号四十五层，某英镑基金办公室。

“我想，你大概愿意解释一下，你这笔规模将近一亿英镑的投资建议？”

“人民币的贬值趋势已经到头。这是入场的最好时机。”

“人民币停止贬值？拜托！这他妈是一亿英镑。你拿这么大一笔钱投一个从来没有人听说过的中国科技公司，你他妈跟我说人民币停止贬值？？”

“让我告诉你，这他妈的一亿英镑，是你这辈子回报率最高的一笔投资。”陈贤清清楚楚地说，“一个能够自主学习、自我复制的强大人工智能产品……在它还是一个概念的时候，它就已值得百亿美元的估价。必须在它变成现实之前入场。否则你将后悔终生。”

“如果我说不呢？”

“中国 TMT 企业的成长潜力已经不需要论证了。在我入职的六个月里，我已经帮助这家基金进入四家中国 TMT 企业 Pre-IPO 融资，其中有三家还没有正式签订协议。如果你说不，我会离开这家基金，同时带走这三个项目。你的选择？”

香港，中环，国际金融中心二期五十二层，某国际律师事务所的茶水间。

“我跟你讲啦，这种机会百年一遇的啦！你说那些当年错过阿里、腾讯的人后不后悔？错过谷歌、脸书的后不后悔？我要不是跟你关系好你觉得我会跟你讲咩？……”

“马修这完全不像你哦。你以前从来不会忽悠别人的。”这楼里的大陆人实在太多了，连香港本地人都很懂“忽悠”是什么意思了。

“啊呀你个痴线。我不是忽悠你啊，我跟你说，我是个律师，我讲话是很负责任的。每个条款落下去，我肯定不让我的客户吃亏……”马修絮絮叨叨地说，“那，我跟你说啊，AI programmer（人工智能程序员）这个提法，一年前都还只是个概念。但是现在真的有人做出来了！……你不要不信，我带你看 demo。或者你多带几个大佬，直接去北京看这个‘蓝脑’，现场让它写程序给你看……”

“……你对那家公司，好像真的很有信心耶。”

“不是好像，是真的有信心。100% 的信心。”马修说，“因为那是我曾合作过的最好的团队。”

杭州，西湖区，蓝城地产总部。

“啊哟小简，有什么事给哥哥打个电话就好了哇，怎么也不说声就跑来公司了啦……你早说一声，我安排车去接你啊……”

“我要说一声我什么时候来，哥你就得躲着我了吧？”徐简也不等邀请，在徐诚皇的办公桌前坐下，将蓝熊的商业计划书递上，“这是我们蓝熊最新的商业计划书。哥，我不是求你。金融科技圈我也算混了十年了，商业眼光没有，看人的眼光，我还是有那么点的。以前我说我想出来干点事，你那时跟我说：干事业，重要的就是看对人。我现在跟你说，我现在看到了最对的人——最好的 CEO，最好的工程师，最好的团队。

“房地产盈利能力下降是行业趋势，房企多元化转型更是行业趋势。这些道理你肯定比我懂，不用我多说。蓝熊不是一个单纯的科技企业，人工智能的产品做出来，往线上可以进入互联网、虚拟现实、影视娱乐，往线下可以进入机械制造、家居智能。我现在就摆这么一个投资机会在你面前。哥我不跟你要多的。就要一个亿。这笔钱投进去，如果赚了，蓝城就能实现多元化转型；如果亏了——哥，我说难听的，这是你欠佳慧的。一个亿，真不多。”

上海，徐汇区，光大会展中心，全球 VR&AR 互动娱乐博览会会场。

钱唐代表蓝海星空参加 VR 博览会开幕式，做完主题演讲后从台上下来，被佳慧堵在台边。

以前是佳慧生钱唐的气，钱唐想方设法堵佳慧；现在完全反了过来，钱唐避之不及，想逃又不敢。

“钱唐，这婚你到底想不想结了？”

“老婆我们换个地方说行吗……老婆我想结，想结。可是我真没钱哪……”

“谁是你老婆！”佳慧气冲冲地说，问旁边的吃瓜群众，“蓝海星空董事长说他没钱，你们信吗？”吃瓜群众一齐摇头。佳慧说：“对，我也不信！”

钱唐抱着脑袋往后台躲，佳慧抱着蓝熊的商业计划书追上去：“我跟你说，我们新的商业计划和融资计划都出来了。现在进来特别便宜！一股只要一美元！一亿美元，一亿股，是不是很便宜?！是不是很划算?！是不是应该疯狂抢购？……钱唐你看我多好，一有发财机会就先找你，我跟南晶璐关系那么好我都没叫她买呢……”

钱唐捂住耳朵：“谢谢你给我发财机会……可是我们公司真没钱啊老婆……”

“这个我早就帮你想好了！卖几个项目就有钱了！”佳慧翻出平板电脑，“我看你们那个电竞团队可以卖了；VR 直播业务不要卖，但是那几个签约主播可以卖了; 原来星空国际旗下的几款VR游戏日活量都在下跌,全都可以卖了……这些我不是随随便便跟你说的。我是问过方总的。方总也觉得蓝海现在业务线有点杂乱，可以重新梳理一下。方总也同意，只要不是非核心盈利业务，就可以卖掉一些……”

“徐佳慧你搞清楚！你老公是钱唐！不是方含笑！”

“我知道啊。你是我老公，所以要听我的呀。方总是我老板，所以我要听方总的呀。你要听我的，我要听方总的，所以你更加应该听方总的呀！”

钱唐抓过旁边展台上的耳机线勒在了自己的脖子上。

长沙，开福区，腾讯众创空间，华中天使投资高峰论坛。

田田堵徐小平已经有一段时间了。

这一年的徐小平已经年逾古稀。他是创投界的风清扬，虽然一身武功，却早已深居简出，退隐江湖。人们只闻其名，不见其人。

只是这一次，湖南省政府举办风投峰会，邀请风投界耆老参会，希望能够借此发展中西部风险投资事业——的确，创投界资源集中在北上广深，中西部仍是一片未开垦的处女地。

怀着地区平衡发展、鼓励资本向中西部流动的希冀，徐小平参加了这次峰会。做完演讲从台上下来，田田就忙不迭地冲上去自我介绍，介绍完了说：“徐总我也是北大的！我听说只要是北大的您都给投钱！……”

“开玩笑，是北大的就给，真格基金早就没了。”说着就要往外走。

好不容易有机会跟风投大佬搭上话，田田非常珍惜机会，急忙冲上去拦住他，可是一时间语无伦次：“啊等，等等徐总！我，我们公司有非常好的项目！我们在做人工智能……我们在做能够写程序的机器人！”

徐小平站住，透过眼镜，微笑着打量了田田一会儿，“这样，小姑娘，我们到走廊上。我给你三分钟。”

纽约，长岛，一个阳光明媚的海滩。

西西将自己包裹在颜色灿烂的遮阳披肩里，半跪在一张躺椅跟前。椅子上横躺着她的前夫。他们应该有五年没见了。但是，再见到他，西西觉得，他们仿佛是十年没见。

彼得·哈代已经不再是昔日那个翻云覆雨的私募大佬。已经没有多少人还记得他的名字。总是这样，人们飞快地追捧冉冉升起的新星，然后遗忘渐渐冷却的红矮星。

“让我猜猜你来访的用意……钱？”彼得耷拉着眼皮，声音沙哑地问。

西西笑了一下：“是。”

“我已经没有钱可以给你了。”

“我知道。但是我依然来看你了。”西西说，“我来就是想告诉你，我在用你的钱，做一笔很重要的投资。我希望你知道。”

“我的钱？”

“你给我的赡养费——我用那笔钱在北京开了餐馆，记得？”

“唔。”

“我把餐馆都卖了，最后结余两千万。我将它们注入了一家名叫蓝熊的公司。”

“为什么我需要知道？”

“对，你不需要知道。”西西轻声说，“我只是想要谢谢你，让我做了我想做的事情。”

“那是——？”

“成为改变的一部分。”西西把手搭在彼得苍老的手上，闭上眼睛，“记得吗？……记得很久以前，在我们的婚礼上，那个给我们充当翻译的女孩子吗？”

“……我在努力回忆。”

“对。那个女孩。那个头发长长的、瘦弱的、晒黑了的亚洲女孩。我把你的钱注进了她的公司。”

“……哦。我记得她。”

“我嫉妒她。”西西清清楚楚地说，“我从来没有在她面前承认。我也不肯向自己承认。但是现在，我回想这一切——我嫉妒她。去选择一条更艰难的道路……去设想改变，然后真的去实现它……去做自己想要做的事……哪怕失败……哪怕失去……”

“你在说，你后悔我们的婚姻吗？……”

西西睁开眼：“我不后悔我做的任何决定。我只是说……我偶尔会向往……向往那条，未选择的道路。”

西西说完，含着眼泪，亲吻了彼得的额头。她无声地站起，沿着海滩向南方走。披肩在阳光中舞成彩光。

旧金山，联合广场，希尔顿饭店大堂咖啡厅。

龙夫人面无表情地坐在轮椅里，一杯接一杯地喝茶。她已经非常非常老了，面孔上的皱纹如年轮，一圈一圈地将她缠绕。她记得很多，也忘了很多。但她还没有死去。

张久全坐在她面前。他坐午后的飞机离开北京，在旭日东升时抵达旧金山。一落地就来到希尔顿。他晚上还赶着回去。

她一杯一杯地喝茶。他一个字一个字地说。因为长久的闲置，他大脑的语言系统整个地坏掉，组词造句变成了一场异常艰难的事。他只能一个词一个词地说。

他讲他这些年的生活。他所热爱的事情。他想去的地方。他想见的人。他所在意的，他所后悔的，他倾尽全力去创造和挽回的。

他最后慢慢地说：“如果在这个生命中，我只能做成一件事，那就是这件事——做成这个公司。”他把装订精美的计划书递出去。

可是龙夫人并没有接。

好像是太老，连伸手的力气都没有了。

“还痛吗？”她轻声问。

“……什么？”

“伤。你背上的伤。”

“……不痛了。”

“我这一生做过很多事情。很多——用我的竞争对手们的话来说——残忍的、无情的、非人道的事。我恐怕不会为那些事道歉。再给我一次机会，我仍然会屈从于现实……活到我这个岁数，能做的已经非常有限了。没有太多人肯听我的话了。但我想，”她微弱地笑了一下，“我还是有办法弄到一点钱的。”

“我希望，华人社团带给你的，不只有创伤。”她最后总结说。

37 守得云开见月明

四月，方含笑飞伦敦，与陈贤所在的英镑基金签订投资意向书。签字仪式后，陈贤单独找到方含笑："方总，如果现在我想回来，蓝熊还会接受我吗？"

方含笑伸出双手，拥抱陈贤："欢迎回家。"

方含笑确实需要陈贤。

蓝熊一方面进行C轮融资，另一方面马不停蹄地与蓝瘦以及蓝海做并购入股谈判。为了这两笔并购谈判，闲置已久的蓝图资本重新召集起人马，除了杨晟、佳慧、田田，陈贤从伦敦回来，马修前脚跟后脚从香港回来。除了潘丽丽，方含笑北京组的同事全部到齐。

方含笑在企业的经营管理上一筹莫展，一到收购公司，立即展现一派龙虎精神——她最擅长的就是忽悠别人卖公司了。

在认识方含笑之前，蓝瘦CEO古月胡从来没想过要卖公司——他是富二代，根本不缺钱，为什么要融资呢？别说全资收购，出让一丁点股权他也不愿意。

结果方含笑团队派出陈贤，从企业经营的三个方面，股权管理的八个方位，以及资本运作的二十四个小点，向古月胡展示了蓝瘦并入蓝熊以后的美好前景与广阔未来——陈贤在古月胡面前，勾勒了一个百亿美元量级的人工智能集团公司，而陈贤保证古月胡会坐在这个集团的董事会里，并且在决定蓝熊业务发展的大事上，享有相应的投票权。

五月，蓝熊科技完成八亿美元的融资，五月底以两亿美元的价格完成对蓝瘦科技的全资收购；蓝瘦CEO古月胡获得蓝熊5%的股份，并加入蓝熊董事会；蓝瘦从机器人公司中除名，但保留餐饮机器人及搬运机器人等业务线，所有人员及业务全部并入蓝熊科技。

古月胡在蓝瘦除名的问题上很是挣扎了一下，“老衲辛辛苦苦……这么多年积累起来的品牌……”

被方含笑粗暴打断：“——你有个屁品牌。人家光记着你们家机器人把水煮鱼倒客人头上了。蠢材，我收购你是为了拯救你。”

“蠢、蠢材！”古月胡气得拍案而起，“你……你你你你……方含笑你有种。收购之前你管我叫天才。收购完了你叫我蠢材！”

“哎耶？我叫你天才你也信哦？”

古月胡气得差点晕倒。佳慧赶紧扶住他：“习惯就好。我们大老板就这风格。”

陈贤与蓝瘦科技进行并购谈判的同时，佳慧率领的另一个小组，也在与蓝海方面就收购VR直播业务事宜，展开了友好的洽谈——以及不怎么友好的威胁恫吓。

“你可是想清楚了。”佳慧在婚礼誓词环节结束以后，跟钱唐咬耳朵，“蓝熊能不能入股，入股多少，直接决定我们婚后生活的性，福，指，数哦。”

钱唐痛苦啊。

VR直播是直播市场上一块巨大的肥肉。在钱唐的设想中，2D转3D图像即时处理系统一旦研发完成，直接受益的不仅是航拍直播，还有整个行业的VR直播。因为对VR摄像端的规格要求整体降低，未来的VR直播对地理、空间限制放低，很有可能取代传统直播。这是一片广阔的蓝海。

蓝熊想要入股蓝海 VR 直播，意味着这个系统研发完成后，蓝熊将与蓝海一样拥有此系统的知识产权。这是活生生地从蓝海嘴里抢肉。

钱唐当然很抗拒。

他现在已经痛苦地领悟到，当初杠杆收购找上方含笑……是个多么严重的错误……

原来的计划，婚宴以后，钱唐与佳慧各自请假，腾出四天的时间飞去三亚度蜜月。结果，当天晚上，他们的洞房之中，除了徐佳慧之外……还出现了……方含笑……

钱唐痛苦地哀号：“老婆！这是我们的蜜月！你为什么带来了另一个女人！”

佳慧一把将钱唐推到床上，踢了一只高跟鞋，一只白玉似的小脚踩到钱唐的大腿上，“钱总咬定不让蓝熊入股。行啊。来呀。我们来三人行呀。”

钱唐：“……”

就这样，佳慧把钱唐按在床上，方含笑对着钱唐讲了三天三夜，从蓝熊的愿景，讲到蓝熊目前的技术实力，公司文化，业务方向，投资布局，又接着讲她对蓝海的理解，蓝海的公司文化，蓝海的业务方向，以及蓝海与蓝熊的契合度，合并以后的前景，合并以后的市场地位。这期间钱唐哈欠连天，佳慧自己倒是听得认真仔细，还时不时掏小本做笔记；钱唐听睡着了，佳慧一个爆栗把他敲醒。

这样讲到第三天下午，钱唐终于松口了。杨晟那边马不停蹄地递上参股方案。方含笑拿着方案，与钱唐直接敲定细节。谈到第三天凌晨两点，终于确定了初步的参股办法。方含笑这才心满意足地离开，剩钱唐和佳慧在名不符实的洞房里。

钱唐忍得实在太久了，饿虎扑狼一样把佳慧抱到床上。结果，眼看大功告成，万事俱备只欠一炮，佳慧忽然又找了一茬：“什么？蓝熊只占股 30%？喂喂姓钱的你搞清楚，这系统可是要我们做的。你还真把我们工程师当你的打工仔了？不行！50%！60%！至少也要 70%！”

钱唐：“……”

这场谈判的最终结果是，钱唐退让。蓝熊以相当低廉的价格，获得蓝海星空旗下蓝海 VR 直播信息技术有限公司 40% 的股权，成为该公司的第二大控股股东，与蓝海星空分享新图像处理系统的知识产权收益。蓝海方面宣布放弃 2D 转 3D 图像处理系统的公开招标，直接委托蓝熊开发系统。

从六月开始，蓝熊与蓝瘦宣布合并。蓝熊租下百旺大厦十四层至十八层，蓝瘦团队全部入驻百旺大厦。方含笑北京组，还有张久全、陈续缘、徐简、古月胡一起，重新梳理了新公司的组织架构与业务线。方含笑出任董事长与 CEO。公司以事业群为单位，设置了专注于商用人工智能编程软件开发的商业服务事业群，包括餐饮业务线、仓储业务线、家居业务线在内的机器人事业群，以及致力于 VR/AR 人工智能产品开发的虚拟现实事业群。三大事业群分别由陈续缘、古月胡、徐佳慧负责，向 CEO 方含笑与 CTO 张久全报告。

蓝熊核心管理层仍然在十七层。前台边的宣传栏标语，不知何时换成“风雨无悔为初心，守得云开见月明”。

蓝熊进行有序扩张的同时，科研团队紧锣密鼓进行新产品开发。

在人工智能事业群，陈续缘一肩挑起了“蓝脑 – 新生”的开发工作，到八月底，“蓝脑 – 新生”正式孵化。这是一款前所未有的人工智能产品。在之前“蓝脑 – 胚胎”的基础上，“蓝脑 – 新生”开始自我生成。也就是说，工程师们只为“蓝脑”提供了大框架与 30% 的代码，然后向这个框架注入大量代码，“蓝脑”通过自我学习，开始编写自己。人类工程师的工作，是为“蓝脑”筛选学习材料，不断纠正蓝脑自我编程过程中的偏差。

在机器人事业群，古月胡在陈贤和田田的建议下，不只专注搬运机器人，转向全方位仓储管理业务。三人合力，开始参与北京各大仓储公司仓库及物流管理系统的竞标。他们在八月底拿出了概念仓库样片。在样片中，空无一人的智能化仓库中，搬运机器人准确运送货架至指定目的地，拣选机器手准确取拣货品并将货品送上流水线，严阵以待的扫描仪确认货品规格型号，并打印快递单，包装机器手将货品放入相应快递盒。所有机器人各就其位，高效，准确。

蓝熊仓储方案的惊人之处在于，真正实现了无人化仓储管理。目前普通的智能仓储中虽然也有搬运机器人工作，仍然划分为“无人区”与“工位区”，工位区有分拣工人通过电子屏显示的商品明细进行分拣，商品快递也需要人工处理。但是蓝熊规划的无人仓库，彻底摆脱了人工。

古月胡团队在八月底成功说服中南仓储——就是在百旺大厦地下仓库的管理公司。中南方面表示，愿意向蓝熊仓储项目注资，同时给他们一个机会，将百旺地下仓库彻底改造为无人仓库。如果新仓库能够顺利通过这一年“双十一”的考核，中南将与蓝熊正式签定协议，将海内外的两百多个仓储物流中心的改造项目交给蓝熊——这是一个十亿级的大单。

在虚拟现实业务群，佳慧直接把钱唐绑架过来，同时还绑来了蓝海 VR 最核心的几位高级工程师，直接监督掌控 2D 转 3D 图像系统的开发。

张久全在三个事业群中来回切换，充当着救火式的角色——哪个团队遇到技术难题，哪个团队就来找张久全。陈续缘本来担心他的躁郁症又会发作，但是，张久全好像有这样一个特点：越是棘手的技术难题，越能让他专注冷静。他不再像以前一样动不动壁咚别人，大吼大叫，或者入侵别人的电脑。他认真倾听每个事业群的工作进展，了解他们遇到的技术困难，用不甚流利的中文，给出他的意见，有时直接加入项目，和大家打成一片，并且很快以超乎常人的判断力与精妙的编程技术，赢得了一众码农的“芳心”。大家亲切地管他叫“熊爸”。

另一方面，方含笑完全承担起蓝熊管家的责任，被大家叫作“熊妈”。在财务方面，方含笑充分发挥她十多年的资本运作积累，利用债务融资与股权融资手段，为蓝熊各个事业群保驾护航；在人力方面，方含笑给予徐简足够多的空间，让徐简放手去做人力资源管理系统与关键人才培养体系；在战略发展方面，方含笑以佳慧、陈贤与杨晟为骨干，成立蓝熊战略发展部，协调投资方与蓝熊各事业群的关系，同时寻找潜在的投资机会，不失时机地开展收购谈判，根据蓝熊各事业群的需要，有针对性地收购新企业。

十月是收获之月。人工智能事业群“蓝脑－新生”正式问世，在蓝海星空总部进行了产品发布会。“蓝脑－新生”引起世界主要科技媒体的大面积报道，引来大量评论。人们对“蓝脑－新生”的问世喜忧参半。持乐观态度的评论员，认为“蓝脑”标志着人工智能发展的新纪元，将程序员从低端无趣的编程中解放出来。持悲观态度的评论员则认为，“蓝脑”会导致程序员大量失业，并且将人类向最终被人工智能控制的历史结局又推进了一步。

机器人事业群与虚拟现实事业群也交了各自的成绩单。首个无人仓库在西二旗百旺大厦诞生，只待“双十一”检验。2D 转 3D 系统初有眉目，开始预备向蓝海交接。

之前三个月，方含笑连轴转，没有时间顾上潘丽丽。现在终于有精神向她报喜了。

“丽丽！！看到报道了吧！！今天我们发布‘蓝脑－新生’了！快来祝贺我们！”

“丽丽！！田田领导着一群宅男把中南智能仓储项目做出来了！中国第一个无人仓库！就在我们公司楼下——我们原先办公室的旁边。我现在就去拍张照片给你看，嘿嘿。”

“丽丽！！我们的 VR 图像处理系统今天开始内部测试了！佳慧真的很能干哦，把钱唐治得服服帖帖的。当初招她招得真对。我好有眼光（哈哈哈）。我真是个好领导啊（捂嘴笑）。”

“丽丽你想不到，蓝脑有多成功。发布会以后我的邮箱和微信都快炸了（哈哈）。六百多个投资机构表示想参加 D 轮融资。我们估值要过百亿啦（笑脸，笑脸）！！”

“丽丽，你当年投给蓝熊的五百万人民币，马上就要变成五亿美元了哦！你要变成亿万富翁啦（惊叹脸）。开不开心？哈哈。”

“丽丽，你猜今天我收到谁的邮件？张安迪今天居然给我发邮件道贺了，说她的投资机构也想入股。真是意外（得意脸）。”

“丽丽你怎么了。你怎么不理我呀（不高兴）。是怪我两个月没去看你吗？”

“喂潘丽丽，你不会找到新欢了吧。回个信息的时间都没有吗？”

方含笑终于等不住了，找到丽丽弟弟的号码，一个电话打过去。打了几次都没通。最后一次终于接通。方含笑喂了两声，对方没有答话。

心在胸腔里缩紧。

“丽丽……你姐她……”

“还没死。”那端的声音低沉而冷淡。

“她……她怎样？”

“我姐在重症病房。肝移植不成功，一直有排异反应。”她弟弟说，“还没死——还没死透。”

38　诀别

方含笑把近期待办的事项跟佳慧作了交代，自己要去美国看潘丽丽。佳慧不放心，让田田跟过去。田田把活交给古月胡，一面帮方含笑订机票酒店。

从北京到孟菲斯没有直达航班。最快的从底特律转机，全程也得十七个小时。田田跟着方含笑，前一天下午三点到首都机场，十三个半小时后到底特律，当天晚上十点飞到孟菲斯。飞行期间方含笑一直倚靠在座位上，一动不动，闭着眼。每次送餐田田叫她，她一律不理睬。

田田从机场带了矿泉水和三明治。从机场到医院的路上，田田劝方含笑吃东西。结果方含笑冷脸说："下车以后你别跟着我了。"

田田不敢再说话。

十月的孟菲斯入夜微冷。田田走时匆忙，没看天气，穿着北京的短外套就来了。下车时被冷风一吹，起了一身鸡皮疙瘩。看方含笑，竟然还是见投资人的工作装，浅色西装套裙，罩了件单薄的夏季外套。

卫理公会大学移植中心，是一座老式的红砖建筑，在孟菲斯中城。附近是医疗区，多的是医院和康复中心，是个环境很好的地方。方含笑为潘丽丽找医院，没少花心思。

十一点半终于找到潘丽丽的主治医生。被告知病人还在急救室里，但是已经电击抢救二十分钟，仍然没有生命迹象。

又等了二十分钟，医生出来说，真的很遗憾，我们尽力了。

就差二十分钟。就差那么二十分钟。

连最后一面，也没见上。

方含笑身子微晃，脚步不稳地迈进急救室。医生们正在从她身上取下各种针头探头。她悄无声息地躺在那里，面孔瘦削，脸色苍白。

身体还没凉透。然而已经不会醒了。

不会回她的信息说恭喜了。

不会坐起来骂她孬了。

不会在她心生退意的时候说方含笑，你不要放弃了。

不会在她被人骂的时候，跳起来去帮她跟人撕了。

方含笑的脸色，比躺着的那个还要白。都不知道是谁为谁送终。

她握住潘丽丽的手，露出一个微笑，跟她说："丽丽我做到了。我跟你承诺的我做到了。我没有放弃。我把公司做出来了。"

医生体谅家属，没有来赶人。但是仪器探头都已关闭了。旁边运送尸体的推车已经推过来。

方含笑无视他们，只握着潘丽丽的手，跟她汇报蓝熊的进展："我给你发的信息，你都没看吧？没关系。不看就不看吧。我现在跟你说。我们发布'蓝脑-新生'了。你还记得'蓝脑'的是不是？就是我上次电话里跟你提的那个。就是可以自动写程序的那个。你还说听着跟科幻小说似的——我们把它实现了！

"我们跟蓝海星空做了战略合作伙伴。佳慧可有出息了。一点不懂技术，硬是把蓝海的那拨工程师忽悠过来了。我们的图像系统快出来了。到时每个人都可以做 VR 直播了。

"还有田田把中南仓储项目拿下来了——田田很能干的你知不知道？田田

就在这里。你睁开眼看看她呀。丽丽你睁眼看看呀。田田大老远跟我过来你忍心就这样晾着她吗?

“丽丽。我们估值要过百亿了。就这半年的时间。我们把蓝熊做出来了。”可是潘丽丽仍然不理她，她只好摇着她的手，一遍一遍说，“你醒醒啊。潘丽丽你醒醒啊。我做到了。我们做到了。你要变成亿万富翁了你听到了吗？”

一个年轻人陪着一对老夫妇进来。那妇人已哭成了泪人。

潘丽丽的父亲搀着她母亲。她弟弟冲上来，一把扯开方含笑，朝她吼：“出去。你给我出去。别碰我姐。”

方含笑手足无措。潘丽丽她弟上来推她：“赶紧给我走。别来这装好人。我姐已经死了，我求你放过她。赶紧走，赶紧给我走！”

田田早已哭得眼肿，但这时也不肯再退让，上前推开她弟弟，“你别不讲理！丽丽姐走了，你们难过，难道方总就不难过吗？丽丽姐的医院是方总定的，医药费是方总出的。你好意思赶他走？”

她弟弟登时炸了：“方总！他妈的方总！——你算说对了，这医院是你们方总定的。医疗方案也是你们方总选的！——要不是你们这个方总，跟那个鬼头鬼脑的医生搞什么纳米机器人，我姐会这么早走吗！本来就虚弱得不行了，天天压着肚子，脸色死白就是不哼一声痛。都这样了，你们还拿她做实验！往她身体里放什么纳米机器人！”接着隔着田田朝方含笑吼了一句：“姓方的，我姐就是你害的——”

方含笑呆住。

田田哭着骂：“你胡说八道！纳米机器人方案，你们家属难道没签字吗！手术方案难道没跟你们讨论吗？你怎么敢诬蔑，说方总害她……”

她弟索性骂开了：“诬蔑？小姐你懂诬蔑什么意思吗？我诬蔑你们方总？”潘丽丽她弟横着一张脸，“这位方总，我今天跟你摊开了说：我们家就没人得过癌！！如果不是因为你！我姐怎么会得病！如果不是因为你！我姐的三个孩子怎么会掉！如果不是因为你，我姐姐老早就跟人结婚有孩子了，怎么会到现在都没成家！你别在那装无辜装可怜装你很有良心，你他妈就是个无良老板。我姐姐根本就是过劳死，你别给我装不知道。你摸着良心问你自己，你当初是怎么压榨我姐的。一周一百二十个小时，一年三百六十五天三百六十天都回不了家。你是女人我姐就不是女人？亏我姐一天到晚忙工作，忙项目，忙死忙活，到头来她得了什么？就你这种垃圾老板，剥削员工，压榨下属。苦活累活全叫别人干，奖金全进了你的腰包。到头来员工积劳成疾，你他妈一点事没有，还要我们来感谢你?！你的公司做大了，我姐姐死了！姓方的你有脸！你有脸！！”

方含笑呆若木鸡。潘丽丽弟弟过来推她走。田田流泪挡在方含笑面前，抬起头说：“以前有人要是说方总一句不是，丽丽姐就会跳出来撕。你觉得你姐看到你这样骂方总，她真的会高兴吗？”

她弟哑住，没答上话，眼泪哗啦啦地往下淌。一个大男人哭成狗。

护士过来装敛尸体。他们把潘丽丽装进一个裹尸袋里，挪到了推车上，送去停尸房。丽丽的家人跟过去。方含笑没去。

她的脸死水无澜，听主治医生解释经过。潘丽丽在九月完成肝脏移植手术，术后一周发生急性排斥反应；肝移植手术结束后还做了一次化疗；接着又出现两次严重的急性排异反应，都出现生命危险。没挺过这一次。

方含笑接着为潘丽丽办手续。有许多善后工作，要次日上班时间才能做。跨国运送尸体，必须走中国殡葬协会的国际运尸网络服务中心，还要联系当地殡仪服务。方含笑叫田田上网填申请，自己跟医院方面做协调。

忙到午夜，出了医院。田田叫车，方含笑蹲在路边抽烟。车来了，方含笑猛然起身，身子忽地一歪。田田赶紧扶住她。听见她喃喃说：“是我害的。”

田田侧脸看她。好像真是一眨眼，她鬓角竟全然斑白。

一根雪白的发丝飘在她脸上，她自言自语说：“她弟没说错。丽丽是我害的。”

凌晨一点才到酒店。田田还揣着机场买的三明治和矿泉水。她跟着方含笑进了房间，拿微波炉热了三明治，要方含笑吃东西。方含笑只说：“出去。”

“方总您把三明治吃了，我马上出去。”

“我叫你出去！听不见？”

“方总您答应我会吃饭好不好？您答应我吃东西，我马上出去。”

“好。我答应。你出去。”

田田一出门，方含笑就把门砰地关上。像是担心田田反悔要再进来似的，方含笑用背死死抵住门。要把世界关在外面。

接着就觉得鼻子里有热热的东西往下流淌。她失神地伸了一只手去堵。堵不上。鲜血在手指上聚集。她靠着门慢慢往下蹲。眼泪和鲜血如江河决堤，倾泻而下。

潘丽丽！你不守信用！你说过会等我！你说过你会活到我把公司做出来！！你说方含笑！不要放弃！我等你！你说过的！你说过的。我把公司做出来了。可是你呢。你怎么可以！你怎么可以！！

方含笑坐在地上失声痛哭。她把沾满血的拳头塞进自己嘴巴里，却仍然堵不住声音。

鼻血沿着她的手指、她的手臂往下淌，一直淌到地上。血沿着地砖淌过门缝。守在门外的田田吓得魂飞魄散，没有主意只好拼命敲门，喊声里全是哭音：“方总，方总你怎么了？……你开门好不好……求求你开门好不好……你，你不要把自己锁起来……一起面对好不好……”

39　许诺的沧海

田田惊叹于方含笑的自我修复能力。

凌晨两点在酒店满身鲜血，上午九点再见到她时，表情淡漠，妆容整洁，白色套裙一尘不染。好像什么都没有变，除了眼底愈发深刻的黑影，与鬓边愈发惨淡的斑白。

方含笑一如既往地指挥田田干活。用一个工作日的时间跟医院结账，做保险理赔，联系当地殡葬。晚间她抛下田田，自己去了中城的发廊。回来的时候白色的鬓发全都已经染黑。当她回中国的时候，她依然会是那个年轻有为的方含笑。她那一片白发，除了田田，谁都看不到。

她没去找潘丽丽的家人告别，也没再糟蹋自己的身体。回程飞机上该吃吃，该喝喝，都不用田田劝。再流鼻血的时候就安安静静地靠在椅子上，一手压着鼻子，一手捂着眼睛。

回公司后，马不停蹄地开始 D 轮融资。要保证十二个月的现金储备，还要保证公司急速扩张带来的大笔开支。蓝熊的三个事业群都还没有开始赢利，每一步扩张都要烧钱。

百旺大厦八到十二层、十四到十八层都已成为蓝熊的工区。VR 事业群在八层九层；以蓝脑为核心的商业服务事业群在十到十二层；机器人事业群在十四到十六层，原来蓝瘦的整个团队都在这里。十八层作为会议与展示场地。

蓝熊的职能部门与战略部门在第十七层，也就是蓝熊科技最早的办公场地。方含笑搬回到十七层东座。之前搬去地下室，这片场地转租给了另一个破烂创业公司，那个公司穷得连家具都没有换。所以当方含笑搬回去的时候，每一样东西，都叫她想起故人。

门口的平安树还在。她指挥杨晟摆的。

咖啡机还在。她指挥田田买的。

长沙发还在。翻出来就可以当床。她看方含笑趴在桌上睡觉，就自己出钱买了两个沙发。

她的工位还在。她落在公司的那些东西，都被田田收拾好搁在那儿。一摞文件夹叠在桌角。仙人球在 Hello Kitty 瓷罐里。被她落了的指甲油和瓶瓶罐罐，躺在粉色心形的收纳盒里。那盒子上蹲着一只胖乎乎的狸猫玩偶。它的毛发有点脏了，因为松鼠喜欢拖着它，到别人的工位底下探险。

还有一盆绿萝，以及一盆百合。方含笑在她生日的时候送过白色百合。那时杨晟还嘲笑：“哎哟，看不出来丽总这样的居然喜欢百合啊。”潘丽丽问：“我算哪样的？你看我像喜欢什么花？”杨晟说：“喇叭花。”潘丽丽骂：“去你妈的。”拿高跟鞋踢他。

方含笑就帮着骂杨晟：“傻。”接着又解释：“Lily 就是百合的意思啊。”

方含笑盯着那盆百合，忽然就泪崩了。

上班时间。她也没法泪崩着去厕所。她没有办法，就蹲下来，缩在自己的办公桌底下。她的工位本来就在角落，蹲下去谁也看不到。

她还是一样没用，还是只能咬着手背哭。

这时，就有一个熊，屁颠颠地滚过来，蹭着她的腿说：“亲爱的，不要哭了。我在你身边。”

11月1日，“蓝脑－新生”正式上线，开始运营。中小企业可以在“蓝脑－新生”上注册帐户，输入需求，以远低于市场价格的费用订制软件。这个软件，既可以是面向消费者的客户端，也可以是企业内部的信息服务系统。规模较小、经费有限的小企业，可以按照“蓝脑－新生”上的现有模板，在很短的时间内开发出面向客户的购物应用，或面向企业内部的人力资源服务或经费报销系统。规模大、经费充足的大中型企业，可以直接向蓝脑下订单，由蓝脑的工程师操作，开发较为复杂的数据系统。

从本质上说，蓝脑的商业模式仍然是软件外包。只不过这一回，承担所有辛苦编程工作的是人工智能“蓝脑”，工程师则更多地承担架构设计与需求满足。

上线以后的客户反馈有褒有贬。正面评价表扬蓝脑的软件开发简洁高效；负面评价担心蓝脑软件的安全问题——如果我们公司的系统跟别家一样，是不是意味着很容易被入侵呢？

陈续缘很快收集整理了所有用户反馈，按照比重做了重要度排序，然后把所有用户反馈的问题集中到内部会议上讨论。软件安全性成为用户需求会的重头。

张久全也参加了会议。整个会都是陈续缘在主持，他没有插话。一直到最后，他才缓声说：“我们可以为以后所有软件设一道防火墙。防火墙自身带有三组随机密码，由蓝脑随机提供的数字序列组成，按一定频率更换。这样，即使蓝脑生成软件架构相同，内核相同，也不会影响安全性。”他又打了个比方，“这就好像，两个双胞胎住在两个一模一样的房间里，手里各自有钥匙。虽然他们对彼此的房间结构了如指掌，但是没有钥匙，仍然进不了对方的房间。”

会议结束，蓝脑的菜鸟工程师对陈续缘说：“感觉张总，变化好大啊。”

“体现在哪儿？”

“他以前讲话我从来听不懂。现在他一开口我就知道他啥意思！”

陈续缘点头：“是啊，他变化真大。以前他做架构，从来不考虑商业因素。现在，张总竟然也在想怎么赚钱了。”

“啊？是吗？”

“由蓝脑随机生成密码，而不是让系统本身生成密码——这样做，就可以终身性地向用户收费了啊。”

“双十一”光棍节，是对蓝熊人来说，另一个重要的日子。蓝熊机器人事业群在这一天迎来了第一场考验。“双十一”到来前的整整一周，机器人事业群的核心骨干，田田、古月胡、应间、牛仁、高守，以及十个骨干工程师，在公司全天候待命。这是因为，蓝熊仓储系统与搬运机器人的第一个试验场地，就在百旺大厦的地下仓库里。

应间和高守是硬件技术主责人，提前一周在仓库中，带着其他硬件工程师一起，一丝不苟地检查测试每一个机器人与机械臂。古月胡与牛仁是软件系统主责人。他们俩都不是纯软件出身，有许多问题需要咨询系统架构师，于是对着一帮做软件的码农死磕每个技术细节。做货物识别的人工智能系统时，牛仁老是不放心识别准确度，恨不得把货品的每个角度都绘出来，编制进系统目录里。

田田则承担起技术以外的一切工作，既为同事做后勤保障，检测项目进展，又对接客户，沟通需求，解答疑问。另外，机器人事业群像其他两个事业群一样也在扩招，田田还要分神跟徐简沟通招聘事宜。

田田大部分时间都在十层与地下仓库之间来回奔波，但是她偶尔也会去十七层，指挥新来的行政小妹打理工区。那个小妹就问她：“大老板的办公室在哪里呀？什么时候才能见到大老板啊？”田田说：“咦？方总不是早回来了吗？”往工区里一探头，果然不见方含笑。

很快就要“双十一”了。那边牛仁来找田田，说希望田田能劝方含笑，在“双十一”那天过来，做他们的精神导师。

“每年‘双十一’，马云都会回阿里做精神导师的。”牛仁解释说，“什么都不用做！大领导就往那里一站，大伙儿就有干劲啦！加班熬夜也没问题啦！”

田田往十七层东座工区转了一周，回来说："我觉得不太行哎。不要指望方总啦。我们要自己做自己的精神支柱！"

田田没好意思说，大领导正躲在桌子底下以泪洗面……

蓝熊在"双十一"交出了完美的答卷。

中南仓储百旺仓有十二名正式员工。三层共计三千六百平方米的仓储面积，大约一千个货架，存放三千种商品十万件库存。因为人力限制，此仓日均吞吐量是两千件，最大吞吐量是四千件。这一年的"双十一"，百旺仓发货量达到三万五千件，一共动用了三个可升降识别抓货机器人，三个包装机械手，十五个仓储搬运机器人，以及一条出仓传送带。

期间没有一个机器人发生故障。甚至，在午后订单峰值过后，还出现了几个仓储机器人，因为无事可做，而发呆唱歌解闷的情况。

最终的数据与仓库视频发到中南仓储，中南仓储总裁一个电话打到方含笑这里来："快！马上帮我们改建仓库！"

方含笑还在那里四十五度角含泪望天："哈？改建什么？"

庆功会是潘丽丽的葬礼。

在大兴区的永福墓园。附近是永定河，流水安然，荒草在秋风里摇摆。河畔田舍人家。不远的村落，就是丽丽长大的地方。

墓碑是一方小小的白色大理石。没有照片。名字底下写着日期。日期底下，是她遗嘱里要求的墓志铭。

潘丽丽

1990.3.8

2031.10.1

哭屁。

再哭，夜间上门陪聊。

北京组的同事，每个人都捧了一枝白色百合，还有一个小礼物。

陈贤把百合靠在她墓碑上，还有一盒粉色丝带包扎的巧克力，“现在再吃，也不怕胖了。”

马修将一枝百合插在一只粉色 Prada 羊皮包的锁扣上，“这是最新款哦。我特地帮你从香港带回来的 A 货哦。是 A 货我知道啦没错啦。但是这个公墓人来人往的，我送你真包你又收不到，那还是要被人捡走的嘛……”

杨晟放下百合，掏出一叠文件，还有打火机：“喏，这是丽姐你在蓝熊原先的股东出资证明书，现在都转让给你爸妈和你弟了。还有丽姐，你现在是蓝熊的联合创始人了。联合创始人投资合作协议书是后补的。你的股权证明文件和协议书的复印件，还有现在蓝熊股价说明书和上季度财报，我现在烧给你啊。”

田田怀里捧着潘丽丽的东西——仙人掌，收纳盒，还有那只狸猫。她眼泪一直在掉。她把东西放在墓前说：“丽丽姐，你的东西我都给你拿来了。”

佳慧放下百合，把她手绘的一幅素描，贴在丽丽的墓碑侧边。她什么也没说，只是无言地鞠了一躬。

方含笑没有掉泪。她放下最后一枝百合，最后对着墓，勉强挤了个笑：“丽丽，来世还做合伙人。”

公历年的最后一天，蓝熊 VR 事业群，以及蓝海航拍直播事业部，为第一次 VR 直播，紧张地做最后的准备。

百旺大厦八层是这一次 VR 直播的指挥中心，因为图像转换系统的服务器就在这里。得益于佳慧和蓝海航拍团队在此前做的运营工作，到距离直播一小时，线上屏幕观看与 VR 头显观看人数达到了一千万。

这次视频直播的内容是东八区主要城市午夜十二点的跨年烟火。因为每个城市放烟火的时长有差异，高潮点选择不同，直播需要在几大城市间迅速切换。

晚上十一点整，百旺大厦八层监控室的音响里，陆续传来蓝海派驻各城市航拍工作组的声音。

“北京工作组准备就绪。”

“上海工作组准备就绪。”

“香港工作组准备就绪。”

“澳门工作组准备就绪。”

“台北工作组准备就绪。”

“新加坡工作组准备就绪。”

“吉隆城工作组准备就绪。”

“北太平洋东经165度工作组准备就绪。”

“北太平洋西经165度工作组准备就绪。”

方含笑在监控室角落里静静观看。所有人都紧张无比地瞪着屏幕，又或在通话设备上紧张地交谈。只有方含笑，仿佛置身事外。

张久全是最忙的。八点，他在专注地调试设备；九点，他与拍摄口的人员协调，做最后测试；十点，他在监控室坐镇指挥；十一点，他最后确认各部门各岗位准备情况。

十一点半，直播开始。监控室能够看到各城市画面。除了北京，各城市工作组无人机陆续升空。六个画面清晰而流畅。张久全松了一口气。

十一点四十，张久全忽然蹿到方含笑身边，不由分说攥住她的手：“跟我来。”

方含笑踉跄着被他带进电梯，一直到二十三层。二十三层到楼顶天台，还有一段光线昏暗的楼梯。他追着光，带着她踉踉跄跄往上走。

天台，北京工作组正在忙碌。四架航拍无人机整装待发。无人机驾驶员在最后一次确认飞行线路。

她站在天台正中。他从怀里掏出一个头显。

在暗淡的天光里，他的视线没有焦点。他站在她身旁，衣衫单薄。午夜的冷风吹得他嘴唇冻僵。他的侧脸像一具冰塑成的雕像，带着冰晶的锋芒与锐角。

他的声音悲凄，他的目光漫长而又漫长。

十五年。他已不再是少年。

“方含笑！”他握着她的手，叫了她一声。

她没有应答。好像那样就已使他失去勇气。可是时间紧迫不容犹豫。当他再次开口，他的声音低沉，带着颤音：“有一些话……他想跟你说。”

方含笑静静地站在那里。

“他想跟你说……对你做出那样的事情……他很，他很抱歉……”他舔了舔冻紫的嘴唇，“他还想跟你说，感谢你……跟他说过的话……替他做过的事……为他编织的梦想……”

她没有答话。眼泪在慢慢地泛上来。

“他很感激这一切。能跟你遇见……他还是没有办法阻止自己恨你，可是他会劝说自己，不再爱你了。”

他用一只手牵引，另一只手，把一个小小的、布织的东西，交还进她手里。

那是一个小小的、脏兮兮的，布偶萝卜。

她的眼泪滚下来。还没有容她擦拭，他已经把头显潦草地按在了她的眼眶上。他摸索着帮她调整。粗糙的手掠过她的脸和头发，温热的，颤抖的。系带在脑后扣紧了。

起先是一片黑暗。听见耳旁人说：“起飞倒计时……三，二，一。升空！”

眼前一个俯冲的场景。方含笑惊叫出声。

十一点四十五，无人机从百旺楼顶起飞，朝东南方向飞去。它掠过百度大厦，掠过联想大楼，追随京新高速与八达岭高速，飞跃过清河与北沙滩。一路灯火煊赫，楼群飞快倒退，直到北五环横亘于视野，那绚丽的车流，有如闪缀王冠的耀眼珍珠。

十一点五十九分，无人机悬浮在大屯路上空。鸟巢像一颗搏动的红心，温柔地闪现在脚底。北京城在南方的地平线上一片安详。

十二点整，围绕鸟巢，一转焰火，腾空而起，在天幕中绽放。抬眼看到，天地之间，流光灿烂。是天际的星辉与人间的烟火。

无人机忽然加速。方含笑只觉自己如同凌空置身于京城之上。四面光华交迸，火树银花。天际星辰耀眼，脚底人间璀璨。

无人机一个俯冲。方含笑低呼一声。眼前蓦然现出东方明珠高塔，陆家嘴在夜色中闪光，黄浦江上焰火明亮。

又是一个转眼，脚底是维多利亚海港，港岛与九龙的灯光，与维港上空的烟花交相辉映，光线如礼乐华章。

又是一个转角。无人机从大三巴牌坊中央穿过。镜头一切，澳门塔高耸；镜头再切，是镜海长虹。背景是海，烟花腾空。

又是一个转角，台北101外墙烟花瞬间绽放，无数道火舌在夜空里晶莹闪耀。又是一个转角，眼前掠过鱼尾狮喷吐的泉水，红、橙、蓝、绿四束烟花，同时炸开在滨海湾金沙酒店前方。又是一个转角，双子塔矗立在眼前，七个火球在夜空中炸开，照得城池一瞬如白昼。

再一个转角，一切复归于安宁。什么都没有了。城市退散，灯火消隐。四围一切归于黑暗。低头往下是海，波澜黑暗而汹涌。抬头往上是天，星光穿过云层。

方含笑惊讶，正想问这是哪里。

可是忽然之间，她自己就有了答案。

她想起来，很久，很久以前，有人要她答应他，有一天要跟他出海。

我只是看不见东西。我可以看见光芒。

许诺你的沧海，我来兑现了。

她在海上平稳滑行。一直滑到连星星都不见的境地。她沿着一个方向，不知飞了多久。以为再没有光亮了。忽然之间，像从黑布中撕出的一道缝，她看到地平线上，露出一线白光。

再然后，金光在海面猛然腾跃。转瞬之间，旭日喷薄，光明普照。

是天亮。

40 伙伴机器人

次年三月，蓝熊科技完成三十二亿美元的D轮融资，此时估值一百八十亿美元，进入中国独角兽估值榜前五，世界独角兽估值榜前十——当然“世界”这个榜可以加引号，十亿美元以上初创企业排位基本被中美两国瓜分，就没其他国家什么事儿。

D轮融资的三十二亿里，有张安迪充当LP的基金所跟投的两亿。签Term Sheet之前方含笑与张安迪有三次碰面。第一次碰面，方含笑不失礼貌，却又语带挑衅地说：“要我收您的钱，就一个条件，您得加入蓝熊。”

想投，可以，你替我打工。

张安迪怎么可能不懂方含笑话里的复仇意味，当场离席，扬长而去。

两天后她又主动联系方含笑，问能给她什么条件。这样有了第二次碰面。这一次两人推掉所有的会面和应酬，从晚上七点开始谈，一直谈到第二天凌晨两点。前半段是方含笑苦口婆心，讲蓝熊的使命愿景战略规划；后半段是张安迪给方含笑讲课，讲她对TMT市场以及资本市场的认识，她了解的科技企业成长史，她做过的IPO单子——这其中就有PT集团旗下的好几家公司，包括中概股的成合制造，以及美资的蓝音科技。

第三次碰面签投资协议与聘用协议。三月底蓝熊完成D轮融资，张安迪从高盛辞职，正式以首席财务官的身份加入蓝熊。

方含笑北京组的同事，一个个喜气洋洋，就差没有弹冠相庆了。旁人看着，以为他们是因为挖到了张安迪这样的资本界大腕而高兴，其实呢——

“老板变下属，猴腮雷！”马修鼓掌。

“方总真是拽！爆！啊！”佳慧说，“要我，打死我都没这胆叫老板打工。”

“方总碉堡。真是三十年河东三十年河西，咔咔咔张安迪你也有今天哦哈哈哈。”杨晟咔嚓一声，特有气势地开了一瓶啤酒。

“是哦，丽丽姐要是知道了，不知道得有多高兴。”田田托着下巴眯起星星眼说，“我们家方总实在是太厉害了。”

北京组几个人躲在装修一新的农家乐包厢里喝酒庆祝。这其中只有陈贤是最冷静的，“你们是不是高兴得太早了。张安迪是方总的下属，又不是你们的下属。”他瞪了杨晟和佳慧一眼，“这里一半都是做财务的。张安迪做CFO，我们就变成她的下属了。”

大家立马都蔫了。

蓝熊在原先三大事业群的基础上，进一步做了扩充。核心团队确认：方含笑CEO，张久全主责技术，杨晟跟着张安迪主责财务，徐简主责人力，陈贤主责战略并购，马修主责公关法务，陈续缘主责企业服务事业群，古月胡与田田主责机器人事业群，钱唐与佳慧主责虚拟现实事业群——钱唐被佳慧强迫入伙，虽然人在中关村科技园，却经常给蓝熊干活。

D轮融资后，蓝熊重操旧业，机器人业务线再次成为公司业务重心。陈贤主责，张安迪出面，陆续又收购整合了四家机器人创业公司。蓝熊的机器人事业群完成扩充，成为公司内部规模最大、人数最多的大部。

“拿了公司这么多资源，做点成绩出来给我看啊。”方含笑跟田田说。

方含笑这针鸡血打在田田身上，机器人事业群的工科男们可就倒霉了。

方含笑敲打田田，田田就去敲打工程师们。古月胡本来是那种懒懒散散的富二代，被田田说又没脑子又没本事又不上进，果然是蠢材难怪找不到女朋友。古月胡闻言暴走，在百旺大厦十一层爆发：“老子证明给你们看！！什么叫真正的天才！！”

机器人事业群最后梳理出三条业务线。仓储机器人业务线由应间负责，拿下中南仓储的大单后已经实现赢利，目前现金流情况最好；商用机器人业务线由古月胡负责，骨干团队是原来的蓝瘦科技，开发迎宾机器人与餐饮机器人；伙伴机器人业务线新近建立，高守、牛仁共同负责，张久全参与。

2C 端的伙伴机器人是公司内部最不被看好的试验性业务，拿到的资金和人头都很有限。但即使是在这样的情况下，高守与牛仁仍然勤奋而乐观。他们自己去学校面试学生，确保进入团队的都是有志于机器人开发的年轻工程师。他们的技术水平并非业界最高，但因为有一份热爱，加入蓝熊后迅速成长，成为各自模块的技术骨干。

商用机器人与伙伴机器人业务线形成了一种微妙的竞争。从五月到八月，双方铆足了劲开发产品，都想着要先声夺人，想要提早产品发布。最后还是古月胡棋高一着。毕竟有着蓝瘦三年的商用机器人业务积累，这时又获得张久全在关键技术上的指导，古月胡团队突飞猛进。

八月上旬，蓝熊科技发布第一款餐饮服务机器人“香菇 2 号”，长成一个猫女的样子。“香菇 2 号”有简单的人机对话能力，可以语音迎宾引导，还能提供点餐和送餐服务。除此之外，“香菇 2 号”还能讲笑话，表演节目；有人脸识别功能，能记住客人的喜好。“香菇 2 号”的避障功能得到强化，对于突然的冲撞，“香菇 2 号”可以巧妙躲开；无法躲避的紧急情况，“香菇 2 号”就会自动将餐盘往胸口收拢，避免水煮鱼倒在客人头上的情况。

“香菇 2 号”的订单纷至沓来。客人们对机器人服务生的接受程度，还有待市场检验，但至少“香菇 2 号”的知名度已经打开。

商用机器人业务线发力，伙伴机器人方面当然也不甘示弱。相对于商用机器人团队对技术问题的纠结，伙伴机器人团队更多地将注意力放在了降低成本和增强用户体验上。在成本控制方面，高守忍痛割爱，放弃了一部分机器人行动组件，只保留机器人在室内自由行走与避障的能力。在用户体验方面，除了引进清华美院毕业的设计人才，公司内部的同事都参与了用户体验反馈。公司高层——就是方含笑——一直密切关注伙伴机器人项目。出于保密，不能把样品机带回家，但是方含笑会把两个娃带来公司，让他们直接与样品机互动，产品工程师则在一旁记录互动过程。

伙伴机器人项目的另一项重要工作，是打通家电控制壁垒。张久全提出的伙伴机器人构想，实际上是一个智能管家。与早期家用声控设备亚马逊 Alexa 类似，蓝熊伙伴机器人将能接受主人命令，直接完成开灯、开门、拉窗帘，还能控制家电。做成这样一款机器人，意味着蓝熊必须与家电厂商合作，让家电生产方为伙伴机器人控制提供接口。

这是一项巨大的工程，因为家电生产厂商实在太多，规格配置都有不同。有一些致力于智能家居的大公司，自己就在开发伙伴机器人，当然不愿意与蓝熊分享市场份额。田田接过任务，立下军令状，拉起自己的团队，拿下了包括格力、美的、海尔在内的十大国产品牌和包括索尼、松下、西门子在内的一批国外品牌，使这些品牌生产方同意为智能控制提供接口；并且与毛豆达成战略合作，同时推出以蓝熊伙伴机器人技术为核心的管家机器人“毛豆蓝熊”。

十一国庆，“毛豆蓝熊”与伙伴机器人蓝熊 3.0 正式在百旺大厦十八层的客户接待厅，与媒体及各渠道方见面。蓝熊 3.0 表现惊艳。它自己蹦蹦跳跳上台，向大家做自我介绍，现场演示关门，开灯，调节室温，调控投影，并且呆萌而又礼貌地回答记者提问。现场一片掌声与笑声。当天百旺大厦底层店铺中的伙伴机器人被抢购一空，渠道方以万为单位订购蓝熊机器人。到年底，光是蓝熊的伙伴机器人业务，就已经完成十亿美元销售额。

公司业务高歌猛进，方含笑与团队当然也是忙得足不点地。产品出来前忙开发，出来以后又忙公关忙销售。这一忙又忙到年底。总算这一年大满贯，各业务线各有发力，成果喜人。方含笑在年终奖上也没有吝啬，除了大笔分红，中层以上年终奖都上了百万。年会上喝倒一片。早期团队抱头痛哭。

方含笑回家总是凌晨。周更新许久没跟方含笑亲热。将近年关，方含笑难得回家早，晚饭不久就在床上歇下。周更新从身后抱住她，却触到她乳房有肿块。

周更新如临大敌，调亮台灯，把方含笑拉扯到台灯底下，瞪大眼睛看。左侧乳头上牵凹陷，有少许血样溢液。按压乳头上方肿块明显，质地很硬，无法推动。

“乳腺有肿块你自己感觉不到吗？”周更新跳起来，把衣服扔她身上，“起来，现在就给我去医院。”

方含笑闭着眼，拉过被子说：“不去。累。”

第二天清早还是被周更新拉去北医三院妇科。手诊完被医生骂：“怎么现在才来医院！一有硬块就应该马上来医院了啊！你看看你这硬块得有四厘米了。”

“我哪知道有硬块啊。又不痛。”

“怎么会不知道！每天晚上自己摸的时候都没感觉啊？”

方含笑惊奇地问：“您天天晚上自摸啊？”

医生气得差点喷出一口血。

“一年一次的体检也没做，是不是？癌症晚期都是自己拖出来的。早半年情况也不是这样。你这情况，啧……准备切吧。先去做个乳腺B超。腋下淋巴结有点肿，要做个淋巴结活检。”

从隔帘后边出来，周更新担心地问医生：“要不要紧啊？”

医生没答，方含笑自己先开口：“我不切。”

“切了老公还是爱你的。”周更新瞅着方含笑的胸，忽然吐了一句槽，“你这个胸吧，本来就不大。切没切反正也看不出来。”

“……”

出了诊室，方含笑抬脚就往医院大门走，被周更新拉住。

“听话。跟公司告个假，先治疗。什么都没有命要紧。”

“不想治。”

“不想治？那你想干什么？”

方含笑抬起头来，“我想离婚。”

周更新差点一跤坐倒，“不是吧老婆。我就说了句你胸小，你跟我闹离婚？”转而改口，“老婆你胸大，你胸最大。”

41 托孤

方含笑拗脾气上来，死活不肯做检查。周更新急了："笑笑，你不顾念自己，你难道也不顾念孩子么？"

方含笑这才乖乖去做检查。

"确诊乳腺癌 IIIa 期，导管原位癌发展成的浸润性导管癌。"医生在电子病历上啪啪地打字，"准备化疗和切除手术吧。"

周更新紧张兮兮地问："切了就能治愈么？"

"这要看术后情况了。"医生说，"治愈概率一半一半吧。我有病人做完手术十年，到现在也没复发的。也有病人切完还转移复发，没两年就翘辫子了。"

周更新站着，把坐着的方含笑揽进怀里："我老婆吉人天相，才不会翘辫子。"

听见她在他怀里轻飘飘地说了一句："……报应。"

病情告知书出来，方含笑忽然产生了一个奇特的想法："我想去考黑带五段。"她说的是跆拳道。

周更新说："老婆你这个癌是长在胸上，不是长在脑子上吧？是哪个脑细胞暴走，让你产生不手术去踢跆拳道的有趣想法的？”

方含笑很认真地说：“下个月中国跆协在什刹海体校做高段位考试培训。到时韩国国技院派人过来。我之前就想报名参加，可是在忙公司的事。现在，现在反正都这样了，我正好可以去考段……”

“你别给我胡闹！你都病成这样了考个屁的跆拳道！！你给我老老实实待在医院准备手术！”

“如果手术也不好呢？”方含笑坐在医院走廊的椅子上，抬头看唾沫横飞的周更新，“化疗完人肯定就残了。眼下……是我身体最好的时候。我还能跑还能跳还能踢……要想考五段，这辈子，就这个机会了。你想，将来我要真翘辫子了，墓碑上写黑道四段，肯定没有黑道五段来得起劲……”

“方含笑你胡说八道什么！！谁管你黑道四段还是白道四段，你脑子里都什么乱七八糟的东西……老婆，我跟你说，你就是生了一点小病。你不要胡思乱想，乖乖地，老老实实地打针吃药，马上就好了，知道不？”

“万一不好呢？万一，确实没几天了呢？”她低下头去，“我还……欠人一笔债呢。”

方含笑没有立即公布自己的病情，但是她也没有瞒的意思。她知道她在公司的时间不多了，瞒也瞒不久的。

何况，她带出来的那批年轻人，都在短短时间里迅速成长，特别能干地担起了自己的责任。融资有陈贤，财务有杨晟，法务有马修，三个事业群有陈续缘、田田、佳慧，技术有陈续缘，和一大批年轻的工程技术骨干。他们没有她，也能找到人，找到钱，找到方向了，也能让公司很好地运转下去了。他们已经不需要她了。

她早早写好了离职信。只有短短几行，交代病情，以及她将离职治病的去向。还有感谢和鼓励的话语，还有，她为他们骄傲。

那个发送键，怎么都按不下去。

他们不需要她——可是她还需要他们啊。数年拼搏，无数个日夜的悲欢笑泪，要她怎么舍得。

哪怕不再参与公司业务，她也希望可以坐在角落里，默默看他们英雄少年，策马纵横攻城略地。

正式告别前，她把公司骨干，还有如今都已身挑重担的初始员工，一个一个叫进十七层东侧的小会议室。

第一个找的是张安迪。

她们以前对话用的都是英语。现在张安迪入乡随俗，到北京以后，磕磕巴巴地讲着国语。见方含笑前，她已经知道了方含笑的病情——她有自己的耳目。但是方含笑不提，她也就不问。

方含笑在张安迪面前，一向是下属态度，不卑不亢拿捏得恰到好处。而现在再见张安迪，她毫不掩饰自己的萎靡。她还是保持着客气的微笑，只是歪在桌子上，声音低沉，口气近乎恳求，几乎是示弱。好像病已垂危的亲妈，低声下气把小孩托付给后妈。

“陈贤人看似沉稳，毕竟还是年轻。他有一些脾气，不会轻易表露。我跟他打过德州扑克，性子比我拗，风格比我还冒进。我把蓝图资本交给他，以后蓝熊的战略投资都交给他做——可我还是有点不放心。资本市场太过凶险，处处陷阱，一着不慎就满盘皆输。安迪，请你一定要帮我把关。每一笔收购都要谨慎，必须与核心业务相关，不要碰我们不擅长的东西。

“杨晟是审计出身，进蓝熊以前，没有真正的会计经验。他对企业财务的经验是从上到下的，他有宏观把握的能力，但是因为缺乏会计经验，他对流程细节不够熟悉，对成本控制经验有限。他能做出好看的财报，这是优点，也很致命——刻意美化财报会忽略潜在风险。我自己创业，如果说有心得，就是要省钱，不断地省钱，但杨晟不见得这样想。这句话我会对杨晟说，现在也先跟你说——就是一定要省钱。这件事以后要请你替我督促他。”

方含笑先说了她对主要财务人员的看法，交接了投资人关系，接着又把蓝熊的财务框架重新梳理一遍。她一刻不停，说了整整一下午，把蓝熊整个底细都翻给张安迪看了。末了张安迪问：“我才来，你就这样信我？”

方含笑笑：“干吗不信你呢？你要整我都是明着来的。当面扇的耳光我也受了，我还怕你背后阴我？”

张安迪淡淡道：“那也不用背后阴你。把蓝熊拆了卖了，也不是什么难事。”

方含笑挑起一根眉毛，“蓝熊的股份我只有4%。你的基金拿着10%。蓝熊不光是我的公司，也是你的公司。你帮别人做了那么多次IPO，就不想做一家自己的上市公司吗？”

张安迪在椅子上笔挺地坐着，拿一种傲慢的目光居高临下地审视她。方含笑蔫蔫地歪在桌子上，“该说的我说完了。你可以跪安了。”

张安迪也不知道听没听懂，忽然发笑，说了一句：“你还真有意思。以前选合伙人挑了你，倒也没挑错。”

方含笑脾气上来：“有你这么跟老板说话的吗？”

张安迪问：“以后什么打算？”

方含笑没好气：“有必要现在跟你汇报？”

张安迪笑：“以后求我的时候再汇报，当然也是可以的。”

方含笑骂：“我呸！”

见完张安迪以后，又一个一个见原来北京组的同事。

见陈贤。先把之前做的几笔收购做了梳理，总结得失。接着又苦口婆心，一再说要小心，小心——每一笔投资都要谨慎，要以业务为导向去做收购，而不是以收购为导向去开展业务。陈贤神色郑重，认真听着方含笑说的每句话。方含笑说完，他把记住的要点重复一遍。方含笑点头：“嗯。可以了。”

接着又问：“之前要你帮我做的关于PT集团的调查，报告出来了吗？”陈贤当场给了一些数据。方含笑望着数据若有所思。出门时又叫住陈贤：“田田是个好姑娘。不要伤害她。”

见杨晟。方含笑摊出前两年蓝熊的财务年报季报，问他哪里可以改进。杨晟指出有限的几处，方含笑不满意，将她认为可以改进的每一个环节都圈给杨晟看。“不要觉得我们做成独角兽，就会一直有钱。现在融资顺利，养成铺张挥霍的习惯，以后业绩差了，投资撤了，那时要怎么办？”

见马修。先和马修一起，将目前蓝熊整个法务部门的组织及人员过了一遍；接着把重要的融资协议及重要合同过了一遍；最后听马修做公共关系报告，讲的是最近一笔知识产权纠纷，以及蓝熊在舆论上作出的应对。方含笑没有提太多批评意见，反而说了许多赞赏和鼓励的话，最后又说：“那时公司没钱，把你赶走，实在很过意不去。”马修摇头：“没关系。回家就好。”

见田田。

其实大家都已经知道方含笑的病情，只是每个人都装得很好。可是田田是个傻瓜，想装也装不住的。

她知道方含笑一个一个见人意味着什么。在方含笑见她之前，她已经准备得很充分了。她准备了最近一季度的营业情况，研发进展，市场调研，蓝熊机器人各个产品线的数据。田田预想中见方含笑，只要把幻灯片打开，一页一页讲给她听，回答她刁钻的提问。她只要认真准备，小心回答，大不了挨一通骂，其实不会太被为难的。

结果幻灯片才讲没几页，田田自己泪崩了。

方含笑哭笑不得：“傻白甜你这是干什么？我还没死你就哭丧了？”

田田忍着眼泪往下讲，讲着讲着又掉眼泪，最后她说不下去，责怪自己：“方总对不起，我真的很没用。”

方含笑站起身，过去拥抱她：“傻瓜。你看看有谁毕业四年，负责起一整个业务部门，一个季度做出两亿营业额的？”

田田抬头含泪说：“那是方总您的功劳呀。伙伴机器人一直是您支持的，蓝瘦团队是您收进来的。方总我们好不容易有起色了，您为什么非要走呀？”

“我嗯……我太累了。想休息一段时间。”

“一段时间是多久呢？是一年还是两年呢？那一年或者两年以后，您还会回来的，是吗？”田田抓住方含笑的衣角，“丽丽姐说走就走。但是您不会走的是吗？这是您的公司。您去休息一段时间，然后还会回来的是吗？”

“……”

“方总您说话呀。您答应我，您还会回来的是吗？”

方含笑捏着田田的脸蛋，替她揩泪：“你呀，跟你家方总一样，就一水龙头……以后别老哭鼻子。”

见佳慧，又谈了整整一个下午。

大半个下午在讲企业文化。

“佳慧你一定要记住，有什么样的团队文化，就会有什么样的公司。任何时候都要记住，我们是一个技术为本，产品驱动，工程师导向的人工智能公司。不要官僚文化，不要等级制度，不要机构臃肿。要建立一个透明、民主，在组织上有序，在思想上自由的公司文化。

“我们要鼓励创新，允许失败。我跟杨晟讲省钱，是在不必要的开支上省钱。不要做我们不擅长的事情，不可以随意铺展业务线；但是与核心技术相关的业务方向上，一定不要省钱。允许试错，允许失败，让钱跟着创新走，跟着技术走，跟着梦想走。

“梦想这个词，永远不褪色，永远不过时。我们的梦想，就是通过技术力量，让这个世界，让这个国家变得更好——更加宽容，更加开放，更加平等，更加自由。我们现在能力有限，还没有机会去践行一些事情。但是要记住我们的使命，在力所能及的时候回馈社会，帮助边缘人群，带给他们陪伴，带给他们信息，带给他们公平参与世界的机会。

“不要片面地追求估值。一个企业被给出多少估值，取决于它对社会的贡献度。谷歌有那样大的估值，是因为它有那样大的愿景，并且确实在交通、医疗、人工智能、企业服务领域，引领技术方向，并以此为社会创造价值。为什么阿里的估值比腾讯和百度高？因为阿里立足于网络商业，服务千千万万的小企业，它使无数中国人致富，为中国社会创造着实实在在的价值。腾讯靠什么赢利？游戏。百度靠什么赢利？竞价搜索。但游戏和竞价搜索对我们社会有多少贡献度？

“——所以我们要做谷歌那样，以为人类谋福利为目标的技术导向公司；要做华为那样，能够独立研发核心技术的硬科技公司；要做阿里那样，服务小商户，为普通人创造机会的平台公司。那才配叫伟大的公司。”

佳慧拿小本记。记完了把所有的点复述一遍。方含笑听她复述，轻声说好。

末了佳慧问：“方总，你真的要走了吗？“

方含笑点头。

“可是蓝熊离不开你啊！”

“这世界上的公司，没有哪个是离不了谁的。要真有，那是垃圾公司。”她带着一分感慨，一分慈爱望向佳慧，“我走以后，你就是下一任 CEO。”

佳慧急了，拼命摆手：“方总你别开玩笑……我不行的……”

方含笑伸手握住她的手，一手又去理她凌乱的额发，“不是玩笑。你行的。我信你。”接着又叮嘱，“而且你不是一个人。你还有蓝熊整个团队。钱的事，多问问安迪；人的事，多问问徐简；把技术交给懂技术的人。记住我们是一个技术孵化公司，要以工程师为核心。我们的责任就是为他们服务，帮他们做出东西来。”

佳慧的眼泪滚下来，“可是方总……”

“我时间不多。我把要求交代在这里。你能做到就做。做不到也行，我不为难你。我立即换人。”

佳慧伸手擦泪，“方总你说，我记着。”

“要把蓝熊打造成有自主知识产权的公司。我们不是互联网公司，是硬科技公司。既要坚守梦想，也要自己亲手挣到面包。不要总想着靠投资人输血。我们要自己造血。已经制定的年度计划要坚决执行，争取创下五十亿美元营收，年内做到扭亏为赢——能做到吗？”

“能！我们能！”佳慧一点头，眼泪又掉下来，“方总，方总你……你会没事的对不对？你跟我说，你会没事的对不对？”

方含笑伸手为她拭泪，自己的声音却也哽咽了：“创业难守业更难。佳慧，以后我不在，你要……要受得了委屈，担得起责任，挺得直脊梁，守得住立场。”

……要经得起风雨，要看得见星空，才会等到彩虹。

“方总，我会。”佳慧自己伸手擦去眼泪，“我能叫您一声姐吗？”

“叫。”

“姐。”

“好孩子。”方含笑伸手把佳慧揽进怀里，自己却落泪了。

怎么办。

舍不得，真的舍不得。

方含笑放开佳慧，郑重望向她，含泪微笑说：“佳慧，以后蓝熊交给你了！”

西天的余晕漫洒，在她眼角亮起一点晶莹。她的面孔苍郁而憔悴，她鬓角的发根已全白。可是她的眼睛在夕阳里温柔闪光。像天际的星辰，像不老的时光。

那个形象定格在佳慧心里。多少年过去。她依然是她，温柔而强大。

佳慧望着方含笑，心里想，有一天自己也要像她一样。坚定而无所畏惧，温柔而有光芒。

佳慧擦干眼泪，心中坚定，双手握紧，她掷地有声：“徐佳慧鞠躬尽瘁，死而后已！”

42　挽留

人力发出任免邮件，免去方含笑蓝熊控股董事会主席与行政总裁的职务，任命张久全为董事会主席，任命徐佳慧为行政总裁。紧跟任免邮件后的，是方含笑的辞职信。交代病情，告别，感激与鼓励。

邮件发出后两分钟，小会议室的门被推开。方含笑像一只鸡一样被人拎起来。那手如钢爪抓进她的锁骨。她又被人重重按在墙上。疼得脸色发白。

“你就这样对我！”他狂吼，“你就这样对我！！！”

所有人都知道。就他不知道。

所有人都见了。就是不见他。

那愤怒几乎摧残尽他剩余的理智。他脑海中只剩下一个念头。

撕了她。对，撕了她！

结果那声音，像寒冰做的针一样，扎进他的一腔怒火里。他听见她冷冰冰地说：“退开。”

他朝着她嘶嘶地喘气。监狱又怎样，病院又怎样。他什么都已承受过，再没什么不能承受的了。那念头在他脑海中掠过。杀了她……或者吻她。

但是听见她的紧箍咒：“我说第二遍。退开。”

他的气息粗重地喷在她脸上。那双眼睛里血丝暴突，好像随时能炸出血花来。他跟自己僵持了三秒钟。接着他松手，猛然侧身，将自己整个地压在另一面墙上。他的脸死死贴在墙上，鼻子被压得变了形。他的右手握起拳头，愤恨而无助地砸向墙面，发出咚咚的声音。

她安静地站在一旁，默默等待。也许是一分钟，也许是一世纪。他终于平静下来，却无路可退，扒着墙像扒着最后一层伪装。

“我知道，你担心没有办法承担董事会的工作。不要担心。股东方面，马云东会照管；融资方面，张安迪会照管；日常运营有佳慧，人力有徐简，战略有陈贤，财务有杨晟，法务有马修。除了技术你什么都不用管，只要继续做好你手上的项目。你想做伙伴机器人，我们就做伙伴机器人。你想做人工智能，我们就做人工智能。”

方含笑等他转身。他低着头，含着眼泪，慢慢转过身来。他再也不能反抗了。这是他的主人。对于她的决定，他只有接受，连辩驳都不可能有。

方含笑从怀里慢慢掏出一条链子。那链子的末端是一个小小的、透明的塑料盒。里头装着一颗玻璃渣子，暗沉沉的，都是岁月积淀的颜色。

方含笑把链子平举出去，那链子的尾坠在阳光中熠熠摇晃，耀得人眼盲。

“还给你。”她面无表情，“你的心。”

解决完公司的事情，她去参加什刹海体校的跆拳道短期培训。培训个七七八八，又腾出空找律师立遗嘱，处理财产，然后趁着两个娃上学，跟周更新旧事重提。

“我在蓝熊有 4% 的股份，一半转给我父母和妹妹，另一半转给你，作为离婚补偿——”

“方含笑你——”

“你听我说完。蓝熊现在估值一百八十亿，但人工智能 2B 领域尚是蓝海，这个估值，我个人认为还有涨的空间。我建议即使套现，也不要大金额套现，可以长期持有。不管怎样，分红也够你吃一辈子了。不要挥霍，不要让蓝蓝跟大熊觉得靠爸妈就不用努力了……我还有一些个人资产，包括这个房子，在我去世以后，都会给你……”

“哪个神经病，说自己用‘去世’的？”周更新拉住方含笑胳膊，“来来来，北京安定医院走起。现在挂专家号还来得及。”

“周更新，我没时间跟你胡闹。”

“你没时间胡闹提什么离婚！好端端提什么离婚！”周更新一把将她扯近跟前，“方含笑你说清楚，你是不是有外遇了。离完婚就跟另一个男人结婚？”

“我，我都没几天好活了，谁会跟我结婚？”

“天哪，一堆穷屌排队跟你结婚好吗！方含笑你搞清楚，他们想娶你，看中的不是你的人，是你的钱你懂吗？你穷得响叮当的时候，是谁慧眼识珠挑了你？我！你当年在投行加班加成那德性，黑皮肤黑眼圈还有一脸包，是谁大发慈悲要跟你在一起？我！你创业差点倾家荡产，面黄肌瘦还拒绝性生活，是谁容忍你照顾你支持你？是我是我还是我！如今你发达了，嫌我穷嫌我人老色衰了不是，瞅上小白脸就想甩我这个老白脸，糟糠之夫不下堂啊同学！富贵不能淫啊同学！！”

“……”

“把那些乱七八糟的协议都给我撕了。赶紧地，好好治病，好好手术。不顾念我，你也得顾念孩子。别有事没事整一出。”

方含笑用手撑着额头，闭着眼睛说：“我……我欠着别人一笔债……我会去手术。但手术完了，我人就废了。你给我三个月时间。三个月，办完事，我回来去做手术好不好？但这婚，还是得离。”

“你去办事，为什么要离婚？”

“因为……因为……可能会产生一笔庞大的……”她忽然改了口，“没什么。我就是想离婚。”又抬头看周更新，“周更新，离吧。我都得绝症了，你留着我干什么。”

“得绝症就离婚，那结个屁婚。”周更新按住方含笑的手，“老婆，婚姻不就是要一起承担命运吗？”

她被一起承担命运的话激得胸中一痛。她无法，重又低头，用手指压住眼睛，“周更新，求你了。你就放我一次。放我自由好不好？”

周更新去找马云东，“臭娘儿们就想跟我离婚，有外遇了不是？难怪当初我说我想进蓝熊，她死都不让。”

马云东不知道该怎么劝，去找来徐简。徐简听完前因后果，叹了口气：“她既然要离，你就跟她离了吧。她给你那么多蓝熊股份，你也不吃亏。”

周更新忿忿：“我就知道。果然有奸情。”

“方含笑在蓝熊，没有做过对不起你的事。从来没有。我做证。”

“要是没有，好端端地，为什么要离婚？”

徐简盯着周更新看了一会儿，忽然掏出手机，把朋友圈德州扑克的排名掏出来给他看。在徐简朋友圈里，方含笑的财富值排第七。

“你不要只看她排名。她局数不多，胜率也不算最好，但能有这个财富值——谨慎，坚定，胆子大，眼光高，能够把握机会赢关键局，是绝对的高玩。”

“什么意思？”

“德州扑克是很能看出一个人的性格的。创投圈看人，有时就带他们玩德扑。方含笑的这个数据非常特别。入局率 65%，摊牌率 50%，胜率 22%。”

“不明白。”

“入局率就是入局局数除以发牌局数，摊牌率则是撑到最后一轮摊牌的局数除以发牌局数。再给你看几个投资人和创业者的数据。这位一线基金的合伙人，入局率 78%，摊牌率 25%，相对摊牌率 32%；这位百度出来的投资人，入局率 74%，摊牌率 27%，相对摊牌率 36%；这位明星创业者，入局率 48%，摊牌率 15%，相对摊牌率 31%；还有这位风投合伙人，入局率 62%，摊牌率 32%，相对比率51%——这已经是一个非常高的摊牌比例了，说明他在游戏中性格坚定。而方含笑，入局率65%，摊牌率50%—77%的相对摊牌比。”

周更新呆呆地望着徐简。

徐简歪着脑袋，回想前一天晚上方含笑决绝的眼神。她找徐简取经，问：“教我，怎么看懂一个人的表情。”

徐简回望周更新：“方含笑，一旦下定决心做一件事，就会一路死扛到底，是输是赢她无所谓。谁也不能阻止她。”

徐简说得没有错。方含笑一旦下定决心做一件事，谁也无法阻止她。

周更新不肯离婚，方含笑就故意拣软肋恶心他。“真要命。一个大老爷们儿，做事这么拖泥带水娘娘腔腔。你霸着我是要干什么？吃我的用我的也就算了，该给你的我都给你了，你还有什么不满足的？你是占着我拿我当母鸡呢，今天下个蛋明天还指望吃我的蛋？我都把话说这份儿上了，你还死皮赖脸赖着我不肯离？”

给周更新气得，从床上蹦起来：“谁赖你了谁要赖你了！谁吃你的用你的了！妈蛋我们百度工资低食堂还是有的好不好！方含笑我算是看明白了。你他妈就是挣了点钱看不起我。离！离就离！走！结婚证户口本拿来！现在就去民政局排队！”

早起去民政局排队，周更新在十二月的冷风里迎风流泪：“你就是有小白脸了是不是？跟旧爱离了婚就去找新欢了是不是？不行。不能这么便宜了你。”

“我跟你发誓，离婚以后，我要是跟其他人在一起，我就天——”

周更新一下子捂住她的口：“你的毒誓发得能不能有点建设性、创意性、审美性？清朝都亡了一百多年了，台词都没句新鲜的。”接着眼眶就红了，“老婆，我就不明白了。我到底是哪里做得不好，你要这样对我？”

“你，你没有不好……是我不好！是、是我欠别人的。”

“你欠别人的你还，那你欠我的呢？我们结婚八年。你的青春是青春，我的青春就不是青春了吗？”

“……”

“老婆，我想跟你一辈子。少一天，少一个时辰，少一分，少一秒都不算一辈子。”

“……对不起。”

他求也求了，骂了骂了，哭也哭了，恨也恨了。没有用，全都没有用。

最后绿证领出来，他凶巴巴瞪着她，说了句：“方含笑，你够狠。”

跟一对儿女告别。

没有提离婚的事，也没有说自己会不会回来。只是说自己要出差，可能几个月不回来。

蓝蓝和大熊早就习惯妈妈不在了。她出差太多，他们都习以为常。方含笑想要嘱咐，可是他们一个要看动画，一个要玩游戏。方含笑红着眼把他们揽到沙发上，一句一句叮咛。

“以后妈妈不在身边，要听爸爸的话，不要惹他生气。不要老是打架。不要到处乱跑。晚上睡觉不要老蹬被子。不要吃路边摊——爸爸带你们吃也不可以。看电视玩电脑都不可以超过一小时。也不可以玩手机——姥姥姥爷给你也不行。小朋友玩手机眼睛会坏的知不知道？蓝蓝不可以挑食，不可以只吃萝卜不吃鸡蛋。大熊不可以抢蓝蓝玩具——要照顾蓝蓝，保护蓝蓝知不知道？”

“知道了，知道了啦！”蓝蓝大熊齐声说，又一溜烟各自跑开。

第二天一家四口去首都机场。两个孩子不知道这将是一场久别，仍是一路嬉戏打闹，一如以往。周更新全程黑脸，冷着面孔陪方含笑值机。她订的是去伦敦的直飞航班。

“离婚蜜月呵。”他酸了一句。

隔一会儿又说：“你就走吧。你看你走了还能遇到我这样的傻帽不。”

排着队又说：“你走呗，走呗。我明儿就给你娃娶后妈，专门挑那种心狠手辣的婆娘。”

托运行李的时候，他插着腰，看方含笑自己往传送带上搬箱子，“让你提早适应一下寡妇的生活。以后可没人给你搬箱子了，呵。”

拿了登机牌，朝捷运小火车入口走。周更新忽然又说：“你别说大熊爱蹬被子。你也挺爱蹬的。你怕冷，自己记得把空调调高。”

“……”

“别光吃萝卜不吃饭。你这胃病都你自个儿作的你知道不。”

“……”

“还有知道会流鼻血就别吃辣的。上火喝凉茶。都亿万富婆了工作别那么拼。”

“……”

“你外头要缺钱，管我要。我的钱反正都是你的钱。”

“……”

“你，你以后要来北京，还能住家里。”

“……”

到了那个往下走的扶梯，工作人员守着入口拦人不让送了。方含笑蹲下来拥抱蓝蓝和大熊。站起来时面对周更新。周更新一把抓住方含笑的手，“老婆，不走不行吗？”

她挣，没挣开。

“老婆，跟我回家吧。”

死死攥着她，怎么都不松手。

方含笑终于挤出一句：“周更新你，你松手啊。公共场合像不像话。”

他哭了，终于松了手。

她一手捂脸猛一转身上了扶梯，跌跌撞撞往下走。

听见有个神经病在后面亮开嗓门唱：

我活着是你的人儿啊 死了是你的鬼儿啊
你想咋地儿就咋地儿啊
月亮它照墙根儿啊 我为你唱小曲儿啊
看你睡啦 我心里美滋味儿啊
我活着是你的人儿啊 死了是你的鬼儿啊
你想咋地儿就咋地儿啊
太阳又升一轮儿啊 映透了窗户纸儿啊
看你醒啦 我心里美滋味儿啊

43　对冲基金之战（上）

方含笑下榻香格里拉。在伦敦第一高的碎片大厦。第三十九层的香格里拉套房，232 平方米的套房面积。客厅宽敞，长桌足以容纳宾客十人。落地窗俯瞰伦敦塔桥、泰晤士河，以及河对岸的老金融区。被当地人称作“小黄瓜”（The Gherkin）的原瑞士再保险大楼，安静地矗立在写字台的窗外。威斯敏斯特教堂与伦敦眼，在西面的地平线上影影绰绰。

这样的奢侈，往日的方含笑决不容许。创业三年，每每出差落榻的都是最经济的快捷酒店。之前在伦敦需要见客，住的最贵的也不过是金丝雀湾的双树酒店。只是这一遭不同。

将死之人，留钱何用。

白天她去邦德街血拼。晚上六点她回酒店洗澡。出来时夜幕降临。餐桌酒肴已然摆好，只是没有点灯。客厅黑暗而空阔，三面落地窗外的夜景美得惊人。她贪婪地盯着灯火熠熠的伦敦，一面脱去浴袍，慢吞吞地开始穿戴。艾莉·萨博酒红色褶裥饰边曳地长裙，宝格丽蛇形耳坠，蒂芙妮手链，伦敦之霜白金红宝石挂坠，还有娜塔丽的半月形钻石发簪，像一个小小的皇冠。

她穿戴完开灯。夜景暗淡下去，落地窗映照着绝世的美艳。那是她自己的影子。落幕前最后的华丽。

八点整门铃响起。她为他开门。芬克斯坦在门口怔住，打量半晌，冲着她叫了一声上帝，然后说："晚上好。你看起来……美呆了。"

"终于不再嘲笑我的着装品位了？"

"作为一个癌症患者，你的着装品位举世难及——"芬克斯坦笑眯眯地恭维她，拿捏着英国古装剧腔调又加了个称谓，"我的女士。"

方含笑惨淡一笑，曳着裙摆往客厅走。

芬克斯坦跟在她后面走向餐桌。他为她拉开椅子，然而她没有坐。他一笑，开始拧桌上的红酒瓶塞，"一般来说，一个女人如此盛装打扮等待一个男人，她要么是非常爱他，要么是非常爱他的钱。"

方含笑冲着落地窗自拍，"所以你把建仓的钱准备好了吗？"

芬克斯坦倒酒的手一抖，"你……不用那么诚实。这很伤人。"

"我在讨论的是我自己的钱。我的钱。"方含笑头也不回地说。她还在自拍。忽然意识到，她拍出来的照片再好看，也没有可以分享的人。

"你似乎有这样一种错误的印象，就是我是一个欠债还钱的人。"

方含笑心灰意冷，把手机扔在沙发上，"我还没有启动法律程序赎回资金的唯一理由，是你承诺会为我建仓操作。现在是时候了。"

芬克斯坦收起调笑的面孔，端着红酒杯走到落地窗边，站在方含笑身边："我看了陈贤给我的建仓材料与操作计划。我当然可以为你建空仓，可是……我想，你大概不需要我跟你解释做空的风险。你心里很清楚，照你们的操作计划，股价走高，一个晚上就能产生上百亿的债务。所以现在的问题是：做空失败，你想让谁给你填这个坑？"

方含笑无言地盯着芬克斯坦。芬克斯坦仰脖饮尽杯中酒，继而狰狞一笑："我。你选了我。你从蓝熊离职，将蓝熊股权彻底拱手他人——跟蓝熊撇清关系。你跟丈夫离异，将你的资产以婚姻赔偿的方式转移给他——跟你的家人撇清关系。接着你来找我，穿戴得像个女王——”他扔了酒杯，猛然跨出一步，伸出两根手指，夹住她的下巴，灰蓝色的瞳仁里是一种吓人的愤怒，“你想睡我。让我为你做担保。做完空仓你就死了，然后让我活着为你填这个上百亿的坑。真是绝妙的计划！”

方含笑平静地看他。她本来也没想瞒他。

“是，是我的计划。”她接着微微抬头，带一点挑衅，“我是想睡你，你不想吗？——哦拜托，别撒谎。这不是你一直希望的吗？现在我离婚了。你要我做什么都可以。”

“当真？当真？”芬克斯坦露出不可思议的表情，他一向淡定，这时表情近乎抽搐，“方含笑，你他妈觉得你一个晚上值一百亿？”

“我在你一无所有时，把我全部的积蓄给了你。”方含笑冷漠地说，“现在我想要回来。这很公平。”她接着又露出挑衅的笑容，“怎么了？芬克斯坦先生，这不像你呀？什么时候你变得这么谨小慎微了？你是对我的策略不自信，还是根本对你自己的基金不自信？身为一个对冲基金的创始人，你竟然连做空都不敢了？”

芬克斯坦盯了方含笑一会儿，扭过头叹口气：“FX是靠一级市场做大的。我们有量化基金部门，但那并非我所擅长。伯格曼则是科技股二级市场的巨头。跟他打，我没有胜算。”

“不。不是你跟他打。是我。”方含笑说，“我只是要你做我的剑。我需要你腾出一部分资金为我交保证金。我向你承诺，我会把风险控制在你可以承受的范围内。最后如果发生亏损，我……我剩下的时间，我会为你工作……我名下的资产，也会全部用来偿还债务。”

“不，不用。宣布破产会比较简单。”他又恢复那种云淡风轻的，满不在乎的口吻，“你说得对。曾经我是个穷光蛋，因为你变成亿万富翁。现在我是亿万富翁，应该为你变成穷光蛋。”他自嘲地笑一下，“这是因果。我没有理由抱怨。”

在那片刻之间，他露出他软弱的一面，让她一时间忽然生出退意。

“你……你可以拒绝。”方含笑闭上眼说，“你不用为我做担保。把我的钱还给我，我自己去开户。”

“我怎么可能拒绝你呢？”他带着浅浅的微笑，用灰蓝色的眼睛看了她一会儿，“你是一个残忍的女人。可是你是我的女王啊。”

他说着牵起方含笑的右手，单膝跪地，闭上眼亲吻那只手，接着说，“悉听尊意，陛下。”

“At your service, your highness.”

北京。百旺大厦十七层东侧尽头的小会议室。

桌上支起的六个屏幕，显示着蓝音控股、PT 集团及其旗下子公司的周 K 线图。陈贤低声向佳慧讲述方含笑针对 PT 集团的做空计划。方含笑不希望牵涉蓝熊，没有把计划向蓝熊管理层透露。知情的只有陈贤，以及他手下的两名策略分析师。

佳慧不愿听：“如果方总要求保密，你怎么能透露给我？”

“方含笑已经离职，不再是我们的上司了，用不着那么听话。现在你是蓝熊 CEO，你必须知道这件事情。”

“陈贤你太搞笑了吧？方总前脚刚走，你就说出这样的话？多叫人寒心！”

“如果我们插手可以帮到方总呢？”陈贤平日处事稳重，这时郑重而急迫，“方总的做空计划相当凶险。她不希望做空失败连累蓝熊，所以才要我保密。可是，假如动用蓝熊的技术力量，可以增加做空的胜算——你愿不愿意帮方总一把？”

佳慧略一沉吟：“好。我叫大家来。我们一起想办法。”

杨晟、马修、田田不久到来。佳慧对陈贤说：“人到齐了。你说。”陈贤望了大家一眼，“人永远到不齐了。”室中一时沉默。

陈贤无视大家低落的情绪，“时间紧迫，我直接说。方总要借 FX 之手做空 PT 集团与蓝音控股，但是现在的情况非常不乐观。我先说一下基本情况。PT 集团是纽交所上市公司，市值八百二十亿美元，其中管理层持股 12%，机构持股 56%，最大机构股东为伯格曼基金，持股 28%；蓝音控股旗下的蓝音中国持股 22%。蓝音控股大家都了解，就是之前联合 PT 集团旗下闻章电子盗用我们伙伴机器人图纸的美国公司。它的市值是二百八十亿，管理层持股 8%，机构持股 52%，其中伯格曼基金持股 22%，PT 集团持股 20%——"

"两家机构持股比例都这么高，这要怎么做空？"佳慧问。

"天，方总这是鱼死网破。"杨晟说。

"方总制定的策略是先动 PT 集团的子公司。PT 集团旗下有三家上市公司，也是集团最重要的盈利来源，分别是港交所上市的闻章电子、成合制造，还有伦敦证券交易所创业板 AIM 上市的栾雄证券。这个栾雄证券，是之前坑了我们的那个思成资本的机构投资者。"

"可是国内公司去伦敦上市的很少啊。"佳慧说。

"证券类的公司还是有几十家的。"杨晟说。

马修插话："嗨呀。伦敦创业板门槛很低，有公司故意去 AIM 上市，仗着信息不透明，在国内大张旗鼓出售原始股票，说上市以后能涨二十倍。其实很多中概股在欧洲很不好卖的。"

"是的。所以方总做空 FX 的第一步，是指控栾雄证券非法集资。上周一 FX 研究部发布了针对栾雄证券的调查报告——那个报告的主干部分，其实是我和我的团队撰写的。之前我们特地去了深圳和东莞，调查了当时购买栾雄证券原始股的主要股东，搜集栾雄资本的非法集资证据。我们还深入调查了栾雄证券做成的几个债券大单，都有一定的合规问题，当时马修也参与了。此外，我们还写了栾雄控制的成合资本欺骗创业者的行为。"

"所以呢？报告发布以后，PT 股价跌了吗？"田田焦急地问。

佳慧把屏幕指给田田看，"栾雄证券的股份是跌了一半，但是 PT 涨了 1%——这前面可是有好几个大空单呢。"

陈贤点头，“第一份做空报告发布后，栾雄股价是跌了——它本来也不高。栾雄的跳水，配合几个空单，当天 PT 股价有一轮波动，但是周二开盘后股价立即升了回来——多头反攻了。”

“多头反攻？”田田问。

“虽然看不出多单来源，我猜测就是伯格曼基金。伯格曼基金在美国格林尼治，是近几年兴起的多头对冲基金，靠倒卖科技股赢利。PT 集团上市之前，伯格曼就是 PT 的机构股东。他们应该觉察到了空头的动向，所以立即开始组织反攻。”

“——也有可能是蓝音。蓝音本来也是大股东，继续增持，他们可以直接买下 PT 集团。”杨晟分析。

“又或者两家联合。那么我们的敌人，是无比强大的。”陈贤继续无视大家的低落，又接着说，“周三上午，FX 研究部接着发布了第二份报告。这份报告仍然是我和我的团队做的。因为是我做的，我心里知道这份报告不够分量——报告指责成合制造没有妥善解决劳资纠纷，拖欠工资，拒绝发放裁员补偿，同时联合审计在账目上进行造假；又指责闻章电子作为成合制造的主要股东与主要客户，应该承担连带责任。可是——唉，如果是在美国，NGO（非政府组织）一出面，再加维权律师趁火打劫，绝对可以叫它翻不了身了。但是在国内，投资者根本不关心工人是死是活，为了拖欠工资进行财务造假这种事，根本不算什么大事——而这又是个港股上市公司。所以报告发布后，成合制造的股价跌了五个百分点，闻章电子的股价跌了两个百分点，母公司 PT 集团股价竟然飘绿。”

“成合制造偷我们的创意转手倒卖给别人，闻章电子出的产品无耻抄袭——为什么不写进去?！”佳慧生气。

“方总说了，不要牵扯蓝熊。”

“那，那如果做空失败，会有什么后果？”田田问。

“对我们来说，当然没有后果。”这时屏幕上又出现一张空单，陈贤的眉头拧得更紧了，“但是，以目前这个架势——假如我们所看到的空单都是 FX

所开——FX已经借入并卖出将近五十亿的PT和蓝音的股票了，并且毫无平仓的意思。这些借来的股票将来都是要还的。如果到时PT和蓝音的股价不跌反涨，FX从此就要消失了。”

“那不行！我们非得介入不可。要我说，蓝熊现在现金流还可以。我们不要扩张业务了，把闲置资金交保证金，帮着方总一起做空。”

“这正是方总担心的——她怕我们拿蓝熊的钱去赌。”陈贤冷静地说。

“那要怎么办？她不让我们赌钱，她自己这是在赌命！”佳慧说，“PT的股价形势这样好。再涨，要是再涨下去……”

“不会的。不会再涨了。”杨晟说，“PT和蓝音的赢利情况很一般，缺乏新的增长点。光凭几个国际炒家，涨势撑不了多久。”

杨晟话刚说完，蓝音的屏幕上忽然同时出现好几个大买单，市场一时间无法消化，把股价从99美元一下子抬到105美元。与此同时，新闻栏中出现闪亮的讯息：“蓝音科技与美国福特汽车联合推出的‘蓝色魔毯’电力驱动无人驾驶车将于下月月初亮相CES。”CES即美国国际消费电子产品展览会，是最重要的科技产品展会。

蓝音股价一涨，带着PT集团的单股股价，竟然也往上走了两美元。

“蓝音发言人在新闻发布会上称，‘我们感谢合作伙伴闻章电子，在避障系统开发上提供的重要技术支持。我们将与闻章电子一起共享蓝色魔毯的科技成果。’”杨晟低头读着新闻，“怎么办？蓝音与PT集团的股价非涨不可了。我觉得……空头输定了。我们得劝方总平仓。”

44　对冲基金之战（中）

天鹅路2号湖滨大厦七层，FX基金伦敦办公室。从下午两点半到晚上九点，芬克斯坦与他的分析师团队一起盯盘商讨策略。这时是年初，科技股市场形势大好，多头坚挺，空头情形极其不利。收盘前半小时，连续出现多个多单，将蓝音的股价推高了六个点，连带着PT集团的股价也往上走了两个点。经纪公司追缴保证金的电话如期而至。

FX这时已经投入大约五十亿的资金做空PT集团及蓝音控股。股价每抬高一个点，损失就增加10%。这是一个很恐怖的比率。股价增势不止，亏损将没有尽头。如果不增加保证金，就会被经纪公司强行平仓。

芬克斯坦连夜开电话会，拆东墙补西墙腾挪资金缴纳保证金。然而天下没有不透风的墙。第二天一到上班时间，就有机构客户打电话进来，质问芬克斯坦的投资策略，还要求赎回资金。电话挂断，芬克斯坦猛摔电话。有人嘴巴不牢，FX的仓位暴露了。

那边芬克斯坦一面找钱，一面应付要求赎回的客户，忙得焦头烂额；另一边方含笑窝在香格里拉的房间里，照着PT集团、蓝音科技、闻章电子及成合制造的股东名单，到处打电话借股票。主要股东的电话不是写在纸上的，要想方设法去找。她发动了她在金融圈十年积攒下的人脉——可惜最近三年她忙于创业，疏于人脉管理；且 PT 与蓝音的持股者多为外资背景，中间隔着几层关系，即使真的愿意出借股票，提的条件也都分外苛刻，甚至有人要价 20% 的利息。

这其中有一个电话是打给张安迪。电话接通，方含笑刚说了一句“方含笑”，张安迪就笑：“咦？这么快就来求我了？”方含笑骂了句滚。张安迪瞄了眼彭博终端，“我知道你为什么找我。不过总是听你自己说出来比较开心。”方含笑很老实地说：“求你。”

最后打电话给西西问彼得·哈代。西西说：“不用问的。彼特当年是蓝音的原始股东没错，可他很早就退出了。连 pre-IPO 轮都没到。否则哈代基金也不至于这么快没落。找他没用。”

“有用也好，没用也好。蓝音是在他的扶植下成长起来的。我也只是想……给一个交代。”

方含笑问到彼得·哈代的住址，立即退房奔机场，飞纽约。

北京百旺大厦十七层，蓝熊科技总部。直到午夜，方含笑北京组的五个人还在激烈争执。

这时是伦敦时间下午四点，纽约时间上午九点，纽交所刚刚开市。PT 集团与蓝音控股的股价波动，已经吸引了整个市场的目光。多头又组织了新一轮的轧空，狂抛大单，在半小时内将蓝音股价推高至 110 美元。空头垂死挣扎，无论抛出多大的空单，都在数分钟内被蚕食殆尽。

“不行……这样下去非爆仓不可。”佳慧捏了一把汗，“我们给伦敦方面打电话，劝方总平仓？”

“可是，现在平仓……损失未免太惨重。估计要上百亿了。”陈贤说。

“问题是，我们没有赢的机会了啊！”杨晟支持佳慧，“难道要继续拖下去，等蓝音股价升到 200 吗？”

“嗨呀。肯定赢不了。现在最重要的事情是止损。”马修说，“我支持佳慧和杨晟，叫伦敦平仓。”

“呃……我可不可以问一下……”角落里的田田开口，她在这种涉及金融财务的会上一向没有发言权，“假如我们能够证明蓝音和 PT 集团确实存在财务造假，就能帮方总打赢这场仗啊？”

陈贤点头：“对！甚至，不一定是财务造假。只要放出一个足够强大的利空消息——就是影响投资者信心的事情……”

“那，我们可不可以拿蓝音自动驾驶车的避障系统做文章？”田田说。

大家都扭头看田田，“避障系统？”

一直只会问问题的田田，终于可以大大方方地回答问题了。田田很有自信地点头：“之前开发伙伴机器人，当时张总带的研发团队做的避障系统，可以说是举世无二的——为了节约硬件成本，张总他们开发了一套独特的人工智能避障系统，只需要两个低规格镜头捕捉图像，系统就能还原并且标注 3D 场景，以此指导机器人避障行动。我们向制造商抄送图纸的时候，把这个避障系统加在了附注里。刚刚的新闻里，蓝音的发言人不是感谢闻章电子在避障系统方面做出的贡献吗？在盗取我们的设计之前，我从来没听说闻章电子在避障系统方面有什么专利。要是我猜得没错，蓝音无人驾驶车的避障系统，根本就是偷了我们的。”

佳慧点头，又摇头：“可是，知识产权侵权这样的官司，一时半会儿打不赢。更何况，就算打赢，也不见得就能影响市场……”

“不用打官司！”田田很肯定地说，“蓝熊 2.0 以后，我们的新系统早就更新好几代了！这次承接的蓝海 VR 直播视频处理系统，用的跟避障系统是一样的原理，但是要先进很多。张总说，早期版本的避障系统有很多问题，没有处理视角盲区。如果我们能够证明蓝音无人驾驶车有安全方面的隐患，这算不算一个重大利空？”

“算！”陈贤点头，“可是怎么做到？我们并没有蓝音的研发数据。”

田田咧嘴一笑：“万一……我们不但有蓝音的研发数据，还有蓝音的财务数据，还有 PT 集团的所有财务数据，所有审计底稿，所有邮件来往呢？”

佳慧露出惊讶的表情：“田田你在胡说什么啊！这怎么可能！”

“蓝音的数据虽然没有，PT 集团和它旗下的几家公司的内控系统和邮件系统，早就被张总破解得七七八八的了。”田田不无骄傲地说，“你们不知道，成合制造偷我们的图纸，真的把张总惹毛了。他虽然没发作，但是背地里一直在‘磨剑’。”

马修哗了一声：“磨刀？好恐怖！张总不会又旧病复发吧？”

“他磨的剑，不是真剑，是一柄‘量子之剑’。”田田眨眨眼睛，“你们看过《三体》吗？知道高维空间吗？”

一众金融分析师瞪大眼睛，“什么鬼？”

“对于三维世界的人来说，二维世界的所有秘密，都会像一张纸一样，摊平呈现在我们面前。而三维世界在高维世界跟前，就像一颗被切开的洋葱，所有内容都会被看见……二进制之于量子位，就像二维之于三维，没有秘密可言。”

会议室一下子安静下来，大家都屏住呼吸听田田往下说，田田轻轻叹了口气：“张总他……你们不要看他病症发作时那么可怕，他其实不是个坏人，也没有故意要破坏团队……之前我在人力做团建，所以一有机会就找张总聊天。刚开始他很排斥。后来我告诉他，我特别喜欢方总，特别感谢她，希望他也能像我一样理解方总，不要任性，要配合工作。他就有慢慢变乖，也没有随便闹脾气……为了做好团建，我还去找了马总、徐简和樊西西，知道了好多好多事情……我就理解张总。每次他情绪不稳定，我都会去安慰他。慢慢熟了以后，他就会把他关心的事情告诉我……他告诉我，在蹲监狱的漫长时光里，他无所事事，就在脑海里架构新的量子编程语言……他说，他之前已经窥探到量子世界的门槛，他曾经使用过一枚‘量子之针’，在二进制的世界里刺了一个孔，破解了当时的一个难题。那以后，他一直在潜心思索，怎么样把这枚‘量子之针’，变成‘量子之剑’。他说，世界是一颗洋葱。他要想办法切开它。他在黑暗里，把自己当成计算机，让新的语言在脑海中写就新的程序，让新的程序在他的大脑里跑。他写了一次又一次，实验了一次又一次，一直都没有停……就在昨天，他跟我说，‘剑磨好了。’”

原本死气沉沉的会议室，忽然洋溢起一片滚烫的希望。田田环视大家笑说：“剑磨好啦！”

每个程序员的心底，都有一个关于黑客的梦想。

而当一个黑客出现在身边，所有曾经梦想成为黑客的程序员都会扑上去，想要亲眼见证一道道防火墙是如何被翻越，一道道加密是如何被破解的。

百旺大厦十七层东侧被完全隔离。一张工卡只能进一个人，没有权限的工卡不许进入。徐佳慧和马云东在这里建立了应急指挥中心，对外宣称在做年终盘点。允许进入这里的，除了蓝熊的核心管理层及其心腹，就是后备培养的技术骨干——也就是蓝熊最棒的程序员。

能够进来的技术人员都跟蓝熊签订了卖身契——一份条款苛刻的保密协议和一份竞业禁止协议。协议规定三年之内不得转职，否则收回期权；离职后三年内不得就业于同类企业。作为补偿，他们可以参与这个代号“三只熊”的黑客行动。

三十余名工程师聚在工区。真正的主角早已出场，却被忽略。他瘦，邋遢，头发蓬乱，胡须无心修剪，永远穿着同一件T恤衫。他窝在转椅里，像一头受过伤的狗熊一样佝偻而哀伤。他眼神颓废，貌不惊人。

可是，只要当他跟前的屏幕亮起，他的眼睛里就凝聚起一种近乎癫狂的专注。人们看见他的十根手指在键盘上飞快跳动，却根本不能看清他的落键顺序。他跟前的黑色屏幕上，字符在迅速生成，图像在不停变幻。

张久全的显示屏被投影在墙上。来到十七层的工程师，原本以为他们是来帮忙的，来了以后被告知，他们是来学习的。可是等张久全真的开始工作，大屏幕开始闪跳他敲下的字符，程序员们开始骂街：我靠学个毛啊根本什么都看不懂。

陈续缘一直在张久全身后安静地看着。起初他同其他人一样，也是一头雾水。可是渐渐地，他明白了张久全在做什么事情——就像他自己说的那样，他在挥舞一把量子之剑。他拿着一柄剑，一刀刺下去，从高级语言一直刺到计算机语言的最底层。他在盗取和复制的，是对方的机器语言代码。

陈续缘惊讶地瞪着张久全。他以为自己认识对方，这时却像不认识似的死盯着张久全看。张久全缩在转椅里，全身的每一处毛孔都散放着一种绝望气质。但他的眼睛里闪着光。他一个人就是一支军队。他游刃有余地用代码调配着蓝熊为他准备的，由四十台计算机组织的服务器矩阵，在这片阵地上搭建自己的军队。每一段程序都是一个士兵，每个士兵都配上了量子武器。他冷静沉着，构建，生成，指挥，演练。一支队伍蓄势待发。

首先，他在服务器矩阵上构建了一个虚拟量子计算机，他在这台虚拟计算机上设计了一种基于 QCL、借用 Haskell 逻辑的元语言，这个元语言能够以更少的机器存储空间与更高的效率，完成普通编程语言的任务。它能与传统编程语言形成对接，但它更为高效。然后，他将人工智能编程系统“蓝脑”移植并翻译到了虚拟计算机上，完成一个量子进制版的新蓝脑。再然后，他向新蓝脑输入了定向编程需求，配合以 2D 转 3D 图像处理系统的源代码。“蓝脑”获得量子平台后如虎添翼，以极快的速度完成了代号为“构建者”、基于 2D 转 3D 逻辑的新软件开发。“构建者”的功能，是通过有限数据流，模拟、揣测并建构这部分数据以外的更多数据。

接下来进入实施阶段。张久全开始利用黑客程序捕捉流向攻击目标网关的数据包，并将它们汇集到虚拟计算机上，交给“构建者”。“构建者”自动将所有数据包分为两类，通过防火墙的和没有通过的，并对数据包的地址、协议、网关进行分析。凭借分析结果，推导服务访问规则与验证工具，由此再在新计算机上重构出一个完全摊平的幻影防火墙。这个版本的防火墙没有秘密，每个细节毫发毕现，所有弱点清清楚楚摆在眼前。至此，所有防火墙、网关都已毫无威胁力了。

第一道防火墙的破解是最慢的，花了整整两昼夜的时间。以后，“构建者”势如破竹。有时才喂给它几串数据，它已经凭借经验，建构出攻击目标的幻影。防火墙不再是墙，是洋葱皮。加密系统亦不再是加密系统，秘密如白纸黑字，摊展在“构建者”构建出的高维平面图中。

虽然有的工程师还是一头雾水，但是攻击目标的数据流还是能看懂的。黑客行动进展到第三个夜晚，屋里的工程师们一个个顶着熊猫眼，却是手舞足蹈，激动之情形于颜色，一声声“给跪”“额滴娘”“妈蛋”“靠”“怎么做的”此起彼伏。

最后一道防火墙瓦解，张久全成功侵入蓝音内控系统的管理员账户，并以管理员的身份发出数据备份请求，同时修改工作日志。两小时后，蓝音内控系统的整个数据图谱摊平在所有人的眼前。十七层东侧爆发出一阵混杂的“我靠”“牛啊”的热烈欢呼。

古月胡不敢相信地摇着头，喃喃说：“不可能，这不可能，这不是真的……怎么可能……”

牛仁眼泪汪汪地抱住高守：“我们要失业啦……彻底失业啦……有‘蓝脑’和‘构建者’这样的人工智能，我们还做什么避障系统啊……我们去做撞墙系统好了哇……”

阮建摊在应间怀里，眼神涣散、有气无力地说：“真的，这是真的，这世界就是一颗洋葱……怎么办……原来我建的防火墙全都没用……我做的加密系统全是狗屎……所以我的人生意义在哪里……我为什么要活下去……”

平日一向木讷的陈续缘，这时瞳孔放大，眼珠发光，一把抱住身边的田田尖声大叫：“我的天，世界上最牛的码农！！——啊啊这不是码农，这是码神！！”一旁的陈贤瞪了陈续缘一眼，冷静地把田田拖到自己身边。

另一边，佳慧已经和杨晟一起召集了蓝熊的财务团队。佳慧抱着手在工区一角上蹿下跳：“都给我听清楚了。要拿出一百倍的用心给我查蓝音和PT的账，原始账目的每一笔收入支出，总账资产类科目的每一个账户和负债，现金日记账和现金实际库存数额的每一笔记录，都给我翻来覆去仔仔细细地查。还有所有收款和付款账户的来龙去脉，每一个发生联系的公司主体的注册地点注册时间主营业务资产情况 10-K 还有 10-Q，全都给我搞清楚。有问题咱们给他找问题，没问题咱们也要给他制造问题！宁可错抓一千，不可放过一个！”

旁边杨晟和马修抹了一把冷汗：“佳慧好可怕……”

纽约长岛，夜色降临在冷风呼啸的沿海。石质海滩的尽头，有一座孤零零的松木小屋。

“当然，我当然记得蓝音。那是我后悔撤资过早的众多公司的其中一家。我的确认识蓝音的股东，也的确对他们有一些影响力……但那是很久以前……我也许能够帮助你，也许不能……”彼得·哈代缩在壁炉边的扶手椅里。那壁炉并没有火，但壁炉边有暖气片。他眼皮耷拉，眼睛浑浊，“坦白说，我不想帮助你。为什么我要帮助我前妻的朋友呢？但是，我劝说自己，看看你能开给我什么条件……”

“蓝音的股份，20%。如果我们能拿下它。”

哈代从扶手椅上歪过来，把布满皱纹的脸凑过去，“看，我已经老了。你为什么认为钱会对我有意义？”

“不是钱，是蓝音的股份。”方含笑清清楚楚地说，“你不是也说了吗？你后悔撤资。你不想再一次持有它吗？你唯一的付出，只是帮我打几个电话。”

哈代笑了一下：“你承诺给我的蓝音股份，是在你们做空成功之后。那时蓝音就毁了。给我蓝音股份的意义在哪里？”

“我从来没有毁掉蓝音。我只是……只是想要，把它交还给它真正的主人，让它达成它真正的使命。”方含笑的声音，忽然变得有些不淡定，“看看现在的蓝音，它在做什么？因袭老旧的技术成果，与烂到骨头里的公司达成合作，抄袭别人的创新，做假账欺瞒投资者。这不是蓝音应该有的样子。不是！……

错了。一切都错了。蓝音不是锡恩·怀特的公司。从来不是。十多年前蓝音依靠亚历山大·张的智能语音客服占领市场，十多年后蓝音仍然依靠那套系统的改良版存活。当时的股东会剥夺了亚历山大·张的全部股份……那不公平！他是蓝音的唯一创始人！他是技术专利的唯一所有者！他是这一切的缔造者！亚历山大·张……你记得的……你知道他……”

哈代茫然地搜索着脑海。

方含笑迟疑片刻，低声说：“……那个强奸我的人。你替我找了地区检察官起诉他。记得？”

哈代恍然，继而不解：“我不太确定我理解这里面的逻辑……”

“他是被构陷的。查尔斯·伯格曼利用碧阿绮丝——他们是一对——碧阿绮丝利用了我。亚历山大·张为追查好友艾伦·陈的死，揪住伯格曼不放。伯格曼下定决心除掉他。”方含笑疲惫地说，“这是个很长的故事。”

“这是个很长的夜晚。”哈代第一次完整地提起眼皮，“但是明早，我们也许可以做点事情。”

45　对冲基金之战（下）

伦敦天鹅路 2 号湖滨大厦，FX 基金量化交易部。截至 1 月 12 日，FX 投入大约五百亿美元做空蓝音控股、PT 集团及其旗下子公司，做空股票数量已经占到二级市场流通股的一半。即使如此，这些股票市价依然坚挺。在伯格曼基金领头下，一系列投资机构分析师对蓝音及 PT 集团股票做出买入建议，评级机构亦给予相当高的评级。

新年伊始，FX 基金内部愁云惨雾。几乎所有交易员都觉得老板疯了，风控部门更是急得跳脚。谁都知道不能把鸡蛋放在一只篮子里，而芬克斯坦此时不仅把鸡蛋往一只篮子里装，还把篮子往石头上砸。

在接到几位投资人的电话后，FX 基金另一位合伙人赛维尔凌晨两点一个电话打进来："你疯了吗？西班牙婊子把你脑子操坏了吗？你他妈到底在拿投资人的钱做什么?！去做空根本不会跌的股票?！我情愿你把钱扔到泰晤士河，那样我还少亏一点！听着，我的手机已经被客户打爆了。你他妈明天一开市就给我平仓！！否则明天我背着莱福枪去公司。我吃子弹之前先屠杀你！"

"那你不如现在就吃子弹。明天平仓我们血本全无。"

“所以我们坐在这里等爆仓？”

“不。不能等。要继续找钱。把我们持有的其他所有资产抛售出去，准备交保证金。”

“——上帝。上帝上帝上帝。他们说你疯了我不信。列夫你真的疯了！列夫你要搞清楚，我们的客户是退休金基金，是保险公司……你在拿人们的退休金和保险金赌博！……什么时候了你还要往里投钱？这笔交易已经完蛋了——完蛋了！”

“它不会完蛋，只要你不让它完蛋。”芬克斯坦冷酷地说，“听着，佩德罗，FX 基金能有今天，就是因为我们敢于冒险。我们曾经承受损失，我们曾经一败涂地，我们比任何人都了解机会与风险的相伴相生。你想赢，你就得敢输。对冲基金策略日益趋同，凭什么就你能赢？你不可能靠买一支大家都看中的股票发财——必须不按常理出牌。把我的话转述给投资人：你不想赚大的你就去找别的基金。去买国债去买黄金。你想赚大的，那就闭嘴。给我找钱。”

“可是，他们提出撤资要求……”

“谁也撤不了了。”芬克斯坦难得一见地点了根烟，“或者翻盘，或者破产。就这两天的事。”

当地时间 1 月 13 日下午，方含笑飞抵首尔。她报名的韩国国技院跆拳道高段考试就在次日。当晚她在酒店健身房复习品式。已经累到极点了，回到房间仍然因为焦虑而一夜不能安眠。第二天清早红着一双眼去韩国国技院注册填表。下午正式考试时，她的状态非常糟糕。

“该做的都已经做了，不该做的也都做了。剩下的就是听天由命了。”她在更衣室换上道服，对着镜子深呼吸，劝自己别再分心。

分心的代价是明显的。

考黑带五段，要跟黑带五段的对手直接过招。方含笑的身体状况太糟糕了。北京伦敦纽约首尔，时差来回地倒，生物钟早已紊乱。混乱的作息降低免疫力，病情加重却拒绝就医。虽然确诊乳腺癌，原先并不觉得如何疼痛。但是到考段这一天，右肋护具挨了对手一个横踢。起初痛的是肋骨，到后来，痛感明显是在右胸。

对手是个老成而凶狠的韩国女人，大约四十岁，出腿时高喝，虎虎生风，力道十足，且仿佛有使不完的力气。方含笑的所有进攻都被她用横挡巧妙化解，并且一把握机会，就开始疯狂连踢。左腿横踢，右腿横踢，左腿横踢，右腿横踢……方含笑不得不连连后退，一直到退出边界被叫停。

“有些中国人太自大了。”韩国女人对擦汗的方含笑说，用的英语，“你们在中国学的并不是跆拳道。你从来没在韩国接受训练吧？我建议你放弃这次考试，在首尔好好进修。”

新一回合，方含笑下定决心不后退。不后退，意味着正面迎接对手的横踢与鞭腿。只能用手臂承受所有攻击。没有护具的小臂，疼得几乎以为骨折。接连一串左右腿轮换横踢后，方含笑的手臂疼到瘫痪。这时对手猛然来了一个五百四十度单腿旋风踢。在韩国女人的尖声叫唤中，方含笑左脸受下这一击，整个人横飞出去，摔在地上，鼻血哗的一下涌出来。

当地时间 1 月 13 日下午两点，美国国际消费电子产品展览会东区，拉斯维加斯展览馆演示中心，蓝音发言人正在演示屏前，向世界各大科技媒体与科技从业者介绍蓝音与奔驰联合推出的无人驾驶车。

“无人驾驶车的安全性能已经得到证实，但直到今天我们仍然没有实现无人车上路——因为有人车与无人车之间发生事故的概率，要远远高于只有无人车的环境。人类行为的难以预测，是无人驾驶系统设计中的一大难题。工程师们由此将增强学习引入无人车驾驶系统，希望通过蒙特卡罗树搜索算法来预测行人动向。然而，蒙特卡罗树算法，是用多个随机事件的结果去预测结果，每取一个值都与上一个值无关——使得这种推算有着无限可能性，需要强大的内存与 CPU 性能。在现实中，因为车载控制中心内存与 CPU 的限制，就会出现避障判断失误，增加事故概率。

“我们与奔驰共同推出的无人驾驶车，使用的是一套前所未有的避障系统——它结合了简化后的蒙特卡罗树算法，与通过人工智能实现的三百六十度动态场景创建。我们的无人车能够在非常复杂的交通状况中，判断每一个活动物体的动向，以此来指导自己的行动。大家请看屏幕——这是场馆外天堂路上无人机的实时跟踪录像。我们的三辆无人车正在有人车的车流中行驶，并且还避让了忽然横穿马路的行人。”

大屏幕的画面里，三辆深蓝色的无人车在由工程师驾驶的正常车之间行驶。当有行人想要横穿马路时，行人刚转过身，无人车就停住让行——非常准确地判断了行人的动作。在人车混杂的情形下，无人车沿着展览中心行驶一周，安全而平稳。其间避让行人，避开突然加速或减速的有人车，博得观众的一阵阵喝彩。

蓝音发言人演讲结束，进入观众提问阶段。有记者问蓝音与奔驰的无人车是否有信心打败谷歌，蓝音发言人笑说：“我们已经做到了。”有记者称赞蓝音将无人驾驶技术带入一个新阶段，询问蓝音在技术上有多少投入。蓝音发言人指向台下闻章电子的人：“我们有最好的合作伙伴。”

这时台下有个女生高高举手，未经许可就大声说：“有人说蓝音科技和闻章电子一起抄袭了一家伙伴机器人公司的避障系统，请问总裁先生有何看法？”

“那是子虚乌有。”

田田带着一个小机器熊跳上台：“大家看。这就是蓝音无人车抄袭的伙伴机器人。”

“荒谬。”蓝音发言人说，“是吗？你认为我们的无人驾驶技术，抄袭了你的这个……这个什么熊？”

田田用带着中国女孩娇嗲的英语，对观众们说：“我的这个机器人，也用了蒙特卡罗树和动态场景重建。它能够预测人的行动。”这时有保安上前来，要带走田田和蓝熊。蓝熊看起来肥嘟嘟的，居然非常巧妙地躲开了保安的追击。

田田击掌一笑："看！我没说谎吧？"

她转而背过手，一本正经地说："我们家的蓝熊虽然很厉害，可以避开陌生人。可是，因为蒙特卡罗树与原始数据经过简化的缘故，它的图像存储非常有限。也就是说，它虽然能够预测人的行动，但对于一些不是人、又无法作出判断的物体，它不能有效预测行动轨迹，就会作出一些奇怪的反应。比如这种情况——"

田田说完，从怀里掏出一个洋娃娃扔给蓝熊。熊看见了，就很高兴地冲过去，围着洋娃娃，跳起圆圈舞，一面还唱起歌来。

田田手指屏幕，"你们看！"大屏幕上，三辆无人车正在马路中间整齐行驶。忽然有人往路中央扔了个大号洋娃娃。三辆无人车忽然疯了，开始无规则打转——很快砰砰几声，撞在了一起。

人群一片哗然。

"因为蓝音无人车盗用了我们早期产品的避障设计，我们清楚了解蓝音无人车驾驶系统存在的漏洞。在我说话的时候，我们蓝熊超厉害的黑客，已经入侵了蓝音无人车。大家现在看到的，是我们工程师的杰作。"

本来撞在一起不能动弹的无人车，忽然自己跑动起来，在广场上首尾相接，绕成一个圈。

"大家想象一下，能被这样绑架的无人车，一旦投放到市场上，会有什么后果？"

人们窃窃私语。蓝音发言人尴尬不已，却不知如何救场。保安这时索性站在一旁，听着田田往下讲："蓝音控股，PT 集团还有它旗下的那些公司，没有创新能力，总是想着如何夺取别人的劳动成果。大家请看，PT 集团这些年的商业模式——通过吞并拥有自主产权的小公司，建立了看似庞大、实则不堪一击的生产链。"大屏幕不知何时交到了田田的手上，田田一按摇控器，立即出现针对 PT 集团财务造假的数据分析报告。蓝熊财务团队将为 PT 集团营造假收益的几家鬼魂公司一一起底，并将 PT 集团早已不堪的负债与现金流状况呈现在消费者眼前。“我们的数据表明，PT 集团至少虚报了六千万美元的年度营收……这恐怕是安然事件以后的又一个重大审计丑闻……”

方含笑在休息区坐了片刻。鼻血止住。她看了看手机时间，起身再次要求对战。

“身体不好的话就不要勉强了。”韩国女人劝，“真的，我建议你去首尔报个培训班。可以到我的跆拳道馆来。”

方含笑冲考官挥手。考官点头，示意开始。两边各行礼致意，重新开始。

韩国女人一上来就故伎重演,左右开弓,两腿轮换横踢,咄咄逼人,步步逼近，吼得虎虎有声。方含笑回腿，一击未中。韩国女人一个前鞭腿，方含笑躲闪不及又中，鼻血直流，但人仍屹立不倒。裁判于是也没有叫停。方含笑满脸鲜血，面目狰狞。对手被她眼中的疯狂吓得一怔。方含笑趁机回敬一个前鞭腿，准确击中对方面部，紧跟五百四十度单腿旋风踢，踢中对手头颅。韩国女人在半空中翻身倒地。

以牙还牙。以眼还眼。

这最后一踢用尽了她的力气。眼前一阵晕眩，方含笑朝后仰倒。

旁边医护人员赶紧上前救助。方含笑睁着眼，伸手要她的手机。有人递进她手里。蓝音股价狂跌四十美元，PT 集团股价更是腰斩。分时线笔直而下，陡得吓人。

方含笑抬起头抹了一把鼻血，露出一个灿烂无比的笑容。周围人只当她已发疯。她吐出一口血，牙缝里迸出两个英文单词：“We win.”

46　瑞士人家

拉斯维加斯展览馆演示中心大屏幕上的 PPT，一瞬间传遍全世界。所有财经媒体都在播报 PT 集团与蓝音控股财务造假、产品抄袭的新闻。当天收盘，蓝音、PT、成合、闻章股价一泻千里，连带与这几家公司有业务关系的数家上市公司，以及曾为这些公司提供贷款、发行债券的数家金融公司，股价亦遭重创。重仓持股蓝音与 PT 的基金公司叫苦不迭，其中就有伯格曼基金。

做多的叫苦连天，做空的可是乐翻了天。FX 伦敦总部通宵派对，开了上百瓶香槟庆祝胜利，另外还从梅费尔区叫了二十个最贵的脱衣舞女郎在交易层跳舞。交易员过来请示芬克斯坦什么时候平掉空头头寸，芬克斯坦笑说："再等一会儿。好戏才刚刚开始呢。"

1 月 13 日的收盘价只是暴跌的开始。一月底，PT 集团原先八百二十亿的市值跌到只剩两百亿。二月初，PT 集团发言人站出来宣称，六千万美元的虚报是由于审计出错的一个小数点。伯格曼这时也站出来声援，称 PT 集团是老牌科技集团，通过并购取得营收的商业模式经过市场验证；蓝音与 PT 集团此时的市价远远低于它们的实际价值，强烈建议投资者买入。

结果才隔一天，一条新闻同时横扫各大金融媒体：SEC宣布对伯格曼基金立案调查，他们获得了充足的证据，指向伯格曼基金涉嫌内幕交易。证据确实十分之充分——不知如何，伯格曼基金的公司邮件系统遭到入侵，员工与内幕消息提供者来往的邮件、员工向高层请示是否进行交易并得到正面回复的邮件全被公之于众。八名投资组合经理与交易员被指控涉嫌密谋与证券欺诈，其中就包括伯格曼。

到二月底，PT集团市值从最初的八百二十亿美元跌到只剩二十亿美元，蓝音市价从两百八十亿跌到只剩五亿。伯格曼基金终于脱手PT集团与蓝音集团股份，损失逾两百八十亿，根本交不起SEC的罚金。基金合伙人还因内幕交易被诉至法庭。明星对冲基金从此烟消云散。

FX基金从这一单做空交易中狂赚三百亿，资产翻番。PT集团落难，FX的私人股权部门趁乱打劫，如饿虎扑食一般，将PT集团及旗下子公司收入囊中，该拆拆，该卖卖。PT集团从此除名。

芬克斯坦成为炙手可热的对冲基金明星。FX前台电话被打爆，无数金融媒体要求采访，芬克斯坦一概谢绝。只有在合伙人塞维尔询问芬克斯坦，如何瞄上PT与蓝音时，芬克斯坦摇着香槟，目光迷离望向窗外的泰晤士河："我有一个女王。"

另一方面，蓝熊控股通过旗下的基金公司蓝图资本，作价六亿美元全资收购蓝音在美国及中国的全部业务。收购谈判是在蓝熊CEO徐佳慧的主导下进行的。徐佳慧在与蓝音高层谈判的过程中气焰嚣张，直接扬言："我们只是在拿回属于我们的东西。溢价20%已经很客气了。你们当然可以选择其他买主，可是信不信——我们的律师团队已经准备好起诉你们抄袭了，我保证让你们赔到渣都不剩。"

她接着摆出相当亲切的微笑，跟蓝音高层说："不过我老板以前教我，做并购不可以太激进，要以最温和的姿态完成合并。没有特别重大的理由，不要随意解除关键岗位的人员。家和万事兴。我很同意。所以蓝音的管理人员除非主动离职，我们不会做重大调整。蓝音 CEO 从下月一号开始直接向我汇报。”

资本市场天翻地覆，PT 与蓝音股价狂跌，最后被瓜分吞并；伯格曼基金倒闭，合伙人及主要管理人面临诉讼；FX 基金一夜之间红遍金融媒体——这一切发生时，方含笑不闻不问，在欧洲做背包客，做她人生最后的旅行。

在利明顿，英国南边的沿海小镇，她在鲜花盛开的街道上，买了一对花朵编织的耳环。她发了条状态说：好像我才十七岁。

在顿巴，苏格兰的海滨牧场，她坐在紫色蓟花丛中看卷毛山羊。她发状态说：如果我还有更多的时间，我愿在此终老牧羊。

在阿姆斯特丹，梵高博物馆，她在蓝底背景的杏花前伫留许久。她发了条状态说：这样的花朵让人想活下去。

在巴黎，奥赛美术馆，她偷偷拍下莫奈的睡莲。睡莲的英文叫水百合。她发状态说：丽丽，你坐在水里。

在里昂，富尔韦圣母院脚下的老街，她找到一瓶暗红沉沉的指甲油。她发状态说：我觉得她会很喜欢的。

她没什么行李，背着包一路走。有时搭火车，有时搭顺风车。冬日的风景有些萧条，她就花了很多时间逛街。看到好看的裙子就买下来，立即换上。换下的裙子抛向枝头。她在法国南部耽搁数日，接着进瑞士，过日内瓦。她在日内瓦湖边拍水鸟的照片。发布到网上不久，她收到一个名叫劳拉的女人的私信：“嘿笑！我是你朋友的一个朋友。你会来苏黎世吗？我可以当导游，带你去看看瑞士的乡村。”方含笑高兴地回复说好。

跟劳拉约在苏黎世火车站的守护天使见面。那是一个肥胖臃肿的蓝色女人雕塑，悬挂在半空，穿着花哨的衣裳，背着金色的翅膀。天使的名字叫作“娜娜”。“她象征着快乐的，自由的，自信的女人。”劳拉介绍说。

劳拉跟方含笑差不多年纪。但因为是白人，眼角皱纹明显。反而是方含笑，遮掩白发以后显得年轻。忽略明显的皱纹，劳拉依然很好看，像洋娃娃。金发碧眼，肤色如雪，如魔幻故事里的精灵族公主。只是故事里的公主不老。

这不是方含笑第一次来苏黎世。这是一个金融城，除了各种老牌银行乏善可陈。她每每来，都下榻在利马特河西岸的商务酒店，并未去过河东。劳拉带方含笑步行去看苏黎世湖，看歌德与莫扎特镇守的歌剧院，带她沿着老街去山丘顶上的教堂，沿途请她喝了一种味道古怪的汽水。

当晚劳拉带方含笑回家。她家在苏黎世东北七英里的村落里。那里有成片的牧场，成群的牛羊。只是因冬景萧疏有些落寞。“你要是夏天来就好了。”劳拉说，“夏天，所有牧草都变绿了。草坪上开满各种颜色的花朵，非常非常的漂亮。你下次来瑞士，一定要在夏天！”

“夏天？下次？……我不知道……我觉得我不一定来得了……”

“冬天也是很好的。大家冬天来瑞士都是为了滑雪。你会滑雪吗？”

方含笑想起在纽约做分析师时，被合伙人带去滑雪的往事。她根本不会滑，可是为了融入集体拼命地滑，去挑战她根本不能驾驭的坡道，结果摔到鼻青脸肿。

“不会……”她惭愧地说，“很久以前学过一点，摔得很厉害。没有坚持下去。”

劳拉笑起来：“你跟我哥哥一样。他也不会滑。他摔了两次以后，就再也不肯跟我们去滑雪了。可是，每个瑞士人都会滑雪。”她想了想又说，“当然不会滑雪也没什么。”

劳拉的丈夫在温特朵的一家银行上班。劳拉自己是音乐老师。她有两个孩子，都在上小学。第二天她把孩子送去学校后，就带方含笑去瑞士南边看湖。

“我父母住在库尔华登的小山村里。那也是我长大的地方。在阿尔卑斯的怀抱里，非常非常漂亮！我带你去看。”

是一个晴朗的冬日。高速两面的风景简直美到不忍再看。山巅的冰雪，被阳光镀上一层金，又经层云渲染。光与影在天地间交织出震撼人心的图腾。近处有牧场牛羊，还有村舍瓦房。天地广大，文明渺茫。山水清丽，人间凄凉。

一路上劳拉不停地介绍湖泊和雪山。都是德语名字，方含笑没有记住。有时方含笑在走神，劳拉兀自讲个不停。

“你去过阿尔卑斯山的哪些山峰？有去过少女峰吗？啊，少女峰可美了！可惜不顺路。你在瑞士待多久？今晚在我父母家过一宿，明天去少女峰怎样？……这些湖泊与雪山，我真是怎么看都不厌倦。是这些湖泊与山峰让我喜欢冬天。不过夏天它们更美！”她想了想又说，“我有个哥哥，他不喜欢冬天……他喜欢阳光充沛的天气。啊，那是因为他曾在加州生活……”

方含笑忽然呆了一下。她从来没想过劳拉是她的哪个朋友的朋友。

“你哥哥叫什么名字？”她小心翼翼地问，以为会引起劳拉的警惕。可是劳拉满不在乎地回答：“我有好几个哥哥。我说的那个叫亚历山大。是个很常见的名字。我的同学里有好几个亚历山大。”她顿了顿，又说，“他有好几年没回瑞士了。”

方含笑没再说话。

当晚宿在劳拉父母家。男人叫马可，女人叫伊冯。马可有着深棕的发色，已经见白；伊冯则是金发碧眼，可以知道劳拉的遗传何来。夫妇都是很典型的瑞士农民，经营着一大片牧场和数百头山羊。大多数时候他们自己并不督看羊群。他们雇人管理牧场。

伊冯的英文不太好，跟方含笑打招呼时，生硬地讲着英文客套话。马可的英文稍好，因他年轻时曾在苏黎世求学，有跟外国人打交道的经验。夫妇俩都很热情，客气周到。

马可与伊冯有五个孩子，都已长大成人，离家在外。除了圣诞，孩子们都鲜少回家。两个在德国，一个在英国，一个在中国。只有劳拉住得最近，周末可以开车回来看他们。方含笑的到来，使他们很高兴。可是他们对中国几无了解，不多的印象都来自新闻。伊冯准备晚餐，马可过来跟方含笑攀谈，提起中国的污染，意识到这不是好的话题，便又打住。

当晚他们邀方含笑吃拉可雷特（Raclette）烤肉。那是当地一种特殊的烤肉吃法。桌上放着双层烤肉架。上层用来烤牛肉羊肉蔬菜，下层放着一系列带把柄的小托盘，盘中装着名叫拉可雷特的芝士。芝士烤熟后，伊冯教方含笑用平勺将芝士从小托盘上刮下来，放进餐盘的面包片中，再夹上烤熟的牛羊肉、青椒与烤熟的小胡萝卜，是瑞士农家的味道。

“阿历小时很爱吃拉可雷特。他平日里很阴沉，可是周末烤拉可雷特，他就会很高兴。”劳拉跟方含笑说，“长大了也爱吃。他回家时妈妈就给他做。但是他很久没回家了。”

她似乎很在意这个哥哥。

“他是一个很聪明，很独特，又很怪异的人……见第一面，你不会喜欢他。哦我忘了告诉你，他不是生在瑞士，是生在加利福尼亚。”劳拉提到美国，顿了一下，“人人都想去加利福尼亚，都说那里太阳很好。我还没有去过呢……啊，总之，我六岁时第一次见到他。那时他不太快乐。因为……嗯……他长得不像瑞士人……他也确实不是……他说美国式的英语。我那时听不太懂。现在可以听懂了……总之，他很独特，他精通计算机……他还搭建过自己的机器人……”

晚餐以后，劳拉带方含笑去她那个哥哥的房间。“他后来离开家了，但是爸妈一直保留着他的东西——好吧，其实他本来就住在一个储物间里。”劳拉带方含笑来到楼梯底下，拉开一扇小门，“你会吓到的。”

方含笑没被吓到。她意料到了。

对一个楼梯底的储物间来说，这个小屋足够宽敞了。家具简单。靠墙一张单人床。单人床上早没有被子枕头了，全是密密麻麻交缠在一起的电线、电路元件。床边堆满了不知从何搜集来的破手机，破摄像机，破遥控器，破电视机，还有许多老旧的电子杂志与二十世纪的编程书籍。

尽头有个窗台，窗外白雪簌簌。窗前一个写字台。写字台上摆满各种形状的经过改装的布偶玩具。方含笑走近前，看到一只丑丑的，破烂的，蓝色的小熊。

“那是他做的第一个机器人玩具。名字叫蓝熊。”劳拉用德语念蓝熊，Blauer Bär，发音有点萌，“他不肯把蓝熊给我玩。他说那不是玩具，是他的好朋友，唯一的朋友……后来，他又做了其他很多小玩意，终于愿意跟我们分享了。他做的玩具很有意思，会跑，会跳，会唱歌，会说话。他是一个很棒的……创造者。”

她们站在窗前看雪。劳拉讲了很多往事。讲阿历如何带着伤痕来到瑞士，讲他不会德语，讲他在学校如何不合群。她接着讲了一件“我人生中最后悔的往事”，她讲了班里名叫法比奥的小男孩，是如何设计了一个关于鞭炮的恶作剧，而她充当了帮凶。

“我不知道我自己在做什么……我以为是一个小小的玩笑……可是我不是故意的……你明白吗？我不想伤害他。”劳拉说到这里，忽然哭了起来。她快要四十岁了，可是言语和表情还是像个孩子。“我知道那件事对他造成了很深的伤害。那以后很久很久，他再也不理我，不跟我们说话。他用充满仇恨的眼神看我。直到现在，我也不知道要怎么寻求原谅……”

“他会原谅你的。他那时是个孩子。你也是。”方含笑抱住劳拉安慰她，“没有什么不能被原谅。”

“是这样吗？”她们结束拥抱，劳拉看着她的眼睛反问，“如果你曾受到同样的伤害，你会原谅他吗？”

方含笑别开眼。

“他就要回来了。”劳拉说，“明天。”

47　维也纳国家歌剧院

次日清早，方含笑匆忙告辞。马可和伊冯挽留，方含笑只得不停道歉，一面上网租车。劳拉无奈，只得开车送方含笑回苏黎世。路上劳拉问：“你不愿见我哥哥吗？”

“不是不愿见，是我确实有事情。”

“可是他下午就到苏黎世了。见一面也不愿意吗？”

方含笑不答。劳拉一直把她送回苏黎世，邀她去湖边吃午饭。可是方含笑谢绝：“真的，是真的有事情。我今天要赶到慕尼黑。”

她在撒谎。她什么事情也没有。

劳拉送方含笑到火车站。又到守护天使跟前。去慕尼黑的火车很多，但是方含笑非要赶最早的一班。

“他出海关了，正从机场过来。”劳拉低头说，“再等一等吧？机场过来只要半小时。”

方含笑说抱歉，急急慌慌要走。劳拉不依不饶，一直跟她跟到月台：“我跟我哥哥说什么？”

方含笑说：“他值得更好的。”跟劳拉拥抱，上了去慕尼黑的火车。

慕尼黑并没有什么值得游览的景点。她在酒店睡了一觉，次日在玛利亚广场和城市宫殿待了一天。晚间收到芬克斯坦的信息，邀她去维也纳看歌剧，顺便交付她嘱托的事情。

方含笑次日坐火车到维也纳。维也纳在飘雪。下榻萨赫酒店。芬克斯坦下午过来见她。她在豪华酒店里穿着简朴，卫衣牛仔，也没有化妆，好像走错地方的背包客。芬克斯坦坐在酒店大堂的沙发椅上挖苦她：“现在我没有利用价值了，你居然连勾引我的礼貌都没有了。”

方含笑嗯了一声：“所以你要给我引荐的扑克 J 在哪里？”

“如果我现在把他的名片给你，你是不是打算马上消失？”

“我时间不多。”

“你时间不多，还在当背包客？”

“因为知道时间不多，所以想要旅行。”

“游客不应该拒绝歌剧的邀请。你有在维也纳看过歌剧吗？”

方含笑回想了一下她在纽约听的歌剧。高高吊起的女高音让她头皮发麻。“好吧。那就去听歌剧。你挑一个吧。千万不要太长。要单幕剧，越短越好。千万不要四小时的。”

芬克斯坦笑起来：“我以前在街头叫卖的可是八小时的呢。”他望向窗外的雪地，繁华街景与车水马龙，轻轻叹了口气，“是很久、很久以前。”

晚上六点，芬克斯坦送来一条晚礼服百褶长裙，一件皮草外套，一双高跟鞋，和一只红色牛皮钱包。钱包里附了小纸条：“歌剧院不允许牛仔裤。帮我个忙，穿上它们。”方含笑拎起那条裙子。是勃艮第红酒颜色，法国薄绸质地，腰间绣花窄饰，裙摆曳地，系领设计。他很贴心，没挑一条非要露胸的裙子。

在维也纳国家歌剧院。离酒店只有一个街区。方含笑没叫车，拎着长裙穿着高跟鞋走在飘雪的街上，被二月的维也纳冻得瑟瑟发抖。街两边都是风格沉朴的巴洛克建筑，又是在雪中，像一张暗沉沉的冬日素写。只有她的裙子，是那雪地里的一抹亮色，像极地冰雪里的深色玫瑰，妖娆冷艳。路人频频回头。还有游客拦住她，要求合影。她笑着答应。

芬克斯坦等在歌剧院门口的台阶上。他穿得无比正式，正式到几乎有点滑稽。黑色燕尾服古朴严肃，好像是上世纪的裁剪；里面是浆洗过的白衬衫配马塞拉马甲；可拆卸的高领上配了白色的领结。正身是黑色高腰西裤，再加擦得锃亮的黑色皮鞋。方含笑在台阶底下怔了一会儿。从他离开高盛她就没看他穿过正装。

芬克斯坦走下台阶。他脸上挂着微笑，但没有平时的嘲讽，也不够云淡风清。这让他的微笑看起来有些僵硬。他走到方含笑跟前，朝她伸出一只手说："你看起来美极了。"方含笑没接，用那种看外星人的目光上下打量他，说了句："你……看起来……很酷。"

好像意识到自己的穿着确实正式得太滑稽了，他自己找补说："看歌剧就是这样穿的。"可是他刚说完，一群穿着冲锋衣牛仔裤的游客从他身边走过，往歌剧院入口走。他扫了那群人一眼，有些尴尬地说："你信我，我们那个时候，看歌剧都是要穿燕尾服的。"

方含笑终于朝他伸手。他伸手替她掸去头发上的雪片，然后才牵住她的手，领她往入口走。门厅不算宽敞，可是金砖红毯，富丽堂皇。罗马式石膏雕塑，配合以水晶吊灯的光线，是一种欧洲宫廷的雍容。

芬克斯坦订下一个包厢。四层正对舞台，最好的位置，最好的视野。包厢可以坐四个人。但并没有别人。

芬克斯坦挑的剧目名叫《厄勒克特拉》（Elektra），是个德文剧目。词曲都是德国人所作，理查·斯特劳斯曲，雨果·冯·霍夫曼斯塔尔词。1909年首演。讲女主角厄勒克特拉为父亲阿伽门农报仇，联合哥哥俄瑞斯忒斯，杀死母亲克吕泰涅斯特拉和她的情人，最终自杀。"这是我能找到最短的了，只有两个小时。"芬克斯坦解释他的选剧理由。

听不懂德语，只能低头看跟前的英文字幕。前几段时女仆对白，让方含笑昏昏欲睡。芬克斯坦当然会德语，听得非常专注。

女主角终于出场时，方含笑几乎睡着。是个阴暗的、鬼魅似的女子，穿着长裙，在黑暗的舞台上一遍遍呼唤父亲阿伽门农的名字。女主角接着找她妹妹克律索忒弥斯，要妹妹和她一起复仇。

“现在，这里，我们，必须去做。”女主角低低地唱，“我们，我们姐妹俩必须去做，克律索忒弥斯。”

“做什么，姐姐？”

“做什么？我们命中注定要完成的任务，现已降临。因为他永远地逝去了。”

“什么任务？”

“现在，我们，你和我。起来，找到她和她的丈夫，然后杀了他们！……”

克律索忒弥斯拒绝复仇。与此同时，她们的妈妈克吕泰涅斯特拉被噩梦惊醒，来找女儿寻求原谅。可是女主角只是愈加愤怒。这时又传来她的兄弟俄瑞斯忒斯的死讯。

方含笑趴在栏杆上无精打采地读字幕。芬克斯坦低声问：“你不喜欢这个故事？”

方含笑无视他的问题：“我陪你看完歌剧，你能给我扑克 J 的名片吗？”

芬克斯坦无视她的问题：“厄勒克特拉要去复仇了——你知道这是个悲剧吗？”

俄瑞斯忒斯并没有死。他带着伪装回来了。俄瑞斯忒斯拿着斧子进了宫殿，砍死了他的母亲克吕泰涅斯特拉，同时也是女王。宫殿里传来一声尖叫。女主角笑了起来。宫殿里发生了一场屠杀。

歌剧的最后，女主角复仇成功，发了疯。她在血流成河的皇宫里翩翩起舞，最后倒在地上。

“我不太喜欢这种阴暗的故事……”

“我也不。”芬克斯坦说，声音里带了一些迫切，“所以为什么不停止呢？”

方含笑从护栏上直起身，扭头看芬克斯坦。

“不会有任何结果。没有任何益处。超过你承受能力的风险，以及相较于风险可以忽略不计的回报。我看不出这样的风险投资，意义何在。”芬克斯坦盯住方含笑，“不要去。你的目的已经达到。你扳倒了伯格曼，收回了蓝音。你已经复仇了。你的目的都已经达到。收手吧，笑，收手吧。”

方含笑移开目光。舞台上，克律索忒弥斯走进皇宫，叫着她哥哥的名字，但是没有回答。表演到此结束。观众起立鼓掌。

芬克斯坦忽然起身，从怀中掏出一只戒指盒，接着单膝跪下。

掌声如海潮汹涌。在那海潮中，芬克斯坦抬起头，咽了口唾沫，对她开口：“方含笑，嫁给我。”

方含笑怔住。

“不要复仇。嫁给我。”他重复，“如果你决意复仇——让我去。让我去杀你要杀的人。你说过我是你的剑。我会履行作为剑的义务。不必要由你出手。”

演员依次出场谢幕。观众掌声起伏不息。

“我用你的名字，买下了利明顿的一幢房子，房子外面有花园，花园外面有大海。我亲手撒下了百合花的种子。到春天那花园里会开满百合花。白色的，粉色的，金色的和紫色的。我们可以在那个海边的花园里结婚，然后找一艘帆船出海。

“我用你的名字，买下了你在顿巴走过的牧场，还有牧场里的所有鲜花和卷毛山羊。你说你愿意牧羊，那么我们就去牧羊。不要复仇。不要去。跟我去苏格兰，我们在那里有一个牧场。你高兴看海就看海，你高兴数羊就数羊。

“我买下了莫奈 1906 年的《睡莲》。在上个月伦敦索斯比（Sotheby's）拍卖会上。我不知道你是不是见过那幅画。但是我知道你会喜欢。就在我的伦敦公寓里。你要不要今晚跟我飞去伦敦看看？——不要，不要再去美国了。你想去哪里都可以。去英格兰，去苏格兰，去瑞士或者去北欧。我都会陪你去。”

演员谢幕毕。帷幕拉起。掌声止息。方含笑久久没有答话，这时才说：“你起来。”

芬克斯坦没有起身，戒指还躺在他手上：“所以是‘不’？”

方含笑轻微叹气："列夫，我在死去。"

"正合我意。"他迅速恢复那种调侃的口气，"你在我的基金池里有几十亿。你没在遗嘱里算那笔账吧？你死后都归我了。"

"没有婚姻，也是归你的。这是我对你的答谢。"她辛苦地闭了闭眼睛，"可是，对不起，没有办法接受你的好意……"

芬克斯坦没再勉强。他起身，低头打量了盒中戒指："我昨天叫人从南非带回的钻石。不过，既然你这么说……"他没再说话，将戒指收回怀里。

方含笑惨淡地笑了一下："会有人值得的。"

芬克斯坦坐回红色皮椅上，翘起二郎腿，恢复那种带着嘲讽的笑容："当然。我的情妇多着呢。"

"我嗯……对不起……我来这找你就是想见扑克 J。"扑克 J 是一个赌圈有名的德扑大师。

芬克斯坦挂着冷冷的微笑："你拿什么交换呢？"

"一个故事。"

"洗耳恭听。"

"从前有一个武士，名字叫作豫让。他早先侍奉范氏和中行氏，但没有人理他。智伯灭了范氏与中行氏，豫让从此投靠智伯，智伯非常尊重和宠爱他。后来智伯被赵襄子害死了。豫让逃到山里，决心为智伯复仇。他毁伤自己的身体，变成宦官，潜入赵襄子的宫殿，想要行刺却被发现了。赵襄子体念他的仁义，将他释放。

"可是豫让还不死心。他漆身为厉，吞炭为哑，毁容行乞于市，亲人也不认得他。豫让躲在赵襄子将要经过的桥下，惊动了赵襄子的车马。豫让又一次被逮住了。赵襄子问：'你不是侍奉范氏和中行氏的吗？他们被智伯害死了，你不为他们报仇。现在智伯死了，你为什么非要为他报仇呢？'豫让说：'我侍奉范氏与中行氏的进修，他们像对待众人一样对待我，所以我就像众人一样对待他们。可是智伯，像对待国士一样待我，所以我就像国士一样对待他。'

“赵襄子叹气说：‘我释放你太多次了。这次我不能再释放你了。’他派兵士围住豫让。豫让说：‘我听说，明主不掩人之美，而忠臣有死名之义。今天我非死不可了。但在我死前，可否请出你的衣裳，让我达成报仇的愿望。这样我死去也没有遗憾。’赵襄子答应了他的请求，将外衣解下来给他。豫让拔剑三跃而击之，说：‘我可以下去报答智伯了。’然后伏剑自杀死去了。”

观众已散尽。歌剧院要清场了。

芬克斯坦沉默半晌：“我不太懂古代中国的复仇理论。”

“还不懂吗？”方含笑视线平举，“君以国士遇我，我以国士待之。君以知己遇我，我以性命相报！……这不是报仇。这是报恩啊！”

“可这是不同的事情！你要去做的……你明白，这不是一回事……你明白……这是一笔……只输不赢的交易。”

“不。这不是一个交易。这是清偿。我的戏就要谢幕了。我只是想在下场之前，把这笔账算清。”她低下头。她要替他报复她自己。“我能成为今天的我，是因为当年的他。他变成今天的他，是因为当年的我……这是一笔十几年的账。我把他害成这样，你要我怎么心安理得于我的人生？……我欠债太多，不得不偿。”

芬克斯坦叹了口气：“可是你知道，这场赌，即使你赢了——”

“我接受惩罚。”

“如果你输了——”

“我付出代价。”

芬克斯坦沉默片刻，从怀中掏出一张纸片给她。

48 复仇（一）

方含笑买了一张维也纳飞旧金山的单程机票。维也纳在下雪，而旧金山阳光灿烂。如果不是太平洋上来的风寒冷彻骨，几乎以为这是夏天。

她从机场租了一辆车。去的第一个地方是圣拉斐尔射击场。那幢平房经过翻修，里间却似乎没变。那些没人买的老枪躺在玻璃柜里，好像陈列了十六年。方含笑买了一把黑色的格洛克 43 女用手枪，9 毫米鲁格尔。她主动要求教学。教练出来——是那个白发苍苍的白种老女人。这么多年过去，所有人都老了，她竟然好像没见更老。

她脾气有些暴躁，嫌方含笑动作磨蹭，又指责她没有遵循不得以枪口对人的安全守则。她给她做示范，填弹装匣，上膛解锁，接着又纠正她不合规矩的细节。方含笑顺从于她的管教，在角落里独自练了一个下午，不停地填弹取弹，举枪瞄准。下午六点老女人进教学室，发现她还在一丝不苟地填弹，很是惊讶。她看着她完整地做了一遍——已经不假思索到行云流水——点头说："够好了。"

方含笑在射击场待了一整天，练到昏天黑地。虽然戴了耳塞，听力仍然受到伤害。当她离开射击场时，她已经幻听，觉得枪声好像一直不停。

满意于自己的射击后，她歇了一天，漫无目的地在旧金山乱逛，傍晚驱车去伯克利。校园依然，好像再有一百年，也依然是草坪高塔，风和日丽。车开到华林街，到了少年时住的兄弟会老宅。连那幢楼都无所变化。只是隔着窗玻璃，看到里间的客厅已翻修一新。

她停车，有点想进去看看。哪怕只是看看天顶的阳台。可终于没敢敲门。

出入的都是新面孔。正所谓，物是人非。自己永远地老去了。而这世界永远有人年轻。

离开旧金山前，她还特地去看了莱利，把莱利和他妹妹带到火鸡的新店。“我以后不一定有机会给你做鸡翅了。以后想吃鸡翅，就来这里。”

方含笑是那家店的真正主人，当然得到了极热忱的欢迎。可是她不愿意叨扰火鸡，吃过晚饭就走，无论如何不肯留宿。爆炸头和板寸头闻讯而来，还有英文名叫汤姆的张叔，他也在奥克兰有了居所。他来了以后说：“阿历有好多东西留在我那里……我不知道该怎么处理……也许你有兴趣？”

于是跟张叔去了他住处的车库。车库的一大半，都是当年阿历堆在山顶房里的东西。那房子后来被卖掉，七零八乱的电子元件都被张叔搜罗过来。那其中有那辆无人车——顶盖被掀，遍体划痕，不能动弹当然也不再会说话。车里扔着三只熊。都不会动了。

方含笑爬进尘土堆积的座椅里，捡出有三个轮子的、毛茸茸的、丑不拉几的小熊。它褪色得很厉害了，已经看不太出颜色了。她跟它打了个招呼：“嘿！蓝熊。”它没有回答。它的头顶不再发光。

她少女心勃发，拍掉熊的灰尘，把熊抱出来，跟张叔说：“这个熊，我要带走啦。”

方含笑在奥克兰买了一辆最新的雷克萨斯敞篷。她早就幻想开着敞篷车去1号公路兜风。幻想里的1号公路阳光灿烂，沿着海岸线朝南延伸，而自己戴着墨镜飙着车，一路放着摇滚。最初的一个小时的确符合幻想。她在阳光灿烂的海岸公路上急驰，墨镜反光，长发飞扬。然而好景不长——三月的太平洋太冷了。她被冷风吹得嘴唇青紫。

在佩斯卡德罗她停下来，把背包里最厚的衣服取出来披上，坐在公路边的岩石上一面抽烟，一面看海。破烂熊坐在她身边。忽然就有想哭的冲动。她于是取下墨镜放声哭了一会儿。可是熊没有如以往一样出声安慰。

她找到充电宝和USB线给熊充电。充电许久熊也没有反应。“笨蛋熊你要睡到什么时候？”她问它，心想它只是睡太久了，充满电它会醒来的。于是一直连着线。

一直到后来才想起来，蓝熊的主机没有了。无论再怎么充电，它都不会醒来。

开到圣塔克鲁斯，她冻得实在受不了，于是去城里买了厚厚的冬衣。她卖了敞篷车，换成一辆保时捷帕纳梅拉。她在圣塔克鲁斯歇了一宿，次日出发。很快离开了1号公路，转到101州道，一口气开了八小时，当天晚上抵达拉斯维加斯。

下榻凯撒皇宫。打电话订了克丽欧佩特拉别墅套房。那是一个五千平方英尺的酒店套房。客厅里有一架钢琴，处处摆着精致的瓷器与水晶。浴室有桑拿，有蒸汽浴，有健身房，有一个八百英尺的阳台，阳台上有泳池，俯瞰拉斯维加斯长街。酒店门童殷勤地送她到房间，原意是为她拿行李。可是她只有一个破书包。她抱着熊进了克丽欧佩特拉别墅，四下张望，低头对熊说：“笨蛋熊，你还没住过这么好的房间吧？——我也没住过。我爸爸知道我这么乱花钱，肯定要骂我了。”她走到屋外阳台上看了一下，又对熊说：“我们来自拍吧。可是不要告诉爸爸。”

她给扑克J发短信，说她到了。当天晚上她什么也没干，就坐在阳台上看凯撒皇宫门前的灯光音乐喷泉。那喷泉真是好看，缤纷灿烂，高潮接连不断。然后止息。水面平静，丢失波澜。

早上六点她收到扑克J的回复，表示欢迎。他接着告诉她，德扑比赛已经进入后半程，随时欢迎她的加入。

她在床上懒懒地躺到中午，一面拿酒店的平板电脑玩德扑。然后去威尼斯人酒店买了一堆裙子和鞋子。回酒店后做了个桑拿。六点叫了一个家常牛排，又心血来潮点了北京面馆 9 号的小笼包。晚上八点她收拾打扮停当，穿了一条胡萝卜颜色的绸缎长裙，去诺布别墅。

诺布酒店是凯撒皇宫的店中之店，日式风格。诺布别墅套房是凯撒皇宫价格最贵的屋顶套房。设计师是个美国人，但却是完全日式的室内陈设。一进套房就有柠檬与生姜的味道扑鼻而来。进门先通过一个两面浅灯屏风的长长走道。屏风上是酒店新收的现代画作，与日式装潢不甚和谐地搭配在一起。屏风之外分别是洋酒吧台与寿司吧台，辅以桌式足球等各种娱乐设施。走道尽头是三面落地窗的巨大客厅。沙发桌椅已被收起，中央被一张日式长几替代。长几上堆着筹码与扑克。可因为环境太有禅意的缘故，几乎不像置身赌场。

客厅入口对面是玻璃门，通过即是天台。天台上有酒吧有烧烤的铁架，有一个禅意花园，还有一个意大利人设计的水池。那水池似是罗马特莱维喷泉的拙劣模仿，只是池不够深，水不够绿，又没有白色大理石的衬托，最后只变成供于点缀的一汪水池。

方含笑与东道主扑克 J 碰头。扑克 J 也是个犹太裔银行家，年轻时是个交易员，做过对冲基金，跟芬克斯坦有不多的交情。后来混迹于赌场，热衷于召集德扑高手组赌局。这一回是他组的比赛，邀请了洛杉矶、维加斯的黑白道名流。他自己赌得很有分寸。因为做惯金融行业，知道如何控制风险。

据扑克 J 自己说，参与赌局比赛的一共有二十一个人，包括扑克 J 自己。有些当晚没有露面，有些露面后又匆匆离开。还有一些，一夜豪赌后用光筹码，就此淘汰出局。

方含笑用等数的美元换得一百万筹码，没有马上参与赌局。第一个晚上她只是在客厅与阳台的几张赌桌之间走来走去。因为是女人的缘故，没有引起赌客的警惕——但并非没有引起注意。她那身胡萝卜颜色的裙子叫人过目不忘。她怀里抱着的一个古怪的毛绒玩具，更是引发众人的好奇。她解释说她有轻微的精神分裂症与被害妄想症，医生建议她吃药和怀抱玩具。男人们以为她是哪个有钱人的情妇，时不时邀请她坐在身旁，盖牌以后给她抛媚眼。受到邀请时，她便抱着熊安静地坐着，一面观察所有潜在对手的牌风。

第二天晚上，她换了一条裙子，仍然是橘色。她开始上桌，可是玩得心不在焉，人们也没有视她为威胁。直到门口进来一个黑人——不止一个。他身后跟了好些人，他梳着地垄沟头，脖子上挂着金链，咧嘴时露出金牙，少了半只左耳。旁边人跟方含笑介绍他，说那是维加斯黑道的风云人物，同时又是赌场高手。栽在他手上的扑克高手太多。输他太多的，最后都破产了；赢他太多的……最后都死了。莫名其妙地。

然而方含笑根本不需要人介绍。她一眼认出他。

托尼·巴尼。别来无恙。

天鹅路 2 号湖滨大厦。张久全闯进 FX 基金的交易楼层。门卫没有拦他，因为他是蓝熊的董事长。他冲进会议室大喊："列夫·芬克斯坦！在哪里！我要见他！"

他花了一些时间侵入了 FX 基金的邮件系统，掌握了芬克斯坦的行程。他知道芬克斯坦给方含笑发过会面邀请。他知道他今天在伦敦办公。可是他不了解方含笑的行程。她很久不用邮箱。

会议桌尽头的犹太人看向他，向他露出嘲讽的微笑："你看，作为最有潜力的未上市独角兽的掌管人，你这样贸然闯进对冲基金的会议室，会令我产生你求我合作的错觉。"

张久全像熊一样猱身跳上会议桌，居高临下揪住芬克斯坦的领子："你上周见了方含笑。她在哪里？方含笑在哪里？"

"当真？这世上最厉害的黑客问我找人？"芬克斯坦冷笑，"你不是能黑进任何一个邮件系统吗？你不是能够读取任何二进制信息吗？"

张久全提起拳头，朝芬克斯坦的脸颊砸了过去："告诉我！现在！她在哪里！”

芬克斯坦摔在地上。与会的分析师惊慌失措，连忙去叫保安。芬克斯坦从地上爬起来回击。他的身材比张久全高大许多，也健壮许多。他经常健身，保持了飞蝇钓的习惯，臂肌充沛。他抡起拳头，结结实实揍在张久全下巴上。保安进来，发现两家老板扭打在一起。

“要报警吗？”

“报警……我们老板会被判刑吧……”

芬克斯坦占了绝对的上风。他几次抡出拳头，打得张久全眼冒金星。可是张久全挨打太有经验了。挨打不能阻止他反抗。他们很快又缠斗起来，像两条疯狗一般在地上打滚撕咬。最后芬克斯坦骑在张久全身上，抡起拳头一下一下地打。

“你不知道她要杀的人是谁，是吗？”张久全躲过他的拳头。

“哦！我知道我现在要杀谁。”

“那个人。那个强奸了她的男人。”张久全说，“她认识你的那个晚上……她去皇宫酒店见你的那个晚上……回来的路上，她被一个杂种拖走了。”

芬克斯坦顿住拳头。

“你不想看她死去，是吗？”他抬头，用乞求的眼神，“那么告诉我，她在哪里？我得去找她。”

芬克斯坦放过他，站起来。“维加斯。”他抹了一把嘴角的血，冷笑一声，“去给你报仇。”

张久全呆了一秒。接着他起身，转身，跌跌撞撞冲进电梯，下楼叫车冲向机场。

不要去。

不要去笑笑不要去。

去了就是又一个不得相聚的十六年。去了你就看不到蓝熊上市敲钟的那一天。去了蓝蓝和大熊再也不能赖在妈妈怀里。如果输了你会悲惨死去。如果赢了你会成为杀人犯，你会像我一样被关进充满恶意的监狱。你会背负人命在监狱里孤独终老。你将再也见不到旧金山的阳光，维也纳的雪，北京的焰火，和我许诺你的星空和海洋。

去了我们就再也不能亲吻。

去了我们就再也不能拥抱。

去了我们就再也回不去加州，再也不能在阳光里唱歌和放声大笑。

不要去。

笑笑不要去。

49 复仇（二）

拉斯维加斯麦卡伦国际机场。张久全只身出关，一眼就看到佳慧和田田攀在护栏上冲他招手。见到张久全，好像担心他会溜走似的，她们呼啦一下围上来。

“你们……你们在这里干什么?！”张久全恼羞成怒，“你们全都出来，公司怎么办！”

“现在除了找到方总，没什么大事。日常工作用邮件就可以安排。”佳慧还穿着一身浅色工作装，五小时前她还在圣荷塞的蓝音总部做并购谈判，“我接到田田的邮件真是急坏了。谈判一完我就马上从圣荷塞飞了过来。”

田田点头：“是啊！现在除了确保方总安全，没有什么大事了。我一接到那个犹太怪蜀黍的邮件就抄送给大家，然后拉着杨晟他们奔机场直接从北京飞过来了。”

“这是我的私事。跟你们没有关系。”他说着绕开佳慧和田田，大踏步往出口处走。

“就凭你一个人，你有把握保证方总安全吗?”佳慧追上去。

“董事长，方总不是你一个人的方总，也是我们的方总。”田田拦在张久全跟前，“没有我只有我们！我们跟方总同进退！”

“——还有我们，还有我们！”只见杨晟、陈续缘和应间推着行李车赶过来，每个人车上都有两口大箱子。杨晟一边喘气一边骂：“我靠，不就带了几个我们新研发的无人机和机器人嘛。美国乡下警察没见过世面，非说我们带的装备违反安全条例，被国土安全部的几个人拖去行李检查室折腾大半天……张总您赶紧给看看，好几个无人机都被拆过了，也不知道还能飞不能飞……”

接着又听到马修的声音：“还有我们！我们来嘞——对不起迟到嘞——”

陈贤和马修出现在出口处。两个人四只手各自拖着一只黑色行李箱。

“方总手上有一只十六年前生产的老版蓝熊。那个熊的主机，应该就在行李箱中——我不太确定是哪个。为了搬运这些机器，我们花了一点时间。”陈贤走到跟前，跟佳慧解释自己为何迟到。马修当即打开行李箱。张久全看到箱子里的机体，怔住。

田田好奇地蹲下来：“这是什么？”

“我和马修在圣荷塞做蓝音尽调，特地去找过蓝音的原始股东和初始员工做访谈了解情况。其中有个原始股东名叫莱利，是方总大学时代的同学。上周他刚刚见过方总。他说方总带他去过一个中餐馆，而她跟那餐馆老板很熟。我于是去奥克兰找到那家餐馆，见到了——”陈贤将目光转向张久全，“——汤姆。汤姆告诉我，方总带走了一个小机器人，但没有带上它的主机。他说只要能够同时启动主机和机器人，它们之间会自动建立无线电联系——”

田田插嘴说：“也就是说，只要能够启动主机，我们就能找到方总！”

陈贤冲田田点点头，“如果方总手上的机器人还能感应的话。”又转向张久全，“而且这些机器，看着都实在太老了……我也不知道哪个是蓝熊的主机，所以把汤姆车库里的机箱和各种零部件都搬过来了……张总您看看，还能修好吗？”

四只行李箱平摊。箱中是布满尘土、不再闪光的机器矩阵。张久全眼中腾起一片水雾。他点头低声说：“我能。”

第二天晚上托尼·巴尼加入赌局。他的到来迅速改写了这个私人比赛的筹码排行榜。他用一个晚上的时间爬到了排行榜前六。这不是一场公平的比赛——这本来就不是一场比赛。到来的人都怀抱各自的目的。有的是想来巴结人，有的是想来被人巴结。

托尼·巴尼没有浪费他在监狱的时间。他利用他的牢狱生涯巩固着他的黑帮人脉。出狱后他通过为旧金山湾区的黑帮洗钱，完成了上亿的财富积累。得益于湾区繁荣的经济与猖獗的毒品交易，黑帮势力在过去十年中蓬勃发展。毒品走私，赌博，洗钱，早已形成了一条相当完整的产业链。他们通过某些不见光的途径，影响着加州和内华达州的司法系统与选举政治。他们没能控制法院与政府，但法院与政府也没能控制他们。他们与政界，与商界保持着一种法律之外的，互相容忍的默契。托尼·巴尼即使不是这默契的核心，也是分外关键的一个枢纽。大道至简，殊途同归。黑道白道混到最后，同样都是通向权力与财富。

拉斯维加斯正是这样一座黑白共存且亲密无间的城市。金钱与权力成正比。只要托尼·巴尼想要，诺布别墅就是他的赌场，他本人就是庄家。

东道主占尽天时地利人和。要打赢他，要诀在于出其不意。

方含笑在商场身经百战。她以为她这一回也可以一般淡定。但是当她将那把填满了子弹的9毫米鲁格尔手枪绑在左腿大腿内侧时，她感受到了手枪贴在肉上的凉意。她把橙色的裙摆放下来，在镜子跟前反复确认武器不着形迹。她感觉到自己的孤立。她的战友，只有一个沉睡着的熊。

她听见自己的心跳。怦。怦。怦。

为什么呢？将死之人，为什么还会害怕，还会紧张呢？

晚上九点，她如前两晚一般抵达诺布别墅。诺布别墅套房因其私人性质，并不视作赌场，所以也没有安全检查。她顺利地进入房间。她知道并不独有她一个得以豁免安检。所以她也一定不是唯一一个持枪而至的客人。

经过前两夜的观察，对手的牌风都已摸得很清楚了。扑克J的邀请名单上一共有二十一个人。每个人带着一百万的筹码进入比赛。用光筹码的会被清理出局。到第三夜，这二十一个人还剩九个生存在排行榜上。托尼·巴尼在第六，两百万筹码，并且还在往上爬升。方含笑在第九，一百万筹码。扑克J在第二，三百二十万筹码。第一位的是一个德国人，六百万筹码。第三位的是一个名叫娜塔莎的中年美国女人，三百万筹码。势力相对来说比较均衡，还没有出现不可撼动的独角兽。

方含笑的大部分德扑经验来自于网络。在网络世界中，“偷鸡”（bluff）大多数时候是没有用的，因为网上的玩家要么不缺钱，要么不当真；人们看不见你的表情与动作，也使你的表演技能没有用武之地。在方含笑的世界里，数字拥有最大的说服力。她在长期的网络游戏中锻炼出一种迅速计算概率的能力。她熟记各种牌型出现的概率，比如皇家同花顺的出现概率是649 739 ∶ 1，同花顺出现的概率是64 973 ∶ 1，葫芦的出现概率是693 ∶ 1，顺子是254 ∶ 1，两对是20 ∶ 1，一对是1.25 ∶ 1。一般情况下，她的德扑玩法非常机械：每翻一张牌她就计算她拿到最好牌型的概率，同时计算需要跟注的钱与奖金池的比例；只有在跟注与奖金比例高于赢牌概率时，她才会选择继续跟注。她也有拗劲上来的时候，会无视赢牌概率坚持跟注。这导致了她在网络德扑中摊牌率偏高的情况。但是，如果就此判断她激进冒险，又是不够妥当的。她的那一部分盖牌的局数，有效避过了所有高额跟注与全押带来的风险。赢是你不可控制的，但输多少是你可以控制的。她巧妙地把自己平衡在一种激进与保守之间。

因为这种对于概率的熟稔，与对于风险的本能的掌控，两个晚上下来，她没有被淘汰出局，但也没有太好的发挥。总的来说是一名不够引人注目的选手。这也形成了牌友们对她的印象：是个有钱人的情妇，知道怎么玩牌，但也仅此而已。

男人们显然也没有为难她的意思。托尼·巴尼没有认出她——怎么可能认出她呢？当初连火鸡也没认出她呀。托尼·巴尼把她当作一个可以追逐的女人。他一面收拾着其他玩家，一面开始朝方含笑抛掷暧昧的眼神。方含笑笑望他，漫不经心地用手指梳理头发，一面感受鲁格尔手枪传过来的粗糙的冰凉。

托尼·巴尼的牌风不可预测。就像方含笑拗劲上来，故意不按原则跟注，以此干扰人们对她牌风的判断，托尼·巴尼这种不按原则的行为更多，多到好像他没有一套成型的出牌原则。他有一段时间把牌打得非常保守；就在人们以为他不具有威胁性的时候，他忽然抓住一个两对的机会，全押，干掉了筹码排行榜排名第七的俄国人。在那一局中，方含笑及时止损，在翻第二张牌时就放弃了跟注，没有太大损失。但是除她和扑克J以外的六个人都被套住了，退出越晚的损失越多。托尼·巴尼打牌有一点类似于文火烤青蛙，每次加注足够大，但又没有大到引起警惕，迫使人们怀着不愿就此损失的想法继续跟注，直到最后被强迫全押——等到他们全押的时候，本来也没剩下多少筹码。这样，第七位的俄国人与大家握手，离开牌桌。托尼·巴尼吃掉第七晋升第三，手上有三百二十万筹码。方含笑变成第八。第七位换成了一个加拿大人。

筹码多的好处是很明显的。当筹码不够多的玩家，试图通过全押的方式来吓退对手时，没有人会买他的账。排在第七位的那个加拿大人，这时成为托尼·巴尼的攻击目标。托尼·巴尼对此毫不隐讳。每次加拿大人加注，托尼·巴尼就会加一个更高的注。两次加注后，加拿大人的筹码所剩无几，索性全押——而这样的全押已经没有任何威慑力。最后摊牌，加拿大人拿到的只不过是两对，一对K与一对A，托尼·巴尼手上是一对3——而公牌中的3是最后一个翻出来的。这意味着，托尼·巴尼在手里根本没牌的情况下疯狂押注。他要么是心理素质真的很好，要么是根本不在乎输。

托尼·巴尼吃掉加拿大人，手中掌握四百多万筹码，晋升第二。方含笑变成第七位。她手上这时仍然只有一百二十万筹码，从入局以来既没大赢也没大输。她笑着抬眼问托尼·巴尼："你总是跟第七位过不去吗？下一个轮到我了吗？"

托尼·巴尼笑着露金牙："我保证我不会弄疼你的，宝贝。"

但是方含笑牌风很稳。她软硬不吃。只要跟注与奖金比例低于赢牌概率，她就坚决不跟。她的摊牌率变得很低，大部分局数都早早盖牌。托尼·巴尼甩着辫子对她抛了个暧昧的眼神："这样一点也不好玩，宝贝。"

方含笑以手托腮，笑着回了一个媚眼："好玩的在后面，托尼。"

她心里深深地清楚，翻盘制胜，秘诀在于抓住时机。手气再差的人也会有牌好的时刻，关键是怎么抓住那样的机会，尽可能多地赢得筹码，就此在世间立足。

而在那之前，盖牌一百次都没关系。

她不停地盖牌，在赌桌上形成了牌风稳健、谨小慎微的印象。在拿到一对Q后，她开始主动加注。托尼·巴尼注意到她的主动，进一步加注。排名第六的墨西哥人跟注。奖金池很快超过了一百万。翻最后一张牌之前，托尼·巴尼再一次加注五十万，迫使方含笑与墨西哥人全押。方含笑笑着将筹码推出来。摊牌，公牌中有Q，还有一对10；方含笑有三条Q；墨西哥人有三条10；托尼·巴尼手上一对A。墨西哥人出局。托尼·巴尼输一百万，掉到第五。方含笑胜，筹码翻番，晋升第三。方含笑托着脸，笑着对托尼·巴尼说："两对是最糟糕的。三条或者顺子，随便一个就可以打败你。不知道吗？"

托尼·巴尼咧嘴笑出金牙："我喜欢给我的对手造成他们会赢的假象。因为他们输得最惨的时候，是他们以为自己要赢的时候。"

托尼·巴尼是把"偷鸡"玩得最好的那一个。当他疯狂加注时，没有人知道他到底是真的牌好，还是在虚张声势。他凭借表演手段，向牌友们传达他牌好或不好的印象，以此赢得筹码。很快他干掉了排位第六的那个人。他拿到好牌，又一次在虚张声势，行为举止处处让人以为他手中并无好牌，以此诱使排名第六的美国人跟注，最后再一次如法炮制迫使对手全押。全押的结果当然是输。托尼·巴尼侵吞美国人的全部筹码，晋升第二。

而方含笑是软硬不吃的那个。她不在乎托尼·巴尼是不是在虚张声势，她选择跟注与否的唯一依据是她心中估算的比率与赢面。她在牌桌上保持一种清教徒般的自制。当她感到冲动、惊慌、无所倚靠的时候，她就低头看一眼呆坐在她身边的熊。

她又陷入那种消沉的，长期盖牌的情形。对于牌桌上对手之间的断杀，她采取一种旁观的态度。很快扑克J与托尼·巴尼似有意似无意地联合，瓜分了排行榜上最末位的阿拉伯人。这样桌上剩下五个人：托尼·巴尼，扑克J，美国女人，方含笑，还有排名第一的德国人。

接着牌局有了一种疯狂的走向。发公牌之前的喊注越来越高。最早喊注不过十或二十万，此时托尼·巴尼每一轮都喊注五十万，提高看牌的门槛；翻牌圈与转牌圈又不停加注，以此吓跑对手。方含笑在连续盖牌数轮后，终于跟了一轮。五十万对于筹码数众多的托尼·巴尼与德国人来说，是可以接受的损失，对方含笑来说不是。她手上梅花A方块9。不够好。可已经是几轮下来最好的牌了。

翻出来的三张公牌是红桃6，红桃5，黑桃4。方含笑心中极其失望，敲桌让牌。轮到美国女人，再次加注五十万。托尼·巴尼与德国人跟注。扑克J盖牌。接着大家都看方含笑。

电石火花之间。方含笑心中无数念头飞过。美国女人为什么要在翻牌圈加注呢？她手上会有3和7吗？又或她手上有成对的4、5或6，已经组成了三条？不，不会。如果真是，她的加注应该远高于五十万。

方含笑跟注。

“真勇敢啊。”托尼·巴尼夸奖她。

她垂着眼睛没有理他。

第四张公共牌是方块2。美国女人不动声色地推出一百万筹码。这时奖金池已经有五百五十万筹码了。托尼·巴尼与德国人弃牌。又轮到方含笑。

已经向奖金池投入一百万。一半的筹码。如果在这里退出，她剩下的筹码只够她看两次牌了。现在摆在她面前的选择是全押，或就此退出。

——美国女人想要哪种结果呢？

方含笑仔细观察她的面部表情。她看起来非常平静。但并不是一种快乐的、放松的平静。她眉头微蹙，唇线紧抿，低头玩着筹码。人在紧张的时候，会有一些下意识的小动作，并且避免与人目光接触。方含笑断定她是紧张的，就像自己一样。所以她的牌也像自己一样，不够好。

方含笑在心中作出推理：她没有顺子，没有三条，否则她会想方设法尽可能多地吊住众人，那么在翻牌圈加注到一百万就没有道理。应该也不是两张小牌，否则她第一轮就会盖牌——所以她也没有组成两对。她在翻牌前跟注，说明她至少有一张或两张大牌；她在翻牌圈加注，说明她可能有 4、5、6 中的一张，足够她组成一个对子。她手上的两张牌，应该跟方含笑很像：一张大牌，一张 4、5 或 6；或是个对子，只能是 A 以下，没有大到能让她快乐放松的地步。

还有一种可能。她像方含笑一样，在控制自己的面部表情。她故意做出紧张的情态，以掩饰自己牌好的事实，来诱使对手跟注。可是方含笑否定了这种可能。想要诱使跟注，就不会在翻牌圈加注到一百万——六十万，八十万，都是更加容易诱使跟注的数字。

她于是做出判断：对方想吓退她。

方含笑全押。

美国女人跟。

最后一张牌翻出。红桃 A。

方含笑忍不住笑出来。她不相信美国女人有两对，也不相信她有更大的对子了。方含笑把自己的梅花 A 和方块 9 扔在桌上。美国女人翻牌，一对 K。

险胜。

美国女人出局。托尼·巴尼吹起口哨。方含笑面前多了八百万。她是第一了。

托尼·巴尼忽然凑到她跟前：“哦看呐。美丽的黑发，美丽的脸庞，美丽的嘴唇……还有那燃烧着仇恨的、坚毅的眼睛……我们是不是，曾经见过？”

50 复仇（三）

一行人下榻凯撒皇宫。张久全一言不发地开始检查陈贤带过来的机器，接着列了须替换部件的清单。因为机体的陈旧，他要求的大部分部件都过时了。应间明确告知，有十个左右的部件需要定做，补齐所有部件至少需要两个月。张久全为此大发雷霆。

“用替代部件。”陈续缘平时尽量待在张久全掐不到的安全区，这时也顾不上了，“不用百分之百吻合。把核心处理器、内存条补齐，其他次要部件我来想办法做兼容。”

张久全、陈续缘和应间在处理陈贤带来的矩阵。陈贤与田田出去探风，半夜才回转。

“诺布餐厅被包场。有个私人性质的德扑比赛，就在诺布别墅。没有邀请函不让进。”陈贤说，“我们可以派人守在门口，等到明天早上。方总如果在里面，总得出来的。”

“可是……今天已经是比赛第三夜了……我总觉得今天晚上会有什么事情发生……”田田一筹莫展，转向佳慧，“学姐你说我们要不要报警？”

“现在报警师出无名，而且还可能激怒对手。”佳慧否决。

“嗨呀。那个犹太人都说啦，现在的问题不是别人要杀方总，是方总要去杀人……你把警察叫来难道是要方总被抓走吗……”马修急。

“对。要明确，我们的目标是保护方总安全。不到万不得已，不要打草惊蛇。”佳慧眉头微蹙，“有什么办法，动用我们的技术力量，可以监视诺布别墅的情形？”

杨晟接话：“两个办法。一个是请张总黑进诺布酒店的监控系统。但即使这样，客房套间里也没有监视器，最多监视走道与出入口。还有一个办法——”

马修依次打开北京带来的六个行李箱，抬头嘻哈一笑：“飞飞机，搞事情。”

另一边，田田蹲在张久全脚边的那堆破铜烂铁里——只有田田敢靠近正在暴怒中敲键盘的张久全——她从那堆破烂里拣出两只小东西。一只是平板电脑大小的扁平飞碟，田田一推它，它就自己悬浮在空中了。另一只是个丑丑的小熊，底座上一根强力弹簧。田田把它抓起来，它不满地挣脱了田田的手，咕叽一声跳了起来。田田兴奋地说：“这个有点像皮卡丘哎！”

张久全一边敲键盘，一边头也不回地说：“口令是‘蓝熊，使出十万伏特’。”

田田于是跟着念：“蓝熊，使出十万伏特！”

飞碟熊与弹跳熊同时弹上半空：搜寻一下目标——锁定——唰地一下，同时朝它们的创始人放电。张久全嗷呜一声，一头栽在了跟前的笔记本电脑上。

回车键与数个英文键被按落。

旁边，灰尘满布的矩阵，忽地亮起光芒。

“——我们是不是，曾经见过？”

方含笑避开托尼·巴尼的直视，低头扫了一眼她的熊。接着她漫不经心地用手拨弄刘海，“我们当然见过，巴尼先生。我在摩根士丹利私人银行部工作的时候，曾在舞会上试图引起你的注意。可是你从来没把我放在眼里。”

“哦？原来你在摩根士丹利工作？”托尼·巴尼终于坐回去，有人低下身子在他耳边说了些什么。托尼·巴尼又把金牙笑出来，“亲爱的，你说谎的技巧太拙劣了。你十年前在摩根士丹利香港做金融咨询，我在圣拉斐尔州立监狱。你是怎么在舞会上见到我的？”

方含笑没答话，脸上也没什么表情。

托尼·巴尼低头读手机：“2023 年，高盛亚洲投资银行部董事总经理。2028 年，高盛亚洲合伙人。2029 年，蓝图资本总经理，蓝熊科技总经理。印象深刻。令人印象深刻。”托尼·巴尼扔掉手机，“你看，总经理小姐，在信息时代，说谎是很困难的。”他歪起头，眯起眼，“并且，是要付出代价的。”

牌局继续。方含笑采取了一种既不放弃也不争取的消极态度。只有在翻牌前喊注低于五十万的情况下她才跟注，否则就不断盖牌。期间她有点冷，在胡萝卜裙装外盖了一件白色西服外套。

采取积极态度的另外两个牌友，下场飞快。托尼·巴尼再次与扑克 J 悄悄联合，干掉德国人。他们合作得隐晦且不动声色。扑克 J 负责加注，引德国人上勾，将他牢牢套住，令他误以为扑克 J 才是真正的对手。到河牌阶段，扑克 J 加注，德国人索性全押。扑克 J 盖牌退出，托尼·巴尼跟注。底牌揭晓。德国人手上一个 K 一个 A。托尼·巴尼手上一对 A，完胜。

为了套德国人，扑克 J 元气大伤，筹码只剩区区一百万。紧跟的一局，翻牌前喊注，扑克 J 全押，他手上不过区区一对 5——摆明了是自寻死路。托尼·巴尼笑纳扑克 J 剩下的筹码。这样，牌桌上只剩两人。

“轮到你了，我亲爱的。”托尼·巴尼的金牙闪闪发光。

在吞并德国人与扑克 J 的全部筹码后，托尼·巴尼成了巨无霸。而方含笑在重复的盖牌中不停损失翻牌前喊的筹码。

“哦拜托。”在方含笑又一次盖牌后，托尼出语讥讽，“你是怎么做到投行合伙人的？靠摇尾乞怜吗？”

对于之前的讥讽与挑衅，方含笑一律采取无视的态度。但是这一次，她答话了：“——不。靠等待时机，干掉敌人。”

新一轮发牌。

“哦，是吗？”托尼·巴尼垂眼看了看他的底牌，扔了二十万盲注。

方含笑问侍者要了一杯苏联红牌（Stolichnaya Elit）伏特加，加注至五十万。

托尼·巴尼补三十万筹码，抬头跟方含笑笑：“为什么？酒精帮助你缓解恐惧吗？”

方含笑冷冷翻了一下眼睑：“酒精帮助我杀人。”

托尼抱住自己，逗她：“哦，哦，我好害怕。”

三张公牌分别是红桃 5，方块 J，梅花 8。

方含笑飞快抬眼打量托尼一眼。他眼底笑意浓密，无法遮掩。他手里至少有一对。方含笑再次低头看自己底牌：红桃 A，红桃 3。战胜对方的可能性有三种，但都极其渺茫。一种是凑成一对 A。假设托尼手上没有 A，下一张牌是 A 的概率是 1/15。这差不多就是她赢的概率；另一种可能是同花，要求接下来两张牌都是红桃。假设托尼手上没有红桃，下一张牌出现红桃的概率是 2/9，两张同时都是红桃的概率大约是 1/20；再有一种是顺子，这要求接下来出现的公牌必须有 2 和 4，概率大约是百分之一，想都不要想。

托尼·巴尼的手在筹码上停留，最后往牌桌上推了两百万。方含笑跟。

第四张公牌是红桃 4。

——一下把方含笑赢的概率推到将近 1/5（9/44）。可以一搏。

托尼·巴尼仿佛猜到了方含笑的心思。他笑了一下，“我知道你手上有什么，”金牙刺眼，“可是你知道我有什么吗？”

方含笑抱着手，抬起头，毫无畏惧地回视他：“你知道我手上有什么，可是你不知道我是否知道你手上有什么。”她花了一点时间审视他的微表情。他的眉毛，他的嘴角，他的皱纹在黑色的脸上泛起的每一个弧度。她在心里飞快地推理。

托尼·巴尼的嘴角慢慢扯起一个弧度。他将所有筹码都推上桌，接着用讥嘲的目光打量方含笑。

“敢吗？”他挑衅。

方含笑冷冷地望着他，“看来你对我不够了解。”她扫了一眼托尼·巴尼眼前的筹码，“这样还不够。”

托尼·巴尼歪着脑袋笑，“还想加注？”

“是的。”

“加多少？”

“你的命。”

托尼·巴尼笑出声来。

“你已经亮底牌了？”

“我的底牌可不止一张。”方含笑呷一口伏特加，感觉酒液火辣辣地滚下去，“你赢了，我的命归你。我赢了，你的命归我——敢吗？”她回击。

托尼·巴尼笑起来，“你要么是很自信，要么是很绝望。”他接着又补充，“又或者，你要么很有勇气，要么是很愚蠢。”

“意思是不？”

托尼·巴尼盯住方含笑的眼睛，眯起眼，“我怎么可能在胜券在握的情况下说不呢？意思是当然。”他接着拧起眉头，“但是我奉劝你，慎重考虑你的每一步行动。全押可以让你大赢，也可以叫你全输。”

方含笑垂下眼：“我在慎重考虑。你说你已经知道我手上有什么。好。让我来猜猜你的。你的底牌并不出色——这是我的第一个结论。否则你会在翻牌前表露出对底牌的自信。不用遮掩。之前数百个回合，五十二局摊牌，其中有八次你的底牌是对子。你在那八次翻牌前喊注都超过二十万。所以我确定，你的底牌是两张单牌。

“发公牌后你的喜悦十分明显。你的眼角有掩饰不住的笑意，而你根本不想掩饰。你的手指拨出了三百万的筹码。可是你想到我的保守风格，担心将我吓跑，于是又拨回一百万，最后只推出两百万。我如你所料跟注。你确实有高牌之外的牌型——对子，如果我猜得没错。你很少会为一个小对子感到高兴。

这是我之前观察所得的经验。你的五十二局摊牌回合，有三十二局是对子，其中二十一局是 10 以上的大牌对。所以我非常确定，你手上有一张 J。

“转牌圈喊注，你全押。你说你胜券在握。还有什么情况呢？第四张公牌必然对你有用。所以你手上当然是一张 4。你有两个对子了。你确定我什么都没有。你用言语挑衅我，目的是破坏我在这里表现出来的保守风格，叫我铤而走险。你心里并没有指望我会在这一轮跟你全押。但是你会不断逼迫我，诱使我全押，直到我输光为止——以此打破我的心理防线。

“可是你不是真正了解我。你也根本不知道我手上有什么牌。你以为我行事保守，以为我手上不过两张单牌。可是真正了解我的人知道，我一向是个冒险主义者啊！”方含笑抬头，露出一个平和的微笑。

她手里的底牌，是死亡。所有荣耀、骄傲，对失败和难堪的恐惧，在死亡面前，都微不足道。

“我已经没什么可怕，也已经没什么可输的了。”她将面前的筹码如数推出。

最后一张公牌。

红桃 2。

方含笑看着那张牌笑出声来。

亮底牌。

托尼·巴尼底牌是梅花 J 与梅花 4。两对。

方含笑底牌红桃 A，红桃 3。同花顺。完胜。

托尼·巴尼露出惊讶的神色。方含笑没有给他惊讶的时间。

“我赢了。”她一笑，伸手进裙裾取出鲁格尔，紧接着抬手对托尼·巴尼连开三枪。那三枪分别对准头、喉、胸。

可是——那一刹电光石火——托尼·巴尼猛然起身。三枚子弹于是分别击中他的胸、膈、腹。

他被子弹击飞出去，仰天摔在地上，动弹不得。

与此同时，在旁观局的扑克 J 飞起一脚，踢飞了方含笑手中的鲁格尔。周围的看客惊慌尖叫，想要朝门口奔逃，却被黑洞洞的枪口镇住。

周围一圈西装革履的男子，这时手里都多了一把枪。

那其中包括扑克J。扑克J的枪管很快抵在方含笑的太阳穴上。

方含笑笑："干什么呢？你的主人已经死了。"

扑克J说："还没。"

只见托尼·巴尼的身体在地上挣扎。接着他翻了个身，趴在地上咳嗽。再接着他从地上慢慢爬了起来。他把子弹从衣服的破洞里取出来。

"好痛。好痛好痛好痛。"托尼·巴尼说，慢慢朝方含笑踱过来。

他没死，毫发无伤。

防弹衣。早有准备。

"我了解，你喜欢报复别人。"托尼·巴尼说，"我也是。"抬起腿朝方含笑飞起一脚。

那一脚本来应该不折不扣地踢在她的左侧脸颊上。但是方含笑在长期的跆拳道训练中，练就了一种近乎本能的回击反应。她左手伸臂自然挡格，紧跟着右腿迎面一个标准前踢，结结实实将脚面按在托尼·巴尼脸上。托尼·巴尼闷声摔倒。

然而方含笑为此付出了更为惨重的代价。扑克J朝她的右腿开了一枪。因为距离近，子弹穿右侧大腿而过，登时鲜血飞溅。

方含笑听见自己的惨叫。她紧跟托尼·巴尼仰面摔倒。右腿血流如注，疼痛锥心。

这是第一次，恐怕还不是最后一次。

她伸手去堵伤口，判断没有伤到大动脉，否则出血会更加恐怖。她忍着疼痛去按涌血的地方，可是站不起来了。

托尼·巴尼从地上爬起来，抹去脸上的污迹与血渍。"啧，啧。"他说，"小J，你对客人太不礼貌了。这样大的子弹，要女士怎么承受呢？"

他起身走到方含笑身后几步远，从地上捡起那把鲁格尔9毫米枪端详，"简洁，小巧。是个很棒的作品。”他拎着枪朝方含笑走来，“它的弹匣里能装多少枚子弹？十五枚？你的身体能装多少枚子弹？来试试？”

他说着抬手给了方含笑一枪。

方含笑惨叫一声。打在右臂上。她在用右手去捂右腿的伤口。现在两边都在流血。

“看，”托尼·巴尼咧嘴笑，露出金牙，“我喜欢给我的对手造成他们会赢的假象。因为他们输得最惨的时候，是他们以为自己要赢的时候。”

方含笑横躺在地，因为痛苦而蜷曲身体。她透过泪眼看向窗外。诺布别墅那宽阔的天台之外，维加斯大道灯光煊赫，流光溢彩。星辰为之失色，日月为之无光。

这是她最后一次看天空了吗？

她用完好的那条腿蹬地，拼命朝天台爬去。这是一场徒劳的延迟。她在流血，死去只是时间问题。人们捂上眼睛为她让道。

托尼·巴尼踩着她的血迹，一步一步留下血的脚印。他居高临下地笑：“怎么，你觉得你这样能逃走吗？”

在他身后，被遗忘在角落里的熊，头顶蓝光倏地一闪。

在她身前，那星辰暗淡的地方，有什么东西正在倏然闪光。

她摔在地上，朝那光芒慢慢地爬过去。她身在尘土，她身畔肮脏。她指间都是鲜血。她眼里都是光芒。

托尼·巴尼抬手又给了一枪。

她的身体一震。左腿剧痛。可是她只允许自己停滞了那么一秒钟。接着她更加坚定地朝前挪动。只要她能多一口气，她就能离那光芒近上一点。她越过门槛，爬到天台。身后一路长长的血迹。

托尼·巴尼跟在她身后。他出言嘲讽她，偶尔踢她一脚。她不停留，只是向前。他好奇她到底要去哪里，于是一路跟过来。

最后她停在天台正中央。维加斯的灯火在罗马浮雕的护栏之外闪光。

她费劲地翻过身，仰面朝天。脸上都是尘土和鲜血。可是她笑了起来。

托尼·巴尼带着冷笑站在她身边。他的五名保镖紧跟在后，手中持枪，好像她还能突然暴起伤害他们的主人。托尼蹲下来，掏出一张纸巾去擦她脸上的鲜血。他接着伸手抚摸她的脸颊，“你看，事情不必要是这样。如果你对我好一点，我也可以对你好一点。”

方含笑轻轻地喘着气。她知自己命已无多。

“所以……这是你给自己选的终点。”托尼·巴尼起身，四下环望，周遭明亮，十里赌场，“风景不错。”他说，推弹上膛。

他没有抬头看。十二个飞碟形状的无人机悬浮在他头顶。每一个无人机的底盘下都有一个小小的电击装置。旁边酒店传来的高分贝摇滚乐掩盖了电机的噪音。

她知道就是此刻，用尽全力大喊：“蓝熊——使出十万伏特——”

十二个飞碟两两协作，各自锁定目标，在同一时刻放电。天台一时间亮如白昼。禅意花园如有佛光普照。不远处凯撒皇宫门前，伴随《月光》奏鸣曲，十数根水柱同时腾天飞溅。五色灯光齐放，五彩俱呈，缤纷满目。

托尼·巴尼与他的同伙同时被电击倒地。

方含笑躺在地上。鲜血仿佛已然淌尽。有一个蓝色的，平板电脑大小的飞碟降落在她身边。紧接着，有一个丑丑的、破旧的、蓝色的小熊，凭借它残破的轮子，朝她滚了过来。

她很快就发现，它并不是朝她滚来。它的摄像头早就坏了。何况她变化这样大，怎么可能还认得她。

她躺在地上招呼：“你好，蓝熊。”

睡醒的熊有点傻。它屁颠颠地滚过来：“你是谁？”

笑笑眼泪流出来，她笑说：“我是松鼠啊。”

“啊！松鼠！……亲爱的，不要哭了。一切都会好起来的。我在你身边。”

“好，”方含笑笑，无力地抬手，指向托尼·巴尼抛在不远处的枪，“劳驾，把那把枪推过来。”

蓝熊很高兴地奔过去，一面说：“我可以推动比我自重更重的东西。我有非常强大的动力体系……”

它果然把枪推到她手边了。

她喘了一口气，用完好的手臂支撑坐起。接着她爬到托尼·巴尼身边，拿枪管在他太阳穴上一敲。他被敲醒了。

“嘿，托尼。”她笑，看到托尼·巴尼睁大惊恐的眼睛，“我说过你会后悔的。记得吗？”

阿历。我不欠你了。

她扣下扳机。

51　复仇（四）

九毫米的子弹贯穿了他的头颅。托尼·巴尼眼中写满不可置信。

“他们输得最惨的时候，是他们以为自己要赢的时候。”方含笑冷漠地重复，坐等托尼·巴尼死不瞑目。

他终于咽了气。她在原地坐了一会儿，想着自己会不会鲜血流尽而死。可是死亡并没有如期而至。有穿西装的人从屋里出来，看到地上的血迹和尸体，惊慌地喊了一声。屋里持枪的人一时群龙无首。他们不知道应该继续胁迫没有枪械的人们，还是就此释放他们。

失去指令的无人机闷闷地在半空中盘旋。噪声遮盖了屋里的惊叫与哭泣。蓝熊在她身边。方含笑喘了一会儿气，感到自己需要做点什么。她从满是鲜血的外套口袋里掏出手机，拨通 911。电话很快接通。话筒里是一个冷淡的中年女人的声音。

“拉斯维加斯警察部门。我能怎样帮助你？”

“诺布别墅套间，凯撒皇宫。”方含笑决意自首，声音比她预想的更加平静。末轮谈判结束。下落已明。尘埃已定。“我杀了人。”

十二个电击装置加持的无人机中，有六个带有摄像头。因为制定的计划要求避免打草惊蛇，应间与陈续缘一直小心翼翼避免无人机进入诺布别墅内人们的视野。前期传导的图像已经清楚显示方含笑就在套间聚赌的人群中。但是除了张久全，没有一个人支持让无人机撞破玻璃门直接飞进去，把除了方含笑以外的所有人都电晕——前一天，在张久全的坚持下，应间被打发去维加斯的电器市场，紧急采购了二十个可手持的隔空电击器。返回后拆卸下电击装置，强行绑定在无人机上。这一批无人机来自蓝熊仓储正在拓展的物流业务，本意是用作传送当日同城快递，所以有一定承重能力。电击器虽然不轻，无人机仍能勉强承载。

没有人意料到无人机的电击装置会被真正使用。直到方含笑中弹倒地，大家才意识到问题的严重性。那一瞬间，所有人都懵了，除了张久全。他抢过陈续缘遥控无人机的笔记本，用最快的速度发出了无人机在诺布别墅天台上空悬浮的指令，启动了他植入的口令电击程序。他没有直接下令电击的原因在于，电击不致命。电池负载有限，放电一次后电压会迅速降低，难以持续威慑。纵使无人机能够放倒五六个成年人，更大的可能是对手被激怒，给方含笑带去更严重的后果。

向无人机发出指令后，张久全一言不发夺门而出。陈贤与田田紧跟而上。佳慧急令杨晟和马修一起去："确保张总不要做傻事。还有保护田田！"她留陈续缘监控设备，令应间报警，自己紧急联系凯撒皇宫，要求安保部门阻止诺布别墅的惨剧，却被告知诺布酒店被包场隔离，安保系统亦已被清洗。

张久全奔诺布别墅而去。对于胆敢阻拦他进入的酒店安保，他采取无差别攻击强行硬闯。在他用蛮力撞倒一个酒店保安后，陈贤挡在另一个试图阻止他进入的保安跟前。张久全大喊："她快死了！"陈贤叹口气，后退一步，抱住那个保安的脑袋，一个过肩摔将他放倒。紧接着有一个西装男朝陈贤举枪，田田飞起一脚，一个漂亮的横踢。西装男应声倒地。

三人直闯而入，惊动了更多安保。有人按下警报系统，酒店内鸣起警笛。

有更多西装男持枪而出，鸣枪示警无效，开始朝人开枪。

诺布酒店大堂很快都是西装男。原来这个店中之店已被人控制。这是一场鸿门宴，而应邀者并不知情。

一阵乱枪过后，陈贤回头，不见田田。他惊慌失措，大声喊田田的名字，却没有听到回应。他险险避过横飞的流弹，四下寻找田田不见，以为田田出事，呼唤里有了哭音，而他自己竟不觉得。直到被人一把拽到一个大理石雕像之后，听见田田说："我在这里。"

陈贤惊得脸色发白，田田却笑说："我可是方总教出来的，厉害着呢，哪那么容易出事。"回身一个鞭腿，放倒朝张久全开枪的西装男。陈贤拽住田田，上下打量，见她完好，喜极而泣，将她拥入怀中。

警察的到来比想象的更快——维加斯的治安实在堪忧，警力部门时时待命，简直随叫随到。他们手执手枪与霰弹枪，很快控制了现场。所有参与诺布酒店混战的人员均被警方控制。

张久全对于警察的介入分外恼火。他从来就不信任警察。他已经闯到诺布别墅套间外布满光屏的走道上，却被荷枪实弹的警察制服。他不要命地踢了试图控制他的警察一脚，被冠以袭警的罪名，扣在地上拷了手铐。他在警察治下疯狂大喊："让我见她！让我见她！！"没人理他。于是他又像野狗被驯服，伏在地上呜呜求饶："让我见她……拜托……让我看她一眼……她是我的……"她到底是他的什么，他却说不出来。

救护车很快赶到了。方含笑是被担架抬出来的。隔着人群他看见她染血的橙色裙子，是亮眼的怵目的一道。他疯狂地在手铐里挣扎起来，有如失去理智的狗熊。他跳起来，用头去顶那个试图拿枪威胁他的警察。这样做更加激怒了警察。可是他不在乎。威胁对他没有用。他撞开阻拦他的警察，突出重围，发了疯似的扑向那个被送走的担架。

警察以为他的目的是灭口，对他采取了残忍的镇压，更加尽力地阻止这个疯子朝向担架的努力，确保方含笑在他眼前被送走。他们用暴力将他制服在地。

他又一次被按在地上，绝望和痛苦剥夺了他残存的理智。他不肯妥协，可是也站不起来了。他就只好一步一步向那担架的方向爬过去，一面声嘶力竭，用那来自地狱的声音喊："方含笑！——方含笑！——"

那声音宛如索命，刺进方含笑残存的清醒。她从昏迷中惊醒。她想要回应，却发不出声音。她侧着脸，在泪眼模糊中搜索人群，看到那个男人在地上，一步一步向她爬来。如许久以前的噩梦。他在电棍下血红着眼睛，像一头发狂的熊。

佳慧走公账，花了一笔不菲的赎金，将张久全从维加斯的警察局保释出来。警局本要追究张久全袭警。佳慧立即问徐简要来张久全的病历，以证明他们蓝熊的董事长确实是个精神病。警局终于放行。

接着方含笑又被送了进去。

她在日出医院及医疗中心接受了输血与外伤处理。医生确认她性命无碍后，她被警方拘留审讯。警方起初欲将方含笑与所有涉案人员加以隔离，以防串供，直到马修威胁要以刑讯逼供、侵犯人权的罪名起诉警方，他们才终于同意审讯期间的探视。

见方含笑前佳慧千叮咛万嘱咐，要张久全不可冲动。他暴躁地答应。陈贤和杨晟紧跟左右，随时防止他因情绪激动暴起伤人。

他们终于放他见她了。

她腿上有伤，可是固执地不肯坐轮椅，宁可虐待自己的腋窝强拄拐杖。而她右臂明明有伤，不可使力。她不想让他们看到她狼狈的样子。如果可以她情愿不见他们。所以当她出了刑拘区，进了会客区的走道，看到走道另一端一众熟悉的面庞时，她赖在拐杖上，一步也走不了了。

有什么关系呢？她已经走出一步。剩下的他走好了。

谁也没有比张久全更早迈出这一步。他们知道他等这一刻太久。可是当他真正朝她踏出一步，他又站住，忐忑不敢迈步了。

她就在他眼前，而他不敢相认了。

十六年。他已不再是少年。

她还记得他吗？她还认得他吗？她还肯认他吗？她还生他的气吗？如果她执意装作不相识，他该怎么办？他应该任由愤怒掌控他的身体，还是应该低声下气继续乞求？他应该杀了她，还是应该原谅她？

这时就听见她轻呼一声："阿历？"

他站在原地，艰难地吐出一个"是"，接着大踏步走上前，手颤抖着将她环绕。可是他不敢碰她。他忍住眼泪，声音颤抖地问："我可以亲吻你吗？"

她哭了，说好的。

可是他已经忘了要怎么吻了。他笨拙地用手环住她的头颅。他费劲地把脸贴在她同样冰凉的面孔上。她的脸就在他跟前了。他胆怯地闭上眼，吻上去。泪水滂沱而下。

52 审判

前投资银行合伙人在拉斯维加斯枪杀黑帮老大的新闻，一夜之间霸占了所有媒体的头条。方含笑的个人履历不知如何流出，但人们起初并没有把她与之前戏剧性的科技股动荡联系起来。被广泛转载的标题是《前投资银行合伙人涉嫌谋杀被捕》。彭博社做了个专题，《顶级对冲基金合伙人对决顶级毒枭：谁赢？》在电视与网络平台滚动播出。《华尔街日报》用的标题是《高盛：顶级杀手的摇篮？》高盛公关部门不得不紧急发表声明，表示方含笑早已离开高盛，谋杀事件也与高盛无关。

一直到英国《金融时报》的重磅报道问世，人们才发现这位在维加斯杀了人的前投行合伙人，原来还是日前科技股波动，PT、蓝音股价狂跌，伯格曼基金垮台的始作俑者。《金融时报》记者通过线人，采访到FX基金的一位不肯透露姓名的员工，了解到这位“方女士”在科技股动荡中扮演的角色。一举挑掉跨国公司、新兴科技公司与顶级对冲基金，再加上维加斯赌城谋杀案，全世界的金融媒体都疯了——这是多少年出一次的狗血新闻啊！

然而热闹是外面的。对于方含笑，她要面对的是审讯室中对着她的灯光，以及对她或者充满好奇，或者充满蔑视的刑讯警察。有人视她为精英、女神与业界传奇，而有人认为她是欺凌弱者、歧视黑人的右翼暴发户。

维加斯警方完成审讯后，将方含笑移交克拉克郡立监狱。内华达司法部要求的保释金高达五千万美元。方含笑拒绝保释。第二次探视，佳慧去劝，说想用公司的钱保释她出狱，被她骂到狗血淋头。

“有你这么当 CEO 的吗？你当股东的钱是你爹的钱，你想用就用想怎么用就怎么用！大小姐哦，想一出是一出——徐佳慧，你是有多久没回公司了？之前跟你讲的都当耳边风了吗？你承诺给我的都是放屁啊？第一季的财报交出来你都不觉得羞耻吗？你这是当我死了吗！——”

“负债变高是因为我们刚刚收购了蓝音，等我们完成整合以后，蓝音的收入会改善目前的现金流——”

“你也知道并购以后需要整合。那你跑来这里干什么?！几个业务板块都还没有成熟，现金流都没有稳定，又打肿脸充胖子非要收购蓝音。国内这么一个烂摊子你还跑来管我。我要你管吗！……就你这德性，蓝熊年内要能扭亏为盈那真是奇迹。徐佳慧你不想干趁早给我卷铺盖走人。你不干一票人等着干。”

佳慧本就心高气傲，被方含笑骂到眼泪汪汪，又气又怒，当天晚上就拉上田田飞回了国。

方含笑骂佳慧是当着大家的面，偶尔还飙出“一群傻缺”这样的地图炮把一干人都得罪了。杨晟下结论：“这么能骂应该不会有生命危险……”次日便跟陈贤、马修一起飞回圣荷塞，继续做蓝音并购与后续整合。

而张久全是骂不走的。他像丢失主人的狗一样守在郡立监狱门口，等着每天允许探视的时间。但是方含笑拒绝见面。她托警卫传出一句话：蓝熊营业额做到一百亿，她才肯见他。

一百亿，谈何容易。这是摆明了不肯见他。

他在郡立监狱门口不眠不休守了整整一周，终于还是没有见到方含笑。她言出必践，他知道。她希望蓝熊成功，他也知道。他恨的是她竟然以他们之间的感情为要胁，逼迫他为蓝熊工作。

而他的确没有别的选择了。于是无数的愤怒、咆哮、赌咒、自虐之后，他也只好回北京，上班。

虽然人是被骂走了，但原来北京组的同事们偷偷建了一个没有方含笑的邮件群组，有序分工安排救援。陈贤负责与内华达司法部门交涉，出具方含笑半年前在北京的病情说明书，要求取保候审；杨晟之前去过潘丽丽的医院，立即联系斯坦福癌症中心，安排方含笑保外就医的医院；马修借用他在耶鲁法学院的校友资源，为方含笑寻找最好的辩护律师；田田先找陈续缘，又找徐简，几个人一起想办法安抚张久全。

“太聪明了。”听田田说完情况，徐简说。

“聪明？什么聪明？”

“她太理智，知道自己未必活得过今年，所以提出一百亿。”徐简微微摇头，“她这是给自己料理后事。”

田田马上明白了，陈续缘却没明白。

“就像杨过跟小龙女。小龙女以为自己要死了，担心杨过自寻短见，所以故意留下十六年的约定。这样杨过就会继续傻傻地等下去。”

“哦这样张总就会继续傻傻地码代码……”

田田望一眼缩在椅子里疯狂敲键盘的张久全，心里觉得非常难过。

陈贤的工作做得非常顺利。内华达司法部在了解方含笑的病情后，很快同意将她送去治疗——嫌疑人死在待审监狱里是很要命的，会引发人权组织的一系列抗议行为。于是在短暂的监禁后，司法部就派狱警将方含笑押去双方共同认可的斯坦福癌症中心，由不得她不接受治疗。

院方很快组织会诊。确诊右乳浸润性导管癌 IIIc 期，有五个淋巴结转移。最后确定了改良根治术、淋巴结清扫，配合以术后化疗。考虑到方含笑不久前受到过枪伤，会诊医生又提出采用纳米机器人干预治疗术，先输入少量纳米机器人，定向输送药物，防止癌细胞进一步扩散。但因为纳米机器人干预术尚不成熟，仍处在临床试验阶段，风险尚不明晰，需要另行签字。

方含笑又采取了极其消极的态度，拒绝在手术同意单上签字，还骂杨晟多管闲事。杨晟脸皮比佳慧可厚多了，而且挨骂经验非常丰富，软硬不吃。两个人就这么僵持了一宿。杨晟彻底没辙，发信息给徐简求助。徐简回复：“你就说，潘丽丽也是死在那家医院的。她保证签字。”

第二天起早杨晟果然装模作样，瞪着那手术单上的一成串术语说：“哎，哎我看这个治疗方案，好像跟丽丽姐的治疗方案一模一样嘛……也有这么个坑爹的纳米机器人……这家医院怎么搞的，以前把人治死了现在还拿一模一样的狗屁方案唬人……我靠，什么狗屁斯坦福，这里医生也太不靠谱了，以前害死丽丽姐现在又害我们方总，我要去找他们算账……”方含笑果然把手术单抢过去，二话不说签了字。

方含笑接受了纳米机器人干预术，同时静心休养，等待体征达标后接受乳腺切除。期间田田拉着陈贤去看她。方含笑根本不想见人，无奈斯坦福癌症中心门户大开，如疗养院一般人人可进。她无法，陈贤一坐下她就开骂：“陈贤你可真闲啊。田田闲你也跟着闲啊。”

“方总，您别骂陈贤了。陈贤在投行跟您的时候就没休过几回年假。进蓝熊四年没休过一天年假。今天飞机一落地他又开电脑回邮件，一直到进这间病房前他还在讲电话。”田田说着说着就红了眼，“方总，您要骂骂我吧。我前年发烧休过一天年假，去年我爸爸生病我回蚌埠休了两天年假，今年为了来看您我又拉着陈贤休年假。北京组里就数我休年假最多。您要骂骂我。”

方含笑一句话也说不出来了。

可是有陈贤在，探视也变成工作汇报。他条理清晰地把方含笑离开蓝熊半年以后的情况一一汇报，包括三个业务板块的各自进展，融资进展，蓝音的整合时间表，蓝图资本接下来的投资方案，本年度计划完成情况，还有战略部最近制订的下年度计划。陈贤讲完，接着又就几个机构调整与用人方案的问题，征询了方含笑的意见。方含笑默然半晌，说了个“好”字，接着又说：“我不在公司任职了，也没多少股份。以后有什么事，你们拿主意就是，不用管我怎么想……”

轮到田田。除了展示机器人事业部正在研发中的蓝熊4.0，田田还眉飞色舞地讲了一场蓝熊的危机公关之战。

“方总！您不知道您现在多有名。蓝音、PT还有伯格曼基金垮台，再加上维加斯赌城的事情曝出来，全世界的金融媒体都在报道您啊。您在美国肯定都看到新闻了吧！《金融时报》那篇报道出来以后，蓝熊很快被牵扯出来了。大家都知道蓝熊的创始人在美国杀了人。我们的竞争对手就故意在网上散布谣言，说我们公司杀人越货——这是公关危机啊！可是我们公司公关部压根没有人！现在有啦，一个就是我，一个是小白——您还记得小白不？他现在回蓝熊啦！还有一个是莎莎，我的本科同学，她本来在腾讯财经，上个月刚跳槽来蓝熊。莎莎可厉害了。我主笔写了一篇讲述蓝熊创业历程的长文，然后又写了一篇杨过小龙女十六年后重逢的码农投行家爱情故事，莎莎帮我在所有媒体和大号上都转发了一通。您猜怎么着——您现在可有名可有名啦！我们今年春季校招，简历收了二十万。我们的校园大使一说自己是蓝熊的，大家都疯了似的涌过来投简历……哦，还有，自从您杀了个人以后，蓝熊3.0销量暴涨……啊当然可能不是因为杀人……是因为我在维加斯CES上的演讲太精彩了吧哈哈……哦对啦对啦，这个月初佳慧姐被选上福布斯亚洲‘30位30岁以下’……哦还有，清华和中科院都联系我们董事长了呢，想要启动商用量子计算机项目……您不知道董事长最近有多忙……啊还有他变得好可怕，每次我走到他那一层，他不是在敲键盘就是在摔东西……他把来拜访他的中科院老教授吓得进了医院……不过还好有陈续缘，中科院这个月还是确定合作了……”

方含笑安安静静听田田说着。有时忍不住发笑，有时偷偷拿手抹眼睛。

真好。他们不需要她了。

干预术与切除术都进行得很顺利。手术后还配合常规的化疗。方含笑的消化系统本来就有问题，这时更是爆发出连年加班积攒出的怨气，时不时呕吐到吐出胆汁。人瘦了一圈，接着头发也掉得差不多了。这时接到一连串信息，西西想来看她，周更新想来看她，公司里一堆人想来看她。可她这副德性，要怎么见人？

她忙不迭转院至加州大学圣迭戈癌症中心，只想躲着世人。新去的医院离海滩特别近。方含笑能生活自理以后，就戴了帽子跑去城里买车，然后开车去索拉纳海滩，找人少的地方发呆。以后再也见不到这海和阳光了。她要抓紧。

开庭时间定在十月中旬。九月底医院确认她的康复情况可以接受审讯，于是她被送回克拉克郡立监狱。开庭前马修找到的辩护律师与她联系，要求会面。那个律师名叫威廉·白斯，是加州有名的刑法专家，长年为少数族裔女性与边缘人群争取权益，他参与辩护的案例包括引起广泛报道的一个高校性侵案，一个因家暴引发的谋杀案，还有一个起诉美国移民局在拘留中心强迫非法移民劳动的权益案件。最后一个案件在最高法院胜诉后，迫使美国移民局整改了整个非法移民拘留系统，白斯由此声名鹊起。

律师人近中年，锐气不减。是金发碧眼的白人长相，那股白人直男的优越劲隔了三米都能闻见。他见方含笑时板着脸，上来就干巴巴地说："我从来不给什么亿万富翁辩护。但是听马修讲了你的故事以后，我感到也许需要破一次例。我的妻子是中国人，她说你是中国最了不起的女企业家，还说我不帮你辩护，她就不跟我说话。"

方含笑本来就讨厌他的那股子装腔作势，见他谈起他的中国妻子表情温柔，愈发没来由觉得讨厌。那律师干巴巴地说："你现在的情况非常不妙。在内华达州，所有蓄意谋杀都构成一级杀人罪，之前的判例包括不允许假释的无期徒刑，四十年后允许假释的无期徒刑，不允许假释的四十五年有期徒刑，还有死刑。避免这些重罪徒刑的办法，是声称你有精神问题或受到药物干扰，不能理智控制行为。另外就是声称这并非蓄意谋杀。"

方含笑理都不想理他。那个律师继续说："非蓄意谋杀则是二级杀人罪，虽然也有无期徒刑的判例，但是大多数判例刑期都在二十五年以下。这是最理想的情况。目前的证据都指向你是蓄意谋杀，我也能够大概推测你的谋杀动机。但是你的谋杀动机在法庭上是不成立的，也未必获得陪审团与法官的同情。为今之计，是想办法把情况解释成非蓄意谋杀。这是完全可能的。警方掌握的证据对你部分有利。托尼·巴尼有犯罪前科，并且被怀疑规模性地组织犯罪活动。但是目前还没有确凿的证据，证明托尼·巴尼在诺布别墅精心规划谋杀。想要论证你是非蓄意谋杀，需要你配合，构建出一个正当防卫的叙述——这也是完全有可能的。托尼·巴尼对你开的三枪，已经完全形成正当防卫的理由……”

方含笑一言不发，那律师竟然自己滔滔不绝地讲下去，而且他了解的关于那晚的细节，竟然一点不比方含笑少——不，他了解得更多。他已经调查了诺布酒店的员工，咨询过参与行动的警察。他甚至还找到圣拉斐尔射击场，知道方含笑在去维加斯前练习过射击。他知道十八年前的两次性侵。他什么都知道。方含笑惊讶不已。

惊讶归惊讶，方含笑并没有配合的打算。她早已不把生死放在心上了，怎么还在乎牢狱？

我欠你十二年。我还你下半生。

她作如是想，采取了完全消极抵抗的态度。

终于到了开庭的那天。律师白斯尽忠职守，一直到开庭前一天还在向方含笑汇报他和律所做出的努力。他们的证人浩浩荡荡列了两张纸，没有二十个小时的呈供时间都不能陈述完毕。

法庭上是不许戴帽子的。方含笑耻于自己的光头，干脆找了一顶假发。她把自己当作僵尸，却还觉得羞耻。

这起谋杀案因其轰动效应，吸引了包括社会新闻与金融资讯在内的广泛媒体。法庭内不允许拍照，然而法院门口早就罗列一票记者，只等着拍她从押送车上狼狈下车的镜头。她戴着手铐，拼命把假发往脸上拨。

庭审的前半程，方含笑都在恶心和昏沉中度过。化疗带来的痛苦还在折磨着她，期间狱警不得不押她去卫生间呕吐。地区检察官陈述案情就花了差不多一个小时。维加斯警察局陈列人证物证又用了一个小时，这期间还被被告律师不停打断。双方争论的焦点在于，托尼·巴尼到底是否有预先杀害方含笑的意图。地区检察官与警方持论，托尼·巴尼没有杀害方含笑的动机，他与他的同伙的确有非法持枪的行径，但在诺布别墅包场的情形下，在私人场所持有枪支不算违法。因为没有证据表明巴尼有预先谋杀的企图，并且现场人证表示方含笑首先开枪，所以方含笑遭受的三次枪击只能解释为托尼·巴尼的过度防卫。威廉·白斯闻言从辩护律师席上跳起来，指着地区检察官说："当真！拿手枪朝一个手无寸铁的女人开枪，你管那叫正当防卫?！"

后半程，终于轮到白斯陈述。白斯一改往日的呆板作风，像刚进法学院的学生上模拟法庭一样打满鸡血，慷慨激昂。白斯立足于否定蓄意谋杀。他分开解释了方含笑的两次枪击行为。他指出，方含笑被送往医院后的血液样本显示一定的酒精浓度，她的第一次开枪，是受到酒精影响，不构成蓄意谋杀；第二次开枪，则是濒死绝境下的正当反击，完全构成正当防卫。他请出现场人证，证明方含笑的确有饮酒行为，并且受到托尼·巴尼多次言语逼迫；他请来癌症专家与药物学家，指出方含笑在枪击托尼·巴尼前服用了某些癌症控制药物，而这些药物可能导致精神不稳定；他请来精神病专家，论证身患绝症会造成一定的精神问题；他还请来徐简，方含笑的同事兼心理学家，声称方含笑在创业过程中压力巨大，身心俱疲，的确有心理疾病，还导致了她与丈夫的离异……

方含笑实在听不下去了。她打断徐简的陈述，直接朝法官和陪审员喊话："法官先生，尊敬的陪审员，我没有病——没有病！我没有精神病史，没有受到药物影响。我那晚是喝了点酒，但我很清楚自己在做什么。这是精心策划的蓄意谋杀。对，我就是蓄意谋杀——因为他该死。"

威廉·白斯恼火地打断她："尊敬的法官先生、陪审员，这进一步证明我的委托人的确有精神问题。她有严重的自我毁灭倾向。她不能控制自己的行为，也不理解自己的行为会造成什么后果——”

“我能够控制自己的行为，也清楚每个行为的后果。”方含笑清清楚楚地说，“我计划谋杀托尼·巴尼，计划了整整五年。我知道托尼·巴尼是维加斯赌圈的德扑名腕，所以我有计划地提高自己的德扑牌技；我知道他有团伙，有武器，所以我练习跆拳道练习枪击；我知道他行踪诡秘难以接近，所以我请求FX基金的芬克斯坦先生为我调查托尼·巴尼的行踪。我的私人邮箱里有我近五年来搜集的托尼·巴尼的每一点风声，和他所在帮派的全部活动记录。让我告诉你们，”她无畏地扫了一眼旁听席，那里挤满了媒体记者和八卦人士，“这就是——”

她吐出半句话，却如被雷劈了一般，停顿在那里。

在那些蠢蠢欲动的媒体记者后面，在聚光灯没有照见的角落。她看见。

她早该想到。她当然应该想到。

——徐简在，他们怎么可能不在呢？

陈贤、杨晟、马修、佳慧、田田、陈续缘、应间，还有周更新。还有张久全。他们占了整整一排。

佳慧和田田坐在后排最中间。她们迎上方含笑的视线，手中高举牌匾。

“请不要放弃。”

“我们在你身边。”

53　告别

诺布别墅谋杀案，一审就审了六个月。

第一次庭审因为方含笑的不配合，酒精控制和药物影响都被否定，形势变得对被告方极其不利。休庭以后，尽管方含笑还是拒绝配合，蓝熊核心管理层与被告律师仍密切协作，寻找应对策略。

威廉·白斯本来见方含笑见得很勤，态度称不上有多好，但也不算差。第一次庭审以后他的态度变得非常恶劣。

“亲爱的委托人，我对你唯一的要求——唯一的要求——就是闭嘴！我请你在法庭上保持沉默。我理解你对内华达州的监狱生活充满向往。我保证你会如愿以偿——但请尊重我在这个官司上的劳动！不要损害我的职业声誉！”

第二次庭审方含笑果然乖乖闭嘴。徐简又站到证人席上，不停地翻方含笑的黑历史。方含笑没办法出声打断，只好不停翻白眼瞪徐简。徐简一概无视。

徐简的立足点仍然是方含笑有精神问题，她受到过两次性侵伤害，这给她的精神状况埋下了不稳定的因素。配合徐简的论述，白斯还请出了跟随托尼·巴尼的同伙，证实十八年前确实发生过性侵。尽管复仇不能为蓄意谋杀脱罪，但是被告人曾遭受遇害者性侵这个点，显然引起了法官与陪审员的同情。原告方不停打断徐简，声称十八年前的性侵与谋杀案无关，被法官一次次驳回。

第三次开庭，张久全作为证人出场。白斯给了张久全充分发挥的空间，他问的每一个问题都在引导张久全从当事人的视角讲故事。他从二十四年前发生在PKS、烧死陈艾伦的那场火灾讲起，讲述伯格曼如何利用碧阿绮丝构设陷阱，讲述他与被告人的相遇与决裂，讲述他在监狱中如何饱受托尼·巴尼欺凌。这其中的许多细节都已经没有人证了，但是他在讲述中所表现的苦痛与挣扎，就是对他所陈述的真实性的佐证。他受到过严重的精神伤害，表情痛苦，吐字艰难，闻者无不动容。旁听席上无数人引纸巾拭泪，陪审团中更有女士情绪失控。

叙述过程中，张久全一直避免与方含笑目光对接。他起初声音颤抖，之后逐渐平静，仿佛他讲述的都与己无关。讲到最后，他的声音像一个苍老的机器人。他最后结束证词，呆板平静，像已闻判决的刑囚。“她的所有罪行，都是因我发生。我会跟她一起承担罪行。尊敬的法官，还有陪审团诸位，你们愿意判什么罪，就判什么罪；愿意判多少年，那就判多少年。我已经等了十六年，我不在乎再等一个十六年。判二十年，我就等二十年。判五十年，我就等五十年。判无期我就等我的余生。判死刑我就随她赴死。再没有什么能让我们分开。死亡也不能。”

那话在他心里翻来覆去太久，此刻吐露，已经掀不起情绪的一点波澜。叙述者直白而麻木，旁听者却已涕泪齐下。

张久全乱七八糟的证词对没有受系统法律训练的陪审员产生了可怕的影响。陪审员中有个老太太，认定方含笑和张久全是受上帝祝福的一对，人类的法庭没有资格审判他们；还有一个偏执的拉丁裔中年女子，她认定所有强奸犯都该死，方含笑是在体制失效的情况下执行正义，所以不是犯罪。因为有这样两个奇葩陪审员在，每次陪审团就谋杀罪投票，都有两票以上的不通过。陪审团意见不一致，法庭就不能定罪。于是这个谋杀案一直拖一直拖，拖到法官和地区检察官看到都烦，拖到方含笑化疗疗程结束，连头发都长了三公分。

终于到次年三月，徐简那套性侵导致被告精神失常的论调已经深入人心，连法官都几乎同意被告的确多多少少有心理问题。陪审团中有个酒鬼甚至提出“合理怀疑”：方含笑出于正当防卫误杀托尼·巴尼，但因为她是一个正义感过剩的人，她自己也忘记了自己的无辜，事后声称自己是蓄意谋杀托尼·巴尼。这样，陪审团关于谋杀罪名的投票，投有罪与投无罪的比例从10 ：2变成7 ：5，变成5 ：7，一直到3 ：9。然而谋杀证据确凿，要达成意见一致仍然十分渺茫。

最后公诉方提出一份认罪辩诉协议，以二级谋杀罪判处方含笑有期徒刑二十年，其中包括强制的精神治疗时间与社区服务时间，十年后允许假释。方含笑接受。漫长的审判终于告一段落。

正式开始服刑之前，方含笑获准可以最后一次回国，与家人团聚。蓝蓝和大熊已经九岁了，上小学三年级。并没有想象中的情绪崩溃。两年没有见到妈妈，他们竟然已经接受了妈妈不在身边的事实。只是在最后要告别的时候，蓝蓝忽然大哭起来，抱着方含笑，抬头问她：“妈妈你是不是走了又不回来了？”死活不让她走。蓝蓝一哭，大熊也哭，跟着他们的爸爸也哭了。结果一家人哭成一团。

在北京的最后一天，方含笑想回公司看看，于是联系田田，又跟她千叮万嘱，不可以大张旗鼓，不要欢迎会，更不要道别会，知道的人越少越好，不要打扰大家工作。

百旺农业种植园已经不在了，代之以青草平铺的街心花园，又辅以小桥流水景致。田田在旁边介绍：“从我们公司到航天五院的一大片地，都已经被区政府辟为人工智能实验园区。我们公司是第一批入驻实验园区的人工智能公司。啊对啦方总，百旺大厦不叫百旺大厦，现在叫蓝熊大厦了嘿嘿嘿。我们去年年底入股百旺大厦，拿到了大楼的冠名权——现在这幢楼有一大半产权在我们手里。您不知道这个楼盘现在有多抢手呢，不是明星公司都进不来呢！”

方含笑抬眼看。在她离开的两年时间里，百旺大厦早已翻修一新。昔日的烂尾楼，摇身一变成了炙手可热的人工智能集中营。大厦顶层有蓝熊的标识，大厦入口有蓝熊控股集团有限公司的石碑。翻修后的蓝熊大厦以浅蓝色玻璃幕墙为外饰，虽然没有附近的百度大厦气派，却自有一派集简约与艺术于一体的风格。

原本又脏又乱、堆满杂物的大厦出入口，自然也被清理一净。红毯居中，鲜花夹道。方含笑微微蹙眉："不是说了不要欢迎我的吗？"田田急忙解释："方总这个红毯不是为您铺的，平时就铺着的。您不知道，蓝熊最近在接待好多贵宾。除了中科院和清华的老师，我们还接待了工信部的领导，投资方的领导，BAT的高层，还有国内外的人工智能公司的高管……"

一层大厅已经不再是中南仓储的地盘。方含笑问："原先的仓库呢？"田田吐吐舌头："佳慧嫌那个仓库脏，就叫他们搬走啦——中南仓储我们也入了股，所以他们听我们的！"

方含笑问："那地下室呢？"田田说："现在地下有两层是车库，地下一层对外招商，是餐馆、超市、健身房，还有我们公司自有的跆拳道馆和游戏机房。我一会儿带您去看哈。"

方含笑又拧起眉头："创业公司搞跆拳道馆、游戏机房？"

"方总您别生气。我们E轮和F轮融资两百亿美元，去年营收五十亿美元——"

"那也不能这么挥霍啊！一个才成立五年的创业公司，在楼底搞跆拳道馆——"

方含笑又要开骂，那边厢的前台小姑娘却一蹦一跳迎上来。方含笑不愿见旁人，背过脸去，却听小姑娘大声问好："田总好！田总，我们刚刚切了个西瓜你要不要吃啊？"

田田立即板起脸："上班时间在前台吃西瓜！不像话！"压低声音说，"要吃去休息区吃。你俩轮换着别让前台没人，听到没？"那小姑娘怏怏应了。田田又赶紧跟方含笑解释："方总您别生气。我们公司现在扩招太厉害啦，员工培训没跟上，岗位职责与工作流程都不健全。难免看起来有点……不太正规……

哈哈哈……”

方含笑歪着头打量她，“田总？你一个大学刚毕业的小丫头？”

田田脸一红，“方总，我都二十七啦，大学毕业五年啦。”她掏出名片双手递给方含笑，“我现在是蓝熊控股总裁办主任兼公关部总经理，蓝熊科技机器人事业群副总经理。徐简正在招专门的行政和公关经理，等她找到了人，我还是回机器人事业群。所以现在我是她们的临时大领导，叫我田总也没错。”接着嘟嘟囔囔说，“我也试过让她们叫我田田。真不行。要不他们不听我的话，上班的时候老吃西瓜。”

一层中央前台同样写明蓝熊控股集团的字样，两面电梯才标有其余入驻公司。方含笑早已不在蓝熊任职了，所以按正常流程走访客登记。取了临时访客卡后，田田带方含笑去各个事业群与职能部门参观。

虚拟事业群在第七到九层。第七层是 VR 事业群的接待区域，也是为企业客户准备的 AR/VR 体验区。方含笑步入体验区，如置身海市蜃楼，一时城市一时田野，一时沙漠一时海洋，景象似真似幻。在互动游戏体验区，玩家可以在无头显模式下直接进入 AR/VR 游戏，与虚拟影像中的角色进行互动。

旁边田田介绍得非常专业，显然已经不是第一次带人参观，“体验区的设备是蓝海提供的，交互式体验的软硬件开发也主要是蓝海在做。蓝海那边也有个体验区，是针对游戏玩家的，游戏种类更丰富。我们的工程师专注于图像转换与影像优化，还有研究如何以尽量少的存储，还原出尽可能逼真的图像，所以这个体验区，主要展现我们利用人工智能处理图像的能力。虚拟现实游戏将是一个千亿规模的市场。从去年开始，我们和蓝海一起开发可通用的 AR/VR 软件平台，让游戏开发者可以在我们的平台上设计和制作虚拟现实游戏。目前平台已经开始内测，预计年底可以正式推向市场。战略部给的预计，如果平台成功，预计会给蓝熊和蓝海带来百亿美元的营业收入。这样，游戏与直播就成为我们 VR 事业群的两驾马车。”

商业服务事业群在十到十二层。商业服务事业群只有一个小小的展示区，用动态影像讲述“蓝脑”的发展历程与工作原理。田田带方含笑看完展示区后，就领她在工区走，一边就有人不断跟她问好——显然她是跑上跑下跑惯了的，公司里所有人都认识她。

“方总您现在看到的工区，只是商业服务事业群的一部分。我们商业服务事业群，在上海和深圳刚刚成立了分部，专门服务当地的中小企业客户。商业服务事业群目前仍然是对蓝熊营业额贡献最大的部分。去年一半的营业收入都来自于‘蓝脑’。今年我们刚刚和清华以及中科院建立合作伙伴关系，将共同开发商用量子计算机。这个项目有国家拨款。成功以后，‘蓝脑’的运算速度会有兆亿级的提升——到那时候，我们就要真的担心人工智能会不会统治地球啦。”

机器人事业群在十三到十六层。“从这一层开始，方总您就进入特殊权限区域啦。”田田说，“因为现在机器人市场竞争太激烈了，技术方面的保密级别很高，所以机器人事业群的所有区域都是红色权限区，基本上不允许访客进入——方总当然可以啦。”

田田接着介绍机器人事业部的营收状况：“餐饮服务机器人‘香菇 2 号’去年销售额一亿美元，市场占有率第一，可是因为营业额太小，董事长大发雷霆，逼着古月胡带着整个蓝瘦团队写检讨。应间负责的仓储机器人业务线，去年拿下国内好几家仓储公司的大单，但是市场占有率有限，也被董事长追着骂，应间气得差点没辞职。蓝熊 3.0 去年创下了十亿美元销售额，在伙伴机器人市场稳居第一，可是董事长还嫌不够，在年会上要整个伙伴机器人团队鞠躬道歉，还好佳慧姐出来解围……蓝熊 4.0 下个月马上就要发布了。哎，希望销量不要太差吧，否则董事长肯定又要摔东西了……”

机器人事业群的工区环境与其他几个比，实在太过糟糕。虽然田田也想过办法要整改，但是因为有一个脾气暴躁、生活混乱的总工程师在，想要把工区收拾整齐实属不易。方含笑跟田田从十三层走到十六层，路上遇见了一串老朋友：切菜一号举着一根大葱到处扬威耀武；宇宙二号仍然横冲直撞；胜利三号堵在女厕门口，艰难地射门；化妆机器人一看到田田和方含笑，就喷射过来一支口红，田田英勇地挡在方含笑面前，结果她的粉色衬衫红了一片……

“这……这么乱七八糟的工区……员工都没意见吗……”

“没办法……”田田苦着脸拨开一只扑上来揪住她的机器人松鼠，“董事长说机器人也有自由意志……而且这些机器人资格比谁都老，谁都拿它们没办法……”

十七层以上是职能部门。

十七层东区，大概是变化最小的区域了。工区入口“蓝熊科技”那几个黑乎乎的字，也还保留着，旁边宣传栏上的涂鸦还在。新的宣传标语变成：“待到晴光艳艳日，与君把酒话代码（划掉）。”划掉的“代码”旁边写了个“桑麻”。

工区桌椅沙发仍然是旧的那一套。方含笑的工位在。潘丽丽的工位在。蓝熊初始员工，还有北京组每位同事的工位都在。平安树、咖啡机、长沙发都在。

“佳慧姐说这个区先不要动。说不定方总还要回来。”田田说。方含笑一下子想逃走。

她在职能部门转了一圈。佳慧在十七层小会议室里开电话会议，讲话空隙中抬起头来，与方含笑目光相遇。她隔着玻璃墙，笑着朝方含笑挥了挥手。

十七层西区是蓝熊财务部与蓝图资本的工区，这时已经完全成为陈贤和杨晟的领地。陈贤和杨晟也在会议室里开会。田田在玻璃墙外夸张地做了个鬼脸，他俩抬起头来，看到方含笑。陈贤神色严肃，冲方含笑郑重点头。杨晟冲方含笑眨了一只眼，做了个 OK 的手势，好像在说：您放心。

马修在自己的工位上接电话，抬头时看到方含笑，并不惊讶。他笑着朝方含笑打个手势，接着低头讲电话。

徐简在十八层大会议室开人力资源部的大会，出来时在走道里与方含笑相遇，微笑与她点头。

马云东和小白在十八层的另一个会议室里开市场会议。小白隔着玻璃墙，冲田田做了个夸张的鬼脸，接着递给马云东一个眼色，一老一小，一齐拿右手，朝方含笑拍了拍胸口。

张安迪在电梯里遇到方含笑和田田，也不惊讶，也不停留。只是在她肩上轻轻一拍，朝她一笑，随即出了电梯。

她在十九层的董事长办公室见到张久全。那办公室极其简陋而混乱，堆满各种电子元件。他跟陈续缘、应间、牛仁和高守，就坐在那堆破烂里开会。一直缠着田田的松鼠到了这里，迅速跳下来，朝张久全扑过去，结果一头撞在了玻璃门上。咚的一声。屋里的人都抬起头来。

田田上前，给玻璃门打开一道缝。松鼠跳上张久全的膝盖。

他抬头看她，面无表情。

方含笑别过脸。“我该走了。”她转身朝电梯间走。

并没有人来追她。

连田田也没有跟上来。

她自己坐电梯，从十九层下到大堂。电梯门缓慢打开。她惊讶地发现，偌大的大堂竟然满当当地挤满了人。他们中有的是工作多年的资深工程师，有仿佛刚出校门的青涩职场人。他们有的穿着T恤裤衩，好像宅了三个月没洗澡的码农；有的一身正装，好像刚刚见完客户。

“您就是蓝熊的方含笑——方总吗？”被田田训过的那个前台小姑娘，怯怯地围上来，又是崇敬，又是惧怕，又是好奇。

方含笑还没点头，那小姑娘就跳过来揪住她的胳膊：“刚刚田总在，我不敢找您合影。方总我可崇拜您啦！！我能不能跟您合个影啊？——啊我不管了就算被炒我也要合影！……”

小姑娘一开头，旁边不安分的人们全都涌过来了。

“方总您好！我不是蓝熊的但是我听说您今天要回蓝熊我坐火车从深圳来到北京我们就是靠‘蓝脑’写引擎的废柴创业公司但是多亏有‘蓝脑’我们产品上线了拿到投资了方总我能不能跟您合个影啊？……”

“方总您好！我是百度财经的我知道您不会接受采访的可是听说您今天要

回蓝熊我就从百度大厦飞奔过来了！！就是为了表达一下我对您的崇拜之情如滔滔江河连绵不绝。一举挑掉蓝音 PT 伯格曼碉堡了好吗！请原谅就算您不同意我也要对着您自拍一个……”

“方总您好！我是微软刚刚入职的工程师但是我现在很想跳槽蓝熊可是蓝熊刚刚拒了我。啊这些都不重要！重要的是我妈妈是北京协和医院肿瘤医生专攻乳腺癌我妈一听说您的事迹说她一定要治好您……”

“对、对不起……”

可是更多人涌了上来。

“方总好！”

“熊妈好！”

“方含笑是我最崇拜的科技公司高管！太牛了！！杀了个人！！马云敢杀人吗！！他敢吗！！……”

方含笑抱着脑袋往门口跌跌撞撞地走。一路上有人对着她自拍，有人给她递卡片，送花送礼物，有人朝她大声问好，还有人莫名其妙跟她表白。

就在她就要突围成功的时候，人群中忽然有个女孩开始唱歌。

好像响应她似的，五六个人一起唱。

接着有更多人汇入了合唱。有的是蓝熊员工，有的不是蓝熊员工。

方含笑蹒跚着往前走，却发现那些她熟悉的面孔，早已在门口守候。佳慧和钱唐在，田田和陈贤在，杨晟和马修在。她路过他们时，他们没有阻拦她，只是肩并肩站在两边，微笑地看她。她叫他们不要送，他们还是来了。

是啊，怎么可能不来呢。最后一次了。

在他们的周围，人们在歌唱。

周更新的车已经停在蓝熊大厦门前。好像垂死的一根稻草，方含笑在歌声里奔向它。歌声止息，就听见后面有人喊了一声。

“方含笑！”

那样熟悉的声音。温柔的憎恨的。留恋的不舍的。咬牙切齿的。

她最不想见的人来了。

张久全快步走向她。他看到她慌忙要逃走，像害怕惊走松鼠似的，他停在原地。

然后说："方含笑，要回家。"

田田在人群中高喊："一、二、三！"

蓝熊大厦楼顶垂下两幅字：

"风雨无阻为初心，守得云开见月明。"

"待到晴光艳艳日，与君把酒聚北京。"

蓝熊大厦门口，聚集的人们齐声喊："熊妈——我们——等你——回——家——"

方含笑用手指捂住眼睛，逃难一般跌跌撞撞爬进车里，哽咽说："开车。"

54　入狱

方含笑服刑的地点在佛罗伦斯·麦克鲁尔女子惩治中心，在拉斯维加斯东北，人烟的尽头。再往北走，就是内华达州的沙漠与山岭。因为女子监狱数量有限，大量女犯被塞在这个中等规模的监狱里。

在人生的四十岁上到了这样一个地方。一个压抑得叫人想死的地方。没有未来，没有希望。监狱工厂机器陈旧，拥挤狭窄，充满汗臭。日复一日的劳作占用了犯人们的大多数时间。假释与减刑都要求完成相当高的生产指标。互相之间的竞争压得女囚们喘不过气。可以预见自己的未来是孤独苍老。

方含笑跟一个墨西哥女犯挤在一间不足八平方米的窄小囚室里。室内有一架双层床，水池和抽水马桶，一张集合了置物柜的桌子。除此别无他物。

墨西哥女人是个重复的暴力犯罪者。她曾经因为贩毒和街头斗殴分别入狱。她最新的罪行是试图谋杀亲夫。她用类似于榔头一样的工具，砸坏了她丈夫的后脑勺。她丈夫没有死，但是现在仍躺在医院里昏迷不醒。她被判处二十年的徒刑，已经在这个女监待了五年。

方含笑起初对所有人都表现得很冷淡。但是她很快发现，女子监狱不是一个能够独善其身的地方。墨西哥女人观察了她两天，确定这个病怏怏的女人没有本事反抗后，向她发难。前一天晚上，她要方含笑替她烧水，方含笑没有理她；次日凌晨两点，墨西哥女人倒了一杯茶水在地上，把上铺的方含笑从床上揪到地上，然后要她用嘴巴擦干净。方含笑没有从命。

“很明显你不太了解这里的规矩。你会感谢我给你的教育。”她说着，用脚猛踢方含笑的肚子。

方含笑挨了一脚。她借势滚到马桶边上，扶着马桶忍痛站起，接着一个一百八十度回旋踢，正中女人头颅。墨西哥女人惨叫一声，重重摔在铁栏上。女人骂了一声“婊子”，向方含笑扑过来。方含笑侧身一避，接着抬脚一个前踢，将女人的脑袋按在地上。

“你叫我什么？”

“……方……方女士。”

“很好。以后谁给你烧水？”

“我，我烧水。女士。”

“很好。以后谁清理你弄在地上的垃圾？”

“我会清理，女士。”

“很好。我睡觉的时候喜欢安静。”

“我会保持安静，女士。”

“我心情不好的时候，不喜欢跟人说话。”

“我保证不会打扰，女士。”

“我有时候会坐在床上唱歌。”

“……你想唱就唱……女士。”

方含笑爬回床上睡觉。

但是监狱生活没有她想得那么简单。墨西哥女人很快就组织报复。第二天从监狱工厂返回的路上，方含笑被堵着嘴拖进一个堆满杂物的小房间。她还没有看清房间里有谁，眼睛就被蒙上，双手被捆在身后。接着是劈头盖脸的一顿殴打。她身体虚弱，早已没有反抗的余地。她也不求饶，也不呼救。她是这个监狱里唯一一个华裔囚犯。求饶不得同情，呼救也不会有回应。被打得半死的时候，她迷迷糊糊地想，这也是他曾经历过的吗？

太累了。太累太累了。就到这里吧。她这样想，彻底放弃了反抗。

然而意识深处，那一点生的火花尚未熄灭。

那样的屈辱与磨难她没有死。惊心动魄的生死相搏她没有死。痛苦而漫长的化疗她没有死。这里——这个无聊而无趣的女子监狱——她要死在这里？

意识将要消解的刹那，眼前浮现她的那一对儿女。她忽然想看他们长大的模样。十年后，她四十九岁，会有一次关于假释的投票。她必须有非常亮眼的表现，才能争取到假释机会。也许可以回一趟中国。那时蓝蓝和大熊一定不肯认她这个妈妈了。没关系。那就不要认吧。大学一般是允许出入的吧？她可以跑去学校，就躲在角落里，偷偷瞧上他们一眼。那样就很好了。

她这样想着，虽然觉得了无生趣，也还觉得有继续人生的必要。

“谈判。”她在尘土和鲜血里挣扎着说，“我要谈判。”

“你想谈什么？”一个口音浓重的拉丁裔女人。

“钱。”方含笑坐起来，笑起来，“别跟我说你不需要。”

“你有多少钱？”

“看新闻，小姐。”方含笑说，“我是那个杀了托尼·巴尼的亿万富翁。”

这句话得到了意料中的效果。屋里响起窃窃私语。有人扯掉了蒙着她双眼的黑布，接着解开了她的绑缚。她睁开眼，适应屋中光线，看到屋中的女囚。她是唯一一个华裔女子。恐怕也是唯一一个亿万富翁。

“你杀了托尼·巴尼？”她的室友，那个墨西哥女人问。

方含笑没有回答。她喘了口气，抹了一把嘴角的血，慢吞吞地从地上爬起来。女囚们安静地望着她。

方含笑靠在墙上，环视室内，她已经站不稳了。“我跟谁谈判？”

“我。”墨西哥女人说，“你要跟我和解，需要一大笔钱。”

方含笑指着墨西哥女人说：“现在，谁帮我揍那个婊子，我就给谁一千刀。”

那些女囚互相看了一眼。有人低低说：“她是那个中国亿万富翁。她爆了托尼的脑袋。”她们齐齐望向方含笑。她满面鲜血，表情狰狞，眼神中的狠毒叫人不寒而栗。

她很有钱……而且还很暴力。

监狱的新女王。

她们无声地用目光磋商，在短暂的时间里达成一致，决定倒戈。她们一起转向墨西哥女人，互相使了个眼色，提起拳头朝墨西哥女人走去。屋里响起另一个女人的惨叫声。

方含笑靠墙静静站着，看殴打持续了三分钟。墨西哥女人在地上翻滚求饶。她叫停，对地上的人说：“过来，亲吻我的脚。我会原谅你，并且给你一千刀。”

墨西哥女人抬头看方含笑。她迟疑了一会儿，担心方含笑又踢她一脚。然而当她抬眼看她冷漠无情的、仍还攥着拳头的同伴，她终于妥协了，挪到方含笑脚边，跪下去。

但是方含笑没有让她亲吻自己的脚。当她低下头去，她看到方含笑伸给她的手，“走吧，去医务室。”她听见对手温柔地说。

她怔怔地盯着中国女人看了一会儿，终于放弃了挣扎。

——怎么可能是她的对手呢？

她依然是她。温柔而强大。

方含笑在医务室里躺了一周。之后过了小半月很是安生的日子。没有人再敢为难她，连狱警都对她礼敬有加。期间不断有北京的人来探望她。她一律不见。她此时骨瘦如柴，伤痕累累，怎么可以见人？

圣诞节临近，她被叫到典狱长办公室。典狱长亲自给她做咖啡，一面不停向她道歉，说他之前在卡尔森市开会，没能早点拜访她；又为狱警没有保护她的安全表示后悔。他接着话题一转，跟方含笑抱怨起他的两个孙子的数学成绩，然后又用非常期待的目光热切地盯着方含笑看。

方含笑完全没有应付熊孩子的心情，但是明白得罪典狱长只会让自己的日子更加难过，于是勉强说：“我大学时学的是数学……”

“太棒了！”典狱长高兴地一拍手，“请原谅我如此激动。我们这个监狱成立一百年从来没有关过伯克利毕业生……”

“……”方含笑觉得自己有点给母校抹黑，“您要是避免提起我的母校，我会很感激您……”

典狱长确定方含笑愿意承担一周六小时的家教工作以后，又问是否同意给她提供单人狱室，扩大监狱的学习区与图书室，修缮监狱的健身与淋浴设施。

方含笑有点惊讶为什么典狱长会来问她，“这是很好的提议，我当然不会反对……”

“太棒了！”典狱长高兴地一拍手，接着从电脑后面搬出一堆邀请函，“自从十月份方女士住进来开始，我们已经陆续接到了哈佛商学院、斯坦福商学院、斯隆商学院等十多家商学院的 VR 演讲邀请，他们中的一部分想听方女士讲一讲您的高科技创业经历，另一部分想听您对科技股票市场的独到见解与在对冲基金管理方面的独特心得……我建议，高科技创业可以做一次演讲，基金管理可以再做一次演讲，每次演讲五十万是比较合理的价格。这样做二十次演讲，我们就能筹集到一笔不小的款项，重修我们的图书馆和健身房……”典狱长兴奋地搓着手，用瞅一棵摇钱树的喜悦心情瞅着方含笑，“请原谅，我们这个监狱成立一百年从来没有关过亿万富翁……”

典狱长的最后一个提议，是应内华达州政府的要求，希望方含笑能增加一些体重。

“事情是这样的。我已经向内华达州的惩治部反映我们女子监狱容量不足的情况，州政府也确实同意应该扩建我们的设施。我们计划在 15 号公路以北的沙漠地带，辟出一个新区，来安置之前我向您谈到的单人狱室，还有图书室、健身房，以及其他一些再教育设施，兴许还能改善监狱工厂的情况。这需要一笔巨大的资金。州政府可以为我们提供一些钱，但还不够。商学院演讲收入杯水车薪。现在，好消息！我们联系到一家中国的科技公司，还有一家美国的私募基金……”

“那家公司叫蓝熊，那家基金叫 FX？”

“正确。他们表示愿意配合我们的工程预算，达成大约一亿两千万美元的捐款，只要我们能够保证您下次体检的体重增加到一百二十磅……”

方含笑气得从椅子上跳起来，“谁！谁允许他们那么干！拿投资人的钱这样挥霍！……蓝熊的 CEO 在哪里？她是疯了吗！”

“其实徐女士就在楼上。她在我们楼上的小会议室办公已经一星期了，可是您一直拒绝见她。”典狱长高兴地搓着手，“但是没关系，我跟她保证，她想待多久就待多久，只要蓝熊可以支持我们的扩建……建成以后，佛罗伦斯·麦克鲁尔女子惩治中心，会成为美利坚合众国规模最大，级别最高，设施最齐全，狱室最豪华的五星监狱……”

方含笑打断典狱长：“带我去见她。现在。”

方含笑积攒了一大堆训斥的话，可是打开会议室的门后彻底傻住。不大的空间里堆满泡面和速食品。地上有两口睡袋，佳慧和衣倒在睡袋上。正在敲键盘的助理看到方含笑，去把佳慧推醒。

佳慧一骨碌从睡袋上爬起来，蹦到方含笑跟前，抓住她的手喊：“方总你总算肯见我了——你怎么瘦成这个样子？”

佳慧说她瘦，她自己倒是胖了一圈。不是那种健康的胖，是在电脑跟前久坐，泡面吃多又没时间健身的虚胖。眼袋大得吓人。这时是年底审计，陈贤杨晟他们都走不开，佳慧算是最闲的了，于是自告奋勇来守方含笑，一面远程办公。只是维加斯与北京有时差，平日办公要根据北京的时间。佳慧这两周过的都是昼夜颠倒的日子。

佳慧扯住方含笑的胳膊，无意中瞥见小臂的淤痕，把橙色的囚服袖子往上一推，露出更多伤痕。大概也是因为连日来压力太大，稍有刺激眼泪就扑簌簌掉下来："姐他们欺负你是不是……"

"你还说我。你看看你自己，这是多久没好好睡一觉？……都吃的什么垃圾？！……"

"那姐你呢？你有好好睡觉吗？你有好好吃饭吗？……"

方含笑叹口气："你就别管我了。我好得很。"

她说的是实话。她对这样的下场分外安心。

佳慧拽着她的胳膊，"这叫好得很？——我去把那个典狱做了！他可不是这么跟我说的！"说着就要往门外冲。

方含笑拉住佳慧，叫她坐下，按着她的手说："其实……佳慧，其实，这样对我来说挺好的。"佳慧微怔。方含笑续道："现在你是 CEO，你知道做一个公司有多辛苦了。我不客气地说一句，CEO 真不是人干的。每天都是处理不完的事情，打不完的电话，回不完的邮件，手机里时时涌进来必须回复的信息。要拼着老脸跟喜欢不喜欢的人打交道。愁钱，愁产品，愁市场，愁方向。觉得自己什么都不懂，可什么都得自己硬着头皮上。干两年 CEO 头发都白了。你能理解我想偷懒的心情吗？"

佳慧没再说话。

"对我来说，现在这样——这样简简单单，不花心思，日出而作，日落而息的生活，真的挺好的。我现在坐在这里回想，觉得我的人生从十八岁以后，真的就没轻松过。时时都在拼，时时都在愁。读书的时候愁找不到工作；工作了愁被扫地出门；在底层当分析师的时候愁老板不喜欢，升管理层了愁客户不满意；在投行时愁业绩愁项目，离职创业了愁融资愁产品，愁得头发都白了。每天做梦，不是资金链断了，就是产品搞砸了。这么多年我就没睡过一个踏实觉。好像这个人生都不是我自己的。

"可是现在——十八岁以后第一次，我终于可以停下来了。终于不用那么拼了。体力劳动虽然很辛苦，可是我心里很放松。我知道该做的都已经做了，该还的都已经还了。我是无债一身轻。放风的时候，我可以坐在院子里，什么都不干，就晒太阳。下班以后我可以去那个简陋的图书馆——那里面有书讲内华达州的历史，很有意思；还有一些东方哲学的书，我以前没时间看，现在有大把大把的时间了。对啦，你回北京叫田田寄一些中文书来，历史的哲学的，金庸的小说也要——这总不能说我没文化了吧？”

佳慧听了发笑：“看武侠也不叫有文化。”

方含笑微笑：“这样你就不担心我了吧？”

佳慧说：“那你也不能老躲着大家。之前陈贤田田他们千里迢迢地飞过来，你一个也不见。你叫人怎么不担心？”

“好。以后都见。”

“那董事长呢？你也肯见吗？”

方含笑又哑住。

“我们今年的审计前营业额 112 亿，已经达到你的要求了。所以才有底气跟狱方提一亿两千万的捐款，还为这事成立了一个蓝熊慈善基金。”

方含笑一愣：“这样快？……不行，就算营收高，也不能这么花钱。董事会也不会允许。”

“这就是董事会的决议。我们那个董事长就是牛脾气。反正我是劝不动。要么方总你自己跟董事长谈。”佳慧幸灾乐祸，“方总，你再没理由躲着张总了。”

方含笑把佳慧打发走。年底忙季，大家都消停了。年前没人再来看她，只除了徐简。

徐简坐下来，开口第一句是：“方小姐，作得差不多就得了。”

方含笑气得够呛。

徐简接着说：“方小姐也真是金融街一号传奇。劈过腿，创过业，杀过人。这彪悍的人生——我鸟都不扶就服你。”

方含笑差点坐倒在地。

徐简是张久全的说客，过来劝他们复合。方含笑当然知道她的心思，“你还是……劝他忘了我吧……”

徐简叹息：“他蹲号子蹲了十二年，都没能忘了你。你叫我怎么劝？”

方含笑不答。

“我就不懂了。你孤家寡人的，蹲在这儿也没性生活，怎么就不能接受他了呢？”

“……”

“你随口说了个一百亿，人家就当真了。真的给你做出一百亿，你又要食言？”

方含笑低下头去，嗫嚅半天，说：“当初离婚的时候，我跟周更新发誓……我跟他说……离婚以后，我也决不跟别人在一起……我这样……总归是对不起周更新……”

“你早就对不起他了。要一个对得起一个。两个都不要对不起两个。要不两个都要了，我等着瞧好戏。”

“……”

“周更新被我叫来了。你见见他吧？”

方含笑于是见周更新。周更新来之前是收拾过的，西装烫过，胡子剃过。年当不惑，却是血气方刚。他现在是蓝熊的大股东，不用工作也日进斗金。衣服穿得笔挺，自有气场。

而方含笑，久病初愈，憔悴而苍老，狱中也无脂粉供她遮掩老态。她自惭形秽，见了周更新，没开口先低了头。

周更新本来是带着一肚子气来的，见方含笑落魄成这样，怒火连火星也不剩了，上来想要拥抱她，却被她退一步避开。

他没再勉强，只瞧着她，哀求似的问：“笑笑，我们复婚好不好？”

方含笑不答，只问蓝蓝大熊如何。他说他们想妈妈，她眼睛就红了。

他不敢多说蓝蓝大熊的事，怕方含笑泪崩。他们面对面枯坐了一会儿。接着他转移话题，说他们相识的过往，从最早的帕罗奥图初见，说到失败的创业，说到各奔东西又再度聚首，说到他们在香港的短暂相聚，说到后来在北京的终成眷属，说到他们曾经经历的各种风波，说到创业时他们争吵却又挺过。他一面说，她一面无声垂泪。末了他问："方含笑，你有爱过我吗？"

方含笑捂上眼睛点头。

"方含笑，你现在还爱我吗？"

方含笑紧紧捂着眼睛。

周更新几不可闻地一声轻叹。

"我现在才明白，人世间最大的痛苦，不是求而不得，而是得而复失。"他含泪垂死挣扎，"那么方含笑，你有爱他吗？如果没有，我们复婚好不好？如果有……"他低下头去，眼泪掉下来，声音变得那样卑微，"……如果有，我还你自由。"

55　尾声

方含笑站在陋室中央。身上只穿着一件不合身的橘色囚衣，布料在她单薄的骨架上摇摆。这是中国的新年夜。当然在美国毫无节日氛围。沙漠的冬天可想而知的寒冷，而监狱的暖气又是可想而知的无助益。像候审的羔羊，她一面战栗一面等待。

每一秒都如煎熬。每一秒都如末日。只是末日有止境，而人生无终局。

沉重的木门被无声推开，进来一个面目阴沉的男人。他穿着与他气质极不相称的西装，以显示他对这次会面的郑重。然而髭须满面，疏于打理。眼眶深陷，目中蓄满仇恨。他是来复仇的。

木门闭合。光线旋转。尘埃陷入黑暗。最后只剩高处天窗投进来的稀薄阳光。他们站定，彼此对峙。他朝她举步。

她猛然倒退一步。接着抬头，朝他露出一个挑衅似的惨笑。接着她脱掉她最后的伪装。

橙色的囚衣落在地上，溅起轻微尘土。长发早已被绞去。伤痛无所遁形。她袒裼裸裎，将她伤痕累累的残躯给他看。右侧胸膛平坦，唯有疤痕狰狞。

你受过的伤我也受了。你痛过的痛我也痛了。你看。你看。我还你了。

股权与债权一一明晰。爱的账恨的账已经做平。我们已经扯清。

她抬起头，朝他无声地冷笑。她惨淡而苍老。面前平铺着以十年计的牢狱。她用她的余生清偿。怒火当灭，仇恨当熄。他可以放过她了。

然而那冷笑落到他眼里成了嘲笑。是坦白也是抗议。是呼引也是拒却。是忏悔也是示威。

图什么呢。他听见她说。为这样一个残缺的身体，图什么呢。你还有大好的年华，大好的自由。而我已经什么都没有了。

旧仇新恨在他胸腔里燃烧。他无法原谅，经历这许多风雨，这许多时光，她还在赶他走——她要用她狰狞的伤痕吓退他。总是这样，一次又一次勾引他，一次又一次推开他。一次又一次给他希望，一次又一次地捻灭。她像一段不开放源代码的程序，他一次又一次以为自己将要破解，却发现自己不过是一次又一次被愚弄。然后在他彻底沦陷以后，她将他一脚踏入地狱——她对他关了服务器！！她停止响应用户需求！！她把他逼成了这人不人鬼不鬼的模样，而现在她如此冷静地跟他谈清偿！！不，不，真正的清偿是她把源代码交出来！！他要重写她的服务器架构。以后他发出的需求她必须响应，而且要让她只响应他的需求。

他像自我复制的木马程序一样飞快扫荡过去。他将她卷到墙角。他用手背垫住她的脑袋，然后将她结结实实地按在墙根里。像一个以杀毒软件为名的流氓程序，将每个进程包围，最终包裹和绑架了整个系统。

“说愿意。”他嘶嘶地说，牙齿威胁性地摆在她脸颊旁，音节一个接着一个从他的牙齿里迸出来，“说你愿意。”

她被这猝不及防的逼供惊得说不出话。跟前是他的身躯，炙热滚烫。背后是水泥墙，粗糙而冰凉。她怔忪着，而他已一侧脸咬在了她脖子上。她背上寒毛耸立，喉中溢出一声叫喊，又很快止住。她颤抖着却发现自己不能求饶。眼前是恶魔的审判，而她是逃无可逃的罪人。

她身体如一滩水，沿着墙往下滑，被他不耐烦地捞起。他一手按住她瘦骨嶙峋的肩膀，一手捏住她的下巴迫她抬头。她被他抓得生疼，然而叫不出声。

“说愿意。”他咬牙切齿地重复，眼中闪着疯狂的神色，牙齿外露，像要把她撕开，“说你愿意！”

他逼她在他下的审判书上签字画押。而她别无他法。求饶已经太晚。

她垂下眼去，缴械投降，声音低微：“我愿意。”

恶魔放脱枷锁。地狱的小孩从火焰中归来。再没有一刻迟疑，他搂住她的身躯倒下地去，接着他一翻身压在她身上。

这个叫他头痛的程序，此刻终于安安静静躺在他面前了。他等这一刻太久，早已在脑海中无数次模拟它的内部数据，构想它的打开方式，计划入侵它的路径。然而当它当真把它的应用程序编程接口展现在他面前时，他横冲直撞却始终不能建立连接。他恼羞成怒，加倍咬她，惩罚她，不停发出读取文件的请求。他在各个模块上进行兼容性测试，希望能够拿到兼容许可证。这样的努力叫他怒火愈炽。为什么！为什么别人能够兼容唯独他不兼容！

他折腾片刻，终于熟悉软件开发工具包，找到了调试工具与支持性技术注解。他重新调用函数，千辛万苦，终于勉强实现对接。但是他对这个API非常的不满意。耦合度低，灵活性和可扩展性可以忽略不计。动不动就卡住，想跑跑不起来，测试几次仍然不知道bug在哪里。系统表情痛苦，虽然没有直接死机但是一直在报错。

问题显然出现在逻辑层。然而他已经顾不上了。既然数据已经实现接口，谁还顾得上逻辑代码。什么数据库，什么硬件环境，什么兼容性问题，去他妈的。他决定将操作对象直接转化成接口类型，无视所有问题强制运行。他希望强行实现振动模式的耦合。他在某一振动模态下开始振动输入，然而并没有得到另一振动模态的响应。逻辑层与数据层的零耦合度，很快造成了致命后果。系统崩溃了。方含笑哭了起来。

他呆住了。现在打补丁已经太晚了。何况他也不知道bug在哪里，想打补丁也无从下手。他停止运行，可是也不甘心就此退出。他赖在她的数据库里，一面啃她，亲吻她，像一条狗一样伸出舌头舔她。他热乎乎的鼻息环绕着她。她的防御机制连同整个系统，都已陷入瘫痪。她彻底宕机，对于一切请求无法响应，连系统崩溃日志都无法抓取。

他感到身下她身体的冰冷。他猜测是硬件环境的低温导致了耦合分离。他手忙脚乱脱下衣衫垫在她身下，把自己包裹在她外面。他紧紧箍住她，用身体温暖她和绑架她。他讨好似的用脸去蹭她，可是他的胡茬只是引起她进一步的痛苦。他没有办法了。他去亲吻她的眼泪，又用舌头舔她胸口的伤疤。她低低喘息着。他看到一点重启的希望，捕捉机会占领另一个接口。

最后两个接口都被他绑架了。总算这一次没有闪退。这一次运行的兼容性有所提升，但是仍然存在一些异常编码。他不停地亲吻她，讨好她，堵住她嘴里的报错，一面加快进程。两个线程时而交替执行，时而并发执行。这取到了很好的效果。起初仍有卡机的情况，逐渐运行流畅。他得到一丝复仇的快意，变本加厉疯狂索取。她的一整个数据库叫他翻捣一清。

最后线程正常终止。天窗外夜幕降临。黑暗的囚室某处，忽然亮起一点火星。

那火星绽放出小小的花来。花火盛放然后消隐。接着在囚室的另一处，又一朵白色的花火腾起，然后退却。

她从他身下好奇地探出头来，表情如惊喜的孩童。这是他备给她的新年礼物。蓝熊与蓝海联合开发的 AR 成像。

囚室的一侧，忽然闪烁起蓝色的光芒。蓝光如海水在室内流淌，很快铺满地面。这是他做给她的太平洋。他许久前承诺带她看海。他再度应诺。

温柔的深蓝色的光芒将地面覆盖。他铺在她身下的衣衫，是这虚拟海洋上的小小岛屿。他和她的岛屿。他把她困在光的海上。伴随轻浅的音效，蓝色的水波漾起白色的海浪。

在天涯海角，又一朵白色的花火腾空而起。那火柱在海面升腾，穿破囚室，穿透这困顿于生死的小小果壳，在无限空间中骤然绽放。千万火星映照于海面。

天上地下，一片光华，晶莹璀璨。

接着，在那漆黑的海上，又酝酿起无数的光点。那无数光点在一瞬之间腾起跃空。它们在空中炸开然后坠落。如早春的柳絮，如秋夜的星空，如那个寂夜天窗外飘零的漫天白雪，如人世间最后的花海。

最后花浪退去，星光消隐。这光明是幻象，但仍可偎依，仍可缅想。她收回目光，却瞧见他在她之上，眼中充泪，双目血红，怔怔地盯着她。他嘴唇微动，可是没有说出一句话来。

他想跟她问罪，然而他何尝不是有罪之身。他想求她原谅，然而她微微地朝他笑着，她早已原谅他了。他想要诉说他对她的愧疚，他对她的不渝，他对她积压了十六年的眷恋与不舍。他的恨他的痛。他的爱他的梦。

然而他挣扎半晌也没能吐出一句完整的话。他双眼发烫，眼泪落在她脸上。失语症如潮水席卷。汪洋汹涌，可是被焰火消了音。

她又怎能不懂。她按住他发抖的唇，自己的声音却也发抖了。“亲爱的，不要哭了。我在你身边。”她说，微笑着温柔地说。风停了雨止了。你还在你好好的。这个结局不能更好了。

“我们在一起了。”

余音：宝贝我们回家

方含笑扶着额头，跳着青筋，挺着大肚子，一筹莫展地盯着厨房里的一片狼藉。

“我说，祖宗，”方含笑拔掉切菜四号递过来的一根大葱，躲过宇宙五号空降的两根茄子，避开胜利六号踢过来的三棵白菜，对正在敲键盘的张久全说，“我们还是叫外卖吧……”

“再给我五分钟。”张久全头也不回地敲着键盘，“各个模块检测完毕——番茄炒蛋机马上就可以试运行了。”

这是方含笑服刑的第三年。方含笑入狱后，除了公司产品研发的冲刺阶段，张久全每逢周六必然飞往拉斯维加斯去看方含笑。他见方含笑当然也不干什么要紧事，主要干的就是调试程序接口，以期提升耦合度。

这个耦合度到底提升了多少，要打一个大大的问号。主程序不配合，木马病毒就修改图标，捆绑文件，定制端口，入侵主机。一来二去折腾了两年，结果就孕育出一个小程序。

方含笑怀孕，张久全当然不肯再让她待在监狱里。可是典狱视方含笑为摇钱树——她在的两年，已经为狱方带来了千万规模的款项——当然也不肯放她走。张久全在马修和威廉·白斯的建议下，对狱方软硬兼施，一面承诺捐款，另一面又威胁起诉，终于迫使狱方同意配合方含笑的监外服刑申请。因为是刑事犯罪，申请过程充满波折。等到内华达州立最高法院同意方含笑为期十八个月的监外服刑时，方含笑已经怀孕六个月。

张久全买回了伯克利山顶房，稍加清理，就把方含笑接过去。这以后，除非公司开股东大会，非要董事长出席，张久全推掉所有会议邀请，一律窝在山顶房里远程办公。

监外服刑仍然是刑罚。犯人没有人身自由，脚踝绑有定位器，除了一周去一次医院，其他时候只能待在家里。

张久全是没有什么做饭能力的，并且对买菜这件事很不耐烦。伯克利的外卖选择有限。方含笑没办法，只能自己挺着肚子下厨。到她怀孕八个月的时候，连张久全也不忍心再看她一边抹汗一边做菜了。于是一款新型机器人横空出世——炒菜机器人。

张久全在键盘上敲打五分钟，长舒一口气，回头朝方含笑说："搞定！"一面啪的一下按下回车键。

胜利六号一脚踢翻菜篮子，蔬菜水果滚了满地。宇宙五号悬停半空，它的摄像头和中央处理器高度运转，然后极其智能地从地板上抓取三个番茄，一路晃晃悠悠吊到水池里，再扑通一声扔进去。水龙头自动打开，一边哼歌一边朝西红柿浇水。旁边的机械臂一手抓住西红柿，一手按住正在滚动的砧板，又从旁边的鸡蛋盒子里抓出三个鸡蛋。切菜机器人正常发挥，抓起不怎么锋利的菜刀，把西红柿和鸡蛋一起拍得稀巴烂。与此同时炒锅自己爬到灶台上，屁股被灶台烫着，大叫一声逃走。砧板十分生气，愤怒地蹦起来，本意是想把西红柿和鸡蛋弹到锅里，但是这一弹就弹到了张久全的键盘上，番茄汁和蛋清洒了他一头一脸。

方含笑早上五点起床，折腾到现在早已脱力，瘫在隔着厨房与餐室的矮墙上，"我们叫外卖吧……"

这一天是蓝熊控股集团有限公司的首次公开募股。纽约证券交易所门前插着美国国旗、中国国旗以及蓝熊司旗，大理石石柱上以蓝熊条幅覆盖，门口台阶上到处是蓝熊的吉祥物蓝熊。

蓝熊几个业务板块的确都需要融资，但方含笑一直反对蓝熊过早上市。入狱服刑前，方含笑就跟佳慧说："千万不能把上市作为企业发展的目标。一上市，公司就不是自己的了，许多决策会丧失灵活性。作为公司高管，你要把注意力放在产品上，放在用户上，而不是放在股市动态上。自己的实力不够硬，过早卷入资本市场，只会被资本力量绑架。"

问题是蓝熊早已不是她方含笑的了。参与 EF 轮融资的私募要套现，持有蓝熊股份的合作伙伴要套现，包括英麦在内的几个蓝熊的产品分销商希望通过上市提升蓝熊知名度。加上张安迪本来就是资本运作的高手，极力促成蓝熊上市。佳慧虽然是 CEO，但在融资问题上话语权有限。而董事长张久全呢，对于钱的事一向很淡漠，他只会花钱——蓝熊有钱以后，他更加变本加厉地升级设备，更新系统，同时在世界范围内，高薪网罗机器人与人工智能工程师。蓝熊的年度营业额虽然超过两百亿，但是蓝熊每年在研发上的投入高得吓人，不融资就填不上巨大的亏损缺口。一来二去，蓝熊上市板上钉钉。

对于上市这件事，蓝熊管理层欢欣鼓舞。他们中的很多人，就要变成百万富翁、千万富翁了。方含笑则完全高兴不起来。张久全对华尔街从来没有好感，上市敲钟这种事当然也不可能请动他——他知道方含笑一年以后还得接着回去服刑。相聚的时光如此有限，能多一天是一天，能多一刻是一刻。

蓝熊 IPO 的敲钟人，是八位蓝熊的客户与合作伙伴。他们中有蓝脑最早的创业公司客户，有蓝海方面派来的代表，有引进香菇餐饮机器人的小饭店老板娘，有使用蓝熊仓储系统的仓库管理员，还有一直支持蓝熊伙伴机器人的小朋友。最后按响 IPO 钟声的，是方含笑的那个三只轮子的熊。

它还会闪光，但已经不会说话，三个轮子也不甚灵光。方含笑入狱后，那个熊一直在张久全手里。他虽然很努力想把它修好，但是要彻底修好，就要替换所有硬件。他没忍心换，于是熊一直坏着。

方含笑对 IPO 这件事实在是口嫌体直。她反对上市，却在敲钟这一天早早起床，开 VR 投影接收蓝熊宣传团队从纽约发回的现场直播。

说是敲钟，其实是按响纽交所敲钟台的按钮。纽约时间早上 9 点 26 分，旧金山时间早上 6 点 26 分，肥嘟嘟的蓝熊被抱到敲钟台上，在上面乱滚。钟声本来应该是“当当当当当当当”的，敲钟时大家热烈鼓掌。结果因为笨熊一直在乱滚，钟声变成“当，当当，当当当当当”。小朋友踮着脚尖，把熊按在敲钟钮上，钟声才终于变成“当当当当当当当”。

蓝熊一半的核心高管都在纽约。佳慧作为 CEO 和蓝熊的对外发言人，早就被记者团团围起。彭博社的记者问她，作为如此年轻的科技公司 CEO，亲眼看公司上市，是不是很开心很激动。结果佳慧说：“不，我不开心。”她面对镜头沉重地说：“我的老板，蓝熊的合伙创始人方含笑，她一直反对上市。我对蓝熊上市感到忧心忡忡。”

记者问她心情只是客套，她这样回答，记者登时没接上话。佳慧对着围上来的一大圈话筒，很诚恳地说：“但是在这里，我想对我的老板，还有蓝熊的客户和所有投资者们说：请放心。上市不会改变我们的使命。蓝熊永远是一家技术导向公司，而不是资本导向公司。我们的管理层会尽最大的努力，给工程师最好、最宽容、最有动力的环境。我们致力于用科技，让这个世界变得更美好。

“美好不是一句口号。是让我们的社会更加宽容，更加开放，更加平等，更加自由。我们会践行使命，在力所能及时回馈社会，帮助边缘人群，带给他们陪伴，带给他们信息，带给他们公平参与世界的机会。”

北京西二旗蓝熊大厦，大会议室里的员工爆发出掌声与欢呼。在伯克利山的方含笑坐在沙发上，看着 VR 影像眼睛就红了。她真羡慕他们。她恨这样的时候，她不能跟大家在一起。

对于不能跟大家在一起这件事，张久全是完全不觉得有什么好伤心的。看到方含笑要哭了，他手忙脚乱，根本不知道怎么安慰。他抱她，被她嫌弃压着小程序。他想抓个机器人来，又怕它们吓着小程序。想了想他只好说："我去给你做早饭。"

蓝熊管理层的庆功宴就订在方含笑的住处。上午在纽约参加敲钟礼的同事，下午都会飞来旧金山。十几二十个人的晚宴，就着落在方含笑身上。张久全当然不肯让方含笑辛苦，于是指挥机器人把厨房搞得乱七八糟。折腾到中午，晚宴是没个音信，早饭也不太能吃……

徐简夫妇是最早到的。他们搭美联航的班机从北京直飞，早上十点就到了伯克利山。那时方含笑正对着厨房里一堆打架的机器人一筹莫展。徐简叹了句："摊上这么个极客也是可怜……"

下午一点半，田田和陈贤也到了。他们在年初领了证，因为工作忙，还没顾上办婚礼。田田在忙蓝熊商用量子计算机最后阶段的合作洽谈，陈贤在忙蓝图资本在人工智能医疗上的投资项目，所以都没去纽约观看 IPO 敲钟。他们搭国航的飞机从北京过来，背着安检往行李箱里塞了不少好吃的。方含笑很高兴，但是张久全更高兴。

马云东、杨晟、马修、陈续缘、应间陆陆续续都到了。蓝音并入蓝熊后，锡恩·怀特虽然保留原职，实际的决策权是在马云东手里。马云东原来就做语音人机交互，接手蓝音更是如鱼得水。他此时是新贵科技公司高管，如日中天，终于将当年他的女神樊西西追到手。

当着西西的面，马云东结巴的老毛病又犯了。他支支吾吾地跟方含笑介绍："这这这，我我我，老老老，婆大人——"

方含笑笑说："恭喜。"接着又道歉，"西西真对不起。你们的婚礼我都没有到。"

西西拥抱方含笑："没关系。你们的婚礼我一定到。"

杨晟和马修都带了伴侣来。陈续缘很是落寞，对应间说："咱俩在一块儿吧？"应间说："滚！"

下午四点，张安迪夫妇，还有芬克斯坦和他的菲律宾女友一起抵达，结果一进屋，整个房子就尖叫：“警告！警告！野蛮人入侵！”

方含笑质问张久全怎么回事。张久全说：“哦，我不知道。你去问房子。”

方含笑强迫张久全关掉警报器，结果周更新进门时又上演了一出。切菜四号一口气喷射了十根大葱，宇宙五号像轰炸机一样在屋里空降茄子，胜利六号朝周更新踢了一串白菜。方含笑怒了：“你不能——这样——对待——客人！”

蓝蓝和大熊都已经上小学了。这时暑假，他们跟着爸爸来看妈妈。机器人朝周更新扔东西，他们完全不觉得有什么问题，很快在客厅里开始一场跟机器人的世界大战。蓝蓝和大熊朝机器人扔枕头，机器人朝他们扔蔬菜。客厅马上天翻地覆。方含笑崩溃了。

终于到晚上七点，徐简、田田带领大家把客厅收拾整齐，叫了外卖（炒菜机器人只炒出几个焦乎乎的菜）。这时佳慧和钱唐也从纽约赶到了。餐桌不够大，方含笑没办法，干脆往地上铺了野餐用的塑料纸。大家就在客厅里席地而坐。

“这个庆功宴也太辣鸡了吧……”大熊小声吐槽，然后捉住胜利六号，偷偷溜到院子里面玩。

这时是五月，晚上七点，离日落还有一小时。夕阳余晖温暖。山顶房外花园里，加州百合点缀在草丛中。白色的，粉色的，金色的和紫色的。大熊一时忘记了胜利六号，站在花丛旁边的沙堆上呆呆地看。远处旧金山楼群，在地平线上平铺着一片安详。最后一抹日光，斜斜坠在视线尽头的金门大桥上。

他呆了也不知多久，方含笑就追出来了：“小孩子怎么可以不好好吃饭？”她斥责，一面把他往屋里扯，“以后吃饭就让你吃洋葱！”

晚宴的气氛不太好。

方含笑一落座，旁边就有一排熊手舞足蹈：“哦走开！走开！讨厌的男人快走开！哦发呆！发呆！你跟我说话我就发呆！”

方含笑怒气冲冲地瞪着还在敲键盘的张久全：“这是怎么回事？”张久全头也不回地说：“哦，我刚刚设计了一个程序……只要有男人进入以你为圆心、半径一米的范围内，熊就会唱歌……”

方含笑怒："关掉！"

"不关。一个不够。"

"什么不够？"

"一个小程序不够！我要两个……至少三个！……"

方含笑扶住额头。旁边周更新煽风点火："我可是一炮两个。"张久全恼羞成怒："我至少不需要试管婴儿。"

周更新跳起来，把张久全按在地上给了一拳。张久全反击。两个男人扭打在一起。方含笑又急又怒，上前去拉张久全。张久全大吼："你他妈就是想要两个男人是不是！"

方含笑急怒攻心，只觉得小腹一阵剧痛。接着就觉得有什么东西流了出来。徐简赶紧过去搀住她。方含笑咬牙说："叫车。羊水破了。"

好好的庆功宴泡汤。一大堆人咋咋呼呼去医院，被医生拦下一大半。方含笑把大家打发去酒店休息，但是原来北京组的几个人都不肯走。田田小声嘀咕："我们董事长实在太不靠谱了……我觉得方总还不如回牢里蹲着呢……"

方含笑惯于忍受痛苦，阵痛来袭时咬牙死忍，任医生怎么劝，她就是不出声。这边方含笑痛得半死，那边张久全一口咬定他们的女儿名叫张冯·诺依曼。

"是个女孩儿！女儿也叫冯·诺依曼？"

"对！叫张冯·诺依曼。或者方冯·诺依曼。姓什么我不太在乎。名字一定要叫冯·诺依曼。"

方含笑气极反笑："叫萝卜算了。"

张久全一听，觉得此计甚好："对！张萝卜也不错！或者叫方萝卜！……"

田田说："是小女生哎，怎么能叫萝卜！！……我觉得，小名叫小龙女……嘻嘻，大名叫张小龙……"

张久全一听，觉得此计也好："对！张小龙也不错！或者叫张小龙女……"

旁边杨晟说："张小龙女……得罪腾讯人家撤资怎么办……不如叫张首公，小名 IPO。正好今天 IPO 嘛哈哈哈。"

田田吐吐舌头：“天啦我妈要是给我起名IPO我会想死的……还不如冯·诺依曼呢……”

马修一本正经地说：“冯·诺依曼太落后了。咱们都已经量子位了。我建议，大女儿取名叫张大量，二女儿取名叫张二量……”

旁边方含笑气傻了，对马修吼：“你怎么不给自己女儿起名叫张大量！……”

这一生就生了十个小时。从前一天晚上八点开始，一直到次日清早六点，终于听到女儿的啼哭。方含笑筋疲力尽。听到旁边张久全对女儿大喊“冯·诺依曼”，杨晟对女儿大喊“IPO”，马修对女儿大喊“张大量”。田田拿手机在旁边拍照，一边说：“小萝卜，小萝卜头，快笑一个！”

方含笑实在没有力气反驳，沉沉睡去……

月子非常艰辛。徐简帮忙请了保姆。但是美国人讲八小时工作制，不肯彻底陪伴。本来说好三个保姆轮换，结果两个保姆被房子里的机器人吓走。方含笑千方百计向张久全说明机器人可能造成的危险。张久全终于同意关掉大部分机器，只留一个三轮小熊守在婴儿床前。张大量醒了，小熊就滚过来报信。

出了月子，张久全要求方含笑跟他去领证。

“只领加州的结婚证是不够的。以后回北京要再领一个证。然后去瑞士再领一个证。以后你想跟我离婚，才没那么容易！”

方含笑累得不想说话。

“我知道你打的什么算盘。你跟我结婚，觉得对不起姓周的。你想跟我结上十年的婚，出狱以后离婚，再去找姓周的复婚。是不是？你为什么不说话？我猜中了你的心事是不是！……方含笑，你，你好狠心！……”

“我，我什么时候说我要跟周更新复婚了？”

“你不想跟他复婚，为什么不肯跟我领证？”

“……这不是还在服刑吗？你把政府官员叫到家里来领证吗？”

张久全咕叨了一会儿，“算了。你不肯领证就不肯领证吧。反正有张大量了。以后你跟姓周的复婚，我带着张大量去看你就好了。”

“……”

“你如果跟姓周的离婚，可不可以再帮我生一个张二量？这样比较公平。他有两个，我也有两个。”

“……”

“你跟姓周的复婚十年以后，可不可以跟他离婚，然后再跟我复婚呢？”

“……”

方含笑默了一会儿，又歪着脑袋听了一会儿，没有听到哭声。想来张大量睡熟了。

她站起来，拉着还在咕叨的张久全到地下一层。

那一层正对着屋外花园。窗玻璃里外满是加州百合。西天的阳光穿过花丛洒进屋里。屋中一面墙上，供着一尊小小的关公像。

方含笑一手拽着张久全，一手握了个拳，对着关公像发誓说：“关二哥在上。方含笑与张久全结为夫妻，永结同心，至死不渝。生老病死，不离不弃。如违此誓——”

嘴唇被身畔人捂上，“不要说，我信你。”

他接着又低声说：“关爷爷很灵的……我在黑暗里跟他祈祷，许愿还有一天可以活着拥抱你……我不敢想的，真的实现了。”

方含笑说：“现在我知道，人世间最大的幸运是失而复得。谢谢你回到我身边。”

十年困顿，半生艰辛，求的也不过是一个家而已。他拥她入怀，嘴唇蹭她的额发。微笑着温柔地。严寒过后，春暖花开。

“宝贝，我们回家了。”

番外：金融街没有爱情

1

西单大悦城酒店公寓十二层某房间，徐佳慧趴在枕头上，听南晶璐讲国内金融圈怪现状。

“哦哟，一搓一搓的绿茶，跟韭菜似的，割都割不过来。看去还来得个清纯。就那种大眼睛黑长直细高瘦。个个名校，大半海归。在国外也没学别的本事，光学怎么跟男人浪。哦哟，尤其是那种华尔街回来的，竟然爬这么快。高盛那个女的MD，原来大摩的，听说过伐？二十八岁做上MD——讲出来你信？要是做期货衍生品交易的我也没话了，厉害的交易员一年赚几亿也不是没可能。可是伊做科技行业并购的。你查正经投行做并购的，有哪个是二十八岁做到MD的？还不是用心做pitch，用下半身做deal的咯。BAT高管也不知道睡过几个。哎哟，眼下就是肯卖的人混得好。你等着瞧吧。我听见风声，都说香港那边都要推那女的做合伙人了。你说这世道！那我们还忙活个什么劲！都去卖好了吗！

“你伦敦回来的，真是不知道国内金融圈有多乱。比华尔街Canary Wharf（金丝雀码，伦敦金融区）劲爆去了我跟你讲！我说徐佳慧你啊，十点八刻六十分，脑子瓦特，伦敦好好的不待，回北京来傻叉啊你！在这里你斗得过那拨贱人？别说外资行了，内资券商做业务的，哪个不是脸蛋好屁股翘学历高浪得开，你乖成这个劲，拿什么跟她们比？劈了腿都没人来开你张！——所以我问你，到底回来干吗？”

佳慧跟南晶璐都是杭州人，一起在上海读的高中——讲话都是杭普夹点上海话。后来佳慧考上北大光华，南晶璐上了交大，都学的金融。毕业后佳慧在上海德勤做了一年审计，又去伦敦政经，之后进入伦敦高盛国际风险管理部门。南晶璐起先进的外资行，后来跳去内资券商，再后来进中金，现在从事科技类资本投资。平时上班在陆家嘴，这一回跟中国银行有项目合作，来北京出差，就近住在大悦城。

“我在伦敦做的是中后台，没前途的。”佳慧说，“当时做一个香港项目，香港那边的 MD 直接找我，问我愿不愿意跟她回国做前台。我肯定想转前台啊。伦敦那边的投行，华人只能做做技术岗，升不上去。VP 以上就完全没有华人了。我本来也想回国——而且黄朴姜也在北京。我们一开始就异地，吵了不知几回，几次差点分手。现在起码在一个城市，要吵架也方便些。”

南晶璐翻着白眼看她：“你说你缺西伐。你以为香港 MD 招你回来好心啊？八成是看你样貌好领回来教你做鸡的。还想转前台，戆不戆啊你！你看做完前台你家黄大神还要不要你！你是不知道，国内投行前台如今开得都跟青楼一样，有家室了还把婚戒藏起来出去陪酒。就那个高盛的，做科技并购的，你说她家男人吧，百度的码农，也不错的是伐？原来在硅谷好好的非要回北京，老实傻缺一个。一回北京头顶绿帽子开得跟西湖的荷叶一样，一片一片都望不到头了——还带着两个孩子呢，也是绿帽子底下好乘凉。正经人家姑娘转去后台都来不及，就你傻兮兮被人带着往火坑里跳。”

佳慧听得瞠目结舌，隔一会儿说：“也不至于这样……高盛 Compliance（合规）挺严的，也很看重自己声誉……”

“呵呵！”南晶璐拿手机翻了翻，扔给佳慧，“混金融圈还声誉呢。看见没看见没。又不是我造谣编排。大摩的人都这么说好不好！”佳慧接了一看，是豆瓣八组的一个帖子。

这一年是2028年，中国经济进入中低速增长时期，GDP跌破2%，物价比十年前涨了五倍。唯一没有变化的是，投行狗依然挤在荣大快印店里，因为十多年前声称的网络材料申报系统，十多年后也没个踪影。

佳慧点开豆瓣的八卦帖。帖子名叫《高X高管方某某在大摩的桃色丑闻和真正离开大摩的原因（转载）》。楼主自称在香港大摩实习，听大摩前辈讲此女如何借下半身上位，从老板办公室出来，衣衫不整，衣服扣子开着；此外的点还有背景很硬，跟高X高管有亲戚关系；生活奢侈，一年光是花在衣服上的钱就有两百万美元；喜欢装逼，但在公开场合表现自己如何努力如何关爱社会，胸怀天下，心系民生。

“这个……这个高管姓方？”

“是呀。就高盛那个嘛。叫方什么，方什么笑来着……”

“方含笑。”佳慧说，“挖我回来的MD叫方含笑。”

2

北京金融大街7号英蓝国际中心十八层，是佳慧回北京后的上班地点。跟伦敦舰队街上那几栋又老又丑的石头房子比，英蓝国际要高挺得多，敞亮得多。在伦敦上班，佳慧只能看到窗外那座老旧的每日电报楼——虽然也是高盛国际的资产。在北京上班，因为是很高的楼层，可以俯瞰半条金融街，近处是新盛大厦、洲际和威斯汀，往南有金融街购物中心、证监会、平安富凯，往东能看见西城晶华、太平洋保险和国家开发银行，还有摩根士丹利的招牌。

如果说纽约西街200号的高盛全球总部，伦敦舰队街133号的高盛国际，和北京金融街7号十八层的高盛高华有什么共同特点，那就是它们都没挂高盛的牌子。作为这个时代最顶尖的投资银行，高盛依然试图延续十九世纪初创始时的低调——虽然有时不太成功。

在伦敦上班，佳慧几乎没有存在感。三幢大楼里密匝匝挤着五六千高盛人，走在街上没人关心你从哪栋破楼里走出来。在北京上班不同。英蓝国际是金融街上的白富美，在这里上班伴随着天然的优越感——连底下星巴克都仿佛比别处更高端一般。更何况北京高盛高华只有区区一百来个人。哪怕是跟英蓝国际里的别家外资银行比，递出去的名片也仿佛因为那个蓝色的小方块，而自带上了光环。

但佳慧的合同不是跟高盛高华签的，而是跟香港的高盛亚洲签的，因为挖她过来的老板方含笑，本身是高盛亚洲投行部做并购的董事总经理。高华的存在，是中国特殊环境的产物，因为中国政府不允许外资银行独立运作。但从某种程度上说，高盛似乎也没想让高华有多大作为：永远是那么一百来号员工，一年三五个项目，打不起精神的财报，人民币一两亿的鸡肋产出——无论对香港亚洲总部，还是对纽约全球总部，都可以忽略不计。高华的存在，类似于高盛设在巴黎、日内瓦或苏黎世的代表处，更大程度是个地面接待的作用——专门给客户张罗些猎奇派对。

方含笑正儿八经的办公室在香港的长江中心，但因为她有许多重要客户在北京，再加上她家人的缘故，北京成了她停留最长的落脚点。佳慧所在的大组——也就是方含笑的组，不算她自己一共十九个人。七个在香港，六个在上海长乐路，还有六个在北京金融街——这其中包括佳慧，还有一起进来的学妹田田。

组里剩下四个，没一个好相处的角色。职位最高的是潘丽丽，ED，执行总经理，是方含笑组里资格最老的员工之一，从大摩跟方含笑一起跳到高盛。北京人，有北京老娘们的横劲。是潘金莲和王熙凤的奇妙结合体。她平时在办公室，不是跟那三个男人开黄色玩笑，就是对田田厉色相向，呼来喝去。

剩下三个。一个VP，中文名叫陈贤，英国华裔，剑桥三一学院本科毕业，经济专业。或者是因为生性内向，又或者是根本不屑于跟中国员工交朋友，他在办公室永远摆着一张冷脸。他长得好看，很能得小女生芳心。可惜无论田田在他面前如何表现卖力，他都始终一副冷面佛模样。

两个助理。一个香港人，名叫马修，负责收购法务工作。妆容精致，港大本耶鲁硕，读的法学，显然在耶鲁时发现自己真正的性向，此后致力于LGBT（性少数人群）社会运动。另一个天津人杨晟，新加坡南洋理工金融专业，第一份工作在香港普华永道做审计，一年前进到组里，做并购财务工作。

办公地点令人大失所望。没有一点英蓝国际高大上的感觉。是高华借的一间会议室，被临时改造成了办公区。也没有正常办公区的隔断，倒像拥挤局促的交易大厅里的交易柜台，一个组的人围坐在一张圆桌上，各自对着一两台笔记本。笔记本挪开，就变成会议桌。

彼此合作紧密倒是不假——因为一张桌上，无论在做什么都被看得清清楚楚。这样的工作状态倒像是咨询公司借住在客户的公司里做项目，仿佛打算做完了就随时走人。

方含笑在北京没有独立办公室，像组里其他六个人一样坐在圆桌上。甚至也没有固定工位。只是她的那台笔记本电脑一直留在佳慧旁边，而她本人，大多数时候都不在。

一个月三十天时间里，总有二十天以上她在出差。剩下一周多的时间，她的确会出现在办公室里，但是午饭晚饭时也必然会出去，因为总有饭局。在她真正待在办公室里办公的，可以数出来的四五十个小时，有一半时间她在跟组里的人开会，另一半时间在旁边的小会议室里打电话。

小会议室跟办公区以玻璃隔开，隔音效果很差。佳慧坐得近，不但看得清清楚楚，听也听得清清楚楚。而方含笑打电话，简直是一场视听盛宴——叫人怀疑她不是华尔街来的，倒是好莱坞混出来的。

她打电话时戴耳机，眼睛盯着电脑屏幕。但即使是这样，配合她说话的内容，她的表情会做出各种模样。更吓人的是，按照通话对象的不同，她整个的语音、语态、语调，加上表情，都会做出一种可怕的、幅度惊人的调整。好像她桌上摆了一叠人格面具，一确定对话对象，她就有本事立即挑出一张面具来戴上。

这种调整在中英文切换之间表现得尤其明显。当她说英文的时候，她的声音低沉悦耳而又充满自信，有着非常完整的干练型人格。可是当她开口讲中文时，就是一种娇滴滴的，有一点发嗲，但又不是太过分的年轻女孩的声音，低声下气，柔声细语，叫人忍不住产生想要保护的冲动。

见人说人话，见鬼说鬼话。跟旧金山或纽约打电话时，她总是能很快地捡起美国正在流行的话题，在切入正题之前，先和对方打成一片。如果是跟伦敦或香港打电话，她虽然没办法完全消除自己的中式美语口音，但会小心翼翼避开美国英语里的随意词汇，让自己的英语听起来尽量中性一些。

她讲中文就更精了。对付证监会和国有银行的领导，她会讲带一点京腔的普通话，轻柔体贴叫人耳根发酥，余音绕梁又带点国企秘书的风范。

“哎，张总您说，我记着……好咧，您放心，我一会就把这事张罗下去……好咧，好咧，哎，行，行……您尽管放心，我盯着哪，这周肯定把新的融资方案做出来，最迟下周一早上七点把方案发给您……谢谢您记挂着。就请您千万担待着点……我改天好好谢您呀……”

对付各大科技公司的业务主管，她花样愈发多。该发嗲时发嗲，该撒娇时撒娇，还能有创意地附加地方特色。

“晓得的啦，都去嘎许多次了，西溪园区那个淘宝城二号楼嘛。个么我明朝一早飞杭州，直接去阿里资本找你好了伐……去市里吃茶？吃茶好哦……西湖边上，人太多伐哦……个么新新饭店那个湖隐好伐啦，很安静很文艺的咧，一出门就看得到湖上好几根桥的咧……不行不行，怎么好意思叫王总请我的啦……”

佳慧听得目瞪口呆。天，为了讨好阿里巴巴，这妖精居然连杭普都学会了。

对付客户的本事，她也一样用在她的下属身上。她有各种卖乖弄巧、奉承讨好的本事。潘丽丽年纪比她大，但是她会像恭维年轻姑娘一样跟潘丽丽说笑：

“丽丽，今天裙子不错嘛，穿得小翘臀有点迷人哦！”潘丽丽立刻笑靥如花：“啊呀，哪里有你的平胸迷人啦！”

即使是对下属发号施令，她的固定格式是“可不可以请你——”“能不能麻烦你——”好像她真的是在求人帮忙一样。当她对下属的做法表示不满时，她也少发脾气，只是拿笔点着文档说：“你觉不觉得如果这里列出数据，会更有说服力呢？”

哪怕是面对田田，组里职位最低的分析师兼行政助理，她也会用近乎撒娇的语气，扒拉在玻璃门上，嗲声嗲气地说：“田田，我电话太多实在没工夫啦，你现在帮我叫个胡萝卜排骨饭好吗……麻烦你啊。谢你了啦。”

那声音甜得叫人想吐。

并不仅仅是语气上的讨好。她简直是花了心思，无微不至地从各个方面讨好他们。田田入职两天，方含笑就开始关心她的租房问题：“田田，房子找好没有呀？千万不要住太远，因为我们真的天天加班啦。还是在中关村看看，有四号线还方便些。不行就住到二号线南边，那边不贵……你等等，我问问香港那边，争取再要一点住房补贴。”

杨晟家里装修，方含笑递了某装修公司的名片来：“我们家三次装修，都是这个人办的。周更新找的。周更新人不靠谱，找的人倒还挺靠谱。现在北京装修坑蒙拐骗的很多，常常做了一半又要价。这个人不会。虽然收费比一般公司贵了些，但起码不会再加价。”

佳慧她当然也没忽略。佳慧晚上加班到十一点，方含笑塞过来一张酒店门卡，“加班再忙也要记得健身啊！否则没两年颈椎和腰都出毛病了。一定要有健身习惯。赶紧给自己去办张健身卡。今天先去酒店吧。我在威斯汀长期订了一个房间。加班晚回不了家，健身啊洗澡啊，就直接拿卡去酒店吧。”

最叫佳慧吃惊的，是她对待保洁阿姨。这一层有两个保洁，年纪都有点大。她们归物业管，跟高盛高华没什么关系。但是方含笑竟然叫得出她们的名字。某天下午六点佳慧在女厕，听见女厕旁边方含笑的声音：“阿姨您别再推了。

二本本来就贵，北京物价又高。这钱不多，四年学费倒是够了，您先收下……借钱怎么了？我当年读书也是借的别人的钱，借的可比这多多了……怎么会还不上？也没说一毕业就要还。对我来说就是一笔长期投资，十年二十年还都没关系的。真的还不上……本来就是风险投资，有亏损也正常的。”

佳慧出了女厕，迎门碰上保洁。那保洁眼泪汪汪地跟佳慧说：“你们方总，真是个大好人……你们遇上这样的领导，真是有福气哟……”

佳慧脑袋里闪现的，是古装剧里那种有心计的嫔妃，打赏笼络下人的场景。

不是个简单角色。她有本事收服人心。连保洁的功夫都做了——简直可怕。

组里六个人，除了佳慧和田田是新来的，其他四个对方含笑简直是服服帖帖——也不知她到底使的什么手段。经常是方含笑刚刚打了个头：“杨晟，可不可以麻烦你——”

“蓝海的估值报告今晚十二点发给你。”

这时方含笑就冲杨晟甜甜一笑，嗲嗲地说：“辛苦你了啦！”

旁边田田就问杨晟：“你怎么知道方总要什么呀？”

杨晟还没答话呢，潘丽丽凑过来笑说：“床上调教过的。”

纯洁无瑕的田田登时羞红了脸。

佳慧毫不怀疑，那种近乎娇弱的亲和，是方含笑花心思装出来的。在她满面堆欢的各种讨好电话中间，有那么几个空档，佳慧看到她就那么呆呆地坐在小会议室里，对着她的电脑屏幕面无表情。那时的她不笑，脸上线条陌生得好像另一个人。

3

方含笑组颇有特色的一点，是周五早上紧接晨会之后的 TGIF 会议。TGIF 是“感谢上帝，到星期五了”的缩写，起源是硅谷的科技公司。苹果、脸书都有 TGIF 会，任何员工可以就自己关心的公司问题询问任何一名高管。方含笑因为长期做科技行当，学了很多科技公司的风格。TGIF 会是其中一项。这个周五例会允许大组里所有人向任何人发问，被质问的人有两分钟时间回答。

“我觉得打造一个团队，最重要的事情是建立成员之间的信任。高盛的组织架构一向以扁平为特色——这在我们组也是一样。我相信透明、平等、自由的氛围可以最大限度地激发每个人的潜力。”这番话是对两个新员工佳慧和田田说的。说这话时方含笑并没有发嗲，也没故意打官腔，可佳慧就是喜欢她不起来——她觉得她在装。

北京、上海、香港三地视频。上海与香港的小组分别出现在墙上的两个投影里。方含笑把佳慧和田田拉到摄影镜头中央，让上海与香港的人可以看到她们。大家立即开始七嘴八舌地发问：“有没有男朋友啊？”“喜欢什么样的男生啊？”“什么时候来上海香港？”

方含笑不客气地打断那帮躁动的男人：“我宣布一条纪律：你们在外面怎么鬼混都可以，就是不能动组内的人！”

立即抗议声一片。潘丽丽举腿反对：“自己想要被动的怎么办？”

马修问：“想动男人也不可以咩？”

杨晟说：“要不要举手表决一下？”

除了这一小段无关紧要的骚乱，大多数问题还是问的跟业务有关，被质问的也总是方含笑和三位 ED。方含笑的会面日程在组内是公开的，所以有许多问题是问她为什么要跟某某吃饭。方含笑会很耐心地解释自己的想法，说明她的主要工作是为本组争取有质量的交易，所以需要各种途径建立人脉，发展关系。

“说白了跟互联网公司做的事情一样：‘拉新，留存，活跃，转化’——拉新客户，留住他们，有机会就争取业务。”她解释说，“并不是每一次‘拉新’都可以‘转化’成现金流。有一些看似不重要的人脉关系，可能成为我们下一个 deal 的突破口。这不光在中国是这样，美国做这行也是一样，不停地陪客户吃吃喝喝。”

“可我还是不明白，你跟沙特主权基金的人吃饭，为什么要选在乌斯怀亚？”问话的是上海那边一个 VP，名叫托尼。

“因为……”方含笑停顿两秒，睁大一双无辜的眼睛，“人家想去南极看企鹅。”屏幕上一片不满的骚动，她立即又撒了个叫人起鸡皮疙瘩的娇，“就一次啦。”

装嗲，撒娇，答不上话就要赖皮，像一个根本不懂事的、娇滴滴的小丫头片子。佳慧觉得自己——甚至田田都比她更成熟稳重。别说二十八岁，现在她三十三岁了，居然还可以当着所有下属的面这样撒娇，简直令人作呕。她究竟是怎么做到董事总经理的？

佳慧翻她的公开简历。她的工作履历确实很骄人——骄人得有些不真实。她的全部工作生涯都在高盛和大摩两个顶级投行之间来回跳动。二十岁在摩根士丹利纽约做暑期实习，二十一岁入职高盛总部，两年后以助理身份回香港高盛，再两年后晋升为 VP，隔一年跳到大摩，成了 ED——奇迹就发生在这里，她在大摩做了两年 ED，再跳回高盛时，就变成 MD 了。这时她才二十八岁。

正常做到 MD 都得上三十五岁，三十岁以下是很罕见的。因为投行说到底是个讲资历的地方。正常每升一级都要两到三年的时间，VP 往上再升一级，有时会长达五年，有人一辈子只能做到 VP 或 ED。做金融衍生品的天才交易员也许有机会飞速晋升，可是方含笑？也没见她有多大能力。

佳慧见黄朴姜时，就提起方含笑这号人物。

“这还用说，显然是背后有靠山了。就不知道是家里有的，还是自己找的。”黄朴姜说，“总之不管怎么样，你要小心点。国内金融圈比国外复杂——别说国外，我从香港回北京，都觉得北京的水不是一般的深。”

黄朴姜在申华资本做企业融资，上班地点在建国门外。那一带是金融街以外的小券商聚集地。申华是本土的精品投行，许多科技类企业上市，都有申华的身影。但是黄朴姜和佳慧在一起，鲜少谈及工作的事情。

“总之你小心着点儿。年纪轻轻混成这样，不是有手段就是有背景，要么既有手段也有背景。你一定要注意保护自己。你这人就是太单纯，否则以前也不会吃那个前男友的亏。千万长一点心，不要被人卖了还给人数钱。”黄朴姜殷殷嘱咐。他以前就是学生会副主席，有本事，有想法，是那种很叫人服气的学生干部。

佳慧很愿意多听黄朴姜讲讲国内金融圈的状况，可是两人能够相聚的时间实在少之又少。自从接手蓝海项目，佳慧每天加班到凌晨两点，包括周末。原来做中台风险管控体会不到，现在自己经历了每周工作一百小时，终于明白做前台的怎么老想跳槽了。

蓝海科技公司是一家从事无头显增强现实（Augmented Reality）技术开发的创业公司，去年年底刚刚完成红杉领投的十六亿美元C轮融资。短短半年时间，因为接了航天一院一个战略导弹飞行模拟的大单，军方订单纷至沓来，估值猛涨到四十亿美元。作为创业仅仅三年的技术新秀，蓝海很快成为各个科技巨头角逐的目标。目前初步表明收购意向的科技公司巨头，包括三星、百度、微软中国，以及星空国际。

三星长期致力于虚拟现实头显技术的开发，而不依赖头显的增强现实显然比笨重的虚拟现实头盔更有发展前景。三星发出收购邀请，在人们意料之中。同样，百度视频很早就进军虚拟现实领域，也曾发布过增强现实智能平台，收购AR企业志在必得。微软早先发布过HoloLens眼镜，但它的全息影像系统也依赖头显装备。

最后一家星空国际，是又一个互联网创业奇迹。创业八年，星空国际已经拿下中国大陆虚拟现实游戏30%的市场份额，市值也水涨船高到一百二十亿，并在两年前成功上市纳斯达克。不断吸引集聚资本的星空国际，先是抓住虚拟现实创业时机，以游戏为突破口，迅速在中国大陆的宅男人群中培养出知名度；在过去四年中，星空国际又先后收购三十二家同类游戏公司，不停扩大市场份额，很快与三星、微软等虚拟现实大佬成鼎足之势。

方含笑的北京组是微软中国此次收购图谋的主要顾问。因为狼多肉少，如何争取蓝海管理层的认可，说服蓝海与微软合作，是打开局面的唯一途径。

但这其实不是一件容易的事。因为众所周知，微软在收购方面，向来有收一家死一家的光荣历史……

4

新入职的助理和分析师，最主要的工作是建模型，整理数据，做PPT，准备计划书。除了开会时坐在后排，通常没有机会见客户。所以当方含笑找到佳慧，要她陪同参加一个招待客户的饭局时，佳慧非常惊讶。

“你承担了这么多工作，对两边情况要比我熟悉得多。万一客户问话我答不上来，就要麻烦你帮我打圆场啦。”方含笑如是解释。

但还是古怪。佳慧着手参与项目才两个月，而这项目早在一年前就已经跟微软签过意向书，收过定金。论对双方的熟悉程度，潘丽丽和陈贤都比佳慧更加适合跟客户对话。怎么方含笑偏偏找上她?

方含笑把佳慧拉到洗手间的镜子跟前，确认隔间里没有人，才对佳慧说：“佳慧啊，投行外面人看着光鲜，说到底做的还是服务性质的工作，跟高级餐厅的服务员也没什么区别——只不过他们端的是菜，我们端的是金融服务。尤其我们做并购的，经常参与竞争的投行资质都差不多，融资渠道就那么多，客户选这个不选那个，有时候真是凭心情，看谁顺眼跟谁做。现在说到底是男权社会，大多数银行企业的老总都是男的。我们女生在这个行当混，很要紧的一点就是人看着顺眼，起码不能让人看了不舒服，是不是？”

她说着伸手替佳慧捋了捋额发：“我理解你前两天加班，有时赶不及打理。但是干我们这一行，个人形象实在太重要了。我之前一直强调信任、信任。建立信任这件事，不但在团队内部很重要，出门做生意也很重要。客户信任你了，你才有生意做，是不是？如果一个人连个人形象都不能规划好，掌控好，你怎么让客户相信你有本事做项目呢？尤其是细节。你看你今天，头发没有洗，是吧？有一点发油了。唇彩这边缺了一块，喝咖啡以后没有及时补，是吧？还有丝袜，这里掉了根线，在桌脚钩破的吧？不要以为别人看不到。对投行来说，细节就是全部啊。”

她把佳慧扳到镜子跟前，逼她看镜子里的自己，“看你的耳钉。小兔子的耳钉虽然可爱，但是——太幼稚，太不专业了。这种打扮会让客户下意识地觉得你是个小女孩，怎么可能信任你？再看你自己的指甲。”她把佳慧的手托起来，“红色指甲油虽然好看，可是这里已经脱落了。你要不然就见客户前洗掉指甲重新涂一遍，要不然就去店里做指甲。千万不要拿指甲油脱落一半的样子去见客户。不要以为客户看不见——握手，敬酒，送文件，客户时时都看着呢。”

她接着又挑剔起佳慧的衣服：“我一年支付五十万美元给一个巴黎的华裔设计师，请她帮我打理穿着打扮。再花五十万美元在包、表、首饰之类的东西上。加起来一百万美元，你以为我很愿意花这个钱吗？一百万可以投资可以自己开公司，回报都比买奢侈品高多了。可是没有办法，你在这个圈子里混，想要努力攀结投资人和企业家。你虽然不必穿戴得跟他们一样，但如果穿了淘宝 A 货，人家未必愿意跟你结交，是不是？

“其实都不用什么名牌。回头我给你推荐几个华裔设计师，那些独立品牌都有低价款型。又或者你在伦敦时找一些有文化底蕴的英国本土品牌，价格也没贵到哪里，对不对？买衣服其实是一种投资，慢慢地你会形成自己的风格。不是说非得买国际一线大牌，但你得有自己的选择标准和价位标准。初期上班可以选简单保守的包肩裙，找一种适合自己的商务色发展下去——米色、灰色都是很好的选择。这周的会面，你去我那里挑衣服。可是以后见客户，你得自己花一点心思打扮，好不好？”

她说得无比婉转，无比客气，可是听在佳慧耳朵里，却句句都是刺。她竟然可以当面这样充满优越感地挑剔自己的妆容打扮——不就是因为她挣得更多吗？

佳慧甚至还有这样一种古怪的感觉——一个从业十数年的应召女郎，在教刚入行的小姑娘，如何取得阿尔法男人的芳心。

方含笑于是带佳慧出席各种会面。起初是在丹棱街5号跟微软亚太研发集团战略合作事业部的主管商谈，然后去中关村软件园跟蓝海科技的首席财务官碰面，之后又不停地见各家银行与融资机构。来回折腾大半月，最后终于确定微软与蓝海正式会谈的日期。会谈前一天在金茂万丽酒店，由高盛宴请双方进行非正式会面。

为了筹备这次会面，方含笑也是功课做足。因为担心蓝海方面不肯派出有分量的主管，方含笑还同时邀请了中银国际一位主管债券融资的周总，工行北京分行一位主管并购贷款的吴总，还有工信部信息化和软件服务业司的郑总，以及证监会公司债券监管部的王总。如果说这几位主管有什么共同特点，那就是年龄很大，头发不多。

微软方面派出两个人，一个三十多岁主责收购的赵总，另一个是微软亚太的高层孙总。加上银行与政府的人，这个宴会名单确实足够有分量。宴会名单发出不久，蓝海方面给回馈，表示蓝海创业合伙人兼首席执行官钱唐会亲自到场——这说明，蓝海正式把微软列为考察对象了。

宴会于是形成一个奇妙的局面：除了方含笑和徐佳慧两个人，其他全是男人。

佳慧非常、非常不喜欢这样的场合。

赴宴前，方含笑再次挑剔佳慧的着装。佳慧穿了一套正紧古板的黑色套装。方含笑几乎发火："佳慧你这是去面试吗？这样规模的宴请穿晚礼服不知道？"临时又将她拉去自己在威斯汀的房间，逼她一件一件试柜子里的衣服，最后挑了一套亮红色抹胸晚礼服。

镜子中的佳慧，亭亭玉立，一身红裙热辣灼眼，衬得她身材格外婀娜。佳慧却只觉得镜中人像个高级妓女，只得跟方含笑说："这种裙子……我穿不来的……可不可以换低调点的……"

方含笑简直要笑出来："你真是留过洋的？抹胸裙都穿不了？我胸口没几两肉照样穿低胸的，你胸口这么有料，露这么一点能怎么着啊？"

方含笑在金茂万丽酒店订了两个房间，对佳慧说："今晚别回去了。准备明天的 pitch。"

今晚别回去了？佳慧想。安的什么心？叫人陪睡？

宴请在福盈阁——金茂万丽后面的四合院里。佳慧穿着西式抹胸晚礼服走进四合院，以为自己是穿越错了地方。她很快成为众人瞩目的焦点——只因那身红裙实在太过亮丽养眼。桌上一众政府银行企业的领导，纷纷出声恭维佳慧的漂亮。佳慧只觉那些恭维都格外轻佻，抛向她的视线都带着恶意。她愈发觉得自己像个妓女。

"佳慧……"蓝海那个钱总轻轻喊了她一声。佳慧扭过头去，一声不响。

席间方含笑殷勤地给各个领导添酒加菜。每每谁杯里的酒少了，她一定飞快掠过去倒酒。又或新上了汤来，她一定飞快起身，为所有领导盛汤——而这本来是服务员做的事情。佳慧一一看在眼里，心中无比鄙夷。论理她的头衔也配叫个"总"了，居然甘心这样低声下气地伺候别人——且还带着媚笑，好像给人倒酒盛汤有多荣耀一般。

佳慧一口酒没喝，一直摆着冷脸。中银国际那个周总过来跟她搭讪："小姑娘叫什么名字？在高盛工作多久？——高盛是好单位啊。方总是业内口碑很好的经理。跟着方总前途无量啊！"

佳慧简直要吐出来，连摆笑脸的心情都没有。

周总举着酒杯过来，对佳慧说："来，小姑娘，我来跟你喝一杯。"

佳慧僵硬地说："我不喝酒。"

方含笑低声而严厉地叫了声："佳慧！"

佳慧无奈，只得不情不愿地举起酒杯，跟周总简单一碰，对着杯口抿了抿嘴唇，什么也没喝下去。

席间人们互相依次敬酒，只除了佳慧。宴席过半，方含笑借口上厕所，发短信把佳慧叫到女洗手间，生气质问："徐佳慧你怎么回事？我把你请过来，是为了叫领导看你的脸色吗？就算你没有商业宴请的经验，你没跟家里长辈喝过酒吗？碰杯的时候杯口要比领导杯口低，你不知道？碰杯时眼睛要看着对方，你不知道？我也没怎么逼你喝酒吧？这是红的又不是白的，你好歹喝一口会死啊？就看领导一个个过来跟你敬酒，你是木头吗？回敬一个不会？讲句客气话不会？"

佳慧连反驳的力气都没有，冷笑一声："会。我会。"

回到酒席，人们继续敬酒。佳慧打定主意不回敬，有人来敬她，她就勉强打起笑容碰一碰杯。其他时候，别人聊事情，她只顾一味低头吃菜。可她太亮眼，没法被忽略——感谢方含笑的红裙。又或这本就是方含笑的刻意安排，叫她一个妙龄女郎给一帮四五十岁的糟老头子陪酒。

方含笑看出来佳慧的不悦，于是把话题引导到生意上。蓝海的钱总于是问她："方总手上资源这么多，为什么只盯着微软呢？"

方含笑笑着说："我与微软渊源已久。我当年在大摩做的第一份实习，第一次接触业务，就是微软收购领英——算是结下缘分。"

那钱总年纪轻轻，三十岁不到，讲话却很是犀利："微软收购历史一连串的失败。我把公司交给微软，怎么相信蓝海不是下一家？"

方含笑笑笑说："所谓失败是就微软方面来说。当年微软二百六十二亿收购领英，七十二亿收购诺基亚，八十五亿收购 Skype（网络电话），六十亿收购 aQuantive（在线广告公司）——溢价都在百分之五十以上，被收购方赚得盆满钵满，倒是微软自己亏吃得一塌糊涂。可见微软是个老实公司，总是用几倍于市价的价格做生意。所以钱总跟微软做生意，钱总肯定不吃亏——总得微软自己吃亏。卷了钱就跑，再另开一个公司就是了！"

这话说得一伙人都笑了起来。钱总笑说："方总倒还真是生意人。"又正色说，"可我是想好好做公司的。卷了钱就跑，我的合伙人也不答应。"

话题没多久又转到佳慧身上。

“徐小姐是哪里人啊？”那个吴总问，“听你口音，像南方人吗？上海的是不是？”

“杭州的。”钱总忽然接话，“我也是杭州人。”

佳慧理也不理他。

“哟，都是杭州人呀。”赵总说，“杭州好地方啊！果然是一处水土一处人，山清水秀出佳人——方总你真会挑人哪！”

佳慧只觉那话里夹着话。

“是啊是啊！我们杭城的姑娘，不是我吹，那真是哪儿的都比不上——又温柔，又漂亮，又聪明……心肠还特别好。”钱总说。

“哈哈哈！听钱总这话，钱总你讨老婆，一定要讨杭州的姑娘喽。”

“那是！必须的！”钱总说。

一桌人开始起哄，都叫钱总和佳慧喝一个。钱总果然起身，笑盈盈地举起杯递过来。佳慧僵硬着。方含笑伸足在她脚上一踢。佳慧只得不情不愿地举起杯来，也没起身，跟钱总一碰，嘴唇沾杯即离。

而他们还不肯放过她。

“钱总跟徐小姐郎才女貌，倒是有些般配。”赵总摇着酒杯，醉眼眯眯地说。

方含笑立刻跟话：“赵总这么一说，还真是呢。”

佳慧板着脸。钱总却笑起来，对佳慧笑：“听，赵总方总都说我们般配。”

赵总眼色乖巧，立刻端了杯子上来，笑道：“我敬你两位一杯。”

钱总立刻配合地端起杯来。可佳慧呆坐着，一动不动。方含笑低声说：“佳慧，赵总在跟你敬酒呢。”她说着把佳慧的杯子举起来，想递到她手里。

结果佳慧忽然冒出来一句：“方含笑你是鸨母吗？”

方含笑惊了一下，半举的酒杯停住。

佳慧听见自己的声音，忍耐已至极限的发抖的声音：“我问你，方含笑你是鸨母吗？年轻时候自己做婊子，老了教年轻姑娘怎么做鸡。我就奇怪你们组的分析师怎么半年换一个……我看你也还有几分姿色。你爱做你来做，为什么要拉扯上我?！”

方含笑像被五雷轰顶，面孔如死人一片煞白。但那震惊和痛楚只显现在那么半秒钟时间里。等佳慧再一眼看她，那张粉底铺排的死人脸上，竟然现出温和无比的微笑。那微笑是那么的平静和浅淡，好像她是坐在竹林里聆听晨风露水一般。如若不是眼中泛起的那一缕血线，以及那一片薄雾似的朦胧晶光，人们只会以为是溪水边浣纱的女子，掬了捧清水在手里，相逢时与人甜美微笑。

两秒钟后方含笑已经放下手中酒杯，迅速挪到佳慧跟前。她将佳慧的手握在手里。不知谁比谁的手更冰。

“佳慧。”她轻声说，语气无比之轻柔，笑容无比之灿烂，“你先回酒店房间。我晚上跟你谈，好不好？”

佳慧一时呆坐没有回应。方含笑以完完全全的乞求语气：“佳慧。先回去。”她那张讨好的笑脸就这样以一个古怪的角度对着佳慧。那笑容讨好到那种程度，好像她随时都会真的跪下来求佳慧一般。

佳慧筋疲力尽，站起身。好像一个生了锈的机器人，动作呆滞地走了出去。

带上门前她听见方含笑在身后拼命打圆场，她简直能想象出方含笑拼命露笑讨好的样子：“钱总赵总真是太对不起……佳慧小孩子脾气……是我没好好沟通……”

5

佳慧跌跌撞撞回了酒店房间，一个人在窗前呆坐着，看王府井大街上车水马龙。这城市真是叫人绝望。这样热闹，又这样苍凉。

将近午夜，方含笑才从筵席上回来。她手里有佳慧房间的卡，也不按门铃，就直接刷卡进了门。回身把门反锁，还加了条防盗链。

佳慧从窗前站起来，也不打招呼，直接说了一句：“我辞职。”

她等她回来，就为了说这句话。

方含笑冷眼瞧她一眼，没回答。从桌上拿了瓶水，一面开瓶一面走到窗边，仰脖一口气灌了半瓶下去。她喝完水，抬眼看静静站在那里的佳慧，哼地冷笑一声，然后开口：“十三年前我在大摩纽约做暑期实习，那年高盛销售交易部有个助理跳楼。知道为什么吗？”

方含笑没等佳慧回答，自顾自往下说：“那助理打算跳槽。他去一家对冲基金面试，讲他跳槽原因时，说了几句他高盛老板的坏话。结果那对冲基金老板是他高盛老板的客户，回头那话就传到他老板耳朵里了。那老板于是下封杀令，昭告华尔街，哪家投行基金敢收那个助理，就是跟他和高盛为敌。”方含笑停顿一下，露出一点冷笑来看她，“然后那助理跳楼了。”

“你想说什么？”

“我想说什么？你觉得呢？”方含笑哈的一声笑，“好歹我也在这行当摸爬滚打这么些年了。纽约伦敦东京香港，还有中国大陆，只要做投行的，哪个没听过我方含笑的名字！你想辞职，试试看！你看出了我这个门，天底下还有谁敢要你！”

方含笑鬼似的忽然移形到佳慧跟前，拿指头点着她的额头，恶狠狠地说：“你，得罪我了。”

佳慧猛然打开她的手，倒退一步，咬牙大声说：“你说得对！全世界都知道你名字！全世界都知道你是个婊子！”

好像又挨了那么一下，方含笑的脸又是一白。但也只是那么半秒钟工夫，她立即振作，又找出那恶狠狠的可怕笑容。

“行。算你说的对。我是做婊子的。可是今晚——亏你还是名校毕业的——你有没有脑子？每个周五我都苦口婆心说一遍：信任，信任，团队内部最最重要的是信任。关起门来你对我有意见，行！自己人跟前你骂我婊子，行！说我做鸡，行！可今晚是当着外人——当着客户的面。你不顾及你自己的声誉，客户的声誉呢?!公司的声誉呢?!我们公司最看重的，就是正直和清明的声誉——何况这还是在中国。私下里怎么鬼混都可以，生意场上你怎么能！你不顾及你自己的前途，公司的前途呢？高盛一年两个跳楼名额，你是想你一个我一个分了吗？”

两个人一般气喘吁吁，面对面僵持一会儿，方含笑先退了一步，像是一个刚刚干完体力活的病人，有气无力地回身，慢慢坐到沙发椅上。

“明天的 pitch book 拿过来。”方含笑说。

“我已经辞职了。”佳慧冷冷地说。

方含笑抬起头冷笑一下：“有点责任心好不好？拉完屎擦下屁股好不好？骂领导婊子把客户当傻缺，想干干不想干立马撂手不干，这就是你们北大作风？我算见识了。”

佳慧脚下僵硬，一时挪不开脚步。方含笑狠狠骂：“要死去死！不想死把计划书拿过来！——金融圈这么点大，你做了点什么事没做点什么事，明早全京城都知道了，隔两天全天下都知道了。你最好烧香拜佛我们把这个 deal 拿下来，否则你这辈子都别想在金融圈混了！”

佳慧慢慢挪到自己书包跟前。方含笑在她身后又骂：“蜗牛啊你？你看看我们还有多少时间。把你的光华女神脾气收起来，稍微利索一点行不行？”

这个计划书实际上已经改过无数遍。但是每隔一段时间，按照实际情况的变化，又或新信息的收入，就会从头到尾再改一遍。方含笑之前在外出差，全是潘丽丽过的目。这时她既然在，毫无疑问又得改一遍。

佳慧把计划书递到方含笑手上。方含笑甩给她一个白眼：“拿纸笔来。站旁边记。”佳慧拿笔。方含笑低头看建议书。她在这行当浸淫多年，早练就火眼金睛，挑错一挑一个准——实际上也不是错，都是鸡蛋里挑骨头的细节。只不过她对细节要求很高，没有按标准来的都是错。挑着一个错，就对佳慧一阵挖苦揶揄，连带她的母校故乡一概骂进去了——平日里对付下属的那套亲和力满满的伎俩，这时一概没用，光骂人了。佳慧从小到大都是优等生，哪里被人这样骂过？偏偏方含笑眼光很准，骂得要多难听有多难听，可就是叫人无从反驳。佳慧被骂得眼泪汪汪，一声不吭地站在那里，手里的速记本已经记得满满——全是些鸡毛蒜皮的细节，什么这里逗号该换分号，那里图表该做成柱状，饼状图某块颜色不够深，诸如此类。

这样说完已经过了午夜。方含笑终于翻完最后一页，“改完重新检查两遍。凌晨三点前，电子版发我邮箱，纸版拿我屋里。”

佳慧没再说话，泡了杯速溶咖啡回去干活。这样一干就干到两点半，勉强挣开眼皮，从头到尾通读两遍，然后送去给方含笑。

方含笑穿着睡衣，还在跟伦敦的人打电话。她接了计划书，捂住通话孔对佳慧说：“在我床上歪一会儿。哪里要改我再叫你。”佳慧累到极限，闻言往床上一倒，鞋也没脱。

方含笑打完电话，在台灯底下一字一字看，又挑了几个要改的地方。回头出声想叫佳慧，见佳慧背对着她，蜷在床上一动不动。她叹口气，弯腰替佳慧脱去高跟鞋，将被子替佳慧好好盖上，又仔细扯好被角。接着她坐回桌边，自己开了电脑一处处改——这是极其罕见的。鲜有 MD 愿意干底层员工的活。

这样一折腾又快四点。方含笑整理好资料，收拾妥停，自己爬去床的另一边睡下。她侧躺着，面对佳慧的脸。那脸白皙宁静，好像真的是睡着了。可是眼睫的湿润出卖了她。一颗珍珠似的眼泪沿着脸颊斜斜往下淌，淌过那脸上交错的泪痕。

方含笑心中微动，有点想起年少时的自己。在她能够阻止自己之前，她已将手伸出去。她的小指微微弯起，替佳慧轻轻把眼泪拭了去。

6

前一晚的尴尬尤在，第二天在中关园蓝海公司进行的推介会，像一场没有协调好的尴尬路演。微软的人在蓝海待着不自在，蓝海的人看到微软的人也觉不自在。方含笑一夜没睡，第二天还黑着眼圈打起精神做推介报告。可无论她怎么努力卖笑，坐在台下的蓝海董事会都一副不冷不热的模样。参与竞价收购的公司太多。微软给的估值和价格，显然没有达到他们预期。

微软那方面，似乎也对蓝海项目不那么热心。大概因为之前溢价收购的失败案例太多，微软亚太对于高出估值太多的交易，采取了很是谨慎的态度。微软原先有意向蓝海抛橄榄枝，是因为那时蓝海估值才十六亿。现在已经翻到四十亿了，还有公司参与竞价抬高估值——焉知不是又一个诺基亚？

这回周五的 TGIF 会，所有问题都针对蓝海项目。

“我听说微软与蓝海前一天的会晤不太顺利。”上海一位负责融资方案的 VP 问，“我想知道那天晚上我们跟微软蓝海的会面到底发生了什么。”

方含笑慢腾腾地站起来，走到大家跟前，摄像镜头中间。她在周五 TGIF 会上一向生龙活虎，即使面对一些刁难的问题也能对答如流，此时却好像犯了错的孩子，不很情愿地走到家长那里，知道即将到来的是斥问。

“我嗯……”她开口，眼睛盯着桌子边沿，“我知道我不能对我的同伴撒谎。可是……”她停顿下来，艰难地思考到底要说多少，该怎么说。时间滴滴答答过去，北京上海香港三个会议室一片寂静，所有人的目光都集中在她身上。那种集火的目光，好像一种残忍的逼供刑具，令她逃无可逃。

“我帮微软盯蓝海的案子已经很久了。香港总部对这个案子也很重视。”方含笑抬起头来，以那种从容淡定的语气，“三星、微软、百度、星空四家争蓝海，其他三家都已经搭上蓝海的关键人物，唯独我们没有。因为偶然的机会，我知道徐佳慧跟蓝海 CEO 钱唐有不同寻常的关系，可是我没去了解这个关系到底是什么。我找机会把徐佳慧从伦敦挖过来，本意就是让她帮我们做蓝海的案子。这一点我当时在伦敦跟佳慧提了，可是我没有详细说明情况。上周我们跟蓝海第一次打照面，我才知道佳慧跟钱唐关系根本不好，所以整个会谈……有点糟糕。我的问题，我承认。我没沟通好。”

一阵沉默。

打破沉默的是佳慧。

“所以你的意思是说，我的岗位根本没在你的正式招聘计划里。你把我招过来，就只是为了蓝海的案子。把蓝海做完，我就没有利用价值，可以滚蛋走人了，是吗？”

方含笑有些悲哀地看着佳慧。

她接着黯淡地笑了一下。

“你说得也没错。”

佳慧霍地站起来，那椅子被她的腿弹出半尺，发出沉闷的钝响。她起身飞快走出工作室，砰地带上房门。

她坐电梯到大堂，但也无处可去，只是在光洁地板的钱币图形里迷失。她在大堂待了一会儿，折到东南角的星巴克，要了一杯凄苦的浓缩咖啡。她对着咖啡坐在窗边，没有下咽的勇气，奇怪自己竟然这样软弱。

方含笑从来没想要她，从来没想她真正成为她的人。她只是个棋子——连棋子都不是，因为她目前为止只帮过倒忙，早就被人嫌弃了。如果真有一点骨气，她该做的就是冲回楼上，正式辞职。得罪方含笑又怎样？一辈子退出金融圈又怎样？她已经待够了，该给自己一个了断。

她想象她朝方含笑吐唾沫的样子。就该这样，朝她脚背吐一口涶沫，然后大大方方地扬长而去。她在心里下定决心，盘算好辞呈的言辞，皱着眉头把浓缩咖啡灌下去。她吸口气，预备起身回赴战场。

就在那时，她看到窗外一个熟悉的背影。那瘦削而单薄的身段突兀地出现在视野里。英蓝国际的后面是地下停车场入口，进出车辆扬起薄尘。方含笑踩着高跟鞋，慢吞吞地走到东一门附近，忽然就蹲了下来。她蹲在马路牙子上，点了一支烟。东一门的保安走上前，不客气地挥手驱赶，像面对摆摊的小贩。方含笑只好又站起身，慢吞吞走去车道另一边，走去那里的花坛。

对面新盛大厦有栋楼正在施工。有三两个农民工躲在花坛树荫里偷闲抽烟。

方含笑加入了他们。她踩着高跟鞋，蹲在那花坛边，开始抽剩下半根烟。一身精致裁剪，就那么古怪地朦胧在那乌烟瘴气里。

佳慧一下子没了斗志。好像她想跟人斗，人先把脸凑过来叫她打。她此时可以大大方方地走上前去，朝方含笑的脸猛吐唾沫——因为她的仪态实在与乞丐无甚差别。可是朝一个乞丐吐口水，该是有多无聊，多扫兴。

那天晚上潘丽丽请佳慧吃饭。在金融街购物中心的西贝莜面村。

“我知道你现在肯定恨透了方含笑，我说她没安坏心，你肯定不信。”潘丽丽扒拉着面条说，“可这事你还真不能怪她。把你从伦敦挖回来这主意，是我出的。”

佳慧一愣。

“靠，挖你回来做前台，又不是叫你坐台，你干吗搞那么苦大仇深，好像我们欠你多少似的。徐佳慧你是小孩子吗？为一个项目而招人进来，项目结束解散团队——这种事在投行里，实在是再正常不过。怎么到你这里就这么上不得台面了？”

佳慧搅和着莜面鱼鱼：“……我也不是为这个生气。”

“那就是为钱唐的事喽。”潘丽丽说，“这个怪不得方含笑。怪你那个小姑妈。”

“——嗯？”

“徐简啦。你那个小姑妈徐简，是方含笑老公的同学。每次聚会逢人就说，她有个侄女多傻多痴情，背着爸妈在学校外面养男人，结果那男的一出国就忘恩负义，没多久就跟她掰了……我说你们到底怎么回事？”

“——跟你有什么关系？”

“嘿我说你这小丫头片子！我跟你姑妈一辈的，你懂不懂尊敬长辈啊？”潘丽丽拿筷子敲桌子，“小样儿没规矩。好心搓合还骂这么难听。方含笑待你也够仁义了。要我直接一耳刮子扇过去。”

佳慧冷冷问：“你叫我来就为说这事？做得出来还怕人说。外面都传成那样了，我偏骂了，你怎么着？”

潘丽丽气得牙直响：“骂领导你还有理了是吧？方含笑怎么得罪你了，你非得这样跟她过不去？真要卖你到窑子里去，叫你哭也哭不出来，还让你这样嚣张？带你见客户是你的造化。你看新入职的分析师有哪个能上桌陪酒的？真这么清高你回家做小姐好了么，出来做什么投行！”

佳慧霍地站起来：“不用你教！我现在就去辞职！”

“哎别别别……”潘丽丽一把拖住佳慧，“你这……你这什么脾气……怎么跟当年方含笑一个德性……我是来劝和的，可不是想赶你走。你就听我说几句，行不行？”

佳慧又霍地坐下，说：“行，你说。”

潘丽丽叹口气。

“外面说方含笑说得很难听，我知道。可她不是那样——不是你想的那样。”潘丽丽说，“我跟她同事七年，她什么人，我不知道？你要真知道她是什么状况，再去听她跟上级怎么怎么的，就知道那是扯淡。真他妈扯淡！……我也不是说她有多清白，只是起码，她坐到今天的位子，真是拿命拼来的。你信也好，不信也好。

“当年我跟方含笑在香港大摩，那组二得要死，那组的头更是个傻缺。没人看好我们。大摩前台一年裁 10% 的人。那组除了方含笑，大家都忙着找下家。当时有一个 super deal，是中国移动出面收购美国某通信公司。那桩收购可以说差不多已经定了，在瑞信手里。方含笑偏不信邪，硬要从老虎嘴里抢肉。她那时区区一个 ED，敢给大摩全球 CEO 打电话。一通打不通再打，一直到对方接电话，跟他说大摩现在有一个机会，可以做一笔打开中国通信市场的大交易。那位 CEO 先生居然还真被她劝来了。然后组织大摩 CEO 与中国移动的领导见面，打开局面。大摩这才做了那个大单的主责顾问。

“那笔交易之后，包括高盛在内的一堆投行过来挖人。我跟方含笑说：你想去高盛，可以，但一定要谈条件：除非他们肯聘你做董事总经理，否则不考虑！方含笑当真去跟高盛谈条件。高盛开了价码，要求方含笑的组一年必须完成六十亿美元的交易额，否则扫地出门——你也知道高盛的风格。各个小组都是独立的，各自负责，业绩排名靠后的小组自动解散。这样我就跟方含笑过来了，肩上背着沉重的业务指标。第一年我们组总共四个人，还有一个是别组不要，预备解雇的——就这样，我们都扛过来了。第一年八十亿，第二年做到一百六十亿——你知道方含笑拼到什么程度？生完孩子在床上躺了两个小时，直接开视频电话会。”

佳慧有点动容，但还是板着个脸：“所以你到底想跟我说什么？”

“方含笑不是婊子。”潘丽丽横着脸说，“你再敢让我听到你这么说她，我就把你的舌头扯出来吧唧吧唧吞了——你看我敢不敢！”

7

跟黄朴姜，只有寥寥几个晚上能在一起。

黄朴姜趴在佳慧身上的时候百般柔情，恨不得用嘴将她全身吻个遍。从她身上爬下来，就变成一副疲惫已极、不想说话的模样。

佳慧自己凑过去，把头枕在他臂弯里，“我们住到一起吧。”

黄朴姜像是被佳慧这个念头吓了一大跳：“——住一起？？”

佳慧惊讶于他的反应，“住一起怎么了？我们在一起也快三年了。之前一直异地，现在在一块儿，怎么不能住一起了？而且现在房租这么高，两个人分担会好一些吧？”

“可……我上班在建国门外……”

“我知道，又没说让你搬我这儿。”佳慧说，她目前住在三里河北街，坐 21 路可以直接去上班，“我跟你搬去崇文门也可以的。反正有二号线，直接到阜成门。”

黄朴姜摸摸佳慧的头，闭上眼迷迷糊糊说：“我这阵太忙。过一阵再说。”

“我做完这个项目，就要被公司辞退了。”佳慧说，“北京实在太艰难了。我有点想杭州……我想回杭州……”

黄朴姜已经睡着了。

蓝海项目算是搁了浅。微软那边不冷不热，蓝海方面也没了音信。收购并购本来成功率小，十个里能成一个就很不错。组里本来也没对蓝海项目抱太大希望，如今更是各忙各的。除了方含笑，没人还对这项目上心。

唯一一个徐佳慧，因为大家都知道她留不久，所以也没人再使唤她干活——于是仍然被方含笑使唤。投行领导都是脑子一热又出个点子，叫底下人忙死忙活。方含笑心血来潮，觉得微软百度可以联手，与星空国际对抗，于是硬逼着佳慧又做了一个联合收购的计划书出来。

做完计划，又跟百度那边谈。约了时间在西二旗的百度总部商谈。百度方面的主责顾问是摩根士丹利，也是方含笑的老东家。但方含笑当年跳槽，从大摩带走不少客户，之后又几次拒绝猎头替大摩发来的会面邀请，所以这个老东家也没好脸色给她。

百度的总部酷似一个巨大的波浪形塑料大棚，在上地，土是土了点，但比英蓝国际要敞亮得多。初次会面在三层 1 号望江南会议室——是个小得要命的会议室，可见对方也没太把合作当回事。高盛方面，除了佳慧，方含笑还带了潘丽丽——因为她是谈判兼撕逼高手。大摩方面只来了一个 VP 和一个助理。那 VP 是个上海女人，英文名叫翠西。百度战略投资部本来派了一个负责人来，那人迟到，到点没出现。于是变成三对二的尴尬局面。方含笑一进会议室，就知道这合作要黄。

会议室里一张红木长桌，翠西坐在主位。谈生意向来有平级相对的讲究，也就是说，对方派出什么级别，我方派出相应级别。那个翠西不过二十七八模样，显然不会是 MD。潘丽丽当即在翠西对面大咧咧地坐下。佳慧在那助理对面坐下。

剩下方含笑，坐也不是站也不是，只得在佳慧旁边的桌角挤着。

“这位就是方总？”翠西声音软软糯糯，打的官腔带着上海口音，娇滴滴得不行，“真是久仰大名。在 Morgan Stanley（摩根士丹利）可没少听你的光辉事迹。真是非常 impressive（印象深刻）哦。”

“我不是方含笑，我是潘丽丽。方总今天有事，我代她出席。”潘丽丽笑着跟翠西握手，“翠西小姐是吧。我从来没听过您的大名，可不知道您有什么光辉事迹。”

“哦哟，我一个小人物，哪来什么光辉事迹啦——方总她今天没来呀？啊呀真是 shame（遗憾）啦。我看见 participant list（与会名单）上有她的名字，昨晚 excited（兴奋）得睡不着，还想今天好好跟她讨教讨教。”翠西满脸堆笑，意味深长，“三十三都快做上 Goldman partner（高盛合伙人）啦——这本事，可真是不一般喏，是伐？”

潘丽丽满脸的脂粉都被笑纹挤出来了，“翠小姐您这话说得。我看您也年纪轻轻。何况您说您这长得吧，对社会不满了是不是？咔嚓拍个大头贴往墙上一挂，白天能避邪晚上能避孕——竟然也能在摸根私单里做到 VP。您瞧您这苦瓜风格的个人形象，穿得那叫一个清凉，长得那叫一个败火，这都能出来见客，还跟我们方总讨教啥？改明儿我请我们家方总一起上门拜访，好好跟您学学这自信——无论长成什么样，照样开张做生意。”

翠西脸色一变，旋即又变成娇笑模样：“阿拉长得丑，阿拉自己也知道。长成这样吧，你们方总当然是看不上咯。哪里敢跟潘姐你比。潘姐不愧是方总手底调教出来的哟，一看就这么出挑，要身段有身段要风骚有风骚。听说在 Morgan 时候就三十老几了，这会儿快四十了吧？照样嫩得能掐出水来。不愧是会做生意的，跟着方总那是长江后浪推前浪，前边浪完后边浪。难怪 Goldman 在大陆这两年 performance（表现）这么好，都香港过来轻车熟路的，欺负码农老实，专做 IT 公司生意。我们在 Morgan，前辈都说方总走了真是可惜，再也找不到这么会卖的了。当年方总在，多少 IT 高管拜倒在伊石榴裙下，多少总裁夫人要跟老公闹离婚。我就跟我们组 MD 说，一定得把方总挖回来——这种自带一个排的头牌，一回 Morgan 十年业绩指标都完成了，我们还做个毛生意！”

旁边佳慧听得目瞪口呆。高盛跟大摩掐得狠那是传统，不管在纽约伦敦还是香港，都想踩着对方爬上去。可是这般面对面掐法……

潘丽丽嘿嘿一笑，摆出北京老娘们儿架势：“你丫还真说对了。我们家方总就是个会卖的。”旁边方含笑脸一黑。“会卖那也得有人买是不是？你说得对！科技并购行当我们家方总就是头牌！我劝你呀，真识趣的，赶紧弃暗投明。你看看你们公司那拨 MD，一水的兔儿爷，不着三不着两的软蛋子，就敢回香港跪舔洋人屁眼儿。你说你待在那里干吗？他们有一个晚上满足你了吗？我跟你说，麻利儿的过来，我看你盘儿不怎么样，骚劲还是有的，叫我们方总床上好好调教调教，出去卖也不至于捞不着客不是？——你说现如今什么都在涨价，就是人越来越贱！你贱成这样都卖不出去，哪来的性生活！所以我说你跟了我们方总，还能挣点小钱，将来自己养姘头也好养，是不是？”

翠西气得够呛，“那真是 Fuck 了。”几乎是从桌子后面跳起来，“我贱成哪样啦？贱成哪样啦？”

潘丽丽淡定答：“东方不亮西方亮，二逼啥样你啥样。”

变成两个人对骂的局面。

翠西骂：“你妈的骚货，你不是个戆逼样！”

潘丽丽淡定地转头对佳慧说了句：“看这种贱货就知道他家是个什么公司。”

……

这件事的后果是，大摩那边撺掇百度向香港高盛亚洲总部的合规官员告状，合规部门给方含笑发了个警告函，同时把潘丽丽召回香港，重新参加新员工合规培训。

事后方含笑自己在 TGIF 会上检讨说：“以后这种谈判，我一定不带潘丽丽……”

8

与百度战投会面不久后，传来一个坏消息：星空国际以每股 42 美元的价格从几家私募那里收购蓝海科技 23% 的股份——绕开了蓝海管理层。赤裸裸的敌意收购，几乎已经成功。

方含笑一扫邮件，立即说：“有内鬼。”

当时为微软与百度制定收购方案，定价每股 36 美元。这份收购方案从来没有公开，甚至也没有递到百度手上。此时星空国际定价每股 42 美元，仿佛是想叫其他竞争对手彻底死心。且它收购的股份，正是方含笑组收购方案上的目标股份。说是巧合，这巧合未免太过蹊跷。

方含笑临时召开上海组和北京组的视频会议，简洁明了宣布，她怀疑有人泄露收购方案。接着她一个一个盘问曾经经手收购方案的人——并不多。杨晟做的估值报告，上海那个 VP 托尼做的融资方案，潘丽丽负责计划书的审核，佳慧主责收购方案的财务部分，马修主责法务。

她问的问题都很简单：你最近在做什么工作，工作时长如何，去过什么地方，见过什么人。问完一个就火速转移到下一个。最后问到佳慧。这时才过去十五分钟。

问佳慧的问题只有一个：“你是不是在家加过班？”

这问题是废话。每个人都在家加过班。佳慧答：“是。”

方含笑宣布结束会议，接着把佳慧叫进小会议室，直截了当说：“问题就在你。”

佳慧气极反笑：“你这是故意针对我吗？每个人都在家加过班，为什么问题就是我？”

“因为其他人没问题。”

“其他人没问题？所以就是我有问题？”佳慧觉得自己简直应该摔门而去。

蓝海项目眼看夭折，方含笑还没有放她走的打算。这是什么意思？留着她故意给她难堪？为了报复？

“你没做尽职调查，我做了。”方含笑冷酷地说，“你男朋友黄朴姜，在申华资本任职。申华是这次星空国际的主责顾问。你明明知道申华是竞争对手，在项目期间却没有避嫌，仍然与黄朴姜保持亲密关系。要不然是你主动向他泄露了收购方案，要不然就是他背着你偷看。无论是哪种情况，你对这次失误都负有不可推卸的重大责任。你违反保密协议，构成侵犯商业秘密罪。如果我更严厉一点，你现在面临的就不仅是解雇，还可能面临刑事诉讼。”

佳慧眼泪一下子溢出来：“你说黄朴姜……”

“我也想知道。”方含笑疲惫地说，“不要直接问。他不会说实话的。电脑给马修，让他查看工作日志和使用痕迹。再不行报案，把电脑送去公安局做指纹检测。”

“……”

“交的男朋友都这么不靠谱，做风投亏死你。”方含笑雪上加霜地说，“段数低就别找金融男。做我们这行当的，投入产出都计算得清清楚楚。谈个恋爱结个婚一点亏都不会吃。赶紧平仓止损，趁现在还能全身而退。”

佳慧果真按照方含笑所说，把笔记本给马修，让他调出电脑操作历史。马修从海量的操作活动里提取出可疑的几次动作：两次是复制文件给陌生U盘，十六次登录某邮箱并发送文件。这简直是铁证如山。

当天晚上黄朴姜来找佳慧，佳慧直接把电脑操作历史记录拎出来给他看。

“嗨佳慧，你这是干什么。有时候你在洗澡嘛，我一个人无聊就随便拿你的电脑上上网……”

“上网？上网你不用我的平板电脑，非要拿我的工作电脑？我的工作电脑还是有密码的，能让你乱动吗？”

“是哦！你的密码还是我生日，哈哈！”黄朴姜凑过来抱她，“佳慧，我也很爱你……”

佳慧猛地挣开黄朴姜，大吼：“你从来都没告诉我你在申华做什么！你们在竞争蓝海项目——你从来都没告诉我！”

“喂，你从来都没问啊！——我也从来没问你在忙什么项目好不好？你不要乱冤枉人。申华资本那么大公司几百号人，我又不做并购，怎么就跟你们竞争啦？”

方含笑说得对，他根本不会说实话。

——可他说了实话又怎么样？

“你拷贝我们的收购计划到U盘，发送我们的融资方案到你自己的邮箱……这叫随便上上网？”佳慧眼里泛起眼泪，“你是不是跟我谈恋爱，就等着这一天？”

“我这是为你好。”黄朴姜说，这样的轻描淡写简直叫佳慧震惊，“你说你做那种投行前台，动不动出去陪客户。你们那个领导又是那种……那种货色……你不说做完这项目就不干了吗？那反正要不干了，拷个方案就拷个方案呗……将来你辞职，别那么辛苦，找个四大行的清闲工作，我养着你好不好？”

“你在搞笑吗？！”佳慧大吼，“偷文件这么严重的事情，‘拷个方案就拷个方案’吗？商业机密泄露我背责任！我被刑事起诉怎么办！这样的名声传出去，我以后在金融圈还能活吗！”

“徐佳慧，你这么撕破脸是想跟我分手的意思吧？那好。我也早想分手了。鬼才受得了你的小姐脾气！每个星期千里迢迢从东单跑过来送鸟，你付钱给我了吗你，天天摆个臭脸给我看！你工作忙我不忙呀？你压力大我压力不大啊？还得我好言好语哄着你！你以为你谁呀！追我的女的从东单排到西单了好不好，别以为自己是光华的就摆个臭脸觉得谁都配不上你！海归怎么啦？了不起了是吧？有种你在伦敦待着别回来呀！哎哟，又是光华又是高盛的，你以为自己多金贵，啊？凭什么我就该处处让着你伺候你，啊？”

佳慧猛地把黄朴姜用力一推：“你——混账——”

“哟，还动上手了。你再推，再推推看！来，推啊！——再动手我他妈今天宰了你！”

一架吵完，黄朴姜甩门而去。佳慧跌坐在地上，放声大哭。

这时手机响起来。佳慧有一刻不争气地希望是黄朴姜。但很快绝了念想。因为响起来的是她的黑莓手机。

话筒里不出意料，是方含笑催命一般的声音：“徐佳慧，回来加班。”

那时已是晚上十一点。英蓝国际各种北京代表处的幸福职员早早下班回家，留下一堆投行的倒霉蛋玩命加班。佳慧怀疑方含笑是有意腾了时间出来让她分手——下午六点的时候，她披着一张羊皮笑脸过来劝她回家休息，晚上十点半又一通电话把她叫回公司。

“我已经让田田跟星空国际约了明天上午十点商谈合作可能，所以明天上午六点之前，我们一定要做出初步的合作方案。佳慧今晚你就不要回家了，跟我去威斯汀，好不好啊？”

那皮笑肉不笑的脸，配合那嗲死人不偿命的声音，使整句话听在耳朵里特别像：今晚整死你好不好啊？

悲催的是佳慧只能回答：“好。”

组里其他五个人下班，纷纷过来跟佳慧道别。陈贤说了句“Good luck（好运）”。田田握住佳慧的手说：“我听说跟方总加班特别特别恐怖。学姐你保重！”

马修一脸荆轲表情：“人类的全部智慧都可以包含在两个词里面——等待与希望。”杨晟一脸鸡汤状：“忍一忍，风平浪静。加完班，海阔天空。”

潘丽丽以过来人的口吻谆谆教导说：“我们这里每个人都被调教过的。所以你不要怕，反正也不是第一次，是吧？总的来说呢，我们家方总的手法还是很好的。刚开始是有点激烈，会有一点痛苦。但是你不要反抗，慢慢地你就会享受了……”

威斯汀酒店公寓跟英蓝国际只隔了一个街区，两分钟路程。方含笑显然没有开车的打算——这就苦了佳慧。方含笑拎了个小包在前面轻轻巧巧地走，佳慧在后面抱着两台笔记本和一摞厚厚的文件，气喘吁吁地跟。走到酒店公寓，那前台早认得方含笑，起身打招呼："哟方总，又带了个大美女回来呀。"

方含笑笑答："是呀。我们组新来的姑娘，这还头一遭往回带呢。"

佳慧完全是哔了狗了的心情。

方含笑把佳慧领回房间。屋里一股子咖啡的味道。方含笑关了房门问："你困吗？"佳慧答："困。"方含笑说："衣服脱了。"佳慧："……哈？！"

方含笑从衣柜里取了短袖短裤，往床上一扔："换上。先去跑个两英里。"

去酒店健身房。三更半夜，健身房根本没有人。佳慧觉得自己跟游尸一样在跑步机上跑。方含笑的手伸过来，把速度从 5.2 迈每小时，提到 7 迈。佳慧跑完两英里，直接跪地板上了。方含笑跑完没事一样，扔一条毛巾给她，问："还困吗？"佳慧说："快要困死了。"

方含笑又把佳慧拖去泳池，逼着她不间断地游了四个来回。佳慧实在游不动了，趴在泳池边上流眼泪。方含笑站在岸上抱着手问："还困吗？"佳慧内牛满面："不困了……"

于是回房间干活。佳慧一回房间就崩溃了，眼泪噼里啪啦往下掉，止都止不住。方含笑骂："没出息！"佳慧哭着说："你很有出息吗？你敢说你失恋分手从来没哭过吗？"

方含笑一噎，低头看表说："给你哭三分钟。三分钟后收起眼泪干活。"

佳慧一面抽泣一面说："我也不是多难过……只是不甘心……以前没想到他是这样的人……"

方含笑抱手站在一旁冷讥："不做尽职调查就胡乱投入。活该！——两分钟。"

"那现在怎么办呢……就这样放过这个人渣吗……我想去公安局报案……他这么做，已经构成犯罪了吧……"

"这种小白菜，也配我们花时间打官司吗。"方含笑冷笑，"要整他手段多了去。弄不死他！——一分钟。快点，准备开工。别磨磨蹭蹭黏黏糊糊跟个鼻涕虫似的。亏你还北大的呢。真丢人。”说到这里她好像忽然发现了一个新鲜的点，“话说，以前小时候我也想考北大来着。成绩不好最后只能进二流学校。不过最近我发现，你们北大的也就这点水平，还不是被我这种二流学校的人使来唤去……还蛮有成就感的呵呵呵。”

佳慧狂奔到厕所里，给南晶璐打电话。南晶璐接起电话问：“你是不是跟黄大神分手了？怎么了呀？”佳慧咬牙切齿地说：“那个不重要……我们老板好贱啊！真的好贱啊！我真的很想杀人啊现在！”

隔五分钟方含笑把佳慧从卫生间里拖出来，直接扔在床上。床上已满是资料文件。方含笑指指几页纸说：“星空国际既然已经拿了 23% 的股份，叫它吐是吐不出来的。我们明天跟他们谈，可以先用一个方案摸清他们的真实意图。如果他们的目标只是尽可能多地占有股份，我们可以退一步，表示可以帮助他们跟蓝海谈判，收购全部股份。如果他们的目标是夺取蓝海的控制权，甚至清洗蓝海的管理层，”方含笑忽然一笑，“那么的的确确是敌意收购，我们就回来找‘白骑士’。”

“白骑士”是并购领域的一个术语，指在遭遇敌意收购的时刻，寻找第三方友好投资者收购公司，避免控制权落入敌意收购者之手。

“他们既然绕开蓝海，强行从私募高价收购股份，敌意已经很明显了——你说找白骑士，难道我们回头又找微软吗？微软亚太那个孙总也许愿意出价，可是他上面的领导很明显不想接这个案子了。微软连第二期的咨询费都没再续，他们还愿意做‘白骑士’吗？”

方含笑叹口气：“明天先跟星空国际谈吧。”

“他们已经基本完成收购了。剩下的事只是再多吞一点股份。根本没我们什么事。这个案子已经结了。”

“结不结，也不是你说了算。今天晚上，只管把针对星空国际的收购计划书做出来——正好也花一点时间了解竞争对手，是吧？”

佳慧领命，却又觉得无比挫败。到目前为止，她已经不知花了多少时间和心血在计划书上——有哪一份计划书是真正投入实践了呢？

真是够了。这种傻缺活真是干够了。佳慧想。

9

星空国际股份有限责任公司的总部在中关村软件园的数字山谷。因为担心堵车，方含笑七点就把佳慧叫起来——她只睡了三个小时。八点整两人从金融街打车杀到星空国际总部，这时离会面时间还有一小时。

约见的是星空国际事业发展部的负责人。两人在前台旁边的接待室等待，一直到九点半也没接到会面通知。佳慧给前台递了名片，请求前台转达，前台让她们稍等。这一等又等到十点。期间方含笑给对方发邮件，毫无音讯。十点佳慧再去问，前台又叫她们稍等，再给部门打电话。打完电话还是说稍等。

一晃到了中午。佳慧不肯等了，直接冲到楼上事业发展部。那里的人说："我们领导昨天都去上海开会了呀。全都不在公司呀。"

佳慧眼泪就要泛上来。方含笑拽她的手臂："别闹。在这儿哭丢不丢人？要哭出去哭——走！"

"那我们这样到底算什么！"走到门口，佳慧终于爆发了，"一次一次加班，一次一次熬夜。自从上班我就没有一次睡过好觉，人都瘦了一圈……所以我们到底在忙活什么？！我们到底在做什么？！一个废得要命的烂项目，我们拼死拼活地在做什么？——你使唤我使唤得很开心吧？把人当傻缺，一个劲叫人干傻缺活蛮有成就的哦？"当初好好的在伦敦，钱也没见得少。为什么要回来？佳慧骂自己蠢。

"做我们这行本来就这样。不想干别干。"

"我难道没跟你说我要辞职吗？早八百年前我就说要辞职。是谁不让我走，嗯？"

方含笑冷笑一声:“行啊,走啊。谁拦你了? 摆个傲娇脸给谁看。要滚赶紧的。看见你就烦。”她说着自己朝东北旺路走去。

佳慧踩着高跟鞋跟上:“你去哪里啊?”

“我肚子饿,去找点东西吃。”

“我也饿。我也去。”

“你不辞职了吗? 辞职了还跟着我干吗?”

“哎噫,这条路你开的? 你能走我就不能走了?”

拐进一条小街。方含笑饥不择店,进了一家桂林米粉,点了一碗汤粉。佳慧屁颠颠跟上去,点了碗乌龟青蒜米粉。那店面虽然不说太寒碜吧,也不是什么豪华体面的地方。两个人一个穿的是高端定制的不怕脏纯白色商务套装,脚底一双五厘米的白色尖嘴高跟鞋;另一个白底暗纹修身连衣裙,外罩米色商务西装,脚底一般高的米色高跟鞋——两人个子本来就高,这一来愈发显得鹤立鸡群。一路走来极大地提高了整条街的回头率,进了米粉店,周围一帮码农更是眼睛瞪直了。

店里生意很好。佳慧坐到方含笑旁边说:“实在没地了。要不我才不跟你坐。”

佳慧又饿又困,又委屈。米粉端上来,吃两口,眼泪啪嗒啪嗒往面碗里掉。

方含笑掰开筷子,却不忙吃,搅和着汤里的米粉,说了句:“这叫闭门羹。”

两个人头对头默默吃了一会儿。可怜那白富美的商务装立时沾染了点烟火气。

“我也真够傻的。”佳慧自怨自艾,“当时也不知道哪根筋搭错,稀里糊涂就看上了他。”

“鱼找鱼,虾找虾,乌龟找王八。”

“……”

佳慧霍地站起来,端着碗坐旁边那桌去了。

隔一会儿结账,这店小,不收卡。方含笑身上只有卡,只得跟佳慧求救。

佳慧嘲：“看，还赶我走。我要真走了，看你拿什么结账。”

“屁话这么多。”方含笑把佳慧钱包抢过去，全倒了出来，也就四五十块钱，全给了店家。

“哎哎哎，你不要找钱的啦？”

“给小费不会？”方含笑说，当即朝门外走。

这时天阴沉沉的，像要下雨。佳慧想叫车走，偏偏方含笑看上路边小贩的最后两根菠萝串——兜里并没有钱。

“去，取钱。”

“凭什么要我取！”

“我是你老板。”格外理直气壮。

“……”

佳慧无法，只得折回米粉店，问那老板要回找零，回来让方含笑买了最后两根菠萝。方含笑谢谢也不说，接了菠萝串咔嚓咔嚓吃起来。佳慧默默无言地看方含笑吃了一会儿，正想开口说什么。方含笑一个白眼甩过来：“看什么看。没你份。”

天果然下起雨。两个都是夏季轻薄款的商务装，一时间有点冷。这地儿就在滴滴总部附近，不知怎么着了邪，就是叫不到车。好容易叫上一个，司机不知拐去哪里。叫了两三回都不成功，方含笑说：“跑吧。地铁站也不远。”

两个人在雨里跑，跑没一会儿衣服全湿了。跑半天还没出软件园。佳慧抱怨：“这也叫不远？”

反正全湿了，索性不跑了。方含笑忽然有了做导游的兴致，指点给佳慧看——这里是IBM，那里是甲骨文，往哪边是百度科技园，往哪边又是华为研究所。

“我这十多年，全耗在这一片了。”方含笑发起感慨，“十年里，我看到多少科技公司兴起，又有多少科技公司倒掉。有多少公司被资本迅速催熟，没多久又因为烧光现金而关门大吉。又有多少公司处在风口浪尖，风吹不倒雨打不灭，如今仍然挺立……我高中那会儿，中关村是假货聚集地，说中关村是北京的硅谷，人听了都要发笑的。可是如今你看我们北京的中关村，真的不比硅谷差呀！当年中国的互联网产品，只知道照搬照抄，关起门抄别人创意。可是现在，我们有多少产品是走在世界前沿啊！阿里巴巴的服务器支撑得起世界上最密集的即时访问；微信比脸书 Messenger 更早集成语音对话；微软中国团队研发的微软小冰，搁全世界也不输给任何一款人工智能产品；在美国只有 Apple Pay 的时候，我们已经有支付宝和微信支付全面覆盖……”

“我很喜欢我的工作。”方含笑转过头来对佳慧笑说，那笑容在雨水里绽了开去，让佳慧心头莫名一热，“有机会做一个科技金融从业者，可以站在最前线上，见证中国在这十几二十年时间里，翻天覆地的变化——科技可以让世界变得更好。信息的自由流动，可以让我们的世界变得更加开放、宽容、透明。我至今对此深信不疑，并且我愿意为这样的变化尽我最大的努力。我知道我们的工作有很多迫不得已。有绩效，有指标，有考核。有外人的质疑和流言蜚语。有行业的无秩序，资本的盲目，监管的嬗变，信息的不对称。有压力，有加班，有失败，有傻缺活——但是我从来都没有后悔过。我也从来没有忘记初衷。

“资本逐利，这也没有错。身处我这个位置，不可能不去考虑业务量和盈利。蓝海的单子，其实不是一个大单子。可是我愿意为它付出心血，因为我想要扶植最有潜力的科技创业公司——而蓝海是。中国的资本市场太残酷，小公司一不留神就会被碾成粉碎。我想要尽力策划最好的收购案，使这些有潜力的小公司，能够在大公司的资本庇护下，得到最好的平台，发展自己的潜力，同时不失去原本的独立性——好比安卓 YouTube 之于谷歌，又或 Siri 之于苹果。找一个合适的买家实在太重要了！它可能成就一个公司，也可能把它彻底毁掉……所以我不会放弃。吃多少闭门羹，我都不会放弃。”

之后一路默默无话。两人走到地铁站，浑身上下再没有一块干的地方。佳慧拿卡刷进地铁站。这时票价已经飙升到单程人民币二十元。方含笑骂：“央行这十年真是没干人事。一个劲印钞票。”

地铁一如十年前的拥挤，但是方含笑已经很久没搭乘，换线时犯迷糊，被佳慧嘲笑。一路上手机仍然响个不停，佳慧默默地看方含笑，眼中因为熬夜满布血丝，依然变着脸接各种电话。

好容易到阜成门。将出地铁站，雨还没有停。方含笑忽然一屁股在台阶上坐下，对佳慧说："我坐这抽根烟。你先走。"

佳慧哦了一声，自己往公司走。走出几步，一想有些不对劲，又折回去。阜成门 C 口在金融街控股的灰旧老楼。果然就看见那烫金英文 LTD 的底下，方含笑一个人蹲在雨里，高跟鞋扒拉着花坛的边缘，双手抱腹，头低在两膝之间——在吐。

佳慧快步走上去，将身上的米色西装外套脱下来，双手撑平，在她头顶搭起一把伞。

方含笑吐了半晌，忽然发觉雨停了。抬眼一望，见是佳慧，笑说："我果然还是吃不得闭门羹。"

佳慧眼睫上积满雨水，挪开眼骂："十三点。"

10

周六一大早，方含笑把整个北京组的人拖到昌平跑半程马拉松，从十三陵水库到白虎涧。反响真可谓怨声载道。潘丽丽想偷懒，称大姨妈来访。方含笑说："裤子脱了给我看。"潘丽丽张开嘴，又默默地闭上。

还有不识相的，杨晟，说脚疼，跑不动。方含笑说："行啊。今天别跑了。下周末你跑个全马。我亲自开车跟着你。"这话疗效极好，杨晟立即说脚不疼了。

特意找来高华的司机王师傅，开个小面包车，一路跟着众人，送毛巾、矿泉水、能量棒、防晒霜。中途日头很毒，田田跑一半晒晕菜了。王师傅把田田捞到面包车上，歇了十来分钟，接着跑。

男生里陈贤第一个到，女生里方含笑第一个到。佳慧从来没跑过半马，竟然也咬牙撑完了——成绩竟然比潘丽丽还好那么一点。上午十点半，田田最后一个抵达终点。一伙人在白虎涧集合。方含笑还不肯放过他们，把众人拖到白虎涧某个莲花池边围成一圈，要所有人双手平举蹲马步。

“前十分钟都别说话，蹲着，好好反思这次项目为什么失败，自己哪里可以做得更好。反思完一圈挨个轮流发言。”

于是乎一圈人傻兮兮蹲着。有奶奶带孙子来白虎涧玩儿的。那小孩瞧见一圈人稀奇，跑过去问：“你们在干什么呀？”他奶奶说：“哟，练功呢。”

杨晟哭丧着脸说：“我们在开检讨会。”

五分钟过去，有人撑不住了。偷眼看方含笑，低着头在掉汗。趁她不注意赶紧站直了踢踢腿。

等到了十分钟，方含笑终于宣布现在开始发言。这时大家腿都在打颤，只想越快讲完越好。陈贤老老实实，列出一二三讲财务方案哪里可以改进。杨晟检讨做估值时应该跟标的公司加强沟通。田田眼泪汪汪地说：“我压根就没参加项目，为什么我也要罚呀！”马修说：“对。我们组就这风格。”

轮到潘丽丽。潘丽丽咬牙说：“百度 VC 那会我不该骂那个贱货贱货！”方含笑满脸是汗地问：“你这叫反省？”潘丽丽只好改口：“我不该骂竞争对手贱货。”

轮到佳慧。佳慧心里难过，很认真地检讨：“我不该当着客户的面乱说话。不该把收购方案泄露出去。不该动不动耍小姐脾气。不该不注意细节，忽略计划书里这样那样的问题……不该不全心投入。”

“不怪你。有时候真是客户傻缺——”马修发话。一众人大喊：“别废话了求快点！”

最后才轮到方含笑。她足足自我反省了三分钟，一二三四五列出五条。腿发抖的人们内心都是崩溃的。等组长终于讲完，一伙人全趴地上了。

下午回公司接着加班。这一回陈贤、杨晟、佳慧三个人一起看财报——

星空国际的财报。

在Excel和各种财报上奋斗了一个下午，三个人抬起头对视，同时点了点头。

“我们觉得，星空国际在洗钱。”佳慧跟方含笑报告说，“公开年报就有很多蹊跷之处。之前星空国际的三十多笔收购案，我们一笔一笔跟踪查了。虽然拿不到他们的财务单据明细，但从公开渠道能了解一些被收购公司的信息。大多是行业内一些资不抵债、面临破产的小公司。有的收购不久，就宣告破产。很明显是大股东洗钱。”

方含笑完全不惊讶。

“果然。”方含笑说，“我就奇怪，蓝海又没多少资产，为什么要敌意收购。也只有洗钱说得通。”

在中国，敌意收购发生的情况非常少。因为敌意收购可能激怒管理层，而如果管理层一怒之下出走，对公司的收购就会毫无价值——谁愿意花钱买一个没人的公司呢?

可是假如是为了洗钱的话，激走管理层，反而会方便收购公司轻易操纵标的公司财务报表——就变成何乐而不为了。

“什么是洗钱？”田田在一旁傻傻地问，她本科学的文科。

“你知道为什么中国电影行业明明热钱泛滥,烂片还是这么多吗？”佳慧问。

田田摇头。佳慧说：“一部电影投资十亿。请制作成本花了五千万，演员花了三千万，后期花了两千万，但在账面上，却把支出金额翻了十倍。投资十亿只花了一亿，请问剩下的九亿去了哪里？”

“啊！被他们自己乱花了。难怪那些投资了几亿几亿的电影都这么难看。”

“又或者进了某些人的腰包。”方含笑说，“这在并购行业也是一样的。”

“并购行业也做假账吗？”田田问。

杨晟答:“每届政府一上台都要打击腐败,来源不明的巨大资金要寻找出口，往往都会流入资本市场，迫切寻找洗白途径。并购是非常方便的手段——用巨额黑钱买一个股权结构简单、营收好看，但却资不抵债的公司，一部分用于打发股东，剩下的黑钱拿来玩现金流游戏，做成营业收入——合理合法地变成分红，进到投资人和大股东的腰包里。”

田田咋舌：“天哪。可是公司每年要做审计吧？不会被审计公司发现吗？”

方含笑微微冷笑说：“现在你知道，四大是怎么发家的了。”

杨晟说：“而且，因为标的公司往往在被收购时即已资不抵债，等把标的公司彻底掏空，他们就让它彻底破产。谁还找得到一个死掉的公司的财务明细呢？”

田田倒吸口冷气，说：“所以，你们的结论就是——星空国际在通过并购洗钱？蓝海正在沦为他们的下一个目标？星海国际收购蓝海，完成洗钱以后，为了销毁证据，他们就会让它彻底破产？——那蓝海岂不是很危险？”

方含笑严肃地说：“你说得对。营收漂亮，资产有限，股权结构简单——蓝海很危险。”

田田紧张地说：“那怎么办？要不要报警？或者跟证监会举报？”

“不行。”方含笑立即说。

“在中国做这行，最忌讳的就是举报。”杨晟说。

“为什么？”田田一脸正义凛然，“跟洗钱做斗争，义不容辞啊简直！”

“田田，”方含笑露出一个悲哀的微笑，“我也没你想的那么无辜。”

晚上召开全组参与的紧急作战会议。

“目标很明确——阻止星空国际的收购。”方含笑说，“请大家各抒己见。”

“马上定向增资扩股，摊薄股权。”陈贤说，“可以找高华证券部门。”

“或者联系红杉，直接找一家私募把红杉的股份都买下来，左右再添一点，拿下 30% 的股权，成为最大股东。”杨晟说，“相当于找‘白骑士’。”

“我有别的想法。”佳慧说。

“说。”

“杠杆收购。”佳慧说。

大家惊讶。杨晟开口想说反对意见。方含笑扬手："继续。"

"我知道听起来风险很大。星空国际市值一百二十亿，蓝海估值四十亿还有水分。蓝海吞并星空，需要很大的杠杆率。但是——今天下午我一直在看星空国际的 10–K 和 10–Q，结合星空国际底下分公司的财报和之前收购案的审计资料——连我都看出问题了，我不相信美国人看不出来。

"我的办法是，找对冲基金，大规模收购星空的股份，把星空股价抬上去。等股价升到一定程度，放利空消息——我会把星空的报表问题整理出来，匿名发送给媒体和投资者。这时叫对冲基金做空星空国际，预计星空股份会狂跌。等到星空股价触底——按照我的估算，星空的市值至少能缩水一半。此时收购星空国际 30% 的股份，大约只需要十八亿美元的资金。或者发行债券，或者从银行贷款，蓝海完全有能力做到。

"等蓝海完成对星空 30% 的收购，我们就可以坐进星空国际的董事会，大大方方以洗钱为由，清洗星空管理层，彻底掌控星空国际。星空国际这几年虽然一塌糊涂，但在虚拟现实游戏的市场占有率很高。虚拟现实与增强现实相结合本来就是趋势。蓝海收购星空以后，相当于白捡了一个巨大的市场。与其用十二亿美元收购蓝海 30% 的股份，一面还要担心星空联合别家再次入侵，不如花十八亿彻底了结星空，还能开拓市场。"

方含笑抱着手笑："够狠啊你。"

"这不跟你学的吗方总。"佳慧冷笑，"您老的 deal book，我可是翻烂了。"

"可是……操纵股价这种事……"田田说，"美国的证监会不要管吗？会不会风险太大？"

"我可是做风险管控的。"佳慧笑，"比这疯狂得多的操纵，我见得多了——高盛在纽约和伦敦净干这种事。SEC、FSA（金融服务管理局）来了，分一杯羹给他们，立刻闭嘴。"

"无论怎样，我们得先搭上蓝海管理层。我们想路见不平拔刀相助，也得他们愿意才可以。"方含笑说。

“不行啊。”田田抱怨说，“上个星期丽丽姐就在让我打电话。他们的秘书早被我折腾烦了。或者你们换个人打。我的电话一拨出去就被挂。”

那边佳慧已经拨通了号码。

嘟嘟两声，电话接通。佳慧极不客气地冲话筒嚷：“钱唐。金融街7号。马上滚过来！”

那话筒沉默了两秒钟。接着是一个呆呆的男声：“收到！马上滚到！”

田田张大嘴巴，哇了一声。

佳慧冷着眼觑方含笑：“方总费这么大劲，大老远把我从伦敦挖回来，怎么着也不能让您太失望了，是吧？”

11

高盛与蓝海正式签订咨询合同，一起制定了收购日程。佳慧主责二级市场股票收进。

马修、佳慧与杨晟合作，整理出关于星空国际的洗钱报告，按照预定计划，匿名发送给美国方面的媒体与投资机构。几乎是第二天，星空股价狂跌。北京方面按计划进行抄底。

佳慧没日没夜地加班。北京与纽约时差相差十二小时，为了盯纳斯达克抄底的情况，佳慧整宿整宿不睡觉，在办公室与纽约方面的两个基金打越洋电话，商量买入对策。

因为亿万级的买单不是一次性可以完成的。上千万股的买单抛进市场，势必导致股价抬高。看到股价有上升势头，就会有人来跟买，把股价进一步炒高。越往后，收购成本就越高。策略就显得格外重要。

这样关键的时刻，方含笑竟然不知又飞到什么地方去陪客户吃饭。打电话，手机不通；发邮件，不得回复。佳慧简直气急败坏：“方总是怎么回事？这种时候她不在叫我去问谁？”

潘丽丽根本没管这单子：“方总既然全权交付给你，就是百分之百信任你。”

“那要怎么办？照现在的股价，再买入就会突破预算，杠杆就得更高。那到底买还是不买？不买，可能错过抄底时机；再买，超出预算我怕方总回来生气……”

“哟，你还怕方总生气？”潘丽丽笑话佳慧，“以前看你小姐似的杵在办公室，这会儿倒还真是上心起来了耶。”

佳慧心不在焉地答：“……床上调教过的。”

潘丽丽登时笑：“那方总的心思，你该摸得透。”

佳慧叹口气：“要按她的心思，这回收购算是结了。她风格保守得很。也不知她以前做杠杆收购那豪迈劲上哪儿了。照我的说法，让对冲基金去整星空国际，叫星空彻底跌到底——可她连放内幕消息趁机做空都不同意。这种老好人去做交易，得穷死。”

佳慧死盯大盘。这时股价一片大好，尤其是科技股，大多走绿。星空国际搭上顺风车也一路飘绿。

连续六十多个小时没有离开办公室。到第三天晚上，方含笑终于回来。佳慧眼睛里满是血丝，开口才要跟方含笑汇报情况，方含笑却二话不说直接赶她走：“你给我回家，好好睡一觉。”

佳慧说：“才入手18%。低价买单已经没人接，股价开始回升，远远超过预期。再买入会超出预算……除了我们的基金，还有人在跟我们竞争……我不知道该怎么办，后来只是一直观望，没再买进。”

方含笑说：“做得好。你回去睡觉，后面我来。”办公室里一众人都应和：“是啊是啊。我们都在。轮值好了。也不能老叫你一个人熬夜。”

佳慧摇摇晃晃地起身回家，飘在路上觉得整个世界都不真实。出了大门，走到公交车站时，忽然想到有一些成交记录需要交接，转而又冲回英蓝国际。到办公室门口，那门没关严。将敲门时听见里面人在议论什么，仿佛与她——

与黄朴姜有关。

“快点。怎么整个法子修理他。”方含笑的声音，“像我这么宽宏大量的人都受不了了。订婚请柬都送上门来了——找抽吗这不是。以为勾搭上申华老总的千金就够资格邀请老娘了。我靠。”

“……哇塞真牛，一边泡徐佳慧，一边泡申华的千金，这边还有一百多条开房记录——光在北京一地儿。他可真没闲着。”马修的声音。

“很正常嘛。女朋友没在怎么熬得住。何况又是金融这种高压行业。”杨晟说。

“丫的一听就是渣男。熬不住你谈毛女朋友！外头吊着人家姑娘，回头开房泡马子好意思啊你？”潘丽丽的声音。

“那佳慧姐岂不是很可怜？被人蒙在鼓里两年？”田田的声音。

“行了行了，说这屁用。别拉开房记录了，赶紧地，把知乎‘如何对付渣男’给我拉出来。”方含笑的声音。

“知乎完全没有建设性啊！”马修嚷嚷，“‘射他一脸’——谁去射啊？‘抹他一脸大姨妈’——谁去抹啊？‘把鼻屎做成葡萄干寄给他’——谁，呃，贡献鼻屎啊？”

“我！”潘丽丽雄赳赳气昂昂掏出一张纸巾。

“看这条：‘在渣男回家楼下等他，让人揍他。每天安排不同的人揍他。揍到他哭。’”田田凑到马修电脑跟前念，“我看行。”

方含笑很鄙夷地瞅组里三个男生：“确定打得过？”

“我上。”潘丽丽说，“抽死丫的。”

“你们……在干什么？”

大家一齐回头，发现佳慧脸色苍白地站在门边。

“金融街渣男监督管理委员会第二次战略部署会议。”杨晟朝方含笑一摊手，“渣监会主席兼纪检组长。”

“这么关键的时候……收购还没有完成……我六十多个小时没有合眼……

你们……你们竟然……”佳慧倒退半步，无力地靠在门上，只觉眼前冒星。

“方总飞美国找了两个机构大股东，已经拿到星空国际 21% 的股份。加上你抄底的 18%。”冰山脸陈贤从电脑上抬起头来，“收购已经完成了。”

佳慧只觉身子一软，就往地上倒去。

“说了别忙。”方含笑三两步上前，扶起佳慧，探她的鼻息和脉搏，叹口气说，“累坏了。”将佳慧整个地抱起来（以良好锻炼过的臂肌），一直抱到小会议室的沙发上，脱了自己的西装盖在她身上，轻轻地说：“睡吧。”

星空国际召开股东大会，宣布解除星空国际于某的总裁职务，星空国际与蓝海合并，成立蓝海星空控股有限公司，蓝海科技总裁钱唐出任该控股有限公司董事长兼首席执行官。

佳慧作为这次合并的投行方面代表，出席了股东大会和其后的蓝海星空董事局会议。方含笑没有到场，只是在会前反复嘱咐佳慧和钱唐，一定不要激进，可以对管理层进行调整，但没有特别重大的理由，不要随意解除关键岗位的人员，以最温和的姿态完成合并。

佳慧对方含笑的建议非常不满。

“太便宜他们了……”股东会开完，佳慧在小会议室里跟方含笑报告，报告完以后抱怨，“又不是什么好人。那个总裁根本就是在帮人洗钱，我们就这样放过他？应该送他上法庭！……还有，当时做预算十八亿美元，如果方总你当时狠一点做空他们，完全可以在预算内把星空拿下来。现在我们花了二十八亿！后来又贴三亿买出管理层股份！三十一亿！凭什么！他们都赚翻了！……中国真是太没意思。好人没好报，坏人赚个盆满钵满。”

方含笑笑笑：“佳慧，这个交易，十八亿我们挣得多，还是三十一亿我们挣得多？”

佳慧一愣：“啊……”

投行抽取的费用通常是交易金额的一定比例。蓝海这样的大宗收购差不多能拿百分之二，是一笔巨大的数目。

佳慧说：“这样岂不是……并不是站在客户角度考虑问题？”

方含笑说：“应该说是客户利益加我们利益的交叉点。这笔交易我们是做了一个高杠杆，没错。但星空国际本身也是盈利能力尚可的科技公司。杠杆收购本就是拿标的公司作抵押进行贷款，被抵押出去的是星空，蓝海绝对不亏，还平白赚了一个市场。”

“可是……我不知道……我觉得这笔交易，不像是方总你原来的风格。”

“可我对之前的交易，并不骄傲啊。”方含笑耐心解释，“一笔收购成功还是不成功，在当时是看不出来的。现在我回头看，这十年我经手和负责的交易，并不是每一笔都能算‘成功’。我那时业绩压力很大，处在疲于奔命的状态，于是会以很激进的态度去争取交易。做买方顾问，为了中标，我有时就想方设法打压卖方价格。但这一定有利于买方利益吗？不见得吧。

“其实我们并购这个行当，好比做媒。并购完成，媒人的工作是完成了，但是那对夫妻成婚以后幸福美满吗？能够磨合吗？生了孩子吗？还是结婚后势如仇寇，一个活活拖死另一个，一个吃了另一个？

“星空国际与蓝海这个案子，好比是搓合一个财大气粗的金主和一个待字闺中的妙龄少女。起初是金主要抢亲，我们阻止了它；接下来我们想让金主嫁到少女家中来，还肯听少女的话——所以我们采取了打击金主的办法。可是这打击有限度。如果我们真的把它打残了——在美股市场上彻底毁坏它的声誉，压低它的股价，让它一文不值，请问你买它的意义在哪里呢？并购不可以是意气之争，一定要寻找一个各方平衡、双方满意的局面。家和万事兴，这道理搁企业兼并，搁团队建设，都是一样的。”

12

黄朴姜与申华资本那位千金的订婚酒会，佳慧没打算去。

“怎么能错过这样的好戏！”田田热情地拉上佳慧，“放心啦！有方总在你怕什么！”

“可是黄朴姜只给方总发了请柬，又没我们的份……”

潘丽丽当即塞了一张请柬过来：“方总亲自加印了一百张请柬。”那请柬还像模像样地印上了某个券商或基金领导的名字。

“一百张？”佳慧吃了一惊，“她这是要给高华上下全都派发一张？”

“不是。”杨晟说，“她要求在三里屯夜店派发剩下的九十三张——越奇葩的越好。我的任务。”

“哇塞，够劲爆。我要去。”马修凑过来说。

“这不跟申华结仇吗？”佳慧说。

“不跟人结仇，怎么跟人交朋友哪。”潘丽丽轻松愉快地说。

订婚酒会在国贸大酒店三层的群贤宴会厅。那个宴会厅很大，实际上只为订婚酒会隔出了一半的场地——即使如此也无妨显示酒会的奢华与高规格。

所以当一大拨夜店人氏穿着各种奇装异服，陆陆续续，吵吵嚷嚷地进入宴会厅，并拿着自拍杆对着吊灯摆各种造型的时候，这个酒会就有点，确实有点……

申华方面的人一头雾水，想把那些穿着大胆的奇葩赶出去，偏偏对方又真能拿出邀请函。

“这难道是领导的意思？”佳慧听见一个人说，“想要让订婚宴特别前卫？特别与众不同？”

“嗯嗯很可能是这样。”另一个人说，“毕竟申华也专注做TMT的，不免有一些科技公司的极客和怪胎……”

“这些个……有点不像啊……”

不可避免会遇上不想看到的人。

酒会的男主角黄朴姜出现在视线里。臂弯里挽着一个美女，想来是那个千金。

好像感觉到佳慧的视线，他的目光穿越人群抵达她身上。她一时怯场想躲藏。但是他看到她了。她勇敢地跟他对视起来，像挑衅一样。

他朝她走过来。带着他将要订婚的未婚妻。

佳慧发觉自己的腿肚子在发抖。她怎么一个人就来了？至少也该找个像话的男人，好显示她不那么落魄。

但真是落魄到极致了，也不会有白马王子来救她。

怎么办？怎么办？她该站在原地，还是落荒而逃？

“哟！黄总——”

只听一个嗲得要死的女人声音，不知从哪里飘过来，半个厅堂的人都不禁回过头。那女人好像浑然无知，声音依旧甜得要死人。

“哎呀，黄总，你不认得我啦？我是笑笑呀！”

佳慧抬眼一看，妈！还真是。这打扮别人认不出来，佳慧可是跟她睡过的，又见惯她捏腔拿调的模样，一眼认出来——只见方含笑架了副金边眼镜，抹了个大红唇，上身白色露肩短衫微露肚脐，下身红色百褶裙妖娆香艳，露着一双美美的大长腿，踩着一双金色细高跟鞋，袅袅婷婷地朝黄朴姜走过去。

黄朴姜显然不认识方含笑——但毕竟是打扮停当的美女——一时看得呆了：“你是……”

“上个星期凯宾斯基刚约过呀，黄总不记得啦？”

黄朴姜看出是找碴的，忙拖了旁边女友，掉头要走。只见一个满脸横肉的胖女人插着腰挡在他跟前，大声嚷嚷：“怎么？这么着就走了？我们笑笑平日里陪的都是大老板大客户，一晚上十几二十万都不放在眼里的。你姓黄的就这点出息，睡了我们家姑娘一个子都没掏，要我们笑笑垫房钱——还把我们笑笑的包呀、电脑呀、文档呀都给顺走了——”

“我、我没有——”

“少跟我揣着明白装糊涂，非要我把开房记录糊你脸上不是？瞧你人模狗样是号人物，怎么干这么没脸没皮的事儿！敢情欺负我们家笑笑脾气好，赏你个好脸色就蹬鼻子上脸。给人家做鸭的玩意儿也敢出来装爷们儿，要脸不要你。怎么不把你脸皮扒拉下来贡献给国防事业，有你这张脸做反导系统连原子弹也挡了，朝鲜美国算个屁——”

“你、你胡、胡——”

“你，你胡毛你。事儿做得出来还不让说了是吧？一个软蛋子出来约炮手脚还不干不净，脑子抽了吧你？我就跟我们笑笑说，你要真底下功夫好点儿，那疙瘩硬点儿，那她好歹爽过一下不是，那电脑呀文档呀，咱也就当赏鸭的钱，这享受什么档次的服务就给什么档次的钱是吧？可偏你个鸡巴玩意泥巴捏的，一晚上愣是没挺起来几秒。长进的都知道吃药，不吃药也知道上淘宝淘个能硬的，你吧，啥玩意儿没带居然也来了，全我们家姑娘服侍你。你不羞你那玩意儿都看不下去——”

说那时迟那时快，又横生枝节。一个高高瘦瘦、戴眼镜的男人突然不知从哪冒出来，冲到黄朴姜跟前，照着他的脸就是生猛一拳。黄朴姜被打得倒退一步，那男人还不肯放过他，上前朝他鼻梁猛砸两拳，将他打在地上，一面大吼：“敢动我老婆，我他妈今天废了你！！”

场面一时喧哗。黄朴姜的未婚妻吓得连连倒退。年轻的女孩们尖叫出声。冷静的宾客急忙叫保安。潘丽丽丈二和尚摸不着头脑，惊讶地望向方含笑：“这、这什么情况？”

方含笑急坏了，拼命把那男人往后拖：“喂周更新你——”

周更新双眼发红，发了狂似的，猛地把方含笑推开，“妈蛋你给我滚一边去——”挣脱众人的阻拦，还要上前跟黄朴姜拼命，“你丫的——混账王八蛋——就你叫我戴绿帽子——以为我们码农好欺负——我他妈今天不废了你我跟你姓——”上前跟黄朴姜扭打在一起，两边都是拳头不长眼睛地往对方身上招呼，没一会儿都挂了彩。保安好容易进来，把两个人分别拖到一旁。

“这……这怎么回事？”田田震惊地问。

“……这得我问你们啊！”佳慧大叫。

“不……不是啊……我们剧本不是这样写的……”田田纳闷。

“我们的剧本里，没有周更新。”杨晟说。

“这全乱了全乱套了！后半段应该我们上的！”马修跺脚，“应该我上前扯住黄朴姜领带问他怎么可以跟我登记结婚以后对我始乱终弃跑回中国……”

“周更新……是谁？”

“方总她老公。”杨晟摇头叹气，“这会儿她麻烦大了。”

“起码‘揍到他哭’了——这算超额完成任务。”田田一拍手。黄朴姜果然在哭，但是不是因为揍的很不好说。

申华资本的总裁很快也到了。在场的工作人员正在向他解释发生了什么事——但谁也解释不清。方含笑一干人早已开溜，剩下三里屯夜店来的一干奇葩，在社交媒体上对这一晚的八卦素材进行文学加工——从约炮，嫖娼，出轨到勾搭有夫之妇，当真是切中所有热点社会新闻的关键词。毫无疑问明天早晨，黄朴姜就要名扬京城了。

佳慧跟田田道别，自己追着周更新与方含笑夫妇，一直下到车库。那两人碍于外人的面，没有撕破脸吵，但看得出来两个人心情都很不好。

“佳慧……”方含笑说，她看起来有点灰头土脸，平常一向梳理整齐的额发有点散乱，眼镜加浓妆显得愈发滑稽，“我没想到你今天会来……”

佳慧没理她，只对周更新说：“周先生，我能跟你说句话吗？”

周更新铁青着脸，唔了一声，脚步僵硬地跟佳慧走了几步。

佳慧走到某根柱子后面，看向周更新，非常认真地说：“周先生，你千万别听那些人瞎说。方总她……她什么也没做。她只是……她只是要给我出气。”

周更新依旧青着脸，一言不发。

佳慧急了："你真的别信外面人说的话。方总从来没做过对不起你的事……从来、从来没有！她是一个好女人。请你珍惜她。"

周更新呆了一会儿，咕哝了一声："我知道。"

佳慧飞快掉头往电梯走。一面走着眼睛就有点湿。进电梯以后她回转身。电梯门关闭前，她看到男人用力将女人揽进怀里。他们是夫妻。

13

企业兼并涉及众多复杂的法律与审计程序，资产交接与内部机构整合又需要更长的时间，但因为这次蓝海从二级市场上发动突然袭击，跳过了之前的合作意向书与尽职调查步骤，使整个收购程序大为压缩。蓝海完成对星空国际董事会及管理层的初步改组后，立即进行信息披露，准备召开新闻发布会暨新产品发布会。

当时高盛替蓝海收购二级市场的流通股时，因为时间紧迫，一半资金来自十二家商业银行的定期贷款，另一半则来自四家银行的过桥贷款。为了偿还过桥贷款，蓝海需要发行债券筹集资金。所以这次产品发布会，既是面向媒体的新闻发布会，同时也是面向机构投资者的企业债券发行路演。

钱唐与他的团队，早在一个月前开始路演筹备。方含笑派了田田去做观察员，转达自己的建议。田田回来汇报蓝海的筹备情况："糟糕透了……他们根本不信任我，什么都不让我参与。只给我看 PPT。"

方含笑说："那行。既然这样，佳慧你帮他们盯着 PPT——路演那天我不一定有时间，你替我去。你对蓝海项目足够了解，可以帮蓝海去跟投资人谈判。"

佳慧当然要去的。付出那么多心血的项目，怎么可能不到现场，见证最后的时刻。

可是，跟投资人谈判？佳慧心里没底。

路演地点没有选在酒店，而选在中关村软件园星空国际的圆形报告厅。那一天佳慧和田田一大清早就奔去场地，但却被蓝海的工作人员请到贵宾室里。

“真不用你们操心！”路演负责人王勇说，“我们准备好了。”

筹备路演时，佳慧去现场看过那个报告厅。是摆满长桌的环形会议室，座位可以容纳两百人。虽然没有酒店豪华，但白色瓷砖，白色墙面，偏浅色调的装潢，是互联网公司鲜明简洁的风格。可那天早上，佳慧走进那个圆形报告厅，登时傻了眼——所有桌椅，包括主席台讲台，被全部撤去；话筒、投影仪，所有会议设备不见踪影；原来会议室墙面挂的所有图纸，也统统被拿下。除了天花板上一圈半明半暗的灯泡，那报告厅空荡荡的，什么都没剩下。

来宾陆续入场。六个戴眼镜的女引导员——长相都有点，啊，朴素。目测，啊，都是女码农——以不怎么礼貌的方式，引导各个机构代表，往指定区域入座。然而并没有座位。

“前排的可以坐地上。”女码农建议说，“地板我们昨天都用墩布擦过一遍了，还用了洗洁精呢。所以你们尽管坐，白裤子都没问题。”

田田说：“啊？那你们用洗洁精擦完一遍，有没有用清水再擦一遍啊？……”

佳慧已经气冒烟了。看到王勇，冲过去质问：“你们，你们这是疯了吗？这里多少媒体记者、银行代表、券商私募大佬，你们让他们坐地上？”

“不愿意坐地上，可以站着的。反正我们主路演很短，不算 Q&A，十五分钟搞定。”王勇说，一面扫一眼佳慧的名牌，“哦，这位是高盛的徐小姐啊？久仰，久仰。我们给你安排了一个角落里的站位。”

佳慧气傻了。王勇已经招呼了个女码农，让她引导佳慧和田田站到角落里。

“站这儿了别再乱动啊！”那个女码农脾气暴躁地说，“你们要是乱挪地方，我们不好安排。”

等女码农走开，田田哭丧脸说：“我早说糟糕透了，是吧？……”

宾客们被安排靠墙而坐，将圆形报告厅正前方与中央完全腾空。佳慧和田田站在靠后右边的角落，这个位置只能看到主持人的侧影。

所有来宾“入座”后，路演正式开始。钱唐与王勇身着T恤走进报告厅中央的空地。他们身上的T恤，前面印着星辰大海，后面印着海贼王——格外有年代感。

那场路演的前半部分简直是一场灾难。钱唐本来就缺乏公众演讲的经验，偏偏又要自己硬上。钱唐一开口，佳慧就痛苦地捂上了耳朵——那口标准杭普实在是叫人没法恭维。王勇也没有好到哪里，虽然口齿是比钱唐清楚些，却无法掩饰他的紧张和不自然。两个人努力想表现得默契些，但问答应对都显得格外刻意。

幻灯片倒是做得挺漂亮——佳慧和田田的功劳。正面一整面墙壁用来放映几经修改的幻灯片。包括公司成立时间、创业过程、目前项目进展状况，未来的盈利预期，以及与星空国际合并的前景，都以幻灯片的形式清楚地展现在观众眼前。

“幸好还有幻灯片。”田田叹气，“他们讲的这水平，跟和尚念经似的，还不如让我们去讲呢。”

前半段路演的好处就是短，平，快。正如王勇自己所说，十五分钟搞定。十五分钟后，主路演完毕，所有灯突然就灭了，场内一片黑暗。人群发出小规模骚动。

“大家不要惊慌，不要惊慌！”是钱唐的声音，“个么俺……个么我……想吹一首笛子曲，送给一个女孩。”

黑暗里忽的响起悲怆的二胡，是《二泉映月》。佳慧真是要疯了：“路演放这种音乐！”那边钱唐也发现不对了，忙叫：“错了错了！”

工作人员黑灯瞎火折腾半天，才终于准备停妥。钱唐这时也慢慢平静下来，对骚动的人群背诵了一段事先准备的台词。他背词的口吻太生硬，一听只觉得造作。可是人群还是很快安静了下来。

微微亮起一星光，打在钱唐身上。钱唐笨拙地拿着一把笛子，想附庸风雅，却改不了码农模样。

“我想把接下来这段全息投影动画——我们最新的成果，献给一个杭州女孩。她是我们公司的第一个天使投资人。她也是我的青梅竹马。肉麻一点说，她是我最初最后的爱。我现在知道最好的爱情，就是有她在。在我一事无成，穷困潦倒的时候，她不计付出地鼓励我，帮助我，因为我而跟她的父母闹翻。我少年时读书不好，而她一直是尖子生。我高考落榜，一无所有，只是因为我空口告诉她，我想做最好看的3D动画，她居然就说服她父亲，给了我第一笔资助，使我可以赴瑞士留学。所以我说，她是我们公司的第一位天使投资人。在苏黎世应用科技大学，我结识了我的导师与蓝海最早的合伙人。可以说，没有她家人的第一笔资助，就不会有我后来的因缘际遇，也不会有今天的蓝海。我那时还不知道，她对我来说，就是女神一样的存在。但我那时不了解，也没有珍惜。我很想跟她说一句对不起。

“她可能已经不记得了。但是在十二年前的今天，她曾经拉着我的手站在杭州武林广场。我们一起看八少女雕塑喷泉，然后一起看投映在浙江展览馆的杭州主题3D灯光秀。她脸上的笑容，我永远无法忘怀。她后来离开了杭州——我也是。我知道她很想杭州——我也是。我偷偷看她发的状态。在泰晤士河上坐船，她会说，‘并没有我们运河上的漕舫好看。’在日内瓦湖畔，她会说，‘大虽然大，却没有一分西湖的灵气。’在温布顿喝早餐茶，她会说，‘小时候嫌绿茶苦，现在才懂天下茶叶，再没有好过龙井的了。’你们不要嘲笑她的骄傲。我知道她只是想家。你可能又说：既然想家，为什么不回去呢？可是你们知道吗，像我们这样注定要漂泊的人，有时候回家，不是一件太容易的事情。

“谢谢你们今天到来。我知道你们来，是想看到我们的‘新产品’。可是我，我只是很希望，能再次看到那个笑容而已。”

钱唐说着，朝音响师点点头。音响里忽然响起一段杭州话的童谣。

鹞儿鹞儿飞得高，回来吃糕糕。

鹞儿鹞儿飞得低，回来抱弟弟……

童谣声止，室内一片黑暗寂静。那寂静延绵三秒，忽地一声清亮的笛音响起。笛音响起的一瞬，佳慧的膝畔，忽然有一枝发着莹光的绿荷的茎蔓生长，打破了这一片黑暗。那茎蔓不断生长，一直长到佳慧面前。紧接着一个花骨朵，在柔和的笛音中缓缓绽开——那是一朵漂亮的水荷花，在黑暗的背景色中发着幽微的光芒。

佳慧还没来得及惊讶，那笛声由温柔转激越。好像受到召唤，眼前黑暗的空地中，以佳慧脚边那株荷花作为起点，左中右三个方位，接二连三有绿色枝蔓，在黑暗里缓缓成形。只一小会儿工夫，枝蔓满布，一半撑起荷叶团团，一半撑起莲花满满。原本黑暗无光的圆形厅堂，被满堂凭空而起的荷花荷叶照亮。那花朵和叶片是那样逼真，以至连花朵颜色的渐变，叶脉的交错伸展，都在幽微的光芒中毫发毕见。

两百多个观众一面惊叹，一面四下张望，寻找花叶光线的来源。在并没有头显的情况下，这样完全立体，细节逼真的图像是怎么投影，又怎样在人们眼里成像的呢?

人们还没有来得及收住惊讶,更大的影像奇观又一拨拨袭来。人们看到佳慧，试探地朝前迈出一步——她面前的荷花荷叶，仿佛有知觉一般退至两边，为她腾出一条道来。佳慧走了一步，低头瞧见脚边红鱼欢欣，在荷叶底下悠游来去。佳慧试着伸手去触一尾红鱼，那红鱼即刻逃开。

红鱼将众人的视线牵引向荷潭中央。在黄泓《三潭印月》钢琴曲改编的笛音里，三座小小的石塔凭空露出形迹。在道路的尽头，荷塘与黑夜交织的远处，忽有一轮明月升起。某个角落，一座小亭在黑暗里成形。人们视野中央，三座石塔里的灯烛燃起，在水面上投下一圈光晕，与明月交相辉映。那情景如梦如幻，却又逼真得仿佛身临其境。

随后石塔消逝，明月淡去，荷花莲叶消失不见，眼前出现一条暗夜中流淌的微缩长河，河两岸楼宇层次如鳞，灯光星星点点，倒映河面美轮美奂。佳慧这头，是武林门；钱唐那头，是拱宸桥。香积寺，富义仓，凤山水城门，龙山白塔，在运河两岸微光闪烁，如在朦胧画中。

运河疾速倒退，忽然前方现出一道银线。那银线由小至大，顷刻逼近眼前。只见一道高数米的水墙凭空而生，黑沙白浪相吞屠。浪潮涌动，浪涛一瞬间如鲲鹏展翼，下一瞬有如万马奔腾，再一瞬又如祥龙吐雾。

一个通天巨浪打来，那浪分明是龙头的形象——因其逼真，许多观众吓得惊叫出声。紧接着潮水将河道两岸物象吞没。光线转亮，滚滚巨浪将人群淹没。尽管知道这浪头只是影像，但伴随逼真的涛声音响，足可以假乱真。这是钱塘潮，飞沙走马，万古繁华。

音乐声止，潮水退去。烟消波尽，人们还没有从那震惊中清醒。光线中渐渐浮现八个立体的汉字：梦回武林，最忆杭州。

现场先是一片静默。静默持续了足有十秒。接着报告厅里，欢呼如海，掌声雷动。

田田惊叹：“太赞！”扭头看佳慧，却发现她已满脸泪水。

“我们刚刚见证了历史。”一家全程跟进路演进行直播的科技媒体主播，按捺不住激动的心情，“没有头显，不依赖任何中介设备，蓝海全息投影，刚刚向我们展现了一个极富科幻意味的场景：通过某种光学手段，使物像在空气里栩栩呈形；而人们可以与物像直接互动。尽管互动程度还不尽完美，但已足够骄人。毫无疑问，这项技术将全面改革我们的娱乐、通信与交互行业，将终结液晶显示屏与头显设备的短暂历史。同志们！这是目前 VR 与 AR 在人类历史上的极致—— 一家超越 Magical Leap（神奇飞跃）的公司在这里，在北京诞生了！”

14

北京时间2028年11月7日五点整，方含笑的黑莓手机响起铃声。陈贤抬起头。方含笑低头看了一下那个号码，朝陈贤笑了一下。桌上所有人都停下了手里的活，一向繁忙喧闹的办公区，忽然安静下来。方含笑在一片不安的安静中接起电话，面带微笑，声音平和：“你好，马克。”

半分钟后她放下电话，格外平静地说：“纽约老板的电话。”所有人都没说话，静静地看着她。她用食指和拇指托住下巴，忍不住一笑，说：“升职加薪了。”

马修吹了一声响亮的口哨。办公区响起一片无比热烈的掌声和欢呼声。杨晟把早已准备好的香槟打开，哗的一声，气泡漫了一地。

三十三岁。方含笑晋升高盛全球合伙人。

这一年新提拔的七十八名合伙人中，方含笑是亚太区八人之一，十一名女性高管之一，以及唯一的中国人。

这消息迅速在英蓝国际十八层与十七层的办公室间传开。十五分钟后，高华证券的领导与老合伙人亲自来到这个边角的小会议室道贺。三小时后，所有新晋合伙人通知完毕，名单在全球数十个办公室流转公开。来自世界各地的道贺电话络绎不绝。

所有人都喜气洋洋，好像自己也跟着沾了光。用潘丽丽的话来说，就是“一人得道，鸡犬升天”。

喜庆不是没有理由。方含笑晋升为合伙人，意味着她在纽约全球总部、香港亚洲总部，都能参与公司层面的重大决策——她有更大的话语权。毫无疑问，她直接领导的团队，将享有更多机会，更多资源。

独有佳慧坐在一旁，冷眼旁观这一切。热闹是别人的，与她无关。

升职加薪的是老板，她有什么好高兴？何况这老板，本来也没打算留住她。

蓝海项目结束后，佳慧在组里彻底被架空。

这也不是奇怪的事。蓝海项目本来也不是什么大项目。这一年度规模百亿美元的跨境业务就有不止一单。蓝海说到底，不过是方含笑手上众多中级市场项目中的一个，她出于个人兴趣的小小消遣而已。

方含笑又给北京组布置了四个新项目，潘丽丽手上两个，陈贤手上两个。每个人都忙得足不点地，连田田都对着一沓资料焦头烂额。唯独佳慧无人问津。

佳慧看潘丽丽忙得晕头转向，上前问："有没有什么我可以做的？"

潘丽丽手里不停，挤出一脸笑答："没事，没事。哪里敢麻烦徐小姐。"

佳慧找准陈贤的空隙，又问："陈贤，我能参与你的项目吗？"

陈贤冷冷答："你不是要走了吗？"

佳慧一言不发，怏怏退回来。没错。当初方含笑挖她回来，就是为了蓝海项目。现在项目结束，还留着她干什么？

佳慧面无表情，心里只想冷笑。

洗手间。在隔间里听到潘丽丽跟田田的声音。

先是田田说："丽丽姐，我觉得我们方总……好恐怖啊！那个星空国际，不就是放了她一次鸽子嘛，现在下场这么惨。股价跌这么低，管理层全被解雇，公司整个儿地被人吞并……方总以前也是这样吗？真的好可怕……"

"嘘！小着点声！"潘丽丽低声说，"背后议论老板，不想活啦你！"她自己却又小声议论起来，"不过你也没说错。我们方总这人吧，别的什么都好，就是可记仇啦。你要帮过她，待她好呢，她记你一辈子，自己升上去也不会忘了提拔你——比如说我。可你要得罪了她，当心着点——她也记你一辈子，指不定什么时候弄死你。"

田田咂咂舌头："我会好好干活，不会得罪她的。"

"对啊。像你们这种北大毕业的，尤其要小心。"

"啊？为什么？"

“因为她特别不待见北大学生。以前我们组也进过那么两个北大来的实习生——两个都没好下场。也都学金融经管的，辞职以后愣是没在北京找着下家。这会儿一个回家卖猪肉，一个在老家刷油漆……当然我也不是说刷油漆不好。毕竟基层也需要高素质人才，是吧。”

“……啊？可是……可是方总她要是不喜欢北大学生，为什么还要招进组啊？”

“这还用说。以前自己想考没考上，心里不爽，招进来慢慢折磨呗。”

“……”

佳慧想起那晚在金茂万丽，她点着她的额头说，你，得罪我了。

她得罪过她，并且还得罪得不轻。

佳慧回到工位，对着电脑屏幕发呆。余光扫到小会议室，方含笑在玻璃后面，依旧捏着嗓子变着脸跟各色人等通电话。曾有那么几回，在酒店房间同床共枕，在健身房一起挥汗如雨，还有那一回她在阜成门地铁站口吐，吐完蹲在花坛边上抬头来看她，她以为看到了方含笑的真面目。那一刻，她以为她跟方含笑是可以做朋友的。然而现在她有点怀疑了——她看到的是她的真面目吗？又或者不过是她容许她看的另一张面皮？

下属不能与领导称兄道弟。等级关系不可能产生真正的朋友关系。即使领导把你当朋友了，你也不能傻到当真以朋友的标准去对待领导。这在中国尤其如此。回国之前，佳慧就听了很多。

绝对绝对不可以得罪领导。因为领导真要跟你过不去，办法实在太多了。

比如现在。

正常公司解雇一个员工，需要付出额外的代价，还可能吃上官司。但如果是员工自己要辞职，那就没公司多大事。

所以问题就变成，如何用最少的资源，逼一个员工辞职。

佳慧看着周围忙碌的同事，愈发觉得自己闲得慌。这闲里还有一种孤立的意味——事情可多了，就是不让你参与。

连你自己都觉得自己是多余的。除了辞职，好像也没有别的办法。

可是等佳慧真的下定辞职的决心，方含笑又不在北京。可以想见新晋合伙人的繁忙。看她近期日程，在纽约香港伦敦旧金山几处奔波，一个月内都回不了北京。佳慧把辞呈给潘丽丽，潘丽丽说："你傻啊你？都不知道把年终奖领完再走吗？"

年终奖发完，方含笑终于从国外飞回北京。结果不久传来她住院的消息。据说是流鼻血流到失血过多。杨晟他们正要组织去医院探视，方含笑却又飞去加州，三天后才终于在办公室出现。脂粉也掩不住那脸色的惨白和眼底的青影。但她仍跟平常一样微笑，发嗲，交代工作，联系客户，准备会面安排。

结束了。要结束了。佳慧想。

佳慧把电脑里早已拟好的辞呈打印出来，送去小会议室。

方含笑还在打电话。佳慧默默等在一旁。这一打又打了半小时。佳慧于是被晾了半小时——反正她闲得慌。

最后方含笑终于得空，抬眼问："怎么？"

佳慧一言不发，递上辞呈。

方含笑扫了一眼，扔在桌上，"我是在等你。"转而从文件盒里掏出一只透明文件袋，袋上标签用小楷工工整整写着"给佳慧"。方含笑打开。那文档里有几页纸，每页纸上别着一张名片。

她眼睛血红，一脸憔悴，但语调温和，干练而有力。只听她说话，完全想象不出，她上午还躺在医院里。

"这是伦敦高盛国际投行部 TMT 行业负责人约瑟夫，高级合伙人，也是你伦敦政经的校友，你要是想回伦敦并且还愿意做并购，可以跟他联系。如果不想做并购，这是香港高盛亚洲交易部的主管托马斯，也是你们校友，想赚钱就去他的组——比我们做并购的挣钱得多。要是怕累，不想成天加班，中后台岗位多得很，你还是可以回去做风险管控，或者去做商业银行部门底下的直接投资部，工作时长相对好一点，香港上海都有办公室，负责人名片在这里。假如不想待高盛了，可以跳去买方，这里有个对冲基金的机会，在伦敦纽约都有办公室。他们的头叫尼那，是我以前在大摩实习时的老板，人特别好，比我好处得多。又或者，要是想回杭州，阿里资本和蚂蚁金服都在招人，两边负责人的名片都在这里，我会给你推荐信。

“我知道你不喜欢我，不过有句话我想跟你说：以后去了下家，不要轻易挑战你的老板。别指望把老板当朋友，可也不能把老板当敌人。尝试把老板当成客户，寻找卖点，推销自己，好好经营，争取共赢。你想，客户里傻缺有没有？多了去了是不是？可是你当着客户的面，能管他叫傻缺吗？一个道理，得委曲求全。尤其咱们做并购的，不比那些做通道业务的。人家做 IPO 是站着服务的，咱们是跪着服务的。这个行当做久了，做什么你都不会委屈了。你这一辈子，会遇见各种风格的老板，各种风格的客户。别忙着对他们做智商或道德上的审判，先问问自己：我能努力发掘自己，去适应他的风格吗？我能找到一种彼此都最舒服的方式，一起来实现两边的价值吗？……怎么，怎么哭了？”

佳慧眼圈殷红，泪珠从眼眶里滚出来。她飞快抬胳膊一抹眼睛：“方总，你能不能……能不能别赶我走？”

方含笑把几页纸往桌上一扔：“这说笑了。不你自己递的辞呈吗？”

“我知道我得罪过你。”佳慧站着，耷拉着脑袋。好像进组以来，她一直在检讨，一直在道歉，简直驾轻就熟，“我那时不懂事。我也不指望你原谅我。只是……只是我想跟你说……我想说，”她抬起头来，红着眼睛说，“你是我遇到过最好的领导。我不是傻瓜，我虽然菜可也不是刚出校门。我知道职场是什么样，也知道遇到一个好老板有多么难得。我怎么可能不知道你在我身上花了那么多心思。我之前在上海德勤，后来在伦敦高盛，做的都是最边缘、最底层的事情，好项目永远轮不到我。我不知道怎么去跟领导沟通，也没有办法跟同事打成一片。我那时总觉得自己委屈，满心委屈可是无处倾诉。我是心高气傲，小姐脾气，缺乏团队精神，被孤立以后索性不再跟人沟通。可是我那时没有反思自己的问题。

“只有到你这里，你给我足够的信任，还有足够的机会。也只有在你这里，我第一次反思自己的行事作风，第一次那样全身心地投入，第一次感受到——原来全身心地忘我投入工作，并且把事情做成，会是一件那样幸福、那样开心的事情。你手把手教我，带我做项目。不管什么会谈都让我跟着你，给我机会，让我完整地看到一单生意从初步谈判到最终完成。你虽然有时候有点凶——很凶，简直跟催命一样，但是……但是我从你这里，学到了之前工作完全学不到的东西。

“有时候我真佩服你。我在你身上看到了……好像看到了，以前想都不敢想的自己。面对困难不退缩，不推诿，不放弃，死磕到底。勇敢地直面批评，勇敢地承认错误，勇敢地接受挑战，勇敢地去做更好的自己。

“可是又有时候，我觉得我……我真恨你啊。我好像还有点怕你。我觉得你跟证监会一样真可怕啊，完全摸不透你在想什么。但是我又觉得……我又知道，不是所有人都可以那么幸运，遇到一个肯骂你，肯带你，肯跟你推心置腹，并且还是行业头牌的领导……方总，我很喜欢你！真的很喜欢你！我也很喜欢你的组。拜托请不要赶我走。你想慢慢折磨也可以……可是，可是请让我留在你身边。”

方含笑睁着一双布满血丝的眼睛，一时间说不出话来。两个人都有一会儿没说话，眼圈一般的发红。就这样一个坐着，一个站着，面面相觑地沉默了半晌——直到田田抱着厚厚一摞资料，在玻璃门外艰难地用手肘敲门。

佳慧把门打开。田田满头大汗地把资料抱进来，一口气说：“方总您要的四十七家新三板公司的年报财报主办券商推荐报告尽调报告和它们的挂牌文件网页资料媒体报道全在这儿啦！”

方含笑说：“给你学姐。”

田田把一大摞文件推进佳慧怀里。那文件在佳慧臂弯里晃呀晃的，好像随时都能翻倒下去。

“BAT 三家都在物色新目标。给你两周时间，你把这四十七家新三板公司的估值和初步 SWOT 分析做出来。重点挑十家做估值，不要只做 P/E 或 P/S，DCF 和 NPV 也要。”

佳慧只觉得，一瞬间，六月飞雪，天崩地裂。

方含笑起身，掂起佳慧的辞呈，轻飘飘放在那叠厚厚的文件上：“我完整地带你做过一个项目了。所以下一个项目，你应该可以负责了吧？明年年底，做出一个项目来给我看。做出来呢升 VP；做不出来——这辞呈留着，明年还能用，是吧？”

佳慧抱着厚厚一摞资料眼泪汪汪回到工位。

蠢啊！猪啊！六二啊！为什么！刚才为什么不辞职！为什么！为什么！！还要说！喜欢她！喜欢被她！慢慢折磨！！嗷！……

方含笑一手支颐，若有所思地看佳慧和田田离开。很快小会议室又有来人。陈贤带着一份文件轻轻敲门。

“进来。”方含笑说，劈头问陈贤，“你有没有过辞职的念头？”

陈贤诚实地回答：“跟性冲动一样，每天早上都有。”

“……”

“我开玩笑。方总你别介意。”

方含笑叹口气：“我每年都想明年辞职。结果十年过去，也没辞成。现在上面提拔，升了合伙人。要走，不容易。”

陈贤把文件递上来：“蓝音控股计划收购北京一家小型机器人公司，但被对方拒绝。蓝音总裁锡恩·怀特先生给你发了邮件，你没回复。他的秘书又打电话到我这里。他们希望你做中间人，说服对方创始人出售一部分股份。”

方含笑扫了一眼那文件，扔在一边，“这案子没法接。我是蓝音独董，哪有又当新郎又当媒婆的道理——以后别拿这种事烦我。”

“怀特先生说你一定会接。”陈贤说，“不是以高盛的名义，而是以你个人的名义。他说那公司跟你颇有瓜葛——”

“那你可以转告他，我最不想有瓜葛的就是他的公司——”

“——蓝熊科技，注册地点在北京。”

方含笑一下子哑住。

陈贤安静地站在一边，好像意料到会有这样的反应。

方含笑猛地抬手，用虎口按住本已红肿的眼睛，隔半晌，才慢慢开口问，声音低若游丝：“他们创始人……叫什么名字？”

后记：我想写的就是一个女强人的故事

我想，我们这一代人——“八零后”“九零后”的这拨，将近或已过而立之年的人，我们青春时刻见证的最重要的两个历史潮流，一个应当是互联网的兴起，另一个则是女性文化的崛起。

二十一世纪过去二十年，我们才见证个人电脑与网络的兴盛，又措手不及地迎来了移动互联网的普及。工业革命需要两个世纪见证的技术变革，在中国以爆炸式的速度开花结果。新技术、新概念、新流派的产生与消亡迅雷不及掩耳，任何行业都以日新月异的速度向前挺进，凡与互联网相关的，三五个月就有一轮洗牌。知识前所未有的丰富，我们前所未有的迷茫。

《金融街没有爱情》这个中篇创作于2016年8月，里面提到了“虚拟现实”这项新技术，是当时创投圈炙手可热的概念，科技媒体说它将彻底变革人机交互方式。到写作这篇后记时，才过去两年多一点时间。但“虚拟现实”早就不见踪影。人们此刻在谈论区块链，说它将彻底变革金融地产法律艺术。

女性话语的崛起，我怀疑，也是跟信息产业的变革密切相关的。在纯文学领域，一直到二十世纪九十年代，女作家都以相当男性化的视角进行写作。琼瑶的小说在不登大雅之堂的地方悄悄流传，直到二十一世纪初青春文学的兴起。在西方，这一类针对少女读者群的小说被叫作chick literature（小妞文学）。这当然不是什么尊重的称呼。

再然后，伴随着互联网的兴起，网络阅读取代传统媒体，成为公共领域真正的主流。女性向网络文学越来越理直气壮地出现在公共场合，在资本的推动下，风头一时无两。女性欲望得到承认，堂而皇之开始讨论男色。这在历史上是从来没有出现过的事。因为即使是《红楼梦》《金瓶梅》那样以女性为主角的小说，其实也不过是把女性作为客体对象。

而当代网络言情小说，则反其道而行之。女主角更大程度上是作为一个“壳”存在的，她存在的意义是方便读者代入。男主角才是小说塑造的重点。

所以，写言情小说的作者，入门时就会被告之：要塑造鲜明而深入人心的男性形象。男主角与男二号成功了，这部小说就成功了。读者们也热衷于给言情小说的男主角设立排行榜，男主角的完美程度，也贴合着小说的热度。

但原名为《硅谷爱情故事》的连载明显是一个女强男弱的故事。后半段，男主角因为严重的心理问题，不再能给女主强大的支持与庇护了，于是读者们跟我抱怨说：后半段写崩了。

可是，这就是我想写的故事。我想写一个女主强大以后，反过来支撑和庇护男主的故事。

但女强人毕竟是不讨喜。

《金融街没有爱情》不是严肃文学。但我想它也是历史潮头上的小小水滴——它是一个信息时代的女性故事。虚构的成分当然很多。无论在中国还是美国，无论在金融行业还是信息领域，男性都是当仁不让的主角。硅谷还好，总有左派关心 IT 企业员工的性别比例，有堂皇的法律禁止雇佣中的性别歧视。中国有一些国企和民企，女员工的那点可怜配额，都分给了亲戚。

作为网络言情，娱乐也许是它最大的价值。我也会稍有不甘心。写作的人总是习惯在作品里夹带私货，虽然那其实不是读者关心的问题。

我想用剩下一点篇幅跟读者分享一些我感兴趣的事情。

首先是管理风格的问题。

到底什么样的管理风格是最有效的？脸书的扎克伯格是一种非常平等、民主和透明的风格——他连办公室都没有，办公工位就跟普通员工在一起。苹果的乔布斯又是另一种风格，专制、偏执、完美主义，他喜欢冲人大吼大叫，跟他共事过的人都受不了他。Airbnb鼓励创业精神，他们管自己叫“cereal killer”，因为创始时期靠卖谷物麦片筹集资金。高盛推崇扁平的组织架构，但小组内执行起来却非常专制，老板跟底层员工有时就是奴隶主跟奴隶的关系；小组之间竞争激烈，被淘汰的组在行情不好时会被全组解雇。

民主与专制真是亘古的话题。到底是像雅典式民主那样，信息公开透明，让所有人都参与到决策中来更好，还是像古代中国韩非子口中的皇帝那样，躲在面具后面，不让人猜透他在想什么更好？我自己，更倾向于扎克伯格式的透明与民主（虽然脸书问题也很多），所以我更欣赏老板下属同甘共苦、共同进退的风格。彼此透明、彼此信任、彼此协作，但同时也保持一点距离，是我理想中的老板下属关系。

第二个我感兴趣的问题，是当前中国行业作品的缺失。

相比美剧与美国小说，中国电视剧少有能够得到本行业认可的作品。比如在美国，金融界人士对美剧《亿万》格外推崇；理工科博士同学们，对《生活大爆炸》赞赏有佳；码农同志们，也基本对《硅谷》交口称赞；我的教授们，声称《火线重案组》是史上最好的美剧——剧情讲述毒贩与警察间的博弈。总之在美剧里，法律、金融、科技、警匪，每个行业都能拿出能够被行业认可的电视剧。

中国电视剧里，普及度最高的，也许是宫斗剧了——请问那是什么行业？

中国电视剧，包括中国当下的小说，好像致力于服务年龄在十六岁以下和四十六岁以上的人群——偶像剧与婆媳剧。十六岁到四十六岁之间，像我这样稍微受过一点教育，稍微有一点价值要求的低级知识分子，在国产剧里，竟然很难找到能够取悦我的东西。

当然有大环境趋严的问题。但是戴着镣铐也并不是不能跳出好舞呀。连讲述行业故事的能力都没有了吗？或者只是资本无意为之？

许多披着行业外皮的职业剧，到最后都变成跟男上司谈恋爱的霸道总裁故事。当然这也不能全怪作者，当下市场导向，读者偏好，不外乎是。

——所以身为写作者的任务，也许是引导更有意思、更有内涵的读者诉求？

金融是值得深挖的题材。因为金融从来不只牵涉金融，它关系政治与法律，同时牵涉着几乎所有行业。看美剧《亿万》，对冲基金大佬与检察官的对决。制度、人性、价值、意义、宇宙、人生，国家机构、公司家庭、个体选择，全都出来了——要形而上有形而上，要形而下有形而下。没有爱情，一样叫人看得津津有味。

与行业作品缺失相对应的问题，是有价值的“女强人”形象的缺位。好不容易出个《虎妈猫爸》，赵薇的技能点全部贡献给斗贱人和养孩子。好不容易出个《欢乐颂》，刘涛的技能点全部贡献给找弟弟了——唯一体现她职场能力的情节，是把下属吼跳楼。更奇葩的是这个角色背景设定为华尔街高管，竟然从来不让男人碰……还有一些大女主剧，女强人倒是女强人，但最后反败为胜，也是靠睡男人和给男人生娃。

还是说美剧《亿万》。第一部的女性剧情非常少。但即使是在这有限的剧情时间里，两位男主角的妻子依然表现出了各有千秋的技能点。一个是玩转人心于手掌的心理学家，一个是积极培养小孩独立意识的家庭主妇。中国电视剧的女性，要不然是以紫薇小燕子为代表的傻白甜，要不然是容嬷嬷皇后娘娘为代表的恶婆婆和心机婊——中年女人明明是最知性、最有魅力、最有积淀和最有智慧的群体。你们看美剧里那一个个四十大几的女强人，搁中国铁定只有做黄脸婆或大反派的命，在美剧里却是各种行业翘楚呀。

中国难道没有了不起的职场女性吗？——明明不是呀。中国有那么多成功的女企业家、女投行家、女运动员、女艺人、女主播、女记者。每个人都很有本事，每个人都很有故事。中国电影电视动辄投资数亿，总不至于全是洗钱吧，那么拨出一点点钱来，好好坐下来，跟职场女神们谈一谈，听一听她们的故事、她们的悲喜、她们走过的路和她们想的问题——就那么困难吗？

第三个我关注的问题，是金融圈的道德逻辑。

这个问题我在豆瓣阅读的专栏里聊过。我在伦敦听一个高盛国际做并购的男生吐槽瑞信某中国女 VP，他跟我讲那 VP 怎么怎么乱，怎么怎么睡 MD 上位。我当时什么都没说，因为这样的故事也不是第一次听。金融圈的桃色新闻本来不少。之前还流出上海券商卖方女首席的美好视频。但我就想问一句：男生规规矩矩，女生是怎么乱起来的呀？她们自己跟自己能乱吗？如果女生的乱得男生配合，那凭什么乱的道德后果只要女生承担呢？

在美国大学发生师生间不正当性关系，受到处分的是老师——我只听说过老师被开除的情况，从来没听说哪个学生因为跟老师睡了而承受后果。这是因为，在师生这个等级关系里，老师有更高的地位，更大的权力，更多的资源，所以出了事情以后，老师必须承担更多责任。即使学生的确是因为有所图谋而“诱惑”了老师，最终承担责任的，也只会是老师。因为处在这样的权位上，学生主动，老师是可以拒绝学生的；而假如是老师主动，学生因为有所请求而处在劣势地位，不依赖法律舆论外援的情况下，学生未必能够拒绝。

把这个等级关系类推到金融圈的问题。那个 VP 跟她上司睡了，上司明显有更高权位，更应该受到指责的，难道不是她的上司吗？卖方女雇员跟客户睡了，客户明显有更多资源更大权力，客户有能力拒绝，而卖方女雇员有业绩压力，因为有所请求而无法拒绝——应该承担责任的，难道不是客户吗？

一些金融男让人生气的一点，是他们把跟女孩睡觉当成打怪升级，为自己睡过很多女孩而扬扬得意——回过头来管女孩叫“婊”。他们心里看不起女孩，但却想尽办法上她们。中国的金融市场，与国际金融市场脱轨得一塌糊涂，约炮市场倒是接轨得不得了。而某些男士又是从骨子里看不起女人的，我跟北京某 VC 人士聊天，聊着聊着他忽然用英文冒出一句，说他上过多少个女人。在约炮问题上，法国男人热情地表示非常想跟你上床；德国男人谨慎地表示有点想跟你上床，但不上床聊聊天也很开心；中国男人骄傲地表示：你知道我跟多少女人上过床吗？——某一些中国男人，从来没有真正尊重过女人。

女性实在不容易。一方面要遭受性别不公的道德审判，另一方面，事业有成的女性往往承受着一种身为女强人的“原罪”——因为事业而在家庭与育儿问题上受到指责。

只是一些浅薄看法，聊作后记。

最后谢谢豆瓣阅读编辑部。他们在我的写作过程中给予了非常多的支持与鼓励。还有谢谢亲爱的读者们。在这个急迫而速朽的时代里，不是每个擦肩而过的相遇都值得珍惜。

玥

2019 年 1 月 17 日